WINKLER
WELTLITERATUR
DÜNNDRUCK
AUSGABE

Artemis & Winkler

WILLIAM SHAKESPEARE

SÄMTLICHE DRAMEN

BAND III: TRAGÖDIEN

ARTEMIS & WINKLER

William Shakespeare: Sämtliche Werke in vier Bänden.
Dramen Band III: Tragödien.
Nach der 3. Schlegel-Tieck-Gesamtausgabe von 1843/44.
Aus dem Englischen von A. W. Schlegel, Dorothea Tieck,
Wolf Graf Baudissin und Nicolaus Delius.
Mit Anmerkungen von Dieter Mehl, Wolfgang Riele und
Werner Habicht.

ISBN Leinen 3 538 05181 x   Leder 3 538 05681 1

Artemis & Winkler Verlag
7. Auflage 1993

Gesamtherstellung: Friedrich Pustet, Graphischer Großbetrieb,
Regensburg. Gedruckt auf Dünndruckpapier von Bolloré Technologies,
Thonon-les-Bains.
Printed in Germany

TROILUS UND CRESSIDA

Personen

Priamus, *König von Troja*

Hektor, Troilus, Paris, Deiphobus, Helenus – *seine Söhne*

Äneas, Antenor – *trojanische Heerführer*

Kalchas, *ein trojanischer Priester, auf der Seite der Griechen*

Pandarus, *Oheim der Cressida*

Margarelon

Agamemnon, *Oberanführer der Griechen*

Menelaus, *sein Bruder*

Achilles, Ajax, Ulysses, Nestor, Diomedes, Patroklus – *griechische Heerführer*

Thersites, *ein mißgestalter und possenreißender Grieche*

Alexander, *Diener der Cressida*

Diener *des Troilus, Paris und Diomedes*

Helena, *Gemahlin des Menelaus*

Andromache, *Gemahlin des Hektor*

Kassandra, *Tochter des Priamus, eine Seherin*

Cressida, *Tochter des Kalchas*

Trojanische und griechische Krieger und Gefolge

Die Szene ist in Troja und im griechischen Lager vor dieser Stadt.

PROLOG

Die Szen ist Troja. Von den Inseln Grácias
Sandten zornmüt'ge Fürsten, heißen Bluts,
Zum Hafen von Athen die Ruderschiffe,
Beladen mit den Dienern und der Rüstung
Des grausen Krieges. Neunundsechzig Führer,
Prangend im Fürstenhut, sind abgesegelt
Von Attika gen Phrygia; ihr Gelübde,
Troja zu schleifen, wo im Schirm der Mauern
Frau Helena, geraubt dem Menelaus,
Beim üpp'gen Paris schläft: drum streitet man.
Sie ziehn nach Tenedos,
Und dort entlasten die tiefkiel'gen Schiffe
Sich ihrer tapfern Fracht; auf Iliums Ebnen
Schart sich der frischen, noch vollzähl'gen Griechen
Feldlager: Priamus' sechstor'ge Stadt
(Dardania, Thymbria, Ilias, Chetas, Troas
Und Antenoridas) mit mächt'gen Krampen
Und wohlausfüllend schwer gewicht'gen Riegeln
Weckt Trojas Söhnen Kampflust. –
Erwartung nun, die muntern Geister schürend
Auf dieser Seit und jener, Troer, Griechen,
Setzt alles auf das Spiel: und hierher komm ich
Als Prologus, im Harnisch; nicht vertrauend
Dem Werk des Dichters noch der Spieler Kunst,
Nur angetan, dem Kriegsgedichte ziemend,
Meld ich euch, edle Hörer, wie das Spiel,
Des Kampfs Beginn und Erstlinge verschweigend,
Anfängt im Mittelpunkt; von dort enteilt,
Und nur, wo sich die Szene bietet, weilt.
So haltet Lob und Tadel nicht zurück;
Bald gut, bald schlimm, es ist nur Kriegesglück.

ERSTER AUFZUG

ERSTE SZENE

Troja.

TROILUS *und* PANDARUS *treten auf.*

TROILUS: Ruft meinen Knappen her, mich zu entwaffnen;
Was soll ich vor den Mauern Trojas fechten,
Dem hier im Innern tobt so wilder Kampf?
Wem von den Troern noch ein Herz gehört,
Der zieh ins Feld; ach, Troilus hat keins!

PANDARUS: Stets noch das alte Lied?

TROILUS: Der Griech ist stark und bei der Kraft gewandt,
Keck bei Gewandtheit und bei Keckheit tapfer:
Doch ich bin schwächer als des Weibes Tränen,
Zahmer als Schlaf, betörter als die Einfalt,
Zaghafter als die Jungfrau in der Nacht
Und ungewandt wie unbelehrte Kindheit.

PANDARUS: Nun, ich habe dir's genug gesagt; ich meinesteils werde mich nicht mehr dreinmischen und -mengen. Wer aus dem Weizen einen Kuchen haben will, muß das Mahlen abwarten.

TROILUS: Hab ich nicht gewartet?

PANDARUS: Ja, auf das Mahlen; aber Ihr müßt das Beuteln abwarten.

TROILUS: Hab ich nicht gewartet?

PANDARUS: Ja, auf das Beuteln; aber Ihr müßt das Säuern abwarten.

TROILUS: Auch darauf hab ich gewartet.

PANDARUS: Ja, aufs Säuern; aber nun kommt noch in dem Wort „hernach" das Kneten, das Formen des Kuchens, das Heizen des Ofens und das Backen; ja Ihr müßt auch noch das Kaltwerden abwarten, oder Ihr lauft Gefahr, Euch die Lippen zu verbrennen.

TROILUS: Die Langmut selbst, wie sehr sie Göttin ist,
Weicht vor dem Dulden mehr als ich zurück.
Ich sitz an Priams Königstisch; und kommt
Die holde Cressida mir in den Sinn –
Verräter du! sie kommt? wann wär sie fort?

PANDARUS: Gewiß, sie war gestern abend reizender, als ich sie oder irgendein Mädchen je gesehn.

TROILUS: O laß dir noch erzählen: Wie mein Herz,
Als sprengt's ein Seufzer, mir zerbrechen wollte,
Daß mich mein Vater nicht erriet noch Hektor,
Verbarg ich, wie die Sonn im Sturme leuchtet,
In eines Lächelns Falte diesen Seufzer:
Doch gleicht, in Schein der Lust verhüllt, Bedrängnis
Dem Scherz, der bald zum Gram wird durchs Verhängnis.

PANDARUS: Ja, wär ihr Haar nicht etwas dunkler als das der Helena – doch, was tut das? –, so wäre gar kein Unterschied zwischen den beiden Frauen. Doch was mich betrifft, so ist sie meine Nichte; ich möchte sie nicht, wie man zu sagen pflegt, herausstreichen; aber ich wollte, es hätt sie jemand gestern reden hören wie ich. Ich will dem Verstand deiner Schwester Kassandra nicht zu nahe treten; aber –

TROILUS: O Pandarus! ich sag dir, Pandarus –
Wenn ich dir sage, dort ertrank mein Hoffen,
Erwidre nicht, wie viele Klafter tief
Es untersank. Ich sag, ich bin verzückt
Aus Lieb zu Cressida; du nennst sie schön,
Senkst in die offne Wunde meines Herzens
Den Blick; das Haar, die Wange, Gang und Stimme;
Handelst in deiner Red . . . o liebe Hand,
Mit der verglichen, alles Weiß wie Tinte
Sich selbst das Urteil schreibt; ihr sanft Berühren
Macht rauh des Schwanes Flaum, die feinste Fühlung
Hart wie des Pflügers Faust; dies sagst du mir,
Und wahrhaft ganz, wenn ich dir schwör, ich liebe:
Doch mit dem Wort legst du in jede Wunde,
Mit der mich Liebe traf, statt Öls und Balsams,
Den Dolch, der sie geschlagen.

PANDARUS: Ich sage nur, was wahr.

TROILUS: Nicht einmal so viel!

PANDARUS: Meiner Treu, ich mische mich nicht mehr hinein. Mag sie sein, wie sie ist! Ist sie schön, um so besser für sie; ist sie's nicht, so wird sie schon wissen, wie sie sich helfen kann.

TROILUS: Lieber Pandarus! – Was ist, Pandarus!

PANDARUS: Müh und Not hatt ich von meinen Wegen; verkannt von ihr und verkannt von Euch; immer hin und her gelaufen, und schlechten Dank für meine Mühe.

TROILUS: Was, bist du böse, Pandarus? Auf mich?

PANDARUS: Weil sie mit mir verwandt ist, darum ist sie nicht so schön wie Helena; wäre sie nicht mit mir verwandt, da wäre sie freitags ebenso schön wie Helena sonntags. Doch was kümmert's mich? Mir soll's einerlei sein, und wenn sie schwarz wie eine Mohrin aussähe; es ist mir alles gleich.

TROILUS: Sage ich denn, sie sei nicht schön?

PANDARUS: Es kümmert mich nicht, ob Ihr's sagt oder nicht. Sie ist eine Törin, daß sie ihrem Vater nicht nachfolgt; sie muß zu den Griechen, und das werde ich ihr sagen, sobald ich sie sehe. Ich meinesteils will mich nicht mehr dreinmischen noch -mengen.

TROILUS: Pandarus –

PANDARUS: Ich nicht.

TROILUS: Bester Pandarus –

PANDARUS: Bitt Euch, laßt mich in Frieden. Ich lasse alles, wie ich's gefunden, und damit gut.

Pandarus ab. Es wird zum Kampf geblasen.

TROILUS: Still, rauhe Töne! still, unholder Klang! –
Narrn beiderseits! Schön sein muß Helena,
Wenn ihr sie täglich schminkt mit eurem Blut.
Der Anlaß kann mich nicht zum Kampf begeistern,
Zu dürftig für mein Schwert ist dieser Preis! –
Und Pandarus – wie quält ihr mich, ihr Götter!
Zugänglich nur wird Cressida durch ihn;
Den Kind'schen werb ich nie zum Werben an,
Und sie bleibt spröd verschlossen jeder Bitte.
Sag mir, Apoll, um deiner Daphne Liebe,
Was Cressida, was Pandar ist, was ich?
Ihr Bett ist Indien! Dort als Perle ruht sie;
Was zwischen ihrem Thron und unserm Ilium,
Nenn ich empörtes, flutbewegtes Meer;
Mich selbst den Kaufherrn und den Schiffer Pandar,
Mein Boot, mein Schiffgeleit: mein zweifelnd Hoffen.

Trompeten. ÄNEAS *tritt auf.*

ÄNEAS: Wie nun, Prinz Troilus? Weshalb nicht im Feld?

TROILUS: Weil ich nicht dort. Die Weiberantwort paßt,
Denn weibisch ist es, draußen nicht zu sein. –
Was gibt's, Äneas, Neues heut im Feld?

ÄNEAS: Daß Paris heimgekommen und verwundet.

TROILUS: Durch wen, Äneas?

ÄNEAS: Menelaus tat's.

TROILUS: Zum Lachen! Nahm ihn jener so aufs Korn?
Paris geschrammt von Menelaus' Horn?
ÄNEAS: Horch! lust'ge Jagd dort außen, hell und scharf!
TROILUS: Weit schöner hier, wenn „dürft ich" hieß „ich darf".
Doch hin zur Jagd des Felds. Willst du hinunter?
ÄNEAS: In aller Eil.
TROILUS: So gehn wir rasch und munter.
Sie gehn ab.

Zweite Szene

Ebendaselbst.

Es treten auf CRESSIDA *und* ALEXANDER, *ihr Diener.*

CRESSIDA: Wer ging vorbei?
ALEXANDER: Die Königin Hekuba,
Und Helena.
CRESSIDA: Wohin?
ALEXANDER: Zum Turm nach Osten,
Des Höh die ganze Gegend überschaut,
Die Schlacht zu sehen. Hektor, des Geduld
Sonst unerschütterlich, ward heut bewegt:
Er schalt Andromache und schlug den Wappner;
Und gleich, als gält im Kriege gute Wirtschaft,
War er in Waffen vor dem Morgenlicht
Und zog ins Feld hinaus, wo jede Blume
Wie ein Prophet beweint, was sie voraussieht
In Hektors Zorn.
CRESSIDA: Was reizte seine Wut?
ALEXANDER: So wird erzählt: im Heer der Griechen kämpfte
Ein Fürst aus Troerblut, des Hektors Vetter,
Ajax mit Namen.
CRESSIDA: Wohl; was sagt man weiter?
ALEXANDER: Es ist, so heißt's, ein ganz besondrer Mann
Und steht allein.
CRESSIDA: Das tun alle Männer, wenn sie nicht betrunken oder krank sind oder keine Beine haben.
ALEXANDER: Dieser Mann, mein Fräulein, hat sich die Eigentümlichkeit von allerlei Tieren zugeeignet; er ist so kühn wie der Löwe, so täppisch wie der Bär, so langsam wie der Elefant: ein Mann, in dem die Natur so viele Launen gehäuft

hat, daß seine Tüchtigkeit in Torheit untergeht, seine Torheit durch Verständigkeit gewürzt ist. Niemand besitzt eine Tugend, von der er nicht einen Anflug bekommen hätte, noch irgend jemand eine Unart, von der ihm nicht etwas anklebte; er ist melancholisch ohne Ursach und lustig wider den Strich; er hat die Gelenkigkeit zu jedem Ding, aber jedes Ding ist an ihm so ungelenk, daß er wie ein gichtiger Briareus hundert Hände und keine zum Gebrauch hat, oder wie ein stockblinder Argus lauter Augen und keine Sehkraft.

CRESSIDA: Wie kann aber dieser Mann, der mich lächeln macht, den Hektor in Zorn bringen?

ALEXANDER: Man erzählt, er sei gestern mit Hektor in der Schlacht handgemein geworden und habe ihn niedergeschlagen und der Verdruß darüber und die Schmach habe den Hektor seitdem nicht essen noch schlafen lassen.

PANDARUS *kommt.*

CRESSIDA: Wer kommt?

ALEXANDER: Fräulein, Euer Oheim Pandarus.

CRESSIDA: Hektor ist ein tapfrer Degen.

ALEXANDER: Wie nur irgendeiner in der Welt, Fräulein!

PANDARUS: Was sagt ihr? Was sagt ihr?

CRESSIDA: Guten Morgen, Oheim Pandarus!

PANDARUS: Guten Morgen, Muhme Cressida! Wovon sprecht ihr? Guten Morgen, Alexander! – Wie geht's dir, Nichte? Wann warst du in Ilium?

CRESSIDA: Heute morgen, Oheim.

PANDARUS: Wovon spracht ihr, als ich kam? War Hektor schon gewaffnet und ins Feld gezogen, als du nach Ilium kamst? Helena war wohl noch nicht aufgestanden, nicht wahr?

CRESSIDA: Hektor war schon fort, aber Helena noch nicht aufgestanden.

PANDARUS: Ja, ja, Hektor war recht früh auf den Beinen.

CRESSIDA: Davon sprachen wir eben; und daß er aufgebracht sei.

PANDARUS: War er aufgebracht?

CRESSIDA: Das sagt mir dieser da.

PANDARUS: Freilich war er aufgebracht; ich weiß auch, warum; heut wird er's ihnen beibringen, das kann ich ihnen sagen, und Troilus wird ihm so ziemlich gleichkommen; sie mögen sich nur vor Troilus in acht nehmen: das mögen sie mir glauben!

CRESSIDA: Wie! Ist der auch aufgebracht?

PANDARUS: Was, Troilus? Troilus ist der Beßre von beiden.
CRESSIDA: O Jupiter! Da ist gar kein Vergleich!
PANDARUS: Wie, nicht zwischen Troilus und Hektor? Erkennst du nicht einen Mann, wenn du ihn siehst?
CRESSIDA: Nun ja, wenn ich ihn sonst schon sah und kannte.
PANDARUS: Ganz recht; ich spreche, Troilus ist Troilus.
CRESSIDA: Da sprecht Ihr wie ich, denn ich weiß gewiß, er ist nicht Hektor.
PANDARUS: Nein, und Hektor ist auch nicht Troilus in gewissem Betracht.
CRESSIDA: So tun wir keinem Unrecht: er ist er selbst.
PANDARUS: Er selbst? Ach, du armer Troilus! Ich wollte, er wäre –
CRESSIDA: Er ist es ja.
PANDARUS: Unter der Bedingung ginge ich barfuß nach Indien!
CRESSIDA: Hektor ist er nicht!
PANDARUS: Er selbst? Nein, er ist nicht er selbst – ja, ich wollte, er wäre er selbst. Nun, die Götter leben noch; die Zeit schafft's ihm oder entrafft's ihm; ja, Troilus, ich wollte, sie hätte mein Herz im Leibe! Nein, Hektor ist kein beßrer Mann als Troilus.
CRESSIDA: Verzeiht!
PANDARUS: Er ist älter.
CRESSIDA: Ich bitte um Entschuldigung!
PANDARUS: Der andre ist noch nicht so alt; ihr sollt ganz anders sprechen, wenn der andre erst so alt sein wird. Hektor kann lange warten, ehe er seinen Verstand bekommt!
CRESSIDA: Den braucht er auch nicht, wenn er seinen eignen hat.
PANDARUS: Noch seine Eigenschaften –
CRESSIDA: Tut nichts!
PANDARUS: Noch seine Schönheit!
CRESSIDA: Sie würde ihn nicht kleiden, seine eigne ist besser.
PANDARUS: Du hast kein Urteil, Nichte! Helena selbst beteuerte neulich, daß Troilus, wenn von brauner Farbe die Rede sei – denn braun ist er allerdings – und doch nicht so recht eigentlich braun –
CRESSIDA: Nein; sondern braun.
PANDARUS: Die Wahrheit zu sagen, braun und nicht braun.
CRESSIDA: Die Wahrheit zu sagen, wahr und nicht wahr.
PANDARUS: Sie stellte sein Kolorit über das des Paris.
CRESSIDA: Nun, Paris hat Farbe genug.

PANDARUS: Das hat er auch.

CRESSIDA: So hätte Troilus denn zuviel Farbe; wenn sie sein Kolorit über das des andern stellt, ist er höher an Farbe; wenn nun Paris rot genug ist und Troilus hochrot, so ist das ein zu feuriges Lob für ein gutes Kolorit. Ebensogern hätte Helenas goldne Zunge den Troilus wegen einer Kupfernase rühmen können.

PANDARUS: Ich schwöre dir, ich glaube, Helena liebt ihn mehr als den Paris.

CRESSIDA: Dann ist sie aber ein großer Spaßvogel.

PANDARUS: Nein, ganz gewiß, das tut sie. Neulich stellte sie sich zu ihm in das Bogenfenster, und du weißt, er hat nur drei oder vier Haare am Kinn –

CRESSIDA: O gewiß, eines Bierzapfers Rechenkunst würde hinreichen, diese Einheiten in eine Summe zu ziehn.

PANDARUS: Nun, er ist noch sehr jung, und doch sind seine Nerven so stählern, daß er dir bis auf zwei, drei Pfund ebensoviel aufheben wird wie sein Bruder Hektor.

CRESSSIDA: Was! ein so junger Mann und schon solche Stehlergaben?

PANDARUS: Um dir zu beweisen, daß Helena in ihn verliebt ist – denke nur, sie kam und legte dir ihre weiße Hand an sein gespaltnes Kinn –

CRESSIDA: Juno sei uns gnädig! Wer hat's ihm gespalten?

PANDARUS: Erinnerst du dich denn nicht seines Grübchens? Mir scheint, sein Lächeln steht ihm besser als irgend jemandem in ganz Phrygien.

CRESSIDA: O ja, er lächelt recht brav.

PANDARUS: Nicht wahr?

CRESSIDA: Freilich, wie eine Regenwolke im Herbst.

PANDARUS: O still doch! Ich wollte dir ja beweisen, daß Helena in Troilus verliebt sei!

CRESSIDA: Troilus wird Euch diesen Beweis nicht verweisen, wenn Ihr ihn führen könnt.

PANDARUS: Troilus? Nun, der fragt nicht mehr nach ihr, als ich nach einem hohlen Ei frage.

CRESSIDA: Wenn Ihr die hohlen Eier so gern habt wie die hohlen Köpfe, seid Ihr wohl schal genug, die Schalen ohne Eier zu essen.

PANDARUS: Wahrhaftig, ich muß noch immer lachen, wenn ich dran denke, wie sie ihn am Kinn kitzelte. Das ist doch gewiß, sie hat eine wundervoll weiße Hand; das muß man bekennen.

CRESSIDA: Ohne Folter.

PANDARUS: Und da fällt es ihr ein, ein weißes Haar auf seinem Kinn zu entdecken.

CRESSIDA: Das arme Kinn! Ist doch manche Warze reicher!

PANDARUS: Aber das gab ein Gelächter! Königin Hekuba lachte, daß ihr die Augen übergingen –

CRESSIDA: Von Mühlsteinen.

PANDARUS: Und Kassandra lachte!

CRESSIDA: Aber es war unter dem Topf ihrer Augen wohl ein mäßigeres Feuer: liefen ihre Augen auch über?

PANDARUS: Und Hektor lachte!

CRESSIDA: Und wem galt all dies Lachen?

PANDARUS: Ei, dem weißen Haar, das Helena an Troilus' Kinn erspäht hatte.

CRESSIDA: Wär es ein grünes gewesen, so hätt ich auch gelacht.

PANDARUS: Sie lachten nicht so sehr über das Haar wie über seine hübsche Antwort.

CRESSIDA: Wie war seine Antwort?

PANDARUS: Sie hatte gesagt: „Hier sind nur einundfünfzig Haare an Euerm Kinn, und eins davon ist weiß."

CRESSIDA: Das war ihre Frage?

PANDARUS: Jawohl, das bedarf keiner Frage. „Einundfünfzig Haare", sagte er, „und ein weißes: das weiße Haar ist mein Vater, und die übrigen sind seine Söhne". – „O Jupiter", sagte sie, „welches von diesen Haaren ist Paris, mein Gemahl?" – „Das gespaltene", sagte er, „reißt es aus und gebt's ihm." Und nun entstand solch ein Gelächter, und Helena ward so rot und Paris so böse, und die übrigen lachten so sehr, daß es ins Weite ging.

CRESSIDA: Da mag es auch bleiben, denn es ist nicht weit her.

PANDARUS: Nun, Nichte, ich sagte dir gestern etwas: das nimm dir zu Herzen.

CRESSIDA: Das tu ich auch.

PANDARUS: Ich schwöre dir, es ist wahr, er weint dir wie einer, der im April geboren ist.

Man hört zum Rückzug blasen.

CRESSIDA: Und ich will in diesen Tränen so lustig aufwachsen wie eine Nessel im Mai.

PANDARUS: Horch! sie kommen aus dem Felde nach Haus;

sollen wir hier hinauftreten und sie nach Ilium ziehn sehn? Tu es, liebste Nichte; tu es, liebste Nichte Cressida!

CRESSIDA: Wie es Euch gefällt.

PANDARUS: Hier, hier ist ein allerliebster Platz, hier können wir's recht schmuck mit ansehn. Ich will sie dir alle bei Namen nennen, wie sie vorbeiziehn; merke nur vor allem auf Troilus.

ÄNEAS *geht über die Bühne.*

CRESSIDA: Sprecht nicht so laut.

PANDARUS: Das ist Äneas; ist das nicht ein hübscher Mann? Es ist eine rechte Blume unter den Troern, das kann ich dir sagen. Aber merke nur auf Troilus: gleich wird er kommen.

CRESSIDA: Wer ist das?

ANTENOR *geht vorüber.*

PANDARUS: Das ist Antenor, der ist recht kurz angebunden, das kann ich dir sagen, und ist ein guter Soldat; einer von den besten Köpfen in ganz Troja und ein artiger Mann in seiner ganzen Person. – Wann kommt doch Troilus? gleich sollst du Troilus sehn. Gib acht, wie er nicken wird, wenn er mich sieht.

CRESSIDA: Nickt er immer ein, wenn er Euch sieht?

HEKTOR *geht vorüber.*

PANDARUS: Das ist Hektor, der da! der da! siehst du, der! das ist ein Kavalier! Gott sei mit dir, Hektor; das ist ein wackrer Mann, Nichte. O du edler Hektor! Sieh, wie er um sich blickt! Das ist eine Haltung! Ist's nicht ein stattlicher Mann?

CRESSIDA: Ein recht stattlicher Mann.

PANDARUS: Nicht wahr? Es ist eine rechte Herzenslust, ihn zu sehn. Sieh nur, wieviel Beulen auf seinem Helm sind! Sieh nur hin, siehst du's? Sieh nur hin! Mit dem ist nicht zu spaßen; der versteht's; mit dem soll's einmal einer aufnehmen! Das nenn ich Hiebe!

CRESSIDA: Sind die von Schwertern?

PARIS *geht vorüber.*

PANDARUS: Von Schwertern? Von was sie wollen, das kümmert ihn nicht. Wenn auch der Teufel mit ihm anbände, das ist ihm alles gleich. Ja, beim Element, es ist eine wahre Lust; ach, dort kommt Paris, dort kommt Paris; siehst du dort, Nichte? Ist das nicht auch ein hübscher Mann? Nicht? – Ei, das ist ja allerliebst – wer sagte doch, er wäre heut verwundet worden? Er ist nicht verwundet. Nun, das wird für Helena eine rechte Freude sein. O wenn ich doch nur den Troilus sähe! Gleich wirst du Troilus zu sehn bekommen.

CRESSIDA: Wer ist das?

HELENUS *geht vorüber.*

PANDARUS: Das ist Helenus. Ich begreife gar nicht, wo Troilus bleibt – das ist Helenus: er wird wohl gar nicht zu Felde gezogen sein – das ist Helenus.

CRESSIDA: Kann Helenus fechten, Onkel?

PANDARUS: Helenus? Nein – ja, er ficht so ziemlich erträglich. – Ich begreife nicht, wo Troilus bleibt. – Horch! Hörst du nicht, wie die Soldaten rufen: „Troilus?“ – Helenus ist ein Priester.

CRESSIDA: Was für ein Duckmäuser kommt denn da heran?

TROILUS *geht vorüber.*

PANDARUS: Wo, dort? das ist Deiphobus – nein, Troilus ist's. Ach, welch ein Mann! Nichte! Hem! O du wackrer Troilus! Du Fürst der Ritterschaft!

CRESSIDA: Still doch, um Himmels willen, still!

PANDARUS: Gib acht auf ihn; faß ihn recht ins Auge – o du wackrer Troilus! Sieh ihn dir recht an, Nichte; siehst du, wie blutig sein Schwert ist und sein Helm noch mehr zerhaun als der des Hektor. Und wie er um sich blickt, wie er einhergeht – O wunderschöner Jüngling; und noch nicht dreiundzwanzig! Geh mit Gott, Troilus, geh mit Gott; hätte ich eine Grazie zur Schwester oder eine Göttin zur Tochter, er sollte die Wahl haben. O wunderschöner Held! – Paris! – Paris ist ein Quark gegen ihn, und ich wette, Helena tauschte gern und gäbe noch ein Auge in den Kauf.

Mehrere SOLDATEN *ziehn vorüber.*

CRESSIDA: Dort kommen noch mehr.

PANDARUS: Esel! Narren! Tölpel! Spreu und Kleie! Spreu und Kleie! Suppe nach der Mahlzeit! In Troilus' Anblick könnt ich leben und sterben. Sieh nicht weiter hin, sieh nicht weiter hin: die Adler sind vorüber; Krähen und Dohlen, Krähen und Dohlen! Lieber wär ich solch ein Held wie Troilus als Agamemnon mit ganz Griechenland.

CRESSIDA: Die Griechen haben ihren Achilles; der übertrifft den Troilus.

PANDARUS: Achilles? Ein Lastträger, ein Karrenschieber, ein rechtes Kamel.

CRESSIDA: Nun, nun!

PANDARUS: Nun, nun? Hast du denn kein Urteil? Hast du denn keine Augen? Verstehst du, was ein Mann ist? Sind denn nicht Geburt, Schönheit, gute Figur, Beredsamkeit, Mannhaftigkeit, Bildung, Artigkeit, Tapferkeit, Jugend, Freigebigkeit, und was dem gleich, die Spezereien und das Salz, die einen Mann würzen?

CRESSIDA: O ja; ein Mengelmus von einem Manne, und so in der Pastete gehackt und gebacken gibt's ein Mus von lauter Mängeln.

PANDARUS: Was sind das nun wieder für Reden! Man weiß nie, auf welcher Lauer du liegst.

CRESSIDA: Auf meinem Rücken, um meinen Leib frei zu haben; auf meinem Witz, um meine Launen zu verteidigen; auf meiner Verschwiegenheit, um meinen guten Ruf zu sichern; meiner Maske vertrau ich, um meine Schönheit zu bewahren; dann endlich auch, um das alles zu schützen: und auf allen diesen Lauerplätzen lieg ich und habe wohl tausend Wachen.

PANDARUS: Nenne mir eine deiner Wachen.

CRESSIDA: Das ist eben meine Hauptwache, die gegen Euch gerichtet ist. Denn wenn ich erst nicht mehr behüten kann, was niemand finden sollte, so kann ich Euch wenigstens bewachen, daß Ihr nicht erfahrt, wie ich zu Schaden kam; es müßte denn so zunehmen, daß sich's nicht mehr verstecken ließe; und dann wär's ohnehin mit dem Wachen vorbei.

PANDARUS: Ihr seid mir die Rechte!

Der PAGE *des Troilus kommt.*

PAGE: Herr, mein Gebieter wünscht Euch gleich zu sprechen.

PANDARUS: Wo?

PAGE: In Euerm Hause, Herr; dort legt er seine Rüstung ab.

PANDARUS: Lieber Kleiner, sag ihm, ich komme gleich.

Der Page geht.

Ich fürchte, er ist verwundet. Lebe wohl, liebe Nichte, lebe wohl!

CRESSIDA: Lebt wohl, Oheim!

PANDARUS: Ich bin gleich wieder bei Euch, Nichte.

CRESSIDA: Und bringt mir . . .

PANDARUS: Nun ja! Ein Liebespfand von Troilus. *Ab.*

CRESSIDA: Bei diesem Liebespfand, du bist ein Kuppler! –
Wort, Gab und Trän und heil'gen Schwurs Beteuern
Läßt er nicht ab für jenen zu erneuern;

Zwar mehr in Troilus hab ich gewahrt,
Als was mir Pandars Spiegel offenbart:
Doch weigr ich. Fraun sind Engel stets, geworben;
Ahnung ist Lust, doch im Genuß erstorben.
Nichts weiß ein liebend Mädchen, bis sie weiß,
Allein das Unerreichte steh im Preis;
Daß nie, erhört, das Glück so groß im Minnen,
Als wenn Begier noch fleht, um zu gewinnen;
Drum folg ich diesem Spruch der Liebessitte,
Gewähren wird Befehl, Versagen Bitte –
Und mag mein Herz auch treue Lieb empfinden,
Nie soll ein Blick, ein Wort sie je verkünden. *Ab.*

DRITTE SZENE

Das griechische Lager.

Trompeten. Es treten auf AGAMEMNON, NESTOR, ULYSSES, MENELAUS *und* ANDRE.

AGAMEMNON: Fürsten,
Kann Gram mit Gelbsucht eure Wangen färben?
Der weite Vorwurf, den Erwartung bildet
Bei jedem Plan, auf Erden hier begonnen,
Entbehrt gehoffter Größe. – Unstern und Hemmung
Keimt in den Adern hocherhabner Tat,
Wie Knorren, durch zu üpp'gen Saft erzeugt,
Der schlanken Fichte Wachstum stockend lähmen,
Daß sie gekrümmt und siech nicht hoch erwächst.
Auch kann's, ihr Fürsten, nicht befremdlich sein,
Wenn uns Erwartung täuscht und Trojas Mauern
Noch aufrecht stehn, bedroht seit sieben Jahren,
Weil jede Kriegstat schon in vor'ger Zeit,
Von der uns Kunde zukam, ward gekreuzt
Und im Versuch weit abgelenkt vom Ziel
Und jenem geist'gen Vorbild des Gedankens,
Das ihr ein Traumbild schuf. Weshalb denn, Fürsten,
Seht ihr beschämten Blicks auf unser Werk,
Als wäre Schmach, was doch nichts andres ist
Als des erhabnen Zeus verzögert Prüfen,
Ob noch im Menschen fest Beharren sei?
Denn nicht erprobt sich dieser echte Stahl,

Begünstigt uns Fortuna – denn alsdann
Scheint Held und Feiger, Narr und Weiser, Künstler
Und Tor, Weichling und Starker nah verwandt –
Doch in dem Sturm und Schnauben ihres Zorns
Wirft Sondrung mit gewalt'ger, breiter Schaufel,
Alles aufschüttelnd, leichte Spreu hinweg;
Und was Gewicht und Stoff hat in sich selbst,
Bleibt reich an Tugend liegen, unvermischt.

NESTOR: In schuld'ger Ehrfurcht deinem heil'gen Thron,
O Agamemnon, wird dein letztes Wort
Nestor erläutern. In dem Kampf mit Wechsel
Bewährt sich echte Kraft. Auf stiller See,
Wie fährt so mancher gaukelnd winz'ge Kahn
Auf ihrer ruh'gen Brust und gleitet hin
Mit Seglern mächt'gen Baus!
Doch laß den Raufer Boreas erzürnen
Die sanfte Thetis – rasch durchschneidet dann
Das starkgerippte Schiff die Wellenberge,
Springt zwischen beiden feuchten Elementen
Gleich Perseus' Roß – wo bleibt das eitle Boot,
Des schwachgefügte Seiten eben noch
Wettkämpften mit der Kraft? Es flieht zum Hafen,
Wenn's nicht Neptun verschlingt. So trennt sich auch
Des Mutes Schein vom wahren Kern des Muts
Im Sturm des Glücks; denn strahlt es hell und mild,
Dann wird die Bremse quälender der Herde
Als selbst der Tiger; doch wenn Stürme spaltend
Der knot'gen Eiche Knie darniederbeugen
Und Schutz die Fliege sucht – ja, dann das Tier des Muts,
Wie aufgeregt von Wut, wird selber Wut
Und brüllt, in gleichen Tönen widerhallend,
Dem zorn'gen Glück entgegen.

ULYSSES: Agamemnon,
Du großer Fürst, Gebein und Nerv der Griechen,
Herz unsrer Scharen, Seel und einz'ger Geist,
In dem Gemüt und Wesen aller sollte
Beschlossen sein – hör, was Ulysses spricht,
Den Beifall und die Huld'gung abgerechnet, [scherwürde,
Die, *(zu Agamemnon:)* Mächt'ger du durch Rang und Herr-
Und du, *(zu Nestor:)* Ehrwürd'ger durch dein hohes Alter,
Ich euren Reden zolle, die so trefflich,

Daß Agamemnon und der Griechen Hand
Sie sollt in Erz erhöhn und deine gleichfalls,
Ehrwürd'ger Nestor, silberweiß, mit Banden
Aus Luft gewebt, stark wie die Achs, um die
Der Himmel kreist, soll aller Griechen Ohr
An deine weise Zunge fesseln – doch,
Du Staatsmann und du Fürst, vergönnt Ulysses,
Nach euch zu reden.
AGAMEMNON: Sprich, Held von Ithaka: so sicher ist's,
Daß kein unnützes, kein gehaltlos Wort
Je deine Lippe teilt, wie wir erwarten,
Wenn Hund Thersites anstimmt sein Gebell,
Je Witz, Musik, Orakel zu vernehmen.
ULYSSES: Troja, noch unerschüttert, wär gefallen
Und herrenlos des großen Hektor Schwert,
Wenn Folgendes nicht hemmte:
Verkannt wird Seel und Geist des Regiments;
Und seht! so viele Griechenzelte hohl
Stehn auf dem Feld; so viel Parteienhohlheit. –
Wenn nicht der Feldherr gleicht dem Bienenstock,
Dem alle Schwärme ihre Beute zollen,
Wie hofft ihr Honig? Wenn sich Abstufung verlarvt,
Scheint auch der Schlechtste in der Maske edel.
Die Himmel selbst, Planeten und dies Zentrum,
Reihn sich nach Abstand, Rang und Würdigkeit,
Beziehung, Jahrszeit, Form, Verhältnis, Lauf,
Amt und Gewohnheit in der Ordnung Folge;
Und deshalb thront der majestät'sche Sol
Als Hauptplanet in höchster Herrlichkeit
Vor allen andern; sein heilkräftig Auge
Verbessert den Aspekt bösart'ger Sterne
Und trifft, wie Königs Machtwort, allbeherrschend
Auf Gut und Böses. Doch wenn die Planeten
In schlimmer Mischung irren ohne Regel,
Welch Schrecknis! Welche Plag und Meuterei!
Welch Stürmen auf der See! Wie bebt die Erde!
Wie rast der Wind! Furcht, Umsturz, Graun und Zwiespalt
Reißt nieder, wühlt, zerschmettert und entwurzelt
Die Eintracht und vermählte Ruh der Staaten
Ganz aus den Fugen! Oh! wird Abstufung,
Die Leiter aller hohen Plän, erschüttert,

So krankt die Ausführung. Wie könnten Gilden,
Würden der Schule, Brüderschaft in Städten,
Friedsamer Handelsbund getrennter Ufer,
Der Vorrang und das Recht der Erstgeburt,
Ehrfurcht vor Alter, Zepter, Kron und Lorbeer
Ihr ewig Recht ohn Abstufung behaupten?
Tilg Abstufung, verstimme diese Saite,
Und höre dann den Mißklang! Alles träf
Auf offnen Widerstand. Empört dem Ufer,
Erschwöllen die Gewässer übers Land,
Daß sich in Schlamm die feste Erde löste;
Macht würde der Tyrann der blöden Schwäche,
Der rohe Sohn schlüg seinen Vater tot;
Kraft hieße Recht – nein, Recht und Unrecht, deren
Endlosen Streit Gerechtigkeit vermittelt,
Verlören wie Gerechtigkeit den Namen.
Dann löst sich alles auf nur in Gewalt,
Gewalt in Willkür, Willkür in Begier;
Und die Begier, ein allgemeiner Wolf,
Zwiefältig stark durch Willkür und Gewalt,
Muß dann die Welt als Beute an sich reißen
Und sich zuletzt verschlingen. Großer König,
Dies Chaos, ist erst Abstufung erstickt,
Folgt ihrem Mord:
Und dies Nichtachten jeder Abstufung
Geht rückwärts Schritt für Schritt, indem's hinauf
Zu klimmen strebt. Des Oberfeldherrn spottet
Der unter ihm zunächst, den höhnt der Zweite,
Den Nächsten dann sein Untrer: so vergiftet
Vom ersten Schritt, der seinem Obern trotzt,
Wird jeder folgende zum neid'schen Fieber
Kraftloser, bleicher Nebenbuhlerschaft –
Und solch ein Fieber ist's, das Troja schirmt,
Nicht eigne Stärke. Kurz, den Troern schafft
Nur unsre Schwäche Frist, nicht eigne Kraft.

NESTOR: Sehr weislich hat Ulysses uns enthüllt
Die Seuch, an welcher unsre Macht erkrankt.

AGAMEMNON: Der Krankheit Art hast du durchschaut, Ulysses;
Welch Mittel nun?

ULYSSES: Der Held Achilles, den die Meinung krönt
Als Nerv und rechte Hand des ganzen Heers –

Das Ohr gefüllt mit seinem luft'gen Ruhm,
Wird frech und launenhaft und ruht im Zelt,
Verspottend unser Tun. Mit ihm Patroklus,
Auf einem Lotterbett, treibt freche Possen
Den lieben langen Tag
Und stellt mit tölpisch lächerlichem Pathos
– Das der Verleumder Nachahmung benennt –
Uns all zur Schau. Manchmal, o großer König,
Agiert er deine höchste Majestät,
Stolzierend wie ein Bühnenheld, des Geist
Im Kniebug wohnt und den's erhaben dünkt,
Der Bretter Schall und hölzern Echo hören,
Wenn er mit steifem Fuß den Boden stampft –
So jämmerlich verdreht und übertrieben
Verzerrt er deine Hoheit. Wenn er spricht,
Klingt's wie geborstne Glocken: sinnlos Zeug,
Wie es, von Typhons Schlund hervorgebrüllt,
Noch Bombast schiene. Bei dem schalen Wust
Liegt breit und faul Achilles auf den Polstern,
Lacht aus der tiefen Brust ihm lauten Beifall,
Ruft: „Herrlich! Das ist Agamemnon völlig!
Nun spiel mir Nestor! Räuspre, streich den Bart
Wie er, wenn er zu reden Anstalt macht!"
Er tut's und trifft's, wie Nord und Süd sich treffen,
So ähnlich, wie Vulkan der Gattin ist.
Doch Freund Achill ruft nochmals: „Meisterhaft!
's ist Nestor ganz! Jetzt spiel ihn mir, Patroklus,
Wie er sich nachts beim Überfall bewaffnet."
Und dann, wie klein! muß selbst des Alters Schwachheit
Zur Posse dienen; hustend räuspert er,
Schiebt, krankhaft fuschelnd, an des Panzers Hals
Die Nieten ein und aus: und bei dem Spaß
Stirbt Herr Großmächtig, schreit: „Genug, Patroklus!
Schaff Rippen mir von Stahl! sonst spreng ich alle
Vor übermäß'ger Lust!" So dient den beiden
All unsre Fähigkeit, Natur, Gestalt,
Besondre Gab und allgemeine Art,
Vollbrachte Tat, Entwurf, Befehl und Plan,
Aufforderung zum Kampf, Antrag um Stillstand,
Erfolg und Mißgeschick, was ist und nicht ist,
Zum Stoff für Albernheit und Übertreibung.

NESTOR: Und von dem schlimmen Beispiel dieser zwei,
Die, wie Ulysses sagt, die Meinung krönt
Mit Herrscherton, ward mancher angesteckt.
Ajax, voll Eigendünkels, trägt das Haupt
So hoch gezäumt, so trotzig wie der breite
Achilles; bleibt in seinem Zelt wie jener;
Gibt Schmäuse den Partein; schimpft unsre Waffen,
Als wär er ein Orakel; hetzt Thersites,
Den Schalksnarrn, der wie Münze Lästrung prägt,
Durch niedrigen Vergleich uns zu besudeln;
Mit Schimpf und Hohn zu schmähn auf unsre Drangsal,
Wie sehr uns auch ringsher Gefahr bedräut.
ULYSSES: Sie lästern unsre Politik als Feigheit;
Sie stoßen Weisheit aus dem Rat des Kriegs,
Verlachen Vorbedacht und würdigen
Nur Tat der Faust – die stille Geisteskraft,
Die prüft, wie viele Hände wirken sollen,
Wenn's Zeit erheischt, und durch mühsame Schätzung
Vorausbestimmt, wie zahlreich sei der Feind –
Das alles hält man keines Fingers wert,
Bettarbeit nennt man's, Stubenkrieg und Schreibwerk;
So daß der Widder, der die Mauern bricht,
Und die Gewalt und Sturmkraft seiner Wucht
Den Rang hat vor der Hand, die ihn gezimmert,
Ja selbst vor denen, die mit List und Klugheit
Scharfsinnig seine Wirkung angeordnet.
NESTOR: Dies eingeräumt, so gilt Achilles' Pferd
Viel Thetissöhne! *Trompetenstoß.*
AGAMEMNON: Horcht! Wes die Trompeten?
Sieh, Menelaus!
MENELAUS: Von Troja!
ÄNEAS *tritt auf.*
AGAMEMNON: Was führt Euch hierher?
ÄNEAS: Ist dies
Des großen Agamemnon Zelt?
AGAMEMNON: Ja, dieses.
ÄNEAS: Darf einer, der ein Herold ist und Fürst,
Mit offner Botschaft nahn des Königs Ohr?
AGAMEMNON: Noch sichrer, als geschützt vom Arm Achills,
Vor allen griech'schen Häuptern, die einstimmig
Als Haupt und Feldherrn Agamemnon ehren.

ÄNEAS: Höflich Gewähren; Sicherheit vollauf. –
Wie mag, wer diesen höchsten Blicken fremd,
Von andern Sterblichen ihn unterscheiden?
AGAMEMNON: Wie?
ÄNEAS: Ich frag, auf daß ich Ehrfurcht in mir wecke
Und ein Erröten auf die Wange rufe,
Beschämt, so wie Aurora, wenn sie kühl
Zum jungen Phöbus schaut.
Wer ist der Gott im Amt, der Helden lenkt?
Wer ist der Hochgebieter Agamemnon?
AGAMEMNON: Der Troer höhnt uns, oder Trojas Ritter
Sind überfeine Hofherrn.
ÄNEAS: Hofherrn, so mild und adlig, ohne Wehr,
Wie Engel hold geneigt: also im Frieden.
Doch fehlt im Kriegsschmuck Zorn nicht, kräft'ger Arm,
Der Glieder Macht, getreues Schwert und, Gott voran,
Kein Herz so muterfüllt. Doch still, Äneas!
Still, Troer! Leg den Finger auf die Lippe,
Des Ruhmes Würdigkeit verliert an Wert,
Wenn der Gepriesne selbst mit Lob sich ehrt:
Doch Lob, das vom besiegten Feind erklingt,
Der Taten Ruf ist's, der zum Himmel dringt.
AGAMEMNON: Trojan'scher Ritter, nennt Ihr Euch Äneas?
ÄNEAS: Ja, Grieche, also heiß ich.
AGAMEMNON: Eur Geschäft?
ÄNEAS: Verzeiht, es ist für Agamemnons Ohr!
AGAMEMNON: Er hört nichts heimlich, was von Troja kommt.
ÄNEAS: Auch kam ich nicht von Troja, ihm zu flüstern;
Trompeten laß ich schmettern an sein Ohr
Und weck es, aufmerksam sich mir zu neigen;
Dann will ich reden.
AGAMEMNON: Sprich so frei wie Luft;
Dies ist nicht Agamemnons Schlummerstunde;
Vernehmen sollst du, Troer, er ist wach:
Er selber sagt es dir.
ÄNEAS: Trompet, erklinge
Mit ehrnem Schall durch all die trägen Zelte;
Und jedem tapfern Griechen tu es kund,
Was Troja edel meint, das spricht es laut.

Trompetenstoß.

In Troja lebt, o großer Agamemnon,

Ein Prinz, Hektor mit Namen, Priams Sohn,
Den diese dumpfe, lange Waffenruh
Verrostet hat. Nimm die Trompeten, sprach er,
Und rede so: Ihr Kön'ge, Fürsten, Herrn,
Ist einer von den Edeln Griechenlands,
Dem mehr die Ehre gilt als seine Ruh,
Der mehr nach Ruhm strebt als Gefahren scheut,
Der seinen Mut wohl kennt, nicht seine Furcht,
Der seine Dame mehr liebt als in Worten,
Mit müß'gen Schwüren ihrem Mund gelobt
Und ihren Wert und Reiz behaupten darf
Nicht bloß mit Liebeswaffen – dem entbiet ich:
Im Angesicht der Griechen und Trojaner
Beweist es Hektor oder müht sich drum,
Er hab ein Weib, verständ'ger, schöner, treuer,
Als an die Brust jemals ein Grieche schloß;
Und morgen ruft er mit Trompetenklang
Inmitten eurer Zelt' und Trojas Mauern,
Daß sich ein Griech erheb in Liebe treu.
Tritt einer auf, wird Hektor hoch ihn ehren;
Wenn keiner kommt, wird er in Troja sagen:
Die griech'schen Fraun sind sonnverbrannt und unwert
Des Splitters einer Lanze. – Dies mein Auftrag.

AGAMEMNON: So, Prinz, verkünd ich's unsern Liebenden.
Hat keiner ein Gemüt also entzündet,
Kam keiner mit uns her. Doch wir sind Ritter:
Und sei mit Schmach vom Rittertum vertrieben,
Wer nicht schon liebt, geliebt hat noch wird lieben.
Drum, wer in Lieb ist, sein wird oder war,
Der stelle sich, sonst biet ich selbst mich dar.

NESTOR: Sag ihm von Nestor, der ein Mann schon war,
Als Hektors Eltervater sog die Brust –
Er ist nun alt – doch findet sich im Heer
Kein edler Mann, in dem ein Funke glüht,
Zu stehn für seine Dame –, sag ihm dies:
Den Silberbart berg ich im Goldvisier
Und in der Schiene den gewelkten Arm:
So tret ich auf und sag ihm, mein Gemahl
Besiegt' an Schönheit seine Eltermutter,
An Keuschheit alle. Seinem Jugendmut
Zeug ich's mit meinen sieben Tropfen Blut.

ÄNEAS: Verhüte Gott, daß Jugend also selten!
ULYSSES: Amen!
AGAMEMNON: Erlauchter Lord Äneas, reicht die Hand.
Ich führ Euch, Herr, in unsern Pavillon:
Achill vernehme, was Ihr heut bestellt,
Und jeder griech'sche Ritter, Zelt für Zelt.
Dann speist mit uns, eh Ihr nach Troja kehrt,
Und edler Feindesgruß sei Euch gewährt.
Alle ab außer Ulysses und Nestor.
ULYSSES: Nestor –
NESTOR: Was sagt Ulysses?
ULYSSES: In meinem Hirn erzeugt sich ein Gedanke;
Seid Ihr die Zeit, ihn zur Geburt zu fördern!
NESTOR: Was ist es?
ULYSSES: Dies: man sprengt mit stumpfem Keil
Den harten Klotz. Den überreifen Stolz,
Der hoch in Saat geschossen in dem üpp'gen
Achill, muß unsre Sichel schleunig mähn,
Sonst streut er rings dieselbe böse Saat,
Uns alle zu ersticken.
NESTOR: Wohl! Und wie?
ULYSSES: Der Kampf, zu dem der tapfre Hektor ruft,
Obschon in Allgemeinheit ausgesprochen,
Zielt doch zunächst allein nur auf Achill.
NESTOR: Der Zweck ist augenfällig; wie ein Ganzes,
Des Großheit sich aus kleinen Teilen formt.
Und wird dies kundgetan, so zweifle nicht,
Achilles, wär auch sein Gehirn so trocken
Wie Libyens Strand – und doch, Apoll bezeug's,
's ist dürr genug –, wird mit eilfert'gem Urteil,
Ja unverzüglich Hektors Zweck durchschaun,
Daß er auf ihn gezielt.
ULYSSES: Und sich der Fordrung stellen, denkt Ihr?
NESTOR: Ja;
So muß es sein. Wer mißt sich sonst mit ihm,
Der aus dem Kampf mit Hektor Ehre brächte,
Als nur Achill? Ist's gleich ein Spielgefecht,
Hängt an der Kampfesprobe doch die Meinung.
Denn unser Köstlichstes schmeckt hier der Troer
Mit seinem feinsten Gaum, und glaubt, Ulysses,
Daß unser Ansehn Schaden leiden wird

Bei diesem wilden Tun; denn der Erfolg,
Obschon des einen Mannes, gibt den Ausschlag
Dem allgemeinen gut und schlimmen Ruf –
Und solcher Index (ob auch kleine Lettern,
Verglichen mit der Bände Folge) zeigt
In Kindsgestalt den Riesenkörper schon
Von dem, was kommen soll. – Man sieht im Streiter,
Der sich dem Hektor stellt, nur unsre Wahl:
Und Wahl, einmüt'ger Einklang alles Urteils,
Leiht Würde dem Erkornen, kocht heraus
Gleichsam von unsrer aller Wert und Kraft
Die Quintessenz des Manns. Mißlingt es dem,
Welch Herz faßt dann der Sieger in dem Kampf,
Die eingebild'te Ehre noch zu stählen!
Der Ehrenpunkt belebt dann jedes Werkzeug
Nicht minder kraftvoll als Geschoß und Schwert,
Vom Arm geführt.
ULYSSES: Verzeihung meinem Wort!
Drum darf Achilles nicht mit Hektor kämpfen,
Zeigt wie ein Krämer erst die schlechtste Ware,
Vielleicht bringt Ihr sie an; geläng es nicht,
Dann wird der Glanz der bessern Euch erhöht,
Zeigt Ihr die schlechte erst. Drum gebt nicht zu,
Daß Hektor und Achill zusammen fechten:
Sonst folgen unsrer Schmach wie unserm Ruhm
Zwei höchst verderbliche Gefährten nach.
NESTOR: Mein altes Auge sieht sie nicht: wer sind sie?
ULYSSES: Der Ruhm, den sich Achill erringt von Hektor,
Wär er nicht stolz, wir alle teilten ihn:
Doch allzu übermütig ward er schon;
Und lieber möcht uns Libyens Sonne dörren
Als seiner Augen Stolz und bittrer Hohn,
Besiegt ihn Hektor nicht: und wich' er ihm,
Zerstörten wir den allgemeinen Glauben
Durch unsres Helden Schmach. Nein, losen wir
Und lenken's klug, daß Tölpel Ajax ziehe
Das Blatt zum Kampf mit Hektor. Unter uns
Rühm Euer Zeugnis ihn als besten Krieger;
Das wird Arznei dem großen Myrmidonen,
Der auf die Volksgunst pocht; dann sinkt sein Kamm,
Der stolz sich wie der Regenbogen bäumt.

Kommt der schwerköpf'ge Ajax heil davon,
Erhebt ihn unser Lob; und schlägt's ihm fehl,
Dann bleibt doch stets die Meinung unverletzt,
Daß wir noch Beßre haben. Wie's auch fällt,
Des Plans geheime Absicht muß gelingen:
Ajax, erwählt, rupft dem Achill die Schwingen.

NESTOR: Ulysses,
Jetzt fängt dein Vorschlag an mir einzuleuchten;
Und ungesäumt soll Agamemnon gleichfalls
Ihn kosten. – Gehn wir in sein Zelt sofort;
Hier zähm ein Hund den andern; Stolz allein
Muß dieser Bullenbeißer Knochen sein.

Sie gehn ab.

ZWEITER AUFZUG

ERSTE SZENE

Das griechische Lager.

AJAX *und* THERSITES *treten auf.*

AJAX: Thersites!

THERSITES: Agamemnon . . . wie, wenn er Beulen hätte? vollauf, über und über, allenthalben –

AJAX: Thersites!

THERSITES: Und die Beulen liefen; gesetzt, so wär's, liefe dann nicht der ganze Feldherr? Wäre das nicht eine offne Eiterbeule?

AJAX: Hund!

THERSITES: Auf diese Art käme doch etwas Materielles aus ihm; jetzt seh ich gar nichts.

AJAX: Du Brut einer Wolfspetze, kannst du nicht hören? So fühle denn! *Schlägt ihn.*

THERSITES: Daß dich die griechische Pestilenz, du köterhafter, rindsköpfiger Lord!

AJAX: Sprich denn, du abgestandner Klumpen Sauerteig; sprich! Ich will dich zu einer hübschen Figur prügeln!

THERSITES: Ich könnte dich leichter zu einem Witzigen und Gottesfürchtigen lästern; aber dein Hengst hält eher eine Rede aus dem Kopf, als du ein Gebet auswendig sprichst.

Du kannst schlagen, nicht? das kannst du? die Pferdeseuche über deine Gaulmanieren!

AJAX: Giftpilz! Erzähle mir, was hat man ausgerufen?

THERSITES: Denkst du, ich sei fühllos, daß du mich so schlägst?

AJAX: Was hat man ausgerufen?

THERSITES: Man hat dich als Narren ausgerufen, denk ich.

AJAX: Nimm dich in acht, Stachelschwein, nimm dich in acht! Meine Finger jucken!

THERSITES: Ich wollte, es juckte dich vom Kopf bis zu den Füßen und ich müßte dich kratzen; ich wollte dich zum schäbigsten Scheusal in Griechenland machen. Wenn du dich einmal bei einem Ausfall voranwagst, schlägst du so schläfrig wie ein andrer.

AJAX: Ich frage, was hat man ausgerufen?

THERSITES: Jede Stunde brummst und grollst du auf den Achilles und bist neidisch auf seine Größe wie Cerberus auf Proserpinas Schönheit; ja, du bellst ihn an!

AJAX: Frau Thersites!

THERSITES: Den solltest du schlagen!

AJAX: Fladen!

THERSITES: Der würde dich mit seiner Faust zu Krümchen quetschen wie ein Matrose seinen Zwieback!

AJAX: Du verdammter Köter! *Schlägt ihn.*

THERSITES: So recht!

AJAX: Du Hexenstuhl!

THERSITES: Recht, recht so, du grützköpfiger Lord! Du hast nicht mehr Hirn als ich im Ellbogen; ein Packesel kann dein Zuchtmeister sein; du schäbiger, tapfrer Esel! du bist hierhergeschickt, um auf die Trojaner zu dreschen, und unter Leuten von einigem Witz bist du verraten und verkauft wie ein afrikanischer Sklav. – Wenn du dich darauf legst, mich zu schlagen, will ich bei deiner Ferse anfangen und dir Zoll für Zoll sagen, was du bist, du Klotz ohne Eingeweide!

AJAX: Hund!

THERSITES: Schäbiger Lord!

AJAX: Köter! *Schlägt ihn.*

THERSITES: Mars' dummer Tölpel! – Nur zu, Grobian; nur zu, Kamel; immer zu!

ACHILLES *und* PATROKLUS *treten auf.*

ACHILLES: Was gibt es, Ajax? Warum tut Ihr das?
Was gibt's, Thersites? Wovon ist die Rede?

THERSITES: Ihr seht ihn da, nicht wahr?
ACHILLES: Nun ja, was gibt's?
THERSITES: Nein, seht ihn an!
ACHILLES: Das tu ich ja; was ist denn?
THERSITES: Nein, seht ihn Euch recht an!
ACHILLES: Nun ja, das tu ich.
THERSITES: Und doch seht Ihr ihn nicht recht an; denn wofür Ihr ihn immer halten mögt, er ist Ajax.
ACHILLES: Ich kenn ihn ja, du Narr!
THERSITES: Ja, aber der Narr kennt sich selbst nicht!
AJAX: Darum prügle ich dich.
THERSITES: Oho! oho! Welche kleine Dosen Witz er von sich gibt! Seine Ausfälle haben Ohren so lang. Ich habe mehr sein Gehirn als er meine Knochen zerschlagen. Neun Spatzen kann ich für einen Heller kaufen, und seine *pia mater* ist nicht soviel wert wie der neunte Teil eines Spatzen. Dieser Lord, Achilles – der Ajax, der seinen Verstand im Bauch trägt und seine Kaldaunen im Kopf –, ich will Euch sagen, was ich von ihm denke.
ACHILLES: Was?
THERSITES: Ich sage, dieser Ajax –
ACHILLES: Laßt doch, guter Ajax!

Ajax will Thersites schlagen; Achilles tritt zwischen sie.

THERSITES: – hat nicht so viel Verstand –
ACHILLES: Nein, so muß ich Euch zurückhalten!
THERSITES: – daß er das Öhr von Helenas Nadel füllen könnte, für die er zu fechten herkam.
ACHILLES: Halt Friede, Narr!
THERSITES: Ich hielte gern Friede und Ruhe, aber der Narr will nicht: seht nur, dieser da, der dort!
AJAX: Ei du schändlicher Hund, ich will –
ACHILLES: Wollt Ihr Euern Witz gegen den eines Narren setzen?
THERSITES: Nein gewiß nicht, denn des Narren Verstand würde ihn zuschanden machen.
PATROKLUS: Gib Ruhe, Thersites!
ACHILLES: Worüber zankt ihr?
AJAX: Ich hieß den garstigen Uhu sich nach dem Inhalt des Aufrufs erkundigen, und da schimpft er auf mich los.
THERSITES: Ich bin dein Diener nicht.
AJAX: Seht nur! Seht nur!
THERSITES: Ich diene hier freiwillig!

ACHILLES: Euer letztes Dienen war leidend, es war nicht freiwillig; niemand läßt sich freiwillig schlagen; Ajax war hier der Freiwillige, und Ihr wurdet zum Dienst gepreßt.

THERSITES: Meint Ihr! Euch steckt auch der Verstand größtenteils in den Sehnen, oder die Welt lügt. Hektor wird einen rechten Fang tun, wenn er einem von euch das Gehirn ausschlägt: ebensogut möchte er eine taube Nuß ohne Kern aufknacken.

ACHILLES: Fängst du auch mit mir an, Thersites?

THERSITES: Da sind Ulysses und der alte Nestor, dessen Witz schon schimmlig war, ehe Euer Großvater Nägel auf den Zehen hatte – die jochen euch wie ein Gespann Ochsen zusammen, daß ihr den Krieg umpflügen müßt.

ACHILLES: Was? Was?

THERSITES: Ja, meiner Treu! Hot, Achilles! ho, Ajax!

AJAX: Ich reiße dir die Zunge aus!

THERSITES: Das macht nichts, ich werde hernach noch ebenso beredt sein wie du.

PATROKLUS: Kein Wort mehr, Thersites; halt Friede!

THERSITES: Ich muß Friede halten, wenn's Achills Troddel verlangt, nicht wahr?

ACHILLES: Das war für dich, Patroklus!

THERSITES: Ich will euch gehängt sehn wie dumme Teufel, ehe ich je wieder in euer Zelt komme; ich werde mich zu Leuten halten, die ihre fünf Sinne haben und die Zunft der Narren verlassen. *Ab.*

PATROKLUS: Glück auf den Weg!

ACHILLES: Nun wißt: durchs ganze Lager ward verkündigt,
Daß Hektor morgen um die fünfte Stunde
Inmitten unsrer Zelt' und Trojas Mauern
Wird einen Ritter fordern zum Gefecht,
Der Lust hat, einen Gang zu tun; weshalb,
Das weiß ich nicht: 's ist Lumperei! – Lebt wohl!

AJAX: Lebt wohl! Wer wird sich stellen?

ACHILLES: Ich weiß nicht: Lose solln entscheiden; sonst
Fänd er wohl seinen Mann.

AJAX: Aha! Euch selbst? – Davon muß mehr ich hören!

Sie gehn ab.

ZWEITE SZENE

Priams Palast.

Es treten auf PRIAMUS, HEKTOR, TROILUS, PARIS *und* HELENUS.

PRIAMUS: Nachdem viel Stunden, Wort' und Leben schwanden,
Spricht nochmals Griechenland durch Nestor dies:
„Gebt Helena, und jeder andre Schaden,
Wie Ehre, Zeitverlust, Aufwand und Müh,
Blut, Freund', und was noch Teures sonst verschlang
Des nimmersatten Krieges heiße Gier,
Sei abgetan." Hektor, wie dünkt es dich?
HEKTOR: Scheut niemand minder Grācien auch als ich,
Was mich als einzelnen betrifft; dennoch,
Erhabner Priamus,
Gab's nie ein Weib von zärtlicherm Gefühl,
Empfänglicher dem Sinn der Furcht, geneigter
Zum bangen Ruf: „Wer weiß, was draus entsteht?"
Als Hektor. Sicherheit macht Frieden krank,
Zu sichre Sicherheit; doch weiser Zweifel
Wird dem Klugen Leuchte, dem Arzte Sonde,
Der Wunde Grund zu prüfen. Geh denn Helena.
Seitdem für sie der erste Schwertstreich fiel,
War jede zehnte Seel aus tausend Zehnten
In unserm Volk so teur wie Helena.
Verloren wir so manches Zehnt der Unsern
Für eine, die uns fremd; für uns nicht wert,
Wenn sie die Unsre wär, ein Zehntel nur: –
Welcher vernünft'ge Grund denn, der uns hindert,
Sie auszuliefern?
TROILUS: Pfui, o pfui, mein Bruder!
Wägst du die Ehr und Würde eines Königs,
Wie unser hoher Vater, nach dem Maß
Gemeiner Unzen? Willst mit Pfenn'gen zählen
Seiner Unendlichkeit maßlosen Wert?
Ein unabsehbar weit Gebiet umzirken
Mit Zoll und Spanne so geringer Art
Wie Fürchten und Vernunft? o pfui der Schmach!
HELENUS: Kein Wunder, wenn Vernunft du schiltst, der selbst
Vernunft entbehrt. Soll unser Vater nicht

Sein großes Herrscheramt baun auf Vernunft,
Weil unvernünftig deine Rede war?
TROILUS: Du bist für Träum und Schlummer, Bruder, Priester,
Und fütterst deine Handschuh mit Vernunft:
Dies sind nun deine Gründe:
Du weißt, ein Feind sinnt drauf, dir weh zu tun,
Du weißt, gezückte Schwerter drohn Gefahr,
Und die Vernunft flieht das, was Schaden bringt;
Was Wunder denn, wenn Helenus gewahrt
Den Griechen und sein Schwert, daß er selbst Fitt'che
Tiefer Vernunft sich an die Fersen bindet
Und wie Merkur, wenn Zeus ihn schilt, entflieht
Schnell wie ein Sternschuß? Pred'gen wir Vernunft,
So schließt die Tor' und schlaft! Mannheit und Ehre,
Wenn sie mit Gründen nur sich mästeten,
Gewännen Hasenherz; Vernunft und Sinnen
Macht Lebern bleich und Jugendkraft zerrinnen.
HEKTOR: Bruder, sie ist nicht wert, was sie uns kostet,
Sie hier zu halten.
TROILUS: Was hat wohl andern Wert, als wir es schätzen?
HEKTOR: Doch nicht des einzlen Willkür gibt den Wert,
Er hat Gehalt und Würdigkeit sowohl
In eigentümlich innrer Kostbarkeit
Als in dem Schätzer: Wahn und Tollheit ist's,
Den Dienst zu machen größer als den Gott!
Und töricht schwärmt der Wille, der sich neigt
Zu dem, was seine Liebe fälschlich adelt,
Wenn innrer Wert dem Scheinverdienst gebricht.
TROILUS: Ich nehme heut ein Weib, und meine Wahl
Hängt von der Leitung meines Willens ab:
Mein Wille ward entflammt durch Aug und Ohr,
Zwei wackern Lotsen durch die schroffen Klippen
Von Will und Urteil. Wie verstieß ich nun,
Wenn einst dem Willen meine Wahl mißfiel,
Das Weib, das ich erkor! – Da ist kein Ausweg,
Kein Wanken gilt, wenn Ehre soll bestehn.
Wir senden nicht die Seide heim dem Kaufmann,
Die wir verderbt, noch werfen wir verächtlich
Die übrigbliebnen Speisen durcheinander,
Weil wir nun satt: man hielt es wohlgetan,
Daß Paris Rache nehm am Griechenvolk;

Einmüt'ger Beifall schwellt' ihm seine Segel:
Die alten Kämpfer, Meer und Wind, sie ruhten,
Ihm beizustehn; den Port erreicht' er schnell,
Und statt der alten Base, dort gefangen,
Bracht er 'ne griech'sche Fürstin, deren Frische
Apollo runzlig, welk den Morgen macht.
Mit welchem Fug? die Griechen halten jene!
Und ist sie's wert? Ha, eine Perle ist sie,
Die mehr denn tausend Schiffe jagt' ins Meer
Und Kaufherrn schuf aus Kön'gen.
Gesteht ihr ein, recht war's, daß Paris ging
(Ihr müßt; denn alles rief: „Zieh hin! zieh hin!");
Bekennt ihr, daß ein Kleinod seine Beute
(Ihr müßt; denn alle schlugt ihr in die Hände
Und rieft: „Unschätzbar!") – warum schmäht ihr nun
Den Ausgang eures eignen weisen Plans
Und tut, was selbst Fortuna nicht getan,
Entwürd'gend, was ihr reicher habt geschätzt
Als Land und Meer? Dann pfui dem schnöden Raub!
Wir stahlen, was wir fürchten zu behalten,
Als Dieb', unwert des so gestohlnen Guts!
Was wir vergeltend raubten ihrem Strand,
Scheun wir zu schützen in der Heimat Land!

KASSANDRA *draußen*: Weint, Troer, weint! –
PRIAMUS: Welch Schrein? Welch Angstgestöhn?
TROILUS: Die tolle Schwester; ihre Stimm erkenn ich.
KASSANDRA *draußen*: Weint, Troer!
HEKTOR: 's ist Kassandra!

KASSANDRA *kommt, in Verzückung, mit fliegenden Haaren.*

KASSANDRA:
Weint, Troer, weint! Leiht mir zehntausend Augen,
Und alle füll ich mit prophet'schen Tränen!
HEKTOR: Still, Schwester, still!
KASSANDRA:
Jungfraun und Knaben, Männer, schwache Greise,
Unmünd'ge Kindheit, die nichts kann als weinen,
Verstärkt mein Wehgeschrei! und zahlt voraus
Die Hälfte all des Jammers, der uns nah!
Weint, Troer, weint: gewöhnt eur Aug an Tränen,
Troja vergeht, das schöne Ilium sinkt!
Paris, der Feuerbrand, verzehrt uns alle.

Weint, weint! O Helena, du Weh der Wehen!
Weint! Troja brennt! Verbannt sie, heißt sie gehen! *Ab.*

HEKTOR: Nun, junger Troilus, weckt dies grause Lied
Der prophezeinden Schwester kein Gefühl
Der Reu im Herzen? oder ist dein Blut
So toll erhitzt, daß Überlegung nicht
Noch Furcht vor schlechtem Ausgang schlechter Sache
Die Glut dir mäß'gen kann?

TROILUS: Ei, Bruder Hektor,
Wir dürfen nicht die Güte jeder Tat
Ermessen nach dem Ausgang des Erfolgs
Noch unsre Herzen gleich entmut'gen, weil
Kassandra rast. Ihr hirnverrücktes Toben
Verbittre nicht die Lust an einem Streit,
Dem unser aller Ehre sich verpfändet
Als wohlgeziemend. Mir, für meinen Anteil,
Gilt er nicht mehr als jedem Sohn des Priam;
Und Zeus verhüte, daß wir etwas täten,
Verföchten, drauf beharrten, was auch nur
Rechtmäß'gen Grund zum kleinsten Tadel gäbe.

PARIS: Sonst dürfte wohl die Welt des Leichtsinns zeihn
Mein Unternehmen so wie euern Rat.
Doch, bei den Göttern! eur vollkommner Beifall
Gab Flügel meinem Wunsch und schnitt hinweg
Jeglich Bedenken solchem kühnen Wagnis.
Denn was vermag allein mein schwacher Arm?
Was beut die Kühnheit eines Manns für Kampf,
All derer Stoß und Feindschaft zu bestehn,
Die solche Fehd erweckte? Dennoch schwör ich,
Müßt ich allein den schweren Kampf versuchen
Und käme nur die Macht dem Willen gleich,
Nie widerriefe Paris, was er tat,
Noch wankt' er im Verfolg.

PRIAMUS: Paris, du sprichst
Wie einer, dem von süßen Lüsten schwindelt.
Du hast den Honig stets, die Galle sie,
So tapfer sein verdiente Ruhm noch nie.

PARIS: Ich trachte nicht allein den Freuden nach,
Die solche Schönheit ihrem Eigner bringt;
Des holden Raubes Vorwurf wünscht ich auch
Getilgt, indem wir ehrenvoll sie wahren.

Welch ein Verrat an der entführten Herrin,
Schmach eurem hohen Ruhm und Schande mir,
Nun aufzugeben solch ein Eigentum
Nach abgezwungenem Vergleich? Wär's möglich,
Daß so entartete Gesinnung je
Den Eingang fänd in eure edlen Herzen?
Auch dem Geringsten nicht in unserm Volk
Fehlt Mut, zu wagen und das Schwert zu ziehn
Für Helena; und kein so Edler ist,
Des Leben wär zu teur, des Tod unrühmlich,
Ist Helena der Preis. Deshalb beteur ich,
Wohl ziemt es sich, im Kampfe nicht zu weichen
Für die, der auf der Welt nichts zu vergleichen!

HEKTOR: Paris und Troilus, beide spracht ihr gut
Und habt erörtert Frag und Stand des Streits,
Doch oberflächlich – nicht ungleich der Jugend,
Die Aristoteles unfähig hielt
Zum Studium der Moralphilosophie.
Die Gründe, die ihr vortrugt, leiten mehr
Zu heißer Leidenschaft des wilden Bluts,
Als die Entscheidung, frei und klar zu schlichten,
Was Recht und Unrecht. Denn die Rach und Wollust
Sind tauber als der Ottern Ohr dem Ruf
Wahrhaften Urteils! Die Natur verlangt
Erstattung jedes Guts dem Eigner: nun,
Wo wär in aller Menschheit nähres Anrecht
Als zwischen Mann und Ehfrau? Wird ein solches
Naturgesetz verletzt durch Leidenschaft,
Und große Geister, dem betäubten Willen
Zu leicht sich fügend, widerstreben ihm,
So gibt's in jedem Volksrecht ein Gesetz
Als Zügel solcher wütenden Begierden,
Die in Empörung alle Schranken brechen.
Ist Helena des Sparterkönigs Weib –
Wie sie's denn ist –, so ruft Moralgesetz
Des Staats wie der Natur mit lauter Stimme,
Sie ihm zurückzusenden. Fest beharren
Im Unrechttun vermindert Unrecht nicht,
Nein, macht es schwerer. Dies ist Hektors Meinung,
Wenn er das Recht erwägt. Gleichwohl indes,
Ihr feur'gen Brüder, neig ich mich zu euch

In dem Entschluß, nicht Helena zu lassen.
Denn wicht'gen Einfluß hat des Streits Entscheidung
Auf aller so wie jedes einzlen Ruhm.

TROILUS: Ja, das ist unsres Trachtens Kraft und Inhalt.
Wär's nicht die Ehre, die uns mehr entflammt,
Als unserm schwellnden Groll genugzutun –
Nicht einen Tropfen Troerblut mehr wollt ich
Für sie vergeudet sehn. Doch, tapfrer Hektor,
Sie ist ein Gegenstand für Ehr und Ruhm,
Ein Sporn zu tapfrer, hochbeherzter Tat,
Gibt jetzt uns Mut, die Feinde zu vernichten,
Und für die Zukunft Preis, der uns verklärt.
Denn, weiß ich doch, Held Hektor gäbe nicht
So reichen Vorteil der verheißnen Glorie,
Wie sie auf dieses Kampfes Stirn uns lächelt,
Für alles Gold der Welt.

HEKTOR: Wohl hast du recht,
Du tapfrer Sproß des großen Priamus.
Ich sandte schon aufreizend Fehdewort
Den trägen und entzweiten Griechenfürsten,
Das ihre Schlummergeister wecken wird.
Wie ich vernommen, schläft ihr bester Held;
Neid und Parteiung schleichen durch das Feld,
Dies hoff ich, regt ihn auf.

Sie gehn ab.

DRITTE SZENE

Das griechische Lager.

THERSITES *tritt auf.*

THERSITES: Wie nun, Thersites? Ganz verloren im Labyrinth deines Grimms? Soll's der Elefant Ajax so davontragen? Er schlägt mich, und ich schimpfe auf ihn: o schöne Genugtuung! Ich wollte, es stände umgekehrt, und ich könnte ihn schlagen, während er auf mich schimpft! – Blitz, ich will Teufel bannen und beschwören lernen, damit ich doch irgendeine Frucht meiner zornigen Verwünschungen sehe – dann, dieser Achilles! Der ist mir ein trefflicher Ingenieur! Wenn Troja nicht eh'r genommen wird, bis diese beiden es untergraben, so mögen die Mauern stehn, bis sie von selbst einfallen. O du großer Donnerschleudrer des Olymp, vergiß, daß du Jupiter, der Götterkönig, bist; und du, Merkur, verliere alle Schlangenkünste deines Caduceus, wenn ihr ihnen nicht das kleine, kleine, weniger als kleine Körnchen Verstand nehmt, das sie haben; von dem die kurzarmige Dummheit selbst einsieht, es sei so übermäßig winzig, daß es nicht so viel Umsicht haben wird, eine Fliege vor einer Spinne zu retten, ohne das plumpe Schlachtschwert zu ziehn und das Gewebe zu durchhauen. Hiernächst wünsch ich dem ganzen Lager die Pestilenz oder besser das neapolitanische Knochenweh: denn der Fluch, dünkt mich, sollte denen folgen, welche um einen Unterrock Krieg führen. Das ist mein Gebet, und der Teufel Bosheit spreche das Amen. Heda! Holla! Fürst Achilles!

PATROKLUS *tritt auf.*

PATROKLUS: Wer da, Thersites? Lieber Thersites, komm herein und schimpfe!

THERSITES: Hätt ich nur an eine vergoldete falsche Münze gedacht, du wärst meiner frommen Betrachtung nicht entschlüpft; aber es macht nichts. Dich selbst wünsche ich dir an den Hals! Der allgemeine Fluch der Menschen, Torheit und Unwissenheit, sei dein in reichlicher Fülle! Der Himmel behüte dich vor einem Hofmeister, und gute Zucht komme dir nicht nah! Dein Blut regiere dich bis an deinen Tod! Wenn dich dann die Leichenfrau eine schöne Leiche nennt, so schwöre ich meinen besten Eid, sie hat nie andre als Aussätzige eingekleidet. – Amen! Wo ist Achilles?

PATROKLUS: Was? Gehörst du zu den Frommen? Sprachst du ein Gebet?

THERSITES: Ja; der Himmel erhöre mich!

ACHILLES *tritt auf.*

ACHILLES: Wer ist da?

PATROKLUS: Thersites, Herr.

ACHILLES: Wo, wo? bist du da? Ei, mein Käse, mein Verdauungspulver, warum hast du dich seit so mancher Mahlzeit nicht bei mir aufgetischt? Sag an, was ist Agamemnon?

THERSITES: Dein Oberherr, Achilles. Nun sage mir, Patroklus, was ist Achilles?

PATROKLUS: Dein Gebieter, Thersites. Nun sage mir, was bist du selbst?

THERSITES: Dein Kenner, Patroklus. Nun sage mir, Patroklus, was bist du?

PATROKLUS: Das mußt du, der mich kennt, am besten wissen.

ACHILLES: O sag doch! sag doch!

THERSITES: Ich will die Frage noch einmal durchgehn. – Agamemnon befiehlt dem Achilles; Achilles ist mein Gebieter, ich bin Patroklus' Kenner, und Patroklus ist ein Narr!

PATROKLUS: Du Schuft!

THERSITES: Still, Narr, ich bin noch nicht fertig.

ACHILLES: Er hat das Privilegium. Nur weiter, Thersites!

THERSITES: Agamemnon ist ein Narr, Achilles ist ein Narr, Thersites ist ein Narr, und, wie schon gesagt, Patroklus ist ein Narr.

ACHILLES: Beweise das. Nun?

THERSITES: Agamemnon ist ein Narr, weil er dem Achilles befehlen will; Achilles ist ein Narr, weil er sich vom Agamemnon befehlen läßt; Thersites ist ein Narr, weil er einem solchen Narren dient; und Patroklus ist ein Narr schlechthin.

PATROKLUS: Warum bin ich ein Narr?

THERSITES: Die Frage tue deinem Schöpfer, mir ist's genug, daß du's bist. Seht, wer hier kommt?

Es treten auf AGAMEMNON, ULYSSES, NESTOR, AJAX *und* DIOMEDES.

ACHILLES: Patroklus, ich will mit niemand reden. Komm mit mir hinein, Thersites. *Ab.*

THERSITES: Über alle die Lumpigkeit, alle die Gaukelei, alle die Nichtswürdigkeit! die ganze Geschichte dreht sich um einen Hahnrei und eine Hure; ein hübscher Gegenstand, um Parteiung und Ehrgeiz aufzuhetzen und sich daran zu Tode zu bluten: daß doch der Aussatz das Gesindel fräße und Krieg und Liederlichkeit alle zusammen verdürbe! *Ab.*

AGAMEMNON: Wo ist Achilles?

PATROKLUS: In seinem Zelt; doch nicht wohlauf, mein Fürst.

AGAMEMNON: Tut ihm zu wissen, ich sei selber hier.
Er höhnte unsre Boten, und wir tun
Verzicht auf unsre Würde, ihn besuchend:
Dies zeigt ihm an: daß er nicht etwa glaube,
Wir sei'n in Zweifel über unsern Rang,
Uns selbst verkennend.

PATROKLUS: Also sag ich's ihm. *Ab.*

ULYSSES: Wir sahn ihn wohl am Eingang seines Zelts,
Er ist nicht krank.

AJAX: Ja doch, löwenkrank; krank an seinem stolzen Herzen. Ihr mögt's Melancholie nennen, wenn Ihr höflich von dem Manne reden wollt; aber bei meinem Haupt, 's ist Stolz: aber auf was? auf was? Er soll uns einmal einen Grund angeben! Ein Wort, mein Fürst! *Nimmt Agamenon beiseite.*

NESTOR: Was hat Ajax, daß er so gegen ihn bellt?

ULYSSES: Achilles hat ihm seinen Narren abspenstig gemacht.

NESTOR: Wen? Thersites?

ULYSSES: Ebenden.

NESTOR: Dann wird's dem Ajax an Stoff fehlen, wenn er sein Thema verloren hat.

ULYSSES: Nein, Ihr seht, der ist sein Thema, der sein Thema hat: Achilles.

NESTOR: Das kann nicht schaden; sie sind besser zerschellt als gesellt. Aber das war ein starkes Bündnis, das ein Narr trennen konnte!

ULYSSES: Die Freundschaft, welche Weisheit nicht knüpfte, kann Torheit leicht auflösen. Hier kommt Patroklus.

PATROKLUS *kommt zurück.*

NESTOR: Kein Achilles mit ihm.

ULYSSES: Der Elefant hat Gelenke, aber keine für die Höflichkeit; seine Beine sind Beine fürs Bedürfnis, nicht für die Verbeugung.

PATROKLUS: Achill heißt mich Euch sagen, er bedaure,
Wenn etwas sonst als Eure Lust und Kurzweil
Eur Gnaden jetzt nebst Euren edlen Freunden
Zu ihm geführt; er hofft, es sei allein
Für Eur Verdaun und der Gesundheit wegen
Ein Gang nach Eurer Mahlzeit.

AGAMEMNON: Hört, Patroklus,
Wir kennen dies Erwidern nur zu gut.
Doch dieser Vorwand, so mit Hohn beschwingt,
Kann doch nicht unsrer Wahrnehmung entfliegen.
Manch seltnen Wert besitzt er, mancher Grund
Heißt uns dies eingestehn; doch seine Tugend,
Nicht tugendlich verwendet seinerseits,
Verlor in unsern Augen fast den Glanz:
Ja, gleich der Würz in ungesunder Speise,
Verdirbt wohl ungekostet. Meldet ihm,

Wir kommen, ihn zu sehn. Ihr sündigt nicht,
Wenn Ihr ihm sagt, er dünkt uns mehr als stolz
Und minder als gesittet: viel größer noch
In eignem Hochmut als nach echter Schätzung.
Manch Beßrer krümmt sich hier der spröden Wildheit,
In die er sich verlarvt,
Entäußert sich der heil'gen Herrschermacht
Und räumt ihm ein, nachsichtig und aus Schonung,
Den Vorrang seiner Laune: ja bewacht
Sein kindisch Wechseln, seine Ebb und Flut,
Als ob der Lauf und Fortgang dieses Kriegs
Mit seiner Wittrung schiffte. Sagt ihm dies;
Sagt doch, daß, wenn er so sich überschätzt,
Wir ihn verschmähn; dann lieg er wie ein Rüstzeug,
Zu dem man spricht, weil's zum Gebrauch zu schwer:
Bewegung her! – dies kann nicht in den Krieg! –
Und daß wir vorziehn einen rühr'gen Zwerg
Dem Riesen, welcher schläft. Dies alles sagt ihm.

PATROKLUS: Ich tu's und bring Euch Antwort unverzüglich.

AGAMEMNON: Antwort durch fremden Mund genügt uns nicht;
Er komme selbst. Geht Ihr, Ulyß, zu ihm.

Ulysses geht ab.

AJAX: Was ist er mehr als andre?

AGAMEMNON: Nicht mehr, als was er selbst zu sein wähnt.

AJAX: So viel? Und glaubt Ihr nicht, daß er sich dünkt ein beßrer Mann als ich zu sein?

AGAMEMNON: Das ist kein Zweifel.

AJAX: Und teilt Ihr diesen Dünkel? bejaht Ihr's?

AGAMEMNON: Nein, edler Ajax; Ihr seid ebenso stark, so tapfer, so klug, so edel und viel gesitteter.

AJAX: Warum sollte ein Mensch stolz sein? Wo kommt der Stolz her? Ich weiß nicht, was Stolz ist!

AGAMEMNON: Eur Gemüt ist um so reiner, Ajax, und Eure Tugenden um so leuchtender. Wer stolz ist, verzehrt sich selbst; Stolz ist sein eigner Spiegel, seine eigne Trompete, seine eigne Chronik! und wer sich selbst preist außer durch die Tat, vernichtet die Tat im Preise.

AJAX: Ich hasse einen stolzen Mann, wie ich das Brüten der Kröten hasse.

NESTOR *beiseite*: Und liebst dich selber doch: ist das nicht seltsam!

ULYSSES *kommt zurück.*

ULYSSES: Achill will morgen nicht im Feld erscheinen.
AGAMEMNON: Womit entschuldigt er's?
ULYSSES: Den Grund verschweigt er.
Dem Strome seiner Stimmung folgt er nach
Und weigert jedem Ehrfurcht und Gehorsam
In selbstisch eigenwilliger Verstocktheit.
AGAMEMNON: Warum nicht kommt er, freundlich doch ersucht,
Aus seinem Zelt und teilt die Luft mit uns?
ULYSSES: Ein Stäubchen, die Verhandlung zu erschweren,
Macht er zum Berg; er ist an Größe krank;
Ja, mit sich selbst nur redend, schnaubt sein Hochmut,
Und ihm versagt der Atem. Eigendünkel
Erregt sein Blut durch so erhitzten Schwulst,
Daß, wie des Leibs und Geistes Kräfte kämpfen,
Sein Reich des Lebens in Empörung wütet
Und den Achilles niederstürzt. Was noch?
So pestkrank ist sein Stolz, daß jede Beule
Ruft: „Keine Rettung!"
AGAMEMNON: Ajax, geht zu ihm.
Mein teurer Fürst, geht Ihr hinein und grüßt ihn;
Man sagt, er schätzt Euch sehr und kommt vielleicht
Ein wenig zu sich selbst, von Euch ermahnt.
ULYSSES: O Agamemnon, dies geschehe nicht!
Es soll des Ajax Schritt gesegnet sein,
Der weggeht vom Achill. Soll jener Stolze,
Der seinen Trotz mit eignem Fett beträuft
Und nichts, was nur geschehn ist, je gewürdigt
Der Überlegung – wenn's ihn selber nicht
Anregt' und traf –, soll dem gehuldigt werden
Von ihm, der unser Abgott mehr als er?
Nein, dieser dreimal würd'ge, tapfre Fürst
Soll nicht so schmähn den wohlerrungnen Lorbeer
Noch sich mit meinem Willn so weit erniedern –
Er, ganz so hochberühmt wie selbst Achill,
Jetzt zum Achill zu gehn.
Das hieße spicken Stolz, der schon zu feist,
Und Feur zutragen dem Cancer, wenn er flammt
In des Hyperion strahlendem Geleit. –
Der Fürst vor ihm erscheinen? Zeus verhüt es
Und spreche donnernd: „Geh Achill zu diesem!"

NESTOR *beiseite*: O das ist recht; er kratzt ihn, wo's ihn juckt.
DIOMEDES *beiseite*: Und wie sein Schweigen diesen Beifall trinkt!
AJAX: Geh ich zu ihm, dann mit der Eisenfaust
Schlag ich ihm ins Gesicht.
AGAMEMNON: Ihr sollt nicht gehn.
AJAX: Und tut er stolz, so zwiebl ich seinen Stolz;
Laßt mich nur hin!
ULYSSES: Nicht um den ganzen Kampfpreis unsres Kriegs!
AJAX: Der schuft'ge, freche Bursch!
NESTOR *beiseite*: Wie er sich selber schildert!
AJAX: Kann er nicht umgänglich sein?
ULYSSES *beiseite*: Der Rabe schilt auf die Schwärze!
AJAX: Ich will seine Launen zur Ader lassen!
AGAMEMNON *beiseite*: Der will der Arzt sein, der der Kranke sein sollte.
AJAX: Dächten nur alle so wie ich –
ULYSSES *beiseite*: Dann käme Witz aus der Mode.
AJAX: Dann ginge es ihm so nicht durch! – Er müßte erst Klingen kosten; soll's der Hochmut davontragen?
NESTOR *beiseite*: Wenn das geschieht, fällt dir die Hälfte zu.
ULYSSES *beiseite*: Zehn Teile wären sein.
AJAX: Ich will ihn kneten, will ihn geschmeidig machen –
NESTOR: Er ist noch nicht heiß genug, stopft ihn mit Lob; füllt nach, füllt nach, sein Hochmut ist noch trocken.
ULYSSES *zu Agamemnon*: Mein Fürst, Ihr nehmt Euch den Verdruß zu nah –
NESTOR: Erhabner Feldherr, tut es nicht!
DIOMEDES: Zu dem Gefecht kommt sicher nicht Achilles.
ULYSSES: Ihn nennen hören muß den Mann schon kränken.
Hier ist ein Held – doch weil er gegenwärtig,
So schweig ich lieber.
NESTOR: Warum wollt Ihr das?
Er ist nicht wie Achill von Ehrgeiz krank!
ULYSSES: Sei's kund der ganzen Welt: gleich tapfer ist er!
AJAX: Ein niederträchtiger Hund, der uns verhöhnt!
Wär er ein Troer –
NESTOR: Welch ein Fleck an Ajax –
ULYSSES: Erschien er stolz –
DIOMEDES: Wär er auf Ruhm erpicht –
ULYSSES: Zanksüchtig –
DIOMEDES: Selbstisch oder eigenwillig!

ULYSSES: Ihr seid gottlob von sanfter Art, mein Fürst;
Preis ihm, der dich gezeugt, ihr, die dich säugte!
Ruhm deinem Lehrer! deinem Mutterwitz
Dreimal mehr Ruhm als aller Wissenschaft!
Doch wer im Fechten deinen Arm geübt,
Für den halbiere Mars die Ewigkeit
Und geb ihm eine Hälfte. Gilt es Stärke?
Stierträger Milo weiche dir an Ehre,
Gewalt'ger Held. Von deiner Weisheit schweig ich,
Die wie ein Hag, ein Zaun, ein Damm umgrenzt
Dein weites Denkgebiet. Hier, seht auf Nestor!
Belehrt durch Alter, muß er weise sein
Und ist es auch: er kann ja anders nicht;
Allein verzeiht, mein Vater: wär Eur Leben
So jung wie Ajax und Eur Haupt wie damals,
Ihr hättet keinen Vorrang, wärt nicht mehr,
Als Ajax ist.
AJAX: Soll ich Euch Vater nennen?
NESTOR: Ja, guter Sohn.
DIOMEDES: Nehmt Rat von ihm, Fürst Ajax.
ULYSSES: Hier gilt kein Zögern; denn der Hirsch Achill
Verläßt den Wald nicht. Unser hoher Feldherr
Berufe jetzt der Obern ganze Schar –
Hilfskönige verstärkten Troja; morgen
Muß für uns bürgen unsre höchste Kraft:
Hier steht der Mann! – Ritter von Ost und Westen,
Kommt, pflückt den Preis: Ajax besiegt den Besten.
AGAMEMNON: Folgt mir zum Rat; ob auch Achilles schlief,
Schnell schwimmt der Kahn, das Orlogschiff geht tief.
Sie gehn ab.

DRITTER AUFZUG

Erste Szene

Troja.

Es treten auf Pandarus *und ein* Diener; *man hört Musik hinter der Szene.*

PANDARUS: Freund, Ihr da, bitte Euch, nur ein Wort – folgt Ihr nicht dem jungen Herrn Paris?

DIENER: Ja, Herr, wenn er vor mir geht.

PANDARUS: Ich meine, Ihr dient ihm?

DIENER: Ich diene dem Herrn.

PANDARUS: Dann dient Ihr einem edlen Herrn; ich kann nicht anders als ihn lobpreisen.

DIENER: Der Herr sei gepriesen!

PANDARUS: Ihr kennt mich, nicht wahr?

DIENER: Ei nun, Herr, so obenhin.

PANDARUS: Freund, lernt mich besser kennen: ich bin der Herr Pandarus.

DIENER: Ich hoffe Eure Herrlichkeit besser kennenzulernen.

PANDARUS: Das wünsche ich.

DIENER: So seid Ihr also im Stande der Gnade?

PANDARUS: Gnade? O nein, Freund; Hochgeboren und Gestrengen sind meine Titel. Was ist das für Musik?

DIENER: Ich kenne sie nur zum Teil: es ist Musik mit verteilten Stimmen.

PANDARUS: Kennt Ihr die Musikanten?

DIENER: Ganz und gar, Herr.

PANDARUS: Für wen spielen sie?

DIENER: Für die Zuhörer, Herr.

PANDARUS: Wem zu Gefallen?

DIENER: Mir, Herr, und allen denen, die gern Musik hören.

PANDARUS: Auf wes Geheiß frag ich, Freund?

DIENER: Ich denke, Ihr fragt auf niemands Geheiß.

PANDARUS: Freund, wir verstehn einander nicht. Ich bin zu höflich, und Ihr seid zu spitz. Auf wes Verlangen spielen diese Leute?

DIENER: Ja, nun traft Ihr's, Herr. Nun, auf das Verlangen des Prinzen Paris, meines Herrn, welcher selbst dabei ist, und mit ihm die sterbliche Venus, das Herzblut der Schönheit, der Liebe unsichtbare Seele –

PANDARUS: Wer? meine Nichte Cressida?

DIENER: Nein, Herr, Helena; konntet Ihr das nicht aus ihren Ehrentiteln erraten?

PANDARUS: Ich sehe schon, lieber Freund, du kennst das Fräulein Cressida noch nicht. Ich komme, um mit Paris vom Prinzen Troilus zu sprechen; ich will eine freundliche Bestellung ihm eilends überbringen, denn mein Geschäft ist siedend.

DIENER: Ein gesottnes Geschäft! Das nenn ich eine Phrase für die Schwitzbäder.

Es treten auf PARIS *und* HELENA *mit* GEFOLGE.

PANDARUS: Alles Schöne für Euch, mein Prinz, und für Eure schöne Umgebung! Schöne Wünsche in schönem Maß begleiten Euch schönstens! Vor allem Euch, schönste Königin! Schöne Träume seien Euer schönes Kopfkissen!

HELENA: Werter Herr, Ihr seid voll von schönen Worten.

PANDARUS: Ihr sprecht Euer schönstes Wohlgefallen aus, holde Königin. Schönster Prinz, hier ist vortreffliche fugierte Musik!

PARIS: Ihr habt sie aus den Fugen gebracht, Vetter; so wahr ich lebe, Ihr sollt sie wiederherstellen: Ihr sollt ein Stück von Eurer Komposition anstücken. Er ist ein Meister in der Harmonie, Lenchen.

PANDARUS: Ach nein, Königin!

HELENA: Oh, mein Herr!

PANDARUS: Rauh, bei den Göttern; ja, bei den Göttern, sehr rauh und unmelodisch.

PARIS: In den Dissonanzen; gut gesagt, Vetter!

PANDARUS: Ich habe ein Geschäft mit dem Prinzen, teure Königin. Gnädiger Herr, wollt Ihr mir ein Wort vergönnen?

HELENA: Nein, damit sollt Ihr uns das Tor nicht sperren; wir müssen Euch singen hören, ganz gewiß.

PANDARUS: Ihr habt die Gnade, mit mir zu scherzen, süße Königin. Aber die Sache ist die, mein Prinz . . . mein gnädigster Prinz und höchst geehrter Freund, Euer Bruder Troilus –

HELENA: Herr Pandarus! Mein honigsüßer Pandarus –

PANDARUS: Laßt mich, süße Königin, laßt mich: . . . empfiehlt sich Euch aufs inständigste.

HELENA: Ihr sollt uns nicht aus unsrer Melodie foppen; wenn Ihr's tut, so komme unsre Melancholie über Euch.

PANDARUS: Süße Königin! Das ist eine süße Königin! Nein, welche süße Königin!

HELENA: Und eine süße Königin traurig machen ist ein bittrer Frevel.

PANDARUS: Nein, damit setzt Ihr's nicht durch, damit wahrhaftig nicht! nein! solche Worte machen mich nicht irre, nein! nein! – Und mein gnädiger Prinz, er bittet Euch, Ihr wollt seine Entschuldigung übernehmen, wenn der König bei der Abendtafel nach ihm fragt.

HELENA: Bester Pandarus –

PANDARUS: Was sagt die süße Königin? die allersüßeste Königin?

PARIS: Was hat er denn vor? Wo speist er zu Nacht?

HELENA: Aber, bester Pandarus –

PANDARUS: Was sagt die süße Königin? Meine Nichte würde sich mit Euch erzürnen.

HELENA: Ihr dürft nicht fragen, wo er zu Nacht speist!

PARIS: Ich setze mein Leben dran, bei meiner Herzenskaiserin Cressida.

PANDARUS: Ach nein, nichts dergleichen: nein, da irrt Ihr; Eure Herzenskaiserin ist krank.

PARIS: Gut, ich will ihn entschuldigen.

PANDARUS: Schön, mein teurer Prinz. Wie kommt Ihr auf Cressida? Nein, Eure arme Herzenskaiserin ist krank.

PARIS: Ich errate.

PANDARUS: Ihr erratet? Was erratet Ihr? Kommt, gebt mir eine Zither. Nun, süße Königin?

HELENA: So, das ist recht artig von Euch.

PANDARUS: Meine Nichte ist erschrecklich verliebt in ein Ding, das Ihr habt, süße Königin.

HELENA: Sie soll's haben, wenn's nicht mein Gemahl Paris ist.

PANDARUS: Den? Nein, nach dem fragt sie nicht. Er und sie sind entzweit.

HELENA: Heut zwieträchtig, morgen einträchtig, so könnten wohl drei draus werden.

PANDARUS: Geht, geht, nichts mehr davon: ich will Euch nun mein Lied singen.

HELENA: Ja; singt es gleich. Meiner Treu, Pandarus, Ihr habt eine hübsche Stirn.

PANDARUS: Ei, ei!

HELENA: Singt uns ein verliebtes Lied: die Liebe wird uns noch alle verderben. O Cupido, Cupido, Cupido!

PANDARUS: Ein Liebeslied! Ja, wahrhaftig!

PARIS: Ja, von Liebe; nichts als von Liebe!

PANDARUS: Wahrhaftig, so fängt's auch an:

O Liebe, Lieb in jeder Stunde!
Dein Pfeil mit Weh
Trifft Hirsch und Reh;
Doch nicht entrafft
Sie gleich der Schaft,
Er kitzelt nur die Wunde.
Verliebte schrein:
O Todespein!

Doch was so tödlich erst gedroht,
Daraus wird Jubeln und Juchhein.
Die Sterbenden sind frisch und rot;
O weh, ein Weilchen, dann ha! ha!
O weh, seufzt nur nach ha! ha! ha!
Juchhei!

HELENA: Verliebt, wahrhaftig, bis an die Spitze seiner Nase!

PARIS: Er ißt nichts als Tauben, Liebste, und die brüten ihm heißes Blut, und heißes Blut erzeugt heiße Gedanken, und heiße Gedanken erzeugen heiße Werke, und heiße Werke sind Liebe.

PANDARUS: Ist dies die Stammtafel der Liebe? heißes Blut, heiße Gedanken und heiße Werke; das heiße ich eine heiße Abstammung. – Wer ist heut im Feld, liebster Prinz?

PARIS: Hektor, Deiphobus, Helenus, Antenor und die ganze junge Ritterschaft von Troja. Ich hätte heut auch gern die Waffen angelegt, Lenchen wollte es aber nicht zugeben. Wie kommt's, daß mein Bruder Troilus ausblieb?

HELENA: Er läßt den Mund um etwas hängen – Ihr wißt schon warum, Herr Pandarus.

PANDARUS: Ich weiß nichts, honigsüße Königin. Mich soll doch wundern, wie es ihnen heut gegangen ist. – Ihr denkt daran, Euern Bruder zu entschuldigen?

PARIS: Aufs pünktlichste.

PANDARUS: Lebt wohl, süße Königin.

HELENA: Empfehlt mich Eurer Nichte!

PANDARUS: Das werd ich tun, süße Königin.

Er geht ab. Es wird zum Rückzug geblasen.

PARIS: Sie kehren heim. Gehn wir in Priams Halle,
Sie zu begrüßen; und du, süßes Weib,
Hilf Hektorn sich entpanzern. Fühlt sein Harnisch
Den Zauber deiner weißen Hand, gehorcht er
Weit williger als scharfem Stahl, gezückt
Von griech'scher Kraft; und dir gelingt, was nicht
Dem Bundesheer: Held Hektorn zu entwaffnen.

HELENA: Es soll mein Stolz sein, ihm zu dienen, Paris.
Das, was wir ihm als schuld'ge Pflicht geweiht,
Wird unsrer Schönheit Palme noch erhöhn,
Ja überstrahlt uns selbst.

PARIS: Du Süße! Über alles lieb ich dich!

Sie gehn ab.

ZWEITE SZENE

Troja. Pandarus' Garten.

PANDARUS *und Troilus'* DIENER *treten auf.*

PANDARUS: Heda! Wo ist dein Herr? Ist er bei meiner Nichte Cressida?

DIENER: Nein, Herr, er wartet auf Euch, daß Ihr ihn zu ihr führt.

TROILUS *kommt.*

PANDARUS: Oh, hier kommt er. Nun, wie geht's? Wie geht's?

TROILUS: Du da, geh fort.

Diener ab.

PANDARUS: Habt Ihr meine Nichte gesehn?

TROILUS: Nein, Pandarus. Ich wank um ihre Tür
Gleich einer neuen Seel am Strand des Styx,
Des Fährmanns wartend. O sei du mein Charon,
Und schaff mich schnell zu jenen sel'gen Fluren,
Wo ich mag schwelgen in dem Lilienbeet,
Bestimmt für den Beglückten. Liebster Pandar,
Von Amors Schulter nimm die bunten Schwingen
Und flieg mit mir zu Cressida!

PANDARUS: Weilt hier im Garten, und ich rufe sie. *Ab.*

TROILUS:
Mir schwindelt; rings im Kreis dreht mich Erwartung;
Die Wonn in meiner Ahnung ist so süß,
Daß sie den Sinn verzückt. Wie wird mir sein,
Wenn nun der durst'ge Gaumen wirklich schmeckt
Der Liebe lautern Nektar? Tod, so fürcht ich,
Vernichtung, Ohnmacht, oder Lust, zu fein,
Zu tief eindringend, zu entzückend süß
Für meiner gröbern Sinn' Empfänglichkeit.
Dies fürcht ich sehr und fürchte außerdem,
Daß im Genuß mir Unterscheidung schwindet,
Wie in der Schlacht, wenn Scharen, wild sich drängend,
Den fliehnden Feind bestürmen.

PANDARUS *kommt zurück.*

PANDARUS: Sie macht sich fertig: gleich wird sie hier sein; nun seid gescheit. Sie errötet und holt so kurz Atem, als wäre sie von einem Gespenst erschreckt. Ich will sie holen, es ist die niedlichste Spitzbübin; sie atmet so kurz wie ein eben gefangner Sperling. *Ab.*

TROILUS: Die gleiche Angst umspannt auch meine Brust;
Mein Herz schlägt rascher als ein Fieberpuls,
Und alle Kräfte stocken regungslos,
Vasallen gleich, die unversehns begegnen
Dem Aug der Majestät.

PANDARUS *kommt mit* CRESSIDA *zurück*.

PANDARUS: Komm, komm; wozu dies Erröten? Scham ist nur ein einfältiges Kind. – Hier ist sie nun; schwört ihr nun die Eide, die Ihr mir geschworen habt. – Was, willst du schon wieder entfliehn? Muß man dich erst durch Wachen zähmen, sag? Komm doch heran; komm heran! Wenn du zurückgehst, spannen wir dich in die Deichsel. – Warum sprecht Ihr nicht mit ihr? Nun, zieh doch diesen Vorhang weg und laß dein Gemälde betrachten. Liebe Zeit! Wie sie sich fürchtet, dem Tageslicht ein Ärgernis zu geben! Wenn es dunkel wäre, ihr würdet einander schon näher kommen. So, so; jetzt bietet Schach, und Ihr nehmt die Dame. Seht, dieser Kuß war das Handgeld – hier baue, Zimmermann; hier ist die Luft lieblich. Ja, wahrhaftig, ihr sollt alle Karten ausgespielt haben, ehe ich euch voneinander lasse, [Falke und Falkin gegen alle Enten im Strom.] Nur zu! nur zu!

TROILUS: Ihr habt mich aller Worte beraubt, Liebste!

PANDARUS: Worte zahlen keine Schulden; gebt ihr Taten; aber sie wird Euch auch um die Taten bringen, wenn sie Eure Tätigkeit in Anspruch nimmt. – Was, wieder geschnabelt? Hier heißt's: „zur Bekräftigung dessen von beiden Parteien wechselseitig ..." Kommt hinein, kommt hinein, ich will ein Feuer machen lassen. *Ab.*

CRESSIDA: Wollt Ihr hineingehn, mein Prinz?

TROILUS: O Cressida, wie oft habe ich mich so gewünscht!

CRESSIDA: Gewünscht, mein Prinz? die Götter gewähren – o mein Prinz!

TROILUS: Was sollen sie gewähren? Was verursacht dies liebliche Abbrechen? Was für tiefverborgne Trübung erspäht mein süßes Mädchen in dem klaren Brunnen unsrer Liebe?

CRESSIDA: Mehr Trübung als Wasser, wenn meine Furcht Augen hat.

TROILUS: Die Furcht macht Teufel aus Engeln; sie sieht nie richtig.

CRESSIDA: Blinde Furcht, von sehender Vernunft geführt, geht sichrer zum Ziel als blinde Vernunft, die ohne Furcht strauchelt. Das Schlimmste fürchten heilt oft das Schlimmste.

TROILUS: Was könnte meine Geliebte fürchten? In Cupidos Maskenzug wird nie ein Ungeheuer aufgeführt.

CRESSIDA: Auch nie etwas Ungeheures?

TROILUS: Nichts als unsre Unternehmungen: wenn wir geloben, Meere zu weinen, in Flammen zu leben, Felsen zu verschlingen, Tiger zu zähmen; weil wir wähnen, es sei der Dame unsres Herzens schwerer, genug Prüfungen zu ersinnen, als für uns, irgend etwas Unmögliches zu bestehn. Das ist das Ungeheure in der Liebe, meine Teure – daß der Wille unendlich ist und die Ausführung beschränkt; daß das Verlangen grenzenlos ist und die Tat ein Sklav der Beschränkung.

CRESSIDA: Man sagt, jeder Liebhaber schwöre, mehr zu vollbringen, als ihm möglich ist, und behalte dennoch Kräfte, die er nie in Anwendung bringt; er gelobe, mehr als zehn auszuführen, und bringe kaum den zehnten Teil von dem, was einer vermöchte, zustande. Wer die Stimme eines Löwen und das Tun eines Hasen hat, ist der nicht ein Ungeheuer?

TROILUS: Gibt es solche? Wir sind nicht von dieser Art. Lobt uns nach bestandener Prüfung und schätzt uns nach Taten; unser Haupt müsse unbedeckt bleiben, bis Ruhm es krönt. Keine Vollkommenheit, die noch erst erreicht werden soll, werde in der Gegenwart gepriesen; wir wollen das Verdienst nicht vor seiner Geburt taufen, und ist es geboren, so soll seine Bezeichnung demütig sein: Wenig Worte und feste Treue! Troilus wird für Cressida ein solcher sein, daß, was Bosheit ihm Schlimmstes nachsagen mag, ein Spott über seine Treue sei, und was Wahrheit am wahrsten sprechen kann, nicht wahrer als Troilus.

CRESSIDA: Wollt Ihr hineingehn, mein Prinz?

PANDARUS *kommt zurück.*

PANDARUS: Wie? noch immer errötend? Seid ihr noch nicht mit Schwätzen fertig?

CRESSIDA: Nun, Oheim, was ich Törichtes beginne, sei Euch zugeeignet.

PANDARUS: Ich danke schönstens. Wenn der Prinz von dir einen Buben bekommt, so soll er mir gehören. Sei dem Prinzen treu; wenn er wankelmütig wird, so halte dich an mich.

TROILUS: Ihr kennt nun Eure Bürgen: Eures Oheims Wort und meine feste Treue.

PANDARUS: Nun, ich will auch für sie gutsagen. Die Mädchen aus unsrer Verwandtschaft wollen lange gebeten sein; aber einmal gewonnen, sind sie standhaft: rechte Kletten, sag ich Euch, sie bleiben haften, wo man sie hinwirft.

CRESSIDA: Kühnheit kommt nun zu mir und macht mir Mut:
Prinz Troilus! Euch liebt ich Tag und Nacht,
Seit manchem langen Mond.

TROILUS: Wie warst du mir so schwer denn zu gewinnen?

CRESSIDA:
Schwer nur zum Schein; doch war ich schon gewonnen
Vom ersten Blick, der jemals – o verzeiht!
Sag ich zu viel, so spielt Ihr den Tyrannen.
Ich lieb Euch nun; doch nicht bis jetzt so viel,
Daß ich's nicht zähmen kann – doch nein, ich lüge:
Mein Sehnen war wie ein verzognes Kind
Der Mutter Zucht entwachsen. O wir Ärmsten!
Was plaudr ich da? Wer bleibt uns wohl getreu,
Wenn wir uns selbst so unverschwiegen sind?
Sosehr ich liebte, warb ich nicht um Euch,
Und doch fürwahr wünscht ich ein Mann zu sein,
Oder daß wir der Männer Vorrecht hätten,
Zuerst zu sprechen. Liebster, heiß mich still sein!
Sonst im Entzücken red ich ganz gewiß,
Was mich dereinst gereut. O sieh, dein Schweigen,
So schlau verstummend, lockt aus meiner Schwachheit
Die innersten Gedanken: schließ den Mund mir!

TROILUS: Gern! tönt er auch die süßeste Musik. *Er küßt sie.*

PANDARUS: Recht artig! meiner Treu!

CRESSIDA: Mein Prinz, ich bitt Euch sehr, entschuldigt mich;
Nicht wollt ich so mir einen Kuß erbetteln.
Ich bin beschämt – o Himmel! Was begann ich?
Für diesmal muß ich Abschied nehmen, Prinz.

TROILUS: Abschied, mein süßes Mädchen?

PANDARUS: Abschied? Nun ja, Ihr mögt bis morgen früh Abschied nehmen –

CRESSIDA: Laßt's nun genug sein –

TROILUS: Was erzürnt dich, Liebste?

CRESSIDA: Mein eignes Hiersein, Prinz.

TROILUS: Ihr könnt Euch selbst
Doch nicht entfliehn?

CRESSIDA: Laßt mich, daß ich's versuche.

Zwar eine Art von meinem Selbst bleibt hier,
Doch ein Unart'ges, das sich selbst verläßt
Als deine Törin. O wo blieb mein Sinn?
Ich möchte gehn – ich sprech, ich weiß nicht was.

TROILUS: Wer so vollständig spricht, weiß, was er spricht.

CRESSIDA: Vielleicht, mein Prinz, zeig ich mehr List als Liebe
Und sprach so dreist ein frei Geständnis aus,
Mir Euer Herz zu fahn. Doch Ihr seid weise
Oder liebt nicht; denn weise sein und lieben
Vermag kein Mensch; nur Götter können's üben.

TROILUS: O daß ich glaubt, es könne je ein Weib
(Und wenn sie's kann, glaub ich's zuerst von Euch)
Für ewig nähren Liebesflamm und Glut,
In Kraft und Jugend ihre Treu bewahren,
Die Schönheit überdauernd durch ein Herz,
Das frisch erblüht, ob auch das Blut uns altert!
Daß nur die Überzeugung mir erstarkte,
Ihr könntet meine Treu und Innigkeit
Erwidern mit dem gleichgefüllten Maß
Der reinen ungetrübten Herzensneigung:
Wie würde mich's erheben! Aber, ach!
Ich bin so wahrhaft wie der Wahrheit Einfalt,
So einfach, wie die Wahrheit spricht im Kinde.

CRESSIDA: Den Wettkampf nehm ich an.

TROILUS: O hold Gefecht,
Wenn Recht um Sieg und Vorrang ficht mit Recht!
Treuliebende in Zukunft werden schwören
Und ihre Treu mit Troilus versiegeln:
Und wenn dem Vers voll Schwür und schwülst'gen Bildern
Ein Gleichnis fehlt, der oft gebrauchten müde,
Als – treu wie Stahl, wie Sonnenschein dem Tag,
Pflanzen dem Mond, das Täubchen seinem Täuber,
Dem Zentrum Erde, Eisen dem Magnet,
Dann, nach so viel Vergleichungen der Treu,
Wird als der Treue höchstes Musterbild
„So treu wie Troilus" den Vers noch krönen
Und weihn das Lied.

CRESSIDA: Prophetisch sei dies Wort!
Werd ich dir falsch, untreu nur um ein Haar –
Wenn Zeit gealtert und sich selbst vergaß,
Wenn Regen Trojas Mauern aufgelöst,

Blindes Vergessen Städte eingeschlungen
Und mächt'ge Reiche spurlos sind zermalmt
Ins staub'ge Nichts – auch dann noch mög Erinnerung,
Spricht man von falschen, ungetreuen Mädchen,
Schmähn meine Falschheit: sagten sie, so falsch
Wie Luft, wie Wasser, Wind und lockrer Sand,
Wie Fuchs dem Lamm, wie Wolf dem jungen Kalbe,
Panther dem Reh, Stiefmutter ihrem Sohn,
Ja, schließ es dann und treff ins Herz der Falschheit:
„So falsch wie Cressida!"

PANDARUS: Wohlan, der Handel ist geschlossen; das Siegel drauf, das Siegel drauf, ich will Zeuge sein. Hier faß ich Eure Hand, hier die meiner Nichte; wenn ihr je einander untreu werdet, die ich mit so viel Mühe zusammengebracht habe, so mögen alle armen Liebesvermittler bis an der Welt Ende nach meinem Namen Pandarus heißen; alle unbeständigen Liebhaber soll man Troilus nennen, alle falschen Mädchen Cressida und alle Zwischenträger Pandarus. Sagt amen!

TROILUS: Amen!

CRESSIDA: Amen!

PANDARUS: Amen! Und somit will ich euch eine Kammer und ein Bett nachweisen: und damit das Bett euer artiges Liebeständeln nicht ausschwatze, drückt es tot. Nun fort!
Und Amor gönn auch hier allen schweigsamen Kindern
'nen Pandar, Bett und Kammer, um ihre Not zu lindern.

Sie gehn ab.

DRITTE SZENE

Das griechische Lager.

Es treten auf AGAMEMNON, ULYSSES, DIOMEDES, NESTOR, AJAX, MENELAUS *und* KALCHAS.

KALCHAS: Nun, Fürsten, für den Dienst, den ich getan,
Ermahnt der Zeit Gelegenheit mich laut,
Zu fordern Lohn. Erinnert euch, wie ich,
Vorahnend das Geschick, dem Liebesgott
Mein Eigentum und Troja überließ,
Schmach des Verräters trug und eingetauscht
Für wohlerworbnen ruhigen Besitz

Unsichre Zukunft, losgesagt von allen,
Die Zeit, Bekanntschaft, Umgang und Gewöhnung
Zu Freunden und Vertrauten mir gemacht;
Und hier, um euch zu dienen, bin geworden
Ein Neuling in der Welt, fremd, unbekannt.
Deshalb ersuch ich euch, als Vorgeschmack
Mir jetzt ein kleines Gunstgeschenk zu geben
Aus jenen vielen mir von euch verheißnen,
Die ihr mir zugedacht nach euerm Wort.

AGAMEMNON: Was willst du von uns, Troer? Fordre denn!

KALCHAS: Ihr machtet einen Troer zum Gefangnen,
Antenor, gestern; Troja schätzt ihn sehr.
Oft habt ihr – und ich dankt euch oft dafür –
Mir meine Cressida auswechseln wollen,
Die Troja stets verweigert. Doch Antenor
Ist, weiß ich, solche Triebkraft ihres Tuns,
Daß ihre Volksberatung, fehlt sein Wirken,
Erschlaffen muß; und diesen einzutauschen
Gäben sie wohl 'nen Prinzen von Geblüt,
Ja einen Sohn des Priam. Den entlaßt
Als Preis für meine Tochter; deren Freiheit
Zahlt alle Dienste, die ich euch erwies,
In hocherkannter Müh.

AGAMEMNON: Geleit ihn, Diomed,
Und bring uns Cressida: gewährt sei Kalchas,
Was er von uns gewünscht. Ihr, Diomed,
Rüstet Euch stattlich aus zu diesem Tausch:
Zugleich erforscht, ob Hektor seines Aufrufs
Erwidrung morgen wünscht; Ajax ist fertig.

DIOMEDES: Dies übernehm ich gern, als eine Bürde,
Die ich zu tragen stolz bin.

Diomedes und Kalchas gehn ab.

ACHILLES *und* PATROKLUS *treten aus ihrem Zelt.*

ULYSSES: Achilles steht am Eingang seines Zelts; –
Wollt nun, mein Feldherr, fremd vorübergehn,
Als wär er ganz vergessen; und ihr, Fürsten,
Nachlässig nur und achtlos blickt ihn an.
Ich folg euch nach; gewiß dann fragt er mich,
Warum so seitab kalt man auf ihn sah.
Dann, als Medikament, soll Ironie
Behandeln seinen Stolz und euer Fremdtun,

Die er freiwillig gern verschlucken wird.
Das mag wohl helfen: Stolz hat keinen Spiegel,
Sich selbst zu schaun, als Stolz; des Knies Verehrung
Mästet den Hochmut, wird des Stolzen Zehrung.

AGAMEMNON: Wir tun nach Euerm Rat und wolln uns fremd
Gebärden, wie wir ihm vorübergehn.
So tue jeder Lord und grüß ihn gar nicht
Oder verächtlich: das verdrießt ihn mehr,
Als säh ihn keiner an. Ich geh voraus.

ACHILLES: Wie? kommt der Feldherr zum Gespräch mit mir?
Ihr wißt's, ich fechte gegen Troja nicht!

AGAMEMNON: Was sagt Achill? Begehrt er was von uns?

NESTOR: Wollt Ihr, mein Fürst, etwas vom Feldherrn?

ACHILLES: Nein!

NESTOR: Nichts, Feldherr!

AGAMEMNON: Um so besser!

ACHILLES: Guten Tag! guten Tag!

MENELAUS: Wie geht's? Wie geht's?

ACHILLES: Was, spottet mein der Hahnrei?

AJAX: Wie steht's, Patroklus?

ACHILLES: Guten Morgen, Ajax!

AJAX: He?

ACHILLES: Guten Morgen!

AJAX: Ja, und guten Tag dazu!

Sie gehn vorüber.

ACHILLES: Was heißt das? Kennt das Volk Achilles nicht?

PATROKLUS: Sie tun ganz fremd! Sonst bückten sie sich tief
Und sandten dir entgegen schon ihr Lächeln,
Demütig nahnd, als wenn zur Tempelweihe
Sie schlichen!

ACHILLES: Ha! bin ich verarmt seit gestern?
Zwar Größe, wenn sie mit dem Glück zerfällt,
Zerfällt mit Menschen auch. Der Hingestürzte
Liest sein Geschick so schnell im Blick der Menge,
Wie er den Fall gefühlt. Die Menschen zeigen
Wie Schmetterlinge die bestäubten Schwingen
Dem Sommer nur, und keinen Menschen gibt's,
Der, weil er Mensch ist, irgend Ehre hat –
Er hat nur Ehre, jener Ehre halber,
Die Zutat ist, als Reichtum, Rang und Gunst
– Des Zufalls Lohn so oft wie des Verdienstes –:

Wenn diese fallen, die nur schlüpfrig sind,
Muß Lieb, an sie gelehnt und schlüpfrig auch,
Eins mit dem andern niederziehn und alle
Im Sturze sterben. Nicht so ist's mit mir;
Das Glück und ich sind Freunde; noch genieß ich
In vollem Umfang, was ich sonst besaß,
Bis auf die Blicke jener, die, so scheint mir's,
An mir gefunden, was so reichen Ansehns
Wie sonst nicht würdig ist. Da kommt Ulyß –
Ich will sein Lesen unterbrechen.
Wie nun, Ulyß?

ULYSSES: Nun, großer Thetissohn?

ACHILLES: Was lest Ihr da?

ULYSSES: Nun, ein seltsamer Geist
Schreibt hier: Ein Mann, wie trefflich ausgestattet,
Wie reich begabt an äußerm Gut und innerm,
Rühmt sich umsonst, zu haben, was er hat,
Noch fühlt er's sein als nur im Widerstrahl –
Als müßte erst sein Wert auf andre scheinen
Und dann das Feuer, das er jenen lieh,
Dem Geber wiederkehren.

ACHILLES: Das ist nicht seltsam!
Die Schönheit, die uns hier im Antlitz blüht,
Kennt nicht der Eigner, fremdem Auge nur
Empfiehlt sie sich. Auch selbst das Auge nicht,
Der geistigste der Sinne, schaut sich selbst
Für sich allein; nur Auge gegen Auge
Begrüßen sich mit wechselseit'gem Glanz.
Denn Sehkraft kehrt nicht zu sich selbst zurück,
Bis sie gewandert und sich dort vermählt,
Wo sie sich sieht. Das ist durchaus nicht seltsam!

ULYSSES: Der Satz an sich ist mir nicht aufgefallen:
Er ist nicht neu; die Folgrung nur des Autors,
Der, wie er ihn erörtert, dartun will,
Niemand sei Herr von irgendeinem Ding
(Obgleich in ihm und für sich selbst bestehend),
Bis er's als Gabe andern mitgeteilt:
Noch hab er selbst Begriff von ihrem Wert,
Eh er sie abgeformt im Beifall sieht,
Der sie auffaßt und einer Wölbung gleich
Rückwirft die Stimme; oder wie ein Tor

Von Stahl die Sonn empfängt und wiedergibt
Ihr Bild und ihre Glut. – Ich war vertieft
In den Gedanken: alsbald fiel mir ein
Ajax, so unbeachtet.
O Himmel, welch ein Mann! Ein wahres Pferd,
Das hat, es weiß nicht was. Natur, wie manches,
Wird schlecht geschätzt und ist, genutzt, so teuer!
Wie steht ein andres in erhabnem Ansehn,
Das arm an Wert ist! Morgen sehn wir nun
Durch Tat, die ihm das Los nur zugeworfen,
Ajax berühmt. Himmel, was mancher tut,
Indessen andre alles Tun verschmähn!
Wie der zum Saal der launigen Fortuna kriecht,
Wenn der vor ihren Augen müßig spielt den Narren!
Wie der sich in den Ruhm einschwelgt des andern,
Wenn jener macht den Müßiggang zum Schmaus! –
Seht unsre Griechenfürsten! Wie sie schon
Dem Tölpel Ajax auf die Schultern klopfen,
Als stemmt' er seinen Fuß auf Hektors Brust
Und Troja zitterte!

ACHILLES: Ich glaub es wohl; sie gingen mir vorüber
Wie Geiz'ge Bettlern, gönnten mir auch nicht
Wort oder Blick. So ward ich schon vergessen?

ULYSSES: Die Zeit trägt einen Ranzen auf dem Rücken,
Worin sie Brocken wirft für das Vergessen,
Dies große Scheusal von Undankbarkeit.
Die Krumen sind vergangne Großtat, aufgezehrt
So schleunig wie vollbracht, so bald vergessen
Wie ausgeführt. Beharrlichkeit, mein Fürst,
Hält Ehr im Glanz; was man getan hat, hängt
Ganz aus der Mode, wie ein rost'ger Harnisch,
Als armes Monument, dem Spott verfallen.
Verfolge ja den Pfad, der vor dir liegt;
Denn Ehre wandelt in so engem Hohlweg,
Daß einer Platz nur hat: drum bleib im Gleise!
Denn tausend Söhne hat die Ruhmbegier,
Und einer drängt den andern; gibst du Raum,
Lenkst du zur Seit und weichst vom gradsten Weg,
Gleich eingetretner Flut stürzt alles vor
Und läßt dich weit zurück –
Oder du fällst, ein edles Roß, im Vorkampf

Und liegst als Damm für den verworfnen Troß
Zerstampft und überrannt. Was diese jetzt tun,
Wird Größres, das du tatest, überragen:
Denn Zeit ist wie ein Wirt nach heut'ger Mode,
Der lau dem Gast die Hand drückt, wenn er scheidet,
Doch ausgestreckten Arms, als wollt er fliegen,
Umschlingt den, welcher eintritt.
Stets lächelt Willkomm, Lebewohl geht seufzend.
Nie hoffe Wert für das, was war, den Lohn;
Denn Schönheit, Witz,
Geburt, Verdienst im Kriege, Kraft der Sehnen,
Geist, Freundschaft, Wohltat, alle sind sie Knechte
Der neidischen, verleumdungssücht'gen Zeit.
Natur macht hierin alle Menschen gleich;
Einstimmig preist man neugebornen Tand,
Ward er auch aus vergangnem nur geformt,
Und schätzt den Staub, ein wenig übergoldet,
Weit mehr als Gold, ein wenig überstäubt.
Die Gegenwart rühmt Gegenwärt'ges nur;
Drum staune nicht, o hochberühmter Held,
Daß alle Griechen jetzt auf Ajax schaun:
Denn die Bewegung fesselt mehr den Blick
Als Ruhendes. Sonst jauchzte alles dir;
Und tät es noch und würd es wieder tun,
Wenn du dich lebend selber nicht begrübst
Und deinen Ruhm einhegtest in dein Zelt –
Du, dessen glorreich Tun noch jüngst im Kampf
Neid und Parteiung selbst den Göttern schuf
Und Mars zum Einschritt rief.

ACHILLES: Für mein Entziehn
War starker Grund.

ULYSSES: Doch wider dein Entziehn
Sind heldenhafter noch die Gründ und mächt'ger.
Es ist bekannt, Achill, Ihr seid verliebt
In eine Tochter Priams.

ACHILLES: Ha! bekannt?

ULYSSES: Ist das ein Wunder?
Die Weisheit einer klug wachsamen Staatskunst
Kennt jedes Korn beinah von Plutus' Gold,
Ergründet unerforschte Tiefen, sitzt
Zu Rat mit dem Gedanken, ja, wie Götter fast,

Schaut sie in seiner stummen Wieg ihn schleierlos.
Ein tief Geheimnis wohnt (dem die Geschichte
Stets fremd geblieben) in des Staates Seele,
Des Wirksamkeit so göttlicher Natur,
Daß Sprache nicht noch Feder sie kann deuten.
All der Verkehr, den Ihr mit Troja pflogt,
Ist unser so vollkommen, Fürst, wie Euer,
Und besser ziemte wohl sich's für Achill,
Hektor bezwingen als Polyxena.
Denn zürnen muß daheim der junge Pyrrhus,
Wenn durch die Inseln Famas Tuba schallt
Und unsre griech'schen Mädchen hüpfend singen:
„Des Hektor Schwester konnt Achill besiegen,
Doch Hektor selbst mußt Ajax unterliegen."
Lebt wohl, ich sprach als Freund. Der Tor kann gleiten
Nun übers Eis, weil Ihr's nicht bracht bei Zeiten. *Ab.*
PATROKLUS: Wie oft ermahnt ich Euch zu gleichem Zweck –
Ein Weib, das unverschämt und männlich ward,
Ist nicht so widrig wie ein weib'scher Mann,
Wenn's Taten gilt. Ich werde drum gescholten!
Man glaubt, mein schwacher Eifer für den Krieg
Und Eure Gunst zu mir lähmt Euern Arm:
Drum, Liebster, auf! Des zarten Weichlings Amor
Lieblich Umarmen streift von Euerm Nacken,
Und wie Tautropfen von des Löwen Mähne
Sei er zu luft'gem Nichts zerschüttelt.
ACHILLES: Soll
Ajax mit Hektor kämpfen?
PATROKLUS: Ja, und vielleicht viel Ehr an ihm gewinnen.
ACHILLES: Ich seh es wohl, mein Ruhm steht auf dem Spiel;
Mein Ruf ist schwer verwundet.
PATROKLUS: Oh, dann wahrt Euch!
Denn selbstgeschlagne Wunden heilen schwer!
In Ohnmacht unterlassen das Notwend'ge
Heißt eine Vollmacht zeichnen der Gefahr:
Und heimlich faßt Gefahr uns wie ein Fieber,
Selbst wenn wir müßig in der Sonne sitzen.
ACHILLES: Geh, ruf mir den Thersites, holder Freund;
Den Narrn send ich zu Ajax und ersuch ihn,
Die Troerfürsten zu mir einzuladen,
Uns friedlich nach dem Kampfe hier zu sehn.

Mich treibt ein kranker Wunsch, ein Fraungelüst,
Im Hauskleid hier zu sehn den großen Hektor,
Mit ihm zu reden, sein Gesicht zu schaun
Nach Herzenslust. Da sieh, ersparte Müh!

THERSITES *tritt auf.*

THERSITES: Ein Wunder!

ACHILLES: Was?

THERSITES: Ajax geht das Feld auf und ab und sucht nach sich selbst.

ACHILLES: Wieso?

THERSITES: Morgen soll er einen Zweikampf mit Hektor bestehn und ist so prophetisch stolz auf ein heroenmäßiges Abprügeln, daß er, ohne ein Wort zu reden, rast.

ACHILLES: Wie das?

THERSITES: Ei nun, er stolziert auf und ab wie ein Pfau; ein Schritt und dann ein Halt; murmelt wie eine Wirtin, die keine Rechentafel hat als ihren Kopf, um die Zeche richtig zu machen; beißt sich in die Lippe mit einem staatsklugen Blick, als wollt er sagen: in diesem Haupt wäre Witz, wenn er nur herauskönnte; und es ist auch vielleicht welcher da, aber er liegt so kalt in ihm wie Feuer im Kiesel, das nicht zum Vorschein kommt, eh er geschlagen wird. Der Mann ist auf ewig geliefert, denn wenn ihm Hektor nicht im Kampf den Hals bricht, so bricht er ihn sich selbst durch seinen Dünkel. Mich kennt er nicht mehr; ich sagte ihm: „Guten Morgen, Ajax!“ und er antwortete: „Großen Dank, Agamemnon.“ Was meint Ihr von einem Menschen, der mich für den Feldherrn ansieht? Er ist ein wahrer Landfisch geworden, sprachlos, ein Ungeheuer. Hol der Henker die öffentliche Meinung! – Es kann sie einer auf beiden Seiten tragen wie ein ledernes Wams.

ACHILLES: Du sollst mein Gesandter an ihn sein, Thersites.

THERSITES: Wer, ich? Ei, er gibt niemand Antwort: Antworten sind seine Sache nicht; reden schickt sich für Bettler: er trägt die Zunge im Arm. Ich will ihn Euch vorstellen; laßt nun Patroklus Fragen an mich richten, Ihr sollt ein Schauspiel von Ajax sehn.

ACHILLES: Red ihn an, Patroklus. Sag ihm, ich lasse den tapfern Ajax in Demut ersuchen, er wolle den großmütigen Hektor einladen, unbewaffnet in meinem Zelt zu erscheinen, und ihm ein sichres Geleit verschaffen bei dem höchst mannhaften und durchlauchtigen, sechs- oder siebenmal preiswürdigen Feldhauptmann des Griechenheers, Agamemnon: – nun, fang an!

PATROKLUS: Heil dem großen Ajax!

THERSITES: Hum!

PATROKLUS: Ich komme von dem edeln Achilles –

THERSITES: Ha!

PATROKLUS: Der Euch in aller Demut ersucht, Hektor in sein Zelt einzuladen –

THERSITES: Hum!

PATROKLUS: – und ihm sichres Geleit von Agamemnon zu verschaffen –

THERSITES: Agamemnon?

PATROKLUS: Ja, mein Fürst.

THERSITES: Ha!

PATROKLUS: Was meint Ihr dazu?

THERSITES: Gott sei mit Euch! ganz der Eurige.

PATROKLUS: Eure Antwort, Herr!

THERSITES: Wenn's morgen ein schöner Tag ist – um elf Uhr –, da wird sich's finden auf die eine oder andre Art; aber wie's auch wird, er soll für mich zahlen, ehe er mich bekommt.

PATROKLUS: Eine Antwort, Herr!

THERSITES: Lebt wohl! ganz der Eurige.

ACHILLES: Und ist er wirklich in solcher Stimmung? Sag!

THERSITES: Nein, in eben solcher Verstimmung. Wieviel Musik in ihm nachbleibt, wenn Hektor ihm den Schädel eingeschlagen hat, das weiß ich nicht, aber ich denke, gar keine: Fiedler Apollo müßte denn seine Sehnen nehmen und sich Darmsaiten daraus machen.

ACHILLES: Komm, du sollst ihm jetzt diesen Brief bringen.

THERSITES: Gebt mir noch einen für sein Pferd, denn das ist doch von beiden die klügste Bestie.

ACHILLES: Mein Geist ist trüb wie ein gestörter Quell,
Ich selber kann ihm auf den Grund nicht schauen.

Achilles und Patroklus ab.

THERSITES: Ich wollte, der Born Eures Geistes wäre wieder klar, daß ich einen Esel daraus tränken könnte. Wär ich doch lieber eine Laus in Schafwolle als solche tapfre Dummheit.

Ab.

VIERTER AUFZUG

Erste Szene

Straße.

Es treten auf Äneas *und ein* Diener *mit einer Fackel von der einen Seite; von der andern* Paris, Antenor, Deiphobus *und* Diomedes *nebst* Gefolge *und Fackeln.*

PARIS: Heda, wer kommt hier?
DEIPHOBUS: Fürst Äneas, Herr.
ÄNEAS: Wie, Paris, seid Ihr's wirklich?
Hätt ich so schönen Anlaß, lang zu schlafen,
Wie Ihr, mein Prinz, nur heil'ge Pflichten hielten
Von meiner Bettgenossin mich entfernt.
DIOMEDES: So denk ich auch. Guten Morgen, Fürst Äneas.
PARIS: Ein tapfrer Griech, Äneas; reicht die Hand ihm;
Erinnert Euch, wie oft Ihr uns erzählt,
Daß Diomed Euch eine ganze Woche
Täglich im Kampf gesucht.
ÄNEAS: Ich biet Euch Gruß,
Solang der Stillstand währt und Waffenruh;
Doch treff ich Euch im Feld, so finstern Trotz,
Wie nur das Herz ihn denkt, ausführt der Mut!
DIOMEDES: Freundschaft wie Kampf erwidert Diomed;
Nun wallt das Blut uns kühl, drum Gruß und Heil!
Doch trifft Gelegenheit und Schlacht zusammen,
Beim Zeus, dann mach ich auf dein Leben Jagd
Mit aller Kraft, Verschlagenheit und List.
ÄNEAS: Und jagen sollst du einen Leun, der flieht
Mit rückgewandtem Haupt. Jetzt sei gegrüßt
In Freundlichkeit: ja, bei Anchises' Leben,
Herzlich willkommen! Bei Venus' Hand beteur ich,
Kein Mann auf Erden kann in solcher Weise
Den Feind mehr lieben, den er wünscht zu töten!
DIOMEDES: Wir fühlen gleich. Zeus, laß Äneas leben,
Wenn meinem Schwert sein Tod nicht Ruhm erkauft,
Bis tausend Sonnenläufe sich erfüllen –
Doch mir zu Preis und Ehre laß ihn sterben,
Verwundet jedes Glied, und morgen schon!
ÄNEAS: Wir kennen ja einander gut.

DIOMEDES: Und wünschen, auch im Bösen uns zu kennen.
PARIS: Das ist so schmähend trotz'ger Freundesgruß,
So edler Liebeshaß, wie je geboten. –
Warum so früh geschäftig, Fürst?
ÄNEAS: Der König
Hat mich verlangt, doch weiß ich nicht, warum.
PARIS: Ich kann's Euch melden. Diesen Griechen führt
In Kalchas' Haus: dort für Antenors Freiheit
Sollt Ihr die schöne Cressida erstatten.
Laßt uns zusammen gehn; sonst, wenn Ihr wollt,
Eilt jetzt vor uns zu ihm. Ich glaube sicher –
Vielmehr, mein Glaub ist ein bestimmtes Wissen –,
Dort weilt mein Bruder Troilus zur Nacht.
Weckt ihn und meldet ihm, daß wir uns nahn,
Und Kunde gebt, weshalb; ich fürchte sehr,
Wir sind ihm nicht willkommen.
ÄNEAS: Sicher nicht!
Eh wünscht er Troja hin nach Griechenland
Als Cressida aus Troja.
PARIS: Wer kann's ändern!
Der Zeit gebietrische Notwendigkeit
Verlangt es so; geht, Fürst, wir folgen Euch.
ÄNEAS: Guten Morgen allerseits. *Ab.*
PARIS: Nun sagt mir, edler Diomed, sagt frei,
Im echten Geist aufricht'ger Brüderschaft,
Wer würd'ger sei der schönen Helena,
Ich oder Menelaus?
DIOMEDES: Beide gleich!
Wert ist er, sie zu haben, der sie sucht,
Für gar nichts achtend ihrer Ehre Fleck,
Mit solcher Welt von Qual und Höllenpein;
Du wert, sie zu behalten, der sie schützt
(Mit stumpfem Gaum nicht ihre Schande schmeckend),
Mit solchem teuern Preis von Gut und Blut.
Er, ein schwachmüt'ger Hahnrei, tränke willig
Die Neig und Hefe abgestandnen Weins;
Dich Liederlichen freut's, aus Hurenleib
Dir deine künft'gen Erben zu erzeugen:
Drum wiegt ihr gleich, wie man die Pfunde setze,
Hat einer mehr Gewicht, ist's um 'ne Metze.
PARIS: Zu herbe seid Ihr Eurer Landsmännin.

DIOMEDES: Herb ist sie ihrem Lande. Hört mich, Paris:
Für jeden Tropfen ihres schnöden Bluts
Zahlt eines Griechen Leben; jedes Skrupel
Des pesterfüllten, buhlerischen Leibes
Erschlug 'nen Troer. Seit sie stammeln konnte,
Sprach sie der guten Worte nicht so viel,
Wie griechisch Volk und troisch für sie fiel.
PARIS: Freund Diomed, Ihr macht's wie kluge Käufer
Und schmäht das Gut, das ihr zu markten wünscht;
Doch wir sind Euch voraus und schweigen still;
Man rühmt nicht, was man nicht verkaufen will.
Hier geht der Weg.
Sie gehn ab.

Zweite Szene

Garten.

Troilus *und* Cressida.

TROILUS: Mein Liebchen, müh dich nicht; die Luft ist kalt.
CRESSIDA: Dann, Liebster, ruf ich mir den Ohm herab,
Er soll das Tor aufschließen.
TROILUS: Stör ihn nicht.
Zu Bett, zu Bett! schlaft süß, ihr holden Augen,
Und linde Ruh umschmiege deine Sinne,
Wie Kindern, aller Sorgen frei.
CRESSIDA: Guten Morgen denn!
TROILUS: Ich bitt dich, nun zu Bett!
CRESSIDA: So seid Ihr mein schon müde?
TROILUS: O Cressida! Nur daß der rege Tag,
Geweckt vom Lerchenton, aufscheucht die Krähe
Und Nacht nicht länger unsre Freuden birgt,
Sonst schied ich nicht.
CRESSIDA: Die Nacht war allzu kurz!
TROILUS: Giftmischern weilt die widerwärt'ge Hexe,
Wie Hölle scheußlich; doch der Liebe Kosen
Flieht sie, mit Schwingen schneller als Gedanken –
Erkälten wirst du dich und auf mich zürnen.
CRESSIDA: O bleib noch! Männer wollen niemals warten.
Ich Törin! Hätt ich nein zu dir gesagt,
Dann würdst du wohl noch warten. Horch! wer kommt?

PANDARUS *draußen*: Was? alle Türen offen?

TROILUS: 's ist dein Oheim.

PANDARUS *kommt.*

CRESSIDA: Der Unerträgliche! Nun wird er spotten,
Das wird ein Leiden sein!

PANDARUS: Nun, wie geht's? Wie steht's um die Jungfernschaft? Hört, Ihr, Jungfer: wo ist meine Nichte Cressida?

CRESSIDA: Fort, fort mit Euch, Ihr böser, spött'scher Ohm!
Erst treibt Ihr mich dazu, dann höhnt Ihr mich!

PANDARUS: Wozu? Wozu? Nun sage doch einmal, wozu? Wozu habe ich dich gebracht?

CRESSIDA: Pfui, schlimmer Ohm! Ihr selbst tut nimmer gut
Noch leidet Ihr's von andern.

PANDARUS: Ha, ha, ha! Ach, du armes Ding! Das liebe Närrchen! Hast du diese Nacht nicht geschlafen? Wollte er dich nicht schlafen lassen, der garstige Mann? Hol ihn der Popanz!

Es wird an die Tür geklopft.

CRESSIDA: Sagt ich's nicht? – Klopft doch lieber seinen Kopf!
Wer pocht so? Geht doch, lieber Oheim, seht!
Ihr, Liebster, kommt zurück in meine Kammer –
Ihr lächelt spöttisch, als meint ich was Arges.

TROILUS: Ha, ha!

CRESSIDA: Ihr irrt Euch; nein, an so was denk ich nicht.

Man klopft wieder.

Wie stark man klopft! Ich bitt Euch, geht hinein;
Halb Troja nähm ich nicht, wenn man Euch fände.

Sie gehn ab.

PANDARUS: Wer ist denn da? Was gibt's? Wollt Ihr die Tür einschlagen? Was ist? Was gibt's?

ÄNEAS *tritt auf.*

ÄNEAS: Guten Morgen, Herr, guten Morgen!

PANDARUS: Wer ist's? Fürst Äneas? Auf meine Ehre, ich kannte Euch nicht; was bringt Ihr so früh Neues?

ÄNEAS: Ist nicht Prinz Troilus hier?

PANDARUS: Hier? Was sollte er wohl hier machen?

ÄNEAS: Ei, er ist hier; verleugnet ihn nur nicht!
Es liegt ihm viel daran, mit mir zu reden.

PANDARUS: Er ist hier, sagt Ihr? Das ist mehr, als ich weiß, das schwöre ich Euch. Was mich betrifft, so kam ich spät heim. Was sollte er hier zu tun haben?

ÄNEAS: Wer? Nun, wahrhaftig –
Geht, geht! Ihr tut ihm Schaden, eh Ihr's denkt;
Ihr wollt ihm treu sein und verratet ihn –
Wißt immer nichts von ihm, nur holt ihn her.
Geht!

Während Pandarus abgeht, kommt TROILUS.

TROILUS: Nun, was gibt es hier?
ÄNEAS: Kaum bleibt mir Zeit, Euch zu begrüßen, Prinz,
So drängt mich mein Geschäft. Ganz nah schon sind
Eur Bruder Paris und Deiphobus,
Der Grieche Diomed und, neu befreit,
Unser Antenor; und für diesen solln wir
Noch diese Stunde, vor dem Morgenopfer,
In Diomedes' Hand als Preis erstatten
Das Fräulein Cressida.
TROILUS: Ist das beschlossen?
ÄNEAS: Von Priamus und Trojas ganzem Rat;
Sie nahn und sind bereit, es zu vollziehn.
TROILUS: Wie spottet mein nun der errungne Preis! –
Ich geh, sie zu empfangen; Ihr, Äneas,
Traft mich durch Zufall, fandet mich nicht hier.
ÄNEAS: Recht wohl, mein Prinz! Naturgeheimnisse
Sind nicht mit größrer Schweigsamkeit begabt.

Troilus und Äneas gehen ab.

PANDARUS: Ist's möglich? Wie gewonnen, so zerronnen? Hole der Teufel diesen Antenor! der junge Prinz wird den Verstand verlieren. Zum Henker mit diesem Antenor! Ich wollte, sie hätten ihm den Hals gebrochen!

CRESSIDA *kommt.*

CRESSIDA: Wie nun? Was gibt es hier? Wer kam vorhin?
PANDARUS: Ach, ach! –
CRESSIDA: Was seufzt Ihr so? Wo ist mein Liebster? Fort?
Sagt, lieber Ohm, was ist geschehn?
PANDARUS: Ich wollte, ich wäre so tief unter der Erde, wie ich drüber bin!
CRESSIDA: O Götter! Nun, was ist geschehn?
PANDARUS: Ach, geh nur hinein. Wärst du doch nie geboren! Ich wußte es wohl, du würdest sein Tod sein. O der arme junge Mann! Verdammter Antenor!
CRESSIDA: Mein bester Ohm, auf meinen Knien beschwör ich,
Ich fleh Euch, sagt, was ist geschehn?

PANDARUS: Du mußt fort, Kind, du sollst fort; du bist für den Antenor ausgewechselt; zu deinem Vater sollst du und den Troilus verlassen. Das wird sein Tod sein, das überlebt er nicht, das bringt ihn um!

CRESSIDA: O ihr Unsterblichen! Ich gehe nicht!

PANDARUS: Du mußt!

CRESSIDA: Ich will nicht, Ohm. Was frag ich nach dem Vater!
Was ist Verwandtschaft mir? Nein, keine Seele,
Nicht Freundschaft, Lieb und Blut sind mir so nah
Wie du, herzliebster Troilus. O Götter,
Laßt Cressida der Falschheit Gipfel heißen,
Wenn sie dich je verläßt! Zeit, Not und Tod,
Tut diesem Leben euer Äußerstes;
Doch meiner Liebe starker Bau und Grund
Ist wie der Erde ew'ger Mittelpunkt,
Der alles an sich zieht. Ich will hinein
Und weinen.

PANDARUS: Ja, mein Kind.

CRESSIDA: Zerraufen will ich
Mein glänzend Haar; die schönen Wangen furchen,
Die Stimme heiser schluchzen und mein Herz
Zersprengen mit dem Namen Troilus: –
Ich will nicht fort von Troja!

Sie gehn ab.

DRITTE SZENE

Straße.

Es treten auf PARIS, TROILUS, ÄNEAS, DIOMEDES *und* GEFOLGE.

PARIS: Es ist schon heller Morgen, und die Stunde,
Sie abzuliefern diesem tapfern Griechen,
Rückt schnell heran. Mein bester Troilus,
Sag du der Dame, was ihr nah bevorsteht,
Und heiß sie eilen.

TROILUS: Geht ins Haus hinein;
Ich sende sie dem Griechen ungesäumt;
Und seine Hand, wenn ich sie überliefre,
Ist der Altar, dein Bruder Troilus
Der Priester, der sein eignes Herz dort opfert. *Ab.*

PARIS: Ich weiß, was Lieben heißt, und wünschte nur,
Ich könnte dir, wie Mitleid, Hilfe bieten. –
Beliebt's, ihr Herrn, so geht hinein.

Sie gehn ab.

VIERTE SZENE

Garten.

PANDARUS *und* CRESSIDA *treten auf.*

PANDARUS: Sei mäßig, Kind, sei mäßig!
CRESSIDA: Was sprecht Ihr mir von Mäßigung? der Schmerz,
Den ich empfind, ist geistig, tief, erschöpfend
Und ganz so groß und heftig wie die Ursach,
Die ihn erzeugt: wie kann ich ihn da mäß'gen?
Wenn meine Liebe mit sich handeln ließe,
Daß sie dem kältern, schwächern Sinn genügte,
So könnt ich ebenso den Schmerz auch kühlen;
Mein Sehnen duldet kein vermittelnd Lindern,
So großes Leid vermag nicht Trost zu mindern.

TROILUS *kommt.*

PANDARUS: Hier, hier, hier kommt er. Ach, die lieben Täubchen!

CRESSIDA: O Troilus! Troilus!

PANDARUS: Welch ein Schauspiel! das arme Paar! Laßt mich euch auch umarmen. O Herz – wie's im alten Liede steht –

O Herz, o volles Herz,
Was seufzest du und brichst nicht?

Und er antwortet hernach:

Weil du nicht lindern kannst den Schmerz,
Drum wendst du dich und sprichst nicht.

Nie gab's einen so wahren Reim. Man muß nichts wegwerfen, denn wir können's alle erleben, solchen Vers nötig zu haben; wir sehn es, wir sehn es. Nun, meine Lämmchen?

TROILUS: Ich liebe dich mit solcher seltnen Reinheit,
Daß sel'ge Götter, meiner Liebe zürnend –
Die heißer als Gebet, von kalten Lippen
Der Gottheit dargebracht –, dich mir entreißen!

CRESSIDA: Sind Götter neidisch?

PANDARUS: Ja, ja! da sieht man's deutlich!

CRESSIDA: Und ist es wahr? Muß ich von Troja scheiden?

TROILUS: Verhaßte Wahrheit!
CRESSIDA: Auch von Troilus?
TROILUS: Von Troja wie von Troilus!
CRESSIDA: Unmöglich!
TROILUS: Und augenblicks, so daß des Schicksals Hohn
Das Lebewohl zurückweist; jede Muße
Grausam versagt; arglistig unsern Lippen
Alle Vereinung wehrt; gewaltsam hemmt
Der Lieb Umarmung und den Schwur erstickt
Im Kreißen und Geburtsschmerz unsres Atems.
Wir beide, die wir uns mit tausend Seufzern
Gewonnen, müssen ärmlich uns verkaufen
Für eines einz'gen abgebrochnen Hauch.
Der rohe Augenblick, mit Diebeshast,
Zwängt ein den reichen Raub fast unbesehn.
So manch Lebwohl wie Stern' am Himmel, jedes
Mit eignem Kuß und Abschiedswort besiegelt,
Huscht er zusammen in ein kalt Ade
Und speist uns ab mit einem dürft'gen Kuß,
Verbittert mit dem Salz verhaltner Tränen.
ÄNEAS *draußen*: Prinz, ist das Fräulein nun bereit?
TROILUS: Sie rufen dich! So ruft der Todesengel
Sein „Komm!" dem Mann, der plötzlich sterben soll. –
Heißt jene warten, sie wird gleich erscheinen.
PANDARUS: Wo sind meine Tränen? Regnet, damit dieser Sturm sich lege, sonst reißt es mein Herz mit allen Wurzeln aus. *Ab.*
CRESSIDA: So muß ich zu den Griechen?
TROILUS: 's ist kein Mittel!
CRESSIDA: Ein trauernd Mädchen bei den lust'gen Griechen?
Wann werden wir uns wiedersehn?
TROILUS: Hör mich, Geliebte, bleibe du nur treu –
CRESSIDA: Ich treu? Wie das? Welch schmählicher Verdacht!
TROILUS: Nein, laß uns freundlich schlichten diesen Streit,
Er scheidet gleich von uns.
Ich sage nicht aus Argwohn: „Sei mir treu",
Denn selbst dem Tod werf ich den Handschuh hin,
Daß ohne Fleck und Makel sei dein Herz;
Dies „Sei mir treu" war nur, um einzuleiten
Die folgende Beteurung: sei mir treu,
Und bald seh ich dich wieder.

CRESSIDA: O dann, mein Prinz, wagt Ihr Euch in Gefahren,
Zahllos und furchtbar. Doch ich bleib Euch treu!
TROILUS: Dann lockt Gefahr mich. Tragt die Ärmelkrause.
CRESSIDA: Und Ihr den Handschuh. Wann seh ich Euch wieder?
TROILUS: Erkaufen werd ich mir die griech'schen Wachen
Und dann dich nachts besuchen. Doch sei treu!
CRESSIDA: O Himmel! Wieder dies: „Sei treu!"
TROILUS: Hör an,
Geliebteste, weshalb ich dir's gesagt.
Die griech'schen Jünglinge sind sehr begabt,
Voll Anmut, reich von der Natur bedacht,
Und Kunst und List vollenden ihren Reiz.
Wie Neuheit rühren mag und Wohlgestalt,
Ach! läßt mich eine fromme Eifersucht
– Ich bitt dich, nenn es tugendhafte Sünde –
Zu sehr befürchten.
CRESSIDA: Oh, Ihr liebt mich nimmer!
TROILUS: Dann mag ich sterben als ein Bösewicht!
Nicht deine Treu und Liebe macht mich zweifeln
So sehr wie mein Verdienst. Ich kann nicht dichten,
Nicht springen wie ein Tänzer, künstlich kosen
Noch feine Spiele spielen: lauter Gaben,
Worin die Griechen meisterlich gewandt;
Allein ich weiß, in jeder dieser Zierden
Lauert ein list'ger, stummberedter Teufel,
Der schlau versucht. O laß dich nicht versuchen!
CRESSIDA: Glaubst du, ich werd es?
TROILUS: Nein!
Doch oft geschieht uns, was wir nicht gewollt,
Und oftmals sind wir unsre eignen Teufel,
Wenn wir des Willens Schwäche selbst versuchen,
Zu stolz auf unsre wandelbare Kraft.
ÄNEAS *draußen*: Nun, werter Prinz –
TROILUS: Noch einen Kuß zum Abschied!
PARIS *draußen*: Auf, Bruder Troilus!
TROILUS: Paris, komm herein,
Und bring Äneas mit und Diomedes.
CRESSIDA: Ihr bleibt doch treu, mein Prinz?
TROILUS: Wer, ich? Das ist mein Fehl ja, meine Schwäche!
Wenn andre listig Gunst und Ehre fischen,
Fang ich mit echter Treu mir schlichte Einfalt;

Wenn mancher schlau sein Kupferblech vergoldet,
Trag ich es schlicht und ehrlich ungeschmückt.
Sorg nicht um meine Treu; denn all mein Sinnen
Ist ehrlich, treu: mehr will ich nicht gewinnen.

ÄNEAS, PARIS, DEIPHOBUS, ANTENOR *und* DIOMEDES *treten auf.*

Willkommen, Diomed! hier ist die Dame,
Die für Antenor wir Euch überliefern.
Am Tor, Herr, geb ich sie in deine Hand
Und schildre unterwegs dir, was sie ist.
Begegn ihr gut, und dann, beim Himmel, Grieche,
Fällst du jemals in meines Schwerts Gewalt
Und nennst mir Cressida, dann bleibst du sicher,
Wie Priamus in Ilium.

DIOMEDES: Schöne Dame,
Ihr spart den Dank mir, den der Prinz erwartet.
Eur glänzend Aug, der Himmel dieser Wangen
Heischt wackern Dienst; und Diomedes nennt
Euch seine Herrin, ist Euch ganz gewidmet.

TROILUS: Grieche, nicht höflich gegen mich verfährst du,
Das Siegel meiner Bitte nicht zu achten
Durch solchen Preis. Ich sag dir, griech'scher Fürst,
Sie überstrahlt so hoch dein Lob, wie du
Unwürdig bist, dich ihrem Dienst zu weihn.
Ich heiß dich, halt sie gut, weil ich's dich heiße:
Denn, beim furchtbaren Pluto, tust du's nicht,
Wär auch dein Schutz Achilles' ries'ge Wucht,
Du hast gelebt.

DIOMEDES: O nicht so hitzig, Prinz!
Laßt mir das Vorrecht meiner Sendung, daß
Ich frei hier sprechen darf. Bin ich erst fort,
Dann folg ich meiner Willkür; und vernimm,
Ich tu nichts auf Geheiß: nach ihrem Wert
Wird sie geschätzt; doch sprichst du: „So soll's sein",
Werd ich nach Mut und Ehr erwidern: „Nein!"

TROILUS: So komm zum Tor! – und wisse, Diomed,
Daß, wer hier trotzt, dereinst um Gnade fleht.
Gebt, Fräulein, mir die Hand, und mag im Wandeln
Ein leises Wort des Herzens Wunsch verhandeln.

Troilus, Cressida und Diomedes gehn ab. Trompetenstoß.

PARIS: Horch! Hektors Herold!

ÄNEAS: Wie der Morgen schwand!

Der Prinz muß träge mich und säumig schelten,
Da ich versprach, vor ihm im Feld zu sein.
PARIS: Die Schuld trägt Troilus: kommt, ins Feld mit ihm!
DEIPHOBUS: Nun laßt uns eilig sein!
ÄNEAS: Ja, mit des Bräut'gams muntrer Freudigkeit
Wolln wir dem Hektor folgen auf dem Fuß.
Heut ficht für unsres Troja Heil und Ruhm
Sein Arm allein und edles Rittertum!
Sie gehn ab.

FÜNFTE SZENE

Das griechische Lager.

Es treten auf AJAX, *in voller Rüstung;* AGAMEMNON, ACHILLES, PATROKLUS, MENELAUS, ULYSSES, NESTOR *und* GEFOLGE.

AGAMEMNON: Hier stehst du in Bereitschaft frisch und kühn,
Der Zeit voreilend mit frühregem Mut.
Laß die Trompete laut dich Troja künden,
Furchtbarer Ajax, daß die Luft entsetzt
Des großen Kämpen Ohr durchbohre scharf
Und stürm ihn her.
AJAX: Trompeter, nimm die Börse;
Nun spreng die Lung und brich dein erznes Rohr:
Blas, Kerl, bis deine aufgeschwellte Wange
Noch straffer sei als Pausback Aquilo;
Dehn aus die Brust, dem Aug entspritze Blut,
Du schmetterst Hektor mir heran.
ULYSSES: Kein Erz gibt Antwort!
ACHILLES: 's ist noch früh am Tag.
AGAMEMNON: Kommt dort nicht Diomed mit Kalchas' Tochter?
ULYSSES: Jawohl, ich kenn ihn an der Art des Gangs,
Er hebt sich auf den Zehn; hochatmend strebt
Sein Geist von dieser Erd empor.
DIOMEDES *und* CRESSIDA *treten auf.*
AGAMEMNON: Ist dies das Fräulein Cressida?
DIOMEDES: Sie ist's.
AGAMEMNON: Seid hold gegrüßt den Griechen, schönes Fräulein!
NESTOR: Mit einem Kuß begrüßt Euch der Feldhauptmann.

ULYSSES: Wer möchte nicht solch reizend Feld behaupten?
Wir folgen Haupt für Haupt dem Mann ins Feld.
NESTOR: Ein trefflich art'ger Vorschlag! Ich beginne:
Soviel für Nestor.
ACHILLES: Ich will das Eis von Euern Lippen küssen:
Achill heißt Euch willkommen, schönes Kind.
MENELAUS: Zum Küssen hatt ich hübschen Anlaß sonst.
PATROKLUS: Doch ist das Anlaß nicht zum Küssen jetzt:
Denn so wie ich drang Paris Euch ins Haus,
Und mit dem hübschen Anlaß war es aus.
ULYSSES: O bittre Schmach! All unsrer Leiden Born!
Mit unserm Lebensblut färbt er sein Horn!
PATROKLUS: Der Kuß für Menelaus, der für mich;
Patroklus küßt Euch.
MENELAUS: Ei, so abzuziehn!
PATROKLUS: Paris und ich, wir küssen stets für ihn.
MENELAUS: Erlaubt mir, meinen Kuß will ich nicht missen.
CRESSIDA: So sagt, empfangt Ihr oder gebt im Küssen?
MENELAUS: Ich nehm und geb im Kusse.
CRESSIDA: Dann vergönnt:
Ihr nehmt Euch bessern, als Ihr geben könnt;
Drum keinen Kuß.
MENELAUS: Ich zahl Euch Aufgeld, geb Euch drei für einen.
CRESSIDA: Von einem halben Manne nehm ich keinen.
MENELAUS: Ein halber? und wo wär die andre Hälfte?
CRESSIDA: Die hat Prinz Paris längst sich eingefangen,
Als er mit Eurer Frau davongegangen.
MENELAUS: Ihr schnippt mir an die Stirn!
CRESSIDA: O nein, fürwahr!
ULYSSES: Wie brächt Eur Händchen seinem Horn Gefahr?
Darf ich um einen Kuß Euch bitten, Schöne?
CRESSIDA: Ihr dürft!
ULYSSES: Gern hätt ich einen!
CRESSIDA: Nun, so bittet.
ULYSSES: Um Venus werde mir ein Kuß von dir,
Wenn Helena als Jungfrau lebt und hier!
CRESSIDA: Sobald die Schuld verfallen, zahl ich sie.
ULYSSES: Dann hat es gute Zeit, Ihr küßt mich nie.
DIOMEDES: Fräulein, ein Wort: ich bring Euch Euerm Vater.
Geht mit Cressida ab.
NESTOR: Sie hat behenden Witz.

ULYSSES: Pfui über sie!
An ihr spricht alles, Auge, Wang und Lippe,
Ja selbst ihr Fuß: der Geist der Lüsternheit
Blickt vor aus jedem Glied und Schritt und Tritt.
O der Kampflustigen, so zungenglatt,
Die Willkomm schielen, eh man sie noch grüßt,
Und weit auftun die Blätter ihres Denkbuchs
Für jeden üpp'gen Leser! Merkt sie euch
Als niedre Beute der Gelegenheit
Und Töchter schnöder Lust.

Trompetenstoß.

ALLE: Trojas Trompete!
AGAMEMNON: Seht, es naht der Zug!

Es treten auf HEKTOR, *bewaffnet*, ÄNEAS, TROILUS *und* GEFOLGE.

ÄNEAS: Heil, Griechenfürsten! Was wird dem zuteil,
Der obsiegt? Oder habt ihr nicht den Vorsatz,
Daß einer Sieger sei? Sollen die Ritter
Aus aller Kraft sich bis aufs äußerste
Bekämpfen? oder wird der Streit geschieden
Durch irgendein Gebot und Kampfgericht?
So fragt euch Hektor.
AGAMEMNON: Was ist Hektors Wunsch?
ÄNEAS: Ihm gilt es gleich, er fügt sich der Bestimmung.
ACHILLES: Ganz Hektor ähnlich, doch sehr zuversichtlich;
Ein wenig stolz und überaus mißachtend
Den Gegner.
ÄNEAS: Wenn Achilles nicht, mein Fürst,
Wer seid Ihr?
ACHILLES: Wenn Achilles nicht, dann nichts.
ÄNEAS: Achilles also. Demnach, Held, vernehmt:
In beiden Äußersten von Groß und Klein
Sind Stolz und Mut in Hektor unerreicht;
Der eine fast so endlos wie das All,
Der andre leer wie nichts. Erwägt ihn recht,
Und was Euch stolz scheint, ist nur Höflichkeit:
Held Ajax ist von Hektors Blute halb;
Zu Liebe dem bleibt Hektor halb zu Hause:
Halb Herz, halb Hand, halb Hektor, naht er, wo er
Den Bastardhelden sucht, halb Griech, halb Troer.
ACHILLES: Ein Scheingefecht also! Ha, ich versteh Euch!

DIOMEDES *tritt auf.*

AGAMEMNON: Hier kommt Fürst Diomed. Auf, edler Ritter,
Stellt Euch zu unserm Ajax; so wie Ihr
Und Lord Äneas ordnen dies Gefecht,
So sei es: ob ein Anlauf, ob ein Gang
Auf Tod und Leben; weil die zwei verwandt,
Ist halb der Kampf erloschen, eh entbrannt.
ULYSSES: Sie stehn sich gegenüber.
AGAMEMNON: Wer ist der Troer, der so finster schaut?
ULYSSES: Des Priam jüngster Sohn: ein echter Ritter;
Kaum reif, schon unvergleichbar: fest von Wort,
Beredt in Tat und tatlos in der Rede;
Nicht bald gereizt, doch dann nicht bald besänftigt.
Sein Herz wie Hand gleich offen, beide frei:
So gibt er, was er hat, spricht, was er denkt;
Doch gibt er nur, lenkt Urteil seine Güte.
Nie adelt er durch Wort' unwürd'ges Denken;
Mannhaft wie Hektor, doch gefährlicher:
Denn Hektor, in des Zornes Glut, verschont
Gefallne; während dieser, kampfbegeistert,
Blutdürst'ger trifft als eifersücht'ge Liebe.
Man nennt ihn Troilus und baut auf ihn
Die zweite Hoffnung, stark, wie Hektor selbst;
So spricht Äneas, der den Jüngling kennt
Ganz durch und durch und im Geheimgespräch
Im großen Ilion mir ihn so geschildert.

Trompeten. Hektor und Ajax kämpfen.

AGAMEMNON: Der Kampf beginnt.
NESTOR: Nun, Ajax, halt dich brav.
TROILUS: Hektor, du schläfst, erwache!
AGAMEMNON: Er führt den Degen trefflich: recht so, Ajax!

Die Trompeten hören auf zu blasen.

DIOMEDES: Ihr dürft nicht weiter!
ÄNEAS: Prinzen, 's ist genug.
AJAX: Ich bin kaum warm, tun wir noch einen Gang.
DIOMEDES: Wie's Hektor wünscht.
HEKTOR: Nun gut, dann sei's geendet.
Du, Fürst, bist meines Vaters Schwestersohn,
Ein Freund und Vetter Priams großem Stamm,
Und der Verwandtschaft Heiligkeit verbietet,
Daß sich der Kampf des Ruhms mit Blut entscheide.
Wär Grācien dir und Troja so gemischt,

Daß du könntst sagen: „Diese Hand ist griechisch
Und troisch jene; dieses Schenkels Bau
Griechisch, der troisch; meiner Mutter Blut
Rinnt in der rechten Wange; das des Vaters
In jener linken" – beim allmächt'gen Zeus!
Hinweg von mir trügst du kein griechisch Glied,
Dem nicht mein Schwert hätt eingeprägt ein Mal
Des bösen Streits. Doch hindern das die Götter,
Daß nur ein Tropfen deines Mutterbluts,
Geheiligt mir, von meinem Todesstahl
Vergossen sei. Laß dich umarmen, Ajax!
Bei dem, der donnert, du hast tücht'ge Arme!
Gern läßt sich Hektor so von ihnen fassen:
Dir, Vetter, aller Ruhm!

AJAX: Ich dank dir, Hektor!
Du bist ein Mann, zu frei und hoch gesinnt;
Dich töten wollt ich, Vetter, und an Ehre
Durch deinen Fall mir reichen Zuwachs ernten.

HEKTOR: Selbst Neoptolemus, der Wunderheld,
Von dessen Helm lauttönend Fama ruft:
„Das ist er selbst!" hegt nicht den Wahngedanken,
Daß Ruhm, Hektor entrissen, seinen mehrte.

ÄNEAS: Von beiden Seiten fragt Erwartung jetzt,
Was ferner ihr beginnt.

HEKTOR: Dies unsre Antwort:
Der Ausgang ist Umarmung. – Ajax, leb wohl!

AJAX: Wenn ich Erfolg der Bitte könnt erwarten,
Der selten mir zuteil wird – lüd ich Euch,
Ruhmvoller Vetter, zu den griech'schen Zelten.

DIOMEDES: 's ist Agamemnons Wunsch; auch Held Achilles
Möcht ohne Wehr den tapfern Hektor sehn.

HEKTOR: Ruf meinen Bruder Troilus, Äneas,
Und melde diesen friedlichen Besuch
Der Troer Schar, die meiner Rückkunft harrt;
Sie solln heimkehren. – Gib die Hand mir, Vetter;
Ich speis in deinem Zelt mit euern Rittern.

AJAX: Der Herrscher Agamemnon naht sich uns.

HEKTOR: Sag mir die Namen aller Würdigsten;
Nur den Achilles laß mein spähend Aug
An seiner Hochgestalt und Wucht erkennen.

AGAMEMNON: Streitbarer Held! Willkommen mir wie einem,
Der solches Feindes gern entledigt wäre.
Doch das ist kein Willkomm; drum red ich klarer:
Vergangnes und Zukünftiges verdecken
Formloser Schutt und Trümmer des Vergessens:
Doch in der gegenwärt'gen Stund entbeut
Dir Treu und Glaub in frommster Lauterkeit,
Abwendig aller schiefen Nebendeutung,
O großer Mann, herzinnige Begrüßung.
HEKTOR: Ich dank dir, hocherhabner Agamemnon.
AGAMEMNON: Erlauchter Troilus, nicht Mindres Euch.
MENELAUS: Ich grüß Euch wie mein königlicher Bruder:
Du kriegrisch Brüderpaar, sei uns willkommen!
HEKTOR: Wer spricht zu uns?
MENELAUS: Der edle Menelaus.
HEKTOR: O Feldherr, Dank, bei Mavors Eisenhandschuh!
Verargt mir nicht den seltsamlichen Schwur:
Eur weiland Weib schwört stets bei Venus' Handschuh;
Wohl ist sie – doch sie schickt Euch keinen Gruß.
MENELAUS: Nennt sie nicht jetzt; sie mahnt an tödlich Weh.
HEKTOR: Verzeihung! Ich vergaß!
NESTOR: Ich sah dich oft, du tapferer Trojaner,
Wenn du, in Arbeit für den Tod, dir Bahn
Durch unsre Jugend wütig brachst; ich sah dich,
Wie Perseus heiß dein phrygisch Schlachtroß spornend,
Viel Waffentat und Kampfespreis verschmähn.
Vordringend schwangst du hoch ums Haupt dein Schwert,
Und nicht auf den Gefallnen durft es fallen;
So daß ich sprach zu meinen Schlachtgenossen:
„Seht Jupiter, wie er dort Leben spendet!"
Dann sah ich dich verschnaufend Atem schöpfen,
Wenn dich ein Kreis von Griechen rings umschloß,
Wie ein olymp'scher Ringer: solches sah ich;
Doch dies dein Antlitz, stets in Stahl verriegelt,
Schau ich erst heut. Mit deinem Eltervater
Focht ich einmal: er war ein guter Streiter,
Allein beim Kriegsgott, unser aller Haupt,
Dir nimmer gleich. Nimm eines Greisen Kuß,
Und unserm Zelt sei, tapfrer Fürst, willkommen!
ÄNEAS: Er ist der alte Nestor.
HEKTOR: Laß dich umarmen, gute, alte Chronik,

Die mit der Zeit so lang schritt Hand in Hand:
Ehrwürd'ger Nestor, froh umschließ ich dich.
NESTOR: O daß mein Arm dir's gleichtun könnt im Kampf,
Wie er nun kämpft mit dir in Freundlichkeit!
HEKTOR: Ich wünscht es gleichfalls.
NESTOR: Ha,
Bei diesem weißen Bart, ich föchte mit dir morgen.
Willkommen dann, willkomm! Ich sah die Zeit –
ULYSSES: Mich wundert nur, wie jene Stadt noch steht,
Da wir jetzt ihren Grund und Pfeiler haben!
HEKTOR: Wohl kenn ich Eure Züge, Fürst Ulyß! –
O Herr, schon mancher Griech und Troer fiel,
Seit ich zuerst Euch sah mit Diomed
In Ilion als Gesandte Griechenlands.
ULYSSES: Da sagt ich Euch vorher, was folgen würde;
Noch weilt auf halbem Weg die Prophezeiung,
Denn jene Mauern, keck die Stadt umschirmend,
Die Zinnen, die mit Wolken üppig buhlen,
Sie küssen noch den eignen Fuß.
HEKTOR: Nicht glaub ich's!
Da stehn sie noch; bescheiden mein ich auch,
Uns zahlt für jedes phryg'schen Steines Fall
Ein Tropfen Griechenblut. Das Ende krönt's;
Und jener alte, ew'ge Richter, Zeit,
Wird einst es enden.
ULYSSES: Lassen wir es ihm.
Höchst edler, tapfrer Hektor, sei willkommen!
Nach unserm Feldherrn bitt ich dich zunächst,
Mein Gast zu sein und mich im Zelt zu sehn.
ACHILLES: Dawider muß ich Einspruch tun, Ulysses!
Nun, Hektor, hast du meinen Blick gesättigt.
Mit scharfem Aug durchforscht ich dich, o Hektor,
Und prüfte Glied für Glied.
HEKTOR: Ist dies Achilles?
ACHILLES: Ich bin Achilles.
HEKTOR: Ich bitte, stell dich so, daß ich dich schaue.
ACHILLES: Sieh dich nur satt!
HEKTOR: Nun, ich bin fertig schon.
ACHILLES: Du bist zu eilig. Ich durchmustre dich
Noch einmal Zug für Zug, als wär's zum Kauf.
HEKTOR: So wie ein Scherzbuch blätterst du mich durch?

Doch mehr wohl liegt in mir, als du verstehst!
Was will mich so dein Auge niederdrücken?
ACHILLES: Ihr Götter, sagt, an welchem Teil des Körpers
Vernicht ich ihn? Ist's hier, dort oder da?
Daß ich genau den Sitz der Wunde nennen
Und scharf das Tor bezeichnen mag, wodurch
Sein großer Geist entflieht. Antwort, ihr Götter!
HEKTOR: Mißziemen würd es heil'gen Göttern, Stolzer!
Antwort zu geben solcher Frage. Sprich:
Glaubst du mein Leben so im Scherz zu fahn,
Daß du vorzeichnen willst im scharfen Umriß,
Wo treffen soll der Tod?
ACHILLES: Ja, sag ich dir.
HEKTOR: Und wärst du, solches kündend, ein Orakel,
Nicht glaub ich dir. Hinfort sei auf der Hut!
Denn nicht hier töt ich dich noch dort, noch da,
Nein, bei dem Hammer, der Mars' Helm geformt,
Dich töt ich, wo's auch sei; ja über und über.
Verzeiht, ihr weisen Griechen, meinem Prahlen,
Sein Hochmut zwingt mich, Törichtes zu reden.
Doch streb ich, so zu tun, wie ich gesprochen,
Sonst mög ich nie –
AJAX: Kommt nicht in Eifer, Vetter.
Und Ihr, Achilles, unterlaßt dies Drohen,
Bis Zufall oder Vorsatz wahr es macht.
Genug könnt Ihr von Hektor täglich haben,
Wenn es Euch hungert; doch ganz Griechenland
Bringt Euch wohl kaum mit ihm in Hader, denk ich.
HEKTOR: Ich bitt Euch, laßt im Feld uns Euch begegnen;
Es gab nur kleinen Krieg, seit Ihr verließt
Die griech'schen Fahnen.
ACHILLES: Du verlangst nach mir?
Dir nah ich morgen, furchtbar, wie der Tod: –
Heut abend sei'n wir Freunde.
HEKTOR: Wohl, schlag ein!
AGAMEMNON: Vorerst, ihr griech'schen Herrn, kommt in mein [Zelt,
Dort wolln wir Tafel halten; und hernach,
Wie Hektors Muß' und eure Gastlichkeit
Zusammentrifft, bewirtet ihn dann einzeln.
Nun laßt die Pauken, laßt Trompeten schallen,
Willkommen sei der Troerfürst uns allen.

Sie gehn ab. Es bleiben Troilus und Ulysses.

TROILUS: Ich bitt Euch, Fürst Ulysses, gebt mir Kunde,
In welchem Teil des Lagers Kalchas weilt.
ULYSSES: In Menelaus' Zelt, mein edler Prinz:
Dort speiset Diomed mit ihm zu Nacht,
Der nicht an Erde mehr noch Himmel denkt
Und ganz von Lieb entflammt nur Augen hat
Für Fräulein Cressida.
TROILUS: Erzeigt Ihr mir die Huld, mein werter Fürst,
Wenn wir verlassen Agamemnons Zelt,
Mich hinzuführen?
ULYSSES: Schaltet über mich.
Gleich freundlich sagt, mein Prinz, in welchem Ruf
Hielt Troja diese Schöne? Weint ihr dort
Kein Liebster nach?
TROILUS: O Fürst, wer rühmend prahlt mit seinen Wunden,
Verdienet Spott. Gehn wir zusammen, Herr?
Sie liebt' und ward geliebt und wird's noch heute,
Doch neid'schem Glück ward Liebe stets zur Beute.

Sie gehn ab.

FÜNFTER AUFZUG

ERSTE SZENE

Zelt des Achilles.

Es treten auf ACHILLES *und* PATROKLUS.

ACHILLES:
Mit griech'schem Wein durchglüh ich heut sein Blut,
Und mit dem Schwerte kühl ich's morgen ab.
Patroklus, laß uns weidlich mit ihm bechern!
PATROKLUS: Hier kommt Thersites.

THERSITES *tritt auf.*

ACHILLES: Nun, du neid'sche Schwäre?
Du der Natur verbrannt Gebäck, was gibt's?
THERSITES: Nun, du Bildnis dessen, was du scheinst, du Abgott der Dummheit-Anbeter, hier ist ein Brief für dich.
ACHILLES: Woher, du Brocken?
THERSITES: Nun, du volle Schüssel Narrheit, aus Troja.

PATROKLUS: Wer blieb in den Zelten?

THERSITES: Soll ich von Euern Zelten und Mäulern Rechenschaft geben, Esel?

PATROKLUS: Nicht übel, Scheelsucht; nun, was soll die Bosheit?

THERSITES: Ich bitte dich, Knabe, schweig still; ich lerne nichts aus deinem Geschwätz. Man hält dich für Achills Mann-Buben.

PATROKLUS: Mann-Buben, du Schurke? was soll das heißen?

THERSITES: Ei nun, seine männliche Hure. Mögen doch alle faulen Seuchen des Südwinds, Bauchgrimmen, Brüche, Flüsse, Stein- und Rückenschmerzen, Schlafsucht, Lähmung, Triefaugen, verschleimte Lebern, pfeifende Lungen, Eiterbeulen, Hüftweh, verkalkte Finger, unheilbarer Knochenfraß und das Ehrengeschenk der schäbigsten Krätze fallen und nochmals fallen auf so widernatürliche Entdeckungen!

PATROKLUS: Was, du teuflische Giftbüchse du, was willst du mit all diesen Flüchen?

THERSITES: Fluch ich dir?

PATROKLUS: Nein, du wurmstichiges Faß, du verruchter, hündischer Blendling, das nicht.

THERSITES: Nicht? worüber ereiferst du dich denn, du lose, fasrige Seidenflocke, du grünflorner Schirm für ein böses Auge, du Quast an eines Verschwenders Geldbeutel du? Ach, wie die arme Welt verpestet wird von solchen Wasserfliegen! solchem Wegwurf der Natur!

PATROKLUS: Pfui über dich, Galle!

THERSITES: Finken-Ei!

ACHILLES: Liebster Patroklus, ganz durchkreuzt der Brief
Mein großes Wollen für den nächsten Morgen.
Es senden ihn die Kön'gin Hekuba
Und ihre Tochter, meine schöne Buhlin;
Sie beide tadeln und beschwören mich,
Zu halten meinen Eid: ich brech ihn nicht.
Fallt, Griechen, welke, Ruhm, werd Ehre Spreu,
Mein erst Gelübd ist hier, dem bleib ich treu.
Thersites, geh und ordne mir das Mahl,
Die Nacht durchjubeln wir beim Festpokal.
Komm, mein Patroklus!

Sie gehn ab.

THERSITES: Bei zuviel Blut und zuwenig Hirn können die beiden noch toll werden; wenn sie's aber bei zuviel Hirn und zuwenig Blut werden, so will ich selbst Narren kurieren. Da ist Agamemnon: eine gute, ehrliche Haut und Liebhaber von jungen Schnepfen; aber Gehirn hat er nicht so viel wie Ohrenschmalz. Und nun vollends diese unvergleichliche noble Metamorphose des Jupiter, sein Bruder, der Stier, dieser uranfängliche Prototyp und Musterbild der Hahnreie, dieses gedeihliche Schuhhorn an der Kette, das an seines Bruders Schenkel hängt – in welche andere Gestalt als seine eigne könnte Bosheit, mit Witz gespickt, und Witz, mit Bosheit gefüllt, den umschaffen? In einen Esel? Das wäre nichts; er ist beides, Ochs und Esel. In einen Ochsen? Das wäre nichts; er ist beides, Esel und Ochs. Müßt ich ein Hund sein, ein Maultier, ein Kater, ein Iltis, eine Eidechse, eine Kröte, eine Eule, ein Fischrabe oder ein Hering ohne Rogen, das sollte mir nichts machen; aber ein Menelaus sein? Da würde ich gegen das Fatum rebellieren. Fragt mich nicht, was ich sein möchte, wenn ich nicht Thersites wäre; denn mir wär's gleich, die Laus eines Aussätzigen zu werden, müßt ich nur nicht Menelaus sein. – Heida! Geister und Feuer!

Es kommen HEKTOR, TROILUS, AJAX, AGAMEMNON, ULYSSES, NESTOR, MENELAUS *und* DIOMEDES *mit Fackeln.*

AGAMEMNON: Wir gehn fehl, wir gehn fehl!

AJAX: O nein, dort ist's,
Wo Ihr die Lichter seht!

HEKTOR: Ich werd Euch lästig.

AJAX: O nicht doch!

ULYSSES: Seht, er kommt Euch selbst entgegen.

ACHILLES *tritt auf.*

ACHILLES: Held Hektor und ihr, Fürsten, seid willkommen!

AGAMEMNON: Nun, gute Nacht, mein edler Prinz von Troja;
Ajax besorgt Euch sichre Ehrenwache.

HEKTOR:
Dank und gute Nacht dem Feldherrn Griechenlands!

MENELAUS: Gut Nacht!

HEKTOR: Gut Nacht, liebwerter Menelaus!

THERSITES: Liebwerter Abtritt! Liebwerter – so! – Liebwerte Kloake, liebwerter Rinnstein!

ACHILLES: Gut Nacht und Willkomm allen, die da gehn
Und bleiben!

AGAMEMNON: Gute Nacht!

Agamemnon und Menelaus ab.

ACHILLES: Bleibt, Vater Nestor – Ihr auch, Diomed;
Verweilt mit Hektor hier auf ein paar Stunden.
DIOMEDES: Ich kann nicht, Prinz; mich ruft ein wichtiges
Geschäft, das dringend mahnt. Gut Nacht, Held Hektor!
HEKTOR: Gebt mir die Hand.
ULYSSES *zu Troilus*: Er geht zu Kalchas' Zelt, folgt seiner Fackel;
Ich geb Euch das Geleit.
TROILUS: Viel Ehre, Herr!
HEKTOR: Nun dann, gut Nacht!
ACHILLES: Kommt, tretet in mein Zelt.

Sie gehn nach verschiedenen Seiten ab.

THERSITES: Der Diomed da ist ein falscher Schurke, eine recht tückische Bestie. Ich traue ihm so wenig, wenn er von der Seite schielt, wie einer Schlange, wenn sie zischt; er hat ein so weites, freigebiges Maul für Versprechungen wie ein kläffender Hund; aber wenn er sie erfüllt, prophezeien die Sterndeuter daraus: es ist ein Wunderzeichen, das eine Umwälzung ankündigt; die Sonne borgt vom Monde, wenn Diomed Wort hält. Ich will lieber den Hektor nicht sehn als diesem nicht nachspüren; man sagt, er hält sich eine trojanische Metze und der Verräter Kalchas leiht ihm sein Zelt; ich will ihm nach. Nichts als Unzucht! lauter liederliche Spitzbuben!

Ab.

ZWEITE SZENE

Kalchas' Zelt.

DIOMEDES *tritt auf.*

DIOMEDES: Heida! seid Ihr noch wach hier? Holla! sprecht!
KALCHAS: Wer ruft hier?
DIOMEDES: Diomed.
'S ist Kalchas, denk ich. Wo ist Eure Tochter?
KALCHAS: Sie kommt zu Euch.

TROILUS *und* ULYSSES *kommen und stellen sich in den Hintergrund des Zelts; nach ihnen* THERSITES.

ULYSSES: Bleibt stehn, daß uns die Fackel nicht verrate.

CRESSIDA *tritt auf.*

TROILUS: Was, Cressida, die zu ihm kommt?
DIOMEDES: Wie geht's, mein Mündel?

CRESSIDA: Lieber Vormund, hört –
Ein Wort mit Euch. *Sie spricht leise mit Diomedes.*
TROILUS: Und so vertraulich?
ULYSSES: Sie spielt euch jedem auf, beim ersten Anblick.
THERSITES: Und jeder spielt sie vom Blatt, wenn er den Schlüssel weiß; sie ist notiert.
DIOMEDES: Willst du dran denken?
CRESSIDA: Dran denken? Ja!
DIOMEDES: Nun gut, vergiß es nicht,
Und laß die Tat zu deinen Worten stimmen.
TROILUS: Was soll sie nicht vergessen?
ULYSSES: Lauscht!
CRESSIDA: Nicht weiter
Verlocke mich zur Torheit, süßer Grieche!
THERSITES: O ihr Gesindel!
DIOMEDES: Nun, dann –
CRESSIDA: Hör mich an.
DIOMEDES: Nichts, nichts da; Kinderei! du hältst nicht Wort.
CRESSIDA: Wirklich, es geht nicht. Was verlangst du denn?
THERSITES: 'nen Diebesdietrich für geheime Fächer.
DIOMEDES: Was hast du zugesagt? Was schwurst du mir?
CRESSIDA: Ich bitte dich, besteh nicht auf dem Schwur;
Nur das begehre nicht, mein süßer Grieche!
DIOMEDES: Gut Nacht!
TROILUS: O Wut!
ULYSSES: Still, Troer!
CRESSIDA: Diomed –
DIOMEDES:
Nein, nicht gut Nacht; ich bin dein Narr nicht länger.
TROILUS: Dein Beßrer muß es sein!
CRESSIDA: Ein Wort ins Ohr –
TROILUS: O Tod und Wahnsinn!
ULYSSES: Ihr seid bewegt, Prinz; laßt uns fort, ich bitt Euch,
Daß Euer Schmerz sich nicht entladen möge
Zu wüt'ger Tat. Der Ort hier ist gefährlich,
Die Zeit todbringend; ich beschwör Euch, kommt.
TROILUS: Seht nur, o seht!
ULYSSES: Entfernt Euch, werter Prinz.
Ihr seid dem Wahnsinn nah – kommt, lieber Herr!
TROILUS: Ich bitt dich, bleib.
ULYSSES: Ihr habt nicht Fassung, kommt.

TROILUS: Ich bitt Euch, bleibt. Bei Höll und Höllenqual,
Ich rede nicht ein Wort.
DIOMEDES: Nun dann, gut Nacht!
CRESSIDA: Du gehst doch nicht im Zorn?
TROILUS: Das kümmert dich?
Verwelkte Treu!
ULYSSES: Still, Prinz!
TROILUS: Beim Jupiter!
Ich schweige.
CRESSIDA: Mein Beschützer – lieber Grieche –
DIOMEDES:
Pah! pah! lebt wohl! Ihr habt mich nur zum besten!
CRESSIDA: Nein, ganz gewiß nicht. Kommt noch einmal her.
UYLSSES: Ihr schreckt zusammen, Prinz – wollt Ihr nun gehn?
Ihr brecht noch los!
TROILUS: Sie streicht die Wang ihm!
ULYSSES: Kommt!
TROILUS: Nein, bleibt! Beim Zeus, ich rede nicht ein Wort!
Geduld hält Wache zwischen meinem Willen
Und aller Kränkung. Bleibt nur noch ein wenig.
THERSITES: Wie der Unzuchtteufel mit dem feisten Bauch und dem Kartoffelfinger die zwei zusammenkitzelt! Siede, Liederlichkeit, siede!
DIOMEDES: So willst du wirklich?
CRESSIDA: Nun ja, ich will, sonst trau mir niemals wieder.
DIOMEDES: Gib mir zur Sicherheit ein Unterpfand.
CRESSIDA: Ich hole dir's. *Ab.*
ULYSSES: Ihr schwurt Geduld!
TROILUS: Seid unbesorgt! ich will
Ich selbst nicht sein; will mir bewußt nicht werden,
Was ich empfinde; ich bin ganz Geduld.

CRESSIDA *kommt zurück.*

THERSITES: Nun kommt das Pfand; jetzt, jetzt, jetzt!
CRESSIDA: Hier, Diomedes, trag die Ärmelkrause.
TROILUS: O Schönheit! Wo ist deine Treu?
ULYSSES: Mein Prinz –
TROILUS: Ich will ja ruhig sein; von außen will ich's.
CRESSIDA: Ihr seht die Kraus Euch an; beschaut sie wohl.
Er liebte mich! o falsches Mädchen! gebt sie wieder.
DIOMEDES: Wes war sie?
CRESSIDA: Gleichviel wes! Ich hab sie wieder.

Ich werd Euch nicht erwarten morgen nacht;
Ich bitt dich, Diomed, besuch mich nicht.
THERSITES: Nun wetzt sie; recht so, Schleifstein!
DIOMEDES: Ich muß sie haben.
CRESSIDA: Was?
DIOMEDES: Nun, diese da.
CRESSIDA: O Götter! O du liebes, liebes Pfand!
Dein Herr liegt jetzt im Bett und denkt gewiß
An dich und mich und seufzt; nimmt meinen Handschuh
Und gibt ihm manchen süßen Kuß gedenksam
So wie ich dir. Nein, reiß sie mir nicht weg;
Wer diese nimmt, muß auch mein Herz mit nehmen.
DIOMEDES: Dein Herz war mein schon; dieses folgt ihm nach.
TROILUS: Ich schwur Geduld!
CRESSIDA: Dies kriegst du nicht, nein, wahrlich, Diomed;
Ich geb dir etwas anderes.
DIOMEDES: Ich will dies Pfand: wes war's?
CRESSIDA: Das gilt ja gleich.
DIOMEDES: Komm, sag, von wem dir's kam?
CRESSIDA: Von einem, der mich mehr geliebt als du:
Doch nun es dein, behalt es.
DIOMEDES: Wessen war's?
CRESSIDA: Bei Diana selbst und ihren Nymphen dort,
Das werd ich dir nicht sagen.
DIOMEDES: Ich trag es morgen früh an meinem Helm
Und kränk ihn, der's nicht wagt zurückzufordern.
TROILUS: Wärst du der Teufel, der es trüg am Horn,
Gefordert soll es werden.
CRESSIDA: Nun gut, 's ist aus, vorbei! Nein! doch nicht aus;
Ich will mein Wort nicht halten!
DIOMEDES: Leb denn wohl!
Du neckst den Diomed zum letztenmal.
CRESSIDA: So bleibe doch! sagt man auch nur ein Wort,
Gleich fährst du auf!
DIOMEDES: Ich hasse solche Possen.
THERSITES: Ich auch, beim Pluto! doch was dir mißfällt,
Behagt mir just am besten.
DIOMEDES: Nun, soll ich kommen? Wann?
CRESSIDA: Ja komm. O Zeus,
Komm nur. Schlimm wird mir's gehn!
DIOMEDES: Leb wohl so lange! *Ab.*

CRESSIDA: Gut Nacht; ich bitt dich, komm! – Ach, Troilus,
Noch blickt mein eines Auge nach dir hin,
Das andre wandte sich so wie mein Sinn.
Wir armen Fraun, wir dürfen's nicht verhehlen,
Des Augs Verirrung lenkt zugleich die Seelen:
Was Irrtum führt, muß irrn: so folgt denn, ach! –
Vom Blick betört, verfällt die Seel in Schmach. *Ab.*

THERSITES: Das sind untrüglich folgerechte Sätze;
Noch richt'ger: meine Seele ward zur Metze.

ULYSSES: So wär's denn aus!

TROILUS: Ja, aus!

ULYSSES: Wozu noch bleiben?

TROILUS: Um mir's im Geist recht tief noch einzuprägen,
Silbe für Silbe, was ich hier gehört. –
Doch, sag ich, wie die beiden hier gehandelt,
Werd ich, das Wahre kündend, dann nicht lügen?
Denn immer noch wohnt mir ein Glaub im Herzen,
Ein Hoffen also fest und unverwüstlich,
Das leugnet, was mir Aug und Ohr bezeugt;
Als wenn die Sinne, uns zum Trug erschaffen,
Nur als Verleumder tätig hier gewirkt.
War's Cressida?

ULYSSES: Denkst du, ich banne Geister?

TROILUS: Gewiß, sie war's nicht!

ULYSSES: Ja, gewiß, sie war's.

TROILUS:
Nun, mein Verleugnen schmeckt doch nicht nach Tollheit?

ULYSSES: Auch meins nicht. Cressida war eben hier.

TROILUS: Um aller Frauen Ehre, glaubt es nicht!
Denkt, daß wir Mütter hatten, gebt nicht recht
Den rohen Lästrern, die auch ohne Grund
Dei Fraun erniedern, jedes Weib zu messen
Nach Cressida: eh'r denkt, sie war es nicht!

ULYSSES: Was tat sie, unsre Mütter zu beflecken?

TROILUS: Nichts, gar nichts, wenn dies Cressida nicht war.

THERSITES: Will er seinen Augen einen blauen Dunst vormachen?

TROILUS: Dies wäre sie?
Nein, dies ist Diomedes' Cressida!
Hat Schönheit Seele, dann war sie es nicht.
Wenn Seele Eide zeugt, wenn Eide heilig,
Wenn Heiligkeit den Göttern Wonne ist,

Wenn Maß und Ordnung in der Einheit walten,
Dann war sie's nicht. O Wahnsinn der Gedanken,
Der Gründe aufstellt für und gegen sich
Durch schnöde Anmaßung! Wo sich Vernunft
Empört und nicht vernichtet, wo Verlust
Alle Vernunft mit fortreißt ohn Empörung:
So war dies Cressida und war es nicht!
In meiner Seele hebt ein Kämpfen an
Seltsamster Art, das ein unteilbar Wesen
Mehr voneinander reißt als Erd und Himmel! –
Und doch gewährt die weitgespaltne Kluft,
Um einzudringen, nicht den kleinsten Zugang
Für einen Punkt, fein wie Arachnes Faden.
Beweis, Beweis, so fest wie Plutos Pforte:
Ein Himmelsband schließt mich an Cressida;
Beweis, Beweis, fest wie der Himmel selbst:
Das Himmelsband ist mürb, erschlafft, gelöst,
Ein andrer Knoten, den fünf Finger knüpften,
Schlingt jetzt die Trümmer ihrer Lieb und Treu,
Den Abhub, Nachlaß, Rest und ekle Brocken
Der abgestandnen Lieb um Diomed.

ULYSSES: Und kann der würd'ge Troilus nur halb
Das fühlen, was der Wahnsinn aus ihm spricht?

TROILUS: Ja, Griech, und offenkundig soll's erscheinen
In Lettern, purpurrot wie Mavors Herz,
Entflammt von Venus! Nimmer liebt' ein Jüngling
Mit so unendlich ewig fester Treu!
Hör, Grieche: wie ich Cressida geliebt,
Ganz so unendlich haß ich Diomed.
Die Kraus ist mein, die er am Helm will tragen;
Und wär der Helm ein Schmiedewerk Vulkans,
Mein Schwert zerschnitt' es: nicht der grause Schwall
Des Meers, den Schiffer Hurricano nennen,
Durch den allmächt'gen Sol zum Berg verdichtet,
Betäubt mit mehr Gekrach das Ohr Neptuns
Im Niedersturz, als meines Schwertes Wucht
Einschmettern soll auf Diomed.

THERSITES: Er wird ihn kitzeln für seine Fleischeslust!

TROILUS: O falsche Cressida! O falsch, falsch, falsch!
Zu deinem schnöden Namen hingestellt,
Glänzt alle Untreu rein!

ULYSSES: Bezähmt Euch, Prinz! –
Eur Toben wird gehört!

ÄNEAS *tritt auf.*

ÄNEAS: Seit einer Stunde such ich Euch, mein Prinz;
Hektor legt schon die Waffen an daheim,
Und Ajax, Eur Geleitsmann, harrt auf Euch.
TROILUS: Ich steh zu Dienst; mein güt'ger Fürst, lebt wohl!
Falsche, fahr hin! und stürze, Diomed,
Ob auch ein Turm auf deinem Haupte steht.
ULYSSES: Ich bring Euch bis ans Tor.
TROILUS: Empfangt verwirrten Dank.

Troilus, Äneas und Ulysses ab.

THERSITES: Käm mir nur der Schurke Diomed in den Wurf, ich wollte krächzen wie ein Rabe; dem wollt ich – dem wollt ich prophezeien! Patroklus gibt mir, was ich will, wenn ich ihm von dieser Hure sage; kein Papagei tut mehr für eine Mandel als er für eine willige Metze. Unzucht, Unzucht; lauter Krieg und Liederlichkeit; die bleiben immer in der Mode. Daß ein brennender Teufel sie holte! *Ab.*

DRITTE SZENE

Troja, im Palast.

HEKTOR *und* ANDROMACHE *treten auf.*

ANDROMACHE: Wann war mein Gatte je so schlimm gelaunt,
Sein Ohr zu schließen einer Warnungsstimme?
Entwaffn, entwaffne dich, ficht heute nicht!
HEKTOR: Du zwingst mich, hart zu sein; geh du hinein!
Bei allen ew'gen Göttern! ich will kämpfen.
ANDROMACHE: Mein Traum weissagt ein Unglück diesem Tag!
HEKTOR: Nichts weiter, sag ich!

KASSANDRA *kommt.*

KASSANDRA: Wo ist mein Bruder Hektor?
ANDROMACHE: Bewaffnet, Schwester, und auf Blut gestellt.
Stimm ein mit mir in lautes, heft'ges Flehn!
Beschwören wir ihn kniend! denn mir träumte
Von blut'gem Wirrwarr, und die ganze Nacht
Sah ich Phantome nur und Mordgestalten.
KASSANDRA: Oh, das trifft ein!

HEKTOR: Laß die Trompete schallen!
KASSANDRA: Kein Ton zum Angriff; Gott verhüt es, Bruder!
HEKTOR: Hinweg, die Götter hörten meinen Schwur.
KASSANDRA: Taub sind die Götter raschen, tör'gen Eiden:
Das sind entweihte Spenden, mehr verhaßt
Als fleck'ge Lebern eines Opfertiers!
ANDROMACHE: O laß dir raten! Acht es nicht für heilig,
Durch Rechttun schaden. Gleich erlaubt ja wär's,
Was wir als Dieb errungen, zu verschenken
Und aus barmherz'ger Liebe Raub begehn.
KASSANDRA: Der gute Vorsatz leiht dem Eid die Kraft,
Nicht Eid auf jeden Vorsatz darf uns binden,
Entwaffne dich, mein Hektor!
HEKTOR: Laßt mich, Fraun!
Denn meine Ehre trotzt des Schicksals Sturm.
Das Leben gilt uns teur; doch teurer Mut
Hält Ehr um vieles teurer als das Leben.
TROILUS *kommt.*
Nun, junger Mann, denkst du zu fechten heut?
ANDROMACHE: Kassandra, ruf den Vater, ihm zu raten.
Kassandra geht ab.
HEKTOR: Nein, junger Troilus, leg die Rüstung ab.
Heut hab ich hohen Mut zur Ritterschaft!
Laß wachsen erst die Sehnen stark und fest,
Und noch versuche nicht den Sturm der Schlacht!
Entwaffne dich, mein Knab, und glaub's dem Starken,
Heut schirmt er dich, sich selbst und Trojas Marken.
TROILUS: Bruder, in deiner Großmut wohnt ein Fehl,
Der mehr dem Löwen ziemet als dem Mann.
HEKTOR: Was für ein Fehl, mein Troilus? Schilt mich drum.
TROILUS: Oft, wenn gefangne Griechen stürzten hin,
Schon vor dem Wehn und Sausen deines Schwerts,
Riefst du: „Steht auf und lebt!“
HEKTOR: So spielen Helden!
TROILUS: So spielen Narrn, beim Zeus!
HEKTOR: Wie das? Wie das?
TROILUS: Um aller Götter willen,
Dies Klausnermitleid laß bei unsrer Mutter;
Und haben wir den Panzer umgeschnallt,
Dann schweb auf unsern Schwertern gift'ge Rache,
Das Mitleid zügelnd und mit Leid sie spornend.

HEKTOR: Pfui, Wilder, pfui!
TROILUS: Hektor, dann ist es Krieg!
HEKTOR: Heut wünscht ich, Troilus, du bliebst daheim!
TROILUS: Wer hielte mich zurück?
Nicht Schicksal, nicht Gehorsam, selbst nicht Mars,
Mit feur'gem Stab gebietend meinen Rückzug:
Nicht Hekuba noch Priam auf den Knien,
Mit Augen rot von bittrer Tränen Salz –
Noch du, mein Bruder, mir mit tapferm Schwert
Entgegendrohend, sperrtest mir den Weg
Als durch den Tod.

KASSANDRA *kommt zurück mit* PRIAMUS.

KASSANDRA: Leg Hand an ihn, o Priam, halt ihn fest:
Er ist dein Stab, verlierst du deine Stütze –
Auf ihn gelehnt und Trojas Volk auf dich,
Sinkt alles hin mit eins.
PRIAMUS: Bleib, Hektor, bleib;
Dein Weib sah Träume, deine Mutter Zeichen,
Kassandra weissagt Unglück, und ich selbst,
Wie ein Prophet in plötzlicher Verzückung,
Verkünde dir, der Tag ist vorbedeutend:
Drum kehr zurück!
HEKTOR: Äneas harrt im Feld;
Und manchem Griechen hab ich's zugesagt,
Bei Kriegertreue gar, an diesem Morgen
Mich ihm zu stellen.
PRIAMUS: Dennoch sollst du bleiben.
HEKTOR: Ich darf mein Wort nicht brechen.
Ihr kennt mich pflichtgedenk; drum, teurer Herr,
Laßt mich die Ehrfurcht nicht verletzen; laßt
Auf Eur Geheiß und Wort dem Lauf mich folgen,
Den Ihr mir jetzt verweigert, hoher Fürst.
KASSANDRA: O Priam, gib nicht nach.
ANDROMACHE: Tu's nicht, mein Vater.
HEKTOR: Andromache, ich bin erzürnt auf dich.
Bei deiner Liebe fordr ich's, geh hinein.

Andromache ab.

TROILUS: Die abergläub'sche tolle Träumerin
Schafft all die Angst.
KASSANDRA: Leb wohl, mein teurer Hektor!
Sieh, wie du stirbst! Sieh, wie dein Aug erbleicht!

Sieh, wie dein Blut aus vielen Wunden strömt!
Horch Trojas Wehruf, Hekubas Geheul,
Den lauten Jammerschrei Andromaches!
O sieh Verzweiflung, Wahnsinn, wild Entsetzen
Gleich tollen Larven durcheinanderrennen
Und rufen: „Hektor! Hektor fiel! o Hektor!"

TROILUS: Hinweg! hinweg!

KASSANDRA: Leb wohl! doch still! nie sehen wir uns wieder;
Du täuschest dich und stürzest Troja nieder! *Ab.*

HEKTOR: Du staunst, o Herr, ob ihrem Weheruf!
Geh, sprich dem Volk Mut ein, wir wolln zur Schlacht
Und tapfre Tat dir künden noch vor Nacht.

PRIAMUS: Leb wohl! die Götter leihn dir ihren Schutz!

Priamus und Hektor ab. Kriegslärm.

TROILUS: Die Schlacht beginnt. Auf, Diomed, zum Reigen!
Und gält's den Arm, der Ärmel wird mein eigen!

PANDARUS *kommt.*

PANDARUS: Hört doch, mein bester Prinz, o hört doch!

TROILUS: Was gibt's?

PANDARUS: Hier ist ein Brief von dem armen Kinde.

TROILUS: Laß sehn!

PANDARUS: Ein verwettertes Asthma, ein verwettertes, niederträchtiges Asthma, setzt mir so zu, und obendrein das närrische Schicksal der Dirne und bald das eine und bald das andre, daß ich euch nächster Tage draufgehn werde. Und außerdem einen Fluß auf dem Auge und solch ein Reißen im Gebein, daß mich wer behext haben muß, oder ich weiß nicht, was ich davon denken soll. – Was schreibt sie denn?

TROILUS: Nur Wort' und Worte, aus dem Herzen nichts;
Die Wirklichkeit verfolgt ganz andern Weg.

Zerreißt den Brief.

Geh Wind zum Wind; da dreht und wirbelt fort!
Mit Trug und Wort will sie mein Lieben krönen,
Und ihre Taten spart sie auf für jenen.

Sie gehn ab.

VIERTE SZENE

Vor Troja.

Schlachtlärm. THERSITES *tritt auf.*

THERSITES: Nun hämmern sie aufeinander los, und ich will mir's ansehn. – Der heuchlerische, boshafte Bube Diomed hat jenes lumpigen, verliebten, dummen trojanischen jungen Gelbschnabels Ärmelkrause an seinen Helm gesteckt: ich wollte, sie gerieten aneinander und daß unser junger Esel aus Troja, der die Metze dort liebt, den schurkischen griechischen Dirnenjäger mit seiner Krause zu der heuchlerischen, liederlichen Hure zurückschickte und ihn einmal recht kraus auszackte. Und nun auf der andern Seite, die Staatsweisheit dieser ränkevollen, hochbeteuernden Schurken – des alten, abgestandenen, mauszerfressenen, dürren Käse Nestor und des Schelmenfuchses Ulysses ist nun, wie sich's ausweist, keine Heidelbeere wert. Da hetzen sie in ihrer Staatskunst den Blendlingsbullenbeißer Ajax gegen den ebenso schlechten Köter Achilles auf, und nun ist Köter Ajax stolzer als Köter Achilles und will heut nicht ins Feld: so daß die Griechen anfangen, es mit der Barbarei zu halten, und die Staatsweisheit in Verruf kommt. Still! hier sehe ich Ärmel und den andern.

DIOMEDES *und* TROILUS *treten auf.*

TROILUS: Flieh nicht! denn schirmte dich die Flut des Styx,
Ich schwömme nach!

DIOMEDES: Rückzug ist keine Flucht;
Ich fliehe nicht; aus guter Vorsicht nur
Entzog ich mich der überlegnen Zahl.
Nun sieh dich vor!

Sie gehn fechtend ab.

THERSITES: Wehr dich für deine Metze, Grieche! Ficht für deine Metze, Trojaner! Nun gilt's die Krause! Nun gilt's die Krause!

HEKTOR *tritt auf.*

HEKTOR: Wer bist du, Grieche? bist du Hektors würdig?
Von echtem Blut und Ehre?

THERSITES: Nein, nein, ich bin ein Schuft, ein schäbiger, schmähsüchtiger Bube, ein recht armseliger Lump.

HEKTOR: Ich glaube dir, drum lebe! *Ab.*

THERSITES: Gott Lob und Dank, daß du mir glauben willst;

aber die Pest breche dir den Hals, daß du mich so erschreckt hast. – Was ist aus den liederlichen Bengeln geworden! Ich denke, sie haben einander aufgefressen: über das Wunder wollt ich mich totlachen. Und doch frißt sich auf gewisse Weise die Liederlichkeit selbst auf. Ich will sie suchen. *Ab.*

Fünfte Szene

Ebendaselbst.

Diomedes *und ein* Diener *treten auf.*

DIOMEDES: Geh, Knappe, nimm das Pferd des Troilus,
Und bring das gute Roß zu Cressida;
Entbiete meinen Ritterdienst der Schönen,
Sag, der verliebte Troer sei gezüchtigt
Und ich ihr treubewährter Held.

DIENER: Ich gehe. *Ab.*

Agamemnon *tritt auf.*

AGAMEMNON: Drauf, drauf! der wüt'ge Polydamus
Erschlug Menon; Bastard Margarelon
Siegt über Doreus,
Steht als Koloß und schwenkt den Weberbaum
Hoch überm hingestreckten wunden Leib
Der Fürsten Cedius und Epistrophus.
Polyxenes ist tot; Amphimachus
Und Thoas schwer verwundet; tot Patroklus,
Wenn nicht gefangen; Ritter Palamedes
Tödlich verletzt; der grimme Bogenschütz
Schreckt unsre Reihn. Eilt, Diomed, wir holen
Verstärkung, sonst erliegt das ganze Heer.

Nestor *kommt.*

NESTOR: Geht, tragt Patroklus' Leiche zu Achill!
Der träge Ajax waffne sich aus Scham. –
Eintausend Hektors schalten heut im Feld:
Nun kämpft er hier, vom Rosse Galathee,
Und alles stürzt; gleich ist er hier zu Fuß,
Und alles weicht ihm oder stirbt wie Fischbrut
Im Rachen eines Hais; dann kehrt er wieder,
Und die gedrängten Griechen, reif der Sichel,
Sie fallen vor ihm wie des Mähers Schwad.

Hier, dort und allwärts schneidet er und rafft,
Und so gehorcht Gewandtheit seiner Lust,
Daß, was er will, er tut; und tut so viel,
Daß solch Gelingen scheint Unmöglichkeit.

ULYSSES *tritt auf.*

ULYSSES: Mut, Mut gefaßt, ihr Fürsten! Held Achill
Greift zu den Waffen, weint, flucht, dürstet Rache.
Patroklus' Fall erregt sein schläfrig Blut,
Und sein verstümmelt Myrmidonenvolk,
Das hand- und nasenlos, zerhackt, ihn anschreit,
Hektor verklagend. – Ajax verlor den Freund
Und schäumt vor Wut und naht in Waffen schon,
Brüllend nach Troilus, der, wie im Wahnsinn,
Unglaublich, übermenschlich heut gemordet;
Einstürzend in den Drang, sich draus befreiend
Mit so sorgloser Kraft und schwacher Sorgfalt,
Als ob ein solch Gelingen recht zum Trotz
Der Klugheit alles ihn gewinnen hieße.

AJAX *kommt.*

AJAX: Troilus! du Memme, Troilus! *Ab.*
DIOMEDES: Dort! dort!
NESTOR: Nun zieht's mit allen Strängen!

Sie gehn ab.

ACHILLES *kommt.*

ACHILLES: Wo ist Hektor?
Komm, Knabenwürger, zeig mir dein Gesicht.
Sieh, was es heißt, Achilles' Zorn begegnen!
Hektor! Wo ist Hektor? Ich will einzig Hektor! *Ab.*

SECHSTE SZENE

Ebendaselbst.

AJAX *tritt auf.*

AJAX: Troilus! du Memme Troilus, laß dich sehn!

DIOMEDES *kommt.*

DIOMEDES: Troilus, dich ruf ich: wo ist Troilus?
AJAX: Was willst du?
DIOMEDES: Zücht'gen will ich ihn.
AJAX: Wär ich der Feldherr, meine Würd empfingst du
Ehr als dies Zuchtamt. Troilus, sag ich, Troilus!

TROILUS *kommt.*

TROILUS: O falscher Diomed! hierher, Verräter!
Und büß mit deinem Leben für mein Roß!

DIOMEDES: Ha, bist du da?

AJAX: Ich kämpf allein mit ihm; weg, Diomed!

DIOMEDES: Er ist mein Kampfpreis, müßig bleib ich nicht.

TROILUS: Kommt beid, ihr falschen Griechen, steht mir beide!

Sie gehn kämpfend ab.

HEKTOR *kommt.*

HEKTOR: 's ist Troilus: o recht brav, mein jüngster Bruder!

ACHILLES *kommt.*

ACHILLES: Nun seh ich dich; so komm und steh mir, Hektor!

Sie fechten.

HEKTOR: Verschnaufe, wenn du willst!

ACHILLES *fechtend*: Hohn deiner Höflichkeit, du stolzer Troer!
Sei froh, daß meine Waffen außer Übung –
Mein Ruhn und Lässigsein kommt dir zugut;
Doch alsobald vernimmst du mehr von mir.
Bis dahin geh auf gutes Glück. *Ab.*

HEKTOR: Leb wohl!
Ich wär zum Kampf ein frischrer Mann gewesen,
Hätt ich auf dich gewartet. – Nun, mein Bruder?

TROILUS *kommt zurück.*

TROILUS: Ajax fing den Äneas: dulden wir's?
Nein, bei dem Lichtglanz des erhabnen Himmels,
Er darf ihn nicht behalten, ich errett ihn,
Und sollt ich fallen. Schicksal, hör mein Wort,
Mich kümmert's nicht, raffst du mich heute fort.

Ein GRIECHE *in einer sehr schönen Rüstung tritt auf.*

HEKTOR: Steh, Grieche, steh! du bist ein weidlich Ziel.
Nicht? – willst du nicht? – Dein Panzer dünkt mich schön;
Ich klopf ihn dir und brech ihm alle Nieten,
Bis er mein eigen. – Läufst du, Tier, so schnell?
Flieh immerhin! ich jage nur dein Fell. *Ab.*

Siebente Szene

Ebendaselbst.

Achilles *tritt auf, mit einem* Gefolge von Myrmidonen.

ACHILLES: Kommt um mich her, ihr, meine Myrmidonen,
Vernehmt mein Wort: Folgt mir, wohin ich führe;
Tut keinen Streich; erhaltet frisch die Kraft;
Doch wenn der blut'ge Hektor uns erscheint,
Dann rings mit euren Lanzen pfählt ihn ein,
Und ohn Erbarmen braucht mir eure Waffen.
Folgt, Knappen, schaut mir nach, wohin ich leite,
Held Hektor sei des Todes sichre Beute!

Sie gehn ab.

Achte Szene

Ebendaselbst.

Thersites, Menelaus *und* Paris *treten auf.*

THERSITES: Der Hahnrei und der Hahnreimacher sind an einander: nun drauflos, Stier! drauflos, Köter! Faß ihn, Paris, faß! – Frisch, du Spatz mit der zweimännigen Henne; faß, Paris, faß! – Der Stier hat den Vorteil; nimm dich vor den Hörnern in acht, ho!

Paris und Menelaus ab.

Margarelon *tritt auf.*

MARGARELON: Komm, Sklav, und ficht!

THERSITES: Wer bist du?

MARGARELON: Ein Bastardsohn des Priamus.

THERSITES: Ich bin auch ein Bastard; ich liebe die Bastarde; ich bin ein eingefleischter Bastard, ein ausgelernter Bastard, ein Bastard an Geist, Bastard an Herz, in allen Dingen illegitim. Eine Krähe hackt der andern die Augen nicht aus, warum sollt's ein Bastard? Sieh dich vor; der Kampf wäre für uns gegen alle Religion: wenn der Sohn einer Hure für eine Hure ficht, so ist kein Menschenverstand drin. Leb wohl, Bastard!

MARGARELON: Hol dich der Teufel, Feighard!

Gehn ab.

Neunte Szene

Ebendaselbst.

Hektor *tritt auf.*

HEKTOR: Du ganz verfaulter Kern, so schön von außen,
Dein schmucker Panzer brachte dir den Tod. –
Mein Tagwerk ist getan, gekühlt mein Mut,
Ruh jetzt, mein Schwert, du schwelgtest heut in Blut.
Er legt den Helm und Schild ab.

Achilles *tritt auf mit seinen* Myrmidonen.

ACHILLES: Sieh, Hektor, wie die Sonne sinkt herab
Und schwarze Nacht auf ihren Spuren keucht:
Und wenn die Sonn im Dunkel niederschwebt,
Erlischt der Tag, und Hektor hat gelebt.
HEKTOR: Entwaffnet bin ich, drum wirst du nicht fechten!
ACHILLES:
Schlagt, Burschen, schlagt! Wir trafen hier den Rechten.
Hektor fällt.
So, Ilion, fall auch du! Troja, stürz ein!
Hier liegt dein Herz, dein Nerv und dein Gebein;
Auf, Myrmidonen, ruft aus aller Macht:
„Achilles hat den Hektor umgebracht!" –
Horch! Rückzug wird geblasen von den Griechen!
MYRMIDONEN: Im Troerfeld ertönt der gleiche Schall.
ACHILLES: Die Nacht mit Drachenflügeln deckt die Flur
Und trennt die Scharen mit dem Heroldstab.
Schlaf nun vergnügt, mein halbgesättigt Schwert,
Das gern noch mehr so leckern Fang verzehrt;
Kommt, knüpft den Leib an meines Rosses Schweife,
Daß ich ihn so um Trojas Mauern schleife.
Sie gehn ab. Es wird zum Rückzug geblasen.

Zehnte Szene

Ebendaselbst.

Es treten auf Agamemnon, Ajax, Nestor, Menelaus, Diomedes *und* andere *im Marsch. Draußen Freudengeschrei.*

AGAMEMNON: Horch, welch ein Freudenruf?
NESTOR: Still, Trommeln, still.

SOLDATEN *hinter der Szene*:
Achilles hoch! Fürst Hektor fiel! Achilles!
DIOMEDES: Sie rufen: Hektor fiel! und durch Achilles!
AJAX: Und wenn's auch ist, so prahlet nicht so sehr,
Held Hektor war nicht minder wert als er.
AGAMEMNON: Zieht still vorbei. Entbietet dem Achill,
Daß ich in meinem Zelt ihn sprechen will.
Da uns sein Sieg den größten Feind gebändigt,
Fällt Troja bald, und unser Feldzug endigt.
Sie marschieren weiter.

ELFTE SZENE

Ebendaselbst.

ÄNEAS *und* TROJANER *treten auf.*

ÄNEAS: Halt! Weicht nur nicht! noch ist das Schlachtfeld unser,
Wir halten stand, erwarten hier den Tag.
TROILUS *tritt auf.*
TROILUS: Hektor ist tot.
ALLE: Hektor? Verhüt es Zeus!
TROILUS: Ja, tot; und an dem Roßschweif seines Mörders
Viehisch geschleift auf der beschämten Flur.
Zürnt, Götter! Eure Rache treff uns schnell;
Hohnlächelnd schaut von euerm Thron herab,
Die Gnade nur gewährt, und endet schnell:
Verzögert nicht den sichern Untergang.
ÄNEAS: Mein Prinz, das ganze Heer entmutigt Ihr!
TROILUS: Ihr faßt nicht meinen Sinn, wenn Ihr so sprecht.
Ich rede nicht von Furcht, von Flucht noch Tod;
Trotz biet ich allem Graun, womit die Götter
Und Menschen noch bedrohn. – Hektor dahin! –
Wer sagt es Priam? Wer der Hekuba?
Wer hat den Mut, als nächt'ge Eule krächzend
In Troja zu verkünden: Hektor fiel!
Solch Wort verwandelt Priamus in Stein,
In Quelln und Niobes Jungfraun und Weiber,
Jüngling' in Marmorbilder und entsetzt
Troja zum Wahnsinn. Auf denn, Freunde, fort!
Hektor ist hin! das ist das Todeswort.

Doch halt! ihr schnöden, gottverhaßten Zelte,
So stolz gereiht auf unsrer phryg'schen Flur –
Erhebe Titan sich, so früh er mag,
Ich stürm euch durch! Und du, feigherz'ger Riese,
Kein Erdenraum soll trennen unsern Haß:
Dir jag ich wie dein bös Gewissen nach,
Das Larven scheußlich weckt wie Fieberwahnsinn. –
Schlagt rasch den Marsch zur Heimkehr; faßt euch Herz,
Der Rache Wunsch betäub den innern Schmerz.

Äneas mit den Troern ab.

PANDARUS *kommt.*

PANDARUS: Hört mich, mein Prinz! hört mich!

TROILUS: Fort, kupplerischer Pandar! dein Gedächtnis
Sei ew'ge Schmach und Schande dein Vermächtnis. *Ab.*

PANDARUS: Eine schöne Arznei für meine Gliederschmerzen! O Welt, Welt, Welt! so wird dein armer Unterhändler verhöhnt! O ihr Verführer und Kuppler, wie eifrig nimmt man eure guten Dienste in Anspruch, und wie schlecht lohnt man euch! Warum sind unsre Bemühungen so geliebt und unser Ausgang so getrübt? Welchen Denkreim gibt's dafür? Welch Gleichnis? Laß sehn:

Recht lustiglich summt euch das Bienchen vor,
Solang es Waff und Honig nicht verlor;
Doch ist sein scharfer Stachel erst heraus,
Ist's mit dem süßen Ton und süßen Honig aus.

Ihr, die ihr euch des schwachen Fleisches annehmt, setzt dies in eure gemalten Tapeten.

So viel hier von der Zunft des Pandar sind,
Halb blind schon, weint bei seinem Fall euch blind;
Und stöhnt, wenn euch die Träne ward versagt,
Wenn nicht um mich, doch weil die Gicht euch plagt.
Hört, wer zum Kupplerorden sich bekennt,
Auf nächsten Herbst mach ich mein Testament:
Ich tät es jetzt, doch trat die Furcht dazwischen,
Ein Gänschen aus Winchester möchte zischen.
Drum laßt mir Zeit, mich schwitzend neu zu fiedern,
Und all mein Kreuz vermach ich euern Gliedern. *Ab.*

CORIOLANUS

Personen

Cajus Marcius Coriolanus, *ein edler Römer*
Titus Lartius | Cominius — *Anführer gegen die Volsker*
Menenius Agrippa, *Coriolans Freund*
Sicinius Velutus | Junius Brutus — *Volkstribunen*
Marcius, *Coriolans kleiner Sohn*
Ein römischer Herold
Tullus Aufidius, *Anführer der Volsker*
Ein Unterfeldherr *des Aufidius*
Verschworne
Ein Bürger *von Antium*
Zwei volskische Wachen
Volumnia, *Coriolans Mutter*
Virgilia, *Coriolans Gemahlin*
Valeria, *Virgilias Freundin*
Dienerinnen *der Virgilia*
Römer und Volsker, Senatoren, Patrizier, Ädilen, Liktoren, Krieger, Bürger, Boten, Diener des Aufidius und Gefolge.

Szene: Rom und Umgebung; Corioli und Umgebung; Antium.

ERSTER AUFZUG

Erste Szene

Rom. Eine Straße.

Es tritt auf ein Haufe aufrührerischer Bürger *mit Stäben, Knütteln und anderen Waffen.*

ERSTER BÜRGER: Ehe wir irgend weiter gehn, hört mich sprechen.

ZWEITER BÜRGER: Sprich! sprich!

ERSTER BÜRGER: Ihr alle seid entschlossen, lieber zu sterben als zu verhungern?

ALLE BÜRGER: Entschlossen! entschlossen!

ERSTER BÜRGER: Erstlich wißt ihr: Cajus Marcius ist der Hauptfeind des Volkes.

ALLE BÜRGER: Wir wissen's! wir wissen's!

ERSTER BÜRGER: Laßt uns ihn umbringen, so können wir die Kornpreise selbst machen. Ist das ein Urteilsspruch?

ALLE BÜRGER: Kein Geschwätz mehr darüber. Wir wollen's tun. Fort! fort!

ZWEITER BÜRGER: Noch ein Wort, meine guten Bürger!

ERSTER BÜRGER: Wir werden für die armen Bürger gehalten, die Patrizier für die guten. Das, worin der Adel schwelgt, würde uns nähren. Gäben sie uns nur das Überflüssige, ehe es verdirbt, so könnten wir glauben, sie nährten uns auf menschliche Weise; aber sie denken, so viel sind wir nicht wert. Der Hunger, der uns ausmergelt, der Anblick unsers Elends ist gleichsam ein Verzeichnis, in dem sie ihr Wohlleben lesen. Unser Jammer ist ihnen Genuß. Dies wollen wir mit unsern Spießen rächen, ehe wir selbst Spießgerten werden. Denn das wissen die Götter! ich rede so aus Hunger nach Brot und nicht aus Durst nach Rache.

ZWEITER BÜRGER: Wollt ihr besonders auf den Cajus Marcius losgehen?

ALLE: Auf ihn zuerst, er ist ein wahrer Hund gegen das Volk.

ZWEITER BÜRGER: Bedenkt ihr auch, welche Dienste er dem Vaterlande getan hat?

ERSTER BÜRGER: Sehr wohl! und man könnte ihn auch recht gern dafür loben; aber er belohnt sich selbst dadurch, daß er so stolz ist.

ZWEITER BÜRGER: Nein, rede nicht so boshaft.

ERSTER BÜRGER: Ich sage euch, was er rühmlich getan hat, tat er nur deshalb. Wenn auch zu gewissenhafte Menschen so billig sind, zu sagen, es war für sein Vaterland, so tat er's doch nur, seiner Mutter Freude zu machen, und teilweise auch seinem eigenen Stolz zu Gefallen; denn sein Stolz ist ebenso groß wie sein Verdienst.

ZWEITER BÜRGER: Was er an seiner Natur nicht ändern kann, rechnet ihr ihm für sein Laster. Das dürft ihr wenigstens nicht sagen, daß er habsüchtig ist.

ERSTER BÜRGER: Wenn ich das auch nicht darf, werden mir doch die Anklagen nicht ausgehn. Er hat Fehler so übergenug, daß die Aufzählung ermüdet. *Geschrei hinter der Szene.* Welch Geschrei ist das? Die andre Seite der Stadt ist in Aufruhr. Was stehn wir hier und schwatzen? Aufs Kapitol!

ALLE: Kommt! Kommt!

ERSTER BÜRGER: Still! wer kommt hier?

MENENIUS AGRIPPA *tritt auf.*

ZWEITER BÜRGER: Der würdige Menenius Agrippa, einer, der das Volk immer geliebt hat.

ERSTER BÜRGER: Der ist noch ehrlich genug. Wären nur die übrigen alle so!

MENENIUS: Was habt ihr vor, Landsleute? wohin geht ihr
Mit Stangen, Knütteln? Sprecht, was gibt's? Ich bitt euch!

ERSTER BÜRGER: Unsre Sache ist dem Senat nicht unbekannt; sie haben davon munkeln hören seit vierzehn Tagen, was wir vorhaben, und das wollen wir ihnen nun durch Taten zeigen. Sie sagen, arme Klienten haben schlimmen Atem, sie sollen erfahren, daß wir auch schlimme Arme haben.

MENENIUS: Ei Leute! gute Freund' und liebe Nachbarn,
Wollt ihr euch selbst zugrunde richten?

ERSTER BÜRGER: Nicht möglich, wir sind schon zugrund gerichtet.

MENENIUS: Ich sag euch, Freund', es sorgt mit wahrer Liebe
Für euch der Adel. Eure Not, betreffend
Die jetz'ge Teurung, könntet ihr so gut
Dem Himmel dräun mit Knütteln wie sie schwingen
Gegen den Staat von Rom, des Lauf sich bricht

So grade Bahn, daß es zehntausend Zügel
Von härtrem Erz zerreißt, als jemals ihm
Nur eure Hemmung bietet. Diese Teurung,
Die Götter machen sie, nicht die Patrizier;
Gebeugte Knie, nicht Arme müssen helfen.
Ach! durch das Elend werdet ihr verlockt,
Dahin, wo größres euch umfängt. Ihr lästert
Roms Lenker, die wie Väter für euch sorgen,
Wenn ihr wie Feinde sie verflucht.

ERSTER BÜRGER: Für uns sorgen! – nun, wahrhaftig! – Sie sorgten noch nie für uns. Uns verhungern lassen, und ihre Vorratshäuser sind vollgestopft mit Korn. Verordnungen machen gegen den Wucher, um die Wucherer zu unterstützen. Täglich irgendein heilsames Gesetz gegen die Reichen widerrufen und täglich schärfere Verordnungen ersinnen, die Armen zu fesseln und einzuzwängen. Wenn der Krieg uns nicht auffrißt, tun sie's: das ist ihre ganze Liebe für uns.

MENENIUS: Entweder müßt ihr selbst
Als ungewöhnlich tückisch euch bekennen,
Sonst schelt ich euch als töricht. Ich erzähl euch
Ein hübsches Märchen, möglich, daß ihr's kennt,
Doch, da's hier eben herpaßt, will ich wagen,
Es nochmals aufzuwärmen.

ERSTER BÜRGER: Gut, wir wollen's anhören, Herr, Ihr müßt aber nicht glauben, unser Unglück mit einem Märchen wegfoppen zu können; doch wenn Ihr wollt, her damit.

MENENIUS: Einstmals geschah's, daß alle Leibesglieder,
Dem Bauch rebellisch, also ihn verklagten:
Daß er allein nur wie ein Schlund verharre
In Leibes Mitte, arbeitslos und müßig,
Die Speisen stets verschlingend, niemals tätig,
So wie die andern all. Wo jene Kräfte
Sähn, hörten, sprächen, dächten, gingen, fühlten
Und, wechselseitig unterstützt, dem Willen
Und allgemeinen Wohl und Nutzen dienten
Des ganzen Leibs. Der Bauch erwiderte –

ERSTER BÜRGER: Gut, Herr, was hat der Bauch denn nun erwidert?

MENENIUS: Ich sag es gleich. – Mit einer Art von Lächeln,
Das nicht von Herzen ging, nur gleichsam so
(Denn seht, ich kann den Bauch ja lächeln lassen,

So gut wie sprechen), gab er höhnisch Antwort
Den mißvergnügten Gliedern, die rebellisch
Die Einkünft ihm nicht gönnten; ganz so passend,
Wie ihr auf unsre Senatoren scheltet,
Weil sie nicht sind wie ihr.

ERSTER BÜRGER: Des Bauches Antwort. Wie!
Das fürstlich hohe Haupt; das wache Auge;
Das Herz: der kluge Rat; der Arm: der Krieger;
Das Bein: das Roß; die Zunge: der Trompeter;
Nebst andern Ämtern noch und kleinern Hilfen
In diesem unserm Bau, wenn sie –

MENENIUS: Was denn,
Mein Treu! der Mensch da schwatzt! Was denn? was denn?

ERSTER BÜRGER: So würden eingezwängt vom Fresser Bauch,
Der nur des Leibes Abfluß –

MENENIUS: Gut, was denn?

ERSTER BÜRGER: Die andern Kräfte, wenn sie nun so klagten,
Der Bauch, was könnt er sagen?

MENENIUS: Ihr sollt's hören.
Schenkt ihr ein bißchen, was ihr wenig habt,
Geduld, so sag ich euch des Bauches Antwort.

ERSTER BÜRGER: Ihr macht es lang.

MENENIUS: Jetzt paßt wohl auf, mein Freund!
Eur höchst verständ'ger Bauch, er war bedächtig,
Nicht rasch, gleich den Beschuld'gern, und sprach so:
„Wahr ist's, ihr einverleibten Freunde", sagt' er,
„Zuerst nehm ich die ganze Nahrung auf,
Von der ihr alle lebt; und das ist recht,
Weil ich das Vorratshaus, die Werkstatt bin
Des ganzen Körpers. Doch bedenkt es wohl:
Durch eures Blutes Ströme send ich sie
Bis an den Hof, das Herz – den Thron, das Hirn,
Und durch des Körpers Gäng und Windungen
Empfängt der stärkste Nerv, die feinste Ader
Von mir den angemeßnen Unterhalt,
Wovon sie leben. Und obwohl ihr alle,
Ihr guten Freund'" – habt acht, dies sagt der Bauch –

ERSTER BÜRGER: Gut. Weiter.

MENENIUS: „Seht ihr auch nicht all auf eins,
Was jeder einzelne von mir empfängt,
Doch kann ich Rechnung legen, daß ich allen

Das feinste Mehl von allem wieder gebe
Und nur die Klei mir bleibt." Wie meint ihr nun?
ERSTER BÜRGER: Das war 'ne Antwort. Doch wie paßt das hier?
MENENIUS: Roms Senatoren sind der gute Bauch,
Ihr die empörten Glieder; denn erwägt
Ihr Mühn, ihr Sorgen. Wohl bedenkt, was alles
Des Staates Vorteil heischt; so seht ihr ein,
Kein allgemeines Gut, was ihr empfangt,
Das nicht entsprang und kam zu euch von ihnen,
Durchaus nicht von euch selbst. Was denkt ihr nun?
Du, große Zeh, in dieser Ratsversammlung.
ERSTER BÜRGER: Ich die große Zehe? warum die große Zehe?
MENENIUS: Weil du, der Niedrigst, Ärmst, Erbärmlichste
Von dieser weisen Rebellion vorantrittst.
Du Schwächling ohne Kraft und Ansehn läufst
Voran und führst, dir Vorteil zu erjagen. –
Doch schwenkt nur eure Stäb und dürren Knüttel,
Rom und sein Rattenvolk zieht aus zur Schlacht,
Der eine Teil muß tot sich fressen.

CAJUS MARCIUS *tritt auf.*

Heil! edler Marcius.
MARCIUS: Dank Euch! Was gibt es hier? Rebell'sche Schurken,
Die ihr das Jucken eurer Einsicht kratzt,
Bis ihr zu Aussatz werdet.
ERSTER BÜRGER: Von Euch bekommen wir doch immer gute [Worte.
MARCIUS: Ein gutes Wort dir geben hieße schmeicheln
Mehr als verächtlich. Was verlangt ihr, Hunde?
Die Krieg nicht wollt noch Frieden; jener schreckt euch,
Und dieser macht euch frech. Wer euch vertraut,
Findt euch als Hasen, wo er Löwen hofft,
Wo Füchse, Gäns. Ihr seid nicht sichrer, nein!
Als glühnde Feuerkohlen auf dem Eis,
Schnee in der Sonne. Eure Tugend ist,
Den adeln, den Verbrechen niedertreten,
Dem Recht zu fluchen, das ihn schlägt. Wer Größe
Verdient, verdient auch euern Haß; und eure Liebe
Ist eines Kranken Gier, der heftig wünscht,
Was nur sein Übel mehrt. Wer sich verläßt
Auf eure Gunst, der schwimmt mit bleirnen Flossen
Und haut mit Binsen Eichen nieder. Hängt euch!
Euch traun?

Ein Augenblick, so ändert ihr den Sinn
Und nennt den edel, den ihr eben haßtet,
Den schlecht, der euer Abgott war. Was gibt's?
Daß ihr, auf jedem Platz der Stadt gedrängt,
Schreit gegen den Senat, der doch allein,
Zunächst den Göttern, euch in Furcht erhält;
Ihr fräßt einander sonst. Was wollen sie?

MENENIUS: Nach eignem Preis das Korn, das, wie sie sagen,
Im Überfluß daliegt.

MARCIUS: Hängt sie! Sie sagen's?
Beim Feuer sitzend, wissen sie genau,
Was auf dem Kapitol geschieht; wer steigt,
Wer gilt, wer fällt; da stiften sie Faktionen
Und schließen Ehen; stärken die Partei
Und beugen die, die nicht nach ihrem Sinn,
Noch unter ihre Nägelschuh. Sie sagen,
Korn sei genug vorhanden?
Wenn sich der Adel doch der Mild entschlüge,
Daß ich mein Schwert ziehn dürft. Ich häufte Berge
Von Leichen der zerhaunen Sklaven, höher,
Als meine Lanze reicht.

MENENIUS: Nein, diese sind fast gänzlich schon beruhigt;
Denn fehlt im Überfluß auch der Verstand,
So sind sie doch ausbündig feig. Doch sagt mir,
Was macht der andre Trupp?

MARCIUS: Schon ganz zerstreut.
Die Schurken!
Sie hungern, sagten sie, und ächzten Sprüchlein,
Wie: Not bricht Eisen; Hunde müssen fressen;
Das Brot ist für den Mund; die Götter senden
Nicht bloß den Reichen Korn. Mit solchen Fetzen
Macht sich ihr Klagen Luft; man hört sie gütig,
Bewilligt eine Fordrung – eine starke –
(Des Adels Herz zu brechen, jede Kraft
Zu töten –), und nun schmeißen sie die Mützen,
Als sollten auf des Mondes Horn sie hängen,
Frech laut und lauter jauchzend.

MENENIUS: Und was ward zugestanden?

MARCIUS: Fünf Tribunen.
Um ihre Pöbelweisheit zu vertreten,
Aus eigner Wahl: der ein ist Junius Brutus.

Sicinius und – was weiß ich – Tod und Pest!
Die Lumpen sollten eh die Stadt abdecken,
Als mich so weit zu bringen. Nächstens nun
Gewinnen sie noch mehr und fordern Größres
Mit Androhn der Empörung.

MENENIUS: Das ist seltsam.

MARCIUS: Geht, fort mit euch, ihr Überbleibsel!

Ein BOTE *tritt auf.*

BOTE: Ist Cajus Marcius hier?

MARCIUS: Nun ja! was soll's?

BOTE: Ich meld Euch, Herr, die Volsker sind in Waffen.

MARCIUS: Mich freut's! So werden wir am besten los
Den Überfluß, der schimmlig wird. – Seht da,
Die würd'gen Väter.

Es treten auf COMINIUS, TITUS LARTIUS *und andre* SENATOREN, JUNIUS BRUTUS *und* SICINIUS VELUTUS.

ERSTER SENATOR: Marcius, was Ihr uns sagtet, ist geschehn;
Die Volsker sind in Waffen.

MARCIUS: Ja, sie führt
Tullus Aufidius, der macht euch zu schaffen.
Ich sünd'ge, seinen Adel ihm zu neiden,
Und wär ich etwas andres, als ich bin,
So wünscht ich, er zu sein.

COMINIUS: Ihr fochtet miteinander.

MARCIUS: Wenn, halb und halb geteilt, die Welt sich zauste,
Und er auf meiner Seit, ich fiele ab,
Nur daß ich ihn bekämpft'. – Er ist ein Löwe,
Den ich zu jagen stolz bin.

ERSTER SENATOR: Darum, Marcius,
Magst du Cominius folgen in den Krieg.

COMINIUS: Ihr habt es einst versprochen.

MARCIUS: Herr, das hab ich
Und halte Wort. Du, Titus Lartius, siehst
Noch einmal Tullus mich ins Antlitz schlagen.
Wie – bist du krank? bleibst aus?

TITUS: Nein, Cajus Marcius.
Ich lehn auf eine Krück und schlage mit der andern,
Eh ich dies Werk versäum.

MARCIUS: O edles Blut!

ERSTER SENATOR: Begleitet uns zum Kapitol, dort harren
Die treusten Freunde unser.

TITUS *zu Cominius*: Geht voran!
Zu Marcius: Folgt dem Cominius; wir folgen Euch,
Ihr seid des Vorrangs würdig.
COMINIUS: Edler Lartius!
ERSTER SENATOR *zu den Bürgern*: Geht, macht euch fort! – nach [Haus!
MARCIUS: Nein, laßt sie folgen.
Die Volsker haben Korn; dahin, ihr Ratten,
Die Scheuern freßt. – Hochadlige Rebellen,
Eur Mut schlägt herrlich aus. Ich bitte, folgt.

Senatoren, Cominius, Marcius, Titus Lartius und Menenius gehn ab; die Bürger schleichen sich fort.

SICINIUS: War je ein Mensch so stolz wie dieser Marcius?
BRUTUS: Er hat nicht seinesgleichen.
SICINIUS: Als wir ernannt zu Volkstribunen wurden –
BRUTUS: Saht Ihr sein Aug, den Mund?
SICINIUS: Ja, und sein Höhnen.
BRUTUS: Gereizt, schont nicht sein Spott die Götter selbst.
SICINIUS: Den keuschen Mond auch würd er lästern.
BRUTUS: Verschling ihn dieser Krieg; er ward zu stolz
Ob seiner Tapferkeit.
SICINIUS: Solch ein Gemüt,
Gekitzelt noch vom Glück, verschmäht den Schatten,
Auf den er mittags tritt. Doch wundert's mich,
Wie nur sein Hochmut es erträgt, zu stehn
Unter Cominius.
BRUTUS: Ruhm, nach dem er zielt
Und der schon reich ihn schmückt, wird besser nicht
Erhalten und erhöht als auf dem Platz
Zunächst dem Ersten; denn was nun mißlingt,
Das ist des Feldherrn Schuld, tut er auch alles,
Was Menschenkraft vermag; und schwindelnd Urteil
Ruft dann vom Marcius aus: O hätte dieser
Den Krieg geführt!
SICINIUS: Gewiß, und geht es gut,
So raubt das Vorurteil, an Marcius hängend,
Cominius jegliches Verdienst.
BRUTUS: Jawohl. –
Cominius' halben Ruhm hat Marcius schon,
Erwarb er ihn auch nicht; und jenes Fehler,
Sie werden Marcius' Ruhm, tat er auch selbst
Nichts Großes mehr.

SICINIUS: Kommt, laßt uns hin und hören
Die Ausfert'gung, und in was Art und Weise
Er, seltsamer als sonst, nun ziehen wird
In diesen jetz'gen Kampf.
BRUTUS: So gehn wir denn.
Beide ab.

ZWEITE SZENE

Corioli. Der Senat.

TULLUS AUFIDIUS *tritt auf mit einigen* SENATOREN.

ERSTER SENATOR: So glaubt Ihr wirklich denn, Aufidius,
Daß die von Rom erforschten unsern Plan
Und wissen, was wir tun?
AUFIDIUS: Glaubt Ihr's denn nicht?
Was ward wohl je gedacht in unserm Staat,
Das nicht, eh's körperliche Tat geworden,
Rom ausgeforscht? Noch sind's vier Tage nicht,
Daß man von dort mir schrieb; so, denk ich, lautet's –
Ich hab den Brief wohl hier; ja, dieser ist's.
Er liest: Geworben wird ein Heer; doch niemand weiß,
Ob für den Ost, den West. Groß ist die Teurung,
Das Volk im Aufruhr, und man raunt sich zu,
Cominius, Marcius, Euer alter Feind,
Der mehr in Rom gehaßt wird als von Euch,
Und Titus Lartius, ein sehr tapfrer Römer,
Daß diesen drein die Rüstung ward vertraut.
Wohin's auch geht; wahrscheinlich trifft es Euch,
Drum seht Euch vor.
ERSTER SENATOR: Im Feld stehn unsre Scharen;
Wir zweifeln nie, daß Rom, uns zu begegnen,
Stets sei bereit.
AUFIDIUS: Und Ihr habt klug gehandelt,
Zu bergen Euern großen Plan, bis er
Sich zeigen mußte; doch im Brüten schon
Erkannt ihn Rom, so scheint's; durch die Entdeckung
Wird unser Ziel geschmälert, welches war,
Zu nehmen manche Stadt, eh selbst die Römer
Bemerkt, daß wir im Gang.

ZWEITER SENATOR: Edler Aufidius,
Nehmt Eure Vollmacht, eilt zu Euren Scharen,
Laßt uns zurück, Corioli zu schützen;
Belagern sie uns hier, kommt zum Entsatz
Mit Eurem Heer zurück; doch sollt Ihr sehn,
Die Rüstung gilt nicht uns.
AUFIDIUS: Oh! zweifelt nicht;
Ich sprech aus sichrer Nachricht. Ja – noch mehr,
Schon rückten ein'ge Römerhaufen aus,
Und nur hierherwärts. Ich verlaß euch, Väter,
Wenn wir und Cajus Marcius uns begegnen,
So ist geschworen, daß der Kampf nicht endet,
Bis einer fällt.
ALLE SENATOREN: Die Götter sei'n mit Euch!
AUFIDIUS: Sie schirmen eure Ehren.
ERSTER SENATOR: Lebt wohl!
ZWEITER SENATOR: Lebt wohl!
AUFIDIUS: Lebt wohl!

Alle ab.

Dritte Szene

Rom. Ein Zimmer in Marcius' Haus.

VOLUMNIA *und* VIRGILIA *sitzen auf niedrigen Stühlen und nähen.*

VOLUMNIA: Ich bitte dich, Tochter, singe, oder sprich wenigstens trostreicher; wenn mein Sohn mein Gemahl wäre, ich würde mich lieber seiner Abwesenheit erfreuen, durch die er Ehre erwirbt, als der Umarmungen seines Bettes, in denen ich seine Liebe erkennte. Da er noch ein zarter Knabe war und das einzige Kind meines Schoßes, da Jugend und Anmut gewaltsam alle Blicke auf ihn zogen, als die tagelangen Bitten eines Königs einer Mutter nicht eine einzige Stunde seines Anblicks abgekauft hätten, schon damals – wenn ich bedachte, wie Ehre solch ein Wesen zieren würde und daß es nicht besser sei als ein Gemälde, das an der Wand hängt, wenn Ruhmbegier es nicht belebte – war ich erfreut, ihn da Gefahren suchen zu sehn, wo er hoffen konnte, Ruhm zu finden. In einen grausamen Krieg sandte ich ihn, aus dem er zurückkehrte, die Stirn mit Eichenlaub umwunden. Glaube mir, Tochter, mein Herz hüpfte nicht mehr vor Freuden, da ich zuerst hörte, es sei ein Knabe, als jetzt, da ich zuerst sah, er sei ein Mann geworden.

VIRGILIA: Aber wäre er nun in der Schlacht geblieben, teure Mutter, wie dann?

VOLUMNIA: Dann wäre sein Nachruhm mein Sohn gewesen; in ihm hätte ich mein Geschlecht gesehn. Höre mein offenherziges Bekenntnis: hätte ich zwölf Söhne, jeder meinem Herzen gleich lieb und keiner mir weniger teuer als dein und mein guter Marcius, ich wollte lieber elf für ihr Vaterland edel sterben sehn als einen einzigen in wollüstigem Müßiggang schwelgen.

Es tritt eine DIENERIN *auf.*

DIENERIN: Edle Frau, Valeria wünscht Euch zu sehn.
VIRGILIA: Ich bitte, erlaubt mir, mich zurückzuziehn.
VOLUMNIA: O nein! das sollst du nicht.
Mich dünkt, bis hier tönt deines Gatten Trommel,
Er reißt Aufidius bei den Haaren nieder;
Wie Kinder vor dem Bären, fliehn die Volsker.
Mich dünkt, ich seh's! So stampft er und ruft aus:
Memmen, heran! in Furcht seid ihr gezeugt,
Obwohl in Rom geboren. Und er trocknet
Die blut'ge Stirn mit ehrner Hand und schreitet
So wie ein Schnitter, der sich vorgesetzt,
Alles zu mähn, wo nicht, den Lohn zu missen.
VIRGILIA: Die blut'ge Stirn! – o Jupiter! kein Blut.
VOLUMNIA: O schweig, du Törin! schöner ziert's den Mann
Als Goldtrophän. Die Brust der Hekuba
War schöner nicht, da sie den Hektor säugte,
Als Hektors Stirn, die Blut entgegenspritzte
Im Kampf den Griechenschwertern. – Sagt Valeria,
Wir sind bereit, sie zu empfangen.

Dienerin ab.

VIRGILIA: Himmel!
Schütz meinen Mann vorm grimm'gen Aufidius.
VOLUMNIA: Er schlägt Aufidius' Haupt sich unters Knie
Und tritt auf seinen Hals.

VALERIA *tritt auf.*

VALERIA: Ihr edlen Frauen, euch beiden guten Tag!
VOLUMNIA: Liebe Freundin –
VIRGILIA: Ich bin erfreut, Euch zu sehn, verehrte Frau.

VALERIA: Was macht ihr beide? Ihr seid ausgemachte Hausfrauen. Wie! – ihr sitzt hier und näht? – Ein hübsches Muster, das muß ich gestehn. – Was macht Euer kleiner Sohn?

VIRGILIA: Ich danke, edle Frau, er ist wohl.

VOLUMNIA: Er mag lieber Schwerter sehn und die Trommel hören als auf seinen Schulmeister achtgeben.

VALERIA: Oh! auf mein Wort, ganz der Vater. Ich kann's beschwören, er ist ein allerliebster Knabe. Nein wahrlich, ich beobachtete ihn am Mittwoch eine halbe Stunde ununterbrochen; er hat etwas so Entschloßnes in seinem Benehmen. Ich sah ihn einem glänzenden Schmetterling nachlaufen, und als er ihn gefangen hatte, ließ er ihn wieder fliegen, und nun wieder ihm nach, und fiel der Länge nach hin, und wieder aufgesprungen und ihn noch einmal gefangen. Hatte ihn sein Fall böse gemacht, oder was ihm sonst sein mochte, aber er knirschte so mit den Zähnen und zerriß ihn. Oh! ihr könnt nicht glauben, wie er ihn zerfetzte.

VOLUMNIA: Ganz seines Vaters Art.

VALERIA: Ei wahrhaftig! er ist ein edles Kind.

VIRGILIA: Ein kleiner Wildfang, Valeria.

VALERIA: Kommt, legt Eure Stickerei weg, Ihr müßt heut nachmittag mit mir die müßige Hausfrau machen.

VIRGILIA: Nein, teure Frau, ich werde nicht ausgehn.

VALERIA: Nicht ausgehn?

VOLUMNIA: Sie wird, sie wird.

VIRGILIA: Nein, gewiß nicht; erlaubt es mir. Ich will nicht über die Schwelle schreiten, eh mein Gemahl aus dem Krieg heimgekehrt ist.

VALERIA: Pfui! wollt Ihr so wider alle Vernunft Euch einsperren? Kommt mit, Ihr müßt eine gute Freundin besuchen, die im Kindbett liegt.

VIRGILIA: Ich will ihr eine schnelle Genesung wünschen und sie mit meinem Gebet besuchen, aber hingehn kann ich nicht.

VOLUMNIA: Nun, warum denn nicht?

VIRGILIA: Es ist gewiß nicht Trägheit oder Mangel an Liebe.

VALERIA: Ihr wäret gern eine zweite Penelope; und doch sagt man, alles Garn, das sie in Ulysses' Abwesenheit spann, füllte Ithaka nur mit Motten. Kommt, ich wollte, Eure Leinwand wäre so empfindlich wie Euer Finger, so würdet Ihr aus Mitleid aufhören, sie zu stechen. Kommt, Ihr müßt mitgehn.

VIRGILIA: Nein, Liebe, verzeiht mir; im Ernst, ich werde nicht ausgehn.

VALERIA: Ei wahrhaftig! Ihr müßt mitgehn; dann will ich Euch auch herrliche Neuigkeiten von Eurem Gemahl erzählen.

VIRGILIA: Oh, liebe Valeria! es können noch keine gekommen sein.

VALERIA: Wahrlich! ich scherze nicht mit Euch; es kam gestern abend Nachricht von ihm.

VIRGILIA: In der Tat?

VALERIA: Im Ernst, es ist wahr; ich hörte einen Senator davon erzählen. So war es: – Die Volsker haben ein Heer ausrücken lassen, welchem Cominius, der Feldherr, mit einem Teil der römischen Macht entgegengegangen ist. Euer Gemahl und Titus Lartius belagern ihre Stadt Corioli; sie zweifeln nicht daran, sie zu erobern und den Krieg bald zu beendigen. – Dies ist wahr, bei meiner Ehre! und nun bitte ich Euch, geht mit uns.

VIRGILIA: Verzeiht mir, gute Valeria, künftig will ich Euch in allem andern gehorchen.

VOLUMNIA: Ei, laßt sie, Liebe. Wie sie jetzt ist, würde sie nur unser Vergnügen stören.

VALERIA: Wirklich, das glaube ich auch. So lebt denn wohl. Kommt, liebe, teure Frau. Ich bitte dich, Virgilia, wirf deine Feierlichkeit zur Tür hinaus und geh noch mit.

VIRGILIA: Nein, auf mein Wort, Valeria. In der Tat, ich darf nicht; ich wünsche euch viel Vergnügen.

VALERIA: Gut, so lebt denn wohl!

Alle ab.

VIERTE SZENE

Vor Corioli.

Mit Trommeln und Fahnen treten auf MARCIUS, TITUS LARTIUS, ANFÜHRER, KRIEGER. *Zu ihnen ein* BOTE.

MARCIUS: Ein Bote kommt. Ich wett, es gab ein Treffen.
TITUS: Mein Pferd an Eures: Nein.
MARCIUS: Es gilt.
TITUS: Es gilt.
MARCIUS: Sprich du. Traf unser Feldherr auf den Feind?

BOTE: Sie schaun sich an, doch sprachen sich noch nicht.
TITUS: Das gute Pferd ist mein.
MARCIUS: Ich kauf's Euch ab.
TITUS: Nein, ich verkauf und geb's nicht; doch Euch borg ich's
Für fünfzig Jahr. – Die Stadt nun fordert auf.
MARCIUS: Wie weit ab stehn die Heere?
BOTE: Kaum eine Stunde.
MARCIUS: So hören wir ihr Feldgeschrei, sie unsers. –
Nun, Mars, dir fleh ich, mach uns rasch im Werk,
Daß wir mit dampfendem Schwert von hinnen ziehn,
Den kampfgescharten Freunden schnell zu helfen.
Komm, blas nun deinen Aufruf.
Es wird geblasen, auf den Mauern erscheinen SENATOREN *und* ANDRE.
Tullus Aufidius, ist er in der Stadt?
ERSTER SENATOR:
Nein, keiner auch, der mehr als er Euch fürchtet,
Was wen'ger ist als wenig.
Kriegsmusik aus der Ferne.
Horcht, die Trommeln
Von unsrer Jugendschar. Wir brechen eh die Mauern,
Als daß sie uns einhemmten. Unsre Tore,
Zum Schein geschlossen, riegeln Binsen nur,
Sie öffnen sich von selbst. Horcht, weither tönt's.
Kriegsgeschrei.
Das ist Aufidius. Merkt, wie er hantiert
Dort am gespaltnen Heer.
MARCIUS: Ha! sie sind dran!
TITUS: Der Lärm sei unsre Weisung. Leitern her!
Die VOLSKER *kommen aus der Stadt.*
MARCIUS: Sie scheun uns nicht; nein, dringen aus der Stadt.
Werft vor das Herz den Schild und kämpft mit Herzen,
Gestählter als die Schild'. Auf, wackrer Titus!
Sie höhnen uns weit mehr, als wir gedacht;
Das macht vor Zorn mich schwitzen. Fort, Kamraden!
Wenn einer weicht, den halt ich für 'nen Volsker,
Und fühlen soll er meinen Stahl.
Römer und Volsker gehn kämpfend ab. Die Römer werden zurückgeschlagen. MARCIUS *kommt wieder.*
MARCIUS: Die ganze Pest des Südens fall auf euch!
Schandflecke Roms ihr! – Schwär' und Beulen zahllos
Vergiften euch, daß ihr ein Abscheu seid,

Eh noch gesehn, und gegen Windeshauch
Euch ansteckt meilenweit! Ihr Gänseseelen
In menschlicher Gestalt! Vor Sklaven lauft ihr,
Die Affen schlagen würden? Höll und Pluto!
Wund rücklings, Nacken rot, Gesichter bleich
Vor Furcht und Fieberfrost. Kehrt um! greift an!
Sonst, bei des Himmels Blitz! laß ich den Feind
Und stürz auf euch. Besinnt euch denn, voran!
Steht, und wir schlagen sie zu ihren Weibern,
Wie sie zu unsern Schanzen uns gefolgt!

Ein neuer Angriff, Volsker und Römer kämpfen. Die Volsker flüchten in die Stadt, Marcius verfolgt sie.

Auf geht das Tor, nun zeigt euch, wackre Helfer!
Für die Verfolger hat's das Glück geöffnet,
Nicht für die Flücht'gen. Nach! und tut wie ich.

Er stürzt in die Stadt, und das Tor wird hinter ihm geschlossen.

ERSTER SOLDAT: Tolldreist! ich nicht –
ZWEITER SOLDAT: Noch ich.
DRITTER SOLDAT: Da seht! sie haben
Ihn eingesperrt.
ALLE: Nun geht er drauf, das glaubt nur.

TITUS LARTIUS *tritt auf.*

TITUS: Was ward aus Marcius?
ALLE: Tot, Herr, ganz gewiß.
ERSTER SOLDAT:
Den Flücht'gen folgt' er auf den Fersen nach,
Und mit hinein; sie augenblicks die Tore
Nun zugesperrt: drin ist er, ganz allein,
Der ganzen Stadt zu trotzen.
TITUS: Edler Freund!
Du, fühlend kühner als dein fühllos Schwert,
Fest stehend, wenn dies beugt, verloren bist du, Marcius!
Der reinste Diamant, so groß wie du,
Wär nicht ein solch Juwel; du warst ein Krieger
Nach Catos Sinn, nicht wild, und fürchterlich
In Streichen nur; nein, deinem grimmen Blick
Und deiner Stimme donnergleichem Schmettern
Erbebten deine Feind', als ob die Welt
Im Fieber zitterte.

MARCIUS *kommt zurück, blutend, von den Feinden verfolgt.*

ERSTER SOLDAT: Seht, Herr!

TITUS: Oh! da ist Marcius!
Laßt uns ihn retten oder mit ihm fallen.
Gefecht. Alle dringen in die Stadt.

Fünfte Szene

In Corioli. Eine Straße.

Römer *kommen mit Beute.*

ERSTER RÖMER: Das will ich mit nach Rom nehmen.
ZWEITER RÖMER: Und ich dies.
DRITTER RÖMER: Hol's der Henker! ich hielt das für Silber.
Marcius *und* Titus *treten auf mit einem* Trompeter.
MARCIUS: Seht diese Trödler, die die Stunden schätzen
Nach rost'gen Drachmen. Becher, bleierne Löffel,
Blechstückchen, Wämser, die der Henker selbst
Verscharrte mit dem Leichnam, stiehlt die Brut,
Eh noch die Schlacht zu Ende. – Haut sie nieder! –
Oh, hört des Feldherrn Schlachtruf! Fort zu ihm!
Dort kämpft, den meine Seele haßt, Aufidius,
Und mordet unsre Römer. Drum, mein Titus,
Nimm eine Anzahl Volks, die Stadt zu halten;
Mit denen, die der Mut befeuert, eil ich,
Cominius beizustehn.
TITUS: Du blutest, edler Freund!
Die Arbeit war zu schwer, sie zu erneun
In einem zweiten Gang.
MARCIUS: Herr, rühmt mich nicht.
Dies Werk hat kaum mich warm gemacht. Lebt wohl!
Das Blut, das ich verzapft, ist mehr Arznei
Als mir gefährlich. Vor Aufidius so
Tret ich zum Kampf.
TITUS: Fortunas holde Gottheit
Sei jetzt in dich verliebt; ihr starker Zauber
Entwaffne deines Feindes Schwert. O Held!
Dein Knappe sei Glückseligkeit!
MARCIUS: Dir helfend,
Wie ihrem teursten Liebling. Lebe wohl! *Ab.*
TITUS: Ruhmwürd'ger Marcius! –
Geh du, blas auf dem Marktplatz die Trompete,

Und ruf der Stadt Beamte dort zusammen,
Daß sie vernehmen unsern Willen. Fort! *Ab.*

Sechste Szene

In der Nähe von Cominius' Lager.

Cominius *und sein* Heer *auf dem Rückzuge.*

cominius: Erfrischt euch, Freunde. Gut gekämpft! Wir hielten
Wie Römer uns; nicht tollkühn dreist im Stehn
Noch feig im Rückzug. Auf mein Wort, ihr Krieger,
Der Angriff wird erneut. Indem wir kämpften,
Erklang, vom Wind geführt, in Zwischenräumen
Der Freunde Schlachtruf. Oh! ihr Götter Roms!
Führt sie zu Ruhm und Sieg, so wie uns selbst,
Daß unsre Heere, lächelnd sich begegnend,
Euch dankbar Opfer bringen.
Ein Bote *tritt auf.*
Deine Botschaft?
bote: Die Mannschaft von Corioli brach aus
Und fiel den Marcius und den Lartius an;
Ich sah die Unsern zu den Schanzen fliehn,
Da eilt ich fort.
cominius: Mich dünkt, sprichst du auch wahr,
So sprichst du doch nicht gut. Wie lang ist's her?
bote: Mehr als 'ne Stunde, Herr.
cominius: 's ist keine Meil, wir hörten noch die Trommeln.
Wie – gingst du eine Stund auf diese Meile?
Und bringst so spät Bericht?
bote: Der Volsker Späher
Verfolgten mich, so lief ich einen Umweg
Von drei, vier Meilen; sonst bekamt Ihr, Herr,
Vor einer halben Stunde schon die Botschaft.
Marcius *tritt auf.*
cominius: Doch, wer ist jener,
Der aussieht wie geschunden? Oh! ihr Götter!
Er trägt des Marcius Bildung, und schon sonst
Hab ich ihn so gesehn.
marcius: Komm ich zu spät?
cominius: Der Schäfer unterscheidet nicht so gut

Schalmei und Donner wie ich Marcius' Stimme
Von jedem schwächern Laut.

MARCIUS: Komm ich zu spät?

COMINIUS: Ja, wenn du nicht in fremdem Blut gekleidet,
In eignem kommst.

MARCIUS: Oh! laßt mich Euch umschlingen
Mit kräft'gen Armen wie als Bräutigam,
Mit freud'gem Herzen wie am Hochzeitstag,
Als Kerzen mir zu Bett geleuchtet.

COMINIUS: Oh!
Mein Kriegsheld, wie geht's dem Titus Lartius?

MARCIUS: Wie einem, der geschäftig Urteil spricht,
Zum Tode den verdammt, den zur Verbannung,
Den freiläßt, den beklagt, dem andern droht.
Er hält Corioli im Namen Roms
So wie ein schmeichelnd Windspiel an der Leine,
Die er nach Willkür löst.

COMINIUS: Wo ist der Sklav,
Der sprach, sie schlügen euch zurück ins Lager?
Wo ist er? Ruft ihn her.

MARCIUS: Nein, laßt ihn nur.
Die Wahrheit sprach er; doch die edlen Herrn,
Das niedre Volk (verdammt! für sie Tribunen!),
Die Maus läuft vor der Katze nicht, wie sie
Vor Schuften rannten, schlechter als sie selbst.

COMINIUS: Wie aber drangt Ihr durch?

MARCIUS: Ist zum Erzählen Zeit? Ich denke nicht –
Wo ist der Feind? Seid Ihr des Feldes Herr?
Wo nicht, was ruht Ihr, bis Ihr's seid?

COMINIUS: O Marcius!
Wir fochten mit Verlust und zogen uns
Zurück, den Vorteil zu erspähn.

MARCIUS: Wie steht ihr Heer? Wißt Ihr, auf welcher Seite
Die beste Mannschaft ist?

COMINIUS: Ich glaube, Marcius,
Im Vordertreffen kämpfen die Antiaten,
Ihr bestes Volk; Aufidius führt sie an,
Der ihrer Hoffnung Seel und Herz.

MARCIUS: Ich bitt dich,
Bei jeder Schlacht, in der vereint wir fochten,
Bei dem vereint vergoßnen Blut, den Schwüren,

Uns ewig treu zu lieben; stell mich grade
Vor die Antiaten und Aufidius hin;
Und säumt nicht länger. Nein, im Augenblick
Erfülle Speer- und Schwertgetön die Luft,
Und proben wir die Stunde.

COMINIUS: Wünscht ich gleich,
Du würdest in ein laues Bad geführt,
Dir Balsam aufgelegt; doch wag ich nie,
Dir etwas zu verweigern. Wähl dir selbst
Für diesen Kampf die Besten.

MARCIUS: Das sind nur
Die Willigsten. Ist irgendeiner hier
(Und Sünde wär's zu zweifeln), dem die Schminke
Gefällt, mit der er hier mich sieht gemalt,
Der üblen Ruf mehr fürchtet als den Tod
Und schön zu sterben wählt statt schlechten Lebens,
Sein Vaterland mehr als sich selber liebt:
Wer so gesinnt, ob einer oder viele,
Der schwing die Hand, um mir sein Ja zu sagen,
Und folge Marcius.

Alle jauchzen, schwingen die Schwerter, drängen sich um ihn und heben ihn auf ihren Armen empor.

Wie? alle eins? macht ihr ein Schwert aus mir?
Ist dies kein äußrer Schein, wer von euch allen
Ist nicht vier Volsker wert? Ein jeder kann
Aufidius einen Schild entgegentragen,
So hart wie seiner. Eine Anzahl nur,
Dank ich schon allen, wähl ich: und den andern
Spar ich die Arbeit für den nächsten Kampf,
Wie er sich bieten mag. Voran, ihr Freunde!
Vier meiner Leute mögen die erwählen,
Die mir am liebsten folgen.

COMINIUS: Kommt, Gefährten,
Beweist, daß ihr nicht prahltet, und ihr sollt
Uns gleich in allem sein.

Alle ab.

SIEBENTE SZENE

Das Tor von Corioli.

TITUS LARTIUS, *eine Besatzung in Corioli zurücklassend, geht dem Marcius und Cominius mit Trommeln und Trompeten entgegen, ihm folgt ein* ANFÜHRER *mit* KRIEGERN.

TITUS: Besetzt die Tore wohl, tut eure Pflicht,
Wie ich's euch vorschrieb. Send ich, schickt zur Hilfe
Uns die Centurien nach; der Rest genügt
Für kurze Deckung. Geht die Schlacht verloren,
So bleibt die Stadt uns doch nicht.
ANFÜHRER: Traut auf uns.
TITUS: Fort! und verschließet hinter uns die Tore.
Du, Bote, komm; führ uns ins röm'sche Lager.
Alle ab.

ACHTE SZENE

Schlachtfeld zwischen den beiden Lagern.

Kriegsgeschrei, MARCIUS *und* AUFIDIUS, *die einander begegnen.*

MARCIUS: Mit dir nun will ich kämpfen! denn dich haß ich
Mehr als den Meineid.
AUFIDIUS: Ja, so haß ich dich.
Mir ist kein Drache Afrikas so greulich
Und giftig wie dein Ruhm. Setz deinen Fuß.
MARCIUS: Wer weicht, soll sterben als des andern Sklave,
Dann richten ihn die Götter.
AUFIDIUS: Flieh ich, Marcius,
So hetz mich gleich dem Hasen.
MARCIUS: Noch vor drei Stunden, Tullus,
Focht ich allein in Eurer Stadt Corioli
Und hauste ganz nach Willkür. Nicht mein Blut
Hat so mich übertüncht; drum spann die Kraft
Aufs höchste, dich zu rächen!
AUFIDIUS: Wärst du Hektor,
Die Geißel Eurer prahlerischen Ahnen,
Du kämst mir nicht von hier.
Sie fechten; einige Volsker kommen dem Aufidius zu Hilfe.

Dienstwillig und nicht tapfer! Ihr beschimpft mich
Durch so verhaßten Beistand.

Alle fechtend ab.

NEUNTE SZENE

Das römische Lager.

Man bläst zum Rückzug; Trompeten. Von einer Seite tritt auf COMINIUS *mit seinem Heer, von der andern* MARCIUS, *den Arm in der Binde, und andre* RÖMER.

COMINIUS: Erzählt ich dir dein Werk des heut'gen Tages,
Du glaubtest nicht dein Tun; doch will ich's melden,
Wo Senatoren horchen und erbeben,
Zuletzt bewundern; wo sich Fraun entsetzen
Und, froh erschreckt, mehr hören; wo der plumpe
Tribun, der, dem Plebejer gleich, dich haßt,
Ausruft, dem eignen Groll zum Trotz: Dank, Götter!
Daß unserm Rom ihr solche Helden schenktet!
Doch kamst du nur zum Nachtisch dieses Festes,
Vorher schon voll gesättigt.

TITUS LARTIUS *kommt mit seinen Kriegern.*

TITUS: O mein Feldherr!
Hier ist das Streitroß, wir sind das Geschirr.
Hättst du gesehn –

MARCIUS: Still, bitt ich. Meine Mutter,
Die einen Freibrief hat, ihr Blut zu preisen,
Kränkt mich, wenn sie mich rühmt. Ich tat ja nur,
Was ihr: das ist, so viel ich kann, erregt,
Wie ihr es waret, für mein Vaterland.
Wer heut den guten Willen nur erfüllte,
Hat meine Taten überholt.

COMINIUS: Nicht darfst du
Das Grab sein deines Werts. Rom muß erkennen,
Wie köstlich sein Besitz. Es wär ein Hehl,
Ärger als Raub, nicht minder als Verrat,
Zu decken deine Tat, von dem zu schweigen,
Was, durch des Preises höchsten Flug erhoben,
Bescheiden noch sich zeigt. Drum bitt ich dich,
Zum Zeichen, was du bist, und nicht als Lohn
Für all dein Tun, laß vor dem Heer mich reden.

MARCIUS: Ich hab so Wunden hier und da, die schmerzt es,
Sich so erwähnt zu hören.
COMINIUS: Geschäh's nicht,
Der Undank müßte sie zum Schwären bringen
Und sie mit Tod kurieren. Von den Pferden
– Wir fingen viel und treffliche – und allen
Den Schätzen, in der Stadt, im Feld erbeutet,
Sei dir der zehnte Teil: ihn auszusuchen
Noch vor der allgemeinen Teilung ganz
Nach deiner eignen Wahl.
MARCIUS: Ich dank dir, Feldherr;
Doch sträubt mein Herz sich, einen Lohn zu nehmen
Als Zahlung meines Schwerts. Ich schlag es aus
Und will nur so viel aus gemeiner Teilung
Wie alle, die nur ansahn, was geschah.
Ein langer Trompetenstoß. Alle rufen: Marcius! Marcius! *werfen Mützen und Speere in die Höhe.*
Daß die Trompeten, die ihr so entweiht,
Nie wieder tönen! Wenn Posaun und Trommel
Im Lager Schmeichler sind, mag Hof und Stadt
Ganz Lüge sein und Gleisnerei. Wird Stahl
Weich wie Schmarotzerseide, bleibe Erz
Kein Schirm im Kriege mehr! Genug, sag ich. –
Weil ich die blut'ge Nase mir nicht wusch
Und einen Schwächling niederwarf, was mancher
Hier unbemerkt getan, schreit ihr mich aus
Mit übertriebnem, unverständ'gem Zuruf,
Als säh ich gern mein kleines Selbst gefüttert
Mit Lob, gewürzt durch Lügen.
COMINIUS: Zu bescheiden!
Ihr seid mehr grausam eignem Ruhm als dankbar
Uns, die ihn redlich spenden; drum erlaubt:
Wenn gegen Euch Ihr wütet, legen wir,
Wie einen, der sich schadet, Euch in Fesseln
Und sprechen sichrer dann. Drum sei es kund,
Wie uns, der ganzen Welt, daß Cajus Marcius
Des Krieges Kranz erwarb. Und des zum Zeichen
Nehm er mein edles Roß, bekannt dem Lager,
Mit allem Schmuck; und heiß er von heut an,
Für das, was vor Corioli er tat,
Mit vollem Beifallsruf des ganzen Heeres:

Cajus Marcius Coriolanus. – Führe
Den zugefügten Namen allezeit edel!
Trompetenstoß.
ALLE: Cajus Marcius Coriolanus!
CORIOLANUS: Ich geh, um mich zu waschen;
Und ist mein Antlitz rein, so könnt Ihr sehn,
Ob ich erröte. Wie's auch sei, ich dank Euch.
Ich denk Eur Pferd zu reiten und will stets
Den edlen Namen wie 'nen Helmschmuck tragen
Nach meiner besten Kraft.
COMINIUS: Nun zu den Zelten,
Wo, eh wir noch geruht, wir schreiben wollen
Nach Rom von unserm Glück. Ihr, Titus Lartius,
Müßt nach Corioli. Schickt uns nach Rom
Die Führer, daß wir dort mit ihnen handeln
Um ihr und unser Wohl.
TITUS: Ich tu es, Feldherr.
CORIOLANUS: Die Götter spotten mein. Kaum schlug ich aus
Höchst fürstliche Geschenk' und muß nun betteln
Bei meinem Feldherrn.
COMINIUS: Was es sei: gewährt.
CORIOLANUS: Ich wohnt einmal hier in Corioli
Bei einem armen Mann, er war mir freundlich;
Er rief mich an: ich sah ihn als Gefangnen;
Doch da hatt ich Aufidius im Gesicht,
Und Wut besiegte Mitleid. Gebt, ich bitte,
Frei meinen armen Wirt.
COMINIUS: O schöne Bitte!
Wär er der Schlächter meines Sohns, er sollte
Frei sein, so wie der Wind. Entlaßt ihn, Titus.
TITUS: Marcius, sein Nam?
CORIOLANUS: Bei Jupiter! vergessen –
Ich bin erschöpft. – Ja – mein Gedächtnis schwindet.
Ist hier nicht Wein?
COMINIUS: Gehn wir zu unsern Zelten.
Das Blut auf Eurem Antlitz trocknet. Schnell
Müßt Ihr verbunden werden. Kommt.
Alle ab.

Zehnte Szene

Das Lager der Volsker.

Trompetenstoß. Tullus Aufidius *tritt auf, blutend, zwei* Krieger *mit ihm.*

AUFIDIUS: Die Stadt ist eingenommen.
ERSTER KRIEGER: Sie geben auf Bedingung sie zurück.
AUFIDIUS: Bedingung! –
Ich wollt, ich wär ein Römer, denn als Volsker
Kann ich nicht sein das, was ich bin. – Bedingung!
Was für Bedingung kann wohl der erwarten,
Der sich auf Gnad ergab? Marcius, fünfmal
Focht ich mit dir, so oft auch schlugst du mich
Und wirst es, denk ich, treffen wir uns auch,
Sooft wir speisen. – Bei den Elementen!
Wenn ich je wieder, Bart an Bart, ihm stehe,
Muß ich ihn ganz, muß er mich ganz vernichten;
Nicht mehr, wie sonst, ist ehrenvoll mein Neid;
Denn, dacht ich ihn mit gleicher Kraft zu tilgen,
Ehrlich im Kampf, hau ich ihn jetzt, wie's kommt;
Wut oder List vernicht ihn.
ERSTER KRIEGER: Teufel ist er.
AUFIDIUS: Kühner, doch nicht so schlau. Vergiftet ist
Mein Mut, weil er von ihm den Flecken duldet,
Verleugnet eignen Wert. Nicht Schlaf noch Tempel,
Ob nackt, ob krank; nicht Kapitol noch Altar,
Der Priester Beten noch des Opfers Stunde,
Vor denen jede Wut sich legt, erheben
Ihr abgenutztes Vorrecht gegen mich
Und meinen Haß auf ihn. Wo ich ihn finde,
Daheim, in meines Bruders Schutz, selbst da,
Dem gastlichen Gebot zuwider, wüsch ich
Die wilde Hand in seinem Herzblut. Geht –
Erforscht, wie man die Stadt bewahrt und wer
Als Geisel muß nach Rom.
ERSTER KRIEGER: Wollt Ihr nicht gehn?
AUFIDIUS: Man wartet meiner im Zypressenwald,
Südwärts der Mühlen; dahin bringt mir Nachricht,
Wie die Welt geht, daß ich nach ihrem Schritt
Ansporne meinen Lauf.
ERSTER KRIEGER: Das will ich, Herr. *Alle ab.*

ZWEITER AUFZUG

ERSTE SZENE

Rom. Ein öffentlicher Platz.

Es treten auf MENENIUS, SICINIUS *und* BRUTUS.

MENENIUS: Der Augur sagte mir, wir würden heut Nachricht erhalten.

BRUTUS: Gute oder schlimme?

MENENIUS: Nicht nach dem Wunsch des Volks; denn sie lieben den Marcius nicht.

SICINIUS: Natur lehrt die Tiere selbst ihre Freunde kennen.

MENENIUS: Sagt mir: Wen liebt der Wolf?

SICINIUS: Das Lamm.

MENENIUS: Es ist zu verschlingen, wie die hungrigen Plebejer den edlen Marcius möchten.

BRUTUS: Nun, der ist wahrhaftig ein Lamm, das wie ein Bär blökt.

MENENIUS: Er ist wahrhaftig ein Bär, der wie ein Lamm lebt. – Ihr seid zwei alte Männer: sagt mir nur eins, was ich euch fragen will.

BRUTUS: Gut, Herr.

MENENIUS: In welcher Abscheulichkeit ist Marcius arm, in welcher ihr beide nicht reich seid?

BRUTUS: Er ist nicht arm an irgendeinem Fehler, sondern mit allen ausgestattet.

SICINIUS: Vorzüglich mit Stolz.

BRUTUS: Und im Prahlen übertrifft er jeden andern.

MENENIUS: Das ist doch seltsam! Wißt ihr beide wohl, wie ihr in der Stadt beurteilt werdet? Ich meine, von uns, aus den höhern Ständen. Wißt Ihr das?

BRUTUS: Nun, wie werden wir denn beurteilt?

MENENIUS: Weil ihr doch eben vom Stolz sprachet – wollt ihr nicht böse werden?

BRUTUS: Nur weiter, Herr, weiter.

MENENIUS: Nun, es ist auch gleichgültig; denn ein sehr kleiner Dieb von Gelegenheit raubt euch wohl einen sehr großen Vorrat von Geduld. Laßt eurer Gemütsart den Zügel schießen und werdet böse, soviel ihr Lust habt; wenigstens, wenn es euch Vergnügen macht, es zu sein. Ihr tadelt Marcius wegen seines Stolzes?

BRUTUS: Wir tun es nicht allein, Herr.

MENENIUS: Das weiß ich wohl. Ihr könnt sehr wenig allein tun; denn eurer Helfer sind viele, sonst würden auch eure Taten außerordentlich einfältig herauskommen; eure Fähigkeiten sind allzu kindermäßig, um vieles allein zu tun. Ihr sprecht von Stolz. – Oh! könntet ihr den Sack auf eurem Rücken sehn und eine glückliche Überschau eures eignen edlen Selbst anstellen. – Oh! könntet ihr das! –

BRUTUS: Und was dann?

MENENIUS: Ei! dann entdecktet ihr ein Paar so verdienstlose, stolze, gewaltsame, hartköpfige Magistratspersonen – alias Narren – wie nur irgendwelche in Rom.

SICINIUS: Menenius, Ihr seid auch bekannt genug.

MENENIUS: Ich bin bekannt als ein lustiger Patrizier und einer, der einen Becher heißen Weins liebt, mit keinem Tropfen Tiberwasser gemischt. Man sagt, ich sei etwas schwach darin, immer den ersten Kläger zu begünstigen; hastig und entzündbar bei zu kleinen Veranlassungen; einer, der mit dem Hinterteil der Nacht mehr Verkehr hat als mit der Stirn des Morgens. Was ich denke, sag ich und verbrauche meine Bosheit in meinem Atem. Wenn ich zwei solchen Staatsmännern begegne, wie ihr seid – Lykurgusse kann ich euch nimmermehr nennen –, und das Getränk, das ihr mir bietet, meinem Gaumen widerwärtig schmeckt, so mache ich ein krauses Gesicht dazu. Ich kann nicht sagen: Euer Edlen haben die Sache sehr gut vorgetragen, wenn ich den Esel aus jedem eurer Worte herausgucken sehe; und obwohl ich mit denen Geduld haben muß, welche sagen, ihr seid ehrwürdige, stattliche Männer, so lügen doch die ganz abscheulich, welche behaupten, ihr hättet gute Gesichter. Wenn ihr dies auf der Landkarte meines Mikrokosmos entdeckt, folgt daraus, daß ich auch bekannt genug bin? Welch Unheil lesen eure blinden Scharfsichtigkeiten aus diesem Charakter heraus, um sagen zu können, daß ich auch bekannt genug bin?

BRUTUS: Geht, Herr, geht! Wir kennen Euch gut genug.

MENENIUS: Ihr kennt weder mich noch euch selbst noch irgend etwas. Ihr seid nach der armen Schelmen Mützen und Kratzfüßen ehrgeizig. Ihr bringt einen ganzen, ausgeschlagenen Vormittag damit zu, einen Zank zwischen einem Pomeranzenweib und einem Kneipschenken abzuhören, und vertagt dann die Streitfrage über drei Pfennig auf den nächsten Gerichtstag. – Wenn ihr das Verhör über irgendeine Angelegenheit zwischen zwei Parteien habt und es trifft sich, daß ihr von der Kolik gezwickt werdet, so macht ihr Gesichter wie die Possenreißer; steckt die blutige Fahne gegen alle Geduld auf und laßt, nach einem Nachttopf brüllend, den Prozeß, nur noch verwickelter durch euer Verhör, mittendrin im Stich. Ihr stiftet keinen andern Frieden in dem Handel, als daß ihr beide Parteien Schurken nennt. Ihr seid ein Paar seltsame Kreaturen!

BRUTUS: Geht, geht! man weiß recht gut von Euch, daß Ihr ein beßrer Spaßmacher bei der Tafel seid als ein unentbehrlicher Beisitzer auf dem Kapitol.

MENENIUS: Selbst unsre Priester müssen Spötter werden, wenn ihnen so lächerliche Geschöpfe aufstoßen wie ihr. Wenn ihr auch am zweckmäßigsten sprecht, so ist es doch das Wackeln eurer Bärte nicht wert; und für eure Bärte wäre es ein zu ehrenvolles Grab, das Kissen eines Flickschneiders zu stopfen oder in eines Esels Packsattel eingesargt zu werden. Und doch müßt ihr sagen: Marcius ist stolz! der, billig gerechnet, mehr wert ist als alle eure Vorfahren seit Deukalion; wenn auch vielleicht einige der Besten von ihnen erbliche Henkersknechte waren. Ich wünsch Euer Gnaden einen guten Abend; längere Unterhaltung mit euch würde mein Gehirn anstekken, denn ihr seid ja die Hirten des Plebejerviehes. Ich bin so dreist, mich von euch zu beurlauben.

Brutus und Sicinius ziehen sich in den Hintergrund zurück.

VOLUMNIA, VIRGILIA *und* VALERIA *kommen.*

Wie geht's, meine ebenso schönen wie ehrenwerten Damen? Luna selbst, wandelte sie auf Erden, wäre nicht edler. Wohin folgt ihr euren Augen so schnell?

VOLUMNIA: Ehrenwerter Menenius, mein Sohn Marcius kommt. Um der Juno willen, halt uns nicht auf.

MENENIUS: Wie! Marcius kommt zurück?

VOLUMNIA: Ja, teurer Menenius, und mit der herrlichsten Auszeichnung.

MENENIUS: Da hast du meine Mütze, Jupiter, und meinen Dank. Ha! Marcius kommt!

BEIDE FRAUEN: Ja, es ist wahr.

VOLUMNIA: Seht, hier ist ein Brief von ihm; der Senat hat auch einen, seine Frau einen, und ich glaube, zu Hause ist noch einer für Euch.

MENENIUS: Mein ganzes Haus muß heut nacht herumtanzen. Ein Brief an mich?

VIRGILIA: Ja, gewiß, es ist ein Brief für Euch da, ich habe ihn gesehn.

MENENIUS: Ein Brief an mich! das macht mich für sieben Jahre gesund; in der ganzen Zeit will ich dem Arzt ein Gesicht ziehen. Das herrlichste Rezept im Galen ist dagegen nur Quacksalbsudelei und gegen dies Bewahrungsmittel nicht besser als ein Pferdetrank. Ist er nicht verwundet? Sonst pflegte er verwundet zurückzukommen.

VIRGILIA: Oh! nein, nein, nein!

VOLUMNIA: Oh! er ist verwundet, ich danke den Göttern dafür.

MENENIUS: Das tue ich auch, wenn es nicht zu arg ist. Bringt er Sieg in der Tasche mit? – Die Wunden stehn ihm gut.

VOLUMNIA: Auf der Stirn, Menenius. Er kommt zum drittenmal mit dem Eichenkranz heim.

MENENIUS: Hat er den Aufidius tüchtig in die Lehre genommen?

VOLUMNIA: Titus Lartius schrieb: sie fochten miteinander, aber Aufidius entkam.

MENENIUS: Und es war Zeit für ihn, das kann ich ihm versichern. Hätte er ihm standgehalten, so hätte ich nicht mögen so gefidiust werden für alle Kisten in Corioli und das Gold, das in ihnen ist. Ist das dem Senat gemeldet?

VOLUMNIA: Liebe Frauen, laßt uns gehn. – Ja, ja, ja! – Der Senat hat Briefe vom Feldherrn, der meinem Sohn allein den Ruhm dieses Krieges zugesteht. Er hat in diesem Feldzug alle seine frühern Taten übertroffen.

VALERIA: Gewiß, es werden wunderbare Dinge von ihm erzählt.

MENENIUS: Wunderbar? Ja, ich stehe euch dafür, nicht ohne sein wahres Verdienst.

VIRGILIA: Geben die Götter, daß sie wahr seien!

VOLUMNIA: Wahr! pah!

MENENIUS: Wahr? Ich schwöre, daß sie wahr sind. – Wo ist er verwundet? *Zu den Tribunen*: Gott tröste Euer liebwertsten Gnaden; Marcius kommt nach Hause und hat nun noch mehr Ursache, stolz zu sein. – Wo ist er verwundet?

VOLUMNIA: An der Schulter und am linken Arm. Das wird große Narben geben, sie dem Volk zu zeigen, wenn er um seine Stelle sich bewirbt. Als Tarquin zurückgeschlagen wurde, bekam er sieben Wunden an seinem Leib.

MENENIUS: Eine im Nacken und zwei im Schenkel, es sind neun, soviel ich weiß.

VOLUMNIA: Vor diesem letzten Feldzug hatte er fünfundzwanzig Wunden.

MENENIUS: Nun sind es siebenundzwanzig, und jeder Riß war eines Feindes Grab.

Trompeten und Freudengeschrei.

Hört die Trompeten!

VOLUMNIA: Sie sind des Marcius Führer! Vor sich trägt er
Gejauchz der Lust, läßt Tränen hinter sich.
Der schwarze Tod liegt ihm im nerv'gen Arm;
Erhebt er ihn, so stürzt der Feinde Schwarm.

Trompeten. Es treten auf COMINIUS *und* TITUS LARTIUS, *zwischen ihnen* CORIOLANUS, *mit einem Eichenkranz geschmückt*, ANFÜHRER, KRIEGER, *ein* HEROLD.

HEROLD: Kund sei dir, Rom, daß Marcius ganz allein
Focht in Corioli und mit Ruhm erwarb
Zu Cajus Marcius einen Namen; dieser
Folgt ruhmvoll: Cajus Marcius Coriolanus.
Gegrüßt in Rom, berühmter Coriolanus! *Trompeten.*

ALLE: Gegrüßt in Rom, berühmter Coriolanus!

CORIOLANUS: Laßt's nun genug sein, denn es kränkt mein Herz.
Genug, ich bitte!

COMINIUS: Sieh, Freund, deine Mutter.

CORIOLANUS: Oh!
Ich weiß, zu allen Göttern flehtest du
Für mein Gelingen. *Er kniet vor ihr nieder.*

VOLUMNIA: Nein; auf, mein wackrer Krieger,
Mein edler Marcius, würd'ger Cajus und
Durch taterkaufte Ehren neu benannt;
Wie war's doch? Coriolan muß ich dich nennen?
Doch sieh, dein Weib.

CORIOLANUS: Mein lieblich Schweigen, Heil!
Hätt'st du gelacht, kam auf der Bahr ich heim,
Da weinend meinen Sieg du schaust? O Liebe!
So in Corioli sind der Witwen Augen,
Die Mütter, Söhne klagend.

MENENIUS: Die Götter krönen dich!

CORIOLANUS:
Ei, lebst du noch? *Zu Valeria:* O edle Frau, verzeiht!

VOLUMNIA: Wohin nur wend ich mich? Willkommen heim!
Willkommen, Feldherr! Alle sind willkommen!
MENENIUS: Willkommen tausendmal. Ich könnte weinen
Und lachen; ich bin leicht und schwer. Willkommen!
Ein Fluch entwurzle eines jeden Herz,
Der nicht mit Freuden dich erblickt. Euch drei
Muß Rom vergöttern. – Doch, auf Treu und Glauben,
Holzäpfel, alte, stehn noch hier, die niemals
Durch Pfropfen sich veredeln. Heil euch, Krieger!
Die Nessel nennen wir nur Nessel und
Der Narren Fehler Narrheit.
COMINIUS: Stets der alte!
CORIOLANUS: Immer Menenius, immer.
HEROLD: Platz da! Weiter.
CORIOLANUS *zu Frau und Mutter*: Deine Hand und deine.
Eh noch mein eignes Haus mein Haupt beschattet,
Besuch ich erst die trefflichen Patrizier,
Von denen ich nicht Grüße nur empfing,
Auch mannigfache Ehren.
VOLUMNIA: Ich erlebt es,
Erfüllt zu sehn den allerhöchsten Wunsch,
Den kühnsten Bau der Einbildung. Nur eins
Fehlt noch, und das, ich zweifle nicht,
Wird unser Rom dir schenken.
CORIOLANUS: Gute Mutter,
Ich bin auf meinem Weg ihr Sklave lieber
Als auf dem ihrigen mit ihnen Herrscher.
COMINIUS: Zum Kapitol.
Trompeten. Hörner. Sie gehn alle im feierlichen Zuge ab, wie sie kamen. Die Tribunen bleiben.
BRUTUS: Von ihm spricht jeder Mund; das schwache Auge
Trägt Brillen, ihn zu sehn. Die Amme, schwatzend,
Läßt ihren Säugling schreien bis zum Krampf,
Von ihm herplappernd. Seht, die Küchenschlampe
Knüpft um den rauch'gen Hals ihr bestes Leinen,
Die Wand erkletternd; Buden, Bänk und Fenster
Gefüllt; das Dach besetzt; der First beritten
Mit vielerlei Gestalten; alle einig
In Gier, nur ihn zu schaun. Es drängen sich
Fast nie gesehne Priester durch den Schwarm
Und stoßen, um beim Pöbel Platz zu finden;

Verhüllte Fraun ergeben Weiß und Rot
Auf zartgeschonter Wang dem wilden Raub
Von Phöbus' Feuerküssen. Solch ein Wirrwarr,
Als wenn ein fremder Gott, der mit ihm ist,
Sich still in seine Menschenart geschlichen
Und ihm der Anmut Zauber mitgeteilt.
SICINIUS: Im Umsehn, glaub mir, wird er Konsul sein.
BRUTUS: Dann schlafe unser Amt, solang er herrscht.
SICINIUS: Er kann nicht mäß'gen Schritts die Würden tragen
Vom Anfang bis zum Ziel; er wird vielmehr
Verlieren den Gewinn.
BRUTUS: Das ist noch Trost.
SICINIUS: Oh, zweifelt nicht, das Volk, für das wir stehn,
Vergißt nach angeborner Bosheit leicht
Auf kleinsten Anlaß diesen neuen Glanz;
Und daß er Anlaß gibt, ist so gewiß,
Wie ihn sein Hochmut spornt.
BRUTUS: Ich hört ihn schwören,
Würb er ums Konsulat, so wollt er nicht
Erscheinen auf dem Marktplatz noch sich hüllen
Ins abgetragne, schlichte Kleid der Demut;
Noch, wie die Sitt ist, seine Wunden zeigend
Dem Volk, um ihren übeln Atem betteln.
SICINIUS: Gut!
BRUTUS: So war sein Wort. Eh gibt er's auf, als daß
Er's nimmt, wenn nicht der Adel ganz allein
Es durchsetzt mit den Vätern.
SICINIUS: Höchst erwünscht!
Bleibt er nur bei dem Vorsatz und erfüllt ihn,
Kommt's zur Entscheidung.
BRUTUS: Glaubt's, er wird es tun.
SICINIUS: Dies, so gewiß, wie's unser Vorteil heischt,
Ist dann sein sichrer Sturz.
BRUTUS: Der muß erfolgen,
Sonst fallen wir. Zu diesem Endzweck denn
Bereden wir das Volk, daß er sie stets
Gehaßt und, hätt er Macht, zu Eseln sie
Umschafft', verstummen hieße ihre Sprecher
Und ihre Freiheit bräche, sie so haltend,
In Fähigkeit des Geists und Kraft zu handeln,
Von nicht mehr Seel und Tatkraft für die Welt

Als das Kamel im Krieg, das nur sein Futter
Erhält, um Last zu tragen – herbe Schläge,
Wenn's unter ihr erliegt.

SICINIUS: Dies eingeblasen,
Wenn seine Frechheit einst im höchsten Flug
Das Volk erreicht (woran's nicht fehlen wird,
Bringt man ihn auf, und das ist leichter noch
Als Hund auf Schafe hetzen), wird zur Glut,
Ihr dürr Gestrüpp zu zünden, dessen Dampf
Ihn schwärzen wird auf ewig.

Ein BOTE *tritt auf.*

BRUTUS: Nun, was gibt's?

BOTE: Ihr seid aufs Kapitol geladen. Sicher
Glaubt man, daß Marcius Konsul wird. Ich sah
Die Stummen drängen, ihn zu sehn, die Blinden,
Ihn zu vernehmen, Frauen warfen Handschuh,
Jungfraun und Mädchen Bänder hin und Tücher,
Wo er vorbeiging; die Patrizier neigten sich
Wie vor des Jovis Bild. Das Volk erregte
Mit Schrein und Mützenwerfen Donnerschauer.
So etwas sah ich nie.

BRUTUS: Zum Kapitol!
Habt Ohr und Auge, wie's die Zeit erheischt,
Und Herz für die Entscheidung.

SICINIUS: Nehmt mich mit.

Alle ab.

ZWEITE SZENE

Ebendaselbst. Das Kapitol.

Zwei RATSDIENER, *welche Polster legen.*

ERSTER RATSDIENER: Komm, komm. Sie werden gleich hiersein. Wie viele werben um das Konsulat?

ZWEITER RATSDIENER: Drei, heißt es; aber jedermann glaubt, daß Coriolanus es erhalten wird.

ERSTER RATSDIENER: Das ist ein wackrer Gesell; aber er ist verzweifelt stolz und liebt das gemeine Volk nicht.

ZWEITER RATSDIENER: Ei! es hat viel große Männer gegeben, die dem Volk schmeichelten und es doch nicht liebten. Und es gibt manche, die das Volk geliebt hat, ohne zu wissen, warum. Also, wenn sie lieben, so wissen sie nicht, weshalb, und sie hassen aus keinem besseren Grunde; darum, weil es den Coriolanus nicht kümmert, ob sie ihn lieben oder hassen, beweist er die richtige Einsicht, die er von ihrer Gemütsart hat; und seine edle Sorglosigkeit zeigt ihnen dies deutlich.

ERSTER RATSDIENER: Wenn er sich nicht darum kümmerte, ob sie ihn lieben oder nicht, so würde er sich unparteiisch in der Mitte halten und ihnen weder Gutes noch Böses tun; aber er sucht ihren Haß mit größerm Eifer, als sie es ihm erwidern können, und unterläßt nichts, was ihn vollständig als ihren Gegner zeigt. Nun, sich die Miene geben, daß man nach dem Haß und dem Mißvergnügen des Volkes strebt, ist so schlecht wie das, was er verschmäht: ihnen um ihrer Liebe willen zu schmeicheln.

ZWEITER RATSDIENER: Er hat sich um sein Vaterland sehr verdient gemacht. Und sein Aufsteigen ist nicht auf so bequemen Staffeln wie bei jenen, welche, geschmeidig und höflich gegen das Volk, mit geschwenkten Mützen, ohne weitre Tat, Achtung und Ruhm einfingen. Er aber hat seine Verdienste ihren Augen und seine Taten ihren Herzen so eingepflanzt, daß, wenn ihre Zungen schweigen wollten und dies nicht eingestehn, es eine Art von undankbarer Beschimpfung sein würde; es zu leugnen wäre eine Bosheit, die, indem sie sich selbst Lügen strafte, von jedem Ohr, das sie hörte, Vorwurf und Tadel erzwingen müßte.

ERSTER RATSDIENER: Nichts mehr von ihm, er ist ein würdiger Mann. Mach Platz, sie kommen.

Trompeten. Es treten auf der Konsul COMINIUS, *dem die* LIKTOREN *vorausgehen*, MENENIUS, CORIOLANUS, *mehrere* SENATOREN, SICINIUS *und* BRUTUS. *Senatoren und Tribunen nehmen ihre Plätze ein.*

MENENIUS: Da ein Beschluß gefaßt der Volsker wegen
Und wir den Titus Lartius heimberufen,
Bleibt noch als Hauptpunkt dieser zweiten Sitzung,
Des Helden edlen Dienst zu lohnen, der
So für sein Vaterland gekämpft. – Geruht dann,
Ehrwürd'ge, ernste Väter, und erlaubt
Ihm, der jetzt Konsul ist und Feldherr war
In unserm wohlbeschloßnen Krieg, ein wenig
Zu sagen von dem edlen Werk, vollführt

Durch Cajus Marcius Coriolanus, der
Hier mit uns ist, um dankbar ihn zu grüßen
Durch Ehre, seiner wert.

ERSTER SENATOR: Cominius, sprich.
Laß, als zu lang, nichts aus. Wir glauben eh,
Daß unserm Staat die Macht zu lohnen fehlt,
Als uns der weitste Wille. – Volksvertreter,
Wir bitten euer freundlich Ohr und dann
Eur günstig Fürwort beim gemeinen Volk,
Daß gelte, was wir wünschen.

SICINIUS: Wir sind hier
Auf freundliches Vernehmen; unsre Herzen
Nicht abgeneigt zu ehren, zu befördern
Ihn, der uns hier versammelt.

BRUTUS: Um so lieber
Tun wir dies freud'gen Muts, gedenkt er auch
Des Volks mit beßrem Sinn, als er bisher
Es hat geschätzt.

MENENIUS: Das paßt nicht, paßt hier nicht.
Ihr hättet lieber schweigen solln. Gefällt's euch,
Cominius anzuhören?

BRUTUS: Herzlich gern.
Doch war mein Warnen besser hier am Platz
Als der Verweis.

MENENIUS: Er liebt ja euer Volk;
Doch zwingt ihn nicht, sein Schlafgesell zu sein.
Edler Cominius, sprich.

Coriolanus steht auf und will gehn.

Nein, bleib nur sitzen.

ERSTER SENATOR: Bleib, Coriolanus, schäm dich nicht zu hören,
Was edel du getan.

CORIOLANUS: Verzeiht mir, Väter,
Eh will ich noch einmal die Wunden heilen
Als hören, wie ich dazu kam.

BRUTUS: Ich hoffe,
Mein Wort vertrieb Euch nicht.

CORIOLANUS: O nein! doch oft
Hielt ich den Streichen stand und floh vor Worten.
Nicht schmeichelt und drum kränkt Ihr nicht. Eur Volk,
Das lieb ich nach Verdienst.

MENENIUS: Setzt Euch.

CORIOLANUS: Eh ließ' ich
Im warmen Sonnenschein den Kopf mir kratzen,
Wenn man zum Angriff bläst, als, müßig sitzend,
Mein Nichts zum Fabelwerk vergrößern hören. *Ab.*
MENENIUS: Volksvertreter!
Wie könnt er eurer scheck'gen Brut wohl schmeicheln –
Wo einer gut im Tausend –, wenn ihr seht,
Er wagt eh alle Glieder für den Ruhm
Als eins von seinen Ohren, ihn zu hören?
Cominius, fahre fort.
COMINIUS: Mir fehlt's an Stimme. Coriolanus' Taten
Soll man nicht schwach verkünden. Wie man sagt,
Ist Mut die erste Tugend und erhebt
Zumeist den Eigner; ist es so, dann wiegt
Den Mann, von dem ich sprech, in aller Welt
Kein andrer auf. Mit sechzehn Jahren schon,
Da, als Tarquin Rom überzog, da focht er
Voraus den Besten. Der Diktator, hoch
Und groß gepriesen stets, sah seinen Kampf;
Wie mit dem Kinn der Amazon er jagte
Die bärt'gen Lippen; zog aus dem Gedränge
Den hingestürzten Römer; schlug drei Feinde
Im Angesicht des Konsuls; traf Tarquin
Und stürzt' ihn auf das Knie. An jenem Tag,
Als er ein Weib konnt auf der Bühne spielen,
Zeigt' er sich ganz als Mann im Kampf; zum Lohn
Ward ihm der Eichenkranz. Sein zartes Alter
Gereift zum Manne, wuchs er, gleich dem Meer,
Und seit der Zeit, im Sturm von siebzehn Schlachten,
Streift' er den Kranz von jedem Schwert. Sein letztes,
Erst vor, dann in Corioli, ist so,
Daß jedes Lob verarmt. Die Fliehnden hemmt' er,
Und durch sein hohes Beispiel ward dem Feigsten
Zum Spiel das Schrecknis. So wie Binsen tauchen
Dem Schiff im Segeln, wichen ihm die Menschen
Und schwanden seinem Streich. Sein Schwert, Todstempel,
Traf, wo es fiel; von Haupt zu Füßen war er
Mit Blut bedeckt, und jeglicher Bewegung
Hallt' Sterberöcheln nach. Allein betrat er
Das Todestor der Stadt, das er bemalt
Mit unentrinnbarm Weh; tritt, keiner half ihm,

Heraus und schlägt mit plötzlicher Verstärkung
Die Stadt wie Götterkraft. Sein ist nun alles,
Da plötzlich weckt ihm Schlachtgetöse rufend
Den wachen Sinn, und schnell den Mut verdoppelnd,
Belebt sich frisch sein arbeitmüder Leib:
Er stürzt in neuen Kampf und schreitet nun
Blutdampfend über Menschenleben hin,
Als folg ihm Mord und Tod. Und bis wir Stadt
Und Schlachtfeld unser nannten, ruht' er nicht,
Um Atem nur zu schöpfen.

MENENIUS: Würd'ger Mann!

ERSTER SENATOR: Im vollsten Maß ist er der Ehre wert,
Die seiner harrt.

COMINIUS: Die Beute stieß er weg.
Kostbare Dinge sah er an, als wär's
Gemeiner Staub und Kehricht; wen'ger nimmt er,
Als selbst der Geiz ihm gäbe. Ihm ist Lohn
Für Großtat, sie zu tun. Zufrieden ist er,
Sein Leben so zu opfern ohne Zweck.

MENENIUS: Er ist von wahrem Adel. Ruft ihn her.

ERSTER SENATOR: Ruft Coriolanus.

ERSTER RATSDIENER: Er tritt schon herein.

CORIOLANUS *kommt zurück.*

MENENIUS: Mit Freud ernennt dich, Coriolan, zum Konsul
Der sämtliche Senat.

CORIOLANUS: Stets weih ich ihm
Mein Leben, meinen Dienst.

MENENIUS: Jetzt bleibt nur noch,
Daß du das Volk anredest.

CORIOLANUS: Ich ersuch euch,
Erlaßt mir diesen Brauch; denn ich kann nicht
Das Kleid antun, entblößt stehn und sie bitten
Um ihre Stimmen meiner Wunden wegen.
Erlaubt, die Sitte zu umgehn.

SICINIUS: Das Volk, Herr,
Will sein Stimmrecht haben, läßt nicht fahren
Den kleinsten Punkt des Herkomms.

MENENIUS: Reizt es nicht.
Nein, bitte! fügt Euch dem Gebrauch und nehmt,
Wie es bisher die Konsuln all getan,
Die Würd in ihrer Form.

CORIOLANUS: 's ist eine Rolle,
Die ich errötend spiel; auch wär es gut,
Dem Volke dies zu nehmen.
BRUTUS: Hört ihr das?
CORIOLANUS: Vor ihnen prahlen: dies tat ich und das;
Geheilte Schrammen zeigen, die ich bergen sollte,
Als hätt ich sie um ihres Atems Lohn
Allein bekommen.
MENENIUS: Nein, du mußt dich fügen.
Ihr Volkstribunen, euch empfehlen wir:
Macht den Entschluß bekannt. Dem edlen Konsul
Sei alle Freud und Ehre!
SENATOREN: Den Coriolanus kröne Freud und Ehre!
Trompeten. Die Senatoren gehn.
BRUTUS: Ihr seht, wie er das Volk behandeln will.
SICINIUS: Wenn sie's nur merkten. Er wird sie ersuchen,
Als reiz es ihn zum Spott, daß sie ihm sollten
Verleihen können, was er wünscht.
BRUTUS: Sogleich
Erfahren sie, was hier geschah. Ich weiß,
Sie warten unser auf dem Markt.
Sie gehn ab.

DRITTE SZENE

Ebendaselbst. Das Forum.

Mehrere BÜRGER *treten auf.*

ERSTER BÜRGER: Ein für allemal: wenn er unsre Stimmen verlangt, können wir sie ihm nicht abschlagen.

ZWEITER BÜRGER: Wir können, Freund, wenn wir wollen.

DRITTER BÜRGER: Wir haben freilich die Gewalt; aber es ist eine Gewalt, die wir nicht Gewalt haben zu gebrauchen. Denn wenn er uns seine Wunden zeigt und seine Taten erzählt, so müssen wir unsre Zungen in diese Wunden legen und für ihn sprechen; ebenso, wenn er uns seine edlen Taten mitteilt, so müssen wir ihm unsre edle Anerkennung derselben mitteilen. Undankbarkeit ist ungeheuer; wenn die Menge nun undankbar wäre, das hieße aus der Menge ein Ungeheuer machen; wir, die wir Glieder derselben sind, würden ja dadurch Ungeheuer-Glieder werden.

ERSTER BÜRGER: Und es fehlt wenig, daß wir für nichts Besseres gehalten werden; denn dazumal, als wir wegen des Korns einen Aufstand machten, scheute er sich nicht, uns die vielköpfige Menge zu nennen.

DRITTER BÜRGER: So hat uns schon mancher genannt. Nicht weil von unsern Köpfen einige braun, einige schwarz, einige rötlich und einige kahl sind, sondern weil unser Witz so vielfarbig ist; und das glaube ich wahrhaftig, auch wenn alle unsre Witze aus einem und demselben Schädel herausgelassen würden, so flögen sie nach Ost, West, Nord und Süd; und wollte jeder seinen geraden Weg suchen, so würden sie zugleich auf allen Punkten des Kompasses sein.

ZWEITER BÜRGER: Glaubst du das? Wohin, denkst du, würde dann mein Witz fliegen?

DRITTER BÜRGER: Oh! dein Witz kann nicht so schnell heraus wie der von andern Leuten; denn er ist zu fest in einen Klotzkopf eingekeilt; aber wenn er seine Freiheit hätte, so würde er gewiß südwärts fliegen.

ZWEITER BÜRGER: Warum dahin?

DRITTER BÜRGER: Um sich in einem Nebel zu verlieren; wären nun drei Viertel davon in faulem Dunst weggeschmolzen, so würde der letzte Teil aus Gewissenhaftigkeit zurückkommen, um dir zu einer Frau zu verhelfen.

ZWEITER BÜRGER: Du hast immer deine Schwänke im Kopf. Schon gut, schon gut!

DRITTER BÜRGER: Seid ihr alle entschlossen, eure Stimmen zu geben? Aber das macht nichts; die größere Zahl setzt es durch. Ich bleibe dabei, wenn er dem Volke geneigter wäre, so gab es nie einen bessern Mann.

CORIOLANUS *und* MENENIUS *treten auf.*

Hier kommt er! und zwar in dem Gewand der Demut. Gebt acht auf sein Betragen. – Wir müssen nicht so beisammenbleiben, sondern zu ihm gehn, wo er steht, einzeln oder zu zweien und dreien. Er muß jedem besonders eine Bitte vortragen, dadurch erlangt der einzelne die Ehre, ihm seine eigne Stimme mit seiner eignen Zunge zu geben. Darum folgt mir, und ich will euch anweisen, wie ihr zu ihm gehn sollt.

ALLE: Recht so, recht so! *Ab.*

MENENIUS:

Nein, Freund, Ihr habt nicht recht. Wißt Ihr denn nicht,
Die größten Männer taten's.

CORIOLANUS: Was nur sag ich?
„Ich bitte, Herr." – Verdammt! ich kann die Zunge
In diesen Gang nicht bringen. „Seht die Wunden –
Im Dienst des Vaterlands empfing ich sie,
Als ein'ge eurer Brüder brüllend liefen
Vor unsern eignen Trommeln."

MENENIUS: Nein. – Ihr Götter!
Nicht davon müßt Ihr reden. Nein, sie bitten,
An Euch zu denken.

CORIOLANUS: An mich denken! hängt sie!
Vergäßen sie mich lieber wie die Tugend,
Umsonst von Priestern eingeschärft.

MENENIUS: Ich gehe.
Verderbt nicht alles, sprecht sie an; doch, bitt ich,
Anständ'gerweis. *Ab.*

Es kommen zwei BÜRGER.

CORIOLANUS: Heiß ihr Gesicht sie waschen
Und ihre Zähne rein'gen. Ach! da kommt so 'n Paar!
Ihr wißt den Grund, weshalb ich hier bin, Freund.

ERSTER BÜRGER: Jawohl; doch sagt, was Euch dazu gebracht?

CORIOLANUS: Mein eigner Wert.

ZWEITER BÜRGER: Euer eigner Wert?

CORIOLANUS: Ja. Nicht
Mein eigner Wunsch.

ERSTER BÜRGER: Wie! nicht Euer eigner Wunsch?

CORIOLANUS:
Nein, Freund! nie war's mein eigner Wunsch, mit Betteln
Den Armen zu beläst'gen.

ERSTER BÜRGER: Ihr müßt denken,
Wenn wir Euch etwas geben, ist's in Hoffnung,
Durch Euch auch zu gewinnen.

CORIOLANUS: Gut, sagt mir denn den Preis des Konsulats.

ERSTER BÜRGER: Der Preis ist: Freundlich drum zu bitten.

CORIOLANUS: Freundlich?
Ich bitte, gönnt mir's. Wunden kann ich zeigen,
Wenn wir allein sind – Eure Stimme, Herr!
Was sagt Ihr?

ZWEITER BÜRGER: Würd'ger Mann, Ihr sollt sie haben.

CORIOLANUS: Geschloßner Kauf!
Zwei edle Stimmen also schon erbettelt.
Eure Pfenn'ge hab ich! – Geht!

ERSTER BÜRGER: Doch das ist seltsam.

ZWEITER BÜRGER:
Müßt ich sie nochmals geben – doch meinthalb.

Sie gehen ab. Zwei andre BÜRGER *kommen.*

CORIOLANUS: Ich bitte euch nun, wenn sich's zu dem Tone eurer Stimmen paßt, daß ich Konsul werde; ich habe hier den üblichen Rock an.

DRITTER BÜRGER: Ihr habt Euch edel um Euer Vaterland verdient gemacht und habt Euch auch nicht edel verdient gemacht.

CORIOLANUS: Euer Rätsel?

DRITTER BÜRGER: Ihr waret eine Geißel für seine Feinde; Ihr waret eine Rute für seine Freunde. Ihr habt, die Wahrheit zu sagen, das gemeine Volk nicht geliebt.

CORIOLANUS: Ihr solltet mich für um so tugendhafter halten, da ich meine Liebe nicht gemein gemacht habe. Freund, ich will meinem geschwornen Bruder, dem Volk, schmeicheln, um eine beßre Meinung von ihm zu ernten; es ist ja eine Eigenschaft, die sie hoch anrechnen. Und da der Weisheit ihrer Wahl mein Hut lieber ist als mein Herz, so will ich mich auf die einschmeichelnde Verbeugung üben und mich mit ihnen abfinden auf ganz nachäffende Art. Das heißt, Freund, ich will die Bezauberungskünste irgendeines Volksfreundes nachäffen und den Verlangenden höchst freigebig mitteilen. Deshalb bitt ich euch: laßt mich Konsul werden.

VIERTER BÜRGER: Wir hoffen, uns in Euch einen Freund zu erwerben, und geben Euch darum unsre Stimmen herzlich gern.

DRITTER BÜRGER: Ihr habt auch mehrere Wunden für das Vaterland empfangen.

CORIOLANUS: Ich will eure Kenntnis nicht dadurch besiegeln, daß ich sie euch zeige. Ich will eure Stimmen sehr hochschätzen und euch nun nicht länger zur Last fallen.

BEIDE BÜRGER: Die Götter geben Euch Freude: das wünschen wir aufrichtig.

Die Bürger gehn ab.

CORIOLANUS: O süße Stimmen!
Lieber verhungert, lieber gleich gestorben
Als Lohn erbetteln, den wir erst erworben.
Warum soll hier mit Wolfsgeheul ich stehn,
Um Hinz und Kunz und jeden anzuflehn

Um nutzlos Fürwort? Weil's der Brauch verfügt.
Doch wenn sich alles vor Gebräuchen schmiegt,
Wird nie der Staub des Alters abgestreift,
Berghoher Irrtum wird so aufgehäuft,
Daß Wahrheit nie ihn überragt. Eh zahm
Noch Narr ich bin, sei aller Ehrenkram
Dem, den's gelüstet. – Halb ist's schon geschehn,
Viel überstanden, mag's nun weitergehn.

Drei andre BÜRGER *kommen.*

Mehr Stimmen noch! –
Eure Stimmen! denn für eure Stimmen focht ich,
Für eure Stimmen wacht ich, für eure Stimmen
Hab ich zwei Dutzend Narben; achtzehn Schlachten
Hab ich gesehn, gehört; für eure Stimmen
Getan sehr vieles, minder, mehr. Eure Stimmen!
Gewiß, gern wär ich Konsul.

FÜNFTER BÜRGER: Er hat edel gehandelt, und kein redlicher Mann kann ihm seine Stimme versagen.

SECHSTER BÜRGER: Darum laßt ihn Konsul werden. Die Götter verleihen ihm Glück und machen ihn zum Freund des Volkes.

ALLE: Amen, amen!
Gott schütz dich, edler Konsul!

CORIOLANUS: Würd'ge Stimmen!

Die Bürger gehn ab. MENENIUS, SICINIUS *und* BRUTUS *treten auf.*

MENENIUS: Ihr gnügtet jetzt der Vorschrift. Die Tribunen
Erhöhen Euch durch Volkesstimm, es bleibt nur,
Daß im Gewand der Würde Ihr alsbald
Nun den Senat besucht.

CORIOLANUS: Ist dies nun aus?

SICINIUS: Genügt habt Ihr dem Brauche des Ersuchens;
Das Volk gibt Euch sein Ja und wird sogleich
Sich dort versammeln, wo man Euch bestätigt.

CORIOLANUS: Wo? im Senat?

SICINIUS: Ja, Coriolanus, dort.

CORIOLANUS: Darf ich die Kleider wechseln?

SICINIUS: Ja, Ihr dürft es.

CORIOLANUS: Das will ich gleich; und, kenn ich selbst mich wieder,
Mich zum Senat verfügen.

MENENIUS: Ich geh mit Euch. Wollt ihr uns nicht begleiten?

BRUTUS: Wir harren hier des Volks.

SICINIUS: Gehabt euch wohl!

Coriolanus und Menenius gehn ab.

Er hat's nun, und mich dünkt, sein Blick verriet,
Wie's ihm am Herzen liegt.

BRUTUS: Mit stolzem Herzen trug er
Der Demut Kleid. Wollt Ihr das Volk entlassen?

Die BÜRGER *kommen zurück.*

SICINIUS: Nun, Freunde, habt ihr diesen Mann erwählt?

ERSTER BÜRGER: Ja, unsre Stimmen hat er.

BRUTUS: Die Götter machen wert ihn eurer Liebe.

ZWEITER BÜRGER:
Amlen! Nach meiner armen, schwachen Einsicht
Veracht' er uns, um unsre Stimmen bittend.

DRITTER BÜRGER: Gewiß, er höhnt' uns gradezu.

ERSTER BÜRGER: Nein, das ist seine Art; er höhnt' uns nicht.

ZWEITER BÜRGER: Du bist der einz'ge, welcher sagt, er habe
Uns schmählich nicht behandelt; zeigen sollt er
Die Ehrenmal', fürs Vaterland die Wunden.

SICINIUS: Nun, und das tat er doch?

MEHRERE BÜRGER: Nein, keiner sah sie.

DRITTER BÜRGER: Er habe Wunden, insgeheim zu zeigen,
Sprach er, und so den Hut verächtlich schwenkend:
„Ich möchte Konsul sein; doch alter Brauch
Erlaubt es nicht als nur durch eure Stimmen.
Drum eure Stimmen." Als wir eingewilligt,
Da hieß es: „Dank für eure Stimmen, dank euch.
O süße Stimmen! nun ihr gabt die Stimmen,
Stör ich euch länger nicht." War das kein Hohn?

SICINIUS: Ihr waret blöde, scheint's, dies nicht zu sehn;
Und, saht ihr's, allzu kindisch, freundlich doch
Die Stimmen ihm zu leihn.

BRUTUS: Was? spracht ihr nicht
Nach Anweisung? Als er noch ohne Macht
Und nur des Vaterlands geringer Diener,
Da war er euer Feind, sprach stets der Freiheit
Entgegen und den Rechten, die ihr habt
Im Körper unsers Staats; und nun erhoben
Zu mächt'gem Einfluß und Regierung selbst –
Wenn er auch da mit bösem Sinn verharrt,
Feind der Plebejer, könnten eure Stimmen
Zum Fluch euch werden. Konntet ihr nicht sagen:

Gebühr auch seinem edlen Tun nichts Mindres,
Als was er suche, mög er doch mit Huld,
Zum Lohn für eure Stimmen, euer denken,
Verwandelnd seinen Haß für euch in Liebe,
Euch Freund und Gönner sein?

SICINIUS: Spracht ihr nun so,
Wie man euch riet, so ward sein Geist erregt,
Sein Sinn geprüft; so ward ihm abgelockt
Ein gütiges Versprechen, woran ihr,
Wenn Ursach sich ergab, ihn mahnen konntet.
Wo nicht, so ward sein trotzig Herz erbittert,
Das keinem Punkt sich leicht bequemt, der irgend
Ihn binden kann; so, wenn in Wut gebracht,
Nahmt ihr den Vorteil seines Zornes wahr,
Und er blieb unerwählt.

BRUTUS: Bemerktet ihr,
Wie er euch frech verhöhnt', indem er bat,
Da eure Lieb er brauchte? Wie – und glaubt ihr,
Es wird euch nicht sein Hohn zermalmend treffen,
Wenn ihm die Macht ward? War in all den Körpern
Denn nicht ein Herz? Habt ihr nur deshalb Zungen,
Weisheit, Vernunft zu überschrein?

SICINIUS: Habt ihr
Nicht Bitten sonst versagt? und jetzo ihm,
Der euch nicht bat, nein, höhnte, wollt ihr schenken
Die Stimmen, die sonst jeder ehrt?

DRITTER BÜRGER:
Noch ward er nicht ernannt, wir können's weigern.

ZWEITER BÜRGER: Und wollen's weigern.
Fünfhundert Stimmen schaff ich von dem Klang.

ERSTER BÜRGER:
Ich doppelt das und ihre Freund' als Zutat.

BRUTUS: So macht euch eilig fort! Sagt diesen Freunden,
Sie wählten einen Konsul, der der Freiheit
Sie wird berauben und so stimmlos machen
Wie Hunde, die man für ihr Kläffen schlägt
Und doch zum Kläffen hält.

SICINIUS: Versammelt sie
Und widerruft nach reiferm Urteil alle
Die übereilte Wahl. Denkt seines Stolzes
Wie seines alten Grolls auf euch. Vergeßt nicht,

Wie er mit Hoffart trug der Demut Kleid,
Wie flehend er euch höhnt'. Nur eure Liebe,
Gedenkend seiner Dienste, hindert' euch,
Zu sehn, wie sein Benehmen jetzt erschien,
Das achtungslos und spöttisch er gestaltet,
Nach eingefleischtem Haß.

BRUTUS: Legt alle Schuld
Uns, den Tribunen, bei und sprecht: wir drängten
Euch, keines Einwurfs achtend, so, daß ihr
Ihn wählen mußtet.

SICINIUS: Sagt, ihr stimmtet bei
Mehr, weil wir's euch befohlen, als geleitet
Von eigner, wahrer Lieb; und eur Gemüt
Erfüllt von dem mehr, was ihr solltet tun,
Als was ihr wolltet, gabt ihr eure Stimmen
Ganz gegen euern Sinn. Gebt uns die Schuld.

BRUTUS: Ja, schont uns nicht; sagt, daß wir euch gepredigt,
Wie jung er schon dem Vaterland gedient,
Wie lang seitdem; aus welchem Stamm er sproßt,
Dem edlen Haus der Marcier; daher kam
Auch Ancus Marcius, Numas Tochtersohn,
Der nach Hostilius hier als König herrschte;
Das Haus gab uns auch Publius und Quintus,
Die uns durch Röhren gutes Wasser schafften;
Auch Censorinus, er, des Volkes Liebling,
Den, zweimal Censor, dieser Name schmückte,
Der war sein großer Ahn.

SICINIUS: Ein so Entsproßner,
Der außerdem durch eignen Wert verdiente
Den hohen Platz; wir schärften stets euch ein,
Sein zu gedenken; doch da ihr erwägt
(Messend sein jetz'ges Tun mit dem vergangnen),
Er werd euch ewig Feind sein, widerruft ihr
Den übereilten Schluß.

BRUTUS: Sagt, nimmer wär's geschehn
(Darauf kommt stets zurück) ohn unsern Antrieb.
Und eilt, wenn ihr die Stimmenzahl gezogen,
Aufs Kapitol.

MEHRERE BÜRGER: Das wolln wir. Alle fast
Bereun schon ihre Wahl.

Die Bürger gehn.

BRUTUS: So geh's nun fort;
Denn besser ist's, den Aufstand jetzt zu wagen,
Der später noch gefährlicher sich zeigte.
Wenn er, nach seiner Art, in Wut gerät
Durch ihr Verweigern, so bemerkt und nützt
Den Vorteil seines Zorns.
SICINIUS: Zum Kapitol!
Kommt, laßt uns dort sein vor dem Strom des Volks;
Dies soll, wie's gleichsam ist, ihr Wille scheinen,
Was unser Treiben war.
Sie gehn ab.

DRITTER AUFZUG

Erste Szene

Rom. Eine Straße.

Hörner. Es treten auf Coriolanus, Menenius, Cominius, Titus Lartius, Senatoren *und* Patrizier.

CORIOLANUS: Tullus Aufidius drohte denn von neuem?
TITUS: Er tat's; und das war auch die Ursach, schneller
Den Frieden abzuschließen.
CORIOLANUS: So stehn die Volsker, wie sie früher standen:
Bereit, wenn sich der Anlaß beut, uns wieder
Zu überziehn.
COMINIUS: Sie sind so matt, o Konsul,
Daß wir wohl kaum in unserm Lebensalter
Ihr Banner fliegen sehn.
CORIOLANUS: Saht Ihr Aufidius?
TITUS: Ich gab ihm Sicherheit; er kam und fluchte
Ergrimmt den Volskern, die so niederträchtig
Die Stadt geräumt. Er lebt in Antium jetzt.
CORIOLANUS: Sprach er von mir?
TITUS: Das tat er, Freund.
CORIOLANUS: Wie? was?
TITUS: Wie oft er, Schwert an Schwert, Euch angerannt;
Daß er von allen Dingen auf der Welt
Euch haß zumeist; sein Gut woll er verpfänden
Ohn Hoffnung des Ersatzes, könn er nur
Eur Sieger heißen.

CORIOLANUS: Dort in Antium lebt er?
TITUS: In Antium.
CORIOLANUS: Oh! hätt ich Ursach, dort ihn aufzusuchen,
Zu trotzen seinem Haß! Willkommen hier.

SICINIUS *und* BRUTUS *treten auf.*

Ha! seht, das da sind unsre Volkstribunen,
Zungen des großen Mundes; mir verächtlich,
Weil sie mit ihrer Amtsgewalt sich brüsten,
Mehr, als der Adel dulden kann.
SICINIUS: Nicht weiter!
CORIOLANUS: Ha! was ist das?
BRUTUS: Es ist gefährlich, geht Ihr. –
Zurück!
CORIOLANUS: Woher der Wechsel?
MENENIUS: Was geschah?
COMINIUS: Ward er vom Adel nicht und Volk bestätigt?
BRUTUS: Cominius, nein.
CORIOLANUS: Hatt ich von Kindern Stimmen?
ERSTER SENATOR:
Macht Platz, Tribunen, er soll auf den Markt.
BRUTUS: Das Volk ist gegen ihn empört.
SICINIUS: Halt ein!
Sonst Unheil überall.
CORIOLANUS: Dies eure Herde?
Die müssen Stimmen haben, jetzt zum Ja
Und gleich zum Nein? – Und ihr, was schafft denn ihr?
Seid ihr das Maul, regiert nicht ihre Zähne?
Habt ihr sie nicht gehetzt?
MENENIUS: Seid ruhig, ruhig!
CORIOLANUS: Das ist nur ein Komplott und abgekartet,
Um die Gewalt des Adels zu zerbrechen.
Duldet's – und lebt mit Volk, das nicht kann herrschen
Und nicht beherrscht sein.
BRUTUS: Nennt es nicht Komplott.
Das Volk schreit, Ihr verhöhntet es, und damals,
Als Korn umsonst verteilt ward, murrtet Ihr,
Schmähtet die Volkesfreunde, schaltet sie
Des Adels Feinde, Schmeichler, Zeitendiener.
CORIOLANUS: Nun, dies war längst bekannt.
BRUTUS: Allein nicht allen.
CORIOLANUS: Gabt Ihr die Weisung ihnen jetzt.

BRUTUS: Ich, Weisung?
CORIOLANUS: Solch Tun sieht Euch schon ähnlich.
BRUTUS: Nicht unähnlich,
Und jedenfalls doch besser als das Eure.
CORIOLANUS: Warum denn ward ich Konsul? Ha! beim Himmel!
Nichtswürdig will ich sein wie ihr, dann macht mich
Zu euerm Mittribun.
SICINIUS: Zu viel schon tut Ihr
Zur Aufreizung des Volks. Wollt Ihr die Bahn,
Die Ihr begannt, vollenden, sucht den Weg,
Den Ihr verloren habt, mit sanfterm Geist.
Sonst könnt Ihr nimmermehr als Konsul herrschen
Noch als Tribun zur Seit ihm stehn.
MENENIUS: Seid ruhig!
COMINIUS: Das Volk ward aufgehetzt. Fort! – solche Falschheit
Ziemt Römern nicht. Verdient hat Coriolan
Nicht, daß man ehrlos diesen Stein ihm lege
In seine Ehrenbahn.
CORIOLANUS: Vom Korn mir sprechen?
Dies war mein Wort, und ich will's wiederholen.
MENENIUS: Nicht jetzt, nicht jetzt!
ERSTER SENATOR: Nicht jetzt in dieser Hitze.
CORIOLANUS: Bei meinem Leben! jetzt laßt mich gewähren,
Ihr Freunde! Ihr vom Adel!
Fest schau die schmutz'ge, wankelmüt'ge Menge
Mich an, der ich nicht schmeichle, und bespiegle
Sich selbst in mir. – Ich sag es wiederum:
Wir ziehn, sie hätschelnd, gegen den Senat
Unkraut der Rebellion, Frechheit, Empörung,
Wofür wir selbst gepflügt, den Samen streuten,
Da wir mit uns, der edlern Zahl, sie mengten,
Die keine andre Macht und Tugend missen,
Als die sie selbst an Bettler weggeschenkt.
MENENIUS: Nun gut, nichts mehr!
ERSTER SENATOR: Kein Wort mehr, laßt Euch bitten.
CORIOLANUS: Wie! nicht mehr?
Hab ich mein Blut fürs Vaterland vergossen,
Furchtlos dem fremden Dräun, so soll die Brust
Laut schelten, bis sie bricht, Aussätz'ge schmähend,
Vor deren Pest uns graut, und streben doch,
Von ihnen angesteckt zu sein.

BRUTUS: Ihr sprecht vom Volk,
Als wäret Ihr ein Gott, gesandt zu strafen,
Und nicht ein Mensch, so schwach wie sie.
SICINIUS: Gut wär es,
Wir sagten dies dem Volk.
MENENIUS: Wie! seinen Zorn?
CORIOLANUS: Zorn!
Wär ich so sanft wie mitternächt'ger Schlaf,
Beim Jupiter! dies wäre meine Meinung.
SICINIUS: Und diese Meinung
Soll bleiben in sich selbst verschloßnes Gift,
Nicht andre mehr vergiften noch.
CORIOLANUS: Soll bleiben?
Hört ihr der Gründlinge Triton? bemerkt ihr
Sein herrschend Soll?
COMINIUS: 's war ungesetzlich.
CORIOLANUS: „Soll!"
Du guter, aber höchst unkluger Adel!
Ehrbare, doch sorglose Senatoren!
Wie gebt ihr so der Hydra nach, zu wählen
Den Diener, der mit eigenmächt'gem Soll
(Er nur Trompet und Klang des Ungeheuers)
Frech euern Strom in sumpf'gen Teich will leiten
Und eure Macht auf sich. – Hat er Gewalt,
Neigt euch als blödgesinnt; wenn keine, weckt
Die Langmut, die Gefahr bringt. Seid ihr weise,
Gleicht nicht gemeinen Toren! Seid ihr's nicht,
Legt ihnen Polster hin! – Ihr seid Plebejer,
Wenn Senatoren sie; sie sind nichts Mindres,
Wenn durch der Stimmen Mischung nur nach ihnen
Das Ganze schmeckt. Sie wählten sich Beamte –
Und diesen, der sein Soll entgegensetzt,
Sein pöbelhaftes Soll, weit würd'germ Rat,
Als Griechenland nur je verehrt. Beim Zeus!
Beschimpft wird so der Konsul, und mein Herz weint
Zu sehn, wie, wenn zwei Mächte sich erheben
Und keine herrscht, Verderben ungesäumt
Dringt in die Lücke zwischen beid und stürzt
Die eine durch die andre.
COMINIUS: Gut, zum Marktplatz!
CORIOLANUS: Wer immer riet, das Korn der Vorratshäuser

Zu geben unentgeltlich, wie's gebräuchlich
Manchmal in Griechenland –

MENENIUS: Genug! nicht weiter.

CORIOLANUS: – Obgleich das Volk dort freire Macht besaß –,
Der, sag ich, nährt Empörung, führt herbei
Den Untergang des Staats.

BRUTUS: Wie kann das Volk
Dem seine Stimme geben, der so spricht?

CORIOLANUS: Ich geb euch Gründe,
Mehr wert als ihre Stimmen: Korn, sie wissen's,
War nicht von uns ein Dank; sie waren sicher,
Sie taten nichts dafür; zum Krieg geworben,
Als selbst des Vaterlandes Herz erkrankte,
Da wollte keiner aus dem Tor: der Eifer
Verdient nicht Korn umsonst; hernach im Krieg
Ihr Meutern und Empören, ihres Mutes
Erhabne Proben, sprachen schlecht ihr Lob. –
Die Klage,
Womit sie oftmals den Senat beschuldigt,
Aus ungebornem Grund, kann nie erzeugen
Ein Recht auf freie Schenkung. Nun – was weiter?
Wie mag so vielgeteilter Schlund verdaun
Die Güte des Senats? Die Taten sprechen,
Was Worte sagen möchten: „Wir verlangten's,
Wir sind der größre Hauf; und sie, recht furchtsam,
Sie gaben, was wir heischten." – So erniedern
Wir unser hohes Amt, sind schuld, daß Pöbel
Furcht unsre Sorgfalt schilt. Dies bricht dereinst
Die Schranken des Senats und läßt die Krähen
Hinein, daß sie die Adler hacken.

MENENIUS: Kommt! Genug.

BRUTUS: Genug im Übermaß.

CORIOLANUS: Nein! nehmt noch mehr:
Was nur den Schwur, sei's göttlich, menschlich, heiligt,
Besiegle meinen Schluß. Die Doppelherrschaft,
Wo dieser Teil mit Grund verachtet, jener
Den andern grundlos schmäht, wo Adel, Macht und Weisheit
Nichts tun kann ohne jenes Ja und Nein
Des großen Unverstands – dies muß versäumen,
Was wahrhaft nötig ist, um Raum zu geben
Haltloser Schwäche; ist das Ziel versperrt,

Folgt nun, es kann nichts Richtiges geschehn.
Darum beschwör ich euch!
Ihr, die ihr wen'ger zaghaft seid als weise,
Die ihr mehr liebt des Staates feste Gründung
Als Ändrung scheut, die höher stets geachtet
Ein edles Leben als ein langes, die
Nicht fürchten, durch gewagte Kur zu retten
Den Leib vom sichern Tod: Mit eins reißt aus
Die vielgespaltne Zung, laßt sie nicht lecken
Dies Süß, das ihnen Gift ist. Eur' Entehrung
Verstümmelt Weisheit, Recht und raubt dem Staat
Die Lauterkeit, die ihn verklären sollte;
So daß ihm Macht fehlt, Gutes, das er möchte,
Zu tun, weil ihn das Böse stets verhindert.

BRUTUS: Er sprach genug.

SICINIUS: Er sprach als Hochverräter
Und soll es büßen, wie's Verrätern ziemt.

CORIOLANUS: Elender du! Schmach sei dein Grab! Was soll das [Volk,
Was soll's mit den kahlköpfigen Tribunen?
Anhangend ihnen, weigert's den Gehorsam
Der höhern Obrigkeit. In einem Aufruhr,
Da nicht das Recht, nein, da die Not Gesetz war,
Da wurden sie gewählt. – Zu beßrer Zeit
Sagt von dem Recht nun kühn: Dies ist das Recht,
Und schleudert in den Staub hin ihre Macht.

BRUTUS: Offner Verrat!

SICINIUS: Der da ein Konsul? Nein.

BRUTUS: He! die Ädilen her! laßt ihn verhaften.

SICINIUS: Geht, ruft das Volk.

Brutus geht ab.

Ich selbst, in seinem Namen,
Ergreife dich als Neurer und Empörer
Und Feind des Staats. – Folg, ich befehl es dir,
Um Rechenschaft zu stehn.

CORIOLANUS: Fort, alter Bock!

SENATOREN *und* PATRIZIER: Wir schützen ihn.

MENENIUS: Die Hand weg, alter Mann!

CORIOLANUS: Fort, morsches Ding, sonst schüttl ich deine [Knochen
Dir aus den Kleidern.

SICINIUS: Helft! ihr Bürger, helft!

BRUTUS *kommt zurück mit den* ÄDILEN *und einer Schar* BÜRGER.

MENENIUS: Mehr Achtung beiderseits.
SICINIUS: Hier ist er, welcher euch
Ganz machtlos machen will.
BRUTUS: Greift ihn, Ädilen!
DIE BÜRGER: Nieder mit ihm! zu Boden!
Geschrei von allen Seiten.
ZWEITER SENATOR: Waffen! Waffen!
Alle drängen sich um Coriolanus.
ALLE: Tribunen! Edle! Bürger! Haltet! Ha!
Sicinius! Brutus! Coriolanus! Bürger!
PATRIZIER: Den Frieden haltet! Frieden! Haltet alle!
MENENIUS: Was wird draus werden? Ich bin außer Atem,
Es droht uns Untergang! Ich kann nicht, sprecht,
Tribunen, ihr zum Volk. Coriolanus, ruhig!
Sprich, Freund Sicinius.
SICINIUS: Hört mich, Bürger. Ruhig!
DIE BÜRGER: Hört den Tribun. Still! Rede, rede, rede!
SICINIUS: Ihr seid daran die Freiheit zu verlieren.
Marcius will alles von euch nehmen, Marcius,
Den eben ihr zum Konsul wähltet.
MENENIUS: Pfui!
Dies ist der Weg zu zünden, nicht, zu löschen.
ERSTER SENATOR: Die Stadt zu schleifen, alles zu zerstören.
SICINIUS: Was ist die Stadt wohl als das Volk?
DIE BÜRGER: Ganz recht!
Das Volk nur ist die Stadt.
BRUTUS: Durch aller Einstimmung sind wir erwählt
Als Obrigkeit des Volks.
DIE BÜRGER: Und sollt es bleiben.
MENENIUS: Ja, so sieht's aus.
COMINIUS: Dies ist der Weg, um alles zu zerstören,
Das Dach zu stürzen auf das Fundament
Und zu begraben jede Rangordnung
In Trümmerhaufen!
SICINIUS: Dies verdient den Tod!
BRUTUS: Jetzt gilt's, daß unser Ansehn wir behaupten
Oder verlieren. Wir erklären hier
Im Namen dieses Volks, durch dessen Macht
Wir sind erwählt für sie: Marcius verdient
Sogleich den Tod.
SICINIUS: Deshalb legt Hand an ihn,

Bringt zum Tarpej'schen Felsen und von dort
Stürzt in Vernichtung ihn.

BRUTUS: Ädilen, greift ihn!

DIE BÜRGER: Ergib dich, Marcius!

MENENIUS: Hört ein einzig Wort!
Tribunen, hört! ich bitt euch, nur ein Wort.

ÄDILEN: Still, still!

MENENIUS: Seid, was ihr scheint, Freunde des Vaterlands.
Ergreift mit weiser Mäß'gung, was gewaltsam
Ihr herzustellen strebt.

BRUTUS: Die kalten Mittel,
Sie scheinen kluge Hilf und sind nur Gift,
Wenn so die Krankheit rast. Legt Hand an ihn!
Und schleppt ihn auf den Fels.

CORIOLANUS: Nein, gleich hier sterb ich.

Er zieht sein Schwert.

Es sah wohl mancher unter euch mich kämpfen;
Kommt und versucht nun selbst, was ihr nur saht.

MENENIUS: Fort mit dem Schwert! Tribunen, steht zurück!

BRUTUS: Legt Hand an ihn!

MENENIUS: Helft! helft dem Marcius! helft!
Ihr hier vom Adel, helft ihm, jung und alt.

DIE BÜRGER: Nieder mit ihm! Nieder mit ihm!

Handgemenge; die Tribunen, die Ädilen und das Volk werden hinausgetrieben.

MENENIUS: Geh! fort, nach deinem Haus! enteile schnell!
Zugrund geht alles sonst.

ZWEITER SENATOR: Fort!

CORIOLANUS: Haltet stand!
Wir haben ebensoviel Freund' wie Feinde.

MENENIUS: Soll's dahin kommen?

ERSTER SENATOR: Das verhütet, Götter!
Mein edler Freund, ich bitte, geh nach Haus.
Laß uns den Schaden heilen.

MENENIUS: Du kannst nicht
Die eigne Wunde prüfen. Fort, ich bitte.

COMINIUS: Freund, geh hinweg mit uns.

CORIOLANUS: Oh! wären sie Barbaren – und sie sind's,
Obwohl Roms Brut –, nicht Römer! – und sie sind's nicht,
Obwohl geworfen vor dem Kapitol.

MENENIUS: Komm!

Nimm deinen edlen Zorn nicht auf die Zunge;
Einst kommt uns beßre Zeit.
CORIOLANUS: Auf ebnem Boden
Schlüg ich wohl ihrer vierzig.
MENENIUS: Ich auch nehm es
Mit zwei der Besten auf, ja den Tribunen.
COMINIUS: Doch hier ist Übermacht nicht zu berechnen;
Und Mannheit wird zur Torheit, stemmt sie sich
Entgegen stürzendem Gebäu. Entfernt Euch,
Eh dieser Schwarm zurückkehrt, dessen Wut
Rast wie gehemmter Strom und übersteigt,
Was sonst ihn niederhielt.
MENENIUS: Ich bitte, geh!
So seh ich, ob mein alter Witz noch anschlägt
Bei Leuten, die nur wenig haben. Flicken
Muß man den Riß mit Lappen jeder Farbe.
CORIOLANUS: Nun komm!
Coriolanus, Cominius und andere gehn ab.
ERSTER PATRIZIER: Der Mann hat ganz sein Glück zerstört.
MENENIUS: Sein Sinn ist viel zu edel für die Welt.
Er kann Neptun nicht um den Dreizack schmeicheln,
Nicht Zeus um seine Donner: Mund und Herz ist eins.
Was seine Brust nur schafft, kommt auf die Zunge,
Und ist er zornig, so vergißt er gleich,
Daß man den Tod je nannte.
Geräusch hinter der Szene.
Ein schöner Lärm.
ZWEITER PATRIZIER: Oh! wären sie im Bett!
MENENIUS: Wären sie in dem Tiber! Was, zum Henker,
Konnt er nicht freundlich sprechen!
BRUTUS, SICINIUS, BÜRGER *kommen zurück.*
SICINIUS: Wo ist die Viper,
Die unsre Stadt entvölkern möcht, um alles
In allem drin zu sein?
MENENIUS: Würd'ge Tribunen –
SICINIUS: Wir stürzen ihn von dem Tarpej'schen Fels
Mit strenger Hand; er trotzet dem Gesetz,
Drum weigert das Gesetz ihm das Verhör;
Die Macht der bürgerlichen Strenge fühl er,
Die ihm so nichtig dünkt.
ERSTER BÜRGER: Er soll erfahren,

Des Volkes edler Mund sind die Tribunen,
Wir seine Hand.
MEHRERE BÜRGER: Er soll! er soll!
MENENIUS: Freund –
SICINIUS: Still!
MENENIUS: Schreit nicht Vertilgung, wo ein mäß'ges Jagen
Zum Ziel euch führen mag.
SICINIUS: Wie kommt's, daß Ihr
Ihm halft, sich fortzumachen?
MENENIUS: Hört mich an:
Wie ich den Wert des Konsuls kenne, kann ich
Auch seine Fehler nennen.
SICINIUS: Konsul? welcher Konsul?
MENENIUS: Der Konsul Coriolan.
BRUTUS: Er Konsul?
DIE BÜRGER: Nein, nein, nein, nein, nein!
MENENIUS: Vergönnt, ihr gutes Volk, und ihr, Tribunen,
Gehör, so möcht ich ein, zwei Worte sagen,
Die euch kein weitres Opfer kosten sollen
Als diese kurze Zeit.
SICINIUS: So faßt Euch kurz,
Denn wir sind fest entschlossen, abzutun
Den gift'gen Staatsverräter; ihn verbannen
Läßt die Gefahr bestehn; ihn hier behalten
Ist sichrer Tod. Drum wird ihm zuerkannt:
Er stirbt noch heut.
MENENIUS: Verhüten das die Götter!
Soll unser hohes Rom, des Dankbarkeit
Für die verdienten Kinder steht verzeichnet
In Jovis Buch, entmenscht, verworfne Mutter,
Den eignen Sohn verschlingen?
SICINIUS: Ein Schad ist er, muß ausgeschnitten werden.
MENENIUS: Ein Glied ist er, das einen Schaden hat,
Es abzuschneiden tödlich, leicht zu heilen.
Was tat er Rom, wofür er Tod verdiente?
Weil er die Feind' erschlug? Sein Blut, vergossen
(Und das, ich schwör's, ist mehr, als er noch hat,
Um manchen Tropfen), floß nur für sein Land;
Wird, was ihm bleibt, vergossen durch sein Land,
Das wär uns allen, die es tun und dulden,
Ein ew'ges Brandmal.

SICINIUS: Das ist nur Gewäsch.
BRUTUS: Gänzlich verkehrt! Als er sein Land geliebt,
Ehrt' es ihn auch.
MENENIUS: Hat uns der Fuß gedient
Und wird vom Krebs geschädigt, denken wir
Nicht mehr der vor'gen Dienste?
BRUTUS: Schweigt nur still.
Zu seinem Hause hin! reißt ihn heraus,
Damit die Ansteckung von gift'ger Art
Nicht weiter fort sich zünde.
MENENIUS: Nur ein Wort.
So tigerfüß'ge Wut, sieht sie das Elend
Der ungehemmten Eile, legt zu spät
Blei an die Sohlen. – Drum verfahrt nach Recht,
Daß nicht, da es beliebt, Partein sich rotten
Und unser hohes Rom durch Römer falle.
BRUTUS: Wenn das geschäh –
SICINIUS: Was schwatzt Ihr da?
Wie er Gesetz verhöhnte, sahn wir ja.
Ädilen schlagen! Trotz uns bieten! Kommt!
MENENIUS: Erwägt nur dies: Er ist im Krieg erwachsen;
Seit er ein Schwert mocht heben, lernt' er fein
Gesiebte Sprache nicht, wirft Mehl und Kleie
Nun im Gemengsel aus. Bewilligt mir,
Ich geh zu ihm und bring ihn friedlich her,
Wo nach der Form des Rechts er Rede steht
Auf seine äußerste Gefahr.
ERSTER SENATOR: Tribunen,
Die Weis ist menschlich; allzu blutig würde
Der andre Weg und im Beginnen nicht
Der Ausgang zu erkennen.
SICINIUS: Edler Menenius,
So handelt Ihr denn als des Volks Beamter –
Ihr Leute, legt die Waffen ab.
BRUTUS: Geht nicht nach Haus.
SICINIUS: Hin auf den Markt, dort treffen wir Euch wieder,
Und bringt Ihr Marcius nicht, so gehn wir weiter
Auf unserm ersten Weg. *Ab.*
MENENIUS: Ich bring ihn euch.
Zu den Senatoren:
Geht mit mir, ich ersuch euch. Er muß kommen,

Sonst folgt das Schlimmste.
ERSTER SENATOR: Laßt uns zu ihm gehn.
Alle ab.

ZWEITE SZENE

Ebendaselbst. Ein Zimmer im Haus des Coriolanus.

CORIOLANUS *tritt auf mit einigen* PATRIZIERN.

CORIOLANUS: Laßt sie mir um die Ohren alles werfen;
Mir drohn mit Tod durch Rad, durch wilde Rosse;
Zehn Berg auf den Tarpej'schen Felsen türmen,
Daß sich der Absturz tiefer reißt, als je
Das Auge sieht; doch bleib ich ihnen stets
Also gesinnt.
ERSTER PATRIZIER: Ihr handelt um so edler.
VOLUMNIA *tritt auf.*
CORIOLANUS: Mich wundert, wie die Mutter
Mein Tun nicht billigt, die doch lump'ge Sklaven
Sie stets genannt; Geschöpfe, nur gemacht,
Daß sie mit Pfenn'gen schachern; barhaupt stehn
In der Versammlung, gähnen, staunen, schweigen,
Wenn einer meines Ranges sich erhebt,
Redend von Fried und Krieg.
Zu Volumnia: Ich sprach von Euch.
Weshalb wünscht Ihr mich milder? Soll ich falsch sein
Der eignen Seele? Lieber sagt, ich spiele
Den Mann nur, der ich bin.
VOLUMNIA: Oh! Sohn, Sohn, Sohn!
Hättst deine Macht du doch erst angelegt,
Eh du sie abgenutzt.
CORIOLANUS: Sie fahre hin!
VOLUMNIA: Du könntest mehr der Mann sein, der du bist,
Wenn du es wen'ger zeigtest; schwächer waren
Sie deinem Sinn entgegen, hehltest du
Nur etwas mehr, wie du gesinnt, bis ihnen
Die Macht gebrach, um dich zu hindern.
CORIOLANUS: Hängt sie!
VOLUMNIA: Ja, und verbrennt sie!

MENENIUS *kommt mit* SENATOREN.

MENENIUS: Kommt, kommt! Ihr wart zu rauh, etwas zu rauh.
Ihr müßt zurück, es bessern.

ERSTER SENATOR: Da hilft nichts.
Denn tut Ihr dieses nicht, reißt auseinander
Die Stadt und geht zugrund.

VOLUMNIA: Oh! laß dir raten.
Ich hab ein Herz, unbeugsam wie das deine,
Doch auch ein Hirn, das meines Zornes Ausbruch
Zu besserm Vorteil lenkt.

MENENIUS: Recht, edle Frau.
Denn sollt er so sein Herz zerdrücken, wenn's nicht
Die Fieberwut der Zeit als Mittel heischte
Dem ganzen Staat, schnallt ich die Rüstung um,
Die ich kaum tragen kann.

CORIOLANUS: Was muß ich tun?

MENENIUS: Zu den Tribunen kehren.

CORIOLANUS: Was weiter denn?

MENENIUS: Bereun, was Ihr gesprochen.

CORIOLANUS: Um ihretwillen?
Nicht kann ich's um der Götter willen tun;
Muß ich's denn ihretwillen tun?

VOLUMNIA: Du bist zu herrisch.
Magst du auch hierin nie zu edel sein,
Gebietet Not doch auch. – Du selbst oft sagtest:
Im Kriege gehen Ehr und List zusammen
Wie untrennbare Freunde. Ist dies, so sprich,
Wie sie im Frieden wohl sich schaden können,
Daß sie in ihm sich trennen?

CORIOLANUS: Pah!

MENENIUS: Gut gefragt.

VOLUMNIA: Bringt es im Krieg dir Ehre, der zu scheinen,
Der du nicht bist – und großer Zwecke halber
Gebraucht ihr diese Politik –, entehrt's nun,
Daß sie im Frieden soll Gemeinschaft halten
Mit Ehre, wie im Krieg, da sie doch beiden
Gleich unentbehrlich ist?

CORIOLANUS: Was drängst du so?

VOLUMNIA: Weil jetzt dir obliegt, zu dem Volk zu reden,
Nicht nach des eignen Sinnes Unterweisung
Noch in der Art, wie dir dein Herz befiehlt;

Mit Worten nur, die auf der Zunge wachsen,
Bastardgeburten, Lauten nur und Silben,
Die nicht des Herzens Wahrheit sind verpflichtet.
Dies, wahrlich, kann so wenig dich entehren,
Wie eine Stadt durch sanftes Wort erobern,
Wo sonst dein Volk entscheiden müßt und Wagnis
Von vielem Blutvergießen. –
Ich wollte meine Art und Weise bergen,
Wenn Freund' und Glück es in Gefahr verlangten,
Und blieb' in Ehr. – Ich steh hier auf dem Spiel,
Dein Weib, dein Sohn, die Edlen, der Senat,
Und du willst lieber unserm Pöbel zeigen,
Wie du kannst finster sehn, als einmal lächeln,
Um ihre Gunst zu erben und zu schützen,
Was ohne sie zugrund geht.

MENENIUS: Edle Frau!
Kommt, geht mit uns, sprecht freundlich und errettet
Nicht nur, was jetzt gefährdet, nein, was schon
Verloren war.

VOLUMNIA: Ich bitte dich, mein Sohn,
Geh hin, mit dieser Mütz in deiner Hand,
So streck sie aus, tritt nah an sie heran,
Dein Knie berühr die Stein; in solchem Tun ist
Gebärd ein Redner und der Einfalt Auge
Gelehrter als ihr Ohr. Den Kopf so wiegend
Und oft auch so dein stolzes Herz bestrafend,
Sei sanft, so wie die Maulbeer überreif,
Die jedem Drucke weicht. Dann sprich zu ihnen:
Du seist ihr Krieger, im Gelärm erwachsen,
Habst nicht die sanfte Art, die, wie du einsähst,
Dir nötig sei, die sie begehren dürften,
Würbst du um ihre Gunst; doch wolltst du sicher
Dich künftig wandeln zu dem Ihrigen,
Soweit Natur und Kraft in dir nur reichten.

MENENIUS: Das nur getan,
So wie sie sagt, sind alle Herzen dein,
Denn sie verzeihn so leicht, wenn du sie bittest,
Als sonst sie müßig schwatzen.

VOLUMNIA: Oh! gib nach!
Laß dir nur diesmal raten. Weiß ich schon,
Du sprängst ehr mit dem Feind in Feuerschlünde,

Als daß du ihm in Blumenlauben schmeichelst.
Hier ist Cominius.

COMINIUS *tritt auf.*

COMINIUS:
Vom Marktplatz komm ich, Freund, und dringend scheint,
Daß Ihr Euch sehr verstärkt, sonst hilft Euch nur
Flucht oder Sanftmut. Alles ist in Wut.

MENENIUS: Nur gutes Wort.

COMINIUS: Das, glaub ich, dient am besten,
Zwingt er sein Herz dazu.

VOLUMNIA: Er muß und will.
Laß dich erbitten; sag: Ich will, und geh!

CORIOLANUS: Muß ich mit bloßem Kopf mich zeigen? Muß ich
Mit niedrer Zunge Lügen strafen so
Mein edles Herz, das hier verstummt? Nun gut, ich tu's.
Doch käm's nur auf das einz'ge Stück hier an,
Den Marcius, sollten sie zu Staub ihn stampfen
Und in den Wind ihn streun. – Zum Marktplatz nun.
Ihr zwingt mir eine Rolle auf, die ich nie
Natürlich spiele.

COMINIUS: Kommt, wir helfen Euch.

VOLUMNIA: Oh! hör mich, holder Sohn. Du sagtest oft,
Daß dich mein Lob zum Krieger erst gemacht,
So spiel, mein Lob zu ernten, eine Rolle,
Die du noch nie geübt.

CORIOLANUS: Ich muß es tun.
Fort, meine Sinnesart! Komm über mich,
Geist einer Metze. Mein Kriegsschrei sei verwandelt,
Der in die Trommeln rief, jetzt in ein Pfeifchen,
Dünn wie des Hämlings, wie des Mädchens Stimme,
Die Kinder einlullt; eines Buben Lächeln
Wohn auf der Wange mir; Schulknabentränen
Verdunkeln mir den Blick; des Bettlers Zunge
Reg in dem Mund sich; mein bepanzert Knie,
Das nur im Bügel krumm war, beuge sich
Wie des, der Pfenn'ge fleht. – Ich will's nicht tun,
Nicht so der eignen Wahrheit Ehre schlachten
Und durch des Leibs Gebärdung meinen Sinn
Zu ew'ger Schand abrichten.

VOLUMNIA: Wie du willst.
Von dir zu betteln ist mir größre Schmach

Als dir von ihnen. Fall alles denn in Trümmer!
Mag lieber deinen Stolz die Mutter fühlen
Als stets Gefahr von deinem Starrsinn fürchten.
Den Tod verlach ich, großgeherzt wie du.
Mein ist dein Mut, ja, den sogst du von mir,
Dein Stolz gehört dir selbst.

CORIOLANUS: Sei ruhig, Mutter,
Ich bitte dich! – Ich gehe auf den Markt;
Schilt mich nicht mehr. Als Taschenspieler nun
Stehl ich jetzt ihre Herzen, kehre heim,
Von jeder Zunft geliebt. Siehst du, ich gehe.
Grüß meine Frau. Ich kehr als Konsul wieder;
Sonst glaube nie, daß meine Zung es weit
Im Weg des Schmeichelns bringt.

VOLUMNIA: Tu, was du willst.

Sie geht ab.

COMINIUS: Fort, die Tribunen warten. Rüstet Euch
Mit milder Antwort; denn sie sind bereit,
Hör ich, mit härtern Klagen, als die jetzt
Schon auf Euch lasten.

CORIOLANUS: Mild, ist die Losung. Bitte, laßt uns gehn.
Laßt sie mit Falschheit mich beschuld'gen, ich
Antworte ehrenvoll.

MENENIUS: Nur aber milde.

CORIOLANUS: Gut, milde sei's denn, milde.

Alle ab.

DRITTE SZENE

Ebendaselbst. Das Forum.

SICINIUS *und* BRUTUS *treten auf.*

BRUTUS: Das muß der Hauptpunkt sein: daß er erstrebt
Tyrannische Gewalt; entschlüpft er da,
Treibt ihn mit seinem Volkshaß in die Enge,
Und daß er nie verteilen ließ die Beute,
Die den Antiaten abgenommen ward.

Ein ÄDIL *tritt auf.*

Nun, kommt er?

ÄDIL: Er kommt.

BRUTUS: Und wer begleitet ihn?
ÄDIL: Der alte
Menenius und die Senatoren, die
Ihn stets begünstigt.
BRUTUS: Habt Ihr ein Verzeichnis
Von allen Stimmen, die wir uns verschafft,
Geschrieben nach der Ordnung?
ÄDIL: Ja, hier ist's.
BRUTUS: Habt Ihr nach Tribus sie gesammelt?
ÄDIL: Ja.
SICINIUS: So ruft nun ungesäumt das Volk hierher,
Und hören sie mich sagen: So soll's sein,
Nach der Gemeinen Fug und Recht, sei's nun
Tod, Geldbuß oder Bann – so laß sie schnell
Tod rufen; sag ich: Tod! Geldbuße; sag ich: Buße,
Auf ihrem alten Vorrecht so bestehn
Und auf der Kraft in der gerechten Sache.
ÄDIL: Ich will sie unterweisen.
BRUTUS: Und haben sie zu schreien erst begonnen,
Nicht aufgehört! nein, dieser wilde Lärm
Muß die Vollstreckung augenblicks erzwingen
Der Strafe, die wir rufen.
ÄDIL: Wohl, ich gehe.
SICINIUS: Und mach sie stark und unserm Wink bereit,
Wann wir ihn immer geben.
BRUTUS: Macht Euch dran.

Der Ädil geht ab.

Reizt ihn sogleich zum Zorn; er ist gewohnt
Zu siegen, und ihm gilt als höchster Ruhm
Der Widerspruch. Einmal in Wut, nie lenkt er
Zur Mäßigung zurück; dann spricht er aus,
Was er im Herzen hat; genug ist dort,
Was uns von selbst hilft, ihm den Hals zu brechen.

Es treten auf CORIOLANUS, MENENIUS, COMINIUS, SENATOREN *und* PATRIZIER.

SICINIUS: Nun seht, hier kommt er.
MENENIUS: Sanft, das bitt ich dich.
CORIOLANUS: Ja, wie ein Stallknecht, der für lump'gen Heller
Den Schurken zehnfach einsteckt. – Hohe Götter!
Gebt Rom den Frieden und den Richterstühlen
Biedere Männer! Pflanzet Lieb uns ein!

Füllt dicht mit Friedensprunk die Tempelhallen
Und nicht mit Krieg die Straßen.

ERSTER SENATOR: Amen! Amen!

MENENIUS: Ein edler Wunsch.

SICINIUS: Ihr Bürger, tretet näher.

Der ÄDIL *kommt mit den* BÜRGERN.

ÄDIL: Auf die Tribunen merkt. Gebt acht. Still! still!

CORIOLANUS: Erst hört mich reden.

BEIDE TRIBUNEN: Gut, sprecht – ruhig denn.

CORIOLANUS: Werd ich nicht weiter angeklagt als hier?
Wird alles jetzt gleich ausgemacht?

SICINIUS: Ich frage:
Ob Ihr des Volkes Stimm Euch unterwerft,
Die Sprecher anerkennt und willig tragt
Die Strafe des Gesetzes für die Fehler,
Die man Euch dartun wird?

CORIOLANUS: Ich trage sie.

MENENIUS: O Bürger, seht! er sagt, er will sie tragen:
Der Kriegesdienste, die er tat, gedenkt;
Seht an die Wunden, die sein Körper hat,
Sie gleichen Gräbern auf geweihtem Boden.

CORIOLANUS:
Geritzt von Dornen, Schrammen, nur zum Lachen.

MENENIUS: Erwägt noch ferner:
Daß, hört ihr ihn nicht gleich dem Bürger sprechen,
Den Krieger findet ihr in ihm. Nehmt nicht
Den rauhen Klang für bös gemeintes Wort;
Nein, wie gesagt, so wie's dem Krieger ziemt,
Nicht feindlich euch.

COMINIUS: Gut, gut, nichts mehr.

CORIOLANUS: Wie kommt's,
Daß ich, einstimmig anerkannt als Konsul,
Nun so entehrt bin, daß zur selben Stunde
Ihr mir die Würde nehmt?

SICINIUS: Antwortet uns.

CORIOLANUS: Sprecht denn, 's ist wahr, so sollt ich ja.

SICINIUS: Wir zeihn dich, daß du hast gestrebt, zu stürzen
Recht und Verfassung Roms und so dir selbst
Tyrannisch alle Herrschaft anzumaßen,
Und darum stehst du hier als Volksverräter.

CORIOLANUS: Verräter!

MENENIUS: Still nur, mäßig, dein Versprechen.
CORIOLANUS: Der tiefsten Hölle Glut verschling das Volk!
Verräter ich! du lästernder Tribun!
Und säßen tausend Tod in deinem Auge
Und packten Millionen deine Fäuste,
Wärn doppelt die auf deiner Lügnerzunge:
Ich, ich sag dennoch dir, du lügst! – die Brust
So frei, als wenn ich zu den Göttern bete.
SICINIUS: Hörst du dies, Volk?
DIE BÜRGER: Zum Fels mit ihm! zum Fels mit ihm!
SICINIUS: Seid ruhig!
Wir brauchen neuer Fehl ihn nicht zu zeihn;
Was ihr ihn tun saht, reden hörtet,
Wie er euch fluchte, eure Diener schlug,
Streiche dem Recht erwidernd, denen trotzte,
Die, machtbegabt, ihn richten sollten; dies,
So frevelhaft, so hochverräterisch,
Verdient den härtsten Tod.
BRUTUS: Doch, da er Dienste
Dem Staat getan –
CORIOLANUS: Was schwatzt Ihr noch von Diensten?
BRUTUS: Ich sag es, der ich's weiß.
CORIOLANUS: Ihr?
MENENIUS: Ist es dies,
Was Eurer Mutter Ihr verspracht?
COMINIUS: O hört.
Ich bitt Euch.
CORIOLANUS: Nein, ich will nichts weiter hören.
Laß sie ausrufen: Tod vom steilen Fels,
Landflücht'ges Elend, Schinden, eingekerkert
Zu schmachten, tags mit einem Korn – doch kauft ich
Nicht für ein gutes Wort mir ihre Gnade,
Nicht zähmt ich mich für was sie schenken können,
Bekäm ich's für 'nen „guten Morgen" schon.
SICINIUS: Weil er, soviel er konnt, von Zeit zu Zeit
Aus Haß zum Volke Mittel hat gesucht,
Ihm seine Macht zu rauben, und auch jetzt
Als Feind sich wehrt, nicht nur in Gegenwart
Erhabnen Rechts, nein, gegen die Beamten,
Die es verwalten: in des Volkes Namen
Und unsrer, der Tribunen, Macht verbannen

Wir augenblicklich ihn aus unsrer Stadt.
Bei Strafe, vom Tarpej'schen Fels gestürzt
Zu sein, betret er nie die Tore Roms.
Ins Volkes Namen sag ich: So soll's sein.

DIE BÜRGER: So soll es sein! So soll's sein! Fort mit ihm!
Er ist verbannt, und also soll es sein.

COMINIUS: Hört mich, ihr Männer, Freunde hier im Volk.

SICINIUS: Er ist verurteilt. Nichts mehr.

COMINIUS: Laßt mich sprechen.
Ich war eur Konsul, und Rom kann an mir
Die Spuren seiner Feinde sehn. Ich liebe
Des Vaterlandes Wohl mit zartrer Ehrfurcht,
Heiliger und tiefer als mein eignes Leben,
Mehr als mein Weib und ihres Leibes Kinder,
Die Schätze meines Bluts. Wollt ich nun sagen –

SICINIUS: Wir wissen, was Ihr wollt. Was könnt Ihr sagen?

BRUTUS: Zu sagen ist nichts mehr. Er ist verbannt
Als Feind des Volks und seines Vaterlands.
So soll's sein.

DIE BÜRGER: So soll's sein! so soll es sein!

CORIOLANUS: Du schlechtes Hundepack! des Hauch ich hasse
Wie fauler Sümpfe Dunst; des Gunst mir teuer
Wie unbegrabner Männer totes Aas,
Das mir die Luft vergift't. – Ich banne dich!
Bleibt hier zurück mit euerm Unbestand,
Der schwächste Lärm mach euer Herz erbeben,
Eur Feind mit seines Helmbuschs Nicken fächle
Euch in Verzweiflung; die Gewalt habt immer,
Zu bannen eure Schützer – bis zuletzt
Eur stumpfer Sinn, der glaubt erst, wenn er fühlt,
Der nicht einmal euch selbst erhalten kann,
Stets Feind euch selbst, euch endlich unterwerfe
Als höchst verworfne Sklaven einem Volk,
Das ohne Schwertstreich euch gewann. – So schmähend
Euch, eure Stadt – wend ich so meinen Rücken –
Noch anderswo gibt's eine Welt.

Coriolanus, Cominius, Menenius, Senatoren und Patrizier gehn ab.

ÄDILEN: Des Volkes Feind ist fort! ist fort! ist fort!

DIE BÜRGER: Verbannt ist unser Feind! ist fort! Ho! Ho!

Sie jauchzen und werfen ihre Mützen.

SICINIUS: Begleitet ihn zum Tor hinaus und folgt ihm,

Wie er euch sonst mit bitterm Schmähn verfolgte,
Kränkt ihn, wie er's verdient. – Laßt eine Wache
Uns durch die Stadt begleiten.

DIE BÜRGER: Kommt, kommt! ihm nach! zum Tor hinaus, so
Edle Tribunen, euch der Götter Schutz! [kommt!

Alle ab.

VIERTER AUFZUG

Erste Szene

Rom. Vor einem Stadttor.

Es treten auf Coriolanus, Volumnia, Virgilia, Menenius, Cominius *und mehrere junge* Patrizier.

CORIOLANUS: Nein, weint nicht mehr. Ein kurz Lebwohl. Das
Mit vielen Köpfen stößt mich weg. Ei, Mutter! [Tier
Wo ist dein alter Mut? Du sagtest oft,
Es sei das Unglück Prüfstein der Gemüter,
Gemeine Not trag ein gemeiner Mensch,
Es segl auf stiller See mit gleicher Kunst
Ein jedes Boot, doch tiefe Todeswunden,
Die Glück in guter Sache schlägt, verlangten
Den höchsten Sinn. Du ludest oft mir auf
Belehrungen, die unbezwinglich machten
Die Herzen, die sie ganz durchdrangen.

VIRGILIA: O Himmel! Himmel!

CORIOLANUS: Nein, ich bitte, Frau –

VOLUMNIA: Die Pestilenz treff alle Zünfte Roms,
Und die Gewerke Tod!

CORIOLANUS: Was, was! Ich werde
Geliebt sein, wenn ich bin gemißt. Nun, Mutter!
Wo ist der Geist, der sonst dich sagen machte,
Wärst du das Weib des Herkules gewesen,
Sechs seiner Taten hättest du getan
Und deinem Mann so vielen Schweiß erspart?
Cominius!
Frisch auf! Gott schütz Euch! – Lebt wohl, Frau und Mutter!
Mir geht's noch gut. – Menenius, alter, treuer,
Salz'ger als jüngern Manns sind deine Tränen

Und giftig deinem Aug. Mein weiland Feldherr,
Ich sah dich finster, und oft schautest du
Herzhärtend Schauspiel; sag den bangen Frauen:
Beweinen Unvermeidliches sei Torheit
Sowohl als drüber lachen. – Weißt du, Mutter,
Mein Wagnis war dein Trost ja immer! und,
Das glaube fest, geh ich auch jetzt allein,
So wie ein Drache einsam, den die Höhle
Gefürchtet macht, besprochen mehr, weil nicht gesehn,
Dein Sohn ragt über dem Gemeinen stets,
Wo nicht, fällt er durch Tück und niedre List.

VOLUMNIA: Mein großer Sohn!
Wo willst du hin? Nimm für die erste Zeit
Cominius mit, bestimme dir den Lauf,
Statt wild dich jedem Zufall preiszugeben,
Der auf dem Weg dich anfällt.

CORIOLANUS: O ihr Götter!

COMINIUS: Den Monat bleib ich bei dir; wir bedenken,
Wo du verweilen magst, von uns zu hören
Und wir von dir; daß, wenn die Zeit den Anlaß
Für deine Rückberufung reift, wir nicht
Nach einem Mann die Welt durchsuchen müssen,
Die Gunst verlierend, welche stets erkaltet,
Ist jener fern, der sie bedarf.

CORIOLANUS: Leb wohl!
Du trägst der Jahre viel, hast übersatt
Kriegsschwelgerei, mit einem umzutreiben,
Des Gier noch frisch. Bringt mich nur aus dem Tor;
Komm, süßes Weib, geliebte Mutter und
Ihr wohlerprobten Freunde. – Bin ich draußen,
Sagt: Lebe wohl! und lächelt. Bitte, kommt –
Solang ich überm Boden bin, sollt ihr
Stets von mir hören und nie etwas andres,
Als was dem frühern Marcius gleicht.

MENENIUS: So würdig,
Wie man nur hören kann. Laßt uns nicht weinen.
Könnt ich nur sieben Jahr herunterschütteln
Von diesen alten Gliedern – bei den Göttern!
Ich wollt auf jedem Schritt dir folgen.

CORIOLANUS: Kommt!
Deine Hand. *Alle ab.*

Zweite Szene

Ebendaselbst. Eine Straße in der Nähe des Tors.

Sicinius, Brutus *und ein* Ädil *treten auf.*

SICINIUS: Schickt sie nach Hause, er ist fort. Nicht weiter.
Gereizt sind die Patrizier, die, wir sahen's,
Für ihn Partei ergriffen haben.
BRUTUS: Zeigten
Wir unsre Macht, laßt uns demüt'ger scheinen,
Nun es geschehn, als da's im Werden.
SICINIUS: Schickt sie heim.
Sagt ihnen, fort sei nun ihr großer Feind
Und neu befestigt ihre Macht.
BRUTUS: Entlaßt sie.
Ädil ab.
Hier kommt die Mutter.
Volumnia, Virgilia *und* Menenius *treten auf.*
SICINIUS: Laßt uns fort!
BRUTUS: Weshalb?
SICINIUS: Man sagt, sie sei verrückt.
BRUTUS: Sie sah uns schon.
Weicht ihr nicht aus.
VOLUMNIA: Ha, wohlgetroffen!
Der Götter aufgehäufte Strafen lohnen
Euch eure Liebe.
MENENIUS: Still, seid nicht so laut.
VOLUMNIA: Könnt ich vor Tränen nur, ihr solltet hören –
Doch sollt ihr etwas hören. *Zu Brutus*: Wollt Ihr gehn?
VIRGILIA *zu Sicinius*:
Auch Ihr sollt bleiben. Hätt ich doch die Macht,
Das meinem Mann zu sagen.
SICINIUS: Seid Ihr männisch?
VOLUMNIA: Ja, Narr. Ist das 'ne Schande? seht den Narren!
War nicht ein Mann ihr Vater? Warst du füchsisch,
Zu bannen ihn, der Wunden schlug für Rom
Mehr, als du Worte sprachst?
SICINIUS: O güt'ger Himmel!
VOLUMNIA: Mehr edle Wunden als du kluge Worte,
Und zu Roms Heil. Eins sag ich dir – doch geh.

Nein, bleiben sollst du. Wäre nur mein Sohn,
Sein gutes Schwert in Händen, in Arabien,
Und dort vor ihm dein Stamm.

SICINIUS: Was dann?

VIRGILIA: Was dann?
Er würde dort dein ganz Geschlecht vertilgen.

VOLUMNIA: Bastard' und alles.
O Wackrer! du trägst Wunden viel für Rom.

MENENIUS: Kommt, kommt! seid ruhig.

SICINIUS: Ich wollt, er wär dem Vaterland geblieben,
Was er ihm war, statt selbst den edlen Knoten
Zu lösen, den er schlang.

BRUTUS: So wünscht ich auch.

VOLUMNIA: So wünscht ich auch? Ihr hetztet auf den Pöbel,
Katzen, die seinen Wert begreifen können
Wie die Mysterien ich, die nicht der Himmel
Der Erd enthüllen will.

BRUTUS: Kommt, laßt uns gehn.

VOLUMNIA: Nun ja, ich bitt euch! geht!
Ihr tatet wackre Tat. – Hört dies noch erst:
So weit das Kapitol hoch überragt
Das kleinste Haus in Rom, so weit mein Sohn,
Der Gatte dieser Frau, hier dieser, seht ihr?
Den ihr verbanntet, überragt euch alle.

BRUTUS: Genug. Wir gehn.

SICINIUS: Was bleiben wir, gehetzt
Von einer, der die Sinne fehlen?

VOLUMNIA: Nehmt
Noch mein Gebet mit euch.

Die Tribunen gehn ab.

Oh! hätten doch die Götter nichts zu tun,
Als meine Flüch erfüllen. Träf ich sie
Nur einmal tags, erleichtern würd's mein Herz
Von schwerer Last.

MENENIUS: Ihr gabt es ihnen derb
Und habt auch Grund. Speist Ihr mit mir zur Nacht?

VOLUMNIA:
Zorn ist mein Nachtmahl; so mich selbst verzehrend,
Verschmacht ich an der Nahrung. Laßt uns gehn.
Laßt dieses schwache Wimmern, klagt wie ich,
Der Juno gleich im Zorn. – Kommt, kommt!

MENENIUS: Pfui, pfui!

Sie gehn ab.

DRITTE SZENE

Landstraße zwischen Rom und Antium.

Ein RÖMER *und ein* VOLSKER, *die sich begegnen.*

RÖMER: Ich kenne Euch recht gut, Freund, und Ihr kennt mich auch. Ich denke, Ihr heißt Adrian?

VOLSKER: Ganz recht. Wahrhaftig, ich hatte Euch vergessen.

RÖMER: Ich bin ein Römer und tue jetzt wie Ihr Dienste gegen Rom. Kennt Ihr mich nun?

VOLSKER: Nikanor? nicht?

RÖMER: Ganz recht.

VOLSKER: Ihr hattet mehr Bart, als ich Euch zuletzt sah; aber Euer Gesicht wird mir durch Eure Zunge kenntlich. – Was gibt es Neues in Rom? Ich habe einen Auftrag vom Staat der Volsker, Euch dort auszukundschaften, und Ihr habt mir eine Tagereise erspart.

RÖMER: In Rom hat es einen seltsamen Aufstand gegeben: das Volk gegen die Senatoren, Patrizier und Edeln.

VOLSKER: Hat es gegeben? Ist es denn nun vorbei? Unser Staat denkt nicht so; sie machen die stärksten Rüstungen und hoffen, sie in der Hitze der Entzweiung zu überfallen.

RÖMER: Der große Brand ist gelöscht; aber eine geringe Veranlassung würde ihn wieder in Flammen setzen; denn den Edeln geht die Verbannung des würdigen Coriolan so zu Herzen, daß sie ganz in der Stimmung sind, dem Volk alle Gewalt zu nehmen und ihnen ihre Tribunen auf immer zu entreißen. Dies glimmt unter der Asche, das kann ich Euch versichern, und ist fast reif zum heftigsten Ausbruch.

VOLSKER: Coriolan verbannt?

RÖMER: Ja, verbannt.

VOLSKER: Mit der Nachricht werdet Ihr willkommen sein, Nikanor.

RÖMER: Das Wetter ist jetzt gut für euch. Man pflegt zu sagen, die beste Zeit, eine Frau zu verführen, sei, wenn sie sich mit ihrem Manne überworfen hat. Euer edler Tullus Aufidius kann sich in diesem Kriege hervortun, da sein großer Gegner Coriolanus jetzt für sein Vaterland nichts tut.

VOLSKER: Das kann ihm nicht fehlen. Wie glücklich war ich, Euch so unvermutet zu begegnen! Ihr habt meinem Geschäft ein Ende gemacht, und ich will Euch nun freudig nach Hause begleiten.

RÖMER: Ich kann Euch vor dem Abendessen noch höchst sonderbare Dinge von Rom erzählen, die seinen Feinden sämtlich zum Vorteil gereichen. Habt ihr ein Heer bereit? Wie?

VOLSKER: Ja, und ein wahrhaft königliches. Die Centurionen und ihre Mannschaft sind schon förmlich verteilt und stehn im Sold, so daß sie jede Stunde aufbrechen können.

RÖMER: Es freut mich, daß sie so marschfertig sind, und ich denke, ich bin der Mann, der sie sogleich in Bewegung setzen wird. Also herzlich willkommen, und höchst vergnügt durch Eure Gesellschaft.

VOLSKER: Ihr nehmt mir die Worte aus dem Munde; ich habe die meiste Ursache, mich dieser Zusammenkunft zu freuen.

RÖMER: Gut, laßt uns gehn.

Sie gehn ab.

VIERTE SZENE

Antium. Vor Aufidius' Haus.

CORIOLANUS *tritt auf in geringem Anzug, verkleidet und verhüllt.*

CORIOLANUS: Dies Antium ist ein hübscher Ort. O Stadt!
Ich schuf dir deine Witwen. Manchen Erben
Der schönen Häuser hört ich in der Schlacht
Stöhnen und sterben. – Kenne mich drum nicht,
Sonst morden mich mit Bratspieß' deine Weiber,
In kind'scher Schlacht mit Steinen deine Knaben.

Es kommt ein BÜRGER.

Gott grüß Euch, Herr.

DER BÜRGER: Und Euch.

CORIOLANUS: Zeigt mir, ich bitte,
Wo Held Aufidius wohnt. Ist er in Antium?

BÜRGER: Ja, und bewirtet heut in seinem Haus
Die Ersten unsrer Stadt.

CORIOLANUS: Wo ist sein Haus?

BÜRGER: Dies ist's, Ihr steht davor.

CORIOLANUS: Lebt wohl. Ich dank Euch.

Der Bürger geht ab.

O Welt! du rollend Rad! Geschworne Freunde,
Die in zwei Busen nur ein Herz getragen,
Die Zeit und Bett und Mahl und Arbeit teilten,
Vereinigt stets, als wie ein Zwillingspaar,
In ungetrennter Liebe, brechen aus
Urplötzlich durch den Hader um ein Nichts
In bittern Haß. – So auch erboste Feinde,
Die Haß und Grimm nicht schlafen ließ vor Plänen,
Einander zu vertilgen, durch 'nen Zufall,
Ein Ding, kein Ei wert, werden Herzensfreunde
Und Doppelgatten ihre Kinder. So auch ich.
Ich hasse den Geburtsort, liebe hier
Die Feindesstadt. – Hinein! erschlägt er mich,
So übt er gutes Recht, nimmt er mich auf,
So dien ich seinem Land. *Ab.*

FÜNFTE SZENE

Ebendaselbst. Halle in Aufidius' Haus.

Man hört Musik von innen; es kommt ein DIENER.

ERSTER DIENER: Wein, Wein! was ist das für Aufwartung? – Ich glaube, die Burschen sind alle im Schlaf. *Ab.*

Ein ZWEITER DIENER *kommt.*

ZWEITER DIENER: Wo ist Cotus? der Herr ruft ihn. Cotus! *Ab.*

CORIOLANUS *tritt auf.*

CORIOLANUS: Ein hübsches Haus; das Mahl riecht gut. Doch ich
Seh keinem Gaste gleich.

Der ERSTE DIENER *kommt wieder.*

ERSTER DIENER: Was wollt Ihr, Freund? Woher kommt Ihr?
Hier ist kein Platz für Euch. Bitte, macht Euch fort.

CORIOLANUS: Ich habe bessern Willkomm nicht verdient,
Wenn Coriolan ich bin.

Der ZWEITE DIENER *kommt.*

ZWEITER DIENER: Wo kommst du her, Freund? Hat der Pförtner keine Augen im Kopf, daß er solche Gesellen hereinläßt?

CORIOLANUS: Hinweg!

ZWEITER DIENER: Hinweg? Geh du hinweg.

CORIOLANUS: Du bist mir lästig.

ZWEITER DIENER:
Bist du so trotzig? Man wird schon mit dir sprechen.

Der DRITTE DIENER *kommt.*

DRITTER DIENER: Was ist das für ein Mensch?

ERSTER DIENER: Ein so wunderlicher, wie ich noch keinen sah. Ich kann ihn nicht aus dem Hause kriegen. Ich bitte, ruf doch mal den Herrn her.

DRITTER DIENER: Was habt Ihr hier zu suchen, Mensch? Bitte, schert Euch aus dem Haus.

CORIOLANUS: Laßt mich hier stehn, nicht schad ich euerm Herd.

DRITTER DIENER: Wer seid Ihr?

CORIOLANUS: Ein Mann von Stande.

DRITTER DIENER: Ein verwünscht armer.

CORIOLANUS: Gewiß, das bin ich.

DRITTER DIENER: Ich bitt Euch, armer Mann von Stande, sucht Euch ein andres Quartier; hier ist kein Platz für Euch. – Ich bitte Euch, packt Euch fort.

CORIOLANUS: Euerm Berufe folgt. Hinweg! stopft Euch mit kalten Bissen. *Stößt den Diener weg.*

DRITTER DIENER: Was, Ihr wollt nicht? Bitte, sage doch meinem Herrn, was er hier für einen seltsamen Gast hat.

ZWEITER DIENER: Das will ich. *Ab.*

DRITTER DIENER: Wo wohnst du?

CORIOLANUS: Unter dem Firmament.

DRITTER DIENER: Unter dem Firmament?

CORIOLANUS: Ja.

DRITTER DIENER: Wo ist das?

CORIOLANUS: In der Stadt der Geier und Krähen.

DRITTER DIENER: In der Stadt der Geier und Krähen? Was das für ein Esel ist! So wohnst du auch wohl bei den Dohlen?

CORIOLANUS: Nein, ich diene nicht deinem Herrn.

ERSTER DIENER: Kerl! was hast du mit meinem Herrn zu schaffen?

CORIOLANUS: Nun, das ist doch schicklicher, als wenn ich mit deiner Frau zu schaffen hätte. Du schwatzest und schwatzest. – Trag deine Teller weg. Marsch! *Er schlägt ihn hinaus.*

AUFIDIUS *und der* ZWEITE DIENER *treten auf.*

AUFIDIUS: Wo ist der Mensch?

ZWEITER DIENER: Hier, Herr. Ich hätte ihn wie einen Hund hinausgeprügelt, ich wollte nur die Herren drinnen nicht stören.

AUFIDIUS: Woher kommst du? Was willst du? Dein Name?
Weshalb antwortest du nicht? Sprich, Mensch, wie heißt du?
CORIOLANUS *schlägt den Mantel auseinander*: Wenn, Tullus,
Du noch nicht mich erkennst und, mich beschauend,
Nicht findest, wer ich bin, zwingt mich die Not,
Mich selbst zu nennen.
AUFIDIUS: Und wie ist dein Name?
CORIOLANUS: Ein Name, schneidend für der Volsker Ohr
Und rauhen Klangs für dich.
AUFIDIUS: Wie ist dein Name?
Du hast 'nen wüsten Schein, und deine Mien ist
Gebieterisch. Ist auch zerfetzt dein Tauwerk,
Zeigst du als wackres Schiff dich. Wie dein Name?
CORIOLANUS: Zieh deine Stirn in Falten. Kennst mich jetzt?
AUFIDIUS: Nicht kenn ich dich. Dein Name?
CORIOLANUS: Mein Nam ist Cajus Marcius, der dich selbst
Vorerst und alle deine Landsgenossen
Sehr schwer verletzt' und elend machte; zeuge
Mein dritter Name Coriolan. Die Kriegsmühn,
Die Todsgefahr und all die Tropfen Bluts,
Vergossen für das undankbare Rom,
Das alles wird bezahlt mit diesem Namen,
Er, starkes Mahnwort und Anreiz zu Haß
Und Feindschaft, die du mir mußt hegen. Nur
Der Name bleibt. Die Grausamkeit des Volks,
Sein Neid, gestattet von dem feigen Adel,
Die alle mich verließen, schlang das andre.
Sie duldeten's, mich durch der Sklaven Stimmen
Aus Rom gezischt zu sehn. – Diese Verruchtheit
Bringt mich an deinen Herd; die Hoffnung nicht,
Versteh mich recht, mein Leben zu erhalten;
Denn fürchtet ich den Tod, so mied' ich wohl
Von allen Menschen dich zumeist – nein, Haß,
Ganz meinen Neidern alles wettzumachen,
Bringt mich hierher. – Wenn du nun in dir trägst
Ein Herz des Grimms, das Rache heischt für alles,
Was dich als Mann gekränkt, und die Verstümmlung
Und Schmach in deinem ganzen Land will strafen,
Mach dich gleich dran, daß dir mein Elend nütze,
Daß dir mein Rachedienst zur Wohltat werde;
Denn ich bekämpfe

Mein gifterfülltes Land mit aller Wut
Der Höllengeister. Doch fügt es sich so:
Du wagst es nicht und bist ermüdet, höher
Dein Glück zu steigern, dann, mit einem Wort,
Bin ich des Lebens auch höchst überdrüssig,
Dann biet ich dir und deinem alten Haß
Hier meine Gurgel. – Schneidest du sie nicht,
So würdest du nur als ein Tor dich zeigen;
Denn immer hab ich dich mit Grimm verfolgt
Und Tonnen Blutes deinem Land entzapft.
Ich kann nur leben dir zum Hohn, es sei denn,
Um Dienste dir zu tun.

AUFIDIUS: O Marcius, Marcius!
Ein jedes Wort von dir hat eine Wurzel
Des alten Neids mir aus der Brust gejätet.
Wenn Jupiter
Von jener Wolk uns als Orakel riefe:
„Wahr ist's!" nicht mehr als dir würd ich ihm glauben.
Ganz edler Marcius! o laß mich umwinden
Den Leib mit meinen Armen, gegen den
Mein fester Speer wohl hundertmal zerbrach
Und schlug den Mond mit Splittern. Hier umfang ich
Den Amboß meines Schwerts und ringe nun
So edel und so heiß mit deiner Liebe,
Wie je mein eifersücht'ger Mut gerungen
Mit deiner Tapferkeit. Laß mich bekennen:
Ich liebte meine Braut, nie seufzt' ein Mann
Mit treurer Seele; doch dich hier zu sehn,
Du hoher Geist! dem springt mein Herz noch freud'ger,
Als da mein neuvermähltes Weib zuerst
Mein Haus betrat. Du, Mars, ich sage dir,
Ganz fertig steht ein Kriegsheer, und ich wollte
Noch einmal dir den Schild vom Arme hauen,
Wo nicht, den Arm verlieren. Zwölfmal hast du
Mich ausgeklopft, und jede Nacht seitdem
Träumt ich vom Balgen zwischen dir und mir.
Wir waren beid in meinem Schlaf am Boden,
Die Helme reißend, bei der Kehl uns packend,
Halbtot vom Nichts erwacht ich. – Würd'ger Marcius!
Hätt ich nicht andern Streit mit Rom als nur,
Daß du von dort verbannt, ich böte auf

Von zwölf zu siebzig alles Volk, um Krieg
Ins Herz des undankbaren Roms zu gießen
Mit überschwellnder Flut. – O komm! tritt ein,
Und nimm die Freundeshand der Senatoren,
Die jetzt hier sind, mir Lebewohl zu sagen,
Der eure Länderein angreifen wollte,
Wenn auch nicht Rom selbst.

CORIOLANUS: Götter, seid gepriesen!

AUFIDIUS: Willst du nun selbst als unumschränkter Herr
Dein eigner Rächer sein, so übernimm
Die Hälfte meiner Macht, bestimme du,
Wie dir gefällt, da du am besten kennst
Des Landes Kraft und Schwäche, deinen Weg.
Sei's, anzuklopfen an die Tore Roms,
Sei's, sie an fernen Grenzen heimzusuchen,
Erst schreckend, dann vernichtend. Doch tritt ein
Und sei empfohlen jenen, daß sie ja
Zu deinen Wünschen sprechen. – Tausend Willkomm!
Und mehr mein Freund, als du je Feind gewesen,
Und, Marcius, das ist viel. Komm, deine Hand.

Coriolanus und Aufidius gehn ab.

ERSTER DIENER: Das ist eine wunderliche Veränderung.

ZWEITER DIENER: Bei meiner Hand, ich dachte ihn mit einem Prügel hinauszuschlagen, und doch ahnte mir, seine Kleider machten von ihm eine falsche Aussage.

ERSTER DIENER: Was hat er für einen Arm! Er schwenkte mich herum mit seinem Daumen und Finger, wie man einen Kreisel tanzen läßt.

ZWEITER DIENER: Nun, ich sah gleich an seinem Gesicht, daß was Besonderes in ihm steckte. Er hatte dir eine Art von Gesicht, sag ich – ich weiß nicht, wie ich es nennen soll.

ERSTER DIENER: Das hatte er. Er sah aus, gleichsam – ich will mich hängen lassen, wenn ich nicht dachte, es wäre mehr in ihm, als ich denken konnte.

ZWEITER DIENER: Das dachte ich auch, mein Seel. Er ist geradezu der herrlichste Mann in der Welt.

ERSTER DIENER: Das glaube ich auch. Aber einen besseren Krieger als ihn kennest du doch wohl.

ZWEITER DIENER: Wer? mein Herr?

ERSTER DIENER: Ja, das ist keine Frage.

ZWEITER DIENER: Der wiegt sechs solche auf.

ERSTER DIENER: Nein, das nun auch nicht; doch ich halte ihn für einen bessern Krieger.

ZWEITER DIENER: Mein Treu! sieh, man kann nicht sagen, was man davon denken soll; was die Verteidigung einer Stadt betrifft, da ist unser Feldherr vorzüglich.

ERSTER DIENER: Ja, und auch für den Angriff.

Der DRITTE DIENER *kommt zurück.*

DRITTER DIENER: O Burschen, ich kann euch Neuigkeiten erzählen, Neuigkeiten, ihr Flegel!

DIE BEIDEN ANDERN: Was? was? was? Laß hören.

DRITTER DIENER: Ich wollte kein Römer sein, lieber alles in der Welt, lieber wäre ich ein verurteilter Mensch.

ERSTER *und* ZWEITER DIENER: Warum? warum?

DRITTER DIENER: Nun, der ist da, der unsern Feldherrn immer zwackte, der Cajus Marcius.

ERSTER DIENER: Warum sagtest du: „unsern Feldherrn zwakken"?

DRITTER DIENER: Ich sage just nicht: „unsern Feldherrn zwakken"; aber er war ihm doch immer gewachsen.

ZWEITER DIENER: Kommt, wir sind Freunde und Kameraden. Er war ihm immer zu mächtig, das habe ich ihn selbst sagen hören.

ERSTER DIENER: Er war ihm, kurz und gut, zu mächtig. Vor Corioli hackte und zackte er ihn wie eine Karbonade.

ZWEITER DIENER: Und hätte er was von einem Kannibalen gehabt, so hätte er ihn wohl gebraten und aufgegessen dazu.

ERSTER DIENER: Aber dein andres Neues?

DRITTER DIENER: Nun, da drinnen machen sie so viel Aufhebens von ihm, als wenn er der Sohn und Erbe des Mars wäre. Obenan gesetzt bei Tische, von keinem der Senatoren gefragt, der sich nicht barhäuptig vor ihn hinstellt. Unser Feldherr selbst tut, als wenn er seine Geliebte wäre, segnet sich mit Berührung seiner Hand und dreht das Weiße in den Augen heraus, wenn er spricht. Aber der Grund und Boden meiner Neuigkeit ist: unser Feldherr ist mitten durchgeschnitten und nur noch die Hälfte von dem, was er gestern war; denn der andre hat die Hälfte durch Ansuchen und Genehmigung der ganzen Tafel. Er sagt, er will gehn und den Pförtner von Rom an den Ohren zausen, er will alles vor sich niedermähen und sich glatten Weg machen.

ZWEITER DIENER: Und er ist der Mann danach, es zu tun, mehr als irgend jemand, den ich kenne.

DRITTER DIENER: Es zu tun? Freilich wird er's tun! Denn versteht, Leute, er hat ebensoviel Freunde wie Feinde; und diese Freunde, Leute, wagten gleichsam nicht, versteht mich, Leute, sich als seine Freunde, wie man zu sagen pflegt, zu zeigen, solange er in Mißkreditierung war.

ERSTER DIENER: In Mißkreditierung? was ist das?

DRITTER DIENER: Aber, Leute, wenn sie seinen Helmbusch wieder hoch sehen werden und den Mann in seiner Kraft, so werden sie aus ihren Höhlen kriechen wie Kaninchen nach dem Regen und ihm alle nachlaufen.

ERSTER DIENER: Aber wann geht das los?

DRITTER DIENER: Morgen, heute, sogleich. Ihr werdet die Trommel heut nachmittag schlagen hören, es ist gleichsam noch eine Schüssel zu ihrem Fest, die verzehrt werden muß, ehe sie sich den Mund abwischen.

ZWEITER DIENER: Nun, so kriegen wir doch wieder eine muntre Welt. Der Friede ist zu nichts gut, als Eisen zu rosten, Schneider zu vermehren und Bänkelsänger zu schaffen.

ERSTER DIENER: Ich bin für den Krieg, sage ich, er übertrifft den Frieden wie der Tag die Nacht; er ist lustig, lebendig, laut, immer was Neues; Friede ist Stumpfheit, Schlafsucht, dick, faul, taub, unempfindlich und bringt mehr Bastarde hervor, als der Krieg Menschen erwürgt.

ZWEITER DIENER: Richtig; und wie man auf gewisse Weise den Krieg Notzucht nennen kann, so macht, ohne Widerrede, der Friede viele Hahnreie.

ERSTER DIENER: Ja, und er macht, daß die Menschen einander hassen.

DRITTER DIENER: Und warum? Weil sie dann einander weniger nötig haben. Der Krieg ist mein Mann. – Ich hoffe, Römer sollen noch ebenso wohlfeil werden wie Volsker. Sie stehn auf, sie stehn auf!

ALLE: Hinein! hinein!

Alle ab.

SECHSTE SZENE

Rom. Ein öffentlicher Platz.

SICINIUS *und* BRUTUS *treten auf.*

SICINIUS: Man hört von ihm nichts, hat ihn nicht zu fürchten.
Was ihn gestärkt, ist zahm; der Friede jetzt
Und Ruh im Volke, welches sonst empört
Und wild. Wir machen seine Freund' erröten,
Daß alles blieb im ruh'gen Gleis. Sie sähen
Viel lieber, ob sie selbst auch drunter litten,
Aufrührerhaufen unsre Straßen stürmen,
Als daß der Handwerksmann im Laden singt
Und alle freudig an die Arbeit gehn.

MENENIUS *tritt auf.*

BRUTUS: Wir griffen glücklich durch. Ist das Menenius?
SICINIUS: Er ist es. Oh! er wurde sehr geschmeidig
Seit kurzem. – Seid gegrüßt!
MENENIUS: Ich grüß euch beide.
SICINIUS: Euer Coriolanus wird nicht sehr vermißt
Als von den Freunden nur; die Stadt besteht
Und würde stehn, wenn er sie mehr noch haßte.
MENENIUS: Gut ist's und könnte noch weit besser sein,
Hätt er sich nur gefügt.
SICINIUS: Wo ist er? Wißt Ihr's?
MENENIUS: Ich hörte nichts; auch seine Frau und Mutter
Vernehmen nichts von ihm.

Es kommen mehrere BÜRGER.

DIE BÜRGER: Der Himmel schütz euch!
SICINIUS: Guten Abend, Nachbarn!
BRUTUS: Guten Abend allen! Allen guten Abend!
ERSTER BÜRGER: Wir, unsre Fraun und Kinder sind verpflichtet,
Auf Knien für euch zu beten.
SICINIUS: Geh's euch wohl.
BRUTUS: Lebt wohl, ihr Nachbarn. Hätte Coriolanus
Euch so geliebt wie wir!
DIE BÜRGER: Der Himmel segn euch.
DIE TRIBUNEN: Lebt wohl! lebt wohl!

Die Bürger gehn ab.

SICINIUS: Dies ist beglücktre wohl und liebre Zeit,

Als da die Burschen durch die Straßen liefen,
Zerstörung brüllend.

BRUTUS: Cajus Marcius war
Im Krieg ein würd'ger Held, doch unverschämt,
Von Stolz gebläht, ehrgeizig übers Maß,
Selbstsüchtig –

SICINIUS: Unumschränkte Macht erstrebend
Ohn andern Beistand.

MENENIUS: Nein, das glaub ich nicht.

SICINIUS: Das hätten wir, so daß wir's all beweinten,
Empfunden, wär er Konsul nur geblieben.

BRUTUS: Die Götter wandten's gnädig ab, und Rom
Ist frei und sicher ohne ihn.

Ein ÄDIL *kommt.*

ÄDIL: Tribunen!
Da ist ein Sklave, den wir festgesetzt,
Der sagt: Es brach mit zwei verschiednen Heeren
Der Volsker Macht ins römische Gebiet,
Und mit des Krieges fürchterlichster Wut
Verwüsten sie das Land.

MENENIUS: Das ist Aufidius,
Der, da er unsers Marcius Bann gehört,
Die Hörner wieder ausstreckt in die Welt,
Die er einzog, als Marcius stand für Rom,
Und nicht ein Blickchen wagte.

SICINIUS: Ei, was schwatzt Ihr
Von Marcius da?

BRUTUS: Peitscht diesen Lügner aus. Es kann nicht sein.
Die Volsker wagen nicht den Bruch.

MENENIUS: Es kann nicht sein?
Wohl sagt uns die Erinnrung, daß es sein kann;
Dreimal bezeugt es uns dasselbe Beispiel
In meiner Zeit. – Sprecht doch mit dem Gesellen,
Eh ihr ihn straft, fragt ihn, wo er's gehört;
Ihr möchtet sonst wohl eure Warnung peitschen,
Den Boten schlagen, der euch wahren will
Vor dem, was zu befürchten.

SICINIUS: Sprecht nicht so!
Ich weiß, es kann nicht sein.

BRUTUS: Es ist unmöglich.

Ein BOTE *kommt.*

BOTE: In größter Eil versammelt der Senat
Sich auf dem Kapitol. – Sie hörten Botschaft,
Die ihr Gesicht entfärbt.
SICINIUS: Das macht der Sklave.
Laßt vor dem Volk ihn peitschen; sein Verhetzen –
Nichts als sein Märchen.
BOTE: Nicht doch, teurer Mann.
Des Sklaven Wort bestätigt sich, und weit,
Weit schlimmer, als er aussagt.
SICINIUS: Wie, weit schlimmer?
BOTE: Es wird von vielen Zungen frei gesprochen,
Ob glaublich, weiß ich nicht, es führe Marcius,
Aufidius zugesellt, ein Heer auf Rom;
So weite Rache schwörend, wie der Anfang
Der Dinge weit vom Jetzt ist.
SICINIUS: Oh! höchst glaublich!
BRUTUS: Nur ausgestreut, damit der schwächre Teil
Den guten Marcius heim soll wünschen.
SICINIUS: Freilich
Ist das der Kniff.
MENENIUS: Nein, dies ist unwahrscheinlich.
Nicht mehr kann mit Aufidius er sich einen,
Als was am heftigsten sich widerspricht.

Es kommt ein ZWEITER BOTE.

ZWEITER BOTE: Man läßt in Eil aufs Kapitol euch fordern;
Ein furchtbar Heer, geführt von Cajus Marcius,
Aufidius zugesellt, verwüstet rings
Die ganze Landschaft und betritt den Weg
Hierher, durch Feur gebahnt, zerstörend alles,
Was ihrer Wut begegnet.

COMINIUS *tritt auf.*

COMINIUS: Oh! ihr habt Hübsches angerichtet.
MENENIUS: Nun, was gibt's?
COMINIUS: Die eignen Töchter helft ihr schänden und
Der Dächer Blei auf eure Schädel schmelzen,
Die Weiber sehn entehren euch vor Augen.
MENENIUS: Was gibt es denn ? was gibt's denn?
COMINIUS: Verbrennen eure Tempel bis zum Grund
Und eure Recht', auf die ihr pocht, verjagen
Bis in ein Mäuseloch.
MENENIUS: Ich bitt Euch – sprecht!

Ich fürcht, Ihr habt es schön gemacht. O sprecht!
Wenn Marcius sich verband den Volskern –

COMINIUS: Wenn?
Er ist ihr All, er führt sie als ein Wesen,
Das nicht Natur erschuf, nein, eine Gottheit,
Die höher ihn begabt. Sie folgen ihm
Her gegen uns Gezücht, so ruhig, sicher,
Wie Knaben bunte Schmetterlinge jagen
Und Schlächter Fliegen töten.

MENENIUS: Ihr habt's schön gemacht.
Ihr, eure Schurzfellmänner, die so fest
Auf ihre Handwerksstimmen hielten und
Der Knoblauchfresser Atem.

COMINIUS: Schütteln wird er
Euch um die Ohren Rom.

MENENIUS: Wie Herkules
Die reife Frucht abschüttelt'. Schöne Arbeit!

BRUTUS: So ist es wahr?

COMINIUS: Ja, und ihr sollt erbleichen,
Bevor ihr's anders findet. Jede Stadt
Fällt lachend ab, und wer sich widersetzt,
Den höhnt man nur als tapfre Dummheit aus,
Der stirbt als treuer Narr. Wer kann ihn tadeln?
Die feind ihm sind, sehn jetzo, was er ist.

MENENIUS: Wir alle sind verloren, wenn der Edle
Nicht Gnade übt.

COMINIUS: Wer soll ihn darum bitten?
Aus Schande können's die Tribunen nicht;
Das Volk verdient von ihm Erbarmen wie
Der Wolf vom Schäfer. – Seine besten Freunde,
Sagten sie: Schone Rom! sie kränkten ihn
Gleich jenen, welche seinen Haß verdient,
Und zeigten sich als Feinde.

MENENIUS: Das ist wahr.
Wenn er den Brand an meine Schwelle legte,
Mich zu verzehren, hätt ich nicht die Stirn
Zu sagen: Bitte, laß! – Ihr treibt es schön,
Ihr und das Handwerk. Herrlich Werk der Hand!

COMINIUS: Ihr brachtet
Solch Zittern über Rom, daß sich's noch nie
So hilflos fand.

DIE TRIBUNEN: Sagt nicht, daß wir es brachten.

MENENIUS: So? Waren wir's? Wir liebten ihn, doch tierisch
Und knechtisch feig, nicht adlig, wichen wir
Dem Pack, das aus der Stadt ihn zischte.

COMINIUS: Ich fürchte,
Sie brüllen wieder ihn herein. Aufidius,
Der Männer zweiter, folgt nun seinem Wink,
Als dient' er unter ihm. Verzweiflung nur
Kann Rom ihm nun statt Kriegslust und Verteid'gung
Und Macht entgegenstellen.

Es kommt ein Haufen BÜRGER.

MENENIUS: Hier kommt das Pack.
Und ist Aufidius mit ihm? Ja, ihr seid's,
Die unsre Luft verpestet, als ihr warft
Die schweiß'gen Mützen in die Höh und schriet:
Verbannt sei Coriolan. – Nun kommt er wieder,
Und jedes Haar auf seiner Krieger Haupt
Wird euch zur Geißel. – So viel Narrenköpfe,
Wie Mützen flogen, wird er niederstrecken
Zum Lohn für eure Stimmen. – Nun, was tut's?
Und wenn er all uns brennt in e i n e Kohle,
Geschieht uns recht.

DIE BÜRGER: Wir hörten böse Nachricht.

ERSTER BÜRGER: Was mich betrifft, als ich gesagt: Verbannt ihn,
Da sagt ich: Schade drum!

ZWEITER BÜRGER: Das tat ich auch.

DRITTER BÜRGER: Das tat ich auch; und, die Wahrheit zu sagen, das taten viele von uns. Was wir taten, das taten wir in der besten Absicht; und obgleich wir freiwillig in seine Verbannung einwilligten, so war es doch gegen unsern Willen.

COMINIUS: Ihr seid ein schönes Volk, ihr Stimmen!

MENENIUS: Ihr machtet's herrlich, ihr und euer Pack.
Gehn wir aufs Kapitol?

COMINIUS: Jawohl. Was sonst?

Cominius und Menenius gehn ab.

SICINIUS: Geht, Freunde, geht nach Haus, seid nicht entmutigt.
Dies ist sein Anhang, der das wünscht bestätigt,
Was er zu fürchten vorgibt. Geht nach Haus.
Seid ohne Furcht.

ERSTER BÜRGER: Die Götter seien uns gnädig. Kommt, Nachbarn, laßt uns nach Hause gehn. Ich sagte immer: Wir taten unrecht, als wir ihn verbannten.

ZWEITER BÜRGER: Das taten wir alle. Kommt, laßt uns nach Hause gehn.

Die Bürger gehn ab.

BRUTUS: Die Neuigkeit gefällt mir nicht.
SICINIUS: Mir auch nicht.
BRUTUS: Aufs Kapitol! Mein halb Vermögen gäb ich,
Könnt ich als Lüge diese Nachricht kaufen.
SICINIUS: Kommt, laßt uns gehn.

Gehn ab.

Siebente Szene

Ein Lager unweit von Rom.

Aufidius *und ein* Hauptmann *treten auf.*

AUFIDIUS: Noch immer laufen sie dem Römer zu?
HAUPTMANN: Ich weiß nicht, welche Zauberkraft er hat;
Doch dient zum Tischgebet er Euren Kriegern
Wie zum Gespräch beim Mahl und Dank am Schluß.
Ihr seid in diesem Krieg verdunkelt, Herr,
Selbst von den Eignen.
AUFIDIUS: Jetzt kann ich's nicht ändern
Als nur durch Mittel, die die Kräfte lähmten
Von unsrer Absicht. Er beträgt sich stolzer,
Selbst gegen mich, als ich es je erwartet,
Da ich zuerst ihn aufnahm. Doch sein Wesen
Bleibt darin sich getreu. Ich muß entschuld'gen,
Was nicht zu bessern ist.
HAUPTMANN: Doch wünscht ich, Herr,
Zu Eurem eignen Heil, Ihr hättet nie
Mit ihm geteilt Eur Ansehn, nein, entweder
Die Führung selbst behalten oder ihm
Allein sie überlassen.
AUFIDIUS: Wohl weiß ich, was du meinst; und, sei versichert,
Wenn's zur Erklärung kommt, so denkt er nicht,
Wes ich ihn kann beschuld'gen. Scheint es gleich,
Und glaubt er selbst, und überzeugt sich auch
Das Volk, daß er in allem redlich handelt

Und guten Haushalt für die Volsker führt,
Ficht gleich dem Drachen, siegt, sobald er nur
Das Schwert gezückt; doch blieb noch ungetan,
Was so den Hals ihm bricht oder den meinen
Gefährdet, wenn wir miteinander rechnen.

HAUPTMANN:
Herr, glaubt Ihr, daß er Roms sich wird bemeistern?

AUFIDIUS: Jedwede Stadt ist sein, eh er belagert,
Und ihm ergeben ist der Adel Roms;
Patrizier lieben ihn und Senatoren.
Den Krieg versteht nicht der Tribun. Das Volk
Wird schnell zurück ihn rufen, wie's ihn eilig
Von dort verstieß. Ich glaub, er ist für Rom,
Was für den Fisch der Meeraar, der ihn fängt
Durch angeborne Macht. Erst war er ihnen
Ein edler Diener; doch er konnte nicht
Die Würden maßvoll tragen. Sei's nun Stolz,
Der immer, bleibt das Glück unwandelbar,
Den Held befleckt, sei's Mangel an Verstand,
Wodurch er nicht den Zufall klug beherrscht,
Der ihn begünstigt, oder sei's Natur,
Die ihn aus einem Stück schuf – stets derselbe
Im Helme wie im Rat, herrscht' er im Frieden
Mit unbeugsamer Streng und finsterm Ernst,
Wie er dem Krieg gebot. Schon eins von diesen
(Von jedem hat er etwas, keines ganz,
So weit sprech ich ihn frei) macht' ihn gefürchtet,
Gehaßt, verbannt. – Doch so ist sein Verdienst,
Daß es erstirbt, wenn man's bespricht. So fällt
Stets unser Wert der Zeiten Deutung heim.
Und Macht, die an sich selbst zu loben ist,
Hat kein so unverkennbar Grab, als wenn
Von Rednerbühnen wird ihr Tun gepriesen.
Der Nagel treibt den Nagel, Brand den Brand,
Kraft sinkt durch Kraft, durch Recht wird Recht verkannt.
Kommt, laßt uns gehn. Ist, Cajus, Rom erst dein,
Dann bist der Ärmste du, dann bist du mein.

Sie gehn ab.

FÜNFTER AUFZUG

ERSTE SZENE

Rom. Ein öffentlicher Platz.

Es treten auf MENENIUS, COMINIUS, SICINIUS, BRUTUS *und* ANDRE.

MENENIUS:
Nein, ich geh nicht. – Ihr hört, was dem er sagte,
Der einst sein Feldherr war; der ihn geliebt
Aufs allerzärtlichste. Mich nannt er Vater;
Doch was tut das? – Geht ihr, die ihn verbannt,
'ne Meile schon vor seinem Zelt fallt nieder,
Und schleicht so kniend in seine Gnade. – Nein:
Wollt er nichts von Cominius hören, bleib ich
Zu Haus.
COMINIUS: Er tat, als kennte er mich nicht.
MENENIUS: Hört ihr's?
COMINIUS: Doch einmal nannt er mich bei meinem Namen:
Die alte Freundschaft macht ich geltend, Blut,
Gemeinsam sonst vergossen. Coriolan
Wollt er nicht sein, verbat sich jeden Namen:
Er sei ein Nichts, ein ungenanntes Wesen,
Bis er sich einen Namen neu geschmiedet
Im Brande Roms.
MENENIUS: Ah! so. Ihr machtet's gut.
Ein paar Tribunen, die sich für Rom gequält,
Wohlfeil zu machen Kohlen. – Edler Ruhm!
COMINIUS: Ich mahnt ihn, wie so königlich Verzeihung,
Je minder sie erwartet sei. Er sprach,
Das sei vom Staat ein kahles Wort an ihn,
Den selbst der Staat bestraft.
MENENIUS: Das war ganz recht.
Was konnt er anders sagen?
COMINIUS: Ich suchte dann sein Mitleid zu erwecken
Für die besondern Freund'. Er gab zur Antwort:
Nicht lesen könn er sie aus einem Haufen
Verdorbner, schlechter Spreu; auch sei es Torheit,
Um ein, zwei arme Körner stinken lassen
Den Unrat unverbrannt.

MENENIUS: Um ein paar Körner?
Davon bin ich eins, seine Frau und Mutter,
Sein Kind, der wackre Freund, wir sind die Körner:
Ihr seid die dumpfe Spreu, und eur Gestank
Dringt bis zum Mond; wir müssen für euch brennen.
SICINIUS: Seid milde doch, wenn Ihr zu helfen weigert,
In so ratloser Zeit. Verhöhnt uns mindstens
Mit unserm Elend nicht; denn sprächet Ihr
Für Euer Vaterland, Eur gutes Wort,
Mehr als ein eilig aufgerafftes Heer,
Hemmt' unsern Landsmann.
MENENIUS: Nein, ich bleib davon.
SICINIUS: Ich bitt Euch, geht zu ihm.
MENENIUS: Was soll es nutzen?
BRUTUS: Versuchen nur, was Eure Liebe kann
Für Rom bei Marcius.
MENENIUS: Und gesetzt, daß Marcius
Zurück mich schickt, wie er Cominius tat,
Ganz ungehört. – Die Folge?
Noch ein gekränkter Freund, von Gram durchbohrt
Durch seine Härte. Nun?
SICINIUS: Euern Willen
Erkennt Rom dankbar nach dem Maß, wie Ihr
Die gute Meinung zeigt.
MENENIUS: Ich will's versuchen –
Kann sein, er hört mich; doch die Lippe beißen
Und grollen mit Cominius schwächt mein Herz.
Man traf die Stunde nicht, vor Tische war's.
Und sind die Adern leer, ist kalt das Blut,
Dann schmollen wir dem Morgen, sind unwillig
Zu geben und vergeben; doch gefüllt
Die Röhren und Kanäle unsers Bluts
Mit Wein und Nahrung, macht die Seele schmeid'ger
Als priesterliches Fasten. – Drum erpaß ich,
Bis er für mein Gesuch in Tafellaune,
Und dann mach ich mich an ihn.
BRUTUS: Ihr kennt den wahren Pfad zu seiner Güte
Und könnt den Weg nicht fehlen.
MENENIUS: Gut, ich prüf ihn.
Geh's, wie es will, bald werd ich selber wissen,
Ob's mir gelang. *Ab.*

COMINIUS: Er hört ihn nimmer.
SICINIUS: Nicht?
COMINIUS: Glaubt mir, er sitzt im Gold, sein Blick so feurig,
Als wollt er Rom verbrennen; und sein Zorn
Ist Wächter seiner Gnad. – Ich kniete nieder,
Nur leise sprach er: Auf! – entließ mich – So –
Mit seiner stummen Hand. Was er tun würde,
Schickt' er mir schriftlich nach; was er nicht könne,
Zwäng ihn ein Eid sich selbst nicht nachzugeben.
So daß uns keine Hoffnung bleibt,
Wenn's seine edle Mutter nicht und Gattin –
Die, hör ich, sind gewillt, ihn anzuflehn
Um Gnade für die Stadt; drum gehn wir hin,
Daß unser bestes Wort sie noch mehr treibe.

Gehn ab.

Zweite Szene

Das Lager der Volsker vor Rom.

Zwei Wachen *der Volsker, zu ihnen kommt* Menenius.

ERSTE WACHE: Halt! – woher kommt Ihr?
ZWEITE WACHE: Halt, und geht zurück.
MENENIUS: Ihr wacht wie Männer. Gut; doch mit Vergunst,
Ich bin ein Staatsbeamter und gekommen,
Mit Coriolan zu sprechen.
ERSTE WACHE: Von wo?
MENENIUS: Von Rom.
ERSTE WACHE:
Ihr kommt nicht durch, Ihr müßt zurück. – Der Feldherr
Will nichts von dort mehr hören.
ZWEITE WACHE: Ihr sollt Eur Rom in Flammen sehn, bevor
Mit Coriolan Ihr sprecht.
MENENIUS: Ihr guten Freunde,
Habt ihr gehört von Rom den Feldherrn sprechen
Und seinen Freunden dort? Zehn gegen eins,
So traf mein Nam eur Ohr, er heißt Menenius.
ERSTE WACHE: Mag sein. Zurück! denn Eures Namens Würde
Bringt Euch nicht durch.
MENENIUS: Ich sage dir, mein Freund,

Dein Feldherr liebt mich, denn ich war die Chronik
Des Guten, das er tat, und wo sein Ruhm
Als gleichlos stand, wohl etwas übertrieben.
Stets sagt ich Wahrheit aus von meinen Freunden
(Von denen er der Liebste), ganz und groß,
Wie sich's nur breiten läßt. Zuweilen wohl,
So wie die Kugel auf ganz sanftem Grund,
Sprang ich was jenseits, machte fast im Loben
Ein wenig Wind. – Drum, Kerl, muß ich auch durch.

ERSTE WACHE: Mein Treu, Herr, wenn Ihr auch so viele Lügen für ihn wie jetzt Worte für Euch gesprochen habt, so sollt Ihr doch nicht durch. Nein – und wenn auch das Lügen so verdienstlich wäre wie ein keusches Leben. Darum – zurück!

MENENIUS: Ich bitte dich, Mensch, erinnere dich, daß ich Menenius heiße, der immer die Partei deines Feldherrn hielt.

ZWEITE WACHE: Wenn Ihr auch sein Lügner gewesen seid, wie Ihr vorgebt, so bin ich einer, der in seinem Dienst die Wahrheit spricht und Euch sagt, daß Ihr hier nicht hineindürft. Darum, zurück!

MENENIUS: Hat er zu Mittag gegessen? weißt du's nicht? denn ich wollte nicht gern eher mit ihm reden als nach der Mahlzeit.

ERSTE WACHE: Nicht wahr, Ihr seid ein Römer?

MENENIUS: Ich bin, was dein Feldherr ist.

ERSTE WACHE: Dann solltet Ihr auch Rom hassen, so wie er. Könnt ihr, nachdem ihr euren Verteidiger zu euren Toren hinausgestoßen und in eurer blödsinnigen Volkswut euerm Feind euern eignen Schild gegeben habt, noch glauben, seine Rache ließe sich durch die schwächlichen Seufzer alter Frauen abwenden, durch das jungfräuliche Händefalten eurer Töchter oder durch gichtlahme Gebärdung eines so welken, kindischen Mannes, wie Ihr zu sein scheint? Könnt ihr glauben, das Feuer, das eure Stadt entflammen soll, mit so schwachem Atem auszublasen? Nein, ihr irrt euch – darum, zurück nach Rom, und bereitet euch zu eurer Hinrichtung. Ihr seid verurteilt ohne Widerrede und Verzeihung, das hat der General geschworen.

MENENIUS: Bursche, wenn dein Hauptmann wüßte, daß ich hier bin, so würde er mich mit Achtung behandeln.

ERSTE WACHE: Geht, unser Hauptmann kennt Euch nicht.

MENENIUS: Ich meine den Feldherrn.

ERSTE WACHE: Der Feldherr fragt nichts nach Euch. – Zurück, ich sag es Euch, geht, sonst zapfe ich noch Eure halbe Unze Blut ab – zurück! denn mehr könnt Ihr nicht haben. Fort!

MENENIUS: Nein, aber, Mensch, Mensch –

CORIOLANUS *und* AUFIDIUS *treten auf.*

CORIOLANUS: Was gibt's?

MENENIUS: Jetzt, Geselle, will ich dir etwas einbrocken – du sollst nun sehn, daß ich in Achtung stehe. Du sollst gewahr werden, daß solch ein Hans Schilderhaus mich nicht von meinem Sohn Coriolan wegtreiben kann. Sieh an der Art, wie er mit mir sprechen wird, ob du nicht reif für den Galgen bist oder für eine Todesart von längerer Aussicht und größerer Qual. Sieh nun her und falle sogleich in Ohnmacht wegen dessen, was dir bevorsteht. – Die glorreichen Götter mögen stündliche Ratsversammlung halten wegen deiner besondern Glückseligkeit und dich nicht weniger lieben als dein alter Vater Menenius. O mein Sohn! mein Sohn! du bereitest uns Feuer. Sieh, hier ist Wasser, um es zu löschen. Ich war schwer zu bewegen, zu dir zu gehn; aber weil ich überzeugt bin, daß keiner besser als ich dich bewegen kann, so bin ich mit Seufzern aus den Toren dort hinausgeblasen worden und beschwöre dich nun, Rom und deinen flehnden Landsleuten zu verzeihn. Die gütigen Götter mögen deinen Zorn sänftigen und die Hefe davon hier auf diesen Schurken leiten, auf diesen, der mir wie ein Klotz den Eintritt zu dir versagte.

CORIOLANUS: Hinweg!

MENENIUS: Wie, hinweg?

CORIOLANUS: Weib, Mutter, Kind, nicht kenn ich sie. – Mein
Ist andern dienstbar. Eignet mir die Rache [Tun
Auch gänzlich, kann doch von den Volskern nur
Verzeihung kommen. Daß wir einst vertraut,
Vergifte lieber undankbar Vergessen,
Als Mitleid sich, wie sehr, erinnre. Fort denn!
Mein Ohr ist fester Euerm Flehn verschlossen
Als eure Tore meiner Kraft. Doch nimm dies,
Weil ich dich liebt, ich schrieb's um deinetwillen
Und wollt es senden. Kein Wort mehr, Menenius,
Verstatt ich dir. Der Mann, Aufidius,
War mir sehr lieb in Rom; und dennoch siehst du –

AUFIDIUS: Du bleibst dir immer gleich.

Coriolanus und Aufidius gehn ab.

ERSTE WACHE: Nun, Herr, ist Euer Name Menenius?

ZWEITE WACHE: Ihr seht, er ist ein Tauber von großer Kraft. Ihr wißt nun den Weg nach Hause.

ERSTE WACHE: Habt Ihr gehört, wie wir ausgescholten worden sind, weil wir Eure Hoheit nicht einließen?

ZWEITE WACHE: Warum doch, denkt Ihr, soll ich nun in Ohnmacht fallen?

MENENIUS: Ich frage weder nach der Welt noch nach euerm Feldherrn. Was solche Kreaturen betrifft wie ihr, so weiß ich kaum, ob sie da sind, so unbedeutend seid ihr. – Wer den Entschluß fassen kann, von eigner Hand zu sterben, fürchtet es von keiner andern. Mag euer Feldherr das Ärgste tun; und was euch betrifft, bleibt, was ihr seid, lange, und eure Erbärmlichkeit wachse mit euerm Alter! Ich sage euch das, was mir gesagt wurde: Hinweg! *Ab.*

ERSTE WACHE: Ein edler Mann, das muß ich sagen.

ZWEITE WACHE: Der würdigste Mann ist unser Feldherr, er ist ein Fels, eine Eiche, die kein Sturm erschüttert.

Sie gehn ab.

DRITTE SZENE

Das Zelt des Coriolanus.

Es treten auf CORIOLANUS, AUFIDIUS *und* ANDERE.

CORIOLANUS: So ziehn wir morgen denn mit unserm Heer
Vor Rom. Ihr, mein Genoß in diesem Krieg,
Tut Euren Senatoren kund, wie redlich
Ich alles ausgeführt.

AUFIDIUS: Nur ihren Vorteil
Habt Ihr beachtet; Euer Ohr verstopft
Roms allgemeinem Flehn; nie zugelassen
Geheimes Flüstern; nein, selbst nicht von Freunden,
Die ganz auf Euch vertraut.

CORIOLANUS: Der alte Mann,
Den ich nach Rom gebrochnen Herzens sende,
Er liebte mehr mich als mit Vaterliebe,
Ja, machte mich zum Gott. – Die letzte Zuflucht
War, ihn zu senden; um des Greises Liebe,
Blickt ich schon finster, tat ich noch einmal

Den ersten Antrag, den sie abgeschlagen
Und jetzt nicht nehmen können; ihn zu ehren,
Der mehr zu wirken hoffte, gab ich nach,
Sehr wenig nur. Doch neuer Sendung, Bitte,
Sei's nun vom Staat, von Freunden, leih ich nun
Mein Ohr nicht mehr. – Ha! welch ein Lärm ist das?

Geschrei hinter der Szene.

Werd ich versucht, zu brechen meinen Schwur,
Indem ich ihn getan? Ich werd es nicht.

Es treten auf VIRGILIA, VOLUMNIA, *die den jungen* MARCIUS *an der Hand führt,* VALERIA *mit* GEFOLGE. *Alle in Trauer.*

Mein Weib voran, dann die ehrwürd'ge Form,
Die meinen Leib erschuf, an ihrer Hand
Der Enkel ihres Bluts. – Fort, Sympathie!
Brecht, all ihr Band' und Rechte der Natur!
Sei's tugendhaft, in Starrsinn fest zu bleiben.
Was gilt dies Beugen mir? dies Taubenauge,
Das Götter lockt zum Meineid? – Ich zerschmelze!
Und bin nicht festre Erd als andre Menschen. –
Ha! meine Mutter beugt sich,
Als wenn Olympus sich vor kleinem Hügel
Mit Flehen neigte; und mein junger Sohn
Hat einen Blick der Bitt, aus dem allmächtig
Natur schreit: Weigre's nicht! – Nein, pflüge auf
Der Volsker Rom, verheer Italien. Nimmer
Soll, wie unflügge Brut, Instinkt mich führen;
Ich steh, als wär der Mensch sein eigner Schöpfer
Und niemandem verwandt.

VIRGILIA: Herr und Gatte!

CORIOLANUS: Mein Auge schaut nicht mehr wie sonst in Rom.

VIRGILIA: Der Gram, der uns verwandelt hat, macht dich
So denken.

CORIOLANUS: Wie ein schlechter Spieler jetzt
Vergaß ich meine Roll und bin verwirrt,
Bis zur Verhöhnung selbst. – Blut meines Herzens!
Vergib mir meine Tyrannei; doch sage
Drum nicht: Vergib den Römern. – Oh! ein Kuß,
Lang wie mein Bann und süß wie meine Rache.
Nun, bei der Juno Eifersucht, den Kuß
Nahm ich, Geliebte, mit, und meine Lippe
Hat ihn seitdem jungfräulich treu bewahrt.

Ihr Götter! wie? ich huld'ge?
Und aller Mütter edelste der Welt
Blieb unbegrüßt? – Mein Knie, sink in die Erde,
Drück tiefer deine Pflicht dem Boden ein
Als jeder andre Sohn.
Er kniet nieder.

VOLUMNIA: Steh auf gesegnet!
Daß auf nicht weicherm Kissen als der Stein
Ich vor die knie und Huld'gung neuer Art
Dir weihe, die bisher ganz falsch verteilt
War zwischen Kind und Eltern.
Sie kniet.

CORIOLANUS: Was ist das?
Ihr vor mir knien? vor dem bestraften Sohn?
Dann mögen Kiesel von der sand'gen Bucht
Frech an die Sterne springen; rebell'sche Winde
Die Feuersonn mit stolzen Zedern peitschen,
Mordend Unmöglichkeit, zum Kinderspiel
Zu machen das, was ewig nie kann sein.

VOLUMNIA: Du bist mein Krieger,
Ich half dich bilden. Kennst du diese Frau?

CORIOLANUS: Die edle Schwester des Publicola.
Die Luna Roms, keusch wie die Zacken Eis,
Die aus dem reinsten Schnee der Frost geformt
Am Heiligtum Dianens. Seid gegrüßt, Valeria.

VOLUMNIA: Dies ein kleiner Auszug von dir selbst,
Der durch die Auslegung erfüllter Jahre
Ganz werden kann wie du.

CORIOLANUS: Der Gott der Krieger,
Mit Beistimmung des höchsten Zeus, erziehe
Zum Adel deinen Sinn, daß du dich stählst,
Der Schande unverwundbar, und im Krieg
Ein groß Seezeichen stehst, die Winde höhnend,
Die rettend, die dir nachsehn.

VOLUMNIA: Knie nieder, Bursch!

CORIOLANUS: Das ist mein wackrer Sohn.

VOLUMNIA: Er und dein Weib, die Frau hier und ich selbst
Sind Flehende vor dir.

CORIOLANUS: Ich bitt euch, still!
Wo nicht, bedenket dies, bevor ihr sprecht:
Was zu gewähren ich verschwor, das nehmt nicht

Als euch verweigert; heißt mich nicht, entlassen
Mein Heer; nicht, wieder unterhandeln mit
Den Handarbeitern Roms; nicht sprecht mir vor,
Worin ich unnatürlich scheine; denkt nicht
Zu sänft'gen meine Wut und meine Rache
Mit euren kältern Gründen.

VOLUMNIA: Oh! nicht mehr! nicht mehr!
Du hast erklärt, du willst uns nichts gewähren;
Denn nichts zu wünschen haben wir als das,
Was du schon abschlugst; dennoch will ich wünschen,
Daß, weichst du unsern Bitten aus, der Tadel
Nur deine Härte treffen mag. Drum hör uns.

CORIOLANUS: Aufidius und ihr Volsker, merkt, wir hören
Nichts insgeheim von Rom. Nun, eure Bitte?

VOLUMNIA: Wenn wir auch schwiegen, sagten doch dies Kleid
Und unser bleiches Antlitz, welch ein Leben
Seit deinem Bann wir führten. Denke selbst,
Wie wir, unsel'ger als je Fraun auf Erden,
Dir nahn! Dein Anblick, der mit Freudentränen
Die Augen füllen soll, das Herz mit Wonne,
Netzt sie mit Leid, die Brust erbebt vor Furcht,
Da Mutter, Weib und Kind es sehen müssen,
Wie Sohn, Gemahl und Vater grausam wühlt
In seines Landes Busen. – Weh uns Armen!
Uns trifft am härtsten deine Wut; du wehrst uns,
Die Götter anzuflehn – ein Trost, den alle,
Nur wir nicht, teilen: denn wie könnten wir's?
Wie können für das Vaterland wir beten,
Was unsre Pflicht? und auch für deinen Sieg,
Was unsre Pflicht? – Ach! unsre teure Amme,
Das Vaterland, geht unter oder du,
Du Trost im Vaterland. Wir finden immer
Ein unabwendbar Elend, wird uns auch
Ein Wunsch gewährt; wer auch gewinnen mag,
Entweder führt man dich Abtrünn'gen, Fremden
In Ketten durch die Straßen; oder du
Trittst im Triumph des Vaterlandes Schutt
Und trägst die Palme, weil du kühn vergossest
Der Frau, des Kindes Blut; denn ich, mein Sohn,
Ich will das Schicksal nicht erwarten noch
Des Krieges Schluß. Kann ich dich nicht bewegen,

Daß lieber jedem Teil du Huld gewährst
Als einen stürzest – traun, du sollst nicht eher
Dein Vaterland bestürmen, bis du tratst
(Glaub mir, du sollst nicht) auf der Mutter Leib,
Der dich zur Welt gebar.

VIRGILIA: Ja, auch auf meinen,
Der diesen Sohn dir gab, auf daß dein Name
Der Nachwelt blüh.

DER KLEINE MARCIUS: Auf mich soll er nicht treten.
Fort lauf ich, bis ich größer bin, dann fecht ich.

CORIOLANUS: Wer nicht will Sanftmut fühlen gleich den Frauen,
Der muß nicht Frau noch Kindes Antlitz schauen.
Zu lange saß ich. *Er steht auf.*

VOLUMNIA: Nein, so geh nicht fort.
Zielt' unsre Bitte nur dahin, die Römer
Zu retten durch den Untergang der Volsker,
Die deine Herrn, so möchtst du uns verdammen
Als Mörder deiner Ehre. – Nein, wir bitten,
Daß beide du versöhnst; dann sagen einst
Die Volsker: Diese Gnad erwiesen wir –
Die Römer: Wir empfingen sie; und jeder
Gibt dir den Preis und ruft: Gesegnet sei
Für diesen Frieden! – Großer Sohn, du weißt,
Des Krieges Glück ist ungewiß; gewiß
Ist dies, daß, wenn du Rom besiegst, der Lohn,
Den du dir erntest, solch ein Name bleibt,
Dem, wie er nur genannt wird, Flüche folgen.
Dann schreibt die Chronik einst: Der Mann war edel,
Doch seine letzte Tat löscht' alles aus,
Zerstört' sein Vaterland; drum bleibt sein Name
Ein Abscheu künft'gen Zeiten. – Sprich zu mir.
Der Ehre zartste Fordrung war dein Streben,
In ihrer Hoheit Göttern gleich zu sein:
Den Luftraum mit dem Donner zu erschüttern
Und dann den Blitz mit einem Keil zu tauschen,
Der nur den Eichbaum spaltet. Wie? nicht sprichst du? –
Hältst du es würdig eines edlen Mannes,
Sich stets der Kränkung zu erinnern? – Tochter,
Sprich du, er achtet auf dein Weinen nicht. –
Sprich du, mein Kind –
Vielleicht bewegt dein Kindsgeschwätz ihn mehr,

Als unsre Rede mag. – Kein Mann auf Erden
Verdankt der Mutter mehr; doch hier läßt er
Mich schwatzen wie ein Weib am Pranger. – Nie
Im ganzen Leben gabst der lieben Mutter
Du freundlich nach, wenn sie, die arme Henne,
Nicht andrer Brut erfreut, zum Krieg dich gluckte
Und sicher heim, mit Ehren stets beladen. –
Heiß ungerecht mein Flehn und stoß mich weg;
Doch ist das nicht, so bist nicht edel du,
Und strafen werden dich die Götter, daß
Du mir die Pflicht entziehst, die Müttern ziemt.
Er kehrt sich ab! –
Kniet nieder, Fraun, beschäm ihn unser Knien.
Dem Namen Coriolanus ziemt Verehrung,
Nicht Mitleid unserm Flehn. – Kniet, sei's das letzte. –
Nun ist es aus – wir kehren heim nach Rom
Und sterben mit den Unsern. – Nein, sieh her!
Dies Kind, nicht kann es sagen, was es meint;
Doch kniet es, hebt die Händ empor mit uns,
Spricht so der Bitte Recht mit größrer Kraft,
Als du zu weigern hast. – Kommt, laßt uns gehn:
Der Mensch hat eine Volskerin zur Mutter,
Sein Weib ist in Corioli, dies Kind
Gleicht ihm durch Zufall. – So sind wir entlassen,
Still bin ich, bis die Stadt in Flammen steht,
Dann sag ich etwas noch.

CORIOLANUS: Oh! Mutter! – Mutter!

Er faßt die beiden Hände der Mutter. Pause.

Was tust du? Sieh, die Himmel öffnen sich,
Die Götter schaun herab; den Auftritt unnatürlich
Belachen sie. – O meine Mutter! Mutter! Oh!
Für Rom hast du heilsamen Sieg gewonnen;
Doch deinen Sohn – O glaub es, glaub es mir,
Ihm höchst gefahrvoll hast du den bezwungen,
Wohl tödlich selbst. Doch mag es nur geschehn!
Aufidius, kann ich Krieg nicht redlich führen,
Schließ ich heilsamen Frieden. Sprich, Aufidius,
Wärst du an meiner Statt, hättst du die Mutter
Wen'ger gehört? ihr wen'ger zugestanden?

AUFIDIUS: Ich war bewegt.

CORIOLANUS: Ich schwöre drauf, du warst es.

Und nichts Geringes ist es, wenn mein Auge
Von Mitleid träuft. Doch rate mir, mein Freund!
Was für Bedingung machst du? denn nicht geh ich
Nach Rom, ich kehre mit euch um und bitt euch,
Seid hierin mir gewogen. – O Mutter! Frau!

AUFIDIUS *für sich*: Froh bin ich, daß dein Mitleid, deine Ehre
Dich so entzwein; hieraus denn schaff ich mir
Mein ehemal'ges Glück.

Die Frauen wollen sich entfernen.

CORIOLANUS: Oh! jetzt noch nicht.
Erst trinken wir, dann tragt ein beßres Zeugnis
Als bloßes Wort nach Rom, das gegenseitig
Auf billige Bedingung wir besiegeln.
Kommt, tretet mit uns ein. Ihr Fraun verdient,
Daß man euch Tempel baut; denn alle Schwerter
Italiens und aller Bundsgenossen,
Sie hätten diesen Frieden nicht erkämpft.

Alle ab.

VIERTE SZENE

Rom. Ein öffentlicher Platz.

MENENIUS *und* SICINIUS *treten auf.*

MENENIUS: Seht Ihr dort jenen Vorsprung am Kapitol? jenen Eckstein?

SICINIUS: Warum? Was soll er?

MENENIUS: Wenn es möglich ist, daß Ihr ihn mit Euerm kleinen Finger von der Stelle bewegt, dann ist einige Hoffnung, daß die römischen Frauen, besonders seine Mutter, etwas bei ihm ausrichten können. – Aber ich sage, es ist keine Hoffnung; unsre Kehlen sind verurteilt und warten auf den Henker.

SICINIUS: Ist es möglich, daß eine so kurze Zeit die Gemütsart eines Menschen so verändert?

MENENIUS: Es ist ein Unterschied zwischen einer Raupe und einem Schmetterling; und doch war der Schmetterling eine Raupe. Dieser Marcius ist aus einem Menschen ein Drache geworden, die Schwingen sind ihm gewachsen, er ist mehr als ein kriechendes Geschöpf.

SICINIUS: Er liebte seine Mutter von Herzen.

MENENIUS: Mich auch. Aber er kennt jetzt seine Mutter so wenig wie ein achtjähriges Roß. Die Herbheit seines Angesichts macht reife Trauben sauer. Wenn er wandelt, so bewegt er sich wie ein Turm, und der Boden schrumpft vor seinem Schritt zusammen. Er ist imstande, einen Harnisch mit seinem Blick zu durchbohren; er spricht wie eine Totenglocke, und sein Hm ist eine Batterie. Er sitzt da in seiner Herrlichkeit wie ein Abbild Alexanders. Was er befiehlt, das geschehen soll, das ist schon vollendet, indem er es befiehlt. Ihm fehlt zu einem Gotte nichts als Ewigkeit und ein Himmel, darin zu thronen.

SICINIUS: Doch, Gnade, wenn Ihr ihn richtig beschreibt.

MENENIUS: Ich male ihn nach dem Leben. Gebt nur acht, was für Gnade seine Mutter mitbringen wird. Es ist nicht mehr Gnade in ihm als Milch in einem männlichen Tiger; das wird unsre arme Stadt empfinden. – Und alles dies haben wir euch zu danken.

SICINIUS: Die Götter mögen sich unser erbarmen!

MENENIUS: Nein, bei dieser Gelegenheit werden sich die Götter unser nicht erbarmen. Als wir ihn verbannten, achteten wir nicht auf sie, und da er nun zurückkommt, um uns den Hals zu brechen, achten sie nicht auf uns.

Ein BOTE *tritt auf.*

BOTE: Wollt ihr das Leben retten, flieht nach Hause,
Das Volk hat euern Mittribun ergriffen
Und schleift ihn durch die Straßen. Alle schwören,
Er soll, wenn keinen Trost die Frauen bringen,
Den Tod zollweis empfinden.

Ein ZWEITER BOTE *kommt.*

SICINIUS: Was für Nachricht?

ZWEITER BOTE: Heil! Heil! Die Frauen haben obgesiegt,
Es ziehn die Volsker ab, und Marcius geht.
Ein frohrer Tag hat nimmer Rom begrüßt,
Nicht seit Tarquins Vertreibung.

SICINIUS: Freund, sag an,
Ist's denn auch wirklich wahr? weißt du's gewiß?

ZWEITER BOTE: Ja, so gewiß die Sonne Feuer ist.
Wo stecktet Ihr, daß Ihr noch zweifeln könnt?
Geschwollne Flut stürzt so nicht durch den Bogen
Wie die Beglückten durch die Tore. Horcht!

Man hört Trompeten, Oboen, Trommeln und Freudengeschrei.

Posaunen, Flöten, Trommeln und Trompeten,
Zimbeln und Pauken und der Römer Jauchzen,
Es macht die Sonne tanzen.

Freudengeschrei.

MENENIUS: Gute Botschaft.
Ich geh den Fraun entgegen. Die Volumnia
Ist von Patriziern, Konsuln, Senatoren
Wert eine Stadt voll, solcher Volkstribunen
Ein Meer und Land voll. – Ihr habt gut gebetet,
Für hunderttausend eurer Kehlen gab ich
Heut früh nicht einen Pfennig. Hört die Freude!

Musik und Freudengeschrei.

SICINIUS: Erst für die Botschaft segnen Euch die Götter,
Und dann nehmt meinen Dank.

ZWEITER BOTE: Wir haben alle
Viel Grund zu vielem Dank.

SICINIUS: Sind sie schon nah?

ZWEITER BOTE: Fast schon am Tor.

SICINIUS: Laßt uns entgegengehn
Und ihren Jubel mehren.

Alle ab.

FÜNFTE SZENE.

Ebendaselbst. Eine Straße nahe dem Tor.

VOLUMNIA, VIRGILIA *und* VALERIA *treten auf, von* SENATOREN, PATRIZIERN *und* VOLK *begleitet. Sie gehn über die Bühne.*

ERSTER SENATOR: Seht unsre Schutzgöttin, das Leben Roms!
Ruft alles Volk zusammen, preist die Götter,
Macht Freudenfeuer, streut den Weg mit Blumen
Und übertönt den Schrei, der Marcius bannte,
Ruft ihn zurück im Willkomm seiner Mutter.
Willkommen! ruft den Fraun Willkommen zu.

ALLE: Willkommen! edle Frauen! seid willkommen!

Trommeln und Trompeten. Alle ab.

SECHSTE SZENE

Antium. Ein öffentlicher Platz.

AUFIDIUS *tritt auf mit* BEGLEITERN.

AUFIDIUS: Geht, sagt den Senatoren, ich sei hier,
Gebt ihnen dies Papier, und wenn sie's lasen,
Heißt sie zum Marktplatz kommen, wo ich selbst
Vor ihrem und des ganzen Volkes Ohr
Bekräft'ge, was hier steht. Der Angeklagte
Zog eben in die Stadt und ist gewillt,
Sich vor das Volk zu stellen, in der Hoffnung,
Durch Worte sich zu rein'gen. Geht.

Die Begleiter gehn ab.

Drei oder vier VERSCHWORNE *treten auf.*

Willkommen!

ERSTER VERSCHWORNER: Wie steht's mit unserm Feldherrn?

AUFIDIUS: Gradeso,
Wie dem, der durch sein Wohltun wird vergiftet,
Den sein Erbarmen mordet.

ZWEITER VERSCHWORNER: Edler Herr,
Wenn bei derselben Absicht Ihr verharrt,
Zu der Ihr unsern Beitritt wünscht, erretten
Wir Euch von der Gefahr.

AUFIDIUS: Ich weiß noch nicht.
Wir müssen handeln nach des Volkes Stimmung.

DRITTER VERSCHWORNER: Das Volk bleibt ungewiß, solang es [noch
Kann wählen zwischen euch. Der Fall des einen
Macht, daß der andre alles erbt.

AUFIDIUS: Ich weiß es.
Auch wird der Vorwand, ihm eins beizubringen,
Beschönigt. Ich erhob ihn, gab mein Wort
Für seine Treu. Er, so emporgestiegen,
Begoß mit Schmeicheltau die neuen Pflanzen,
Die Freunde mir verführend; zu dem Zweck
Bog er sein Wesen, das man nur vorher
Als rauh, unlenksam und freimütig kannte.

DRITTER VERSCHWORNER: Jawohl, sein Starrsinn, als er einst die [Würde
Des Konsuls suchte, die er nur verlor,
Weil er nicht nachgab –

AUFIDIUS: Davon wollt ich reden.

Deshalb verbannt, kam er an meinen Herd,
Bot seinen Hals dem Dolch. Ich nahm ihn auf,
Macht ihn zu meinesgleichen, gab ihm Raum
Nach seinem eignen Wunsch, ja ließ ihn wählen
Aus meinem Heer, zu seines Plans Gelingen,
Die besten, kühnsten Leute. Selbst auch dient ich
Für seinen Plan, half ernten Ruhm und Ehre,
Die er ganz nahm als eigen. Selbst mir Unrecht
Zu tun, war ich fast stolz. Bis ich am Ende
Sein Söldner schien, nicht Mitregent, den er
Mit Gunst bezahlt' und Beifall; als wär ich
Für Lohn in seinem Dienste.

ERSTER VERSCHWORNER: Ja, das tat er,
Das Heer erstaunte drob. Und dann zuletzt,
Als Rom sein war und wir nicht wen'ger Ruhm
Als Beut erwarten –

AUFIDIUS: Dieses ist der Punkt,
Wo meine ganze Kraft ihm widerstrebt.
Für wen'ge Tropfen Weibertränen, wohlfeil
Wie Lügen, konnt er Schweiß und Blut verkaufen
Der großen Unternehmung. Darum sterb er,
Und ich ersteh in seinem Fall. – Doch, horcht.

Trommeln und Trompeten, Freudengeschrei des Volks.

ERSTER VERSCHWORNER: Ihr kamt zur Vaterstadt gleich einem [Boten
Und wurdet nicht begrüßt; bei seiner Rückkehr
Zerreißt ihr Schrein die Luft.

ZWEITER VERSCHWORNER: Ihr blöden Toren!
Die Kinder schlug er euch, ihr sprengt die Kehlen,
Ihm Glück zu wünschen.

DRITTER VERSCHWORNER: Drum zu Euerm Vorteil,
Eh er noch sprechen kann, das Volk zu stimmen
Durch seine Rede, fühl er Euer Schwert.
Wir unterstützen Euch, daß, wenn er liegt,
Auf Eure Art sein Wort gedeutet wird,
Mit ihm sein Recht begraben.

AUFIDIUS: Sprich nicht mehr,
Hier kommt schon der Senat.

Die SENATOREN *treten auf.*

DIE SENATOREN: Ihr seid daheim willkommen!

AUFIDIUS: Das hab ich nicht verdient; doch, würd'ge Herrn,
Last ihr bedächtig durch, was ich euch schrieb?

DIE SENATOREN: Wir taten's.
ERSTER SENATOR: Und mit Kummer, dies zu hören.
Was früher er gefehlt, das, glaub ich, war
Nur leichter Strafe wert; doch da zu enden,
Wo er beginnen sollte, wegzuschenken
Den Vorteil unsers Kriegs, uns zu bezahlen
Mit unsern Kosten und Vergleich zu schließen
Statt der Erobrung – das ist unverzeihlich.
AUFIDIUS: Er naht, ihr sollt ihn hören.

CORIOLANUS *tritt ein mit Trommeln und Fahnen*, BÜRGER *mit ihm.*

CORIOLANUS: Heil, edle Herrn! Heim kehr ich, euer Krieger,
Unangesteckt von Vaterlandsgefühlen,
So wie ich auszog. Euerm hohen Willen
Bleib ich stets untertan. – Nun sollt ihr wissen,
Daß uns der herrlichste Erfolg gekrönt:
Auf blut'gem Pfade führt ich euern Krieg
Bis vor die Tore Roms. Wir bringen Beute,
Die mehr als um ein Drittel überwiegt
Die Kosten dieses Kriegs. Wir machten Frieden,
Mit minderm Ruhm nicht für die Antiaten
Als Schmach für Rom, und überliefern hier,
Von Konsuln und Patriziern unterschrieben
Und mit dem Siegel des Senats versehn,
Euch den Vergleich.
AUFIDIUS: Lest ihn nicht, edle Herrn.
Sagt dem Verräter, daß er eure Macht
Im höchsten Grad mißbraucht hat.
CORIOLANUS: Was? Verräter?
AUFIDIUS: Ja, du Verräter, Marcius!
CORIOLANUS: Marcius?
AUFIDIUS: Ja, Marcius, Cajus Marcius! denkst du etwa,
Daß ich mit deinem Raub dich schmücke, deinem
Gestohlnen Namen Coriolan?
Ihr Herrn und Häupter dieses Staats, meineidig
Verriet er eure Sach und schenkte weg
Für ein'ge salz'ge Tropfen euer Rom,
Ja, eure Stadt, an seine Frau und Mutter,
Den heil'gen Eid zerreißend wie den Faden
Verfaulter Seide, niemals Kriegesrat
Berufend. Nein, bei seiner Amme Tränen
Weint' er und heulte euern Sieg hinweg,

Daß Pagen sein sich schämten und Soldaten
Sich staunend angesehn.

CORIOLANUS: Hörst du das, Mars?

AUFIDIUS: Oh! nenne nicht den Gott, du Knab der Tränen!

CORIOLANUS: Ha!

AUFIDIUS: Nichts mehr!

CORIOLANUS: Du grenzenloser Lügner! zu groß machst du
Mein Herz für seinen Inhalt. Knab? o Sklave!
Verzeiht mir, Herrn, das ist das erste Mal,
Daß man mich zwingt zu schimpfen. – Ihr Verehrten,
Straft Lügen diesen Hund; sein eignes Wissen
(Denn meine Striemen sind ihm eingedrückt,
Und diese Zeichen nimmt er mit ins Grab)
Schleudr ihm zugleich die Lüg in seinen Hals.

ERSTER SENATOR: Still, beid, und hört mich an.

CORIOLANUS:
Reißt mich in Stück', ihr Volsker! Männer, Kinder,
Taucht euern Stahl in mich. – „Knab?" – Falscher Hund!
Wenn eure Chronik Wahrheit spricht – da steht's,
Daß, wie im Taubenhaus der Adler, ich
Gescheucht die Volsker in Corioli.
Allein – ich – tat es. Knabe!

AUFIDIUS: Edle Herrn,
So laßt ihr an sein blindes Glück euch mahnen
Und eure Schmach? Durch diesen frechen Prahler
Vor euren eignen Augen?

DIE VERSCHWORNEN: Dafür sterb er!

DIE BÜRGER *durcheinander*: Reißt ihn in Stücke, tut es gleich. – Er tötete meinen Sohn – meine Tochter. – Er tötete meinen Vetter Marcus! – Er tötete meinen Vater!

ZWEITER SENATOR: Still! keine blinde Wut. Seid ruhig. Still!
Der Mann ist edel, und sein Ruhm umschließt
Den weiten Erdkreis. Sein Vergehn an uns
Sei vor Gericht gezogen. Halt, Aufidius!
Und stör den Frieden nicht.

CORIOLANUS: Oh! hätt ich ihn!
Und sechs Aufidius, mehr noch, seinen Stamm,
Mein treues Schwert zu prüfen!

AUFIDIUS: Frecher Bube!

DIE VERSCHWORNEN:
Durchbohrt, durchbohrt, durchbohrt ihn!

Aufidius und die Verschwornen ziehen und erstechen Coriolanus. Aufidius stellt sich auf ihn.

DIE SENATOREN: Halt, halt ein!
AUFIDIUS: Ihr edlen Herrn! o hört mich an.
ERSTER SENATOR: O Tullus!
ZWEITER SENATOR: Du hast getan, was Tugend muß beweinen.
DRITTER SENATOR:
Tritt nicht auf ihn. Seid ruhig, all ihr Männer,
Steckt eure Schwerter ein.
AUFIDIUS: Ihr Herrn, erkennt ihr – wie in dieser Wut,
Von ihm erregt, nicht möglich – die Gefahren,
Die euch sein Leben droht', erfreut ihr euch,
Daß er so weggeräumt. Beruft mich, Edle,
Gleich in den Rat, so zeig ich, daß ich bin
Eur treuster Diener, oder ich erdulde
Die schwerste Strafe.
ERSTER SENATOR: Tragt die Leiche fort
Und trauert über ihn. Er sei geehrt
Wie je ein edler Leichnam, dem der Herold
Zum Grab gefolgt.
ZWEITER SENATOR: Sein eignes Ungestüm
Nimmt von Aufidius einen Teil der Schuld,
So kehrt's zum Besten.
AUFIDIUS: Meine Wut ist hin,
Mein Herz durchbohrt der Gram. So nehmt ihn auf,
Helft, drei der ersten Krieger, ich der vierte.
Die Trommel rührt, und laßt sie traurig tönen,
Schleppt nach die Speer. Obwohl in dieser Stadt
Er manche Gatten kinderlos gemacht
Und nie zu sühnend Leid auf uns gebracht,
So sei doch seiner ehrenvoll gedacht.
Helft mir.

Sie tragen die Leiche Coriolans fort. Trauermarsch.

TITUS ANDRONICUS

Personen

Saturninus, *Sohn des letzten römischen Kaisers, später selbst Kaiser*
Bassianus, *dessen Bruder, Liebhaber der Lavinia*
Titus Andronicus, *ein edler Römer und Heerführer wider die Goten*
Marcus Andronicus, *Volkstribun, des Titus Bruder*

Lucius Quintus Marcius Mutius	*Söhne des Titus Andronicus*

Der jüngere Lucius, *Lucius' Sohn, Titus' Enkel*
Publius, *Sohn des Marcus Andronicus*
Aemilius, *römischer Patrizier*

Alarbus Chiron Demetrius	*Söhne der Tamora*

Aaron, *ein Mohr, Tamoras Geliebter*
Ein Hauptmann
Ein Tribun
Ein Bote
Ein Bauer
Goten und Römer
Tamora, *Königin der Goten*
Lavinia, *Tochter des Titus Andronicus*
Eine Wärterin
Ein Mohrenkind
Senatoren, Tribunen, Gerichtsdiener, Kriegsleute und andres Gefolge.

Szene: Rom und die umliegende Gegend.

ERSTER AUFZUG

ERSTE SZENE

Rom. Vor dem Kapitol.

Trompetenstoß. Es erscheinen oben auf der Bühne Senatoren und Tribunen, wie zur Versammlung; dann von der einen Seite SATURNINUS *mit seinem* GEFOLGE, *von der andern* BASSIANUS *mit dem seinigen. Trommeln und Fahnen.*

SATURNINUS: Edle Patrizier, Schirmer meines Rechts,
Verteidigt meinen Anspruch mit dem Schwert;
Und ihr, Mitbürger, Freunde, wert und treu,
Werbt mit den Waffen um mein erblich Recht.
Ich bin des Erstgeborner, den zuletzt
Geschmückt Roms kaiserliches Diadem:
So folge mir des Vaters Würde nach.
Kränkt meinen Vorrang nicht durch diese Schmach.

BASSIANUS: Römer, Gefährten, Fördrer meines Rechts!
Wenn je zuvor Bassianus, Cäsars Sohn,
Roms königlichem Auge wohlgefiel,
Besetzt den Zugang hier zum Kapitol
Und duldet nicht, daß Unwert dürfe nahn
Dem Kaisersitz, der Tugend stets geweiht,
Dem Recht, der Mäßigung, dem Edelmut.
Laßt Stimmenmehrheit das Verdienst erhöhn,
Und, Römer! kämpft für Freiheit eurer Wahl!

MARCUS ANDRONICUS *oben auf der Bühne, mit der Krone.*

MARCUS: Ihr Prinzen, die durch Anhang und Partein
Ehrgeizig strebt nach Herrschaft und Gewalt;
Es grüßt das röm'sche Volk, für das wir stehn
Mit unsern Freunden, durch einmüt'gen Ruf
Nach seinem Wahlrecht als des Reiches Fürst
Andronicus, der Fromme zubenamt,
Für sein vielfach und groß Verdienst um Rom. –
Ein beßrer Krieger, ein getreurer Mann
Lebt nicht zu dieser Stund in unsrer Stadt;

Er ist zurückberufen vom Senat
Aus heißem Kampf mit den barbar'schen Goten;
Er mit den Söhnen, unsrer Feinde Schreck,
Bezwang dies starke, kriegsgewohnte Volk.
Zehn Jahre sind es nun, seit er zuerst
Roms Sache führt' und strafte mit dem Schwert
Der Feinde Hochmut; fünfmal kehrt' er heim
Blutig nach Rom, die tapfern Söhne führend
Auf Bahren aus dem Feld;
Und nun zuletzt, geschmückt mit Ruhmstrophäen,
Zieht dieser wackre Titus heim gen Rom,
Andronicus, der edle Waffenheld.
Wir bitten euch, bei seines Namens Glanz,
Den ihr für würdig achtet eures Throns
Und den ihr im Senat und Kapitol
Zu ehren denkt und vor ihm hinzuknien –
Entfernt euch jetzt, entsagt der Übermacht,
Schickt heim die Freund' und, wie's Bewerbern ziemt,
Verfolgt in Fried und Demut eur Gesuch.
SATURNINUS: Wie schön spricht, mich zu sänft'gen, der Tribun!
BASSIANUS: Marcus Andronicus, ich trau so sehr
Auf deinen unbestechbar graden Sinn,
Dich und die Deinen ehr und lieb ich so,
Den edlen Bruder Titus, seine Söhne
Und sie, der unser Sinn in Demut neigt,
Die reizende Lavinia, Zierde Roms –
Daß ich heimsende meiner Treuen Schar
Und meinem Glück und unsers Volkes Gunst
Vertraun will zur Entscheidung mein Gesuch.
Die Soldaten des Bassianus gehn ab.
SATURNINUS: Freunde, die so bereit mein Recht geschirmt,
Ich dank euch alln, und all entlaß ich euch;
Und meines Vaterlandes Lieb und Gunst
Vertrau ich hier mich selbst und mein Gesuch. –
Rom, sei gerecht und so gewogen mir,
Als ich mit vollem Zutraun neige dir;
Öffnet das Tor und laßt mich ein!
BASSIANUS: Auch mich, Tribunen, mit bescheidnem Flehn!
Alle gehn in das Senatsgebäude.

Zweite Szene

Daselbst.

Ein Hauptmann *tritt auf.*

HAUPTMANN: Römer, macht Platz! Andronicus, der Held,
Der Tugend Vorbild, stärkster Kämpfer Roms,
Sieger in allen Schlachten, die er focht,
Ist heimgekehrt, an Glück und Ehre reich,
Von wo er unterwarf mit seinem Schwert
Die Feinde Roms und unters Joch sie führte.

Trommeln und Trompeten. Dann treten auf Mutius *und* Marcius; *nach ihnen zwei* Männer, *die einen schwarzverhängten Sarg tragen; hierauf* Quintus *und* Lucius. *Dann folgt* Titus Andronicus; *nach ihm* Tamora *mit* Alarbus, Chiron, Demetrius *und andern gotischen* Gefangnen, Soldaten *und* Gefolge. *Der Sarg wird niedergesetzt, und Titus spricht.*

TITUS: Heil dir, o Rom! Siegprang im Trauerkleid!
Sieh, wie das Schiff, das ablud seine Fracht,
Mit teurer Ladung heim zum Hafen kehrt,
Wo es zuerst die Anker lichtete –
So kommt Andronicus im Lorbeerkranz,
Mit Tränen grüßt er seine Heimat neu;
Mit Tränen wahrer Lust des Wiedersehns. –
Du großer Schirmherr dieses Kapitols,
Sieh gnädig auf des heil'gen Opfers Brauch!
Von fünfundzwanzig tapfern Söhnen, Rom,
Hälfte der Zahl von König Priams Stamm,
Schau hier den armen Rest, lebend und tot! –
Mit Lieb empfange Rom euch Lebende;
Euch Toten, die zur letzten Ruhstatt gehn,
Schenk es ein Grab in ihrer Ahnen Gruft;
Hier gönnt der Got erst Ruhe meinem Schwert.
Titus, unliebend, sorglos für dein Blut,
Was duldst du, daß noch grablos dein Geschlecht
Umschweben muß des Styx graunvollen Strand?
Geh, bette sie bei ihren Brüdern hin!

Das Grab wird geöffnet.

Dort grüßt euch schweigend, wie's der Toten Brauch;
Schlaft friedlich, die ihr starbt fürs Vaterland!

O meiner Kinder heiliges Gewölb,
Geliebtes Wohnhaus echten Edelsinns,
Wie manchen Sohn hast du mir schon entrafft
Und hältst ihn ewig hier in finstrer Haft!
LUCIUS: Gib der gefangnen Goten stolzesten,
Daß wir, die Glieder stümmelnd, seinen Leib
Ad manes fratrum opfern in der Glut,
Vor diesem ird'schen Kerker ihres Staubs!
Auf daß nicht ungesühnt ihr Schatten sei,
Noch uns bedräu auf Erden ihr Gespenst!
TITUS: Ich geb ihn euch, der Feinde trefflichsten:
Den Erstgebornen dieser Königin.
TAMORA: Halt, röm'sche Brüder! Gnadenreicher Held,
Siegreicher Titus, sieh die Tränenflut,
Die einer Mutter Gram dem Sohne weint!
Und liebtest du jemals die Söhne dein,
Ach denk, was muß ein Sohn der Mutter sein!
Genügt dir's nicht, daß man nach Rom uns führte,
Als deines Einzugs und Triumphes Schmuck,
Gefangne dir und deinem Römerjoch?
Mußt du den Sohn noch schlachten auf dem Markt,
Weil er fürs Vaterland mit Mut gekämpft?
Oh, dünkt der Streit für König und für Volk
Euch fromme Pflicht, so ist er's diesem auch:
Titus, beflecke nicht dein Grab mit Blut;
Und willst du der Natur der Götter nahn,
Nah ihnen denn, indem du Gnade übst,
Denn gnädig sein gibt echten Adel kund.
O schone, Titus, meinen ältsten Sohn!
TITUS: Ergib dich, Fürstin, faß dich in Geduld. –
Hier stehn die Brüder derer, die dein Volk
Lebend und tot sah; den Erschlagnen heischt
Ein Totenopfer frommes Pflichtgefühl;
Dem ist dein Sohn bestimmt; sein Tod versöhnt
Der heimgegangnen Schatten Klageruf.
LUCIUS: Hinweg mit ihm! Ein Feuer zündet schnell;
Auf einem Holzstoß laßt uns mit dem Schwert
Die Glieder ihm zerhaun, bis sie verbrannt.
Mutius, Marcius, Quintus und Lucius gehn mit Alarbus ab.
TAMORA: O grauser, gottverhaßter Totenbrauch!
CHIRON: War Skythien halb so blutig je gesinnt?

DEMETRIUS: Vergleiche Skythien nicht dem stolzen Rom!
Alarbus geht zur Ruh, wir leben noch
Und zittern vor des Titus zorn'gem Blick.
So faßt Euch, Mutter, aber hofft zugleich,
Derselbe Gott, der Trojas Königin
Gelegenheit zu bittrer Rache gab
An Thrakiens Wütrich in dem eignen Zelt –
Gönnt Tamora, der Gotenkönigin
(Wenn Goten Goten, Ihr die Königin!),
Daß sie die Blutschuld tilgt an ihrem Feind.

LUCIUS, QUINTUS, MARCIUS *und* MUTIUS *kommen zurück.*

LUCIUS: Seht, Herr und Vater, treu befolgten wir
Den röm'schen Brauch; Alarbus ward zerstückt,
Sein Eingeweide nährt die Opferglut,
Daß Dampf, dem Weihrauch gleich, die Luft durchwürzt.
Nun fehlt nur noch, die Brüder zu bestatten,
Und hier in Rom der laute Freundesgruß.

TITUS: Also gescheh es, und Andronicus
Sagt ihrem Geist sein letztes Lebewohl.

Trompetenstoß, die Särge werden in die Gruft gestellt.

Schlaft, meine Söhne, hier in Fried und Ruhm!
Roms mutigste Verteid'ger, ruht allhier,
Geschirmt vor Leid und Wechsel dieser Welt!
Hier lauert kein Verrat, hier schwillt kein Neid,
Wächst kein verhaßter Zwist, kein Sturm für euch,
Kein Lärm: nur Schweigen und ein ew'ger Schlaf;
In Fried und Ruhm liegt, meine Söhne, hier!

LAVINIA *tritt auf.*

LAVINIA: In Fried und Ruhm, Held Titus, lebt noch lang!
Mein teurer Vater, für die Ehre lebt!
An diesem Grab bring ich der Tränen Zoll
Den Brüdern dar als letzte Huldigung:
Und weine kniend dir zu Füßen auch
Der Freude Tränen, weil du heimgekehrt.
O segne mich mit deiner Siegerhand,
Die Besten Roms erfreun sich ihrer Tat.

TITUS: O güt'ges Rom, das liebreich aufbewahrt
Die Stärkung meines Alters mir zum Trost!
Lavinia, überleb als Preis der Tugend
Den Vater in des Nachruhms ew'ger Jugend!

MARCUS ANDRONICUS *und* TRIBUNEN *treten auf;* SATURNINUS,

BASSIANUS *und* ANDRE *kommen zurück.*

MARCUS: Lang lebe Titus, mein geliebter Bruder,
Als hohen Triumphator grüßt ihn Rom.
TITUS: Dank, mein Tribun, mein edler Bruder Marcus.
MARCUS: Willkommen, Neffen, aus glorreicher Schlacht,
Ihr, die noch lebt, und ihr, die schlaft in Ruhm.
Ihr Tapfern, die für eures Landes Wohl
Das Schwert gezückt – eur Los ist völlig gleich!
Doch sichern Glanz beut dieser Leichenpomp,
Der das erreicht, was Solon Glück genannt,
Und das Geschick im Bett des Ruhms besiegt. –
Titus Andronicus, das röm'sche Volk
(Des Freund du warst von je nach strengem Recht)
Schickt dir durch mich als Anwalt und Tribun
Dies weiße Kleid von unbeflecktem Glanz
Und nennt für dieses Reiches Kaiserwahl
Dich nebst den Söhnen unsres letzten Herrn.
Sei Candidatus dann und leg es an
Und hilf zum Haupte dem hauptlosen Rom.
TITUS: Ein beßres Haupt gebührt so edlem Leib
Als meins, das längst von Schwäch und Alter wankt.
Wie trüg ich dies Gewand euch zur Beschwer?
Ihr wähltet heut mit lautem Beifall mich,
Und morgen gäb ich Kron und Leben auf
Und schafft euch allen neue Sorg und Not!
Ich war dein Krieger, Rom, an vierzig Jahr
Und führte meines Volkes Macht mit Glück,
Legt einundzwanzig tapfre Söhn ins Grab;
Im Kampf erhöht zu Rittern, fielen sie
In tapfrer Feldschlacht für des Landes Wohl. –
Gebt einen Ehrenstab mir altem Mann,
Kein Zepter reicht mir, das der Welt gebeut;
Eur letzter Kaiser führt' es grad und fest.
MARCUS: Titus, das Reich erhalt und fordre du!
SATURNINUS: Stolzer Tribun, Ehrsücht'ger, sagst du das?
TITUS: Geduld, Prinz Saturnin.
SATURNINUS: Rom, schaff mir Recht! –
Patrizier, zieht eur Schwert und steckt's nicht ein,
Bis Saturninus Kaiser ward in Rom!
Andronicus, zur Hölle fahre hin,
Eh du des Volkes Herzen mir entziehst!

LUCIUS: Du stolzer Saturnin! du störst das Wohl,
Das Titus hochgesinnt dir zugedacht.
TITUS: Sei ruhig, Prinz, dir lenk ich wieder zu
Des Volkes Gunst, daß sie den Willen wandeln.
BASSIANUS: Andronicus, nicht schmeichl ich jemals dir,
Doch ehr ich dich und will es bis zum Tod.
Stärkst du mit deinen Freunden meine Macht,
Werd ich höchst dankbar sein, und Dank erscheint
Dem edlen Mann als ehrenwerter Lohn.
TITUS: Ihr, Römer, und ihr Volkstribunen hier,
Ich bitt um eure Stimm und gült'ge Wahl:
Schenkt ihr sie freundlich dem Andronicus?
TRIBUNEN: Dank weihend unserm trefflichen Andronicus
Und feiernd seine Heimkehr hier in Rom,
Wird den das Volk annehmen, den er nennt.
TITUS: Habt Dank, Tribunen. So ersuch ich euch,
Daß ihr erwählt des Kaisers ältsten Sohn,
Prinz Saturnin; des Tugend, hoff ich, Rom
Bestrahlen wird wie Titans Licht die Welt
Und Recht und Sitte reifen hier im Staat.
Drum, wenn ihr wählen wollt nach meinem Rat,
Krönt ihn und ruft: „Lang lebe Saturnin!"
MARCUS: Mit Ruf und Beifallszeichen aller Art,
Patrizier und Plebejer, grüßen wir
Prinz Saturnin als Roms erhabnen Herrn
Und jubeln: „Heil dem Kaiser Saturnin!"

Ein langer Trompetenstoß, während die oben Versammelten herabsteigen.

SATURNINUS: Titus Andronicus, für diese Gunst,
Betreffend unsre Wahl am heut'gen Tag,
Erteil ich dir den Dank, den du verdient,
Und will durch Taten lohnen deine Huld.
Und jetzt zum Anfang, Titus, zu erhöhn
Dein ehrenwert Geschlecht und eignen Ruhm:
Nenn ich Lavinia meine Kaiserin,
Roms edle Herrin, Herrin meiner Brust,
Mir anvermählt im heil'gen Pantheon.
Nun, Titus, sag, gefällt dir dieses Wort?
TITUS: Es freut mich, würd'ger Fürst, und im Gemahl
Bin ich durch Eure Gnade hoch geehrt.
Und hier, im Auge Roms, dem Saturnin,

Dem König und Gebieter unsers Staats,
Der weiten Welt Regenten, weih ich nun
Schwert, Siegeswagen und Gefangene,
Wohl würd'ge Gaben Roms erhabnem Herrn.
So nimm sie denn als schuldigen Tribut,
Die Ruhmstrophän, zu Füßen dir gelegt.

SATURNINUS: Dank, edler Titus, Vater meines Glücks.
Wie stolz ich sei auf dich und dein Geschenk,
Erfahre Rom; und wenn ich je vergaß
So unbegrenzter Dienste kleinsten Teil,
Dann, Rom, vergiß die Treue gegen mich.

TITUS *zu Tamora*: Dem Kaiser, Fürstin, seid Ihr jetzt Gefangne,
Der, Eures Rangs und Standes eingedenk,
Euch und den Dienern mild begegnen wird.

SATURNINUS *beiseite*:
Welch reizend Weib! Ihr kann der Preis nicht fehlen,
Hätt ich zu wählen noch, sie würd ich wählen. –
Laut: Verscheucht der Stirne Wolken, schöne Frau.
Warf Kriegesglück auch Euer Glück herab,
Doch kommt Ihr nicht nach Rom zu Spott und Schmach;
Und königlich sollt Ihr gehalten sein.
Traut meinem Wort, laßt nicht Melancholie
Den Mut Euch dämpfen; der Euch tröstet, hebt
Wohl höher Euch als auf den Gotenthron. –
Lavinia, Euch mißfällt nicht, was ich sprach?

LAVINIA: O nein, mein Fürst; dein adliges Gemüte
Bürgt mir für deines Herzens wahre Güte.

SATURNINUS: Dank, Jungfrau. Römer, laßt uns also gehn;
Frei ohne Lösung geb ich die Gefangnen.
Trompet und Trommel künden meine Wahl!

BASSIANUS *Lavinia fassend*:
Titus, vergönnt, die Jungfrau nenn ich mein!

TITUS: Wie, Prinz? Sprecht Ihr im Ernste dieses Wort?

BASSIANUS: Ja, edler Titus, und bin fest gewillt,
Auf meinem Recht und Anspruch zu bestehn.

Man sieht Saturninus in stummem Spiel freundlich mit Tamora tun.

MARCUS: *Suum cuique*, spricht des Römers Recht,
Nach Recht verlangt der Prinz, was ihm gebührt.

LUCIUS: Er wird's und soll's, solange Lucius lebt!

TITUS: Verräter, fort! Wo ist des Kaisers Wacht?
Verrat, mein Fürst, Lavinia wird entführt.

SATURNINUS: Entführt? wer wagt es?
BASSIANUS: Der, nach Recht und Fug
Die Braut verteid'gend, sie von hinnen trug.
Bassianus und Marcus mit Lavinia ab.
MUTIUS: Helft ihm, ihr Brüder, ungekränkt entfliehn!
Mit meinem Schwert beschütz ich dieses Tor.
Lucius, Quintus und Marcius ab.
TITUS: Folgt nur, mein Fürst, ich führ sie bald zurück.
MUTIUS: Halt ein, o Vater!
TITUS: Frecher Knabe, fort!
Sperrst mir in Rom den Weg?
Titus ersticht den Mutius.
MUTIUS: Hilf, Lucius, hilf! *Stirbt.*
LUCIUS *tritt wieder auf.*
LUCIUS: Ihr tut nicht recht, mein Vater; schlimmer noch,
Ihr schlugt den Sohn im ungerechten Streit!
TITUS: Nein, weder du noch er sind Söhne mir;
Kein Sohn von mir entehrte mich so sehr! –
Verräter, schaff Lavinia deinem Kaiser.
LUCIUS: Tot, wenn Ihr wollt, doch nimmer als sein Weib,
Die eines andern längst verlobte Braut!
SATURNINUS: Nein, Titus, nein! der Kaiser braucht sie nicht;
Nicht sie noch dich noch einen Eures Stamms. –
Dem könnt ich traun, der einmal mich verhöhnt:
Dir nicht noch deinen falschen, stolzen Söhnen;
Ihr alle seid im Bunde mir zur Schmach.
War keiner sonst in Rom zum Ziel des Spotts
Als Saturnin? Recht wohl, Andronicus,
Stimmt dieses Tun zu deinem Prahlerwort,
Daß ich von deiner Hand das Reich erfleht!
TITUS: Entsetzlich! Solchen Vorwurf sprichst du aus?
SATURNINUS: Nur zu! Laß dies leichtfert'ge Weib nur ziehn
Mit jenem, der sein Schwert für sie geschwenkt!
Ein tapfrer Eidam wird dir so zuteil,
Mit deiner Söhne zügellosem Troß
Unfug zu treiben im Gebiet von Rom!
TITUS: Wie Stacheln trifft dies Wort mein wundes Herz!
SATURNINUS: Drum, holde Tamora, der Goten Fürstin,
Die gleich der stolzen Phöbe unter Nymphen
Weit überstrahlt die schönsten Römerfraun: –
Wenn dich so schnell getroffne Wahl vergnügt,

Wähl ich dich, Tamora, als meine Braut
Und grüße dich als Kaiserin von Rom.
Sprich, Gotenfürstin, lobst du meine Wahl?
Dann schwör ich dir bei allen Göttern Roms,
Weil Priester und geweihtes Wasser nah,
Die Fackel flammt und jeder heil'ge Brauch
Für Hymenäus' Feier steht bereit: –
Ich will nicht wiedersehn die Straßen Roms
Noch des Palastes Schwelle, führ ich nicht
Als anverlobte Braut dich heim von hier.

TAMORA: Und vor des Himmels Antlitz schwör ich Rom,
Wenn Saturnin die Gotenfürstin krönt,
Dann wird sie seiner Wünsche Sklavin sein
Und seiner Jugend Pflegerin und Mutter.

SATURNINUS: Hinauf zum Pantheon, schönes Weib! Ihr Herrn,
Folgt euerm Kaiser und der holden Braut,
Die mir der Himmel selber zugesandt,
Des Ratschluß ihr ein beßres Glück verhängt: –
Alldort vollziehn wir der Vermählung Brauch.

Alle gehn ab, außer Titus.

TITUS *allein*: Mich rief er nicht, zu folgen dieser Braut!
Titus, wann wandeltest du einsam je,
Also entehrt und überhäuft von Schmach?

MARCUS ANDRONICUS, LUCIUS, QUINTUS *und* MARCIUS *treten auf.*

MARCUS: O Titus, sieh, o sieh den bösen Lohn!
Um schnöden Zwist schlugst du den edlen Sohn!

TITUS: Nein, törichter Tribun, nicht war's mein Sohn
Noch du noch diese Stifter jener Tat,
Die unserm ganzen Stamm zur Schmach gereicht!
Unwürd'ger Bruder! Und unwürd'ge Söhne!

LUCIUS: Doch wolln wir ihn bestatten, wie sich's ziemt;
Laßt Mutius ruhn in seiner Brüder Grab.

TITUS: Verräter, nein! Nicht hier in diesem Grab!
Fünfhundert Jahre stand dies Monument,
Das ich mit reichem Schmuck mir neu erbaut;
Hier ruhn in Ehren tapfre Krieger nur
Und Diener Roms, kein schnöd im Zank Erschlagner. –
Begrabt ihn, wo ihr wollt, hier weigr ich's euch.

MARCUS: Mein Bruder, dies ist gottvergeßner Sinn;
Für meinen Neffen Mutius spricht sein Tun,
Er ruh im Grab mit seinen Brüdern.

DIE SÖHNE DES TITUS: Das soll er, oder alle folgen ihm!
TITUS: Er soll? Wer war der Schurke, der so sprach?
QUINTUS: Der's allenthalb behauptet außer hier.
TITUS: Was? willst du ihn bestatten, mir zum Trotz?
MARCUS: Nein, edler Titus, doch von dir erflehn
Verzeihung deinem Mutius und ein Grab!
TITUS: Marcus, feindselig trafst auch du mein Haupt,
Kränkst meine Ehre gleich den Knaben hier.
Ihr alle habt als Feinde mich verletzt;
Stört mich hinfort nicht mehr, entfernt euch jetzt.
MARCIUS: Er ist nicht bei sich selbst, so laßt uns gehn.
QUINTUS: Nicht ich, bis Mutius hier bestattet ruht.

Der Bruder und die Söhne knien.

MARCUS: Bruder! denn mit dem Namen fleht Natur!
QUINTUS: Vater! auch in dem Namen ruft Natur!
TITUS: Schweig, wenn ich auf die andern hören soll!
MARCUS: Erhabner Held, mehr denn mein halbes Ich . . .
LUCIUS: O Vater! Unser aller Seel und Mark . . .
MARCUS: Hier in der Tugend Wohnsitz, Bruder, laß
Dem edlen Neffen mich ein Grab erflehn,
Der für die Ehr und für Lavinien starb!
Du bist ein Römer, sei denn kein Barbar;
Die Griechen, ausgesöhnt, begruben Ajax,
Der sich entleibt; Laertes' kluger Sohn
Sprach mildgesinnt für seine Totenfeier;
Drum weigre Mutius hier den Eintritt nicht,
Dem, der dein Liebling war.
TITUS: Marcus, steh auf. –
Das ist der trübste Tag, den ich erlebt,
Entehrt von meinen Söhnen hier in Rom! –
Begrabt ihn denn; der nächste sei ich ihm.

Sie legen die Leiche in das Grab.

LUCIUS: Hier ruh mit deinen Freunden, süßer Mutius,
Bis wir dein Grab geziert mit Kriegstrophän!
ALLE *kniend*: Nicht einer wein um unsern edlen Mutius;
Wer für die Tugend starb, der lebt in Ruhm.
MARCUS: Bruder – so trübe Schwermut zu zerstreun –,
Wie hat die schlaue Gotenkönigin
So schleunig sich den Weg gebahnt in Rom?
TITUS: Ich weiß nicht, Marcus, weiß nur, daß es ist;
Ob plangemäß, ob nicht, wird einst enthüllt.

Doch ist sie nicht verpflichtet jenem Mann,
Der so weit her zum Glück sie hat geführt?
Ja, und sie gibt ihm einst auch edlen Lohn!

Trompetenstoß. Von der einen Seite kommen SATURNINUS, TAMORA, CHIRON, DEMETRIUS *und* AARON, *der* MOHR; *von der andern* BASSIANUS *und* LAVINIA *mit* GEFOLGE.

SATURNINUS: Bassianus, Ihr gewannt im Spiel den Preis;
Gott schenk Euch Freud an Eurer schmucken Braut!
BASSIANUS: Und Euch an Eurer, Herr, mehr sag ich nicht
Noch wünsch ich minder; und so lebt nun wohl!
SATURNINUS: Verräter! Gilt Gesetz, gilt meine Macht,
Du und dein Anhang büßen diesen Raub.
BASSIANUS: Raub nennt Ihr, Herr, nahm ich mein Eigentum,
Die mir verlobte Braut und jetzt mein Weib? –
Doch laßt entscheiden unser röm'sches Recht;
Besitz ich doch nun schon, was mir gehört.
SATURNINUS: Vortrefflich, Herr! Ihr seid sehr kurz mit uns;
Doch leb ich, sind wir ganz so scharf mit Euch.
BASSIANUS: Herr, was ich tat, muß ich, so gut ich's kann,
Vertreten, kostet's auch das Leben mir.
Nur dies noch sag ich deiner Majestät:
Bei allen Pflichten für mein Vaterland,
Den würd'gen Mann, den edlen Titus hier,
An Ehr und Namen hast du ihn gekränkt!
Denn nur um dir Lavinien zu befrein,
Erschlug er selber ja den jüngsten Sohn
Aus edlem Eifer und von Zorn erfüllt,
Weil Einspruch hemmte, was er frei geschenkt;
Drum nimm ihn auf zu Gnaden, Saturnin,
Der sich in allem Tun durchaus bewährt
Als Freund und Vater gegen dich und Rom.
TITUS: Prinz Bassianus, sei mein Anwalt nicht;
Du bist's und jene dort, die mich entehrt;
Rom und der ew'ge Himmel richten mich,
Wie treu ich ehrt und liebte Saturnin!
TAMORA: Mein edler Herr, wenn je dein fürstlich Aug
Mit Wohlgefallen blickt' auf Tamora,
So höre jetzt mein unparteiisch Wort,
Und, Liebster, alles, was geschehn, vergib.
SATURNINUS: Was? offenbar mißhandelt und entehrt,
Soll ich die Kränkung dulden ungerächt?

TAMORA: Nicht also, Herr! Das wolln die Götter nicht,
Daß ich, dich zu entehren, sollte flehn!
Nein, meine Ehre setz ich dir zum Pfand,
Den wackern Titus find ich ohne Schuld;
Sein unverstellter Zorn spricht seinen Schmerz,
Drum mir zuliebe sieh ihn gnädig an;
Nicht bring ein Wahn dich um den tapfern Freund
Noch trüb ein finstrer Blick sein edles Herz. –
Beiseite: Nimm Rat an, mein Gemahl; gib endlich nach,
Verbirg nur alle Kränkung, allen Gram;
Du bist erst neu gepflanzt auf deinen Thron;
Deshalb, damit nicht Roms Senat und Volk
Nach beßrer Einsicht Titus' Anhang mehrt
Und von dir abfällt deines Undanks halber,
Den Rom als schwere Sünde stets gehaßt –
Gib nach den Bitten, laß die Sorge mir;
Ich will sie all ermorden, find ich Zeit,
Vertilgen ihren Stamm und ganz Geschlecht,
Den wüt'gen Vater und die grimmen Söhne,
Die ich um meines Kindes Leben bat;
Dann sehn sie, was es sei, wenn Königinnen
Im Staube knien und Gnade nicht gewinnen. –
Laut: Komm, teurer Kaiser, komm, Andronicus,
Heb auf den guten Greis, tröst ihm sein Herz,
Das hinwelkt in dem Sturme deines Zorns.
SATURNINUS: Auf, Titus! Meine Kais'rin hat gesiegt.
TITUS: Dank deiner Hoheit, gnäd'ger Fürst, und ihr.
Dein Wort, dein Blick beleben mich aufs neu.
TAMORA: Titus, ich bin jetzt einverleibt in Rom,
Als Römerin nun glücklich anerkannt,
Und muß dem Kaiser raten für sein Wohl.
Heut sterbe jeder Groll, Andronicus;
Und sei's mein schönster Ruhm, du tapfrer Held,
Daß ich mit dir die Freunde heut versöhnt. –
Was Euch betrifft, Prinz Bassian, so bürgt
Mein Wort und Pfand dem Kaiser, unserm Herrn,
Daß Ihr nachgiebig milder Euch betragt. –
Getrost, ihr Herrn! – Auch Ihr, Lavinia –
Folgt meinem Rat, und reuig auf den Knien
Erfleht Verzeihn von Seiner Majestät.
LUCIUS: Wir tun's und schwören hier vor Seiner Hoheit,

Daß wir in guter Absicht nur gestrebt,
Für unsrer Schwester Ehr und unsre Pflicht.
MARCUS: Das gleiche hier verbürg ich auf mein Wort.
SATURNINUS: Hinweg und schweigt; belästigt uns nicht mehr.
TAMORA: Nein, güt'ger Fürst, wir müssen Freunde sein;
Marcus und seine Neffen knien vor dir,
Ich will nicht Weigrung. Liebster, komm zurück.
SATURNINUS: Marcus, für deinen Bruder und dich selbst
Und meiner holden Tamora zulieb
Verzeih ich dieser jungen Männer Schuld.
Steht auf.
Lavinia, flohst du gleich mich als 'nen Knecht,
Fand ich doch Gunst und schwur den höchsten Eid,
Ich schied als Junggesell nicht vom Altar.
Kommt, hat der Palast für zwei Bräute Raum,
Lavinia, mit den Deinen sei mein Gast.
Heut sei ein Tag der Liebe, Tamora.
TITUS: Und morgen, wenn es meinem Herrn gefällt,
Mit mir zu jagen Panthertier und Hirsch,
Mit Horn und Hund bring ich den Morgengruß.
SATURNINUS: Titus, so sei es, und wir danken dir.
Alle ab.

ZWEITER AUFZUG

ERSTE SZENE

Daselbst, vor dem Palast.

AARON *tritt auf.*

AARON: Nun, Tamora, ersteigst du den Olymp,
Fortuna unter dir, und thronst erhöht,
Weit überm Donner und der Blitze Glut
Und außer dem Bereich des blassen Neids.
Wie wenn die goldne Sonne grüßt den Tag,
Ihr Morgenstrahl das Meer mit Licht umglänzt
Und, den Zodiak mit Flammenrädern messend,
Erhabner Berge Gipfel überschaut,
Der Erde Hoheit beugt sich ihrem Witz,
Und ihrem Zorn erbebt im Staub die Tugend.

Drum, Aaron, stähl dein Herz und schärf den Geist,
Nachklimmend deiner edlen Kaiserin
Zur steilsten Höh, die du längst im Triumph
Siegreich in Liebesketten hast geführt
Und fester bandst an Aarons Zauberblick,
Als den Prometheus hielt der Kaukasus.
Hinweg mit Sklaventracht und niederm Sinn!
Schmuck will ich prangen, glühn in Perl und Gold,
Zu dienen dieser neuen Kaiserin.
Dienen, sagt ich? Nein, schwelgen mit der Buhlin,
Der Zauberin, Semiramis, Sirene,
Der Göttin, die Roms Saturnin umstrickt
Und ihn zum Schiffbruch lockt wie seinen Staat. –
Ha! welch ein Lärm ist dies?

Es treten auf CHIRON *und* DEMETRIUS, *einander drohend.*

DEMETRIUS: Chiron, fürwahr,
Witz mangelt deiner Jugend, Salz dem Witz
Und Sitte, in mein Werben dich zu drängen,
Wo Liebe mir vielleicht begegnen mag.

CHIRON: Demetrius, dich tört dein eitler Sinn,
Daß du mich willst mit Hoffart überschrein!
's ist nicht der kurze Abstand eines Jahrs,
Der mich zurücksetzt, dich beglückter macht.
Ich bin so rüstig, so geschickt wie du,
Dienend der Liebsten Gunst mir zu verdienen:
Und das beweis ich dir mit meinem Schwert,
Dir's darzutun, ich sei Lavinias wert.

AARON: He, Knittel, Knittel! Zwei Verliebte zanken!

DEMETRIUS: Was, Knabe? Weil deine Mutter unbedacht
Dir an die Seite steckt' ein Tänzerschwert,
Wirst du so wild und drohst dem Bruder? Geh,
Laß deine Latt in ihre Scheide leimen,
Bis du sie besser erst regieren lernst!

CHIRON: Nun, Freund, dann soll mein bißchen Fechterkunst
Dich gleich belehren, was mein Mut vermag.

DEMETRIUS: Was, Knabe! Schon so dreist?

Sie ziehn die Schwerter.

AARON: Ihr Herrn, laßt ab;
So nah des Kaisers Hofburg wollt ihr ziehn
Und solchen Zwist ausfechten vor dem Volk?
Ich weiß recht wohl den Grund zu all dem Hader;

Nicht möcht ich wünschen für ’nen Berg von Gold,
Daß die euch hörten, die’s zunächst betrifft;
Noch für weit höhern Preis möcht eure Mutter
Sich so beschimpft sehn an des Kaisers Hof.
Schämt euch! steckt ein!

DEMETRIUS: Ich nicht, bis ich mein Schwert
Getaucht in seine Brust, noch bis er schlang
Zurück in seinen Hals den schnöden Hohn,
Mit dem sein Mund entehrend mich geschmäht.

CHIRON: Dazu bin ich gerüstet und bereit. –
Zanksücht’ger Feigling! dessen Zunge donnert
Und der das Eisen nicht zu brauchen wagt!

AARON: Fort, sag ich euch! –
Nun, bei dem Gott, zu dem die Goten flehn,
Der kind’sche Groll verdirbt uns allzumal.
Was, Herrn, bedünkt’s euch nicht gefährlich Spiel,
Mit Füßen treten eines Prinzen Recht?
Wie? Ist Lavinia denn so leichter Art,
Und dünkt Bassianus euch so ganz entherzt,
Daß ihre Gunst der Vorwand solches Zanks,
So ohne Scheu vor Rache noch Gesetz? –
Ihr Herrn, bedenkt: erführ die Kaiserin
Des Mißtons Grund, sie zürnte der Musik.

CHIRON: Mir gleich, ob sie’s erführ und alle Welt:
Lavinia lieb ich mehr als alle Welt.

DEMETRIUS: Lern erst bescheidner wählen, junger Bursch,
Lavinia ward des ältern Bruders Ziel.

AARON: Was, seid ihr toll? Wißt ihr denn nicht in Rom,
Wie wild und eifersüchtig Männer sind
Und dulden Mitbewerber nimmermehr?
Ich sag euch, Herrn, ihr schmiedet euern Tod
Durch dies Beginnen.

CHIRON: Aaron, ich wagte tausend Leben dran,
Die Liebste zu besitzen.

AARON: Was? besitzen?

DEMETRIUS: Wie stellst du dich so fremd!
Sie ist ein Weib, drum darf man um sie werben;
Sie ist ein Weib, drum kann man sie gewinnen;
Sie ist Lavinia, drum muß man sie lieben.
Ei, Mann, mehr Wasser fließt vorbei der Mühle,
Als es der Müller denkt; und leicht ja stiehlst du

Vom einmal angeschnittnen Brot ein Stück:
Ist Prinz Bassianus auch des Kaisers Bruder,
Schon Beßre trugen wohl den Schmuck Vulkans.

AARON *beiseite*: Ja, und so Gute wohl wie Saturnin.

DEMETRIUS: Wie sollte denn verzagen, wer's versteht,
Mit Wort und Blick und mit Geschenk zu werben?
Wie? traf dein Schuß nicht schon manch fremdes Reh,
Und vor des Försters Nase trugst du's heim?

AARON: So scheint's, ein list'ger Streich und rechter Griff
Büßt' eure Lust?

CHIRON: Ja, lust'ge Buße wär's!

DEMETRIUS: Aaron, du trafst es.

AARON: Triff es auch, du Tor,
So steht uns all der Lärm nicht mehr bevor! –
Nun hört nur, hört: seid ihr so kindisch noch,
Euch deshalb zu entzwein? Verdrießt es euch,
Wenn es euch beiden glückt?

CHIRON: Mich nicht, fürwahr.

DEMETRIUS: Mich auch nicht, wenn nur ich der eine bin.

AARON: Seid einig denn, und was euch trennt, versöhn euch.
Mit List und Politik erreicht das Ziel,
Nach dem ihr strebt, und dies sei euer Plan:
Ihr könnt nicht überreden, wie ihr's wünscht,
So nehmt denn mit Gewalt, wie ihr's vermögt. –
Ich sag euch, keuscher war Lucretia nicht
Als jetzt Bassianus' Weib Lavinia.
Wir müssen diesmal schnellern Weg ersehn
Als schmachtend Buhlen, und ich fand den Pfad.
Ihr Herrn, ein stattlich Jagen steht bevor,
Da finden sich zuhauf die Schönen Roms;
Weit und entlegen dehnt der Wald sich aus
Und beut viel unbetretne Räume dar,
Wie auserwählt für Raub und Freveltat.
Dahin lockt einzeln euer schmuckes Reh,
Und fällt es mit Gewalt, wenn nicht mit Gutem,
So könnt ihr Hoffnung hegen, anders nie.
Der Kaiserin und ihrem höll'schen Witz,
Der Rach und Frevel stets gebrütet hat,
Laßt uns verkünden, was wir jetzt erdacht;
Und unsre Pfeile schärfe sie mit Rat,
Und dulde nicht, daß ihr euch hemmt und kreuzt,

Helf euch vielmehr zu eurer Wünsche Ziel.
Des Kaisers Burg ist gleich der Fama Haus,
Der Palast voller Zungen, Ohren, Augen:
Der Wald ist fühllos, schrecklich, taub und stumm;
Da sprecht und schlagt, ihr Wackern, beid im Glück,
Da büßt die Lust, beschirmt vom dunkeln Wald,
Und schwelget in Lavinias keuschem Schatz.

CHIRON:
Dein Anschlag, Bursch, schmeckt, traun, nach keiner Furcht.

DEMETRIUS: *Sit fas, aut nefas*; bis ich fand den Strom,
Der stillt die Glut, den Zauber, der mich kühlt;
Per Styga, per manes vehor.

Gehn ab.

ZWEITE SZENE

Ein Wald. Hörner und Hundegebell.

Es treten auf TITUS ANDRONICUS, *seine drei* SÖHNE, *mit* JÄGERN *etc.*, *und* MARCUS ANDRONICUS.

TITUS: Die Jagd ist auf, der Morgen hell und licht,
Die Fluren duftig und die Wälder grün:
Entkoppelt hier! Der Meute lauter Schall
Wecke den Kaiser und sein schönes Weib;
Den Prinzen ruft, beginnt den Jägergruß,
Daß von dem Klang erdröhne rings der Hof. –
Ihr Söhne, habt mir acht, wie's unser Amt,
Den Kaiser treu zu hüten vor Gefahr:
Ich ward im Schlaf erschreckt durch bösen Traum,
Doch bringt mir neuen Trost der junge Tag.

Lautes Gebell der Meute und Musik von Jagdhörnern. Darauf erscheinen SATURNINUS, TAMORA, BASSIANUS, LAVINIA, CHIRON, DEMETRIUS *und* GEFOLGE.

TITUS: Viel guten Morgen deiner Majestät;
Euch Fürsten gleichen Gruß und gleiches Glück!
Ich hatte Jägergruß euch zugesagt.

SATURNINUS: Und lustig war das Blasen, werte Herrn,
Nur fast zu früh für neuvermählte Fraun.

BASSIANUS: Was sagt Lavinia?

LAVINIA: Ich sage nein,
Zwei volle Stunden wacht ich schon und mehr.
SATURNINUS: Frisch auf dann; Roß und Wagen holt herbei,
Und hin zum Forst; Herrin, jetzt sollt Ihr sehn
Ein römisch Jagdfest!
MARCUS: Hunde hab ich hier,
Die scheuchen euch den wildsten Panther auf
Und klimmen zu dem steilsten Vorgebirg.
TITUS: Ich Pferde, die, wohin das Wild sie führt,
Wie Schwalben leicht ihm folgen auf dem Plan.
DEMETRIUS: Chiron, wir jagen nicht mit Roß und Hund,
Wir fahn ein schmuckes Reh im finstern Grund.
Alle ab.

Dritte Szene

Einsamer Platz im Walde.

Aaron *tritt auf mit einem Beutel Gold.*

AARON: Wer Witz hat, dächte wohl, er fehle mir,
Weil ich dies Geld hier unterm Baum vergrub,
Von wo mir's niemals wieder aufersteht.
So wisse denn, wer mich so albern wähnt,
Daß dieses Gold mir einen Anschlag münzt,
Der, listig ausgeführt, gebären soll
Ein recht ausbündig wackres Bubenstück:
So ruh hier, Gold, (*er versteckt das Gold*) und störe deren Ruhe,
Die Gaben nehmen aus der Kais'rin Truhe.
Tamora *kommt.*
TAMORA: Mein süßer Aaron, was bekümmert dich,
Wenn alles rings von Fröhlichkeit erklingt?
Die Vögel singen hell aus jedem Busch,
Die Schlange sonnt sich, aufgerollt im Grün,
Das Laub erzittert in der kühlen Luft
Und malet Schattengitter auf den Grund:
In seinem süßen Dunkel laß uns ruhn!
Horch! Widerhalls Geplauder neckt die Hunde,
Dem vollen Horn antwortend hellen Ruf,
Als tönt' ein Doppeljagen uns zugleich. –
Setz dich, und horch dem fröhlichen Gebell!

Und nach verliebtem Kampf – des, wie man wähnt,
Der flücht'ge Held und Dido einst sich freuten,
Als sie ein glücklicher Orkan gescheucht
Und die verschwiegne Höhl als Vorhang schirmte –
Laß uns, verschränkt eins in des andern Arm,
Nach unsrer Lust des goldnen Schlafs uns freun,
Da Hund und Horn und süßer Waldgesang
Uns einlullt wie der Amme Wiegenlied,
Wenn sie ihr holdes Kind in Schlummer singt.
AARON: Fürstin, wie Venus deinen Sinn beherrscht,
So ist Saturn des meinigen Monarch.
Was deutet sonst mein tödlich starres Aug,
Mein Schweigen, meiner Stirn Melancholie,
Mein Vlies von krauser Wolle, jetzt entlockt,
Recht wie die Natter, wenn sie sich entrollt
Zu schlimmem Biß und gift'gem Überfall?
Nein, Fürstin, das sind Venuszeichen nicht:
Rachsucht erfüllt mein Herz, Tod meine Faust,
Blut und Verderben toben mir im Haupt. –
Hör, Tamora, du Kais'rin meiner Seele,
Die nicht auf andern Himmel hofft als dich –
Heut ist des Bassianus Schicksalstag.
Verstummen muß heut seine Philomele,
Es plündern deine Söhne ihre Keuschheit
Und waschen ihre Hand im Blut Bassians.
Sieh diesen Brief, den nimm zu dir; ich bitt dich,
Gib deinem Herrn dies Blatt voll Todeslist: –
Nun frage mich nicht mehr, man schleicht uns nach,
Hier kommt ein Teil der hoffnungsreichen Beute:
Sie ahnen nicht, wie nah Vernichtung droht!
TAMORA: Ah, süßer Mohr, mir süßer als der Tag!
AARON: Still, große Königin, Bassianus kommt:
Zeig dich erzürnt, die Söhne hol ich her
Zu deinem Beistand, wenn du Streit beginnst. *Ab.*
BASSIANUS *und* LAVINIA *kommen.*
BASSIANUS: Wer naht uns hier? Roms hohe Kaiserin;
Vom ziemenden Gefolg so weit entfernt?
Wie, oder Diana, so geschmückt wie sie,
Die ihr geheiligt Waldasyl verließ,
Zu schaun die große Jagd in diesem Forst?
TAMORA: Frecher Nachspürer unsrer Einsamkeit,

Hätt ich die Macht, die, sagt man, Dianen ward,
Die Schläfen augenblicks umpflanzt ich dir
Mit Hörnern wie Aktäon, und die Hunde
Verfolgten deine neue Hirschgestalt,
Schamloser, der du hier dich eingedrängt!

LAVINIA: Mit Eurer Gunst, huldreiche Kaiserin!
Man sagt, mit Hörnern wißt Ihr umzugehn;
Und wohl verrät sich's, daß der Mohr und Ihr
Zu solcherlei Versuch Euch hier verirrt.
Heut schütze Zeus vor Hunden Euren Gatten,
Denn Unglück wär es, sähn sie ihn als Hirsch!

BASSIANUS: Glaubt, Fürstin, dieser nächtliche Kimmerier
Macht Eure Ehre schwarz wie seine Haut,
Befleckt, abscheulich, aller Welt ein Greul.
Was stahlt Ihr heimlich vom Gefolg Euch weg?
Stiegt ab von Eurem schmucken, weißen Zelter
Und schlicht hierher an diesen finstern Ort,
Von einem schnöden Mohren nur geführt,
Wenn böse Lust Euch nicht verleitete?

LAVINIA: Und weil er Euch gestört in solchem Spiel,
Versteht sich's, müßt Ihr meinen edlen Herrn
Für Frechheit schelten. – Bitt Euch, gehn wir fort:
Gönnt Ihr des rabenfarb'gen Buhlen Kuß,
Dies Tal ist höchst gelegen solchem Werk.

BASSIANUS: Dem Kaiser, meinem Bruder, meld ich dies.

LAVINIA: Ja, solch Entweichen ward schon längst bemerkt:
Wie gröblich täuscht man dich, du guter Fürst!

TAMORA: Wie hab ich noch Geduld, dies anzuhören?

CHIRON *und* DEMETRIUS *kommen.*

DEMETRIUS: Wie, teure Kaiserin und gnäd'ge Mutter,
Was blickt Eur Hoheit so verstört und bleich?

TAMORA: Was meint ihr, hab ich Grund nicht, bleich zu sein?
Die zwei verlockten mich in dieses Tal,
Ihr seht, es ist ein wüst abscheul'cher Ort,
Die Bäum, obwohl im Sommer, kahl und dürr,
Erstickt von Moos und tück'schem Mistelwuchs.
Hier scheint die Sonne nie, hier atmet nichts,
Nachteulen nur und unglückdrohnde Raben.
Und als sie mir gezeigt die grause Schlucht,
Erzählten sie, wie um die Mitternacht
Wohl tausend Geister, tausend Schlangen, zischend,

Zehntausend schwellnde Kröten, Molch' und Igel
Erhüben solch ein furchtbar tödlich Schrein,
Daß jeden Sterblichen, der dies vernimmt,
Wahnsinn befällt, wenn er nicht plötzlich stirbt.
Drauf, als sie kaum erzählt die Höllenmär,
Alsbald mich festzubinden drohten sie
An eines grausen Eibenbaumes Stamm,
Daß ich so schnödem Tod verfallen sei.
Dann schalten sie mich Ehebrecherin,
Verbuhlte Gotin und die herbsten Worte,
Die je ein Ohr im bittern Schmähn vernahm:
Und kamt ihr durch ein Wunder nicht zum Glück,
Sie hätten diese Rach an mir vollbracht.
Rächt eurer Mutter Leben, liebt ihr mich,
Sonst nenn ich nimmer meine Kinder euch.

DEMETRIUS: Nimm dies zum Zeugnis, daß ich sei dein Sohn!
Ersticht den Bassianus.

CHIRON *durchsticht ihn gleichfalls*:
Der Stoß für mich, zum Zeichen meiner Kraft!

LAVINIA: Ja, komm, Semiramis – nein, wüt'ge Tamora!
Kein Name ziemt dir als der eigne nur!

TAMORA: Gebt mir den Dolch, laßt eurer Mutter Hand
An ihr vergelten eurer Mutter Schmach.

DEMETRIUS: Halt, Königin, hier ist noch mehr im Werk;
Erst drescht das Korn und dann verbrennt das Stroh.
Dies Püppchen rühmte viel von ihrer Zucht,
Von ihrem Ehgelübd und reiner Treu,
So mit geschminkter Tugend trotzt sie Euch:
Und nähme sie das alles mit ins Grab?

CHIRON: Wenn dies geschieht, müßt ich ein Hämling sein.
Schleif ihren Gatten einer Höhle zu,
Sein toter Leib sei Pfühl für unsre Lust.

TAMORA: Doch ward der Honig euer, den ihr wünscht,
Laßt nicht die Wesp am Leben, uns zu stechen.

CHIRON: Ich schwör Euch, Fürstin, ruhig sollt Ihr sein. –
Kommt, Dame, jetzt gewaltsam rauben wir,
Was Ihr so spröd und ängstlich habt bewahrt.

LAVINIA: O Tamora, du trägst ein weiblich Antlitz –

TAMORA: Ich will sie nicht mehr hören, führt sie weg!

LAVINIA: O liebe Herrn, ein Wort nur laßt mich sprechen.

DEMETRIUS: Vernehmt sie, schöne Frau! sei's Euer Ruhm,

Sie weinen sehn: doch bleib Eur Herz so hart
Wie Kiesel, fühllos bei des Regens Guß.
LAVINIA: Wann lehrte je des Tigers Brut die Mutter?
O lehr sie keinen Grimm, sie lehrt ihn dich!
Die Milch, die du gesogen, ward zu Marmor;
Schon an der Brust empfingst du Grausamkeit. –
Zu Chiron: Doch sind nicht jeder Mutter Söhne gleich:
Fleh du zu ihr um Mitleid für ein Weib!
CHIRON: Was! sollt ich selber mich zum Bastard stempeln?
LAVINIA: 's ist wahr, der Rabe brütet Lerchen nicht,
Doch hört ich einst – o fänd ich's nun bewährt –,
Bewegt von Mitleid ließ der Löwe zu,
Daß man die königlichen Klaun ihm stumpft;
Der Rabe, sagt man, füttre Waisenkindlein,
Derweil im eignen Nest sein Junges darbt.
Oh, sei du mir, sagt auch dein Herz dir nein,
Wenn auch so mild nicht, etwas doch gerührt!
TAMORA: Ich weiß nicht, was das heißt; hinweg mit ihr!
LAVINIA: Ich lehr es dich: um meines Vaters halber,
Der dir, dem Tod verfallen, Leben schenkte,
Sei nicht verstockt; öffne dein taubes Ohr!
TAMORA: Und hättst du selber nimmer mich gekränkt,
Um seinetwillen bin ich mitleidlos.
Gedenkt nur, Knaben, wie ich weint umsonst,
Vom Opfer euern Bruder zu befrein;
Doch nimmer gab der grimme Titus nach!
Drum schafft sie fort, verfahrt mit ihr nach Lust;
Je schlimmer, um so besser mir geliebt.
LAVINIA: O Tamora, ich preise deine Huld,
Wenn du mit eigner Hand mich hier erschlägst:
Nicht um mein Leben fleht ich ja so lang,
Ich Arme starb, als Bassianus fiel.
TAMORA: Was batst du denn? Hinweg, du töricht Weib!
LAVINIA: Den schnellen Tod erfleh ich, und noch eins,
Was Frauenmund nicht auszusprechen wagt:
Hemm ihre mehr als mörderische Lust! –
O senke mich in eines Sumpfes Pfuhl,
Wo nie ein menschlich Auge mich erspäht;
Das tu und sei barmherz'ge Mörderin!
TAMORA: So brächt ich meine Söhn um ihren Ruhm?
Nein, laß sie nehmen, was ihr Eigentum!

DEMETRIUS: Fort, schon zu lange hieltst du uns zurück.
LAVINIA: Kein Mitleid? Keine Scham? O viehisch Weib!
Feindin und Schmach für unser ganz Geschlecht!
Vernichtung fall –
CHIRON: Dann stopf ich dir den Mund. – Bring du den Gatten;
In diese Höhle hieß ihn Aaron bergen.
Demetrius wirft den Leichnam des Bassianus in die Grube; dann gehen Demetrius und Chiron ab, Lavinia mit sich fortschleppend.
TAMORA: Geht, Söhne, schafft sie mir in Sicherheit:
Und wahrlich nimmer soll mein Herz sich freun,
Bis Titus' ganzer Stamm hinweggetilgt.
Zu dir nun, liebster Mohr, will ich mich wenden,
Indes die Knaben jene Dirne schänden. *Ab.*

Vierte Szene

Daselbst.

Es treten auf Aaron, Quintus *und* Marcius.

AARON: Kommt, wackre Herrn, folgt mir in schnellster Eil,
Ich bring euch zu der finstern Grube gleich,
Wo ich den Panther fest im Schlafe sah.
QUINTUS: Was es auch deute, trübe ward mein Blick.
MARCIUS: Und meiner wahrlich auch: schämt ich mich nicht,
Ich ließe gern die Jagd und schliefe hier. *Fällt in die Grube.*
QUINTUS: Was, fielst du? Welche tück'sche Gruft ist dies,
Der wild Gesträuch die Mündung ganz bedeckt,
Auf dessen Blättern jüngst vergoßnes Blut,
So frisch wie Morgentau im Blütenkelch?
Mir scheint, voll böser Ahnung ist der Ort! –
Sag, Bruder, fühlst du Schmerz nach deinem Fall?
MARCIUS: O Bruder, durch das schrecklichste Gesicht,
Des Anblick je ein Herz zum Jammern zwang.
AARON *beiseite*: Den Kaiser hol ich jetzt, sie hier zu finden,
Daß er nach äußerm Schein vermuten muß,
Sie seien's, die den Bruder ihm erschlagen. *Ab.*
MARCIUS: Was tröstest du mich nicht und hilfst mir fort
Aus dieser schnöden, blutbefleckten Gruft?
QUINTUS: Ohnmächtig bin ich durch seltsame Furcht,
Die Glieder zittern kalt im Todesschweiß,
Mein Herz argwöhnt mehr, als mein Aug erspäht.

MARCIUS: Damit du siehst, du habst ein ahnend Herz,
Aaron und du, seht in die Höhl herab
Und schaut ein gräßlich Bild von Blut und Tod.
QUINTUS: Aaron ist fort, und mein beängstigt Herz
Gestattet meinem Auge nicht zu sehn,
Was in der Ahnung ihm entsetzlich dünkt.
O sag mir, was es sei, denn nie zuvor
War ich ein Kind, zu scheun, ich weiß nicht, was.
MARCIUS: Prinz Bassianus liegt in Blut getaucht
Am Boden da wie ein geschlachtet Lamm
In der verfluchten dunklen Gruft des Mords!
QUINTUS: Wenn's drin so dunkel, wie erkennst du ihn?
MARCIUS: Am blut'gen Finger trägt er einen Ring
Von seltnem Preis, der rings die Höhl erhellt,
Wie eine Kerz in dunkler Totengruft
Auf seiner Leiche fahles Antlitz scheint
Und zeigt der Grube scheußlich Eingeweide.
So bleich auch schien der Mond auf Pyramus,
Als er gebadet lag in Mädchenblut!
O Bruder, hilf mir mit kraftloser Hand –
Wenn Furcht dich kraftlos machte, so wie mich –,
Der bösen Mörderhöhle zu entfliehn,
So gräßlich, wie Cocytus' trüber Schlund.
QUINTUS: Gib mir die Hand, daß ich dir helf empor;
Und reicht die Kraft nicht aus, dir beizustehn,
Fall ich wohl selbst in dieses tiefen Pfuhls
Verhaßten Schoß, der Bassian verschlang. –
Ich bin zu schwach, zum Rand dich hochzuziehn!
MARCIUS: Und ich erklimm ihn ohne Beistand nie!
QUINTUS: Nochmals die Hand: ich laß dich nicht mehr los,
Bis du hinaufsteigst oder ich hinab:
Du kommst zu mir nicht, so komm ich zu dir!

Fällt in die Grube.

SATURNINUS *und* AARON *kommen.*

SATURNINUS: Heran, mir nach: ich will die Höhle sehn,
Und wer es war, der eben sprang hinab –
Sag an, wer bist du, der sich hier verbarg
In diesem gähnend offnen Rachen? sprich!
MARCIUS: Des alten Titus jammervoller Sohn,
Zu höchst unsel'ger Stund hierhergeführt,
Bassianus, deinen Bruder, tot zu sehn.

SATURNINUS: Mein Bruder tot? ich weiß, es ist nur Scherz:
Er und Lavinia sind im Jagdgezelt,
Im Norden dieses heitern Waldreviers;
Noch keine Stund ist's, seit ich dort sie ließ.
MARCIUS: Wir wissen nicht, wo Ihr ihn lebend saht,
Doch weh! wir fanden ihn ermordet hier!
TAMORA *mit* GEFOLGE, ANDRONICUS *und* LUCIUS *treten auf.*
TAMORA: Wo ist mein Herr, der Kaiser?
SATURNINUS: Hier, Tamora, von Todesgram betrübt.
TAMORA: Wo ist dein Bruder Bassian?
SATURNINUS: Nun trafst du meiner Wunde tiefsten Grund:
Der arme Bassian liegt hier ermordet.
TAMORA: Dann allzu spät erhältst du dieses Blatt,
Den Plan des übereilten Trauerspiels.
Ich staune, wie ein menschlich Antlitz barg
In sanftem Lächeln so tyrann'schen Mord.
Sie gibt dem Saturninus einen Brief.
SATURNINUS *liest*: „Verfehlten wir, nach Wunsch ihm zu begeg- [nen
(Bassianus meinen wir), dann säume nicht,
Sein Grab zu graben, wackrer Jägersmann;
Du weißt, wie wir's gemeint. – Du findst den Sold
Unter den Nesseln am Holunderbaum,
Der jener Grube Mündung überwölbt,
Wo ich Bassianus Dich begraben hieß.
Dies tu, und kauf Dir unsern ew'gen Dank."
O Tamora! Vernahmst du Gleiches je?
Dies ist die Gruft, dies der Holunderbaum,
Seht, Herrn, ob ihr den Jäger finden mögt,
Der hier Bassianus frech ermordete!
AARON *bringt den Beutel*:
Mein gnäd'ger Fürst, hier ist der Beutel Gold!
SATURNINUS *zu Titus*:
Zwei Hunde deines tück'schen blut'gen Stamms,
Sie gaben meinem Bruder hier den Tod.
Fort, zieht sie aus der Gruft mir in den Kerker
Und laßt sie schmachten, bis ich Strafen fand
Von unerhörter, neuer Folterqual.
TAMORA: Was? sind sie in der Gruft? O wundervoll!
Wie leicht wird jeder Mord doch offenbar!
TITUS: Erhabner Fürst, auf meinem schwachen Knie,
Mit Tränen, schwer vergossen, fleh ich dich,

Daß meiner frevelhaften Söhne Tat –
Frevelnd, wenn diese Tat erwiesen ward –
SATURNINUS: Erwiesen ward? Ihr seht, sie ist gewiß!
Wer fand den Brief? Warst du es, Tamora?
TAMORA: Andronicus hob selbst den Zettel auf.
TITUS: Das tat ich, Herr; doch laßt mich Bürge sein;
Ich schwör's bei meiner Väter heil'gem Grab,
Auf deiner Hoheit Wink sind sie bereit,
Mit ihrem Blut zu zahlen den Verdacht.
SATURNINUS: Du sollst nicht Bürge sein, gleich folge mir,
Ihr nehmt den Toten, ihr die Mörder mit:
Laßt sie nicht reden, ihre Schuld ist klar;
Denn wahrlich, gäb es härtre Straf als Tod,
Die Strafe ließ' ich alsobald vollziehn.
TAMORA: Andronicus, ich will um Gnade flehn;
Nicht fürcht um deine Söhn, es wird noch gut.
Komm, Lucius, weile nicht, sie anzusprechen!
Sie gehn nach verschiedenen Seiten ab.

Fünfte Szene

Daselbst.

DEMETRIUS *und* CHIRON *kommen mit der geschändeten* LAVINIA; *ihr sind die Hände abgehauen und die Zunge ausgeschnitten.*

DEMETRIUS: So melde nun, wenn's deine Zunge kann,
Wer dir die Zung ausschnitt und dich entehrt'!
CHIRON: Schreib nieder, was du meinst, und hilf dir so,
Vermögen's deine Stümpfe, laß sie schreiben!
DEMETRIUS: Sieh, wie sie kritzeln kann mit Wink und Zeichen!
CHIRON: Geh, fordre frisches Wasser, wasch die Hände!
DEMETRIUS: Fordr ohne Zunge, wasch dich ohne Hände;
Und somit wandl in stiller Einsamkeit!
CHIRON: Wär's mir geschehn, ich ging und hängte mich.
DEMETRIUS: Ja, hättst du Hände, dir den Strick zu knüpfen!
Demetrius und Chiron ab.
MARCUS *kommt zu* LAVINIA.
MARCUS: Wer ist's? die Nichte, die so eilend flieht?
Muhme, ein Wort! Wo ist dein Gatte? Träum ich,
O hülfe all mein Gut mir dann zum Wachen:

Und wach ich, schlüg ein Blitzstrahl auf mich ein,
Daß ich fortschlummern mög in ew'gem Schlaf! –
Sag, süßes Kind, wes mitleidlose Hand
Trennt' ab und hieb so frech von deinem Stamm
Der beiden Zweige süße Zier, die Laube,
In deren Schatten Kön'ge gern geruht
Und nimmer ein so reizend Glück erstrebt
Als nur deine Liebe! Was sprichst du nicht?
Weh mir! ein Purpurstrom von warmem Blut,
Gleich einem Springquell, den der Wind bewegt,
Hebt sich und fällt dir zwischen ros'gen Lippen
Und kommt und geht mit deinem süßen Hauch.
Gewiß, ach! hat ein Tereus dich entehrt,
Und Strafe fürchtend, raubt' er deine Zunge.
Ach, wendst du jetzt dein Antlitz weg aus Scham?
Und trotz des vielen Bluts, von dir verströmt,
Wie's aus drei Röhren eines Brunnens quillt,
Flammen die Wangen dir, wie Titan glüht,
Wenn er errötend mit den Wolken kämpft?
Soll ich statt deiner reden? Ist es so?
Kennt ich dein Herz! O kennt ich den Verruchten,
Daß ich ihm fluchen könnte, mir zum Trost!
Gehemmter Schmerz, wie ein verstopfter Ofen,
Verbrennt zu Asche die verschloßne Brust.
Verlor doch Philomele nur die Zunge
Und wirkt' in trauriges Geweb ihr Leid:
Doch, liebstes Kind, dir ward die Hilf entrissen,
Dein Tereus übte list'ger seinen Raub;
Er hat die zarten Finger abgehaun,
Die schöner wohl gestickt als Philomele.
Oh, sah der Unhold diese Lilienhand
Wie Espenlaub auf einer Laute zittern,
Daß sie mit Lust die Silbersaiten küßten –
Nicht für sein Leben hätt er sie berührt!
Und hört er je die Himmelsharmonie,
Die jener süßen Zunge sonst entströmt –
Sein Dolch entfiel' ihm, und er sänk in Schlaf,
Wie Cerberus zu Orpheus' Füßen schlief.
So gehn wir! Und dein Vater werde blind,
Der Anblick muß ein Vaterauge blenden.
In einer Stund ersäuft der Sturm die Matten;

Was bringt ein Jahr von Tränen Vateraugen?
O komm! All unser Schmerz ist dir geweiht:
Könnt unser Schmerz doch mildern so viel Leid!
Sie gehn ab.

DRITTER AUFZUG

ERSTE SZENE

Rom. Eine Straße.

RICHTER *und* SENATOREN. MARCIUS *und* QUINTUS *werden gebunden zum Richtplatz geführt; vor ihnen geht* TITUS *und spricht zu den Richtern.*

TITUS: Hört, Senatoren! Ihr Tribunen, weilt!
Denkt meines Alters, dessen Jugend schwand
In wildem Krieg, da ihr in Ruhe schlieft;
Des Bluts, im großen Kampf von mir verströmt;
Der eis'gen Nächte, die ich durchgewacht,
Und dieser bittern Träne, die mir jetzt
Die alten Runzeln meiner Wangen füllt.
Seid meinen Söhnen mild – obzwar verdammt,
Doch frei der Sünd, um die sie angeklagt.
Um zweiundzwanzig Söhne weint ich nie,
Sie schlafen auf des Ruhms erhabnem Bett;
Für diese, diese schreib ich in den Staub
Des Herzens Gram, der Tränen Jammerflut;
Andronicus wirft sich zu Boden; die Richter gehn an ihm vorüber.
Ihr Tränen, löscht der Erde trocknen Durst,
Die scheu im Blut der Söhne würd erröten.
O Staub, mit noch mehr Regen feucht ich dich,
Der aus den beiden alten Höhlen strömt,
Als junger Lenz mit allen seinen Schauern;
In Sommers Dürre netz ich dich mit Tropfen,
Im Winter schmilzt der Schnee dem heißen Tau,
Und ew'gen Frühling schaff ich deinem Antlitz,
Wenn du nicht trinkst der teuren Söhne Blut.
Die Richter sind weggegangen; LUCIUS *kommt mit gezogenem Schwert.*
O würdige Tribunen! Teure Greise,
Befreit sie, ruft zurück den Todesspruch

Und laßt mich sagen, der noch nie geweint,
Daß meine Tränen gute Redner sind.
LUCIUS: O edler Vater, jammre nicht umsonst;
Es hört dich kein Tribun, kein Mensch steht hier,
Und einem Stein erzählst du deinen Gram.
TITUS: Ach, Sohn, für deine Brüder red ich hier:
Weise Tribunen, hört mich noch einmal.
LUCIUS: Mein Vater, kein Tribun vernimmt dich mehr!
TITUS: Es ist ja eins, mein Knabe; hörten sie,
Sie würden's nicht beachten; täten sie's,
Es wär umsonst, sie blieben ungerührt.
Drum klag ich meinen Gram den Steinen vor,
Die, ob sie gleich bei solchem Jammer stumm,
Mir dennoch lieber als Tribunen sind,
Denn keiner unterbricht die Rede mir;
Und wenn ich weine, mir zu Füßen still
Empfahn sie meine Tränen, weinen mit,
Und hüllten sie sich nur in ernst Gewand,
Rom hätte nicht Tribunen diesen gleich. –
Ein Stein ist weich wie Wachs, Tribunen hart wie Steine;
Ein Stein ist schweigend und betrübt uns nicht.
Tribunenzunge spricht das Leben ab! –
Doch weshalb stehst du mit gezücktem Schwert?
LUCIUS: Von ihrem Tod die Brüder zu befrein;
Und den Versuch bestrafte das Gericht,
Indem sein Spruch auf ewig mich verbannt.
TITUS: O Glücklicher! begünstigt wurdest du!
Kurzsicht'ger Lucius, dünkt dich Rom denn nicht
Wie eine Wüstenei von Tigern voll?
Tiger sind da zum Raub; Rom hat an Raub
Nur mich und euch; wie glücklich bist du dann,
Von den Verschlingenden verbannt zu sein! –
Doch wer naht mit dem Bruder Marcus hier?

MARCUS *kommt mit* LAVINIA.

MARCUS: Bereit zu weinen sei dein edles Aug,
Wo nicht, zerspringe dir das edle Herz!
Ich bringe deinem Alter tödlich Leid!
TITUS: Wird es mich töten? Wohl, so laß mich's schaun.
MARCUS: Dies war dein Kind!
TITUS: Und ist es jetzt noch, Marcus!
LUCIUS: Weh! Dieser Anblick tötet mich!

TITUS: Schwachherz'ger Knabe! auf, und sieh sie an;
O sag, mein Kind, durch wes verfluchte Hand
Kommst du so handlos vor des Vaters Blick?
Wer ist der Tor, der Wasser trug ins Meer
Und Holz in Trojas hellentflammten Brand?
Mein Gram stand auf dem Gipfel, eh du kamst,
Jetzt, gleich dem Nil, bricht er die Schranken durch. –
Ein Schwert! Auch meine Hände hau ich ab!
Sie fochten ja für Rom, und ganz umsonst!
Wenn sie mich nährten, pflegten sie dies Leid;
Vergeblich im Gebet erhob ich sie,
Und ohne Segen hab ich sie gebraucht!
Nun sei ihr letzter Dienst von mir begehrt,
Daß mir die eine helf abhaun die andre.
's ist gut, Lavinia, daß du ohne Hand;
Denn Rom zu dienen helfen Hände nicht!
LUCIUS: Sprich, holde Schwester, wer dich so gemartert?
MARCUS: Ach! der Gedanken lieblich Instrument,
Das süße Redekunst so hold geplaudert,
Riß man aus seines zarten Käfigs Haft,
Wo's wie ein süß melod'scher Vogel sang,
Im Wechselton entzückend jedes Ohr!
LUCIUS: Statt ihrer sprich! Wer hat die Tat vollbracht?
MARCUS: So fand ich sie, ach! schweifend in dem Forst,
Besorgt, sich zu verbergen wie ein Reh,
Das eine unheilbare Wund empfing!
TITUS: Sie war mein Reh, und der die Wund ihr schlug,
Tat weher mir, als hätt er mich durchbohrt.
Nun steh ich wie ein Mann auf einem Fels,
Umgeben von der weiten, wüsten See,
Der Wog auf Woge schwellen sieht die Flut
Und stets erwartet, ob ein neid'scher Schwall
In seine salz'gen Tiefen ihn begräbt.
Zum Tod hier gingen meine armen Söhne;
Hier steht mein andrer Sohn, aus Rom verbannt,
Und hier mein Bruder, weinend um mein Weh;
Doch was am schärfsten meine Seele spornt,
Ist mein geliebtes Kind, mein liebstes Herz. –
Und hätt ich nur dein Bildnis so gesehn,
Ich fiel' in Wahnsinn; was denn soll ich tun,
Erblick ich deinen holden Körper so?

Ohn Hände, deine Tränen abzutrocknen,
Noch Zunge, zu erzählen, wer dich quälte.
Tot ist dein Gatte, und um seinen Tod
Verurteilt deine Brüder, jetzt enthauptet.
Sieh, Marcus! ach, Sohn Lucius, sieh sie an!
Als ich die Brüder nannte, netzte gleich
Die Wange frisches Naß, wie Honig taut
Auf die gepflückte, fast gewelkte Lilie!
MARCUS: Vielleicht weint sie, weil jene ihn getötet;
Vielleicht, weil sie die Brüder schuldlos weiß!
TITUS: Wenn sie ihn töteten, dann sei vergnügt,
Denn schon zur Strafe zog sie das Gesetz.
Nein, nein! sie übten nicht so arge Tat,
Das zeugt der Gram, der ihre Schwester beugt.
Mein holdes Kind, die Lippen küß ich dir;
Ein Zeichen gib, wie ich dir irgend helfe.
Willst du, daß Lucius und dein guter Ohm
Und du und ich um einen Quell uns setzen
Und niederschauend unsre Wangen sehn
Entstellt und feucht, gleich Wiesen, noch nicht trocken
Vom Schlamm, mit dem die Flut sie überschwemmt?
Und solln wir starren in den Quell so lang,
Bis sich des Wassers süße Klarheit trübt
Und salzig wird durch unsre bittern Tränen?
Solln wir die Hand uns weghaun so wie dir,
Die Zung abbeißen und mit stummen Zeichen
Verhaßter Tage Überrest verbringen?
Was solln wir tun? Laßt uns, die Zungen haben,
Ein Jammerspiel entwerfen fernern Elends,
Daß wir ein Wunder werden künft'ger Zeit!
LUCIUS: Mein Vater, weint nicht mehr; bei Euerm Gram,
Seht, wie die arme Schwester schluchzt und stöhnt!
MARCUS: Still, Nichte! – Titus, trockne dir die Augen!
TITUS: Ah, Marcus, Marcus! Oh, ich weiß, mein Bruder,
Dein Tuch kann keine meiner Tränen fassen,
Du hast es mit den eignen schon ertränkt.
LUCIUS: Ach, Schwester! deine Wangen trockn ich ab!
TITUS: Sieh, Marcus, ihre Zeichen merk ich wohl;
Fehlt' ihr die Zunge nicht, jetzt spräche sie
Zu ihrem Bruder, wie ich sprach zu dir;
Sein Tuch, von frommen Tränen ganz durchnetzt,

Ist ihrer Wange nun zu keinem Dienst! –
Wer fühlte Leid und Sorgen je wie diese?
Von Hilfe fern wie Höll vom Paradiese?

AARON *kommt.*

AARON: Titus Andronicus, mein Herr, der Kaiser,
Entbeut dir: wenn dir deine Söhne lieb,
Soll Marcus, Lucius, wer es sei von euch,
Oder du, Alter, selbst, abhaun die Hand
Und sie dem König senden; alsobald
Schickt er die Söhne lebend dir zurück;
Das soll die Buße sein für ihre Schuld.
TITUS: O gnäd'ger Kaiser! O huldvoller Mohr!
Sang je ein Rabe so der Lerche gleich,
Die süße Kunde gibt vom Morgenrot,
Mit Freuden send ich gleich dem Kaiser meine Hand;
Willst du sie abhaun helfen, lieber Mohr?
LUCIUS: Halt! Vater, diese edle, tapfre Hand,
Die sonst so manchen Feind zu Boden warf,
Sollst du nicht senden; meine bring ich dar;
Der Jüngre mißt wohl ehr sein Blut als du,
Und deshalb zahl ich für der Brüder Haupt.
MARCUS: Wes Hand von euch hat Rom nicht Schutz verliehn
Und hoch im Kampf die blut'ge Axt gezückt,
Vernichtung schreibend auf der Feinde Helm?
O keine, die nicht höchsten Ruhm erfocht,
Und meine war nur müßig; diene sie,
Vom Tod dic beiden Neffen zu befrein,
Dann hab ich sie zu würd'gem Zweck bewahrt.
AARON: Nun, einigt euch, wes Hand soll mit mir gehn,
Daß sie nicht sterben, eh die Rettung kam.
MARCUS: Nehmt meine Hand!
LUCIUS: Beim Himmel, deine nicht!
TITUS: Nicht fürder streitet; welkes Kraut wie dies
Ist gut, es auszuraufen: nehmt denn meine!
LUCIUS: Mein Vater, wenn dein Sohn ich heißen soll,
Laß mich die Brüder retten vor dem Tod.
MARCUS: Um unsres Vaters, unsrer Mutter willen,
Heut laß mich zeigen, wie ein Bruder liebt.
TITUS: So tret ich denn zurück, vereint euch drum.
LUCIUS: Ich geh und hol die Axt.
MARCUS: Und ich gebrauche sie.

Lucius und Marcus gehn.

TITUS: Komm hierher, Mohr, betrügen will ich sie;
Leih mir die Hand, und meine geb ich dir.

AARON *beiseite*: Wenn das Betrug heißt, will ich ehrlich sein
Und keinen so betrügen, das ist klar.
Doch ich betrüg euch wohl auf andre Art,
In einer halben Stunde sollt ihr's sehn.

Er haut Titus' Hand ab.

LUCIUS *und* MARCUS *kommen zurück.*

TITUS: Nun laßt den Streit, was sein muß, ist getan. –
Mein guter Mohr, dem Kaiser gib die Hand;
Sag, dies war eine Hand, die ihn geschützt
Manch tausendmal; begraben soll er sie,
Sie hat wohl mehr verdient, dies gönn er ihr.
Und meine Söhne, sag ihm, acht ich nun
Wie Edelsteine, wohlfeil mir erkauft,
Und dennoch teur, weil ich gekauft, was mein.

AARON: Ich geh, Andronicus; für deine Hand
Mach dich bereit, die Söhne bald zu sehn.
Beiseite: Der Buben Häupter mein ich. – Wie der Streich,
Wenn ich dran denke, mich ergötzt und weidet! –
Laß Narrn und Weiße fromm um Gnade werben,
Mag Schwarz mir Antlitz so wie Seele färben. *Ab.*

TITUS: Hier heb ich auf die eine Hand zum Himmel,
Zur Erde beug ich diese schwachen Trümmer;
Gibt's eine Macht, die meine Träne rührt,
Die fleh ich an. *Zu Lavinia*: Was, willst du mit mir knien?
Tu's, liebes Herz; der Himmel muß uns hören!
Sonst hauchen wir die Luft mit Seufzern trüb,
Die Sonne schwärzend, wie die Wolken tun,
Wenn sie in ihrer feuchten Brust sie bergen.

MARCUS: O Bruder, sprich von Möglichkeiten doch,
Und stürz dich nicht in solchen Wahnsinns Tiefe!

TITUS: Ist denn mein Gram nicht tief und bodenlos?
So sei die Leidenschaft auch ohne Boden!

MARCUS: Doch laß Vernunft regieren deinen Schmerz!

TITUS: Gäb es vernünft'gen Grund für solches Leid,
Dann schlöß ich wohl in Grenzen all dies Weh.
Ersäuft das Feld nicht, wenn der Himmel weint?
Schäumt, wenn der Sturmwind rast, das Meer nicht auf
Und droht dem Firmament mit schwellndem Antlitz?

Und willst du Gründe noch für solche Wut?
Ich bin das Meer, hör ihre Seufzer wehn!
Sie ist die Luft in Tränen, ich das Land;
So schwellen ihre Seufzer denn mein Meer,
Und ihrer Tränen Sintflut überschwemmt
In stetem Regen strömend mein Gefild;
Denn, wie? mein Innres faßt nicht ihren Schmerz,
Und ich, gleich einem Trunknen, spei ihn aus.
Drum laßt mich frei; Verlierern steht ja frei,
Sich Luft zu machen durch den bittern Fluch.

Ein BOTE *kommt und bringt zwei Häupter und eine Hand.*

BOTE: Würd'ger Andronicus, schlimm zahlt man dir
Die gute Hand, die du dem Kaiser gabst.
Sieh die zwei Häupter deiner edlen Söhne;
Hier deine Hand, zum Hohn zurückgeschickt:
Dein Schmerz ihr Spott und dein Entschluß verhöhnt,
So daß mir's weh ist, denk ich deines Wehs,
Mehr als Erinnrung an des Vaters Tod. *Ab.*

MARCUS: Nun werde kalt, Siziliens heißer Ätna,
Und sei mein Herz ein glühnder Flammenpfuhl!
Solch Elend ist zuviel für Menschenkraft!
Mitweinen mit den Weinenden ist Trost,
Doch Schmerz, so frech verhöhnt, dreifacher Tod.

LUCIUS: Oh, daß der Anblick solche Wunden schlägt
Und schreckt verhaßtes Leben nicht hinweg!
Daß Tod dem Leben seinen Namen leiht,
Wo Leben nur verweilt als Atemzug!

Lavinia küßt ihn.

MARCUS: Ah, armes Herz, der Kuß ist ohne Trost,
Wie hartes Eis dem frosterstarrten Wurm.

TITUS: Wann endet dieser fürchterliche Schlaf?

MARCUS:
Nun, Schmeichelei, fahr hin; nun, Titus, stirb;
Du schläfst nicht; sieh die Häupter deiner Söhne,
Sieh deine Hand, sieh dein verstümmelt Kind,
Den landverwiesnen Sohn, durch diesen Anblick
Betrübt und bleich; mich, deinen Bruder, sieh,
Wie ein versteinert Bildnis, kalt und starr.
Ach, nimmer recht ich jetzt mit deinem Schmerz!
Rauf nur dein Silberhaar, mit deinen Zähnen
Zerfleisch die andre Hand: dies grause Bild

Sei deiner armen Augen letzte Schau.
Nun ist es Zeit zum Sturm, was schweigst du still?

TITUS: Ha! ha! ha!

MARCUS: Was lachst du? solcher Stunde ziemt es nicht!

TITUS: Nun, blieb mir denn noch eine Träne übrig?
Und dann ist auch dies Weinen selbst mein Feind,
Der mir die feuchten Augen wohl zerstörte,
Bis sie erblindet von der Tränen Zoll;
Wie aber fänd ich dann der Rache Höhle?
Denn diese Häupter reden ja zu mir
Und drohn mir, ewig nicht erlang ich Ruh,
Bis all dies Elend ward zurückgezahlt,
Zurück in deren Schlund, die's ausgesandt.
Still! Laßt mich sehn, was nun mein Tagewerk:
Ihr Volk des Jammers, stellt euch um mich her,
Daß ich zu jeglichem mich wende hin
Und schwör auf meine Seel, ich räch eur Leid.
Ich hab's gelobt. – Jetzt, Bruder, faß ein Haupt,
In dieser Hand halt ich das andre fest:
Lavinia, hilf uns auch in diesem Werk,
Mit deinen Zähnen, Kind, halt meine Hand. –
Du, lieber Sohn, entferne dich von hier,
Du bist verbannt und darfst hier nicht verweilen. –
Flieh zu den Goten, wirb dir dort ein Heer,
Und willst du folgsam meinen Willen tun,
Küß mich und geh; uns bleibt noch viel zu tun.

Alle gehn ab bis auf Lucius.

LUCIUS: Leb wohl, Andronicus, mein edler Vater,
Der jammervollste Mann, den Rom gesehn!
Leb wohl, o Rom! bis Lucius wiederkehrt,
Läßt er dir Pfänder, teurer als sein Blut.
Leb wohl, Lavinia, du edle Schwester:
O wärst du wieder, was du warst zuvor!
Denn Lucius und Lavinia leben jetzt
Nur in Vergessenheit, in Gram und Haß.
Wenn Lucius lebt, vergilt er deine Schmach;
Der stolze Saturnin und sein Gemahl
Solln an den Toren betteln wie Tarquin.
Jetzt zieh ich zu den Goten, werb ein Heer
Und räche mich an Rom und Saturnin. *Ab.*

ZWEITE SZENE

Zimmer in Titus' Hause.

Ein Bankett. TITUS, MARCUS, LAVINIA *und der junge* LUCIUS, *ein Knabe, treten auf.*

TITUS: So, so; nun sitzt; gebt acht und eßt nicht mehr,
Als was nur eben uns in Kraft erhält,
Rache zu nehmen für dies bittre Weh.
Marcus, entknüpf den gramgeschlungnen Knoten!
Der Nicht und mir, uns Ärmsten, fehlen Hände,
Wir können nicht gebärden unsre Qual,
Die Arme kreuzend. Diese schwache Rechte
Blieb mir, tyrannisch meine Brust zu schlagen;
Und wenn mein Herz, von Jammer ganz verwirrt,
An dieses Fleisches hohlen Kerker klopft,
Dann stoß ich's so hinab. –
Zu Lavinia: Du Spiegel allen Wehs, in Zeichen redend,
Wenn dir dein Herz mit wildem Pochen stürmt,
Kannst du's durch Streiche nicht beruhigen!
Mit Seufzern triff, mit Ächzen töt es, Kind,
Faß dir ein spitzig Messer mit den Zähnen
Und bohr am Herzen eine Wunde dir,
Daß jede Träne deiner armen Augen
Der Gruft zufließt und, wenn sich's vollgesaugt,
Im bittern Salz der arme Narr ertrinke!
MARCUS: Pfui, Bruder, pfui! lehr sie gewaltsam nicht
Die Hand anlegen ihrem zarten Leib!
TITUS: Wie, hat dich Kummer schon verrückt gemacht?
Ich, Marcus, darf allein im Wahnsinn sprechen.
Gewaltsam Hand anlegen sollte sie?
Ach, warum nanntest du den Namen Hand?
So mußt Äneas zweimal Rede stehn,
Wie Troja brannt und er ins Elend kam.
Handhabe nichts, wo man von Händen spricht,
Nicht stets zu mahnen, daß wir keine haben! –
Pfui! wie im Fieber klingt es, was ich sprach;
Als dächten wir an unsre Hand nicht mehr,
Wenn Marcus unsre Hände nicht erwähnt! –
Kommt, fangt nun an. Iß dies, mein süßes Mädchen –
Hier fehlt zu trinken. – Hör doch, was sie spricht:

All ihre Marterzeichen merk ich leicht:
Sie sagt, sie kenn nur Tränen als Getränk,
Ihr Becher sei die Wang, ihr Aug die Kelter.
Sprachlose Klag! Ich forsche deinen Sinn,
Dein stummes Reden lern ich so verstehn
Wie bettelnde Einsiedler ihr Brevier.
Du sollst nicht seufzen, nicht zum Himmel sehn,
Nicht winken, nicken, Zeichen machen, knien,
Daß ich daraus nicht füg ein Alphabet
Und still mich übend lerne, was du meinst.
KNABE: Großvater, laß die Klagen herb und wild,
Erheitre meine Muhme durch ein Märchen.
MARCUS: Der zarte Knabe, ach! bewegt von Mitleid,
Weint, so in Schwermut seinen Ahn zu sehn!
TITUS: Still, zarter Sproß; du bist geformt aus Tränen,
Und Tränen schmelzen bald dein Leben hin!
Marcus schlägt mit dem Messer auf den Teller.
Wonach schlugst du mit deinem Messer, Marcus?
MARCUS: Ich traf und schlug sie tot; 'ne Fliege war's.
TITUS: Schäme dich, Mörder; du erschlugst mein Herz;
Mein Aug ist übersatt von Tyrannei:
Ein Mord, an dem unschuld'gen Tier geübt,
Ziemt Titus' Bruder nicht: steh auf und geh.
Ich seh, du taugst für meinen Umgang nicht.
MARCUS: O Lieber! Eine Flieg erschlug ich nur!
TITUS: Wenn nun die Fliege Vater hat und Mutter?
Wie senkt' er dann die zarten goldnen Schwingen
Und summte Klag und Jammer durch die Luft!
Harmloses, gutes Ding!
Das mit dem hübschen, summenden Gesang
Herflog, uns zu erheitern; und du tötest sie!
MARCUS: Vergib; 'ne schwarze, garst'ge Fliege war's,
Ganz wie der Kais'rin Mohr; drum schlug ich sie.
TITUS: Oh, oh, oh!
Ja, dann vergib mir, wenn ich dich gescholten,
Denn eine Tat der Gnade übtest du.
Gib mir dein Messer, ich will sie zerhaun,
Mir schmeicheln, diesen Mohren hätt ich hier,
Der eigens herkam, um mir Gift zu streun.
Das nimm für dich! und dies für Tamora!
Ah, Bube!

Ich denke doch, so sind wir nicht herunter,
Daß wir am Tisch hier nicht 'ne Flieg erschlügen,
Die kohlschwarz wie ein Mohr sich zu uns drängt!
MARCUS: Ach, armer Mann! Er hält, von Gram zerstört,
Trügliche Schatten für ein wahres Ding!
TITUS: Kommt, räumt nun auf: Lavinia, geh mit mir,
Ich folg dir in dein Zimmer, lese dir
Leidvolle Märchen vor aus alter Zeit.
Komm, Knabe, folge mir; dein Aug ist jung,
Und du sollst lesen, wenn sich meines trübt.
Sie gehn ab.

VIERTER AUFZUG

ERSTE SZENE

Rom. Vor dem Hause des Titus.

Der junge LUCIUS, *mit Büchern unterm Arm, läuft vor* LAVINIA, *die ihm nachfolgt. Dann kommen* TITUS *und* MARCUS.

KNABE: Großvater, hilf! Muhme Lavinia,
Verfolgt mich allenthalb, weiß nicht, warum.
Sieh, Oheim Marcus, sieh, wie schnell sie kommt!
Ach, liebste Muhm, ich weiß nicht, was du willst.
MARCUS: Komm zu mir, Lucius, fürchte nicht die Muhme.
TITUS: Sie liebt dich, Kind, zu sehr, dir Leid zu tun.
KNABE: O ja, als noch mein Vater war in Rom!
MARCUS: Was deuten diese Zeichen, teure Nichte?
TITUS: Fürchte nicht, Lucius: etwas meint sie jetzt.
Sieh, Lucius, sieh, wieviel sie von dir hält;
Ah, Kind, Cornelia las mit ihren Söhnen
So eifrig nie, wie sie mit dir studiert
Die Poesie und Tullius' Redekunst.
MARCUS: Errätst du nicht, was sie von dir begehrt?
KNABE: O Herr, ich weiß nicht, noch errat ich es,
Wenn nicht ein schneller Wahnsinn sie ergriff:
Denn oftmals hört ich vom Großvater schon,
Den Geist verwirr ein Übermaß des Grams;
Und las, wie die Trojan'sche Hekuba
Toll ward durch Kummer: das erschreckte mich,
Obschon ich weiß, die edle Muhme liebt

So zärtlich mich, wie meine Mutter tat,
Und nur im Fieber könnte sie mich schrecken.
So warf ich denn die Bücher hin und lief
Vielleicht um nichts: doch, Muhme, seid nicht bös;
Und, Base, wenn mein Oheim Marcus folgt,
Dann will ich mit Euch gehn, wohin es sei.
MARCUS: Das will ich, Lucius.
Lavinia wendet die Bücher um, die Lucius fallen ließ.
TITUS: Wie nun, Lavinia? Was bedeutet dies?
Hier muß ein Buch sein, das sie wünscht zu sehn:
Von diesen welches? Knabe, schlag sie auf:
Doch du hast mehr und andre Schrift gelesen;
Komm, wähl in meinem ganzen Büchersaal.
Und so vergiß dein Leid, bis das Geschick
Enthüllt den argen Stifter dieser Tat. –
Was hebt sie wechselnd ihre Arm' empor?
MARCUS: Sie meint wohl, denk ich, daß noch mehr als ein
Verschworner mitgewirkt: gewiß, so war's;
Wo nicht, ruft sie des Himmels Zorn herab.
TITUS: Lucius, welch Buch ist das, woran sie stößt?
KNABE: Herr, des Ovid Metamorphosen sind's,
Die Mutter gab sie mir.
MARCUS: Aus Liebe zur Verstorbnen
Wählte sie's aus der Menge wohl hervor.
TITUS: Still, still! wie emsig sie die Blätter dreht!
Helft ihr:
Was sucht sie doch? Lavinia, soll ich lesen?
's ist Philomeles tragische Erzählung,
Des Tereus böse List, Gewalt und Raub;
Und Raub war, fürcht ich, Wurzel deiner Marter.
MARCUS: Sieh, Bruder! Merk, das Blatt bezeichnet sie.
TITUS: Wardst du so überrascht, mein süßes Kind,
Beraubt, entehrt, wie Philomele ward?
Geschwächt im wüsten, mitleidslosen Wald?
Seht, seht! –
Ja, solch ein Tal ist dort, wo wir gejagt
(O hätten wir doch nie, nie dort gejagt!),
Genau, wie uns der Dichter Kunde gibt,
Von der Natur geprägt zu Raub und Mord.
MARCUS: Wie schuf so wüsten Talgrund die Natur,
Wenn Götter der Tragödien sich nicht freun?

TITUS: Gib Zeichen, Kind – hier sind ja Freunde nur –,
Wer ist der Römer, der die Tat gewagt?
Schlich Saturnin heran, wie einst Tarquin,
Als er vom Heer sich zu Lucretien stahl?

MARCUS: Setz dich, Lavinia; Bruder, setz dich her. –
Apollo, Pallas, Jupiter, Merkur,
Erleuchtet mich, den Täter zu erspähn! –
Bruder, sieh her – geliebte Nichte, sieh:

Er schreibt seinen Namen mit seinem Stabe, den er mit dem Munde und den Füßen führt.

Hier auf dem ebnen Sande, wenn du kannst,
Schreib du, wie ich jetzt meinen Namen zog,
Ganz ohne Hilf und Beistand unsrer Hände.
Verfluchtes Herz, das zu dem Spiel uns zwingt!
Schreib, süßes Kind! und zieh ans Licht zuletzt,
Was unsrer Rach entdecken will der Himmel:
Lenk ihre Feder, Gott! ihr Leid zu schreiben,
Tu uns den Frevler und die Wahrheit kund!

Sie nimmt den Stab in den Mund, führt ihn mit den verstümmelten Armen und schreibt.

TITUS: O Bruder! Lies, was sie geschrieben hat!
Stuprum – Chiron – Demetrius.

MARCUS: Was? Tamoras verbuhltes Knabenpaar
Vollbringer dieser blut'gen, schwarzen Tat?

TITUS: *Magni dominator poli,*
Tam lentus audis scelera? tam lentus vides?

MARCUS: O ruhig, teurer Bruder! Schrieb sie gleich
Mehr als zuviel auf diesen Boden hin,
Die Sanftmut selbst zur Notwehr zu empören
Und Kinder aufzustürmen zum Entschluß. –
Knie mit mir nieder, Bruder, Nichte, knie,
Und, Knab, auch du, des röm'schen Hektor Trost:
Schwört mir – wie dem unsel'gen Gatten einst
Und Vater der entehrten keuschen Frau
Held Brutus bei Lucretiens Leiche schwur –,
Ausüben wollen wir nach bestem Rat
Tödliche Rach an jenen tück'schen Goten,
Sie morden oder selbst als Feige sterben.

TITUS: Recht schön von dir, wenn du nur wüßtest, wie.
Doch triffst du nur die Jungen, dann gib acht,
Du weckst die Alte; wittert sie den Streich,

Ei, mit dem Löwen ist sie eng im Bund
Und wiegt ihn ein, auf ihrem Rücken spielend,
Und schläft er erst, dann tut sie, was sie will.
Du bist zur Jagd noch jung, drum laß es gut sein.
Wart nur! ein Täflein hol ich her von Erz
Und grabe drauf mit scharfem Stahl die Namen
Und berg es: sonst verweht der tück'sche Nord
Wie der Sibylle Blätter diesen Sand,
Und dann, wie ständ's um unsre Lektion?
Was sagst du, Knabe?

KNABE: Ich sage, teurer Herr, wär ich ein Mann,
Nicht ihrer Mutter Schlafgemach beschützte
Dies Knechtsgezücht, das röm'sche Ketten trug.

MARCUS: Recht, wackrer Knab! Oft tat dein Vater schon
Das gleiche für sein undankbares Volk.

KNABE: Und leb ich, Oheim, tu ich so wie er.

TITUS: Komm, geh mit mir in meinen Waffensaal.
Lucius wird ausgestattet; und mein Knabe
Soll gleich von mir den Söhnen Tamoras
Geschenke bringen, die ich senden will.
Komm, du bestellst die Botschaft; willst du nicht?

KNABE: Großvater, ja; mein Dolch für ihre Brust!

TITUS: Nein, Kind, nicht so; ich lehr dich andern Weg.
Lavinia, komm; Marcus, geh in mein Haus,
Lucius und ich, wir setzen's durch bei Hof,
Ja traun, das tun wir, und wir finden Gunst.

Sie gehn ab bis auf Marcus.

MARCUS: Götter! Könnt ihr den Guten weinen sehn
Und lenkt nicht ein und hegt kein Mitgefühl?
Marcus, verlaß ihn nicht in diesem Wahnwitz;
Mehr Narben trägt sein gramverwundet Herz
Als Feindesscharten sein zerstoßner Schild;
Und doch so treu, daß er nicht Rache sucht;
Rächt, Götter, denn den Greis Andronicus! *Ab.*

Zweite Szene

Ein Zimmer im Palast.

Von der einen Seite treten auf Aaron, Chiron *und* Demetrius; *von der andern der junge* Lucius *und ein* Knabe, *der ein Bündel Waffen trägt, um welches Verse geschrieben stehn.*

CHIRON: Demetrius, hier ist des Lucius Sohn,
Der eine Botschaft uns bestellen soll.
AARON: 'ne tolle Botschaft wohl vom tollen Alten!
KNABE: Ihr Herrn, mit aller schuld'gen Demut meld ich
Titus Andronicus' ergebnen Gruß –
Beiseite: Und fleh die Götter Roms, euch zu verderben.
DEMETRIUS: Hab Dank, mein art'ges Kind! Was Neues gibt's?
KNABE *beiseite*: Daß wir euch beid entlarvt, das Neue gibt's,
Als räuberische Schurken. *Laut*: Edle Herrn,
Mit Vorbedacht schickt mein Großvater euch
Die schönsten Klingen seines Waffensaals
Als eurer würd'gen Jugend Lust und Schmuck,
Der Hoffnung Roms: denn also sagt' er's mir,
Und so bestell ich's jetzt und liefr euch ab
Sein Gastgeschenk: daß, wenn ihr's einst bedürft,
Ihr stattlich seid gerüstet und bewehrt. –
Und somit laß ich euch (*beiseite*:) als blut'ge Schurken. *Ab.*
DEMETRIUS: Nun, was ist dies: Ein Blatt, rundum beschrieben?
Laßt sehn:
Integer vitae scelerisque purus
Non eget Mauri iaculis neque arcu.
CHIRON: Der Vers steht im Horaz, ich kenn ihn wohl;
Ich las ihn in der Schul als Knabe schon.
AARON: Jawohl, das schreibt Horaz, Ihr traft es gut.
Beiseite: Nun sieht man doch, ein Esel hat kein Arg!
Dies ist kein Scherz; der Alte hat's entdeckt
Und schickt mit solcher Aufschrift sein Geschoß,
Das, ohne daß sie's ahnen, trifft ins Herz.
Wär unsre witz'ge Kaiserin wohlauf,
Sie klatschte Beifall Titus' spitzem Wort:
Doch mag sie ruhn, unruhig wie sie ist. –
Laut: Nun, junge Herrn, war's nicht ein gut Gestirn,
Das uns als Fremde hergeführt nach Rom,

Ja als Gefangne, zu so hohem Glück?
Es tat mir wohl, als ich am Burgtor trotzte
Im Beisein seines Bruders dem Tribun.

DEMETRIUS: Und mich ergötzt noch mehr, daß solch ein Held
Uns frönt in Demut und Geschenke beut.

AARON: Hat er nicht Ursach, Prinz Demetrius?
Gingt Ihr nicht freundlich mit der Tochter um?

DEMETRIUS: Ich wollt, wir hätten tausend röm'sche Fraun
So in der Enge, unsrer Lust zu frönen.

CHIRON: Ein liebevoller Wunsch! Ein fromm Gebet!

AARON: Wär eure Mutter hier, sie spräche amen.

CHIRON: Das täte sie für zwanzigtausend mehr.

DEMETRIUS: Kommt, gehn wir; und zu allen Göttern fleht
Für unsre Mutter, die in Wehen liegt.

AARON *beiseite*: Zu Teufeln fleht; kein Gott will von uns wissen.

Man hört Trompeten im Palast.

DEMETRIUS: Was blasen die Trompeten im Palast?

CHIRON: Vielleicht erfreut den Kaiser jetzt ein Sohn.

DEMETRIUS: Still da! Wer kommt?

Eine WÄRTERIN *kommt mit einem schwarzen* KINDE.

WÄRTERIN: Gott grüß euch, liebe Herrn!
O sagt mir an, wo Aaron ist, der Mohr?

AARON: Aaron ist hier; was soll's mit Aaron sein?

WÄRTERIN: O lieber Aaron! Alles ist vorbei!
Nun hilf, sonst komme Fluch auf dich hinab!

AARON: Was gibt's? Was soll das Zetern, das Geschrei?
Was wickelst und verhüllst du in dein Tuch?

WÄRTERIN: Oh, was ich vor der Sonne gern versteckt',
Der Kais'rin Schmach, des großen Roms Entehrung;
Sie ist entbunden, Herrn, sie ist entbunden.

AARON: Von welchem Eid?

WÄRTERIN: Sie kam ins Wochenbett.

AARON: Nun denn, der Himmel
Geb ihr 'ne gute Nacht! Was schickt' er ihr?

WÄRTERIN: Einen Teufel.

AARON: Eines Teufels Mutter? Welch erwünschter Sproß!

WÄRTERIN: Verwünschter, schnöder, schwarzer, wüster Sproß!
Hier ist das Kind, so widrig wie ein Molch
Bei weißen Kreaturen unsres Lands.
Dein Siegel, deinen Abdruck schickt sie dir,
Und mit des Dolches Spitze tauf ihn jetzt!

AARON: Geh mir, du Hur! Ist Schwarz so schlimme Farbe?
Du Dickkopf bist 'ne schöne Blüte, gelt?
DEMETRIUS: Schurk, was hast du gemacht?
AARON: Gemacht, was du
Nicht kannst zunichte machen.
CHIRON: Unsre Mutter
Hast du vernichtet!
AARON: Nein, verpflichtet, Schurke.
DEMETRIUS: Und eben dadurch, Höllenhund, vernichtet.
Fluch dieser Tat! Fluch ihrer eklen Wahl!
Verflucht der Sprößling solchen schnöden Teufels!
CHIRON: Er soll nicht leben!
AARON: Sterben soll er nicht.
WÄRTERIN: Aaron, er muß, und seine Mutter will's.
AARON: Was muß er? Nun, so soll kein Mann als ich
An meinem Fleisch und Blut den Spruch vollziehn.
DEMETRIUS: Auf meinen Degen spieß ich gleich den Molch:
Gib mir ihn her, so ist es abgetan.
AARON: Eh wühlt dies Schwert in euern Eingeweiden! –
Er nimmt der Wärterin das Kind ab und zieht sein Schwert.
Halt, Mörder! euern Bruder schont ihr nicht?
Nun, bei dem Sternenglanz des Firmaments,
Der lustig schien, als ich den Schelm gezeugt –
Der stirbt durch meines Säbels scharfen Stahl,
Der meinem ältsten Sohn und Erben naht.
Ich sag euch, Burschen, nicht Enceladus
Mit seiner drohnden Schar aus Typhons Brut
Noch Herkules noch selbst der Gott des Kriegs
Raubt diese Beut aus seines Vaters Hand.
Was? Ihr blutdürst'gen Buben, schalen Geistes,
Weißkalk'ge Wände, bunte Bierhauszeichen,
Kohlschwarz gilt mehr als jede andre Farbe,
[Weil es verschmäht, zu dulden andre Farbe;]
Denn alle Wasserflut im weiten Meer
Wäscht nicht des Schwanes schwarze Füße weiß,
Obschon er stündlich sie im Meere spült. –
Sag du der Kais'rin, ich sei alt genug,
Was mein, zu schützen; trag sie's, wie sie mag!
DEMETRIUS: So willst du deine Herrin frech verraten?
AARON: Herrin ist meine Herrin; dies ich selbst,
Das Mark und Abbild meiner Jugendkraft;

Dies ist mir teurer als die ganze Welt,
Dies will ich retten trotz der ganzen Welt,
Sonst glaubt noch mancher dran von euch in Rom.
DEMETRIUS: Dies bringt auf unsre Mutter ew'gen Schimpf!
CHIRON: Rom wird sie schmähn um diese Mißgeburt!
WÄRTERIN: Des Kaisers Wut wird sie dem Tode weihn!
CHIRON: Ich muß erröten, denk ich diese Schmach!
AARON: Da seht das Vorrecht, das euch Schönheit bringt!
Pfui, feiges Weiß, das durch Erröten meldet,
Was insgeheim das Herz beschließt und fühlt! –
Hier ist ein Bursch, geprägt aus anderm Ton:
Seht, wie der schwarze Schelm anlacht den Vater!
Als wollt er sagen: Alter, ich bin dein.
Der ist eur Bruder, Prinzen; frisch genährt
Vom selben Blut, das euch das Leben gab,
Aus jenem Schoß, wo ihr gefangen wart,
Ist er entfesselt und ans Licht gebracht:
Eur Bruder von der sichern Seite, traun,
Obgleich sein Antlitz meinen Stempel trägt.
WÄRTERIN: Aaron, was meld ich nun der Kaiserin?
DEMETRIUS: Bedenk dich, Aaron, wie zu helfen sei,
Und wir sind alle deinem Rat geneigt;
Rette das Kind, wenn du uns all errettst.
AARON: Setzen wir uns und überlegt mit mir.
Mein Sohn und ich, wir sind hier außerm Schuß,
Bleibt dort; nun, wie's euch gut dünkt, sprecht von Rettung.
Sie setzen sich auf die Erde nieder.
DEMETRIUS: Wie viele Frauen sahn dies Kind von ihm?
AARON: Seht, liebe Herrn, wenn wir uns einig sind,
Bin ich ein Lamm: doch bietet Trotz dem Mohren,
Und Aaron stürmt, wie das empörte Meer,
Wie Eber wild und Löwen im Gebirg. –
Nun sag noch einmal, wieviel Frauen sahn's?
WÄRTERIN: Cornelia, die Hebamme, und ich selbst;
Sonst kein' als die entbundne Kaiserin.
AARON: Die Kais'rin – die Hebamme – und du selbst?
Zwei schweigen wohl, ist nur die dritte fort;
Geh hin zur Kais'rin, sprich, dies sagt ich dir!
Er ersticht sie.
Quiek, quiek! So schreit das Ferkel, das man spießt.
DEMETRIUS: Was meinst du, Aaron? Warum tatst du dies?

AARON: Nun, meiner Treu, aus weiser Politik;
Ließ' ich sie gehn, verriet' sie unser Spiel,
Die schwatzende Gevattrin! Nein, ihr Herrn;
Und nun erfahrt den Plan, den ich ersann.
Mein Landsmann Muliteus lebt nah von hier,
Des Weib erst gestern in die Wochen kam;
Der gleicht das Kind und ist so weiß wie ihr.
Geht, kartet's ab und gebt der Mutter Gold,
Und beiden sagt den Hergang recht genau,
Und wie ihr Kind hierdurch zu Ehren kommt
Und als des Kaisers Erbe gelten wird
Und an die Stelle tritt des meinigen,
Den Sturm zu sänft'gen, der am Hofe droht;
Der Kaiser mög es herzen dann als seins.
Hört nun: Ihr seht, ich gab ihr Arzenei (*zeigt auf die Wärterin*),
Und ihr müßt jetzt ihr Totengräber sein.
Das Feld ist nah, ihr seid ein rüstig Paar;
Dies wohl besorgt, verliert mir keine Zeit,
Schickt die Hebamme mir im Augenblick.
Hebamm und Wärterin beiseit geschafft,
Dann laßt die Weiber schwatzen, wie's beliebt.
CHIRON: Aaron, ich merke, nicht einmal der Luft
Vertraust du.
DEMETRIUS: Daß du so die Mutter schonst,
Muß sie, wie ihre Söhne, herzlich danken.
Chiron und Demetrius gehn ab mit der Leiche der Wärterin.
AARON: Nun zu den Goten schnell wie Schwalbenflug!
Dort bring ich diesen Schatz in Sicherheit
Und grüß der Kais'rin Freunde insgeheim. –
Komm, du breitmäul'ger Schelm, ich trag dich fort,
Denn du hast uns in all die Not gebracht.
Mit Wurzeln füttr ich dich und wilden Beeren,
Mit Rahm und Molken; Ziegen sollst du saugen,
In Höhlen wohnen; so zieh ich dich auf
Zum tapfern Kriegesmann und General. *Ab.*

Dritte Szene

Straße.

Titus, Publius, *der alte* Marcus, *der Knabe* Lucius *und* andre *treten auf mit Bogen; Titus trägt Pfeile, an deren Enden Briefe befestigt sind.*

titus: Komm, Marcus, komm; Vettern, hier ist der Ort.
Nun, Kleiner, zeig mir deine Bogenkunst;
Seht, daß ihr wacker spannt, so trefft ihr's wohl.
Terras Astraea reliquit;
Denk dran, mein Marcus, sie ist fort, entflohn;
Du nimm dir dein Gerät; ihr, Vettern, müßt
Das Meer ergründen und die Netze werfen,
Ihr findet sie vielleicht dann in der See.
Doch da wohnt Recht sowenig wie am Land! –
Nein, Publius und Sempronius, ihr müßt's tun;
Ihr grabt mir mit dem Spaten, mit dem Karst,
Dringt vor bis zu der tiefsten Erde Kern;
Dann, wenn ihr kamt in Plutos Region,
Ich bitt euch, reicht ihm diese Bittschrift ein;
Sagt ihm, Gerechtigkeit und Hilfe fehlen,
Und daß euch sandte Greis Andronicus,
Von Gram gebeugt im undankbaren Rom.
Ah, Rom! Ja, ja, ich führte dich ins Elend,
Damals, als ich des Volkes Stimme warb
Für ihn, der jetzt mich heimsucht als Tyrann.
Geht, geht! ich bitt euch, habt mir acht und forscht,
Und laßt mir ja kein Kriegsschiff undurchsucht:
Falls sie der Kaiser über Meer geschifft,
Dann, Vettern, pfeift nur nach Gerechtigkeit!
marcus: O Publius! Ist das nicht ein Trauerfall,
Den edlen Oheim so im Wahnsinn sehn?
publius: Deshalb, o Herr, ist unsre nächste Pflicht,
Ihm Tag und Nacht getreulich nah zu sein
Und seiner Laune freundlich nachzugeben,
Bis Zeit ein heilsam Mittel ihm gewährt.
marcus: Kein heilsam Mitel hilft für solchen Gram! –
Stoßt zu den Goten, und ein Rachekrieg
Bringe Ruin dem undankbaren Rom
Und Rache am Verräter Saturnin.

TITUS: Nun, Publius? Nun, liebe Herrn,
Sagt mir, traft ihr sie schon?
PUBLIUS: Nein, teurer Herr! Doch Pluto läßt erwidern,
Wollt Ihr von ihm die Rache, schickt er sie;
Gerechtigkeit sei in Geschäften oben,
Er meint, beim Jupiter – vielleicht woanders –,
So daß Ihr Euch durchaus gedulden müßt.
TITUS: Er kränkt mich, hält er mich mit Zögern hin!
Ich tauche selbst in jenen Flammensee
Und zieh sie bei den Fersen aus dem Styx.
Marcus, wir sind nur Sträuche, Zedern nicht,
Nicht Riesen, nach Zyklopenart geformt;
Zwar Erz, mein Marcus, Stahl bis an den Nacken,
Doch leidgebeugt, mehr, als der Nacken trägt.
Und weil kein Recht auf Erden noch im Orkus,
Wolln wir zum Himmel, zu den Göttern flehn,
Uns Recht herabzusenden, uns zum Trost.
Kommt, Hand ans Werk! Hier, Marcus, wackrer Schütz,
Er verteilt die Pfeile.
Ad Jovem, den nimm du; hier *ad Apollinem* –
Ad Martem, diesen nehm ich selbst. –
Hier, Knab, an Pallas; der hier Merkur,
Saturn und Coelus: nicht an Saturnin –
Das wär, als schößt ihr gegen Sturm und Wind! –
Nun, Knabe, frisch; sowie ich winke, schießt;
Verlaßt euch drauf, ich schrieb es mit Bedacht;
Da ist kein Gott, zu dem ich nicht gefleht.
MARCUS: Vettern, schießt alle Pfeil ihm in den Burghof;
Verwunden laßt uns dieses Kaisers Stolz.
TITUS: Nun zieht die Sehnen. *Sie schießen.* Wohlgetroffen, Lu-
Brav, Knab! In Virgos Schoß; nun hilf, Minerva! [cius! –
MARCUS: O Herr, weit übern Mond schoß ich hinaus,
Eur Brief muß jetzt bei Jupiter schon sein.
TITUS: Ha, Publius, Publius! Was hast du vollbracht?
Sieh, eins von Taurus' Hörnern abgeschossen!
MARCUS: Titus, das war der Spaß: als Publius schoß,
Ward Taurus wild, gab Aries solchen Stoß,
Daß sein Gehörn herabfiel in den Hof;
Wer, meint Ihr, fand's als Tamoras Gesell?
Sie lacht' und rief dem Mohren, augenblicks
Dem Kaiser es zu bringen als Geschenk.

TITUS: So paßt sich's recht! Gott geb Eur Hoheit Freude!

Ein BAUER *tritt auf, der einen Korb mit zwei Tauben trägt.*

Nachricht vom Himmel, Marcus! Sieh den Boten!
Was bringst du, Freund? Sind Briefe da für uns?
Erscheint uns Recht? Was sagt der Lenker Zeus?

BAUER: Holla! Was der Henker Neues sagt? Er sagt, er hat den Galgen noch nicht in Ordnung, denn der Mensch soll erst nächste Woche hängen.

TITUS: Still! Was erwidert Zeus, ich frag es nochmals.

BAUER: Ach, Herr, Euern Zeisig kenn ich nicht, mit dem hab ich all meine Lebtage nicht getrunken.

TITUS: Wie! Bist du sein Briefträger nicht, Gesell?

BAUER: Meine Tauben habe ich hergetragen, Herr, sonst nichts.

TITUS: So kommst du nicht vom Himmel?

BAUER: Vom Himmel? Ach, gnädiger Herr, da bin ich nie gewesen; Gott behüte mich, daß ich so dreist sein sollte und mich in meinen jungen Tagen in den Himmel eindrängen. Seht, ich gehe mit meinen Tauben zu dem Tribunalplebs, weil ich einen Zank zwischen meinem Vetter und einem von Seiner Kaiserlichkeit Bedienten schlichten helfen will.

MARCUS: Seht, Bruder, das kommt uns so gelegen wie möglich, um Eure Supplik zu unterstützen; laßt Ihr dem Kaiser die Tauben in Euerm Namen bringen.

TITUS: Sag mir, kannst du dem Kaiser eine Supplik mit einiger Grazie einreichen?

BAUER: Nein, bewahre Gott, Herr, mit dem Gratias habe ich all meine Tage nicht fertig werden können.

TITUS: Freund, komm heran, mach nicht viel Wesens hier;
Gib deine Tauben in des Kaisers Hand,
Ich schaffe dir Gerechtigkeit von ihm;
Wart noch, hier hast du Geld für deine Müh.
Gebt mir Papier und Feder.
Reichst du mir die Supplik mit Grazie ein?

BAUER: Ja, Herr.

TITUS: Hier also ist ein Gesuch für dich. Und wenn du vor ihm erscheinst, mußt du beim ersten Eintritt knien, dann ihm die Füße küssen, dann deine Tauben überreichen, dann deinen Lohn erwarten. Ich werde in der Nähe sein, Bursch; sieh zu, daß du deine Sache gut machst.

BAUER: Seid unbesorgt, Herr, laßt mich nur machen.

TITUS: Hast du ein Messer, Bursch? Komm, zeig es mir!

Hör, Marcus, falt es in die Bittschrift ein
(Du schriebst ja wie ein armer Bittender),
Und wenn du sie dem Kaiser überreicht,
Klopf an mein Tor und sag mir, was er sprach.
BAUER: Gott befohlen, Herr, ich will's tun.
TITUS: Komm, Marcus, gehn wir; folg mir, Publius.
Alle ab.

VIERTE SZENE

Im Palast.

Es treten auf der KAISER, *die* KAISERIN *und ihre* SÖHNE; *der Kaiser hält die von Titus abgeschossenen Pfeile in seiner Hand.*

SATURNINUS: Wie dünkt euch solche Kränkung? Bot man je
Roms kaiserlichem Herrscher solchen Trotz,
Belästigt und erzürnt ihn? – Höhnt ihn so,
Weil er das Recht erfüllt, den Spruch vollzog?
Ihr wißt es, Herrn, gleich den allsehnden Göttern –
Was auch die Störer unsrer Ruh dem Volk
Ins Ohr geraunt –, daß nichts entschieden ward
Wider des alten Titus frechen Stamm
Als nach Gesetz und Recht. Und ob nun auch
Der Kummer seine Sinne so zerstört,
Darf seine Rachgier, Fieberhitz und Zorn
Und seine Bitterkeit uns so bedrohn?
Nun schreibt er an die Götter um Ersatz;
Seht, hier an Jupiter, dies dem Merkur,
Dies an Apollo, dies dem Gott des Kriegs –
Recht saubre Zettel für den röm'schen Markt!
Heißt das nicht Lästrung wider den Senat?
Verdammung unsres ungerechten Sinns?
Ein angenehmer Scherz, nicht wahr, ihr Herrn?
Als wollt er sagen, Rom kennt kein Gesetz!
Doch wenn ich lebe, soll verstellter Wahnsinn
Ihm keinen Schutz für diesen Hohn verleihn;
Er soll erfahren, daß Gerechtigkeit
Noch lebt in Saturnin, die, schläft sie gleich,
Jetzt so erwachen wird, daß ihre Wut
Vernichten soll den stolzesten Verschwörer.
TAMORA: Mein gnäd'ger Fürst, geliebter Saturnin,

Herr meines Lebens, Herrscher meines Sinns,
Sei mild, vergib dem altersschwachen Greis,
Ihn tört der Gram um seine tapfern Söhne,
Der ihm ins Mark dringt und die Brust durchbohrt.
Erleichtre lieber sein unselig Los,
Als daß du strafst den Niedern oder Höchsten
Für solche Kränkung. *Beiseite*: Also, schlau gewandt,
Muß Tamora mit jedem freundlich tun;
Doch, Titus, dir verwundet ich das Herz
Und traf dein Leben; ist nur Aaron klug,
Geht alles wohl, im Hafen ankern wir.

Der BAUER *kommt.*

Was gibt's, mein Freund, bringst du uns ein Gesuch?

BAUER: Ja freilich, wenn Euer Wohlgeboren kaiserlich sind.

TAMORA: Ich bin die Kaiserin; dort sitzt der Kaiser.

BAUER: Das ist er? Gott und Sankt Stephan geben Euch einen guten Abend; ich habe Euch einen Brief gebracht und ein Paar Tauben.

Der Kaiser liest den Brief.

SATURNINUS: Führt ihn hinweg und hängt ihn alsogleich.

BAUER: Wieviel Geld krieg ich?

TAMORA: Geh, Freund, du wirst gehängt.

BAUER: Gehängt! Meiner Seel, so nimmt mein Hals ein saubres Ende! *Wird abgeführt.*

SATURNINUS: Schmachvoll und unerträglich! Welcher Hohn!
[Schweig ich zu solchem unerhörten Greuel?]
Ich weiß, von wem der ganze Einfall stammt;
Ich trag es nicht! als ob die Frevlerbrut,
Gefällt nach Recht für unsres Bruders Mord,
Von mir geschlachtet wäre wider Recht!
Geht, schleppt den Schurken bei den Haaren her,
Nicht Alter, Würde sei ein Vorrecht ihm.
Für diesen Spott will ich sein Schlächter sein;
Verstellt wahnwitz'ger Hund! Zur Krone halfst du,
In Hoffnung, über Rom und mich zu herrschen.

AEMILIUS *tritt auf.*

Was gibt's, Aemilius?

AEMILIUS: Zu den Waffen, Herrn! Rom hatte nie mehr Grund.
Es naht ein Gotenheer; mit einer Macht
Entschloßner Krieger, die nach Beut entflammt,
Ziehn sie heran in schnellem Marsch, geführt

Von Lucius, dem Sohn Andronicus',
Der droht, in seiner Rache zu erfüllen,
So viel, wie jemals Coriolan vollbracht.
SATURNINUS: Der tapfre Lucius führt das Gotenheer?
Die Nachricht sticht; und wie die Blum im Frost,
Wie Gras geknickt vom Sturm, häng ich das Haupt.
Ja, nun beginnt die Sorge mir zu nahn;
Er ist es, den der Pöbel stets geliebt;
Ich selber hörte klagen unterm Volk,
Wenn ich umherging wie ein Bürgersmann,
Daß Lucius widerrechtlich sei verbannt
Und wie sie Lucius sich zum Kaiser wünschten.
TAMORA: Was fürchtet Ihr? ist unsre Stadt nicht fest?
SATURNINUS: Ja, doch die Bürger sind dem Lucius hold
Und fallen ab von uns, ihm beizustehn.
TAMORA: Sei wie dein Name kaiserlich gesinnt!
Verfinstert auch die Sonn ein Mückenschwarm?
Der Adler duldet kleiner Vögel Sang,
Ganz unbekümmert, was ihr Zwitschern meint.
Er weiß, wie mit dem Schatten seiner Flügel
Er nach Gefallen sie zum Schweigen bringt;
So kannst auch du die Schwindelköpfe Roms.
Drum Mut gefaßt! Denn wisse, mein Gemahl,
Ich will bezaubern den Andronicus
Mit Worten, süßer und gefährlicher
Als Wurm dem Fisch und Honigklee dem Schaf,
Da jenem mit dem Wurm der Hamen droht
Und diesem Krankheit bringt die süße Kost.
SATURNINUS: Doch nimmer bittet er für uns den Sohn!
TAMORA: Wenn Tamora ihn bittet, wird er's tun;
Denn schmeicheln kann ich und sein Ohr erfüllen
Mit goldner Hoffnung, daß, wär auch sein Herz
Fast unangreifbar, taub sein altes Ohr,
Doch meine Zung ihm Herz und Ohr besiegt. –
Zu Aemilius: Geh du voran, sei Abgesandter uns,
Sag, daß der Kaiser ein Gespräch begehrt
Vom tapfern Lucius; laß den Ort bestimmen
[Im Hause des Andronicus, des Vaters.]
SATURNINUS: Aemilius, führ die Botschaft würdig aus,
Und wünscht er Geiseln ihm zur Sicherheit,
So nenn er selbst, welch Unterpfand er heischt.

AEMILIUS: Den Auftrag werd ich alsobald vollziehn. *Ab.*
TAMORA: Jetzt eil ich zu dem Greis Andronicus,
Mit allen meinen Künsten täusch ich ihn,
Daß er den Lucius abruft von dem Heer.
Nun, teurer Kaiser, sei vergnügten Muts,
Und alle Furcht begrab in meiner List.
SATURNINUS: So geh nun mit Erfolg und wirb um ihn.
Sie gehn ab.

FÜNFTER AUFZUG

ERSTE SZENE

Ebene bei Rom.

LUCIUS *tritt auf mit* GOTEN. *Trommeln und Fahnen.*

LUCIUS: Bewährte Krieger, Freunde, treu erprobt,
Botschaft erhielt ich aus dem großen Rom,
Wie sehr dem Volk der Kaiser jetzt verhaßt
Und wie's in Sehnsucht unsrer Ankunft harrt.
Drum, edle Herrn, seid, wie ihr Anspruch habt,
Kräftig im Zorn, unduldsam jener Schmach.
Und wie euch damals Rom erniedrigte,
So nehmt euch jetzt dreifältigen Ersatz.
GOTE: Du tapfrer Zweig von Titus' großem Stamm,
Des Ruhm einst unser Schreck, jetzt unser Trost,
Des hohe Taten und erhabnen Glanz
Herzlos mit Hohn und Undank Rom vergilt –
Vertrau auf uns, wir folgen, wo du führst,
Wie Bienen stechend, wenn der Weiser sie
Am heißen Mittag ruft ins Blumenfeld,
Und zücht'gen die verhaßte Tamora.
ALLE: Und wie er sprach, so spricht das ganze Heer.
LUCIUS: Ich dank ihm ehrfurchtsvoll; euch allen Dank! –
Wer naht? geführt von einem rüst'gen Goten?
Ein GOTE *führt den* AARON, *der sein* KIND *auf dem Arm trägt.*
GOTE: Ruhmvoller Lucius, ich ging ab vom Heer,
Ein wüst verfallnes Kloster zu betrachten;
Und als ich aufmerksam den Blick gewandt
Auf die zerstörten Mauern: plötzlich, Herr,

Hört ich ein Kind im Steingewölbe schrein.
Ich ging dem Laute nach, da hört ich bald
Den schreinden Wurm gestillt mit dieser Rede:
„Schweig, brauner Schelm! halb ich, halb deine Mutter!
Wenn nicht die Farbe sprach, wes Brut du seist,
Gab dir Natur nur deiner Mutter Weiß –
So konntst du Schurke wohl ein Kaiser werden.
Allein wo Stier und Kuh milchweiß von Farbe,
Da zeugten sie noch nie ein schwarzes Kalb.
Still, still, du Schelm", so schalt er jetzt das Kind,
„Zu einem wackern Goten bring ich dich,
Der, wenn er weiß, du seist der Kais'rin Blut,
Dich wert wird halten deiner Mutter halber."
Drauf mit gezücktem Schwert sprang ich heran,
Ergriff ihn augenblicks und schleppt ihn her,
Daß du mit ihm verfährst, wie dir's bedünkt.

LUCIUS: O Freund, dies ist der eingefleischte Teufel,
Der Titus seiner tapfern Hand beraubt,
Die Perle, die der Kais'rin Aug ergötzt;
Dies seiner schnöden Lust verdammte Frucht.
Glasäug'ger Sklav, wem wolltest du vertraun
Dies künft'ge Abbild deiner Mißgestalt?
Wie, sprichst du nicht? Was, taub? Nein, nicht ein Wort;
Ein Strick, Soldaten; hier am Baum geschwind
Hängt ihn mir auf mit seinem Bastardkind.

AARON: Rührt nicht das Kind an! 's ist aus Königsblut!

LUCIUS: Dem Vater allzugleich, drum nimmer gut,
Erst hängt den Sohn; er mag ihn zappeln sehn,
So sterb er hin in Vaterschmerz und Wehn.
Schafft eine Leiter!

Eine Leiter wird gebracht, die Aaron hinaufsteigen muß.

AARON: Lucius, laß das Kind,
Und send es an die Kaiserin von mir.
Ich melde Wunderdinge, wenn du's tust,
Die dir zu wissen höchsten Vorteil bringt.
Willst du es nicht, wohlan, mir gilt es gleich,
Ich schweige jetzt, doch Pest und Fluch auf euch!

LUCIUS: So sprich denn, und gefällt mir, was du sagst,
So lebt dein Kind, ich laß es auferziehn.

AARON: Wenn dir's gefällt? Nein, das beteur ich, Lucius,
Es wird dein Herz zerreißen, was du hörst.

Ich muß von Totschlag reden, Mord und Raub,
Von nächt'gen Taten und verruchtem Greul,
Verrat, fluchwürd'gem Anschlag, Missetat,
Betrübt zu hören, kläglicher erlebt;
Und dies begräbt auf ewig dir mein Tod,
Wenn du nicht schwörst, du rettest mir mein Kind.
LUCIUS: Sprich, was du weißt, ich sag dir, es soll leben.
AARON: Das schwöre mir, und gleich beginn ich dann.
LUCIUS: Schwören? Bei wem? Du glaubst ja keinen Gott;
Ist das, wie kannst du glauben einem Eid?
AARON: Und wenn ich's nie getan? Ich tu's auch nicht! –
Doch weil ich weiß, du hältst auf Religion,
Glaubst an das Ding, das man Gewissen nennt,
Und an der Pfaffen Brauch und Observanz,
Die ich dich sorgsam hab erfüllen sehn –
Deshalb fordr ich den Eid von dir. Ich weiß,
Ein Dummkopf hält 'nen Schellenstab für Gott
Und ehrt den Eid, den er dem Gotte schwur;
Drum fordr ich ihn. Deshalb gelobe mir
Bei jenem Gott – gleichviel, was für ein Gott,
Zu dem du betest und den du verehrst –,
Mein Kind zu schonen und es zu erziehn;
Und weigerst du mir das, entdeck ich nichts.
LUCIUS: Bei meinem Gotte schwör ich dir, ich will's.
AARON: Erst wiß, ich zeugt es mit der Kaiserin.
LUCIUS: O unersättliches, verbuhltes Weib!
AARON: Pah, Lucius, das war nur ein Liebeswerk,
Mit dem verglichen, was du hören sollst. –
Ihre zwei Söhn ermordeten Bassianus;
Sie schändeten Lavinia, schnitten ihr
Die Zung und ihre beiden Hände ab
Und schmückten sie heraus, wie du's gesehn.
LUCIUS: Das nennst du schmücken, gift'ger Bösewicht?
AARON: Gewaschen, zugestutzt und aufgeschmückt,
Ein schmucker Spaß zugleich für alle drei!
LUCIUS: O wilde, vieh'sche Buben, wie du selbst!
AARON: Nun ja, ich war der Lehrer zu der Tat.
Die hitz'ge Ader stammt von ihrer Mutter,
So wahr 'ne Karte je das Spiel gewann;
Die blut'ge Neigung lernten sie von mir,
So wahr ein Bullenbeißer packt von vorn. –

Nun zeuge meine Tat von meinem Wert.
Ich lockte deine Brüder in die Gruft,
Wo des Bassian erschlagner Körper lag.
Ich schrieb den Brief, den drauf dein Vater fand,
Und barg das Gold, das jener Brief erwähnt,
Im Bund mit Tamora und ihren Söhnen.
Und was ist je geschehn, das dich verletzt,
Wo ich zum Unheil nicht die Hand geboten?
Ich spielte falsch um deines Vaters Hand,
Und als ich ihn betört, trat ich beiseit,
Erstickend fast vor unerhörtem Lachen.
Ich duckte mich an einer Mauer Spalt,
Als er die Hand gab für der Söhne Häupter;
Sah, wie er weint', und lachte dann so herzlich,
Daß mir die Augen tränten so wie ihm;
Und als ich Tamora den Spaß beschrieb,
Erstarb sie fast, so lieb war ihr die Mär,
Und gab mir zwanzig Küsse für die Nachricht.

GOTE: Das alles sprichst du und errötest nicht?

AARON:
Ja, wie ein schwarzer Hund, so heißt das Sprichwort.

LUCIUS: Und reun dich diese Freveltaten nie?

AARON: Ja, daß ich nicht noch tausend mehr verübt.
Noch fluch ich jedem Tag – und glaube doch,
Nicht viele stehn in dieses Fluchs Bereich –
Wo ich besondre Bosheit nicht beging,
Jemand erschlug, wo nicht, die Anstalt traf;
'ne Dirn entehrt, wo nicht, den Plan geschmiedet;
Unschuldige verklagt auf falschen Eid;
Todfeindschaft unter Freunden angeschürt;
Den Herden armer Leute brach den Hals;
In Scheun und Schober Kohlen warf bei Nacht
Und rief dem Eigner: Löscht den Brand mit Tränen! –
Oft grub ich tote Körper aus dem Grab
Und stellte sie vor lieber Freunde Tür,
Recht wenn ihr Kummer fast vergessen war;
Und wie auf Baumesrind in ihre Haut
Ritzt ich mit meinem Dolch in röm'scher Schrift:
„Eur Kummer lebe fort, obgleich ich starb." –
Pah, tausend Greuel habe ich verübt
So leichten Sinns, wie einer Fliegen fängt;

Und nichts, in Wahrheit, geht mir so zu Herzen,
Wie daß mir nicht zehntausend noch gelingen.
LUCIUS: Den Teufel fort! Sein Tod muß sich verlängen,
Zu kurze Qual wär ihm ein schnelles Hängen.
AARON: Wenn's Teufel gibt, möcht ich ein Teufel sein,
In ew'gem Feur zu leben und zu brennen,
Hätt ich dich zur Gesellschaft all die Zeit,
Dich stets zu martern mit der bittern Zunge.
LUCIUS: Hör auf mit Lästern, stopft ihm seinen Mund.

Ein GOTE *tritt auf.*

GOTE: Feldherr, es ist ein Bote hier aus Rom,
Der fragt, ob er vor dir erscheinen dürfe.
LUCIUS: Führt ihn herein.

AEMILIUS *wird hereingeführt.*

Willkomm, Aemilius! sag, wie steht's in Rom?
AEMILIUS: Glorreicher Lucius und ihr Gotenfürsten,
Der röm'sche Kaiser grüßet euch durch mich;
Und weil er hört, ihr steht in Waffen hier,
Wünscht er Gespräch in Eures Vaters Haus;
Und fordert Ihr, daß er Euch Geiseln stellt,
Dann augenblicklich sendet er sie her.
GOTE: Was sagt mein Feldherr?
LUCIUS: Aemilius, Geiseln stelle Saturnin
An meinen Vater wie an meinen Ohm,
So kommen wir. – Zieht weiter!

Alle ab.

ZWEITE SZENE

Rom. Vor Titus' Haus.

TAMORA, DEMETRIUS *und* CHIRON *treten verkleidet auf.*

TAMORA: So nun, in dieser fremden, düstern Tracht
Will ich begegnen dem Andronicus;
Die Rache nenn ich mich, der Höll entsandt,
Mit ihm vereint sein schrecklich Leid zu schlichten.
Klopf an die Zelle, wo er weilen soll,
Entwürfe seltsam wilder Rache brütend;
Sag, Rache sei gekommen, ihm vereint
Zu wirken seiner Feinde Untergang.

Sie klopfen unten; TITUS *öffnet sein Studierzimmer und spricht von oben.*

TITUS: Wer stört mich hier in meinem ernsten Werk?
Ist's eure List, daß ich auftu die Tür,
Damit die finstern Pläne weg mir fliegen
Und all mein Sinnen ohne Wirkung sei?
Ihr irrt euch; denn was ich zu tun beschloß,
Seht her, in blut'gen Zeilen schrieb ich's hin,
Und was ich aufgezeichnet, soll geschehn.
TAMORA: Titus, mit dir zu reden kam ich her.
TITUS: Nein, nicht ein Wort. Kann ich mit Anmut reden,
Da eine Hand mir zur Gebärde fehlt?
Du bist zu sehr im Vorteil, drum laß ab.
TAMORA: Wenn du mich kenntest, sprächest du mit mir.
TITUS: Ich bin nicht toll; dich kenn ich nur zu gut;
Bezeug's der arme Stumpf, die Purpurschrift,
Bezeug's dies Antlitz, tief von Gram gefurcht,
Bezeug's der traur'ge Tag, die lange Nacht,
Bezeug es alles Weh, ich kenne dich
Als unsre stolze Kais'rin Tamora.
Nicht wahr, du kommst um meine zweite Hand?
TAMORA: Unsel'ger, wiß, ich bin nicht Tamora,
Sie haßt dich, ich bin freundlich dir gesinnt,
Ich bin die Rach, entsandt dem Höllenreich,
Dein Herz zu heilen von des Geiers Biß,
Durch blutige Vergeltung an dem Feind. –
Komm und begrüß mich auf der Oberwelt,
Zieh mich zu Rat nun über Tod und Mord.
Denn keine Höhle gibt es, kein Versteck,
Kein ödes Dunkel, kein umnebelt Tal,
Wo Raub und Schandtat und verruchter Mord
Sich scheu verbergen, dennoch find ich sie
Und nenne meinen grausen Namen „Rache",
Der die verworfnen Sünder zittern macht.
TITUS: So bist du Rache? Bist mir zugesandt,
Um allen meinen Feinden Qual zu sein?
TAMORA: Ich bin's; drum komm herab, begrüße mich.
TITUS: Tu einen Dienst mir, eh ich dir vertrau –
Sieh, dir zur Seite seh ich Raub und Mord,
Nun gib Beweis, daß du die Rache bist;
Erstich sie, schleif sie an des Wagens Rädern,

Dann will ich kommen und dein Fuhrmann sein
Und rasch mit dir hinbrausen um die Welt.
Schaff dir zwei wackre Renner, schwarz wie Nacht,
Dein rächend Fuhrwerk fortzuziehn im Sturm;
Such Mörder auf in ihrer schuld'gen Schlucht;
Und ist dein Karrn von ihren Häuptern voll,
Dann steig ich ab und trab am Wagenrad
Gleich einem Knecht zu Fuß den ganzen Tag,
Früh von Hyperions Aufgang dort in Ost,
Bis wo er abends spät sich taucht ins Meer;
Und Tag für Tag tu ich dies schwere Werk,
Wenn du mir Raub und Mord allhier vertilgst.

TAMORA: Sie sind mir Diener und begleiten mich.

TITUS: Die beiden dienen dir? Wie nennst du sie?

TAMORA: Sie heißen Raub und Mord, also genannt,
Weil sie heimsuchen solche Missetat.

TITUS: O Gott! wie gleichen sie der Kais'rin Söhnen!
Und du der Kais'rin! – Doch wir ird'schen Menschen
Sehn mit armsel'gen, blöden, falschen Augen.
O süße Rache, nun komm ich zu dir,
Und wenn dir eines Arms Umfahn genügt,
Schließ ich dich an die Brust im Augenblick.

Titus kommt von oben herab.

TAMORA: Ihm so sich fügen paßt für seine Tollheit!
Was ich ersann, zu nähren diesen Wahn,
Das stärkt und unterstützt durch euer Wort.
Jetzt glaubt er fest, ich sei die Rache selbst,
Und wie er gläubig solchem Traumbild folgt,
Soll er zu Lucius senden, seinem Sohn,
Und während ich beim Schmaus ihn selber halte,
Ersinn ich einen list'gen Anschlag wohl,
Die leicht betörten Goten zu zerstreun,
Wo nicht, sie mindstens feindlich ihm zu stimmen.
Sieh da, er kommt; nun spiel ich meine Rolle.

Titus tritt auf.

TITUS: Lang war ich weit, weit weg; und nur nach dir. –
Willkommen, Furie, in mein Haus des Wehs!
Ihr, Raub und Mord, seid gleichfalls mir willkommen!
Wie gleicht ihr Tamora und ihren Söhnen!
Ihr wärt vollkommen, fehlt' euch nicht ein Mohr;
Gab's nicht im ganzen Abgrund solchen Teufel?

Wahrlich, nie schweift die Kaiserin umher,
Daß nicht ein Mohr in ihrer Nähe sei;
Und wollt ihr recht der Kön'gin Bild uns stellen,
So wär es gut, ihr hättet solchen Teufel. –
Doch, wie ihr seid, willkommen! – Was zu tun?
TAMORA: Was solln wir für dich tun, Andronicus?
DEMETRIUS: Zeig mir 'nen Mörder, und ich greif ihn an.
CHIRON: Zeig mir 'nen Räuber, der Gewalt geübt,
Ich bin gesandt, ihn vor Gericht zu ziehn.
TAMORA: Zeig tausend mir, durch die dein Recht gekränkt,
Mein Amt ist, alle vor Gericht zu ziehn.
TITUS: Durchsuch die frevelhaften Straßen Roms,
Und findst du einen Menschen, der dir gleicht,
Den töte, guter Mord, er ist ein Mörder.
Geh du mit ihm, und wenn's auch dir gelingt,
'nen andern aufzufinden, der dir gleicht,
Den töte, Raub, er ist ein Weiberschänder.
Geh du mit ihnen; an des Kaisers Hof
Lebt eine Kön'gin und mit ihr ein Mohr,
Die magst du als dein Abbild leicht erkennen,
Denn ganz von Kopf zu Füßen gleicht sie dir.
Ich bitt dich, diesen gib grausamen Tod,
Sie waren grausam meinem Stamm und mir.
TAMORA: Du hast uns wohl belehrt, wir wollen's tun.
Doch nun ersuch ich dich, Andronicus,
Sende zu Lucius, deinem tapfern Sohn,
Der jetzt auf Rom mit mut'gen Goten zieht;
Zu einem Schmause lad ihn in dein Haus,
Und wenn er hier ist, recht zu deinem Fest,
Bring ich die Kais'rin dir und ihre Söhne,
Den Kaiser selbst und alle, die dir feind;
Und dir zu Füßen solln sie kniend flehn,
Und deines Herzens Ingrimm treffe sie.
Was sagt Andronicus zu diesem Rat?
TITUS: Marcus, heraus! der traurige Titus ruft.

MARCUS *kommt.*

Geh, Marcus, geh zu deinem Neffen Lucius,
Im Gotenheere sollst du ihn erfragen;
Sag, daß er zu mir kommt und mit sich bringt
Noch einige der tapfern Gotenfürsten.
Heiß ihn die Krieger lagern, wo sie stehn;

Sag ihm, den Kaiser und die Kaiserin
Erwart ich hier zum Fest und so auch ihn.
Dies tu zuliebe mir, er tu es auch,
So wert ihm ist des alten Vaters Leben.

MARCUS: Das tu ich gleich und kehre schnell zurück. *Ab.*

TAMORA: Nun geh ich augenblicks an mein Geschäft
Und nehme meine Diener mit hinweg.

TITUS: Nein, nein, laß Raub und Mord doch hier bei mir,
Sonst ruf ich meinen Bruder wieder heim
Und halte mich allein an Lucius' Rache.

TAMORA *zu ihren Söhnen*:
Was sagt ihr, Söhne, bleibt ihr wohl mit ihm,
Bis ich dem Kaiser, meinem Herrn, erzählt,
Wie uns der wohlerdachte Scherz gelang?
Folgt seiner Laune, sprecht ihm freundlich zu,
Und weilt mit ihm, bis ich zurückgekehrt.

TITUS *beiseite*: Ich kenn euch all, obschon ihr toll mich wähnt,
Und fang euch in dem selbstgestellten Garn,
Euch junge Höllenbrut samt eurer Mutter.

DEMETRIUS *beiseite*: Geht nach Gefallen, Fürstin, laßt uns hier.

TAMORA: Titus, leb wohl; die Rache geht zu Taten,
Dir alle deine Feinde zu verraten.

TITUS: Das hoff ich, teure Rache; leb denn wohl!

Tamora geht ab.

CHIRON: Nun, Alter, sprich, was gibst du uns zu tun?

TITUS: O still! ich schaff euch Arbeit übergnug,
Auf, Cajus! Publius und Valentin!

PUBLIUS *und* DIENER *kommen.*

PUBLIUS: Was wollt Ihr?

TITUS: Kennst du die zwei?

PUBLIUS: Die Söhne, denk ich, sind's
Der Kais'rin, Chiron und Demetrius.

TITUS: Pfui, Publius, wie gröblich du dich irrst!
Der ein ist Mord, des andern Nam ist Raub.
Drum binde sie mir fest, mein Publius;
Cajus und Valentin, legt Hand an sie.
Oft hab ich diese Stunde mir gewünscht,
Nun fand ich sie, drum bindet sie recht fest,
Stopft ihnen auch den Mund, sobald sie schrein. *Ab.*

Publius etc. packen Chiron und Demetrius.

CHIRON: Schurken, laßt ab! Wir sind der Kais'rin Söhne!

PUBLIUS: Und deshalb tun wir, was uns auferlegt. –
Stopft ihren Mund, gönnt ihnen nicht ein Wort;
Ward er auch fest gebunden? schließt sie gut.

TITUS *kommt zurück mit einem Messer und* LAVINIA *mit einem Becken.*

TITUS: Lavinia, komm, die Feinde sind im Netz!
Stopft ihren Mund, kein Wort gestatt ich mehr.
Doch laßt sie hören meinen grimmen Spruch:
O Schurken, Chiron und Demetrius!
Hier ist der Quell, den ihr getrübt mit Schlamm,
Der holde Lenz, durch euern Frost erstarrt.
Ihr schlugt ihr den Gemahl; für diesen Greul
Sind ihrer Brüder zwei zum Tod verdammt.
Mir ward die Hand geraubt zu frechem Spott,
Ihr Händ und Zunge, ja was teurer ist
Als Zung und Hand, die unbefleckte Keuschheit,
Herzlose Buben! raubtet ihr mit Zwang. –
Was sprächt ihr jetzt, wenn ich euch reden ließ'?
Ihr dürftet nicht aus Scham um Mitleid flehn.
Hört, Buben, welche Qual ich euch ersann:
Die Hand blieb, euch die Gurgel durchzuschneiden,
Indes Lavinia mit den Stümpfen hält
Dies Becken, das eur schuldig Blut empfängt.
Die Kaiserin, wißt ihr, will zum Schmaus mir kommen
Und nennt sich „Rache", wähnt, ich sei verrückt. –
Nun hört mich! Eur Gebein reib ich zu Staub
Und knet es ein zu Teig mit euerm Blut;
Und aus dem Teige bild ich eine Rinde,
Drin einzubacken eure Schurkenhäupter;
Dann soll die Metze, eure hünd'sche Mutter,
Der Erde gleich die eigne Brut verschlingen;
Dies ist das Mahl, zu dem ich sie beschied,
Und dies der Schmaus, an dem sie schwelgen soll.
Denn mehr als Philomel erlitt mein Kind,
Und mehr als Prokne nehm ich Rach an euch.
Jetzt reicht die Gurgeln her. – Lavinia, komm,
Fang auf den Strahl; und wenn ich sie entseelt,
Zerstampf ich ihr Gebein in feinen Staub
Und feucht es an mit dem verhaßten Blut,
Die Häupter einzubacken in den Teig.
Kommt, seid mir alle jetzt zur Hand, dies Mahl

Zu rüsten, das viel grimmer werden soll
Und blutiger als der Zentauren Schmaus.
Er durchschneidet ihre Kehlen.
So!
Nun tragt sie hin, ich mache selbst den Koch,
Sie anzurichten, bis die Mutter kommt.
Alle gehn ab mit den Leichen.

DRITTE SZENE

Hof in Titus' Haus. Ein Bankett.

LUCIUS *und* MARCUS *treten auf;* GOTEN *führen den* AARON *gefangen vor.*

LUCIUS: Wohl, Oheim Marcus, da mein Vater heischt,
Daß ich gen Rom mich wende, folg ich dir.
GOTE: Wir stehn dir bei, es gehe, wie es will.
LUCIUS: Oheim, verwahrt mir den grausamen Mohren,
Den wüt'gen Tiger, den verfluchten Teufel;
Laßt ihm nicht Nahrung reichen, fesselt ihn,
Bis er der Kais'rin gegenübersteht,
Als Zeugnis ihres höchst verworfnen Wandels.
Dann sorgt, daß stark sei unser Hinterhalt;
Der Kaiser, fürcht ich, ist uns schlimm gesinnt.
AARON: Ein Teufel flüstre Flüche mir ins Ohr
Und helfe meiner Zung, hervorzusprühn
Die gift'ge Wut, die mir im Herzen schwillt.
LUCIUS: Hinweg, verruchter Hund! Ungläub'ger Sklav!
Aaron wird von den Goten weggeführt. Man hört Trompeten blasen.
Ihr Herrn, helft unserm Ohm, ihn zu geleiten;
Trompeten melden, daß der Kaiser naht.
SATURNINUS, TAMORA, AEMILIUS, SENATOREN, TRIBUNEN *und* GEFOLGE *treten auf.*
SATURNINUS: Was? hat der Himmel mehr als eine Sonne?
LUCIUS: Was frommt es dir, daß du dich Sonne nennst?
MARCUS: Roms Kaiser und du, Neffe, brecht nun ab,
In Ruhe muß der Streit verhandelt sein.
Das Mahl ist fertig, welches Titus sorglich
Geordnet hat zu ehrenwertem Zweck,
Für Frieden, Lieb und Bündnis, Rom zum Heil! –
So tretet denn heran und nehmet Platz.

SATURNINUS: So sei es, Marcus.

Oboen. TITUS, *als Koch gekleidet, stellt die Speisen auf den Tisch;* LAVINIA *folgt ihm verschleiert; der junge* LUCIUS *und* ANDERE.

TITUS: Willkommen, Herr! Willkommen, Kaiserin!
Willkommen, tapfre Goten; willkommen, Lucius!
Willkommen, all! Ist gleich das Mahl gering,
Doch wird's den Hunger stillen. Wollt ihr essen?

SATURNINUS: Weshalb in dieser Tracht, Andronicus?

TITUS: Um recht gewiß zu sein, daß nichts mißlang,
Eur Hoheit und die Kais'rin zu bewirten.

TAMORA: Wir sind Euch hoch verpflichtet, wackrer Titus.

TITUS: Kennt' Eure Majestät mein Herz, ihr wärt's. –
Mein gnäd'ger Kaiser, löst die Frage mir:
War's recht getan vom heftigen Virginius,
Sein Kind zu töten mit der eignen Hand,
Weil sie entführt, entehrt, geschändet ward?

SATURNINUS: Das war's, Andronicus.

TITUS: Eur Grund, erhabner Kaiser?

SATURNINUS: Weil das Mädchen
Nicht überleben durfte solche Schmach
Und seinen Gram erneun durch ihre Nähe.

TITUS: Ein Grund, nachdrücklich, streng und voll Gehalt,
Ein Vorgang, Mahnung und gewicht'ge Bürgschaft
Für mich Unsel'gen, gleiche Tat zu tun:
Stirb, stirb, mein Kind, und deine Schmach mit dir,
Und mit der Schmach auch deines Vaters Gram!

Ersticht Lavinia.

SATURNINUS: Was tatst du, unnatürlicher Barbar?

TITUS: Ich schlug, um die mein Aug erblindet war.
Ich bin so leidvoll wie Virginius einst
Und habe tausendmal mehr Grund als er
Zu solchem Mord – und jetzt ist es vollbracht.

SATURNINUS: Ward sie entehrt? Wer hat die Tat verübt?

TITUS: Wie, eßt Ihr nicht? Nehmt, Hoheit, wenn's beliebt.

TAMORA: Wie kam's, daß Vaterhand sie morden muß?

TITUS: Sie mord'ten, Chiron und Demetrius,
Die sie entehrt, die Zung ihr ausgeschnitten,
Durch die sie all dies bittre Leid erlitten.

SATURNINUS: Vor uns erscheinen sollen sie sogleich!

TITUS: Nun wohl! hier sind sie schon, zerhackt zu Teig,
Von dem die Mutter lüstern hat genossen,

Verzehrend, was dem eignen Blut entsprossen.
's ist wahr! 's ist wahr! Bezeug's mein scharfer Dolch!
Ersticht Tamora.

SATURNINUS: Wahnwitz'ger, stirb! Nimm das für deinen Hohn!
Ersticht den Titus.

LUCIUS: Des Vaters blutig Ende rächt der Sohn;
Hier Lohn um Lohn, Mord für des Mörders Hohn!
Ersticht den Saturninus.

Großer Aufruhr. Das Volk zerstreut sich in Verwirrung. Lucius, Marcus und ihre Anhänger besteigen die Oberbühne.

MARCUS: Leidvolle Männer, Volk und Söhne Roms,
Getrennt durch Aufruhr, wie ein Vogelschwarm,
Zerstreut durch Sturm und starken Wetterschlag –
O hört, wie ihr von neuem binden mögt
In eine Garbe dies zerstreute Korn,
In einen Körper die zerstückten Glieder,
Daß Rom sich nicht am eignen Gift vernichte,
Das Reich, dem mächt'ge Zepter sich geneigt,
Ehrlosen, ausgestoßnen Sündern gleich,
Nicht Mord, verzweifelnd, an sich selbst vollziehe!
Wenn meine Furchen, meines Alters Schnee
– Ehrwürd'ge Bürgen reifer Urteilskraft –
Euch nicht bewegen, meinem Wort zu traun,
Sprich du, Roms teurer Freund – gleich unserm Ahn,
Als er in Feierworten Kunde gab
Der liebeskranken, leidgebeugten Dido
Vom Schicksal jener wilden Flammennacht,
Als Priams Troja sank durch Griechentrug –,
Sag, welch ein Sinon unser Ohr berückt,
Wer uns das böse Werkzeug hergeführt,
Das unserm Troja, unserm hehren Rom
Die Bürgerwunde schlägt. –
Mein Herz ist nicht gestählt wie Fels und Erz,
Noch find ich Worte für so bittern Gram,
Daß nicht in Tränen meine Red erstickt
Und mir die Stimme bricht, wenn sie zumeist
Euch rühren sollt und euer Ohr gewinnen
Und eure Hilf und liebreich Mitgefühl. –
Hier ist ein Feldherr, der's erzählen mag,
Eur Herz wird weinen, hört ihr seine Rede.

LUCIUS: Dann, meine edlen Hörer, sei euch kund:

Der schnöde Chiron und Demetrius,
Sie waren's, die Bassianus mordeten,
Sie waren's, die Lavinia frech entehrt;
Für ihre Tat fiel unsrer Brüder Haupt,
Ward Titus' Gram verhöhnt, ihm frech entwandt
Die gute Hand, die oft den Streit für Rom
Ausfocht und seine Feinde sandt ins Grab;
Zuletzt ward ich im Zorn verbannt, man schloß
Die Tore mir und stieß mich weinend aus,
Mitleid zu suchen bei den Feinden Roms;
Mit meinen Tränen löscht ich ihren Haß,
In ihren offnen Armen fand ich Trost.
Und ich, den Rom verstieß, das sei euch kund,
Mit meinem Blut hab ich sein Wohl erkauft,
Von seinem Haupt gewandt der Feinde Schwert,
Auffangend ihren Stahl in meine Brust.
Ihr alle wißt, ich bin kein Prahler; nein,
Bezeugt's, ihr Narben – ob ihr stumm auch seid –,
Daß mein Bericht getreu und ohne Falsch.
Doch halt! Mich dünkt, ich schweifte schon vom Ziel,
Anpreisend mein geringes Tun; verzeiht,
Man rühmt sich selber, ist kein Freund uns nah.

MARCUS: Nun ist's an mir zu reden. Seht dies Kind,
Dies war's, das Tamora zur Welt gebracht;
Sein Vater jener gottvergeßne Mohr,
Hauptstifter und Begründer unsers Wehs.
Der Schurk ist lebend noch in Titus' Haus,
Obgleich verdammt, zum Zeugnis: dies sei wahr.
Nun sprecht, ob Titus Grund zur Rache hatte
Für solche Kränkung, unaussprechlich, herb,
Weit mehr, als irgend wohl ein Mensch ertrüge!
Jetzt, da ihr alles wißt, was sagt ihr, Römer?
Ist hier zu viel geschehn, dann zeigt, worin,
Und von dem Platz, auf dem wir vor euch stehn,
Wolln wir, des Titus armer Überrest,
Häuptlings hinab uns werfen, Hand in Hand,
Am scharfen Stein zerschmetternd unser Hirn,
Und so vereint austilgen unsern Stamm.
Sprecht, Römer, sprecht: sagt ihr, es soll geschehn,
So sollt ihr Hand in Hand uns stürzen sehn.

AEMILIUS: Komm, komm, du ehrenwerter Römergreis,

Führ unsern Kaiser freundlich bei der Hand,
Lucius, den Kaiser: denn mit Zuversicht
Erwart ich, was des Volkes Stimme spricht.

MARCUS: Lucius, Glück auf, Roms kaiserlicher Herr!
Geh in des alten Titus leidvoll Haus,
Und den ungläub'gen Mohren schlepp hierher;
Ihm werd ein grauser, blut'ger Tod erkannt,
Als Strafe für sein höchst gottloses Tun.

Die Diener ab. Lucius, Marcus und die anderen steigen herunter.

ALLE: Lucius, Glück auf, huldreicher Herrscher Roms!

LUCIUS: Dank, edle Römer! meiner Herrschaft Streben
Sei, Rom nach so viel Leiden Trost zu geben.
Doch, werte Freund', ein Weilchen gönnt mir noch,
Denn schwere Pflicht erheischt Natur von mir.
Steht alle fern. – Du, Oheim, komm herab;
Laß uns dem Toten fromme Tränen weihn,
Den kalten Lippen diesen heißen Kuß (*küßt den Titus*),
Dem blut'gen Antlitz diesen Tau des Grams,
Des treuen Sohnes letzte Huldigung!

MARCUS: Ja, Trän um Trän und Liebeskuß für Kuß
Beut hier dein Bruder Marcus deinem Mund!
Und wär die Summe, die ich zahlen soll,
Unendlich, namenlos, doch zahlt ich sie.

LUCIUS: Komm, Knabe, komm! komm her, wir lehren dich
In Tau zerschmelzen. Ach, er liebte dich!
Wie oft ließ er dich tanzen auf dem Knie,
Sang dich in Schlaf, sein liebend Herz dein Pfühl!
Wieviel Geschichten hat er dir erzählt,
Für deine Kindheit sinnreich ausgewählt!
Des sei gedenk, und als ein liebreich Kind
Gieß ein'ge Tropfen auch aus zartem Auge.
Mitleidig gab Natur uns dies Gebot,
Der Freund soll weinen um des Freundes Not!
Sag ihm Lebwohl, geleit ihn an sein Grab,
Die Pflicht erfüll und scheide dann von ihm.

KNABE: Großvater! ach Großvater! Möcht ich doch
Für dich gestorben sein und du noch lebend!
O Gott, vor Weinen kann ich ihm nichts sagen,
Erstick in Tränen, öffn ich meinen Mund.

AARON *wird von einigen* RÖMERN *hereingeführt.*

RÖMER: Traur'ge Androniker, hemmt euern Gram,

Sprecht diesem gift'gen Bösewicht sein Recht,
Der jener schwarzen Frevel Stifter war.
LUCIUS: Begrabt ihn bis zur Brust, daß er verhungre,
Da steh er dann und wüt und schrei um Brot;
Wer irgend Beistand ihm und Mitleid schenkt,
Der stirbt für solche Tat: dies unser Spruch.
Geht ihr, sorgt, daß er eingegraben werde.
AARON: Wut, warum schweigst du? Zorn, was bist du stumm?
Ich bin kein feiges Kind, noch mit Gebet
Bereu ich die Verbrechen, die ich tat;
Zehntausend, schlimmer noch, als ich vollbracht,
Möcht ich begehn, hätt ich die Freiheit nur;
Und tat ich je ein einzig gutes Werk,
Von ganzem Herzen wünsch ich's ungeschehn.
LUCIUS: Tragt ein'ge jetzt den Kaiser mir hinweg
Und senkt ihn ein in seines Vaters Gruft.
Mein Vater und Lavinia solln demnächst
In unserm Monument bestattet ruhn.
Doch jener grimmen Wölfin Tamora
Gönnt keinen Grabbrauch, keinen Trauerflor,
Kein frommes Läuten, keinen Leichenzug,
Den Vögeln werft sie hin, dem Raubgetier.
Ihr Lebenslauf war viehisch, ohne Mitleid,
Und eben deshalb find auch sie kein Mitleid.
Vollzieht den Spruch an dem verdammten Mohren,
Dem frechen Stifter unsrer schweren Trübsal;
Dann ordnen wir mit Weisheit unsern Staat,
Gleich schlimmen Ausgang hemme Kraft und Rat.

Alle gehn ab.

ROMEO UND JULIA

Personen

Escalus, *Prinz von Verona*
Graf Paris, *Verwandter des Prinzen*
Montague | Capulet — *Häupter zweier Häuser, welche in Zwist miteinander sind*
Romeo, *Montagues Sohn*
Mercutio, *Verwandter des Prinzen und Romeos Freund*
Benvolio, *Montagues Neffe und Romeos Freund*
Tybalt, *Neffe der Gräfin Capulet*
Ein alter Mann, *Capulets Oheim*
Bruder Lorenzo, *ein Franziskaner*
Bruder Markus, *von demselben Orden*
Balthasar, *Romeos Diener*
Simson | Gregorio — *Bediente Capulets*
Abraham, *Bedienter Montagues*
Peter
Drei Musikanten
Ein Page *des Paris*
Ein Offizier
Ein Apotheker
Gräfin Montague
Gräfin Capulet
Julia, *Capulets Tochter*
Julias Amme
Bürger von Verona. Verschiedene Männer und Frauen, Verwandte beider Häuser. Masken, Wachen und andres Gefolge
Der Chor

Die Szene ist den größten Teil des Stücks hindurch in Verona; zu Anfang des fünften Aufzugs in Mantua.

[PROLOG

Der CHOR *tritt auf.*

CHOR: Zwei Häuser, beid in Ansehn gleich, im schönen
Verona, unserm Schauplatz, feindlich wecken
Verjährten Haß in stolzgemuten Söhnen,
Die ihre Hand mit Bürgerblut beflecken.
Aus den zwei Feindeshäusern sehn wir sprießen
Ein liebend Paar, das glühend sich erstrebt,
Um sternlos jung sein Leben zu beschließen,
Das seiner Väter Haß mit sich begräbt.
Des jungen Paares Liebesglück und Not,
Der Eltern grimmen Haß und schwere Sühne,
Die nichts versöhnte als der Kinder Tod,
Entrollt nun in zwei Stunden unsre Bühne.
Wollt ihr ein hold geduldig Ohr uns leihn,
Soll, was noch mangelhaft, bald besser sein. *Ab.*]

ERSTER AUFZUG

ERSTE SZENE

Ein öffentlicher Platz.

SIMSON *und* GREGORIO, *zwei Bediente Capulets, treten auf.*

SIMSON: Auf mein Wort, Gregorio, wir wollen nichts in die Tasche stecken.

GREGORIO: Freilich nicht, sonst wären wir Taschenspieler.

SIMSON: Ich meine, ich werde den Koller kriegen und vom Leder ziehn.

GREGORIO: Ne, Freund! deinen ledernen Koller mußt du beileibe nicht ausziehen.

SIMSON: Ich schlage geschwind zu, wenn ich aufgebracht bin.

GREGORIO: Aber du wirst nicht geschwind aufgebracht.

SIMSON: Ein Hund aus Montagues Hause bringt mich schon auf.

GREGORIO: Einen aufbringen heißt: ihn von der Stelle schaffen. Um tapfer zu sein, muß man standhalten. Wenn du dich also aufbringen läßt, so läufst du davon.

SIMSON: Ein Hund aus dem Hause bringt mich zum Standhalten. [Ich werde jeden Mann und jede Jungfer der Montagues ins Loch jagen.

GREGORIO: Dann bist du ein schwacher Wicht, denn nur der Schwächste kriecht ins Loch.

SIMSON: Das ist wahr, und deshalb werden Weiber, welche die schwächren Gefäße sind, immer ins Loch gestoßen: Deshalb will ich Montagues Männer aus dem Loch jagen und seine Jungfern ins Loch stoßen.]

GREGORIO: Der Streit ist nur zwischen unseren Herrschaften und uns, ihren Bedienten.

SIMSON: Einerlei! Ich will barbarisch zu Werke gehn. Hab ich's mit den Männern erst ausgefochten, so will ich mit den Jungfern grausam umgehen. [Ich werde ihnen die Haut ritzen.

GREGORIO: Die Haut der Jungfern?

SIMSON: Ja, die Haut der Jungfern oder ihre Jungfernhaut; das kannst du verstehen, wie du willst.

GREGORIO: Die müssen es verstehen, die es fühlen.

SIMSON: Mich sollen sie fühlen, solange ich die Kraft habe zu stehen, und man weiß, daß ich ein hübsches Stück Fleisch bin.

GREGORIO: Es ist gut, daß du kein Fisch bist, sonst wärst du ein Stockfisch geworden.] Zieh nur gleich vom Leder: da kommen zwei aus dem Hause Montagues.

ABRAHAM *und* BALTHASAR *treten auf.*

SIMSON: Hier! mein Gewehr ist blank. Fang nur Händel an, ich will den Rücken decken.

GREGORIO: Den Rücken? willst du Reißaus nehmen?

SIMSON: Fürchte nichts von mir.

GREGORIO: Ne, wahrhaftig! ich dich fürchten?

SIMSON: Laß uns das Recht auf unsrer Seite behalten, laß sie anfangen.

GREGORIO: Ich will ihnen im Vorbeigehn ein Gesicht ziehen, sie mögen's nehmen, wie sie wollen.

SIMSON: Wie sie dürfen, lieber. Ich will ihnen einen Esel bohren; wenn sie es einstecken, so haben sie den Schimpf.

ABRAHAM: Bohrt Ihr uns einen Esel, mein Herr?

SIMSON: Ich bohre einen Esel, mein Herr.

ABRAHAM: Bohrt Ihr uns einen Esel, mein Herr?
SIMSON *beiseite zu Gregorio*: Ist das Recht auf unsrer Seite, wenn ich ja sage?
GREGORIO: Nein.
SIMSON: Nein, mein Herr! Ich bohre Euch keinen Esel, mein Herr. Aber ich bohre einen Esel, mein Herr.
GREGORIO: Sucht Ihr Händel, mein Herr?
SIMSON: Wenn Ihr sonst Händel sucht, mein Herr: ich stehe zu Diensten. Ich bediene einen ebenso guten Herrn wie Ihr.
ABRAHAM: Keinen bessern.
SIMSON: Sehr wohl, mein Herr!

BENVOLIO *tritt auf.*

GREGORIO: Sag: einen bessern; hier kommt ein Vetter meiner Herrschaft.
SIMSON: Ja doch, einen bessern, mein Herr.
ABRAHAM: Ihr lügt.
SIMSON: Zieht, wo ihr Kerls seid! Frisch, Gregorio! denk mir an deinen Schwadronierhieb.

Sie fechten.

BENVOLIO: Ihr Narren, fort! steckt eure Schwerter ein;
Ihr wißt nicht, was ihr tut. *Schlägt ihre Schwerter nieder.*

TYBALT *tritt auf.*

TYBALT: Was? ziehst du unter den verzagten Knechten?
Hierher, Benvolio! Beut die Stirn dem Tode!
BENVOLIO: Ich stifte Frieden, steck dein Schwert nur ein!
Wo nicht, so führ es, diese hier zu trennen!
TYBALT: Was? Ziehn und Friede rufen? Wie die Hölle
Haß ich das Wort, wie alle Montagues
Und dich! Wehr dich, du Memme!

Sie fechten.

Verschiedene ANHÄNGER *beider Häuser kommen und mischen sich in den Streit; dann* BÜRGER *und* POLIZEIDIENER *mit Knitteln.*

ERSTER POLIZEIDIENER:
He! Spieß' und Stangen her! Schlagt auf sie los!
Weg mit den Capulets! Weg mit den Montagues!

CAPULET *im Schlafrock und* GRÄFIN CAPULET.

CAPULET: Was für ein Lärm? – Holla! mein langes Schwert!
GRÄFIN CAPULET:
Nein, Krücken! Krücken! Wozu soll ein Schwert!
CAPULET: Mein Schwert, sag ich! Der alte Montague
Kommt dort und schwingt die Klinge mir zum Hohn.

MONTAGUE *und* GRÄFIN MONTAGUE.

MONTAGUE:
Du Schurke! Capulet! – Laßt los, laßt mich gewähren!

GRÄFIN MONTAGUE:
Du sollst dich keinen Schritt dem Feinde nähern.

Der PRINZ *mit* GEFOLGE.

PRINZ: Aufrührische Vasallen! Friedensfeinde!
Die ihr den Stahl mit Nachbarblut entweiht! –
Wollt ihr nicht hören? – Männer! wilde Tiere!
Die ihr die Flammen eurer schnöden Wut
Im Purpurquell aus euren Adern löscht!
Zu Boden werft, bei Buß an Leib und Leben,
Die mißgestählte Wehr aus blut'ger Hand!
Hört eures ungehaltnen Fürsten Spruch!
Drei Bürgerzwiste haben dreimal nun,
Aus einem luft'gen Wort von euch erzeugt,
Du alter Capulet und Montague,
Den Frieden unsrer Straßen schon gebrochen.
Veronas graue Bürger mußten sich
Entladen ihres ehrenfesten Schmucks
Und alte Speer' in alten Händen schwingen,
Woran der Rost des langen Friedens nagte,
Dem Hasse, der euch nagt, zu widerstehn.
Verstört ihr jemals wieder unsre Stadt,
So zahl eur Leben mir den Friedensbruch.
Für jetzt begebt euch, all ihr andern, weg!
Ihr aber, Capulet, sollt mich begleiten.
Ihr, Montague, kommt diesen Nachmittag
Zur alten Burg, dem Richtplatz unsres Banns,
Und hört, was hierin fürder mir beliebt.
Bei Todesstrafe sag ich: Alle fort!

Der Prinz, sein Gefolge, Capulet, Gräfin Capulet, Tybalt, die Bürger und Bedienten gehen ab.

MONTAGUE: Wer bracht aufs neu den alten Zwist in Gang?
Sagt, Neffe, wart Ihr da, wie er begann?

BENVOLIO: Die Diener Eures Gegners fochten hier
Erhitzt mit Euren schon, eh ich mich nahte;
Ich zog, um sie zu trennen. Plötzlich kam
Der wilde Tybalt mit gezücktem Schwert
Und schwang, indem er schnaubend Kampf mir bot,
Es um sein Haupt und hieb damit die Winde,

Die, unverwundet, zischend ihn verhöhnten.
Derweil wir Hieb' und Stöße wechseln, kamen
Stets mehr und mehr und fochten miteinander;
Dann kam der Fürst und schied sie voneinander.

GRÄFIN MONTAGUE: Ach, wo ist Romeo? Saht Ihr ihn heut?
Wie froh bin ich! Er war nicht bei dem Streit.

BENVOLIO: Schon eine Stunde, Gräfin, eh im Ost
Die heil'ge Sonn aus goldnem Fenster schaute,
Trieb mich ein irrer Sinn ins Feld hinaus.
Dort, in dem Schatten des Kastanienhains,
Der vor der Stadt gen Westen sich verbreitet,
Sah ich, so früh schon wandelnd, Euren Sohn.
Ich wollt ihm nahn, er aber nahm mich wahr
Und stahl sich tiefer in des Waldes Dickicht.
Ich maß sein Innres nach dem meinen ab,
Das in der Einsamkeit am regsten lebt,
Ging meiner Laune nach, ließ seine gehn.
Und gern vermied ich ihn, der gern mich floh.

MONTAGUE: Schon manchen Morgen ward er dort gesehn,
Wie er den frischen Tau durch Tränen mehrte
Und, seufzend Wolken zu den Wolken schickte.
Allein sobald im fernsten Ost die Sonne,
Die allerfreu'nde, von Auroras Bett
Den Schattenvorhang wegzuziehn beginnt,
Stiehlt vor dem Licht mein Sohn sich heim
Und sperrt sich einsam in sein Kämmerlein,
Verschließt dem schönen Tageslicht die Fenster
Und schaffet künstlich Nacht um sich herum.
In schwarzes Mißgeschick wird er sich träumen,
Weiß guter Rat den Grund nicht wegzuräumen.

BENVOLIO: Mein edler Oheim, wisset Ihr den Grund?

MONTAGUE: Ich weiß ihn nicht und kann ihn nicht erfahren.

BENVOLIO: Lagt Ihr ihm jemals schon deswegen an?

MONTAGUE: Ich selbst sowohl als mancher andre Freund.
Doch er, der eignen Neigungen Vertrauter,
Ist gegen sich, wie treu will ich nicht sagen,
Doch so geheim und in sich selbst gekehrt,
So unergründlich forschendem Bemühn,
Wie eine Knospe, die ein Wurm zernagt,
Eh sie der Luft ihr zartes Laub entfalten
Und ihren Reiz der Sonne weihen kann.

Erführen wir, woher sein Leid entsteht,
Wir heilten es so gern, wie wir's erspäht.

ROMEO *erscheint in einiger Entfernung.*

BENVOLIO: Da kommt er, seht! Geruht uns zu verlassen.
Galt ich ihm je was, will ich schon ihn fassen.

MONTAGUE: O beichtet' er für dein Verweilen dir
Die Wahrheit doch! – Kommt, Gräfin, gehen wir!

Montague und Gräfin Montague gehen ab.

BENVOLIO: Ha, guten Morgen, Vetter!
ROMEO: Erst so weit?
BENVOLIO: Kaum schlug es neun.
ROMEO: Weh mir! Gram dehnt die Zeit.
War das mein Vater, der so eilig ging?
BENVOLIO:
Er war's. Und welcher Gram dehnt Euch die Stunden?
ROMEO: Daß ich entbehren muß, was sie verkürzt.
BENVOLIO: Verliebt?
ROMEO: Fern –
BENVOLIO: – von der Liebe?
ROMEO: Fern von der Gunst des Mädchens, das ich liebe.
BENVOLIO: Ach, daß der Liebesgott, so mild im Scheine,
So grausam in der Prob erfunden wird!
ROMEO: Ach, daß der Liebesgott, trotz seinen Binden,
Zu seinem Ziel stets Pfade weiß zu finden!
Wo speisen wir? – Ach, welch ein Streit war hier?
Doch sagt mir's nicht, ich hört es alles schon.
Haß gibt hier viel zu schaffen, Liebe mehr.
Nun dann: liebreicher Haß! streitsücht'ge Liebe!
Du alles, aus dem Nichts zuerst erschaffen!
Schwermüt'ger Leichtsinn! ernste Tändelei!
Entstelltes Chaos glänzender Gestalten!
Bleischwinge! lichter Rauch und kalte Glut!
Stets wacher Schlaf! dein eignes Widerspiel! –
So fühl ich Lieb und hasse, was ich fühl!
Du lachst nicht?
BENVOLIO: Nein! das Weinen ist mir näher.
ROMEO: Warum, mein Herz?
BENVOLIO: Um deines Herzens Qual.
ROMEO: Das ist der Liebe Unbill nun einmal.
Schon eignes Leid will mir die Brust zerpressen,
Dein Gram um mich wird voll das Maß mir messen.

Die Freundschaft, die du zeigst, mehrt meinen Schmerz,
Zu viel an eignem Gram hat schon mein Herz.
Lieb ist ein Rauch, den Seufzerdämpf erzeugten,
Geschürt, ein Feur, von dem die Augen leuchten,
Gequält, ein Meer, von Tränen angeschwellt;
Was ist sie sonst? Verständ'ge Raserei
Und ekle Gall und süße Spezerei.
Lebt wohl, mein Freund!

BENVOLIO: Sacht! ich will mit Euch gehen;
Ihr tut mir Unglimpf, laßt Ihr so mich stehen.

ROMEO: Ach, ich verlor mich selbst; ich bin nicht Romeo.
Der ist nicht hier: er ist – ich weiß nicht wo.

BENVOLIO: Sagt mir im Ernst, wem Eure Liebe gilt.

ROMEO: Soll ich ernst seufzend reden?

BENVOLIO: Nein, im Ernst
Nur sagen, wer es ist.

ROMEO: Heiß einen Kranken
Im Ernst den letzten Willen zu entwerfen:
Ein übles Wort, das Übel zu verschärfen. –
Hört, Vetter, denn im Ernst: ich lieb ein Weib.

BENVOLIO: Ich traf's doch gut, da ich verliebt Euch glaubte.

ROMEO: Ein wackrer Schütz! – Und, die ich lieb, ist schön.

BENVOLIO: Ein glänzend Ziel kann man am ersten treffen.

ROMEO: Dies Treffen traf dir fehl, mein guter Schütz:
Sie meidet Amors Pfeil, sie hat Dianens Witz.
Umsonst hat ihren Panzer keuscher Sitten
Der Liebe kindisches Geschoß bestritten.
Sie wehrt den Sturm der Liebesbitten ab,
Steht nicht dem Angriff kecker Augen, öffnet
Nicht ihren Schoß dem Gold, das Heil'ge lockt.
Oh, sie ist reich an Schönheit; arm allein,
Weil, wenn sie stirbt, ihr Reichtum hin wird sein.

BENVOLIO: Beschwor sie der Enthaltsamkeit Gesetze?

ROMEO: Sie tat's, und dieser Geiz vergeudet Schätze.
Denn Schönheit, die der Lust sich streng enthält,
Bringt um ihr Erb die ungeborne Welt.
Sie ist zu schön und weis, um Heil zu erben,
Weil sie, mit Weisheit schön, mich zwingt zu sterben.
Sie schwor zu lieben ab, und dies Gelübd
Ist Tod für den, der lebt, nur weil er liebt.

BENVOLIO: Folg meinem Rat, vergiß, an sie zu denken.

ROMEO: So lehre mich, das Denken zu vergessen.
BENVOLIO: Gib deinen Augen Freiheit, lenke sie
Auf andre Reize hin.
ROMEO: Das ist der Weg,
Mir ihren Reiz in vollem Licht zu zeigen.
Die Schwärze jener neidenswerten Larven,
Die schöner Frauen Stirne küssen, bringt
Uns in den Sinn, daß sie das Schöne bergen.
Der, welchen Blindheit schlug, kann nie das Kleinod
Des eingebüßten Augenlichts vergessen.
Zeigt mir ein Weib, unübertroffen schön;
Mir galt ihr Reiz wie eine Weisung nur,
Worin ich lese, wer sie übertrifft.
Leb wohl! Vergessen lehrest du mich nie.
BENVOLIO: Dein Schuldner sterb ich, glückt mir nicht die Müh.
Beide ab.

Zweite Szene

Eine Straße.

Capulet, Paris *und ein* Bedienter *kommen.*

CAPULET: Und Montague ist mit derselben Buße
Wie ich bedroht? Für Greise, wie wir sind,
Ist Frieden halten, denk ich, nicht so schwer.
PARIS: Ihr geltet beid als ehrenwerte Männer,
Und Jammer ist's um euren langen Zwiespalt.
Doch, edler Graf, wie dünkt Euch mein Gesuch?
CAPULET: Es dünkt mich so, wie ich vorhin gesagt.
Mein Kind ist noch ein Fremdling in der Welt,
Sie hat kaum vierzehn Jahre wechseln sehn.
Laßt noch zwei Sommer prangen und verschwinden,
Eh wir sie reif, um Braut zu werden, finden.
PARIS: Noch jüngre wurden oft beglückte Mütter.
CAPULET: Wer vor der Zeit beginnt, der endigt früh.
All meine Hoffnungen verschlang die Erde;
Mir blieb nur dieses hoffnungsvolle Kind.
Doch werbt nur, lieber Graf! Sucht Euer Heil!
Mein Will ist von dem ihren nur ein Teil.

Wenn sie aus Wahl in Eure Bitten willigt,
So hab ich im voraus ihr Wort gebilligt.
Ich gebe heut ein Fest, von Alters hergebracht,
Und lud darauf der Gäste viel zu Nacht,
Was meine Freunde sind: Ihr, der dazugehöret,
Sollt hoch willkommen sein, wenn Ihr die Zahl vermehret.
In meinem armen Haus sollt Ihr des Himmels Glanz
Heut nacht verdunkelt sehn durch ird'scher Sterne Tanz.
Wie muntre Jünglinge mit neuem Mut sich freun,
Wenn auf die Fersen nun der Fuß des holden Maien
Dem lahmen Winter tritt: die Lust steht Euch bevor,
Wenn Euch in meinem Haus ein frischer Mädchenflor
Von jeder Seit umgibt. Ihr hört, Ihr seht sie alle,
Daß, die am schönsten prangt, am meisten Euch gefalle.
Dann mögt Ihr in der Zahl auch meine Tochter sehn,
Sie zählt für eine mit, gilt sie schon nicht für schön.
Kommt, geht mit mir! – Du, Bursch, nimm dies Papier mit Namen;
Trab in der Stadt herum, such alle Herrn und Damen,
So hier geschrieben stehn, und sag mit Höflichkeit:
Mein Haus und mein Empfang steh ihrem Dienst bereit.

Capulet und Paris gehen ab.

DER BEDIENTE: Die Leute soll ich suchen, wovon die Namen hier geschrieben stehn? Es steht geschrieben, der Schuster soll sich um seine Elle kümmern, der Schneider um seinen Leisten, der Fischer um seinen Pinsel, der Maler um seine Netze. Aber mich schicken sie, um die Leute ausfindig zu machen, wovon die Namen hier geschrieben stehn, und ich kann doch gar nicht ausfindig machen, was für Namen der Schreiber hier aufgeschrieben hat. Ich muß zu den Gelehrten. – Das trifft sich gut!

BENVOLIO *und* ROMEO *kommen.*

BENVOLIO: Pah, Freund! Ein Feuer brennt das andre nieder;
Ein Schmerz kann eines andern Qualen mindern.
Dreh dich im Schwindel, hilf durch Drehn dir wieder!
Fühl andres Leid, das wird dein Leiden lindern!
Saug in dein Auge neuen Zaubersaft,
So wird das Gift des alten fortgeschafft.
ROMEO: Ein Blatt vom Wegrich dient dazu vortrefflich ...
BENVOLIO: Ei sag, wozu?
ROMEO: Für ein geschundnes Bein.

BENVOLIO: Was, Romeo, bist du toll?
ROMEO: Nicht toll, doch mehr gebunden als ein Toller,
Gesperrt in einen Kerker, ausgehungert, [Freund!
Gegeißelt und geplagt, und – *zu dem Bedienten*: guten Abend,
DER BEDIENTE:
Gott grüß Euch, Herr! Ich bitt Euch, könnt Ihr lesen?
ROMEO: Jawohl, in meinem Elend mein Geschick.
DER BEDIENTE: Vielleicht habt Ihr das auswendig gelernt. Aber sagt: könnt Ihr alles vom Blatte weg lesen?
ROMEO: Ja, freilich, wenn ich Schrift und Sprache kenne.
DER BEDIENTE: Ihr redet ehrlich. Gehabt Euch wohl!
ROMEO: Wart! Ich kann lesen, Bursch. *Er liest das Verzeichnis*: „Signor Martino und seine Frau und Tochter; Graf Anselm und seine reizenden Schwestern; die verwitwete Freifrau von Vitruvio; Signor Placentio und seine artigen Nichten; Mercutio und sein Bruder Valentio; mein Oheim Capulet, seine Frau und Töchter; meine schöne Nichte Rosalinde; Livia; Signor Valentio und sein Vetter Tybalt; Lucio und die muntre Helena."

Gibt das Papier zurück.

Ein schöner Haufe! Wohin lädst du sie?
DER BEDIENTE: Hinauf.
ROMEO: Wohin?
DER BEDIENTE: Zum Abendessen in unser Haus.
ROMEO: Wessen Haus?
DER BEDIENTE: Meines Herrn.
ROMEO: Das hätt ich freilich eher fragen sollen.
DER BEDIENTE: Nun will ich's Euch ohne Fragen erklären. Meine Herrschaft ist der große, reiche Capulet, und wenn Ihr nicht vom Hause der Montagues seid, so bitt ich Euch, kommt, stecht eine Flasche Wein mit aus. Gehabt Euch wohl! *Geht ab.*
BENVOLIO: Auf diesem hergebrachten Gastgebot
Der Capulets speist deine Rosalinde
Mit allen Schönen, die Verona preist.
Geh hin, vergleich mit unbefangnem Auge
Die andern, die du sehen sollst, mit ihr.
Was gilt's? Dein Schwan dünkt eine Krähe dir.
ROMEO: Höhnt meiner Augen frommer Glaube je
Die Wahrheit so: dann, Tränen, werdet Flammen!
Und ihr, umsonst ertränkt in manchem See,
Mag eure Lüg als Ketzer euch verdammen.

Ein schönres Weib als sie? Seit Welten stehn,
Hat die allsehnde Sonn es nicht gesehn.
BENVOLIO: Ja, ja! du sahst sie schön, doch in Gesellschaft nie;
Du wogst nur mit sich selbst in jedem Auge sie.
Doch leg einmal zugleich in die kristallnen Schalen
Der Jugendreize Bild, wovon auch andre strahlen,
Die ich dir zeigen will bei diesem Fest vereint:
Kaum leidlich scheint dir dann, was jetzt ein Wunder scheint.
ROMEO:
Gut, ich begleite dich. Nicht um des Schauspiels Freuden:
An meiner Göttin Glanz will ich allein mich weiden.
Beide ab.

Dritte Szene

Ein Zimmer in Capulets Hause.

Gräfin Capulet *und die* Wärterin.

GRÄFIN CAPULET: Ruft meine Tochter her: wo ist sie, Amme?
WÄRTERIN: Bei meiner Jungfernschaft im zwölften Jahr,
Ich rief sie schon. – He, Lämmchen! zartes Täubchen!
Daß Gott! wo ist das Kind? he, Juliette!
Julia *kommt.*
JULIA: Was ist? Wer ruft mich?
WÄRTERIN: Eure Mutter.
JULIA: Hier bin ich, gnäd'ge Mutter! Was beliebt?
GRÄFIN CAPULET: Die Sach ist diese! – Amme, geh beiseit,
Wir müssen heimlich sprechen. Amme, komm
Nur wieder her, ich habe mich besonnen;
Ich will dich auch in das Geheimnis ziehn.
Du weißt, mein Kind hat schon ein hübsches Alter.
WÄRTERIN: Das zähl ich, meiner Treu, am Finger her.
GRÄFIN CAPULET: Sie ist nicht vierzehn Jahre.
WÄRTERIN: Ich wette vierzehn meiner Zähne drauf –
Zwar hab ich nur vier Zähn, ich arme Frau –,
Sie ist noch nicht vierzehn. Wie lang ist's bis Johannis?
GRÄFIN CAPULET: Ein vierzehn Tag und drüber.
WÄRTERIN: Nu, drüber oder drunter. Just den Tag,
Johannistag zu Abend, wird sie vierzehn.
Suschen und sie – Gott gebe jedem Christen

Das ew'ge Leben! – waren eines Alters.
Nun, Suschen ist bei Gott:
Sie war zu gut für mich. Doch wie ich sagte,
Johannistag zu Abend wird sie vierzehn.
Das wird sie, meiner Treu; ich weiß es recht gut.
Elf Jahr ist's her, seit wir's Erdbeben hatten:
Und ich entwöhnte sie (mein Leben lang
Vergeß ich's nicht) just denselben Tag.
Ich hatte Wermut auf die Brust gelegt
Und saß am Taubenschlage in der Sonne;
Die gnäd'ge Herrschaft war zu Mantua.
(Ja, ja! ich habe Grütz im Kopf!) Nun, wie ich sagte:
Als es den Wermut auf der Warze schmeckte
Und fand ihn bitter – närr'sches, kleines Ding –,
Wie's böse ward und zog der Brust ein G'sicht!
Krach! sagt' der Taubenschlag; und ich, fürwahr,
Ich wußte nicht, wie ich mich tummeln sollte.
Und seit der Zeit ist's nun elf Jahre her.
Denn damals stand sie schon allein; mein Treu,
Sie lief und watschelt' Euch schon flink herum.
Denn tags zuvor fiel sie die Stirn entzwei,
Und da hob sie mein Mann – Gott hab ihn selig!
Er war ein lust'ger Mann – vom Boden auf.
„Ei", sagt' er, „fällst du so auf dein Gesicht?
Wirst rücklings fallen, wenn du klüger bist.
Nicht wahr, mein Kind?" Und, liebe heil'ge Frau!
Das Mädchen schrie nicht mehr und sagte: „Ja."
Da seh man, wie so 'n Spaß zum Vorschein kommt!
Und lebt ich tausend Jahre lang, ich wette,
Daß ich es nie vergäß. „Nicht wahr, mein Kind?" sagt' er,
Und 's liebe Närrchen ward still und sagte: „Ja."

GRÄFIN CAPULET: Genug davon, ich bitte, halt dich ruhig.

WÄRTERIN: Ja, gnäd'ge Frau. Doch lächert's mich noch immer,
Wie's Kind sein Schreien ließ und sagte: „Ja."
Und saß ihm, meiner Treu, doch eine Beule,
So dick wie 'n Hühnerei, auf seiner Stirn.
Recht g'fährlich dick! und es schrie bitterlich.
Mein Mann, der sagte: „Ei, fällst aufs Gesicht?
Wirst rücklings fallen, wenn du älter bist.
Nicht wahr, mein Kind?" Still ward's und sagte: „Ja."

JULIA: Ich bitt dich, Amme, sei doch auch nur still.

WÄRTERIN: Gut, ich bin fertig. Gott behüte dich!
Du warst das feinste Püppchen, das ich säugte.
Erleb ich deine Hochzeit noch einmal,
So wünsch ich weiter nichts.
GRÄFIN CAPULET: Die Hochzeit, ja! das ist der Punkt, von dem
Ich sprechen wollte. Sag mir, liebe Tochter,
Wie steht's mit deiner Lust, dich zu vermählen?
JULIA: Ich träumte nie von dieser Ehre noch.
WÄRTERIN: Ein Ehre! Hättst du eine andre Amme
Als mich gehabt, so wollt ich sagen: Kind,
Du habest Weisheit mit der Milch gesogen.
GRÄFIN CAPULET: Gut, denke jetzt dran; jünger noch als du
Sind angesehne Fraun hier in Verona
Schon Mütter worden. Ist mir recht, so war
Ich deine Mutter in demselben Alter,
Wo du noch Mädchen bist. Mit einem Wort:
Der junge Paris wirbt um deine Hand.
WÄRTERIN: Das ist ein Mann, mein Fräulein! Solch ein Mann
Als alle Welt – ein wahrer Zuckermann!
GRÄFIN CAPULET: Die schönste Blume von Veronas Flor.
WÄRTERIN: Ach ja, 'ne Blume! Gelt, 'ne rechte Blume!
GRÄFIN CAPULET: Was sagst du? Wie gefällt dir dieser Mann?
Heut abend siehst du ihn bei unserm Fest.
Dann lies im Buche seines Angesichts,
In das der Schönheit Griffel Wonne schrieb;
Betrachte seiner Züge Lieblichkeit,
Wie jeglicher dem andern Zierde leiht.
Was dunkel in dem holden Buch geblieben,
Das lies in seinem Aug am Rand geschrieben.
Und dieses Freiers ungebundner Stand,
Dies Buch der Liebe, braucht nur einen Band.
Der Fisch lebt in der See, und doppelt teuer
Wird äußres Schön' als innrer Schönheit Schleier.
Das Buch glänzt allermeist im Aug der Welt,
Das goldne Lehr in goldnen Spangen hält.
So wirst du alles, was er hat, genießen,
Wenn du ihn hast, ohn etwas einzubüßen.
WÄRTERIN: Einbüßen? Nein, zunehmen wird sie eher;
Die Weiber nehmen oft durch Männer zu.
GRÄFIN CAPULET: Sag kurz: fühlst du dem Grafen dich geneigt?
JULIA: Gern will ich sehn, ob Sehen Neigung zeugt.

Doch weiter soll mein Blick den Flug nicht wagen,
Als ihn die Schwingen Eures Beifalls tragen.

Ein Bedienter *kommt.*

DER BEDIENTE: Gnädige Frau, die Gäste sind da, das Abendessen auf dem Tisch, Ihr werdet gerufen, das Fräulein gesucht, die Amme in der Speisekammer zum Henker gewünscht, und alles geht drunter und drüber. Ich muß fort, aufwarten: ich bitte Euch, kommt unverzüglich.

GRÄFIN CAPULET:
Gleich! – Paris wartet. Julia, komm geschwind!

WÄRTERIN: Such frohe Nächt auf frohe Tage, Kind! *Ab.*

Vierte Szene

Eine Straße.

Romeo, Mercutio, Benvolio *mit fünf oder sechs* Masken, Fackelträgern *und* anderen.

ROMEO: Soll diese Red uns zur Entschuld'gung dienen?
Wie? oder treten wir nur grad hinein?

BENVOLIO: Umschweife solcher Art sind nicht mehr Sitte.
Wir wollen keinen Amor, mit der Schärpe
Geblendet, der den buntbemalten Bogen
Wie ein Tatar, geschnitzt aus Latten, trägt
Und wie ein Vogelscheu die Frauen schreckt;
Auch keinen hergebeteten Prolog,
Wobei viel zugeblasen wird, zum Eintritt.
Laßt sie uns nur, wofür sie wollen, nehmen,
Wir nehmen ein paar Tänze mit und gehn.

ROMEO: Ich mag nicht springen; gebt mir eine Fackel!
Da ich so finster bin, so will ich leuchten.

MERCUTIO: Nein, du mußt tanzen, lieber Romeo.

ROMEO: Ich wahrlich nicht. Ihr seid so leicht von Sinn
Wie leicht beschuht: mich drückt ein Herz von Blei
Zu Boden, daß ich kaum mich regen kann.

MERCUTIO: Ihr seid ein Liebender: borgt Amors Flügel,
Und schwebet frei in ungewohnten Höhn.

ROMEO: Ich bin zu tief von seinem Pfeil durchbohrt,
Auf seinen leichten Schwingen hoch zu schweben.

Gewohnte Fesseln lassen mich nicht frei;
Ich sinke unter schwerer Liebeslast.
MERCUTIO: Und wolltet Ihr denn in die Liebe sinken?
Ihr seid zu schwer für ein so zartes Ding.
ROMEO: Ist Lieb ein zartes Ding? Sie ist zu rauh,
Zu wild, zu tobend; und sie sticht wie Dorn.
MERCUTIO: Begegnet Lieb Euch rauh, so tut desgleichen!
Stecht Liebe, wenn sie sticht: das schlägt sie nieder.
Zu einem andern aus dem Gefolge:
Gebt ein Gehäuse für mein Antlitz mir:
'ne Larve für 'ne Larve! *Bindet die Maske vor.*
Nun erspähe
Die Neugier Mißgestalt: was kümmert's mich?
Erröten wird für mich dies Wachsgesicht.
BENVOLIO:
Fort! Klopft, und dann hinein! Und sind wir drinnen,
So rühre gleich ein jeder flink die Beine!
ROMEO: Mir eine Fackel! Leichtgeherzte Buben,
Die laßt den Estrich mit den Sohlen kitzeln.
Ich habe mich verbrämt mit einem alten
Großvaterspruch: Wer's Licht hält, schauet zu!
Nie war das Spiel so schön; doch ich bin matt.
MERCUTIO: Jawohl, zu matt, dich aus dem Schlamme – nein,
Der Liebe wollt ich sagen – dich zu ziehn,
Worin du leider steckst bis an die Ohren.
Macht fort! wir leuchten ja dem Tage hier.
ROMEO: Das tun wir nicht.
MERCUTIO: Ich meine, wir verscherzen,
Wie Licht bei Tag, durch Zögern unsre Kerzen.
Nehmt meine Meinung nach dem guten Sinn,
Und sucht nicht Spiele des Verstandes drin.
ROMEO: Wir meinen's gut, da wir zum Balle gehen,
Doch es ist Unverstand.
MERCUTIO: Wie? laßt doch sehen!
ROMEO: Ich hatte diese Nacht 'nen Traum
MERCUTIO: Auch ich
ROMEO: Was war der Eure?
MERCUTIO: Daß auf Träume sich
Nichts bauen läßt, daß Träume öfters lügen.
ROMEO: Sie träumen Wahres, weil sie schlafend liegen.
MERCUTIO: Nun seh ich wohl, Frau Mab hat Euch besucht.

Sie ist der Feenwelt Entbinderin.
Sie kommt, nicht größer als der Edelstein
Am Zeigefinger eines Aldermanns,
Und fährt mit einem Spann von Sonnenstäubchen
Den Schlafenden quer auf der Nase hin.
Die Speichen sind gemacht aus Spinnenbeinen,
Des Wagens Deck aus eines Heupferds Flügeln,
Aus feinem Spinngewebe das Geschirr,
Die Zügel aus des Mondes feuchtem Strahl;
Aus Heimchenknochen ist der Peitsche Griff,
Die Schnur aus Fasern; eine kleine Mücke
Im grauen Mantel sitzt als Fuhrmann vorn,
Nicht halb so groß als wie ein kleines Würmchen,
Das in des Mädchens müß'gen Fingern nistet.
Die Kutsch ist eine hohle Haselnuß,
Vom Tischler Eichhorn oder Meister Wurm
Zurechtgemacht, die seit uralten Zeiten
Der Feen Wagner sind. In diesem Staat
Trabt sie dann Nacht für Nacht; befährt das Hirn
Verliebter, und sie träumen dann von Liebe;
Des Schranzen Knie, der schnell von Reverenzen,
Des Anwalts Finger, der von Sporteln gleich,
Der Schönen Lippen, die von Küssen träumen
(Oft plagt die böse Mab mit Bläschen diese,
Weil ihren Odem Näscherei verdarb).
Bald trabt sie über eines Hofmanns Nase,
Dann wittert er im Traum sich Ämter aus.
Bald kitzelt sie mit eines Zinshahns Federn
Des Pfarrers Nase, wenn er schlafend liegt:
Von einer bessern Pfründe träumt er dann.
Bald fährt sie über des Soldaten Nacken:
Der träumt sofort vom Niedersäbeln, träumt
Von Breschen, Hinterhalten, Damaszenern,
Von manchem klaftertiefen Ehrentrunk;
Nun trommelt's ihm ins Ohr; da fährt er auf
Und flucht in seinem Schreck ein paar Gebete
Und schläft von neuem. Ebendiese Mab
Verwirrt der Pferde Mähnen in der Nacht
Und flicht in strupp'ges Haar die Weichselzöpfe,
Die, wiederum entwirrt, auf Unglück deuten.
Dies ist die Hexe, welche Mädchen drückt,

Die auf dem Rücken ruhn, und ihnen lehrt,
Als Weiber einst die Männer zu ertragen.
Dies ist sie –

ROMEO: Still, o still, Mercutio!
Du sprichst von einem Nichts.

MERCUTIO: Wohl wahr, ich rede
Von Träumen, Kindern eines müß'gen Hirns,
Von nichts als eitler Phantasie erzeugt,
Die aus so dünnem Stoff wie Luft besteht,
Und flücht'ger wechselt als der Wind, der bald
Um die erfrorne Brust des Nordens buhlt
Und, schnell erzürnt, hinweg von dannen schnaubend,
Die Stirn zum taubeträuften Süden kehrt.

BENVOLIO: Der Wind, von dem Ihr sprecht, entführt uns selbst.
Man hat gespeist; wir kamen schon zu spät.

ROMEO: Zu früh, befürcht ich; denn mein Herz erbangt
Und ahnet ein Verhängnis, welches, noch
Verborgen in den Sternen, heute nacht
Bei dieser Lustbarkeit den furchtbarn Zeitlauf
Beginnen und das Ziel des läst'gen Lebens,
Das meine Brust verschließt, mir kürzen wird
Durch irgendeinen Frevel frühen Todes.
Doch er, der mir zur Fahrt das Steuer lenkt,
Richt auch mein Segel! – Auf, ihr lust'gen Freunde!

BENVOLIO: Rührt Trommeln!

Gehen ab.

FÜNFTE SZENE

Ein Saal in Capulets Hause.

MUSIKANTEN. BEDIENTE *kommen.*

ERSTER BEDIENTER: Wo ist Schmorpfanne, daß er nicht abräumen hilft? Ja, der mit seinem Tellerwechseln, seinem Tellerlecken!

ZWEITER BEDIENTER: Wenn die gute Lebensart in eines oder zweier Menschen Händen sein soll, die noch obendrein ungewaschen sind, 's ist ein unsaubrer Handel.

ERSTER BEDIENTER: Die Lehnstühle fort! Rückt den Schenktisch beiseit! Seht nach dem Silberzeuge! Kamerad, heb mir ein Stück Marzipan auf, und wo du mich liebhast, sag dem

Pförtner, daß er Suse Mühlstein und Lene hereinläßt. Anton! Schmorpfanne!

Andre BEDIENTE *kommen.*

BEDIENTE: Hier, Bursch, wir sind parat.

ERSTER BEDIENTER: Im großen Saale verlangt man euch, vermißt man euch, sucht man euch.

BEDIENTE: Wir können nicht zugleich hier und dort sein. – Lustig, Kerle! haltet euch brav; wer am längsten lebt, kriegt den ganzen Bettel.

Sie ziehen sich in den Hintergrund zurück.

CAPULET *usw. mit den* GÄSTEN *und* MASKEN.

CAPULET: Willkommen, meine Herrn! Es warten euer
Hier Damen, deren Fuß kein Leichdorn plagt.
He, he, ihr schönen Fraun! wer von euch allen
Schlägt's nun wohl ab zu tanzen? Ziert sich eine, die,
Ich wette, die hat Hühneraugen. Nun,
Hab ich's euch nahgelegt? Ihr Herrn, willkommen!
Ich weiß die Zeit, da ich 'ne Larve trug
Und einer Schönen eine Weis ins Ohr
Zu flüstern wußte, die ihr wohlgefiel.
Das ist vorbei, vorbei! Willkommen, Herren!
Kommt, Musikanten, spielt! Macht Platz da, Platz!
Ihr Mädchen, frisch gesprungen!

Musik und Tanz.

Zu den Bedienten:
Mehr Licht, ihr Schurken, und beiseit die Tische!
Das Feuer weg! Das Zimmer ist zu heiß. –
Ha, recht gelegen kommt der unverhoffte Spaß.
Na, setzt Euch, setzt Euch, Vetter Capulet!
Wir beide sind ja übers Tanzen hin.
Wie lang ist's jetzo, seit wir uns zuletzt
In Larven steckten?

ZWEITER CAPULET: Dreißig Jahr, mein Seel.

CAPULET: Wie, Schatz? So lang noch nicht, so lang noch nicht.
Denn seit der Hochzeit des Lucentio
Ist's etwa fünfundzwanzig Jahr, sobald
Wir Pfingsten haben; und da tanzten wir.

ZWEITER CAPULET: 's ist mehr, 's ist mehr! Sein Sohn ist älter, Herr.
Sein Sohn ist dreißig.

CAPULET: Sagt mir das doch nicht!
Sein Sohn war noch nicht mündig vor zwei Jahren.

ROMEO *zu einem Bedienten aus seinem Gefolge*:
Wer ist das Fräulein, welche dort den Ritter
Mit ihrer Hand beehrt?
DER BEDIENTE: Ich weiß nicht, Herr.
ROMEO: Oh, sie nur lehrt die Kerzen, hell zu glühn!
Wie in dem Ohr des Mohren ein Rubin,
So hängt der Holden Schönheit an den Wangen
Der Nacht; zu hoch, zu himmlisch dem Verlangen.
Sie stellt sich unter den Gespielen dar
Als weiße Taub in einer Krähenschar.
Schließt sich der Tanz, so nah ich ihr: ein Drücken
Der zarten Hand soll meine Hand beglücken.
Liebt ich wohl je? Nein, schwör es ab, Gesicht!
Du sahst bis jetzt noch wahre Schönheit nicht.
TYBALT: Nach seiner Stimm ist dies ein Montague.
Zu einem Bedienten:
Hol meinen Degen, Bursch. – Was? wagt der Schurk,
Vermummt in eine Fratze herzukommen,
Zu Hohn und Schimpfe gegen unser Fest?
Fürwahr, bei meines Stammes Ruhm und Adel!
Wer tot ihn schlüg, verdiente keinen Tadel.
CAPULET: Was habt Ihr, Vetter? Welch ein Sturm? Wozu?
TYBALT: Seht, Oheim! der da ist ein Montague.
Der Schurke drängt sich unter Eure Gäste
Und macht sich einen Spott an diesem Feste.
CAPULET: Ist es der junge Romeo?
TYBALT: Der Schurke Romeo.
CAPULET: Seid ruhig, Herzensvetter! Laßt ihn gehn!
Er hält sich wie ein wackrer Edelmann:
Und in der Tat, Verona preiset ihn
Als einen sitt'gen, tugendsamen Jüngling.
Ich möchte nicht für alles Gut der Stadt
In meinem Haus ihm einen Unglimpf tun.
Drum seid geduldig; merket nicht auf ihn.
Das ist mein Will, und wenn du diesen ehrst,
So zeig dich freundlich, streif die Runzeln weg,
Die übel sich bei einem Feste ziemen.
TYBALT: Kommt solch ein Schurk als Gast, so stehn sie wohl.
Ich leid ihn nicht.
CAPULET: Er soll gelitten werden,
Er soll! – Herr Junge, hört er das? Nur zu!

Wer ist hier Herr? Er oder ich? Nur zu!
So? will er ihn nicht leiden? – Helf mir Gott! –
Will Hader unter meinen Gästen stiften?
Den Hahn im Korbe spielen? Seht mir doch!
TYBALT: Ist's nicht 'ne Schande, Oheim?
CAPULET: Zu! Nur zu!
Ihr seid ein kecker Bursch. Ei, seht mir doch!
Der Streich mag Euch gereun: ich weiß schon was.
Ihr macht mir's bunt! Traun, das käm eben recht! –
Brav, Herzenskinder! – Geht, Ihr seid ein Frechdachs!
Seid ruhig, sonst – mehr Licht, mehr Licht, zum Kuckuck! –
Will ich zur Ruh Euch bringen! – Lustig, Kinder!
TYBALT: Mir kämpft Geduld aus Zwang mit will'ger Wut
Im Innern und empört mein siedend Blut.
Ich gehe: doch so frech sich aufzudringen,
Was Lust ihm macht, soll bittern Lohn ihm bringen.
Geht ab.
ROMEO *tritt zu Julia*: Entweihet meine Hand verwegen dich,
O Heil'genbild, so will ich's lieblich büßen.
Zwei Pilger, neigen meine Lippen sich,
Den herben Druck im Kusse zu versüßen.
JULIA: Nein, Pilger, lege nichts der Hand zuschulden
Für ihren sittsam-andachtsvollen Gruß.
Der Heil'gen Rechte darf Berührung dulden,
Und Hand in Hand ist frommer Waller Kuß.
ROMEO: Hat nicht der Heil'ge Lippen wie der Waller?
JULIA: Ja, doch Gebet ist die Bestimmung aller.
ROMEO: Oh, so vergönne, teure Heil'ge, nun,
Daß auch die Lippen wie die Hände tun.
Voll Inbrunst beten sie zu dir: erhöre,
Daß Glaube nicht sich in Verzweiflung kehre.
JULIA: Du weißt, ein Heil'ger pflegt sich nicht zu regen,
Auch wenn er eine Bitte zugesteht.
ROMEO: So reg dich, Holde, nicht, wie Heil'ge pflegen,
Derweil mein Mund dir nimmt, was er erfleht. *Er küßt sie.*
Nun hat dein Mund ihn aller Sünd entbunden.
JULIA: So hat mein Mund zum Lohn sie für die Gunst?
ROMEO: Zum Lohn die Sünd? O Vorwurf, süß erfunden!
Gebt sie zurück. *Küßt sie wieder.*
JULIA: Ihr küßt recht nach der Kunst.
WÄRTERIN: Mama will Euch ein Wörtchen sagen, Fräulein.

ROMEO: Wer ist des Fräuleins Mutter?
WÄRTERIN: Ei nun, Junker,
Das ist die gnäd'ge Frau vom Hause hier,
Gar eine wackre Frau und klug und ehrsam.
Die Tochter, die Ihr spracht, hab ich gesäugt.
Ich sag Euch, wer sie habhaft werden kann,
Ist wohl gebettet.
ROMEO: Sie eine Capulet? O teurer Preis! mein Leben
Ist meinem Feind als Schuld dahingegeben.
BENVOLIO: Fort! laßt uns gehn; die Lust ist bald dahin.
ROMEO: Ach, leider wohl! Das ängstet meinen Sinn.
CAPULET: Nein, liebe Herrn, denkt noch ans Weggehn nicht!
Ein kleines, schlechtes Mahl ist schon bereitet. –
Muß es denn sein? – Nun wohl, ich dank euch allen;
Ich dank euch, edle Herren! Gute Nacht!
Mehr Fackeln her! – Kommt nun, bringt mich zu Bett.
Alle ab, außer Julia und der Wärterin.
JULIA: Komm zu mir, Amme: wer ist dort der Herr?
WÄRTERIN: Tiberios, des alten, Sohn und Erbe.
JULIA: Wer ist's, der eben aus der Türe geht?
WÄRTERIN: Das, denk ich, ist der junge Marcellin.
JULIA: Wer folgt ihm da, der gar nicht tanzen wollte?
WÄRTERIN: Ich weiß nicht.
JULIA: Geh, frage, wie er heißt. – Ist er vermählt,
So ist das Grab zum Brautbett mir erwählt.
WÄRTERIN *kommt zurück*: Sein Nam ist Romeo, ein Montague,
Und Eures großen Feindes einz'ger Sohn.
JULIA: So ein'ge Lieb aus großem Haß entbrannt!
Ich sah zu früh, den ich zu spät erkannt.
O Wunderwerk! ich fühle mich getrieben,
Den ärgsten Feind aufs zärtlichste zu lieben.
WÄRTERIN: Wieso? wieso?
JULIA: Es ist ein Reim, den ich von einem Tänzer
Soeben lernte.
Man ruft drinnen: Julia!
WÄRTERIN: Gleich! wir kommen ja.
Kommt, laßt uns gehn; kein Fremder ist mehr da. *Ab.*

[*Der* CHOR *tritt auf.*
CHOR: Nun auf dem Todbett liegen ältre Triebe –
Und junge Neigung glüht, sie zu beerben;

Nach Julia scheint ihm nicht mehr schön die Liebe,
Für die er vordem seufzend wollte sterben.
Wo gleich bezaubert nun die Herzen schlagen,
Wird Romeo geliebt und liebt voll Glut;
Doch der vermeinten Feindin muß er klagen,
Die süße Frucht stiehlt, wo Gefahr nicht ruht.
Im Haus des Feindes ist nicht freie Bahn
Für ihn, durch seine ihre Glut zu nähren;
Noch wen'ger hat sie Mittel, ihm zu nahn,
Der eignen Liebe Trost ihm zu gewähren.
Doch Leidenschaft gibt Macht; die Gunst der Zeit
Stimmt sanft Verzweiflung um in Seligkeit. *Ab.*]

ZWEITER AUFZUG

ERSTE SZENE

Ein offner Platz, der an Capulets Garten stößt.

ROMEO *tritt auf.*

ROMEO: Kann ich von hinnen, da mein Herz hier bleibt?
Geh, frost'ge Erde, suche deine Sonne!
Er ersteigt die Mauer und springt hinunter.
BENVOLIO *und* MERCUTIO *treten auf.*
BENVOLIO: He, Romeo! he, Vetter!
MERCUTIO: Er ist klug
Und hat, mein Seel, sich heim ins Bett gestohlen.
BENVOLIO: Er lief hierher und sprang die Gartenmauer
Hinüber. Ruf ihn, Freund Mercutio.
MERCUTIO: Ja, auch beschwören will ich. Romeo!
Was? Grillen! Toller! Leidenschaft! Verliebter!
Erscheine du, gestaltet wie ein Seufzer;
Sprich nur ein Reimchen, so genügt mir's schon;
Ein Ach nur jammre, paare Lieb und Triebe;
Gib der Gevattrin Venus ein gut Wort,
Schimpf eins auf ihren blinden Sohn und Erben,
Held Amor, der so flink gezielt, als König
Kophetua das Bettlermädchen liebte.
Er höret nicht, er regt sich nicht, er rührt sich nicht.
Der Aff ist tot; ich muß ihn wohl beschwören.

Nun wohl: Bei Rosalindens hellem Auge,
Bei ihrer Purpurlipp und hohen Stirn,
Bei ihrem zarten Fuß, dem schlanken Bein,
Den üpp'gen Hüften und der Region,
Die ihnen nahe liegt, beschwör ich dich,
Daß du in eigner Bildung uns erscheinest.
BENVOLIO: Wenn er dich hört, so wird er zornig werden.
MERCUTIO: Hierüber kann er's nicht; er hätte Grund,
Bannt ich hinauf in seiner Dame Kreis
Ihm einen Geist von seltsam eigner Art
Und ließe den da stehn, bis sie den Trotz
Gezähmt und nieder ihn beschworen hätte.
Das wär Beschimpfung! Meine Anrufung
Ist gut und ehrlich; mit der Liebsten Namen
Beschwör ich ihn, bloß um ihn aufzurichten.
BENVOLIO: Kommt! Er verbarg sich unter jenen Bäumen
Und pflegt des Umgangs mit der feuchten Nacht.
Die Lieb ist blind, das Dunkel ist ihr recht.
MERCUTIO: Ist Liebe blind, so zielt sie freilich schlecht.
Nun sitzt er wohl an einen Baum gelehnt
Und wünscht, sein Liebchen wär die reife Frucht
Und fiel' ihm in den Schoß. Doch, gute Nacht,
Freund Romeo! Ich will ins Federbett,
Das Feldbett ist zum Schlafen mir zu kalt.
Kommt, gehn wir!
BENVOLIO: Ja, es ist vergeblich, ihn
Zu suchen, der nicht will gefunden sein.
Alle ab.

Zweite Szene

Capulets Garten.

Romeo *kommt.*

ROMEO: Der Narben lacht, wer Wunden nie gefühlt.
Julia *erscheint oben an einem Fenster.*
Doch still, was schimmert durch das Fenster dort?
Es ist der Ost, und Julia die Sonne! –
Geh auf, du holde Sonn! ertöte Lunen,
Die neidisch ist und schon vor Grame bleich,

Daß du viel schöner bist, obwohl ihr dienend.
Oh, da sie neidisch ist, so dien ihr nicht.
Nur Toren gehn in ihrer blassen, kranken
Vestalentracht einher: wirf du sie ab!
Sie ist es, meine Göttin! meine Liebe!
O wüßte sie, daß sie es ist! –
Sie spricht, doch sagt sie nichts: was schadet das?
Ihr Auge redt, ich will ihm Antwort geben. –
Ich bin zu kühn, es redet nicht zu mir.
Ein Paar der schönsten Stern am ganzen Himmel
Wird ausgesandt und bittet Juliens Augen,
In ihren Kreisen unterdes zu funkeln.
Doch wären ihre Augen dort, die Sterne
In ihrem Antlitz? Würde nicht der Glanz
Von ihren Wangen jene so beschämen,
Wie Sonnenlicht die Lampe? Würd ihr Aug
Aus luft'gen Höhn sich nicht so hell ergießen,
Daß Vögel sängen, froh den Tag zu grüßen?
O wie sie auf die Hand die Wange lehnt!
Wär ich der Handschuh doch auf dieser Hand
Und küßte diese Wange!

JULIA: Weh mir!

ROMEO: Horch!
Sie spricht. O sprich noch einmal, holder Engel!
Denn über meinem Haupt erscheinest du
Der Nacht so glorreich wie ein Flügelbote
Des Himmels dem erstaunten, über sich
Gekehrten Aug der Menschensöhne, die
Sich rückwärts beugen, um nach ihm zu schaun,
Wenn er dahinfährt auf den trägen Wolken
Und auf der Luft gewölbtem Busen schwebt.

JULIA: O Romeo! warum denn Romeo?
Verleugne deinen Vater, deinen Namen!
Willst du das nicht, schwör dich zu meinem Liebsten,
Und ich bin länger keine Capulet!

ROMEO *für sich*: Hör ich noch länger, oder soll ich reden?

JULIA: Dein Nam ist nur mein Feind. Du bliebst du selbst,
Und wärst du auch kein Montague. Was ist
Denn Montague? Es ist nicht Hand, nicht Fuß,
Nicht Arm noch Antlitz noch ein andrer Teil
[Von einem Mann. Oh, ändre deinen Namen!]

Was ist ein Name? Was uns Rose heißt,
Wie es auch hieße, würde lieblich duften;
So Romeo, wenn er auch anders hieße,
Er würde doch den köstlichen Gehalt
Bewahren, welcher sein ist ohne Titel.
O Romeo, leg deinen Namen ab,
Und für den Namen, der dein Selbst nicht ist,
Nimm meines ganz!

ROMEO *indem er näher hinzutritt*:
Ich nehme dich beim Wort.
Nenn Liebster mich, so bin ich neu getauft
Und will hinfort nicht Romeo mehr sein.

JULIA: Wer bist du, der du, von der Nacht beschirmt,
Dich drängst in meines Herzens Rat?

ROMEO: Mit Namen
Weiß ich dir nicht zu sagen, wer ich bin.
Mein eigner Name, teure Heil'ge, wird,
Weil er dein Feind ist, von mir selbst gehaßt.
Hätt ich ihn schriftlich, so zerriß ich ihn.

JULIA: Mein Ohr trank keine hundert Worte noch
Von diesen Lippen, doch es kennt den Ton.
Bist du nicht Romeo, ein Montague?

ROMEO: Nein, Holde; keines, wenn dir eins mißfällt.

JULIA: Wie kamst du her? o sag mir, und warum?
Die Gartenmaur ist hoch, schwer zu erklimmen;
Die Stätt ist Tod, bedenk nur, wer du bist,
Wenn einer meiner Vettern dich hier findet.

ROMEO: Der Liebe leichte Schwingen trugen mich;
Kein steinern Bollwerk kann der Liebe wehren;
Und Liebe wagt, was irgend Liebe kann:
Drum hielten deine Vettern mich nicht auf.

JULIA: Wenn sie dich sehn, sie werden dich ermorden.

ROMEO: Ach, deine Augen drohn mir mehr Gefahr
Als zwanzig ihrer Schwerter; blick du freundlich,
So bin ich gegen ihren Haß gestählt.

JULIA: Ich wollt um alles nicht, daß sie dich sähn.

ROMEO: Vor ihnen hüllt mich Nacht in ihren Mantel.
Liebst du mich nicht, so laß sie nur mich finden,
Durch ihren Haß zu sterben wär mir besser
Als ohne deine Liebe Lebensfrist.

JULIA: Wer zeigte dir den Weg zu diesem Ort?

ROMEO: Die Liebe, die zuerst mich forschen hieß.
Sie lieh mir Rat, ich lieh ihr meine Augen.
Ich bin kein Steuermann, doch wärst du fern
Wie Ufer, von dem fernsten Meer bespült,
Ich wagte mich nach solchem Kleinod hin.
JULIA: Du weißt, die Nacht verschleiert mein Gesicht,
Sonst färbte Mädchenröte meine Wangen
Um das, was du vorhin mich sagen hörtest.
Gern hielt ich streng auf Sitte, möchte gern
Verleugnen, was ich sprach: doch weg mit Förmlichkeit!
Sag, liebst du mich? Ich weiß, du wirst's bejahn,
Und will dem Worte traun; doch wenn du schwörst,
So kannst du treulos werden; wie sie sagen,
Lacht Jupiter des Meineids der Verliebten.
O holder Romeo! wenn du mich liebst:
Sag's ohne Falsch! Doch dächtest du, ich sei
Zu schnell besiegt, so will ich finster blicken,
Will widerspenstig sein und nein dir sagen,
So du dann werben willst: sonst nicht um alles.
Gewiß, mein Montague, ich bin zu herzlich;
Du könntest denken, ich sei leichten Sinns.
Doch glaube, Mann, ich werde treuer sein
Als sie, die fremd zu tun geschickter sind.
Auch ich, bekenn ich, hätte fremd getan,
Wär ich von dir, eh ich's gewahrte, nicht
Belauscht in Liebesklagen. Drum vergib!
Schilt diese Hingebung nicht Flatterliebe,
Die so die stille Nacht verraten hat.
ROMEO: Ich schwöre, Fräulein, bei dem heil'gen Mond,
Der silbern dieser Bäume Wipfel säumt. . .
JULIA: O schwöre nicht beim Mond, dem wandelbaren,
Der immerfort in seiner Scheibe wechselt,
Damit nicht wandelbar dein Lieben sei!
ROMEO: Wobei denn soll ich schwören?
JULIA: Laß es ganz.
Doch willst du, schwör bei deinem edlen Selbst,
Dem Götterbilde meiner Anbetung!
So will ich glauben.
ROMEO: Wenn die Herzensliebe . . .
JULIA: Gut, schwöre nicht. Obwohl ich dein mich freue,
Freu ich mich nicht des Bundes dieser Nacht.

Er ist zu rasch, zu unbedacht, zu plötzlich;
Gleicht allzusehr dem Blitz, der nicht mehr ist,
Noch eh man sagen kann: es blitzt. – Schlaf süß!
Des Sommers warmer Hauch kann diese Knospe
Der Liebe wohl zur schönen Blum entfalten,
Bis wir das nächste Mal uns wiedersehn.
Nun gute Nacht! So süße Ruh und Frieden,
Wie mir im Busen wohnt, sei dir beschieden.
ROMEO: Ach, du verlässest mich so unbefriedigt?
JULIA: Was für Befriedigung begehrst du noch?
ROMEO: Gib deinen treuen Liebesschwur für meinen.
JULIA: Ich gab ihn dir, eh du darum gefleht;
Und doch, ich wollt, er stünde noch zu geben.
ROMEO: Wolltst du ihn mir entziehn? Wozu das, Liebe?
JULIA: Um unverstellt ihn dir zurückzugeben.
Allein ich wünsche, was ich habe, nur.
So grenzenlos ist meine Huld, die Liebe
So tief ja wie das Meer. Je mehr ich gebe,
Je mehr auch hab ich: beides ist unendlich.
Ich hör im Haus Geräusch; leb wohl, Geliebter!
Die WÄRTERIN *ruft hinter der Szene.*
Gleich, Amme! Holder Montague, sei treu!
Wart einen Augenblick: ich komme wieder. *Sie geht zurück.*
ROMEO: O sel'ge, sel'ge Nacht! Nur fürcht ich, weil
Mich Nacht umgibt, dies alles sei nur Traum,
Zu schmeichelnd süß, um wirklich zu bestehn.
JULIA *erscheint wieder am Fenster.*
JULIA: Drei Worte, Romeo; dann gute Nacht!
Wenn deine Liebe tugendsam gesinnt,
Vermählung wünscht, so laß mich morgen wissen
Durch jemand, den ich zu dir senden will,
Wo du und wann die Trauung willst vollziehn.
Dann leg ich dir mein ganzes Glück zu Füßen
Und folge durch die Welt dir als Gebieter. –
Die Wärterin hinter der Szene: Fräulein!
Ich komme; gleich! – Doch meinst du es nicht gut,
So bitt ich dich . . .
Die Wärterin hinter der Szene: Fräulein!
Im Augenblick: ich komme! –
. . . Hör auf zu werben, laß mich meinem Gram!
Ich sende morgen früh –

ROMEO: Beim ew'gen Heil –
JULIA: Nun tausend gute Nacht! *Geht zurück.*
ROMEO: Raubst du dein Licht ihr, wird sie bang durchwacht.
Wie Knaben aus der Schul, eilt Liebe hin zum Lieben,
Wie Knaben an ihr Buch, wird sie hinweggetrieben.
Er entfernt sich langsam.
JULIA *erscheint wieder am Fenster.*
JULIA: St! Romeo, st! O eines Jägers Stimme,
Den edlen Falken wieder herzulocken!
Abhängigkeit ist heiser, wagt nicht laut
Zu reden, sonst zersprengt ich Echos Kluft
Und machte heisrer ihre luft'ge Kehle
Als meine mit dem Namen Romeo.
ROMEO *umkehrend*: Mein Leben ist's, das meinen Namen ruft.
Wie silbersüß tönt bei der Nacht die Stimme
Der Liebenden, gleich lieblicher Musik
Dem Ohr des Lauschers!
JULIA: Romeo!
ROMEO: Mein Fräulein?
JULIA: Um welche Stunde soll ich morgen schicken?
ROMEO: Um neun.
JULIA: Ich will nicht säumen; zwanzig Jahre
Sind's bis dahin. Doch ich vergaß, warum
Ich dich zurückgerufen.
ROMEO: Laß hier mich stehn, derweil du dich bedenkst.
JULIA: Auf daß du stets hier weilst, werd ich vergessen,
Bedenkend, wie mir deine Näh so lieb.
ROMEO: Auf daß du stets vergessest, werd ich weilen,
Vergessend, daß ich irgend sonst daheim.
JULIA: Es tagt beinah, ich wollte nun, du gingst;
Doch weiter nicht, als wie ein tändelnd Mädchen
Ihr Vögelchen der Hand entschlüpfen läßt,
Gleich einem Armen in der Banden Druck,
Und dann zurück ihn zieht am seidnen Faden;
So liebevoll mißgönnt sie ihm die Freiheit.
ROMEO: Wär ich dein Vögelchen!
JULIA: Ach wärst du's, Lieber!
Doch hegt und pflegt ich dich gewiß zu Tod.
Nun gute Nacht! So süß ist Trennungswehe,
Ich rief wohl gute Nacht, bis ich den Morgen sähe.
Sie geht zurück.

ROMEO: Schlaf wohn auf deinem Aug, Fried in der Brust!
O wär ich Fried und Schlaf und ruht in solcher Lust!
Ich will zur Zell des frommen Vaters gehen,
Mein Glück ihm sagen und um Hilf ihn flehen. *Ab.*

DRITTE SZENE

Ein Klostergarten.

BRUDER LORENZO *mit einem Körbchen.*

LORENZO: Der Morgen lächelt froh der Nacht ins Angesicht
Und säumet das Gewölk im Ost mit Streifen Licht.
Die matte Finsternis flieht wankend, wie betrunken,
Von Titans Pfad, besprüht von seiner Rosse Funken.
Eh höher nun die Sonn ihr glühend Aug erhebt,
Den Tau der Nacht verzehrt und neu die Welt belebt,
Muß ich dies Körbchen hier voll Kraut und Blumen lesen;
Voll Pflanzen gift'ger Art und diensam zum Genesen.
Die Mutter der Natur, die Erd, ist auch ihr Grab,
Und was ihr Schoß gebar, sinkt tot in ihn hinab.
Und Kinder mannigfalt, so all ihr Schoß empfangen,
Sehn wir, gesäugt von ihr, an ihren Brüsten hangen;
An vielen Tugenden sind viele drunter reich,
Ganz ohne Wert nicht eins, doch keins dem andern gleich.
Oh, große Kräfte sind's, weiß man sie recht zu pflegen,
Die Pflanzen, Kräuter, Stein' in ihrem Innern hegen.
Was nur auf Erden lebt, da ist auch nichts so schlecht,
Daß es der Erde nicht besondern Nutzen brächt.
Doch ist auch nichts so gut, das, diesem Ziel entwendet,
Abtrünnig seiner Art, sich nicht durch Mißbrauch schändet.
In Laster wandelt sich selbst Tugend, falsch geübt,
Wie Ausführung auch wohl dem Laster Würde gibt.
Die kleine Blume hier beherbergt gift'ge Säfte
In ihrer zarten Hüll und milde Heilungskräfte!
Sie labet den Geruch und dadurch jeden Sinn;
Gekostet, dringt sie gleich zum Herzen tötend hin.
Zwei Feinde lagern so im menschlichen Gemüte
Sich immerdar im Kampf: verderbter Will und Güte;
Und wo das Schlechtre herrscht mit siegender Gewalt,
Dergleichen Pflanze frißt des Todes Wurm gar bald.

ROMEO *tritt auf.*

ROMEO: Mein Vater, guten Morgen!
LORENZO: Sei der Herr gesegnet!
Wes ist der frühe Gruß, der freundlich mir begegnet?
Mein junger Sohn, es zeigt, daß wildes Blut dich plagt,
Daß du dem Bett so früh schon Lebewohl gesagt.
Die wache Sorge lauscht im Auge jedes Alten,
Und Schlummer bettet nie sich da, wo Sorgen walten.
Doch da wohnt goldner Schlaf, wo mit gesundem Blut
Und grillenfreiem Hirn die frische Jugend ruht.
Drum läßt mich sicherlich dein frühes Kommen wissen,
Daß innre Unordnung vom Lager dich gerissen.
Wie? oder hätte gar mein Romeo die Nacht
(Nun rat ich's besser) nicht im Bette hingebracht?
ROMEO: So ist's, ich wußte mir viel süßre Ruh zu finden.
LORENZO: Verzeih die Sünde Gott! Warst du bei Rosalinden?
ROMEO: Bei Rosalinden, ich? Ehrwürd'ger Vater, nein!
Vergessen ist der Nam und dieses Namens Pein.
LORENZO: Das ist mein wackrer Sohn! Allein wo warst du? sage!
ROMEO: So hör; ich spare gern dir eine zweite Frage.
Ich war bei meinem Feind auf einem Freudenmahl,
Und da verwundete mich jemand auf einmal.
Desgleichen tat ich ihm, und für die beiden Wunden
Wird heil'ge Arzenei bei deinem Amt gefunden.
Ich hege keinen Groll, mein frommer, alter Freund:
Denn sieh! zustatten kommt die Bitt auch meinem Feind.
LORENZO: Einfältig, lieber Sohn! Nicht Silben fein gestochen!
Wer Rätsel beichtet, wird in Rätseln losgesprochen.
ROMEO: So wiß einfältiglich: ich wandte Seel und Sinn
In Lieb auf Capulets holdsel'ge Tochter hin.
Sie gab ihr ganzes Herz zurück mir für das meine,
Und uns Vereinten fehlt zum innigsten Vereine
Die heil'ge Trauung nur: doch wie und wo und wann
Wir uns gesehn, erklärt und Schwur um Schwur getan,
Das alles will ich dir auf unserm Weg erzählen;
Nur bitt ich, will'ge drein, noch heut uns zu vermählen.
LORENZO: O heiliger Sankt Franz! Was für ein Unbestand!
Ist Rosalinde schon aus deiner Brust verbannt,
Die du so heiß geliebt? Liegt junger Männer Liebe
Denn in den Augen nur, nicht in des Herzens Triebe?
O heiliger Sankt Franz! wie wusch ein salzig Naß

Um Rosalinden dir so oft die Wange blaß!
Und löschen konnten doch so viele Tränenfluten
Die Liebe nimmer dir: sie schürten ihre Gluten.
Noch schwebt der Sonn ein Dunst von deinen Seufzern vor
Dein altes Stöhnen summt mir noch im alten Ohr.
Sieh, auf der Wange hier ist noch die Spur zu sehen
Von einer alten Trän, die noch nicht will vergehen.
Und warst du je du selbst, und diese Schmerzen dein,
So war der Schmerz und du für Rosalind allein.
Und so verwandelt nun? Dann leide, daß ich spreche:
Ein Weib darf fallen, wohnt in Männern solche Schwäche.
ROMEO: Oft schmältest du mit mir um Rosalinden schon.
LORENZO: Weil sie dein Abgott war; nicht, weil du liebtest, Sohn.
ROMEO: Und mahntest oft mich an, die Liebe zu besiegen.
LORENZO: Nicht um in deinem Sieg der zweiten zu erliegen.
ROMEO:
Ich bitt dich, schmäl nicht! Sie, der jetzt mein Herz gehört,
Hat Lieb um Liebe mir und Gunst um Gunst gewährt.
Das tat die andre nie.
LORENZO: Sie wußte wohl, dein Lieben
Sei zwar ein köstlich Wort, doch nur in Sand geschrieben.
Komm, junger Flattergeist! Komm nur, wir wollen gehn;
Ich bin aus einem Grund geneigt, dir beizustehn:
Vielleicht daß dieser Bund zu großem Glück sich wendet
Und eurer Häuser Groll durch ihn in Freundschaft endet.
ROMEO: O laß uns fort von hier! Ich bin in großer Eil.
LORENZO: Wer hastig läuft, der fällt; drum eile nur mit Weil.

Beide ab.

VIERTE SZENE

Eine Straße.

BENVOLIO *und* MERCUTIO *kommen.*

MERCUTIO: Wo Teufel kann der Romeo stecken? Kam er heute nacht nicht nach Hause?

BENVOLIO: Nach seines Vaters Hause nicht; ich sprach seinen Bedienten.

MERCUTIO: Ja, dies hartherz'ge Frauenbild, die Rosalinde,
Sie quält ihn so, er wird gewiß verrückt.

BENVOLIO: Tybalt, des alten Capulet Verwandter,
Hat dort ins Haus ihm einen Brief geschickt.

MERCUTIO: Eine Herausforderung, so wahr ich lebe.

BENVOLIO: Romeo wird ihm die Antwort nicht schuldig bleiben.

MERCUTIO: Auf einen Brief kann ein jeder antworten, wenn er schreiben kann.

BENVOLIO: Nein, ich meine, er wird dem Briefsteller zeigen, daß er Mut hat, wenn man ihm so was zumutet.

MERCUTIO: Ach, der arme Romeo! Er ist ja schon tot! durchbohrt von einer weißen Dirne schwarzem Auge; durchs Ohr geschossen mit einem Liebesliedchen; seine Herzensscheibe durch den Pfeil des kleinen blinden Schützen mitten entzweigespalten. Ist er der Mann danach, es mit dem Tybalt aufzunehmen?

BENVOLIO: Nun, was ist Tybalt denn Großes?

MERCUTIO: Kein papierner Held, das kann ich dir sagen. Oh, er ist ein beherzter Zermonienmeister der Ehre. Er ficht, wie ihr ein Liedlein singt; hält Takt und Maß und Ton. Er beobachtet seine Pausen: eins – zwei – drei: dann sitzt euch der Stoß in der Brust. Er bringt euch einen seidnen Knopf unfehlbar ums Leben. Ein Raufer! ein Raufer! Ein Ritter vom ersten Range, der euch alle Gründe eines Ehrenstreits an den Fingern herzuzählen weiß. Ach, die göttliche Passade! die doppelte Finte! Der!

BENVOLIO: Der – was?

MERCUTIO: Der Henker hole diese phantastischen, gezierten lispelnden Eisenfresser! Was sie für neue Töne anstimmen! – „Eine sehr gute Klinge!" – „Ein sehr wohlgewachsner Mann!" – „Eine sehr gute Hure!" – Ist das nicht ein Elend, Urältervater! daß wir mit diesen ausländischen Schmetterlingen heimgesucht werden, mit diesen Modenarren, diesen Pardonnez-moi, die so stark auf neue Weise halten, ohne jemals weise zu werden?

ROMEO *tritt auf.*

BENVOLIO: Da kommt Romeo, da kommt er!

MERCUTIO: Ohne seinen Rogen, wie ein gedörrter Hering. O Fleisch! Fleisch! wie bist du verfischt worden? Nun liebt er die Melodien, in denen sich Petrarca ergoß; gegen sein Fräulein ist Laura nur eine Küchenmagd – Pah! sie hatte nur einen bessern Liebhaber, um sie zu bereimen; Dido, eine Trutschel;

Kleopatra, eine Zigeunerin; Helena und Hero, Metzen und lose Dirnen; Thisbe, ein artiges Blauauge oder sonst so was, will aber nichts vorstellen. Signor Romeo, bon jour! Da habt Ihr einen französischen Gruß für Eure französischen Pumphosen! Ihr spieltet uns diese Nacht einen schönen Streich.

ROMEO: Guten Morgen, meine Freunde! Was für einen Streich?

MERCUTIO: Einen Diebesstreich. Ihr stahlt Euch unversehens davon.

ROMEO: Verzeihung, guter Mercutio. Ich hatte etwas Wichtiges vor, und in einem solchen Falle tut man wohl einmal der Höflichkeit Gewalt an.

[Lücke von etwa 25 Zeilen: unübersetzbare Wortspiele.]

MERCUTIO: Wie nun? Du sprichst ja ganz menschlich. Wie kommt es, daß du auf einmal deine aufgeweckte Zunge und deine muntern Augen wiedergefunden hast? So hab ich dich gern. Ist das nicht besser als das ewige Liebesgekrächze?

[Kleinere Lücke.]

ROMEO: Seht den prächtigen Aufzug!

Die WÄRTERIN *und* PETER *hinter ihr.*

MERCUTIO: Was kommt da angesegelt?

[BENVOLIO: Zwei Segel: ein Mannshemd und ein Weiberrock.]

WÄRTERIN: Peter!

PETER: Was beliebt?

WÄRTERIN: Meinen Fächer, Peter!

MERCUTIO: Gib ihn ihr, guter Peter, um ihr Gesicht zu verstecken. Ihr Fächer ist viel hübscher als ihr Gesicht.

WÄRTERIN: Schönen guten Morgen, ihr Herren!

MERCUTIO: Schönen guten Abend, schöne Dame!

WÄRTERIN: Warum guten Abend?

MERCUTIO: Allerdings, versichre ich Euch; denn der kupplerische Zeiger der Sonnenuhr hat Mittag schon überschritten.

WÄRTERIN: Pfui, was ist das für ein Mensch?

ROMEO: Einer, gute Frau, den Gott dazu geschaffen hat, sich selbst zu verderben.

WÄRTERIN: Schön gesagt, bei meiner Seele! „Sich selbst zu verderben!" Ganz recht! Aber, ihr Herren, kann mir keiner von euch sagen, wo ich den jungen Romeo finde?

ROMEO: Ich kann's Euch sagen; aber der junge Romeo wird älter sein, wenn Ihr ihn gefunden habt, als er war, da Ihr ihn suchtet. Ich bin der Jüngste, der den Namen führt, weil kein schlechterer da war.

WÄRTERIN: Gut gegeben.

MERCUTIO: So? ist das Schlechteste gut gegeben? nun wahrhaftig: gut begriffen! sehr vernünftig!

WÄRTERIN: Wenn Ihr Romeo seid, mein Herr, so wünsche ich Euch insgeheim zu sprechen.

BENVOLIO: Sie wird ihn irgendwohin auf den Abend bitten.

MERCUTIO: Eine Kupplerin! eine Kupplerin! Ho, ho!

ROMEO: Was witterst du?

MERCUTIO: [Keinen Hasen, Freund; höchstens einen Hasen in einer Fastenpastete, die schon etwas abgestanden und schimmelig ist, ehe sie aufgetischt wird.

Singt: Ein Hase alt und grau
Und ein Hase alt und grau
Ist gutes Fleisch zur Fastenzeit.
Doch ein Has, von Schimmel greulich,
Das ist ganz abscheulich,
Schimmelt er, eh er so weit.]

Romeo, kommt zu Eures Vaters Hause, wir wollen zu Mittag da essen.

ROMEO: Ich komme euch nach.

MERCUTIO: Lebt wohl, alte Schöne! Lebt wohl, o Schöne! – Schöne! – Schöne!

Benvolio und Mercutio gehen ab.

WÄRTERIN: Sagt mir doch, was war das für ein unverschämter Gesell, der nichts als Schelmstücke im Kopfe hatte?

ROMEO: Jemand, der sich selbst gern reden hört, meine gute Frau, und der in einer Minute mehr spricht, als er in einem Monate verantworten kann.

WÄRTERIN: Ja, und wenn er auf mich was zu sagen hat, so will ich ihn bei den Ohren kriegen, und wäre er auch noch vierschrötiger, als er ist, und zwanzig solcher Hasenfüße obendrein; und kann ich's nicht, so können's andre. So 'n Lausekerl! Ich bin keine von seinen Kreaturen, ich bin keine von seinen Karnuten. *Zu Peter*: Und du mußt auch dabeistehen und leiden, daß jeder Schuft sich nach Belieben über mich hermacht!

PETER: Ich habe nicht gesehn, daß sich jemand über Euch hergemacht hätte; sonst hätte ich geschwind vom Leder gezogen, das könnt Ihr glauben. Ich kann so gut ausziehen wie ein andrer, wo es einen ehrlichen Zank gibt und das Recht auf meiner Seite ist.

WÄRTERIN: Nu, weiß Gott, ich habe mich so geärgert, daß ich am ganzen Leibe zittre. So 'n Lausekerl! – Seid so gütig, mein Herr, auf ein Wort! Und was ich Euch sagte: mein junges Fräulein befahl mir, Euch zu suchen. Was sie mir befahl, Euch zu sagen, das will ich für mich behalten; aber erst laßt mich Euch sagen, wenn Ihr sie wolltet bei der Nase herumführen, sozusagen, das wäre eine unartige Aufführung, sozusagen. Denn seht! das Fräulein ist jung; und also, wenn Ihr falsch gegen sie zu Werke gingt, das würde sich gar nicht gegen ein Fräulein schicken und wäre ein recht nichtsnutziger Handel.

ROMEO: Empfiehl mich deinem Fräulein. Ich beteure dir –

WÄRTERIN: Du meine Zeit! Gewiß und wahrhaftig, das will ich ihr wiedersagen. O Jemine! sie wird sich vor Freude nicht zu lassen wissen.

ROMEO: Was willst du ihr sagen, gute Frau? Du gibst nicht Achtung.

WÄRTERIN: Ich will ihr sagen, daß Ihr beteuert, und ich meine, das ist recht wie ein Kavalier gesprochen.

ROMEO: Sag ihr, sie mög ein Mittel doch ersinnen,
Zur Beichte diesen Nachmittag zu gehn.
Dort in Lorenzos Zelle soll alsdann,
Wenn sie gebeichtet, unsre Trauung sein.
Hier ist für deine Müh.

WÄRTERIN: Nein, wahrhaftig, Herr! keinen Pfennig.

ROMEO: Nimm, sag ich dir; du mußt.

WÄRTERIN: Heut nachmittag? Nun gut, sie wird Euch treffen.

ROMEO: Du, gute Frau, wart hinter der Abtei;
Mein Diener soll dir diese Stunde noch,
Geknüpft aus Seilen, eine Leiter bringen,
Die zu dem Gipfel meiner Freuden ich
Hinan will klimmen in geheimer Nacht.
Leb wohl! Sei treu, so lohn ich deine Müh,
Leb wohl, empfiehl mich deinem Fräulein.

WÄRTERIN: Nun, Gott der Herr gesegn es! – Hört, noch eins!

ROMEO: Was willst du, gute Frau!

WÄRTERIN: Schweigt Euer Diener? Habt Ihr nie vernommen:
Wo zwei zu Rate gehn, laßt keinen Dritten kommen?

ROMEO: Verlaß dich drauf, der Mensch ist treu wie Gold.

WÄRTERIN: Nun gut, Herr! Meine Herrschaft ist ein allerliebstes Fräulein. O Jemine! als sie noch so ein kleines Dingelchen war – Oh, da ist ein Edelmann in der Stadt, einer, der Paris heißt, der gern einhaken möchte; aber das gute Herz mag ebenso gern eine Kröte sehn, eine rechte Kröte, wie ihn. Ich ärgre sie zuweilen und sag ihr: Paris wär doch der Hübscheste; aber Ihr könnt mir's glauben, wenn ich das sage, so wird sie so blaß wie ein Tischtuch. Fängt nicht Rosmarin und Romeo mit demselben Buchstaben an?

ROMEO: Ja, gute Frau; beide mit einem R.

WÄRTERIN: Ach, Spaßvogel, warum nicht gar? Das schnurrt ja wie 'n Spinnrad. Nein, ich weiß wohl, es fängt mit einem andern Buchstaben an, und sie hat die prächtigsten Reime und Sprichwörter darauf, daß Euch das Herz im Leibe lachen tät, wenn Ihr's hörtet.

ROMEO: Empfiehl mich deinem Fräulein. *Ab.*

WÄRTERIN: Jawohl, viel tausendmal! – Peter!

PETER: Was beliebt?

WÄRTERIN: Peter, nimm meinen Fächer, und geh vorauf.

Beide ab.

Fünfte Szene

Capulets Garten.

JULIA *tritt auf.*

JULIA: Neun schlug die Glock, als ich die Amme sandte.
In einer halben Stunde wollte sie
Schon wieder hier sein. Kann sie ihn vielleicht
Nicht treffen? Nein, das nicht. O sie ist lahm!
Zu Liebesboten taugen nur Gedanken,
Die zehnmal schneller fliehn als Sonnenstrahlen,
Wenn sie die Nacht von finstern Hügeln scheuchen.
Deswegen ziehn ja leichtbeschwingte Tauben
Der Liebe Wagen, und Cupido hat
Windschnelle Flügel. Auf der steilsten Höh
Der Tagereise steht die Sonne jetzt;
Von neun bis zwölf, drei lange Stunden sind's;
Und dennoch bleibt sie aus. O hätte sie
Ein Herz und warmes jugendliches Blut,
Sie würde wie ein Ball behende fliegen,
Es schnellte sie mein Wort dem Trauten zu,
Und seines mir.

Doch Alte tun, als lebten sie nicht mehr,
Träg, unbehilflich und wie Blei so schwer.

Die WÄRTERIN *und* PETER *kommen.*

O Gott, sie kommt! Was bringst du, goldne Amme?
Trafst du ihn an? Schick deinen Diener weg.

WÄRTERIN: Wart vor der Türe, Peter.

JULIA: Nun, Mütterchen? Gott, warum blickst du traurig?
Ist dein Bericht schon traurig, gib ihn fröhlich;
Und klingt er gut, verdirb die Weise nicht,
Indem du sie mit saurer Miene spielst.

WÄRTERIN: Ich bin ermattet; laßt ein Weilchen mich!
Das war 'ne Jagd! das reißt in Gliedern mir!

JULIA: Ich wollt, ich hätte deine Neuigkeit,
Du meine Glieder. Nun, so sprich geschwind!
Ich bitt dich, liebe Amme, sprich!

WÄRTERIN: Was für 'ne Hast! Könnt Ihr kein Weilchen warten?
Seht Ihr nicht, daß ich außer Atem bin?

JULIA: Wie außer Atem, wenn du Atem hast,
Um mir zu sagen, daß du keinen hast?
Der Vorwand deines Zögerns währt ja länger
Als der Bericht, den du dadurch verzögerst.
Gib Antwort, bringst du Gutes oder Böses?
Nur das, so wart ich auf das Nähre gern.
Beruh'ge mich! Ist's Gutes oder Böses?

WÄRTERIN: Ei, Ihr habt mir eine recht einfältige Wahl getroffen; Ihr versteht auch einen Mann auszulesen! Romeo – ja, das ist der Rechte! – Er hat zwar ein hübscher Gesicht wie andre Leute; aber seine Beine gehn über alle Beine, und Hand und Fuß und die ganze Positur: es läßt sich eben nicht viel davon sagen, aber man kann sie mit nichts vergleichen. Er ist kein Ausbund von feinen Manieren, doch wett ich drauf, wie ein Lamm so sanft. – Treib's nur so fort, Kind, und fürchte Gott! – Habt ihr im Hause schon zu Mittag gegessen?

JULIA: Nein, nein! Doch all dies wußt ich schon zuvor.
Was sagt' er von der Trauung? Hurtig: was?

WÄRTERIN: Oje, wie schmerzt der Kopf mir! Welch ein Kopf!
Er schlägt, als wollt er gleich in Stücke springen.
Da hier mein Rücken, o mein armer Rücken!
Gott sei Euch gnädig, daß Ihr hin und her
So viel mich schickt, mich bald zu Tode hetzt.

JULIA: Im Ernst, daß du nicht wohl bist, tut mir leid.
Doch, beste, beste Amme, sage mir:
Was macht mein Liebster?

WÄRTERIN: Eur Liebster sagt, so wie ein wackrer Herr – und ein artiger und ein freundlicher und ein hübscher Herr und, auf mein Wort, ein tugendsamer Herr. – Wo ist denn Eure Mutter?

JULIA: Wo meine Mutter ist? Nun, sie ist drinnen;
Wo wär sie sonst? Wie seltsam du erwiderst:
„Eur Liebster sagt, so wie ein wackrer Herr –
Wo ist denn Eure Mutter?"

WÄRTERIN: Jemine!
Seid Ihr so hitzig? Seht doch! kommt mir nur!
Ist das die Bähung für mein Gliederweh?
Geht künftig selbst, wenn Ihr 'ne Botschaft habt.

JULIA: Das ist 'ne Not! Was sagt' er? Bitte, sprich!

WÄRTERIN: Habt Ihr Erlaubnis, heut zu beichten?

JULIA: Ja.

WÄRTERIN: So macht Euch auf zu Pater Lorenz' Zelle,
Da harrt ein Mann, um Euch zur Frau zu machen.
Nun steigt das lose Blut Euch in die Wangen;
Gleich sind sie Scharlach, wenn's was Neues gibt.
Eilt Ihr zur Kirche: ich muß sonstwohin,
Die Leiter holen, die der Liebste bald
Zum Nest hinan, wenn's Nacht wird, klimmen soll.
Ich bin das Lasttier, muß für Euch mich plagen,
Doch Ihr sollt Eure Last zu Nacht schon tragen.
Ich will zur Mahlzeit erst; eilt Ihr zur Zelle hin.

JULIA: Zu hohem Glücke, treue Pflegerin!

Beide ab.

SECHSTE SZENE

Bruder Lorenzos Zelle.

LORENZO *und* ROMEO.

LORENZO: Der Himmel lächle so dem heil'gen Bund,
Daß künft'ge Tag' uns nicht durch Kummer schelten.

ROMEO: Amen! So sei's! Doch laß den Kummer kommen.
Sosehr er mag: wiegt er die Freuden auf,

Die mir in ihrem Anblick eine flücht'ge
Minute gibt? Füg unsre Hände nur
Durch deinen Segensspruch in eins, dann tue
Sein Äußerstes der Liebeswürger Tod:
Genug, daß ich nur mein sie nennen darf.

LORENZO: So wilde Freude nimmt ein wildes Ende
Und stirbt im höchsten Sieg, wie Feur und Pulver
Im Kusse sich verzehrt. Die Süßigkeit
Des Honigs widert durch ihr Übermaß,
Und im Geschmack erstickt sie unsre Lust.
Drum liebe mäßig; solche Lieb ist stet:
Zu hastig und zu träge kommt gleich spät.

JULIA *tritt auf.*

Hier kommt das Fräulein. [Oh, solch leichter Fuß
Läßt keine Spur dem Stein, den er betritt;
Ein Liebender kann auf den Fäden gehn,
Die flattern in des üppigen Sommers Luft,
Und fällt doch nicht: so leicht ist Schwärmerei.]

JULIA: Ehrwürd'ger Herr! ich sag Euch guten Abend.

LORENZO: Für mich und sich dankt Romeo, mein Kind.

JULIA: Es gilt ihm mit, sonst wär sein Dank zuviel.

ROMEO: Ach, Julia! Ist deiner Freude Maß
Gehäuft wie meins und weißt du mehr die Kunst,
Ihr Schmuck zu leihn, so würze rings die Luft
Durch deinen Hauch; laß die Musik der Zunge
Die Seligkeit verkünden, die wir beide
Bei dieser teuren Näh im andern finden.

JULIA: Gefühl, an Inhalt reicher als an Worten,
Ist stolz auf seinen Wert und nicht auf Schmuck.
Nur Bettler wissen ihres Guts Betrag.
Doch meine treue Liebe stieg so hoch,
Daß keine Schätzung ihre Schätz erreicht.

LORENZO:
Kommt, kommt mit mir! wir schreiten gleich zur Sache.
Ich leide nicht, daß ihr allein mir bleibt,
Bis euch die Kirch einander einverleibt.

Alle ab.

DRITTER AUFZUG

Erste Szene

Ein öffentlicher Platz.

Mercutio, Benvolio, Page *und* Bediente.

BENVOLIO: Ich bitt dich, Freund, laß uns nach Hause gehn!
Der Tag ist heiß, die Capulets sind draußen,
Und treffen wir, so gibt es sicher Zank:
Denn bei der Hitze tobt das tolle Blut.

MERCUTIO: Du bist mir so ein Zeisig, der, sobald er die Schwelle eines Wirtshauses betritt, mit dem Degen auf den Tisch schlägt und ausruft: „Gebe Gott, daß ich dich nicht nötig habe!" und wenn ihm das zweite Glas im Kopfe spukt, so zieht er gegen den Kellner, wo er es freilich nicht nötig hätte.

BENVOLIO: Bin ich so ein Zeisig?

MERCUTIO: Ja, ja! Du bist in deinem Zorn ein so hitziger Bursch als einer in ganz Italien; ebenso ungestüm in deinem Zorn und ebenso zornig in deinem Ungestüm.

BENVOLIO: Nun, was weiter?

MERCUTIO: Ei, wenn es euer zwei gäbe, so hätten wir bald gar keinen, sie brächten sich untereinander um. Du! Wahrhaftig, du zankst mit einem, weil er ein Haar mehr oder weniger im Barte hat als du. Du zankst mit einem, der Nüsse knackt, aus keinem andern Grunde, als weil du nußbraune Augen hast. [Welches andere Auge könnte solche Händel ausspähen?] Dein Kopf ist so voll Zänkereien wie ein Ei voll Dotter, und doch ist dir der Kopf für dein Zanken schon dotterweich geschlagen. Du hast mit einem angebunden, der auf der Straße hustete, weil er deinen Hund aufgeweckt, der in der Sonne schlief. Hast du nicht mit einem Schneider Händel gehabt, weil er sein neues Wams vor Ostern trug? Mit einem andern, weil er neue Schuhe mit einem alten Bande zuschnürte? Und doch willst du mich über Zänkereien hofmeistern!

BENVOLIO: Ja, wenn ich so leicht zankte wie du, so würde niemand eine Leibrente auf meinen Kopf nur für anderthalb Stunden kaufen wollen.

MERCUTIO: Auf deinen Kopf? O Tropf!

Tybalt *und* andre *kommen.*

BENVOLIO: Bei meinem Kopf! Da kommen die Capulets.
MERCUTIO: Bei meiner Sohle! Mich kümmert's nicht.
TYBALT *zu seinen Leuten*: Schließt euch mir an, ich will mit ihnen reden. – Guten Tag, ihr Herren! Ein Wort mit euer einem!
MERCUTIO: Nur ein Wort mit einem von uns? Gebt noch was zu: laßt es ein Wort und einen Schlag sein.
TYBALT: Dazu werdet ihr mich bereit genug finden, wenn ihr mir Anlaß gebt.
MERCUTIO: Könntet Ihr ihn nicht nehmen, ohne daß wir ihn gäben?
TYBALT: Mercutio, du harmonierst mit Romeo.
MERCUTIO: Harmonierst? Was? Machst du uns zu Musikanten? Wenn du uns zu Musikanten machen willst, so sollst du auch nichts als Dissonanzen zu hören kriegen. Hier ist mein Fiedelbogen; wart! der soll Euch tanzen lehren. Alle Wetter! Über das Harmonieren!
BENVOLIO: Wir reden hier auf öffentlichem Markt.
Entweder sucht euch einen stillern Ort,
Wo nicht, besprecht euch kühl von eurem Zwist.
Sonst geht! Hier gafft ein jedes Aug auf uns.
MERCUTIO: Zum Gaffen hat das Volk die Augen: laßt sie!
Ich weich und wank um keines willen, ich!

ROMEO *tritt auf.*

TYBALT: Herr, zieht in Frieden! Hier kommt mein Gesell.
MERCUTIO: Ich will gehängt sein, Herr, wenn Ihr sein Meister [seid.
Doch stellt Euch vor, er wird sich zu Euch halten;
In dem Sinn mögen Eure Gnaden wohl
Gesell ihn nennen.
TYBALT: Hör, Romeo! Der Haß, den ich dir schwur,
Gönnt diesen Gruß dir nur: du bist ein Schurke!
ROMEO: Tybalt, die Ursach, die ich habe, dich
Zu lieben, mildert sehr die Wut, die sonst
Auf diesen Gruß sich ziemt'. Ich bin kein Schurke,
Drum lebe wohl! Ich seh, du kennst mich nicht.
[TYBALT: Dies, Knabe, kann die Unbill nicht entschuldigen,
Die du mir zugefügt; kehr um und zieh!
ROMEO: Beim Himmel, niemals hab ich dich beleidigt;
Ich liebe mehr dich, als du denken kannst,
Bis du die Ursach meiner Liebe kennst.
Drum, guter Capulet, des Name mir
So teuer wie mein eigner, sei zufrieden.]

MERCUTIO: O zahme, schimpfliche, verhaßte Demut!
Die Kunst des Raufers trägt den Sieg davon. *Er zieht.*
Tybalt, du Rattenfänger! willst du dran?

TYBALT: Was willst du denn von mir?

MERCUTIO: [Nichts, guter Katzenprinz, als eines von deinen neun Leben, um mich damit ein wenig lustig zu machen und, wenn wir uns künftig begegnen, auch die acht übrigen abzuwalken.] Wollt Ihr bald Euren Degen bei den Ohren aus der Scheide ziehn? Macht zu, sonst habt Ihr meinen um die Ohren, eh er heraus ist.

TYBALT: Ich steh zu Dienst. *Er zieht.*

ROMEO: Lieber Mercutio, steck den Degen ein.

MERCUTIO: Kommt, Herr! Laßt Eure Finten sehn.

Sie fechten.

ROMEO: Zieh, Benvolio!
Schlag zwischen ihre Degen! Schämt euch doch,
Und haltet ein mit Wüten! Tybalt! Mercutio!
Der Prinz verbot ausdrücklich solchen Aufruhr
In Veronas Gassen. Halt, Tybalt! Freund Mercutio!

Tybalt entfernt sich mit seinen Anhängern.

MERCUTIO: Ich bin verwundet. –
Zum Teufel beider Sippschaft! Ich bin hin.
Und ist er fort? und hat nichts abgekriegt?

BENVOLIO: Bist du verwundet? wie?

MERCUTIO: Ja, ja! geritzt! geritzt! – Wetter, 's ist genug. –
Wo ist mein Bursch? – Geh, Schurk! hol einen Wundarzt.

Der Page geht ab.

ROMEO: Sei guten Muts, Freund! Die Wunde kann nicht beträchtlich sein.

MERCUTIO: Nein, nicht so tief wie ein Brunnen noch so weit wie eine Kirchtüre; aber es reicht eben hin. Fragt morgen nach mir, und Ihr werdet einen stillen Mann an mir finden. Für diese Welt, glaubt's nur, ist mir der Spaß versalzen. – Hol der Henker eure beiden Häuser! – Was? von einem Hunde, einer Maus, einer Ratze, einer Katze zu Tode gekratzt zu werden! Von so einem Prahler, einem Schuft, der nach dem Rechenbuche ficht! – Warum, Teufel, kamt Ihr zwischen uns? Unter Eurem Arm wurde ich verwundet.

ROMEO: Ich dacht es gut zu machen.

MERCUTIO: O hilf mir in ein Haus hinein, Benvolio,
Sonst sink ich hin. – Zum Teufel eure Häuser!

Sie haben Würmerspeis aus mir gemacht.
Ich hab es tüchtig weg; verdammte Sippschaft!

Mercutio und Benvolio ab.

ROMEO: Um meinetwillen wurde dieser Ritter,
Dem Prinzen nah verwandt, mein eigner Freund,
Verwundet auf den Tod; mein Ruf befleckt
Durch Tybalts Lästerungen, Tybalts, der
Seit einer Stunde mir verschwägert ist.
O süße Julia! deine Schönheit hat
So weibisch mich gemacht; sie hat den Stahl
Der Tapferkeit in meiner Brust erweicht.

BENVOLIO *kommt zurück.*

BENVOLIO: O Romeo! der wackre Freund ist tot.
Sein edler Geist schwang in die Wolken sich,
Der allzu früh der Erde Staub verschmäht.

ROMEO: Nichts kann den Unstern dieses Tages wenden;
Er hebt das Weh an, andre müssen's enden.

TYBALT *kommt zurück.*

BENVOLIO: Da kommt der grimm'ge Tybalt wieder her.

ROMEO: Am Leben! siegreich! und mein Freund erschlagen!
Nun flieh gen Himmel, schonungsreiche Milde!
Entflammte Wut, sei meine Führerin!
Nun, Tybalt, nimm den Schurken wieder, den du
Mir eben gabst! Der Geist Mercutios
Schwebt nah noch über unsern Häuptern hin
Und harrt, daß deiner sich ihm zugeselle.
Du oder ich! sonst folgen wir ihm beide.

TYBALT: Elendes Kind! hier hieltest du's mit ihm
Und sollst mit ihm von hinnen.

ROMEO: Dies entscheide.

Sie fechten, Tybalt fällt.

BENVOLIO: Flieh, Romeo! die Bürger sind in Wehr,
Und Tybalt tot. Steh so versteinert nicht!
Flieh, flieh! der Prinz verdammt zu Tode dich,
Wenn sie dich greifen. Fort! hinweg mit dir!

ROMEO: Weh mir, ich Narr des Glücks!

BENVOLIO: Was weilst du noch?

Romeo ab. BÜRGER *usw. treten auf.*

EIN BÜRGER: Wo lief er hin, der den Mercutio totschlug?
Der Mörder Tybalt? – hat ihn wer gesehn?

BENVOLIO: Da liegt der Tybalt.

EIN BÜRGER: Herr, gleich müßt Ihr mit mir
Gehorcht! Ich mahn Euch von des Fürsten wegen. [gehn.

Der PRINZ *mit* GEFOLGE, MONTAGUE, CAPULET, *ihre* GEMAHLINNEN *und* ANDRE.

PRINZ: Wer durfte freventlich hier Streit erregen?
BENVOLIO: O edler Fürst, ich kann verkünden, recht
Nach seinem Hergang, dies unselige Gefecht.
Der deinen wackern Freund Mercutio
Erschlagen, liegt hier tot, entleibt vom Romeo.
GRÄFIN CAPULET: Mein Vetter! Tybalt! Meines Bruders Kind! –
O Fürst! O mein Gemahl! O seht, noch rinnt
Das teure Blut! – Mein Fürst, bei Ehr und Huld,
Im Blut der Montagues tilg ihre Schuld! –
O Vetter, Vetter!
PRINZ: Benvolio, sprich! wer hat den Streit erregt? –
BENVOLIO: Der tot hier liegt, vom Romeo erlegt.
Viel gute Worte gab ihm Romeo,
Hieß ihn bedenken, wie gering der Anlaß,
Wie sehr zu fürchten Euer höchster Zorn.
Dies alles, vorgebracht mit sanftem Ton,
Gelaßnem Blick, bescheidner Stellung konnte
Nicht Tybalts ungezähmte Wut entwaffnen.
Dem Frieden taub, berennt mit scharfem Stahl
Er die entschloßne Brust Mercutios;
Der kehrt gleich rasch ihm Spitze gegen Spitze
Und wehrt mit Kämpfertrotz mit einer Hand
Den kalten Tod ab, schickt ihn mit der andern
Dem Gegner wieder, des Behendigkeit
Zurück ihn schleudert. Romeo ruft laut:
„Halt, Freunde! auseinander!“ Und geschwinder
Als seine Zunge schlägt sein rüst'ger Arm,
Dazwischen stürzend, beider Mordstahl nieder.
Recht unter diesem Arm traf des Mercutio Leben
Ein falscher Stoß vom Tybalt. Der entfloh,
Kam aber gleich zum Romeo zurück,
Der eben erst der Rache Raum gegeben.
Nun fallen sie mit Blitzeseil sich an;
Denn eh ich ziehen konnt, um sie zu trennen,
War der beherzte Tybalt umgebracht.
Er fiel, und Romeo, bestürzt, entwich.
Ich rede wahr, sonst führt zum Tode mich.

GRÄFIN CAPULET: Er ist verwandt mit Montagues Geschlecht;
Aus Freundschaft spricht er falsch, verletzt das Recht.
Die Fehd erhoben sie zu ganzen Horden,
Und alle konnten nur ein Leben morden.
Ich fleh um Recht; Fürst, weise mich nicht ab:
Gib Romeo, was er dem Tybalt gab.
PRINZ: Er hat Mercutio, ihn Romeo erschlagen:
Wer soll die Schuld des teuren Blutes tragen?
GRÄFIN MONTAGUE: Fürst, nicht mein Sohn, der Freund Mercu-
Was dem Gesetz doch heimfiel, nahm er bloß, [tios;
Das Leben Tybalts.
PRINZ: Weil er das verbrochen,
Sei über ihn sofort der Bann gesprochen.
Mich selber trifft der Ausbruch eurer Wut,
Um euren Zwiespalt fließt mein eignes Blut;
Allein ich will dafür so streng euch büßen,
Daß mein Verlust euch ewig soll verdrießen.
Taub bin ich jeglicher Beschönigung;
Kein Flehn, kein Weinen kauft Begnadigung;
Drum spart sie: Romeo flieh schnell von hinnen!
Greift man ihn, soll er nicht dem Tod entrinnen.
Tragt diese Leiche weg. Vernehmt mein Wort!
Wenn Gnade Mörder schont, verübt sie Mord!
Alle ab.

ZWEITE SZENE

Ein Zimmer in Capulets Hause.

JULIA *tritt auf.*

JULIA: Hinab, du flammenhufiges Gespann,
Zu Phöbus' Wohnung! Solch ein Wagenlenker
Wie Phaeton jagt' euch gen Westen wohl
Und brächte schnell die wolk'ge Nacht herauf. –
Verbreite deinen dichten Vorhang, Nacht,
Du Liebespflegerin, damit das Auge
Der Neubegier sich schließ und Romeo
Mir unbelauscht in diese Arme schlüpfe. –
Verliebten gnügt zu der geheimen Weihe
Das Licht der eignen Schönheit; oder wenn

Die Liebe blind ist, stimmt sie wohl zur Nacht. –
Komm, ernste Nacht, du züchtig stille Frau,
Ganz angetan mit Schwarz, und lehre mich
Ein Spiel, wo jedes reiner Jugend Blüte
Zum Pfande setzt, gewinnend zu verlieren!
Verhülle mit dem schwarzen Mantel mir
Das wilde Blut, das in den Wangen flattert,
Bis scheue Liebe kühner wird und nichts
Als Unschuld sieht in inn'ger Liebe Tun.
Komm, Nacht! – Komm, Romeo, du Tag in Nacht!
Denn du wirst ruhn auf Fittichen der Nacht,
Wie frischer Schnee auf eines Raben Rücken. –
Komm, milde, liebevolle Nacht! Komm, gib
Mir meinen Romeo! Und stirbt er einst,
Nimm ihn, zerteil in kleine Sterne ihn:
Er wird des Himmels Antlitz so verschönen,
Daß alle Welt sich in die Nacht verliebt
Und niemand mehr der eiteln Sonne huldigt. –
Ich kaufte einen Sitz der Liebe mir,
Doch ach! besaß ihn nicht; ich bin verkauft,
Doch noch nicht übergeben. Dieser Tag
Währt so verdrießlich lang mir wie die Nacht
Vor einem Fest dem ungeduld'gen Kinde,
Das noch sein neues Kleid nicht tragen durfte.

Die WÄRTERIN *mit einer Strickleiter.*

Da kommt die Amme ja: die bringt Bericht;
Und jede Zunge, die nur Romeo
Beim Namen nennt, spricht so beredt wie Engel.
Nun, Amme? Sag, was gibt's, was hast du da?
Die Stricke, die dich Romeo hieß holen?

WÄRTERIN: Ja, ja, die Stricke! *Sie wirft sie auf die Erde.*

JULIA: Weh mir! Was gibt's? was ringst du so die Hände?

WÄRTERIN: Daß Gott erbarm! Er ist tot, er ist tot, er ist tot!
Wir sind verloren, Fräulein, sind verloren!
O weh uns! Er ist hin! ermordet! tot!

JULIA: So neidisch kann der Himmel sein?

WÄRTERIN: Ja, das kann Romeo; der Himmel nicht.
O Romeo, wer hätt es je gedacht?
O Romeo! Romeo!

JULIA: Wer bist du, Teufel, der du so mich folterst?
Die grause Hölle nur brüllt solche Qual.

Hat Romeo sich selbst ermordet? Sprich!
Ist er entleibt: sag ja! wo nicht: sag nein!
Ein kurzer Laut entscheidet Wonn und Pein.
WÄRTERIN: Ich sah die Wunde, meine Augen sahn sie –
Gott helf ihm! – hier auf seiner tapfern Brust;
Die blut'ge Leiche, jämmerlich und blutig,
Bleich, bleich wie Asche, ganz mit Blut besudelt –
Ganz starres Blut – weg schwiemt ich, da ich's sah.
JULIA: O brich, mein Herz! verarmt auf einmal, brich!
Ihr Augen, ins Gefängnis! Blicket nie
Zur Freiheit wieder auf! Elende Erde, kehre
Zur Erde wieder! Pulsschlag, hemme dich!
Ein Sarg empfange Romeo und mich!
WÄRTERIN: O Tybalt, Tybalt! O mein bester Freund!
Leutsel'ger Tybalt! wohlgesinnter Herr!
So mußt ich leben, um dich tot zu sehn?
JULIA: Was für ein Sturm tobt so von jeder Seite?
Ist Romeo erschlagen? Tybalt tot?
Mein teurer Vetter? teuerster Gemahl? –
Dann töne nur des Weltgerichts Posaune!
Wer lebt noch, wenn dahin die beiden sind?
WÄRTERIN: Dahin ist Tybalt, Romeo verbannt;
Verbannt ist Romeo, der ihn erschlug.
JULIA: Gott! seine Hand, vergoß sie Tybalts Blut?
WÄRTERIN: Sie tat's! sie tat's! O weh uns, weh! Sie tat's!
JULIA: O Schlangenherz, von Blumen überdeckt!
Wohnt' in so schöner Höhl ein Drache je?
Holdsel'ger Wütrich! engelgleicher Unhold!
Ergrimmte Taube! Lamm mit Wolfesgier!
Verworfne Art in göttlicher Gestalt!
Das rechte Gegenteil des, was mit Recht
Du scheinest: ein verdammter Heiliger!
Ein ehrenwerter Schurke! – O Natur!
Was hattest du zu schaffen in der Hölle,
Als du des holden Leibes Paradies
Zum Lustsitz einem Teufel übergabst?
War je ein Buch, so arger Dinge voll,
So schön gebunden? O daß Falschheit doch
Solch herrlichen Palast bewohnen kann!
WÄRTERIN: Kein Glaube, keine Treu noch Redlichkeit
Ist unter Männern mehr. Sie sind meineidig;

Falsch sind sie, lauter Schelme, lauter Heuchler! –
Wo ist mein Diener? Gebt mir Aquavit! –
Die Not, die Angst, der Jammer macht mich alt.
Zuschanden werde Romeo!

JULIA: Die Zunge
Erkranke dir für einen solchen Wunsch!
Er war zur Schande nicht geboren; Schande
Weilt mit Beschämung nur auf seiner Stirn.
Sie ist ein Thron, wo man die Ehre mag
Als Allbeherrscherin der Erde krönen.
O wie unmenschlich war ich, ihn zu schelten!

WÄRTERIN: Von Eures Vetters Mörder sprecht Ihr Gutes?

JULIA: Soll ich von meinem Gatten Übles reden?
Ach, armer Gatte! Welche Zunge wird
Wohl deinem Namen Liebes tun, wenn ich,
Dein Weib von wenig Stunden, ihn zerrissen?
Doch, Arger, was erschlugst du meinen Vetter? –
Der Arge wollte den Gemahl erschlagen.
Zurück zu eurem Quell, verkehrte Tränen!
Dem Schmerz gebühret eurer Tropfen Zoll,
Ihr bringt aus Irrtum ihn der Freude dar.
Mein Gatte lebt, den Tybalt fast getötet,
Und tot ist Tybalt, der ihn töten wollte.
Dies alles ist ja Trost: was wein ich denn?
Ich hört ein schlimmres Wort als Tybalts Tod,
Das mich erwürgte; ich vergäß es gern;
Doch ach! es drückt auf mein Gedächtnis schwer,
Wie Freveltaten auf des Sünders Seele.
Tybalt ist tot und Romeo verbannt!
O dies verbannt, dies eine Wort verbannt
Erschlug zehntausend Tybalts. Tybalts Tod
War gnug des Wehes, hätt es da geendet!
Und liebt das Leid Gefährten, reiht durchaus
An andre Leiden sich; warum denn folgte
Auf ihre Botschaft: tot ist Tybalt, nicht:
Dein Vater, deine Mutter, oder beide?
Das hätte sanftre Klage wohl erregt.
Allein dies Wort: verbannt ist Romeo,
Das im Gefolge kommt von Tybalts Tod,
Bringt Vater, Mutter, Tybalt, Romeo
Und Julien um! Verbannt ist Romeo!

Nicht Maß noch Ziel kennt dieses Wortes Tod,
Und keine Zung erschöpfet meine Not. –
Wo mag mein Vater, meine Mutter sein?
WÄRTERIN: Bei Tybalts Leiche heulen sie und schrein.
Wollt Ihr zu ihnen gehn? Ich bring Euch hin.
JULIA: So waschen sie die Wunden ihm mit Tränen?
Ich spare meine für ein bängres Sehnen.
Nimm diese Seile auf. – Ach, armer Strick,
Getäuscht wie ich! wer bringt ihn uns zurück?
Zum Steg der Liebe knüpft' er deine Bande,
Ich aber sterb als Braut im Witwenstande.
Komm, Amme, komm! Ich will ins Brautbett! fort!
Nicht Romeo, den Tod umarm ich dort.
WÄRTERIN: Geht nur ins Schlafgemach! Zum Troste find ich
Euch Romeo: ich weiß wohl, wo er steckt.
Hört! Romeo soll Euch zu Nacht erfreuen;
Ich geh zu ihm: beim Pater wartet er.
JULIA: O such ihn auf! Gib diesen Ring dem Treuen;
Bescheid aufs letzte Lebewohl ihn her.

Beide ab.

DRITTE SZENE

Bruder Lorenzos Zelle.

LORENZO *und* ROMEO *kommen.*

LORENZO: Komm, Romeo! Hervor, du Mann der Furcht!
Bekümmernis hängt sich mit Lieb an dich,
Und mit dem Mißgeschick bist du vermählt.
ROMEO: Vater, was gibt's? Wie heißt des Prinzen Spruch?
Wie heißt der Kummer, der sich zu mir drängt
Und noch mir fremd ist?
LORENZO: Zu vertraut, mein Sohn,
Bist du mit solchen widrigen Gefährten.
Ich bring dir Nachricht von des Prinzen Spruch.
ROMEO: Und hat sein Spruch mir nicht den Stab gebrochen?
LORENZO: Ein mildres Urteil floß von seinen Lippen:
Nicht Leibes Tod, nur leibliche Verbannung.
ROMEO: Verbannung? Sei barmherzig! Sage: Tod!
Verbannung trägt der Schrecken mehr im Blick,
Weit mehr als Tod! – O sage nicht Verbannung!

LORENZO: Hier aus Verona bist du nur verbannt:
Sei ruhig, denn die Welt ist groß und weit.
ROMEO: Die Welt ist nirgends außer diesen Mauern;
Nur Fegefeuer, Qual, die Hölle selbst.
Von hier verbannt ist aus der Welt verbannt,
Und solcher Bann ist Tod: Drum gibst du ihm
Den falschen Namen. – Nennst du Tod Verbannung,
Enthauptest du mit goldnem Beile mich
Und lächelst zu dem Streich, der mich ermordet.
LORENZO: O schwere Sünd! o undankbarer Trotz!
Dein Fehltritt heißt nach unsrer Satzung Tod;
Doch dir zulieb hat sie der güt'ge Fürst
Beiseit gestoßen und Verbannung nur
Statt jenes schwarzen Wortes ausgesprochen.
Und diese teure Gnad erkennst du nicht?
ROMEO: Nein, Folter – Gnade nicht. Hier ist der Himmel,
Wo Julia lebt, und jeder Hund und Katze
Und kleine Maus, das schlechteste Geschöpf,
Lebt hier im Himmel, darf ihr Antlitz sehn;
Doch Romeo darf nicht. Mehr Würdigkeit,
Mehr Ansehn, mehr gefäll'ge Sitte lebt
In Fliegen als in Romeo. Sie dürfen
Das Wunderwerk der weißen Hand berühren
Und Himmelswonne rauben ihren Lippen,
Die sittsam, in Vestalenunschuld, stets
Erröten, gleich als wäre Sünd ihr Kuß.
[Nur Romeo darf es nicht, er ist verbannt.]
Dies dürfen Fliegen tun, ich muß entfliehn;
Sie sind ein freies Volk, ich bin verbannt.
Und sagst du noch, Verbannung sei nicht Tod?
So hattest du kein Gift gemischt, kein Messer
Geschärft, kein schmählich Mittel schnellen Todes
Als dies verbannt, zu töten mich? Verbannt!
O Mönch! Verdammte sprechen in der Hölle
Dies Wort mit Heulen aus: hast du das Herz,
Da du ein heil'ger Mann, ein Beicht'ger bist,
Ein Sündenlöser, mein erklärter Freund,
Mich zu zermalmen mit dem Wort Verbannung?
LORENZO: Du kindisch blöder Mann, hör doch ein Wort!
ROMEO: Oh, du willst wieder von Verbannung sprechen!
LORENZO: Ich will dir eine Wehr dagegen leihn,

Der Trübsal süße Milch, Philosophie,
Um dich zu trösten, bist du gleich verbannt.
ROMEO: Und noch verbannt? Hängt die Philosophie!
Kann sie nicht schaffen eine Julia,
Aufheben eines Fürsten Urteilsspruch,
Verpflanzen eine Stadt: so hilft sie nicht,
So taugt sie nicht; so rede länger nicht!
LORENZO: Nun seh ich wohl, Wahnsinnige sind taub.
ROMEO: Wär's anders möglich? Sind doch Weise blind.
LORENZO: Laß über deinen Fall mit dir mich rechten.
ROMEO: Du kannst von dem, was du nicht fühlst, nicht reden.
Wärst du so jung wie ich und Julia dein,
Vermählt seit einer Stund, erschlagen Tybalt,
Wie ich von Lieb entglüht, wie ich verbannt:
Dann möchtest du nur reden, möchtest nur
Das Haar dir raufen, dich zu Boden werfen
Wie ich und so dein künft'ges Grab dir messen.
Er wirft sich an den Boden. Man klopft draußen.
LORENZO: Steh auf, man klopft; verbirg dich, lieber Freund.
ROMEO: O nein, wo nicht des bangen Stöhnens Hauch,
Gleich Nebeln, mich vor Späheraugen schirmt.
Man klopft.
LORENZO: Horch, wie man klopft! – Wer da? – Fort, Romeo!
Man wird dich fangen. – Wartet doch ein Weilchen! –
Steh auf und rett ins Lesezimmer dich! –
Man klopft.
Ja, ja! im Augenblick! – Gerechter Gott,
Was für ein starrer Sinn! – Ich komm, ich komme:
Wer klopft so stark? Wo kommt Ihr her? was wollt Ihr?
WÄRTERIN *draußen*:
Laßt mich hinein, so sag ich Euch die Botschaft.
Das Fräulein Julia schickt mich.
LORENZO: Seid willkommen.
Die WÄRTERIN *tritt herein.*
WÄRTERIN: O heil'ger Herr! o sagt mir, heil'ger Herr:
Des Fräuleins Liebster, Romeo, wo ist er?
LORENZO: Am Boden dort, von eignen Tränen trunken.
WÄRTERIN: Oh, es ergeht wie meiner Herrschaft ihm,
Ganz so wie ihr!
LORENZO: O Sympathie des Wehs!
Bedrängtes Schicksal!

WÄRTERIN: Geradeso liegt sie,
Winselnd und wehklagend, wehklagend und winselnd.
Steht auf! steht auf! Wenn Ihr ein Mann seid, steht!
Um Juliens willen, ihr zulieb, steht auf!
Wer wollte so sich niederwerfen lassen?
ROMEO: Gute Frau!
WÄRTERIN: Ach Herr! Herr! Mit dem Tod ist alles aus.
ROMEO: Sprachst du von Julien? Wie steht's mit ihr?
Hält sie mich nicht für einen alten Mörder,
Da ich mit Blut, dem ihrigen so nah,
Die Kindheit unsrer Wonne schon befleckt?
Wo ist sie? und was macht sie? und was sagt
Von dem zerstörten Bund die kaum Verbundne?
WÄRTERIN: Ach Herr! sie sagt kein Wort, sie weint und weint.
Bald fällt sie auf ihr Bett; dann fährt sie auf,
Ruft: „Tybalt!“ aus, schreit dann nach Romeo
Und fällt dann wieder hin.
ROMEO: Als ob der Name,
Aus tödlichem Geschütz auf sie gefeuert,
Sie mordete, wie sein unsel'ger Arm
Den Vetter ihr gemordet. Sag mir, Mönch,
O sage mir: in welchem schnöden Teil
Beherbergt dies Gerippe meinen Namen?
Sag, daß ich den verhaßten Sitz verwüste. *Er zieht den Degen.*
LORENZO: Halt ein die tolle Hand! Bist du ein Mann?
Dein Äußres ruft, du seist es; deine Tränen
Sind weibisch, deine wilden Taten zeugen
Von eines Tieres unvernünft'ger Wut.
Entartet Weib in äußrer Mannesart!
Entstelltes Tier, in beide nur verstellt!
Ich staun ob dir: bei meinem heil'gen Orden!
Ich glaubte, dein Gemüt sei bessern Stoffs.
Erschlugst du Tybalt? Willst dich selbst erschlagen?
Auch deine Gattin, die in dir nur lebt,
Durch so verruchten Haß, an dir verübt?
Was schiltst du auf Geburt, auf Erd und Himmel?
In dir begegnen sie sich alle drei,
Die du auf einmal von dir schleudern willst.
Du schändest deine Bildung, deine Liebe
Und deinen Witz. O pfui! Gleich einem Wuchrer
Hast du an allem Überfluß und brauchst

Doch nichts davon zu seinem echten Zweck,
Der Bildung, Liebe, Witz erst zieren sollte.
Ein Wachsgepräg ist deine edle Bildung,
Wenn sie der Kraft des Manns abtrünnig wird;
Dein teurer Liebesschwur ein hohler Meineid,
Wenn du die tötest, der du Treu gelobt;
Dein Witz, die Zier der Bildung und der Liebe,
Doch zum Gebrauche beider mißgeartet,
Fängt Feuer durch dein eignes Ungeschick,
Wie Pulver in nachläß'ger Krieger Flasche;
Und was dich schirmen soll, zerstückt dich selbst.
Auf, sei ein Mann! denn deine Julia lebt,
Sie, der zulieb du eben tot hier lagst:
Das ist ein Glück. Dich wollte Tybalt töten,
Doch du erschlugst ihn: das ist wieder Glück.
Dein Freund wird das Gesetz, das Tod dir drohte,
Und mildert ihn in Bann: auch das ist Glück.
Auf deine Schultern läßt sich eine Last
Von Segen nieder, und es wirbt um dich
Glückseligkeit in ihrem besten Schmuck;
Doch wie ein ungezognes, laun'sches Mädchen
Schmollst du mit deinem Glück und deiner Liebe;
O hüte dich! denn solche sterben elend.
Geh hin zur Liebsten, wie's beschlossen war;
Ersteig ihr Schlafgemach: fort! tröste sie!
Nur weile nicht, bis man die Wachen stellt,
Sonst kommst du nicht mehr durch nach Mantua.
Dort lebst du dann, bis wir die Zeit ersehn,
Die Freunde zu versöhnen, euren Bund
Zu offenbaren, von dem Fürsten Gnade
Für dich zu flehn und dich zurückzurufen
Mit zwanzig hunderttausendmal mehr Freude,
Als du mit Jammer jetzt von hinnen ziehst.
Geh, Wärterin, voraus, grüß mir dein Fräulein;
Heiß sie das ganze Haus zu Bette treiben,
Wohin der schwere Gram von selbst sie treibt:
Denn Romeo soll kommen.

WÄRTERIN: Oje! ich blieb' hier gern die ganze Nacht
Und hörte gute Lehr. Da sieht man doch,
Was die Gelehrtheit ist! Nun, gnäd'ger Herr,
Ich will dem Fräulein sagen, daß Ihr kommt.

ROMEO: Tu das, und sag der Holden, daß sie sich
Bereite, mich zu schelten.
WÄRTERIN: Gnäd'ger Herr,
Hier ist ein Ring, den sie für Euch mir gab.
Eilt Euch, macht fort! sonst wird es gar zu spät. *Ab.*
ROMEO: Wie ist mein Mut nun wieder neu belebt!
LORENZO: Geh! gute Nacht! Und hieran hängt dein Los:
Entweder geh, bevor man Wachen stellt,
Wo nicht, verkleidet in der Frühe fort.
Verweil in Mantua; ich forsch indessen
Nach deinem Diener, und er meldet dir
Von Zeit zu Zeit ein jedes gute Glück,
Das hier begegnet. – Gib mir deine Hand!
Es ist schon spät: fahr wohl denn! gute Nacht!
ROMEO: Mich rufen Freuden über alle Freuden,
Sonst wär's ein Leid, von dir so schnell zu scheiden.
Leb wohl!
Beide ab.

Vierte Szene

Ein Zimmer in Capulets Hause.

Capulet, Gräfin Capulet, Paris.

CAPULET: Es ist so schlimm ergangen, Graf, daß wir
Nicht Zeit gehabt, die Tochter anzumahnen.
Denn seht, sie liebte herzlich ihren Vetter;
Das tat ich auch: nun, einmal stirbt man doch. –
Es ist schon spät, sie kommt nicht mehr herunter.
Ich sag Euch, wär's nicht der Gesellschaft wegen,
Seit einer Stunde läg ich schon im Bett.
PARIS: So trübe Zeit gewährt nicht Zeit zum Frein;
Gräfin, schlaft wohl, empfehlt mich Eurer Tochter.
GRÄFIN CAPULET: Ich tu's und forsche morgen früh sie aus:
Heut nacht verschloß sie sich mit ihrem Gram.
CAPULET: Graf Paris, ich vermesse mich zu stehn
Für meines Kindes Lieb; ich denke wohl,
Sie wird von mir in allen Stücken sich
Bedeuten lassen, ja ich zweifle nicht.
Frau, geh noch zu ihr, eh du schlafen gehst,

Tu meines Sohnes Paris Lieb ihr kund
Und sag ihr, merk es wohl: auf nächsten Mittwoch –
Still, was ist heute?
PARIS: Montag, edler Herr.
CAPULET: Montag? Soso! Gut, Mittwoch ist zu früh.
Sei's Donnerstag! – Sag ihr: am Donnerstag
Wird sie vermählt mit diesem edlen Grafen.
Wollt Ihr bereit sein? Liebt Ihr diese Eil?
Wir tun's im stillen ab; nur ein paar Freunde.
Denn seht, weil Tybalt erst erschlagen ist,
So dächte man, er läg uns nicht am Herzen
Als unser Blutsfreund, schwärmten wir zuviel.
Drum laßt uns ein halb Dutzend Freunde laden,
Und damit gut. Wie dünkt Euch Donnerstag?
PARIS: Mein Graf, ich wollte, Donnerstag wär morgen.
CAPULET: Gut, geht nur heim! Sei's denn am Donnerstag.
Geh, Frau, zu Julien, eh du schlafen gehst,
Bereite sie auf diesen Hochzeitstag.
Lebt wohl, mein Graf! – He! Licht auf meine Kammer!
Gott steh mir bei! Es ist so spät, daß wir
Bald früh es nennen können. Gute Nacht!
Alle ab.

Fünfte Szene

Julias Zimmer.

Romeo *und* Julia.

JULIA: Willst du schon gehn? Der Tag ist ja noch fern.
Es war die Nachtigall und nicht die Lerche,
Die eben jetzt dein banges Ohr durchdrang;
Sie singt des Nachts auf dem Granatbaum dort.
Glaub, Lieber, mir: es war die Nachtigall.
ROMEO: Die Lerche war's, die Tagverkünderin,
Nicht Philomele; sieh den neid'schen Streif,
Der dort im Ost der Frühe Wolken säumt.
Die Nacht hat ihre Kerzen ausgebrannt,
Der muntre Tag erklimmt die dunst'gen Höhn;
Nur Eile rettet mich, Verzug ist Tod.
JULIA: Trau mir, das Licht ist nicht des Tages Licht,

Die Sonne hauchte dieses Luftbild aus,
Dein Fackelträger diese Nacht zu sein,
Dir auf dem Weg nach Mantua zu leuchten;
Drum bleibe noch: zu gehn ist noch nicht not.

ROMEO: Laß sie mich greifen, ja, laß sie mich töten!
Ich gebe gern mich drein, wenn du es willst.
Nein, jenes Grau ist nicht des Morgens Auge,
Der bleiche Abglanz nur von Cynthias Stirn.
Das ist auch nicht die Lerche, deren Schlag
Hoch über uns des Himmels Wölbung trifft.
Ich bleibe gern; zum Gehn bin ich verdrossen. –
Willkommen, Tod! hat Julia dich beschlossen. –
Nun, Herz? Noch tagt es nicht, noch plaudern wir.

JULIA: Es tagt, es tagt! Auf! eile! fort von hier!
Es ist die Lerche, die so heiser singt
Und falsche Weisen, rauhen Mißton gurgelt.
Man sagt, der Lerche Harmonie sei süß;
Nicht diese: sie zerreißt die unsre ja.
Die Lerche, sagt man, wechselt mit der Kröte
Die Augen: möchte sie doch auch die Stimme!
Die Stimm ist's ja, die Arm aus Arm uns schreckt,
Dich von mir jagt, da sie den Tag erweckt.
Stets hell und heller wird's: wir müssen scheiden.

ROMEO: Hell? Dunkler stets und dunkler unsre Leiden!

Die WÄRTERIN *kommt herein.*

WÄRTERIN: Fräulein!

JULIA: Amme?

WÄRTERIN: Die gnäd'ge Gräfin kommt in Eure Kammer;
Seid auf der Hut; schon regt man sich im Haus. *Ab.*

JULIA *das Fenster öffnend*:
Tag, schein herein! und, Leben, flieh hinaus!

ROMEO: Ich steig hinab: laß dich noch einmal küssen.

Er steigt aus dem Fenster.

JULIA *aus dem Fenster ihm nachsehend*:
Freund! Gatte! Trauter! bist du mir entrissen?
Gib Nachricht jeden Tag zu jeder Stunde;
Schon die Minut enthält der Tage viel.
Ach, so zu rechnen, bin ich hoch in Jahren,
Eh meinen Romeo ich wiederseh.

ROMEO *draußen*: Leb wohl! Kein Mittel laß ich aus den Händen,
Um dir, du Liebe, meinen Gruß zu senden.

JULIA: O denkst du, daß wir je uns wiedersehn?
ROMEO: Ich zweifle nicht, und all dies Leiden dient
In Zukunft uns zu süßerem Geschwätz.
JULIA: O Gott! ich hab ein Unglück ahnend Herz.
Mir deucht, ich säh dich, da du unten bist,
Als lägst du tot in eines Grabes Tiefe.
Mein Auge trügt mich, oder du bist bleich.
ROMEO: So, Liebe, scheinst du meinen Augen auch.
Der Schmerz trinkt unser Blut. Leb wohl! leb wohl! *Ab.*
JULIA: O Glück! ein jeder nennt dich unbeständig;
Wenn du es bist: was tust du mit dem Treuen?
Sei unbeständig, Glück! Dann hältst du ihn
Nicht lange, hoff ich, sendest ihn zurück.
GRÄFIN CAPULET *hinter der Szene*: He, Tochter, bist du auf?
JULIA: Wer ruft mich? Ist es meine gnäd'ge Mutter?
Wacht sie so spät noch oder schon so früh?
Welch ungewohnter Anlaß bringt sie her?
Die GRÄFIN CAPULET *kommt herein.*
GRÄFIN CAPULET: Nun, Julia, wie geht's?
JULIA: Mir ist nicht wohl.
GRÄFIN CAPULET: Noch immer weinend um des Vetters Tod?
Willst du mit Tränen aus der Gruft ihn waschen?
Und könntest du's, das rief' ihn nicht ins Leben:
Drum laß das; trauern zeugt von vieler Liebe,
Doch zu viel trauern zeugt von wenig Witz.
JULIA: Um einen Schlag, der so empfindlich traf,
Erlaubt zu weinen mir.
GRÄFIN CAPULET: So trifft er dich;
Der Freund empfindet nichts, den du beweinst.
JULIA: Doch ich empfind und muß den Freund beweinen.
GRÄFIN CAPULET:
Mein Kind, nicht seinen Tod so sehr beweinst du,
Als daß der Schurke lebt, der ihn erschlug.
JULIA: Was für ein Schurke?
GRÄFIN CAPULET: Nun, der Romeo.
JULIA *beiseite*: Er und ein Schurk sind himmelweit entfernt. –
Laut: Vergeb ihm Gott! Ich tu's von ganzem Herzen;
Und dennoch kränkt kein Mann wie er mein Herz.
GRÄFIN CAPULET: Ja freilich, weil der Meuchelmörder lebt.
JULIA: Ja, wo ihn diese Hände nicht erreichen! –
O rächte niemand doch als ich den Vetter!

GRÄFIN CAPULET: Wir wollen Rache nehmen, sorge nicht:
Drum weine du nicht mehr. Ich send an jemand
Zu Mantua, wo der Verlaufne lebt;
Der soll ein kräftig Tränkchen ihm bereiten,
Das bald ihn zum Gefährten Tybalts macht.
Dann wirst du hoffentlich zufrieden sein.
JULIA: Fürwahr, ich werde nie mit Romeo
Zufrieden sein, erblick ich ihn nicht – tot –
Ist, ach, mein Herz, so trauernd um den Teuren.
Ach, fändet Ihr nur jemand, der ein Gift
Ihm reichte, gnäd'ge Frau: ich wollt es mischen,
Daß Romeo, wenn er's genommen, bald
In Ruhe schliefe. – Wie mein Herz es haßt,
Ihn nennen hören – und nicht zu ihm können –
Die Liebe, die ich zu dem Vetter trug,
An dem, der ihn erschlagen hat, zu büßen!
GRÄFIN CAPULET: Findst du das Mittel, find ich wohl den Mann.
Doch bring ich jetzt dir frohe Kunde, Mädchen.
JULIA: In so bedrängter Zeit kommt Freude recht.
Wie lautet sie? Ich bitt Euch, gnäd'ge Mutter.
GRÄFIN CAPULET: Nun, Kind, du hast 'nen aufmerksamen Vater;
Um dich von deinem Trübsinn abzubringen,
Ersann er dir ein plötzlich Freudenfest,
Des ich so wenig mich versah wie du.
JULIA: Ei, wie erwünscht! Was wär das, gnäd'ge Mutter?
GRÄFIN CAPULET:
Ja, denk dir, Kind! Am Donnerstag früh morgens
Soll der hochedle, wackre junge Herr,
Graf Paris, in Sankt-Peters-Kirche dich
Als frohe Braut an den Altar geleiten.
JULIA: Nun, bei Sankt-Peters-Kirch und Petrus selbst!
Er soll mich nicht als frohe Braut geleiten.
Mich wundert diese Eil, daß ich vermählt
Muß werden, eh mein Freier kommt zu werben.
Ich bitt Euch, gnäd'ge Frau, sagt meinem Vater
Und Herrn, ich wolle noch mich nicht vermählen;
Und wenn ich's tue, schwör ich: Romeo,
Von dem Ihr wißt, ich haß ihn, soll es lieber
Als Paris sein. – Fürwahr, das ist wohl Kunde!
GRÄFIN CAPULET: Da kommt dein Vater, sag du selbst ihm das;
Sieh, wie er sich's von dir gefallen läßt.

CAPULET *und die* WÄRTERIN *kommen.*

CAPULET: Die Luft sprüht Tau beim Sonnenuntergang,
Doch bei dem Untergange meines Neffen,
Da gießt der Regen recht.
Was? Eine Traufe, Mädchen? Stets in Tränen?
Stets Regenschauer? In so kleinem Körper
Spielst du auf einmal See und Wind und Kahn,
Denn deine Augen ebben stets und fluten
Von Tränen wie die See; dein Körper ist der Kahn,
Der diese salz'ge Flut befährt; die Seufzer
Sind Winde, die, mit deinen Tränen tobend,
Wie die mit ihnen, wenn nicht Stille plötzlich
Erfolgt, den hin und her geworfnen Körper
Zertrümmern werden. – Nun, wie steht es, Frau?
Hast du ihr unsern Ratschluß hinterbracht?

GRÄFIN CAPULET: Ja, doch sie will es nicht, sie dankt Euch sehr.
Wär doch die Törin ihrem Grab vermählt!

CAPULET: Sacht, rede deutlich, rede deutlich, Frau.
Was? Will sie nicht? Weiß sie uns keinen Dank?
Ist sie nicht stolz? Schätzt sie sich nicht beglückt,
Daß wir solch einen würd'gen Herrn vermocht,
Trotz ihrem Unwert ihr Gemahl zu sein?

JULIA: Nicht stolz darauf noch dankbar, daß ihr's tatet.
Stolz kann ich nie auf das sein, was ich hasse;
Doch dankbar selbst für Haß, gemeint wie Liebe.

CAPULET: Ei, seht mir! seht mir! Kramst du Weisheit aus?
Stolz – und ich dank euch – und ich dank euch nicht –
Und doch nicht stolz. – Hör, Fräulein Zierlich du,
Nichts da gedankt von Dank, stolziert von Stolz!
Rück nur auf Donnerstag dein zart Gestell zurecht,
Mit Paris zur Sankt-Peters-Kirch zu gehn,
Sonst schlepp ich dich auf einer Schleife hin.
Pfui, du bleichsücht'ges Ding! du lose Dirne!
Du Talggesicht!

GRÄFIN CAPULET: O pfui! seid Ihr von Sinnen?

JULIA: Ich fleh Euch auf den Knien, mein guter Vater:
Hört mit Geduld ein einzig Wort nur an.

CAPULET: Geh mir zum Henker, widerspenst'ge Dirne!
Ich sage dir's: zur Kirch auf Donnerstag,
Sonst komm mir niemals wieder vors Gesicht.
Sprich nicht! erwidre nicht! gib keine Antwort!

Die Finger jucken mir. O Weib! wir glaubten
Uns kaum genug gesegnet, weil uns Gott
Dies eine Kind nur sandte; doch nun seh ich,
Dies eine war um eines schon zuviel,
Und nur ein Fluch ward uns in ihr beschert.
Du Hexe!

WÄRTERIN: Gott im Himmel segne sie!
Eur Gnaden tun nicht wohl, sie so zu schelten.

CAPULET: Warum, Frau Weisheit? Haltet Euren Mund,
Prophetin! schnattert mit Gevatterinnen!

WÄRTERIN: Ich sage keine Schelmstück.

CAPULET: Geht mit Gott!

WÄRTERIN: Darf man nicht sprechen?

CAPULET: Still doch, altes Waschmaul,
Spart Eure Predigt zum Gevatterschmaus:
Hier brauchen wir sie nicht.

GRÄFIN CAPULET: Ihr seid zu hitzig.

CAPULET: Gotts Sakrament! es macht mich toll. Bei Tag,
Bei Nacht, spät, früh, allein und in Gesellschaft,
Zu Hause, draußen, wachend und im Schlaf,
War meine Sorge stets, sie zu vermählen.
Nun, da ich einen Herrn ihr ausgemittelt,
Von fürstlicher Verwandtschaft, schönen Gütern,
Jung, edel auferzogen, ausstaffiert,
Wie man wohl sagt, mit ritterlichen Gaben,
[Kurz, einen Mann, wie man ihn wünschen möchte;]
Und dann ein albern, winselndes Geschöpf,
Ein weinerliches Püppchen da zu haben,
Die, wenn ihr Glück erscheint, zur Antwort gibt:
„Heiraten will ich nicht, ich kann nicht lieben,
Ich bin zu jung – ich bitt, entschuldigt mich." –
Gut, wollt Ihr nicht, Ihr sollt entschuldigt sein:
Grast, wo Ihr wollt, Ihr sollt bei mir nicht hausen.
Seht zu! bedenkt! ich pflege nicht zu spaßen.
Der Donnerstag ist nah: die Hand aufs Herz!
Und bist du mein, so soll mein Freund dich haben;
Wo nicht: geh, bettle, hungre, stirb am Wege!
Denn nie, bei meiner Seel, erkenn ich dich,
Und nichts, was mein, soll dir zugute kommen.
Bedenk dich! glaub, ich halte, was ich schwur. *Ab.*

JULIA: Und wohnt kein Mitleid droben in den Wolken,

Das in die Tiefe meines Jammers schaut?
O süße Mutter, stoß mich doch nicht weg!
Nur einen Monat, eine Woche Frist!
Wo nicht, bereite mir das Hochzeitsbette
In jener düstern Gruft, wo Tybalt liegt.
GRÄFIN CAPULET: Sprich nicht zu mir, ich sage nicht ein Wort.
Tu, was du willst, du gehst mich nichts mehr an. *Ab.*
JULIA: O Gott! wie ist dem vorzubeugen, Amme?
Mein Gatt auf Erden, meine Treu im Himmel –
Wie soll die Treu zur Erde wiederkehren,
Wenn sie der Gatte nicht, der Erd entweichend,
Vom Himmel sendet? – Tröste! rate! hilf!
Weh, weh mir, daß der Himmel solche Tücken
An einem sanften Wesen übt wie ich!
Was sagst du? hast du kein erfreuend Wort,
Kein Wort des Trostes?
WÄRTERIN: Meiner Seel, hier ist's.
Er ist verbannt, und tausend gegen eins,
Daß er sich nimmer wieder hergetraut,
Euch anzusprechen; oder tät er es,
So müßt es schlechterdings verstohlen sein.
Nun, weil denn so die Sachen stehn, so denk ich,
Das beste wär, daß Ihr den Grafen nähmt.
Ach, er ist solch ein allerliebster Herr!
Ein Lump ist Romeo nur gegen ihn.
Ein Adlersauge, Fräulein, ist so grell,
So schön, so feurig nicht, wie Paris seins.
Ich will verwünscht sein, ist die zweite Heirat
Nicht wahres Glück für Euch; weit vorzuziehn
Ist sie der ersten. Oder wär sie's nicht?
Der erste Mann ist tot, so gut wie tot;
Denn lebt er schon, habt Ihr doch nichts von ihm.
JULIA: Sprichst du von Herzen?
WÄRTERIN: Und von ganzer Seele,
Sonst möge Gott mich strafen!
JULIA: Amen.
WÄRTERIN: Was?
JULIA: Nun ja, du hast mich wunderbar getröstet.
Geh, sag der Mutter, weil ich meinen Vater
Erzürnt, so woll ich nach Lorenzos Zelle,
Zu beichten und Vergebung zu empfahn.

WÄRTERIN: Gewiß, das will ich. Ihr tut weislich dran. *Ab.*
JULIA: O alter Erzfeind! höllischer Versucher!
Ist's ärgre Sünde, so zum Meineid mich
Verleiten, oder meinen Gatten schmähn
Mit ebendieser Zunge, die zuvor
Vieltausendmal ihn ohne Maß und Ziel
Gepriesen hat? – Hinweg, Ratgeberin!
Du und mein Busen sind sich künftig fremd. –
Ich will zum Mönch, ob er nicht Hilfe schafft;
Schlägt alles fehl, hab ich zum Sterben Kraft. *Ab.*

VIERTER AUFZUG

Erste Szene

Bruder Lorenzos Zelle.

Lorenzo *und* Paris.

LORENZO: Auf Donnerstag? die Frist ist kurz, mein Graf.
PARIS: Mein Vater Capulet verlangt es so,
Und meine Säumnis soll die Eil nicht hemmen.
LORENZO: Ihr sagt, Ihr kennt noch nicht des Fräuleins Sinn:
Das ist nicht grade Bahn; so lieb ich's nicht.
PARIS: Unmäßig weint sie über Tybalts Tod,
Und darum sprach ich wenig noch von Liebe:
Im Haus der Tränen lächelt Venus nicht.
Nun hält's ihr Vater, würd'ger Herr, gefährlich,
Daß sie dem Grame so viel Herrschaft gibt,
Und treibt in weiser Vorsicht auf die Heirat,
Um ihrer Tränen Ströme zu vertrocknen;
[Gesellschaft nimmt vielleicht den Schmerz von ihr,
In den sie sich allein zu sehr vertieft.]
Jetzt wißt Ihr um die Ursach dieser Eil.
LORENZO *beiseite*: Wüßt ich nur nicht, was ihr im Wege steht.

Julia *tritt auf.*

PARIS: Ha, schön getroffen, meine liebe Braut!
JULIA: Das werd ich dann erst sein, wenn man uns traut.
PARIS: Man wird, man soll uns Donnerstag vermählen.
JULIA: Was sein soll, wird geschehn.
LORENZO: Das kann nicht fehlen.

PARIS: Kommt Ihr, die Beicht dem Vater abzulegen?
JULIA: Gäb ich Euch Antwort, legt ich Euch sie ab.
PARIS: Verleugnet es ihm nicht, daß Ihr mich liebt.
JULIA: Bekennen will ich Euch, ich liebe ihn.
PARIS: Gewiß bekennt Ihr auch, Ihr liebet mich.
JULIA: Tu ich's, so hat es, hinter Eurem Rücken
Gesprochen, höhern Wert als ins Gesicht.
PARIS: Du Arme! dein Gesicht litt sehr von Tränen.
JULIA: Die Tränen dürfen sich des Siegs nicht rühmen:
Es taugte wenig, eh sie's angefochten.
PARIS: Dies Wort geht mehr als Tränen ihm zu nah.
JULIA: Doch kann die Wahrheit nicht Verleumdung sein.
Was ich gesagt, sagt ich mir ins Gesicht.
PARIS: Doch mein ist das Gesicht, das du verleumdest.
JULIA: Das mag wohl sein, denn es ist nicht mein eigen. –
Ehrwürd'ger Vater, habt Ihr Muße jetzt?
Wie, oder soll ich um die Vesper kommen?
LORENZO: Jetzt hab ich Muße, meine ernste Tochter.
Vergönnt Ihr uns, allein zu bleiben, Graf?
PARIS: Verhüte Gott, daß ich die Andacht störe.
Früh donnerstags will ich Euch wecken, Fräulein,
So lang lebt wohl! Nehmt diesen heil'gen Kuß. *Ab.*
JULIA: O schließ die Tür, und wenn du das getan,
Komm, wein mit mir; Trost, Hoffnung, Hilf ist hin.
LORENZO: Ach, Julia! ich kenne schon dein Leid,
Wie ich dir helfe, übersteigt mein Sinnen;
Du mußt, und nichts, so hör ich, kann's verzögern,
Am Donnerstag dem Grafen dich vermählen.
JULIA: Sag mir nicht, Vater, daß du das gehört,
Wofern du nicht auch sagst, wie ich's verhindre.
Kann deine Weisheit keine Hilfe leihn,
So nenne weise meinen Vorsatz nur,
Und dieses Messer hilft mir auf der Stelle.
Gott fügt' in eins mein Herz und Romeos,
Die Hände du; und ehe diese Hand,
Die du dem Romeo versiegelt, dient
Zur Urkund eines andern Bundes oder
Mein treues Herz von ihm zu einem andern
Verrätrisch abfällt, soll dies beide töten.
Drum gib aus der Erfahrung deines Alters
Mir augenblicklich Rat; wo nicht, so sieh,

Wie dieses blut'ge Messer zwischen mir
Und meiner Drangsal richtet, das entscheidend,
Was deiner Jahr' und deiner Kunst Gewicht
Zum Ausgang nicht mit Ehren bringen konnte.
O zaudre nicht so lang! Den Tod verlang ich,
Wenn deine Antwort nicht von Hilfe spricht.

LORENZO: Halt, Tochter! ich erspähe was wie Hoffnung;
Allein es auszuführen heischt Entschluß,
Verzweifelt, wie das Übel, das wir fliehn.
Hast du die Willensstärke, dich zu töten,
Eh du dem Grafen Paris dich vermählst,
Dann zweifl ich nicht, du unternimmst auch wohl
Ein Ding wie Tod, die Schmach hinwegzutreiben,
Der zu entgehn, du selbst den Tod umarmst;
Und wenn du's wagst, so biet ich Hilfe dir.

JULIA: Oh, lieber als dem Grafen mich vermählen,
Heiß von der Zinne jenes Turms mich springen,
Da gehn, wo Räuber streifen, Schlangen lauern,
Und kette mich an wilde Bären fest;
Birg bei der Nacht mich in ein Totenhaus
Voll rasselnder Gerippe, Moderknochen
Und gelber Schädel mit entzahnten Kiefern;
Heiß in ein frisch gemachtes Grab mich gehn
Und in das Leichentuch des Toten hüllen.
Sprach man sonst solche Dinge, bebt ich schon;
Doch tu ich ohne Furcht und Zweifel sie,
Des süßen Gatten reines Weib zu bleiben.

LORENZO: Wohl denn! Geh heim, sei fröhlich, will'ge drein,
Dich zu vermählen: morgen ist es Mittwoch;
Sieh, wie du morgen nacht allein magst ruhn;
Laß nicht die Amm in deiner Kammer schlafen.
Nimm dieses Fläschchen dann mit dir zu Bett,
Und trink den Kräutergeist, den es verwahrt.
Dann rinnt alsbald ein kalter matter Schauer
Durch deine Adern und bemeistert sich
Der Lebensgeister; den gewohnten Gang
Hemmt jeder Puls und hört zu schlagen auf.
Kein Odem, keine Wärme zeugt von Leben;
Der Lippen und der Wangen Rosen schwinden
Zu bleicher Asche; deiner Augen Vorhang
Fällt, wie wenn Tod des Lebens Tag verschließt.

Ein jedes Glied, gelenker Kraft beraubt,
Soll steif und starr und kalt wie Tod erscheinen.
Als solch ein Ebenbild des dürren Todes
Sollst du verharren zweiundvierzig Stunden
Und dann erwachen wie von süßem Schlaf.
Wenn nun der Bräutigam am Morgen kommt
Und dich vom Lager ruft, da liegst du tot;
Dann (wie die Sitte unsres Landes ist)
Trägt man auf einer Bahr in Feierkleidern
Dich unbedeckt in die gewölbte Gruft,
Wo alle Capulets von Alters ruhn.
Zur selben Zeit, wenn du erwachen wirst,
Soll Romeo aus meinen Briefen wissen,
Was wir erdacht, und sich hierherbegeben.
Wir wollen beid auf dein Erwachen harren;
Und in derselben Nacht soll Romeo
Dich fort von hier nach Mantua geleiten.
Das rettet dich vor dieser drohnden Schmach,
Wenn schwacher Unbestand und weib'sche Furcht
Dir in der Ausführung den Mut nicht dämpft.

JULIA: Gib mir, o gib mir! rede nicht von Furcht!

LORENZO: Nimm, geh mit Gott, halt fest an dem Entschluß.
Ich send indes mit Briefen einen Bruder
In Eil nach Mantua zu deinem Treuen.

JULIA: Gib, Liebe, Kraft mir! Kraft wird Hilfe leihen.
Lebt wohl, mein teurer Vater!

Beide ab.

ZWEITE SZENE

Ein Zimmer in Capulets Hause.

CAPULET, GRÄFIN CAPULET, WÄRTERIN, BEDIENTE.

CAPULET: So viele Gäste lad, wie hier geschrieben.

Ein Bedienter ab.

Du Bursch, geh, miet mir zwanzig tücht'ge Köche.

BEDIENTER: Ihr sollt gewiß keine schlechten kriegen, gnäd'ger Herr; denn ich will erst zusehn, ob sie sich die Finger ablecken können.

CAPULET: Was soll das für eine Probe sein?

BEDIENTER: Ei, gnädiger Herr, das wäre ein schlechter Koch, der seinen eignen Finger nicht ablecken könnte. Drum, wer das nicht kann, der paßt nicht zu mir.

CAPULET: Geh, mach fort. –

Bedienter ab.

Die Zeit ist kurz, es wird an manchem fehlen. –
Wie ist's? ging meine Tochter hin zum Pater?

WÄRTERIN: Ja, wahrhaftig.

CAPULET: Wohl! Gutes stiftet er vielleicht bei ihr;
Sie ist ein albern, eigensinnig Ding.

JULIA *tritt auf.*

WÄRTERIN: Seht, wie sie fröhlich aus der Beichte kommt.

CAPULET: Nun, Starrkopf? Sag, wo bist herumgeschwärmt?

JULIA: Wo ich gelernt, die Sünde zu bereun
Hartnäck'gen Ungehorsams gegen Euch
Und Eur Gebot, und wo der heil'ge Mann
Mir auferlegt, vor Euch mich hinzuwerfen,
Vergebung zu erflehn. – Vergebt, ich bitt Euch;
Von nun an will ich stets Euch folgsam sein.

CAPULET: Schickt nach dem Grafen, geht und sagt ihm dies.
Gleich morgen früh will ich dies Band geknüpft sehn.

JULIA: Ich traf den jungen Grafen bei Lorenzo,
Und alle Huld und Lieb erwies ich ihm,
So das Gesetz der Zucht nicht übertritt.

CAPULET: Nun wohl! das freut mich, das ist gut. – Steh auf!
So ist es recht. – Laßt mich den Grafen sehn.
Potztausend! geht, sag ich, und holt ihn her. –
So wahr Gott lebt, der würd'ge fromme Pater,
Von unsrer ganzen Stadt verdient er Dank.

JULIA: Kommt, Amme! wollt Ihr mit mir auf mein Zimmer?
Mir helfen Putz erlesen, wie Ihr glaubt,
Daß mir geziemt, ihn morgen anzulegen?

GRÄFIN CAPULET: Nein, nicht vor Donnerstag; es hat noch Zeit.

CAPULET: Geh mit ihr, Amme! morgen geht's zur Kirche.

Julia und die Amme ab.

GRÄFIN CAPULET: Die Zeit wird kurz zu unsrer Anstalt fallen:
Es ist fast Nacht.

CAPULET: Blitz! ich will frisch mich rühren,
Und alles soll schon gehn, Frau, dafür steh ich.
Geh du zu Julien, hilf an ihrem Putz.
Ich gehe nicht zu Bett: laßt mich gewähren.

Ich will die Hausfrau diesmal machen. – Heda! –
Kein Mensch zur Hand? – Gut, ich will selber gehn
Zum Grafen Paris, um ihn anzutreiben
Auf morgen früh: mein Herz ist mächtig leicht,
Seit dies verkehrte Mädchen sich besonnen.
Capulet und die Gräfin ab.

DRITTE SZENE

Julias Kammer.

JULIA *und die* WÄRTERIN.

JULIA: Ja, dieser Anzug ist der beste. – Doch
Ich bitt dich, liebe Amme, laß mich nun
Für diese Nacht allein; denn viel Gebete
Tun not mir, um den Himmel zu bewegen,
Daß er auf meinen Zustand gnädig lächle,
Der, wie du weißt, verderbt und sündlich ist.
GRÄFIN CAPULET *kommt.*
GRÄFIN CAPULET: Seid ihr geschäftig? Braucht ihr meine Hilfe?
JULIA: Nein, gnäd'ge Mutter, wir erwählten schon
Zur Tracht für morgen alles Zubehör.
Gefällt es Euch, so laßt mich jetzt allein,
Und laßt zu Nacht die Amme mit Euch wachen;
Denn sicher habt Ihr alle Hände voll
Bei dieser eil'gen Anstalt.
GRÄFIN CAPULET: Gute Nacht!
Geh nun zu Bett und ruh; du hast es nötig.
Gräfin Capulet und die Wärterin ab.
JULIA: Lebt wohl! – Gott weiß, wann wir uns wiedersehn.
Kalt rieselt matter Schaur durch meine Adern,
Der fast die Lebenswärm erstarren macht.
Ich will zurück sie rufen mir zum Trost. –
Amme! – Doch was soll sie hier? –
Mein düstres Spiel muß ich allein vollenden.
Komm du, mein Kelch! –
Doch wie? wenn dieser Trank nun gar nichts wirkte,
Würd ich dem Grafen morgen dann vermählt?
Nein, nein! dies soll's verwehren. – Lieg du hier. –
Sie legt einen Dolch neben sich.

Wie? wär es Gift, das mir mit schlauer Kunst
Der Mönch bereitet, mir den Tod zu bringen,
Auf daß ihn diese Heirat nicht entehre,
Weil er zuvor mich Romeo vermählt?
So, fürcht ich, ist's; doch dünkt mich, kann's nicht sein,
Denn er ward stets ein frommer Mann erfunden.
Ich will nicht Raum so bösem Argwohn geben. –
Wie aber? wenn ich, in die Gruft gelegt,
Erwache vor der Zeit, da Romeo
Mich zu erlösen kommt? Furchtbarer Fall!
Werd ich dann nicht in dem Gewölb ersticken,
Des gift'ger Mund nie reine Lüfte einhaucht,
Und so erwürgt daliegen, wenn er kommt?
Und leb ich auch, könnt es nicht leicht geschehn,
Daß mich das grause Bild von Tod und Nacht,
Zusammen mit den Schrecken jenes Ortes,
Dort im Gewölb in alter Katakombe,
Wo die Gebeine aller meiner Ahnen
Seit vielen hundert Jahren aufgehäuft,
Wo frisch beerdigt erst der blut'ge Tybalt
Im Leichentuch verwest; wo, wie man sagt,
In mitternächt'ger Stunde Geister hausen –
Weh, weh! könnt es nicht leicht geschehn, daß ich,
Zu früh erwachend – und nun ekler Dunst,
Gekreisch wie von Alraunen, die man aufwühlt,
Das Sterbliche, die's hören, sinnlos macht –
O wach ich auf, werd ich nicht rasend werden,
Umringt von all den greuelvollen Schrecken,
Und toll mit meiner Väter Gliedern spielen?
Und Tybalt aus dem Leichentuche zerren?
Und in der Wut mit eines großen Ahnherrn
Gebein zerschlagen mein zerrüttet Hirn?
O seht! mich dünkt, ich sehe Tybalts Geist!
Er späht nach Romeo, der seinen Leib
Auf einen Degen spießte. – Halt, halt, Tybalt! –
Ich komme, Romeo! Dies trink ich dir.

Sie wirft sich auf das Bett.

VIERTE SZENE

Ein Saal in Capulets Hause.

GRÄFIN CAPULET *und die* WÄRTERIN.

GRÄFIN CAPULET:
Da, nehmt die Schlüssel, holt noch mehr Gewürz.
WÄRTERIN: Sie wollen Quitten und Orangen haben
In der Konditorei.

CAPULET *kommt.*

CAPULET: Kommt, rührt euch! frisch! schon kräht der zweite [Hahn,
Die Morgenglocke läutet; 's ist drei Uhr.
Sieh nach dem Backwerk, Frau Angelica,
Spar nichts daran.
WÄRTERIN: Topfgucker! geht nur, geht!
Macht Euch zu Bett! – Gelt, Ihr seid morgen krank,
Wenn Ihr die ganze Nacht nicht schlaft.
CAPULET: Kein bißchen! Was? ich hab um Kleinres wohl
Die Nächte durchgewacht und war nie krank.
GRÄFIN CAPULET: Ja, ja! Ihr wart ein feiner Vogelsteller
Zu Eurer Zeit! Nun aber will ich Euch
Vor solchem Wachen schon bewachen.

Gräfin und Wärterin ab.

CAPULET: O Ehestand! o Wehestand! Nun, Kerl',
Was bringt ihr da?

BEDIENTE *mit Bratspießen, Scheiten und Körben gehn über die Bühne.*

ERSTER BEDIENTER:
's ist für den Koch, Herr; was, das weiß ich nicht.
CAPULET: Macht zu, macht zu!

Bedienter ab.

Hol trockne Klötze, Bursch!
Ruf Peter, denn der weiß es, wo sie sind.
ZWEITER BEDIENTER: Braucht Ihr 'nen Klotz, Herr, bin ich sel- [ber da
Und hab nicht nötig, Peter anzugehn.
CAPULET: Blitz! gut gesagt! Ein lust'ger Teufel! ha,
Du sollst das Haupt der Klötze sein. – Wahrhaftig,
's ist der Tag; der Graf wird mit Musik gleich kommen.
Das wollt er, sagt' er ja: ich hör ihn schon.

Musik hinter der Szene.

Frau! Wärterin! He, sag ich, Wärterin!

Die WÄRTERIN *kommt.*

Weckt Julien auf! Geht, putzt mir sie heraus;
Ich geh indes und plaudre mit dem Grafen.
Eilt euch, macht fort! Der Bräut'gam ist schon da.
Fort! sag ich euch. *Ab.*

Fünfte Szene
Julias Kammer.

Julia *auf dem Bett. Die* Wärterin *kommt.*

WÄRTERIN: Fräulein! Nun, Fräulein! – Julia! – Nun, das schläft!
He, Lamm! he, Fräulein! – Pfui, Langschläferin! –
Mein Schätzchen, sag ich! Süßes Herz! Mein Bräutchen! –
Was? nicht ein Laut? – Ihr nehmt Eur Teil voraus,
Schlaft für 'ne Woche, denn ich steh dafür,
Auf nächste Nacht hat seine Ruh Graf Paris
Darangesetzt, daß Ihr nicht ruhen sollt. –
Behüt der Herr sie! Wie gesund sie schläft!
Ich muß sie aber wecken. – Fräulein! Fräulein!
Laßt Euch den Grafen nur im Bett ertappen,
Der wird Euch schon ermuntern: meint Ihr nicht? –
Was? schon in vollen Kleidern? und so wieder
Sich hingelegt? Ich muß durchaus Euch wecken.
He, Fräulein! Fräulein! Fräulein! –
Daß Gott! daß Gott! Zu Hilfe! sie ist tot!
Ach, liebe Zeit! mußt ich den Jammer sehn! –
Holt Spiritus! He, gnäd'ger Herr! Frau Gräfin!

Gräfin Capulet *kommt.*

GRÄFIN CAPULET: Was ist das für ein Lärm?
WÄRTERIN: O Unglückstag!
GRÄFIN CAPULET: Was gibt's?
WÄRTERIN: Seht, seht nur! O betrübter Tag!
GRÄFIN CAPULET: O weh! o weh! Mein Kind! mein einzig [Leben!
Erwach! leb auf! Ich sterbe sonst mit dir.
O Hilfe! Hilfe! ruft doch Hilfe!

Capulet *kommt.*

CAPULET: Schämt Euch! bringt Julien her! Der Graf ist da.
WÄRTERIN: Ach, sie ist tot! verblichen! tot! o Wehe!
GRÄFIN CAPULET: O Wehe! Wehe! sie ist tot, tot, tot!
CAPULET: Laßt mich sie sehn! – Gott helf uns! Sie ist kalt,

Ihr Blut steht still, die Glieder sind ihr starr;
Von diesen Lippen schied das Leben längst,
Der Tod liegt auf ihr, wie ein Maienfrost
Auf des Gefildes schönster Blume liegt.
WÄRTERIN: O Unglückstag!
GRÄFIN CAPULET: O jammervolle Stunde!
CAPULET: Der Tod, der mir sie nahm, mir Klagen auszupressen,
Er bindet meine Zung und macht sie stumm.

BRUDER LORENZO, GRAF PARIS *und* MUSIKANTEN *treten auf.*

LORENZO: Kommt! Ist die Braut bereit, zur Kirch zu gehn?
CAPULET: Bereit zu gehn, um nie zurückzukehren.
O Sohn! die Nacht vor deiner Hochzeit buhlte
Der Tod mit deiner Braut. Sieh, wie sie liegt,
Die Blume, die in seinem Arm verblühte.
Mein Eidam ist der Tod, der Tod mein Erbe;
Er freite meine Tochter. Ich will sterben,
Mein Leben, Hab und Gut gehört dem Tode.
PARIS: Hab ich nach dieses Morgens Licht geschmachtet,
Und bietet es mir solchen Anblick dar?
GRÄFIN CAPULET: Unseliger, verhaßter, schwarzer Tag!
Der Stunden jammervollste, so die Zeit
Seit ihrer langen Pilgerschaft gesehn.
Nur eins, ein einzig armes, liebes Kind,
Ein Wesen nur, mich dran zu freun, zu laben;
Und grausam riß es mir der Tod hinweg.
WÄRTERIN: O weh! O Jammer – Jammer – Jammertag!
Höchst unglücksel'ger Tag! betrübter Tag,
[Wie ich noch nimmer, nimmer einen sah!
O Tag! O Tag! O Tag! Verhaßter Tag!]
Solch schwarzen Tag wie diesen gab es nie.
O Jammertag! o Jammertag!
PARIS: Berückt! geschieden! schwer gekränkt! erschlagen!
Fluchwürd'ger, arger Tod, durch dich berückt!
Durch dich so grausam, grausam hingestürzt!
O Lieb! o Leben! nein, nur Lieb im Tode!
CAPULET: Verhöhnt! bedrängt! gehaßt! zermalmt! getötet! –
Trostlose Zeit! weswegen kamst du jetzt,
Zu morden, morden unser Freudenfest? –
O Kind! Kind! – meine Seel und nicht mein Kind! –
Tot bist du? – Wehe mir! mein Kind ist tot,
Und mit dem Kinde starben meine Freuden.

LORENZO: Still! hegt doch Scham! solch Stürmen stillet nicht
Des Leidens Sturm. Ihr teiltet mit dem Himmel
Dies schöne Mädchen, nun hat er sie ganz,
Und um so besser ist es für das Mädchen.
Ihr konntet euer Teil nicht vor dem Tod
Bewahren; seins bewahrt im ew'gen Leben
Der Himmel. Sie erhöhn war euer Ziel;
Eur Himmel war's, wenn sie erhoben würde:
Und weint ihr nun, erhoben sie zu sehn
Hoch über Wolken, wie der Himmel hoch?
Oh, wie verkehrt doch euer Lieben ist!
Verzweifelt ihr, weil ihr sie glücklich wißt?
Die lang vermählt lebt, ist nicht wohl vermählet;
Wohl ist vermählt, die früh der Himmel wählet.
Hemmt eure Tränen, streuet Rosmarin
Auf diese schöne Leich, und nach der Sitte
Tragt sie zur Kirch in ihrem besten Staat.
Denn heischt gleich die Natur ein schmerzlich Sehnen,
So lacht doch die Vernunft bei ihren Tränen.
CAPULET: Was wir nun irgend festlich angestellt,
Kehrt sich von seinem Dienst zu schwarzer Trauer.
Das Spiel der Saiten wird zum Grabgeläut,
Die Hochzeitslust zum ernsten Leichenmahl,
Aus Feierliedern werden Totenmessen,
[Der Brautkranz muß nun eine Leiche schmücken,]
Und alles wandelt sich ins Gegenteil.
LORENZO: Verlaßt sie, Herr; geht mit ihm, gnäd'ge Frau;
Auch Ihr, Graf Paris: macht euch alle fertig,
Der schönen Leiche hin zur Gruft zu folgen.
Der Himmel zürnt mit euch um sünd'ge Tat;
Reizt ihn nicht mehr, gehorcht dem hohen Rat.
Capulet, Gräfin Capulet, Paris und Lorenzo ab.
ERSTER MUSIKANT: Mein Seel! wir können unsre Pfeifen auch nur einstecken und uns packen.
WÄRTERIN: Ihr guten Leute, ja, steckt ein! steckt ein!
Die Sachen hier sehn gar erbärmlich aus. *Ab.*
ZWEITER MUSIKANT *zeigt auf sein Instrument*: Ja, meiner Treu, die Sachen hier könnten wohl besser aussehen, aber sie klingen doch gut.
PETER: O Musikanten! Musikanten! spielt:
„Frisch auf, mein Herz! frisch auf, mein Herz, und singe!“

O spielt, wenn euch mein Leben lieb ist, spielt:
„Frisch auf, mein Herz!"

ERSTER MUSIKANT: Warum: „Frisch auf, mein Herz!"?

PETER: O Musikanten, weil mein Herz selber spielt: „Mein Herz voll Angst und Nöten." O spielt mir eine lustige Litanei, um mich aufzurichten.

ZWEITER MUSIKANT: Nichts da von Litanei! Es ist jetzt nicht Spielens Zeit.

PETER: Ihr wollt es also nicht?

MUSIKANTEN: Nein.

PETER: Nun, so will ich es euch schon geben.

ERSTER MUSIKANT: Was wollt Ihr uns geben?

[PETER: Kein Geld, meiner Seel, aber einen Titel: ich will euch Bänkelsänger nennen.

ERSTER MUSIKANT: Dann werd ich Euch Dienstgeschöpf nennen.

PETER: Dann soll euer Schädel den Dolch des Dienstgeschöpfs fühlen. Der singt nicht nach Noten.] Ich will euch befa-sol-laen. Das notiert euch.

ERSTER MUSIKANT: Wenn Ihr uns befa-sol-laet, so notiert Ihr uns.

[ZWEITER MUSIKANT: Bitte, packt Euren Dolch ein und Euren Witz aus.]

PETER: [So nehmt euch in acht vor meinem Witz. Ich werde euch mit einem eisernen Witz schlagen und meinen eisernen Dolch beistecken.] Antwortet verständlich:

Wenn in der Leiden hartem Drang
Das bange Herze will erliegen,
Musik mit ihrem Silberklang –

Warum „Silberklang"? Warum „Musik mit ihrem Silberklang"? Was sagt Ihr, Hans Kolophonium?

ERSTER MUSIKANT: Ei nun, Musje, weil Silber einen feinen Klang hat.

PETER: Recht artig! Was sagt Ihr, Michel Hackebrett?

ZWEITER MUSIKANT: Ich sage „Silberklang", weil Musik nur für Silber klingt.

PETER: Auch recht artig! Was sagt Ihr, Jakob Gellohr?

DRITTER MUSIKANT: Mein Seel, ich weiß nicht, was ich sagen soll.

PETER: Oh, ich bitte Euch um Vergebung! Ihr seid der Sänger, Ihr singt nur; so will ich es denn für Euch sagen. Es heißt „Musik mit ihrem Silberklang", weil solche Kerle wie ihr

kein Gold fürs Spielen kriegen.
Musik mit ihrem Silberklang
Weiß hilfreich ihnen obzusiegen.

Geht singend ab.

ERSTER MUSIKANT: Was für ein Schalksnarr ist der Kerl!

ZWEITER MUSIKANT: Hol ihn der Henker! Kommt, wir wollen hier hineingehn, auf die Trauerleute warten und sehen, ob es nichts zu essen gibt.

Alle ab.

FÜNFTER AUFZUG

ERSTE SZENE

Mantua. Eine Straße.

ROMEO *tritt auf.*

ROMEO: Darf ich dem Schmeichelbild des Schlafes traun,
So deuten meine Träum ein nahes Glück.
Leicht auf dem Thron sitzt meiner Brust Gebieter;
Mich hebt ein ungewohnter Geist mit frohen
Gedanken diesen Tag empor.
Mein Mädchen, träumt ich, kam und fand mich tot
(Seltsamer Traum, der Tote denken läßt!)
Und hauchte mir solch Leben ein mit Küssen,
Daß ich vom Tod erstand und Kaiser war.
Ach Herz! wie süß ist's, Liebe, selbst besitzen,
Da schon so reich an Freud ihr Schatten ist.

BALTHASAR *tritt auf.*

Ha, Neues von Verona! Sag, wie steht's?
Bringst du vom Pater keine Briefe mit?
Was macht mein teures Weib? Wie lebt mein Vater?
Ist meine Julia wohl? das frag ich wieder;
Denn nichts kann übel stehn, geht's ihr nur wohl.

BALTHASAR: Nun, ihr geht's wohl, und nichts kann übel stehn.
Ihr Körper schläft in Capulets Begräbnis,
Und ihr unsterblich Teil lebt bei den Engeln.
Ich sah sie senken in der Väter Gruft
Und ritt in Eil hierher, es Euch zu melden.
O Herr, verzeiht die schlimme Botschaft mir,
Weil Ihr dazu den Auftrag selbst mir gabt.

ROMEO: Ist es denn so? Ich biet euch Trotz, ihr Sterne! –
Du kennst mein Haus: hol mir Papier und Tinte
Und miete Pferde; ich will fort zu Nacht.
BALTHASAR: Ich fleh Euch an, Herr, faßt Euch in Geduld.
Ihr seht so blaß und wild, und Eure Blicke
Weissagen Unglück.
ROMEO: Nicht doch, du betrügst dich.
Laß mich, und tu, was ich dich heiße tun.
Hast du für mich vom Pater keine Briefe?
BALTHASAR: Nein, bester Herr.
ROMEO: Es tut nichts; mach dich auf
Und miete Pferd', ich komme gleich nach Haus.
Balthasar ab.
Wohl, Julia! heute nacht ruh ich bei dir.
Ich muß auf Mittel sinnen. – O wie schnell
Drängt Unheil sich in der Verzweiflung Rat!
Mir fällt ein Apotheker ein; er wohnt
Hier irgendwo herum. – Ich sah ihn neulich,
Zerlumpt, die Augenbrauen überhangend;
Er suchte Kräuter aus; hohl war sein Blick,
Ihn hatte herbes Elend ausgemergelt;
Ein Schildpatt hing in seinem dürft'gen Laden,
Ein ausgestopftes Krokodil und Häute
Von mißgestalten Fischen: auf dem Sims
Ein bettelhafter Prunk von leeren Büchsen
Und grüne Töpfe, Blasen, muff'ger Samen,
Bindfadenendchen, alte Rosenkuchen,
Das alles dünn verteilt, zur Schau zu dienen.
Betrachtend diesen Mangel, sagt ich mir:
Bedürfte jemand Gift hier, des Verkauf
In Mantua sogleich zum Tode führt,
Da lebt ein armer Schelm, der's ihm verkaufte.
Oh, der Gedanke zielt' auf mein Bedürfnis,
Und dieser dürft'ge Mann muß mir's verkaufen.
Soviel ich mich entsinn, ist dies das Haus:
Weil's Festtag ist, schloß seinen Kram der Bettler.
He! holla! Apotheker!
Der APOTHEKER *kommt heraus.*
APOTHEKER: Wer ruft so laut?
ROMEO: Mann, komm hierher! – Ich sehe, du bist arm.
Nimm, hier sind vierzig Stück Dukaten: gib

Mir eine Dose Gift; solch scharfen Stoff,
Der schnell durch alle Adern sich verteilt,
Daß tot der lebensmüde Trinker hinfällt
Und daß die Brust den Odem von sich stößt
So ungestüm, wie schnell entzündet Pulver
Aus der Kanone furchtbarm Schlunde blitzt.

APOTHEKER: So tödliche Arzneien hab ich wohl,
Doch Mantuas Gesetz ist Tod für jeden,
Der feil sie gibt.

ROMEO: Bist du so nackt und bloß,
Von Plagen so bedrückt, und scheust den Tod?
Der Hunger sitzt in deinen hohlen Backen,
Not und Bedrängnis darbt in deinem Blick,
Auf deinem Rücken hängt zerlumptes Elend,
Die Welt ist nicht dein Freund noch ihr Gesetz;
Die Welt hat kein Gesetz, dich reich zu machen:
Drum sei nicht arm, brich das Gesetz und nimm.

APOTHEKER: Nur meine Armut, nicht mein Wille weicht.

ROMEO: Nicht deinem Willen, deiner Armut zahl ich.

APOTHEKER: Tut dies, in welche Flüssigkeit Ihr wollt,
Und trinkt es aus; und hättet Ihr die Stärke
Von Zwanzigen, es hülf Euch gleich davon.

ROMEO: Da ist dein Gold, ein schlimmres Gift den Seelen
Der Menschen, das in dieser eklen Welt
Mehr Mord verübt als diese armen Tränkchen,
Die zu verkaufen dir verboten ist.
Ich gebe Gift dir; du verkaufst mir keins.
Leb wohl, kauf Speis und füttre dich heraus! –
Komm, Stärkungstrank, nicht Gift! Begleite mich
Zu Juliens Grab, denn da bedarf ich dich. *Ab.*

Zweite Szene

Lorenzos Zelle.

Bruder Markus *kommt.*

MARKUS: Ehrwürd'ger Bruder Franziskaner! he!

Bruder Lorenzo *kommt.*

LORENZO: Das ist ja wohl des Bruders Markus Stimme –
Willkommen mir von Mantua! Was sagt

Denn Romeo? faßt' er es schriftlich ab,
So gib den Brief.
MARKUS: Ich ging, um einen Bruder
Barfüßer unsers Ordens, der den Kranken
In dieser Stadt hier zuspricht, zum Geleit
Mir aufzusuchen; und da ich ihn fand,
Argwöhnten die dazu bestellten Späher,
Wir wären beid in einem Haus, in welchem
Die böse Seuche herrschte, siegelten
Die Türen zu und ließen uns nicht gehn.
Dies hielt mich ab, nach Mantua zu eilen.
LORENZO: Wer trug denn meinen Brief zum Romeo?
MARKUS: Da hast du ihn, ich konnt ihn nicht bestellen:
Ihn dir zu bringen, fand kein Bote sich,
So bange waren sie vor Ansteckung.
LORENZO: Unsel'ges Mißgeschick! Bei meinem Orden,
Nicht eitel war der Brief: sein Inhalt war
Von teuren Dingen, und die Säumnis kann
Gefährlich werden. Bruder Markus, geh,
Hol ein Brecheisen mir, und bring's sogleich
In meine Zell.
MARKUS: Ich geh und bring's dir, Bruder. *Ab.*
LORENZO: Ich muß allein zur Gruft nun. Innerhalb
Drei Stunden wird das schöne Kind erwachen;
Verwünschen wird sie mich, weil Romeo
Vom ganzen Vorgang nichts erfahren hat.
Doch schreib ich gleich aufs neu nach Mantua
Und berge sie so lang in meiner Zell,
Bis ihr Geliebter kommt. Die arme Seele!
Lebend'ge Leich in dumpfer Grabeshöhle! *Ab.*

DRITTE SZENE

Ein Kirchhof; auf demselben das Familienbegräbnis der Capulets.

PARIS *und sein* PAGE, *mit Blumen und einer Fackel, treten auf.*

PARIS: Gib mir die Fackel, Knab, und halt dich fern. –
Nein, lösch sie aus; man soll mich hier nicht sehn.
Dort unter jenen Ulmen streck dich hin,
Und leg dein Ohr dicht an den hohlen Grund:

So kann kein Fuß auf diesen Kirchhof treten,
Der locker aufgewühlt von vielen Gräbern,
Daß du's nicht hörest; pfeife dann mir zu,
Zum Zeichen, daß du etwas nahen hörst.
Gib mir die Blumen, tu, wie ich dir sagte.

PAGE: Fast grauet mir, so auf dem Kirchhof hier
Allein zu bleiben, doch ich will es wagen. *Entfernt sich.*

PARIS: Dir streu ich Blumen, Blume du der Fraun.
Weh! Stein und Moder ist dein Brautgemach,
Das ich mit süßem Wasser will betaun,
Wo nicht, mit Tränen, leidentquollnen, ach!
Allnächtlich will ich meinen Schmerz erneun
Und um dich weinen und dir Blumen streun.

Der Knabe pfeift.

Der Bube gibt ein Zeichen; jemand naht.
Welch ein verdammter Fuß kommt dieses Wegs
Und stört die Leichenfeier frommer Liebe?
Mit einer Fackel? wie? Verhülle, Nacht,
Ein Weilchen mich. *Er tritt beiseite.*

ROMEO *und* BALTHASAR *mit einer Fackel, Haue usw.*

ROMEO: Gib mir das Eisen und die Haue her.
Nimm diesen Brief: frühmorgens siehe zu,
Daß du ihn meinem Vater überreichst.
Gib mir das Licht! aufs Leben bind ich's dir,
Was du auch hörst und siehst, bleib in der Ferne,
Und unterbrich mich nicht in meinem Tun.
Ich steig in dieses Todesbett hinab,
Teils, meiner Gattin Angesicht zu sehn,
Vornehmlich aber, einen kostbarn Ring
Von ihrem toten Finger abzuziehn,
Den ich zu einem wicht'gen Werk bedarf.
Drum auf, und geh! Und kehrest du zurück,
Vorwitzig meiner Absicht nachzuspähn,
Bei Gott! so reiß ich dich in Stücke, säe
Auf diesen gier'gen Boden deine Glieder.
Die Zeit und mein Gemüt sind wütend-wild.
Viel grimmer und viel unerbittlicher
Als durst'ge Tiger und die wüste See.

BALTHASAR: So will ich weggehn, Herr, und Euch nicht stören.

ROMEO: Dann tust du als mein Freund. Nimm, guter Mensch,
Leb und sei glücklich, und gehab dich wohl.

BALTHASAR *für sich*:
Trotz allem dem will ich mich hier verstecken;
Ich trau ihm nicht, sein Blick erregt mir Schrecken.
Entfernt sich.
ROMEO: O du verhaßter Schlund! du Bauch des Todes!
Der du der Erde Köstlichstes verschlangst,
So brech ich deine morschen Kiefer auf
Und will, zum Trotz, noch mehr dich überfüllen.
Er bricht die Türe des Gewölbes auf.
PARIS: Ha! der verbannte, stolze Montague,
Der Juliens Vetter mordete; man glaubt,
An diesem Grame starb das holde Wesen.
Hier kommt er nun, um niederträcht'gen Schimpf
Den Leichen anzutun: ich will ihn greifen. *Tritt hervor.*
Laß dein verruchtes Werk, du Montague!
Wird Rache übern Tod hinaus verfolgt?
Verbannter Frevler! ich verhafte dich;
Gehorch und folge mir, denn du mußt sterben.
ROMEO: Fürwahr, das muß ich: darum kam ich her.
Versuch nicht, guter Jüngling, den Verzweifelnden!
Entflieh, und laß mich; denke dieser Toten!
Laß sie dich schrecken! – Ich beschwör dich, Jüngling,
Lad auf mein Haupt nicht eine neue Sünde,
Wenn du zur Wut mich reizest; geh, o geh,
Bei Gott, ich liebe mehr dich als mich selbst,
Denn gegen mich gewaffnet komm ich her.
Fort! eile! leb und nenn barmherzig ihn,
Den Rasenden, der dir gebot zu fliehn!
PARIS: Ich kümmre mich um dein Beschwören nicht
Und greife dich als Missetäter hier.
ROMEO: Willst du mich zwingen? Knabe, sieh dich vor!
Sie fechten.
PAGE: Sie fechten! Gott! ich will die Wache rufen.
PARIS: O ich bin hin! *Fällt.* Hast du Erbarmen, öffne
Die Gruft, und lege mich zu Julien. *Er stirbt.*
ROMEO: Auf Ehr, ich will's. – Laßt sein Gesicht mich schaun.
Mercutios edler Vetter ist's, Graf Paris.
Was sagte doch mein Diener, weil wir ritten,
Als die bestürmte Seel es nicht vernahm? –
Ich glaube: Julia habe sich mit Paris
Vermählen sollen; sagt' er mir nicht so?

Wie, oder träumt ich's? oder bild ich's mir
Im Wahnsinn ein, weil er von Julien sprach?
O gib mir deine Hand, du, so wie ich
Ins Buch des herben Unglücks eingezeichnet!
Ein siegeprangend Grab soll dich empfangen.
Ein Grab? Nein, eine Leucht, erschlagner Jüngling!
Denn hier liegt Julia: ihre Schönheit macht
Zur lichten Feierhalle dies Gewölb.
Da lieg begraben, Tod, von einem Toten! –

Er legt den Paris in das Begräbnis.

Wie oft sind Menschen, schon des Todes Raub,
Noch fröhlich worden! Ihre Wärter nennen's
Den letzten Lebensblitz. Wohl mag dann dies
Ein Blitz mir heißen. – O mein Herz! mein Weib!
Der Tod, der deines Odems Balsam sog,
Hat über deine Schönheit nichts vermocht.
Noch bist du nicht besiegt: der Schönheit Fahne
Weht purpurn noch auf Lipp und Wange dir;
Hier pflanzte nicht der Tod sein bleiches Banner. –
Liegst du da, Tybalt, in dem blut'gen Tuch?
Oh, welchen größern Dienst kann ich dir tun,
Als mit der Hand, die deine Jugend fällte,
Des Jugend, der dein Feind war, zu zerreißen?
Vergib mir, Vetter! – Liebe Julia,
Warum bist du so schön noch? Soll ich glauben,
Der körperlose Tod entbrenn in Liebe
Und der verhaßte, hagre Unhold halte
Als seine Buhle hier im Dunkel dich?
Aus Furcht davor will ich dich nie verlassen
Und will aus diesem Palast dichter Nacht
Nie wieder weichen. Hier, hier will ich bleiben
Mit Würmern, so dir Dienerinnen sind.
Oh, hier bau ich die ew'ge Ruhstatt mir
Und schüttle von dem lebensmüden Leibe
Das Joch feindseliger Gestirne. – Augen,
Blickt euer Letztes! Arme, nehmt die letzte
Umarmung! und, o Lippen, ihr, die Tore
Des Odems, siegelt mit rechtmäß'gem Kusse
Den ewigen Vertrag dem Wuchrer Tod.
Komm, bittrer Führer! widriger Gefährt!
Verzweifelter Pilot! Nun treib auf einmal

Dein sturmerkranktes Schiff in Felsenbrandung!
Dies auf dein Wohl, wo du auch stranden magst!
Dies meiner Lieben! – *Er trinkt.* O wackrer Apotheker!
Dein Trank wirkt schnell. – Und so im Kusse sterb ich.
Er stirbt.

BRUDER LORENZO *kommt am andern Ende des Kirchhofes mit Laterne, Brecheisen und Spaten.*

LORENZO: Helf mir Sankt Franz! Wie oft sind über Gräber
Nicht meine alten Füße schon gestolpert.
Wer ist da?
BALTHASAR: Ein Freund, und einer, dem Ihr wohlbekannt.
LORENZO:
Gott segne dich! Sag mir, mein guter Freund,
Welch eine Fackel ist's, die dort ihr Licht
Umsonst den Würmern leiht und blinden Schädeln?
Mir scheint, sie brennt in Capulets Begräbnis.
BALTHASAR: Ja, würd'ger Pater, und mein Herr ist dort,
Ein Freund von Euch.
LORENZO: Wer ist es?
BALTHASAR: Romeo.
LORENZO: Wie lange schon?
BALTHASAR: Voll eine halbe Stunde.
LORENZO: Geh mit mir zu der Gruft.
BALTHASAR: Ich darf nicht, Herr.
Mein Herr weiß anders nicht, als ich sei fort,
Und drohte furchtbarlich den Tod mir an,
Blieb ich, um seinen Vorsatz auszuspähn.
LORENZO: So bleib, ich geh allein. – Ein Graun befällt mich;
Oh, ich befürchte sehr ein schlimmes Unglück!
BALTHASAR: Derweil ich unter dieser Ulme schlief,
Träumt ich, mein Herr und noch ein andrer föchten
Und er erschlüge jenen.
LORENZO: Romeo? *Er geht weiter nach vorn.*
O wehe, weh mir! Was für Blut befleckt
Die Steine hier an dieses Grabmals Schwelle?
Was wollen diese herrenlosen Schwerter,
Daß sie verfärbt hier liegen an der Stätte
Des Friedens? *Er geht in das Begräbnis.*
Romeo? – Ach, bleich! Wer sonst?
Wie? Paris auch? und in sein Blut getaucht? –
O welche unmitleid'ge Stund ist schuld

An dieser kläglichen Begebenheit? –
Das Fräulein regt sich.

JULIA *erwachend*: O Trostesbringer! wo ist mein Gemahl?
Ich weiß recht gut noch, wo ich sollte sein,
Da bin ich auch. – Wo ist mein Romeo?

Geräusch von Kommenden.

LORENZO: Ich höre Lärm. – Kommt, Fräulein, flieht die Grube
Des Tods, der Seuchen, des erzwungnen Schlafs;
Denn eine Macht, zu hoch dem Widerspruch,
Hat unsern Rat vereitelt. Komm, o komm!
Dein Gatte liegt an deinem Busen tot,
Und Paris auch; komm, ich versorge dich
Bei einer Schwesterschaft von heil'gen Nonnen.
Verweil mit Fragen nicht; die Wache kommt.
Geh, gutes Kind!

Geräusch hinter der Szene.

Ich darf nicht länger bleiben. *Ab.*

JULIA: Geh nur, entweich! denn ich will nicht von hinnen. -
Was ist das hier? Ein Becher, festgeklemmt
In meines Trauten Hand? – Gift, seh ich, war
Sein Ende vor der Zeit. – O Böser! alles
Zu trinken, keinen güt'gen Tropfen mir
Zu gönnen, der mich zu dir brächt? – Ich will
Dir deine Lippen küssen. Ach, vielleicht
Hängt noch ein wenig Gift daran und läßt mich
An einer Labung sterben. *Sie küßt ihn.* Deine Lippen
Sind warm. –

WÄCHTER *hinter der Szene*:

Wo ist es, Knabe? Führ uns.

JULIA: Wie? Lärm? – dann schnell nur. *Sie ergreift Romeos Dolch.*
O willkommner Dolch!
Dies werde deine Scheide. *Ersticht sich.* Roste da,
Und laß mich sterben. *Sie fällt auf Romeos Leiche und stirbt.*

WACHE *mit dem* PAGEN *des Paris.*

PAGE: Dies ist der Ort; da, wo die Fackel brennt.

ERSTER WÄCHTER:
Der Boden ist voll Blut: sucht auf dem Kirchhof,
Ein paar von euch; geht, greifet, wen ihr trefft.

Einige von der Wache ab.

Betrübt zu sehn! Hier liegt der Graf erschlagen,
Und Julia blutend, warm und kaum verschieden,

Die schon zwei Tage hier begraben lag. –
Geht, sagt's dem Fürsten! weckt die Capulets!
Lauft zu den Montagues! Ihr andern, sucht!
Andre Wächter ab.
Wir sehn den Grund, der diesen Jammer trägt;
Allein den wahren Grund des bittern Jammers
Erfahren wir durch nähre Kundschaft nur.
EINIGE VON DER WACHE *kommen mit* BALTHASAR.
ZWEITER WÄCHTER: Hier ist der Diener Romeos; wir fanden
Ihn auf dem Kirchhof.
ERSTER WÄCHTER: Bewahrt ihn sicher, bis der Fürst erscheint.
Ein andrer WÄCHTER *mit* LORENZO.
DRITTER WÄCHTER: Hier ist ein Mönch, der zittert, weint und
Wir nahmen ihm den Spaten und die Haue, [ächzt;
Als er von jener Seit des Kirchhofs kam.
ERSTER WÄCHTER:
Verdächt'ges Zeichen! Haltet auch den Mönch.
Der PRINZ *und* GEFOLGE.
PRINZ: Was für ein Unglück ist so früh schon wach,
Das uns aus unsrer Morgenruhe stört?
CAPULET, GRÄFIN CAPULET *und* ANDRE *kommen.*
[CAPULET: Was gibt es hier, daß man so schreit und lärmt?]
GRÄFIN CAPULET: Das Volk ruft auf den Straßen: „Romeo"
Und „Julia" und „Paris"; alles rennt
Mit lautem Ausruf unserm Grabmal zu.
PRINZ: Welch Schrecken ist's, der unser Ohr betäubt?
ERSTER WÄCHTER: Durchlaucht'ger Herr, entleibt liegt hier Graf
Tot Romeo; und Julia, tot zuvor, [Paris;
Noch warm und erst getötet.
PRINZ: Sucht, späht, erforscht die Täter dieser Greuel.
ERSTER WÄCHTER: Hier ist ein Mönch und Romeos Bedienter.
Man fand Gerät bei ihnen, das die Gräber
Der Toten aufzubrechen dient.
CAPULET: O Himmel!
O Weib! sieh hier, wie unsre Tochter blutet.
Der Dolch hat sich verirrt; sieh, seine Scheide
Liegt ledig auf dem Rücken Montagues,
Er selbst steckt fehl in unsrer Tochter Busen.
GRÄFIN CAPULET: O weh mir! Dieser Todesanblick mahnt
Wie Grabgeläut mein Alter an die Grube.
MONTAGUE *und* ANDRE *kommen.*

PRINZ: Komm, Montague! Früh hast du dich erhoben,
Um früh gefallen deinen Sohn zu sehn.
MONTAGUE: Ach, gnäd'ger Fürst, mein Weib starb diese Nacht;
Gram um des Sohnes Bann entseelte sie.
Welch neues Leid bricht auf mein Alter ein?
PRINZ: Schau hin, und du wirst sehn.
MONTAGUE: O Ungeratner! was ist das für Sitte,
Vor deinem Vater dich ins Grab zu drängen?
PRINZ: Versiegelt noch den Mund des Ungestüms,
Bis wir die Dunkelheiten aufgehellt
Und ihren Quell und wahren Ursprung wissen.
Dann will ich eurer Leiden Hauptmann sein
Und selbst zum Tod euch führen. – Still indes!
Das Mißgeschick sei Sklave der Geduld. –
Führt die verdächtigen Personen vor.
LORENZO: Mich trifft, obschon den unvermögendsten,
Am meisten der Verdacht des grausen Mordes,
Weil Zeit und Ort sich gegen mich erklärt.
Hier steh ich, mich verdammend und verteid'gend,
Der Kläger und der Anwalt meiner selbst.
PRINZ: So sag ohn Umschweif, was du hiervon weißt.
LORENZO: Kurz will ich sein, denn kurze Frist des Odems
Versagt gedehnte Reden. Romeo,
Der tot hier liegt, war dieser Julia Gatte,
Und sie, die tot hier liegt, sein treues Weib.
Ich traute heimlich sie, ihr Hochzeitstag
War Tybalts letzter, des unzeit'ger Tod
Den jungen Gatten aus der Stadt verbannte;
Und Julia weint' um ihn, nicht um den Vetter.
Ihr, um den Gram aus ihrer Brust zu treiben,
Verspracht und wolltet sie dem Grafen Paris
Vermählen mit Gewalt. – Da kommt sie zu mir
Mit wildem Blick, heißt mich auf Mittel sinnen,
Um dieser zweiten Heirat zu entgehn,
Sonst wollt in meiner Zelle sie sich töten.
Da gab ich, so belehrt durch meine Kunst,
Ihr einen Schlaftrunk; er bewies sich wirksam
Nach meiner Absicht, denn er goß den Schein
Des Todes über sie. Indessen schrieb ich
An Romeo, daß er sich herbegäbe
Und hülf aus dem erborgten Grab sie holen

In dieser Schreckensnacht, als um die Zeit,
Wo jenes Trankes Kraft erlösche. Doch
Den Träger meines Briefs, den Bruder Markus,
Hielt Zufall auf, und gestern abend bracht er
Ihn mir zurück. Nun ging ich ganz allein
Um die bestimmte Stunde des Erwachens,
Sie zu befrein aus ihrer Ahnen Gruft,
Und dacht in meiner Zelle sie zu bergen,
Bis ich es Romeo berichten könnte.
Doch wie ich kam, Minuten früher nur,
Eh sie erwacht, fand ich hier tot zu früh
Den treuen Romeo, den edlen Paris.
Jetzt wacht' sie auf; ich bat sie, fortzugehn
Und mit Geduld des Himmels Hand zu tragen,
Doch da verscheucht' ein Lärm mich aus der Gruft.
Sie, in Verzweiflung, wollte mir nicht folgen
Und tat, so scheint's, sich selbst ein Leides an.
Dies weiß ich nur; und ihre Heirat war
Der Wärterin vertraut. Ist etwas hier
Durch mich verschuldet, laßt mein altes Leben,
Nur wenig Stunden vor der Zeit, der Härte
Des strengsten Richterspruchs geopfert werden.

PRINZ: Wir kennen dich als einen heil'gen Mann. –
Wo ist der Diener Romeos? Was sagt er?

BALTHASAR: Ich brachte meinem Herrn von Juliens Tod
Die Zeitung, und er ritt von Mantua
In Eil zu diesem Platz, zu diesem Grabmal.
Den Brief hier gab er mir für seinen Vater
Und drohte Tod mir, gehend in die Gruft,
Wo ich mich nicht entfernt' und dort ihn ließe.

PRINZ: Gib mir den Brief; ich will ihn überlesen. –
Wo ist der Bub des Grafen, der die Wache
Geholt? – Sag, Bursch, was machte hier dein Herr?

PAGE: Er kam, um Blumen seiner Braut aufs Grab
Zu streun, und hieß mich fern stehn, und das tat ich.
Drauf naht' sich wer mit Licht, das Grab zu öffnen,
Und gleich zog gegen ihn mein Herr den Degen;
Und da lief ich davon und holte Wache.

PRINZ: Hier dieser Brief bewährt das Wort des Mönchs,
Den Liebesbund, die Zeitung ihres Todes;
Auch schreibt er, daß ein armer Apotheker

Ihm Gift verkauft, womit er gehen wolle
Zu Juliens Gruft, um neben ihr zu sterben. –
Wo sind sie, diese Feinde? – Capulet! Montague!
Seht, welch ein Fluch auf eurem Hasse ruht,
Daß eure Freuden Liebe töten muß!
Auch ich, weil ich dem Zwiespalt nachgesehn,
Verlor ein paar Verwandte. – Alle büßen.

CAPULET: O Bruder Montague, gib mir die Hand:
Das ist das Leibgedinge meiner Tochter,
Denn mehr kann ich nicht fordern.

MONTAGUE: Aber ich
Vermag dir mehr zu geben; denn ich will
Aus klarem Gold ihr Bildnis fert'gen lassen.
Solang Verona seinen Namen trägt,
Komm nie ein Bild an Wert dem Bilde nah
Der treuen, liebevollen Julia.

CAPULET: So reich will ich es Romeo bereiten:
Die armen Opfer unsrer Zwistigkeiten!

PRINZ: Nur düstern Frieden bringt uns dieser Morgen;
Die Sonne scheint, verhüllt vor Weh, zu weilen.
Kommt, offenbart mir ferner, was verborgen:
Ich will dann strafen oder Gnad erteilen;
Denn niemals gab es ein so herbes Los
Wie Juliens und ihres Romeos.

Alle ab.

TIMON VON ATHEN

Personen

Timon, *ein edler Athener*

Lucius Lucullus Sempronius Ventidius	*seine Freunde*

Apemantus, *Philosoph*
Alcibiades, *Feldherr*
Flavius, *Timons Haushofmeister*

Flaminius Lucilius Servilius	*Timons Diener*
Caphis Philotus Titus Lucius Hortensius	*Diener von Timons Gläubigern*

Zwei Diener des Varro
Ein Diener des Isidor
Cupido und andre Masken
Drei Fremde
Ein Dichter, ein Maler, ein Kaufmann und ein Juwelier
Ein alter Athener, ein Page, ein Narr

Phrynia Timandra	*Kurtisanen des Alcibiades*

Senatoren, Hauptleute, Krieger, Diebe, Gefolge

Die Szene ist in Athen und dem nahen Walde.

ERSTER AUFZUG

ERSTE SZENE

Athen. Vorsaal in Timons Hause.

Der DICHTER *und der* MALER *treten auf.*

DICHTER: Guten Tag!
MALER: Mich freut's, Euch wohl zu sehn.
DICHTER: Ich sah Euch lange nicht. Wie geht die Welt?
MALER: Sie nutzt sich ab im Lauf.
DICHTER: Das ist bekannt.
Doch welch besonders Seltnes, Fremdes, das
Vielfach Erzählen noch nicht kennt? – Doch seht –

Der KAUFMANN, *der* JUWELIER *und mehrere* ANDRE *treten auf.*

Magie des Reichtums! Diese Geister alle
Beschwor dein Zauber her zum Dienst. Ich kenne
Den Kaufmann.
MALER: Ich beide; jener ist ein Juwelier.
KAUFMANN: Höchst würdig ist der Lord.
JUWELIER: Jenseits des Zweifels.
KAUFMANN: Ein Mann, höchst unvergleichbar; sozusagen
Geschult zu unermüdlich steter Güte:
Ein Musterbild.
JUWELIER: Hier hab ich ein Juwel.
KAUFMANN: O bitte, zeigt: für den Lord Timon wohl?
JUWELIER:
Wenn ihn der Preis nicht schreckt. Doch freilich, das –
DICHTER *rezitierend*:
Wenn wir um Lohn den Schändlichen gepriesen,
Dämpft es den Glanz des wohlgelungnen Reimes,
Des Kunst den Edeln singt.
KAUFMANN *den Stein betrachtend*: Ha! schön geschnitten.
JUWELIER: Und reich; das ist ein Wasser, seht nur selbst.
MALER: Ihr seid verzückt. Ein Werk, wohl eine Huld'gung
Dem großen Lord?
DICHTER: Ein Ding, mir leicht entschlüpft.

Wie Harz ist unsre Poesie und quillt,
Wo sie genährt wird; das Feur im Stein
Glänzt nur, schlägt man's heraus; von selbst erregt
Sich unsre edle Flamm, flieht, gleich dem Strom
Zurück vor jeder Hemmung. – Was ist das?
MALER: Ein Bild, Herr. Wann kommt Euer Buch heraus?
DICHTER: Es folgt der Überreichung auf dem Fuß.
Zeigt mir das Stück.
MALER: Es ist ein gutes Stück.
DICHTER: Gewiß, dies hebt sich trefflich, herrlich ab.
MALER: So ziemlich.
DICHTER: Unvergleichlich! Wie die Grazie
Sich durch sich selbst ausspricht! wie geist'ge Kraft
Aus diesem Auge blitzt! wie Phantasie
Sich auf der Lippe regt! stumme Gebärdung,
Die jeder möcht in Worten deuten.
MALER: Wohl leidlich hübsch das Leben nachgeäfft;
Hier ist ein Zug, der spricht!
DICHTER: Ich möchte sagen,
Er meistert die Natur: kunstreiches Streben
Lebt in der Farb lebend'ger als das Leben.

Einige SENATOREN *treten ein und gehen in die innern Gemächer.*

MALER: Wie viele Freunde hat der Edle!
DICHTER: Athen'sche Senatoren! – Die Beglückten!
MALER: Schaut, mehr noch!
DICHTER: Seht den Zusammenfluß, den Schwall der Freunde!
In diesem rohen Werk zeichn ich 'nen Mann,
Den diese ird'sche Welt umfängt und hegt
Mit reichster Gunst; mein freier Zug wird nirgends
Gehemmt durch Einzelnes, nein, segelt fort
In weiter, klarer See: kein boshaft Zielen
Vergiftet eine Silbe meiner Fahrt;
Sie fliegt den Adlerflug, kühn, stets gradaus,
Läßt keine Spur zurück.
MALER: Wie soll ich Euch verstehn?
DICHTER: Ich will es Euch entriegeln.
Ihr seht, wie alle Stände und alle Menschen,
Sowohl von leicht geschmeid'gem Sinn als auch
Von strenger, ernster Art, dem Timon weihn
In Demut ihren Dienst. Sein großer Reichtum.
Umkleidend seinen adlig güt'gen Sinn,

Bezwingt und kauft für seine Lieb und Herrschaft
Ein jeglich Herz. Ja von des Schmeichlers Spiegelantlitz,
Zu Apemantus selbst, der nichts so liebt,
Wie er sich selber haßt: auch er beugt ihm
Sein Knie und kehrt in Frieden heim, bereichert
Vom Nicken Timons.

MALER: Ich sah's, er sprach mit ihm.

DICHTER: Ich stelle dar auf lieblich grünem Hügel
Fortuna thronend; an dem Fuß des Berges
Gedrängte Reihn von jedem Stand und Wesen,
Die auf der Wölbung dieser Sphäre streben,
Ihr Glück zu steigern; unter allen diesen,
Die auf die Königin den Blick geheftet,
Stell ich den einen dar in Timons Bildung,
Den zu sich winkt Fortunas elfne Hand;
Und rasch macht ihre Gunst aus Nebenbuhlern
Sklaven und Diener.

MALER: Herrlich ausgedacht!
Fortuna und der Thron der Hügel, dünkt mich,
Der ein', heraufgewinkt von allen unten,
Sein Haupt geneigt zum steilen Berg hinan,
Sein Glück erklimmend, wär ein schöner Vorwurf
Für unsre Kunst.

DICHTER: Nein, hört nur weiter, Freund:
All jene, die noch eben ihm Kamraden,
Ja, manch' ihm vorzuziehn, von dem Moment
Folgend nur seinem Pfad; Vorplatz und Hof
Mit Dienst belagernd;
Vergötternd Flüstern gießend in sein Ohr,
Selbst seinen Bügel heil'gend, trinken sie
Die freie Luft durch ihn.

MALER: Nun, und was weiter?

DICHTER: Wenn nun Fortun', in Laun und Wankelmut,
Herabstößt ihren Günstling: all sein Troß,
Der hinter ihm den Berg hinauf sich mühte,
Auf Knien und Händen selbst, läßt hin ihn stürzen,
Nicht einer, der ihm folgt in seinem Fall.

MALER: Das ist üblich.
Ich kann der Art Euch tausend Bilder weisen,
Die auch des Glückes schnellen Wandel malen,
Lebend'ger als das Wort. Doch tut Ihr wohl,

Zeigt Ihr Lord Timon, daß geringe Augen
Den Fuß schon höher als das Haupt gesehn.

TIMON *tritt auf mit* BEGLEITUNG, *ein* DIENER *des Ventidius spricht mit ihm.*

TIMON: Verhaftet ist er, sagst du?
DIENER: Ja, Herr, und fünf Talent ist seine Schuld,
Klein sein Vermögen; seine Gläub'ger hart;
Eur edles Fürwort spricht er an, bei denen,
Die ihn gefangensetzten; fehlt ihm dies,
So stirbt sein Trost.
TIMON: Edler Ventidius! Gut!
Nicht meine Weis ist's, abzuschütteln Freunde,
Wenn meiner sie bedürfen. Weiß ich doch,
Sein edler Sinn ist solcher Hilfe wert,
Die wird ihm: denn ich zahl, und er sei frei.
DIENER: Euer Gnaden wird auf ewig ihn verbinden.
TIMON: Empfiehl mich ihm! gleich send ich seine Lösung;
Nachdem er frei, bitt ihn, zu mir zu kommen –
Denn nicht genug, dem Schwachen aufzuhelfen,
Auch stützen muß man ihn – so fahre wohl!
DIENER: Sei alles Glück mit meinem gnäd'gen Herrn! *Ab.*

Ein alter ATHENER *tritt auf.*

ATHENER: Lord Timon, hör mich an.
TIMON: Sprich, guter Alter.
ATHENER: Du hast 'nen Diener, der Lucilius heißt?
TIMON: So ist's: Was soll er?
ATHENER: Höchst edler Timon, laß ihn vor dich kommen.
TIMON: Ist er hier im Gefolge? – He, Lucilius!
LUCILIUS *vortretend*: Hier, zu Euer Gnaden Dienst!
ATHENER: Der Mensch hier, edler Timon, er, dein Knecht,
Kommt abends oft zu mir. Ich bin ein Mann,
Der von früh auf was vor sich bringen wollte,
Und etwas höher sucht mein Gut den Erben,
Als der mit Tellern läuft.
TIMON: Nun gut, was weiter?
ATHENER: Ich hab nur eine Tochter, nichts Verwandtes,
Und ihr will ich mein ganzes Gut vermachen.
Schön ist das Kind, kaum alt genug zur Braut,
Und ihr Erziehen hat mich viel gekostet,
Kein Lehrer war zu teuer. Er, dein Diener,
Geht ihr in Liebe nach: nun, edler Lord,

Weis ihn mit mir aus meinem Hause fort;
Was ich sprach, war umsonst.

TIMON: Der Mann ist redlich.

ATHENER: So wird er's hier beweisen, würd'ger Timon;
Es wird sein redlich Tun sich selbst belohnen,
Es muß nicht meine Tochter just gewinnen.

TIMON: Und liebt sie ihn?

ATHENER: Jung ist sie, recht gewandt;
Uns lehrt der Irrtum unsrer eignen Jugend,
Wie unbedacht sie sei.

TIMON *zu Lucilius*: Liebst du das Mädchen?

LUCILIUS: Ja, teurer Herr, und mir ward Gegenliebe.

ATHENER: Fehlt meine Zustimmung bei dieser Ehe,
Die Götter sei'n mir Zeugen, so erwähl ich
Mir aus den Straßenbettlern einen Erben
Und nehm ihr alles.

TIMON: Was bestimmst du ihr,
Wird sie vermählt dem Gatten gleichen Standes?

ATHENER: Nun, drei Talente jetzt; in Zukunft alles.

TIMON: Der gut erzogne Jüngling dient mir lange;
Sein Glück zu baun, tu ich ein übriges,
Denn das ist Menschenpflicht. Schenk ihm dein Kind;
Was du ihr gibst, soll er von mir erhalten
Und so nicht leichter wiegen.

ATHENER: Edler Lord,
Zum Pfande deine Ehr, und sie ist sein.

TIMON: Schlag ein, ich halte Wort, bei meiner Ehre!

LUCILIUS: In Demut dank ich Euch, mein gnäd'ger Lord;
Und nimmer mög ich Glück und Gut genießen,
Das Euch nicht angehört!

Lucilius und der alte Athener gehn ab.

DICHTER:
Nehmt huldreich auf dies Werk: lebt lang und glücklich!

TIMON: Ich dank Euch sehr; bald sollt Ihr von mir hören:
Entfernt Euch nicht. – Was habt Ihr da, mein Freund?

MALER: Ein kleines Bild: geruht, mein Gnäd'ger, nicht
Es zu verschmähn.

TIMON: Erfreulich ist ein Bild.
Das Bildwerk ist beinah der wahre Mensch;
Denn seit Ehrlosigkeit und Menschheit schachert,
Ist er nur Außenseite: diese Färbung

Ist, was sie vorgibt. Mir gefällt dies Werk;
Und du erfährst, wie mir's gefällt; komm wieder
Zur Aufwartung, und du wirst von mir hören.
MALER: Der Himmel schütz Euch!
TIMON: Lebt wohl, mein werter Herr! gebt mir die Hand,
Wir speisen heut zusammen. – Euer Stein
Litt unter seiner Schätzung.
JUWELIER: Wie, Herr, so wär er unterschätzt?
TIMON: Nein, Überfülle allerhöchsten Lobes.
Bezahlt ich ihn so, wie er angepriesen,
Würd es mich ganz entblößen.
JUWELIER: Seine Schätzung
Ist, wie Verkäufer zahlen würden: doch
Ein Ding, von gleichem Wert, den Eigner tauschend,
Wird, wie Ihr wißt, nach seinem Herrn geschätzt:
Daß Ihr ihn tragt, erhöht den Wert des Steins.
TIMON: Ein guter Spott.
KAUFMANN: Nein, edler Herr, er spricht gemeine Rede,
Die jeder spricht gleich ihm.
TIMON: Seht, wer hier kommt. Wollt Ihr Euch schelten lassen?

APEMANTUS *tritt auf.*

JUWELIER: Wir teilen mit Eur Gnaden.
KAUFMANN: Er schont keinen.
TIMON: Sei mir willkommen, edler Apemantus.
APEMANTUS: Spar, bis ich edel werde, deinen Willkomm,
Dann bist du Timons Hund, die Schuft' hier ehrlich.
TIMON: Was nennst du Schufte sie, du kennst sie nicht.
APEMANTUS: Sind sie keine Athener?
TIMON: Ja.
APEMANTUS: So widerruf ich nicht.
JUWELIER: Ihr kennt mich, Apemantus.
APEMANTUS: Du weißt, ich tu's; ich nannte dich beim Namen.
TIMON: Du bist stolz, Apemantus.
APEMANTUS: Auf nichts so sehr, als daß ich nicht wie Timon bin.
TIMON: Wohin gehst du?
APEMANTUS: Einem ehrlichen Athener das Gehirn auszuschlagen.
TIMON: Das ist eine Tat, für die du sterben mußt.
APEMANTUS: Ja, wenn Nichtstun den Tod durch das Gesetz verdient.

TIMON: Wie gefällt dir dies Gemälde, Apemantus?
APEMANTUS: Gut, weil es nichts Böses tut.
TIMON: Richtete der nicht viel aus, der es malte?
APEMANTUS: Der noch mehr, der den Maler hervorbrachte; und doch ist der selbst nur ein schmutziges Stück.
MALER: Du bist ein Hund.
APEMANTUS: Deine Mutter ist von meinem Stamm; was ist sie, wenn ich ein Hund bin?
TIMON: Willst du mit mir zu Mittag speisen, Apemantus?
APEMANTUS: Nein, ich esse keine große Herren.
TIMON: Tätest du das, so würdest du die Frauen erzürnen.
APEMANTUS: Oh, die essen große Herren, und dadurch nehmen sie zu.
TIMON: Das ist eine unanständige Andeutung.
APEMANTUS: Wenn du sie deutest, nimm sie für deine Mühe.
TIMON: Wie gefällt dir dieser Edelstein, Apemantus?
APEMANTUS: Nicht so gut wie Aufrichtigkeit, die doch keinen Menschen einen Heller kostet.
TIMON: Wieviel denkst du, daß er wert sei?
APEMANTUS: Nicht meines Denkens wert. – Wie steht's, Poet?
DICHTER: Wie steht's, Philosoph?
APEMANTUS: Du lügst.
DICHTER: Bist du keiner?
APEMANTUS: Ja.
DICHTER: So lüg ich nicht.
APEMANTUS: Bist du nicht ein Poet?
DICHTER: Ja.
APEMANTUS: So lügst du; sieh nur in dein neuestes Werk, wo du ersinnst, er sei ein würd'ger Mensch.
DICHTER: Das ist nicht ersonnen, er ist es wirklich.
APEMANTUS: Ja, er ist deiner wert, um dich für deine Arbeit zu bezahlen: wer die Schmeichelei liebt, ist des Schmeichlers würdig. Himmel, wäre ich doch ein Lord!
TIMON: Was wolltest du dann tun, Apemantus?
APEMANTUS: Dasselbe, was Apemantus jetzt tut, einen Lord von Herzen hassen.
TIMON: Wie, dich selbst?
APEMANTUS: Ja.
TIMON: Weshalb.
APEMANTUS: Daß mir aller grimmige Witz fehlte, um Lord zu bleiben. – Bist du nicht ein Kaufmann?

KAUFMANN: Ja, Apemantus.
APEMANTUS: Der Handel richte dich zugrunde, wenn es die Götter nicht tun!
KAUFMANN: Wenn es der Handel tut, so tun es die Götter.
APEMANTUS: Der Handel ist dein Gott, und dein Gott richte dich zugrunde!

Trompeten. Es tritt ein DIENER *auf.*

TIMON: Was für Trompeten?
DIENER: Alcibiades
Mit zwanzig Rittern, seinen Kriegsgefährten.
TIMON: Geht, führt sie ein, geleitet sie zu uns.

Einige aus dem Gefolge gehn ab.

Ihr müßt heut mit mir speisen. Geht nicht fort,
Bis ich euch dankte; nach der Mahlzeit dann
Zeigt uns das Bild. – Erfreut, euch hier zu sehn.

ALCIBIADES *und seine* GEFÄHRTEN *treten auf.*

Willkommen, Freund!

Sie begrüßen sich.

APEMANTUS: So, so, nun geht es los!
Gicht lähm und dörr euch die geschmeid'gen Glieder!
Von Liebe nichts in all den süßen Schuften,
Und lauter Höflichkeit! Die Menschenbrut
Renkt sich in Aff und Pavian noch hinein.
ALCIBIADES: Ihr stilltet meine Sehnsucht, und ich schwelge
In Gier an Eurem Anblick.
TIMON: Sehr willkommen!
Und eh wir scheiden, eint uns manche Stunde
In Freud und Lust. Ich bitte, tretet ein.

Alle gehn ab, außer Apemantus.
Zwei LORDS *treten auf.*

ERSTER LORD: Was ist die Zeit am Tage, Apemantus?
APEMANTUS: Zeit, daß man ehrlich ist.
ERSTER LORD: Die Zeit ist immer.
APEMANTUS: Um so verruchter du, sie nie zu nutzen.
ZWEITER LORD: Gehst zu Lord Timons Fest?
APEMANTUS: Ja, um zu sehn, wie Schurken Speise nährt
Und Narren Wein erhitzt.
ZWEITER LORD: Leb wohl, leb wohl!
APEMANTUS:
Du bist ein Narr, daß du mir's zweimal sagst.
ZWEITER LORD: Warum, Apemantus?

APEMANTUS: Du hättest das eine für dich behalten sollen, denn ich denke dir keines zu geben.

ERSTER LORD: Geh, häng dich auf.

APEMANTUS: Nein, ich tue nichts auf deinen Befehl: bring deine Gesuche bei deinem Freunde an.

ZWEITER LORD: Fort, du zänkischer Hund, oder ich stoße dich mit dem Fuß hinaus.

APEMANTUS: Ich will, wie der Hund, die Hufe des Esels fliehen.

Ab.

ERSTER LORD:
Er ist ein Widerspiel der Menschheit. Kommt hinein,
Laßt Timons Güt uns kosten, sie ist reicher
Als selbst das Herz der Milde.

ZWEITER LORD:
Er strömt sie aus; Plutus, der Gott des Goldes,
Ist sein Verwalter nur: wer ihn beschenkt,
Wird siebenfach belohnt; und keine Gabe,
Die nicht Vergeltung ihrem Geber bringt,
Weit über alles Maß.

ERSTER LORD: Das edelste
Gemüt hat er, das je im Menschen herrschte.

ZWEITER LORD: Er lebe lang und glücklich! Wolln wir gehn?

ERSTER LORD: Ja, ich begleite Euch.

Sie gehn ab.

ZWEITE SZENE

Prunksaal in Timons Hause.

Oboen, laute Musik. Ein großes Bankett wird angerichtet. FLAVIUS *und andre* DIENER. *Dann treten auf:* TIMON, ALCIBIADES, VENTIDIUS *und andre* SENATOREN *und* GEFOLGE. *Zuletzt kommt* APEMANTUS, *mürrisch, wie es seine Art ist.*

VENTIDIUS: Erlauchter Timon, Götterratschluß sandte
Zur langen Ruh den greisen Vater hin.
Er schied beglückt und hinterließ mich reich:
Drum, wie mich Lieb und Dankbarkeit verpflichten,
Erstatt ich deiner Großmut die Talente,
Zugleich dir dienstergeben, der durch sie
Mir Freiheit schuf.

TIMON: O nimmermehr, Ventidius.
Rechtschaffner Mann, da kränkt Ihr meine Liebe;
Ich gab sie weg auf immer. Wer zurücknimmt,
Kann nicht mit Recht behaupten, daß er gibt:
Wenn so der Große tut, nicht ziemt uns nachzuspielen,
Weil an den Reichen stets die Fehler selbst gefielen.

Sie stehn alle mit Ehrfurcht um Timon her.

VENTIDIUS: Welch edler Geist!
TIMON: Nein, Lords, die Zeremonie
Ward nur erfunden, einen Glanz zu leihn
Verstellter Freundlichkeit und hohlem Gruß,
Guttun vernichtend, um nicht zu gewähren;
Doch wahre Freundschaft kann sie ganz entbehren.
Setzt euch; ihr seid willkommner meinem Glück,
Als mir mein Reichtum ist.

Sie setzen sich.

ERSTER LORD: Mylord, das war stets unser Eingeständnis.
APEMANTUS: Ho! Eingeständnis? folgt nicht Hängen drauf?
TIMON: O Apemantus! – sei willkommen!
APEMANTUS: Nein,
Ich will nicht, daß du mich willkommen heißest;
Ich kam, damit du aus der Tür mich werfest.
TIMON: Pfui, du bist grob, und deine Laune ist
Dem Menschen ungeziemend, tadelnswürdig;
Sonst sagt man: *ira furor brevis est*,
Doch jener Mann ist immerfort ergrimmt.
Du da, bereit ihm seinen eignen Tisch,
Denn er sucht weder die Gesellschaft auf
Noch paßt er für sie irgend.
APEMANTUS: Auf dein' Gefahr bleib ich denn, Timon, hier;
Ich kam, um aufzumerken; sei gewarnt.
TIMON: Das kümmert mich nicht; du bist ein Athener und mir deshalb willkommen; ich möchte hier nichts zu befehlen haben: bitte, laß mein Mahl dich zum Schweigen bringen.
APEMANTUS: Dein Mahl verschmäh ich; es erwürgt mich, denn
Nie würd ich schmeicheln. – Götter! welche Schar
Verzehrt den Timon, und er sieht sie nicht!
Mich quält es, daß so viel' ihr Brot eintauchen
In eines Mannes Blut; und, größre Tollheit,
Er muntert sie noch auf.
Mich wundert, wie doch Mensch dem Menschen traut:

Sie sollten nur sich laden ohne Messer;
Gut für das Mahl und für das Leben besser:
Das zeigt sich oft; der Bursche ihm zunächst,
Der mit ihm Brot bricht, ihm Gesundheit bringt,
Mit seinem Atem im geteilten Trunk,
Er ist der nächst', ihn zu ermorden. So
Geschah's schon oft; wär ich ein großer Herr,
Ich wagte bei der Mahlzeit nicht zu trinken,
Sonst könnte man erspähn der Kehle Schwächen;
Nur halsgepanzert sollten Große zechen.

TIMON: Von Herzen, Herr; und rundum geh es weiter.

ZWEITER LORD: Laß es nach dieser Seite fließen, edler Lord.

APEMANTUS: Nach dieser Seite!
Ein herz'ger Mensch, der keine Flut verschmäht!
O Timon! du und dein Besitz
Wird krank von dem Gesundheitstrinken noch.
Hier hab ich, was zu schwach ist, um zu sünd'gen,
Ehrliches Wasser, was noch keinen hinwarf:
Dies mag mit meiner Kost sich gut vertragen;
Schmaus ist zu stolz, den Göttern Dank zu sagen.

Apemantus' Tischgebet

Ihr Götter, nicht um Geld bitt ich,
Für niemand bet ich als für mich;
Gebt, daß ich nie so töricht sei,
Zu traun der Menschen Schwur und Treu;
Noch der Dirne, wenn sie weint,
Noch dem Hund, der schlafend scheint,
Noch dem Schließer im Gefängnis
Noch dem Freunde in Bedrängnis,
Amen. So greife zu;
Der Reiche sündigt, Wurzeln speise du. *Er ißt und trinkt.*
Und wohl bekomm es deinem guten Herzen, Apemantus.

TIMON: General Alcibiades, Euer Herz ist in diesem Augenblick im Felde.

ALCIBIADES: Mein Herz ist immer zu Euren Diensten, Mylord.

TIMON: Ihr wäret lieber bei einem Frühstück von Feinden als bei einem Mittagessen von Freunden.

ALCIBIADES: Wenn sie frischblutend sind, so kommt kein Schmaus ihnen gleich, und ich möchte meinem besten Freund ein solches Fest wünschen.

APEMANTUS: So wollt ich, alle diese Schmeichler wären deine

Feinde, damit du sie alle töten könntest und mich dann darauf einladen.

ERSTER LORD: Würde uns nur das Glück zuteil, edler Lord, daß Ihr einst unsrer Liebe bedürftet, damit wir Euch einigermaßen unsern Eifer zeigen könnten, dann würden wir uns auf immer für beglückt halten.

TIMON: Oh, zweifelt nicht, meine teuern Freunde, die Götter selbst haben gewiß dafür gesorgt, daß ihr mir noch dereinst sehr nützlich werden könnt: wie wäret ihr auch sonst meine Freunde? Weshalb führtet ihr vor tausend andern diesen liebevollen Namen, wenn ihr meinem Herzen nicht die Nächsten wärt? Ich habe mir selbst mehr von euch gesagt, als ihr mit Bescheidenheit zu eurem Besten sagen könnt, und insoweit bin ich mit euch einer Meinung. O ihr Götter, denk ich, was bedürfen wir irgend der Freunde, wenn wir ihrer niemals bedürften? Sie wären ja die unnützesten Geschöpfe auf der Welt, wenn wir sie nie gebrauchten, und glichen lieblichen Instrumenten, die in ihren Kästen an der Wand hängen und ihre Töne für sich selbst behalten. Wahrlich, ich habe oft gewünscht, ärmer zu sein, um euch näher zu stehn. Wir sind dazu geboren, wohltätig zu sein, und was können wir wohl mit besserm Anspruch unser eigen nennen als den Reichtum unsrer Freunde? O welch ein tröstlicher Gedanke ist es, daß so viele, Brüdern gleich, einer über des andern Vermögen gebieten kann! O Freude, die schon stirbt, ehe sie geboren wird! Meine Augen können die Tränen nicht zurückhalten: um ihren Fehl vergessen zu machen, trinke ich euch zu.

APEMANTUS: Du weinst, daß sie trinken mögen, Timon.

ZWEITER LORD: So ward die Freud auch uns im Aug empfangen
Und sprang sogleich als weinend Kind hervor.

APEMANTUS: Ich lache, daß es wohl ein Bastard war.

DRITTER LORD:
Wahrlich, Mylord, Ihr habt mich ganz erschüttert.

APEMANTUS: Gans!

Trompeten hinter der Szene.

TIMON: Was bedeutet die Trompete? – he?

Ein DIENER *tritt auf.*

DIENER: Mit Eurer Genehmigung, Mylord, es sind einige Damen da, die sehnlich den Einlaß wünschen.

TIMON: Damen? was begehren sie?

DIENER: Sie haben einen Vorläufer bei sich, Mylord, der den Auftrag hat, ihren Willen kundzutun.

TIMON: Wohl, so laß sie ein.

CUPIDO *tritt auf.*

CUPIDO: Dem würd'gen Timon Heil und all den andern,
Die seine Huld genießen! – Die fünf Sinne
Erkennen dich als ihren Herrn und nahn
Glückwünschend deinem edlen Haus: Geschmack,
Gefühl fand hier an deinem Tisch Erquicken;
Sie kommen nur, dein Auge zu entzücken.

TIMON: Sie sind alle willkommen; man empfange sie freundlich: Musik, heiße sie willkommen.

Cupido geht ab.

ERSTER LORD: Ihr seht, wie Ihr von allen seid geliebt.

Musik. CUPIDO *tritt wieder auf, Maskerade von* DAMEN, *als Amazonen verkleidet; sie haben Lauten und tanzen und spielen.*

APEMANTUS: Heisa, ein Schwarm von Eitelkeit bricht ein!
Sie tanzen, ha! wahnsinn'ge Weiber sind's.
Ganz solcher Wahnsinn ist die Pracht des Lebens
Wie dieser Pomp von etwas Öl und Wurzeln.
Selbst machen wir zu Narrn uns, uns zu freun;
Vergeuden Schmeicheln, aufzutrinken Menschen,
Auf deren Alter wir es wieder speien,
Mit Haß und Hohn vergiftet. Wer lebt, der nicht
Gekränkt ist oder kränkt? Wer stirbt und nimmt
Nicht eine Wund ins Grab von Freundeshand?
Die vor mir tanzen jetzt, ich würde fürchten,
Sie stampfen einst auf mich: es kam schon vor;
Man schließt beim Sonnenuntergang das Tor.

Die Lords stehn vom Tisch auf, indem sie dem Timon die größte Ehrfurcht beweisen; und um ihm ihre Liebe zu zeigen, wählt jeder eine Amazone zum Tanz; nach einer heitern Musik schließt der Tanz.

TIMON: Ihr schönen Fraun lieht Anmut unsrer Lust
Und schmücktet unser Fest mit schönerm Glanz,
Das halb so reich und hold vorher nicht strahlte;
Ihr gabt ihm höhern Wert und freundlich Schimmern
Und unterhieltet mich, wie ich's ersann;
Noch bleib ich Dank euch schuldig.

ERSTE DAME: Ihr nehmt uns, Mylord, von der besten Seite.

APEMANTUS: Wahrlich, denn die schlimmste ist schmutzig und würde wohl kaum das Nehmen vertragen, denk ich.

TIMON: Ihr Fraun, dort findet ihr ein leicht Bankett:
So gütig seid, euch selber zu bedienen.
DIE DAMEN: Euch höchst ergebnen Dank, Mylord.
Cupido und die Damen gehn ab.
TIMON: Flavius!
FLAVIUS: Mylord.
TIMON: Bring mir das kleine Kästchen.
FLAVIUS: Sogleich, Mylord. *Beiseite*: Noch immer mehr Juwelen!
Man darf ihn nicht in seiner Laune kreuzen;
Sonst würd ich – gut – wenn alles ist geschwunden,
Wünscht er, er hätte sich gewarnt gefunden.
O Jammer! möge Milde rückwärts sehn,
Daß nicht an Großmut Edle untergehn.
Er geht ab und kommt mit dem Kästchen wieder.
ERSTER LORD: Sind unsre Leute da?
DIENER: Euch zu Befehl, Mylord.
ZWEITER LORD: Die Pferde vor!
TIMON: Ihr Freunde, noch ein Wort
Erlaubt mir: Seht, mein guter Lord, ich muß
Euch bitten, daß Ihr mir die Ehr erweist,
Hier dies Juwel zu adeln:
Empfangt und tragt es, güt'ger Herr.
ERSTER LORD: Doch bin ich schon so sehr in Eurer Schuld
ALLE: Das sind wir alle.
Ein DIENER *tritt auf.*
ZWEITER DIENER: Mylord, es steigen ein'ge Senatoren
Vom Pferde eben, um Euch zu besuchen.
TIMON: Höchlich willkommen.
FLAVIUS: Ich ersuch Eur Gnaden,
Erlaubt ein Wort mir: es betrifft Euch nah.
TIMON: Mich selbst? so hör ich dich ein andermal:
Ich bitte, laß uns wohlbereitet sein,
Sie ziemend aufzunehmen.
FLAVIUS *beiseite*: Kaum noch weiß ich, wie.
Ein DIENER *tritt auf.*
DRITTER DIENER: Erlaubt mir, gnäd'ger Herr, Lord Lucius
Aus freier Liebe als Geschenk Euch vier [sendet
Milchweiße Rosse, aufgeschirrt mit Silber.
TIMON: Ich nehme sie mit Dank; sorgt, daß die Gabe
Würdig erwidert wird. – Wie nun, was gibt's?
Ein DIENER *tritt auf.*

VIERTER DIENER: Mit Euer Gnaden Erlaubnis, der edle Lord Lucullus wünscht Eure Gesellschaft, um morgen mit ihm zu jagen, und sendet Euer Gnaden zwei Koppeln Windhunde.

TIMON: Ich sage zu. – Laß in Empfang sie nehmen,
Nicht ohne reichen Lohn.

FLAVIUS *beiseite*: Was soll draus werden?
Bewirten sollen wir und reich beschenken,
Und alles das aus einem leeren Kasten. –
Er rechnet nimmer nach und heißt mich immer schweigen,
Wenn ich sein Herz als Bettler ihm will zeigen,
Da seine Macht nicht seinem Wunsch genügt;
So überschwenglich ist er im Versprechen,
Daß, was er redet, Schuld ist: ja verpflichtet
Für jedes Wort, ist er so mild, daß Zins
Er dafür zahlt. All seine Güter stehn
In ihren Büchern. –
Wär ich nur freundlich meines Dienstes ledig,
Bevor ich ihn gewaltsam lassen muß!
Viel besser freundlos, keinem Speise bieten
Als vielen, die mehr noch als Feinde wüten.
Es blutet mir das Herz um meinen Herrn. *Ab.*

TIMON: Ihr tut Euch selbst groß Unrecht,
Schätzt Ihr so wenig Euren eignen Wert:
Hier, nehmt die kleine Gabe meiner Liebe.

ZWEITER LORD: Ich nehm's mit nicht geringer Dankbarkeit.

DRITTER LORD: Ja, wohl ist er der Großmut wahre Seele!

TIMON: Und jetzt entsinn ich mich, Mylord, Ihr gabt
Jüngst schönes Lob dem Braunen, den ich ritt:
Er ist der Eure, da er Euch gefällt.

ZWEITER LORD: Ich bitt Euch, edler Herr, entschuldigt mich.

TIMON: Glaubt meinem Wort, mein Freund, ich weiß, man kann
Nur nach Verdienst das loben, was man liebt:
Der Freunde Neigung wäg ich nach der eignen;
Ich spreche aus der Seel. Ich such Euch auf.

ALLE LORDS: Wer wäre so willkommen!

TIMON: Besuch der Freund', und eurer insbesondre,
Ist mir so wert, ich kann genug nicht geben;
Den Freunden möcht ich Königreiche schenken
Und nie ermüden. – Alcibiades,
Du bist ein Krieger, darum selten reich,
Du brauchst es wohl: dein Lebensunterhalt

Ist bei den Toten, deine Ländereien
Das Schlachtfeld.

ALCIBIADES: Unfruchtbares Land, Mylord.

ERSTER LORD: Wir sind unendlich Euch verpflichtet.

TIMON: Und
So bin ich euch.

ZWEITER LORD: Auf ewig ganz ergeben.

TIMON: Nicht minder ich. – He, Lichter, noch mehr Lichter!

ERSTER LORD: Das höchste Glück,
Reichtum und Ehre bleib Euch, edler Timon.

TIMON: Zum Dienst der Freunde.

Alcibiades und die Lords gehn ab.

APEMANTUS: Welch ein Lärm ist das!
Grinsend Gesicht, den Steiß herausgekehrt!
Ob wohl die Kratzfüß jene Summen wert,
Die sie gekostet? Freundschaft ist voll Kahmen:
Der Falschheit Knochen sollten immer lahmen.
Kniebeugen macht treuherz'gen Narrn bankrott.

TIMON: Nun, Apemantus, wärst du nicht so mürrisch,
Wollt ich dir Gutes tun.

APEMANTUS: Nein, ich will nichts:
Würd ich bestochen auch, so bliebe keiner,
Auf dich zu schmähn; dann sündigtst du noch schneller.
Du gibst so viel, Timon, daß, wie ich fürchte,
Du in Papier dich bald hinweggeschenkt.
Wozu die Schmäus und Aufzüg, eitles Großtun?

TIMON: Nein, wenn du selbst Geselligkeit willst schmähen,
So will ich wahrlich deiner gar nicht achten.
Fahr wohl und komm in beßrer Stimmung. *Ab.*

APEMANTUS: So!
Du willst nicht hören – sollst auch nicht; verschlossen
Sei dir dies Glück. O Mensch, wie so betört!
Taub ist das Ohr dem Rat, das Schmeichler hört. *Ab.*

ZWEITER AUFZUG

Erste Szene

Zimmer in dem Hause eines Senators.

Der Senator *tritt auf mit Papieren in der Hand.*

SENATOR: Fünftausend kürzlich erst dem Varro; Isidor
Ist er neuntausend schuldig; meins dazu,
Macht fünfundzwanzig. – Immer rascher taumelt
Verschwendung so! Es kann, es wird nicht dauern.
Fehlt's mir an Geld, stehl ich 'nes Bettlers Hund
Und geb ihn Timon; gut, der Hund münzt Geld.
Will ich statt meines Pferdes zwanzig kaufen,
Und beßre: nun, mein Pferd schenk ich dem Timon,
Nicht fordernd geb ich's ihm, gleich fohlt mir's Rosse,
Und treffliche: kein Pförtner steht am Tor,
Nein, einer nur, der lächelnd alles ladet,
Was dort vorbeigeht. Dauern kann es nicht;
Kein Sinn kann seinen Zustand sicher finden.
He, Caphis! Caphis, sag ich.

Caphis *tritt auf.*

CAPHIS: Was befehlt Ihr?
SENATOR: Den Mantel um, und zu Lord Timon gleich;
Sei dringend um mein Geld und nicht begütigt
Durch leichte Ausflucht; schweig nicht, wenn es heißt:
„Empfiehl mich deinem Herrn", man mit der Kappe
Spielt in der rechten Hand, so; nein, sag ihm,
Man drängt mich selbst, und ich muß sie beschwicht'gen
Aus meinen Mitteln. Seine Frist ist um,
Und mein Kredit, da er nicht Stundung hielt,
Ist schon versehrt: ich lieb ihn und verehr ihn;
Doch wag ich nicht den Hals für seinen Finger;
Ich brauch es augenblicks, und was mich rettet,
Muß nicht unsichre, schwanke Rede sein,
Nur schleunigste Befried'gung. Mach dich auf;
Nimm auch höchst ungestümes Wesen an,
Ein Angesicht des Mahners; denn ich fürchte,
Steckt jede Feder in der rechten Schwinge,
Bleibt Timon als ein nackter Gauch zurück,
Der jetzt als Phönix leuchtet. Mach dich fort!

CAPHIS: Ich gehe, Herr.
SENATOR: Nimm die Verschreibung mit
Und merke die Verfallzeit.
CAPHIS: Gut.
SENATOR: So geh!
Gehn ab.

ZWEITE SZENE

Vorhalle in Timons Hause.

FLAVIUS *tritt auf mit vielen Rechnungen in der Hand.*

FLAVIUS: Nachdenken, Einhalt nicht! Wirtschaft, ganz sinnlos,
Daß er sie weder so kann weiter führen
Noch die Verschwendung hemmt: sich nicht drum kümmert,
Wo alles hingeht, noch ein Mittel sucht,
Woraus es fortzuführen; nie verband
Sich so viel Milde solchem Unverstand.
Was wird noch draus? Er hört nicht, bis er fühlt;
Ich schenk ihm reinen Wein, kommt er vom Jagen.
Pfui, pfui!
Es treten auf CAPHIS *und die* DIENER *des Isidor und Varro.*
CAPHIS: Ei, Varro, guten Abend:
Kommst du nach Geld?
VARROS DIENER: Ist's nicht auch dein Geschäft?
CAPHIS: So ist's; – und deins auch, Isidor?
ISIDORS DIENER: Jawohl.
CAPHIS: Wärn wir nur alle schon bezahlt!
VARROS DIENER: Hm, schwerlich.
CAPHIS: Hier kommt der gnäd'ge Herr.
Es treten auf TIMON, ALCIBIADES *und* LORDS.
TIMON: Gleich nach der Mahlzeit gehn wir wieder dran,
Mein Alcibiades. – Zu mir? Was gibt's?
CAPHIS: Hier, diese Schuldverschreibung, edler Herr –
TIMON: Schuld? Woher bist du?
CAPHIS: Gnäd'ger, aus Athen.
TIMON: Zu meinem Hausverwalter geh.
CAPHIS: Verzeiht mir, gnäd'ger Herr, seit einem Monat
Verweist er mich von einem Tag zum andern;

Mein Herr, jetzt selbst in Not und hart bedrängt,
Muß mahnen an die Schuld und fleht in Demut,
Daß Ihr, mit Euerm edlen Tun im Einklang,
Sein Recht ihm tut.

TIMON: Mein guter Freund, ich bitte,
Komm wieder zu mir morgen früh.

CAPHIS: Nein, edler Herr.

TIMON: Vergiß dich nicht, mein Guter.

VARROS DIENER: Des Varro Diener, Lord –

ISIDORS DIENER: Von Isidor;
In Demut bittet er um schnelle Zahlung.

CAPHIS: Wär Euch bekannt, wie sehr mein Herr es braucht -

VARROS DIENER:
Schon vor sechs Wochen fällig, Herr, und drüber.

ISIDORS DIENER: Mylord, Eur Hausverwalter weist mich ab,
Ausdrücklich schickt man mich zu Euer Gnaden.

TIMON: Nur kleine Ruh! –
Ich bitt euch, edle Lords, geht mir voran;

Alcibiades und die Lords gehn ab.

Ich folg euch augenblicks. – *Zu Flavius*: Komm her, und [sprich:
Wie, um die Welt, daß man mich so umdrängt
Mit Mahngeschrei um Schuld, verfallnen Scheinen
Und rückgehaltnen Summen, zahlbar längst,
Zum Nachteil meiner Ehre?

FLAVIUS: Hört, ihr Herrn,
Die Zeit ist für Geschäfte nicht geeignet;
Stillt euern Ungestüm bis nach der Mahlzeit,
Auf daß ich Seiner Gnaden sagen möge,
Weshalb ihr nicht bezahlt seid.

TIMON: Tut das, Freunde!
Und laß sie gut bewirten. *Ab.*

FLAVIUS: Bitte, kommt. *Ab.*

APEMANTUS *und ein* NARR *treten auf.*

CAPHIS: Wartet, hier kommt Apemantus mit dem Narren; wir wollen noch etwas Spaß mit ihnen treiben.

VARROS DIENER: An den Galgen mit ihm, er wird uns schlecht begegnen.

ISIDORS DIENER: Die Pest über den Hund!

VARROS DIENER: Was machst du, Narr?

APEMANTUS: Führst du Gespräch mit deinem Schatten?

VARROS DIENER: Ich spreche nicht mit dir.

APEMANTUS: Nein, mit dir selbst. – *Zum Narren*: Komm fort.

ISIDORS DIENER *zu Varros Diener*:
Da hängt dir der Narr schon am Halse.

APEMANTUS: Nein, du stehst allein und hängst nicht an ihm.

CAPHIS: Wo ist der Narr nun?

APEMANTUS: Der die letzte Frage tat. – Arme Schufte und Diener von Wucherern! Kuppler zwischen Gold und Mangel!

ALLE DIENER: Was sind wir, Apemantus?

APEMANTUS: Esel.

ALLE DIENER: Warum?

APEMANTUS: Weil ihr mich fragt, was ihr seid, und euch selbst nicht kennt. – Sprich mit ihnen, Narr.

NARR: Wie geht's euch, ihr Herren?

ALLE DIENER: Großen Dank, Narr! wie geht es deiner Gebieterin?

NARR: Sie setzt eben Wasser bei, um solche Küchlein, wie ihr seid, zu brühen. Ich wollte, wir sähen euch in Korinth.

APEMANTUS: Gut! ich danke dir.

Ein PAGE *tritt auf.*

NARR: Seht, hier kommt der Page meiner Gebieterin.

PAGE *zum Narren*: Nun, wie geht's, Kapitän? was machst du in dieser weisen Gesellschaft? – Wie geht's dir, Apemantus?

APEMANTUS: Ich wollte, ich hätte eine Rute in meinem Mund, um dir eine heilsame Antwort geben zu können.

PAGE: Ich bitte dich, Apemantus, lies mir die Aufschrift dieser Briefe, ich weiß nicht, an wen jeder ist.

APEMANTUS: Kannst du nicht lesen?

PAGE: Nein.

APEMANTUS: So wird also an dem Tag, wo du gehängt wirst, keine große Gelehrsamkeit sterben. Dieser ist an Lord Timon, dieser an Alcibiades. Geh! du wurdest als Bastard geboren und wirst als Kuppler sterben.

PAGE: Und du wurdest als Hund geworfen und wirst verhungern, den Tod des Hundes. Antworte nicht, denn ich bin schon fort. *Ab.*

APEMANTUS: Ebenso entfliehst du der Gnade. Narr, ich will mit dir zu Lord Timon gehen.

NARR: Und willst du mich dort lassen?

APEMANTUS: Wenn Timon zu Hause bleibt. – Ihr drei bedient drei Wucherer.

ALLE DIENER: Ja; bedienten sie lieber uns!

APEMANTUS: Das wollte ich auch – und so gut, wie jeder Henker den Dieb bedient.

NARR: Seid ihr die Diener von drei Wucherern?

ALLE DIENER: Ja, Narr.

NARR: Ich glaube, es gibt keinen Wucherer, der nicht einen Narren zum Diener hat. Meine Gebieterin ist es auch, und ich bin ihr Narr. Wenn die Leute von euren Herren borgen wollen, so kommen sie traurig und gehen fröhlich wieder weg; aber in das Haus meiner Gebieterin kommen sie fröhlich und gehn traurig wieder weg: die Ursach?

VARROS DIENER: Ich könnte sie nennen.

APEMANTUS: So tu es denn, damit wir dich als Verbuhlten und Schelm kennenlernen, wofür du nichtsdestoweniger gelten sollst.

VARROS DIENER: Was ist ein Verbuhlter, Narr?

NARR: Ein Narr in guten Kleidern und dir etwas ähnlich. Ein Geist ist es, denn zuweilen erscheint er als ein vornehmer Herr, zuweilen als ein Rechtsgelehrter, zuweilen als ein Philosoph [mit noch zwei anderen Steinen außer seinem Stein der Weisen]. Zuweilen gleicht er auch einem Ritter: und kurz und gut, in allen Gestalten, worin die Menschen von achtzig bis zu dreizehn Jahren umherwandeln, geht dieser Geist um.

VARROS DIENER: Du bist nicht ganz ein Narr.

NARR: Und du nicht ganz ein Weiser; so viel Narrheit, wie ich besitze, so viel Witz mangelt dir.

APEMANTUS: Dieser Antwort hätte sich Apemantus nicht zu schämen brauchen.

ALLE DIENER: Platz, Platz! hier kommt Lord Timon.

TIMON *und* FLAVIUS *treten auf.*

APEMANTUS: Komm mit mir, Narr, komm.

NARR: Ich folge nicht immer dem Liebhaber, dem ältesten Bruder und der Frau; manchmal dem Philosophen.

Apemantus und der Narr gehn ab.

FLAVIUS: Ich bitt euch, geht; gleich will ich mit euch reden.

Die Diener gehn alle ab.

TIMON: Du machst mich staunen. Warum früher nicht
Hast du mir mein Vermögen klar berechnet?
Daß ich vermocht, den Haushalt einzurichten,
Wie's mir vergönnt.

FLAVIUS: Ihr wolltet nimmer hören,
Sooft ich's vorschlug Eurer Muße.

TIMON: Was!
Einmal ergriffst du wohl den Augenblick,
Wenn üble Laune dich zurückgewiesen:
Und die Verstimmung soll nun jetzt dir helfen,
Dich zu entschuld'gen.
FLAVIUS: O mein teurer Herr,
Oft hab ich meine Rechnung Euch gebracht,
Sie hingelegt; Ihr aber schobt sie weg
Und spracht: sie lieg in meiner Redlichkeit.
Befahlt Ihr, für ein klein Geschenk so viel
Zu geben, schüttelt ich den Kopf und weinte;
Ich bat Euch, gegen das Gebot der Sitte,
Mehr Eure Hand zu schließen; ich ertrug
Nicht seltnen und nicht milden Vorwurf, wagt ich,
An Eures Reichtums Ebbe Euch zu mahnen
Und Eurer Schulden Flut, geliebter Herr,
Jetzt hört Ihr mich – zu spät! –, doch muß ich's sagen,
Daß Euer ganz Vermögen halb zu wenig,
Die gegenwärt'gen Schulden nur zu tilgen.
TIMON: Laß all mein Land verkaufen.
FLAVIUS: Alles ist
Verpfändet; viel verfallen und dahin;
Und was noch bleibt, kann kaum den Riß verstopfen
Des jetz'gen Drangs: Termin folgt auf Termin:
Was nun vertritt die Zwischenzeit? und endlich,
Wie steht's um unsre Rechnung?
TIMON: Bis Lakedämon reichten meine Güter.
FLAVIUS: O teurer Herr, die Welt ist nur ein Wort:
Und wär sie Eur, wie schnell wär sie dahin,
Wenn sie ein Laut verschenkte!
TIMON: Du hast recht.
FLAVIUS: Mißtraut Ihr meinem Haushalt, meiner Ehre,
So laßt mich vor den strengsten Richtern stehn
Zur Rechenschaft. Die Götter sind mir Zeugen:
Wenn Vorsaal, Küch und Keller voll gedrängt
Schwelgender Diener, die Gewölbe weinten
Vom Weinguß Trunkner und wenn jeder Saal
Von Kerzen flammt' und von Musik erbrauste,
Saß ich beim steten Fluß des Spundlochs einsam
Und ließ mein Auge strömen.
TIMON: Bitte, nichts mehr.

FLAVIUS: Ihr Götter, rief ich, dieser Herr so mild!
Wie manchen reichen Bissen Sklaven heut
Verschluckten! Wer ist Timon nicht ergeben?
Welch Haupt, Herz, Schwert, Gold, Gut gehört nicht ihm,
Dem großen, edeln, königlichen Timon?
Ach! schwand der Reichtum, der dies Lob gekauft,
So schwand der Atem, der dies Lob gebildet:
Was Schmaus gewann, verlor das Fasten wieder;
Ein Wintertag, und tot sind diese Fliegen.
TIMON: Still, pred'ge mir nicht mehr:
Doch kennt mein Herz kein lasterhaft Verschwenden;
Unweis und nicht unedel gab ich weg.
Was weinst du doch? Denkst du, ganz gottlos, denn,
Ich werde freundlos sein? Beruh'ge dich;
Wollt ich anzapfen allen Wein der Liebe,
Durch Borg der Herzen Inhalt mir erprüfen,
Könnt ich ihr aller Gut so frei gebrauchen,
Wie ich dich reden heiße.
FLAVIUS: Es mög Erfüllung Euren Glauben segnen.
TIMON: Und in gewisser Art freut mich mein Mangel,
Daß ich ihn Segen achte, denn durch ihn
Prüf ich die Freund': dann siehst du deinen Irrtum,
Wie überreich ich in den Freunden bin.
He, drinnen da! – Flaminius! Servilius!
FLAMINIUS, SERVILIUS *und andre* DIENER *treten auf.*
DIE DIENER: Mylord, Mylord –
TIMON: Verschicken will ich euch – dich zu Lord Lucius –
Zu Lord Lucullus dich; noch heut jagt ich
Mit ihm; – dich zu Sempronius;
Empfehlt mich ihrer Lieb, und ich sei stolz,
Daß die Gelegenheit sich fand, um Darlehn
An Geld sie anzusprechen; mein Ersuchen:
Fünfzig Talent.
FLAMINIUS: Wie Ihr befehlt, Mylord.
FLAVIUS *beiseite*: Lord Lucius und Lucullus? Hm!
TIMON *zu einem andern Diener*:
Und du, geh zu den Senatoren flugs,
Die schon, weil ich dem Staate Dienst getan,
Gewähren mögen, daß sie gleich mir tausend
Talente senden.
FLAVIUS: Ich war schon so kühn

(Denn dies geschieht ja oft so, wie ich weiß),
Dein Petschaft dort und Namen zu gebrauchen;
Doch schütteln sie den Kopf, und ich kam wieder,
Nicht reicher als ich ging.

TIMON: Ha! wirklich? kann es sein?

FLAVIUS: Einstimmig sprechen alle – keiner anders –,
Daß ihre Kassen leer, kein Geld im Schatz,
Nicht könnten, wie sie wollten – täte leid –
Höchst würdig Ihr – doch wünschten sie – nicht wüßten –
Es konnte manches besser – edler Sinn
Kann wanken – wär nur alles gut – doch schade!
Und so, zu andern wicht'gen Dingen schreitend,
Mit scheelem Blick und diesen Redebrocken,
Halb abgezogner Mütz, kalt trocknem Nicken,
Vereisten sie das Wort mir auf der Zunge.

TIMON: Gebt's ihnen heim, ihr Götter! –
Ich bitte, Mann, blick froh; den Altgesellen
Ist nun der Undank einmal einverleibt;
Ihr Blut ist Gallert, kalt, und fließt nur dünn,
Es ist nicht frisch und warm, sie fühlen nichts;
Und die Natur, der Erd entgegenwachsend,
Ist, wie das Reiseziel, schon dumpf und schwer. –
Zu einem Diener: Geh zu Ventidius. *Zu Flavius*: Bitte sei nicht traurig,
Treu bist du, redlich; frei und offen sag ich's,
Kein Tadel trifft dich. – *Zum Diener*: Kürzlich erst begrub
Ventidius seinen Vater; er ward Erbe
Von großen Schätzen: als er arm noch war,
Gefangen und kein Freund ihn anerkannte,
Löst ich ihn aus mit fünf Talenten. Grüß ihn:
Vermuten mög er, dringliches Bedürfnis
Berühre seinen Freund, Erinnerung weckend
An jene fünf Talent. – *Zu Flavius*: Den Burschen gib sie,
Die jetzt drauf drängen. Fort mit dem Gedanken,
Bei Freunden könne Timons Glück erkranken!

FLAVIUS: Wohl will mein Zweifel mit der Großmut rechten:
Die Milde hält für milde auch die Schlechten.

Gehn ab.

DRITTER AUFZUG

Erste Szene

Zimmer in Lucullus' Hause.

Flaminius *wartend; ein* Diener *kommt zu ihm.*

DIENER: Ich habe dich bei meinem Herrn gemeldet, er wird gleich zu dir herunterkommen.

FLAMINIUS: Ich danke dir.

Lucullus *tritt auf.*

DIENER: Hier ist mein Herr.

LUCULLUS *beiseite*: Einer von Timons Dienern? gewiß ein Geschenk. Haha, das trifft ein; mir träumte heute nacht von Silberbecken und -kanne. *Laut*: Flaminius, ehrlicher Flaminius; du bist ganz ausnehmend sehr willkommen. – *Zum Diener*: Geh, bring Wein. *Diener geht ab.* Und was macht der hochachtbare, unübertreffliche, großmütige Ehrenmann Athens, dein höchst gütiger Herr und Gebieter?

FLAMINIUS: Seine Gesundheit ist gut, Herr.

LUCULLUS: Das freut mich recht, daß seine Gesundheit gut ist. Und was hast du da unter deinem Mantel, mein artiger Flaminius?

FLAMINIUS: Wahrlich, Mylord, nichts als eine leere Büchse, die ich Euer Gnaden für meinen Herrn zu füllen ersuche; er ist in den Fall gekommen, dringend und augenblicklich fünfzig Talente zu brauchen, und schickt zu Euer Gnaden, ihm damit auszuhelfen; indem er durchaus nicht an Eurer schnellen Bereitwilligkeit zweifelt.

LUCULLUS: La, la, er zweifelt nicht, sagst du? ach, der gute Lord! er ist ein edler Mann, wollte er nur nicht ein so großes Haus machen. Viel und oftmals habe ich bei ihm zu Mittag gespeist und es ihm gesagt; und bin zum Abendessen wiedergekommen, bloß in der Absicht, ihn zur Sparsamkeit zu bewegen: aber er wollte keinen Rat annehmen und sich durch mein wiederholtes Kommen nicht warnen lassen. Jeder Mensch hat seinen Fehler, und Großmut ist der seinige; das habe ich ihm gesagt, aber ich konnte ihn nicht davon abbringen.

Der Diener *kommt mit Wein.*

DIENER: Gnädiger Herr, hier ist der Wein.

LUCULLUS: Flaminius, ich habe dich immer für einen klugen Mann gehalten. Ich trinke dir zu.

FLAMINIUS: Euer Gnaden beliebt es so zu sagen.

LUCULLUS: Ich habe an dir immer einen raschen, auffassenden Geist bemerkt – nein, es ist wirklich so –, und du weißt wohl, was vernünftiges Betragen ist; du bist der Zeit willfährig, wenn die Zeit dir willfährig ist: alles gute Eigenschaften. – *Zum Diener*: Mach dich davon, Mensch! *Diener ab.* – Tritt näher, ehrlicher Flaminius. Dein Herr ist ein wohltätiger Mann; aber du bist klug und weißt recht wohl, obgleich du zu mir kommst, daß jetzt keine Zeit ist, um Geld auszuleihen; besonders auf bloße Freundschaft, ohne Sicherheit. Hier hast du drei Goldstücke für dich, guter Junge, drück ein Auge zu und sage, du habest mich nicht getroffen. Lebe wohl!

FLAMINIUS: Ist's möglich? hat die Welt sich so verwandelt,
Und wir dieselben lebend? – Niederträchtige
Gemeinheit, bleibe dem, der dich verehrt!
Indem er das Geld hinwirft.

LUCULLUS: Ha, ha! Nun sehe ich, du bist ein Narr und schickst dich gut für deinen Herrn. *Ab.*

FLAMINIUS: Nimm dies zu jenem Gold, das einst dich brennt!
Geschmolznes Gold sei dein Verdammungsspruch,
Du Krankheit eines Freunds, doch nicht ein Freund!
Hat Freundschaft solch ein schwaches Herz von Milch,
Das in zwei Nächten umschlägt? O ihr Götter!
Ich fühle meines Herren Zorn! der Sklav
Hat noch in sich zur Stunde Timons Mahl:
Wie soll es ihm gedeihn und Nahrung werden,
Wenn er sich selbst in Gift verwandelt hat?
Oh, möge Krankheit nur sich draus erzeugen!
Und liegt er auf den Tod, der Nahrungsstoff,
Für den mein Herr bezahlte, o entart er!
Vermehre Krankheit und die Todesmarter! *Ab.*

ZWEITE SZENE

Straße.

LUCIUS *kommt mit* DREI FREMDEN.

LUCIUS: Wer, Lord Timon? er ist mein sehr guter Freund und ein ausgezeichneter Ehrenmann.

ERSTER FREMDER: Wir kennen ihn nicht anders, obwohl wir ihm fremd sind. Aber ich kann Euch etwas sagen, Mylord, was ich durch das allgemeine Gerücht gehört habe: Timons glückliche Tage sind vergangen und verschwunden, und sein Besitztum wird ihm ungetreu.

LUCIUS: Oh, nicht doch! Nein, glaubt das nicht; um Geld kann er nie in Verlegenheit sein.

ZWEITER FREMDER: Aber glaubt mir dies, gnädiger Herr, daß vor kurzem einer seiner Diener bei Lord Lucullus war, um, ich weiß nicht wie viele Talente, zu borgen, ja, und noch mehr, sehr in ihn drang und die Notwendigkeit zeigte, die ihn zu diesem Schritt bewog, und doch abgewiesen wurde.

LUCIUS: Wie?

ZWEITER FREMDER: Ich sage Euch, abgewiesen.

LUCIUS: Wie seltsam ein solches Beginnen! Nun, bei den Göttern, ich muß mich dessen schämen. Den würdigen Mann abzuweisen! darin zeigte er wenig Gefühl für Ehre. Was mich betrifft, ich muß bekennen, ich habe einige kleine Liebeszeichen von ihm erhalten, Geld, Silbergeschirr, Edelsteine und dergleichen Kleinigkeiten, nichts im Vergleich mit jenem; doch hätte er ihn übergangen und zu mir gesendet, ich hätte seinem Bedürfnis diese Talente nicht geweigert.

SERVILIUS *tritt auf.*

SERVILIUS: Ei sieh, zum guten Glück, da ist ja der edle Lucius; ich habe schwitzen müssen, ihn zu finden. – Verehrter Herr!

LUCIUS: Servilius! gut getroffen. Lebe wohl! – Empfiehl mich deinem edlen, tugendhaften Herrn, meinem allerteuersten Freund.

SERVILIUS: Mit Euer Gnaden Erlaubnis, mein Herr sendet –

LUCIUS: Was sendet er? Ich bin deinem Herrn schon so sehr verpflichtet; er sendet immer. O sage mir, wie kann ich ihm wohl danken? Und was sendet er mir jetzt?

SERVILIUS: Nur sein augenblickliches Ersuchen sendet er Euch jetzt, mein gnädiger Herr, und bittet Euch, ihm sogleich mit so vielen Talenten auszuhelfen, wie hier geschrieben stehen.

LUCIUS: Ich weiß, der gnäd'ge Lord scherzt nur mit mir;
Nicht fünfzig, hundert fehlen ihm Talente.

SERVILIUS: Doch fehlt ihm jetzt die weit geringre Summe.
Bedürft er's nicht zum Äußersten, Mylord,
Würd ich nicht halb so eifrig in Euch dringen.

LUCIUS: Sprichst du im Ernst, Servilius?

SERVILIUS: Bei meiner Seele, Herr, es ist wahr.

LUCIUS: Welch ein gottvergessenes Tier war ich, mich eben vor einer so gelegenen Zeit vom Gelde zu entblößen, da ich mich hätte als ein Mann von Ehre zeigen können! Wie unglücklich trifft es sich, daß ich durch einen kleinen Einkauf am Tag zuvor nun einen großen Teil meiner Ehre einbüßen muß! – Servilius, ich rufe die Götter zu Zeugen, ich bin nicht imstande, es zu tun; um so mehr Vieh, sage ich noch einmal! – Ich wollte soeben selbst Timon ansprechen, das können diese Herren bezeugen; aber jetzt möchte ich um alle Schätze von Athen nicht, daß ich es getan hätte. Empfiehl mich angelegentlich deinem liebevollen Gebieter; ich hoffe, sein Edelmut wird das Beste von mir denken, da es nicht in meiner Macht steht, mich ihm freundlich zu bezeigen. – Und sage ihm von mir, ich halte es für einen der größten Unglücksfälle, die mich treffen konnten, daß ich solchem edlen Mann nicht dienen kann. Guter Servilius, willst du mir so viel Liebe erzeigen, meine eigenen Worte gegen ihn zu gebrauchen?

SERVILIUS: Ja, Herr, das werde ich.

LUCIUS: Ich werde daran denken, dir einen Gefallen zu tun, Servilius.

Servilius geht ab.

Grad, wie ihr sagt: mit Timon will sich's neigen;
Wem man nicht traut, der kann nie wieder steigen. *Ab.*

ERSTER FREMDER: Bemerkt Ihr dies, Hostilius?

ZWEITER FREMDER: Nur zu gut.

ERSTER FREMDER: Dies ist
Der Geist der Welt; und grad aus solchem Tuch
Ist jedes Schmeichlers Witz. Ist der noch Freund,
Der mit uns in dieselbe Schüssel taucht?
Timon, ich weiß, war dieses Mannes Vater,
Es rettete sein Beutel ihn vorm Fall,
Hielt sein Vermögen; ja mit Timons Geld
Bezahlt' er seiner Diener Lohn; nie trinkt er,
Daß Timons Silber nicht die Lipp ihm rührt;
Und doch (o seht, wie scheußlich ist der Mensch,
Wenn er des Undanks Bildung an sich trägt!)
Versagt er nun, verglichen dem Empfangnen,
Was ein barmherz'ger Mann dem Bettler gibt.

DRITTER FREMDER: Die Frömmigkeit seufzt leidend.

ERSTER FREMDER: Was mich betrifft,
Ich habe nie von Timon was genossen
Noch teilte mir sich seine Güte mit,
Als Freund mich zu bezeichnen; doch beteur ich,
Um seines edlen Sinns erlauchter Tugend
Und seines adeligen Wesens halb,
Wenn er in seiner Not mich angegangen,
Mein ganz Besitztum hätt ich hingeopfert,
Daß ihm die größte Hälfte wiederkehrte,
So lieb ich sein Gemüt. Doch merk ich wohl,
Man muß ohn Mitleid auszukommen wissen;
Denn Klugheit thront noch höher als Gewissen.
Sie gehn ab.

Dritte Szene

Zimmer in Sempronius' Hause.

Sempronius *tritt auf mit einem* Diener *Timons.*

SEMPRONIUS: Bestürmen muß er mich vor allen andern?
Den Lucius und Lucullus konnt er angehn;
Und auch Ventidius ist nun reich geworden,
Den er vom Kerker losgekauft! Sie alle
Verdanken ihren Wohlstand ihm.
DIENER: Mylord,
Geprüft sind sie und falsches Gold befunden;
Sie weigerten ihm alle.
SEMPRONIUS: Weigern ihm?
Ventidius und Lucullus weigern ihm?
Nun schickt er her zu mir? Und sie? Hm, hm!
Das zeigt in ihm nur wenig Lieb und Urteil.
Ich letzter Trost? Die Freund', wie Ärzte, geben
Ihn dreimal auf: nun soll ich ihn heilen?
Sehr hat er mich gekränkt; ich bin ihm böse,
Daß er mich so verkennt: Kein Grund und Sinn,
Weshalb er mich zuerst nicht angesprochen,
Denn ich, auf mein Gewissen, war der erste,
Der Gaben je von ihm empfangen hat:
Und stellt er mich nun in den Hintergrund,
Daß er zuletzt mir traute? Nein, dies würde

Nur Gegenstand des Spotts für all die andern,
Ein Tor nur stånd ich da vor all den Lords.
Dreimal die ganze Summe gäb ich lieber,
Wär ich der erst; nur um mein Zartgefühl;
So schwoll mein Herz, ihm Gutes zu erweisen!
Zum Nein der andern sei das Wort gesellt:
Wer meine Ehre kränkt, sieht nie mein Geld. *Ab.*

DIENER: Ganz unvergleichlich! Euer Gnaden ist ein recht frommer Schurke. Der Teufel wußte nicht, was er tat, als er den Menschen politisch machte; er stand sich selbst im Licht: und ich kann nichts anders glauben, als daß durch so nichtswürdige Klugheit der Sünder sich noch zum Heiligen disputiert. Wie tugendhaft strebte der Lord, um niederträchtig zu erscheinen! Frommen Vorwand nimmt er, um gottlos zu sein; denen gleich, die mit inbrünstigem Religionseifer ganze Königreiche in Brand stecken möchten.
Der Art ist seine überkluge Liebe.
Er Timons beste Hoffnung; all entweichen,
Nur die Götter nicht: Die Freunde all sind Leichen.
Die Tür, die niemals ihren Riegel kannte
Durch manch gastfreies Jahr, muß jetzt sich schließen,
Um sichern Wahrsam ihrem Herrn zu leihn.
So endt der Lauf von allzu freien Jahren;
Das Haus bewahrt, wer nicht sein Geld kann wahren. *Ab.*

VIERTE SZENE

Vorhalle in Timons Hause.

Es treten auf zwei DIENER *des Varro und ein* DIENER *des Lucius;* TITUS, HORTENSIUS *und andere* DIENER *von Timons Gläubigern.*

VARROS DIENER: Recht! Guten Morgen, Titus und Hortensius.
TITUS: Euch gleichfalls, guter Varro.
HORTENSIUS: Lucius!
Wie treffen wir uns hier?
LUCIUS' DIENER: Und wie ich glaube,
Führt ein Geschäft uns alle her; denn meins
Ist Geld.
TITUS: Und so ist ihrs und unsers.

PHILOTUS *tritt auf.*

LUCIUS' DIENER: Ei!
Philotus auch.
PHILOTUS: Guten Morgen.
LUCIUS' DIENER: Freund, willkommen!
Was ist's wohl an der Zeit?
PHILOTUS: Nicht weit von neun.
LUCIUS' DIENER: So spät?
PHILOTUS: War Mylord noch nicht sichtbar?
LUCIUS' DIENER: Nein.
PHILOTUS: Mich wundert's; schon um sieben strahlt' er sonst.
LUCIUS' DIENER: Ja, doch sein Tag ist kürzer jetzt geworden.
Seht, Freunde, des Verschwenders Lauf ist gleich
Der Sonne, doch erneut sich nicht wie sie.
Ich fürcht, in Timons Beutel ist es Winter;
Das heißt, steckt man die Hand auch tief hinein,
Man findet wenig.
PHILOTUS: Ja, das fürcht ich auch.
TITUS: Jetzt merkt mal auf ein höchst seltsames Ding.
Euer Herr schickt Euch nach Geld?
HORTENSIUS: Gewiß, das tut er.
TITUS: Und trägt Juwelen, die ihm Timon schenkte,
Für die ich Geld erwarte.
HORTENSIUS: 's ist gegen mein Gemüt.
LUCIUS' DIENER: Ja, wundersam,
Timon bezahlt, was niemals er bekam:
Als wenn dein Herr, weil er Juwelen trägt,
Sich dafür Geld von Timon geben ließe.
HORTENSIUS: Ich bin des Auftrags satt, die Götter wissen's:
Sehr viel erhielt mein Herr, als Timon reich;
Sein Undank macht dies jetzt dem Diebstahl gleich.
VARROS DIENER: Meins ist dreitausend Kronen; und das deine?
LUCIUS' DIENER: Fünftausend.
VARROS ERSTER DIENER:
Das ist sehr viel, und nach der Summe scheint's,
Dein Herr war ihm vertrauter als der meine;
Sonst wäre sicher auch die Fordrung gleich.

FLAMINIUS *tritt auf.*

TITUS: Einer von Timons Dienern.
LUCIUS' DIENER: Flaminius! auf ein Wort: Ich bitte dich, ist dein Herr bereit herauszukommen?
FLAMINIUS: Nein, gewiß nicht.

TITUS: Wir erwarten Seine Gnaden; und ich bitte dich, tu ihm das zu wissen.

FLAMINIUS: Ich habe nicht nötig, es ihm zu sagen; er weiß wohl, daß ihr nur zu beflissen seid. *Ab.*

FLAVIUS *tritt auf, in einen Mantel verhüllt.*

LUCIUS' DIENER: Ist der Verhüllte nicht sein Hausverwalter?
Er geht in einer Wolke fort. He! ruft ihn.

TITUS: Hört Ihr nicht, Freund?

VARROS ERSTER DIENER: Mit Eurer Erlaubnis, Herr –

FLAVIUS: Was wollt ihr von mir haben, meine Freunde?

TITUS: Wir warten auf gewisse Gelder.

FLAVIUS: Ja,
Wär Geld so sicher nur als euer Warten,
Wär's euch gewiß. Weshalb nicht brachtet ihr
Die Schuldbrief, als die falschen Herren schwelgten
An Timons Tisch? Sie kosten, mahnten nicht
Und lächelten und nahmen noch den Zins
In gier'gen Schlund. Es frommt euch selber nichts,
Daß ihr mich reizt; laßt mich von hinnen;
Mein Herr kann jetzt nebst mir den Haushalt enden:
Ich bin mit Rechnen fertig, er mit Spenden.

LUCIUS' DIENER: Ja, doch die Antwort dient nicht.

FLAVIUS: Dient sie nicht,
Ist besser sie als ihr; denn ihr dient Schelmen. *Ab.*

VARROS ERSTER DIENER:
Was murmelt da der abgedankte gnädige Herr?

VARROS ZWEITER DIENER: Das ist einerlei; er ist arm, und das ist Strafe genug für ihn. Wer kann freier sprechen als der, der kein Haus hat, den Kopf hineinzutun? solche Leute dürfen auf große Gebäude schelten.

SERVILIUS *tritt auf.*

TITUS: Hier ist Servilius; nun werden wir wohl irgendeine Antwort bekommen.

SERVILIUS: Wenn ich euch bitten darf, ihr guten Herren,
So kommt zu einer andern Stunde, sehr
Will ich's euch danken; denn, glaubt meinem Wort,
Mein Herr ist außerordentlich verstimmt.
Sein heitrer Sinn hat gänzlich ihn verlassen;
Denn er ist krank und muß sein Zimmer hüten.

LUCIUS' DIENER:
Das Zimmer hütet mancher, der nicht krank ist:

Und ist er so sehr leidend, sollt er, mein ich,
Um so viel eher seine Schulden zahlen
Und sich den Weg frei machen zu den Göttern.

SERVILIUS: Ihr Götter!

TITUS: Dies können wir für keine Antwort nehmen.

FLAMINIUS *drinnen*:
Servilius! komm und hilf! Mylord, Mylord!

TIMON *tritt auf in einem Anfall von Wut*, FLAMINIUS *folgt ihm.*

TIMON: Was, sperrt die eigne Tür den Durchgang mir?
War ich stets frei, und muß mein eigen Haus
Mein Feind sein, der mich fesselt, und mein Kerker?
Der Platz, der Lust geweiht, zeigt er nun auch,
Wie alle Menschen, mir ein eisern Herz?

LUCIUS' DIENER: Mach dich an ihn, Titus.

TITUS: Mylord, hier ist meine Verschreibung.

LUCIUS' DIENER: Und meine.

HORTENSIUS: Und meine.

DIE BEIDEN DIENER DES VARRO: Und unsre, Herr.

PHILOTUS: Alle unsre Verschreibungen.

TIMON: So haut mich nieder, spaltet mich zum Gürtel!

LUCIUS' DIENER: Ach! Herr –

TIMON: Zerteilt mein Herz.

TITUS: Fünfzig Talente hier.

TIMON: Zählt aus mein Blut.

LUCIUS' DIENER: Fünftausend Kronen, Herr.

TIMON: Fünftausend Tropfen zahlen die. Und Ihr? –
Und Ihr?

VARROS ERSTER DIENER: Herr!

VARROS ZWEITER DIENER: Herr!

TIMON: Reißt mich in Stück', und töten euch die Götter! *Ab.*

HORTENSIUS: Nun, ich sehe wohl, unsre Herren mögen ihre Mützen nach ihrem Gelde schmeißen; diese Schulden kann man wohl verzweifelte nennen, da ein Rasender sie bezahlen soll.

Sie gehn alle ab.

TIMON *kommt zurück mit* FLAVIUS.

TIMON: Es nahmen Luft und Atem mir die Sklaven.
Gläubiger! – Teufel!

FLAVIUS: Mein teurer Herr!

TIMON: Und könnt's nicht so geschehn?

FLAVIUS: Mein gnädiger Herr.

TIMON: So soll es sein – Mein Hausverwalter!
FLAVIUS: Hier, Herr.
TIMON: So schnell? Geh, lade mir die Freunde wieder,
Lucius, Lucullus und Sempronius, alle;
Ich will die Schufte noch einmal bewirten.
FLAVIUS: O teurer Herr,
Das sprecht Ihr nur aus tief zerstörtem Sinn:
Es ist nicht so viel übrig, auszurichten
Ein mäß'ges Mahl.
TIMON: Still, lade all, befehl ich:
Daß noch einmal herein die Schelmzucht breche;
Mein Koch und ich besorgen schon die Zeche.
Sie gehn ab.

Fünfte Szene

Das Haus des Senats.

Der Senat *ist versammelt.*

ERSTER SENATOR:
Mylord, so stimm auch ich; die Schuld ist blutig:
Er muß notwendig mit dem Tode büßen;
Die Sünde wird durch Gnade frecher nur.
ZWEITER SENATOR: Sehr wahr; vernichten soll ihn das Gesetz.
Alcibiades *tritt auf mit* Gefolge.
ALCIBIADES: Heil sei und Ehr und Milde dem Senat!
ERSTER SENATOR: Was wollt Ihr, Feldherr?
ALCIBIADES: Vor eure Tugend tret ich als ein Flehnder;
Denn Mitleid ist die Tugend des Gesetzes,
Nur Tyrannei braucht es zur Grausamkeit.
Die Laune war's von Zeit und Schicksal, schwer
Zu drücken einen Freund, der, heißen Bluts,
Schritt ins Vergehn, wo pfadlos dessen Tiefe
Für jenen, der hineinstürzt unbedacht.
Er ist ein Mann, den Fehl beiseit gesetzt,
Von milden Tugenden;
Auch nicht befleckte Feigheit sein Beginnen
(Ein Ruhm, der wohl des Fehltritts Schuld bezahlt).
Nein, heldenmüt'gen Sinns und edlen Zorns,
Da er zum Tod die Ehre sah verletzt,

Begegnet' er dem Feind:
Und so gemäßigt mit verhaltnem Grimm,
Hielt er den Zorn bis an das End in Schranken,
Als stritt er mit Beweisen und Gedanken.

ERSTER SENATOR: Du unternimmst zu herben Widerspruch,
Willst du die schnöde Tat in Schönheit kleiden.
Fast schien dein künstlich Wort dahin zu streben,
Den Menschenmord zu adeln, Rauferlaune
Vor Tapferkeit zu ehren; die doch, wahrlich,
Nur mißerzeugter Mut, zur Welt gekommen,
Als Sekten und Partein geboren wurden.
Nur der zeigt wahren Mut, der weislich duldet
Das Schlimmste, was der Gegner spricht; dem Kränkung
Gewand nur wird und Hülle, leicht zu tragen;
Der Unbill nie läßt bis zum Herzen dringen,
Dies zu vergiften.
Ist Unheil Schimpf und zwingt uns totzuschlagen,
Wird nur der Tor um Unheil Leben wagen.

ALCIBIADES: Mylord –

ERSTER SENATOR:
Durch Euch wird glorreich nicht ein hart Verschulden;
Sich rächen ist nicht Tapferkeit, nein, dulden.

ALCIBIADES: Dann, mit Vergunst, ihr edlen Herrn, verzeiht,
Red ich hier als Soldat:
Was wagen in die Schlacht sich dumme Menschen
Und dulden nicht das Dräun? und schlafen still,
In Zuversicht dem Feind die Kehle bietend,
Ganz ohne Widerstand? ist im Ertragen
So großer Mut, was machen wir im Feld?
Nun also, tapferer sind dann die Frauen
Im Hausgeschäft, geht Dulden über alles;
Mehr, als der Leu ist dann Soldat der Esel;
Der Dieb in Ketten weiser als der Richter,
Liegt Weisheit nur im Leiden. Senatoren,
Groß seid ihr schon, nun seid auch mild und gut;
Raschheit verdammt man leicht mit kaltem Blut.
Der Mord, ich geb es zu, ist bös und schlecht;
Doch nennt Verteid'gung Gnade selbst gerecht.
Der Zorn gehört wohl zu den größten Sünden;
Doch ist kein Mensch, der nie gezürnt, zu finden:
Wägt daran seine Schuld.

ZWEITER SENATOR: Ihr sprecht umsonst.
ALCIBIADES: Umsonst? und alle Dienste, die er tat,
Zu Lacedämon und Byzantium,
Sie könnten ihm das Leben wohl erkaufen!
ERSTER SENATOR: Was meint Ihr?
ALCIBIADES: Ich sag euch, edlen Dienst hat er getan
Und manchen eurer Feind' im Feld getötet;
Wie tapfer er noch kämpft' im letzten Treffen,
Das künden all die Wunden, die er schlug.
ZWEITER SENATOR:
Ja, Ihr habt recht, zu viele Wunden schlug er,
Ein Schwelger ist er: schon der eine Fehl
Ersäuft ihn und raubt seinem Mut Besinnung;
Hätt er nicht andre Feinde, der allein
Könnt ihn besiegen; oft ward er gesehn,
Daß er in vieh'scher Wut das Schnöde tat
Und mit Empörern hielt. So viel ist wahr,
Sein Rausch bringt Schande ihm und uns Gefahr.
ERSTER SENATOR: Er stirbt.
ALCIBIADES: O hart Geschick! daß er nicht fiel im Krieg!
Nun wohl, wenn nicht um seiner Taten willen
(Kann gleich sein rechter Arm die Zeit ihm kaufen
Und niemand schuldig bleiben), euch zu rühren,
Nehmt meine Taten auch, vereint sie beide;
Und da ich weiß, es lieb eur würd'ges Alter
Die Sicherheit, verpfänd ich meine Siege,
All meinen Ruhm, damit er zahl und zinse.
Verlangt Gesetz für diesen Fehl sein Leben,
Nun dann, im Krieg, in tapfern Schlachten sterb er;
Ist Satzung herb, so ist der Krieg noch herber.
ERSTER SENATOR:
Wir stehn hier fürs Gesetz: er stirbt; nichts weiter,
Bei unserm Zorn. Sei's Bruder, Sohn, Genoß,
Des Blut verfiel, der fremdes Blut vergoß.
ALCIBIADES: Muß es denn sein? es muß nicht. Senatoren,
Ich bitt euch sehr, erkennt mich wieder.
ZWEITER SENATOR: Wie?
ALCIBIADES: Ruft mich zurück in eur Gedächtnis.
DRITTER SENATOR: Was?
ALCIBIADES: Gewiß, euer Alter hat mich ganz vergessen;
Weshalb sonst ständ ich so verachtet hier

Und säh die kleine Gunst geweigert mir?
Das schmerzt die Wunden!

ERSTER SENATOR: Trotzt Ihr unserm Zorn?
Er ist an Worten schwach, doch stark im Tun:
Drum sei verbannt auf ewig.

ALCIBIADES: Ich verbannt?
Bannt eure Torheit, euren Wucher bannt,
Der den Senat abscheulich macht.

ERSTER SENATOR: Wenn nach zwei Tagen dich Athen noch faßt,
Fürcht unser schwer Gericht. Eh unser Geist
Noch mehr entbrennt, soll jener schleunigst sterben.

Die Senatoren gehn ab.

ALCIBIADES: So werdet alt und greis, bis ihr nur lebt
Noch als Gebein, verhaßt jedwedem Auge.
Ha! mich faßt Raserei: Ich schlug den Feind,
Indes ihr Gold sie zählten, ihre Münzen
Ausliehn auf hohen Zins; und ich nur reich
An tapfern Narben. Und dafür nun so?
Ist Balsam dies, den der Senat, der Wuchrer,
In seines Feldherrn Wunden gießt? Verbannung!
Das ist nicht schlimm; willkommen ist Verbannung;
So hat mein Zorn und Grimm denn guten Grund,
Athen zu schlagen. Munter werb ich jetzt
Mein mißvergnügtes Heer, nach Herzen wuchernd:
's ist ehrenvoll, der Güter sich entschlagen;
Gleich Göttern soll kein Krieger Schmach ertragen. *Ab.*

SECHSTE SZENE

Timons Prunksaal.

Tafeln sind gesetzt, die DIENER *stehn umher.* TIMONS FREUNDE *kommen von verschiedenen Seiten herein.*

ERSTER LORD: Ich wünsche Euch einen guten Tag, Freund.

ZWEITER LORD: Ich Euch gleichfalls. Ich glaube, dieser würdige Mann wollte uns neulich nur auf die Probe stellen.

ERSTER LORD: Ebendarauf waren meine Gedanken auch gerichtet, als wir uns begegneten. Ich hoffe, es steht nicht so schlimm mit ihm, wie er bei Prüfung seiner Freunde vorgab.

ZWEITER LORD: Nach dem, was dies neue Gastmahl uns verheißt, kann es wohl nicht sein.

ERSTER LORD: Das glaube ich auch; er sandte mir eine dringende Einladung, welche abzulehnen mir ernste Geschäfte nahe genug legten; aber er beschwor mich, auch die wichtigste Rücksicht fallenzulassen, und so mußte ich denn notwendig erscheinen.

ZWEITER LORD: Auf gleiche Weise ward ich von sehr bedeutenden Geschäften abgehalten, aber er wollte meine Entschuldigung nicht hören. Es tut mir leid, daß mein Vorrat ganz erschöpft war, als er zu mir schickte, Geld aufzunehmen.

ERSTER LORD: An derselben Kränkung leide ich, da ich nun sehe, wie die Sachen stehen.

ZWEITER LORD: Jedem, der hier ist, geht es so. Wieviel wollt er Euch abborgen?

ERSTER LORD: Tausend Goldstücke.

ZWEITER LORD: Tausend Goldstücke!

ERSTER LORD: Wieviel von Euch?

ZWEITER LORD: Er schickte zu mir – doch hier kommt er.

TIMON *tritt auf mit* GEFOLGE.

TIMON: Von Herzen gegrüßt, ihr beiden edlen Männer! – Wie geht es euch?

ERSTER LORD: Immer sehr gut, wenn ich Euer Gnaden Wohlergehen erfahre.

ZWEITER LORD: Die Schwalbe folgt dem Sommer nicht freudiger als wir Euer Gnaden.

TIMON: Und verläßt auch den Winter nicht freudiger; solche Sommervögel sind die Menschen. – Ihr Herren, unser Mahl wird dieses langen Wartens nicht wert sein, weidet eure Ohren indes an der Musik, wenn Trompetenklang ihnen keine zu harte Speise ist. Wir wollen uns gleich setzen.

ERSTER LORD: Ich hoffe, Ihr erinnert Euch dessen nicht unfreundlich, mein gnädiger Herr, daß ich Euch einen leeren Boten zurücksandte.

TIMON: Ei, laßt Euch das nicht beunruhigen.

ZWEITER LORD: Mein edler Lord –

TIMON: Ah, guter Freund, wie geht's?

ZWEITER LORD: Mein höchst verehrter Herr, ich bin krank vor Scham, daß ich, als Ihr neulich zu mir sandtet, ein so unglücklicher Bettler war.

TIMON: Denkt nicht weiter daran.

ZWEITER LORD: Hättet Ihr nur zwei Stunden früher geschickt –

TIMON: Stört damit nicht bessere Gedanken.

Das Bankett wird hergerichtet.

Kommt, bringt alles zugleich.

ZWEITER LORD: Lauter verdeckte Schüsseln!

ERSTER LORD: Ein königliches Mahl, das glaubt mir.

DRITTER LORD: Daran zweifelt nicht, wie nur Geld und die Jahreszeit es liefern kann.

ERSTER LORD: Wie geht es Euch? Was gibt es Neues?

DRITTER LORD: Alcibiades ist verbannt; habt Ihr davon schon gehört?

ERSTER *und* ZWEITER LORD: Alcibiades verbannt?

DRITTER LORD: So ist es, zweifelt nicht.

ERSTER LORD: Wie denn? wie denn?

ZWEITER LORD: Ich bitte Euch, aus welchem Grunde?

TIMON: Meine würdigen Freunde, wollt ihr näher treten?

DRITTER LORD: Ich will Euch nachher mehr davon erzählen. Hier steht uns ein herrlicher Schmaus bevor.

ZWEITER LORD: Dieser Mann ist noch der alte.

DRITTER LORD: Wird's dauern? wird's dauern?

ZWEITER LORD: Es wird; doch kommt die Zeit, und dann –

DRITTER LORD: Ich verstehe Euch.

TIMON: Ein jeder an seinen Platz, mit der Gier, wie er zu den Lippen seiner Geliebten eilen würde: an allen Plätzen werdet ihr gleich bedient. Macht kein Zeremoniengastmahl daraus, daß die Gerichte kalt werden, ehe wir über den ersten Platz einig sind: setzt euch! setzt euch! Die Götter fordern unsern Dank.

O ihr großen Wohltäter! sprengt auf unsre Gesellschaft Dankbarkeit herab. Teilt uns von euren Gaben mit und erwerbt euch Preis; aber behaltet zurück für künftige Gabe, damit eure Gottheiten nicht verachtet werden. Verleiht einem jeden genug, damit keiner vom andern zu leihen braucht: denn zwänge die Not eure Gottheit, von den Menschen zu borgen, so würden die Menschen die Götter verlassen. Macht das Gastmahl beliebter als den Mann, der es gibt. Laßt keine Gesellschaft von zwanzig ohne eine Stiege Bösewichter sein; wenn zwölf Frauen an einem Tische sitzen, so laßt ein Dutzend von ihnen sein – wie sie sind. – Den Rest eurer Feinde, o ihr Götter! – die Senatoren von Athen, zusamt der gemeinen Hefe des Pöbels –, was in ihnen faul, ihr Götter, macht zum Verderben reif! Was diese meine gegenwärtigen Freunde betrifft – da sie mir nichts sind, so segnet sie in nichts, und

so sind sie mir zu nichts willkommen.
Deckt auf. Nun leckt, ihr Hunde!
Die Schüsseln werden aufgedeckt, sie sind alle voll warmen Wassers.
MEHRERE ZUGLEICH: Was meint der edle Herr?
ANDERE: Ich weiß es nicht.
TIMON: Mögt ihr ein beßres Gastmahl nimmer sehn,
Ihr Maulfreundrotte! Dampf und lauwarm Wasser
Ist eure Tugend. Dies ist Timons letztes;
Den ihr bis jetzt mit Schmeicheleien schminktet,
Wäscht so sie ab, euch eigne Bosheit rauchend
Ins Antlitz sprühnd. *Er gießt ihnen Wasser ins Gesicht.*
Lebt lang und greuelvoll,
Stets lächelnde, abscheuliche Schmarotzer,
Höfliche Mörder, sanfte Wölfe, freundliche Bären,
Ihr Narrn des Glücks, Tischfreunde, Tagesfliegen,
Scharrfüß'ge Sklaven, Dünste, Wetterhähne!
Von Mensch und Vieh die unzählbare Krankheit,
Sie überschupp euch ganz! – Was, gehst du fort?
Nimm dein' Arznei erst mit – auch du, und du.
Er wirft ihnen die Schüsseln nach und treibt sie hinaus.
Bleibt, ich will Geld euch leihn, von euch nicht borgen. –
Wie, all im Lauf? Kein Mahl sei mehr genommen,
An dem ein Schurke nicht als Gast willkommen!
Verbrenne, Haus; versink, Athen! verhaßt nun seid
Dem Timon, Mensch und alle Menschlichkeit! *Ab.*
Die GÄSTE *kommen zurück mit noch andern* LORDS *und* SENATOREN.
ERSTER LORD: Wie nun, ihr Herren?
ZWEITER LORD: Wißt ihr was Näheres um Timons Raserei?
DRITTER LORD: Still! habt ihr meine Kappe nicht gesehen?
VIERTER LORD: Ich habe meinen Rock verloren.
DRITTER LORD: Er ist nichts weiter als ein toller Lord, und nur Laune setzt ihn in Bewegung. Neulich schenkte er mir einen Edelstein, und nun hat er ihn mir vom Hut heruntergeschlagen. Habt ihr meinen Edelstein nicht gesehen?
VIERTER LORD: Habt ihr meine Kappe nicht gesehen?
ZWEITER LORD: Hier ist sie.
VIERTER LORD: Hier liegt mein Rock.
ERSTER LORD: Laßt uns nicht verweilen.
ZWEITER LORD: Lord Timon rast.
DRITTER LORD: Ich fühl's in den Gebeinen.

VIERTER LORD:
Juwelen schenkt' er gestern uns, heut wirft er uns mit Steinen.
Alle ab.

VIERTER AUFZUG

Erste Szene

Feld.

Timon *tritt auf.*

TIMON: Laß mich noch einmal auf dich schaun. Du Mauer,
Die diese Wölf umschließt, tauch in die Erde,
Schütz nicht Athen! Fraun, werdet zügellos;
Trotzt euren Eltern, Kinder! Sklaven, Narren,
Reißt von dem Sitz die würd'gen Senatoren,
Und haltet Rat statt ihrer! Jungfraunreinheit
Verkehre plötzlich sich zu frecher Schande,
In Gegenwart der Eltern! Bankrottierer,
Halt fest, gib nichts zurück; heraus das Messer,
Für deines Gläub'gers Hals! Stehlt, ihr Leibeignen!
Langhänd'ge Räuber sind ja eure Herrn
Und plündern durch Gesetz. Magd, in deines Herren Bett!
Die Frau ist im Bordell. Sohn, sechzehn alt,
Die Krücke reiß dem lahmen Vater weg
Und schlag ihm aus das Hirn! Furcht, Frömmigkeit,
Scheu vor den Göttern, Friede, Recht und Wahrheit,
Zucht, Häuslichkeit, Nachtruh und Nachbartreue,
Belehrung, Sitte, Religion, Gewerbe,
Achtung und Brauch, Gesetz und Recht der Stände,
Stürzt euch vernichtend in eur Gegenteil,
Bis zur Vernichtung lebt! – Pest, Menschenwürger,
Häuf deine mächt'gen, gifterfüllten Fieber
All auf Athen, zum Falle reif! Du Hüftweh,
Die Senatoren krümm, daß ihre Glieder
Lahm gleich den Sitten werden! Lust und Frechheit
Schleich in das Mark und das Gemüt der Jugend,
Daß sie, dem Tugendstrom entgegenschwimmend,
In Wüstheit sich ertränkt! Mit Schwür und Beulen
Sei ganz Athen besät, und ew'ger Aussatz

Die Ernte; Atem stecke Atem an,
Daß ihre Näh gleich ihrer Freundschaft sei:
Gift durch und durch! Nichts nehm ich von dir mit
Als Nacktheit, du, des Abscheus würd'ge Stadt!
Nimm auch noch das, mit hundertfachen Flüchen.
Timon geht nun zum Wald; das wildste Tier
Zeigt Lieb ihm mehr als je die Menschen hier.
Auf ganz Athen, hört, Götter insgesamt,
Auf Stadt und Land zugleich die Blitze flammt!
Daß Timons Haß mit den Jahren wachs, ersuch ich,
Und alle Menschen, niedrig, hoch, verfluch ich!
Amen. *Ab.*

Zweite Szene

In Timons Hause.

Flavius *tritt auf und mehrere* Diener *Timons.*

ERSTER DIENER: Sprecht, Hausverwalter, wo ist unser Herr?
Sind wir vernichtet? abgedankt? bleibt nichts?
FLAVIUS: Gefährten, ach, was soll ich euch doch sagen?
Es sei'n mir Zeugen die gerechten Götter,
Ich bin so arm wie ihr.
ERSTER DIENER: Solch Haus gefallen!
Solch edler Herr verarmt! verloren alles!
Kein Freund, der bei der Hand sein Schicksal faßt
Und mit ihm geht!
ZWEITER DIENER: Wie wir den Rücken wenden
Von dem Gefährten, den das Grab verschlang:
So schleichen vom begrabnen Glück sich alle
Die Freund', hinwerfend ihm die hohlen Schwüre
Gleich leeren Beuteln; und sein armes Selbst,
Ein Bettler nur, der Luft anheimgefallen,
Mit seiner Krankheit, allvermiedner Armut,
Geht nun, wie Schmach, allein. – Noch mehr Gefährten.
Es kommen noch andere Diener.
FLAVIUS: Zerbrochenes Geschirr der Hauszerstörung!
DRITTER DIENER:
Und doch trägt unser Herz noch Timons Kleid,
Das zeigt Eur Antlitz; wir sind noch Kamraden,

All in des Kummers Dienst: leck ist das Fahrzeug;
Wir Schiffer stehn auf sinkendem Verdeck
Und sehn die Wellen dräun: wir müssen scheiden
In diese See der Luft.

FLAVIUS: Ihr guten Freunde,
Hier teil ich unter euch mein letztes Gut.
Laßt uns, wo wir uns sehn, um Timons willen
Kamraden sein; die Häupter schütteln, sagen,
Als Grabgeläut dem Glücke unsers Herrn:
„Wir kannten beßre Tage." Jeder etwas. *Er gibt ihnen Geld.*
Nein, alle reicht die Hand. Und nun kein Wort!
So gehn wir arm, doch reich an Kummer fort.

Die Diener gehn ab.

Oh, furchtbar Elend, das uns Pracht bereitet!
Oh, wer will wohl nach Glanz und Reichtum ringen,
Wenn sie uns hin zu Schmach und Armut zwingen?
Wer nähme so die Pracht als Hohn? wer lebte
Wohl gern in einem Traum der Freundschaft nur?
Ansehn und Pracht und Wohlstand zu besitzen,
Gemalt nur, so wie die geschminkten Freunde?
Du Redlicher, verarmt durch Herzensgüte,
Durch Mild erwürgt! Wie ist Natur verdreht,
Wenn Allzugut als schlimmste Sünde steht;
Wer hilft durch Tugenden noch andrer Nöten,
Wenn sie nur Götter schaffen, Menschen töten?
O teurer Herr – gesegnet, um verflucht,
Reich, elend nur zu sein –, dein groß Vermögen
Ist nun dein tiefstes Leid. Ach, güt'ger Herr!
Er brach in Wut aus dem hartherz'gen Wohnsitz
Der vieh'schen Freunde. Nichts hat er bei sich
Zur Fristung und Erleichtrung seines Lebens.
Ich will ihm nach und, wo er ist, erforschen;
So gut ich kann, will ich für ihn noch schalten,
Was mir an Geld verblieb, für ihn verwalten. *Ab.*

Dritte Szene

Wald.

Timon *tritt auf.*

TIMON: O Lichtgott, Segen zeugend, zieh hinauf
Dunstfäulnis; deiner Schwester Luftbahn sei
Vergiftet! Zwillingsbrüder eines Schoßes,
Deren Erzeugung, Wohnung und Geburt,
Fast ungetrennt, trifft sie verschiednes Glück;
Der Größre höhnt den Niedern; ja, Natur,
Von Wunden rings bedrängt, sie kann groß Glück
Ertragen nur, wenn sie Natur verachtet.
Heb diesen Bettler und versag's dem Lord;
Folgt angeerbte Schmach dem Senatoren,
Dem Bettler eingeborne Ehre.
Die Weide schwellt des Ochsen Seiten auf,
Der Mangel macht ihn mager. Wer, wer darf
In reiner Mannheit aufrecht stehn und sagen:
„Ein Schmeichler ist der Mensch." Wenn's einer ist,
So sind es all; denn jeder höhern Staffel
Des Glücks schmiegt sich die untre: goldnem Dummkopf
Duckt der gelehrte Schädel: schief ist alles,
Nichts grad in unsrer fluchbeladnen Menschheit
Als Bosheit ungekrümmt. Drum seid verabscheut,
Gelage all, Gesellschaft, Menschendrang!
Denn Timon haßt die Gleichgeschaffnen, ja sich selbst.
Zernichtung dem Geschlecht der Menschen! – Erde,
Gib Wurzeln mir! *Er gräbt.*
Wer Beßres in dir sucht, dem würz den Gaumen
Mit deinem schärfsten Gift! Was find ich hier?
Gold? kostbar, flimmernd, rotes Gold? Nein, Götter!
Nicht eitel fleht ich. Wurzeln, reiner Himmel!
So viel hiervon macht schwarz weiß, häßlich schön,
Schlecht gut, alt jung, feig tapfer, niedrig edel.
Ihr Götter! warum dies? warum dies, Götter?
Ha! dies lockt euch den Priester vom Altar,
Reißt Halbgenesnen weg das Schlummerkissen.
Ja, dieser rote Sklave löst und bindet
Geweihte Bande; segnet den Verfluchten.

Er macht den Aussatz lieblich, ehrt den Dieb
Und gibt ihm Rang, gebeugtes Knie und Einfluß
Im Rat der Senatoren; dieser führt
Der überjähr'gen Witwe Freier zu;
Sie, von Spital und Wunden giftig eiternd,
Mit Ekel fortgeschickt, verjüngt balsamisch
Zu Maienjugend dies. Verdammt Metall,
Gemeine Hure du der Menschen, die
Die Völker tört. Komm, sei das, was du bist.
Man hört von weitem einen Marsch.
Ha! eine Trommel?
Lebendig bist du, doch begrab ich dich.
Ja, laufen wirst du noch, du starker Dieb,
Wenn dein gichtkranker Wärter nicht kann stehn –
Doch so viel bleib als Handgeld. *Er behält einiges Gold zurück.*

ALCIBIADES *tritt auf mit Trommeln und Pfeifen, auf kriegerische Weise.* PHRYNIA *und* TIMANDRA.

ALCIBIADES: Wer bist du dorten? sprich!
TIMON: Ein Vieh, wie du. Mög doch dein Herz verfaulen,
Weil du mir wieder Menschenantlitz zeigst!
ALCIBIADES: Wie nennst du dich? Ist Mensch dir so verhaßt,
Und bist doch selbst ein Mensch?
TIMON: Misanthropos bin ich und haß die Menschheit.
Wärst du doch, besser dran zu sein, ein Hund,
So liebt ich etwas dich.
ALCIBIADES: Ich kenne dich;
Doch unbekannt und fremd ist mir dein Schicksal.
TIMON: Dich kenn ich auch; mehr wünsch ich nicht zu wissen,
Als daß du mir bekannt. Folg deiner Trommel,
Bemal mit Menschenblut den Grund, rot, rot;
Göttlich Gebot, menschlich Gesetz ist grausam:
Was soll der Krieg denn sein? Hier deine Dirne
Trägt mehr Zerstörung in sich als dein Schwert,
Trotz ihrem Engelsblick.
PHRYNIA: Daß dir die Lippen faulen!
TIMON: Nicht küssen will ich dich: so bleibt Verwesung
Dir an den Lippen hangen.
ALCIBIADES: Wie ward der edle Timon so verwandelt?
TIMON: So wie der Mond, wenn Licht ihm fehlt zu geben;
Doch konnt ich nicht mich wie der Mond erneuern;
Mir borgte keine Sonne.

ALCIBIADES: Edler Timon,
Kann ich dir Freundschaft zeigen?
TIMON: Eine nur,
Bestärke meinen Glauben.
ALCIBIADES: Welchen, Timon?
TIMON: Versprich mir Freundschaft, aber halte nichts.
Versprichst du nicht, so strafen dich die Götter,
Denn du bist Mensch! und hältst du, so vernichten
Die Götter dich, denn du bist Mensch!
ALCIBIADES: Von deinem Elend hörte ich schon reden.
TIMON: Du sahst es damals, als das Glück mir lachte.
ALCIBIADES: Ich seh es jetzt; damals war Freudenzeit.
TIMON: Wie deine jetzt: zwei Huren stützen sie.
TIMANDRA: Ist dies die Zier Athens, von dem die Welt
So schön und rühmlich sprach?
TIMON: Bist du Timandra?
TIMANDRA: Ja.
TIMON: Bleib Hure stets! dich liebt nicht, wer dich [braucht,
Gib Krankheit dem, der seine Lust dir läßt.
Nutz deine Brunstzeit; mach die Wichte reif
Für Bad und Schwitzfaß, rosenwangige Jugend
Für strenge Fastenkur!
TIMANDRA: An den Galgen, Scheusal!
ALCIBIADES: Verzeih ihm, hold Geschöpf, denn sein Verstand
Ertrank und ging in seinem Elend unter. –
Nur wenig Gold besitz ich, wackrer Timon,
Und dieser Mangel bringt zum Aufstand täglich
Mein darbend Heer. Mit Leid vernahm ich, wie
Athen verrucht hat deinen Wert vergessen
Und deinen tapfern Streit, als Nachbarstaaten,
Wenn nicht dein glücklich Schwert wär, es bewältigt.
TIMON: Ich bitte, schlag die Trommel, mach dich fort.
ALCIBIADES: Ich bin dein Freund, beklag dich, teurer Timon.
TIMON: Wie kannst du den beklagen, den du plagst?
Ich wäre gern allein.
ALCIBIADES: Nun, so leb wohl!
Nimm dieses Gold.
TIMON: Behalt, ich kann's nicht essen.
ALCIBIADES: Wenn ich Athen, das stolze, umgestürzt –
TIMON: Bekriegst Athen?
ALCIBIADES: Ja, Timon, und mit Recht.

TIMON: Die Götter mögen all durch dich hinwürgen
Und dich nachher, wenn du sie all erwürgt!
ALCIBIADES: Weshalb mich, Timon?
TIMON: Weil, die Schurken tötend,
Du warst erwählt, mein Vaterland zu tilgen.
Nimm hin dein Gold; geh, hier ist Gold – geh fort!
Sei wie Planetenpest, wenn Jupiter
In kranker Luft auf hochverruchte Städte
Sein Gift ausstreut; dein Schwert verschone keinen:
Nicht um sein Silberhaar den würd'gen Greis,
Ein Wuchrer ist's; hau die Matrone nieder,
Sie heuchelt, ihre Kleider nur sind sittsam,
Sie kuppelt frech; laß nicht der Jungfrau Wange
Stumpfen dein schneidend Schwert, denn diese Milchbrust,
Die durch die Fenster kirrt der Männer Augen,
Steh auf des Mitleids Liste nicht geschrieben,
Nein, zeichne sie als scheußliche Verrätrin:
Auch nicht den Säugling schone,
Des Wangengrübchen Narrn zum Weinen lächelt;
Denk, 's ist ein Bastard, den Orakelspruch
Mit dunklem Wort als deinen Mörder nennt;
Zerstück ihn mitleidslos: schwör Tod dem Leben;
Leg erzne Rüstung dir auf Ohr und Auge,
So hart, daß Schrei von Mutter, Säugling, Jungfrau,
Des Priesters selbst, in heil'gen Kleidern blutend,
Dir nichts sei. Hier ist Gold für deine Krieger:
Sä aus Vernichtung; ist dein Grimm erschöpft,
So sei vernichtet selbst. Sprich nichts und geh!
ALCIBIADES: Hast du noch Gold? so nehm ich dein Geschenk,
Nicht deinen Rat.
TIMON: Tu's oder tu es nicht, vom Himmel sei verflucht!
PHRYNIA *und* TIMANDRA:
Gold, guter Timon, gib uns; hast du mehr?
TIMON: Genug, daß Huren ihren Stand verschwören,
Die Kupplerin nicht Huren feilscht. Weit auf
Die Schürzen, Nickel: ihr seid nicht eidesfähig,
Obwohl ich weiß, ihr würdet furchtbar schwören,
Daß, hörend euren Schwur, die ew'gen Götter
In Fieberschauern bebten – spart die Eide,
Ich trau eurer Natur: bleibt Huren stets,
Und ihm, des frommes Wort euch will bekehren,

Ihm zeigt euch stark, verführt ihn, brennt ihn nieder,
Besiegt mit eurem Feuer seinen Rauch.
Abtrünnig nie; seid dann sechs Mond' in Mühn,
Dem ganz entgegen: schindelt armes Dach
Euch mit der Leichen Raub – auch von Gehängten,
Was tut's? Tragt sie, betrügt mit ihnen, buhlt;
Schminkt, bis ein Pferd euch im Gesicht bleibt stecken:
Schad was um Runzeln!

PHRYNIA *und* TIMANDRA: Gut, mehr Gold – was weiter?
Glaub nur, wir tun für Gold, was du verlangst.

TIMON: Auszehrung sät
In hohl Gebein des Manns; lähmt Schenkelknochen,
Des Reiters Kraft zerbrecht; des Anwalts Stimme,
Daß er nie mehr den falschen Spruch vertrete
Und Unrecht kreische laut. Umschuppt mit Aussatz
Den Priester, der, auf Sinnenschwachheit lästernd,
Sich selbst nicht glaubt: fort mit der Nase, fort,
Glatt weg damit! vernichtet ganz die Brücke
Ihm, der, sich eigne Jagd erschnüffelnd, nicht
Für alle spürt: krausköpf'ge Raufer, macht sie kahl;
Dem unbenarbten Kriegesprahler gebt
Gehör'ge Qual von euch: verpestet alles,
Und eure Tätigkeit erstick und dörre
Die Quelle aller Zeugung. – Nehmt mehr Gold!
Verderbt die andern, und verderb euch dies,
Und Schlamm begrab euch alle!

PHRYNIA *und* TIMANDRA:
Mehr Rat mit noch mehr Geld, freigeb'ger Timon.

TIMON: Mehr Hur, mehr Unheil erst; dies ist nur Handgeld.

ALCIBIADES: Nun, Trommeln, nach Athen hin. Leb wohl! Ti-
Geht's, wie ich hoffe, seh ich bald dich wieder. [mon.

TIMON: Geht's, wie ich wünsche, seh ich nie dich mehr.

ALCIBIADES: Nichts Böses tat ich dir.

TIMON: Ja, du sprachst gut von mir.

ALCIBIADES: Nennst du das böse?

TIMON: Erfahrung lehrt es täglich.
Geh, mach dich fort, und deine Meute auch.

ALCIBIADES:
Wir sind ihm nur zur Last. – Schlagt, Trommeln: fort!

Trommeln. Alcibiades, Phrynia und Timandra gehn ab.

TIMON: Mußt du, Natur, krank in der Menschheit Abfall,

Noch hungern! *Er gräbt.* Allgemeine Mutter du,
Dein Schoß unmeßbar, deine Brust unendlich,
Gebiert, nährt all; derselbe Stoff, aus dem
Dein stolzes Kind, der freche Mensch, aufquillt,
Erzeugt die schwarze Kröt und blaue Natter,
Die goldne Eidechs und die gift'ge Schlange
Und jeglich Scheusal unterm Himmelsbogen,
Auf das Hyperions Lebensfeuer strahlt;
Gib ihm, der deine Menschenkinder haßt,
Aus deinem güt'gen Schoß nur eine Wurzel!
Vertrockne deine fruchtbar ew'ge Kraft,
Daß ihr kein undankbarer Mensch entspringe!
Gebier nur Tiger, Drachen, Wölf und Bären;
Wirf neue Unhold', die dein obres Rund
Der hohen Marmorwölbung nie gezeigt! –
Oh, eine Wurzel – inn'gen Dank dafür!
Vertrockne, Mark des Weinbergs, Fett der Äcker,
Woraus der undankbare Mensch mit süßem Trank
Und Leckerbiß den reinen Sinn verschlemmt,
Daß ab ihm gleitet jegliche Besinnung.

Apemantus *tritt auf.*

Ein Mensch schon wieder? Ha, verflucht!

APEMANTUS: Hierher ward ich gewiesen; man berichtet,
Daß du mein Leben nachahmst und mein Tun.

TIMON: So ist es nur, weil keinen Hund du hältst,
Den ich nachahmen möchte: dir die Pest!

APEMANTUS: Dies ist in dir nur angenommne Weise,
Unmännlich, arme Schwermut, die dem Wechsel
Des Glücks entsprang. Was soll der Platz, der Spaten?
Dies Sklavenkleid und dieser Traueranblick?
Noch liegt dein Schmeichler weich, trinkt Wein, trägt Seide,
Umarmt den kranken Wohlgeruch, vergessend,
Daß je ein Timon war. Schmäh nicht den Wald,
Daß du den bitter Höhnenden hier spielst.
Sei du ein Schmeichler jetzt, such zu gedeihn
Durch das, was dich gestürzt hat; beug dein Knie,
Der Atem schon des, dem dein Auge dient,
Blas dir die Mütze ab; sein Laster preise
Und nenn es Tugend: so erging's auch dir.
Du nicktest wie ein Bierzapf jedem Grüßer,
Schelmen, und wer es war: nun ist's gerecht,

Daß du ein Schuft wirst; hättst du Geld genug,
So gäbst du's Schuften. Nimm nicht an mein Wesen.
TIMON: Wär ich dir gleich, so wollt ich fort mich schleudern.
APEMANTUS: Du warfst dich weg, da du dir selber glichest;
So lang ein Toller, nun ein Narr! Wie, denkst du,
Die rauhe Luft, dein stürm'scher Kammerdiener,
Wärmt dir dein Hemd? Folgt altbemooster Baum,
Der Adler überlebt, hier deinen Fersen
Und springt fort jedem Wink? Reicht kalter Bach
Mit Eisesrand den würz'gen Morgentrunk,
Der Nacht Erschöpfung stärkend? Ruf die Wesen,
Die nackt und bloß den kalten Sturm ausdauern
Der rauhen Luft; die unbehauste Schöpfung,
Dem Kampf der Elemente hingegeben,
Treu der Natur – befiehl, daß sie dir schmeicheln,
So findst du –
TIMON: Daß ein Narr du bist: hinweg!
APEMANTUS: Du bist mir lieber jetzt als ehemals.
TIMON: Verhaßter du.
APEMANTUS: Weshalb?
TIMON: Dem Elend schmeichelst du.
APEMANTUS: Ich schmeichle nicht, ich sag, du bist ein Lump.
TIMON: Doch weshalb suchst du mich?
APEMANTUS: Um dich zu quälen.
TIMON: Stets eines Narren oder Schuftes Amt.
Gefällst du dir drin?
APEMANTUS: Ja.
TIMON: Wie! Schurk auch noch?
APEMANTUS: Legtst du dies bittre, kalte Wesen an,
Um deinen Stolz zu zücht'gen, wär es gut:
Doch nur gezwungen tust du's: würdest Höfling,
Wenn du kein Bettler wärst. Freiwillig Elend
Krönt sich selbst, überlebt unsichre Pracht:
Die füllt sich selber an und wird nie voll;
Doch jenes gnügt sich selbst: der höchste Stand
Ist unzufrieden, kläglich und voll Jammer,
Noch schlimmer als der schlimmste, der zufrieden.
Du sollst zu sterben wünschen, da du elend.
TIMON: Nicht, weil du's sagst, der weit elender ist.
Du bist ein Sklav, den nie der Liebesarm
Des Glücks umfing; ein Hund wardst du geboren.

Hättst du, gleich uns, vom Säugling her, erstiegen
Die süße Folg, die schnell die Welt dem bietet,
Der dem geduld'gen Haufen frei befiehlt,
Du hättest dich gestürzt in Schwelgerei
Ganz ohne Maß, die Jugend schmelzen lassen
In manchem Bett der Lust und nie gehört
Der Mahnung eisig Wort; du jagtest nach
Dem süßen Wild vor dir. Dagegen ich,
Der ich als Lustgelag die Welt besaß;
Mund, Zungen, Augen, Herzen aller Menschen
Im Dienst, mehr als ich Arbeit für sie wußte,
Die zahllos an mir hingen, so wie Blätter
Am Eichbaum, sind durch einen Winterfrost
Vom Zweig gelöset; offen steh ich, bar
Für jeden Sturm, der bläst – ich, dies zu tragen,
Der nur das Beßre kannte, ist fast schwer:
Dein Leben fing mit Leiden an, gehärtet
Hat dich die Zeit. Was sollst du Menschen hassen?
Sie schmeichelten dir nie: was gabst du ihnen?
Willst fluchen du – so fluche deinem Vater,
Dem armen Lump, der, in Verzweiflung, Stoff
Gab irgendeiner Bettlerin, dich formte,
Armseligkeit von Ahnen her. Hinweg!
Wärst du der Menschheit Wegwurf nicht geboren,
Du würdst ein Schurke und ein Schmeichler sein.

APEMANTUS: Bist du noch stolz?

TIMON: Ja, daß ich du nicht bin.

APEMANTUS: Ich, weil ich kein Verschwender war.

TIMON: Und ich,
Weil ich es jetzt noch bin.
Wär all mein Reichtum in dir eingeschlossen,
So gäb ich dir Erlaubnis, dich zu hängen.
Fort! –
Wär alles Leben von Athen in diesem,
So äß ich's. *Er ißt eine Wurzel.*

APEMANTUS: Hier, ich will dein Mahl verbessern.

Er bietet ihm etwas an.

TIMON: Erst beßre meinen Umgang, schaff dich fort!

APEMANTUS: So beßr ich meinen eignen, wenn du fehlst.

TIMON: Gebessert wär er nicht, nein, nur geflickt,
Wo nicht, wollt ich's.

APEMANTUS: Was wünschest du Athen?

TIMON: Dich, durch den Wirbelwind, dahin. Und willst du, So sage dort, ich habe Gold: sieh hier.

APEMANTUS: Hier kann kein Gold was nutzen.

TIMON: Ja, am meisten Hier schläft's und läßt zum Unheil sich nicht dingen.

APEMANTUS: Wo liegst die Nacht du, Timon?

TIMON: Unter dem, Was mich bedeckt. Wo futterst du am Tage?

APEMANTUS: Wo mein Hunger Nahrung findet, oder vielmehr, wo ich sie verzehre.

TIMON: Ich wollte, Gift gehorchte mir und wüßte meine Meinung.

APEMANTUS: Wohin wolltest du es senden?

TIMON: Dein Mahl zu würzen.

APEMANTUS: Den Mittelweg der Menschheit kanntest du nie, sondern nur die beiden äußersten Enden. Als du in Gold und Wohlgeruch lebtest, wurdest du wegen zu gesuchter Feinheit verspottet; in deinen Lumpen kennst du sie gar nicht mehr und wirst, um ihres Gegenteils willen, verabscheut. Hier hast du eine Mispel, iß sie.

TIMON: Ich esse nicht, was ich hasse.

APEMANTUS: Hassest du Mispeln?

TIMON: Ja, denn sie sehen dir gleich.

APEMANTUS: Hättest du die diesen Mispeln ähnlichen, faulen Zwischenträger früher gehaßt, so würdest du dich jetzt mehr lieben. Kanntest du je einen Verschwender, der noch geliebt ward, wenn seine Mittel dahin waren?

TIMON: Wen, ohne diese Mittel, von denen du sprichst, sahest du je geliebt?

APEMANTUS: Mich selbst.

TIMON: Ich verstehe dich; du hattest einmal so viel, daß du dir einen Hund halten konntest.

APEMANTUS: Was auf der ganzen Welt kannst du am besten mit deinen Schmeichlern vergleichen?

TIMON: Die Frauen; aber die Männer, die Männer sind das Ding selbst. Was würdest du mit der Welt machen, Apemantus, wenn sie dir gehörte?

APEMANTUS: Ich würde sie dem Vieh geben, um die Menschen loszuwerden.

TIMON: Wolltest du denn mit den übrigen Menschen zugrunde gehen und ein Vieh unter dem Vieh bleiben?

APEMANTUS: Ja, Timon.

TIMON: Ein viehischer Wunsch, den ich die Götter bitte zu gewähren! Wärest du der Löwe, so würde der Fuchs dich betrügen; wärest du das Lamm, so würde der Fuchs dich fressen; wärest du der Fuchs, so würdest du dem Löwen verdächtig werden, wenn dich der Esel vielleicht verklagte; wärest du der Esel, so würde deine Dummheit dich plagen, und du lebtest doch nur als ein Frühstück für den Wolf; wärest du der Wolf, so würde deine Gefräßigkeit dich quälen, und du müßtest dein Leben oft wegen deines Mittagessens wagen; wärest du das Einhorn, so würden Stolz und Wut dich zugrunde richten, und du würdest die Beute deines eigenen Grimmes; wärest du der Bär, so tötete dich das Pferd; wärest du das Pferd, so ergriffe dich der Leopard; wärest du der Leopard, so wärest du des Löwen Bruder, und deine eigenen Flecken würden sich gegen dein Leben verschwören; deine ganze Sicherheit wäre, versteckt zu sein, und deine Verteidigung Abwesenheit. Welch Vieh könntest du sein, das nicht einem andern Vieh unterworfen wäre? und welch ein Vieh bist du schon, daß du nicht einsiehst, wieviel du in der Verwandlung verlörest?

APEMANTUS: Könntest du mir durch Reden gefallen, so hättest du es hiermit getroffen; der Staat von Athen ist ein Wald von Vieh geworden.

TIMON: Wie ist der Esel durch die Mauern gebrochen, daß du außer der Stadt bist?

APEMANTUS: Dort kommt ein Dichter und ein Maler: die Pest der Gesellschaft treffe dich! Aus Furcht, angesteckt zu werden, gehe ich fort. Wenn ich einmal nicht weiß, was ich sonst tun soll, will ich dich wieder besuchen.

TIMON: Wenn es außer dir nichts Lebendiges mehr gibt, sollst du willkommen sein. Ich möchte lieber eines Bettlers Hund als Apemantus sein.

APEMANTUS: Du bist das Haupt der Narrn der ganzen Welt.

TIMON: Wärst du doch rein genug, dich anzuspein.

APEMANTUS: Verwünscht bist du, zu schlecht, um dir zu fluchen.

TIMON: Mit dir gepaart, ist jeder Schuft ein Edler.

APEMANTUS: Nicht andern Aussatz gibt's, als was du sprichst.

TIMON: Ja, nenn ich dich. – Ich schlüg dich, doch das würde
Die Hände mir vergiften.

APEMANTUS: Oh, könnte doch mein Mund sie faulen machen!

TIMON: Hinweg! du Sprößling eines räud'gen Hundes!
Die Wut erstickt mich, daß du Leben hast;
Mir schwindelt, seh ich dich!
APEMANTUS: O mögst du bersten!
TIMON: Fort, läst'ger Schuft! mich dauert's, einen Stein
An dich zu wenden! *Er wirft einen Stein nach ihm.*
APEMANTUS: Tier!
TIMON: Sklav!
APEMANTUS: Kröte!
TIMON: Schelm!
Apemantus zieht sich zurück, als ob er gehen wollte.
Mir ekelt ob der falschen Welt, und lieben
Will ich von ihr die kahle Notdurft nur.
Drum, Timon, grabe dir alsbald dein Grab,
Lieg, wo der Seeschaum täglich schlagen mag
Den Stein; dein Epitaph schreib in der Grotte,
Daß Tod in mir des Lebens andrer spotte.
Er betrachtet das Gold.
Du süßer Königsmörder, edle Scheidung
Des Sohns und Vaters! glänzender Besudler
Von Hymens reinstem Lager! tapfrer Mars!
Du ewig blühnder, zartgeliebter Freier,
Des roter Schein den heil'gen Schnee zerschmelzt
Auf Dianas reinem Schoß! sichtbare Gottheit,
Die du Unmöglichkeiten eng verbrüderst,
Zum Kuß sie zwingst! du sprichst in jeder Sprache,
Zu jedem Zweck! o du, der Herzen Prüfstein!
Denk, es empört dein Sklave sich, der Mensch;
Vernichte deine Kraft sie all verwirrend,
Daß Tieren wird die Herrschaft dieser Welt!
APEMANTUS: O wär es so! –
Doch wenn ich tot bin. – Daß du Gold hast, sag ich:
Bald drängt sich alles zu dir.
TIMON: Zu mir?
APEMANTUS: Ja.
TIMON: Den Rücken zeig!
APEMANTUS: Dein Elend lieb, und lebe!
TIMON: So lebe lang, und stirb so! – Ich bin frei.
Apemantus geht ab.
Mehr Menschengleiches? – Iß, und hasse sie.
Es kommen mehrere BANDITEN.

ERSTER BANDIT: Woher sollte er Gold haben? So ein armer Rest, ein kleines Korn vom Geretteten; nur der Mangel an Gold und der Abfall seiner Freunde brachten ihn in diese Schwermut.

ZWEITER BANDIT: Das Gerücht geht, er habe einen großen Schatz.

DRITTER BANDIT: Wir wollen es bei ihm probieren; wenn er nichts danach fragt, so gibt er es uns gleich; wenn er es aber geizig hütet, wie sollen wir es kriegen?

ZWEITER BANDIT: Ja, denn er trägt es nicht bei sich, es ist vergraben.

ERSTER BANDIT: Ist er das nicht?

DIE ANDEREN BANDITEN: Wo?

ZWEITER BANDIT: Nach der Beschreibung ist er's.

DRITTER BANDIT: Ja, ich kenne ihn.

DIE BANDITEN: Guten Tag, Timon!

TIMON: Was, Diebe?

DIE BANDITEN: Krieger, nicht Diebe.

TIMON: Beides, und von Weibern geboren.

DIE BANDITEN: Wir sind nicht Diebe, Menschen nur im Mangel.

TIMON: Eur größter Mangel ist, euch mangelt Speise.
Weshalb der Mangel? Wurzeln hat die Erde;
In Meilenumfang springen hundert Quellen,
Der Baum trägt Eicheln, Sträuche rote Beeren;
Natur, die güt'ge Hausfrau, breitet aus
Auf jedem Busch ein volles Mahl. Was Mangel?

ERSTER BANDIT: Wir können nicht von Kräutern, Beeren, Wasser
Wie wildes Tier, wie Fisch und Vogel leben.

TIMON: Noch von den Tieren, Fischen, Vögeln selbst;
Auch Menschen müßt ihr zehren. Denken muß ich,
Daß ihr seid offne Dieb' und waltet nicht
In heil'germ Schein; unendlich ist der Raub,
Den jeder Stand mit Ehren treibt. Hier, Schufte,
Nehmt Gold: geht, saugt das zarte Blut der Traube,
Bis siedend heiß das Blut vom Fieber schäumt
Und euch das Hängen spart. Traut keinem Arzt;
Sein Gegengift ist Gift, und er erschlägt,
Schlimmer als ihr: raubt Gold zusamt dem Leben;
Übt Büberei, ihr übt sie im Beruf
Als zünftig. Alles, hört, treibt Dieberei:
Die Sonn ist Dieb, beraubt durch ziehnde Kraft

Die weite See; ein Erzdieb ist der Mond,
Da er wegschnappt sein blasses Licht der Sonne;
Das Meer ist Dieb, des nasse Woge auflöst
Den Mond in salz'ge Tränen; Erd ist Dieb,
Sie zehrt und zeugt aus Schlamm nur, weggestohlen
Von allgemeinem Auswurf: Dieb ist alles.
Gesetz, euch Peitsch und Zaum, stiehlt trotzig selbst
Und ungestraft. Fort, liebt einander nicht,
Beraubt einander selbst. Hier, noch mehr Gold;
Die Kehlen schneidet; was ihr seht, sind Diebe.
Fort nach Athen und brecht die Läden auf,
Ihr stehlt nichts, was ihr nicht dem Dieb entreißt;
Stehlt minder nicht, weil ich euch dies geschenkt,
Und Gold verderb euch jedenfalls! Amen.

Timon zieht sich in seine Höhle zurück.

DRITTER BANDIT: Er hat mich fast von meinem Gewerbe weg beschworen, indem er mich dazu antrieb.

ERSTER BANDIT: Es ist nur aus Bosheit gegen das menschliche Geschlecht, daß er uns diesen Rat gibt, nicht, damit wir in unserm Beruf glücklich sein sollen.

ZWEITER BANDIT: Ich will ihm als einem Feind glauben und mein Handwerk aufgeben.

ERSTER BANDIT: Laßt uns erst Athen wieder in Frieden sehen; keine Zeit ist so schlimm, wo man nicht ehrlich sein könnte.

Die Banditen gehn ab. FLAVIUS *tritt auf.*

FLAVIUS: O Götter ihr! ist jener
Schmachvolle und verfallne Mann mein Herr?
So abgezehrt, in Lumpen? O du Denkmal
Und Wunderwerk von Guttat, schlecht vergolten!
Welch Gegenbild von Ehr und Pracht hat hier
Verzweiflungsvoller Mangel aufgestellt!
Gibt's Niedrers auf der Welt als Freunde schändlich,
Die edlen Sinn in Schmach so stürzen endlich?
Oh, wohl ziemt das Gebot für unsre Zeit,
Das auch den Feind zu lieben uns gebeut!
Ihm, der mich haßt, sei Liebe ehr geschenkt
Als dem, der Liebe heuchelt, Böses denkt!
Er faßte mich ins Aug – ich will ihm zeigen
Den tiefen Gram und ihm als meinem Herrn,
Solang ich lebe, dienen. – Teurer Herr!

TIMON *kommt aus seiner Höhle.*

TIMON: Wer bist du? Fort!
FLAVIUS: Herr, habt Ihr mich vergessen?
TIMON: Was fragst du? Ich vergaß die ganze Menschheit;
Und bist du Mensch, so hab ich dich vergessen.
FLAVIUS: Ich bin Eur redlicher und armer Diener.
TIMON: So kenn ich dich nicht, denn ein Redlicher
War nie bei mir; all meine Diener Schurken,
Die Schufte nur bei Tisch bedienten.
FLAVIUS: Götter,
Bezeugt es, wie nie treuern Gram empfand
Ein Hausverwalter um des Herren Sturz
Als ich um Euch.
TIMON: Wie, weinst du? – Komm heran; – so lieb ich dich,
Weil du ein Weib bist und dich los hier sagst
Vom Mannsgeschlecht, des Auge nimmer tropft
Als nur in Lachenslust. Mitleid rührt keinen:
Im Lachen weinen, seltsam! nicht im Weinen!
FLAVIUS: Ich fleh, mein guter Lord, verkennt mich nicht,
Weist meinen Gram nicht ab, nehmt als Verwalter
Mich an, solang die kleine Summe währt.
TIMON: Hatt ich 'nen Diener, so gerecht, so treu
Und nun so trostreich? Das stimmte fast zur Milde
Mein wild Gemüt. Laß mich dein Antlitz sehn.
Gewiß, vom Weib ist dieser Mann geboren. –
Verzeiht den raschen, allgemeinen Fluch,
Ihr ewig mäß'gen Götter! Ich bekenn es,
Ein Mensch ist redlich – hört mich recht –, nur einer;
Nicht mehr, versteht – und der ist Hausverwalter. –
Wie gern möcht ich die ganze Menschheit hassen,
Du kaufst dich los; doch außer dir trifft alle
Mein wiederholter Fluch.
Doch dünkt mich, bist du redlich mehr als klug,
Denn wenn du mich verrietst und hintergingst,
So hättest du leicht neuen Dienst gefunden;
Denn mancher findet so den zweiten Herrn,
Der auf den ersten tritt. Doch sprich mir wahr
– Ich zweifle noch, bin ich gleich überzeugt –,
Ist deine Freundlichkeit nicht Habsucht, List,
Des Wuchrers Liebe? Wie ein Reicher schenkt
Und hofft, daß zwanzig er für eins empfange.
FLAVIUS: Nein, teurer, liebster Herr, in dessen Brust

Argwohn und Zweifel, ach, zu spät nun wohnen:
Hättst du im Glück die falsche Zeit erkannt!
Entspringt nur Argwohn, wo das Glück verschwand?
Beim Himmel! was ich zeig, ist lautre Liebe,
Daß meine Treu, Euer edles Herz erkennend,
Für Eure Nahrung sorgen will; und glaubt,
Mein höchst verehrter Herr,
Daß ich das allerhöchste Glück nicht tausche,
Das jetzt mir oder künftig winken könnte,
Für diesen Wunsch: es ständ in Eurer Macht,
Durch Euer eignes Glück mich zu belohnen.

TIMON: Nun sieh, so ist's! – Du einz'ger Redlicher,
Hier, nimm: – aus meinem Elend senden dir
Die Götter diesen Schatz. Sei reich und glücklich!
Doch nur mit dem Beding: zieh fern von Menschen;
Fluch allen, keinen laß Erbarmen finden,
Das Fleisch vor Hunger am Gebein verschwinden,
Eh du dem Bettler hilfst. Gib Hunden, was
Du Menschen weigerst; Kerker schling sie ein,
Laß Schulden sie zu nichts verschrumpfen,
Verdorren sie, wie Frost die Wälder trifft,
Und zehr ihr falsches Blut des Fiebers Gift!
Und so: fahr wohl, sei glücklich!

FLAVIUS: Laßt mich bleiben,
Zum Trost Euch, liebster Herr!

TIMON: Liebst du nicht Flüche,
So mach dich fort; gesegnet, jetzt zu gehn:
Die Menschen flieh, laß dich mich nimmer sehn.

Sie gehn nach verschiednen Seiten ab.

FÜNFTER AUFZUG

ERSTE SZENE

Vor Timons Höhle.

Es treten auf der DICHTER *und der* MALER, TIMON *im Hintergrund.*

MALER: So wie ich mir den Ort habe beschreiben lassen, kann sein Aufenthalt nicht weit mehr sein.

DICHTER: Was soll man von ihm denken? Bestätigt sich das Gerücht, daß er so viel Gold hat?

MALER: Gewiß! Alcibiades sagt es; Phrynia und Timandra bekamen Gold von ihm; er bereicherte auch arme, umherstreifende Soldaten mit einer großen Spende, und man sagt, daß er seinem Haushofmeister eine beträchtliche Summe gab.

DICHTER: Also war sein Bankrott nur eine Prüfung seiner Freunde.

MALER: Weiter nichts; Ihr werdet ihn wieder als einen Palmbaum in Athen erblicken, blühend um die Wette mit den Höchsten. Darum ist es nicht übel getan, wenn wir ihm jetzt, in seinem vermeinten Unglück, unsre Liebe bezeigen: es erscheint in uns als Rechtlichkeit; und wahrscheinlich erhalten wir für unsere Mühen, was wir erstreben, wenn das Gerücht, das seinen Reichtum verkündet, wahr ist.

DICHTER: Was habt Ihr ihm denn jetzt zu bringen?

MALER: Für den Augenblick nichts als meinen Besuch; ich will ihm aber ein herrliches Stück versprechen.

DICHTER: Ich muß ihn auf dieselbe Art bedienen, ihm von einem Entwurf erzählen, der sich auf ihn bezieht.

MALER: Vortrefflich! Versprechen ist die Sitte der Zeit, es öffnet die Augen der Erwartung: Vollziehen erscheint um so dümmer, wenn es eintritt; und die einfältigen, geringen Leute ausgenommen, ist die Betätigung des Wortes völlig aus der Mode. Versprechen ist sehr hofmännisch und guter Ton. Vollziehen ist eine Art von Testament, das von gefährlicher Krankheit des Verstandes bei dem zeugt, der es macht.

TIMON *kommt aus seiner Höhle.*

TIMON *beiseite*: Trefflicher Künstler! du kannst einen Menschen nicht so schlecht malen, wie du selbst bist.

DICHTER: Ich denke darüber nach, was ich vorgeben will, das ich für ihn angefangen habe; es muß eine Darstellung von ihm selbst sein: eine Satire gegen die Weichlichkeit des Wohlstandes; eine Enthüllung der unbegrenzten Schmeichelei, die der Jugend und dem Überfluß folgt.

TIMON *beiseite*: Mußt du denn durchaus als Bösewicht in deinem eignen Werk dastehn? Willst du deine Laster in andern Menschen geißeln? Tu's, ich habe Gold für dich.

DICHTER: Kommt, suchen wir ihn auf,
Daß unser Zögern sich nicht schwer vergeht,
Winkt uns Gewinn und kämen wir zu spät.

MALER: Sehr wahr;
Am heitern Tag erspähe, was dir fehlt,

Eh es die Nacht im dunkeln Schoß verhehlt.
So kommt.
TIMON *beiseite*: Entgegen tret ich euch. Oh, welch ein Gott
Ist Gold, daß man ihm dient im schlechtern Tempel,
Als wo das Schwein haust! Du bist's, der das Schiff
Auftakelt und den Schaum des Meers durchpflügt;
Machst, daß dem Knecht mit Ehrfurcht wird gehuldigt.
Anbetung dir! den Heiligen zum Lohne,
Die dir allein gedient, die Pest als Krone!
Schnell tret ich auf sie zu. *Er kommt vor.*
DICHTER: Heil, würd'ger Timon!
MALER: Einst unser edler Herr!
TIMON: Erleb ich's doch noch,
Zwei Redliche zu sehn?
DICHTER: Wir hörten, die wir oft dein Wohltun fühlten,
Du seist vereinsamt, abgewandt die Freunde,
Die, undankbaren Sinns – o Scheusal' ihr!
Nicht scharf genug sind alle Himmelsgeißeln –
Wie! dich, des sternengleiche Großmut Leben
Und Nahrung ihrem ganzen Wesen gab!
Es macht mich toll, und nicht kann ich bekleiden
Die riesengroße Masse dieses Undanks
Mit noch so großen Worten.
TIMON: So geh er nackt, man sieht ihn klarer dann.
Ihr Redlichen zeigt so durch euer Wesen
Die andern um so schlechter.
MALER: Er und ich,
Wir wandelten im Regen deiner Gaben,
Der uns erquickend traf.
TIMON: Ja, ihr seid ehrlich.
MALER: Wir kommen her, dir unsern Dienst zu bieten.
TIMON: Ihr Redlichen! ei, wie vergelt ich's euch?
Nun, könnt ihr Wurzeln essen, Wasser trinken?
BEIDE: Was wir nur können, tun wir, dir zu dienen.
TIMON: Ihr Redlichen vernahmt, ich hätte Gold;
Gewiß, ihr habt: sprecht wahr, denn ihr seid redlich.
MALER: Man sagt es, edler Lord; doch deshalb nicht
Kam ich zu Euch, sowenig wie mein Freund.
TIMON: Ehrliche Männer ihr! Du malst Gemälde,
Der Best in ganz Athen bist du, fürwahr!
Malst nach dem Leben.

MALER: Lieber Herr, so so.
TIMON: Ganz, wie ich sagte, ist's. *Zum Dichter*: Und deine
Ha, fließt dein Vers nicht hin so glatt und zart, [Dichtung!
Daß deine Kunst natürlich wieder wird! –
Bei alledem, ihr wohlgesinnten Freunde,
Ich sag es frei, habt ihr 'nen kleinen Fehler:
Freilich, nicht groß ist er an euch noch wünsch ich,
Daß ihn zu bessern ihr euch müht.
BEIDE: Geruht
Ihn uns zu nennen.
TIMON: Doch ihr nehmt es übel.
BEIDE: Wir nehmen's dankbar an.
TIMON: Wollt ihr das wirklich?
BEIDE: Nicht zweifelt, edler Lord.
TIMON: Ein jeder von euch beiden traut 'nem Schurken,
Der tüchtig euch betrügt.
BEIDE: Herr, tun wir das?
TIMON: Ja, und ihr hört ihn lügen, seht ihn heucheln,
Ihr kennt sein grobes Flickwerk, liebt ihn, nährt ihn,
Tragt ihn im Herzen; aber seid gewiß,
Er ist ein ausgemachter Schuft.
MALER: Ich kenne keinen solchen, Herr.
DICHTER: Noch ich.
TIMON: Seht ihr, ich lieb euch, ich will Gold euch geben,
Verbannt die Schufte nur aus eurer Nähe;
Hängt, stecht sie nieder, werft sie ins Kloak,
Vernichtet sie, wie's geht, und kommt zu mir,
Ich geb euch Gold genug.
BEIDE: Nennt sie, verehrter Herr, macht sie uns kenntlich.
TIMON: Du hier, du dorthin, doch sind zwei beisammen:
Steht jeder auch für sich, einsam, allein,
Ist doch ein Erzschuft stets mit ihm verbunden.
Wenn, wo du stehst, zwei Schufte nicht sein sollen,
Komm ihm nicht nah. – Wenn du nicht hausen willst,
Als, wo ein Schuft nur ist, so meide ihn. –
Fort! hier ist Gold; ihr kamt nach Gold, ihr Sklaven;
Für eure Arbeit nehmt Bezahlung: fort!
Du bist ein Alchimist, mach daraus Gold.
Fort, Lumpenhunde!
Er schlägt sie und geht ab, indem er sie vor sich hertreibt.

Zweite Szene

Vor Timons Höhle.

Es treten auf Flavius *und zwei* Senatoren.

FLAVIUS: Vergeblich, daß ihr Timon sprechen wollt;
Denn in sich selbst ist er so ganz versunken,
Daß außer ihm nichts, was dem Menschen gleicht,
Freund mit ihm ist.
ERSTER SENATOR: Führ uns zu seiner Höhle.
Wir sind gesandt, versprachen den Athenern,
Mit ihm zu reden.
ZWEITER SENATOR: Nicht in allen Zeiten
Ist stets der Mensch sich gleich. Zeit und sein Gram
Schuf so ihn um; wenn Zeit mit mildrer Hand
Der vor'gen Tage Glück ihm wieder beut,
Macht sie zum vor'gen Mann ihn. Führt uns zu ihm,
Dann geh es, wie es kann.
FLAVIUS: Hier ist die Höhle.
Sei Fried und Wohlsein hier! Timon! Gebieter!
Schaut her und sprecht mit Freunden: die Athener
Begrüßen Euch durch würd'ge Senatoren.
O edler Timon, sprecht mit ihnen.

Timon *tritt auf.*

TIMON: Du Sonne, heilsame, verbrenne! – Sprecht,
Und seid gehängt. Für jedes wahre Wort
Euch Blasen auf der Zung, und jedes falsche
Freß als ein Krebs sie mit der Wurzel weg,
Im Sprechen sie vernichtend!
ERSTER SENATOR: Würd'ger Timon –
TIMON: Nur solcher wert wie ihr, wie ihr des Timon.
ZWEITER SENATOR: Timon, es grüßt dich der Senat Athens.
TIMON: Ich dank ihm; schickt ihm gern die Pest zurück,
Könnt ich für ihn sie greifen.
ZWEITER SENATOR: O vergiß,
Was für uns selbst wir deinethalb betrauern.
Die Senatoren mit einstimm'ger Liebe
Ersuchen dich, heim nach Athen zu kehren;
Dir hohe Würden bietend, welche offen
Daliegen, daß du dich mit ihnen schmückst.
ERSTER SENATOR: Und sie gestehn,

Zu gröblich war's, wie alle dich vergaßen.
Jetzt hat nun der gesamte Staat – der selten
Nur widerruft – gefühlt, wie sehr die Hilfe
Ihm Timons fehlt, zu deutlich nur empfindend,
Daß selbst er stürzt, dem Timon Hilfe weigernd;
Er sendet uns, als Ausdruck seines Kummers,
Zugleich mit der Belohnung, die ergieb'ger
Als die Verletzung, noch so scharf gewogen;
So aufgehäufte Summen, Lieb und Gold,
Daß sie auslöschen ganz des Staates Schuld
Und dir einschreiben ihrer Liebe Zahlen,
Daß du sie stets als deine kannst berechnen.

TIMON: Wie ihr mich bezaubert,
Mich überrascht, daß fast die Träne rinnt;
Leiht mir des Toren Herz, des Weibes Auge,
Bei eurem Trost zu weinen, Senatoren.

ZWEITER SENATOR: Laß dir's gefallen, kehre heim mit uns;
Nimm über unser, dein Athen, die Herrschaft
Als Oberhaupt, und Dank soll dich belohnen,
Vollkommne Macht dich krönen und dein Name
Im Ruhm erblühn – wenn wir zurückgetrieben
Das freche Nahn des Alcibiades,
Der, wildem Eber gleich, aufwühlt den Frieden
Des Vaterlands.

ERSTER SENATOR: Und der die Türm Athens
Mit seinem Schwert bedräut.

ZWEITER SENATOR: Timon, darum –

TIMON: Gut, Herr, ich will; drum will ich, Freund; und so -
Fällt meine Landsleut' Alcibiades,
Laßt Alcibiades von Timon wissen,
Daß Timon
Nichts danach fragt. Schleift er die edle Stadt
Und zupft die frommen Greis' an ihren Bärten,
Gibt unsre heil'gen Jungfraun preis der Schmach
Des tierisch wilden, frech vermeßnen Kriegers –
Dann laßt ihn wissen, sagt ihm, Timon sprach's:
Aus Mitleid für den Greis und Jüngling muß ich
Ihm melden, ja – ich frage nichts danach,
Und zürn er drob; nichts fragt sein feindlich Messer,
Solang ihr Kehlen habt: von mir sag ich,
Daß ich den schlechtsten Kneif im rohen Lager

Im Herzen höher stell als aus Athen
Die hochschätzbarste Gurgel. So verbleibt
Dem Schutz der segensreichen Götter, wie
Der Dieb dem Schließer.

FLAVIUS: Geht, es ist umsonst.

TIMON: Soeben schrieb ich hier mein Epitaph,
Man sieht es morgen. Nun beginnt zu heilen
Mein langes Lebens- und Gesundheitsleid,
Und Nichts bringt alles mir. Geht, lebt nur weiter;
Sei Alcibiades euch Qual, ihr ihm,
Und lange währ's!

ERSTER SENATOR: Wir sprechen nur vergeblich.

TIMON: Doch lieb ich noch mein Vaterland, und nicht
Erfreut der allgemeine Schiffbruch mich,
Wie das Gerücht es sagt.

ERSTER SENATOR: So sprichst du gut.

TIMON: Empfehlt mich meinen teuren Landsgenossen –

ERSTER SENATOR:
Dies Wort ziert deinen Mund, indem er's spricht.

ZWEITER SENATOR: Zieht in das Ohr, dem Triumphator gleich,
Im Jubelschall des Tors.

TIMON: Empfehlt mich ihnen
Und sagt, um ihren Kummer zu erleichtern,
Die Furcht vor Feindesschlag, Verlust und Schmerz,
Der Liebe Qual und mannigfaches Weh,
Die der Natur zerbrechlich Fahrzeug trägt
Auf schwankem Lebensweg, will ich sie trösten,
Der Wut des Alcibiades entraffen.

ERSTER SENATOR: Dies dünkt mich gut, er kehrt gewiß zurück.

TIMON: Mir wächst ein Baum, hier nah bei meiner Höhle,
Mein eigner Nutzen treibt mich, ihn zu fällen,
Ich haue bald ihn um; sagt meinen Freunden,
Sagt ganz Athen, dem Adel wie dem Volk,
Vom Höchsten zum Geringsten, wem's gefalle,
Zu enden seine Not, der möge eilen
Hierher, eh noch mein Baum die Axt gefühlt,
Und sich dran hängen: bitte, grüßt sie alle!

FLAVIUS: Stört ihn nicht mehr, so findet ihr ihn stets.

TIMON: Kommt nicht mehr zu mir, sondern sagt Athen,
Timon hat hier sein ew'ges Haus gebaut,
Auf dem bespülten Strand der salz'gen Flut,

Das einmal tags mit ihrem schwellnden Schaum
Die Wogen überfluten; dahin kommt,
Laßt meinen Grabstein euch Orakel sein. –
Laßt, Lippen, bittre Wort', und ende, Laut;
Des Schlimmen Beßrung sei der Pest vertraut!
Kein Menschenwerk als Gräber; Tod ihr Lohn!
Birg, Sonne, dich! vollbracht hat Timon schon. *Ab.*

ERSTER SENATOR: Sein zorn'ger Sinn ist fest und unzertrennlich
Von seinem Wesen.

ZWEITER SENATOR: In ihm starb unsre Hoffnung. Kehrt zurück
Und denkt, welch andre Rettung uns noch bleibt
In dieser großen Not.

ERSTER SENATOR: Wir müssen eilen.

Sie gehn ab.

DRITTE SZENE

Vor den Toren von Athen.

Es treten auf zwei SENATOREN *und ein* BOTE.

ERSTER SENATOR: Mit Sorgfalt forschtest du; sind seine Scharen
So zahlreich, wie du sagst?

BOTE: Das Mindste nannt ich;
Dabei erweist sein Eilen, daß er gleich
Sich zeigen wird.

ZWEITER SENATOR:
Kommt Timon nicht, so sind wir sehr gefährdet.

BOTE: Ich traf als Boten einen alten Freund –
Mit dem, obwohl jetzt durch Partein getrennt,
Die alte Lieb ihr vor'ges Recht bewahrte
Und uns als Freunde sprechen ließ –, er ging
Vom Alcibiades zu Timons Höhle
Und bracht ihm Briefe, die ihn dringend baten,
Mit ihm den Krieg auf eure Stadt zu führen,
Da seinethalb, zum Teil, er ihn begann.

Die SENATOREN, *welche von Timon zurückkommen.*

ERSTER SENATOR: Seht, unsre Brüder kommen.

DRITTER SENATOR:
Sprecht nicht von Timon, nichts von ihm erwartet. –
Des Feindes Trommel tönt, der große Zug

Erfüllt die Luft mit Staub. Zu den Waffen alle!
Es legt der Feind für unsern Fuß die Falle.
Sie gehn alle ab.

Vierte Szene

Vor Timons Höhle; man sieht einen Grabstein.

Ein Soldat *tritt auf und sucht Timon.*

soldat: Nach der Beschreibung wäre dies der Platz.
Wer da? He, keine Antwort! – Was ist das?
Timon ist tot, er zahlte der Natur;
Dies les ein Tier! von Menschen keine Spur.
Ja, tot gewiß: und dies hier ist sein Grab. –
Was auf dem Grabmal steht, kann ich nicht lesen;
So drück ich in dies Wachs die Zeichen ab.
Der Feldherr ist ein Kenner jeder Schrift,
Ein alter Forscher, obwohl jung an Jahren.
Athen, die stolze Stadt, bedroht er eben,
Ihr Fall ist seiner Ehrsucht höchstes Streben. *Ab.*

Fünfte Szene

Vor den Toren von Athen.

Trompeten. Alcibiades *tritt auf mit seinem* Heer.

alcibiades: Blast dieser feigen, schwelgerischen Stadt
Ins Ohr mein schrecklich Nahn.
Trompeten. Die Senatoren *erscheinen auf den Mauern.*
Bis jetzt gelang es euch, die Zeit zu widmen
Mit Maß der Willkür; Satzung war allein,
Was gut euch dünkte; ich und andre schliefen
Im Schatten eurer Macht und wanderten,
Kreuzweis die Arm, und seufzten unser Leid
Vergeblich nur. Nun ist die Zeit erwachsen,
Das Lasttier darf im Dienst sich kräftig fühlen
Und schreit von selbst: „Nicht mehr!“ In Polsterstühlen
Wird jetzt bequem geschmähte Kränkung ruhn,

Und der goldschwere Übermut wird keuchen
In Furcht und grauser Flucht.

ERSTER SENATOR: O edler Jüngling,
Als deine erste Kränkung noch Gedanke,
Eh du Gewalt hattst und wir Grund zu fürchten,
Kam Botschaft dir, mit Balsam deine Wut,
Mit Liebe unsern Undank auszutilgen,
Mehr zahlend als die Schuld.

ZWEITER SENATOR: Auch luden wir
Zu unsrer Stadt den umgeschaffnen Timon,
Demütig flehend, liebevoll versprechend.
Nicht alle fehlten, drum verdienen alle
Des Krieges Geißel nicht.

ERSTER SENATOR: Hier diese Mauern,
Sie wurden nicht durch deren Hand gebaut,
Die dich gekränkt; noch ist so groß die Kränkung,
Daß diese Türm und Tempel fallen sollten
Um Schuld der einzelnen.

ZWEITER SENATOR: Auch sind sie tot,
Die Ursach waren, daß du dich schiedst von hier;
Scham über ihren Fehl im Übermaß
Zerbrach ihr Herz. So zieh denn, edler Feldherr
Mit fliegendem Panier in unsre Stadt,
Laß, durch das Los bestimmt, den Zehnten sterben;
Hungert dein Rachgefühl nach dieser Speise,
Vor der Natur ergraut, nimm du den Zehnten;
Wie durch Geschick des Würfels Flecken fallen,
So falle der Befleckte.

ERSTER SENATOR: Alle fehlten nicht;
Nicht billig ist's, für die Verstorbnen Rache
An Lebenden zu nehmen: Sünde erbt
Sich nicht wie Land und Gut. Drum, teurer Landsmann,
Führ ein dein Heer, doch laß die Wut da draußen;
Schon deine Wieg Athen, verwandtes Blut,
Das deines Zornes Sturm vergießen würde
Mit dem der Schuldigen: gleich einem Schäfer
Nah deiner Hürd, und sondre das Erkrankte,
Doch nicht erwürge alles.

ZWEITER SENATOR: Was du forderst,
Wirst du mit deinem Lächeln ehr erzwingen
Als mit dem Schwert erhaun.

ERSTER SENATOR: Setz nur den Fuß
An dies bollwerkte Tor, so springt es auf,
Hast du dein mildes Herz vorausgesandt
Als Freundesboten.
ZWEITER SENATOR: Wirf den Handschuh her;
Gib jedes andre Unterpfand der Ehre,
Daß du zur Herstellung den Krieg nur nutzest,
Und nicht zu unserm Sturz, so nimmt dein Heer
Wohnung in unsrer Stadt, bis wir bewilligt
Dein vollestes Begehr.
ALCIBIADES: Hier ist mein Handschuh:
Tut auf das unbewehrte Tor, steigt nieder!
Die, welche Timons Feind' und meine sind
Und die ihr selbst zur Strafe ziehen sollt,
Die einzig fallen: eure Furcht soll tilgen
Mein Ehrenwort; daß nicht ein Mann verläßt
Sein Standquartier, den Strom auch keiner trübe
Des hergebrachten Rechts in eurer Stadt:
Geschieht's, so zieh ihn eure eigne Satzung
Zur strengsten Rechenschaft.
BEIDE: Ein edles Wort.
ALCIBIADES: So steigt herab und haltet das Versprechen.
Die Senatoren steigen herab und öffnen die Tore.
Ein SOLDAT *tritt auf.*
SOLDAT: Mein edler Feldherr, Timon ist gestorben
Und an des Meeres ödem Strand begraben.
Auf seinem Grabstein fand ich diese Schrift;
Ich prägte sie in Wachs, des sanfte Form
Dir deute, was ich selbst nicht lesen kann.
ALCIBIADES *liest*: [schwebt;
„Hier liegt der traur'ge Leib, dem der traur'ge Geist ent-
Forscht meinen Namen nicht: Fluch allem, was da lebt!
Hier lieg ich, Timon; da ich lebt, haßt ich, was Leben hegt:
Geh, fluch von Herzen, aber mach, daß fort dein Fuß dich
Wohl drückt dies aus, was du zuletzt gefühlt; [trägt."
Hast unser menschlich Leid du auch verachtet,
Die Tränenflut, die Tropfen, welche karg
Die Rührung fallen läßt; doch lehrte dich
Dein reicher Witz Neptunus selbst zu zwingen,
Daß er nun ewig weint gesühnte Fehler
Auf deinem niedern Grab. Gestorben ist

Der edle Timon; künftig mehr von ihm. –
Führt mich in eure Stadt, und mit dem Schwert
Bring ich den Ölzweig: Krieg erzeuge Frieden,
Und Frieden hemme Krieg; jeder erteile
Dem andern Rat, daß eins das andre heile. –
Rührt eure Trommeln!

Alle gehn ab.

JULIUS CÄSAR

Personen

Julius Cäsar

Octavius Cäsar | Marcus Antonius | M. Ämilius Lepidus — *Triumvirn nach dem Tode des Julius Cäsar*

Cicero | Publius | Popilius Lena — *Senatoren*

Marcus Brutus | Cassius | Casca | Trebonius | Ligarius | Decius Brutus | Metellus Cimber | Cinna — *Verschworene gegen Julius Cäsar*

Flavius | Marullus — *Tribunen*

Artemidorus, *ein Sophist von Knidos*

Ein Wahrsager

Cinna, *ein Poet*

Ein andrer Poet

Lucilius | Titinius | Messala | Der junge Cato | Volumnius — *Freunde des Brutus und Cassius*

Varro | Clitus | Claudius | Strato | Lucius | Dardanius — *Diener des Brutus*

Pindarus, *Diener des Cassius*

Calpurnia, *Gemahlin des Cäsar*

Portia, *Gemahlin des Brutus*

Senatoren, Bürger, Wache, Gefolge usw.

Die Szene ist einen großen Teil des Stücks hindurch zu Rom, nachher zu Sardes und bei Philippi.

ERSTER AUFZUG

ERSTE SZENE

Rom. Eine Straße.

FLAVIUS, MARULLUS *und ein Haufe von* BÜRGERN.

FLAVIUS: Packt euch nach Haus, ihr Tagediebe! fort!
Ist dies ein Feiertag? Was? wißt ihr nicht,
Daß ihr als Handwerksleut an Werkeltagen
Nicht ohn ein Zeichen der Hantierung dürft
Umhergehn? – Welch Gewerbe treibst du? sprich!

ERSTER BÜRGER: Nun, Herr, ich bin ein Zimmermann.

MARULLUS: Wo ist dein ledern Schurzfell und dein Maß?
Was machst du hier in deinen Sonntagskleidern? –
Ihr, Freund, was treibt Ihr?

ZWEITER BÜRGER: Die Wahrheit zu gestehn, Herr, gegen einen feinen Arbeiter gehalten, mache ich nur, sozusagen, Flickwerk.

MARULLUS: Doch welch Gewerb? Antworte gradezu.

ZWEITER BÜRGER: Ein Gewerbe, Herr, das ich mit gutem Gewissen treiben kann, wie ich hoffe. Es besteht darin, einen schlechten Wandel zu verbessern.

MARULLUS: Welch ein Gewerb, du Schuft? welch ein Gewerb?

ZWEITER BÜRGER: Nein, ich bitte Euch, Herr, laßt Euch die Geduld nicht reißen. Wenn aber ja was reißt, so gebt Euch nur in meine Hand.

MARULLUS: Was meinst du damit? Mich in deine Hand geben, du naseweiser Bursch?

ZWEITER BÜRGER: Nun ja, Herr, damit ich Euch flicken kann.

FLAVIUS: Du bist ein Schuhflicker, nicht wahr?

ZWEITER BÜRGER: [Die Wahrheit zu sagen, Herr, ich ernähre mich von Ahlen. Ich menge mich nicht in Handwerkssachen, sondern bloß in Fußwerkssachen.] Im Ernst, Herr, ich bin ein Wundarzt für alte Schuhe: wenn's gefährlich mit ihnen steht, so mache ich sie wieder heil. So hübsche Leute, wie jemals auf Rindsleder getreten, sind auf meiner Hände Werk einhergegangen.

FLAVIUS: Doch warum bist du in der Werkstatt nicht?
Was führst du diese Leute durch die Gassen?

ZWEITER BÜRGER: Meiner Treu, Herr, um ihre Schuhe abzunutzen, damit ich wieder Arbeit kriege. Doch im Ernst, Herr, wir machen Feiertag, um den Cäsar zu sehen und uns über seinen Triumph zu freuen.

MARULLUS: Warum euch freun? Was hat er wohl erobert?
Was für Besiegte führt er heim nach Rom
Und fesselt sie zur Zier an seinen Wagen?
Ihr Blöck! ihr Steine! schlimmer als gefühllos!
O harte Herzen! arge Männer Roms!
Habt ihr Pompejus nicht gekannt? Wie oft
Stiegt ihr hinauf auf Mauern und auf Zinnen,
Auf Türme, Fenster, ja auf Feueressen,
Die Kinder auf dem Arm, und saßet da
Den lieben langen Tag, geduldig wartend,
Bis durch die Straßen Roms Pompejus zöge?
Und saht ihr seinen Wagen nur von fern,
Erhobt ihr nicht ein allgemeines Jauchzen,
So daß der Tiber bebt' in seinem Bett,
Wenn er des Lärmes Widerhall vernahm
An seinen hohlen Ufern?
Und legt ihr nun die Feierkleider an?
Und spart ihr nun euch einen Festtag aus?
Und streut ihr nun ihm Blumen auf den Weg,
Der siegprangt über des Pompejus Blut?
Hinweg!
In eure Häuser lauft, fallt auf die Knie
Und fleht die Götter an, die Not zu wenden,
Die über diesen Undank kommen muß!

FLAVIUS: Geht, geht, ihr guten Bürger! und versammelt
Für dies Vergehen eure armen Brüder;
Führt sie zum Tiber, weinet eure Tränen
Ins Flußbett, bis ihr Strom, wo er am flachsten,
Die höchsten seiner Uferhöhen küßt.

Die Bürger ab.

Sieh, wie die Schlacken ihres Innern schmelzen!
Sie schwinden weg, verstummt in ihrer Schuld.
Geht ihr den Weg, hinab zum Kapitol;
Hierhin will ich. Entkleidet dort die Bilder,
Seht ihr mit Ehrenzeichen sie geschmückt.

MARULLUS: Ist das erlaubt?
Ihr wißt, es ist das Luperkalienfest.
FLAVIUS: Es tut nichts: laßt mit den Trophäen Cäsars
Kein Bild behängt sein. Ich will nun umher
Und will den Pöbel von den Gassen treiben.
Das tut auch ihr, wo ihr gedrängt sie seht.
Dies wachsende Gefieder, ausgerupft
Der Schwinge Cäsars, wird den Flug ihm hemmen,
Der, über Menschenblicke hoch hinaus,
Uns alle sonst in knecht'scher Furcht erhielte.
Beide ab.

ZWEITE SZENE

Ein öffentlicher Platz.

In einem feierlichen Aufzuge mit Musik kommen CÄSAR; ANTONIUS, *zum Wettlauf gerüstet;* CALPURNIA, PORTIA, DECIUS, CICERO, BRUTUS, CASSIUS *und* CASCA; *hinter ihnen ein großes Gedränge, darunter ein* WAHRSAGER.

CÄSAR: Calpurnia!
CASCA: Still da! Cäsar spricht.
Die Musik hält inne.
CÄSAR: Calpurnia!
CALPURNIA: Hier, mein Gemahl.
CÄSAR: Stellt dem Antonius grad Euch in den Weg,
Wenn er zur Wette läuft. – Antonius!
ANTONIUS: Erlauchter Cäsar?
CÄSAR: Vergeßt, Antonius, nicht, in Eurer Eil,
Calpurnia zu berühren; denn es ist
Ein alter Glaube, unfruchtbare Weiber,
Berührt bei diesem heil'gen Wettlauf,
Entladen sich des Fluchs.
ANTONIUS: Ich werd es merken.
Wenn Cäsar sagt: tu das, so ist's vollbracht.
CÄSAR: Beginnt; laßt nichts von den Gebräuchen aus.
Musik.
WAHRSAGER: Cäsar!
CÄSAR: He, wer ruft?
CASCA: Es schweige jeder Lärm: noch einmal still!

Die Musik hält inne.

CÄSAR: Wer ist es im Gedräng, der mich begehrt?
Durch die Musik dringt gellend eine Stimme,
Die: Cäsar! ruft. Sprich! Cäsar neigt sein Ohr.
WAHRSAGER: Nimm vor des Märzen Idus dich in acht.
CÄSAR: Wer ist der Mann?
BRUTUS: Ein Wahrsager; er warnt Euch vor des Märzen Idus.
CÄSAR: Führt ihn mir vor, laßt sein Gesicht mich sehn.
CASCA: Komm aus dem Haufen, Mensch; tritt vor den Cäsar.
CÄSAR: Was sagst du nun zu mir? Sprich noch einmal.
WAHRSAGER: Nimm vor des Märzen Idus dich in acht.
CÄSAR: Er ist ein Träumer; laßt ihn gehn und kommt.

Ein Marsch. Alle bis auf Brutus und Cassius gehen ab.

CASSIUS: Wollt Ihr den Hergang bei dem Wettlauf sehn?
BRUTUS: Ich nicht.
CASSIUS: Ich bitt Euch, tut's.
BRUTUS: Ich hab am Spiel nicht Lust, mir fehlt ein Teil
Vom muntern Geiste des Antonius:
Doch muß ich Euch in Eurem Wunsch nicht hindern.
Ich laß Euch, Cassius.
CASSIUS: Brutus, seit kurzem geb ich acht auf Euch.
Ich find in Eurem Blick die Freundlichkeit,
Die Liebe nicht, an die Ihr mich gewöhnt.
Zu störrisch und zu fremd begegnet Ihr
Dem Freunde, der Euch liebt.
BRUTUS: Mein Cassius,
Betrügt Euch nicht. Hab ich den Blick verschleiert,
So kehrt die Unruh meiner Mienen sich
Nur gegen mich allein. Seit kurzem quälen
Mich Regungen von streitender Natur,
Gedanken, einzig für mich selbst geschickt,
Die Schatten wohl auf mein Betragen werfen.
Doch laßt dies meine Freunde nicht betrüben
(Wovon Ihr einer sein müßt, Cassius),
Noch mein achtloses Wesen anders deuten,
Als daß, mit sich im Krieg, der arme Brutus
Den andern Liebe kundzutun vergißt.
CASSIUS: Dann, Brutus, mißverstand ich Euren Unmut.
Deshalb begrub hier diese Brust Entwürfe
Von großem Werte, würdige Gedanken.
Sagt, Brutus, könnt Ihr Euer Antlitz sehn?

BRUTUS: Nein, Cassius, denn das Auge sieht sich nicht
Als nur im Widerschein, durch andre Dinge.
CASSIUS: So ist's;
Und man beklagt sich sehr darüber, Brutus,
Daß Ihr nicht solche Spiegel habt, die Euren
Verborgnen Wert Euch in die Augen rückten,
Auf daß Ihr Euren Schatten säht. Ich hörte,
Wie viele von den ersten Männern Roms
– Nur Cäsar nehm ich aus –, von Brutus redend
Und seufzend unter dieser Zeiten Joch,
Zum Sehn dem edlen Brutus Augen wünschten.
BRUTUS: Auf welche Wege, Cassius, lockt Ihr mich,
Daß Ihr mich heißt in meinem Innern suchen,
Was doch nicht in mir ist?
CASSIUS: Drum, lieber Brutus, schickt Euch an zu hören.
Und weil Ihr wißt, Ihr könnt Euch selbst so gut
Nicht sehn wie durch den Widerschein, so will
Ich, Euer Spiegel, Euch bescheidentlich
Von Euch entdecken, was Ihr noch nicht wißt.
Und denkt von mir kein Arges, werter Brutus.
Wär ich ein Lacher aus der Menge; pflegt ich
Mein Herz durch Alltagsschwüre jedem neuen
Beteurer auszubieten; wenn Ihr wißt,
Daß ich die Menschen streichle, fest sie herze
Und dann sie lästre; oder wenn Ihr wißt,
Daß ich beim Schmaus mich mit der ganzen Schar
Verbrüdern mag, dann hütet Euch vor mir.
Trompeten und Freudengeschrei.
BRUTUS: Was heißt dies Jauchzen? Wie ich fürchte, wählt
Das Volk zum König Cäsar.
CASSIUS: Fürchtet Ihr's?
Das hieße ja, Ihr möchtet es nicht gern.
BRUTUS: Nein, Cassius, nicht gern; doch lieb ich ihn.
Doch warum haltet Ihr mich hier so lange?
Was ist es, das Ihr mir vertrauen möchtet?
Ist's etwas, dienlich zum gemeinen Wohl,
Stellt Ehre vor ein Auge, Tod vors andre,
Und beide seh ich gleichen Mutes an.
Die Götter sei'n mir günstig, wie ich mehr
Die Ehre lieb als vor dem Tod mich scheue.
CASSIUS: Ich weiß, daß diese Tugend in Euch wohnt,

So gut ich Euer äußres Ansehn kenne.
Wohl! Ehre ist der Inhalt meiner Rede.
Ich weiß es nicht, wie Ihr und andre Menschen
Von diesem Leben denkt; mir, für mich selbst,
Wär es so lieb, nicht dasein, als zu leben
In Furcht vor einem Wesen wie ich selbst.
Ich kam wie Cäsar frei zur Welt, so Ihr;
Wir nährten uns so gut, wir können beide
So gut wie er des Winters Frost ertragen.
Denn einst, an einem rauhen, stürm'schen Tage,
Als wild der Tiber an sein Ufer tobte,
Sprach Cäsar zu mir: „Wagst du, Cassius, nun
Mit mir zu springen in die zorn'ge Flut
Und bis dorthin zu schwimmen?" – Auf dies Wort,
Bekleidet, wie ich war, stürzt ich hinein
Und hieß ihn folgen; wirklich tat er's auch.
Der Strom brüllt' auf uns ein; wir schlugen ihn
Mit wackern Sehnen, warfen ihn beiseit
Und hemmten ihn mit einer Brust des Trotzes.
Doch eh wir das gewählte Ziel erreicht,
Rief Cäsar: „Hilf mir, Cassius! ich sinke."
Ich, wie Äneas, unser großer Ahn,
Aus Trojas Flammen einst auf seinen Schultern
Den alten Vater trug, so aus den Wellen
Zog ich den müden Cäsar. – Und der Mann
Ist nun zum Gott erhöht, und Cassius ist
Ein arm Geschöpf und muß den Rücken beugen,
Nickt Cäsar nur nachlässig gegen ihn.
Als er in Spanien war, hatt er ein Fieber,
Und wenn der Schaur ihn ankam, merkt ich wohl
Sein Beben: ja, er bebte, dieser Gott!
Das feige Blut der Lippen nahm die Flucht,
Sein Auge, dessen Blick die Welt bedräut,
Verlor den Glanz, und ächzen hört ich ihn.
Ja, dieser Mund, der horchen hieß die Römer
Und in ihr Buch einzeichnen seine Reden,
Ach, rief: „Titinius! gib mir zu trinken!"
Wie 'n krankes Mädchen. Götter! ich erstaune,
Wie nur ein Mann so schwächlicher Natur
Der stolzen Welt den Vorsprung abgewann
Und nahm die Palm allein.

Jubelgeschrei. Trompeten.

BRUTUS: Ein neues Jauchzen!
Ich glaube, dieser Beifall gilt den Ehren,
Die man auf Cäsars Haupt von neuem häuft.
CASSIUS: Ja, er beschreitet, Freund, die enge Welt
Wie ein Colossus, und wir kleinen Leute,
Wir wandeln unter seinen Riesenbeinen
Und schaun umher nach einem schnöden Grab.
Der Mensch ist manchmal seines Schicksals Meister:
Nicht durch die Schuld der Sterne, lieber Brutus,
Durch eigne Schuld nur sind wir Schwächlinge.
Brutus und Cäsar – was steckt doch in dem „Cäsar",
Daß man den Namen mehr als Euren spräche?
Schreibt sie zusammen: ganz so schön ist Eurer;
Sprecht sie: er steht den Lippen ganz so wohl;
Wägt sie: er ist so schwer; beschwört mit ihnen:
„Brutus" ruft Geister auf so schnell wie „Cäsar".

Jubelgeschrei.

[Nun denn, bei allen Göttern insgesamt,
Von welcher Kost nährt unser Cäsar sich,
Daß er so groß ward? Zeit, du bist entehrt!
Rom, du verlorst die Kraft des Heldenstamms!
Wann seit der großen Flut gab's eine Zeit,
Die nicht geglänzt durch mehr als einen Mann?
Wer sagte jemals, wenn er sprach von Rom,
Es faß sein weiter Kreis nur einen Mann?]
Nun ist in Rom fürwahr des Raums genug:
Findt man darin nur einen einz'gen Mann.
Oh, beide hörten wir von unsern Vätern,
Einst gab es einen Brutus, der so gern
Des alten Teufels Hof wie einen König
Geduldet hätt in Rom.
BRUTUS: Daß Ihr mich liebt, bezweifl ich keineswegs;
Worauf Ihr bei mir dringt, das ahn ich wohl;
Was ich davon gedacht und von den Zeiten,
Erklär ich Euch in Zukunft. Doch für jetzt
Möcht ich, wenn ich Euch freundlich bitten darf,
Nicht mehr getrieben sein. Was Ihr gesagt,
Will ich erwägen; was Ihr habt zu sagen,
Mit Ruhe hören und gelegne Zeit,
So hohe Dinge zu besprechen, finden.

Bis dahin, edler Freund, beherzigt dies:
Brutus wär lieber eines Dorfs Bewohner,
Als sich zu zählen zu den Söhnen Roms
In solchem harten Stand, wie diese Zeit
Uns aufzulegen droht.
CASSIUS: Ich bin erfreut, daß meine schwachen Worte
Dem Brutus so viel Funken nur entlockt.
BRUTUS: Das Spiel ist aus, und Cäsar kehrt zurück.
CASSIUS: Wenn sie uns nahn, zupft Casca nur am Ärmel,
Er wird nach seiner herben Art Euch sagen,
Was von Belang sich heut ereignet hat.
CÄSAR *und sein* ZUG *kommen zurück.*
BRUTUS: Ich will es tun. Doch seht nur, Cassius,
Auf Cäsars Stirne glüht der zorn'ge Fleck,
Die andern sehn gescholtnen Dienern gleich.
Calpurnias Wang ist blaß, und Cicero
Blickt mit so feurigen und roten Augen,
Wie wir ihn wohl im Kapitol gesehn,
Wenn Senatoren ihn im Rat bestritten.
CASSIUS: Casca wird uns berichten, was es gibt.
CÄSAR: Antonius!
ANTONIUS: Cäsar?
CÄSAR: Laßt wohlbeleibte Männer um mich sein,
Mit glatten Köpfen, und die nachts gut schlafen.
Der Cassius dort hat einen hohlen Blick;
Er denkt zuviel: die Leute sind gefährlich.
ANTONIUS: O fürchtet den nicht: er ist nicht gefährlich.
Er ist ein edler Mann und wohlgesinnt.
CÄSAR: Wär er nur fetter! – Zwar ich fürcht ihn nicht,
Doch wäre Furcht nicht meinem Namen fremd,
Ich kenne niemand, den ich eher miede
Als diesen hagern Cassius. Er liest viel;
Er ist ein großer Prüfer und durchschaut
Das Tun der Menschen ganz; er liebt kein Spiel,
Wie du, Antonius; hört nicht Musik;
Er lächelt selten und auf solche Weise,
Als spott er sein, verachte seinen Geist,
Den irgendwas zum Lächeln bringen konnte.
Und solche Männer haben nimmer Ruh,
Solang sie jemand größer sehn als sich.
Das ist es, was sie so gefährlich macht.

Ich sag dir eher, was zu fürchten stände,
Als was ich fürchte: ich bin stets doch Cäsar.
Komm mir zur Rechten, denn dies Ohr ist taub,
Und sag mir wahrhaft, was du von ihm denkst.

Trompetenstoß. Cäsar und sein Gefolge ab. Casca bleibt zurück.

CASCA: Ihr zogt am Mantel mich: wollt Ihr mich sprechen?

BRUTUS: Ja, Casca, sag uns, was sich heut begeben,
Daß Cäsar finster dreinblickt.

CASCA: Ihr wart ja bei ihm: wart Ihr nicht?

BRUTUS: Dann fragt ich Casca nicht, was sich begeben.

CASCA: Nun, man bot ihm eine Krone an, und als man sie ihm anbot, schob er sie mit dem Rücken der Hand zurück: so –; und da erhob das Volk ein Jauchzen.

BRUTUS: Worüber jauchzten sie zum andernmal?

CASCA: Nun, auch darüber.

CASSIUS: Sie jauchzten dreimal ja: warum zuletzt?

CASCA: Nun, auch darüber.

BRUTUS: Wurd ihm die Krone dreimal angeboten?

CASCA: Ei meiner Treu wurde sie's, und er schob sie dreimal zurück, jedesmal sachter als das vorige Mal, und bei jedem Zurückschieben jauchzten meine ehrlichen alten Freunde.

CASSIUS: Wer bot ihm die Krone an?

CASCA: Je nun, Antonius.

BRUTUS: Sagt uns die Art und Weise, lieber Casca.

CASCA: Ich kann mich ebensogut hängen lassen wie Euch die Art und Weise erzählen: es waren nichts als Possen, ich gab nicht acht darauf. Ich sah den Mark Anton ihm eine Krone anbieten – doch eigentlich war's keine rechte Krone, es war so 'ne Art von Stirnband –, und wie ich Euch sagte, er schob sie einmal beiseite; aber bei allem dem hätte er sie nach meinem Bedünken gern gehabt. Dann bot er sie ihm nochmals an, und dann schob er sie nochmals zurück; aber nach meinem Bedünken kam es ihn hart an, die Finger wieder davon zu tun. Und dann bot er sie ihm zum dritten Male an; er schob sie zum dritten Male zurück, und jedesmal, wenn er sie ausschlug, kreischte das Gesindel und klatschte in die rauhen Fäuste und warf die schweißigen Nachtmützen in die Höhe und gab eine solche Last stinkenden Atems von sich, weil Cäsar die Krone ausschlug, daß Cäsar fast daran erstickt wäre; denn er ward ohnmächtig und fiel nieder, und ich für mein Teil wagte nicht zu lachen aus Furcht, ich möchte den Mund auftun und die böse Luft einatmen.

CASSIUS: Still doch! ich bitt Euch. Wie? er fiel in Ohnmacht?

CASCA: Er fiel auf dem Marktplatz nieder, hatte Schaum vor dem Mund und war sprachlos.

BRUTUS: Das mag wohl sein: er hat die fallende Sucht.

CASSIUS: Nein, Cäsar hat sie nicht. Doch Ihr und ich
Und unsrer wackrer Casca: wir haben sie.

CASCA: Ich weiß nicht, was Ihr damit meint; aber ich bin gewiß, Cäsar fiel nieder. Wenn das Lumpenvolk ihn nicht beklatschte und auszischte, je nachdem er ihnen gefiel oder mißfiel, wie sie es mit den Komödianten auf dem Theater machen, so bin ich kein ehrlicher Kerl.

BRUTUS: Was sagt' er, als er wieder zu sich kam?

CASCA: Ei nun, eh er hinfiel, als er merkte, daß der gemeine Haufen sich freute, daß er die Krone ausschlug, so riß er euch sein Wams auf und bot ihnen seinen Hals zum Abschneiden – triebe ich irgend 'ne Hantierung, so will ich mit den Schuften zur Hölle fahren, wo ich ihn nicht beim Wort genommen hätte –, und damit fiel er hin. Als er wieder zu sich selbst kam, sagte er, wenn er irgendwas Unrechtes getan oder gesagt hätte, so bäte er Ihre Edeln, es seinem Übel beizumessen. Drei oder vier Weibsbilder, die bei mir standen, riefen: „Ach, die gute Seele!" und vergaben ihm von ganzem Herzen. Doch das gilt freilich nicht viel; wenn er ihre Mütter totgeschlagen hätte, sie hätten's ebensogut getan.

BRUTUS: Und darauf ging er so verdrießlich weg?

CASCA: Ja.

CASSIUS: Hat Cicero etwas gesagt?

CASCA: Ja, er sprach griechisch.

CASSIUS: Was wollt er denn?

CASCA: Ja, wenn ich Euch das sage, so will ich Euch niemals wieder vor die Augen kommen. Aber die ihn verstanden, lächelten einander zu und schüttelten die Köpfe. Doch was mich anlangt, mir war es Griechisch. Ich kann Euch noch erzählen: dem Marullus und Flavius ist das Maul gestopft, weil sie Binden von Cäsars Bildsäulen gerissen haben. Lebt wohl! Es gab noch mehr Possen, wenn ich mich nur darauf besinnen könnte.

CASSIUS: Wollt Ihr heute abend bei mir speisen, Casca?

CASCA: Nein, ich bin schon versagt.
CASSIUS: Wollt Ihr morgen bei mir zu Mittag speisen?
CASCA: Ja, wenn ich lebe und Ihr bei Eurem Sinn bleibt und Eure Mahlzeit das Essen verlohnt.
CASSIUS: Gut, ich erwart Euch.
CASCA: Tut das: lebt beide wohl. *Ab.*
BRUTUS: Was für ein plumper Bursch ist dies geworden?
Er war voll Feuer als mein Schulgenoß.
CASSIUS: Das ist er jetzt noch bei der Ausführung
Von jedem kühnen, edlen Unternehmen,
Stellt er sich schon so unbeholfen an.
Dies rauhe Wesen dient gesundem Witz
Bei ihm zur Brüh: es stärkt der Leute Magen,
Eßlustig seine Reden zu verdaun.
BRUTUS: So ist es auch. Für jetzt verlaß ich Euch,
Und morgen, wenn Ihr wünscht, mit mir zu sprechen,
Komm ich zu Euch ins Haus; doch wenn Ihr wollt,
So kommt zu mir, und ich will Euch erwarten.
CASSIUS: Das will ich: bis dahin gedenkt der Welt.
Brutus ab.
Gut, Brutus, du bist edel; doch ich sehe,
Dein löbliches Gemüt kann seiner Art
Entwendet werden. Darum ziemt es sich,
Daß Edle sich zu Edlen immer halten.
Wer ist so fest, den nichts verführen kann?
Cäsar ist feind mir, und er liebt den Brutus.
Doch wär ich Brutus nun, er Cassius,
Er sollte mich nicht lenken. Diese Nacht
Werf ich ihm Zettel von verschiednen Händen,
Als ob sie von verschiednen Bürgern kämen,
Durchs Fenster, alle voll der großen Meinung,
Die Rom von seinem Namen hegt, wo dunkel
Auf Cäsars Ehrsucht soll gedeutet sein.
Dann denke Cäsar seines nahen Falles,
Wir stürzen bald ihn oder dulden alles. *Ab.*

Dritte Szene

Eine Straße. Donner und Blitz.

CASCA, *mit gezogenem Schwert, und* CICERO *kommen von verschiednen Seiten.*

CICERO: Guten Abend, Casca! Kommt Ihr her von Cäsar?
Warum so atemlos und so verstört?
CASCA: Bewegt's Euch nicht, wenn dieses Erdballs Feste
Wankt wie ein schwaches Rohr? O Cicero!
Ich sah wohl Stürme, wo der Winde Schelten
Den knot'gen Stamm gespaltet, und ich sah
Das stolze Meer anschwellen, wüten, schäumen,
Als wollt es an die drohnden Wolken reichen.
Doch nie bis heute nacht, noch nie bis jetzt
Ging ich durch einen Feuerregen hin.
Entweder ist im Himmel innrer Krieg,
Wo nicht, so reizt die Welt durch Übermut
Die Götter, uns Zerstörung herzusenden.
CICERO: Ja, saht Ihr denn noch wundersamre Dinge?
CASCA: Ein Sklave, den Ihr wohl von Ansehn kennt,
Hob seine linke Hand empor; sie flammte
Wie zwanzig Fackeln auf einmal, und doch,
Die Glut nicht fühlend, blieb sie unversengt.
Auch kam – seitdem steckt ich mein Schwert nicht ein –
Beim Kapitol ein Löwe mir entgegen.
Er starrte wild mich an, ging mürrisch weiter
Und tat mir nichts. Auf einen Haufen hatten
Wohl hundert bleiche Weiber sich gedrängt,
Entstellt von Furcht; die schwuren, daß sie Männer
Mit feur'gen Leibern wandern auf und ab
Die Straßen sahn. Und gestern saß der Vogel
Der Nacht sogar am Mittag auf dem Markte
Und kreischt' und schrie. Wenn dieser Wunderzeichen
So viel zusammentreffen, sage niemand:
„Dies ist der Grund davon, sie sind natürlich."
Denn Dinge schlimmer Deutung, glaub ich, sind's
Dem Himmelsstrich, auf welchen sie sich richten.
CICERO: Gewiß, die Zeit ist wunderlich gelaunt.
Doch Menschen deuten oft nach ihrer Weise

Die Dinge, weit entfernt vom wahren Sinn.
Kommt Cäsar morgen auf das Kapitol?
CASCA: Ja, denn er trug es dem Antonius auf,
Euch kundzutun, er werde morgen kommen.
CICERO: Schlaft wohl denn, Casca! Dieser Aufruhr läßt
Nicht draußen weilen.
CASCA: Cicero, lebt wohl!

Cicero ab.

CASSIUS *tritt auf.*

CASSIUS: Wer da?
CASCA: Ein Römer.
CASSIUS: Casca, nach der Stimme.
CASCA: Eur Ohr ist gut. Cassius, welch eine Nacht!
CASSIUS: Die angenehmste Nacht für wackre Männer.
CASCA: Wer sah den Himmel je so zornig drohn?
CASSIUS: Die, welche so voll Schuld die Erde sahn.
Ich für mein Teil bin durch die Stadt gewandert,
Mich unterwerfend dieser grausen Nacht,
Und so entgürtet, Casca, wie Ihr seht,
Hab ich die Brust dem Donnerkeil entblößt.
Und wenn des Blitzes schlängelnd Blau zu öffnen
Des Himmels Busen schien, bot ich mich selbst
Dem Strahl des Wetters recht zum Ziele dar.
CASCA: Warum versuchtet Ihr den Himmel so?
Es steht den Menschen Furcht und Zittern an,
Wenn die gewalt'gen Götter solche Boten
Furchtbarer Warnung, uns zu schrecken, senden.
CASSIUS: O Casca! Ihr seid stumpf: der Lebensfunke,
Der glühen sollt in Römern, fehlt Euch, oder
Ihr braucht ihn nicht. Ihr sehet bleich und starrt,
Von Furcht ergriffen und versenkt in Staunen,
Des Himmels ungewohnten Grimm zu schauen.
Doch wolltet Ihr den wahren Grund erwägen,
Warum die Feur, die irren Geister alle,
Was Tier' und Vögel macht vom Stamm entarten
Und Greise faseln, Kinder prophezein;
Warum all diese Dinge ihr Gesetz,
Natur und angeschaffne Gaben wandeln
In Mißbeschaffenheit: nun, so erkennt Ihr,
Der Himmel hauchte diesen Geist in sie,
Daß sie der Furcht und Warnung Werkzeug würden

Für irgendeinen mißbeschaffnen Zustand.
Nun könnt ich, Casca, einen Mann dir nennen,
Ganz ähnlich dieser schreckenvollen Nacht,
Der donnert, blitzt, die Gräber öffnet, brüllt
So wie der Löwe dort im Kapitol;
Ein Mann, nicht mächtiger als ich und du
An Leibeskraft, doch drohend angewachsen
Und furchtbar wie der Ausbruch dieser Gärung.

CASCA: 's ist Cäsar, den Ihr meint. Nicht, Cassius?

CASSIUS: Es sei auch, wer es sei: die Römer haben
Jetzt Mark und Bein, wie ihre Ahnen hatten.
Doch weh uns! unsrer Väter Geist ist tot,
Und das Gemüt der Mütter lenket uns,
Denn unser Joch und Dulden zeigt uns weibisch.

CASCA: Ja freilich heißt's, gewillt sei der Senat,
Zum König morgen Cäsar einzusetzen;
Er soll zur See, zu Land die Krone tragen,
An jedem Ort, nur in Italien nicht.

CASSIUS: Ich weiß, wohin ich diesen Dolch dann kehre,
Denn Cassius soll von Knechtschaft Cassius lösen.
Darin, ihr Götter, macht ihr Schwache stark,
Darin, ihr Götter, bändigt ihr Tyrannen:
Nicht felsenfeste Burg noch ehrne Mauern
Noch dumpfe Kerker noch der Ketten Last
Sind Hindernisse für des Geistes Stärke.
Das Leben, dieser Erdenschranken satt,
Hat stets die Macht, sich selber zu entlassen.
Und weiß ich dies, so wiß auch alle Welt:
Den Teil der Tyrannei, der auf mir liegt,
Werf ich nach Willkür ab.

CASCA: Das kann auch ich.
So trägt ein jeder Sklav in eigner Hand
Gewalt, zu brechen die Gefangenschaft.

CASSIUS: Warum denn wäre Cäsar ein Tyrann?
Der arme Mann! Ich weiß, er wär kein Wolf,
Wenn er nicht säh, die Römer sind nur Schafe.
Er wär kein Leu, wenn sie nicht Rehe wären.
Wer eilig will ein mächtig Feuer machen,
Nimmt schwaches Stroh zuerst: was für Gestrüpp
Ist Rom und was für Plunder, wenn es dient
Zum schlechten Stoff, der einem schnöden Dinge

Wie Cäsar Licht verleiht? Doch o mein Gram!
Wo führtest du mich hin? Ich spreche dies
Vielleicht vor einem will'gen Knecht: dann weiß ich,
Daß ich muß Rede stehn; doch führ ich Waffen,
Und mich bekümmern die Gefahren nicht.

CASCA: Ihr sprecht mit Casca, einem Mann, der nie
Ein Ohrenbläser war. Hier meine Hand!
Werbt nur Partei zur Abstellung der Übel,
Und dieser Fuß soll Schritt mit jedem halten,
Der noch so weit geht.

CASSIUS: Ein geschloßner Handel!
Nun, Casca, wißt: ich habe manche schon
Der Edelmütigsten von Rom beredet,
Mit mir ein Unternehmen zu bestehn
Von ehrenvoll-gefährlichem Erfolg.
Ich weiß, sie warten in Pompejus' Halle
Jetzt eben mein: denn in der furchtbarn Nacht
Kann niemand unter freiem Himmel dauern.
Des Elementes Antlitz und Gestalt
Sind wie das Werk beschaffen, das wir treiben,
Höchst blutig, feurig und höchst fürchterlich.

CINNA *tritt auf.*

CASCA: Seid still ein Weilchen, jemand kommt in Eil.

CASSIUS: Ich hör am Gange, daß es Cinna ist;
Er ist ein Freund. – Cinna, wohin so eilig?

CINNA: Euch sucht ich. Wer ist das? Metellus Cimber?

CASSIUS: Nein, es ist Casca, ein Verbündeter
Zu unsrer Tat. Werd ich erwartet, Cinna?

CINNA: Das ist mir lieb. Welch eine grause Nacht!
Ein paar von uns sahn seltsame Gesichte.

CASSIUS: Werd ich erwartet, sagt mir?

CINNA: Ja,
Ihr werdet es. O Cassius! könntet Ihr
In unsern Bund den edlen Brutus ziehn –

CASSIUS: Seid ruhig. Guter Cinna, diesen Zettel,
Seht, wie Ihr in des Prätors Stuhl ihn legt,
Daß Brutus nur ihn finde; diesen werft
Ihm in das Fenster; diesen klebt mit Wachs
Ans Bild des alten Brutus. Dies getan,
Kommt zu Pompejus' Hall und trefft uns dort.
Sind Decius Brutus und Trebonius da?

CINNA: Ja, alle bis auf Cimber, und der sucht
In Eurem Haus Euch auf. Gut, ich will eilen,
Die Zettel anzubringen, wie Ihr wünscht.
CASSIUS: Dann stellt Euch ein bei des Pompejus Bühne.
Cinna ab.
Kommt, Casca, laßt uns beide noch vor Tag
In seinem Hause Brutus sehn. Drei Viertel
Von ihm sind unser schon; der ganze Mann
Ergibt sich bei dem nächsten Angriff uns.
CASCA: Oh, er sitzt hoch in alles Volkes Herzen,
Und was in uns als Frevel nur erschiene,
Sein Ansehn wird es, wie der Stein der Weisen,
In Tugend wandeln und in Würdigkeit.
CASSIUS: Ihn, seinen Wert, wie sehr wir ihn bedürfen,
Habt Ihr recht wohl getroffen. Laßt uns gehn,
Es ist nach Mitternacht: wir wollen ihn
Vor Tage wecken und uns sein versichern.
Beide ab.

ZWEITER AUFZUG

ERSTE SZENE

Rom. Der Garten des Brutus.

BRUTUS *tritt auf.*

BRUTUS: He, Lucius! auf! –
Ich kann nicht aus der Höh der Sterne raten,
Wie nah der Tag ist. – Lucius, hörst du nicht? –
Ich wollt, es wär mein Fehler, so zu schlafen. –
Nun, Lucius, nun! Ich sag: erwach! Auf, Lucius!
LUCIUS *kommt.*
LUCIUS: Herr, riefet Ihr?
BRUTUS: Bring eine Kerze mir ins Lesezimmer,
Und wenn sie brennt, so komm und ruf mich hier.
LUCIUS: Ich will es tun, Herr. *Ab.*
BRUTUS: Es muß durch seinen Tod geschehn. Ich habe
Für mein Teil keinen Grund, ihm Gram zu sein,
Als für den Staat. Er wünscht, gekrönt zu sein:
Wie seinen Sinn das ändern möchte, fragt sich.

Der warme Tag, der lockt hervor die Natter;
Das heischt mit Vorsicht gehn. Ihn krönen? – Ja –
Und dann ist's wahr, wir leihn ihm einen Stachel,
Womit er kann nach Willkür Schaden tun.
Der Größe Mißbrauch ist, wenn von der Macht
Sie das Gewissen trennt: und um von Cäsar
Die Wahrheit zu gestehn, ich sah noch nie,
Daß ihn die Leidenschaften mehr beherrscht
Als die Vernunft. Doch oft bestätigt sich's,
Die Demut ist der jungen Ehrsucht Leiter;
Wer sie hinanklimmt, kehrt den Blick ihr zu,
Doch hat er erst die höchste Sproß erreicht,
Dann kehret er der Leiter seinen Rücken,
Schaut himmelan, verschmäht die niedern Tritte,
Die ihn hinaufgebracht. Das kann auch Cäsar:
Drum, eh er kann, beugt vor. Und weil der Streit
Nicht Schein gewinnt durch das, was Cäsar ist,
Legt so ihn aus: das, was er ist, vergrößert,
Kann dies und jenes Übermaß erreichen.
Drum achtet ihn gleich einem Schlangenei,
Das, ausgebrütet, giftig würde werden
Wie sein Geschlecht, und würgt ihn in der Schale.

LUCIUS *kommt zurück.*

LUCIUS: Die Kerze brennt in Eurem Zimmer, Herr.
Als ich nach Feuerstein im Fenster suchte,
Fand ich dies Blatt, versiegelt; und ich weiß,
Es war nicht da, als ich zu Bette ging.

Gibt Brutus einen Brief.

BRUTUS: Geh wieder in dein Bett: es ist noch Nacht.
Ist morgen nicht des Märzen Idus, Knabe?
LUCIUS: Ich weiß nicht, Herr.
BRUTUS: Such im Kalender denn, und sag es mir.
LUCIUS: Das will ich, Herr. *Ab.*
BRUTUS: Die Meteore, schwirrend in der Luft,
Gewähren Licht genug, dabei zu lesen.

Er öffnet den Brief und liest:

„Brutus, du schläfst. Erwach und sieh dich selbst!
Soll Rom –? Sprich, schlage, stelle her!
Brutus, du schläfst. Erwache!"
Oft hat man schon dergleichen Angebote
Mir in den Weg gestreut.

„Soll Rom –?“ So muß ich es ergänzen:
Soll Rom vor einem Manne beben? Wie?
Mein Ahnherr trieb einst von den Straßen Roms
Tarquin hinweg, als er ein König hieß.
„Sprich, schlage, stelle her!“ Werd ich zu sprechen,
Zu schlagen angemahnt? O Rom, ich schwöre,
Wenn nur die Herstellung erfolgt, empfängst du
Dein ganz Begehren von der Hand des Brutus!

LUCIUS *kommt zurück.*

LUCIUS: Herr, vierzehn Tage sind vom März verstrichen.

Man klopft draußen.

BRUTUS: ’s ist gut. Geh an die Pforte: jemand klopft.

Lucius ab.

Seit Cassius mich spornte gegen Cäsar,
Schlief ich nicht mehr.
Bis zur Vollführung einer furchtbarn Tat
Vom ersten Antrieb ist die Zwischenzeit
Wie ein Phantom, ein grauenvoller Traum.
Der Genius und die sterblichen Organe
Sind dann im Rat vereint; und die Verfassung
Des Menschen, wie ein kleines Königreich,
Erleidet dann den Zustand der Empörung.

LUCIUS *kommt zurück.*

LUCIUS: Herr, Euer Bruder Cassius wartet draußen;
Er wünschet Euch zu sehn.
BRUTUS: Ist er allein?
LUCIUS: Nein, es sind mehr noch bei ihm.
BRUTUS: Kennst du sie?
LUCIUS: Nein, Herr, sie tragen eingedrückt die Hüte
Und das Gesicht im Mantel halb begraben,
Daß ich durchaus sie nicht erkennen kann
An irgendeinem Zuge.
BRUTUS: Laß sie ein.

Lucius ab.

Es sind die Bundesbrüder. O Verschwörung!
Du schämst dich, die verdächt’ge Stirn bei Nacht
Zu zeigen, wenn das Bös am freisten ist?
O denn, bei Tag, wo willst du eine Höhle
Entdecken, dunkel gnug, es zu verlarven,
Dein schnödes Antlitz? – Verschwörung, suche keine!
In Lächeln hüll es und in Freundlichkeit!

Denn trätst du auf in angeborner Bildung,
So wär der Erebus nicht finster gnug,
Vor Argwohn dich zu schützen.

CASSIUS, CASCA, DECIUS, METELLUS CIMBER, CINNA *und* TREBONIUS *treten auf*.

CASSIUS: Sind wir gelegen? Guten Morgen, Brutus!
Ich fürchte, daß wir Eure Ruhe stören.
BRUTUS: Längst war ich auf und wach die ganze Nacht.
Kenn ich die Männer, welche mit Euch kommen?
CASSIUS: Ja, jeden aus der Zahl; und keiner hier,
Der Euch nicht hochhält, und ein jeder wünscht,
Ihr hättet nur die Meinung von Euch selbst,
Die jeder edle Römer von Euch hegt.
Dies ist Trebonius.
BRUTUS: Er ist willkommen.
CASSIUS: Dies Decius Brutus.
BRUTUS: Er ist auch willkommen.
CASSIUS: Dies Casca, dies Cinna, und dies Metellus Cimber.
BRUTUS: Willkommen alle!
Was stellen sich für wache Sorgen zwischen
Die Nacht und eure Augen?
CASSIUS: Auf ein Wort,
Wenn's Euch beliebt.

Sie reden leise miteinander.

DECIUS: Hier liegt der Ost; bricht da der Tag nicht an?
CASCA: Nein.
CINNA: Doch, um Verzeihung! und die grauen Streifen,
Die das Gewölk durchziehn, sind Tagesboten.
CASCA: Ihr sollt gestehn, daß ihr euch beide täuscht.
Die Sonn erscheint hier, wo mein Degen hinweist;
Das ist ein gut Teil weiter hin nach Süden,
Wenn ihr die junge Jahreszeit erwägt.
Zwei Monde noch, und höher gegen Norden
Steigt ihre Flamm empor, und grade hier
Steht hinterm Kapitol der hohe Ost.
BRUTUS: Gebt eure Hand mir, einer nach dem andern.
CASSIUS: Und lasset uns beschwören den Entschluß.
BRUTUS: Nein, keinen Eid! Wenn nicht der Menschen Antlitz,
Das innre Seelenleid, der Zeit Verfall –
Sind diese Gründe schwach, so brecht nur auf,
Und jeder fort zu seinem trägen Bett!

Laßt frechgesinnte Tyrannei dann schalten,
Bis jeder nach dem Lose fällt. Doch tragen
Sie Feuer gnug in sich, wie offenbar,
Um Feige zu entflammen und mit Mut
Des Weibes schmelzendes Gemüt zu stählen:
O denn, Mitbürger! welchen andern Sporn
Als unsre Sache braucht es, uns zu stacheln
Zur Herstellung? Was für Gewähr als diese:
Verschwiegne Römer, die das Wort gesprochen
Und nicht zurückziehn? Welchen andern Eid
Als Redlichkeit mit Redlichkeit im Bund,
Daß dies gescheh, wo nicht, dafür zu sterben?
Laßt Priester, Memmen wohlbedächtig schwören,
Verdorrte Greis' und solche Jammerseelen,
Die für das Unrecht danken; schwören laßt
Bei bösen Händeln Volk, dem man nicht traut.
Entehrt nicht so den Gleichmut unsrer Handlung
Und unsern unbezwinglich festen Sinn,
Zu denken, unsre Sache, unsre Tat
Brauch einen Eid; da jeder Tropfen Bluts,
Der edel fließt in jedes Römers Adern,
Sich seines echten Stamms verlustig macht,
Wenn er das kleinste Teilchen nur verletzt
Von irgendeinem Worte, das er gab.

CASSIUS: Doch wie mit Cicero? Forscht man ihn aus?
Ich denk, er wird sehr eifrig für uns sein.

CASCA: Laßt uns ihn nicht vorübergehn.

CINNA: Nein, ja nicht.

METELLUS: Gewinnt ihn ja für uns. Sein Silberhaar
Wird eine gute Meinung uns erkaufen
Und Stimmen werben, unser Werk zu preisen.
Sein Urteil habe unsre Hand gelenkt,
So wird es heißen; unsre Hastigkeit
Und Jugend wird im mindsten nicht erscheinen,
Von seinem würd'gen Ansehn ganz bedeckt.

BRUTUS: O nennt ihn nicht! Laßt uns ihm nichts eröffnen,
Denn niemals tritt er einer Sache bei,
Wenn andre sie erdacht.

CASSIUS: So laßt ihn weg.

CASCA: 's ist wahr, er paßt auch nicht.

DECIUS: Wird niemand sonst als Cäsar angetastet?

CASSIUS: Ja, gut bedacht! Mich dünkt, daß Mark Anton,
Der so beliebt bei Cäsar ist, den Cäsar
Nicht überleben darf. Er wird sich uns
Gewandt in Ränken zeigen, und ihr wißt,
Daß seine Macht, wenn er sie nutzt, wohl hinreicht,
Uns allen Not zu schaffen. Dem zu wehren,
Fall Cäsar und Antonius zugleich.
BRUTUS: Zu blut'ge Weise, Cajus Cassius, wär's,
Das Haupt abschlagen und zerhaun die Glieder,
Wie Grimm beim Tod und Tücke hinterher.
Antonius ist ja nur ein Glied des Cäsar.
Laßt Opferer uns sein, nicht Schlächter, Cajus.
Wir alle stehen gegen Cäsars Geist,
Und in dem Geist des Menschen ist kein Blut.
O könnten wir denn Cäsars Geist erreichen
Und Cäsarn nicht zerstücken! Aber ach!
Cäsar muß für ihn bluten. Edle Freunde,
Laßt kühnlich uns ihn töten, doch nicht zornig;
Zerlegen laßt uns ihn, ein Mahl für Götter,
Nicht ihn zerhauen wie ein Aas für Hunde.
Laßt unsre Herzen, schlauen Herren gleich,
Zu rascher Tat aufwiegeln ihre Diener
Und dann zum Scheine schmälen. Dadurch wird
Notwendig unser Werk und nicht gehässig;
Und wenn es so dem Aug des Volks erscheint,
Wird man uns Reiniger, nicht Mörder nennen.
Was Mark Anton betrifft, denkt nicht an ihn,
Denn er vermag nicht mehr als Cäsars Arm,
Wenn Cäsars Haupt erst fiel.
CASSIUS: Doch fürcht ich ihn,
Denn seine Liebe hängt so fest an Cäsar –
BRUTUS: Ach, guter Cassius, denket nicht an ihn!
Liebt er den Cäsar, so vermag er nichts
Als gegen sich: sich härmen, für ihn sterben.
Und das wär viel von ihm, weil er der Lust,
Der Wüstheit, den Gelagen sich ergibt.
TREBONIUS: Es ist kein Arg in ihm: er sterbe nicht,
Denn er wird leben und dies einst belachen.

Die Glocke schlägt.

BRUTUS: Still! zählt die Glocke.
CASSIUS: Sie hat drei geschlagen.

TREBONIUS: Es ist zum Scheiden Zeit.
CASSIUS: Doch zweifl ich noch,
Ob Cäsar heute wird erscheinen wollen.
Denn kürzlich ist er abergläubisch worden,
Ganz dem entgegen, wie er sonst gedacht
Von Träumen, Einbildung und heil'gen Bräuchen.
Vielleicht daß diese großen Wunderdinge,
Der ungewohnte Schrecken dieser Nacht
Und seiner Augurn Überredung ihn
Entfernt vom Kapitol für heute hält.
DECIUS: Das fürchtet nimmer: wenn er das beschloß,
So übermeistr ich ihn. Er hört es gern,
Das Einhorn lasse sich mit Bäumen fangen,
Der Löw im Netz, der Elefant in Gruben,
Der Bär mit Spiegeln und der Mensch durch Schmeichler.
Doch sag ich ihm, daß er die Schmeichler haßt,
Bejaht er es, am meisten dann geschmeichelt.
Laßt mich gewähren,
Denn ich verstehe sein Gemüt zu lenken
Und will ihn bringen auf das Kapitol.
CASSIUS: Ja, laßt uns alle gehn, um ihn zu holen.
BRUTUS: Zur achten Stund aufs späteste, nicht wahr?
CINNA: Das sei das spätste, und dann bleibt nicht aus.
METELLUS: Cajus Ligarius ist dem Cäsar feind,
Der's ihm verwies, daß er Pompejus lobte.
Es wundert mich, daß niemand sein gedacht.
BRUTUS: Wohl, guter Cimber, geht nur vor bei ihm;
Er liebt mich herzlich, und ich gab ihm Grund.
Schickt ihn hierher, so will ich schon ihn stimmen.
CASSIUS: Der Morgen übereilt uns: wir gehn, Brutus.
Zerstreut euch, Freunde, doch bedenket alle,
Was ihr gesagt, und zeigt euch echte Römer.
BRUTUS: Seht, werte Männer, frisch und fröhlich aus;
Tragt euren Vorsatz nicht auf eurer Stirn.
Nein, führt es durch wie Helden unsrer Bühne,
Mit munterm Geist und äußrer Festigkeit.
Und somit insgesamt euch guten Morgen!

Alle ab außer Brutus.

BRUTUS: He, Lucius! – Fest im Schlaf? Es schadet nichts.
Genieß den honigschweren Tau des Schlummers.
Du siehst Gestalten nicht noch Phantasien,

Womit geschäft'ge Sorg ein Hirn erfüllt,
Drum schläfst du so gesund.

PORTIA *tritt auf.*

PORTIA: Mein Gatte! Brutus!

BRUTUS: Was wollt Ihr, Portia? warum steht Ihr auf?
Es dient Euch nicht, die zärtliche Natur
Dem rauhen, kalten Morgen zu vertraun.

PORTIA: Euch gleichfalls nicht. Unfreundlich stahlt Ihr, Brutus,
Von meinem Bett Euch; und beim Nachtmahl gestern
Erhobt Ihr plötzlich Euch und gingt umher,
Sinnend und seufzend mit verschränkten Armen.
Und wenn ich Euch befragte, was es sei,
So starrtet Ihr mich an mit finstern Blicken.
Ich drang in Euch, da riebt Ihr Euch die Stirn
Und stampftet ungeduldig mit dem Fuß;
Doch hielt ich an, doch gabt Ihr keine Rede
Und winktet mit der Hand unwillig ab,
Damit ich Euch verließ. Ich tat es auch,
Besorgt, die Ungeduld noch zu verstärken,
Die schon zu sehr entflammt schien, und zugleich
Mir schmeichelnd, nur von Laune rühr es her,
Die ihre Stunden hat bei jedem Mann.
Nicht essen, reden, schlafen läßt es Euch,
Und könnt es Eure Bildung so entstellen,
Wie es sich Eurer Fassung hat bemeistert,
So kennt ich Euch nicht mehr. Mein teurer Gatte,
Teilt mir die Ursach Eures Kummers mit.

BRUTUS: Ich bin nicht recht gesund, und das ist alles.

PORTIA: Brutus ist weise: wär er nicht gesund,
Er nähm die Mittel wahr, um es zu werden.

BRUTUS: Das tu ich – gute Portia, geh zu Bett.

PORTIA: Ist Brutus krank? und ist es heilsam, so
Entblößt umherzugehn und einzusaugen
Den Dunst des Morgens? Wie, ist Brutus krank
Und schleicht er vom gesunden Bett sich weg,
Der schnöden Ansteckung der Nacht zu trotzen?
Und reizet er die böse Fieberluft,
Sein Übel noch zu mehren? Nein, mein Brutus,
Ihr tragt ein krankes Übel im Gemüt,
Wovon nach meiner Stelle Recht und Würde
Ich wissen sollte; und auf meinen Knien

Fleh ich bei meiner einst gepriesnen Schönheit,
Bei allen Euren Liebesschwüren, ja
Bei jenem großen Schwur, durch welchen wir
Einander einverleibt und eins nur sind:
Enthüllt mir, Eurer Hälfte, Eurem Selbst,
Was Euch bekümmert, was heut nacht für Männer
Euch zugesprochen; denn es waren hier
Sechs oder sieben, die ihr Antlitz selbst
Der Finsternis verbargen.
BRUTUS: O kniet nicht, liebe Portia.
PORTIA: Ich braucht es nicht, wärt Ihr mein lieber Brutus.
Ist's im Vertrag der Ehe, sagt mir, Brutus,
Bedungen, kein Geheimnis sollt ich wissen,
Das Euch gehört? Und bin ich Euer Selbst
Nur gleichsam, mit gewissen Einschränkungen?
Beim Mahl um Euch zu sein, Eur Bett zu teilen,
Auch wohl mit Euch zu sprechen? Wohn ich denn
Nur in der Vorstadt Eurer Zuneigung?
Ist es nur das, so ist ja Portia
Des Brutus Buhle nur und nicht sein Weib.
BRUTUS: Ihr seid mein echtes, ehrenwertes Weib,
So teuer mir als wie die Purpurtropfen,
Die um mein trauernd Herz sich drängen.
PORTIA: Wenn dem so wär, so wüßt ich dies Geheimnis.
Ich bin ein Weib, gesteh ich, aber doch
Ein Weib, das Brutus zur Gemahlin nahm.
Ich bin ein Weib, gesteh ich, aber doch
Ein Weib von gutem Rufe, Catos Tochter.
Denkt Ihr, ich sei so schwach wie mein Geschlecht,
Aus solchem Stamm erzeugt und so vermählt?
Sagt mir, was Ihr beschloßt: ich will's bewahren.
Ich habe meine Stärke hart erprüft,
Freiwillig eine Wunde mir versetzend
Am Schenkel hier: ertrüg ich das geduldig
Und das Geheimnis meines Gatten nicht?
BRUTUS: Ihr Götter, macht mich wert des edlen Weibes!
Man klopft draußen.
Horch! horch! man klopft; geh eine Weil hinein,
Und unverzüglich soll dein Busen teilen,
Was noch mein Herz verschließt.
Mein ganzes Bündnis will ich dir enthüllen

Und meiner finstern Stirne Zeichenschrift.
Verlaß mich schnell.

Portia ab.

LUCIUS *und* LIGARIUS *kommen.*

BRUTUS: Wer klopft denn, Lucius?
LUCIUS: Hier ist ein Kranker, der Euch sprechen will.
BRUTUS: Ligarius ist's, von dem Metellus sprach.
Du, tritt beiseit. – Cajus Ligarius, wie?
LIGARIUS: Nehmt einen Morgengruß von matter Zunge.
BRUTUS: O welche Zeit erwählt Ihr, wackrer Cajus,
Ein Tuch zu tragen! Wärt Ihr doch nicht krank!
LIGARIUS: Ich bin nicht krank, hat irgendeine Tat,
Des Namens Ehre würdig, Brutus vor.
BRUTUS: Solch eine Tat, Ligarius, hab ich vor,
Wär Euer Ohr gesund, davon zu hören.
LIGARIUS: Bei jedem Gott, vor dem sich Römer beugen!
Hier sag ich ab der Krankheit. Seele Roms!
Du wackrer Sohn, aus edlem Blut entsprossen!
Wie ein Beschwörer riefst du auf in mir
Den abgestorbnen Geist. Nun heiß mich laufen,
So will ich an Unmögliches mich wagen,
Ja Herr darüber werden. Was zu tun?
BRUTUS: Ein Wagestück, das Kranke heilen wird.
LIGARIUS: Doch gibt's nicht auch Gesunde krank zu machen?
BRUTUS: Die gibt es freilich. Was es ist, mein Cajus,
Eröffn ich dir auf unserm Weg zu ihm,
An dem es muß geschehn.
LIGARIUS: Macht Euch nur auf;
Mit neu entflammtem Herzen folg ich Euch,
Zu tun, was ich nicht weiß. Doch es genügt,
Daß Brutus mir vorangeht.
BRUTUS: Folgt mir denn.

Beide ab.

ZWEITE SZENE

Ein Zimmer in Cäsars Palaste.

Donner und Blitz. CÄSAR *in seinem Nachtkleide.*

CÄSAR: Heut nacht hat Erd und Himmel Krieg geführt.
Calpurnia rief im Schlafe dreimal laut:
„O helft! Sie morden Cäsar." – Niemand da?
Ein DIENER *kommt.*
DIENER: Herr?
CÄSAR: Geh, heiß die Priester gleich zum Opfer schreiten
Und bring mir ihre Meinung vom Erfolg.
DIENER: Es soll geschehn. *Ab.*
CALPURNIA *tritt auf.*
CALPURNIA: Was meint Ihr, Cäsar? Denkt Ihr auszugehn?
Ihr dürft heut keinen Schritt vom Hause weichen.
CÄSAR: Cäsar geht aus. Mir haben stets Gefahren
Im Rücken nur gedroht; wenn sie die Stirn
Des Cäsar werden sehn, sind sie verschwunden.
CALPURNIA: Cäsar, ich hielt auf Wunderzeichen nie,
Doch schrecken sie mich nun. Im Haus ist jemand,
Der außer dem, was wir gesehn, gehört,
Von Greueln meldet, so die Wach erblickt.
Es warf auf offner Gasse eine Löwin,
Und Grüft erlösten gähnend ihre Toten.
Wildglühnde Krieger fochten auf den Wolken
In Reihn, Geschwadern und nach Kriegsgebrauch,
Wovon es Blut gesprüht aufs Kapitol.
Das Schlachtgetöse klirrte in der Luft;
Da wiehern Rosse, Männer röcheln sterbend,
Und Geister wimmerten die Straßen durch.
O Cäsar! unerhört sind diese Dinge:
Ich fürchte sie.
CÄSAR: Was kann vermieden werden,
Das sich zum Ziel die mächt'gen Götter setzten?
Ich gehe dennoch aus, denn diese Zeichen,
So gut wie Cäsar gelten sie der Welt.
CALPURNIA: Kometen sieht man nicht, wenn Bettler sterben:
Der Himmel selbst flammt Fürstentod herab.
CÄSAR: Der Feige stirbt schon vielmal, eh er stirbt,

Die Tapfern kosten einmal nur den Tod.
Von allen Wundern, die ich je gehört,
Scheint mir das größte, daß sich Menschen fürchten,
Da sie doch sehn, der Tod, das Schicksal aller,
Kommt, wann er kommen soll.

Der DIENER *kommt zurück.*

Was dünkt den Augurn?

DIENER: Sie raten Euch, für heut nicht auszugehn.
Da sie dem Opfertier das Eingeweide
Ausnahmen, fanden sie kein Herz darin.

CÄSAR: Die Götter tun der Feigheit dies zur Schmach.
Ein Tier ja wäre Cäsar ohne Herz,
Wenn er aus Furcht sich heut zu Hause hielte.
Das wird er nicht: gar wohl weiß die Gefahr,
Cäsar sei noch gefährlicher als sie.
Wir sind zwei Leun, an einem Tag geworfen,
Und ich der ältre und der schrecklichste:
Und Cäsar wird doch ausgehn.

CALPURNIA: Ach, mein Gatte!
In Zuversicht geht Eure Weisheit unter.
Geht heute doch nicht aus; nennt's meine Furcht,
Die Euch zu Hause hält, nicht Eure eigne.
Wir senden Mark Anton in den Senat,
Zu sagen, daß Ihr unwohl heute seid.
Laßt mich auf meinen Knien dies erbitten.

CÄSAR: Ja, Mark Anton soll sagen, ich sei unwohl,
Und dir zulieb will ich zu Hause bleiben.

DECIUS *tritt auf.*

Sieh, Decius Brutus kommt; der soll's bestellen.

DECIUS: Heil, Cäsar! guten Morgen, würd'ger Cäsar!
Ich komm, Euch abzuholen zum Senat.

CÄSAR: Und seid gekommen zur gelegnen Zeit,
Den Senatoren meinen Gruß zu bringen.
Sagt ihnen, daß ich heut nicht kommen will;
Nicht kann, ist falsch; daß ich's nicht wage, falscher.
Ich will nicht kommen heut, sagt ihnen das.

CALPURNIA: Sagt, er sei krank.

CÄSAR: Hilft Cäsar sich mit Lügen?
Streckt ich so weit erobernd meinen Arm,
Graubärten scheu die Wahrheit zu verkleiden?
Geht, Decius! sagt nur: Cäsar will nicht kommen.

DECIUS: Laßt einen Grund mich wissen, großer Cäsar,
Daß man mich nicht verlacht, wenn ich es sage.
CÄSAR: Der Grund ist nur mein Will; ich will nicht kommen,
Das gnügt zu des Senats Befriedigung.
Doch um Euch insbesondere gnugzutun,
Weil ich Euch liebe, will ich's Euch eröffnen.
Calpurnia hier, mein Weib, hält mich zu Haus.
Sie träumte diese Nacht, sie säh mein Bildnis,
Das wie ein Springbrunn klares Blut vergoß
Aus hundert Röhren; rüst'ge Römer kamen
Und tauchten lächelnd ihre Hände drein.
Dies legt sie aus als Warnungen und Zeichen
Und Unglück, das uns droht, und hat mich kniend
Gebeten, heute doch nicht auszugehn.
DECIUS: Ihr habt den Traum ganz irrig ausgelegt,
Es war ein schönes, glückliches Gesicht.
Eur Bildnis, Blut aus vielen Röhren spritzend,
Worein so viele Römer lächelnd tauchten,
Bedeutet, saugen werd aus Euch das große Rom
Belebend Blut; und große Männer werden
Nach Heiligtümern und nach Ehrenpfändern
Sich drängen. Das bedeutet dieser Traum.
CÄSAR: Auf diese Art habt Ihr ihn wohl erklärt.
DECIUS: Ja, wenn Ihr erst gehört, was ich Euch melde.
Wißt denn: an diesem Tag will der Senat
Dem großen Cäsar eine Krone geben.
Wenn Ihr nun sagen laßt, Ihr wollt nicht kommen,
So kann es sie gereun. Auch ließ' es leicht
Zum Spott sich wenden; jemand spräche wohl:
„Verschiebt die Sitzung bis auf andre Zeit,
Wenn Cäsars Gattin beßre Träume hat."
Wenn Cäsar sich versteckt, wird man nicht flüstern:
„Seht, Cäsar fürchtet sich!"?
Verzeiht mir, Cäsar, meine Herzensliebe
Heißt dieses mich zu Eurem Vorteil sagen,
Und Schicklichkeit steht meiner Liebe nach.
CÄSAR: Wie töricht scheint nun Eure Angst, Calpurnia!
Ich schäme mich, daß ich ihr nachgegeben.
Reicht mein Gewand mir her, denn ich will gehn.

PUBLIUS, BRUTUS, LIGARIUS, METELLUS, CASCA, TREBONIUS *und* CINNA *treten auf.*

Da kommt auch Publius, um mich zu holen.
PUBLIUS: Guten Morgen, Cäsar!
CÄSAR: Publius, willkommen! –
Wie, Brutus? seid Ihr auch so früh schon auf! –
Guten Morgen, Casca! – Cajus Ligarius,
So sehr war Cäsar niemals Euer Feind
Wie dieses Fieber, das Euch abgezehrt. –
Was ist die Uhr?
BRUTUS: Es hat schon acht geschlagen.
CÄSAR: Habt Dank für eure Müh und Höflichkeit.

ANTONIUS *tritt auf.*

Seht! Mark Anton, der lange schwärmt des Nachts,
Ist doch schon auf. Antonius, seid gegrüßt!
ANTONIUS: Auch Ihr, erlauchter Cäsar.
CÄSAR: Befehlt, daß man im Hause fertig sei.
Es ist nicht recht, so auf sich warten lassen.
Ei, Cinna! Ei, Metellus! Wie, Trebonius?
Ich hab mit Euch ein Stündchen zu verplaudern.
Gedenkt daran, daß Ihr mich heut besucht,
Und bleibt mir nah, damit ich Euer denke.
TREBONIUS: Das will ich, Cäsar – *beiseite*: will so nah Euch sein,
Daß Eure besten Freunde wünschen sollen,
Ich wär entfernt gewesen.
CÄSAR: Liebe Freunde,
Kommt mit herein und trinkt ein wenig Wein,
Dann gehen wir gleich Freunden miteinander.
BRUTUS *beiseite*: Daß gleich nicht stets dasselbe ist, o Cäsar!
Das Herz des Brutus blutet, es zu denken.

Alle ab.

DRITTE SZENE

Eine Straße nahe beim Kapitol.

ARTEMIDORUS *tritt auf und liest einen Zettel.*

ARTEMIDORUS: „Cäsar, hüte Dich vor Brutus, sei wachsam gegen Cassius, halte Dich weit von Casca, habe ein Auge auf Cinna, mißtraue dem Trebonius, beobachte den Metellus Cimber, Decius Brutus liebt Dich nicht, beleidigt hast Du den Cajus Ligarius. Nur ein Sinn lebt in allen diesen Männern, und er ist gegen Cäsar gerichtet. Wo Du nicht unsterblich bist, schau um Dich. Sorglosigkeit gibt der Verschwörung Raum. Mögen Dich die großen Götter schützen.

Der Deinige

Artemidorus."

Hier will ich stehn, bis er vorübergeht,
Und will ihm dies als Bittschrift überreichen.
Mein Herz bejammert, daß die Tugend nicht
Frei von dem Zahn des Neides leben kann.
O Cäsar, lies! so bist du nicht verloren:
Sonst ist das Schicksal mit Verrat verschworen. *Ab.*

VIERTE SZENE

Ein andrer Teil derselben Straße, vor dem Hause des Brutus.

PORTIA *und* LUCIUS *kommen.*

PORTIA: Ich bitt dich, Knabe, lauf in den Senat.
Halt dich mit keiner Antwort auf und geh.
Was wartest du?
LUCIUS: Zu hören, was ich soll.
PORTIA: Ich möchte dort und wieder hier dich haben,
Eh ich dir sagen kann, was du da sollst.
O Festigkeit, steh unverrückt mir bei,
Stell einen Fels mir zwischen Herz und Zunge!
Ich habe Mannessinn, doch Weibeskraft.
Wie fällt doch ein Geheimnis Weibern schwer! –
Bist du noch hier?
LUCIUS: Was sollt ich, gnäd'ge Frau?
Nur hin zum Kapitol und weiter nichts,
Und so zurück zu Euch und weiter nichts?
PORTIA: Nein, ob dein Herr wohl aussieht, melde mir,
Denn er ging unwohl fort, und merk dir recht,
Was Cäsar macht, wer mit Gesuch ihm naht.
Still, Knabe! Welch Geräusch?
LUCIUS: Ich höre keins.
PORTIA: Ich bitt dich, horch genau.
Ich hörte wilden Lärm, als föchte man,
Und der Wind bringt vom Kapitol ihn her.

LUCIUS: Gewißlich, gnäd'ge Frau, ich höre nichts.

Ein WAHRSAGER *kommt.*

PORTIA: Komm näher, Mann! Wo führt dein Weg dich her?
WAHRSAGER: Von meinem Hause, liebe gnäd'ge Frau.
PORTIA: Was ist die Uhr?
WAHRSAGER: Die neunte Stund etwa.
PORTIA: Ist Cäsar schon aufs Kapitol gegangen?
WAHRSAGER: Nein, gnäd'ge Frau; ich geh, mir Platz zu suchen,
Wo er vorbeizieht auf das Kapitol.
PORTIA: Du hast an Cäsar ein Gesuch: nicht wahr?
WAHRSAGER: Das hab ich, gnäd'ge Frau. Beliebt es Cäsar,
Aus Güte gegen Cäsar mich zu hören,
So bitt ich ihn, es gut mit sich zu meinen.
PORTIA: Wie? weißt du, daß man ihm ein Leid will antun?
WAHRSAGER: Keins seh ich klar vorher, viel, fürcht ich, kann [geschehn.
Doch guten Tag! Hier ist die Straße eng:
Die Schar, die Cäsar auf der Ferse folgt,
Von Senatoren, Prätorn, Supplikanten,
Wird einen schwachen Mann beinah erdrücken.
Ich will an einen freiern Platz und da
Den großen Cäsar sprechen, wenn er kommt. *Ab.*
PORTIA: Ich muß ins Haus. Ach, welch ein schwaches Ding
Das Herz des Weibes ist! O Brutus!
Der Himmel helfe deinem Unternehmen. –
Gewiß, der Knabe hört' es. – Brutus wirbt um etwas,
Das Cäsar weigert. – Oh, es wird mir schlimm!
Lauf, Lucius, empfiehl mich meinem Gatten,
Sag, ich sei fröhlich, komm zu mir zurück
Und melde mir, was er dir aufgetragen.

Beide ab.

DRITTER AUFZUG

Erste Szene

Das Kapitol. Sitzung des Senats.

Ein Haufen VOLKS *in der Straße, die zum Kapitol führt, darunter* ARTEMIDORUS *und der* WAHRSAGER. *Trompetenstoß.* CÄSAR, BRUTUS, CASSIUS, CASCA, DECIUS, METELLUS, TREBONIUS, CINNA, ANTONIUS, LEPIDUS, POPILIUS, PUBLIUS *und* ANDRE *kommen.*

CÄSAR *zum Wahrsager*: Des Märzen Idus ist nun da.
WAHRSAGER: Ja, Cäsar,
Doch nicht vorbei.
ARTEMIDORUS: Heil, Cäsar! Lies den Zettel hier.
DECIUS: Trebonius bittet Euch, bei guter Weile
Dies untertänige Gesuch zu lesen.
ARTEMIDORUS: Lies meines erst, o Cäsar! Mein Gesuch
Betrifft den Cäsar näher: lies, großer Cäsar!
CÄSAR: Was uns betrifft, werd auf zuletzt verspart.
ARTEMIDORUS: Verschieb nicht, Cäsar, lies im Augenblick!
CÄSAR: Wie? ist der Mensch verrückt?
PUBLIUS: Mach Platz, Gesell!
CASSIUS: Was? drängt ihr auf der Straße mit Gesuchen?
Kommt in das Kapitol.

Cäsar geht in das Kapitol, die übrigen folgen ihm. Alle Senatoren stehen auf.

POPILIUS: Mög euer Unternehmen heut gelingen!
CASSIUS: Welch Unternehmen, Lena?
POPILIUS: Geh's Euch wohl.

Nähert sich Cäsar.

BRUTUS: Was sprach Popilius Lena da?
CASSIUS: Er wünschte,
Daß unser Unternehmen heut gelänge.
Ich fürchte, unser Anschlag ist entdeckt.
BRUTUS: Seht, wie er Cäsar naht! Gebt acht auf ihn.
CASSIUS: Sei schleunig, Casca, daß man nicht zuvorkommt.
Was ist zu tun hier, Brutus? Wenn es auskommt,
Kehrt Cassius oder Cäsar nimmer heim,
Denn ich entleibe mich.
BRUTUS: Sei standhaft, Cassius.

Popilius spricht von unserm Anschlag nicht.
Er lächelt, sieh, und Cäsar bleibt in Ruh.
CASSIUS: Trebonius nimmt die Zeit wahr, Brutus; sieh,
Er zieht geschickt den Mark Anton beiseite.
Antonius und Trebonius ab. Cäsar und die Senatoren nehmen ihre Sitze ein.
DECIUS: Wo ist Metellus Cimber? Laßt ihn gehn
Und sein Gesuch sogleich dem Cäsar reichen.
BRUTUS: Er ist bereit, drängt an und steht ihm bei.
CINNA: Casca, Ihr müßt zuerst den Arm erheben.
CÄSAR: Sind alle da? Was für Beschwerden gibt's,
Die Cäsar heben muß und sein Senat?
METELLUS *niederkniend*: Glorreicher, mächtigster, erhabner Cäsar!
Metellus Cimber wirft vor deinen Sitz
Ein Herz voll Demut nieder.
CÄSAR: Cimber, hör,
Ich muß zuvor dir kommen. Dieses Kriechen,
Dies knechtische Verbeugen könnte wohl
Gemeiner Menschen Blut in Feuer setzen
Und vorbestimmte Wahl, gefaßten Schluß
Zum Kinderwillen machen. Sei nicht töricht
Und denk, so leicht empört sei Cäsars Blut,
Um aufzutaun von seiner echten Kraft
Durch das, was Narrn erweicht: durch süße Worte,
Gekrümmtes Bücken, hündisches Geschmeichel.
Dein Bruder ist verbannt durch einen Spruch;
Wenn du für ihn dich bückst und flehst und schmeichelst,
So stoß ich dich wie einen Hund hinweg.
Wiß! Cäsar tut kein Unrecht; ohne Gründe
Befriedigt man ihn nicht.
METELLUS: Gibt's keine Stimme, würdiger als meine,
Die süßer tön im Ohr des großen Cäsar
Für des verbannten Bruders Wiederkehr?
BRUTUS: Ich küsse deine Hand, doch nicht als Schmeichler,
Und bitte, Cäsar, daß dem Publius Cimber
Die Rückberufung gleich bewilligt werde.
CÄSAR: Wie? Brutus!
CASSIUS: Gnade, Cäsar! Cäsar, Gnade!
Auch Cassius fällt tief zu Füßen dir,
Begnadigung für Cimber zu erbitten.
CÄSAR: Ich ließe wohl mich rühren, glich' ich euch:
Mich rührten Bitten, bät ich, um zu rühren.

Doch ich bin standhaft wie des Nordens Stern,
Des unverrückte, ewig stete Art
Nicht ihresgleichen hat am Firmament.
Der Himmel prangt mit Funken ohne Zahl,
Und Feuer sind sie all, und jeder leuchtet,
Doch einer nur behauptet seinen Stand.
So in der Welt auch: sie ist voll von Menschen,
Und Menschen sind empfindlich, Fleisch und Blut;
Doch in der Menge weiß ich einen nur,
Der unbesiegbar seinen Platz bewahrt,
Vom Andrang unbewegt; daß ich der bin,
Auch hierin laßt es mich ein wenig zeigen,
Daß ich auf Cimbers Banne fest bestand
Und drauf besteh, daß er im Banne bleibe.

CINNA: O Cäsar –

CÄSAR: Fort, sag ich! Willst du den Olymp versetzen?

DECIUS: Erhabner Cäsar –

CÄSAR: Kniet nicht Brutus auch umsonst?

CASCA: Dann, Hände, sprecht für mich!

Casca sticht Cäsar mit dem Dolch in den Nacken. Cäsar fällt ihm in den Arm. Er wird alsdann von verschiednen andern Verschwornen und zuletzt von Marcus Brutus mit Dolchen durchstochen.

CÄSAR: Brutus, auch du? – So falle, Cäsar!

Er stirbt. Die Senatoren und das Volk fliehen bestürzt.

CINNA: Befreiung! Freiheit! Die Tyrannei ist tot!
Lauft fort! verkündigt! ruft es durch die Gassen!

CASSIUS: Hin zu der Rednerbühne! Rufet aus:
Befreiung! Freiheit! Wiederherstellung!

BRUTUS: Seid nicht erschrocken, Volk und Senatoren!
Flieht nicht! steht still! Die Ehrsucht hat gebüßt.

CASCA: Geht auf die Rednerbühne, Brutus.

DECIUS: Ihr, Cassius, auch.

BRUTUS: Wo ist Publius?

CINNA: Hier, ganz betroffen über diesen Aufruhr.

METELLUS: Steht dicht beisammen, wenn ein Freund des Cäsar
Etwa –

BRUTUS: Sprecht nicht von stehen! – Publius, getrost!
Wir haben nicht im Sinn, Euch Leid zu tun,
Auch keinem Römer sonst: sagt ihnen das.

CASSIUS: Und geht nur, Publius, damit das Volk,
Das uns bestürmt, nicht Euer Alter kränke.

BRUTUS: Tut das; und niemand steh für diese Tat
Als wir, die Täter.

TREBONIUS *kommt zurück.*

CASSIUS: Wo ist Mark Anton?
TREBONIUS: Er floh bestürzt nach Haus, und Männer, Weiber
Und Kinder blicken starr und schrein und laufen,
Als wär der Jüngste Tag.
BRUTUS: Schicksal! wir wollen sehn, was dir beliebt.
Wir wissen, daß wir sterben werden; Frist
Und Zeitgewinn nur ist der Menschen Trachten.
CASSIUS: Ja, wer dem Leben zwanzig Jahre raubt,
Der raubt der Todesfurcht so viele Jahre.
BRUTUS: Gesteht das ein, und Wohltat ist der Tod.
So sind wir Cäsars Freunde, die wir ihm
Die Todesfurcht verkürzten. Bückt euch, Römer!
Laßt unsre Händ in Cäsars Blut uns baden
Bis an die Ellenbogen! Färbt die Schwerter!
So treten wir hinaus bis auf den Markt,
Und überm Haupt die roten Waffen schwingend,
Ruft alle dann: Erlösung! Friede! Freiheit!
CASSIUS: Bückt euch und taucht! In wie entfernter Zeit
Wird man dies hohe Schauspiel wiederholen,
In ungebornen Staaten, fremden Zungen.
BRUTUS: Wie oft wird Cäsar noch zum Spiele bluten,
Der jetzt am Fußgestell Pompejus' liegt,
Dem Staube gleich geachtet!
CASSIUS: So oft, wie das geschieht,
Wird man auch unsern Bund, die Männer nennen,
Die Freiheit wiedergaben ihrem Land.
DECIUS: Nun sollen wir hinaus?
CASSIUS: Ja, alle fort,
Brutus voran, und seine Tritte zieren
Wir mit den kühnsten, besten Herzen Roms.

Ein DIENER *kommt.*

BRUTUS: Doch still! wer kommt? Ein Freund des Mark Anton.
DIENER: So, Brutus, hieß mich mein Gebieter knien,
So hieß Antonius mich niederfallen,
Und tief im Staube hieß er so mich reden:
Brutus ist edel, tapfer, weis und redlich,
Cäsar war groß, kühn, königlich und gütig.
Sprich: Brutus lieb ich, und ich ehr ihn auch.

Sprich: Cäsar fürchtet ich, ehrt ihn und liebt ihn.
Will Brutus nur gewähren, daß Anton
Ihm sicher nahen und erforschen dürfe,
Wie Cäsar solche Todesart verdient,
So soll dem Mark Anton der tote Cäsar
So teuer nicht wie Brutus lebend sein;
Er will vielmehr dem Los und der Partei
Des edlen Brutus unter den Gefahren
Der wankenden Verfassung treulich folgen.
Dies sagte mein Gebieter, Mark Anton.

BRUTUS: Und dein Gebieter ist ein wackrer Römer,
So achtet ich ihn stets.
Sag, wenn es ihm beliebt hierherzukommen,
So steh ich Red ihm und, bei meiner Ehre,
Entlaß ihn ungekränkt.

DIENER: Ich hol ihn gleich. *Ab.*

BRUTUS: Ich weiß, wir werden ihn zum Freunde haben.

CASSIUS: Ich wünsch es, doch es wohnt ein Sinn in mir,
Der sehr ihn fürchtet; und mein Unglückahnen
Trifft immer ein aufs Haar.

ANTONIUS *kommt zurück.*

BRUTUS:
Hier kommt Antonius ja. – Willkommen, Mark Anton!

ANTONIUS: O großer Cäsar! liegst du so im Staube?
Sind alle deine Siege, Herrlichkeiten,
Triumphe, Beuten, eingesunken nun
In diesen kleinen Raum? – Gehab dich wohl! –
Ich weiß nicht, edle Herrn, was ihr gedenkt,
Wer sonst noch bluten muß, wer reif zum Fall.
Wofern ich selbst, kann keine Stunde besser
Als Cäsars Todesstunde, halb so kostbar
Kein Werkzeug sein wie diese eure Schwerter,
Geschmückt mit Blut, dem edelsten der Welt.
Ich bitt euch, wenn ihr's feindlich mit mir meint,
Jetzt da noch eure Purpurhände dampfen,
Büßt eure Lust. Und lebt ich tausend Jahre,
Nie werd ich so bereit zum Tod mich fühlen;
Kein Ort gefällt mir so, kein Weg zum Tode,
Wie hier bei Cäsar fallen, und durch euch,
Die ersten Heldengeister unsrer Zeit.

BRUTUS: O Mark Anton! begehrt nicht Euren Tod.

Wir müssen blutig zwar und grausam scheinen,
Wie unsre Händ und die geschehne Tat
Uns zeigen: doch Ihr seht die Hände nur
Und dieses blut'ge Werk, das sie vollbracht;
Nicht unsre Herzen: sie sind mitleidsvoll,
Und Mitleid gegen Roms gesamte Not
(Wie Feuer Feuer löscht, so Mitleid Mitleid)
Verübt' an Cäsar dies. Was Euch betrifft,
Für Euch sind unsre Schwerter stumpf, Anton.
Seht, unsre Arme, wohlbewehrt zum Streit,
Und unsre Herzen, brüderlich gesinnt,
Empfangen Euch mit aller Innigkeit,
Mit redlichen Gedanken und mit Achtung.
CASSIUS: Und Eure Stimme soll so viel wie jede
Bei der Verteilung neuer Würden gelten.
BRUTUS: Seid nur geduldig, bis wir erst das Volk
Beruhigt, das vor Furcht sich selbst nicht kennt.
Dann legen wir den Grund Euch dar, weswegen
Ich, der den Cäsar liebt, als ich ihn schlug,
Also verfahren.
ANTONIUS: Ich bau auf Eure Weisheit.
Mir reiche jeder seine blut'ge Hand.
Erst, Marcus Brutus, schütteln wir sie uns;
Dann, Cajus Cassius, faß ich Eure Hand;
Nun Eure, Decius Brutus; Eure, Cinna;
Metellus, Eure nun; mein tapfrer Casca,
Die Eure; reicht, Trebonius, Eure mir,
Zuletzt, doch nicht der letzte meinem Herzen.
Ach, all ihr edlen Herrn! was soll ich sagen?
Mein Ansehn steht jetzt auf so glattem Boden,
Daß ich euch eines von zwei schlimmen Dingen,
Ein Feiger oder Schmeichler scheinen muß.
Daß ich dich liebte, Cäsar, oh, es ist wahr!
Wofern dein Geist jetzt niederblickt auf uns,
Wird's dich nicht kränken, bittrer als dein Tod,
Zu sehn, wie dein Antonius Frieden macht
Und deiner Feinde blut'ge Hände drückt,
Du Edelster, in deines Leichnams Nähe?
Hätt ich so manches Aug wie Wunden du,
Und jedes strömte Tränen, wie sie Blut,
Das ziemte besser mir, als einen Bund

Der Freundschaft einzugehn mit deinen Feinden.
Verzeih mir, Julius! Du edler Hirsch,
Hier wurdest du erjagt, hier fielest du;
Hier stehen deine Jäger, mit den Zeichen
Des Mordes und von deinem Blut bepurpurt.
O Welt! du warst der Wald für diesen Hirsch,
Und er, o Welt! war seines Waldes Stolz.
Wie ähnlich einem Wild, von vielen Fürsten
Geschossen, liegst du hier!

CASSIUS: Antonius –

ANTONIUS: Verzeiht mir, Cajus Cassius;
Dies werden selbst die Feinde Cäsars sagen,
An einem Freund ist's kalte Mäßigung.

CASSIUS: Ich tadl Euch nicht, daß Ihr den Cäsar preist;
Allein, wie denkt Ihr Euch mit uns zu stellen?
Seid Ihr von unsern Freunden? oder sollen
Wir vorwärts dringen, ohn auf Euch zu baun?

ANTONIUS: Deswegen faßt ich eure Hände, nur
Vergaß ich mich, als ich auf Cäsar blickte.
Ich bin euch allen Freund und lieb euch alle,
In Hoffnung, eure Gründe zu vernehmen,
Wie und warum gefährlich Cäsar war.

BRUTUS: Jawohl, sonst wär dies ein unmenschlich Schauspiel.
Und unsre Gründe sind so wohlbedacht,
Wärt Ihr der Sohn des Cäsar, Mark Anton,
Sie gnügten Euch.

ANTONIUS: Das such ich einzig ja.
Auch halt ich an um die Vergünstigung,
Den Leichnam auszustellen auf dem Markt
Und auf der Bühne, wie's dem Freunde ziemt,
Zu reden bei der Feier der Bestattung.

BRUTUS: Das mögt Ihr, Mark Anton.

CASSIUS: Brutus, ein Wort mit Euch!
Beiseite: Ihr wißt nicht, was Ihr tut: gestattet nicht,
Daß ihm Antonius die Rede halte.
Wißt Ihr, wie sehr das Volk durch seinen Vortrag
Sich kann erschüttern lassen?

BRUTUS: Nein, verzeiht.
Ich selbst betrete erst die Bühn und lege
Von unsers Cäsars Tod die Gründe dar.
Was dann Antonius sagen wird, erklär ich,

Gescheh erlaubt und mit Bewilligung;
Es sei uns recht, daß Cäsar jeder Ehre
Teilhaftig werde, so die Sitte heiligt.
Dies wird uns mehr Gewinn als Schaden bringen.

CASSIUS: Wer weiß, was vorfällt? Ich bin nicht dafür.

BRUTUS: Hier, Mark Anton, nehmt Ihr die Leiche Cäsars.
Ihr sollt uns nicht in Eurer Rede tadeln,
Doch sprecht von Cäsar Gutes nach Vermögen
Und sagt, daß Ihr's mit unserm Willen tut.
Sonst sollt Ihr gar mit dem Begängnis nichts
Zu schaffen haben. Auf derselben Bühne,
Zu der ich jetzo gehe, sollt Ihr reden,
Wenn ich zu reden aufgehört.

ANTONIUS: So sei's.
Ich wünsche weiter nichts.

BRUTUS: Bereitet denn die Leich und folget uns.

Alle bis auf Antonius ab.

ANTONIUS: O du, verzeih mir, blutend Stückchen Erde!
Daß ich mit diesen Schlächtern freundlich tat.
Du bist der Rest des edelsten der Männer,
Der jemals lebt' im Wechsellauf der Zeit.
Weh! weh der Hand, die dieses Blut vergoß!
Jetzt prophezei ich über deinen Wunden,
Die ihre Purpurlippen öffnen, stumm
Von meiner Zunge Stimm und Wort erflehend:
Ein Fluch wird fallen auf der Menschen Glieder,
Und innre Wut und wilder Bürgerzwist
Wird ängst'gen alle Teil' Italiens;
Verheerung, Mord wird so zur Sitte werden
Und so gemein das Furchtbarste, daß Mütter
Nur lächeln, wenn sie ihre zarten Kinder
Gevierteilt von des Kriegers Händen sehn.
Die Fertigkeit in Greueln würgt das Mitleid;
Und Cäsars Geist, nach Rache jagend, wird,
Zur Seit ihm Ate, heiß der Höll entstiegen,
In diesen Grenzen mit des Herrschers Ton
„Mord!" rufen und des Krieges Hund' entfesseln,
Daß diese Schandtat auf der Erde stinke
Von Menschenaas, das um Bestattung ächzt.

Ein DIENER *kommt.*

Ihr dienet dem Octavius Cäsar? nicht?

DIENER: Ja, Mark Anton.
ANTONIUS: Cäsar beschied ihn schriftlich her nach Rom.
DIENER: Die Brief' empfing er und ist unterwegs;
Und mündlich hieß er mich an Euch bestellen –
Er erblickt den Leichnam Cäsars: O Cäsar!
ANTONIUS: Dein Herz ist voll, geh auf die Seit und weine.
Ich sehe, Leid steckt an: denn meine Augen,
Da sie des Grames Perlen sahn in deinen,
Begannen sie zu fließen. – Kommt dein Herr?
DIENER: Er bleibt heut nacht von Rom nur sieben Meilen.
ANTONIUS: Reit schnell zurück und meld ihm, was geschehn.
Hier ist ein Rom voll Trauer und Gefahr,
Kein sichres Rom noch für Octavius.
Eil hin und sag ihm das! – Nein, warte noch!
Du sollst nicht fort, bevor ich diese Leiche
Getragen auf den Markt und meine Rede
Das Volk geprüft, wie dieser blut'gen Männer
Unmenschliches Beginnen ihm erscheint.
Und demgemäß sollst du dem jungen Cäsar
Berichten, wie allhier die Dinge stehn.
Leih deinen Arm mir.
Beide ab mit Cäsars Leiche.

ZWEITE SZENE

Das Forum.

BRUTUS *und* CASSIUS *kommen mit einem Haufen* VOLKES.

DIE BÜRGER:
Wir wollen Rechenschaft, legt Rechenschaft uns ab!
BRUTUS: So folget mir und gebt Gehör mir, Freunde. –
Ihr, Cassius, geht in eine andre Straße
Und teilt die Haufen. –
Wer mich will reden hören, bleibe hier;
Wer Cassius folgen will, der geh mit ihm.
Wir wollen dieses Staates Gründ erklären
Für Cäsars Tod.
ERSTER BÜRGER: Ich will den Brutus hören.
ZWEITER BÜRGER: Den Cassius ich: so können wir die Gründe
Vergleichen, wenn wir beide angehört.
Cassius mit einigen Bürgern ab. Brutus besteigt die Rostra.

DRITTER BÜRGER: Der edle Brutus steht schon oben: still!

BRUTUS: Seid ruhig bis zum Schluß.

Römer! Mitbürger! Freunde! Hört mich meine Sache führen, und seid still, damit ihr hören möget. Glaubt mir um meiner Ehre willen und hegt Achtung vor meiner Ehre, damit ihr glauben mögt. Richtet mich nach eurer Weisheit und weckt eure Sinne, um desto besser urteilen zu können. Ist jemand in dieser Versammlung, irgendein herzlicher Freund Cäsars, dem sage ich: des Brutus Liebe zu Cäsar war nicht geringer als seine. Wenn dieser Freund dann fragt, warum Brutus gegen Cäsar aufstand, ist dies meine Antwort: nicht weil ich Cäsar weniger liebte, sondern weil ich Rom mehr liebte. Wolltet ihr lieber, Cäsar lebte und ihr stürbet alle als Sklaven, als daß Cäsar tot ist, damit ihr alle lebet wie freie Männer? Weil Cäsar mich liebte, wein ich um ihn; weil er glücklich war, freue ich mich; weil er tapfer war, ehr ich ihn; aber weil er herrschsüchtig war, erschlug ich ihn. Also Tränen für seine Liebe, Freude für sein Glück, Ehre für seine Tapferkeit und Tod für seine Herrschsucht. Wer ist hier so niedrig gesinnt, daß er ein Knecht sein möchte? Ist es jemand, er rede, denn ihn habe ich beleidigt. Wer ist hier so roh, daß er nicht wünschte, ein Römer zu sein? Ist es jemand, er rede, denn ihn habe ich beleidigt. [Wer ist hier so erbärmlich, daß er sein Vaterland nicht lieben will? Ist es jemand, er rede, denn ich habe ihn beleidigt.] Ich halte inne, um Antwort zu hören.

DIE BÜRGER, *verschiedne Stimmen auf einmal*:
Niemand, Brutus, niemand.

BRUTUS: Dann habe ich niemand beleidigt. Ich tat Cäsar nichts, als was ihr dem Brutus tun würdet. Die Untersuchung über seinen Tod ist im Kapitol aufgezeichnet: sein Ruhm nicht geschmälert, wo er Verdienste hatte, seine Vergehen nicht übertrieben, für die er den Tod gelitten.

ANTONIUS *und* ANDRE *treten auf mit Cäsars Leiche.*

Hier kommt seine Leiche, von Mark Anton betrauert, der, obschon er keinen Teil an seinem Tode hatte, die Wohltat seines Sterbens, einen Platz im Gemeinwesen, genießen wird. Wer von euch wird es nicht? Hiermit trete ich ab: wie ich meinen besten Freund für das Wohl Roms erschlug, so habe ich denselben Dolch für mich selbst, wenn es dem Vaterlande gefällt, meinen Tod zu bedürfen.

DIE BÜRGER: Lebe, Brutus! lebe! lebe!
ERSTER BÜRGER: Begleitet mit Triumph ihn in sein Haus.
ZWEITER BÜRGER: Stellt ihm ein Bildnis auf bei seinen Ahnen.
DRITTER BÜRGER: Er werde Cäsar.
VIERTER BÜRGER: In Brutus krönt ihr Cäsars beßre Gaben.
ERSTER BÜRGER: Wir bringen ihn nach Haus mit lautem Jubel.
BRUTUS: Mitbürger!
ZWEITER BÜRGER: Schweigt doch! stille! Brutus spricht.
ERSTER BÜRGER: Still da!
BRUTUS: Ihr guten Bürger, laßt allein mich gehn:
Bleibt mir zuliebe hier bei Mark Anton.
Ehrt Cäsars Leiche, ehret seine Rede,
Die Cäsars Ruhm verherrlicht: dem Antonius
Gab unser Will Erlaubnis, sie zu halten.
Ich bitt euch, keiner gehe fort von hier
Als ich allein, bis Mark Anton gesprochen. *Ab.*
ERSTER BÜRGER: He, bleibt doch! Hören wir den Mark Anton.
DRITTER BÜRGER: Laßt ihn hinaufgehn auf die Rednerbühne.
Ja, hört ihn! Edler Mark Anton, hinauf!
ANTONIUS: Um Brutus' willen bin ich euch verpflichtet.
VIERTER BÜRGER: Was sagt er da von Brutus?
DRITTER BÜRGER: Er sagt, um Brutus willen find er sich
Uns insgesamt verpflichtet.
VIERTER BÜRGER: Er täte wohl,
Dem Brutus hier nichts Übles nachzureden.
ERSTER BÜRGER: Der Cäsar war ein Tyrann.
DRITTER BÜRGER: Ja, das ist sicher.
Es ist ein Glück für uns, daß Rom ihn losward.
VIERTER BÜRGER: Still! Hört doch, was Antonius sagen kann!
ANTONIUS: Ihr edlen Römer –
DIE BÜRGER: Still da! hört ihn doch!
ANTONIUS: Mitbürger! Freunde! Römer! hört mich an:
Begraben will ich Cäsar, nicht ihn preisen.
Was Menschen Übles tun, das überlebt sie,
Das Gute wird mit ihnen oft begraben.
So sei es auch mit Cäsar! Der edle Brutus
Hat euch gesagt, daß er voll Herrschsucht war;
Und war er das, so war's ein schwer Vergehen,
Und schwer hat Cäsar auch dafür gebüßt.
Hier, mit des Brutus Willen und der andern
– Denn Brutus ist ein ehrenwerter Mann,

Das sind sie alle, alle ehrenwert –,
Komm ich, bei Cäsars Leichenzug zu reden.
Er war mein Freund, war mir gerecht und treu,
Doch Brutus sagt, daß er voll Herrschsucht war,
Und Brutus ist ein ehrenwerter Mann.
Er brachte viel Gefangne heim nach Rom,
Wofür das Lösegeld den Schatz gefüllt.
Sah das der Herrschsucht wohl an Cäsar gleich?
Wenn Arme zu ihm schrien, so weinte Cäsar:
Die Herrschsucht sollt aus härterm Stoff bestehn.
Doch Brutus sagt, daß er voll Herrschsucht war,
Und Brutus ist ein ehrenwerter Mann.
Ihr alle saht, wie am Lupercus-Fest
Ich dreimal ihm die Königskrone bot,
Die dreimal er geweigert. War das Herrschsucht?
Doch Brutus sagt, daß er voll Herrschsucht war,
Und ist gewiß ein ehrenwerter Mann.
Ich will, was Brutus sprach, nicht widerlegen,
Ich spreche hier von dem nur, was ich weiß.
Ihr liebtet all ihn einst nicht ohne Grund:
Was für ein Grund wehrt euch, um ihn zu trauern?
O Urteil, du entflohst zum blöden Vieh,
Der Mensch ward unvernünftig! – Habt Geduld!
Mein Herz ist in dem Sarge hier beim Cäsar,
Und ich muß schweigen, bis es mir zurückkommt.

ERSTER BÜRGER: Mich dünkt, in seinen Reden ist viel Grund.
ZWEITER BÜRGER: Wenn man die Sache recht erwägt, ist Cäsar
Groß Unrecht widerfahren.
DRITTER BÜRGER: Meint ihr, Bürger?
Ich fürcht, ein Schlimmrer kommt an seine Stelle.
VIERTER BÜRGER: Habt ihr gehört? Er nahm die Krone nicht,
Da sieht man, daß er nicht herrschsüchtig war.
ERSTER BÜRGER: Wenn dem so ist, so wird es manchem teuer
Zu stehen kommen.
ZWEITER BÜRGER: Ach, der arme Mann!
Die Augen sind ihm feuerrot vom Weinen.
DRITTER BÜRGER: Antonius ist der bravste Mann in Rom.
VIERTER BÜRGER: Gebt acht, er fängt von neuem an zu reden.
ANTONIUS: Noch gestern hätt umsonst dem Worte Cäsars
Die Welt sich widersetzt: nun liegt er da,
Und der Geringste neigt sich nicht vor ihm.

O Bürger! strebt ich, Herz und Mut in euch
Zur Wut und zur Empörung zu entflammen,
So tät ich Cassius und Brutus Unrecht,
Die ihr als ehrenwerte Männer kennt.
Ich will nicht ihnen Unrecht tun – will lieber
Dem Toten Unrecht tun, mir selbst und euch –
Als ehrenwerten Männern, wie sie sind.
Doch seht dies Pergament mit Cäsars Siegel;
Ich fand's in seinem Schrank: sein letzter Wille.
Vernähme nur das Volk dies Testament,
Das ich, verzeiht mir, nicht zu lesen denke,
Sie gingen hin und küßten Cäsars Wunden
Und tauchten Tücher in sein heil'ges Blut,
Ja bäten um ein Haar zum Angedenken,
Und sterbend nennten sie's im Testament
Und hinterließen's ihres Leibes Erben
Zum köstlichen Vermächtnis.

VIERTER BÜRGER: Wir wollen's hören: lest das Testament!
Lest, Mark Anton.

DIE BÜRGER: Ja, ja, das Testament!
Laßt Cäsars Testament uns hören.

ANTONIUS: Seid ruhig, liebe Freund'! Ich darf's nicht lesen,
Ihr müßt nicht wissen, wie euch Cäsar liebte.
Ihr seid nicht Holz, nicht Stein, ihr seid ja Menschen;
Drum, wenn ihr Cäsars Testament erführt,
Es setzt' in Flammen euch, es macht' euch rasend.
Ihr dürft nicht wissen, daß ihr ihn beerbt,
Denn wüßtet ihr's, was würde draus entstehn?

DIE BÜRGER:
Lest das Testament! Wir wollen's hören, Mark Anton.
Ihr müßt es lesen! Cäsars Testament!

ANTONIUS: Wollt ihr euch wohl gedulden? wollt ihr warten?
Ich übereilte mich, da ich's euch sagte.
Ich fürcht, ich tret den ehrenwerten Männern
Zu nah, von deren Dolchen Cäsar fiel;
Ich fürcht es.

VIERTER BÜRGER: Sie sind Verräter: ehrenwerte Männer!

DIE BÜRGER: Das Testament! Das Testament!

ZWEITER BÜRGER:
Sie waren Bösewichter, Mörder! Das Testament!
Lest das Testament!

ANTONIUS: So zwingt ihr mich, das Testament zu lesen?
Schließt einen Kreis um Cäsars Leiche denn,
Ich zeig euch den, der euch zu Erben machte.
Erlaubt ihr mir's? soll ich hinuntersteigen?
DIE BÜRGER: Ja, kommt nur!
ZWEITER BÜRGER: Steigt herab!
Antonius verläßt die Rednerbühne.
DRITTER BÜRGER: Es ist Euch gern erlaubt.
VIERTER BÜRGER: Schließt einen Kreis herum.
ERSTER BÜRGER: Zurück vom Sarge! von der Leiche weg!
ZWEITER BÜRGER: Platz für Antonius! für den edlen Antonius!
ANTONIUS: Nein, drängt nicht so heran! Steht weiter weg!
DIE BÜRGER: Zurück! Platz da! zurück!
ANTONIUS: Wofern ihr Tränen habt, bereitet euch,
Sie jetzo zu vergießen. Diesen Mantel,
Ihr kennt ihn alle; noch erinnr ich mich
Des ersten Males, da ihn Cäsar trug,
In seinem Zelt, an einem Sommerabend –
Er überwand den Tag die Nervier.
Hier, schauet! fuhr des Cassius Dolch herein;
Seht, welchen Riß der tück'sche Casca machte!
Hier stieß der vielgeliebte Brutus durch.
Und als er den verfluchten Stahl hinwegriß,
Schaut her, wie ihm das Blut des Cäsar folgte,
Als stürzt' es vor die Tür, um zu erfahren,
Ob wirklich Brutus so unfreundlich klopfte.
Denn Brutus, wie ihr wißt, war Cäsars Engel.
Ihr Götter, urteilt, wie ihn Cäsar liebte!
Kein Stich von allen schmerzte so wie der.
Denn als der edle Cäsar Brutus sah,
Warf Undank, stärker als Verräterwaffen,
Ganz nieder ihn: da brach sein großes Herz,
Und in dem Mantel sein Gesicht verhüllend,
Grad am Gestell der Säule des Pompejus,
Von der das Blut rann, fiel der große Cäsar.
O meine Bürger, welch ein Fall war das!
Da fielet ihr und ich; wir alle fielen,
Und über uns frohlockte blut'ge Tücke.
O ja! nun weint ihr, und ich merk, ihr fühlt
Den Drang des Mitleids: dies sind milde Tropfen.
Wie? weint ihr, gute Herzen, seht ihr gleich

Nur unsers Cäsars Kleid verletzt? Schaut her!
Hier ist er selbst, geschändet von Verrätern.
ERSTER BÜRGER: O kläglich Schauspiel!
ZWEITER BÜRGER: O edler Cäsar!
DRITTER BÜRGER: O jammervoller Tag!
VIERTER BÜRGER: O Buben und Verräter!
ERSTER BÜRGER: O blut'ger Anblick!
ZWEITER BÜRGER: Wir wollen Rache, Rache! Auf und sucht!
Sengt! brennt! schlagt! mordet! laßt nicht einen leben!
ANTONIUS: Seid ruhig, meine Bürger!
ERSTER BÜRGER: Still da! Hört den edlen Antonius!
ZWEITER BÜRGER: Wir wollen ihn hören, wir wollen ihm folgen, wir wollen für ihn sterben.
ANTONIUS: Ihr guten lieben Freund', ich darf euch nicht
Hinreißen zu des Aufruhrs wildem Sturm.
Die diese Tat getan, sind ehrenwert.
Was für Beschwerden sie persönlich führen,
Warum sie's taten, ach! das weiß ich nicht.
Doch sind sie weis und ehrenwert und werden
Euch sicherlich mit Gründen Rede stehn.
Nicht euer Herz zu stehlen komm ich, Freunde:
Ich bin kein Redner, wie es Brutus ist,
Nur, wie ihr alle wißt, ein schlichter Mann,
Dem Freund ergeben, und das wußten die
Gar wohl, die mir gestattet hier zu reden.
Denn ich hab weder Witz noch Wort' und Würde,
Noch Kunst des Vortrags oder Macht der Rede,
Der Menschen Blut zu reizen; nein, ich spreche
Nur gradezu und sag euch, was ihr wißt.
Ich zeig euch des geliebten Cäsar Wunden,
Die armen stummen Münder, heiße die
Statt meiner reden. Aber wär ich Brutus
Und Brutus Mark Anton, dann gäb es einen,
Der eure Geister schürt' und jeder Wunde
Des Cäsar eine Zunge lieh, die selbst
Die Steine Roms zum Aufstand würd empören.
DRITTER BÜRGER: Empörung!
ERSTER BÜRGER: Steckt des Brutus Haus in Brand!
DRITTER BÜRGER:
Hinweg denn! kommt, sucht die Verschwornen auf!
ANTONIUS: Noch hört mich, meine Bürger, hört mich an!

DIE BÜRGER:
Still da! Hört Mark Anton! den edlen Mark Anton!
ANTONIUS: Nun, Freunde, wißt ihr selbst auch, was ihr tut?
Wodurch verdiente Cäsar eure Liebe?
Ach nein! ihr wißt nicht. – Hört es denn! Vergessen
Habt ihr das Testament, wovon ich sprach.
DIE BÜRGER:
Wohl wahr! Das Testament! Bleibt, hört das Testament!
ANTONIUS: Hier ist das Testament mit Cäsars Siegel.
Darin vermacht er jedem Bürger Roms,
Auf jeden Kopf euch fünfundsiebzig Drachmen.
ZWEITER BÜRGER: O edler Cäsar! – Kommt, rächt seinen Tod!
DRITTER BÜRGER: O königlicher Cäsar!
ANTONIUS: Hört mich mit Geduld!
DIE BÜRGER: Still da!
ANTONIUS: Auch läßt er alle seine Lustgehege,
Verschloßne Lauben, neugepflanzte Gärten,
Diesseits des Tibers euch und euren Erben
Auf ew'ge Zeit, damit ihr euch ergehn
Und euch gemeinsam dort ergötzen könnt.
Das war ein Cäsar: wann kommt seinesgleichen?
ERSTER BÜRGER: Nimmer! nimmer! – Kommt! hinweg! hinweg!
Verbrennt den Leichnam auf dem heil'gen Platz,
Und mit den Bränden zündet den Verrätern
Die Häuser an. Nehmt denn die Leiche auf!
ZWEITER BÜRGER: Geht! holt Feuer!
DRITTER BÜRGER: Reißt Bänke ein!
VIERTER BÜRGER: Reißt Sitze, Läden, alles ein!
Die Bürger mit Cäsars Leiche ab.
ANTONIUS: Nun wirk es fort. Unheil, du bist im Zuge:
Nimm, welchen Lauf du willst! –
Ein DIENER *kommt.*
Was bringst du, Bursch?
DIENER: Herr, Octavius ist schon nach Rom gekommen.
ANTONIUS: Wo ist er?
DIENER: Er und Lepidus sind in Cäsars Hause.
ANTONIUS: Ich will sofort dahin, ihn zu besuchen,
Er kommt erwünscht. Das Glück ist aufgeräumt
Und wird in dieser Laun uns nichts versagen.
DIENER: Ich hört ihn sagen, Cassius und Brutus
Sei'n durch die Tore Roms wie toll geritten.

ANTONIUS: Vielleicht vernahmen sie vom Volke Kundschaft,
Wie ich es aufgewiegelt. Führ indes
Mich zum Octavius.

Beide ab.

Dritte Szene

Eine Straße.

Cinna, *der Poet*, *tritt auf.*

CINNA: Mir träumte heut, daß ich mit Cäsar schmauste,
Und Mißgeschick füllt meine Phantasie.
Ich bin unlustig, aus dem Haus zu gehn,
Doch treibt es mich heraus.

Bürger *kommen.*

ERSTER BÜRGER: Wie ist Euer Name?

ZWEITER BÜRGER: Wo geht Ihr hin?

DRITTER BÜRGER: Wo wohnt Ihr?

VIERTER BÜRGER: Seid Ihr verheiratet oder ein Junggesell?

ZWEITER BÜRGER: Antwortet jedem unverzüglich.

ERSTER BÜRGER: Ja, und bündig.

VIERTER BÜRGER: Ja, und weislich.

DRITTER BÜRGER: Ja, und ehrlich, das raten wir Euch.

CINNA: Wie ist mein Name? Wohin gehe ich? Wo wohne ich? Bin ich verheiratet oder ein Junggesell? Also um jedem Manne unverzüglich und bündig, weislich und ehrlich zu antworten, sage ich weislich: ich bin ein Junggeselle.

ZWEITER BÜRGER: Das heißt soviel: wer heiratet, ist ein Narr. Dafür denke ich Euch eins zu versetzen. – Weiter, unverzüglich!

CINNA: Unverzüglich gehe ich zu Cäsars Bestattung.

ERSTER BÜRGER: Als Freund oder Feind?

CINNA: Als Freund.

ZWEITER BÜRGER: Das war unverzüglich beantwortet.

VIERTER BÜRGER: Eure Wohnung, bündig!

CINNA: Bündig, ich wohne beim Kapitol.

DRITTER BÜRGER: Euer Name, Herr! ehrlich!

CINNA: Ehrlich, mein Name ist Cinna.

ERSTER BÜRGER: Reißt ihn in Stücke! Er ist ein Verschworner.

CINNA: Ich bin Cinna, der Poet! Ich bin Cinna, der Poet!

VIERTER BÜRGER: Zerreißt ihn für seine schlechten Verse! Zerreißt ihn für seine schlechten Verse!

CINNA: Ich bin nicht Cinna, der Verschworne.

VIERTER BÜRGER: Es tut nichts: sein Name ist Cinna; reißt ihm den Namen aus dem Herzen und laßt ihn laufen.

DRITTER BÜRGER: Zerreißt ihn! zerreißt ihn! Kommt, Brände! Heda, Feuerbrände! Zum Brutus! zum Cassius! Steckt alles in Brand! Ihr zu des Decius Haus! Ihr zu des Casca! Ihr zu des Ligarius! Fort! kommt!

Alle ab.

VIERTER AUFZUG

Erste Szene

Rom. Ein Zimmer im Hause des Antonius.

Antonius, Octavius *und* Lepidus, *an einem Tische sitzend.*

ANTONIUS: Die müssen also sterben, deren Namen
Hier angezeichnet stehn.

OCTAVIUS: Auch Euer Bruder
Muß sterben, Lepidus. Ihr willigt drein?

LEPIDUS: Ich will'ge drein.

OCTAVIUS: Zeichn ihn, Antonius.

LEPIDUS: Mit dem Beding, daß Publius nicht lebe,
Der Eurer Schwester Sohn ist, Mark Anton.

ANTONIUS: Er lebe nicht: sieh her, ein Strich verdammt ihn.
Doch, Lepidus, geht Ihr zu Cäsars Haus,
Bringt uns sein Testament: wir wollen sehn,
Was an Vermächtnissen sich kürzen läßt.

LEPIDUS: Wie? soll ich hier Euch finden?

OCTAVIUS: Hier oder auf dem Kapitol.

Lepidus ab.

ANTONIUS: Dies ist ein schwacher, unbrauchbarer Mensch,
Zum Botenlaufen nur geschickt. Verdient er,
Wenn man die dreibenamte Welt verteilt,
Daß er, als dritter Mann, sein Teil empfange?

OCTAVIUS: Ihr glaubtet es und hörtet auf sein Wort,
Wen man im schwarzen Rate unsrer Acht
Zum Tode zeichnen sollte.

ANTONIUS: Octavius, ich sah mehr Tag' als Ihr.
Ob wir auf diesen Mann schon Ehren häufen,
Um manche Last des Leumunds abzuwälzen,
Er trägt sie doch nur wie der Esel Gold,
Der unter dem Geschäfte stöhnt und schwitzt,
Geführt, getrieben, wie den Weg wir weisen;
Und hat er unsern Schatz, wohin wir wollen,
Gebracht, dann nehmen wir die Last ihm ab
Und lassen ihn als led'gen Esel laufen,
Daß er die Ohren schütteln mög und grasen
Auf offner Weide.
OCTAVIUS: Tut, was Euch beliebt;
Doch ist er ein geprüfter, wackrer Krieger.
ANTONIUS: Das ist mein Pferd ja auch, Octavius,
Dafür bestimm ich ihm sein Maß an Futter.
Ist's ein Geschöpf nicht, das ich lehre fechten,
Umwenden, halten, grade vorwärts rennen,
Des körperliches Tun mein Geist regiert?
In manchem Sinn ist Lepidus nichts weiter:
Man muß ihn erst abrichten, lenken, mahnen;
Ein Mensch von dürft'gem Geiste, der sich nährt
Von Gegenständen, Künsten, Nachahmungen,
Die, alt und schon von andern abgenutzt,
Erst seine Mode werden: sprecht nicht anders
Von ihm als einem Werkzeug nur. – Und nun,
Octavius, vernehmet große Dinge.
Brutus und Cassius werben Völker an,
Wir müssen ihnen stracks die Spitze bieten.
Drum laßt die Bundsgenossen uns versammeln,
Die Freunde sichern, alle Macht aufbieten;
Und laßt zu Rat uns sitzen alsobald,
Wie man am besten Heimliches entdeckt
Und offnen Fährlichkeiten sicher trotzt.
OCTAVIUS: Das laßt uns tun; wir stehen wie am Pfahl,
Und viele Feinde bellen um uns her,
Und manche, die da lächeln, fürcht ich, tragen
Im Herzen tausend Unheil.
Beide ab.

Zweite Szene

Vor Brutus' Zelt, im Lager nahe bei Sardes.

Die Trommeln werden gerührt. Brutus, Lucilius, Lucius *und* Soldaten *treten auf;* Pindarus *und* Titinius *kommen ihnen entgegen.*

BRUTUS: Halt!
LUCILIUS: He! gebt das Wort und haltet.
BRUTUS: Was gibt's, Lucilius? Ist Cassius nahe?
LUCILIUS: Er ist nicht weit, und hier kommt Pindarus,
Im Namen seines Herrn euch zu begrüßen.
Pindarus überreicht dem Brutus einen Brief.
BRUTUS: Sein Gruß ist freundlich. Wißt, daß Euer Herr,
Von selbst verändert oder schlecht beraten,
Mir gült'gen Grund gegeben, ungeschehn
Geschehenes zu wünschen. Aber ist er
Hier in der Näh, so wird er mir genugtun.
PINDARUS: Ich zweifle nicht, voll Ehr und Würdigkeit
Wird, wie er ist, mein edler Herr erscheinen.
BRUTUS: Wir zweifeln nicht an ihm. – Ein Wort, Lucilius!
Laßt mich erfahren, wie er Euch empfing.
LUCILIUS: Mit Höflichkeit und Ehrbezeugung gnug,
Doch nicht mit so vertrauter Herzlichkeit,
Nicht mit so freiem, freundlichem Gespräch,
Wie er vordem wohl pflegte.
BRUTUS: Du beschreibst,
Wie warme Freund' erkalten. Merke stets,
Lucilius, wenn Lieb erkrankt und schwindet,
Nimmt sie gezwungne Höflichkeiten an.
Einfält'ge schlichte Treu weiß nichts von Künsten;
Doch Gleisner sind wie Pferde, heiß im Anlauf:
Sie prangen schön mit einem Schein von Kraft,
Doch sollen sie den blut'gen Sporn erdulden,
So sinkt ihr Stolz, und falschen Mähren gleich
Erliegen sie der Prüfung. – Naht sein Heer?
LUCILIUS: Sie wollten Nachtquartier in Sardes halten.
Der größte Teil, die ganze Reiterei
Kommt mit dem Cassius.
Ein Marsch hinter der Szene.

BRUTUS: Horch! er ist schon da.
Rückt langsam ihm entgegen.

CASSIUS *tritt auf mit* SOLDATEN.

CASSIUS: Halt!
BRUTUS: Halt! Gebt das Befehlswort weiter.
ERSTER SOLDAT: Halt!
ZWEITER SOLDAT: Halt!
DRITTER SOLDAT: Halt!
CASSIUS: Ihr tatet Unrecht mir, mein edler Brutus.
BRUTUS: Ihr Götter, richtet! Tu ich meinen Feinden
Unrecht, und sollt ich's meinem Bruder tun?
CASSIUS: Es birgt sich Unrecht unter würd'ger Form,
Brutus, bei Euch; und wenn Ihr es begeht –
BRUTUS: Seid ruhig, Cassius! bringet leise vor,
Was für Beschwerd Ihr habt. Ich kenn Euch wohl. –
Im Angesicht der beiden Heere hier,
Die nichts von uns als Liebe sehen sollten,
Laßt uns nicht hadern. Heißt hinweg sie ziehn,
Führt Eure Klagen dann in meinem Zelt;
Ich will Gehör Euch geben.
CASSIUS: Pindarus,
Heißt unsre Obersten ein wenig weiter
Von diesem Platz hinweg die Scharen führen.
BRUTUS: Tut Ihr das auch, Lucilius. Laßt niemand,
Solang die Unterredung dauert, ein.
Laßt Lucius und Titinius Wache stehn.

Alle ab.

DRITTE SZENE

Im Zelte des Brutus.

LUCIUS *und* TITINIUS *in einiger Entfernung davon.* BRUTUS *und* CASSIUS *treten auf.*

CASSIUS: Eur Unrecht gegen mich erhellet hieraus:
Ihr habt den Lucius Pella hart verdammt,
Weil er bestochen worden von den Sardern.
Mein Brief, worin ich mich für ihn verwandt,
Weil ich ihn kenne, ward für nichts geachtet.
BRUTUS: Ihr habt gefehlt, in solchem Fall zu schreiben.

CASSIUS: In solcher Zeit wie dieser ziemt es nicht,
Daß jeder kleine Fehl bekrittelt werde.
BRUTUS: Laßt mich Euch sagen, Cassius, daß Ihr selbst
Verschrien seid, weil Ihr hohle Hände macht,
Weil Ihr an Unverdiente Eure Ämter
Verkauft und feilschet.
CASSIUS: Mach ich hohle Hände?
Ihr wißt wohl, Ihr seid Brutus, der dies sagt,
Sonst, bei den Göttern, wär dies Wort Eur letztes.
BRUTUS: Des Cassius Name adelt die Bestechung,
Darum verbirgt die Züchtigung ihr Haupt.
CASSIUS: Die Züchtigung!
BRUTUS: Denkt an den März! denkt an des Märzen Idus!
Hat um das Recht der große Julius nicht
Geblutet? Welcher Bube legt' an ihn
Die Hand wohl, schwang den Stahl, und nicht ums Recht?
Wie? soll nun einer derer, die den ersten
Von allen Männern dieser Welt erschlugen,
Bloß weil er Räuber schützte: sollen wir
Mit schnöden Gaben unsre Hand besudeln?
Und unsrer Würden weiten Kreis verkaufen
Für so viel Plunder, wie man etwa greift?
Ein Hund sein lieber und den Mond anbellen
Als solch ein Römer!
CASSIUS: Brutus, reizt mich nicht,
Ich will's nicht dulden. Ihr vergeßt Euch selbst,
Wenn Ihr mich so bedrängt: ich bin ein Krieger,
Erfahrner, älter, fähiger als Ihr,
Bedingungen zu machen.
BRUTUS: Redet nur,
Ihr seid es doch nicht, Cassius.
CASSIUS: Ich bin's.
BRUTUS: Ich sag, Ihr seid es nicht.
CASSIUS: Drängt mich nicht mehr, ich werde mich vergessen;
Gedenkt an Euer Heil, reizt mich nicht länger.
BRUTUS: Geht, leichtgesinnter Mann!
CASSIUS: Ist's möglich?
BRUTUS: Hört mich an, denn ich will reden.
Muß ich mich Eurer jähen Hitze fügen?
Muß ich erschrecken, wenn ein Toller auffährt?
CASSIUS: Ihr Götter! Götter! muß ich all dies dulden?

BRUTUS: All dies? Noch mehr! Ergrimmt, bis es Euch birst,
Das stolze Herz; geht, zeiget Euren Sklaven,
Wie rasch zum Zorn Ihr seid, und macht sie zittern.
Muß ich beiseit mich drücken, muß den Hof
Euch machen? Muß ich dastehn und mich krümmen
Vor Eurer krausen Laune? Bei den Göttern!
Ihr sollt hinunterwürgen Euer Gift,
Und wenn Ihr börstet: denn von heute an
Dient Ihr zum Scherz, ja zum Gelächter mir,
Wenn Ihr Euch so gebärdet.
CASSIUS: Dahin kam's?
BRUTUS: Ihr sagt, daß Ihr ein beßrer Krieger seid:
Beweist es denn, macht Euer Prahlen wahr.
Es soll mir lieb sein, denn was mich betrifft,
Ich werde gern von edlen Männern lernen.
CASSIUS: Ihr tut mir Unrecht, schweres Unrecht, Brutus.
Ich sagt, ein ältrer Krieger, nicht, ein beßrer.
Sagt ich, ein beßrer?
BRUTUS: Und hättet Ihr's gesagt, mir gilt es gleich.
CASSIUS: Mir hätte Cäsar das nicht bieten dürfen.
BRUTUS: O schweigt! Ihr durftet ihn auch so nicht reizen.
CASSIUS: Ich durfte nicht?
BRUTUS: Nein.
CASSIUS: Wie? durft ihn nicht reizen?
BRUTUS: Ihr durftet es für Euer Leben nicht.
CASSIUS: Wagt nicht zu viel auf meine Liebe hin,
Ich möchte tun, was mich nachher gereute.
BRUTUS: Ihr habt getan, was Euch gereuen sollte.
Eur Drohn hat keine Schrecken, Cassius,
Denn ich bin so bewehrt durch Redlichkeit,
Daß es vorbeizieht wie der leere Wind,
Der nichts mir gilt. Ich sandte hin zu Euch
Um eine Summe Gold, die Ihr mir abschlugt.
Ich kann kein Geld durch schnöde Mittel heben,
Beim Himmel! lieber prägt ich ja mein Herz
Und tröpfelte mein Blut für Drachmen aus,
Als daß ich aus der Bauern harten Händen
Die jämmerliche Habe winden sollte
Durch irgendeinen Schlich. – Ich sandt um Gold zu Euch.
Um meine Legionen zu bezahlen:
Ihr schlugt mir's ab: war das, wie Cassius sollte?

Hätt ich dem Cajus Cassius so erwidert?
Wenn Marcus Brutus je so geizig wird,
Daß er so lump'ge Pfennige den Freunden
Verschließt, dann rüstet eure Donnerkeile,
Zerschmettert ihn, ihr Götter!
CASSIUS: Ich schlug es Euch nicht ab.
BRUTUS: Ihr tatet es.
CASSIUS: Ich tat's nicht: der Euch meine Antwort brachte,
War nur ein Tor. – Brutus zerreißt mein Herz.
Es sollt ein Freund des Freundes Schwächen tragen,
Brutus macht meine größer, als sie sind.
BRUTUS: Das tu ich nicht, bis Ihr damit mich quält.
CASSIUS: Ihr liebt mich nicht.
BRUTUS: Nicht Eure Fehler lieb ich.
CASSIUS: Nie konnt ein Freundesaug dergleichen sehn.
BRUTUS: Des Schmeichlers Auge säh sie nicht, erschienen
Sie auch so riesenhaft wie der Olymp.
CASSIUS: Komm, Mark Anton, und komm, Octavius, nur!
Nehmt Eure Rach allein an Cassius,
Denn Cassius ist des Lebens überdrüssig:
Gehaßt von einem, den er liebt; getrotzt
Von seinem Bruder: wie ein Knecht gescholten.
Man späht nach allen meinen Fehlern, zeichnet
Sie in ein Denkbuch, lernt sie aus dem Kopf,
Wirft sie mir in die Zähne. – O ich könnte
Aus meinen Augen meine Seele weinen!
Da ist mein Dolch, hier meine nackte Brust;
Ein Herz drin, reicher als des Plutus Schacht,
Mehr wert als Gold: wo du ein Römer bist,
So nimm's heraus. Ich, der dir Gold versagt,
Ich biete dir mein Herz. Stoß zu wie einst
Auf Cäsar! Denn ich weiß, als du am ärgsten
Ihn haßtest, liebtest du ihn mehr, als je
Du Cassius geliebt.
BRUTUS: Steckt Euren Dolch ein!
Seid zornig, wenn Ihr wollt: es steh Euch frei!
Tut, was Ihr wollt: Schmach soll für Laune gelten.
O Cassius! einem Lamm seid Ihr gesellt,
Das so nur Zorn hegt wie der Kiesel Feuer,
Der, viel geschlagen, flücht'ge Funken zeigt
Und gleich drauf wieder kalt ist.

CASSIUS: Lebt ich dazu,
Ein Scherz nur und Gelächter meinem Brutus
Zu sein, wenn Gram und böses Blut mich plagten?
BRUTUS: Als ich das sprach, hatt ich auch böses Blut.
CASSIUS: Gesteht Ihr so viel ein? Gebt mir die Hand!
BRUTUS: Und auch mein Herz.
CASSIUS: O Brutus!
BRUTUS: Was verlangt Ihr?
CASSIUS: Liebt Ihr mich nicht genug, Geduld zu haben,
Wenn jene rasche Laune, von der Mutter
Mir angeerbt, macht, daß ich mich vergesse?
BRUTUS: Ja, Cassius; künftig, wenn Ihr allzu streng
Mit Eurem Brutus seid, so denket er,
Die Mutter schmäl aus Euch, und läßt Euch gehn.

Lärm hinter der Szene.

EIN POET *hinter der Szene*:
Laßt mich hinein, ich muß die Feldherrn sehn.
Ein Zank ist zwischen ihnen: 's ist nicht gut,
Daß sie allein sind.
LUCILIUS *hinter der Szene*: Ihr sollt nicht hinein.
POET *hinter der Szene*: Der Tod nur hält mich ab.

Der POET *tritt herein, gefolgt von* LUCILIUS, TITINIUS *und* LUCIUS.

CASSIUS: Ei nun, was gibt's?
POET: Schämt ihr euch nicht, ihr Feldherrn? Was beginnt ihr?
Liebt euch, wie sich's für solche Männer schickt;
Fürwahr, ich hab mehr Jahr' als ihr erblickt.
CASSIUS: Haha! wie toll der Zyniker nicht reimt!
BRUTUS: Ihr Schlingel, packt Euch! Fort, verwegner Bursch!
CASSIUS: Ertragt ihn, Brutus! seine Weis ist so.
BRUTUS: Kennt er die Zeit, so kenn ich seine Laune.
Was soll der Krieg mit solchen Schellennarren?
Geh fort, Gesell!
CASSIUS: Fort! fort! geh deines Wegs!

Der Poet ab.

BRUTUS: Lucilius und Titinius, heißt die Obersten
An Nachtquartier für ihre Scharen denken.
CASSIUS: Kommt selber dann und bringt mit euch Messala
Sogleich zu uns herein.

Lucilius und Titinius ab.

BRUTUS: Lucius, eine Schale Wein.

Lucius ab.

CASSIUS: Ich dachte nicht, daß Ihr so zürnen könntet.
BRUTUS: O Cassius, ich bin krank an manchem Gram.
CASSIUS: Ihr wendet die Philosophie nicht an,
Die Ihr bekennt, gebt Ihr zufäll'gen Übeln Raum.
BRUTUS: Kein Mensch trägt Leiden besser. – Portia starb.
CASSIUS: Ha! Portia!
BRUTUS: Sie ist tot.
CASSIUS: Lag das im Sinn Euch, wie entkam ich lebend?
O bittrer, unerträglicher Verlust!
An welcher Krankheit?
BRUTUS: Die Trennung nicht erduldend;
Und Gram, daß mit Octavius Mark Anton
So mächtig worden – denn mit ihrem Tod
Kam der Bericht –, das brachte sie von Sinnen,
Und wie sie sich allein sah, schlang sie Feuer.
CASSIUS: Und starb so?
BRUTUS: Starb so.
CASSIUS: O ihr ew'gen Götter!

LUCIUS *kommt mit Wein und Kerzen.*

BRUTUS: Sprecht nicht mehr von ihr. – Gebt eine Schale Wein!
Hierin begrab ich allen Unglimpf, Cassius. *Trinkt.*
CASSIUS: Mein Herz ist durstig, Euch Bescheid zu tun.
Füll, Lucius, bis der Wein den Becher kränzt,
Von Brutus' Liebe trink ich nie zuviel. *Trinkt.*

LUCIUS *ab.* TITINIUS *und* MESSALA *kommen.*

BRUTUS: Herein, Titinius! Seid gegrüßt, Messala!
Nun laßt uns dicht um diese Kerze sitzen
Und, was uns frommt, in Überlegung ziehn.
CASSIUS: O Portia, bist du hin?
BRUTUS: Nicht mehr, ich bitt Euch.
Messala, seht, ich habe Brief' empfangen,
Daß Mark Anton, mit ihm Octavius,
Heranziehn gegen uns mit starker Macht
Und ihren Heerzug nach Philippi lenken.
MESSALA: Ich habe Briefe von demselben Inhalt.
BRUTUS: Mit welchem Zusatz?
MESSALA: Daß durch Proskription und Achtserklärung
Octavius, Mark Anton und Lepidus
An hundert Senatoren umgebracht.
BRUTUS: Darüber weichen unsre Briefe ab.
Der meine spricht von siebzig Senatoren,

Die durch die Ächtung fielen; Cicero
Sei einer aus der Zahl.

CASSIUS: Auch Cicero?

MESSALA: Ja, er ist tot, und durch den Achtsbefehl.
Kam Euer Brief von Eurer Gattin, Herr?

BRUTUS: Nein, Messala.

MESSALA: Und meldet Euer Brief von ihr Euch nichts?

BRUTUS: Gar nichts, Messala.

MESSALA: Das bedünkt micht seltsam.

BRUTUS: Warum? wißt Ihr aus Eurem Brief von ihr?

MESSALA: Nein, Herr.

BRUTUS: Wenn Ihr ein Römer seid, sagt mir die Wahrheit.

MESSALA: Tragt denn die Wahrheit, die ich sag, als Römer.
Sie starb, und zwar auf wunderbare Weise.

BRUTUS: Leb wohl denn, Portia! – Wir müssen sterben,
Messala; dadurch, daß ich oft bedacht,
Sie müß einst sterben, hab ich die Geduld,
Es jetzt zu tragen.

MESSALA: So trägt ein großer Mann ein großes Unglück.

CASSIUS: Durch Kunst hab ich soviel hiervon wie Ihr.
Doch die Natur ertrüg's in mir nicht so.

BRUTUS: Wohlan, zu unserm lebenden Geschäft!
Was denkt Ihr? ziehn wir nach Philippi gleich?

CASSIUS: Mir scheint's nicht ratsam.

BRUTUS: Euer Grund.

CASSIUS: Hier ist er:
Weit besser ist es, wenn der Feind uns sucht,
So wird er, sich zum Schaden, seine Mittel
Erschöpfen, seine Krieger müde machen.
Wir liegen still indes, bewahren uns
In Ruh, wehrhaftem Stand und Munterkeit.

BRUTUS: Den bessern Gründen müssen gute weichen.
Das Land von hier bis nach Philippi hin
Beweist uns nur aus Zwang Ergebenheit,
Denn murrend hat es Lasten uns gezahlt.
Der Feind, indem er durch dasselbe zieht,
Wird seine Zahl daraus ergänzen können
Und uns erfrischt, vermehrt, ermutigt nahn.
Von diesem Vorteil schneiden wir ihn ab,
Wenn zu Philippi wir die Stirn ihm bieten,
Dies Volk im Rücken.

CASSIUS: Hört mich, lieber Bruder!
BRUTUS: Erlaubt mir gütig! – Ferner müßt Ihr merken,
Daß wir von Freunden alles aufgeboten,
Daß unsre Legionen übervoll
Und unsre Sache reif. Der Feind nimmt täglich zu,
Wir, auf dem Gipfel, stehn schon an der Neige.
Gezeiten gibt es auch im Tun der Menschen:
Nimmt man die Flut wahr, führet sie zum Glück;
Versäumt man sie, so muß die ganze Reise
Des Lebens sich durch Not und Klippen winden.
Wir sind nun flott auf solcher hohen See
Und müssen, wenn der Strom uns hebt, ihn nutzen,
Wo nicht, gehn Schiff und Gut verloren.
CASSIUS: So zieht denn, wie Ihr wollt; wir rücken selbst,
Dem Feind entgegen, nach Philippi vor.
BRUTUS: Die tiefe Nacht hat das Gespräch beschlichen,
Und die Natur muß frönen dem Bedürfnis,
Das mit ein wenig Ruh wir täuschen wollen.
Ist mehr zu sagen noch?
CASSIUS: Nein. Gute Nacht!
Früh stehn wir also morgen auf, und fort.
BRUTUS: Lucius!

LUCIUS *tritt auf.*

Mein Schlafgewand!

Lucius ab.

Lebt wohl, Messala!
Gute Nacht, Titinius! Edler, edler Cassius,
Gute Nacht und sanfte Ruh!
CASSIUS: O teurer Bruder!
Das war ein schlimmer Anfang dieser Nacht.
Nie trenne solcher Zwiespalt unsre Herzen,
Nie wieder, Brutus.
BRUTUS: Alles steht ja wohl.
CASSIUS: Nun gute Nacht!
BRUTUS: Gute Nacht, mein guter Bruder!
TITINIUS *und* MESSALA:
Mein Feldherr, gute Nacht!
BRUTUS: Lebt alle wohl!

Cassius, Titinius und Messala ab.

LUCIUS *kommt zurück mit dem Nachtkleide.*

BRUTUS: Gib das Gewand! Wo hast du deine Laute?

LUCIUS: Im Zelte hier.
BRUTUS: Wie? schläfrig? Armer Schelm,
Ich tadle drum dich nicht: du hast dich überwacht.
Ruf Claudius her und andre meiner Leute,
Sie sollen hier im Zelt auf Kissen schlafen.
LUCIUS: Varro und Claudius!

Varro und Claudius kommen.

VARRO: Ruft mein Gebieter?
BRUTUS: Ich bitt euch, liegt in meinem Zelt und schlaft;
Bald weck ich euch vielleicht, um irgendwas
Bei meinem Bruder Cassius zu bestellen.
VARRO: Wenn's Euch beliebt, wir bleiben auf und warten.
BRUTUS: Das nicht! Nein, legt euch nieder, meine Freunde.

Die beiden Diener legen sich nieder.

Vielleicht verändert noch sich mein Entschluß. –
Sieh, Lucius, hier das Buch, das ich so suchte:
Ich steckt es in die Tasche des Gewandes.
LUCIUS: Ich wußte wohl, daß mein Gebieter mir
Es nicht gegeben.
BRUTUS: Hab Geduld mit mir,
Mein guter Junge, ich bin sehr vergeßlich.
Hältst du noch wohl die müden Augen auf
Und spielst mir ein paar Weisen auf der Laute?
LUCIUS: Ja, Herr, wenn's Euch beliebt.
BRUTUS: Das tut's, mein Junge.
Ich plage dich zu viel, doch du bist willig.
LUCIUS: Es ist ja meine Pflicht.
BRUTUS: Ich sollte dich
Zur Pflicht nicht über dein Vermögen treiben;
Ich weiß, daß junges Blut auf Schlafen hält.
LUCIUS: Ich habe schon geschlafen, mein Gebieter.
BRUTUS: Nun wohl denn, und du sollst auch wieder schlafen.
Ich will nicht lang dich halten: wenn ich lebe,
Will ich dir Gutes tun.

Musik und ein Lied.

Die Weis ist schläfrig. – Mörderischer Schlummer!
Legst du die bleirne Keul auf meinen Knaben,
Der dir Musik macht? – Lieber Schelm, schlaf wohl,
Ich tu dir's nicht zuleid, daß ich dich wecke.
Nickst du, so brichst du deine Laut entzwei;
Ich nehm sie weg, und schlaf nun, guter Knabe. –

Laßt sehn! Ist, wo ich aufgehört zu lesen,
Das Blatt nicht eingelegt? Hier, denk ich, ist's. *Er setzt sich.*

Der GEIST CÄSARS *erscheint.*

Wie dunkel brennt die Kerze! – Ha, wer kommt?
Ich glaub, es ist die Schwäche meiner Augen,
Die diese schreckliche Erscheinung schafft.
Sie kommt mir näher – Bist du irgend was?
Bist du ein Gott, ein Engel oder Teufel,
Der starren macht mein Blut, das Haar mir sträubt?
Gib Rede, was du bist.

GEIST: Dein böser Engel, Brutus.

BRUTUS: Weswegen kommst du?

GEIST: Um dir zu sagen, daß du zu Philippi
Mich sehn sollst.

BRUTUS: Gut, ich soll dich wiedersehn.

GEIST: Ja, zu Philippi.

BRUTUS: Nun, zu Philippi will ich denn dich sehn.

Der Geist verschwindet.

Nun ich ein Herz gefaßt, verschwindest du;
Gern spräch ich mehr mit dir noch, böser Geist. –
Bursch! Lucius! – Varro! Claudius! wacht auf!
Claudius!

LUCIUS: Die Saiten sind verstimmt.

BRUTUS: Er glaubt, er sei bei seiner Laute noch.
Erwache, Lucius!

LUCIUS: Herr?

BRUTUS: Hast du geträumt, daß du so schriest, Lucius?

LUCIUS: Ich weiß nicht, mein Gebieter, daß ich schrie.

BRUTUS: Ja doch, das tatst du; sahst du irgendwas?

LUCIUS: Nichts auf der Welt.

BRUTUS: Schlaf wieder, Lucius. – Heda, Claudius!
Du, Bursch, wach auf!

VARRO: Herr?

CLAUDIUS: Herr?

BRUTUS: Weswegen schriet ihr so in eurem Schlaf?

VARRO *und* CLAUDIUS: Wir schrien, Herr?

BRUTUS: Ja, saht ihr irgendwas?

VARRO: Ich habe nichts gesehn.

CLAUDIUS: Ich gleichfalls nicht.

BRUTUS:
Geht und empfehlt mich meinem Bruder Cassius;

Er lasse früh voraufziehn seine Macht,
Wir wollen folgen.
VARRO *und* CLAUDIUS: Herr, es soll geschehn.
Alle ab.

FÜNFTER AUFZUG

ERSTE SZENE

Die Ebene von Philippi.
OCTAVIUS, ANTONIUS *und ihr* HEER.

OCTAVIUS: Nun, Mark Anton, wird meine Hoffnung wahr.
Ihr sprecht, der Feind werd auf den Höhn sich halten
Und nicht herab in unsre Ebne ziehn.
Es zeigt sich anders: seine Scharen nahn;
Sie wollen zu Philippi hier uns fordern
Und Antwort geben, eh wir sie befragt.
ANTONIUS: Pah, steck ich doch in ihrem Herzen, weiß,
Warum sie's tun. Sie könnten sich begnügen,
Nach andern Plätzen hinzuziehn, und kommen
Mit bangem Trotz, im Wahn, durch diesen Aufzug
Uns vorzuspiegeln, sie besitzen Mut.
Allein dem ist nicht so.
Ein BOTE *tritt auf.*
BOTE: Bereitet euch, ihr Feldherrn.
Der Feind rückt an in wohlgeschloßnen Reihn.
Sein blut'ges Schlachtpanier ist ausgehängt,
Und etwas muß im Augenblick geschehn.
ANTONIUS: Octavius, führet langsam Euer Heer
Zur linken Hand der Ebne weiter vor.
OCTAVIUS: Zur rechten ich, behaupte du die linke.
ANTONIUS: Was kreuzt Ihr mich, da die Entscheidung drängt?
OCTAVIUS: Ich kreuz Euch nicht, doch ich verlang es so.
Marsch.
Die Trommeln werden gerührt. BRUTUS *und* CASSIUS *kommen mit ihrem* HEERE; LUCILIUS, TITINIUS, MESSALA *und* ANDRE.
BRUTUS: Sie halten still und wollen ein Gespräch.
CASSIUS: Titinius, steh! Wir treten vor und reden.
OCTAVIUS: Antonius, geben wir zur Schlacht das Zeichen?

ANTONIUS: Nein, Cäsar, laßt uns ihres Angriffs warten.
Kommt, tretet vor! Die Feldherrn wünschen ja
Ein Wort mit uns.
OCTAVIUS: Bleibt stehn bis zum Signal.
BRUTUS:
Erst Wort, dann Schlag; nicht wahr, ihr Landsgenossen?
OCTAVIUS: Nicht daß wir es gleich Euch mit Worten hielten.
BRUTUS: Gut Wort geht über bösen Streich, Octavius.
ANTONIUS: Ihr, Brutus, gebt bei bösem Streich gut Wort.
Des zeuget Cäsars Herz, durchbohrt von Euch,
Indes Ihr rieft: „Lang lebe Cäsar, Heil!"
CASSIUS: Die Führung Eurer Streiche, Mark Anton,
Ist uns noch unbekannt; doch Eure Worte
Begehn an Hyblas Bienen Raub und lassen
Sie ohne Honig.
ANTONIUS: Nicht auch stachellos?
BRUTUS: O ja! auch tonlos, denn Ihr habt ihr Summen
Gestohlen, Mark Anton, und drohet weislich,
Bevor Ihr stecht.
ANTONIUS: Ihr tatet's nicht, Verräter,
Als eure schnöden Dolch' einander stachen
In Cäsars Brust. Ihr zeigtet eure Zähne
Wie Affen, krocht wie Hunde, bücktet tief
Wie Sklaven euch und küßtet Cäsars Füße;
Derweil von hinten der verfluchte Casca
Mit tück'schem Bisse Cäsars Nacken traf.
O Schmeichler!
CASSIUS: Schmeichler! – Dankt Euch selbst nun,
Denn diese Zunge würde heut nicht freveln, [Brutus,
Wär Cassius' Rat befolgt.
OCTAVIUS: Zur Sache! kommt! Macht Widerspruch uns
So kostet rötre Tropfen der Erweis. [schwitzen,
Seht! auf Verschworne zück ich dieses Schwert:
Wann, denkt ihr, geht es wieder in die Scheide?
Nie, bis des Cäsar dreiundzwanzig Wunden
Gerächt sind oder bis ein andrer Cäsar
Mit Mord gesättigt der Verräter Schwert.
BRUTUS: Cäsar, du kannst nicht durch Verräter sterben,
Du bringest denn sie mit.
OCTAVIUS: Das hoff ich auch:
Von Brutus' Schwert war Tod mir nicht bestimmt.

BRUTUS: O wärst du deines Stammes Edelster,
Du könntest, junger Mann, nicht schöner sterben.
CASSIUS: Ein launisch Bübchen, unwert solchen Ruhms,
Gesellt zu einem Wüstling und 'nem Trinker.
ANTONIUS: Der alte Cassius!
OCTAVIUS: Komm, Antonius! fort!
Trotz in die Zähne schleudr ich euch, Verräter!
Wagt ihr zu fechten heut, so kommt ins Feld,
Wo nicht, wenn's euch gemutet.

Octavius und Antonius mit ihrem Heere ab.

CASSIUS: Nun tobe, Wind! schwill, Woge! schwimme, Nachen!
Der Strom ist wach und alles auf dem Spiel.
BRUTUS: Lucilius, hört! Ich muß ein Wort Euch sagen.
LUCILIUS: Herr?

Brutus und Lucilius reden beiseite miteinander.

CASSIUS: Messala!
MESSALA: Was befiehlt mein Feldherr?
CASSIUS: Messala, dies ist mein Geburtstag; grade
An diesem Tag kam Cassius auf die Welt.
Gib mir die Hand, Messala, sei mein Zeuge,
Daß ich gezwungen wie Pompejus einst
An eine Schlacht all unsre Freiheit wage.
Du weißt, ich hielt am Epikurus fest
Und seiner Lehr; nun ändr ich meinen Sinn
Und glaub an Dinge, die das Künft'ge deuten.
Auf unserm Zug von Sardes stürzten sich
Zwei große Adler auf das vordre Banner;
Da saßen sie und fraßen, gierig schlingend,
Aus unsrer Krieger Hand; sie gaben uns
Hierher bis nach Philippi das Geleit;
Heut morgen sind sie auf- und fortgeflohn.
Statt ihrer fliegen Raben, Geier, Krähn
Uns überm Haupt und schaun herab auf uns
Als einen siechen Raub; ihr Schatten scheint
Ein Trauerhimmel, unter dem das Heer,
Bereit, den Atem auszuhauchen, liegt.
MESSALA: Nein, glaubt das nicht.
CASSIUS: Ich glaub es auch nur halb,
Denn ich bin frischen Mutes und entschlossen,
Zu trotzen standhaft jeglicher Gefahr.
BRUTUS: Tu das, Lucilius.

CASSIUS: Nun, mein edler Brutus,
Sei'n uns die Götter heute hold, auf daß wir
Gesellt in Frieden unserm Alter nahn!
Doch weil das Los der Menschen niemals sicher,
Laßt uns bedacht sein auf den schlimmsten Fall.
Verlieren wir dies Treffen, so ist dies
Das allerletzte Mal, daß wir uns sprechen:
Was habt Ihr dann Euch vorgesetzt zu tun?
BRUTUS: Ganz nach der Vorschrift der Philosophie,
Wonach ich Cato um den Tod getadelt,
Den er sich gab – ich weiß nicht, wie es kommt,
Allein ich find es feig und niederträchtig,
Aus Furcht, was kommen mag, des Lebens Zeit
So zu verkürzen –, will ich mit Geduld
Mich waffnen und den Willen hoher Mächte
Erwarten, die das Irdische regieren.
CASSIUS: Dann, geht die Schlacht verloren, laßt Ihr's Euch
Gefallen, daß man durch die Straßen Roms
Euch im Triumphe führt?
BRUTUS: Nein, Cassius, nein! Glaub mir, du edler Römer,
Brutus wird nie gebunden gehn nach Rom.
Er trägt zu hohen Sinn. Doch dieser Tag
Muß enden, was des Märzen Idus anfing;
Ob wir uns wieder treffen, weiß ich nicht:
Drum laßt ein ewig Lebewohl uns nehmen.
Gehab dich wohl, mein Cassius, für und für!
Sehn wir uns wieder, nun, so lächeln wir;
Wo nicht, so war dies Scheiden wohlgetan.
CASSIUS: Gehab dich wohl, mein Brutus, für und für!
Sehn wir uns wieder, lächeln wir gewiß,
Wo nicht, ist wahrlich wohlgetan dies Scheiden.
BRUTUS: Nun wohl, rückt vor! O wüßte jemand doch
Das Ende dieses Tagwerks, eh es kommt!
Allein es gnüget, enden wird der Tag,
Dann wissen wir sein Ende. – Kommt und fort!

Alle ab.

Zweite Szene

Das Schlachtfeld.

Getümmel. Brutus *und* Messala *kommen.*

BRUTUS: Reit! reit, Messala! reit! Bring diese Zettel
Den Legionen auf der andern Seite.
Lautes Getümmel.
Laßt sie auf einmal stürmen, denn ich merke,
Octavius' Flügel hält nur schwachen Stand:
Ein schneller Anfall wirft ihn übern Haufen.
Reit! reit, Messala! Laß herab sie kommen!
Beide ab.

Dritte Szene

Ein anderer Teil des Schlachtfeldes.

Getümmel. Cassius *und* Titinius *kommen.*

CASSIUS: O sieh, Titinius! sieh! Die Schurken fliehn.
Ich selbst ward meiner eignen Leute Feind:
Dies unser Banner wandte sich zur Flucht,
Ich schlug den Feigen und entriß es ihm.
TITINIUS: O Cassius! Brutus gab das Wort zu früh.
Im Vorteil gegen den Octavius, setzt' er
Zu hitzig nach; sein Heer fing an zu plündern,
Indes uns alle Mark Anton umzingelt.
Pindarus *kommt.*
PINDARUS: Herr, flieht doch weiter! flieht doch weiter weg!
Antonius ist in Euren Zelten, Herr;
Drum, edler Cassius, flieht! Flieht weit hinweg!
CASSIUS: Der Hügel hier ist weit genug. – Schau, schau,
Titinius! Sind das meine Zelte nicht,
Wo ich das Feuer sehe?
TITINIUS: Ja, mein Feldherr.
CASSIUS: Wenn du mich liebst, Titinius, so besteig
Mein Pferd, setz ihm die Sporen in die Seite,
Bis es zu jener Mannschaft dich gebracht
Und wieder her; damit ich sicher wisse,
Ob jene Mannschaft Freund ist oder Feind.
TITINIUS: Wie ein Gedanke bin ich wieder hier. *Ab.*

CASSIUS: Geh, Pindarus, steig höher auf den Hügel,
Denn mein Gesicht ist kurz; acht auf Titinius
Und sag mir, was du auf dem Feld entdeckst.
Pindarus ab.
An diesem Tage atmet ich zuerst;
Die Zeit ist um, und enden soll ich da,
Wo ich begann: mein Leben hat den Kreislauf
Vollbracht. – Du dort, was gibt's?
PINDARUS *oben*: O Herr!
CASSIUS: Was gibt's?
PINDARUS: Titinius ist von Reitern ganz umringt,
Sie jagen auf ihn zu, doch spornt er weiter.
Nun sind sie dicht schon bei ihm – nun, Titinius!
Sie steigen ab – er auch – er ist gefangen,
Und horcht! sie jubeln laut.
Freudengeschrei.
CASSIUS: Steig nur herunter, sieh nicht weiter zu. –
O Memme, die ich bin, so lang zu leben,
Bis ich den besten Freund vor meinen Augen
Gefangen sehen muß!
PINDARUS *kommt zurück.*
Komm, Bursch, hierher!
Ich macht in Parthia dich zum Gefangnen
Und ließ dich schwören, deines Lebens schonend,
Was ich nur immer tun dich hieß', du wollest
Es unternehmen. Komm nun, halt den Schwur!
Sei frei nun, und mit diesem guten Schwert,
Das Cäsars Leib durchbohrt, triff diesen Busen.
Erwidre nichts! Hier fasse du das Heft,
Und ist mein Angesicht verhüllt wie jetzt,
So führ das Schwert. – Cäsar, du bist gerächt,
Und mit demselben Schwert, das dich getötet. *Er stirbt.*
PINDARUS: So bin ich frei, doch wär ich's lieber nicht,
Hätt es auf mir beruht. – O Cassius!
Weit weg flieht Pindarus von diesem Lande,
Dahin, wo nie ein Römer ihn bemerkt. *Ab.*
TITINIUS *und* MESSALA *kommen.*
MESSALA: Es ist nur Tausch, Titinius; denn Octav
Ward von des edlen Brutus Macht geschlagen,
Wie Cassius' Legionen vom Antonius.
TITINIUS: Die Nachricht wird den Cassius sehr erquicken.

MESSALA: Wo ließt Ihr ihn?
TITINIUS: Ganz trostlos, neben ihm
Sein Sklave Pindarus, auf diesem Hügel.
MESSALA: Ist er das nicht, der auf dem Boden liegt?
TITINIUS: Er liegt nicht da wie lebend. – O mein Herz!
MESSALA: Nicht wahr? er ist es?
TITINIUS: Nein, er war's, Messala:
Doch Cassius ist nicht mehr. – O Abendsonne!
Wie du in deinen roten Strahlen sinkst,
So ging in Blut der Tag des Cassius unter.
Die Sonne Roms ging unter; unser Tag
Ist hingeflohn: nun kommen Wolken, Tau,
Gefahren; unsre Taten sind getan.
Mißtraun in mein Gelingen bracht ihn um.
MESSALA: Mißtraun in guten Ausgang bracht ihn um,
O hassenswerter Wahn! der Schwermut Kind!
Was zeigst du doch den leichtgetäuschten Menschen
Das, was nicht ist? O Wahn, so bald empfangen!
Zu glücklicher Geburt gelangst du nie
Und bringst die Mutter um, die dich erzeugt.
TITINIUS: Auf, Pindarus! Wo bist du, Pindarus?
MESSALA: Such ihn, Titinius; ich indessen will
Zum edlen Brutus und sein Ohr durchbohren
Mit dem Bericht. Wohl nenn ich es durchbohren,
Denn scharfer Stahl und gift'ge Pfeile würden
Dem Ohr des Brutus so willkommen sein
Wie Meldung dieses Anblicks.
TITINIUS: Eilt, Messala!
Ich suche Pindarus indessen auf.
Messala ab.
Warum mich ausgesandt, mein wackrer Cassius?
Traf ich nicht deine Freunde? setzten sie
Nicht diesen Siegeskranz auf meine Stirn,
Ihn dir zu bringen? Vernahmst du nicht ihr Jubeln?
Ach, jeden Umstand hast du dir mißdeutet!
Doch halt, nimm diesen Kranz um deine Stirn;
Dein Brutus hieß mich dir ihn geben, ich
Vollführe sein Gebot. – Komm schleunig, Brutus,
Und sieh, wie ich den Cajus Cassius ehrte!
Verzeiht, ihr Götter! – Dies ist Römerbrauch:
Komm, Cassius' Schwert! triff den Titinius auch. *Er stirbt.*

Getümmel. MESSALA *kommt zurück mit* BRUTUS, *dem jungen* CATO, STRATO, VOLUMNIUS *und* LUCILIUS.

BRUTUS: Wo? wo, Messala? sag, wo liegt die Leiche?
MESSALA: Seht, dort! Titinius trauert neben ihr.
BRUTUS: Titinius' Antlitz ist emporgewandt.
CATO: Er ist erschlagen.
BRUTUS: O Julius Cäsar! Du bist mächtig noch.
Dein Geist geht um: er ist's, der unsre Schwerter
In unser eignes Eingeweide kehrt.

Lautes Getümmel.

CATO: Mein wackrer Freund Titinius! Seht doch her,
Wie er den toten Cassius bekränzt!
BRUTUS: Und leben noch zwei Römer, diesen gleich?
Du letzter aller Römer, lebe wohl!
Unmöglich ist's, daß Rom je deinesgleichen
Erzeugen sollte. – Diesem Toten, Freunde,
Bin ich mehr Tränen schuldig, als ihr hier
Mich werdet zahlen sehn: aber, Cassius,
Ich finde Zeit dazu, ich finde Zeit.
Drum kommt und schickt nach Thassos seine Leiche,
Er soll im Lager nicht bestattet werden;
Es schlüg uns nieder. – Komm, Lucilius!
Komm, junger Cato! Zu der Walstatt hin!
Ihr, Flavius und Labeo, laßt unsre Scharen rücken!
Es ist drei Uhr, und, Römer, noch vor Nacht
Versuchen wir das Glück in einer zweiten Schlacht.

Alle ab.

VIERTE SZENE

Ein andrer Teil des Schlachtfeldes.

Getümmel. SOLDATEN *von beiden Heeren, fechtend; darauf* BRUTUS, CATO, LUCILIUS *und* ANDRE.

BRUTUS: Noch, Bürger, o noch haltet hoch die Häupter!
CATO: Ein Bastard, der's nicht tut! Wer will mir folgen?
Ich rufe meinen Namen durch das Feld:
Ich bin der Sohn des Marcus Cato, hört!
Feind der Tyrannen, Freund des Vaterlands!
Ich bin der Sohn des Marcus Cato, hört!

BRUTUS: Und ich bin Brutus, Marcus Brutus, ich;
Des Vaterlandes Freund: kennt mich als Brutus!
Ab, indem er auf den Feind eindringt. Cato wird überwältigt und fällt.
LUCILIUS: O junger, edler Cato! bist du hin?
Ja! tapfer wie Titinius stirbst du nun,
Man darf dich ehren als des Cato Sohn.
ERSTER SOLDAT: Ergib dich, oder stirb!
LUCILIUS: Nur um zu sterben,
Ergeb ich mich. Hier ist so viel für dich,
Bietet ihm Geld an.
Daß du sogleich mich töten wirst: nun töte
Den Brutus, und es ehre dich sein Tod.
ERSTER SOLDAT: Wir müssen's nicht. – Ein edler Gefangner.
ZWEITER SOLDAT: Platz da!
Sagt dem Antonius, daß wir Brutus haben.
ERSTER SOLDAT:
Ich will es melden. – Sieh, da kommt der Feldherr.
ANTONIUS *tritt auf.*
Wir haben Brutus, Herr! wir haben Brutus!
ANTONIUS: Wo ist er?
LUCILIUS: In Sicherheit; Brutus ist sicher gnug.
Verlaß dich drauf, daß nimmermehr ein Feind
Den edlen Brutus lebend fangen wird.
Die Götter schützen ihn vor solcher Schmach!
Wo ihr ihn findet, lebend oder tot,
Er wird wie Brutus, wie er selbst, sich zeigen.
ANTONIUS: Dies ist nicht Brutus, Freund, doch auf mein Wort,
Ein nicht geringrer Fang. Verwahrt ihn wohl,
Erweist nur Gutes ihm: ich habe lieber
Zu Freunden solche Männer als zu Feinden.
Eilt! seht, ob Brutus tot ist oder lebt!
Und bringt Bericht zu des Octavius Zelt,
Wie alles sich begeben.
Alle ab.

FÜNFTE SZENE

Ein andrer Teil des Schlachtfeldes.

BRUTUS, DARDANIUS, CLITUS, STRATO *und* VOLUMNIUS *treten auf.*

BRUTUS: Kommt, armer Überrest von Freunden! ruht
An diesem Felsen.
CLITUS: Herr, Statilius zeigte
Das Fackellicht, doch kommt er nicht zurück.
Er ist gefangen oder gar erschlagen.
BRUTUS: Setz dich zu mir. „Erschlagen" ist das Wort,
Es ist des Tages Sitte. – Höre, Clitus! *Spricht leise mit ihm.*
CLITUS: Wie, gnäd'ger Herr? Ich? Nicht um alle Welt.
BRUTUS: Still denn! kein Wort!
CLITUS: Eh tötet ich mich selbst.
BRUTUS: Dardanius, hör! *Spricht leise mit ihm.*
DARDANIUS: Ich eine solche Tat?
CLITUS: O Dardanius!
DARDANIUS: O Clitus!
CLITUS: Welch einen schlimmen Antrag tat dir Brutus?
DARDANIUS: Ich sollt ihn töten, Clitus: sieh, er sinnt.
CLITUS: Nun ist das herrliche Gefäß voll Gram,
So daß es durch die Augen überfließt.
BRUTUS: Komm zu mir, Freund Volumnius: ein Wort!
VOLUMNIUS: Was sagt mein Feldherr?
BRUTUS: Dies, Volumnius.
Der Geist des Cäsar ist zu zweien Malen
Mir in der Nacht erschienen; erst zu Sardes
Und vor'ge Nacht hier in Philippis Ebne.
Ich weiß, daß meine Stunde kommen ist.
VOLUMNIUS: Nicht doch, mein Feldherr.
BRUTUS: O ja, es ist gewiß, Volumnius:
Du siehst die Welt, mein Guter, wie sie geht:
Der Feind hat uns zum Abgrund hingetrieben;
Getümmel.
Es ziemt sich mehr, von selbst hineinzuspringen,
Als zu erwarten seinen letzten Stoß.
Volumnius, wir gingen in die Schule
Zusammen, wie du weißt. Ich bitte dich
Um jener unsrer alten Liebe willen:
Halt du mein Schwert, indes ich drein mich stürze.

VOLUMNIUS: Das, Brutus, ist kein Dienst für einen Freund.

Fortdauerndes Getümmel.

CLITUS: Flieht, Herr! o flieht! Hier gilt kein Säumen mehr.

BRUTUS: Lebt wohl denn, Ihr – und Ihr – und Ihr, Volumnius.
Du, Strato, lagst die ganze Zeit im Schlaf:
Leb wohl auch du! – Mitbürger, meinem Herzen
Ist's Wonne, daß ich noch im ganzen Leben
Nicht einen fand, der nicht getreu mir war.
Ich habe Ruhm von diesem Unglückstage,
Mehr, als Octavius und Mark Anton
Durch diesen schnöden Sieg erlangen werden.
So lebt zusammen wohl! Denn Brutus' Zunge
Schließt die Geschichte seines Lebens bald.
Nacht deckt mein Auge, mein Gebein will Ruh,
Es strebte längst nur dieser Stunde nach.

Getümmel. Geschrei hinter der Szene: Flieht! flieht! flieht!

CLITUS: Flieht, Herr! o flieht!

BRUTUS: Nur fort! Ich will euch folgen.

Clitus, Dardanius und Volumnius ab.

Ich bitt dich, Strato, bleib bei deinem Herrn.
Du bist ein Mensch von redlichem Gemüt,
In deinem Leben war ein Funken Ehre.
Halt denn mein Schwert, und wende dich hinweg,
Indes ich drein mich stürze. Willst du, Strato?

STRATO: Gebt erst die Hand mir. Herr, gehabt Euch wohl!

BRUTUS: Leb wohl, mein Freund! – Besänft'ge, Cäsar, dich!
Nicht halb so gern bracht ich dich um wie mich.

Er stürzt sich auf sein Schwert und stirbt.

Getümmel. Rückzug. OCTAVIUS, ANTONIUS *mit ihrem* HEERE, MESSALA *und* LUCILIUS *kommen.*

OCTAVIUS: Wer ist der Mann?

MESSALA: Der Diener meines Herrn.
Strato, wo ist dein Herr?

STRATO: Frei von den Banden, die Ihr tragt, Messala.
Die Sieger können nur zu Asch ihn brennen,
Denn Brutus unterlag allein sich selbst,
Und niemand sonst hat Ruhm von seinem Tode.

LUCILIUS: So mußten wir ihn finden. – Dank dir, Brutus.
Daß du Lucilius' Rede wahr gemacht.

OCTAVIUS: Des Brutus Leute nehm ich all in Dienst.
Willst du in Zukunft bei mir leben, Bursch?

STRATO: Ja, wenn Messala mich Euch überläßt.
OCTAVIUS: Tut mir's zulieb, Messala.
MESSALA: Strato, wie starb mein Herr?
STRATO: Ich hielt das Schwert, so stürzt' er sich hinein.
MESSALA: Octavius, nimm ihn denn, daß er dir folge,
Der meinem Herrn den letzten Dienst erwies.
ANTONIUS: Dies war der beste Römer unter allen:
Denn jeder der Verschwornen, bis auf ihn,
Tat, was er tat, aus Mißgunst gegen Cäsar.
Nur er verband aus reinem Biedersinn
Und zum gemeinen Wohl sich mit den andern.
Sanft war sein Leben, und so mischten sich
Die Element' in ihm, daß die Natur
Aufstehen durfte und der Welt verkünden:
Dies war ein Mann!
OCTAVIUS: Nach seiner Tugend laßt uns ihm begegnen
Mit aller Achtung und Bestattungsfeier.
Er lieg in meinem Zelte diese Nacht,
Mit Ehren wie ein Krieger angetan.
Nun ruft das Heer zur Ruh, laßt fort uns eilen
Und dieses frohen Tags Trophäen teilen.

Alle ab.

MACBETH

PERSONEN

Duncan, *König von Schottland*

Malcolm Donalbain	*seine Söhne*
Macbeth Banquo	*Anführer des königlichen Heeres*
Macduff Lenox Rosse Menteth Angus Cathness	*schottische Edle*

Fleance, *Banquos Sohn*
Siward, *Graf von Northumberland, Führer der englischen Truppen*
Der junge Siward, *sein Sohn*
Seyton, *ein Offizier in Macbeths Gefolge*
Macduffs kleiner Sohn
Ein englischer Arzt und ein schottischer Arzt
Ein Soldat, ein Pförtner, ein alter Mann
Lady Macbeth
Lady Macduff
Eine Kammerfrau *der Lady Macbeth*
Hekate und drei Hexen
Lords, Edelleute, Anführer, Krieger, Mörder, Boten
Banquos Geist und andere Erscheinungen

Szene: Schottland. Zu Ende des vierten Aufzugs: England.

ERSTER AUFZUG

ERSTE SZENE

Eine Heide; Donner und Blitz.

Drei HEXEN *treten auf.*

ERSTE HEXE: Wann kommen wir drei uns wieder entgegen,
Im Blitz und Donner oder im Regen?
ZWEITE HEXE: Wenn der Wirrwarr stille schweigt,
Wer der Sieger ist, sich zeigt.
DRITTE HEXE: Das ist, eh der Tag sich neigt.
ERSTE HEXE: Wo der Ort?
ZWEITE HEXE: Die Heide dort.
DRITTE HEXE: Da wird Macbeth sein. Fort, fort!
ERSTE HEXE: Grau Lieschen, ja! ich komme!
ALLE DREI: Unke ruft: Geschwind –
Schön ist häßlich, häßlich schön:
Schwebt durch Dunst und Nebelhöhn!
Die Hexen verschwinden.

ZWEITE SZENE

Freies Feld bei Fores.

Kriegsgeschrei. Es treten auf KÖNIG DUNCAN, MALCOLM, DONALBAIN, LENOX, GEFOLGE; *ein blutender* KRIEGER *kommt ihnen entgegen.*

DUNCAN: Welch blut'ger Mann ist dies? Er kann berichten,
Nach seinem Ansehn scheint's, den neusten Stand
Des Aufruhrs.
MALCOLM: Dies ist der Kämpfer,
Der mich, als kecker, mutiger Soldat,
Aus meinen Feinden hieb: Heil, tapfrer Freund!
Dem König gib Bericht vom Handgemenge,
Wie du's verließest.

KRIEGER: Es stand zweifelhaft;
So wie zwei Schwimmer ringend sich umklammern,
Erdrückend ihre Kunst. Der grause Macdonwald
(Wert, ein Rebell zu sein; ihn so zu stempeln,
Umschwärmen, stets sich mehrend, der Natur
Bosheiten ihn) ward von den Westeilanden,
Von Kernen unterstützt und Galloglassen;
Und das Glück, dem scheußlichen Gemetzel lächelnd,
Schien des Rebellen Hure: doch umsonst,
Denn Held Macbeth – wohl ziemt ihm dieser Name –,
Das Glück verachtend mit geschwungnem Stahl,
Der heiß vom blutigen Gemetzel dampfte,
Er, wie des Krieges Liebling, haut sich Bahn,
Bis er dem Schurken gegenübersteht;
Und nicht ehr schied noch sagt' er Lebewohl,
Bis er vom Nabel auf zum Kinn ihn schlitzte
Und seinen Kopf gepflanzt auf unsre Zinnen.
DUNCAN: O tapfrer Vetter! würd'ger Edelmann!
KRIEGER: Wie wenn mit erstem Sonnenlicht zugleich
Schiffbrechende Stürm und grause Donnerschläge –
So schwillt aus jenem Quell, der Trost verhieß,
Trostlosigkeit. Merk, Schottlands König, merk:
Kaum schlug Gerechtigkeit, mit Mut gestählt,
In schmähl'che Flucht die leichtgefüßten Kernen,
Als Norwegs Fürst, den Vorteil auserspähend,
Mit noch unblut'ger Wehr und frischen Truppen
Von neuem uns bestürmt.
DUNCAN: Entmutigte
Das unsre Feldherrn nicht, Macbeth und Banquo?
KRIEGER: Jawohl! wie Spatzen Adler, Hasen Löwen.
Gradaus gesagt, muß ich von ihnen melden,
Sie waren wie Kanonen, überladen
Mit doppeltem Gekrach; so stürzten sie,
Die Doppelstreiche doppelnd, auf den Feind:
Ob sie in heißem Blute baden wollten,
Ob auferbaun ein zweites Golgatha,
Ich weiß es nicht –
Doch ich bin matt, die Wunden schrein nach Hilfe.
DUNCAN: Wie deine Worte zieren dich die Wunden;
Und Ehre strömt aus beiden. Schafft ihm Ärzte.
Der Krieger wird fortgeführt.

ROSSE *tritt auf.*

Wer nahet hier?
MALCOLM: Der würd'ge Than von Rosse.
LENOX: Welch Eilen deutet uns sein Blick! So müßte
Der blicken, der von Wundern melden will.
ROSSE: Gott schütz den König!
DUNCAN: Von wannen, edler Than?
ROSSE: Von Fife, mein König,
Wo Norwegs Banner schlägt die Luft und fächelt
Kalt unser Volk.
Norwegen selbst, mit fürchterlichen Scharen,
Verstärkt durch den abtrünnigen Verräter,
Den Than von Cawdor, begann den grausen Kampf;
Bis ihm Bellonas Bräut'gam, kampfgefeit,
Entgegenstürmt mit gleicher Überkraft,
Schwert gegen Schwert, Arm gegen dräunden Arm,
Und beugt den wilden Trotz: mit einem Wort,
Der Sieg blieb unser –
DUNCAN: Großes Glück!
ROSSE: So daß
Nun Sweno, Norwegs König, Frieden fleht;
Doch wir gestatteten ihm nicht Begräbnis
Der Seinen, bis er auf Sankt Kolumban
Zehntausend Taler in den Schatz gezahlt.
DUNCAN: Nicht frevle länger dieser Than von Cawdor
An unsrer Krone Heil. – Fort, künde Tod ihm an;
Mit seiner Würde grüße Macbeth dann.
ROSSE: Ich eile, Herr, von hinnen.
DUNCAN: Held Macbeth soll, was der verliert, gewinnen.

Alle ab.

DRITTE SZENE

Die Heide; Gewitter.

Die drei HEXEN *treten auf.*

ERSTE HEXE: Wo warst du, Schwester?
ZWEITE HEXE: Schweine gewürgt.
DRITTE HEXE: Schwester, wo du?
ERSTE HEXE: Kastanien hatt ein Schifferweib im Schoß

Und schmatzt' und schmatzt' und schmatzt'. „Gib mir", sprach ich.
„Pack dich, du Hexe!" schrie die garst'ge Vettel.
Ihr Mann ist nach Aleppo, führt den Tiger;
Doch schwimm ich nach im Sieb, ich kann's,
Wie eine Ratte ohne Schwanz;
Ich tu's, ich tu's, ich tu's.
ZWEITE HEXE: Geb dir 'nen Wind.
ERSTE HEXE: Bist gut gesinnt.
DRITTE HEXE: Ich den zweiten obendrein.
ERSTE HEXE: All die andern sind schon mein.
Wo sie wehn, die Küsten kenn ich.
Jeden Punkt und Zirkel nenn ich
Auf des Seemanns Karte.
Dürr wie Heu soll er verdorrn,
Und kein Schlaf durch meinen Zorn
Tag und Nacht sein Aug erquickt,
Leb er, wie vom Fluch gedrückt.
Sieben Nächte, neunmal neun,
Siech und elend schrumpf er ein:
Kann ich nicht sein Schiff zerschmettern,
Sei es doch umstürmt von Wettern.
Schau, was ich hab.
ZWEITE HEXE: Weis her, weis her.
ERSTE HEXE: Daum 'nes Lotsen; sinken sah
Ich sein Schiff, dem Land schon nah.

Trommeln hinter der Szene.

DRITTE HEXE: Trommeln – ha!
Macbeth ist da.
ALLE DREI: Unheilsschwestern, Hand in Hand
Ziehn wir über Meer und Land.
Rundum dreht euch so, rundum:
Dreimal dein und dreimal mein
Und dreimal noch, so macht es neun –
Halt! – Der Zauber ist gezogen.

MACBETH *und* BANQUO *treten auf.*

MACBETH: So schön und häßlich sah ich nie 'nen Tag.
BANQUO: Wie weit ist's noch nach Fores? – Wer sind diese?
So eingeschrumpft, so wild in ihrer Tracht?
Die nicht Bewohnern unsrer Erde gleichen
Und doch drauf stehn? Lebt ihr? Wie? seid ihr was,

Das man darf fragen? Ihr scheint mich zu verstehn,
Denn jede legt zugleich den falt'gen Finger
Auf ihren dürren Mund – ihr solltet Weiber sein,
Und doch verbieten eure Bärte mir,
Euch so zu deuten.

MACBETH: Sprecht, wenn ihr könnt: Wer seid ihr?

ERSTE HEXE: Heil dir, Macbeth, Heil dir, Than von Glamis!

ZWEITE HEXE:
Heil dir, Macbeth, Heil, Heil dir, Than von Cawdor!

DRITTE HEXE: Heil dir, Macbeth, dir, künft'gem König, Heil!

BANQUO: Was schreckst du, Mann? erregt dir Furcht, was doch
So lieblich lautet? – In der Wahrheit Namen,
Seid ihr Wahnbilder oder wirklich das,
Was körperlich ihr scheint? Den edeln Kampffreund
Grüßt ihr mit neuem Erb und Prophezeiung
Von hoher Würd und königlicher Hoffnung,
Daß er verzückt da steht; mir sagt ihr nichts:
Wenn ihr durchschauen könnt die Saat der Zeit
Und sagen: dies Korn sproßt und jenes nicht,
So sprecht zu mir, der nicht erfleht noch fürchtet
Gunst oder Haß von euch.

ERSTE HEXE: Heil!

ZWEITE HEXE: Heil!

DRITTE HEXE: Heil!

ERSTE HEXE: Kleiner als Macbeth, und größer.

ZWEITE HEXE: Nicht so beglückt, und doch weit glücklicher.

DRITTE HEXE: Kön'ge erzeugst du, bist du selbst auch keiner.
So, Heil, Macbeth und Banquo!

ERSTE HEXE: Banquo und Macbeth Heil!

MACBETH: Bleibt, ihr einsilb'gen Sprecher, sagt mir mehr:
Mich macht, so hör ich, Sinels Tod zum Glamis,
Doch wie zum Cawdor? Der Than von Cawdor lebt
Als ein beglückter Mann; und König sein,
Das steht so wenig im Bereich des Glaubens,
Wie Than von Cawdor. Sagt, von wannen euch
Die wunderbare Kunde ward? weshalb
Auf dürrer Heid ihr unsre Schritte hemmt
Mit so prophet'schem Gruß? – Sprecht, ich beschwör euch!

Die Hexen verschwinden.

BANQUO: Die Erd hat Blasen, wie das Wasser hat,
So waren diese – wohin schwanden sie?

MACBETH: In Luft, und was uns Körper schien, zerschmolz
Wie Hauch im Wind. Oh, wären sie noch da!
BANQUO: War so was wirklich hier, wovon wir sprechen?
Oder aßen wir von jener gift'gen Wurzel,
Die die Vernunft bewältigt?
MACBETH: Eure Kinder,
Sie werden Kön'ge.
BANQUO: Ihr sollt König werden.
MACBETH: Und Than von Cawdor auch; hieß es nicht so?
BANQUO: Ganz so in Weis und Worten. Wer kommt da?

ROSSE *und* ANGUS *treten auf.*

ROSSE: Der König hörte hoch erfreut, Macbeth,
Die Kunde deines Siegs; und wenn er liest,
Wie im Rebellenkampf du selbst dich preisgabst,
So stritten in ihm Staunen und Bewundrung,
Was dir, was ihm gehört. Doch überschauend,
Was noch am selb'gen Tag geschehn, verstummt er;
In Norwegs kühnen Schlachtreihn sieht er dich,
Vor dem nicht bebend, was du selber schufest,
Abbilder grausen Todes. Wie Wort auf Wort
In schneller Rede, so kam Bot auf Bote,
Und jeder trug dein Lob, im großen Kampf
Für seinen Thron und schüttet's vor ihm aus.
ANGUS: Wir sind gesandt vom königlichen Herrn,
Dir Dank zu bringen, vor sein Angesicht
Dich zu geleiten nur, nicht, dir zu lohnen.
ROSSE: Und als das Handgeld einer größern Ehre,
Hieß er, als Than von Cawdor dich zu grüßen:
Heil dir in diesem Titel, würd'ger Than!
Denn er ist dein.
BANQUO: Wie, spricht der Teufel wahr?
MACBETH: Der Than von Cawdor lebt: was kleidet ihr
Mich in erborgten Schmuck?
ANGUS: Der Than war, lebt noch;
Doch unter schwerem Urteil schwebt das Leben,
Das er verwirkt. Ob er im Bund mit Norweg,
Ob Rückhalt der Rebellen, er geheim
Sie unterstützte, ob vielleicht mit beiden
Er half zu seines Lands Verderb – ich weiß nicht;
Doch Hochverrat, gestanden und erwiesen,
Hat ihn gestürzt.

MACBETH: Glamis und Than von Cawdor:
Das Höchste steht noch aus. – *Zu Rosse und Angus:* Dank eurer Müh!
Zu Banquo: Hofft Ihr nicht, Euren Stamm gekrönt zu sehen,
Da jene, die mich Than von Cawdor nannten,
Nichts Mindres prophezeit?

BANQUO: Darauf gefußt,
Möcht es wohl auch zur Krone Euch entflammen,
Jenseits des Thans von Cawdor. Aber seltsam!
Oft, uns in eignes Elend zu verlocken,
Erzählen Wahrheit uns des Dunkels Schergen,
Gewinnen uns durch Ehrlichkeit im Kleinen,
Um uns im Größten zu verraten. – Vettern,
Vergönnt ein Wort.

MACBETH *beiseite:* Zweimal gesprochene Wahrheit,
Als Glücksprologe zum erhabnen Schauspiel
Von kaiserlichem Inhalt. – Freund', ich dank euch! –
Die Anmahnung von jenseits der Natur
Kann schlimm nicht sein – kann gut nicht sein: wenn schlimm –
Was gibt sie mir ein Handgeld des Erfolgs,
Wahrhaft beginnend? Ich bin Than von Cawdor:
Wenn gut – warum befängt mich die Versuchung,
Deren entsetzlich Bild aufsträubt mein Haar,
So daß mein festes Herz ganz unnatürlich
An meine Rippen schlägt? – Erlebte Greuel
Sind schwächer als das Graun der Einbildung.
Mein Traum, des Mord nur noch ein Hirngespinst,
Erschüttert meine schwache Menschheit so,
Daß jede Lebenskraft in Ahnung schwindet
Und nichts ist, als was nicht ist.

BANQUO: Seht den Freund,
Wie er verzückt ist.

MACBETH: Will das Schicksal mich
Als König, nun, mag mich das Schicksal krönen,
Tu ich auch nichts.

BANQUO: Die neue Würde engt ihn,
Wie fremd Gewand sich auch nur durch Gewohnheit
Dem Körper fügt.

MACBETH: Komme, was kommen mag;
Die Stund und Zeit durchläuft den rauhsten Tag.

BANQUO: Edler Macbeth, wir harren Eurer Muße.

MACBETH: Habt Nachsicht – in vergeßnen Dingen wühlte
Mein dumpfes Hirn. Ihr güt'gen Herrn, eur Mühn
Ist eingeschrieben, wo das Blatt ich täglich
Umschlag und les. – Entgegen jetzt dem König.
Zu Banquo: Denkt dessen, was geschah, und bei mehr Muße,
Wenn ein'ge Zeit es reifte, laßt uns frei
Aus offner Seele reden.
BANQUO: Herzlich gern.
MACBETH *zu Banquo*: Bis dahin still. – Kommt, Freunde.
Alle ab.

VIERTE SZENE

Fores. Ein Zimmer im Palast.

Trompeten. Es treten auf DUNCAN, MALCOLM, DONALBAIN, LENOX, GEFOLGE.

DUNCAN: Ist Cawdor hingerichtet? oder jene,
Die wir beauftragt, noch nicht wieder da?
MALCOLM: Sie sind noch nicht zurück, mein Oberherr;
Doch sprach ich einen, der ihn sterben sah,
Der sagte mir, er habe den Verrat
Freimütig eingestanden, um Eur Hoheit
Verzeihn gefleht und tiefe Reu gezeigt;
Nichts stand in seinem Leben ihm so gut,
Als wie er es verlassen hat; er starb
Wie einer, der sich auf den Tod geübt,
Und warf das Liebste, was er hatte, von sich,
Als wär's unnützer Tand.
DUNCAN: Kein Wissen gibt's,
Der Seele Bildung im Gesicht zu lesen;
Es war ein Mann, auf den ich gründete
Ein unbedingt Vertraun. – Würdigster Vetter!
Es treten auf MACBETH, BANQUO, ROSSE *und* ANGUS.
Die Sünde meines Undanks drückte schwer
Mich eben jetzt. Du bist so weit voraus,
Daß der Belohnung schnellste Schwing erlahmt,
Dich einzuholen. Hättst du wen'ger doch verdient,
Daß ich ausgleichen könnte das Verhältnis

Von Dank und Lohn! Nimm das Geständnis an:
Mehr schuld ich, als mein alles zahlen kann.

MACBETH: Dienst, so wie Lehnspflicht, lohnt sich selbst im Tun.
Genug, wenn Eure Hoheit unsre Pflichten
Annehmen will: und unsre Pflichten sind
Die Söhn und Diener Eures Throns und Staates
Und tun nur, was sie müssen, tun sie alles,
Was Lieb und Ehrfurcht heischt.

DUNCAN: Willkommen hier!
Ich habe dich gepflanzt und will dich pflegen,
Um dein Gedeihn zu fördern. – Edler Banquo,
Nicht minder ist dein Wert und wird von uns
Nicht minder anerkannt. Laß dich umschließen
Und an mein Herz dich drücken.

BANQUO: Wachs ich da,
So ist die Ernte Euer.

DUNCAN: Meine Wonne,
Üppig im Übermaß, will sich verbergen
In Schmerzenstropfen. – Söhne, Vettern, Thans
Und ihr, die Nächsten unserm Thron, vernehmt,
An Malcolm, unsern Ältsten, übertragen
Wir unser Thronrecht: Prinz von Cumberland
Heißt er demnach, und solche Ehre soll
Nicht unbegleitet ihm verliehen sein;
Denn Adelszeichen sollen, Sternen gleich,
Auf jeden Würd'gen strahlen. – Fort von hier
Nach Inverness, und sei uns näher stets.

MACBETH: Arbeit ist jede Ruh, die Euch nicht dient.
Ich selbst bin Euer Bote und beglücke
Durch Eures Nahens Kunde meine Hausfrau:
So scheid ich demutsvoll.

DUNCAN: Mein würd'ger Cawdor!

MACBETH *für sich*:
Ha! Prinz von Cumberland! – Das ist ein Stein,
Der muß, sonst fall ich, übersprungen sein,
Weil er mich hemmt. Verbirg dich, Sternenlicht!
Schau meine schwarzen, tiefen Wünsche nicht!
Sieh, Auge, nicht die Hand; doch laß geschehen,
Was, wenn's geschah, das Auge scheut zu sehen. *Ab.*

DUNCAN: Ja, teurer Banquo, er ist ganz so edel,
Und ihn zu preisen ist mir eine Labung;

Es ist ein Fest für mich. Laßt uns ihm nach,
Des Lieb uns vorgeeilt, uns zu begrüßen.
Wer gleicht dem teuren Vetter?

Trompeten. Alle gehn ab.

Fünfte Szene

Inverness. Zimmer in Macbeths Schloß.

Lady Macbeth *tritt auf mit einem Brief.*

LADY MACBETH *liest*: „Sie begegneten mir am Tage des Sieges; und ich erfuhr aus den sichersten Proben, daß sie mehr als menschliches Wissen besitzen. Als ich vor Verlangen brannte, sie weiter zu befragen, verschwanden sie und zerflossen in Luft. Indem ich noch, von Erstaunen betäubt, dastand, kamen die Abgesandten des Königs, die mich als Than von Cawdor begrüßten, mit welchem Titel mich kurz vorher diese Zauberschwestern angeredet und mich durch den Gruß: ‚Heil dir, dem künft'gen König', auf die Zukunft verwiesen hatten. Ich habe es für gut gehalten, Dir dies zu vertrauen, meine geliebteste Teilnehmerin der Hoheit, auf daß Dein Mitgenuß an der Freude Dir nicht entzogen werde, wenn Du nicht erfahren hättest, welche Hoheit Dir verheißen ist. Leg es an Dein Herz und lebe wohl."
Glamis bist du, und Cawdor; und sollst werden,
Was dir verheißen ward. Doch fürcht ich dein Gemüt;
Es ist zu voll von Milch der Menschenliebe,
Das Nächste zu erfassen. Groß möchtst du sein,
Bist ohne Ehrgeiz nicht; doch fehlt die Bosheit,
Die ihn begleiten muß. Was recht du möchtest,
Das möchtst du rechtlich; möchtest falsch nicht spielen
Und unrecht doch gewinnen; möchtest gern
Das haben, großer Glamis, was dir zuruft:
„Dies mußt du tun, wenn du es haben willst!" –
Und was du mehr dich scheust zu tun, als daß
Du ungetan es wünschest. Eil hierher,
Auf daß ich meinen Mut ins Ohr dir gieße
Und alles weg mit tapfrer Zunge geißle,
Was von dem goldnen Zirkel dich zurückdrängt,

Womit das Schicksal dich und Zaubermacht
Im voraus schon gekrönt zu haben scheinen.

Ein DIENER *tritt auf.*

Was gibt es Neues?

DIENER: Noch vor Abend kommt
Hierher der König.

LADY MACBETH: Tolle Rede sprichst du;
Ist nicht dein Herr bei ihm? der, wär es so,
Der Anstalt wegen es gemeldet hätte.

DIENER:
Verzeiht; es ist doch wahr. Der Than kommt gleich,
Denn ein Kamrad von mir ritt ihm voraus;
Fast tot von großer Eil, hatt er kaum Atem,
Die Botschaft zu bestellen.

LADY MACBETH: Sorgt für ihn,
Er bringt uns große Botschaft.

Der Diener geht ab.

Selbst der Rab ist heiser,
Der Duncans schicksalsvollen Eingang krächzt
Unter mein Dach. – Kommt, Geister, die ihr lauscht
Auf Mordgedanken, und entweibt mich hier;
Füllt mich vom Wirbel bis zur Zeh randvoll
Mit wilder Grausamkeit! verdickt mein Blut;
Sperrt jeden Weg und Eingang dem Erbarmen,
Daß kein anklopfend Mahnen der Natur
Den grimmen Vorsatz lähmt noch friedlich hemmt
Vom Mord die Hand! Kommt an die Weibesbrust,
Trinkt Galle statt der Milch, ihr Morddämonen,
Wo ihr auch harrt in unsichtbarer Form
Auf Unheil der Natur! Komm, schwarze Nacht,
Umwölk dich mit dem dicksten Dampf der Hölle,
Daß nicht mein scharfes Messer sieht die Wunde,
Die es geschlagen; noch der Himmel,
Durchschauend aus des Dunkels Vorhang, rufe:
Halt! halt!

MACBETH *tritt auf.*

O großer Glamis! edler Cawdor!
Größer als beides durch den künft'gen Gruß!
Dein Brief hat über das armsel'ge Heut
Mich weit verzückt, und ich empfinde nun
Das Künftige im Jetzt.

MACBETH: Mein teures Leben,
Duncan kommt heut noch.
LADY MACBETH: Und wann geht er wieder?
MACBETH: Morgen, so denkt er –
LADY MACBETH: Oh, nie soll die Sonne
Den Morgen sehn! Dein Angesicht, mein Than,
Ist wie ein Buch, wo wunderbare Dinge
Geschrieben stehn. – Die Zeit zu täuschen scheine
So wie die Zeit; den Willkomm trag im Auge,
In Zung und Hand; blick harmlos wie die Blume,
Doch sei die Schlange drunter. Wohlversorgt
Muß der sein, der uns naht; und meiner Hand
Vertrau das große Werk der Nacht zu enden,
Daß alle künft'gen Tag und Nächt uns lohne
Allein'ge Königsmacht und Herrscherkrone.
MACBETH: Wir sprechen noch davon.
LADY MACBETH: Blick hell und licht;
Mißtraun erregt verändert Angesicht:
Laß alles andre mir.

Sie gehen ab.

SECHSTE SZENE

Ebendaselbst, vor dem Schloß.

Es treten auf DUNCAN, MALCOLM, DONALBAIN, BANQUO, MACDUFF, ROSSE, ANGUS, GEFOLGE.

DUNCAN: Dies Schloß hat eine angenehme Lage;
Gastlich umfängt die lichte, milde Luft
Die heitern Sinne.
BANQUO: Dieser Sommergast,
Die Schwalbe, die an Tempeln nistet, zeigt
Durch ihren fleiß'gen Bau, daß Himmelsatem
Hier lieblich haucht; kein Vorsprung, Fries noch Pfeiler,
Kein Winkel, wo der Vogel nicht gebaut
Sein hängend Bett und Wiege für die Brut:
Wo er am liebsten heckt und wohnt, da fand ich
Am reinsten stets die Luft.

LADY MACBETH *tritt auf.*

DUNCAN: Seht! unsre edle Wirtin!

Die Liebe, die uns folgt, wird oft uns lästig;
Doch dankt man ihr als Liebe. Lernt daraus
Noch Gottes Lohn für Eure Müh uns geben
Und Dank für Eure Last.

LADY MACBETH: All unsre Dienste,
Zwiefach in jedem Punkt und dann verdoppelt,
Wär nur ein arm und schwaches Tun, verglichen
Der hohen Gunst, womit Eur Majestät
Verherrlicht unser Haus. Für frühre Würden
Wie für die letzte, die die andern krönt,
Bleiben wir im Gebet Euch Knecht und Diener.

DUNCAN: Wo ist der Than von Cawdor?
Wir folgten auf dem Fuß ihm, denn wir meinten
Ihn anzumelden; doch er reitet schnell;
Und seine Liebe, schärfer als sein Sporn,
Bracht ihn vor uns hierher. Höchst edle Wirtin,
Wir sind zur Nacht Eur Gast.

LADY MACBETH: Für allezeit
Besitzen Eure Diener nur das Ihre,
Sich selbst und was sie haben, als Verwalter
Und legen Rechnung ab nach Eurer Hoheit
Befehl; und geben Euch zurück, was Euer.

DUNCAN: Reicht mir die Hand; führt mich zu meinem Wirt.
Wir lieben herzlich ihn, und unsre Huld
Wird seiner stets gedenken. Teure Wirtin,
Erlaubt –

Er nimmt ihre Hand und führt sie in das Schloß, die übrigen folgen.

SIEBENTE SZENE

Ebendaselbst. Ein Zimmer im Schloß.

Oboen und Fackeln. Ein VORSCHNEIDER *und mehrere* DIENER *mit Schüsseln gehn über die Bühne; dann kommt* MACBETH.

MACBETH: Wär's abgetan, so wie's getan ist, dann wär's gut,
Man tät es eilig. Wenn der Meuchelmord
Aussperren könnt aus seinem Netz die Folgen
Und nur Gelingen aus der Tiefe zöge:
Daß mit dem Stoß, einmal für immer, alles
Sich abgeschlossen hätte – hier, nur hier –
Auf dieser lockern Sandbank unsrer Zeit –

So setzt ich weg mich übers künft'ge Leben. –
Doch immer wird bei solcher Tat uns schon
Vergeltung hier: daß, wie wir ihn gegeben,
Den blut'gen Unterricht, er, kaum gelernt,
Zurückschlägt, zu bestrafen den Erfinder.
Dies Recht, mit unabweislich fester Hand,
Setzt unsern selbstgemischten gift'gen Kelch
An unsre eignen Lippen. –
Er kommt hierher, zwiefach geschirmt: zuerst,
Weil ich sein Vetter bin und Untertan,
Beides hemmt stark die Tat; dann, ich – sein Wirt,
Der gegen seinen Mörder schließen müßte
Das Tor, nicht selbst das Messer führen. –
Dann hat auch dieser Duncan seine Würde
So mild getragen, blieb im großen Amt
So rein, daß seine Tugenden, wie Engel
Posaunenzüngig, werden Rache schrein
Dem tiefen Höllengreuel seines Mords;
Und Mitleid, wie ein nacktes, neugebornes Kind,
Auf Sturmwind reitend, oder Himmelscherubim,
Zu Roß auf unsichtbaren, luft'gen Rennern,
Blasen die Schreckenstat in jedes Auge,
Bis Tränenflut den Wind ertränkt. –
Ich habe keinen Stachel,
Die Seiten meines Wollens anzuspornen,
Als einzig Ehrgeiz, der, zum Aufschwung eilend,
Sich überspringt und jenseits niederfällt. –

LADY MACBETH *tritt auf.*

Wie nun, was gibt's?

LADY MACBETH: Er hat fast abgespeist.
Warum hast du den Saal verlassen?

MACBETH: Hat er
Nach mir gefragt?

LADY MACBETH: Weißt du nicht, daß er's tat?

MACBETH: Wir wolln nicht weitergehn in dieser Sache;
Er hat mich jüngst belohnt, und goldne Achtung
Hab ich von Leuten aller Art gekauft,
Die will getragen sein im neusten Glanz
Und nicht so plötzlich weggeworfen.

LADY MACBETH: War
Die Hoffnung trunken, worin du dich hülltest?

Schlief sie seitdem, und ist sie nun erwacht,
So bleich und krank das anzuschaun, was sie
So fröhlich tat? – Von jetzt an denk ich
Von deiner Liebe so. Bist du zu feige,
Derselbe Mann zu sein in Tat und Mut,
Der du in Wünschen bist? Möchtst du erlangen,
Was du den Schmuck des Lebens schätzen mußt,
Und Memme sein in deiner eignen Schätzung?
Muß dir „Ich fürchte“ folgen dem „Ich möchte“,
Der armen Katz im Sprichwort gleich?

MACBETH: Sei ruhig!
Ich wage alles, was dem Menschen ziemt;
Wer mehr wagt, der ist keiner.

LADY MACBETH: Welch ein Tier
Hieß dich von deinem Vorsatz mit mir reden?
Als du es wagtest, da warst du ein Mann;
Und mehr sein, als du warst, das machte dich
Nur um so mehr zum Mann. Nicht Zeit, nicht Ort
Traf damals zu, du wolltest beide machen:
Sie machen selbst sich, und ihr hurt'ger Dienst
Macht dich zu nichts. Ich hab gesäugt und weiß,
Wie süß, das Kind zu lieben, das ich tränke;
Ich hätt, indem es mir entgegenlächelte,
Die Brust gerissen aus den weichen Kiefern
Und ihm den Kopf geschmettert an die Wand,
Hätt ich's geschworen, wie du dieses schwurst.

MACBETH: Wenn's uns mißlänge –

LADY MACBETH: Uns mißlingen! –
Schraub deinen Mut nur bis zum Punkt des Halts,
Und es mißlingt uns nicht. Wenn Duncan schläft,
Wozu so mehr des Tages starke Reise
Ihn einlädt – seine beiden Kämmerlinge
Will ich mit würz'gem Weine so betäuben,
Daß des Gehirnes Wächter, das Gedächtnis,
Ein Dunst sein wird und der Vernunft Behältnis
Ein Dampfhelm nur –, wenn nun im vieh'schen Schlaf
Ertränkt ihr Dasein liegt, so wie im Tode,
Was können du und ich dann nicht vollbringen
Am unbewachten Duncan? was nicht schieben
Auf die berauschten Diener, die die Schuld
Des großen Mordes trifft?

MACBETH: Gebär mir Söhne nur!
Aus deinem unbezwungnen Stoffe können
Nur Männer sprossen. Wird man es nicht glauben,
Wenn wir mit Blut die zwei Schlaftrunknen färben,
Die Kämmerling', und ihre Dolche brauchen,
Daß sie's getan?

LADY MACBETH: Wer darf was anders glauben,
Wenn unsers Grames lauter Schrei ertönt
Bei seinem Tode?

MACBETH: Ich bin fest; gespannt
Zu dieser Schreckenstat ist jeder Nerv.
Komm, täuschen wir mit heiterm Blick die Stunde:
Birg, falscher Schein, des falschen Herzens Kunde!

Sie gehen ab.

ZWEITER AUFZUG

Erste Szene

Ebendaselbst. Schloßhof.

Es treten auf Banquo, Fleance, *ein* Diener *mit einer Fackel voran.*

BANQUO: Wie spät, mein Sohn?

FLEANCE: Der Mond ging unter, schlagen hört ich's nicht.

BANQUO: Um zwölf Uhr geht er unter.

FLEANCE: 's ist wohl später.

BANQUO:
Da, nimm mein Schwert – 's ist Sparsamkeit im Himmel,
Die Kerzen sind schon aus. – Nimm das auch.
Ein schwerer Schlaftrieb liegt wie Blei auf mir,
Und doch möcht ich nicht schlafen. Gnäd'ge Mächte!
Hemmt in mir böses Denken, dem Natur
Im Schlummer Raum gibt. – Gib mein Schwert.

Macbeth *und ein* Diener *mit einer Fackel treten auf.*

Wer da?

MACBETH: Ein Freund.

BANQUO: Wie, Herr, noch auf? Der König ist zu Bett.
Er war ausnehmend froh und sandte noch
All Euren Hausbedienten reiche Gaben;

Doch Eure Frau soll dieser Demant grüßen
Als seine güt'ge Wirtin. Höchst zufrieden
Begab er sich zur Ruh.

MACBETH: Unvorbereitet,
Ward nur des Mangels Diener unser Wille,
Der sonst sich frei enthüllt.

BANQUO: Alles war gut.
Mir träumte jüngst von den drei Zauberschwestern:
Euch haben sie was Wahres doch gesagt.

MACBETH: Ich denke nicht an sie;
Doch ließe sich gelegne Stunde finden,
So sprächen wir wohl ein'ges in der Sache,
Gewährtet Ihr die Zeit.

BANQUO: Wie's Euch beliebt.

MACBETH:
Schließt Ihr Euch meinem Sinn an? – Wenn es ist –
Wird's Ehr Euch bringen.

BANQUO: Büß ich sie nicht ein,
Indem ich sie zu mehren streb, und bleibt
Mein Busen frei und meine Lehnspflicht rein,
Gern nehm ich Rat an.

MACBETH: Gute Nacht indes.

BANQUO: Dank, Herr, Euch ebenfalls.

Banquo, Fleance und Diener ab.

MACBETH: Sag deiner Herrin, wenn mein Trank bereit,
Soll sie die Glocke ziehn. Geh du zu Bett.

Der Diener geht ab.

Ist das ein Dolch, was ich vor mir erblicke,
Der Griff mir zugekehrt? Komm, laß dich packen –
Ich faß dich nicht, und doch seh ich dich immer.
Bist du, Unglücksgebild, so fühlbar nicht
Der Hand gleich wie dem Aug? oder bist du nur
Ein Dolch der Einbildung, ein nichtig Blendwerk,
Das aus dem heiß gequälten Hirn erwächst?
Ich seh dich noch, so greifbar von Gestalt
Wie der, den jetzt ich zücke.
Du gehst mir vor den Weg, den ich will schreiten,
Und ebensolche Waffe wollt ich brauchen.
Mein Auge ward der Narr der andern Sinne
Oder mehr als alle wert. – Ich seh dich stets
Und dir an Griff und Klinge Tropfen Bluts,

Was erst nicht war. – Es ist nicht wirklich da:
Es ist die blut'ge Arbeit, die mein Auge
So in die Lehre nimmt. – Jetzt auf der halben Erde
Scheint tot Natur, und den verhangnen Schlaf
Quälen Versucherträume; Hexenkunst
Begeht den Dienst der bleichen Hekate;
Und dürrer Mord,
Durch seine Schildwacht aufgeschreckt, den Wolf,
Der ihm das Wachtwort heult – so dieb'schen Schrittes,
Wie wild entbrannt Tarquin dem Ziel entgegen,
Schreitet gespenstisch. –
Du festgefügte Erde, leicht verwundbar,
Hör meine Schritte nicht, wo sie auch wandeln,
Daß nicht ausschwatzen selber deine Steine
Mein Wohinaus und von der Stunde nehmen
Den jetz'gen stummen Graus, der so ihr ziemt. –
Hier droh ich, er lebt dort;
Für heiße Tat zu kalt das müß'ge Wort!
Eine Glocke wird angeschlagen.
Ich geh, und 's ist getan; die Glocke mahnt.
Hör sie nicht, Duncan, 's ist ein Grabgeläut,
Das dich zu Himmel oder Höll entbeut. *Steigt hinauf.*

Zweite Szene

Ebendaselbst.

Lady Macbeth *tritt auf.*

LADY MACBETH: Was sie betäubte, hat mich stark gemacht,
Und was sie dämpft', hat mich entflammt. – Still, horch! –
Die Eule war's, die schrie, der traur'ge Wächter,
Der gräßlich gute Nacht wünscht. – Er ist dran:
Die Türen sind geöffnet, schnarchend spotten
Die überladnen Diener ihres Amts;
Ich würzte ihren Schlaftrunk, daß Natur
Und Tod sich streiten, wem sie angehören.
MACBETH *hinter der Szene*: Ha! wie? wer ist da?
LADY MACBETH: O weh! ich fürchte, sie sind aufgewacht,
Und es ist nicht geschehn – der Anschlag, nicht die Tat
Verdirbt uns. – Horch! ich legt ihm ihre Dolche

Bereit, die mußt er finden. – Hätt er nicht
Geglichen meinem Vater, wie er schlief,
So hätt ich's selbst getan. – Nun, mein Gemahl!

MACBETH *tritt auf.*

MACBETH: Ich hab die Tat getan – hörtst du nicht was?
LADY MACBETH:
Die Eule hört ich schrein und Heimchen zirpen.
Sprachst du nichts?
MACBETH: Wann?
LADY MACBETH: Jetzt.
MACBETH: Wie ich runterkam?
LADY MACBETH: Ja.
MACBETH: Horch! wer schläft im zweiten Zimmer?
LADY MACBETH: Donalbain.
MACBETH *blickt auf die blutigen Dolche in seinen Händen:*
Das ist ein kläglich Bild.
LADY MACBETH: Wie töricht, das ein kläglich Bild zu nennen!
MACBETH: Der eine lacht' im Schlaf – und „Mord!" schrie [einer,
Daß sie einander weckten; ich stand und hört es,
Sie aber sprachen ihr Gebet und legten
Zum Schlaf sich wieder.
LADY MACBETH: Dort wohnen zwei beisammen.
MACBETH: Der schrie: „Gott sei uns gnädig!" jener: „Amen!"
Als sähn sie mich mit diesen Henkershänden.
Behorchend ihre Angst, konnt ich nicht sagen:
„Amen", als jener sprach: „Gott sei uns gnädig!"
LADY MACBETH: Denkt nicht so tief darüber.
MACBETH: Doch warum
Konnt ich nicht „Amen" sprechen? War mir doch
Die Gnad am meisten not, und „Amen" stockte
Mir in der Kehle.
LADY MACBETH: Dieser Taten muß
Man so nicht denken; so macht es uns toll.
MACBETH: Mir war, als rief es: „Schlaft nicht mehr, Macbeth
Mordet den Schlaf!" Ihn, den unschuld'gen Schlaf;
Schlaf, der des Grams verworrn Gespinst entwirrt,
Den Tod von jedem Lebenstag, das Bad
Der wunden Müh, den Balsam kranker Seelen,
Den zweiten Gang im Gastmahl der Natur,
Das nährendste Gericht beim Fest des Lebens.
LADY MACBETH: Was meinst du?

MACBETH:
Stets rief es: „Schlaft nicht mehr!" durchs ganze Haus;
„Glamis mordet den Schlaf!" und drum wird Cawdor
Nicht schlafen mehr, Macbeth nicht schlafen mehr.
LADY MACBETH: Wer war es, der so rief? Mein würd'ger Than,
Du läßt den edeln Mut erschlaffen, denkst du
So hirnkrank drüber nach. Nimm etwas Wasser
Und wasch von deiner Hand das garst'ge Zeugnis. –
Was brachtest du die Dolche mit herunter?
Dort liegen müssen sie; geh, bring sie hin
Und färb mit Blut die Kämmrer, wie sie schlafen.
MACBETH: Ich gehe nicht mehr hin, ich bin entsetzt,
Denk ich, was ich getan: es wieder schaun –
Ich wag es nicht!
LADY MACBETH: O schwache Willenskraft!
Gib mir die Dolche. Schlafende und Tote
Sind Bilder nur; der Kindheit Aug allein
Scheut den gemalten Teufel. Wenn er blutet,
Färb ich damit der Diener Kleider rot;
So tragen sie des Mords Livree.
Sie geht ab. Man hört klopfen.
MACBETH: Woher das Klopfen?
Wie ist's mit mir, daß jeder Ton mich schreckt?
Was sind das hier für Hände? Ha, sie reißen
Mir meine Augen aus! –
Kann wohl des großen Meergotts Ozean
Dies Blut von meiner Hand rein waschen? Nein;
Weit ehr kann diese meine Hand mit Purpur
Die unermeßlichen Gewässer färben
Und Grün in Rot verwandeln.
LADY MACBETH *kommt zurück.*
LADY MACBETH: Meine Hände
Sind blutig wie die deinen; doch ich schäme
Mich, daß mein Herz so weiß ist.
Es wird geklopft.
Klopfen hör ich
Am Südtor: Eilen wir in unsre Kammer;
Ein wenig Wasser reint uns von der Tat,
Wie leicht dann ist sie! Deine Festigkeit
Verließ dich ganz und gar.
Es wird geklopft.

Horch, wieder Klopfen.
Tu an dein Nachtkleid; müssen wir uns zeigen,
Daß man nicht sieht, wir wachten! – Verlier dich nicht
So schwächlich in Gedanken.

MACBETH: Meine Tat
Zu wissen! – besser von mir selbst nichts wissen.
Klopf Duncan aus dem Schlaf! O könntest du's!

Sie gehn ab.

DRITTE SZENE

Ebendaselbst.

Der PFÖRTNER *kommt; es wird geklopft.*

PFÖRTNER: Das ist ein Klopfen! Wahrhaftig, wenn einer Höllenpförtner wäre, da hätte er was zu schließen. *Klopfen.* Poch, poch, poch: Wer da, in Beelzebubs Namen? Ein Pächter, der sich in Erwartung einer reichen Ernte aufhing. Zur rechten Zeit gekommen; habt Ihr auch Schnupftücher genug bei Euch? denn hier werdet Ihr dafür schwitzen müssen! – *Klopfen.* Poch, poch: wer da, in des andern Teufels Namen? Mein Treu, ein Zweideutler, der in beide Schalen gegen jede Schale schwören konnte, der um Gottes willen Verrätereien genug beging und sich doch nicht zum Himmel hinein zweideuteln konnte. Herein, Zweideutler. – *Klopfen.* Poch, poch, poch: Wer da? Mein Treu, ein englischer Schneider, hier angekommen, weil er etwas aus einer französischen Hose gestohlen: herein, Schneider; hier kannst du deine Bügelgans braten. *Klopfen.* Poch, poch. Keine Ruhe! Wer seid ihr? Aber hier ist es zu kalt für die Hölle; ich mag nicht länger Teufelspförtner sein. Ich dachte, ich wollte von jedem Gewerbe einige hereinlassen, die den breiten Rosenpfad zum ewigen Freudenfeuer wandeln. – *Klopfen.* Gleich, gleich! Ich bitt euch, bedenkt doch, daß der Pförtner auch ein Mensch ist.

Er öffnet das Tor; MACDUFF *und* LENOX *kommen herein.*

MACDUFF: Kamst du so spät zu Bett, Freund, daß du nun so spät aufstehst?

PFÖRTNER: Mein Seel, Herr, wir zechten, bis der zweite Hahn krähte; und der Trunk ist ein großer Beförderer von drei Dingen.

MACDUFF: Was sind denn das für drei Dinge, die der Trunk vorzüglich befördert?

PFÖRTNER: Ei, Herr, rote Nasen, Schlaf und Urin. Buhlerei befördert und dämpft er zugleich: er befördert das Verlangen und dämpft das Tun. Darum kann man sagen, daß vieles Trinken ein Zweideutler gegen die Buhlerei ist: es schafft sie und vernichtet sie; treibt sie an und hält sie zurück; macht ihr Mut und schreckt sie ab; heißt sie, sich brav halten und nicht brav halten; zweideutelt sie zuletzt in Schlaf, straft sie Lügen und geht davon.

MACDUFF: Ich glaube, der Trunk strafte dich die Nacht Lügen.

PFÖRTNER: Ja, Herr, das tat er, in meinen Hals hinein; aber ich vergalt ihm seine Lügen, und ich denke, ich war ihm doch zu stark: denn obgleich er mir die Beine ein paarmal unten wegzog, so fand ich doch einen Kniff, ihn hinauszuschmeißen.

MACDUFF: Ist dein Herr schon aufgestanden?
Geweckt hat unser Klopfen ihn; hier kommt er.

MACBETH *tritt auf.*

LENOX: Guten Morgen, edler Herr.
MACBETH: Guten Morgen, beide!
MACDUFF: Wacht schon der König, würd'ger Than?
MACBETH: Noch nicht.
MACDUFF: Mir gab er den Befehl, ihn früh zu wecken;
Die Zeit versäumt ich fast.
MACBETH: Ich führ Euch hin.
MACDUFF: Ich weiß, es ist 'ne Müh, die Euch erfreut;
Doch es ist eine Müh.
MACBETH: Die Arbeit, die uns freut, wird zum Ergötzen.
Hier ist die Tür.
MACDUFF: Ich wage einzutreten,
Da es mein Dienst mir vorschreibt. *Ab.*
LENOX: Reist der König
Heut ab?
MACBETH: So ist's; er hat es so bestimmt.
LENOX: Die Nacht war stürmisch; wo wir schliefen, riß es
Den Schlot herab; und wie man sagt, erscholl
Ein Wimmern in der Luft, ein Todesstöhnen,
Ein Prophezein in fürchterlichem Laut,
Von wildem Brand und gräßlichen Geschichten,
Neu ausgebrütet einer Zeit des Leidens.

Der dunkle Vogel schrie die ganze Nacht durch:
Man sagt, die Erde bebte fieberkrank.

MACBETH: Es war 'ne rauhe Nacht.

LENOX: Mein jugendlich Gedächtnis sucht umsonst
Nach ihresgleichen.

MACDUFF *kommt von oben herunter.*

MACDUFF: O Grausen! Grausen! Grausen! Zung und Herz
Faßt es nicht, nennt es nicht!

MACBETH *und* LENOX: Was ist geschehn?

MACDUFF: Jetzt hat die Höll ihr Meisterstück gemacht!
Der kirchenräuberische Mord brach auf
Des Herrn geweihten Tempel und stahl weg
Das Leben aus dem Heiligtum.

MACBETH: Was sagt Ihr?
Das Leben?

LENOX: Meint Ihr Seine Majestät?

MACDUFF:
Geht ein zur Kammer und zerstört die Sehkraft
Durch eine neue Gorgo! Verlangt nicht, daß ich spreche;
Seht! und dann redet selbst! Erwacht! erwacht!

Macbeth und Lenox gehn ab.

Die Sturmglock angeschlagen! Mord! Verrat!
Banquo und Donalbain! Malcolm, erwacht!
Werft ab den flaum'gen Schlaf, des Todes Abbild,
Und seht ihn selbst, den Tod! – Auf, auf, und schaut
Des Weltgerichtes Vorspiel! – Malcolm! Banquo!
Steigt wie aus eurem Grab! wie Geister schreitet,
Als Graungefolge diesen Mord zu schaun!
Die Glocken stürmt!

Die Sturmglocke läutet.

LADY MACBETH *tritt auf.*

LADY MACBETH: Was ist denn vorgefallen,
Daß solche schreckliche Trompete ruft
Zum Rat die Schläfer dieses Hauses? Sprecht!

MACDUFF: O zarte Frau,
Ihr dürft nicht hören, was ich sagen könnte.
Vor eines Weibes Ohr es nennen wäre
Ein Mord, wie Ihr's vernähmt.

BANQUO *tritt auf.*

O Banquo! Banquo!
Der König, unser Herr, ermordet!

LADY MACBETH: Wehe!
In unserm Haus?
BANQUO: Zu grausam, wo auch immer. –
O lieber Macduff, widersprich dir selber,
Und sag, es sei nicht so.

MACBETH *und* LENOX *kommen zurück.*

MACBETH: Wär ich gestorben, eine Stunde nur,
Eh dies geschah, gesegnet war mein Dasein!
Von jetzt gibt es nichts Ernstes mehr im Leben:
Alles ist Tand, gestorben Ruhm und Gnade!
Der Lebenswein ist ausgeschenkt, nur Hefe
Blieb noch zu prahlen dem Gewölbe.

MALCOLM *und* DONALBAIN *treten auf.*

DONALBAIN: Wem
Geschah ein Leid?
MACBETH: Euch selbst, und wißt es nicht:
Der Born, der Ursprung Eures Blutes ist
Versiegt, die Lebensquelle selbst versiegt.
MACDUFF: Eur königlicher Vater ist ermordet.
MALCOLM: Ha! von wem?
LENOX: Die Kämmerlinge, scheint es, sind die Täter;
Denn Händ und Antlitz trugen blut'ge Zeichen,
Auch ihre Dolche, die unabgewischt
Auf ihren Polstern lagen. Wie im Wahnsinn,
So starrt' ihr Auge, und es war gefährlich,
Nur ihnen nah zu kommen.
MACBETH: Oh! jetzt bereu ich meine Wut, daß ich
Sie niederstieß.
MACDUFF: Warum habt Ihr's getan?
MACBETH:
Wer ist weis und entsetzt, gefaßt und wütig,
Pflichttreu und kalt in einem Augenblick?
Kein Mensch. Die Raschheit meiner heft'gen Liebe
Lief schneller als die zögernde Vernunft. –
Duncan lag hier, die Silberhaut verbrämt
Mit seinem goldnen Blut – die offnen Wunden,
Sie waren wie ein Riß in der Natur,
Wo Untergang vernichtend einzieht; dort die Mörder,
Getaucht in ihres Handwerks Farb, die Dolche
Abscheulich, von geronn'nem Blute schwarz.
Wer konnte sich da zügeln, der ein Herz

Verschwenderischer Ehrgeiz, so verschlingst du
Des eignen Lebens Unterhalt! – So wird
Die Königswürde wohl an Macbeth fallen?
MACDUFF: Er ist ernannt schon und zu seiner Krönung
Nach Scone gegangen.
ROSSE: Wo ist Duncans Leichnam?
MACDUFF: Nach Colmes Kill führt man ihn zur heil'gen Gruft,
Wo die Gebeine seiner Ahnen alle
Versammelt ruhn.
ROSSE: Geht Ihr nach Scone?
MACDUFF: Nein, Vetter!
Ich geh nach Fife.
ROSSE: So will ich hin.
Mag alles so geschehn, daß wir nicht sagen:
Bequemer war der alte Rock zu tragen! *Ab.*
ROSSE: Vater, lebt wohl!
ALTER: Gott segne Euch und den, der redlich denkt,
Unheil zum Heil, Zwietracht zum Frieden lenkt!
Sie gehen ab.

DRITTER AUFZUG

ERSTE SZENE

Fores. Saal im Schlosse.

BANQUO *tritt auf.*

BANQUO: Du hast's nun, König, Cawdor, Glamis, alles,
Wie dir's die Zauberfraun versprachen; und ich fürchte,
Du spieltest schändlich drum. Doch ward gesagt,
Es solle nicht bei deinem Stamme bleiben;
Ich aber sollte Wurzel sein und Vater
Von vielen Kön'gen. Kommt von ihnen Wahrheit
– Wie, Macbeth, ihre Wort' an dich bestät'gen –,
Warum, bei der Erfüllung, die dir ward,
Solln sie nicht mein Orakel gleichfalls sein
Und meine Hoffnung kräft'gen? Still, nichts weiter.
Trompeten. Es treten auf MACBETH *als König und* LADY MACBETH *als Königin;* LENOX, ROSSE, LORDS, LADYS *und* GEFOLGE.
MACBETH: Hier unser höchster Gast.

LADY MACBETH: Wär er vergessen,
Wär's wie ein Riß in unserm großen Fest
Und alles ungeziemend.
MACBETH: Herr, wir halten
Ein feierliches Mahl heut abend, und
Ich bitt um Eure Gegenwart.
BANQUO: Eur Hoheit
Hat zu befehlen; unauflöslich bleibt
Für immer meine Pflicht an Euch gebunden.
MACBETH: Verreist Ihr noch den Nachmittag?
BANQUO: Ja, Herr.
MACBETH: Sonst hätten wir wohl Euren Rat gewünscht,
Der stets voll Einsicht und ersprießlich war,
Im Staatsrat heut; doch gönnt ihn morgen uns.
Geht Eure Reise weit?
BANQUO: So weit, mein König,
Daß sie die Zeit von jetzt bis Abend ausfüllt;
Hält nicht mein Pferd sich gut, so muß ich wohl
Noch von der Nacht 'ne dunkle Stunde borgen.
MACBETH: Fehlt nicht bei unserm Fest.
BANQUO: Mein Fürst, ich komme.
MACBETH: Wir hören, unsre blut'gen Vettern weilen
In England und in Irland; nicht bekennend
Den grausen Vatermord, mit seltnen Märchen
Die Hörer täuschend. Doch das sei für morgen,
Da außerdem das Staatsgeschäft uns alle
Zusammenruft. Säumt länger nicht: lebt wohl!
Bis wir zur Nacht uns sehn. Geht Fleance mit Euch?
BANQUO: Ja, teurer Herr; die Zeit mahnt uns zur Eil.
MACBETH: Den Rossen wünsch ich schnellen, sichern Lauf;
Besteigt sie alsobald und reiset glücklich.

Banquo geht ab.

Ein jeder sei nun Herr von seinen Stunden
Bis sieben Uhr; uns die Geselligkeit
Zu würzen, sind wir bis zum Abendessen
Mit uns allein. Bis dahin Gott befohlen!

Alle gehen ab, bis auf Macbeth und einen Diener.

Du da! ein Wort: sind jene Männer hier?
DIENER: Sie harren vor dem Schloßtor, mein Gebieter.
MACBETH: Führ sie uns vor. –

Diener geht ab.

Das so zu sein, ist nichts:
Doch sicher so zu sein. – In Banquo wurzelt
Tief unsre Furcht; in seinem Königssinn
Herrscht was, das will gefürchtet sein. Viel wagt er;
Und außer diesem unerschrocknen Geist
Hat Weisheit er, die Führerin des Muts
Zum sichern Wirken. Außer ihm ist keiner,
Vor dem ich zittern muß; und unter ihm
Beugt sich mein Genius scheu, wie, nach der Sage,
Vor Cäsar Mark Antonius' Geist. Er schalt die Schwestern
Gleich, als sie mir den Namen König gaben,
Und hieß sie zu ihm sprechen; dann prophetisch
Begrüßten sie ihn Vater vieler Kön'ge.
Mein Haupt empfing die unfruchtbare Krone;
Das dürre Zepter reichten sie der Faust,
Daß eine fremde Hand es mir entwinde,
Kein Sohn von mir es erbe. Ist es so? –
Hab ich für Banquos Stamm mein Herz befleckt,
Für sie erwürgt den gnadenreichen Duncan,
In meinen Friedensbecher Gift gegossen,
Einzig für sie; und mein unsterblich Kleinod
Dem Erbfeind aller Menschen preisgegeben,
Zu krönen sie! zu krönen Banquos Brut! –
Eh das geschieht, komm, Schicksal, in die Schranken,
Und fordre mich auf Tod und Leben! – Holla!

Der DIENER *kommt mit* ZWEI MÖRDERN.

Geh vor die Tür und warte, bis wir rufen.

Der Diener geht ab.

War's gestern nicht, da wir einander sprachen?

ERSTER MÖRDER: So war es, Majestät.

MACBETH: Gut denn, habt ihr
Nun meinen Reden nachgedacht? So wißt,
Daß er es ehmals war, der euch so schwer
Gedrückt; was, wie ihr wähntet, ich getan,
Der völlig schuldlos. Dies bewies ich euch
In unsrer letzten Unterredung, macht euch klar,
Wie man euch hinterging und kreuzte, nannt euch
Die Werkzeug' auch, und wer mit ihnen wirkte;
Und alles sonst, was selbst 'ner halben Seele
Und blödstem Sinne zurief: Das tat Banquo!

ERSTER MÖRDER: So habt Ihr's uns erklärt.

MACBETH: Ich tat es und ging weiter; deshalb nun
Hab ich euch wieder herbeschieden. Fühlt ihr
Geduld vorherrschend so in eurem Wesen,
Daß ihr dies hingehn laßt? Seid ihr so fromm,
Zu beten für den guten Mann und sein
Geschlecht, des schwere Hand zum Grab euch beugte
Und euch zu Bettlern macht' und eure Kinder?
ERSTER MÖRDER: Mein König, wir sind Männer.
MACBETH: Ja, im Verzeichnis lauft ihr mit als Männer;
Wie Jagd- und Windhund, Blendling, Wachtelhund,
Spitz, Pudel, Schäferhund und Halbwolf, alle
Der Name Hund benennt: das Rangregister
Bezeichnet erst den schnellen, trägen, klugen,
Den Hausbewacher und den Jäger, jeden
Nach seiner Eigenschaft, die ihm Natur
Liebreich geschenkt; wodurch ihm wird besondre
Bezeichnung aus der Schar, die alle gleich
Benamt: und so ist's mit dem Menschen auch.
Habt ihr nun einen Platz im Rangregister,
Und nicht den schlechtsten in der Mannheit, sprecht;
Und solches Werk vertrau ich eurem Busen,
Dessen Vollstreckung euren Feind entrafft,
Herzinnig fest an unsre Lieb euch schmiedet;
Da unser Wohlsein kränkelt, weil er lebt,
Das nur in seinem Tod gesundet.
ZWEITER MÖRDER: Herr,
Mit hartem Stoß und Schlag hat mich die Welt
So aufgereizt, daß mich's nicht kümmert, was
Der Welt zum Trotz ich tu.
ERSTER MÖRDER: Und ich bin einer,
So matt von Elend, so zerzaust vom Unglück,
Daß ich mein Leben setz auf jeden Wurf,
Es zu verbessern oder loszuwerden.
MACBETH: Ihr wißt es beide, Banquo war eur Feind.
ZWEITER MÖRDER: Gewiß, mein Fürst.
MACBETH: So ist er meiner auch.
Und in so blut'ger Näh, daß jeder Pulsschlag
Von ihm nach meinem Herzensleben zielt.
Und obgleich meine Macht mit offnem Antlitz
Ihn löschen könnt aus meinem Blick und frei
Mein Wort die Tat gestehn: doch darf ich's nicht

Um manchen, der mir Freund ist so wie ihm,
Des Lieb ich nicht kann missen; seinen Fall
Muß ich beklagen, den ich selbst erschlug:
Und darum sprech ich euch um Beistand an,
Dem Pöbelauge das Geschäft verlarvend
Aus manchen wicht'gen Gründen.

ZWEITER MÖRDER: Wir vollziehn,
Was Ihr befehlt.

ERSTER MÖRDER: Wenn unser Leben auch –

MACBETH: Aus euren Augen leuchtet euer Mut.
In dieser Stunde spätstens meld ich euch,
Wo ihr euch stellt; bericht euch aufs genauste
Den Augenblick; denn heut nacht muß es sein:
Und etwas ab vom Schloß; stets dran gedacht,
Daß ich muß rein erscheinen. Und mit ihm,
Um nichts nur halb und obenhin zu tun,
Muß Fleance, sein Sohn, der ihm Gesellschaft leistet,
Des Wegtun mir nicht minder wichtig ist
Als seines Vaters, das Geschick mit ihm
Der dunkeln Stunde teilen.
Entschließt euch nun für euch; gleich komm ich wieder.

ZWEITER MÖRDER: Wir sind entschlossen, Herr.

MACBETH: So ruf ich euch
Alsbald; verweilt da drin.

Die Mörder ab.

Es ist entschieden.
Denkst, Banquo, du den Himmel zu gewinnen,
Muß deine Seel heut nacht den Flug beginnen. *Ab.*

Zweite Szene

Ebendaselbst. Ein anderes Zimmer.

Lady Macbeth *tritt auf mit einem* Diener.

LADY MACBETH: Ist Banquo fort vom Hof?

DIENER: Ja, Kön'gin, doch er kommt zurück heut abend.

LADY MACBETH: Dem König meld, ich lasse ihn ersuchen
Um wen'ge Augenblicke.

DIENER: Ich gehorche. *Ab.*

LADY MACBETH: Nichts ist gewonnen, alles ist dahin,

Stehn wir am Ziel mit unzufriednem Sinn:
Viel sichrer, das zu sein, was wir zerstört,
Als daß uns Mord ein schwankend Glück gewährt.

MACBETH *tritt auf.*

Nun, teurer Freund, was bist du so allein
Und wählst nur trübe Bilder zu Gefährten?
Gedanken hegend, die doch tot sein sollten,
Wie jen', an die sie denken. Was unheilbar:
Vergessen sei's. Geschehn ist, was geschehn.

MACBETH: Verwundet ward die Schlange, nicht getötet,
Sie heilt und bleibt dieselb, indes ihr Zahn
Wie sonst gefährdet unsre arme Bosheit.
Doch eher soll der Dinge Bau zertrümmern,
Die beiden Welten schaudern, eh wir länger
In Angst verzehren unser Mahl und schlafen
In der Bedrängnis solcher grausen Träume,
Die uns allnächtlich schütteln. Lieber bei
Dem Toten sein, den, Frieden uns zu schaffen,
Zum Frieden wir gesandt, als auf der Folter
Der Seel in ruheloser Qual zu zucken.
Duncan ging in sein Grab,
Sanft schläft er nach des Lebens Fieberschauern;
Verrat, du tatst dein Ärgstes: Gift, noch Dolch,
Einheim'sche Bosheit, fremder Anfall, nichts
Kann ferner ihn berühren.

LADY MACBETH: Oh, laß gut sein!
Mein liebster Mann, die Runzeln glätte weg;
Sei froh und munter heut mit deinen Gästen.

MACBETH: Das will ich, Lieb; und, bitte, sei es auch:
Vor allen wend auf Banquo deine Sorgfalt
Und schenk ihm Auszeichnung mit Wort und Blick.
Unsicher noch, sind wir genötigt, so
Zu baden unsre Würd in Schmeichelströmen,
Daß unser Antlitz Larve wird des Herzens,
Verbergend, was es ist.

LADY MACBETH: Du mußt das lassen.

MACBETH: Oh! von Skorpionen voll ist mein Gemüt:
Du weißt, Geliebte, Banquo lebt und Fleance.

LADY MACBETH: Natur belehnt' sie nicht mit ew'gem Leben.

MACBETH: Ja, das ist Trost; man kann noch an sie kommen:
Drum sei du fröhlich. Eh die Fledermaus

Geendet ihren klösterlichen Flug,
Eh, auf den Ruf der dunkeln Hekate,
Der hornbeschwingte Käfer, schläfrig summend,
Die nächt'ge Schlummerglocke hat geläutet,
Ist eine Tat geschehn furchtbarer Art.

LADY MACBETH: Was hast du vor?

MACBETH: Unschuldig bleibe, Kind, und wisse nichts,
Bis du der Tat kannst Beifall rufen. Komm
Mit deiner dunklen Binde, Nacht; verschließe
Des mitleidvollen Tages zartes Auge;
Durchstreich mit unsichtbarer, blut'ger Hand
Und reiß in Stücke jenen großen Lehnsbrief,
Der meine Wangen bleicht! – Das Licht wird trübe;
Zum dampfenden Wald erhebt die Kräh den Flug;
Die Tagsgeschöpfe schläfrig niederkauern,
Und schwarze Nachtunhold' auf Beute lauern.
Du staunst mich an? Still! – Sündentsproßne Werke
Erlangen nur durch Sünden Kraft und Stärke.
So, bitte, geh mit mir.

Sie gehn ab.

Dritte Szene

Ebendaselbst. Ein Park beim Schloß.

Drei Mörder *treten auf.*

ERSTER MÖRDER: Wer aber hieß dich zu uns stoßen?

DRITTER MÖRDER: Macbeth.

ZWEITER MÖRDER:
Man braucht ihm nicht zu mißtraun; denn er kennt
Unser Geschäft, das man uns aufgetragen,
Und weiß genau Bescheid.

ERSTER MÖRDER: So bleib bei uns.
Der West glimmt noch von schwachen Tagesstreifen:
Der Reiter spornt nun eil'ger durch die Dämmrung,
Zur Schenke noch zu kommen; und schon naht
Der, den wir hier erwarten.

DRITTER MÖRDER: Pferde! – Horcht!

BANQUO *hinter der Szene*:
Heda! bringt Licht.

ZWEITER MÖRDER: Er muß es sein; die andern,
Die noch erwartet wurden, sind schon alle
Im Schloß.

ERSTER MÖRDER:
Die Pferde machen einen Umweg.

DRITTER MÖRDER: Fast eine Meile; und er geht gewöhnlich,
Wie jeder tut, von hier bis an das Schloßtor
Zu Fuß.

BANQUO *und* FLEANCE *treten auf mit einer Fackel.*

ZWEITER MÖRDER:
Ein Licht!

DRITTER MÖRDER: Er ist es.

ERSTER MÖRDER: Macht euch dran!

BANQUO: 's kommt Regen noch zur Nacht.

ERSTER MÖRDER: So mag er fallen!

Ersticht Banquo.

BANQUO: Weh mir! Verrat! Flieh, guter Fleance, flieh, flieh!
Du kannst mein Rächer sein. – O Sklave!

Banquo stirbt. Fleance flieht.

DRITTER MÖRDER: Wer schlug das Licht aus?

ERSTER MÖRDER: War's nicht wohlgetan?

DRITTER MÖRDER: Nur einer liegt; der Sohn entfloh.

ZWEITER MÖRDER: So ist
Die beste Hälfte unsrer Müh verloren.

ERSTER MÖRDER: Gut, gehn wir denn und melden, was getan.

Sie gehn ab.

VIERTE SZENE

Prunksaal im Schloß, gedeckte Tafel.

Es treten auf MACBETH, LADY MACBETH, ROSSE, LENOX, LORDS, GEFOLGE.

MACBETH:
Ihr kennt selbst euren Rang: nehmt Platz! Willkommen
Seid ein für allemal!

LORDS: Dank Euer Hoheit.

MACBETH: Wir wollen uns in die Gesellschaft mischen
Als aufmerksamer Wirt. Die Wirtin nahm

Schon ihren Sitz; doch mit Vergünstigung
Ersuchen wir um ihren Gruß und Willkomm.

LADY MACBETH: Sprich ihn für mich zu allen unsern Freunden;
Denn herzlich heiß ich alle sie willkommen.

Der ERSTE MÖRDER *tritt zur Seitentür ein.*

MACBETH:
Sieh, ihres Herzens Dank kommt dir entgegen.
Gleich voll sind beide Seiten. Hier will ich
Mich in die Mitte setzen. Ungehemmt
Sei nun die Lust; gleich soll der Becher kreisen. –
Geht zur Tür. Auf deiner Stirn ist Blut –

MÖRDER: So ist es Banquos.

MACBETH: Mir ist es an dir lieber als in ihm.
So ist er abgetan?

MÖRDER: Herr, seine Kehle
Ist durchgeschnitten; das tat ich für ihn.

MACBETH: Du bist der beste Kehlabschneider; doch
Auch der ist gut, der das für Fleance getan;
Warst du's, so hast du deinesgleichen nicht.

MÖRDER: Mein königlicher Herr, Fleance ist entwischt.

MACBETH: So bin ich wieder krank; sonst wär ich stark,
Gesund wie Marmor, fest wie Fels gegründet,
Weit, allgemein, wie Luft und Windeshauch;
Doch jetzt bin ich umschränkt, gepfercht, umpfählt,
Geklemmt von niederträcht'ger Furcht und Zweifeln.
Doch Banquo ist uns sicher?

MÖRDER: Ja, teurer Herr! im Graben liegt er sicher:
In seinem Kopfe zwanzig tiefe Wunden,
Die kleinst ein Lebenstod.

MACBETH: Nun, dafür Dank!
Da liegt
Die ausgewachsne Schlange; das entflohne
Gewürm ist giftig einst, nach seiner Art;
Doch zahnlos jetzt. – Nun mach dich fort; auf morgen
Vernehm ich mehr.

Mörder geht ab.

LADY MACBETH: Mein königlicher Herr,
Ihr seid kein heitrer Wirt. Das Fest ist feil,
Wird nicht das Mahl durch Freundlichkeit gewürzt,
Durch Willkomm erst geschenkt. Man speist am besten
Daheim; doch auswärts macht die Höflichkeit

Den Wohlgeschmack der Speisen, nüchtern wäre
Gesellschaft sonst.

MACBETH: Du holde Mahnerin!
Nun, auf die Eßlust folg ein gut Verdauen,
Gesundheit beiden!

LENOX: Gefällt es Eurer Hoheit, sich zu setzen?

BANQUOS GEIST *kommt und setzt sich auf Macbeths Platz.*

MACBETH: Beisammen wär uns hier des Landes Adel,
Wenn unser Freund nicht, unser Banquo, fehlte;
Doch möcht ich lieber ihn unfreundlich schelten
Als eines Unfalls wegen ihn bedauern.

LENOX: Da er nicht kommt, verletzt er sein Versprechen.
Gefällt's Eur Majestät, uns zu beglücken,
Indem Ihr Platz in unsrer Mitte nehmt?

MACBETH: Die Tafel ist voll.

LENOX: Hier ist ein Platz noch.

MACBETH: Wo?

LENOX: Hier, teurer König. Was erschreckt Eur Hoheit?

MACBETH: Wer von euch tat das?

LORDS: Was, mein guter Herr?

MACBETH:
Du kannst nicht sagen, daß ich's tat. Oh, schüttle
Nicht deine blut'gen Locken gegen mich.

ROSSE: Steht auf, ihr Herrn, dem König ist nicht wohl.

LADY MACBETH: Bleibt sitzen, Herrn, der König ist oft so
Und war's von Jugend an – oh, steht nicht auf!
Schnell geht der Anfall über; augenblicks
Ist er dann wohl. Beachtet ihr ihn viel,
So reizt ihr ihn, und länger währt das Übel.
Eßt, seht ihn gar nicht an. – Bist du ein Mann?

MACBETH: Ja, und ein kühner, der das wagt zu schauen,
Wovor der Teufel blaß wird.

LADY MACBETH: Schönes Zeug!
Das sind die wahren Bilder deiner Furcht;
Das ist der luft'ge Dolch, der, wie du sagtest,
Zu Duncan dich geführt! – Ha! dieses Zucken,
Dies Starrn, Nachäffung wahren Schrecks, sie paßten
Zu einem Weibermärchen am Kamin,
Bestätigt von Großmütterchen. – O schäme dich!
Was machst du für Gesichter! denn am Ende
Schaust du nur auf 'nen Stuhl.

MACBETH:
Ich bitt dich, sieh! blick auf! schau an! Was sagst du? –
Ha! meinethalb! wenn du kannst nicken, sprich auch.
Wenn Grab und Beingewölb uns wiederschickt,
Die wir begruben, sei der Schlund der Geier
Uns Totengruft! *Der Geist verschwindet.*
LADY MACBETH: Was! ganz entmannt von Torheit?
MACBETH: So wahr ich leb, ich sah ihn!
LADY MACBETH: O der Schmach!
MACBETH: Blut ward auch sonst vergossen, schon vor alters,
Eh menschlich Recht den frommen Staat verklärte;
Ja, auch seitdem geschah so mancher Mord,
Zu schrecklich für das Ohr: da war's Gebrauch,
Daß, war das Hirn heraus, der Mann auch starb,
Und damit gut.
Doch heutzutage stehn sie wieder auf,
Mit zwanzig Todeswunden an den Köpfen,
Und stoßen uns von unsern Stühlen: Das
Ist wohl seltsamer noch als solch ein Mord.
LADY MACBETH:
Mein König, Ihr entzieht Euch Euren Freunden.
MACBETH: Ha! ich vergaß –
Staunt über mich nicht, meine würd'gen Freunde;
Ich hab ein seltsam Übel, das nichts ist
Für jene, die mich kennen.
Wohlan! Lieb und Gesundheit trink ich allen,
Dann setz ich mich. Ha! Wein her! voll den Becher!
Der GEIST *kommt zurück.*
So trink ich auf das Wohl der ganzen Tafel
Und Banquos, unsers Freunds, den wir vermissen.
Wär er doch hier! sein Wohlergehn wie aller
Trink ich: Ihm, euch!
LORDS: Wir danken pflichtergeben.
MACBETH: Hinweg! – Aus meinen Augen! – Laß
Die Erde dich verbergen!
Marklos ist dein Gebein, dein Blut ist kalt;
Du hast kein Anschaun mehr in diesen Augen,
Mit denen du so stierst.
LADY MACBETH: Nehmt dies, ihr Herrn,
Als was Alltägliches, nichts weiter ist's;
Nur daß es uns des Abends Lust verdirbt.

MACBETH: Was einer wagt, wag ich:
Komm du mir nah als zott'ger russ'scher Bär,
Geharn'scht Rhinozeros, hyrkan'scher Tiger –
Nimm jegliche Gestalt, nur diese nicht –,
Nie werden meine festen Nerven beben.
Oder sei lebend wieder; fordre mich
In eine Wüst aufs Schwert; verkriech ich mich
Dann zitternd, ruf mich aus als Kinderpuppe.
Hinweg! gräßlicher Schatten!
Unkörperliches Blendwerk, fort! – Ha! so.

Geist entweicht.

Du nicht mehr da, nun bin ich wieder Mann. –
Ich bitte, steht nicht auf.

LADY MACBETH: Ihr habt die Lust
Verscheucht und die Geselligkeit gestört,
Durch höchst fremdart'ge Grillen.

MACBETH: Kann solch Wesen
An uns vorüberziehn wie Sommerwolken
Ohn unser mächtig Staunen? Ihr entfremdet
Mich meinem eignen Selbst, bedenk ich jetzt,
Daß ihr anschaut Gesichte solcher Art
Und doch die Röte eurer Wangen bleibt,
Wenn Schreck die meinen bleicht.

ROSSE: Was für Gesichte?

LADY MACBETH:
Ich bitt euch, sprecht nicht; er wird schlimm und schlimmer;
Fragen bringt ihn in Wut. Gut Nacht mit eins!
Beim Weggehn haltet nicht auf euern Rang,
Geht all zugleich.

LENOX: Wir wünschen Eurer Hoheit
Gut Nacht und beßres Wohl.

LADY MACBETH: Gut Nacht euch allen!

Alle Lords nebst Gefolge gehn ab.

MACBETH: Es fordert Blut, sagt man: Blut fordert Blut.
Man sah, daß Fels sich regt' und Bäume sprachen;
Auguren haben durch Geheimnisdeutung
Von Elstern, Krähn und Dohlen ausgefunden
Den tief verborgnen Mörder. – Wie weit ist die Nacht?

LADY MACBETH: Im Kampf fast mit dem Tag: ob Nacht, ob Tag.

MACBETH: Was sagst du, daß Macduff zu kommen weigert
Auf unsre Ladung?

LADY MACBETH: Sandtest du nach ihm?
MACBETH: Ich hört's von ungefähr; doch will ich senden:
Kein einz'ger, in des Haus mir nicht bezahlt
Ein Diener lebte. Morgen will ich hin
Und in der Frühe zu den Zauberschwestern:
Sie sollen mehr mir sagen; denn gespannt
Bin ich, das Schlimmst auf schlimmstem Weg zu wissen.
Zu meinem Vorteil muß sich alles fügen;
Ich bin einmal so tief in Blut gestiegen,
Daß, wollt ich nun im Waten stille stehn,
Rückkehr so schwierig wär wie durchzugehn.
Seltsames glüht im Kopf, es will zur Hand
Und muß getan sein, eh noch recht erkannt.
LADY MACBETH: Dir fehlt die Würze aller Wesen: Schlaf.
MACBETH:
Zu Bett! – Daß selbstgeschaffnes Graun mich quält,
Ist Furcht des Neulings, dem die Übung fehlt –
Wahrlich, wir sind zu jung nur.
Sie gehen ab.

FÜNFTE SZENE

Die Heide. Donner.

HEKATE *kommt, die* DREI HEXEN *ihr entgegen.*

ERSTE HEXE: Was gibt es, Hekate, warum so zornig?
HEKATE: Ihr garst'gen Vetteln, hab ich denn nicht recht?
Da ihr euch, dreist und unverschämt, erfrecht
Und treibt mit Macbeth euren Spuk
In Rätselkram, in Mord und Trug?
Und ich, die Meistrin eurer Kraft,
Die jedes Unheil wirkt und schafft,
Mich bat man nicht um meine Gunst,
Zu Ehr und Vorteil unsrer Kunst?
Und schlimmer noch, uns wird kein Lohn.
Ihr dienet dem verkehrten Sohn,
Der, trotzig und voll Übermut,
Sein Werk nur, nicht das eure, tut.
Auf! bessert's noch, macht euch davon,
Trefft mich am Pfuhl des Acheron;

Dahin wird er am Morgen gehn,
Von uns sein Schicksal zu erspähn.
Mit Hexenspuk und Sprüchen seid
Und jedem Zauberkram bereit.
Ich muß zur Luft hinauf; die Nacht
Wird auf ein Unheilswerk verbracht:
Vor Mittag viel geschehn noch soll.
Ein Tropfen, gift'ger Dünste voll,
An einem Horn des Mondes blinkt,
Den fang ich, eh er niedersinkt,
Der, destilliert mit Zauberflüchen,
Ruft Geister, die mit list'gen Sprüchen
Ihn mächtig täuschen, daß Beschwörung
Ihn treibt in Wahnwitz, in Zerstörung.
Dem Tod und Schicksal sprech er Hohn,
Nicht Gnad und Furcht soll ihn bedrohn;
Denn, wie ihr wißt, war Sicherheit
Des Menschen Erbfeind jederzeit.

Musik hinter der Szene.

Hinweg! dort sitzt mein kleiner Geist, o schaut!
In einer dunklen Wolk und ruft mich laut.

Gesang hinter der Szene:

Komm heran, komm heran!
Hekate, o komm heran!

HEKATE: Ich komm, ich komm, ich komme!
So schnell ich immer kann!
So schnell ich immer kann! *Ab.*

ERSTE HEXE: Fort, laßt uns eilen; bald kommt sie zurück.

Sie gehn ab.

Sechste Szene

Fores, im Schloß.

Lenox *und ein* Lord *treten auf.*

LENOX: Mein Wort berührt nur leicht, was Ihr gedacht;
Sinnt ferner drüber nach. Ich sage nur,
Seltsam geht manches zu: der gnadenreiche Duncan
Ward von Macbeth beklagt – nun, er war tot!
Der wackre Banquo ging zu spät noch aus –

Wollt Ihr, so könnt Ihr sagen: Fleance erschlug ihn,
Denn Fleance entfloh. – Man muß so spät nicht ausgehn.
Wer kann wohl anders als es schändlich finden,
Daß Donalbain und Malcolm töteten
Den gnadenreichen Vater? Höll'sche Untat!
Wie grämte Macbeth sich! erschlug er nicht
In frommer Wut die beiden Täter gleich,
Die weinbetäubt und schlafversunken waren?
War's edel nicht getan? Ja, klüglich auch;
Denn jedes Menschen Seel hätt es empört,
Ihr Leugnen anzuhören. Also sag ich,
Alles verfügt' er wohl: so denk ich auch,
Daß, hätt er Duncans Söhne unterm Schloß
(Was, mit des Himmels Hilfe, nie geschehn soll),
Sie würden fühlen, was es sagen will,
Den Vater zu ermorden; so auch Fleance.
Doch still, für dreiste Wort', und weil er ausblieb
Beim Feste des Tyrannen, fiel Macduff
In Ungunst. – Wißt Ihr, mein Herr, wo Malcolm jetzt
Sich aufhält?

LORD: Duncans Sohn, durch den Tyrannen
Beraubt des Erbrechts, lebt an Englands Hof,
Wo ihn der fromme Eduard aufgenommen,
So huldreich, daß des Glückes Bosheit nichts
Ihm raubt an Achtung. Dorthin will auch Macduff,
Des heil'gen Königs Hilfe zu erbitten,
Daß er Northumberland und Siward sende:
Damit durch ihren Beistand, nächst dem Schutz
Des Himmels, wir von neuem schaffen mögen
Den Tafeln Speis und unsern Nächten Schlaf,
Fest und Bankett befrein von blut'gen Messern,
Mit Treuen huld'gen, freie Ehr empfangen,
Was alles uns jetzt fehlt; und diese Nachricht
Hat so den König aufgeregt, daß er
Zum Kriege rüstet.

LENOX: Sandt er zu Macduff?

LORD: Ja; doch mit einem kurzen „Herr, nicht ich"
Schickt er den finstern Boten heim; der murmelt,
Als wollt er sagen: Ihr bereut die Stunde,
Die mich beschwert mit dieser Antwort.

LENOX: Dien ihm

Als Warnung das, so fern zu bleiben, wie
Ihm seine Weisheit rät. Ein heil'ger Engel
Flieg hin zum Hof nach England und verkünde
Die Botschaft, eh er kommt, daß Segen schnell
Dies Land erfreue, von verfluchter Hand
So hart gedrückt!

LORD: Auch mein Gebet mit ihm.

Sie gehn ab.

VIERTER AUFZUG

ERSTE SZENE

Eine finstre Höhle, in der Mitte ein Kessel.

Donner; die DREI HEXEN *kommen.*

ERSTE HEXE: Die gelbe Katz hat dreimal miaut.
ZWEITE HEXE: Ja, und einmal der Igel quiekt.
DRITTE HEXE: Die Harpyie schreit: „'s ist Zeit, 's ist Zeit."
ERSTE HEXE: Um den Kessel dreht euch rund,
Werft das Gift in seinen Schlund.
Kröte, die im kalten Stein
Tag' und Nächte, dreimal neun,
Zähen Schleim im Schlaf gegoren,
Sollst zuerst im Kessel schmoren!
ALLE: Spart am Werk nicht Fleiß noch Mühe,
Feuer sprühe, Kessel glühe!
ZWEITE HEXE: Sumpf'ger Schlange Schweif und Kopf
Brat und koch im Zaubertopf:
Molchesaug und Unkenzehe,
Hundemaul und Hirn der Krähe;
Zäher Saft des Bilsenkrauts,
Eidechsbein und Flaum vom Kauz:
Mächt'ger Zauber würzt die Brühe,
Höllenbrei im Kessel glühe!
ALLE: Spart am Werk nicht Fleiß noch Mühe,
Feuer sprühe, Kessel glühe!
DRITTE HEXE: Wolfeszahn und Kamm des Drachen,
Hexenmumie, Gaum und Rachen
Aus des Haifischs scharfem Schlund;

Schierlingswurz aus finsterm Grund;
Auch des Lästerjuden Lunge,
Türkennas und Tatarzunge;
Eibenreis, vom Stamm gerissen
In des Mondes Finsternissen;
Hand des neugebornen Knaben,
Den die Metz erwürgt im Graben,
Dich soll nun der Kessel haben.
Tigereingeweid hinein,
Und der Brei wird fertig sein.

ALLE: Spart am Werk nicht Fleiß noch Mühe,
Feuer sprühe, Kessel glühe!

ZWEITE HEXE: Abgekühlt mit Paviansblut,
Wird der Zauber stark und gut.

HEKATE *kommt zu den drei Hexen.*

HEKATE: So recht! ich lobe euer Walten;
Jede soll auch Lohn erhalten.
Um den Kessel tanzt und springt,
Elfen gleich den Reihen schlingt,
Und den Zaubersegen singt.

Gesang

Geister weiß und grau,
Geister rot und blau:
Rührt, rührt, rührt,
Rührt aus aller Kraft!

Hekate ab.

ZWEITE HEXE: Ha! mir juckt der Daumen schon,
Sicher naht ein Sündensohn. *Es klopft.*
Laßt ihn ein,
Wer's mag sein.

MACBETH *tritt auf.*

MACBETH: Nun, ihr geheimen, schwarzen Nachtunholde!
Was macht ihr da?

ALLE: Ein namenloses Werk.

MACBETH: Bei dem, was ihr da treibt, beschwör ich euch
– Wie ihr zur Kund auch kommt –, antwortet mir:
Entfesselt ihr den Sturm gleich, daß er kämpft
Gegen die Kirchen und die schäum'gen Wogen
Vernichten und verschlingen alle Schiffahrt,
Daß reifes Korn sich legt und Wälder brechen,
Daß Burgen auf den Schloßwart niederprasseln,

Daß Pyramiden und Paläste beugen
Bis zu dem Grund die Häupter. Müßte auch
Der ganze Schatz der zeugenden Natur
Zusammenbrechen, bis Zerstörung selbst
Es satt ist: Antwort gebt auf meine Fragen!

ERSTE HEXE: Sprich!

ZWEITE HEXE: Frag!

DRITTE HEXE: Wir geben Antwort.

ERSTE HEXE: Hörst du's aus unserm Munde lieber oder
Von unsern Meistern?

MACBETH: Ruft sie, ich will sie sehn.

ERSTE HEXE: Gießt der Sau Blut, die neun Junge
Fraß, noch zu; werft Fett, gedrungen
Aus des Mörders Rabenstein,
In die Glut.

ALLE: Kommt, groß und klein!
Seid dienstbehend und stellt euch ein!

Donner. ERSTE ERSCHEINUNG: *ein bewaffnetes Haupt steigt aus dem Kessel.*

MACBETH: Sprich, unbekannte Macht –

ERSTE HEXE: Er weiß dein Fragen:
Hören mußt du, selbst nichts sagen.

ERSTE ERSCHEINUNG:
Macbeth! Macbeth! Macbeth! scheu den Macduff,
Scheue den Than von Fife. – Laßt mich – genug. *Versinkt.*

MACBETH: Wer du auch seist, für deine Warnung Dank;
Du trafst den wunden Fleck – Doch noch ein Wort –

ERSTE HEXE: Er läßt sich nicht befehlen. Hier ein andrer,
Mächt'ger als jener.

Donner. ZWEITE ERSCHEINUNG: *ein blutiges Kind.*

ZWEITE ERSCHEINUNG: Macbeth! Macbeth! Macbeth!

MACBETH: Hätt ich drei Ohren, hört ich dich.

ZWEITE ERSCHEINUNG:
Sei blutig, kühn und fest; lach aller Toren,
Dir schadet keiner, den ein Weib geboren:
Kein solcher kränkt Macbeth. *Versinkt.*

MACBETH: Dann leb, Macduff; was brauch ich dich zu fürchten?
Doch mach ich doppelt sicher Sicherheit
Und nehm ein Pfand vom Schicksal – du sollst sterben:
Dann sag ich zu der bleichen Furcht: du lügst!
Und schlafe trotz dem Donner.

Donner. DRITTE ERSCHEINUNG: *ein gekröntes Kind mit einem Baum in der Hand.*

Was ist das,
Das aufsteigt wie der Sprößling eines Königs
Und um die Kindesstirn geflochten hat
Den Kranz der Majestät?

ALLE: Horch, sprich's nicht an.

DRITTE ERSCHEINUNG:
Sei löwenkühn und stolz; nichts darfst du scheuen,
Wer tobt, wer knirscht und ob Verräter dräuen:
Macbeth wird nie besiegt, bis einst hinan
Der große Birnams-Wald zum Dunsinan
Feindlich emporsteigt. *Versinkt.*

MACBETH: Das kann nimmer werden –
Wer wirbt den Wald? heißt Bäume von der Erden
Die Wurzel lösen? Wie der Spruch entzückt!
Aufruhr ist tot, bis Birnams Waldung rückt
Bergan, und Macbeth lebet hochgemut
Bis an das Ziel der Tage, zahlt Tribut
Nur der Natur und Zeit. –
Doch klopft mein Herz, nur eins noch zu erfahren;
Sprecht, kann mir eure Kunst dies offenbaren:
Wird Banquos Same je dies Reich regieren?

ALLE: Frag weiter nichts.

MACBETH: Ich will befriedigt sein: versagt mir das,
Und seid verflucht auf ewig! Laßt mich wissen –
Warum versinkt der Kessel? Welch Getön?

Oboen.

ERSTE HEXE: Erscheint!

ZWEITE HEXE: Erscheint!

DRITTE HEXE: Erscheint!

ALLE: Erscheint dem Aug und quält den Sinn:
Wie Schatten kommt und fahrt dahin.

ACHT KÖNIGE *erscheinen und gehn über die Bühne, der letzte trägt einen Spiegel;* BANQUO *folgt.*

MACBETH: Du bist zu ähnlich Banquos Geist! Hinab!
Dein Diadem brennt mir die Augen – Und du
Mit goldumwundner Stirne gleichst dem ersten:
Ein dritter wie der zweite – Garst'ge Hexen!
Warum zeigt ihr mir das? Ein vierter! Blick, erstarre!
Wie, dehnt die Reih sich bis zum Jüngsten Tag?

Und noch! Ein siebenter! Ich will nichts mehr sehn.
Da kommt der achte noch und hält 'nen Spiegel,
Der mir viel andre zeigt, und manche seh ich,
Die zwei Reichsäpfel und drei Zepter tragen –
Furchtbarer Anblick! Ja, ich seh, 's ist wahr;
Denn lächelnd winkt der blutdurchsiebte Banquo
Und deutet auf sie hin als auf die Seinen. –

Die Erscheinungen verschwinden.

Was, ist es so?

ERSTE HEXE: Ja, alles ist so. – Doch warum
Steht Macbeth da so starr und stumm?
Auf! zu ermuntern seinen Geist,
Ihm unsre schönsten Künste weist.
Durch Zauber tönen luft'ge Weisen;
Auf! tanzt in vielverschlungnen Kreisen.
Der König soll uns Lob gewähren,
Sein Kommen wußten wir zu ehren.

Musik; die Hexen tanzen und verschwinden.

MACBETH: Wo sind sie? Fort? – Mag diese Unglücksstunde
Verflucht auf ewig im Kalender stehn!
Herein, du draußen!

LENOX *tritt auf.*

LENOX: Was befiehlt Eur Hoheit?
MACBETH: Sahst du die Zauberschwestern?
LENOX: Nein, mein König.
MACBETH: Sie kamen nicht vorbei?
LENOX: Gewiß nicht, Herr.
MACBETH: Verpestet sei die Luft, auf der sie fahren,
Und alle die verdammt, so ihnen trauen!
Ich hörte Pferdgalopp – wer kam vorbei?
LENOX: Zwei oder drei, Herr, die Euch Nachricht brachten,
Daß Macduff floh nach England.
MACBETH: Floh nach England?
LENOX: Ja, gnäd'ger Herr.
MACBETH: O Zeit! vor eilst du meinem grausen Tun!
Nie wird der flücht'ge Vorsatz eingeholt,
Geht nicht die Tat gleich mit. Von Stund an nun
Sei immer meines Herzens Erstling auch
Erstling der Hand. Und den Gedanken gleich
Zu krönen, sei's getan, so wie gedacht.
Die Burg Macduffs will ich jetzt überfallen;

Fife wird erobert und dem Schwert geopfert
Sein Weib und Kind und alle armen Seelen
Aus seinem Stamm. Das ist nicht Torenwut;
Es ist getan, eh sich erkühlt mein Blut. –
Nur keine Geister mehr! – Wo sind die Herrn?
Komm, führ mich hin zu ihnen.
Sie gehn ab.

Zweite Szene

Fife, Zimmer in Macduffs Schloß.

Es treten auf Lady Macduff, *ihr kleiner* Sohn *und* Rosse.

LADY MACDUFF: Was tat er denn, landflüchtig so zu werden?
ROSSE: Geduldig müßt Ihr sein.
LADY MACDUFF: Er war es nicht.
Die Flucht ist Wahnsinn. Wenn nicht unsre Taten,
Macht Furcht uns zu Verrätern.
ROSSE: Wenig wißt Ihr,
Ob er der Weisheit oder Furcht gehorchte.
LADY MACDUFF: Weisheit! Sein Weib, die kleinen Kinder lassen,
Haushalt wie seine Würden, an dem Ort,
Von dem er selbst entflieht? Er liebt uns nicht,
Ihm fehlt Naturgefühl. Bekämpft der schwache
Zaunkönig, dieses kleinste Vögelchen,
Die Eule doch für seine Brut im Nest.
Bei ihm ist alles Furcht und Liebe nichts;
Nicht größer ist die Weisheit, wo die Flucht
So gegen die Vernunft rennt.
ROSSE: Teure Muhme,
Ich bitte, mäßigt Euch; denn Euer Gatte
Ist edel, klug, vorsichtig, kennt am besten
Der Tage Sturm. – Nicht viel mehr darf ich sagen –
Doch harte Zeit, wenn wir Verräter sind,
Uns unbewußt, wenn uns Gerüchte ängst'gen,
Aus Furcht nur, doch nicht wissend, was wir fürchten,
Getrieben auf empörtem, wildem Meer,
Nach allen Seiten hin. – So lebt denn wohl!
Nicht lang, und wieder sprech ich vor bei Euch.
Was so tief sank, geht unter oder klimmt

Zur alten Höh empor. Mein Vetterchen,
Gott segne dich!

LADY MACDUFF: Er hat ’nen Vater und ist vaterlos.

ROSSE: Ich bin so kindisch, daß ein längres Bleiben
Mich nur beschämen würd und Euch entmut’gen:
Lebt wohl mit eins! *Ab.*

LADY MACDUFF: Nun, Freund, tot ist dein Vater;
Und was fängst du nun an? wie willst du leben?

SOHN: Wie Vögel, Mutter.

LADY MACDUFF: Was, von Würmern? Fliegen?

SOHN: Nein, was ich kriegen kann; so machen sie’s.

LADY MACDUFF: Du armer Vogel, würdest nicht das Netz,
Leimrute, Schling und Falle fürchten.

SOHN: Wie doch?
Für arme Vögel stellt man die nicht auf. –
Mein Vater ist nicht tot, was du auch sagst.

LADY MACDUFF: Ja, doch; wo kriegst du nun ’nen Vater her?

SOHN: Nun, wo kriegst du ’nen Mann her?

LADY MACDUFF: Ei, zwanzig kauf ich mir auf jedem Markt.

SOHN: So kaufst du sie, sie wieder zu verkaufen.

LADY MACDUFF:
Du sprichst, so klug du kannst, und für dein Alter
Doch wahrlich klug genug.

SOHN: War mein Vater ein Verräter, Mutter?

LADY MACDUFF: Ja, das war er.

SOHN: Was ist ein Verräter?

LADY MACDUFF: Nun, einer, der schwört und es nicht hält.

SOHN: Und sind alle Verräter, die das tun?

LADY MACDUFF: Jeder, der das tut, ist ein Verräter und muß aufgehängt werden.

SOHN: Müssen denn alle aufgehängt werden, die schwören und es nicht halten?

LADY MACDUFF: Jawohl.

SOHN: Wer muß sie denn aufhängen?

LADY MACDUFF: Nun, die ehrlichen Leute.

SOHN: Dann sind die, welche schwören und es nicht halten, rechte Narren; denn ihrer sind so viele, daß sie die ehrlichen Leute schlagen könnten und aufhängen dazu.

LADY MACDUFF: Nun, Gott stehe dir bei, armes Äffchen! Aber was willst du nun anfangen, um einen Vater zu bekommen?

SOHN: Wenn er tot wäre, so würdest du um ihn weinen, und

tätest du das nicht, so wäre es ein gutes Zeichen, daß ich bald einen neuen Vater bekomme.

LADY MACDUFF: Armes Närrchen, wie du plauderst!

Ein BOTE *tritt auf.*

BOTE: Gott mit Euch, schöne Frau! Ihr kennt mich nicht,
Doch weiß ich Euren Stand und edlen Namen.
Ich fürchte, daß Gefahr Euch nah bedroht;
Verschmäht Ihr nicht den Rat 'nes schlichten Mannes,
So bleibt nicht hier: schnell fort mit Euren Kleinen!
Euch so zu schrecken bin ich grausam zwar;
Doch wär's Unmenschlichkeit, es nicht zu tun,
Da die Gefahr so nah. Der Himmel schütz Euch!
Ich darf nicht weilen. *Ab.*

LADY MACDUFF: Wohin soll ich fliehn?
Ich tat nichts Böses: doch jetzt denk ich dran,
Dies ist die ird'sche Welt, wo Böses tun
Oft löblich ist und Gutes tun zuweilen
Schädliche Torheit heißt. Warum denn, ach,
Verlaß ich mich auf diese Frauenwaffe
Und sag, ich tat nichts Böses?

Die MÖRDER *kommen.*

Was für Gesichter?

ERSTER MÖRDER: Wo ist Euer Mann?

LADY MACDUFF: Nicht, hoff ich, an so ungeweihtem Platz,
Wo deinesgleichen ihn kann finden.

ERSTER MÖRDER: Er
Ist ein Verräter.

SOHN: Du lügst, struppköpf'ger Schurke!

MÖRDER: Was! du Ei,
Verräterbrut! *Ersticht das Kind.*

SOHN: Er hat mich umgebracht!
Mutter, ich bitte dich, lauf fort. *Stirbt.*

Lady Macduff entflieht und schreit: Mord! *Die Mörder verfolgen sie.*

DRITTE SZENE

England. Park beim königlichen Schloß.

MALCOLM *und* MACDUFF *treten auf.*

MALCOLM: Laß uns 'nen stillen Schatten suchen und
Durch Tränen unser Herz erleichtern.

MACDUFF: Lieber
Laß uns, das Todesschwert ergreifend, wacker
Aufstehn für unser hingestürztes Recht.
An jedem Morgen heulen neue Witwen,
Und neue Waisen wimmern; neuer Jammer
Schlägt an des Himmels Wölbung, daß er tönt,
Als fühlt' er Schottlands Schmerz und hallte gellend
Den Klagelaut zurück.
MALCOLM: Das, was ich glaube,
Will ich betrauern; glauben, was ich weiß,
Und helfen will ich, wo ich kann, wenn Zeit
Und Freund' ich finde. Was Ihr mir erzählt,
Kann wohl sich so verhalten. Der Tyrann,
Des Name schon die Zung uns schwären macht,
Galt einst für ehrlich: Ihr habt ihn geliebt,
Noch kränkt' er Euch nicht. Ich bin jung, doch näher
Könnt Ihr durch mich ihn prüfen; Weisheit ist's,
Ein arm, unschuldig, schwaches Lamm zu opfern,
Um einen zorn'gen Gott zu sühnen.
MACDUFF: Ich
Bin kein Verräter.
MALCOLM: Aber Macbeth ist's.
Auch strenge Tugend kann sich schrecken lassen
Durch königliches Machtwort – doch verzeiht!
Mein Denken kann das, was Ihr seid, nicht wandeln.
Stets sind die Engel hell, fiel auch der hellste;
Borgt' alles Schlechte auch den Schein der Gnade,
Doch müßte Gnade wie sie selbst erscheinen.
MACDUFF: So hab ich meine Hoffnung denn verloren!
MALCOLM: Vielleicht da, wo ich meinen Zweifel fand.
Wie! in der Hast verließt Ihr Weib und Kind,
So teure Pfänder, mächt'ge Liebesknoten,
Selbst ohne Abschiednehmen? – Ich ersuch Euch –
Mein Mißtraun spricht nicht so, Euch zu entehren,
Nur, mich zu sichern. Ihr könnt rein und treu sein,
Was ich von Euch auch denke.
MACDUFF: Blute, blute,
Du armes Vaterland!
So lege festen Grund denn, Tyrannei,
Rechtmäßigkeit wagt nicht, dich anzugreifen!
Trage dein Leid, dein echter Herrscher zittert!

Prinz, lebe wohl! nicht möcht ich sein der Schurke,
Den du mich achtest, für den weiten Raum,
Den der Tyrann in seinen Klauen hält,
Zusamt dem reichen Ost.

MALCOLM: Sei nicht beleidigt!
Nicht unbedingter Argwohn sprach aus mir.
Ich glaub es, unser Land erliegt dem Joch;
Es weint und blutet; jeder neue Tag
Schlägt neue Wunden ihm; auch glaub ich wohl,
Daß Hände sich erhöben für mein Recht;
So bietet der huldreiche England mir
Manch wackres Tausend. Doch bei alledem,
Wenn ich nun tret auf des Tyrannen Haupt,
Es trag auf meinem Schwert, wird größre Laster
Mein armes Land noch tragen als zuvor,
Mehr dulden und auf schlimmre Art als je
Durch den, der folgen wird.

MACDUFF: Wer wäre dieser?

MALCOLM: Mich selber mein ich, in den, wie ich weiß,
Die Keime aller Laster so geimpft sind,
Daß, brechen sie nun auf, der schwarze Macbeth
Rein scheint wie Schnee und er dem armen Staat
Lammartig dünkt, vergleicht er ihn mit meiner
Maßlosen Sündlichkeit.

MACDUFF: Nicht in Legionen
Der grausen Höll ist ein verruchtrer Teufel,
Der Macbeth überragt.

MALCOLM: Wohl ist er blutig,
Wollüstig, geizig, falsch, betrügerisch,
Jähzornig, hämisch; schmeckt nach jeder Sünde,
Die Namen hat. Doch völlig bodenlos
Ist meine Wollust; eure Weiber, Töchter,
Jungfraun, Matronen könnten aus nicht füllen
Den Abgrund meiner Lust; und meine Gier
Würd überspringen jede feste Schranke,
Die meine Willkür hemmte. Besser Macbeth,
Als daß ein solcher herrscht.

MACDUFF: Unmäß'ge Wollust
Ist wohl auch Tyrannei und hat schon oft
Manchen beglückten Thron zu früh verwaist,
Viel Könige gestürzt. Allein deshalb

Zagt nicht zu nehmen, was Eur Eigen ist.
Ihr mögt der Lust ein weites Feld gewähren
Und kalt erscheinen, klug die Menschen täuschen:
Der will'gen Frauen gibt's genug; unmöglich
Kann solch ein Geier in Euch sein, der alle
Verschlänge, die der Hoheit gern sich opfern,
Zeigt sie ein solch Gelüst.

MALCOLM: Daneben wuchert
In meinem tief verderbten Sinn der Geiz,
So unersättlich, daß, wär ich der König,
Räumt ich die Edeln weg um ihre Güter;
Dem raubt ich die Juwelen, dem das Haus;
Mehr haben wäre mir die Würzung nur,
Den Hunger mehr zu reizen; Netze strickt ich,
Mit bösem Streit den Redlichen zu fangen,
Um Reichtum ihn vernichtend.

MACDUFF: Dieser Geiz
Steckt tiefer, schlingt verderblicher die Wurzeln
Als sommerliche Lust: er war das Schwert,
Das unsre Kön'ge schlug. Doch fürchtet nichts;
Schottland hat Reichtum gnug, Euch zu befried'gen,
Der Euch mit Recht gehört. Dies alles ist
Erträglich, ausgesöhnt durch Tugenden.

MALCOLM: Die hab ich nicht – die Königstugenden,
Wahrheit, Gerechtigkeit, Starkmut, Geduld,
Ausdauer, Milde, Andacht, Gnade, Kraft,
Mäßigkeit, Demut, Tapferkeit, von allen
Ist keine Spur in mir – nein, Überfluß
An jeglichem Verbrechen, ausgeübt
In jeder Art. Ja, hätt ich Macht, ich würde
Der Eintracht süße Milch zur Hölle gießen,
Verwandeln allen Frieden in Empörung,
Vernichten alle Einigkeit auf Erden.

MACDUFF: O Schottland! Schottland!

MALCOLM: Darf nun ein solcher wohl regieren? Sprich!
Ich bin, wie ich gesagt.

MACDUFF: Regieren? Nein,
Nicht leben darf er! O unsel'ges Volk!
Vom blut'gen Usurpator hingeschlachtet,
Wann doch erlebst du wieder frohe Tage?
Nie! denn der echtste Erbe deines Throns

Hat sich durch selbst gesprochnen Bann verflucht
Und brandmarkt seinen Stamm. Dein frommer Vater
War ein höchst heil'ger Fürst; die Kön'gin, die dich trug,
Weit öfter auf den Knien, als auf den Füßen,
Starb jeden Tag des Lebens. Fahre wohl!
Die Sünden, die du selbst dir zugesprochen,
Verbannten mich aus Schottland. – O mein Herz,
Dein Hoffen endet hier!

MALCOLM: Macduff, dein edler Zorn,
Das Kind der Redlichkeit, tilgt aus der Seele
Mir jeden schwarzen Argwohn und versöhnt
Mit deiner Treu und Ehre mein Gemüt.
Der teuflische Macbeth hat oft versucht,
Durch solche Künste mich ins Garn zu locken,
Drum schirmt vor allzu gläub'ger Hast mich Vorsicht –
Doch Gott mag richten zwischen dir und mir!
Denn jetzt geb ich mich ganz in deine Hände;
Die Selbstverleumdung widerruf ich, schwöre
Die Laster ab, durch die ich mich geschmäht,
Als meinem Wesen fremd. Noch weiß ich nichts
Vom Weibe, habe nimmer falsch geschworen,
Verlangte kaum nach dem, was mir gehört!
Stets hielt ich treu mein Wort, verriete selbst
Den Satan nicht den Teufeln; Wahrheit gilt
Mir mehr als Leben, meine erste Lüge
War diese gegen mich. Mein wahres Selbst
Ist dir und meinem armen Land geweiht;
Wohin auch schon, noch eh du hergekommen,
Der alte Siward mit zehntausend Kriegern
Bereitstand aufzubrechen, und wir gehn
Mitsammen nun. Sei uns das Glück gewogen,
Wie unser Streit gerecht ist! – Warum schweigst du?

MACDUFF:
Schwer läßt sich so Willkommnes und zugleich
So Unwillkommnes ein'gen.

MALCOLM: Gut! mehr nachher.

Ein ARZT *tritt auf.*

Geht heut der König aus?

ARZT: Ja, Prinz; denn viele Arme sind versammelt,
Die seine Hilf erwarten; ihre Krankheit
Trotzt jeder Heilkunst; doch rührt er sie an,

Hat so der Himmel seine Hand gesegnet,
Daß sie sogleich genesen.

MALCOLM: Dank Euch, Doktor.

Der Arzt geht ab.

MACDUFF: Was für 'ne Krankheit ist's?

MALCOLM: Sie heißt das Übel;
Ein wundertätig Werk vom guten König,
Das ich ihn oft, seit ich in England bin,
Vollbringen sah. Wie er zum Himmel fleht,
Weiß er am besten; seltsam Heimgesuchte,
Voll Schwulst und Aussatz, kläglich anzuschauen,
An denen alle Kunst verzweifelt, heilt er,
'ne goldne Münz um ihren Nacken hängend,
Mit heiligem Gebet – und nach Verheißung
Wird er vererben auf die künft'gen Herrscher
Die Wundergabe. Zu der heil'gen Kraft
Hat er auch himmlischen Prophetengeist;
So steht um seinen Thron vielfacher Segen,
Ihn gottbegabt verkündend.

ROSSE *tritt auf.*

MACDUFF: Wer kommt da?

MALCOLM:
Ein Landsmann, ob ich gleich ihn noch nicht kenne.

MACDUFF: Mein hochgeliebter Vetter, sei willkommen!

MALCOLM:
Jetzt kenn ich ihn. – O Gott! entferne bald,
Was uns einander fremd macht.

ROSSE: Amen, Herr!

MACDUFF: Steht's noch um Schottland so?

ROSSE: Ach! armes Land,
Das fast vor sich erschrickt! Nicht unsre Mutter
Kann es mehr heißen, sondern unser Grab:
Wo nur, wer von nichts weiß, noch etwa lächelt;
Wo Seufzen, Stöhnen, Schrein die Luft zerreißen
Und keiner achtet drauf; wo wilder Schmerz
Als ganz alltäglich gilt und keiner fragt:
„Für wen?" beim Grabgeläut; der Wackern Leben
Welkt schneller als der Strauß auf ihrem Hut,
Sie sterben, eh sie krank sind.

MACDUFF: O Erzählung,
Zu herb und doch zu wahr! Was ist die neuste Kränkung?

ROSSE: Wer die erzählt, die eine Stunde alt,
Wird ausgezischt; jedweder Augenblick
Zeugt eine neue.
MACDUFF: Wie steht's um mein Weib?
ROSSE: Nun – wohl.
MACDUFF: Und meine Kinder alle?
ROSSE: Auch wohl.
MACDUFF: Nicht stürmte der Tyrann in ihren Frieden?
ROSSE: Sie waren all in Frieden, als ich schied.
MACDUFF: Sei nicht mit Worten geizig; sprich, wie steht's?
ROSSE: Als ich fortging, die Nachricht herzubringen,
An der ich schwer trug, lief dort ein Gerücht
Von vielen wackren Leuten, die sich sammeln,
Und diesen Glauben fand ich auch bestätigt,
Weil ich im Feld sah des Tyrannen Truppen.
Nun ist zu helfen Zeit; Eur Aug in Schottland
Erschüfe Krieger, trieb' in Kampf die Frauen,
Ihr Elend abzuschütteln.
MALCOLM: Sei's ihr Trost,
Daß wir schon nahn. Der güt'ge England leiht uns
Den wackern Siward und zehntausend Mann;
Ein alter Krieger, keinen bessern gibt's
In aller Christenheit.
ROSSE: Könnt ich den Trost
Mit Trost vergelten! Doch ich habe Worte –
O würden sie in leere Luft geheult,
Wo nie ein Ohr sie faßte!
MACDUFF: Wen betrifft's?
Ist's allgemeines Weh! ist's eigner Schmerz,
Der einem nur gehört?
ROSSE: Kein redlich Herz,
Das nicht mit leidet; doch der größre Teil
Ist nur für dich allein.
MACDUFF: Gehört es mir,
Enthalte mir's nicht vor; schnell laß mich's haben.
ROSSE: Dein Ohr wird meine Zunge ewig hassen,
Die's mit dem jammervollsten Ton betäubt,
Den jemals du gehört.
MACDUFF: Ha! ich errat es.
ROSSE: Dein Schloß ist überfallen; Weib und Kinder
Grausam gewürgt. Dir zu erzählen, wie,

Hieß' deinen Tod hinzutun noch der Beute
Des hingestreckten Wildes.

MALCOLM: Gnäd'ger Gott! –
Nein, Mann! drück nicht den Hut so in die Augen,
Gib Worte deinem Schmerz: Gram, der nicht spricht,
Preßt das beladene Herz, bis daß es bricht.

MACDUFF: Auch meine Kinder?

ROSSE: Gattin, Kinder, Diener;
Was man nur fand.

MACDUFF: Und ich muß ferne sein!
Mein Weib gemordet auch?

ROSSE: Ich sagt es.

MALCOLM: Faßt Euch:
Laßt uns Arznei aus mächt'ger Rache mischen,
Um dieses Todesweh zu heilen.

MACDUFF: Er
Hat keine Kinder! All die süßen Kleinen?
Alle, sagst du? – O Höllengeier! – Alle!
Was! all die holden Küchlein, samt der Mutter,
Mit einem wilden Griff?

MALCOLM: Ertragt es wie ein Mann.

MACDUFF: Das will ich auch;
Doch ebenso muß wie ein Mann ich's fühlen:
Vergessen kann ich nicht, daß das gewesen,
Was mir das Liebste war. Konnte der Himmel
Es anschaun und nicht helfen? Sünd'ger Macduff!
Für dich sind sie erschlagen! Ich Verworfner!
Für ihre Sünden nicht, nein, für die meinen
Sind sie gewürgt. Schenk ihnen Frieden, Gott!

MALCOLM: Dies wetze scharf dein Schwert, verwandle Gram
In Zorn; erschlaffe nicht dein Herz, entflamm es.

MACDUFF: Ich will das Weib nicht mit den Augen spielen
Und prahlen mit der Zung! – Doch, güt'ger Himmel,
Verkürze allen Aufschub; Stirn an Stirn
Führ diesen Teufel Schottlands mir entgegen.
Stell ihn in meines Schwerts Bereich; entrinnt er,
Himmel, vergib ihm auch!

MALCOLM: So klingt es männlich.
Jetzt kommt zum König; fertig steht das Heer.
Es mangelt nur noch, daß wir Abschied nehmen.
Macbeth ist reif zur Ernte, und dort oben

Bereiten ew'ge Mächte schon das Messer.
Faßt frischen Mut; so lang ist keine Nacht,
Daß endlich nicht der helle Morgen lacht.

Sie gehen ab.

FÜNFTER AUFZUG

Erste Szene

Dunsinan. Zimmer im Schloß.

Es treten auf ein Arzt *und eine* Kammerfrau.

ARZT: Zwei Nächte habe ich nun mit Euch gewacht, aber keine Bestätigung Eurer Aussage gesehen. Wann ist sie zuletzt umhergewandelt?

KAMMERFRAU: Seitdem Seine Majestät in den Krieg zogen, habe ich gesehen, wie sie aus ihrem Bett aufstand, ihr Nachtgewand umwarf, ihren Schrank aufschloß, Papier nahm, es zusammenlegte, schrieb, das Geschriebene las, es versiegelte und dann wieder zu Bett ging: und die ganze Zeit im tiefen Schlafe.

ARZT: Eine große Zerrüttung der Natur! die Wohltat des Schlafes genießen und zugleich die Geschäfte des Wachens verrichten. – In dieser schlafenden Aufregung, außer dem Umherwandeln und anderm Tun, was, irgendeinmal, habt Ihr sie sprechen hören?

KAMMERFRAU: Dinge, die ich ihr nicht nachsprechen werde.

ARZT: Mir könnt Ihr's vertrauen; und es ist notwendig, daß Ihr es tut.

KAMMERFRAU: Weder Euch noch irgend jemand, da ich keine Zeugen habe, meine Aussage zu bekräftigen.

Lady Macbeth *kommt, eine Kerze in der Hand.*

Seht, da kommt sie! So ist ihre Art und Weise! und, bei meinem Leben, fest im Schlaf. Beobachtet sie; versteckt Euch!

ARZT: Wie kam sie zu dem Licht?

KAMMERFRAU: Das brennt neben ihrem Bett. Sie hat immer Licht: es ist ihr Befehl.

ARZT: Seht, ihre Augen sind offen.

KAMMERFRAU: Ja, aber ihre Sinne geschlossen.

ARZT: Was macht sie nun? Schaut, wie sie sich die Hände reibt.

KAMMERFRAU: Das ist ihre gewöhnliche Gebärde, daß sie tut, als wüsche sie sich die Hände; ich habe wohl gesehen, daß sie es eine Viertelstunde hintereinander tat.

LADY MACBETH: Da ist noch ein Fleck.

ARZT: Horch, sie spricht! Ich will aufschreiben, was sie sagt, um hernach meine Erinnerung daraus zu ergänzen.

LADY MACBETH: Fort, verdammter Fleck! fort, sag ich! – Eins, zwei! Nun, dann ist es Zeit, es zu tun. – Die Hölle ist finster! – Pfui, mein Gemahl, pfui! ein Soldat und furchtsam! Was haben wir zu fürchten, wer es weiß, da niemand unsre Gewalt zur Rechenschaft ziehen darf? – Aber wer hätte gedacht, daß der alte Mann noch so viel Blut in sich hätte?

ARZT: Hört Ihr wohl!

LADY MACBETH: Der Than von Fife hatte ein Weib: Wo ist sie nun? – Wie, wollen diese Hände denn nie rein werden? – Nichts mehr davon, mein Gemahl, nichts mehr davon; du verdirbst alles mit diesem Auffahren.

ARZT: Ei, ei! Ihr habt erfahren, was Ihr nicht solltet!

KAMMERFRAU: Gesprochen hat sie, was sie nicht sollte, das ist gewiß. Gott weiß, was sie erfahren hat.

LADY MACBETH: Noch immer riecht es hier nach Blut; alle Wohlgerüche Arabiens würden diese kleine Hand nicht wohlriechend machen. Oh! oh! oh!

ARZT: Was das für ein Seufzer war! Ihr Herz ist schmerzlich beladen.

KAMMERFRAU: Ich möchte nicht ein solches Herz im Busen tragen, nicht für den Königsschmuck des ganzen Leibes.

ARZT: Gut, gut!

KAMMERFRAU: Gebe Gott, daß es gut sei!

ARZT: Diese Krankheit liegt außer dem Gebiet meiner Kunst; aber ich habe Menschen gekannt, die im Schlaf umherwandelten und doch fromm in ihrem Bett starben.

LADY MACBETH: Wasch deine Hände, leg dein Nachtkleid an; sieh doch nicht so blaß aus! – Ich sage es dir noch einmal, Banquo ist begraben, er kann aus seiner Gruft nicht herauskommen.

ARZT: Wirklich?

LADY MACBETH: Zu Bett, zu Bett! Es wird ans Tor geklopft. Komm, komm, komm, komm, gib mir die Hand! – Was geschehn ist, kann man nicht ungeschehn machen. – Zu Bett, zu Bett, zu Bett! *Ab.*

ARZT: Geht sie nun zu Bett?
KAMMERFRAU: Unverzüglich.
ARZT: Von Greueln flüstert man, und Taten unnatürlich
Erzeugen unnatürliche Zerrüttung:
Die kranke Seele will ins taube Kissen
Entladen ihr Geheimnis. Sie bedarf
Des Beicht'gers mehr noch als des Arztes. – Gott,
Vergib uns allen! Seht nach ihr; entfernt,
Womit sie sich verletzen könnt, und habt
Ein Auge stets auf sie. – So, gute Nacht!
Der Anblick hat mir Schreck und Graun gemacht.
Ich denk und darf nichts sagen.
KAMMERFRAU: Nun, schlaft wohl!

Sie gehen ab.

ZWEITE SZENE

Feld in der Nähe von Dunsinan.

Es treten auf mit Trommeln und Fahnen MENTETH, CATHNESS, ANGUS, LENOX *und* SOLDATEN.

MENTETH: Das Heer von England naht, geführt von Malcolm,
Seinem Ohm Siward und dem guten Macduff:
Von Rache glühn sie; denn ihr herbes Leid
Erregte wohl den abgestorbnen Greis
Zu blutig grimmem Kampf.
ANGUS: Bei Birnams Wald –
Von dorther nahn sie – treffen wir sie wohl.
CATHNESS: Ob Donalbain bei seinem Bruder ist?
LENOX: Gewiß nicht, Herr; denn eine Liste hab ich
Vom ganzen Adel. Dort ist Siwards Sohn
Und mancher glatte Jüngling, der zuerst
Die Mannheit prüft.
MENTETH: Und was tut der Tyrann?
CATHNESS: Das mächt'ge Dunsinan befestigt er.
Toll heißt ihn mancher; wer ihn minder haßt,
Nennt's tapfre Wut; doch ist's gewiß, er kann
Den wild empörten Zustand nicht mehr schnallen
In den Gurt der Ordnung.
ANGUS: Jetzt empfindet er

Geheimen Mord, an seinen Händen klebend;
Jetzt straft Empörung stündlich seinen Treubruch;
Die er befehligt, handeln auf Befehl,
Aus Liebe nicht. Jetzt fühlt er seine Würde
Zu weit und lose, wie des Riesen Rock
Hängt um den dieb'schen Zwerg.

MENTETH: Ist es ein Wunder,
Wenn sein gequälter Sinn auffährt und schaudert?
Muß all sein Fühlen sich doch selbst verdammen,
Weil's seiner Seele eignet.

CATHNESS: Ziehn wir weiter,
Da Dienst zu weihen, wo es Lehnspflicht fordert:
Suchen wir auf das Heil des kranken Staates,
Mit ihm vergießen wir, zum Wohl des Landes,
All unser Blut.

LENOX: So viel, daß es betaut
Die Herrscherblum, ertränkt das gift'ge Kraut.
So geh der Zug nach Birnam.

Sie marschieren vorüber.

DRITTE SZENE

Dunsinan. Im Schloß.

MACBETH *tritt auf; der* ARZT, GEFOLGE.

MACBETH: Bringt keine Nachricht mehr! laßt alle fliehn;
Bis Birnams Wald anrückt auf Dunsinan,
Ist Furcht mir nichts. Was ist der Knabe Malcolm?
Gebar ihn nicht ein Weib! Die Geister, welche
All irdisch Walten kennen, prophezeiten so:
Sei kühn, Macbeth, kein Mann, vom Weib geboren,
Soll je dir was anhaben. – Flieht denn immer,
Ihr falschen Thans, zu Englands Weichlingen –
Dies Herz und meinen Herrschergeist verwegen
Dämpft Zweifel nicht und soll die Furcht nie regen.

Ein DIENER *tritt auf.*

Der Teufel brenn dich schwarz, milchbleicher Lump!
Wie kommst du an den Gänseblick?

DIENER: Da sind zehntausend –

MACBETH: Gänse, Schuft?

DIENER: Soldaten, Herr.
MACBETH: Reib dein Gesicht, die Furcht zu überröten,
Weißleb'riger Hund. Was für Soldaten, Hansnarr?
Hol dich der Teufel! deine Kreidewangen
Verführen all zur Furcht. Was für Soldaten,
Molkengesicht?
DIENER: Erlaubt! das Heer von England.
MACBETH: Weg dein Gesicht!

Diener ab.

Seyton! – Mir wird ganz übel,
Seh ich so – Seyton! Heda! – Dieser Ruck
Kuriert auf immer oder liefert jetzt mich.
Ich lebte lang genug: mein Lebensweg
Geriet ins Dürre, ins verwelkte Laub:
Und was das hohe Alter soll begleiten,
Gehorsam, Liebe, Ehre, Freundestrost,
Danach darf ich nicht aussehn; doch statt dessen
Flüche, nicht laut, doch tief, Munddienst und Hauch,
Was gern das arme Herz mir weigern möchte
Und wagt's nicht. Seyton!

SEYTON *kommt.*

SEYTON: Was befiehlt mein Herrscher?
MACBETH: Was gibt es Neues?
SEYTON: Alles wird bestätigt,
Was das Gerücht verkündet.
MACBETH: Ich will fechten,
Bis mir das Fleisch gehackt ist von den Knochen.
Gebt meine Rüstung mir!
SEYTON: Noch tut's nicht not.
MACBETH: Ich leg sie an.
Mehr Reiter sendet aus, durchstreift das Land;
Wer Furcht nennt, wird gehängt. – Bringt mir die Rüstung! –
Was macht die Kranke, Arzt?
ARZT: Nicht krank so sehr
Wie durch gedrängte Phantasiegebilde
Gestört, der Ruh beraubt.
MACBETH: Heil sie davon.
Kannst nichts ersinnen für ein krank Gemüt?
Tief wurzelnd Leid aus dem Gedächtnis reuten?
Die Qualen löschen, die ins Hirn geschrieben,
Und mit Vergessens süßem Gegengift

Die Brust entled'gen jener gift'gen Last,
Die schwer das Herz bedrückt?

ARZT: Hier muß der Kranke selbst das Mittel finden.

MACBETH:
Wirf deine Kunst den Hunden vor, ich mag sie nicht. –
Legt mir die Rüstung an; den Stab her! – Seyton,
Schick aus. – Doktor, die Thans verlassen mich: –
Nun, mach geschwind! – Arzt, könntst du meinem Land
Beschaun das Wasser, seine Krankheit finden
Und es zum kräft'gen frühern Wohlsein rein'gen,
Wollt ich mit deinem Lob das Echo wecken,
Daß es dein Lob weit hallte. – Weg den Riemen! –
Welche Purganz, Rhabarber, Senna führte
Wohl ab die Englischen? – Hörst du von ihnen?

ARZT: Ja, hoher König; Eure Kriegesrüstung
Macht, daß wir davon hören.

MACBETH: Bringt's mir nach. –
Nicht Tod und nicht Verderben ficht mich an,
Kommt Birnams-Wald nicht her zum Dunsinan! *Ab.*

ARZT: Wär ich von Dunsinan mit Heil und Glück,
So brächte mich kein Vorteil je zurück.

Alle ab.

Vierte Szene

Feld in der Nähe von Dunsinan, ein Wald in der Ferne.

Es treten auf mit Trommeln und Fahnen Malcolm, *der* alte Siward, *sein* Sohn, Macduff, Menteth, Cathness, Angus, Lenox, Rosse *und* Soldaten.

MALCOLM: Vettern, die Tage, hoff ich, sind uns nah,
Wo Kammern sicher sind.

MENTETH: Wir zweifeln nicht.

SIWARD: Wie heißt der Wald da vor uns?

MENTETH: Birnams-Wald.

MALCOLM: Ein jeder Krieger hau sich ab 'nen Zweig
Und trag ihn vor sich; so verbergen wir
Die Truppenzahl, und irrig wird der Feind
In seiner Schätzung.

EIN SOLDAT: Es soll gleich geschehn.

Die Soldaten gehn ab.

SIWARD: Wir hören nichts, als daß mit Zuversicht
Sich der Tyrann auf Dunsinan befestigt
Und die Belagrung ausstehn will.

MALCOLM: Darauf
Vertraut er einzig. Wo's nur möglich ist,
Empört sich hoch und niedrig gegen ihn,
Und niemand folgt ihm als gezwungnes Volk,
Das nicht von Herzen dient.

MACDUFF: Laßt bis zum Siege
Gerechten Tadel schweigen, daß wir weise
Den Kriegszug lenken.

SIWARD: Ja, es naht die Zeit,
Wo richt'ges Unterscheiden läßt erkennen
Das, was wir schulden, was wir unser nennen:
Von schwacher Hoffnung müß'ges Grübeln spricht;
Die Schlacht sitzt ob dem Ausgang zu Gericht:
Und ihr entgegen führt den Kriegeszug.

Alle ab.

FÜNFTE SZENE

Dunsinan. Im Schloß.

Mit Trommeln und Fahnen treten auf MACBETH, SEYTON *und* SOLDATEN.

MACBETH: Pflanzt unsre Banner auf die äußre Mauer;
Stets heißt's: „Sie kommen." Unser festes Schloß
Lacht der Belagrung; mögen sie hier liegen,
Bis Hunger sie und Krankheit aufgezehrt.
Verstärkten die sie nicht, die uns gehören,
Wir hätten, Bart an Bart, sie kühn getroffen
Und sie nach Haus gegeißelt. Welch Geschrei?

Weibergeschrei hinter der Szene.

SEYTON: Wehklage ist's von Weibern, gnäd'ger Herr. *Ab.*

MACBETH: Verloren hab ich fast den Sinn der Furcht.
Es gab 'ne Zeit, wo kalter Schaur mich faßte,
Wenn der Nachtvogel schrie, das ganze Haupthaar
Bei einer schrecklichen Geschicht empor
Sich richtete, als wäre Leben drin.

Ich habe mich an Grauen übersättigt;
Entsetzen, meines Mordsinns Hausgenoß,
Schreckt nun mich nimmermehr.

Seyton kommt zurück.

Weshalb das Wehschrein?

SEYTON: Die Kön'gin, Herr, ist tot.

MACBETH: Sie hätte später sterben können; es hätte
Die Zeit sich für ein solches Wort gefunden. –
Morgen und morgen und dann wieder morgen,
Kriecht so mit kleinem Schritt von Tag zu Tag,
Zur letzten Silb auf unserm Lebensblatt;
Und alle unsre Gestern führten Narrn
Den Pfad des staub'gen Tods. – Aus! kleines Licht!
Leben ist nur ein wandelnd Schattenbild;
Ein armer Komödiant, der spreizt und knirscht
Sein Stündchen auf der Bühn und dann nicht mehr
Vernommen wird; ein Märchen ist's, erzählt
Von einem Tollen, voller Klang und Wut,
Das nichts bedeutet.

Ein BOTE *kommt.*

Du hast was auf der Zunge: schnell heraus!

BOTE: Mein königlicher Herr –
Ich sollte melden das, was, wie ich glaube,
Ich sah – doch wie ich's tun soll, weiß ich nicht.

MACBETH: Nun, sag's nur, Mensch.

BOTE: Als ich den Wachtdienst auf dem Hügel tat –
Ich schau nach Birnam zu, und sieh, mir deucht,
Der Wald fängt an zu gehn.

MACBETH: Lügner und Sklav!

BOTE: Laßt Euren Zorn mich fühlen, ist's nicht so:
Drei Meilen weit könnt Ihr ihn kommen sehn;
Ein gehnder Wald – wahrhaftig!

MACBETH: Sprichst du falsch,
Sollst du am nächsten Baum lebendig hangen,
Bis Hunger dich verschrumpft hat; sprichst du wahr,
Magst du mir meinethalb dasselbe tun. –
Einzieh ich die Entschlossenheit, beginne
Den Doppelsinn des bösen Feinds zu merken,
Der Lüge spricht wie Wahrheit: Fürchte nichts,
Bis Birnams-Wald anrückt auf Dunsinan; –
Und nunmehr kommt ein Wald nach Dunsinan.

Waffen nun, Waffen! und hinaus! –
Ist Wahrheit das, was seine Meldung spricht,
So ist kein Fliehn von hier, kein Bleiben nicht.
Das Sonnenlicht will schon verhaßt mir werden;
Oh! fiel' in Trümmer jetzt der Bau der Erden!
Auf! läutet Sturm! Wind, blas! heran, Verderben!
Den Harnisch auf dem Rücken, will ich sterben.
Alle ab.

SECHSTE SZENE

Ebendaselbst. Ein Feld vor dem Schloß.

Es treten auf mit Trommeln und Fahnen MALCOLM, SIWARD, *die übrigen* ANFÜHRER, *das* HEER *mit Zweigen.*

MALCOLM: Jetzt nah genug! Werft ab die laub'gen Schirme
Und zeigt euch, wie ihr seid. Ihr, würd'ger Oheim,
Führt mit dem Vetter, Eurem edlen Sohn,
Die erste Schar; ich und der würd'ge Macduff
Besorgen, was noch übrig ist zu tun,
Wie wir es angeordnet.
SIWARD: Lebt denn wohl! –
Zieht uns nur heut entgegen der Tyrann,
Mag er den schlagen, der nicht fechten kann!
MACDUFF: Trompeten blast, befeuert kühnen Mut,
Herolde, ruft ihr uns in Tod und Blut.
Alle ab. Schlachtgetümmel hinter der Szene.

SIEBENTE SZENE

Ein anderer Teil des Schlachtfeldes.

MACBETH *tritt auf.*

MACBETH: Sie banden mich an den Pfahl; fliehn kann ich nicht,
Muß wie der Bär der Hatz entgegenkämpfen:
Wo ist er, der nicht ward vom Weib geboren?
Den fürcht ich, keinen sonst.
Der JUNGE SIWARD *kommt.*
DER JUNGE SIWARD: Wie ist dein Name?

MACBETH: Du wirst erschrecken, ihn zu hören.

DER JUNGE SIWARD: Nein!
Nennst du dich auch mit einem grimmren Namen
Als einer in der Höll.

MACBETH: Mein Nam ist Macbeth.

DER JUNGE SIWARD: Der Teufel selber könnte nichts verkünden,
Verhaßter meinem Ohr.

MACBETH: Und nichts so furchtbar.

DER JUNGE SIWARD: Abscheulicher Tyrann, du lügst! das soll
Mein Schwert dir zeigen.

Gefecht, der junge Siward fällt.

MACBETH: Wardst vom Weib geboren. –
Der Schwerter lach ich, spotte der Gefahr,
Womit ein Mann dräut, den ein Weib gebar. *Ab.*

Getümmel. MACDUFF *kommt.*

MACDUFF: Dort ist der Lärm. – Zeig dein Gesicht, Tyrann!
Fällst du, und nicht von meinem Schwert, so werden
Mich meines Weibs, der Kinder Geister quälen;
Ich kann auf armes Kernenvolk nicht schlagen,
Die in gedungner Hand die Lanze führen.
Nur du, Macbeth, wo nicht, kehrt schartenlos
Und ohne Tat mein Schwert zurück zur Scheide.
Dort mußt du sein; dies mächt'ge Tosen kündet,
Daß dort vom ersten Range einer kämpft.
O Glück! eins bitt ich nur, laß mich ihn finden. *Ab.*

Getümmel. MALCOLM *und* SIWARD *kommen.*

SIWARD: Hierher, mein Prinz! – Das Schloß ergab sich willig.
Auf beiden Seiten kämpft des Wütrichs Volk;
Die edlen Thans tun wackre Kriegesdienste;
Der Tag hat sich fast schon für Euch entschieden,
Nur wenig ist zu tun.

MALCOLM: Wir trafen Feinde,
Die uns vorbei haun.

SIWARD: Kommt, Prinz, in die Festung.

Sie gehn ab.

Achte Szene

Ein andrer Teil des Schlachtfelds.

Getümmel. Macbeth *kommt.*

MACBETH: Weshalb sollt ich den röm'schen Narren spielen,
Sterbend durchs eigene Schwert? Solange Leben
Noch vor mir sind, stehn denen Wunden besser.

Macduff *kommt zurück.*

MACDUFF: Zu mir! du Höllenhund, zu mir!
MACBETH: Von allen Menschen mied ich dich allein;
Du, zieh dich nur zurück, mit Blut der Deinen
Ist meine Seele schon zu sehr beladen.
MACDUFF: Ich habe keine Worte, meine Stimme
Ist nur in meinem Schwert. Du Schurke, blut'ger,
Als Sprache Worte hat!

Sie fechten.

MACBETH: Verlorne Müh!
So leicht magst du die unteilbare Luft
Mit scharfem Schwert durchhaun wie mich verletzen:
Auf Schädel, die verwundbar, schwing den Stahl;
Mein Leben ist gefeit, kann nicht erliegen
Einem vom Weib Gebornen.
MACDUFF: So verzweifle
An deiner Kunst; und sage dir der Engel,
Dem du von je gedient, daß vor der Zeit
Macduff geschnitten ward aus Mutterleib.
MACBETH: Verflucht die Zunge, die mir dies verkündet,
Denn meine beste Mannheit schlägt sie nieder!
Und keiner trau dem Gaukelspiel der Hölle,
Die uns mit doppelsinn'ger Rede äfft,
Die Wort nur hält dem Ohr mit Glückverheißung
Und es der Wahrheit bricht. – Mit dir nicht kämpf ich.
MACDUFF: Nun, so ergib dich, Memme!
Und leb als Wunderschauspiel für die Welt.
Wir wollen dich als seltnes Ungeheuer
Im Bild auf Stangen führen, mit der Schrift:
„Hier zeigt man den Tyrannen."
MACBETH: Ich will mich nicht ergeben, um zu küssen
Den Boden vor des Knaben Malcolm Fuß,
Gehetzt zu werden von des Pöbels Flüchen.

Ob Birnams-Wald auch kam nach Dunsinan,
Ob meinen Gegner auch kein Weib gebar,
Doch wag ich noch das letzte: Vor die Brust
Werf ich den mächt'gen Schild: Nun magst dich wahren,
Wer „Halt!" zuerst ruft, soll zur Hölle fahren!

Sie gehen kämpfend ab.

Rückzug. Trompeten. Es treten auf mit Trommeln und Fahnen MALCOLM, SIWARD, ROSSE, LENOX, ANGUS, CATHNESS, MENTETH.

MALCOLM: Oh, wären lebend die vermißten Freunde!
SIWARD: Mancher muß draufgehn; doch, soviel ich sehe,
Ist dieser große Tag wohlfeil erkauft.
MALCOLM: Vermißt wird Macduff und Eur edler Sohn.
ROSSE: Eur Sohn, Mylord, hat Kriegerschuld gezahlt:
Er lebte nur, bis er ein Mann geworden;
In seiner Kühnheit war dies kaum bewährt,
Durch unverzagten Kampf in blut'ger Schlacht,
Als er starb wie ein Mann.
SIWARD: So ist er tot?
ROSSE: Ja, und getragen aus dem Feld. Eur Schmerz
Darf nicht nach seinem Wert gemessen werden,
Sonst wär er endlos.
SIWARD: Hat er vorn die Wunden?
ROSSE: Ja, auf der Stirn.
SIWARD: Wohl: sei er Gottes Kriegsmann!
Hätt ich so viele Söhn, wie Haar' ich habe,
Ich wünschte keinem einen schönern Tod:
Das ist sein Grabgeläut.
MALCOLM: Mehr Traur gebührt ihm,
Und die will ich ihm weihn.
SIWARD: Mehr tun ist Schwäche.
Er schied geehrt und zahlte seine Zeche;
So, Gott sei mit ihm! – Seht den neusten Trost.

MACDUFF *kommt mit Macbeths Kopf.*

MACDUFF: Heil, König! denn das bist du. Schau, hier ist
Des Usurpators Haupt: die Welt ist frei.
Ich seh umringt dich von des Reiches Perlen,
Die meinen Gruß im Herzen mit mir sprechen
Und deren lautes Wort ich jetzt erheische –
Dem König Schottlands Heil!
ALLE: Heil, Schottlands König!

Trompetenstoß.

MALCOLM: Wir wollen nicht vergeblich Zeit verschwenden,
Mit eurer Liebe einzeln abzurechnen
Und quitt mit euch zu werden. Thans und Vettern,
Hinfort seid Grafen, die zuerst in Schottland
Mit dieser Ehre prangen. Was zu tun noch,
Was nun gepflanzt muß werden mit der Zeit: –
Wie Rückberufung der verbannten Freunde,
Die des Tyrannen list'ger Schling entflohn;
Einziehn der blut'gen Schergen dieses toten
Bluthunds und seiner höll'schen Königin,
Die, wie man glaubt, gewaltsam selbst ihr Leben
Geendet – alles, was uns sonst noch obliegt,
Das, mit der ew'gen Gnade Gnadenhort,
Vollenden wir nach Maß und Zeit und Ort.
Euch allen werd und jedem Dank und Lohn,
Und jetzt zur Krönung lad ich euch nach Scone.

Trompeten. Alle ab.

HAMLET, PRINZ VON DÄNEMARK

Personen

Claudius, *König von Dänemark*
Hamlet, *Sohn des vorigen und Neffe des gegenwärtigen Königs*
Polonius, *Oberkämmerer*
Laertes, *Sohn des Polonius*
Horatio, *Hamlets Freund*
Rosenkranz, Güldenstern, Voltimand, Cornelius — *Hofleute*
Osrick, *ein Hofmann*
Ein andrer Hofmann
Ein Priester
Marcellus, Bernardo — *Offiziere*
Francisco, *ein Soldat*
Fortinbras, *Prinz von Norwegen*
Der Geist von Hamlets Vater
Reinhold, *Diener des Polonius*
Schauspieler
Zwei Totengräber
Ein norwegischer Hauptmann
Ein Edelmann
Ein Priester
Englische Gesandte
Gertrud, *Königin von Dänemark, Hamlets Mutter*
Ophelia, *Tochter des Polonius*
Herren und Damen vom Hofe, Soldaten, Matrosen, Boten und anderes Gefolge

Die Szene ist in Dänemark.

ERSTER AUFZUG

ERSTE SZENE

Helsingör. Eine Terrasse vor dem Schlosse.

FRANCISCO *auf dem Posten.* BERNARDO *tritt auf.*

BERNARDO: Wer da?
FRANCISCO: Nein, mir antwortet: steht und gebt Euch kund.
BERNARDO: Lang lebe der König!
FRANCISCO: Bernardo?
BERNARDO: Er selbst.
FRANCISCO: Ihr kommt gewissenhaft auf Eure Stunde.
BERNARDO:
Es schlug schon zwölf; mach dich zu Bett, Francisco.
FRANCISCO: Dank für die Ablösung! 's ist bitter kalt,
Und mir ist schlimm zumut.
BERNARDO: War Eure Wache ruhig?
FRANCISCO: Alles mausestill.
BERNARDO: Nun, gute Nacht!
Wenn Ihr auf meine Wachtgefährten stoßt,
Horatio und Marcellus, heißt sie eilen.

HORATIO *und* MARCELLUS *treten auf.*

FRANCISCO: Ich denk, ich höre sie. – He! halt! wer da?
HORATIO: Freund dieses Bodens.
MARCELLUS: Und Vasall des Dänen.
FRANCISCO: Habt gute Nacht.
MARCELLUS: O grüß dich, wackrer Krieger,
Wer hat dich abgelöst?
FRANCISCO: Bernardo hat den Posten.
Habt gute Nacht. *Ab.*
MARCELLUS: Holla, Bernardo!
BERNARDO: Sprecht!
He, ist Horatio da?
HORATIO: Ein Stück von ihm.
BERNARDO:
Willkommen Euch! willkommen, Freund Marcellus.

HORATIO: Nun, ist das Ding heut wiederum erschienen?
BERNARDO: Ich habe nichts gesehn.
MARCELLUS: Horatio sagt, es sei nur Einbildung,
Und will dem Glauben keinen Raum gestatten
An dieses Schreckbild, das wir zweimal sahn.
Deswegen hab ich ihn hierher geladen,
Mit uns die Stunden dieser Nacht zu wachen,
Damit, wenn wieder die Erscheinung kommt,
Er unsern Augen zeug und mit ihr spreche.
HORATIO: Pah, pah! Sie wird nicht kommen.
BERNARDO: Setzt Euch denn,
Und laßt uns nochmals Euer Ohr bestürmen,
Das so verschanzt ist gegen den Bericht,
Was wir zwei Nächte sahn.
HORATIO: Gut, sitzen wir,
Und laßt Bernardo uns hiervon erzählen.
BERNARDO: Die allerletzte Nacht,
Als eben jener Stern vom Pol gen Westen
In seinem Lauf den Teil des Himmels hellte,
Wo jetzt er glüht: da sahn Marcell und ich,
Indem die Glocke eins schlug –
MARCELLUS:
O still! halt ein! Sieh, wie's da wieder kommt!

Der GEIST *kommt.*

BERNARDO: Ganz die Gestalt wie der verstorbne König.
MARCELLUS: Du bist gelehrt, sprich du mit ihm, Horatio.
BERNARDO:
Sieht's nicht dem König gleich? Schau's an, Horatio.
HORATIO:
Ganz gleich; es macht mich starr vor Furcht und Staunen.
BERNARDO: Es möchte angeredet sein.
MARCELLUS: Horatio, sprich mit ihm.
HORATIO: Wer bist du, der sich diese Nachtzeit anmaßt
Und diese edle kriegrische Gestalt,
Worin die Hoheit des begrabnen Dänmark
Weiland einherging? Ich beschwöre dich
Beim Himmel, sprich.
MARCELLUS: Es ist beleidigt.
BERNARDO: Seht, es schreitet weg.
HORATIO: Bleib, sprich! Sprich, ich beschwör dich, sprich!

Geist ab.

MARCELLUS: Fort ist's und will nicht reden.
BERNARDO: Wie nun, Horatio? Ihr zittert und seid bleich:
Ist dies nicht etwas mehr als Einbildung?
Was haltet Ihr davon?
HORATIO: Bei meinem Gott, ich dürfte dies nicht glauben,
Hätt ich die sichre fühlbare Gewähr
Der eignen Augen nicht.
MARCELLUS: Sieht's nicht dem König gleich?
HORATIO: Wie du dir selbst.
Genauso war die Rüstung, die er trug,
Als er sich mit dem stolzen Norweg maß;
So dräut er einst, als er in hartem Zweisprach
Aufs Eis warf den beschlitteten Polacken.
's ist seltsam.
MARCELLUS: So schritt er grad um diese dumpfe Stunde
Schon zweimal kriegrisch unsre Wacht vorbei.
HORATIO: Wie dies bestimmt zu deuten, weiß ich nicht;
Allein soviel ich insgesamt erachte,
Verkündet's unserm Staat besondre Gärung.
MARCELLUS: Nun setzt euch, Freunde, sagt mir, wer es weiß,
Warum dies aufmerksame strenge Wachen
Den Untertan des Landes nächtlich plagt?
Warum wird Tag für Tag Geschütz gegossen
Und in der Fremde Kriegsgerät gekauft?
Warum gepreßt für Werfte, wo das Volk
Den Sonntag nicht vom sauren Werktag trennt?
Was gibt's, daß diese schweißbetriefte Eil
Die Nacht dem Tage zur Gehilfin macht?
Kann jemand mich belehren?
HORATIO: Ja, ich kann's;
Zum mindsten heißt es so. Der letzte König,
[Des Bild erst eben hier vor uns erschienen,]
Ward, wie ihr wißt, durch Fortinbras von Norweg,
Den eifersücht'ger Stolz dazu gespornt,
Zum Kampf gefordert; unser tapfrer Hamlet
(Denn diese Seite der bekannten Welt
Hält ihn dafür) schlug diesen Fortinbras,
Der laut dem untersiegelten Vertrag,
Bekräftiget durch Recht und Rittersitte,
Mit seinem Leben alle Länderein,
Die er besaß, verwirkte an den Sieger;

Wogegen auch ein angemeßnes Teil
Von unserm König ward zum Pfand gesetzt,
Das Fortinbras anheimgefallen wäre,
Hätt er gesiegt; wie durch denselben Handel
Und Inhalt der besprochnen Punkte seins
An Hamlet fiel. Der junge Fortinbras
Hat nun, von wildem Feuer heiß und voll,
An Norwegs Ecken hier und da ein Heer
Landloser Abenteurer aufgerafft
Für Brot und Kost zu einem Unternehmen,
Das Herz hat; welches denn kein andres ist
(Wie unser Staat das auch gar wohl erkennt),
Als durch die starke Hand und Zwang der Waffen
Die vorbesagten Land' uns abzunehmen,
Die so sein Vater eingebüßt: und dies
Scheint mir der Antrieb unsrer Zurüstungen,
Die Quelle unsrer Wachen und der Grund
Von diesem Treiben und Gewühl im Lande.

BERNARDO: Nichts anders, denk ich, ist's, als ebendies.
Wohl trifft es zu, daß diese Schreckgestalt
In Waffen unsre Wacht besucht, so ähnlich
Dem König, der der Anlaß dieses Kriegs.

HORATIO: Ein Stäubchen ist's, des Geistes Aug zu trüben.
Im höchsten palmenreichsten Stande Roms,
Kurz vor dem Fall des großen Julius, standen
Die Gräber leer, verhüllte Tote schrien
Und wimmerten die röm'schen Gassen durch.
Dann feurgeschweifte Sterne, blut'ger Tau,
Die Sonne fleckig; und der feuchte Stern,
Des Einfluß waltet in Neptunus' Reich,
Krankt' an Verfinstrung wie zum Jüngsten Tag.
Und ebensolche Zeichen grauser Dinge
– Als Boten, die dem Schicksal stets vorangehn,
Und Vorspiel der Entscheidung, die sich naht –
Hat Erd und Himmel insgemein gesandt
An unsern Himmelsstrich und Landsgenossen.

Der GEIST *kommt wieder.*

Doch still! Schaut, wie's da wieder kommt. Ich kreuz es,
Und sollt es mich verderben. – Steh, Phantom!
Hast du Gebrauch der Stimm und einen Laut:
Sprich zu mir!

Ist irgendeine gute Tat zu tun,
Die Ruh dir bringen kann und Ehre mir:
Sprich zu mir!
Bist du vertraut mit deines Landes Schicksal,
Das etwa noch Voraussicht wenden kann:
O sprich!
Und hast du aufgehäuft in deinem Leben
Erpreßte Schätze in der Erde Schoß,
Wofür ihr Geister, sagt man, oft im Tode
Umhergeht: sprich davon! verweil und sprich!

Der Hahn kräht.

Halt es doch auf, Marcellus!
MARCELLUS: Soll ich nach ihm mit der Hellbarde schlagen?
HORATIO: Tu's, wenn's nicht stehen will.
BERNARDO: 's ist hier.
HORATIO: 's ist hier.

Geist ab.

MARCELLUS: 's ist fort.
Wir tun ihm Schmach, da es so majestätisch,
Wenn wir den Anschein der Gewalt ihm bieten.
Denn es ist unverwundbar wie die Luft,
Und unsre Streiche nur boshafter Hohn.
BERNARDO: Es war am Reden, als der Hahn just krähte.
HORATIO: Und da fuhr's auf gleich einem sünd'gen Wesen
Auf einen Schreckensruf. Ich hab gehört,
Der Hahn, der als Trompete dient dem Morgen,
Erweckt mit schmetternder und heller Kehle
Den Gott des Tages, und auf seine Mahnung,
Sei's in der See, in Feur, Erd oder Luft,
Eilt jeder schweifende und irre Geist
In sein Revier; und von der Wahrheit dessen
Gab dieser Gegenstand uns den Beweis.
MARCELLUS: Es schwand erblassend mit des Hahnes Krähn,
Sie sagen, immer wenn die Jahrszeit naht,
Da man des Heilands Ankunft feiert, singe
Die ganze Nacht durch dieser frühe Vogel.
Dann darf kein Geist umhergehn, sagen sie,
Die Nächte sind gesund, dann trifft kein Stern,
Kein Elfe faht, noch mögen Hexen zaubern:
So gnadenvoll und heilig ist die Zeit.
HORATIO: So hört auch ich und glaube dran zum Teil.

Doch seht, der Morgen, angetan mit Purpur,
Betritt den Tau des hohen Hügels dort:
Laßt uns die Wacht aufbrechen, und ich rate,
Vertraun wir, was wir diese Nacht gesehn,
Dem jungen Hamlet; denn bei meinem Leben,
Der Geist, so stumm für uns, ihm wird er reden.
Ihr willigt drein, daß wir ihm dieses melden,
Wie Lieb uns nötigt und der Pflicht geziemt?

MARCELLUS: Ich bitt Euch, tun wir das; ich weiß, wo wir
Ihn am bequemsten heute finden werden.

Alle ab.

Zweite Szene

Ein Staatszimmer im Schlosse.

Trompetenstoß. Es treten auf der König, *die* Königin, Räte, Polonius, Laertes, Voltimand, Cornelius *und zuletzt* Hamlet.

KÖNIG: Wiewohl von Hamlets Tod, des werten Bruders,
Noch das Gedächtnis frisch; und ob es unserm Herzen
Zu trauern ziemte und dem ganzen Reich,
In eine Stirn des Grames sich zu falten:
So weit hat Urteil die Natur bekämpft,
Daß wir mit weisem Kummer sein gedenken
Zugleich mit der Erinnerung an uns selbst.
Wir haben also unsre weiland Schwester,
Jetzt unsre Königin, die hohe Witwe
Und Erbin dieses kriegerischen Staats,
Mit unterdrückter Freude, sozusagen
Mit einem heitern, einem nassen Aug,
Mit Leichenjubel und mit Hochzeitsklage,
In gleichen Schalen wägend Leid und Lust,
Zur Eh genommen; haben auch hierin
Nicht eurer bessern Weisheit widerstrebt,
Die frei uns beigestimmt. – Für alles Dank!
Nun, wißt ihr, hat der junge Fortinbras
Aus Minderschätzung unsers Werts und denkend,
Durch unsers teuren sel'gen Bruders Tod
Sei unser Staat verrenkt und aus den Fugen
– Gestützt auf diesen Traum von seinem Vorteil –,

Mit Botschaft uns zu plagen nicht ermangelt
Um Wiedergabe jener Länderein,
Rechtskräftig eingebüßt von seinem Vater
An unsern tapfern Bruder. – Soviel von ihm;
Nun von uns selbst und eurer Herberufung.
So lautet das Geschäft: Wir schreiben hier
An Norweg, Ohm des jungen Fortinbras,
Der, schwach, bettlägrig, kaum von diesem Anschlag
Des Neffen hört, desselben fernern Gang
Hierin zu hemmen; sintemal die Werbung,
Bestand und Zahl der Truppen, alles doch
Aus seinem Volk geschieht; und senden nun
Euch, wackrer Voltimand, und Euch, Cornelius,
Mit diesem Gruß zum alten Norweg hin;
Euch keine weitre Vollmacht übergebend,
Zu handeln mit dem König, als das Maß
Der hier erörterten Artikel zuläßt.
Lebt wohl, und Eil empfehle euren Eifer.
CORNELIUS *und* VOLTIMAND:
Hier, wie in allem, wollen wir ihn zeigen.
KÖNIG: Wir zweifeln nicht daran. Lebt herzlich wohl.
Voltimand und Cornelius ab.
Und nun, Laertes, sagt, was bringt Ihr uns?
Ihr nanntet ein Gesuch: was ist's, Laertes?
Ihr könnt nicht von Vernunft dem Dänen reden
Und Euer Wort verlieren. Kannst du bitten,
Was ich nicht gern gewährt, eh du's verlangt?
Der Kopf ist nicht dem Herzen mehr verwandt,
Die Hand dem Munde dienstgefäll'ger nicht,
Als Dänmarks Thron es deinem Vater ist.
Was wünschest du, Laertes?
LAERTES: Hoher Herr,
Vergünstigung, nach Frankreich rückzukehren,
Woher ich zwar nach Dänmark willig kam,
Bei Eurer Krönung meine Pflicht zu leisten;
Doch nun, gesteh ich, da die Pflicht erfüllt,
Strebt mein Gedank und Wunsch nach Frankreich hin
Und neigt sich Eurer gnädigen Erlaubnis.
KÖNIG: Erlaubt's der Vater Euch? Was sagt Polonius?
POLONIUS: Er hat, mein Fürst, die zögernde Erlaubnis
Mir durch beharrlich Bitten abgedrungen,

Daß ich zuletzt auf seinen Wunsch das Siegel
Der schwierigen Bewilligung gedrückt.
Ich bitt Euch, gebt Erlaubnis ihm zu gehn.
KÖNIG: Nimm deine günst'ge Stunde wahr, Laertes,
Nutz deine Zeit nach Lust und besten Kräften! –
Doch nun, mein Vetter Hamlet und mein Sohn –
HAMLET *beiseite:* Mehr als befreundet, weniger als Freund.
KÖNIG: Wie, hängen stets noch Wolken über Euch?
HAMLET: Nicht doch, mein Fürst, ich habe zu viel Sonne.
KÖNIGIN: Wirf, guter Hamlet, ab die nächt'ge Farbe
Und laß dein Aug als Freund auf Dänmark sehn.
Such nicht beständig mit gesenkten Wimpern
Nach deinem edlen Vater in dem Staub.
Du weißt, es ist gemein: was lebt, muß sterben
Und Ew'ges nach der Zeitlichkeit erwerben.
HAMLET: Ja, gnäd'ge Frau, es ist gemein.
KÖNIGIN: Nun wohl,
Weswegen scheint es so besonders dir?
HAMLET:
Scheint, gnäd'ge Frau? Nein, ist; mir gilt kein „scheint".
Nicht bloß mein düstrer Mantel, gute Mutter,
Noch die gewohnte Tracht von ernstem Schwarz
Noch stürmisches Geseufz beklemmten Odems
Noch auch im Auge der ergieb'ge Strom
Noch die gebeugte Haltung des Gesichts
Samt aller Sitte, Art, Gestalt des Grames
Ist das, was wahr mich kundgibt; dies scheint wirklich:
Es sind Gebärden, die man spielen könnte.
Was über allen Schein, trag ich in mir;
All dies ist nur des Kummers Kleid und Zier.
KÖNIG: Es ist gar lieb und Eurem Herzen rühmlich, Hamlet,
Dem Vater diese Trauerpflicht zu leisten.
Doch wißt, auch Eurem Vater starb ein Vater;
Dem seiner, und der Nachgelaßne soll
Nach kindlicher Verpflichtung ein'ge Zeit
Die Leichentrauer halten. Doch zu beharren
In eigenwill'gen Klagen ist das Tun
Gottlosen Starrsinns, ist unmännlich Leid,
Zeigt einen Willen, der dem Himmel trotzt,
Ein unverschanztes Herz und wild Gemüt,
Zeigt blöden, ungelehrigen Verstand.

Wovon man weiß, es muß sein, was gewöhnlich
Wie das Gemeinste, das die Sinne rührt:
Weswegen das in mürr'schem Widerstande
Zu Herzen nehmen? Pfui! es ist Vergehn
Am Himmel; ist Vergehen an dem Toten,
Vergehn an der Natur; vor der Vernunft
Höchst töricht, deren allgemeine Predigt
Der Väter Tod ist und die immer rief
Vom ersten Leichnam bis zum heut verstorbnen:
„Dies muß so sein." Wir bitten, werft zu Boden
Dies unfruchtbare Leid und denkt von uns
Als einem Vater; denn wissen soll die Welt,
Daß Ihr an unserm Thron der Nächste seid,
Und mit nicht minder Überschwang der Liebe,
Als seinem Sohn der liebste Vater widmet,
Bin ich Euch zugetan. Was Eure Rückkehr
Zur hohen Schul in Wittenberg betrifft,
So widerspricht sie höchlich unserm Wunsch,
Und wir ersuchen Euch, beliebt zu bleiben
Hier in dem milden Scheine unsers Augs
Als unser erster Hofmann, Vetter, Sohn.
KÖNIGIN: Laß deine Mutter fehl nicht bitten, Hamlet:
Ich bitte, bleib bei uns, geh nicht nach Wittenberg.
HAMLET: Ich will Euch gern gehorchen, gnäd'ge Frau.
KÖNIG: Wohl, das ist eine liebe, schöne Antwort.
Seid wie wir selbst in Dänmark. – Kommt, Gemahlin!
Dies will'ge, freundliche Nachgeben Hamlets
Tut meinem Herzen wohl; und dem zu Ehren
Soll das Geschütz heut jeden frohen Trunk,
Den Dänmark ausbringt, in die Wolken tragen,
Und wenn der König anklingt, soll der Himmel
Nachdröhnen ird'schem Donner. – Kommt mit mir.
Trompeten. Alle ab außer Hamlet.
HAMLET: O schmölze doch dies allzu feste Fleisch,
Zerging und löst' in einen Tau sich auf!
Oder hätte nicht der Ew'ge sein Gebot
Gerichtet gegen Selbstmord! – O Gott! o Gott!
Wie ekel, schal und flach und unersprießlich
Scheint mir das ganze Treiben dieser Welt!
Pfui! pfui darüber! 's ist ein wüster Garten,
Der auf in Samen schießt; verworfnes Unkraut

Erfüllt ihn gänzlich. Dazu mußt es kommen!
Zwei Mond' erst tot! – nein, nicht so viel, nicht zwei;
Solch trefflicher Monarch! der neben diesem
Apoll bei einem Satyr; so meine Mutter liebend,
Daß er des Himmels Winde nicht zu rauh
Ihr Antlitz ließ berühren. Himmel und Erde!
Muß ich gedenken? Hing sie doch an ihm,
Als stieg' das Wachstum ihrer Lust mit dem,
Was ihre Kost war. Und doch in einem Mond –
Laßt mich's nicht denken! – Schwachheit, dein Nam ist [Weib! –
Ein kurzer Mond; bevor die Schuh verbraucht,
Womit sie meines Vaters Leiche folgte,
Wie Niobe, ganz Tränen – sie, ja sie;
O Himmel! würd ein Tier, das nicht Vernunft hat,
Doch länger trauern. – Meinem Ohm vermählt,
Dem Bruder meines Vaters, doch ihm ähnlich
Wie ich dem Herkules: in einem Monat!
Bevor das Salz höchst frevelhafter Tränen
Der wunden Augen Röte noch verließ,
War sie vermählt! – O schnöde Hast, so rasch
In ein blutschänderisches Bett zu stürzen!
Es ist nicht, und es wird auch nimmer gut.
Doch brich, mein Herz! denn schweigen muß mein Mund.

HORATIO, BERNARDO *und* MARCELLUS *treten auf.*

HORATIO: Heil Eurer Hoheit!
HAMLET: Ich bin erfreut, Euch wohl zu sehn.
Horatio – wenn ich nicht mich selbst vergesse?
HORATIO: Ja, Prinz, und Euer armer Diener stets.
HAMLET: Mein guter Freund; vertauscht mir jenen Namen.
Was macht ihr hier von Wittenberg, Horatio?
Marcellus?
MARCELLUS: Gnäd'ger Herr –
HAMLET: Es freut mich, euch zu sehn. Habt guten Abend.
Im Ernst, was führt' euch weg von Wittenberg?
HORATIO: Ein müßiggängerischer Hang, mein Prinz.
HAMLET: Das möcht ich euren Feind nicht sagen hören
Noch sollt ihr meinem Ohr den Zwang antun,
Daß euer eignes Zeugnis gegen euch
Ihm gültig wär. Ich weiß, ihr geht nicht müßig.
Doch was ist eur Geschäft in Helsingör?
Ihr sollt noch trinken lernen, eh ihr reist.

HORATIO: Ich kam zu Eures Vaters Leichenfeier.
HAMLET: Ich bitte, spotte meiner nicht, mein Schulfreund;
Du kamst gewiß zu meiner Mutter Hochzeit.
HORATIO: Fürwahr, mein Prinz, sie folgte schnell darauf.
HAMLET: Wirtschaft, Horatio! Wirtschaft! Das Gebackne
Vom Leichenschmaus gab kalte Hochzeitsschüsseln.
Hätt ich den ärgsten Feind im Himmel lieber
Getroffen als den Tag erlebt, Horatio!
Mein Vater – mich dünkt, ich sehe meinen Vater.
HORATIO: Wo, mein Prinz?
HAMLET: In meines Geistes Aug, Horatio.
HORATIO: Ich sah ihn einst, er war ein wackrer König.
HAMLET: Er war ein Mann, nehmt alles nur in allem,
Ich werde nimmer seinesgleichen sehn.
HORATIO: Mein Prinz, ich denk, ich sah ihn vor'ge Nacht.
HAMLET: Sah? wen?
HORATIO: Mein Prinz, den König, Euren Vater.
HAMLET: Den König, meinen Vater?
HORATIO: Beruhigt das Erstaunen eine Weil
Durch ein aufmerksam Ohr; bis ich dies Wunder,
Auf die Bekräftigung der Männer hier,
Euch kann berichten.
HAMLET: Um Gottes willen, laßt mich hören.
HORATIO:
Zwei Nächte nacheinander war's den beiden,
Marcellus und Bernardo, auf der Wache
In toter Stille tiefer Mitternacht
So widerfahren. Ein Schatten wie Eur Vater,
[Geharnischt, ganz in Wehr von Kopf zu Fuß,]
Erscheint vor ihnen, geht mit ernstem Tritt
Langsam vorbei und stattlich; schreitet dreimal
Vor ihren starren, furchtergriffnen Augen,
So daß sein Stab sie abreicht; während sie,
Geronnen fast zu Gallert durch die Furcht,
Stumm stehn und reden es nicht an. Dies nun
In banger Heimlichkeit vertraun sie mir.
Ich hielt die dritte Nacht mit ihnen Wache;
Und da, wie sie berichtet, nach der Zeit,
Gestalt des Dings, buchstäblich alles wahr,
Kommt das Gespenst. Ich kannte Euren Vater:
Hier diese Hände gleichen sich nicht mehr.

HAMLET: Wo ging dies aber vor?
MARCELLUS: Auf der Terrasse, wo wir Wache hielten.
HAMLET: Ihr sprachet nicht mit ihm?
HORATIO: Ich tat's, mein Prinz,
Doch Antwort gab es nicht; nur einmal schien's,
Es höb sein Haupt empor und schickte sich
Zu der Bewegung an, als wollt es sprechen.
Doch eben krähte laut der Morgenhahn,
Und bei dem Tone schlüpft' es eilig weg
Und schwand aus unserm Blick.
HAMLET: Sehr sonderbar.
HORATIO: Bei meinem Leben, edler Prinz, 's ist wahr;
Wir hielten's durch die Pflicht uns vorgeschrieben,
Die Sach Euch kundzutun.
HAMLET: Im Ernst, im Ernst, ihr Herrn, dies ängstigt mich.
Habt ihr die Wache heut?
ALLE: Ja, gnäd'ger Herr.
HAMLET: Geharnischt, sagt ihr?
ALLE: Geharnischt, gnäd'ger Herr.
HAMLET: Vom Wirbel bis zur Zeh?
ALLE: Von Kopf zu Fuß.
HAMLET: So saht ihr sein Gesicht nicht?
HORATIO: O ja doch, sein Visier war aufgezogen.
HAMLET: Nun, blickt' es finster?
HORATIO: Eine Miene mehr
Des Leidens als des Zorns.
HAMLET: Blaß oder rot?
HORATIO: Nein, äußerst blaß.
HAMLET: Sein Aug auf euch geheftet?
HORATIO: Ganz fest.
HAMLET: Ich wollt, ich wär dabeigewesen.
HORATIO: Ihr hättet Euch gewiß entsetzt.
HAMLET: Sehr glaublich,
Sehr glaublich. Blieb es lang?
HORATIO: Derweil mit mäß'ger Eil
Man hundert zählen konnte.
MARCELLUS *und* BERNARDO: Länger, länger.
HORATIO: Nicht, da ich's sah.
HAMLET: Sein Bart war greis, nicht wahr?
HORATIO: Wie ich's an ihm in seinem Leben sah,
Ein schwärzlich Silbergrau.

HAMLET: Ich will heut wachen.
Vielleicht wird's wieder kommen.
HORATIO: Zuverlässig.
HAMLET: Erscheint's in meines edlen Vaters Bildung,
So red ich's an, gähnt' auch die Hölle selbst
Und hieß' mich ruhig sein. Ich bitt euch alle:
Habt ihr bis jetzt verheimlicht dies Gesicht,
So haltet's ferner fest in eurem Schweigen;
Und was sich sonst zur Nacht ereignen mag,
Gebt allem einen Sinn, doch keine Zunge.
Ich will die Lieb euch lohnen; lebt denn wohl!
Auf der Terrasse zwischen elf und zwölf
Besuch ich euch.
ALLE: Eur Gnaden unsre Dienste.
HAMLET: Nein, eure Liebe, so wie meine euch.
Lebt wohl nun.
Horatio, Marcellus und Bernardo ab.
Meines Vaters Geist in Waffen!
Es taugt nicht alles: ich vermute was
Von argen Ränken. Wär die Nacht erst da!
Bis dahin ruhig, Seele! Schnöde Taten,
Birgt sie die Erd auch, müssen sich verraten. *Ab.*

DRITTE SZENE

Ein Zimmer in Polonius' Hause.

LAERTES *und* OPHELIA *treten auf.*

LAERTES: Mein Reisegut ist eingeschifft. Leb wohl,
Und, Schwester, wenn die Winde günstig sind
Und Schiffsgeleit sich findet, schlaf nicht, laß
Von dir mich hören.
OPHELIA: Zweifelst du daran?
LAERTES: Was Hamlet angeht und sein Liebsgetändel,
So nimm's als Laune, als ein Spiel des Bluts;
Ein Veilchen in der Jugend der Natur,
Frühzeitig, nicht beständig – süß, nicht dauernd,
Nur Duft und Labsal eines Augenblicks:
Nichts weiter.
OPHELIA: Weiter nichts?
LAERTES: Nur dafür halt es.

Denn die Natur, aufstrebend, nimmt nicht bloß
An Größ und Sehnen zu; wie dieser Tempel wächst,
So wird der innre Dienst von Seel und Geist
Auch weit mit ihm. Er liebt Euch jetzt vielleicht;
Kein Arg und kein Betrug befleckt bis jetzt
Die Tugend seines Willens: doch befürchte,
Bei seinem Rang gehört sein Will ihm nicht.
Er selbst ist der Geburt ja untertan.
Er kann nicht, wie geringe Leute tun,
Für sich auslesen; denn an seiner Wahl
Hängt Sicherheit und Heil des ganzen Staats.
Deshalb muß seine Wahl beschränket sein
Vom Beifall und der Stimme jenes Körpers,
Von welchem er das Haupt. Wenn er nun sagt, er liebt dich,
Geziemt es deiner Klugheit, ihm zu glauben,
So weit er nach besonderm Recht und Stand
Tat geben kann dem Wort; das heißt, nicht weiter,
Als Dänemarks gesamte Stimme geht.
Bedenk, was deine Ehre leiden kann,
Wenn du zu gläubig seinem Liede lauschest,
Dein Herz verlierst und deinen keuschen Schatz
Vor seinem ungestümen Dringen öffnest.
Fürcht es, Ophelia! fürcht es, liebe Schwester,
Und halte dich im Hintergrund der Neigung,
Fern von dem Schuß und Anfall der Begier.
Das scheuste Mädchen ist verschwendrisch noch,
Wenn sie dem Monde ihren Reiz enthüllt,
Selbst Tugend nicht entgeht Verleumdertücken,
Es nagt der Wurm des Frühlings Kinder an,
Zu oft, noch eh die Knospe sich erschließt,
Und in der Früh und frischem Tau der Jugend
Ist gift'ger Anhauch am gefährlichsten.
Sei denn behutsam! Furcht gibt Sicherheit,
Auch ohne Feind hat Jugend innern Streit.

OPHELIA: Ich will den Sinn so guter Lehr bewahren
Als Wächter meiner Brust; doch, lieber Bruder,
Zeigt nicht, wie heilvergeßne Pred'ger tun,
Den steilen Dornenweg zum Himmel andern,
Derweil als frecher, lockrer Wollüstling
Er selbst den Blumenpfad der Lust betritt
Und spottet seines Rats.

POLONIUS *kommt.*

LAERTES: O fürchte nichts!
Zu lange weil ich – doch da kommt mein Vater.
Zwiefacher Segen ist ein zwiefach Heil:
Der Zufall lächelt einem zweiten Abschied.

POLONIUS: Noch hier, Laertes? Ei, ei! an Bord, an Bord!
Der Wind sitzt in dem Nacken Eures Segels,
Und man verlangt Euch. Hier mein Segen mit dir!
Indem er dem Laertes die Hand aufs Haupt legt.
Und diese Regeln präg in dein Gedächtnis.
Gib den Gedanken, die du hegst, nicht Zunge
Noch einem ungebührlichen die Tat.
Leutselig sei, doch keineswegs gemein.
Den Freund, der dein und dessen Wahl erprobt,
Mit ehrnen Reifen klammr ihn an dein Herz.
Doch härte deine Hand nicht durch Begrüßung
Von jedem neugeheckten Bruder. Hüte dich,
In Händel zu geraten; bist du drin,
Führ sie, daß sich dein Feind vor dir mag hüten.
Dein Ohr leih jedem, wen'gen deine Stimme;
Nimm Rat von allen, aber spar dein Urteil.
Die Kleidung kostbar, wie's dein Beutel kann,
Doch nicht ins Grillenhafte; reich, nicht bunt:
Denn es verkündigt oft die Tracht den Mann,
Und die vom ersten Rang und Stand in Frankreich
Sind darin ausgesucht und edler Sitte.
Kein Borger sei und auch Verleiher nicht;
Sich und den Freund verliert das Darlehn oft,
Und borgen stumpft der Wirtschaft Spitze ab.
Dies über alles: sei dir selber treu,
Und daraus folgt so wie die Nacht dem Tage,
Du kannst nicht falsch sein gegen irgendwen.
Leb wohl! mein Segen fördre dies an dir!

LAERTES: In Ehrerbietung nehm ich Abschied, Herr.

POLONIUS: Euch ruft die Zeit; geht, Eure Diener warten.

LAERTES: Leb wohl, Ophelia, und gedenk an das,
Was ich dir sagte.

OPHELIA: Es ist in mein Gedächtnis fest verschlossen,
Und Ihr sollt selbst dazu den Schlüssel führen.

LAERTES: Lebt wohl. *Ab.*

POLONIUS: Was ist's, Ophelia, das er Euch gesagt?

OPHELIA: Wenn Ihr erlaubt, vom Prinzen Hamlet war's.
POLONIUS: Ha, wohlbedacht!
Ich höre, daß er Euch seit kurzem oft
Vertraute Zeit geschenkt und daß Ihr selbst
Mit Eurem Zutritt sehr bereit und frei wart.
Wenn dem so ist – und so erzählt man mir's,
Und das als Warnung zwar –, muß ich Euch sagen,
Daß Ihr Euch selber nicht so klar versteht,
Wie meiner Tochter ziemt und Eurer Ehre.
Was gibt es zwischen euch? sagt mir die Wahrheit.
OPHELIA: Er hat seither Anträge mir getan
Von seiner Zuneigung.
POLONIUS: Pah, Zuneigung! Ihr sprecht wie junges Blut,
In solchen Fährlichkeiten unbewandert.
Und glaubt Ihr den Anträgen, wie Ihr's nennt?
OPHELIA: Ich weiß nicht, Vater, was ich denken soll.
POLONIUS: So hört's denn: denkt, Ihr seid ein dummes Ding,
Daß Ihr für bar Anträge habt genommen,
Die ohn Ertrag sind. Nein, betragt Euch klüger,
Sonst – um das arme Wort nicht totzuhetzen –
Trägt Eure Narrheit noch Euch Schaden ein.
OPHELIA: Er hat mit seiner Lieb in mich gedrungen
In aller Ehr und Sitte.
POLONIUS: Ja, Sitte mögt Ihr's nennen: geht mir, geht!
OPHELIA: Und hat sein Wort beglaubigt, lieber Herr,
Beinah durch jeden heil'gen Schwur des Himmels.
POLONIUS: Ja, Sprenkel für die Drosseln. Weiß ich doch,
Wenn das Blut kocht, wie das Gemüt der Zunge
Freigebig Schwüre leiht. Dies Lodern, Tochter,
Mehr leuchtend als erwärmend und erloschen
Selbst im Versprechen, während es geschieht,
Nehmt keineswegs für Feuer. Kargt von nun an
Mit Eurer jungfräulichen Gegenwart
Ein wenig mehr; schätzt Eure Unterhaltung
Zu hoch, um auf Befehl bereit zu sein.
Und was Prinz Hamlet angeht, traut ihm so:
Er sei noch jung und habe freiern Spielraum,
Als Euch vergönnt mag werden. Kurz, Ophelia,
Traut seinen Schwüren nicht: denn sie sind Kuppler,
Nicht von der Farbe ihrer äußern Tracht,
Fürsprecher sündlicher Gesuche bloß,

Gleichwie scheinheil'ge Buhlerinnen lispelnd,
Um besser zu berücken. Eins für alles:
Ihr sollt mir, gradheraus, von heute an
Die Muße keines Augenblicks so schmähn,
Daß Ihr Gespräche mit Prinz Hamlet pflöget.
Seht zu, ich sag's Euch; geht nun Eures Weges.

OPHELIA: Ich will gehorchen, Herr.

Beide ab.

VIERTE SZENE

Die Terrasse.

HAMLET, HORATIO *und* MARCELLUS *treten auf.*

HAMLET: Die Luft geht scharf, es ist entsetzlich kalt.
HORATIO: 's ist eine schneidende und strenge Luft.
HAMLET: Was ist die Uhr?
HORATIO: Ich denke, nah an zwölf.
MARCELLUS: Nicht doch, es hat geschlagen.
HORATIO: Wirklich schon?
Ich hört es nicht; so rückt heran die Stunde,
Worin der Geist gewohnt ist umzugehn.

Trompetenstoß und Geschütz abgefeuert hinter der Szene.

Was stellt das vor, mein Prinz?
HAMLET: Der König wacht die Nacht durch, zecht vollauf,
Hält Schmaus und taumelt den geräusch'gen Hüpfauf;
Und wie er Züge Rheinweins niedergießt,
Verkünden schmetternd Pauken und Trompeten
Den ausgebrachten Trunk.
HORATIO: Ist das Gebrauch?
HAMLET: Nun freilich wohl:
Doch meines Dünkens – bin ich eingeboren
Und drin erzogen schon – ist's ein Gebrauch,
Wovon der Bruch mehr ehrt als die Befolgung.
Dies schwindelköpf'ge Zechen macht verrufen
Bei andern Völkern uns in Ost und West;
Man heißt uns Säufer, hängt an unsre Namen
Ein schmutzig Beiwort; und fürwahr, es nimmt
Von unsern Taten, noch so groß verrichtet,
Den Kern und Ausbund unsers Wertes weg.
So geht es oft mit einzeln Menschen auch,

Daß sie durch ein Naturmal, das sie schändet,
Wie etwa von Geburt – worin sie schuldlos,
Weil die Natur nicht ihren Ursprung wählt –
Ein Übermaß in ihres Blutes Mischung,
Das Dämm und Schanzen der Vernunft oft einbricht,
Auch wohl durch Angewöhnung, die zu sehr
Den Schein gefäll'ger Sitten überrostet –
Daß diese Menschen, sag ich, welche so
Von einem Fehler das Gepräge tragen,
Sei's Farbe der Natur, sei's Fleck des Zufalls,
Und wären ihre Tugenden so rein
Wie Gnade sonst, so zahllos, wie ein Mensch
Sie tragen mag: in dem gemeinen Tadel
Steckt der besondre Fehl sie doch mit an;
Der Gran von Schlechtem zieht des edlen Wertes
Gehalt herab in seine eigne Schmach.

Der GEIST *kommt.*

HORATIO: O seht, mein Prinz, es kommt!
HAMLET: Engel und Boten Gottes, steht uns bei!
Sei du ein Geist des Segens, sei ein Kobold,
Bring Himmelslüfte oder Dampf der Hölle,
Sei dein Beginnen boshaft oder liebreich,
Du kommst in so fragwürdiger Gestalt,
Ich rede doch mit dir; ich nenn dich Hamlet,
Fürst, Vater, Dänenkönig: o gib Antwort!
Laß mich in Blindheit nicht vergehn! Nein, sag:
Warum dein fromm Gebein, verwahrt im Tode,
Die Leinen hat gesprengt? warum die Gruft,
Worin wir ruhig eingeurnt dich sahn,
Geöffnet ihre schweren Marmorkiefer,
Dich wieder auszuwerfen? Was bedeutet's,
Daß, toter Leichnam, du in vollem Stahl
Aufs neu des Mondes Dämmerschein besuchst,
Die Nacht entstellend; daß wir Narren der Natur
So furchtbarlich uns schütteln mit Gedanken,
Die unsre Seele nicht erreichen kann?
[Was ist dies? sag! Warum? was sollen wir?]

Der Geist winkt Hamlet.

HORATIO: Es winket Euch, mit ihm hinwegzugehn,
Als ob es eine Mitteilung verlangte
An Euch allein.

MARCELLUS: Seht, wie es Euch mit freundlicher Gebärde
Hinweist an einen mehr entlegnen Ort.
Geht aber nicht mit ihm.
HORATIO: Nein, keineswegs.
HAMLET: Es will nicht sprechen: wohl, so folg ich ihm.
HORATIO: Tut's nicht, mein Prinz.
HAMLET: Was wäre da zu fürchten?
Mein Leben acht ich keine Nadel wert;
Und meine Seele, kann es der was tun,
Die ein unsterblich Ding ist wie es selbst?
Es winkt mir wieder fort, ich folg ihm nach.
HORATIO: Wie, wenn es hin zur Flut Euch lockt, mein Prinz,
Vielleicht zum grausen Gipfel jenes Felsens,
Der in die See nickt über seinen Fuß?
Und dort in andre Schreckgestalt sich kleidet,
Die der Vernunft die Herrschaft rauben könnte
Und Euch zum Wahnsinn treiben? O bedenkt!
Der Ort an sich bringt Grillen der Verzweiflung
Auch ohne weitern Grund in jedes Hirn,
Das so viel Klafter niederschaut zur See
Und hört sie unten brüllen.
HAMLET: Immer winkt es:
Geh nur! ich folge dir.
MARCELLUS: Ihr dürft nicht gehn, mein Prinz.
HAMLET: Die Hände weg!
HORATIO: Hört uns, Ihr dürft nicht gehn.
HAMLET: Mein Schicksal ruft
Und macht die kleinste Ader dieses Leibes
So fest wie Sehnen des Nemeer Löwen.
Der Geist winkt.
Es winkt mir immerfort: laßt los! Beim Himmel!
Reißt sich los.
Den mach ich zum Gespenst, der mich zurückhält! –
Ich sage, fort! – Voran! ich folge dir.
Der Geist und Hamlet ab.
HORATIO: Er kommt ganz außer sich vor Einbildung.
MARCELLUS: Ihm nach! Wir dürfen ihm nicht so gehorchen.
HORATIO: Kommt, folgen wir! Welch Ende wird dies nehmen?
MARCELLUS: Etwas ist faul im Staate Dänemarks.
HORATIO: Der Himmel wird es lenken.
MARCELLUS: Laßt uns folgen. *Beide ab.*

Fünfte Szene

Ein abgelegener Teil der Terrasse.

Der Geist *und* Hamlet *kommen.*

HAMLET: Wo führst du hin mich? Red, ich geh nicht weiter.
GEIST: Hör an!
HAMLET: Ich will's.
GEIST: Schon naht sich meine Stunde,
Da ich den schwefligen, qualvollen Flammen
Mich übergeben muß.
HAMLET: Ach, armer Geist!
GEIST: Beklag mich nicht, doch leih dein ernst Gehör
Dem, was ich kund will tun.
HAMLET: Sprich! mir ist's Pflicht zu hören.
GEIST: Zu rächen auch, sobald du hören wirst.
HAMLET: Was?
GEIST: Ich bin deines Vaters Geist:
Verdammt auf eine Zeitlang, nachts zu wandern,
Und tags gebannt, zu fasten in der Glut,
Bis die Verbrechen meiner Zeitlichkeit
Hinweggeläutert sind. Wär mir's nicht untersagt,
Das Innre meines Kerkers zu enthüllen,
So höb ich eine Kunde an, von der
Das kleinste Wort die Seele dir zermalmte,
Dein junges Blut erstarren, deine Augen
Wie Stern aus ihren Kreisen schießen machte,
Dir die verworrnen, krausen Locken trennte
Und sträubte jedes einzle Haar empor
Wie Nadeln an dem zorn'gen Stacheltier:
Doch diese ew'ge Offenbarung faßt
Kein Ohr von Fleisch und Blut. – Horch, horch! o horch,
Wenn du je deinen teuren Vater liebtest –
HAMLET: O Himmel!
GEIST: Räch seinen schnöden, unerhörten Mord.
HAMLET: Mord?
GEIST: Ja, schnöder Mord, wie er aufs beste ist,
Doch dieser unerhört und unnatürlich.
HAMLET: Eil, ihn zu melden: daß ich auf Schwingen, rasch
Wie Andacht und des Liebenden Gedanken,
Zur Rache stürmen mag.

GEIST: Du scheinst mir willig:
Auch wärst du träger als das feiste Kraut,
Das ruhig Wurzel treibt an Lethes Bord,
Erwachtest du nicht hier. Nun, Hamlet, höre:
Es heißt, daß, da ich schlief in meinem Garten,
Mich eine Schlange stach; so wird das Ohr des Reichs
Durch den erlognen Hergang meines Todes
Schmählich getäuscht; doch wisse, edler Jüngling,
Die Schlang, die deines Vaters Leben stach,
Trägt seine Krone jetzt.
HAMLET: O mein prophetisches Gemüt! Mein Oheim?
GEIST: Ja, der blutschänderische Ehebrecher,
Durch Witzes Zauber, durch Verrätergaben
(O arger Witz und Gaben, die imstand
So zu verführen sind!), gewann den Willen
Der scheinbar tugendsamen Königin
Zu schnöder Lust. O Hamlet, welch ein Abfall!
Von mir, des Liebe von der Echtheit war,
Daß Hand in Hand sie mit dem Schwure ging,
Den ich bei der Vermählung tat; erniedrigt
Zu einem Sünder, von Natur durchaus
Armselig gegen mich!
Allein wie Tugend nie sich reizen läßt,
Buhlt Unzucht auch um sie in Himmelsbildung,
So Lust, gepaart mit einem lichten Engel,
Wird dennoch eines Götterbettes satt
Und hascht nach Wegwurf. –
Doch still! mich dünkt, ich wittre Morgenluft;
Kurz laß mich sein. – Da ich im Garten schlief,
Wie immer meine Sitte nachmittags,
Beschlich dein Oheim meine sichre Stunde
Mit Saft verfluchten Bilsenkrauts im Fläschchen
Und träufelt' in den Eingang meines Ohrs
Das schwärende Getränk; wovon die Wirkung
So mit des Menschen Blut in Feindschaft steht,
Daß es durch die natürlichen Kanäle
Des Körpers hurtig wie Quecksilber läuft
Und wie ein saures Lab, in Milch getropft,
Mit plötzlicher Gewalt gerinnen macht
Das leichte, reine Blut. So tat es meinem,
Und Aussatz schuppte sich mir augenblicklich

Wie einem Lazarus mit ekler Rinde
Ganz um den glatten Leib.
So ward ich schlafend und durch Bruderhand
[Um Leben, Krone, Weib mit eins gebracht,]
In meiner Sünden Blüte hingerafft,
Ohn Nachtmahl, ungebeichtet, ohne Ölung;
Die Rechnung nicht geschlossen, ins Gericht
Mit aller Schuld auf meinem Haupt gesandt.

HAMLET: O schaudervoll! o schaudervoll! höchst schaudervoll!

GEIST: Hast du Natur in dir, so leid es nicht;
Laß Dänmarks königliches Bett kein Lager
Für Blutschand und verruchte Wollust sein.
Doch wie du immer diese Tat betreibst,
Befleck dein Herz nicht; dein Gemüt ersinne
Nichts gegen deine Mutter; überlaß sie
Dem Himmel und den Dornen, die im Busen
Ihr stechend wohnen. Lebe wohl mit eins!
Der Glühwurm zeigt, daß sich die Frühe naht,
Und sein unwirksam Feur beginnt zu blassen.
Ade! Ade! Ade! gedenke mein. *Ab.*

HAMLET: O Heer des Himmels! Erde! – Was noch sonst?
Nenn ich die Hölle mit? – O pfui! Halt, halt, mein Herz!
Ihr meine Sehnen, altert nicht sogleich,
Tragt fest mich aufrecht! – Dein gedenken? Ja,
Du armer Geist, solang Gedächtnis haust
In dem zerstörten Ball hier. Dein gedenken?
Ja, von der Tafel der Erinnrung will ich
Weglöschen alle törichten Geschichten,
Aus Büchern alle Sprüche, alle Bilder,
Die Spuren des Vergangnen, welche da
Die Jugend einschrieb und Beobachtung;
Und dein Gebot soll leben ganz allein
Im Buche meines Hirnes, unvermischt
Mit minder würd'gen Dingen. – Ja, beim Himmel.
O höchst verderblich Weib!
O Schurke! lächelnder, verdammter Schurke!
Schreibtafel her! Ich muß mir's niederschreiben,
Daß einer lächeln kann und immer lächeln
Und doch ein Schurke sein; zum wenigsten
Weiß ich gewiß, in Dänmark kann's so sein.
Da steht Ihr, Oheim. Jetzt zu meiner Losung!

Sie heißt: „Ade, ade! gedenke mein."
Ich hab's geschworen.
HORATIO *hinter der Szene*:
Mein Prinz! Mein Prinz!
MARCELLUS *hinter der Szene*: Prinz Hamlet!
HORATIO *hinter der Szene*: Gott beschütz ihn!
HAMLET: So sei es!
MARCELLUS *hinter der Szene*: Heda! ho! mein Prinz!
HAMLET: Ha! heisa, Junge! Komm, Vögelchen, komm!

HORATIO *und* MARCELLUS *kommen*.

MARCELLUS:
Wie steht's, mein gnäd'ger Herr?
HORATIO: Was gibt's, mein Prinz?
HAMLET: O wunderbar!
HORATIO: Sagt, bester, gnäd'ger Herr.
HAMLET: Nein, ihr verratet's.
HORATIO: Ich nicht, beim Himmel, Prinz.
MARCELLUS: Ich gleichfalls nicht.
HAMLET: Was sagt ihr? Sollt's 'ne Menschenseele denken?
Doch ihr wollt schweigen?
HORATIO *und* MARCELLUS: Ja, beim Himmel, Prinz.
HAMLET: Es lebt kein Schurk im ganzen Dänemark,
Der nicht ein ausgemachter Bube wär.
HORATIO: Es braucht kein Geist vom Grabe herzukommen,
Um das zu sagen.
HAMLET: Richtig; Ihr habt recht.
Und so, ohn alle weitre Förmlichkeit,
Denk ich, wir schütteln uns die Händ und scheiden;
Ihr tut, was euch Beruf und Neigung heißt –
Denn jeder Mensch hat Neigung und Beruf,
Wie sie denn sind –, ich für mein armes Teil,
Seht ihr, will beten gehn.
HORATIO: Dies sind nur wirblige und irre Worte, Herr.
HAMLET: Es tut mir leid, daß sie euch ärgern, herzlich;
Ja, mein Treu, herzlich.
HORATIO: Kein Ärgernis, mein Prinz.
HAMLET: Doch, bei Sankt Patrick, gibt es eins, Horatio,
Groß Ärgernis. Was die Erscheinung angeht,
Ich sag euch, 's ist ein ehrliches Gespenst.
Die Neugier, was es zwischen uns doch gibt,
Bemeistert, wie ihr könnt. Und nun, ihr Lieben,

Wofern ihr Freunde seid, Mitschüler, Krieger,
Gewährt ein Kleines mir.
HORATIO: Was ist's? wir sind bereit.
HAMLET: Macht nie bekannt, was ihr die Nacht gesehn.
HORATIO *und* MARCELLUS: Wir wollen's nicht, mein Prinz.
HAMLET: Gut, aber schwört.
HORATIO: Auf Ehre, Prinz, ich nicht.
MARCELLUS: Ich gleichfalls nicht, auf Ehre.
HAMLET: Auf mein Schwert.
MARCELLUS: Wir haben schon geschworen, gnäd'ger Herr.
HAMLET: Im Ernste, auf mein Schwert, im Ernste.
GEIST *unter der Erde*: Schwört!
HAMLET:
Haha, Bursch! sagst du das? Bist du da, Grundehrlich?
Wohlan – ihr hört im Keller den Gesellen –
Bequemet euch, zu schwören.
HORATIO: Sagt den Eid.
HAMLET: Niemals von dem, was ihr gesehn, zu sprechen,
Schwört auf mein Schwert.
GEIST *unter der Erde*: Schwört!
HAMLET: *Hic et ubique?* Wechseln wir die Stelle. –
Hierher, ihr Herren, kommt
Und legt die Hände wieder auf mein Schwert;
Schwört auf mein Schwert,
Niemals von dem, was ihr gehört, zu sprechen.
GEIST *unter der Erde*: Schwört auf sein Schwert!
HAMLET: Brav, alter Maulwurf! Wühlst so hurtig fort?
O trefflicher Minierer! – Nochmals weiter, Freunde.
HORATIO: Beim Sonnenlicht, dies ist erstaunlich fremd.
HAMLET: So heiß als einen Fremden es willkommen.
Es gibt mehr Ding' im Himmel und auf Erden,
Als Eure Schulweisheit sich träumt, Horatio.
Doch kommt!
Hier, wie vorhin, schwört mir, so Gott euch helfe,
Wie fremd und seltsam ich mich nehmen mag,
Da mir's vielleicht in Zukunft dienlich scheint,
Ein wunderliches Wesen anzulegen:
Ihr wollet nie, wenn ihr alsdann mich seht,
Die Arme so verschlingend noch die Köpfe
So schüttelnd noch durch zweifelhafte Reden,
Wie: „Nun, nun, wir wissen" – oder: „Wir könnten,

Wenn wir wollten" – oder: „Ja, wenn wir reden möchten" –
Oder: „Es gibt ihrer, wenn sie nur dürften" –
Und solch verstohlnes Deuten mehr, verraten,
Daß ihr von mir was wisset: dieses schwört,
So Gott in Nöten und sein Heil euch helfe!

GEIST *unter der Erde*: Schwört!

HAMLET: Ruh, ruh, verstörter Geist! – Nun, liebe Herrn,
Empfehl ich euch mit aller Liebe mich,
Und was ein armer Mann, wie Hamlet ist,
Vermag, euch Lieb und Freundschaft zu bezeigen,
So Gott will, soll nicht fehlen. Laßt uns gehn,
Und, bitt ich, stets den Finger auf den Mund.
Die Zeit ist aus den Fugen: Schmach und Gram,
Daß ich zur Welt, sie einzurichten, kam!
Nun kommt, laßt uns zusammen gehn.

Alle ab.

ZWEITER AUFZUG

ERSTE SZENE

Ein Zimmer im Hause des Polonius.

POLONIUS *und* REINHOLD *treten auf.*

POLONIUS: Gib ihm dies Geld und die Papiere, Reinhold.

REINHOLD: Ja, gnäd'ger Herr.

POLONIUS: Ihr werdet mächtig klug tun, guter Reinhold,
Euch zu erkund'gen, eh Ihr ihn besucht,
Wie sein Betragen ist.

REINHOLD: Das dacht ich auch zu tun.

POLONIUS: Ei, gut gesagt! recht gut gesagt! Seht Ihr,
Erst fragt mir, was für Dänen in Paris sind
Und wie, wer, auf was Art und wie sie leben,
Mit wem, was sie verzehren; wenn Ihr dann
Durch diesen Umschweif Eurer Fragen merkt,
Sie kennen meinen Sohn, so kommt Ihr näher,
Als man es mit bestimmten Fragen trifft.
Tut gleichsam wie von fern bekannt; zum Beispiel:
„Ich kenne seinen Vater, seine Freunde
Und auch zum Teil ihn selbst." – Versteht Ihr, Reinhold?

REINHOLD: Vollkommen, gnäd'ger Herr.

POLONIUS:
„Zum Teil auch ihn; doch“, mögt Ihr sagen, „wenig,
Und wenn's der Rechte ist, der ist gar wild,
Treibt dies und das“ – dann gebt ihm nach Belieben
Erlogne Dinge schuld; nun, nichts so Arges,
Das Schand ihm brächte; davor hütet Euch.
Nein, solche wilden, ausgelaßnen Streiche,
Wie hergebrachtermaßen die Gefährten
Der Jugend und der Freiheit sind.
REINHOLD: Wie spielen.
POLONIUS: Ja, oder trinken, raufen, fluchen, zanken,
Huren – so weit könnt Ihr gehn.
REINHOLD: Das würd ihm Schande bringen, gnäd'ger Herr.
POLONIUS: Mein Treu, nicht, wenn Ihr's nur zu wenden wißt.
Ihr müßt ihn nicht in andern Leumund bringen,
Als übermannt' ihn Unenthaltsamkeit.
Das ist die Meinung nicht; bringt seine Fehler zierlich
Ans Licht, daß sie der Freiheit Flecken scheinen,
Der Ausbruch eines feurigen Gemüts
Und eine Wildheit ungezähmten Bluts,
Die jeden anficht.
REINHOLD: Aber, bester Herr –
POLONIUS: Weswegen Ihr dies tun sollt?
REINHOLD: Ja, das wünscht ich
Zu wissen, Herr.
POLONIUS: Ei nun, mein Plan ist der,
Und wie ich denke, ist's ein Pfiff, der anschlägt:
Werft Ihr auf meinen Sohn so kleine Makel,
Als wär er in der Arbeit was beschmutzt –
Merkt wohl!
Wenn der Mitunterredner, den Ihr aushorcht,
In vorbenannten Lastern jemals schuldig
Den jungen Mann gesehn, so seid gewiß,
Daß selb'ger folgendergestalt Euch beistimmt:
„Lieber Herr“, oder so; oder „Freund“ oder „mein Wertester“,
Wie nun die Redensart und die Betitlung
Bei Land und Leuten üblich ist.
REINHOLD: Sehr wohl.
POLONIUS: Und hierauf tut er dies: Er tut – ja was wollte ich doch sagen? Beim Sakrament, ich habe was sagen wollen. Wo brach ich ab?

REINHOLD: Bei: „folgendergestalt Euch beistimmt."
POLONIUS: Bei: „folgendergestalt Euch beistimmt." – Ja,
Er stimmt Euch also bei: „Ich kenn ihn wohl, den Herrn,
Ich sah ihn gestern oder neulich mal,
Oder wann es war, mit dem und dem; und wie Ihr sagt,
Da spielt' er hoch; da traf man ihn im Rausch,
Da rauft' er sich beim Ballspiel"; oder auch:
„Ich sah ihn gehn in solch ein saubres Haus"
(Will sagen: ein Bordell), und mehr dergleichen. – Seht nun,
Eur Lügenköder fängt den Wahrheitskarpfen;
So wissen wir, gewitzigt, helles Volk,
Mit Krümmungen und listigem Probieren
Durch einen Umweg auf den Weg zu kommen;
Und so könnt Ihr, wie ich Euch Anweisung
Und Rat erteilet, meinen Sohn erforschen.
Ihr habt's gefaßt, nicht wahr?
REINHOLD: Ja, gnäd'ger Herr.
POLONIUS: Nun, Gott mit Euch! lebt wohl!
REINHOLD: Mein bester Herr –
POLONIUS: Bemerkt mit eignen Augen seinen Wandel.
REINHOLD: Das will ich tun.
POLONIUS: Und daß er die Musik mir fleißig treibt.
REINHOLD: Gut, gnäd'ger Herr. *Ab.*

OPHELIA *kommt.*

POLONIUS: Lebt wohl! – Wie nun, Ophelia, was gibt's?
OPHELIA: O lieber Herr, ich bin so sehr erschreckt!
POLONIUS: Wodurch, ins Himmels Namen?
OPHELIA: Als ich in meinem Zimmer näht, auf einmal
Prinz Hamlet – mit ganz aufgerißnem Wams,
Kein Hut auf seinem Kopf, die Strümpfe schmutzig
Und losgebunden auf den Knöcheln hängend;
Bleich wie sein Hemde, schlotternd mit den Knien;
Mit einem Blick, von Jammer so erfüllt,
Als wär er aus der Hölle losgelassen,
Um Greuel kundzutun – so tritt er vor mich.
POLONIUS: Verrückt aus Liebe?
OPHELIA: Herr, ich weiß es nicht,
Allein ich fürcht es wahrlich.
POLONIUS: Und was sagt' er?
OPHELIA: Er griff mich bei der Hand und hielt mich fest,
Dann lehnt' er sich zurück, so lang sein Arm;

Und mit der andern Hand so überm Auge
Betrachtet' er so prüfend mein Gesicht,
Als wollt er's zeichnen. Lange stand er so;
Zuletzt ein wenig schüttelnd meine Hand
Und dreimal hin und her den Kopf so wägend,
Holt' er solch einen bangen Seufzer,
Als sollt er seinen ganzen Bau zertrümmern
Und endigen sein Dasein. Dies getan,
Läßt er mich gehn; und über seine Schultern
Den Kopf zurückgedreht, schien er den Weg
Zu finden ohne seine Augen; denn
Er ging zur Tür hinaus ohn ihre Hilfe
Und wandte bis zuletzt ihr Licht auf mich.

POLONIUS: Geht mit mir, kommt, ich will den König suchen.
Dies ist die wahre Schwärmerei der Liebe,
Die, ungestüm von Art, sich selbst zerstört
Und leitet zu verzweifelten Entschlüssen
So oft wie irgendeine Leidenschaft,
Die unterm Mond uns quält. Es tut mir leid –
Sagt, gabt Ihr ihm seit kurzem harte Worte?

OPHELIA: Nein, bester Herr, nur, wie Ihr mir befahlt,
Wies ich die Briefe ab und weigert ihm
Den Zutritt.

POLONIUS: Das hat ihn verrückt gemacht.
Es tut mir leid, daß ich mit besserm Urteil
Ihn nicht beachtet. Ich sorgt, er tändle nur
Und wolle dich verderben: doch verdammt mein Argwohn!
Uns Alten ist's so eigen, wie es scheint,
Mit unsrer Meinung übers Ziel zu gehn,
Wie häufig bei dem jungen Volk der Mangel
An Vorsicht ist. Gehn wir zum König, komm.
Er muß dies wissen, denn es zu verstecken
Brächt uns mehr Gram, als Haß, die Lieb entdecken.
Komm.

Beide ab.

Zweite Szene

Ein Zimmer im Schlosse.

Trompetenstoß. Der König, *die* Königin, Rosenkranz, Güldenstern *und* Gefolge.

KÖNIG: Willkommen, Rosenkranz und Güldenstern!
Wir wünschten nicht nur sehnlich, euch zu sehn,
Auch das Bedürfnis eurer Dienste trieb
Uns zu der eil'gen Sendung an. Ihr hörtet
Von der Verwandlung Hamlets schon: so nenn ich's,
Weil nicht der äußre noch der innre Mensch
Dem gleichet, was er war. Was sonst es ist
Als seines Vaters Tod, das ihn so weit
Von dem Verständnis seiner selbst gebracht,
Kann ich nicht raten. Ich ersuch euch beide –
Da ihr von Kindheit auf mit ihm erzogen
Und seiner Laun und Jugend nahe bliebt –,
Ihr wollet hier an unserm Hof verweilen
Auf ein'ge Zeit, um ihn durch euern Umgang
In Lustbarkeit zu ziehn und zu erspähn,
Soweit der Anlaß auf die Spur euch bringt,
Ob irgendwas, uns unbekannt, ihn drückt,
Das, offenbart, zu heilen wir vermöchten.
KÖNIGIN: Ihr lieben Herrn, er hat euch oft genannt.
Ich weiß gewiß, es gibt nicht andre zwei,
An denen er so hängt. Wenn's euch beliebt,
Uns so viel guten Willen zu erweisen,
Daß ihr bei uns hier eine Weile zubringt
Zu unsrer Hoffnung Vorschub und Gewinn,
So wollen wir euch den Besuch belohnen,
Wie es sich ziemt für eines Königs Dank.
ROSENKRANZ: Es stände Euren Majestäten zu,
Nach herrschaftlichen Rechten über uns
Mehr zu gebieten nach gestrengem Willen,
Als zu ersuchen.
GÜLDENSTERN: Wir gehorchen beide
Und bieten uns hier an, nach besten Kräften
Zu Euren Füßen unsern Dienst zu legen,
Um frei damit zu schalten.
KÖNIG: Dank, Rosenkranz und lieber Güldenstern!

KÖNIGIN: Dank, Güldenstern und lieber Rosenkranz!
Besucht doch unverzüglich meinen Sohn,
Der nur zu sehr verwandelt. Geh wer mit
Und bring die Herren hin, wo Hamlet ist.
GÜLDENSTERN: Der Himmel mach ihm unsre Gegenwart
Und unser Tun gefällig und ersprießlich!
KÖNIGIN: So sei es, amen!
Rosenkranz, Güldenstern und einige aus dem Gefolge ab.
POLONIUS *kommt.*
POLONIUS: Mein König, die Gesandten sind von Norweg
Froh wieder heimgekehrt.
KÖNIG: Du warest stets der Vater guter Botschaft.
POLONIUS: Nicht wahr? Ja, seid versichert, bester Herr,
Ich weihe meine Pflicht wie meine Seele
Erst meinem Gott, dann meinem gnäd'gen König.
Und jetzo denk ich – oder dies Gehirn
Jagt auf der Klugheit Fährte nicht so sicher,
Wie es wohl pflegte –, daß ich ausgefunden,
Was eigentlich an Hamlets Wahnwitz schuld.
KÖNIG: O davon sprecht: das wünsch ich sehr zu hören.
POLONIUS: Vernehmt erst die Gesandten; meine Nachricht
Soll bei dem großen Schmaus der Nachtisch sein.
KÖNIG: Tut ihnen selber Ehr und führt sie vor.
Polonius ab.
Er sagt mir, liebe Gertrud, daß er jetzt
Den Quell vom Übel Eures Sohns gefunden.
KÖNIGIN: Ich fürcht, es ist nichts anders als das eine,
Des Vaters Tod und unsre hast'ge Heirat.
KÖNIG: Gut, wir erforschen ihn.
POLONIUS *kommt mit* VOLTIMAND *und* CORNELIUS *zurück.*
Willkommen, liebe Freunde! Voltimand,
Sagt, was Ihr bringt von unserm Bruder Norweg.
VOLTIMAND: Erwiderung der schönsten Grüß und Wünsche.
Auf unser erstes sandt er aus und hemmte
Die Werbungen des Neffen, die er hielt
Für Zurüstungen gegen den Polacken;
Doch näher untersucht, fand er, sie gingen
Auf Eure Hoheit wirklich. Drob gekränkt,
Daß seine Krankheit, seines Alters Schwäche
So hintergangen sei, legt' er Verhaft
Auf Fortinbras, worauf sich dieser stellt,

Verweis empfängt von Norweg und zuletzt
Vor seinem Oheim schwört, nie mehr die Waffen
Zu führen gegen Eure Majestät.
Der alte Norweg, hoch erfreut hierüber,
Gibt ihm dreitausend Kronen Jahrgehalt
Und seine Vollmacht, gegen den Polacken
Die so geworbnen Truppen zu gebrauchen;
Nebst dem Gesuch, des weitern hier erklärt,
Überreicht ein Papier.
Ihr wollt geruhn, für dieses Unternehmen
Durch Eur Gebiet den Durchzug zu gestatten,
Mit solcherlei Gewähr und Einräumung,
Wie abgefaßt hier steht.
KÖNIG: Es dünkt uns gut,
Wir wollen bei gelegner Zeit es lesen,
Antworten und bedenken dies Geschäft.
Zugleich habt Dank für wohlgenommne Müh;
Geht auszuruhn, wir schmausen heut zusammen.
Willkommen mir zu Haus.
Voltimand und Cornelius ab.
POLONIUS: So wäre dies Geschäft nun wohl vollbracht.
Mein Fürst und gnäd'ge Frau, hier zu erörtern,
Was Majestät ist, was Ergebenheit,
Warum Tag Tag; Nacht Nacht; die Zeit die Zeit:
Das hieße, Nacht und Tag und Zeit verschwenden.
Weil Kürze denn des Witzes Seele ist,
Weitschweifigkeit der Leib und äußre Zierat,
Faß ich mich kurz. Eur edler Sohn ist toll,
Toll nenn ich's: denn worin besteht die Tollheit,
Als daß man gar nichts anders ist als toll?
Doch das mag sein.
KÖNIGIN: Mehr Inhalt, wen'ger Kunst.
POLONIUS: Auf Ehr, ich brauche nicht die mindste Kunst.
Toll ist er, das ist wahr; wahr ist's, 's ist schade;
Und schade, daß es wahr ist. Doch dies ist
'ne törichte Figur: sie fahre wohl,
Denn ich will ohne Kunst zu Werke gehn.
Toll nehmen wir ihn also; nun ist übrig,
Daß wir den Grund erspähn von dem Effekt,
Nein, richtiger, den Grund von dem Defekt;
Denn dieser Defektiv-Effekt hat Grund.

So steht's nun, und der Sache Stand ist dies.
Erwägt!
Ich hab 'ne Tochter; hab sie, weil sie mein;
Die mir aus schuldigem Gehorsam, seht,
Dies hier gegeben; schließt und ratet nun.
„An die himmlische und den Abgott meiner Seele,
die liebreizende Ophelia."
Das ist eine schlechte Redensart, eine gemeine Redensart; „liebreizend" ist eine gemeine Redensart. Aber hört nur weiter: „An ihren trefflichen zarten Busen diese Zeilen etc."

KÖNIGIN: Hat Hamlet dies an sie geschickt?

POLONIUS: Geduld nur, gnäd'ge Frau, ich meld Euch alles.
„Zweifle an der Sonne Klarheit,
Zweifle an der Sterne Licht,
Zweifl, ob lügen kann die Wahrheit,
Nur an meiner Liebe nicht.

O liebe Ophelia, es gelingt mir schlecht mit dem Silbenmaße; ich besitze die Kunst nicht, meine Seufzer zu messen, aber daß ich Dich bestens liebe, o Allerbeste, das glaube mir. Leb wohl!

Der Deinige auf ewig, teuerstes Fräulein, solange diese Maschine ihm zugehört,

Hamlet."

Dies hat mir meine Tochter schuld'germaßen
Gezeigt und überdies sein dringend Werben,
Wie sich's nach Zeit und Weis und Ort begab,
Mir vor das Ohr gebracht.

KÖNIG: Allein wie nahm
Sie seine Liebe auf?

POLONIUS: Was denket Ihr von mir?

KÖNIG: Daß Ihr ein Mann von Treu und Ehre seid.

POLONIUS: Gern möcht ich's zeigen. Doch was dächtet Ihr,
Hätt ich gesehn, wie diese heiße Liebe
Sich anspann – und ich merkt es, müßt Ihr wissen,
Eh meine Tochter mir's gesagt – was dächtet
Ihr oder meine teure Majestät,
Eur königlich Gemahl, hätt ich dabei
Brieftasche oder Schreibepult gespielt,
Hätt ich mein Herz verschlossen, still und stumm,
Und müßig dieser Liebe zugeschaut?
Was dächtet Ihr? Nein, ich ging rundheraus

Und redte so zu meinem jungen Fräulein:
„Prinz Hamlet ist ein Fürst, zu hoch für dich;
Dies darf nicht sein!" und dann schrieb ich ihr vor,
Daß sie vor seinem Umgang sich verschlösse,
Nicht Boten zuließ', Pfänder nicht empfinge;
Drauf machte sie sich meinen Rat zunutz,
Und er, verstoßen – um es kurz zu machen –,
Fiel in 'ne Traurigkeit, dann in ein Fasten,
Drauf in ein Wachen, dann in eine Schwäche,
Dann in Zerstreuung und durch solche Stufen
In die Verrücktheit, die ihn jetzt verwirrt
Und sämtlich uns betrübt.
KÖNIG: Denkt Ihr, dies sei's?
KÖNIGIN: Es kann wohl sein, sehr möglich.
POLONIUS: Habt Ihr's schon je erlebt, das möcht ich wissen,
Daß ich mit Zuversicht gesagt: „So ist's",
Wenn es sich anders fand?
KÖNIG: Nicht, daß ich wüßte.
POLONIUS *indem er auf seinen Kopf und seine Schulter zeigt*:
Trennt dies von dem, wenn's anders sich verhält.
Wenn eine Spur mich leitet, will ich finden,
Wo Wahrheit steckt, und steckte sie auch recht
Im Mittelpunkt.
KÖNIG: Wie läßt sich's näher prüfen?
POLONIUS: Ihr wißt, er geht wohl Stunden auf und ab
Hier in der Galerie.
KÖNIGIN: Das tut er wirklich.
POLONIUS: Da will ich meine Tochter zu ihm lassen.
Steht Ihr mit mir dann hinter einem Teppich,
Bemerkt den Hergang: wenn er sie nicht liebt
Und dadurch nicht um die Vernunft gekommen,
So laßt mich nicht mehr Staatsbeamter sein.
Laßt mich den Acker baun und Knechte halten.
KÖNIG: Wir wollen sehn.

HAMLET *kommt lesend.*

KÖNIGIN: Seht, wie der Arme traurig kommt und liest.
POLONIUS: Fort, ich ersuch euch, beide fort von hier!
Ich mache gleich mich an ihn. Oh, erlaubt!

König, Königin und Gefolge ab.

Wie geht es meinem besten Prinzen Hamlet?
HAMLET: Gut, dem Himmel sei Dank.

POLONIUS: Kennt Ihr mich, gnäd'ger Herr?
HAMLET: Vollkommen. Ihr seid ein Fischhändler.
POLONIUS: Das nicht, mein Prinz.
HAMLET: So wollt ich, daß Ihr ein so ehrlicher Mann wärt.
POLONIUS: Ehrlich, mein Prinz?
HAMLET: Ja, Herr, ehrlich sein heißt, wie es in dieser Welt hergeht, ein Auserwählter unter Zehntausenden sein.
POLONIUS: Sehr wahr, mein Prinz.
HAMLET: Denn wenn die Sonne Maden in einem toten Hund ausbrütet: eine Gottheit, die Aas küßt – habt Ihr eine Tochter?
POLONIUS: Ja, mein Prinz.
HAMLET: Laßt sie nicht in der Sonne gehn. Empfangen ist ein Segen: aber da Eure Tochter empfangen könnte – seht Euch vor, Freund.
POLONIUS: Wie meint Ihr das? *Beiseite*: Immer auf meine Tochter angespielt. Und doch kannte er mich zuerst nicht; er sagte, ich wäre ein Fischhändler. Es ist weit mit ihm gekommen, sehr weit! und wahrlich, in meiner Jugend brachte mich die Liebe auch in große Drangsale, fast so schlimm wie ihn. Ich will ihn wieder anreden. – Was lest Ihr, mein Prinz?
HAMLET: Worte, Worte, Worte.
POLONIUS: Aber wovon handelt es?
HAMLET: Wer handelt?
POLONIUS: Ich meine, was in dem Buche steht, mein Prinz.
HAMLET: Verleumdungen, Herr: denn der satirische Schuft da sagt, daß alte Männer graue Bärte haben; daß ihre Gesichter runzlig sind; daß ihnen zäher Ambra und Harz aus den Augen trieft; daß sie einen übermäßigen Mangel an Witz und daneben sehr kraftlose Lenden haben. Ob ich nun gleich von allem diesem inniglich und festiglich überzeugt bin, so halte ich es doch nicht für billig, es so zu Papier zu bringen; denn Ihr selbst, Herr, würdet so alt werden wie ich, wenn Ihr wie ein Krebs rückwärts gehen könntet.
POLONIUS *beiseite*: Ist dies schon Tollheit, hat es doch Methode. – Wollt Ihr nicht aus der Luft gehn, Prinz?
HAMLET: In mein Grab?
POLONIUS: Ja, das wäre wirklich aus der Luft. *Beiseite*: Wie treffend manchmal seine Antworten sind! Dies ist ein Glück, daß die Tollheit oft hat, womit es der Vernunft und dem gesunden Sinne nicht so gut gelingen könnte. Ich will ihn verlassen und sogleich daran denken, eine Zusammen-

kunft zwischen ihm und meiner Tochter zu veranstalten. – Mein gnädigster Herr, ich will ehrerbietigst meinen Abschied von Euch nehmen.

HAMLET: Ihr könnt nichts von mir nehmen, Herr, das ich lieber fahrenließe – bis auf mein Leben, bis auf mein Leben.

POLONIUS: Lebt wohl, mein Prinz.

HAMLET: Die langweiligen alten Narren!

ROSENKRANZ *und* GÜLDENSTERN *kommen.*

POLONIUS: Ihr sucht den Prinzen Hamlet; dort ist er.

ROSENKRANZ *zu Polonius*: Gott mit Euch, Herr.

Polonius ab.

GÜLDENSTERN: Verehrter Prinz –

ROSENKRANZ: Mein teurer Prinz –

HAMLET: Meine trefflichen, guten Freunde! Was machst du, Güldenstern? Ah, Rosenkranz! Gute Burschen, wie geht's euch?

ROSENKRANZ: Wie mittelmäß'gen Söhnen dieser Erde.

GÜLDENSTERN: Glücklich, weil wir nicht überglücklich sind. Wir sind der Knopf nicht auf Fortunas Mütze.

HAMLET: Noch die Sohlen ihrer Schuhe?

ROSENKRANZ: Auch das nicht, gnäd'ger Herr.

HAMLET: Ihr wohnt also in der Gegend ihres Gürtels, oder im Mittelpunkte ihrer Gunst?

GÜLDENSTERN: Ja wirklich, wir sind mit ihr vertraut.

HAMLET: Im Schoße des Glücks? Oh, sehr wahr! sie ist eine Metze. Was gibt es Neues?

ROSENKRANZ: Nichts, mein Prinz, außer daß die Welt ehrlich geworden ist.

HAMLET: So steht der Jüngste Tag bevor; aber eure Neuigkeit ist nicht wahr. Laßt mich euch näher befragen: worin habt ihr, meine guten Freunde, es bei Fortuna versehen, daß sie euch hierher ins Gefängnis schickt?

GÜLDENSTERN: Ins Gefängnis, mein Prinz?

HAMLET: Dänemark ist ein Gefängnis.

ROSENKRANZ: So ist die Welt auch eins.

HAMLET: Ein stattliches, worin es viele Verschläge, Löcher und Kerker gibt. Dänemark ist einer der schlimmsten.

ROSENKRANZ: Wir denken nicht so davon, mein Prinz.

HAMLET: Nun, so ist es keiner für euch, denn an sich ist nichts weder gut noch böse, das Denken macht es erst dazu. Für mich ist es ein Gefängnis.

ROSENKRANZ: Nun, so macht es Euer Ehrgeiz dazu; es ist zu eng für Euren Geist.

HAMLET: O Gott, ich könnte in eine Nußschale eingesperrt sein und mich für einen König von unermeßlichem Gebiete halten, wenn nur meine bösen Träume nicht wären.

GÜLDENSTERN: Diese Träume sind in der Tat Ehrgeiz; denn das eigentliche Wesen des Ehrgeizes ist nur der Schatten eines Traumes.

HAMLET: Ein Traum ist selbst nur ein Schatten.

ROSENKRANZ: Freilich, und mir scheint der Ehrgeiz von so luftiger und loser Beschaffenheit, daß er nur der Schatten eines Schattens ist.

HAMLET: So sind also unsre Bettler Körper und unsre Monarchen und gespreizten Helden der Bettler Schatten. Sollen wir an den Hof? Denn mein Seel, ich weiß nicht zu räsonieren.

BEIDE: Wir sind beide zu Euren Diensten.

HAMLET: Nichts dergleichen, ich will euch nicht zu meinen übrigen Dienern rechnen, denn, um wie ein ehrlicher Mann mit euch zu reden: mein Gefolge ist abscheulich. Aber um auf der ebnen Heerstraße der Freundschaft zu bleiben, was macht ihr in Helsingör?

ROSENKRANZ: Wir wollten Euch besuchen, nichts anderes.

HAMLET: Ich Bettler, der ich bin, sogar an Dank bin ich arm. Aber ich danke euch, und gewiß, liebe Freunde, mein Dank ist um einen Heller zu teuer. Hat man nicht nach euch geschickt? Ist es eure eigne Neigung? Ein freiwilliger Besuch? Kommt, kommt, geht ehrlich mit mir um! wohlan! Nun, sagt doch!

GÜLDENSTERN: Was sollen wir sagen, gnädiger Herr?

HAMLET: Was ihr wollt, aber zur Sache. Man hat nach euch geschickt, und es liegt eine Art von Geständnis in euren Blikken, welche zu verstellen eure Bescheidenheit nicht schlau genug ist. Ich weiß, der gute König und die Königin haben nach euch geschickt.

ROSENKRANZ: Zu welchem Zweck, mein Prinz?

HAMLET: Das muß ich von euch erfahren. Aber ich beschwöre euch bei den Rechten unsrer Schulfreundschaft, bei der Eintracht unsrer Jugend, bei der Verbindlichkeit unsrer stets bewahrten Liebe und bei allem noch Teureren, was euch ein besserer Redner ans Herz legen könnte: geht geradeheraus gegen mich, ob man nach euch geschickt hat oder nicht.

ROSENKRANZ *beiseite zu Güldenstern*: Was sagt Ihr?

HAMLET: So, nun habe ich euch schon weg. Wenn ihr mich liebt, haltet nichts zurück.

GÜLDENSTERN: Gnädiger Herr, man hat nach uns geschickt.

HAMLET: Ich will euch sagen, warum; so wird mein Erraten eurer Entdeckung zuvorkommen, und eure Verschwiegenheit gegen den König und die Königin braucht keinen Zollbreit zu wanken. Ich habe seit kurzem – ich weiß nicht wodurch – alle meine Munterkeit eingebüßt, meine gewohnten Übungen aufgegeben; und es steht in der Tat so übel um meine Gemütslage, daß die Erde, dieser treffliche Bau, mir nur ein kahles Vorgebirge scheint; seht ihr, dieser herrliche Baldachin, die Luft; dies wackre umwölbende Firmament, dies majestätische Dach, mit goldnem Feuer ausgelegt: kommt es mir doch nicht anders vor als ein fauler verpesteter Haufen von Dünsten. Welch ein Meisterwerk ist der Mensch! wie edel durch Vernunft! wie unbegrenzt an Fähigkeiten! in Gestalt und Bewegung wie ausdrucksvoll und wunderwürdig! im Handeln wie ähnlich einem Engel! im Begreifen wie ähnlich einem Gott! die Zierde der Welt! das Vorbild der Lebendigen! Und doch, was ist mir diese Quintessenz von Staub? Ich habe keine Lust am Manne – und am Weibe auch nicht, wiewohl ihr das durch euer Lächeln zu sagen scheint.

ROSENKRANZ: Mein Prinz, ich hatte nichts dergleichen im Sinne.

HAMLET: Weswegen lachtet ihr denn, als ich sagte: ich habe keine Lust am Manne?

ROSENKRANZ: Ich dachte, wenn dem so ist, welche Fastenbewirtung die Schauspieler bei Euch finden werden. Wir holten sie unterwegs ein, sie kommen her, um Euch ihre Dienste anzubieten.

HAMLET: Der den König spielt, soll willkommen sein, seine Majestät soll Tribut von mir empfangen; der fahrende Ritter soll seine Klinge und seine Tartsche brauchen; der Liebhaber soll nicht unentgeltlich seufzen; der Launige soll seine Rolle in Frieden endigen; der Narr soll den lachen machen, der ein kitzliges Zwerchfell hat: und das Fräulein soll ihre Gesinnung frei heraussagen, oder die Verse sollen dafür hinken. – Was für eine Gesellschaft ist es?

ROSENKRANZ: Dieselbe, an der Ihr soviel Vergnügen zu finden pflegtet, die Schauspieler aus der Stadt.

HAMLET: Wie kommt es, daß sie umherziehen? Ein fester Aufenthalt war vorteilhafter sowohl für ihren Ruf als ihre Einnahme.

ROSENKRANZ: Ich glaube, diese Unterbrechung rührt von der kürzlich aufgekommenen Neuerung her.

HAMLET: Genießen sie noch dieselbe Achtung wie damals, da ich in der Stadt war? Besucht man sie ebensosehr?

ROSENKRANZ: Nein, freilich nicht.

HAMLET: Wie kommt das? werden sie rostig?

ROSENKRANZ: Nein, ihre Bemühungen halten den gewohnten Schritt; aber es hat sich da eine Brut von Kindern angefunden, kleine Nestlinge, die immer über das Gespräch hinausschrein und höchst grausam dafür beklatscht werden. Diese sind jetzt Mode und beschimpfen die gemeinen Theater (so nennen sie's) dergestalt, daß viele, die Degen tragen, sich vor Gänsekielen fürchten und kaum wagen hinzugehn.

HAMLET: Wie, sind es Kinder? Wer unterhält sie? Wie werden sie besoldet? Wollen sie nicht länger bei der Kunst bleiben, als sie den Diskant singen können? Werden sie nicht nachher sagen, wenn sie selbst zu gewöhnlichen Schauspielern heranwachsen – wie sehr zu vermuten ist, wenn sie sich auf nichts Besseres stützen –, daß ihre Komödienschreiber unrecht tun, sie gegen ihre eigne Zukunft deklamieren zu lassen?

ROSENKRANZ: Wahrhaftig, es hat an beiden Seiten viel zu tun gegeben, und das Volk macht sich kein Gewissen daraus, sie zum Streit aufzuhetzen. Eine Zeitlang war kein Geld mit einem Stück zu gewinnen, wenn Dichter und Schauspieler sich nicht darin mit ihren Gegnern herumzausten.

HAMLET: Ist es möglich?

GÜLDENSTERN: Oh, es wurde viel Hirn dabei vergeudet.

HAMLET: Tragen die Kinder den Sieg davon?

ROSENKRANZ: Allerdings, gnädiger Herr, den Herkules und seine Last obendrein.

HAMLET: Es ist nicht sehr zu verwundern: denn mein Oheim ist König von Dänemark, und ebendie, welche ihm Gesichter zogen, solange mein Vater lebte, geben zwanzig, vierzig, fünfzig bis hundert Dukaten für sein Porträt in Miniatur. Wetter, es liegt hierin etwas Übernatürliches, wenn die Philosophie es nur ausfindig machen könnte.

Trompetenstoß hinter der Szene.

GÜLDENSTERN: Da sind die Schauspieler.

HAMLET: Liebe Herren, ihr seid willkommen zu Helsingör. Gebt mir eure Hände. Wohlan! Manieren und Komplimente sind das Zubehör der Bewillkommnung. Laßt mich euch auf diese Weise begrüßen, damit nicht mein Benehmen gegen die Schauspieler – das, sag ich euch, sich äußerlich gut ausnehmen muß – einem Empfang ähnlicher sehe als der eurige. Ihr seid willkommen, aber mein Oheim-Vater und meine Tante-Mutter irren sich.

GÜLDENSTERN: Worin, mein teurer Prinz?

HAMLET: Ich bin nur toll bei Nordnordwest; wenn der Wind südlich ist, kann ich einen Kirchturm von einem Laternenpfahl unterscheiden.

POLONIUS *kommt.*

POLONIUS: Es gehe euch wohl, meine Herren.

HAMLET: Hört, Güldenstern! – und Ihr auch – an jedem Ohr ein Hörer: der große Säugling, den ihr da seht, ist noch nicht aus den Kinderwindeln.

ROSENKRANZ: Vielleicht ist er zum zweitenmal hineingekommen, denn man sagt, alte Leute werden wieder Kinder.

HAMLET: Ich prophezeie, daß er kommt, um mir von den Schauspielern zu sagen. Gebt acht! – Ganz richtig, Herr, am Montagmorgen, da war es eben.

POLONIUS: Gnädiger Herr, ich habe Euch Neuigkeiten zu melden.

HAMLET: Gnädiger Herr, ich habe Euch Neuigkeiten zu melden. – Als Roscius ein Schauspieler zu Rom war –

POLONIUS: Die Schauspieler sind hergekommen, gnädiger Herr.

HAMLET: Lirum, larum.

POLONIUS: Auf meine Ehre –

HAMLET: „Auf seinem Eslein jeder kam –“

POLONIUS: Die besten Schauspieler in der Welt, sei es für Tragödie, Komödie, Historie, Pastorale, Pastoral-Komödie, Historiko-Pastorale, Tragiko-Historie, Tragiko-Komiko-Historiko-Pastorale, für Einheit des Ortes oder unbegrenzte Handlung. Seneca kann für sie nicht zu traurig noch Plautus zu lustig sein. Für das Aufgeschriebne und für den Stegreif haben sie ihresgleichen nicht.

HAMLET: „O Jephtha, Richter Israels“ –
Welchen Schatz hattest du?

POLONIUS: Welchen Schatz hatte er, gnädiger Herr?

HAMLET: Nun:

„Hätt ein schön Töchterlein, nicht mehr,
Die liebt er aus der Maßen sehr."

POLONIUS *beiseite*: Immer meine Tochter.

HAMLET: Habe ich nicht recht, alter Jephtha?

POLONIUS: Wenn Ihr mich Jephtha nennt, gnädiger Herr, so habe ich eine Tochter, die ich aus der Maßen sehr liebe.

HAMLET: Nein, das folgt nicht.

POLONIUS: Was folgt denn, gnädiger Herr?

HAMLET: Ei,

„Wie das Los fiel,
Nach Gottes Will",

und dann wißt Ihr:

„Hierauf geschah's,
Wie zu vermuten was" –

Aber Ihr könnt das im ersten Abschnitt des Weihnachtsliedes weiter nachsehn; denn seht, da kommen die Abkürzer meines Gesprächs.

Vier oder fünf SCHAUSPIELER *kommen.*

Seid willkommen, ihr Herren! willkommen alle! – Ich freue mich, dich wohl zu sehn. – Willkommen, meine guten Freunde! – Ach, alter Freund, wie ist dein Gesicht betroddelt, seit ich dich zuletzt sah! Willst du mir in Dänemark zeigen, daß du Haare auf den Zähnen hast? – Ei, meine schöne junge Dame! Bei unsrer Frauen, Fräulein, Ihr seid dem Himmel um die Höhe eines Absatzes näher gerückt, seit ich Euch zuletzt sah. Gebe Gott, daß Eure Stimme nicht wie ein abgenutztes Goldstück den hellen Klang verloren haben mag. – Willkommen alle, ihr Herrn! Wir wollen frisch daran, wie französische Falkeniere auf alles losfliegen, was uns vorkommt. Gleich etwas vorgestellt! Laßt uns eine Probe eurer Kunst sehen. Wohlan! eine pathetische Rede.

ERSTER SCHAUSPIELER:
Welche Rede, mein wertester Prinz?

HAMLET: Ich hörte dich einmal eine Rede vortragen – aber sie ist niemals aufgeführt, oder, wenn es geschah, nicht mehr als einmal; denn ich erinnre mich, das Stück gefiel dem großen Haufen nicht, es war Kaviar für das Volk. Aber es war, wie ich es nahm, und andre, deren Urteil in solchen Dingen den Rang über dem meinigen behauptete, ein vortreffliches Stück, in seinen Szenen wohlgeordnet und mit ebensoviel Maß wie Verstand abgefaßt. Ich erinnre mich, daß jemand sagte, es

sei kein Salz und Pfeffer in den Zeilen, um den Sinn zu würzen, und kein Sinn in dem Ausdruck, der an dem Verfasser Ziererei verraten könnte, sondern er nannte es eine schlichte Manier, so gesund wie angenehm und ungleich mehr schön als geschmückt. Eine Rede darin liebte ich vorzüglich: es war des Äneas Erzählung an Dido; besonders da herum, wo er von der Ermordung Priams spricht. Wenn Ihr sie im Gedächtnisse habt, so fangt bei dieser Zeile an. – Laßt sehn, laßt sehn –
„Der rauhe Pyrrhus, gleich Hyrkaniens Leun" – nein, ich irre mich; aber es fängt mit Pyrrhus an.
„Der rauhe Pyrrhus, er, des düstre Waffen,
Schwarz wie sein Vorsatz, glichen jener Nacht,
Wo er sich barg im unglückschwangern Roß,
Hat jetzt die furchtbare Gestalt beschmiert
Mit grauserer Heraldik: rote Farbe
Ist er von Haupt zu Fuß; scheußlich geschmückt
Mit Blut der Väter, Mütter, Töchter, Söhne,
Gedörrt und klebend durch der Straßen Glut,
Die grausames, verfluchtes Licht verleihn
Zu ihres Herrn Mord. Heiß von Zorn und Feuer,
Bestrichen mit verdicktem Blut, mit Augen,
Karfunkeln gleichend, sucht der höllische Pyrrhus
Altvater Priamus" –
Fahrt nun so fort.

POLONIUS: Bei Gott, mein Prinz, wohl vorgetragen: mit gutem Ton und gutem Anstande.

ERSTER SCHAUSPIELER: „Er findt alsbald ihn,
Wie er den Feind verfehlt: sein altes Schwert
Gehorcht nicht seinem Arm; liegt, wo es fällt,
Unachtsam des Befehls. Ungleich gepaart
Stürzt Pyrrhus auf den Priam, holt weit aus:
Doch bloß vom Sausen seines grimmen Schwertes
Fällt der entnervte Vater. Ilium
Schien, leblos, dennoch diesen Streich zu fühlen;
Es bückt sein Flammengipfel sich hinab
Bis auf den Grund und nimmt mit furchtbarm Krachen
Gefangen Pyrrhus' Ohr: denn seht, sein Schwert,
Das schon sich senkt auf des ehrwürd'gen Priam
Milchweißes Haupt, schien in der Luft gehemmt.
So stand er, ein gemalter Wütrich, da,

Und, wie parteilos zwischen Kraft und Willen,
Tat nichts.
Doch wie wir oftmals sehn vor einem Sturm
Ein Schweigen in den Himmeln, still die Wolken,
Die Winde sprachlos und der Erdball drunten
Dumpf wie der Tod – mit eins zerreißt die Luft
Der grause Donner; so nach Pyrrhus' Säumnis
Treibt ihn erweckte Rach aufs neu zum Werk;
Und niemals trafen der Zyklopen Hämmer
Die Rüstung Mars', gestählt für ew'ge Dauer,
Fühlloser, als des Pyrrhus blut'ges Schwert
Jetzt fällt auf Priamus. –
Pfui, Metze du, Fortuna! All ihr Götter
Im großen Rat, nehmt ihre Macht hinweg;
Brecht alle Speichen, Felgen ihres Rades,
Die runde Nabe rollt vom Himmelsberg
Hinunter bis zur Hölle."

POLONIUS: Das ist zu lang.

HAMLET: Er soll mit Eurem Bart zum Barbier. – Ich bitte dich, weiter! Er mag gern eine Posse oder eine Zotengeschichte, sonst schläft er. Sprich weiter, komm auf Hekuba.

ERSTER SCHAUSPIELER: „Doch wer, o Jammer!
Die schlotterige Königin gesehn" –

HAMLET: Die schlotterige Königin?

POLONIUS: Das ist gut; „schlotterige Königin" ist gut.

ERSTER SCHAUSPIELER:
„Wie barfuß sie umherlief und den Flammen
Mit Tränengüssen drohte; einen Lappen
Auf diesem Haupte, wo das Diadem
Vor kurzem stand; und an Gewandes Statt
Um die von Wehn erschöpften magern Weichen
Ein Laken, in des Schreckens Hast ergriffen.
Wer das gesehn, mit gift'gem Schelten hätte
Der an Fortunen Hochverrat verübt.
Doch wenn die Götter selbst sie da gesehn,
Als sie den Pyrrhus argen Hohn sah treiben,
Zerfetzend mit dem Schwert des Gatten Leib:
Der erste Ausbruch ihres Schreies hätte
– Ist ihnen Sterbliches nicht gänzlich fremd –
Des Himmels glühnde Augen taun gemacht
Und Götter Mitleid fühlen."

POLONIUS: Seht doch, hat er nicht die Farbe verändert und Tränen in den Augen? – Bitte, halt inne!

HAMLET: Es ist gut, du sollst mir das übrige nächstens hersagen. – Lieber Herr, wollt Ihr für die Bewirtung der Schauspieler sorgen? Hört Ihr, laßt sie gut behandeln, denn sie sind der Spiegel und die abgekürzte Chronik des Zeitalters. Es wäre Euch besser, nach dem Tode eine schlechte Grabschrift zu haben, als üble Nachrede von ihnen, solange Ihr lebt.

POLONIUS: Gnädiger Herr, ich will sie nach ihrem Verdienst behandeln.

HAMLET: Potz Wetter, Mann, viel besser. Behandelt jeden Menschen nach seinem Verdienst, und wer ist vor Schlägen sicher? Behandelt sie nach Eurer eignen Ehre und Würdigkeit: je weniger sie verdienen, desto mehr Verdienst hat Eure Güte. Nehmt sie mit.

POLONIUS: Kommt, ihr Herren.

HAMLET: Folgt ihm, meine Freunde; morgen soll ein Stück aufgeführt werden.

Polonius und die Schauspieler außer dem ersten ab.

Höre, alter Freund, könnt Ihr die Ermordung Gonzagos spielen?

ERSTER SCHAUSPIELER: Ja, gnädiger Herr.

HAMLET: Gebt uns das morgen abend. Ihr könntet im Notfall eine Rede von zwölf bis sechzehn Zeilen auswendig lernen, die ich abfassen und einrücken möchte? Nicht wahr?

ERSTER SCHAUSPIELER: Ja, gnädiger Herr.

HAMLET: Sehr wohl. – Folgt dem Herrn, und daß ihr euch nicht über ihn lustig macht.

Erster Schauspieler ab.

Meine guten Freunde, ich beurlaube mich von euch bis abends: ihr seid willkommen zu Helsingör.

ROSENKRANZ: Sehr wohl, gnädiger Herr.

Rosenkranz und Güldenstern ab.

HAMLET: Nun, Gott geleit euch. – Jetzt bin ich allein,
O welch ein Schurk und niedrer Sklav bin ich!
Ist's nicht erstaunlich, daß der Spieler hier
Bei einer bloßen Dichtung, einem Traum
Der Leidenschaft, vermochte seine Seele
Nach eignen Vorstellungen so zu zwingen,
Daß sein Gesicht von ihrer Regung blaßte,

Sein Auge naß, Bestürzung in den Mienen,
Gebrochne Stimm und seine ganze Haltung
Gefügt nach seinem Sinn. Und alles das um nichts!
Um Hekuba!
Was ist ihm Hekuba, was ist er ihr,
Daß er um sie soll weinen? Hätte er
Das Stichwort und den Ruf zur Leidenschaft
Wie ich: was würd er tun? Die Bühn in Tränen
Ertränken und das allgemeine Ohr
Mit grauser Red erschüttern; bis zum Wahnwitz
Den Schuld'gen treiben und den Freien schrecken,
Unwissende verwirren, ja betäuben
Die Fassungskraft des Auges und des Ohrs.
Und ich,
Ein blöder schwachgemuter Schurke, schleiche
Wie Hans der Träumer, meiner Sache fremd,
Und kann nichts sagen, nicht für einen König,
An dessen Eigentum und teurem Leben
Verdammter Raub geschah. Bin ich 'ne Memme?
Wer nennt mich Schelm? Bricht mir den Kopf entzwei?
Rauft mir den Bart und bläst ihn mir ins Antlitz?
Zwickt an der Nase mich? und straft mich Lügen
Tief in den Hals hinein? Wer tut mir dies?
Ha! nähm ich's eben doch. – Es ist nicht anders:
Ich hege Taubenmut, mir fehlt's an Galle,
Die bitter macht den Druck, sonst hätt ich längst
Des Himmels Geir gemästet mit dem Aas
Des Sklaven. Blut'ger, kupplerischer Bube!
Fühlloser, falscher, geiler, schnöder Bube! –
Ha, welch ein Esel bin ich! Trefflich brav,
Daß ich, der Sohn von einem teuren Vater,
Der mir ermordet ward, von Höll und Himmel
Zur Rache angespornt, mit Worten nur
Wie eine Hure muß mein Herz entladen
Und mich aufs Fluchen legen wie ein Weibsbild,
Wie eine Küchenmagd!
Pfui drüber! Frisch ans Werk, mein Kopf! Hum, hum!
Ich hab gehört, daß schuldige Geschöpfe,
Bei einem Schauspiel sitzend, durch die Kunst
Der Bühne so getroffen worden sind
Im innersten Gemüt, daß sie sogleich

Zu ihren Missetaten sich bekannt:
Denn Mord, hat er schon keine Zunge, spricht
Mit wundervollen Stimmen. Sie sollen was
Wie die Ermordung meines Vaters spielen
Vor meinem Oheim: ich will seine Blicke
Beachten, will ihn bis ins Leben prüfen:
Stutzt er, so weiß ich meinen Weg. Der Geist,
Den ich gesehen, kann ein Teufel sein;
Der Teufel hat Gewalt, sich zu verkleiden
In lockende Gestalt; ja, und vielleicht,
Bei meiner Schwachheit und Melancholie
– Da er sehr mächtig ist bei solchen Geistern –
Täuscht er mich zum Verderben: ich will Grund,
Der sichrer ist. Das Schauspiel sei die Schlinge,
In die den König sein Gewissen bringe. *Ab.*

DRITTER AUFZUG

ERSTE SZENE

Ein Zimmer im Schlosse.

Der KÖNIG, *die* KÖNIGIN, POLONIUS, OPHELIA, ROSENKRANZ *und* GÜLDENSTERN.

KÖNIG: Und lockt ihm keine Wendung des Gesprächs
Heraus, warum er die Verwirrung anlegt,
Die seiner Tage Ruh so wild zerreißt
Mit stürmischer, gefährlicher Verrücktheit?
ROSENKRANZ: Er gibt es zu, er fühle sich verstört;
Allein wodurch, will er durchaus nicht sagen.
GÜLDENSTERN: Noch bot er sich der Prüfung willig dar,
Hielt sich vielmehr mit schlauem Wahnwitz fern,
Wenn wir ihn zum Geständnis bringen wollten
Von seinem wahren Zustand.
KÖNIGIN: Und wie empfing er euch?
ROSENKRANZ: Ganz wie ein Weltmann.
GÜLDENSTERN: Doch tat er seiner Fassung viel Gewalt.
ROSENKRANZ: Mit Fragen karg, allein auf unsre Fragen
Freigebig mit der Antwort.

KÖNIGIN: Ludet ihr
Zu irgendeinem Zeitvertreib ihn ein?
ROSENKRANZ: Es traf sich grade, gnäd'ge Frau, daß wir
Schauspieler unterweges eingeholt.
Wir sagten ihm von diesen, und es schien,
Er hörte das mit einer Art von Freude.
Sie halten hier am Hof herum sich auf
Und haben, wie ich glaube, schon Befehl,
Zur Nacht vor ihm zu spielen.
POLONIUS: Ja, so ist's,
Und mich ersucht' er, Eure Majestäten
Zum Hören und zum Sehn des Dings zu laden.
KÖNIG: Von ganzem Herzen, und es freut mich sehr,
Daß er sich dahin neigt.
Ihr lieben Herrn, schärft seine Lust noch ferner
Und treibt ihn zu Ergötzlichkeiten an.
ROSENKRANZ: Wir wollen's, gnäd'ger Herr.
Rosenkranz und Güldenstern ab.
KÖNIG: Verlaß uns, liebe Gertrud, ebenfalls.
Wir haben Hamlet heimlich herbestellt,
Damit er hier Ophelia wie durch Zufall
Begegnen mag.
Ihr Vater und ich selbst, befugte Späher,
Wir wollen so uns stellen, daß wir sehend,
Doch ungesehn, von der Zusammenkunft
Gewiß urteilen und erraten können,
Ob's seiner Liebe Kummer ist, ob nicht,
Was so ihn quält.
KÖNIGIN: Ich werde Euch gehorchen.
Was Euch betrifft, Ophelia, wünsch ich nur,
Daß Eure Schönheit der beglückte Grund
Von Hamlets Wildheit sei: dann darf ich hoffen,
Daß Eure Tugenden zurück ihn bringen
Auf den gewohnten Weg, zu beider Ehre.
OPHELIA: Ich wünsch es, gnäd'ge Frau.
Königin ab.
POLONIUS: Geht hier umher, Ophelia. – Gnädigster,
Laßt Platz uns nehmen! –
Zu Ophelia: Lest in diesem Buch,
Daß solcher Übung Schein die Einsamkeit
Bemäntle. – Wir sind oft hierin zu tadeln –

Gar viel erlebt man's –, mit der Andacht Mienen
Und frommem Wesen überzuckern wir
Den Teufel selbst.

KÖNIG *beiseite*: O allzu wahr! wie trifft
Dies Wort mit scharfer Geißel mein Gewissen!
Der Metze Wange, schön durch falsche Kunst,
Ist häßlicher bei dem nicht, was ihr hilft,
Als meine Tat bei meinem glattsten Wort.
O schwere Tat!

POLONIUS: Ich hör ihn kommen: ziehn wir uns zurück.

König und Polonius ab.

HAMLET *tritt auf.*

HAMLET: Sein oder Nichtsein, das ist hier die Frage:
Ob's edler im Gemüt, die Pfeil' und Schleudern
Des wütenden Geschicks erdulden oder,
Sich waffnend gegen eine See von Plagen,
Durch Widerstand sie enden. Sterben – schlafen –
Nichts weiter! – und zu wissen, daß ein Schlaf
Das Herzweh und die tausend Stöße endet,
Die unsers Fleisches Erbteil – 's ist ein Ziel,
Aufs innigste zu wünschen. Sterben – schlafen –
Schlafen! Vielleicht auch träumen! – Ja, da liegt's:
Was in dem Schlaf für Träume kommen mögen,
Wenn wir den Drang des Ird'schen abgeschüttelt,
Das zwingt uns, still zu stehn. Das ist die Rücksicht,
Die Elend läßt zu hohen Jahren kommen.
Denn wer ertrüg der Zeiten Spott und Geißel,
Des Mächt'gen Druck, des Stolzen Mißhandlungen,
Verschmähter Liebe Pein, des Rechtes Aufschub,
Den Übermut der Ämter und die Schmach,
Die Unwert schweigendem Verdienst erweist,
Wenn er sich selbst in Ruhstand setzen könnte
Mit einer Nadel bloß? Wer trüge Lasten
Und stöhnt' und schwitzte unter Lebensmüh?
Nur daß die Furcht vor etwas nach dem Tod –
Das unentdeckte Land, von des Bezirk
Kein Wandrer wiederkehrt – den Willen irrt,
Daß wir die Übel, die wir haben, lieber
Ertragen als zu unbekannten fliehn.
So macht Bewußtsein Feige aus uns allen;
Der angebornen Farbe der Entschließung

Wird des Gedankens Blässe angekränkelt;
Und Unternehmungen voll Mark und Nachdruck,
Durch diese Rücksicht aus der Bahn gelenkt,
Verlieren so den Namen Handlung. – Still!
Die reizende Ophelia. – Nymphe, schließ
In dein Gebet all meine Sünden ein.

OPHELIA: Mein Prinz, wie geht es Euch seit so viel Tagen?

HAMLET: Ich dank Euch untertänig; wohl.

OPHELIA: Mein Prinz, ich hab von Euch noch Angedenken,
Die ich schon längst begehrt zurückzugeben.
Ich bitt Euch, nehmt sie jetzo.

HAMLET: Nein, ich nicht;
Ich gab Euch niemals was.

OPHELIA: Mein teurer Prinz, Ihr wißt gar wohl, Ihr tatet's,
Und Worte süßen Hauchs dabei, die reicher
Die Dinge machten. Da ihr Duft dahin,
Nehmt dies zurück: dem edleren Gemüte
Verarmt die Gabe mit des Gebers Güte.
Hier, gnäd'ger Herr.

HAMLET: Haha! Seid Ihr tugendhaft?

OPHELIA: Gnädiger Herr?

HAMLET: Seid Ihr schön?

OPHELIA: Was meint Eure Hoheit?

HAMLET: Daß, wenn Ihr tugendhaft und schön seid, Eure Tugend keinen Verkehr mit Eurer Schönheit pflegen sollte.

OPHELIA: Könnte Schönheit, mein Prinz, wohl bessern Umgang haben als mit der Tugend?

HAMLET: Ja freilich: denn die Macht der Schönheit wird eher die Tugend in eine Kupplerin verwandeln, als die Kraft der Tugend die Schönheit sich ähnlich machen kann. Dies war ehedem paradox, aber nun bestätigt es die Zeit. Ich liebte Euch einst.

OPHELIA: In der Tat, mein Prinz, Ihr machtet mich's glauben.

HAMLET: Ihr hättet mir nicht glauben sollen: denn Tugend kann sich unserm alten Stamm nicht so einimpfen, daß wir nicht einen Geschmack von ihm behalten sollten. Ich liebte Euch nicht.

OPHELIA: Um so mehr wurde ich betrogen.

HAMLET: Geh in ein Kloster. Warum wolltest du Sünder zur Welt bringen? Ich bin selbst leidlich tugendhaft; dennoch könnt ich mich solcher Dinge anklagen, daß es besser wäre, meine Mutter hätte mich nicht geboren. Ich bin sehr stolz, rachsüchtig, ehrgeizig; mir stehn mehr Vergehungen zu Dienst, als ich Gedanken habe, sie zu hegen, Einbildungskraft, ihnen Gestalt zu geben, oder Zeit, sie auszuführen. Wozu sollen solche Gesellen wie ich zwischen Himmel und Erde herumkriechen? Wir sind ausgemachte Schurken, alle: trau keinem von uns! Geh deines Wegs zum Kloster! Wo ist Euer Vater?

OPHELIA: Zu Hause, gnädiger Herr.

HAMLET: Laßt die Tür hinter ihm abschließen, damit er den Narren nirgendwo anders spielt als in seinem eignen Hause. Leb wohl.

OPHELIA: O hilf ihm, güt'ger Himmel!

HAMLET: Wenn du heiratest, so gebe ich dir diesen Fluch zur Aussteuer: sei so keusch wie Eis, so rein wie Schnee, du wirst der Verleumdung nicht entgehn. Geh in ein Kloster! leb wohl! Oder willst du durchaus heiraten, nimm einen Narren; denn gescheite Männer wissen allzu gut, was ihr für Ungeheuer aus ihnen macht. In ein Kloster! geh! und das schleunig. Leb wohl.

OPHELIA: Himmlische Mächte, stellt ihn wieder her!

HAMLET: Ich weiß auch mit euren Malereien Bescheid, recht gut. Gott hat euch ein Gesicht gegeben, und ihr macht euch ein andres; ihr tänzelt, ihr trippelt und ihr lispelt und gebt Gottes Kreaturen verhunzte Namen und stellt eure Lüsternheit als Unbefangenheit hin. Geht mir! nichts weiter davon! es hat mich toll gemacht. Ich sage, wir wollen nichts mehr von Heiraten wissen: wer schon verheiratet ist, alle außer einem, soll das Leben behalten; die übrigen sollen bleiben, wie sie sind. In ein Kloster! geh! *Ab.*

OPHELIA:

Oh, welch ein edler Geist ist hier zerstört,
Des Hofmanns Auge, des Gelehrten Zunge,
Des Kriegers Arm, des Staates Blum und Hoffnung,
Der Sitte Spiegel und der Bildung Muster,
Das Merkziel der Betrachter: ganz, ganz hin!
Und ich, der Fraun elendeste und ärmste,
Die seiner Schwüre Honig sog, ich sehe
Die edle, hochgebietende Vernunft
Mißtönend wie verstimmte Glocken jetzt;
Dies hohe Bild, die Züge blühnder Jugend,

Durch Schwärmerei zerrüttet: weh mir, wehe!
Daß ich sah, was ich sah, und sehe, was ich sehe.

Der König *und* Polonius *treten wieder vor.*

KÖNIG: Aus Liebe? Nein, sein Hang geht dahin nicht,
Und was er sprach, obwohl ein wenig wüst,
War nicht wie Wahnsinn. Ihm ist was im Gemüt,
Worüber seine Schwermut brütend sitzt;
Und wie ich sorge, wird die Ausgeburt
Gefährlich sein. Um dem zuvorzukommen,
Hab ich's mit schleuniger Entschließung so
Mir abgefaßt. Er soll in Eil nach England,
Den Rückstand des Tributes einzufordern.
Vielleicht vertreibt die See, die neuen Länder
Samt wandelbaren Gegenständen ihm
Dies Etwas, das in seinem Herzen steckt,
Worauf sein Kopf beständig hinarbeitend
Ihn so sich selbst entzieht. Was dünket Euch?

POLONIUS: Es wird ihm wohltun; aber dennoch glaub ich,
Der Ursprung und Beginn von seinem Gram
Sei unerhörte Liebe. – Nun, Ophelia?
Ihr braucht uns nicht zu melden, was der Prinz
Gesagt: wir hörten alles. – Gnäd'ger Herr,
Tut nach Gefallen; aber dünkt's Euch gut,
So laßt doch seine königliche Mutter
Ihn nach dem Schauspiel ganz allein ersuchen,
Sein Leid ihr kundzutun; sie gehe rund
Mit ihm heraus: ich will, wenn's Euch beliebt,
Mich ins Gehör der Unterredung stellen.
Wenn sie es nicht herausbringt, schickt ihn dann
Nach England oder schließt ihn irgendwo
Nach Eurer Weisheit ein.

KÖNIG: Es soll geschehn:
Wahnsinn bei Großen darf nicht ohne Wache gehn.

Alle ab.

Zweite Szene

Ein Saal im Schlosse.

Hamlet *und drei* Schauspieler *treten auf.*

HAMLET: Seid so gut und haltet die Rede, wie ich sie Euch vorsagte, leicht von der Zunge weg; aber wenn Ihr den Mund so voll nehmt wie viele unsrer Schauspieler, so möchte ich meine Verse ebensogern von dem Ausrufer hören. Sägt auch nicht zuviel mit den Händen durch die Luft, so – sondern behandelt alles gelinde. Denn mitten in dem Strom, Sturm und, wie ich sagen mag, Wirbelwind Eurer Leidenschaft müßt Ihr Euch eine Mäßigung zu eigen machen, die ihr Geschmeidigkeit gibt. Oh, es ärgert mich in der Seele, wenn solch ein handfester, haarbuschiger Geselle eine Leidenschaft in Fetzen, in rechte Lumpen zerreißt, um den Gründlingen im Parterre in die Ohren zu donnern, die meistens von nichts wissen als verworrnen stummen Pantomimen und Lärm. Ich möchte solch einen Kerl für sein Bramarbasieren prügeln lassen; es übertyrannt den Tyrannen. Ich bitte Euch, vermeidet das.

ERSTER SCHAUSPIELER: Eure Hoheit kann sich darauf verlassen.

HAMLET: Seid auch nicht allzu zahm, sondern laßt Euer eignes Urteil Euren Meister sein: paßt die Gebärde dem Wort, das Wort der Gebärde an; wobei Ihr sonderlich darauf achten müßt, niemals die Bescheidenheit der Natur zu überschreiten. Denn alles, was so übertrieben wird, ist dem Vorhaben des Schauspieles entgegen, dessen Zweck sowohl anfangs als jetzt war und ist, der Natur gleichsam den Spiegel vorzuhalten: der Tugend ihre eignen Züge, der Schmach ihr eignes Bild und dem Jahrhundert und Körper der Zeit den Abdruck seiner Gestalt zu zeigen. Wird dies nun übertrieben oder zu schwach vorgestellt, so kann es zwar den Unwissenden zum Lachen bringen, aber den Einsichtsvollen muß es verdrießen; und der Tadel von einem solchen muß in Eurer Schätzung ein ganzes Schauspielhaus voll von andern überwiegen. O es gibt Schauspieler, die ich habe spielen sehn und von andern preisen hören, und das höchlich, die, gelinde zu sprechen, weder den Ton noch den Gang von Christen, Heiden oder Türken hatten und so stolzierten und blökten, daß ich glaubte, irgendein Handlanger der

Natur hätte Menschen gemacht, und sie wären ihm nicht geraten; so abscheulich ahmten sie die Menschheit nach.

ERSTER SCHAUSPIELER: Ich hoffe, wir haben das bei uns so ziemlich abgestellt.

HAMLET: Oh, stellt es ganz und gar ab! Und die bei euch den Narren spielen, laßt sie nicht mehr sagen, als in ihrer Rolle steht: denn es gibt ihrer, die selbst lachen, um einen Haufen alberne Zuschauer zum Lachen zu bringen, wenn auch zu derselben Zeit irgendein notwendiger Punkt des Stückes zu erwägen ist. Das ist schändlich und beweist einen jämmerlichen Ehrgeiz an dem Narren, der es tut. Geht, macht euch fertig. *Schauspieler ab.*

POLONIUS, ROSENKRANZ *und* GÜLDENSTERN *kommen.*

Nun, Herr, will der König dies Stück Arbeit anhören?

POLONIUS: Ja, die Königin auch, und das sogleich.

HAMLET: Heißt die Schauspieler sich eilen.

Polonius ab.

Wollt ihr beide sie treiben helfen?

ROSENKRANZ *und* GÜLDENSTERN: Ja, gnädiger Herr.

Beide ab.

HAMLET: He! Horatio!

HORATIO *kommt.*

HORATIO: Hier, lieber Prinz, zu Eurem Dienst.

HAMLET: Du bist grad ein so wackrer Mann, Horatio,
Wie je mein Umgang einem mich verbrüdert.

HORATIO: Mein bester Prinz –

HAMLET: Nein, glaub nicht, daß ich schmeichle.
Was für Befördrung hofft ich wohl von dir,
Der keine Rent als seinen muntern Geist,
Um sich zu nähren und zu kleiden, hat?
Weswegen doch dem Armen schmeicheln? Nein,
Die Honigzunge lecke dumme Pracht,
Es beuge sich des Knies gelenke Angel,
Wo Kriecherei Gewinn bringt. Hör mich an.
Seit meine teure Seele Herrin war
Von ihrer Wahl und Menschen unterschied,
Hat sie dich auserkoren. Denn du warst,
Als littst du nichts, indem du alles littest;
Ein Mann, der Stöß und Gaben vom Geschick
Mit gleichem Dank genommen: und gesegnet,
Wes Blut und Urteil sich so gut vermischt,

Daß er zur Pfeife nicht Fortuna dient,
Den Ton zu spielen, den ihr Finger greift.
Gebt mir den Mann, den seine Leidenschaft
Nicht macht zum Sklaven, und ich will ihn hegen
Im Herzensgrund, ja in des Herzens Herzen,
Wie ich dich hege. – Schon zu viel hiervon.
Es gibt zu Nacht ein Schauspiel vor dem König;
Ein Auftritt kommt darin dem Umstand nah,
Den ich von meines Vaters Tod dir sagte.
Ich bitt dich, wenn du das im Gange siehst,
So achte mit der ganzen Kraft der Seele
Auf meinen Oheim: wenn die verborgne Schuld
Bei einer Rede nicht zum Vorschein kommt,
So ist's ein höll'scher Geist, den wir gesehn,
Und meine Einbildungen sind so schwarz
Wie Schmiedezeug Vulkans. Bemerk ihn recht,
Ich will an sein Gesicht mein Auge klammern,
Und wir vereinen unser Urteil dann
Zur Prüfung seines Aussehns.

HORATIO: Gut, mein Prinz;
Wenn er was stiehlt, indes das Stück gespielt wird,
Und schlüpfet durch, so zahl ich für den Diebstahl.

Pauken und Trompeten. Ein dänischer Marsch.

HAMLET:
Man kommt zum Stück, ich muß den Narren spielen.
Wählt einen Platz.

Der KÖNIG, *die* KÖNIGIN, POLONIUS, OPHELIA, ROSENKRANZ, GÜLDENSTERN *und* ANDRE *treten auf.*

KÖNIG: Wie lebt unser Vetter Hamlet?

HAMLET: Vortrefflich, mein Treu: von dem Chamäleonsgericht. Ich esse Luft, ich werde mit Versprechungen gestopft: Kapaunen kann man so nicht mästen.

KÖNIG: Ich habe nichts mit dieser Antwort zu schaffen, Hamlet; dies sind meine Worte nicht.

HAMLET: Meine auch nicht mehr. – *Zu Polonius:* Ihr spieltet einmal auf der Universität, Herr? Sagtet Ihr nicht so?

POLONIUS: Das tat ich, gnädiger Herr, und wurde für einen guten Schauspieler gehalten.

HAMLET: Und was stelltet Ihr vor?

POLONIUS: Ich stellte den Julius Cäsar vor: ich wurde auf dem Kapitol umgebracht; Brutus brachte mich um.

HAMLET: Es war brutal von ihm, ein so kapitales Kalb umzubringen. – Sind die Schauspieler fertig?

ROSENKRANZ: Ja, gnädiger Herr, sie erwarten Euren Befehl.

KÖNIGIN: Komm hierher, lieber Hamlet, setz dich zu mir.

HAMLET: Nein, gute Mutter, hier ist ein stärkerer Magnet.

POLONIUS *zum König*: Oho, hört Ihr das wohl?

HAMLET: Fräulein, soll ich in Eurem Schoße liegen? *Setzt sich zu Ophelias Füßen.*

OPHELIA: Nein, mein Prinz.

HAMLET: Ich meine, den Kopf auf Euren Schoß gelehnt.

OPHELIA: Ja, mein Prinz.

HAMLET: Denkt Ihr, ich hätte erbauliche Dinge im Sinne?

OPHELIA: Ich denke nichts.

HAMLET: Ein schöner Gedanke, zwischen den Beinen eines Mädchens zu liegen.

OPHELIA: Was ist, mein Prinz?

HAMLET: Nichts.

OPHELIA: Ihr seid aufgeräumt.

HAMLET: Wer? ich?

OPHELIA: Ja, mein Prinz.

HAMLET: O ich reiße Possen wie kein andrer. Was kann ein Mensch Besseres tun als lustig sein? Denn seht nur, wie fröhlich meine Mutter aussieht, und doch starb mein Vater vor noch nicht zwei Stunden.

OPHELIA: Nein, vor zweimal zwei Monaten, mein Prinz.

HAMLET: So lange schon? Ei, so mag der Teufel schwarz gehn: ich will einen Zobelpelz tragen. O Himmel! Vor zwei Monaten gestorben und noch nicht vergessen! So ist Hoffnung da, daß das Andenken eines großen Mannes sein Leben ein halbes Jahr überleben kann. Aber bei unsrer lieben Frauen! Kirchen muß er stiften, sonst denkt man nicht an ihn, es geht ihm wie dem Steckenpferde, dessen Grabschrift ist:

„Denn oh! denn oh!
Vergessen ist das Steckenpferd."

Trompeten, hierauf die Pantomime.

Ein König und eine Königin treten auf, sehr zärtlich; die Königin umarmt ihn und er sie. Sie kniet und macht gegen ihn die Gebärden der Beteuerung. Er hebt sie auf und lehnt den Kopf an ihre Brust; er legt sich auf ein Blumenbett nieder, sie verläßt ihn, da sie ihn eingeschlafen sieht. Gleich darauf kommt ein Kerl herein, nimmt ihm die Krone ab, küßt sie, gießt Gift in die Ohren des Königs und geht ab. Die Königin kommt zurück, findet den König tot und macht leidenschaftliche Gebärden. Der Vergifter kommt mit zwei oder drei Stummen zurück und scheint mit ihr zu wehklagen. Die Leiche wird weggebracht. Der Vergifter wirbt mit Geschenken um die Königin; sie scheint anfangs unwillig und abgeneigt, nimmt aber zuletzt seine Liebe an. Sie gehen ab.

OPHELIA: Was bedeutet dies, mein Prinz?

HAMLET:
Ei, es ist spitzbübische Munkelei; es bedeutet Unheil.

OPHELIA: Vielleicht, daß diese Vorstellung den Inhalt des Stücks anzeigt.

Der PROLOG *tritt auf.*

HAMLET: Wir werden es von diesem Gesellen erfahren: Die Schauspieler können nichts geheimhalten, sie werden alles ausplaudern.

OPHELIA: Wird er uns sagen, was diese Vorstellung bedeutet?

HAMLET: Ja, oder irgendeine Vorstellung, die Ihr ihm vorstellen wollt. Schämt Euch nur nicht, ihm vorzustellen, so wird er sich nicht schämen, Euch zu sagen, was es bedeutet.

OPHELIA: Ihr seid schlimm, Ihr seid schlimm; ich will das Stück anhören.

PROLOG:
Für uns und unsre Vorstellung
Mit untertän'ger Huldigung
Ersuchen wir Genehmigung. *Ab.*

HAMLET: Ist dies ein Prolog oder ein Denkspruch auf einem Ring?

OPHELIA: Es ist kurz, mein Prinz.

HAMLET: Wie Frauenliebe.

Ein KÖNIG *und eine* KÖNIGIN *treten auf.*

KÖNIG *im Schauspiel*:
Schon dreißigmal hat den Apoll sein Wagen
Um Nereus' Flut und Tellus' Rund getragen,
Und zwölfmal dreißig Mond' in fremdem Glanz
Vollbrachten um den Erdball ihren Tanz,
Seit unsre Herzen Liebe treu durchdrungen
Und Hymens Bande Hand in Hand geschlungen.

KÖNIGIN *im Schauspiel*:
Mag Sonn und Mond so manche Reise doch,
Eh Liebe stirbt, uns zählen lassen noch.
Doch leider seid Ihr jetzt so matt von Herzen,
So fern von vor'ger Munterkeit und Scherzen,

Daß Ihr mich ängstet: aber zag ich gleich,
Doch, mein Gemahl, nicht ängsten darf es Euch.
Denn Weiberfurcht hält Schritt mit ihrem Lieben;
In beiden gar nichts oder übertrieben.
Wie meine Lieb ist, hab ich Euch gezeigt:
Ihr seht, daß meine Furcht der Liebe gleicht.
Das Kleinste schon muß große Lieb erschrecken
Und ihre Größ in kleiner Sorg entdecken.

KÖNIG *im Schauspiel*:
Ja, Lieb, ich muß dich lassen, und das bald:
Mich drückt des Alters schwächende Gewalt.
Du wirst in dieser schönen Welt noch leben,
Geehrt, geliebt; vielleicht wird, gleich ergeben,
Ein zweiter Gatte –

KÖNIGIN *im Schauspiel*: O halt ein! halt ein!
Verrat nur könnte solche Liebe sein.
Beim zweiten Gatten würd ich selbst mir fluchen;
Die einen totschlug, mag den zweiten suchen.

HAMLET: Das ist Wermut, Wermut.

KÖNIGIN *im Schauspiel*: Das, was die Bande zweiter Ehe flicht,
Ist schnöde Sucht nach Vorteil, Liebe nicht.
Es tötet noch einmal den toten Gatten,
Dem zweiten die Umarmung zu gestatten.

KÖNIG *im Schauspiel*:
Ich glaub, Ihr denket jetzt, was Ihr gesprochen,
Doch ein Entschluß wird oft von uns gebrochen.
Der Vorsatz ist ja der Erinnrung Knecht,
Stark von Geburt, doch bald durch Zeit geschwächt:
Wie herbe Früchte fest am Baume hangen,
Doch leicht sich lösen, wenn sie Reif' erlangen.
Notwendig ist's, daß jeder leicht vergißt
Zu zahlen, was er selbst sich schuldig ist.
Wo Leidenschaft den Vorsatz hingewendet,
Entgeht das Ziel uns, wann sie selber endet.
Das Ungestüm sowohl von Freud als Leid
Zerstört mit sich die eigne Wirksamkeit.
Laut klagt das Leid, wo laut die Freude schwärmet,
Leid freut sich leicht, wenn Freude leicht sich härmet.
Die Welt vergeht: es ist nicht wunderbar,
Daß mit dem Glück selbst Liebe wandelbar.
Denn eine Frag ist's, die zu lösen bliebe,

Ob Lieb das Glück führt oder Glück die Liebe.
Der Große stürzt: seht seinen Günstling fliehn.
Der Arme steigt, und Feinde lieben ihn.
So weit scheint Liebe nach dem Glück zu wählen:
Wer ihn nicht braucht, dem wird ein Freund nicht fehlen,
Und wer in Not versucht den falschen Freund,
Verwandelt ihn sogleich in einen Feind.
Doch um zu enden, wo ich ausgegangen,
Will und Geschick sind stets in Streit befangen.
Was wir ersinnen, ist des Zufalls Spiel,
Nur der Gedank ist unser, nicht das Ziel.
So denk, dich soll kein zweiter Gatt erwerben,
Doch mag dies Denken mit dem ersten sterben.

KÖNIGIN *im Schauspiel*:
Versag mir Nahrung, Erde! Himmel, Licht!
Gönnt, Tag und Nacht, mir Lust und Ruhe nicht!
Verzweiflung werd aus meinem Trost und Hoffen,
Nur Klausnerbuß im Kerker steh mir offen!
Mag alles, was der Freude Antlitz trübt,
Zerstören, was mein Wunsch am meisten liebt,
Und hier und dort verfolge mich Beschwerde,
Wenn, einmal Witwe, jemals Weib ich werde!

HAMLET: Wenn sie es nun brechen sollte –

KÖNIG *im Schauspiel*:
's ist fest geschworen. Laß mich, Liebe, nun!
Ich werde müd und möcht ein wenig ruhn,
Die Zeit zu täuschen. *Schläft ein.*

KÖNIGIN *im Schauspiel*: Wiege dich der Schlummer,
Und nimmer komme zwischen uns ein Kummer! *Ab.*

HAMLET: Gnädige Frau, wie gefällt Euch das Stück?

KÖNIGIN: Die Dame, wie mich dünkt, gelobt zu viel.

HAMLET: Oh, aber sie wird ihr Wort halten!

KÖNIG: Habt Ihr den Inhalt gehört? Wird es kein Ärgernis geben?

HAMLET: Nein, nein; sie spaßen nur, vergiften im Spaß, kein Ärgernis in der Welt.

KÖNIG: Wie nennt Ihr das Stück?

HAMLET: Die Mausefalle. Und wie das? Metaphorisch. Das Stück ist die Vorstellung eines in Vienna geschehnen Mordes. Gonzago ist der Name des Herzogs, seine Gemahlin

Baptista; Ihr werdet gleich sehen, es ist ein spitzbübischer Handel. Aber was tut's? Eure Majestät und uns, die wir ein freies Gewissen haben, trifft es nicht. Der Aussätzige mag sich jucken, unsre Haut ist gesund.

LUCIANUS *tritt auf.*

Dies ist ein gewisser Lucianus, ein Neffe des Königs.

OPHELIA: Ihr übernehmt das Amt eines Chorus, gnädiger Herr.

HAMLET: O ich wollte zwischen Euch und Eurem Liebsten Dolmetscher sein, wenn ich die Marionetten nur tanzen sähe.

OPHELIA: Ihr seid spitz, gnädiger Herr, Ihr seid spitz.

HAMLET: Ihr würdet zu stöhnen haben, ehe Ihr meine Spitze abstumpftet.

OPHELIA: Immer noch besser und schlimmer.

HAMLET: So wählt ihr eure Männer. – Fang an, Mörder! Laß deine vermaledeiten Gesichter und fang an! Wohlauf: Es brüllt um Rache das Gekrächz des Raben –

LUCIANUS: Gedanken schwarz, Gift wirksam, Hände fertig,
Gelegne Zeit, kein Wesen gegenwärtig.
Du schnöder Trank aus mitternächt'gem Kraut,
Dreimal vom Fluche Hekates betaut!
Daß sich dein Zauber, deine grause Schärfe
Sogleich auf dies gesunde Leben werfe!

Gießt das Gift in das Ohr des Schlafenden.

HAMLET: Er vergiftet ihn im Garten um sein Reich. Sein Name ist Gonzago: die Geschichte ist vorhanden und in auserlesenem Italienisch geschrieben. Ihr werdet gleich sehn, wie der Mörder die Liebe von Gonzagos Gemahlin gewinnt.

OPHELIA: Der König steht auf.

HAMLET: Wie? durch falschen Feuerlärm geschreckt?

KÖNIGIN: Wie geht es meinem Gemahl?

POLONIUS: Macht dem Schauspiel ein Ende.

KÖNIG: Leuchtet mir! fort!

POLONIUS: Licht! Licht! Licht!

Alle ab, außer Hamlet und Horatio.

HAMLET: Ei, der Gesunde hüpft und lacht,
Dem Wunden ist's vergällt;
Der eine schläft, der andre wacht,
Das ist der Lauf der Welt.

Sollte nicht dies und ein Wald von Federbüschen – wenn meine sonstige Anwartschaft in die Pilze geht – nebst ein paar gepufften Rosen auf meinen geschlitzten Schuhen mir zu einem Platz in einer Schauspielergesellschaft verhelfen?

HORATIO: O ja, einen halben Anteil.

HAMLET: Nein, einen ganzen.

Denn dir, mein Damon, ist bekannt,
Dem Reiche ging zugrund
Ein Jupiter: nun herrschet hier
Ein rechter, rechter – Affe.

HORATIO: Ihr hättet reimen können.

HAMLET: O lieber Horatio, ich wette Tausende auf das Wort des Geistes. Merktest du?

HORATIO: Sehr gut, mein Prinz.

HAMLET: Bei der Rede vom Vergiften?

HORATIO: Ich habe ihn genau betrachtet.

HAMLET: Haha! – Kommt, Musik! kommt, die Flöten! –
Denn wenn der König von dem Stück nichts hält,
Ei nun! vielleicht – daß es ihm nicht gefällt.

ROSENKRANZ *und* GÜLDENSTERN *kommen.*

Kommt, Musik!

GÜLDENSTERN: Bester gnädiger Herr, vergönnt mir ein Wort mit Euch.

HAMLET: Eine ganze Geschichte, Herr.

GÜLDENSTERN: Der König –

HAMLET: Nun, was gibt's mit ihm?

GÜLDENSTERN:
Er hat sich auf sein Zimmer begeben und ist sehr übel.

HAMLET: Vom Trinken, Herr?

GÜLDENSTERN: Nein, gnädiger Herr, von Galle.

HAMLET: Ihr solltet doch mehr gesunden Verstand beweisen und dies dem Arzte melden, denn wenn ich ihm eine Reinigung zumutete, das würde ihm vielleicht noch mehr Galle machen.

GÜLDENSTERN: Bester Herr, bringt einige Ordnung in Eure Reden und springt nicht so wild von meinem Auftrage ab.

HAMLET: Ich bin zahm, Herr, sprecht!

GÜLDENSTERN: Die Königin, Eure Mutter, hat mich in der tiefsten Bekümmernis ihres Herzens zu Euch geschickt.

HAMLET: Ihr seid willkommen.

GÜLDENSTERN: Nein, bester Herr, diese Höflichkeit ist nicht von der rechten Art. Beliebt es Euch, mir eine gesunde Antwort zu geben, so will ich den Befehl Eurer Mutter ausrichten; wo nicht, so verzeiht, ich gehe wieder, und damit ist mein Geschäft zu Ende.

HAMLET: Herr, ich kann nicht.

GÜLDENSTERN: Was, gnädiger Herr?

HAMLET: Euch eine gesunde Antwort geben. Mein Verstand ist krank. Aber, Herr, solche Antwort, wie ich geben kann, ist zu Eurem Befehl; oder vielmehr, wie Ihr sagt, zu meiner Mutter Befehl; drum nichts weiter, sondern zur Sache. Meine Mutter, sagt Ihr –

ROSENKRANZ: Sie sagt also folgendes: Euer Betragen hat sie in Staunen und Verwunderung gesetzt.

HAMLET: O wundervoller Sohn, der seine Mutter so in Erstaunen setzen kann! Kommt kein Nachsatz, der dieser mütterlichen Verwunderung auf dem Fuße folgt? Laßt hören.

ROSENKRANZ: Sie wünscht mit Euch in ihrem Zimmer zu reden, ehe Ihr zu Bett geht.

HAMLET: Wir wollen gehorchen, und wäre sie zehnmal unsre Mutter. Habt Ihr noch sonst was mit mir zu schaffen?

ROSENKRANZ: Gnädiger Herr, Ihr liebtet mich einst –

HAMLET: Das tu ich noch, bei diesen beiden Diebeszangen hier!

ROSENKRANZ: Bester Herr, was ist die Ursache Eures Übels? Gewiß, Ihr tretet Eurer eignen Freiheit in den Weg, wenn Ihr Eurem Freunde Euren Kummer verheimlicht.

HAMLET: Herr, es fehlt mir an Beförderung.

ROSENKRANZ: Wie kann das sein, da Ihr die Stimme des Königs selbst zur Nachfolge im Dänischen Reiche habt?

HAMLET: Ja, Herr, aber „derweil das Gras wächst" – das Sprichwort ist ein wenig rostig.

SCHAUSPIELER *kommen mit Flöten.*

O die Flöten! Laßt mich eine sehn. – Um Euch insbesondre zu sprechen: (*nimmt Güldenstern beiseite*) weswegen geht Ihr um mich herum, um meine Witterung zu bekommen, als wolltet Ihr mich in ein Netz treiben?

GÜLDENSTERN: O gnädiger Herr, wenn meine Ergebenheit allzu kühn ist, so ist meine Liebe ungesittet.

HAMLET: Das versteh ich nicht recht. Wollt Ihr auf dieser Flöte spielen?

GÜLDENSTERN: Gnädiger Herr, ich kann nicht.

HAMLET: Ich bitte Euch.

GÜLDENSTERN: Glaubt mir, ich kann nicht.

HAMLET: Ich ersuche Euch darum.

GÜLDENSTERN: Ich weiß keinen einzigen Griff, gnädiger Herr.

HAMLET: Es ist so leicht wie lügen. Regiert diese Windlöcher mit Euren Fingern und Daumen, gebt der Flöte mit Eurem Munde Atem, und sie wird die beredteste Musik sprechen. Seht Ihr, dies sind die Griffe.

GÜLDENSTERN: Aber die habe ich eben nicht in meiner Gewalt, um irgendeine Harmonie hervorzubringen; ich besitze die Kunst nicht.

HAMLET: Nun, seht Ihr, welch ein nichtswürdiges Ding Ihr aus mir macht? Ihr wollt auf mir spielen; [Ihr wollt tun, als kenntet Ihr meine Griffe;] Ihr wollt in das Herz meines Geheimnisses dringen, Ihr wollt mich von meiner tiefsten Note bis zum Gipfel meiner Stimme hinauf prüfen: und in dem kleinen Instrument hier ist viel Musik, eine vortreffliche Stimme, dennoch könnt Ihr es nicht zum Sprechen bringen. Wetter! denkt Ihr, daß ich leichter zu spielen bin als eine Flöte? Nennt mich was für ein Instrument Ihr wollt, Ihr könnt mich zwar verstimmen, aber nicht auf mir spielen.

POLONIUS *kommt.*

Gott grüß Euch, Herr.

POLONIUS: Gnädiger Herr, die Königin wünscht Euch zu sprechen, und das sogleich.

HAMLET: Seht Ihr die Wolke dort, beinah in Gestalt eines Kamels?

POLONIUS: Beim Himmel, sie sieht auch wirklich aus wie ein Kamel.

HAMLET: Mich dünkt, sie sieht aus wie ein Wiesel.

POLONIUS: Sie hat einen Rücken wie ein Wiesel.

HAMLET: Oder wie ein Walfisch?

POLONIUS: Ganz wie ein Walfisch.

HAMLET: Nun, so will ich zu meiner Mutter kommen, im Augenblick. – Sie narren mich, daß mir die Geduld beinah reißt. – Ich komme im Augenblick.

POLONIUS: Das will ich ihr sagen. *Ab.*

HAMLET: „Im Augenblick“ ist leicht gesagt. Laßt mich, Freunde.

Rosenkranz, Güldenstern, Horatio und die andern ab.

Nun ist die wahre Spükezeit der Nacht,
Wo Grüfte gähnen und die Hölle selbst
Pest haucht in diese Welt. Nun tränk ich wohl heiß Blut
Und täte Dinge, die der bittre Tag

Mit Schauder säh. Still! jetzt zu meiner Mutter.
O Herz, vergiß nicht die Natur! Nie dränge
Sich Neros Seel in diesen festen Busen!
Grausam, nicht unnatürlich laß mich sein;
Nur reden will ich Dolche, keine brauchen.
Hierin seid Heuchler, Zung, und du, Gemüt:
Wie hart mit ihr auch meine Rede schmäle,
Nie will'ge drein, sie zu versiegeln, Seele! *Ab.*

Dritte Szene

Ein Zimmer im Schlosse.

Der König, Rosenkranz *und* Güldenstern *treten auf.*

KÖNIG: Ich mag ihn nicht, auch steht's um uns nicht sicher,
Wenn frei sein Wahnsinn schwärmt. Drum macht euch fertig:
Ich stelle schleunig eure Vollmacht aus,
Und er soll dann mit euch nach England hin.
Die Pflichten unsrer Würde dulden nicht
Gefahr so nah, wie stündlich uns erwächst
Aus seinen Grillen.
GÜLDENSTERN: Wir wollen uns bereiten.
Es ist gewissenhafte heil'ge Furcht,
Die vielen, vielen Seelen zu erhalten,
Die Eure Majestät belebt und nährt.
ROSENKRANZ: Schon das besondre, einzle Leben muß
Mit aller Kraft und Rüstung des Gemüts
Vor Schaden sich bewahren, doch viel mehr
Der Geist, an dessen Heil das Leben vieler
Beruht und hängt. Der Majestät Verscheiden
Stirbt nicht allein; es zieht gleich einem Strudel
Das Nahe mit. Sie ist ein mächtig Rad,
Befestigt auf des höchsten Berges Gipfel,
An dessen Riesenspeichen tausend Dinge
Gekittet und gefugt sind: wenn es fällt,
So teilt die kleinste Zutat und Umgebung
Den ungeheuren Sturz. Kein König seufzte je
Allein und ohn ein allgemeines Weh.
KÖNIG: Ich bitte, rüstet euch zur schnellen Reise:
Wir müssen diese Furcht in Fesseln legen,
Die auf zu freien Füßen jetzo geht.

ROSENKRANZ: Wir wollen eilen.

Rosenkranz und Güldenstern ab.

POLONIUS *kommt.*

POLONIUS: Mein Fürst, er geht in seiner Mutter Zimmer.
Ich will mich hinter die Tapete stellen,
Den Hergang anzuhören; seid gewiß,
Sie schilt ihn tüchtig aus, und wie Ihr sagtet,
Und weislich war's gesagt, es schickt sich wohl,
Daß noch ein andrer Zeug als eine Mutter,
Die von Natur parteiisch, ihr Gespräch
Im stillen anhört. Lebet wohl, mein Fürst,
Eh Ihr zu Bett geht, sprech ich vor bei Euch
Und meld Euch, was ich weiß.

KÖNIG: Dank, lieber Herr.

Polonius ab.

Oh, meine Tat ist faul, sie stinkt zum Himmel,
Sie trägt den ersten, ältesten der Flüche,
Mord eines Bruders. – Beten kann ich nicht,
Ist gleich die Neigung dringend wie der Wille:
Die stärkre Schuld besiegt den starken Vorsatz,
Und wie ein Mann, dem zwei Geschäft' obliegen,
Steh ich in Zweifel, was ich erst soll tun,
Und lasse beides. Wie? wär diese Hand
Auch um und um in Bruderblut getaucht:
Gibt es nicht Regen gnug im milden Himmel,
Sie weiß wie Schnee zu waschen? Wozu dient
Die Gnad, als vor der Sünde Stirn zu treten?
Und hat Gebet nicht die zwiefache Kraft,
Dem Falle vorzubeugen und Verzeihung
Gefallnen auszuwirken? Gut, ich will
Emporschaun: mein Verbrechen ist geschehn.
Doch oh, welch eine Wendung des Gebets
Ziemt meinem Fall? Vergib mir meinen schnöden Mord?
Dies kann nicht sein; mir bleibt ja stets noch alles,
Was mich zum Mord getrieben: meine Krone,
Mein eigner Ehrgeiz, meine Königin.
Wird da verziehn, wo Missetat besteht?
In den verderbten Strömen dieser Welt
Kann die vergoldte Hand der Missetat
Das Recht wegstoßen, und ein schnöder Preis
Erkauft oft das Gesetz. Nicht so dort oben!

Da gilt kein Kunstgriff, da erscheint die Handlung
In ihrer wahren Art, und wir sind selbst
Genötigt, unsern Fehlern in die Zähne
Ein Zeugnis abzulegen. Nun? was bleibt?
Sehn, was die Reue kann. Was kann sie nicht?
Doch wenn man nicht bereuen kann, was kann sie?
O Jammerstand! O Busen, schwarz wie Tod!
O Seele, die, sich frei zu machen ringend,
Noch mehr verstrickt wird. – Engel, helft! versucht!
Beugt euch, ihr starren Knie! gestähltes Herz,
Sei weich wie Sehnen neugeborner Kinder!
Vielleicht wird alles gut. *Entfernt sich und kniet nieder.*

HAMLET *kommt.*

HAMLET: Jetzt könnt ich's tun, bequem; er ist im Beten,
Jetzt will ich's tun – und so geht er gen Himmel,
Und so bin ich gerächt? Das hieß': ein Bube
Ermordet meinen Vater, und dafür
Send ich, sein einz'ger Sohn, denselben Buben
Gen Himmel.
Ei, das wär Sold und Löhnung, Rache nicht.
Er überfiel in Wüstheit meinen Vater,
Voll Speis, in seiner Sünden Maienblüte.
Wie seine Rechnung steht, weiß nur der Himmel,
Allein nach unsrer Denkart und Vermutung
Ergeht's ihm schlimm: und bin ich dann gerächt,
Wenn ich in seiner Heiligung ihn fasse,
Bereitet und geschickt zum Übergang?
Nein.
Hinein, du Schwert! sei schrecklicher gezückt!
Wenn er berauscht ist, schlafend, in der Wut,
In seines Betts blutschänderischen Freuden,
Beim Doppeln, Fluchen oder anderm Tun,
Das keine Spur des Heiles an sich hat:
Dann stoß ihn nieder, daß gen Himmel er
Die Fersen bäumen mag und seine Seele
So schwarz und so verdammt sei wie die Hölle,
Wohin er fährt. Die Mutter wartet mein:
Dies soll nur Frist den siechen Tagen sein. *Ab.*

Der König steht auf und tritt vor.

KÖNIG: Die Worte fliegen auf, der Sinn hat keine Schwingen:
Wort ohne Sinn kann nicht zum Himmel dringen. *Ab.*

VIERTE SZENE

Zimmer der Königin.

Die KÖNIGIN *und* POLONIUS *treten auf.*

POLONIUS: Er kommt sogleich: setzt ihm mit Nachdruck zu,
Sagt ihm, daß er zu wilde Streiche macht,
Um sie zu dulden, und daß Eure Hoheit
Geschirmt und zwischen großer Hitz und ihm
Gestanden hat. Ich will hier still mich bergen.
Ich bitt Euch, schont ihn nicht.

HAMLET *hinter der Szene*:
Mutter, Mutter, Mutter!

KÖNIGIN: Verlaßt Euch drauf,
Sorgt meinetwegen nicht. Zieht Euch zurück!
Ich hör ihn kommen.

Polonius verbirgt sich hinter der Tapete.

HAMLET *kommt.*

HAMLET: Nun, Mutter, sagt: was gibt's?
KÖNIGIN: Hamlet, dein Vater ist von dir beleidigt.
HAMLET: Mutter, mein Vater ist von Euch beleidigt.
KÖNIGIN: Kommt, kommt! Ihr sprecht mit einer losen Zunge.
HAMLET: Geht, geht! Ihr fragt mit einer bösen Zunge.
KÖNIGIN: Was soll das, Hamlet?
HAMLET: Nun, was gibt es hier?
KÖNIGIN: Habt Ihr mich ganz vergessen?
HAMLET: Nein, beim Kreuz!
Ihr seid die Königin, Weib Eures Mannes Bruders,
Und – wär es doch nicht so! – seid meine Mutter.
KÖNIGIN: Gut, andre sollen zur Vernunft Euch bringen.
HAMLET: Kommt, setzt Euch nieder; Ihr sollt nicht vom Platz,
Nicht gehn, bis ich Euch einen Spiegel zeige,
Worin Ihr Euer Innerstes erblickt.
KÖNIGIN: Was willst du tun? Du willst mich nicht ermorden?
He, Hilfe! Hilfe!
POLONIUS *hinter der Szene*: Hilfe! he! herbei!
HAMLET:
Wie? was? eine Ratte? *Er zieht.* Tot! ich wett ein Gold-, [stück, tot!

Tut einen Stoß durch die Tapete.

POLONIUS *hinter der Tapete*:
Oh, ich bin umgebracht! *Fällt und stirbt.*

KÖNIGIN: Weh mir! was tatest du?
HAMLET: Fürwahr, ich weiß es nicht: ist es der König?
Zieht den Polonius hinter der Tapete hervor.
KÖNIGIN: Oh, welche rasche blut'ge Tat ist dies!
HAMLET: Ja, gute Mutter, eine blut'ge Tat,
So schlimm beinah wie einen König töten
Und in die Eh mit seinem Bruder treten.
KÖNIGIN: Wie einen König töten!
HAMLET: Ja, so sagt ich.
Zu Polonius: Du kläglicher, vorwitz'ger Narr, fahr wohl!
Ich nahm dich für 'nen Höhern: nimm dein Los,
Du siehst, zu viel Geschäftigkeit ist mißlich. –
Ringt nicht die Hände so! still! setzt Euch nieder,
Laßt Euer Herz mich ringen, denn das will ich,
Wenn es durchdringlich ist, wenn nicht so ganz
Verdammte Angewöhnung es gestählt,
Daß es verschanzt ist gegen die Vernunft.
KÖNIGIN: Was tat ich, daß du gegen mich die Zunge
So toben lassen darfst?
HAMLET: Solch eine Tat,
Die alle Huld der Sittsamkeit entstellt,
Die Tugend Heuchler schilt, die Rose wegnimmt
Von unschuldsvoller Liebe schöner Stirn
Und Beulen hinsetzt; Ehgelübde falsch
Wie Spielereide macht; o eine Tat,
Die aus dem Körper des Vertrages ganz
Die innre Seele reißet und die süße
Religion zum Wortgepränge macht.
Des Himmels Antlitz glüht, ja diese Feste,
Dies Weltgebäu, mit trauerndem Gesicht,
Als nahte sich der Jüngste Tag, gedenkt
Trübsinnig dieser Tat.
KÖNIGIN: Weh! welche Tat
Brüllt denn so laut und donnert im Verkünden?
HAMLET:
Seht hier auf dies Gemälde und auf dies,
Das nachgeahmte Gleichnis zweier Brüder.
Seht, welche Anmut wohnt auf diesen Brau'n!
Apollos Locken, Jovis hohe Stirn,
Ein Aug wie Mars zum Drohn und zum Gebieten,
Des Götterherolds Stellung, wenn er eben

Sich niederschwingt auf himmelnahe Höhn;
In Wahrheit, ein Verein und eine Bildung,
Auf die sein Siegel jeder Gott gedrückt,
[Der Welt Gewähr für einen Mann zu leisten:]
Dies war Eur Gatte. – Seht nun her, was folgt:
Hier ist Eur Gatte, gleich der brand'gen Ähre
Verderblich seinem Bruder. Habt Ihr Augen?
Die Weide dieses schönen Bergs verlaßt Ihr
Und mästet Euch im Sumpf! Ha, habt Ihr Augen?
Nennt es nicht Liebe! Denn in Eurem Alter
Ist der Tumult im Blute zahm; es schleicht
Und wartet auf das Urteil: und welch Urteil
Ging' wohl von dem zu dem? Sinn habt Ihr sicher,
Sonst könnte keine Regung in Euch sein:
Doch sicher ist der Sinn vom Schlag gelähmt,
Denn Wahnwitz würde hier nicht irren; nie
Hat so den Sinn Verrücktheit unterjocht,
Daß nicht ein wenig Wahl ihm blieb, genug
Für solchen Unterschied. Was für ein Teufel
Hat bei der Blindekuh Euch so betört?
Sehn ohne Fühlen, Fühlen ohne Sehn,
Ohr ohne Hand und Aug, Geruch ohn alles,
Ja nur ein Teilchen eines echten Sinns
Tappt nimmermehr so zu.
Scham, wo ist dein Erröten? wilde Hölle,
Empörst du dich in der Matrone Gliedern,
So sei die Keuschheit der entflammten Jugend
Wie Wachs und schmelz in ihrem Feuer hin:
Ruf keine Schande aus, wenn heißes Blut
Zum Angriff stürmet: da der Frost ja selbst
Nicht minder kräftig brennt und die Vernunft
Den Willen kuppelt.

KÖNIGIN: O Hamlet, sprich nicht mehr!
Du kehrst die Augen recht ins Innre mir,
Da seh ich Flecke, tief und schwarz gefärbt,
Die nicht von Farbe lassen.

HAMLET: Nein, zu leben
Im Schweiß und Brodem eines eklen Betts,
Gebrüht in Fäulnis; buhlend und sich paarend
Über dem garst'gen Nest –

KÖNIGIN: O sprich nicht mehr!

Mir dringen diese Wort' ins Ohr wie Dolche.
Nicht weiter, lieber Hamlet!

HAMLET: Ein Mörder und ein Schalk; ein Knecht, nicht wert
Das Zehntel eines Zwanzigteils von ihm,
Der Eur Gemahl war; ein Hanswurst von König,
Ein Beutelschneider von Gewalt und Reich,
Der weg vom Sims die reiche Krone stahl
Und in die Tasche steckte.

KÖNIGIN: Halt inne!

Der GEIST *kommt.*

HAMLET: Ein geflickter Lumpenkönig! –
Schirmt mich und schwingt die Flügel über mir,
Ihr Himmelsscharen! – Was will dein würdig Bild?

KÖNIGIN: Weh mir! er ist verrückt.

HAMLET: Kommt Ihr nicht, Euren trägen Sohn zu schelten,
Der Zeit und Leidenschaft versäumt zur großen
Vollführung Eures furchtbaren Gebots?
O sagt!

GEIST: Vergiß nicht! Diese Heimsuchung
Soll nur den abgestumpften Vorsatz schärfen.
Doch schau! Entsetzen liegt auf deiner Mutter;
Tritt zwischen sie und ihre Seel im Kampf,
In Schwachen wirkt die Einbildung am stärksten:
Sprich mit ihr, Hamlet!

HAMLET: Wie ist Euch, Mutter?

KÖNIGIN: Ach, wie ist denn Euch,
Daß Ihr die Augen heftet auf das Leere
Und redet mit der körperlosen Luft?
Wild blitzen Eure Geister aus den Augen,
Und wie ein schlafend Heer beim Waffenlärm
Sträubt Euer liegend Haar sich als lebendig
Empor und steht zu Berg. O lieber Sohn,
Spreng auf die Hitz und Flamme deines Übels
Abkühlende Geduld! Wo schaust du hin?

HAMLET: Auf ihn! Auf ihn! Seht Ihr, wie blaß er starrt?
Sein Anblick, seine Sache würde Steinen
Vernunft einpredigen. – Sieh nicht auf mich,
Damit nicht deine klägliche Gebärde
Mein strenges Tun erweicht; sonst fehlt ihm dann
Die echte Art: vielleicht statt Blutes Tränen.

KÖNIGIN: Zu wem denn sprecht Ihr dies?

HAMLET: Seht Ihr dort nichts?
KÖNIGIN: Gar nichts; doch seh ich alles, was dort ist.
HAMLET: Und hörtet Ihr auch nichts?
KÖNIGIN: Nein, nichts als uns.
HAMLET: Ha, seht nur hin! Seht, wie es weg sich stiehlt!
Mein Vater in leibhaftiger Gestalt.
Seht, wie er eben zu der Tür hinausgeht!

Geist ab.

KÖNIGIN: Dies ist bloß Eures Hirnes Ausgeburt;
In dieser wesenlosen Schöpfung ist
Verzückung sehr geübt.
HAMLET: Verzückung?
Mein Puls hält ordentlich wie Eurer Takt,
Spielt ebenso gesunde Melodien;
Es ist kein Wahnsinn, was ich vorgebracht.
Bringt mich zur Prüfung, und ich wiederhole
Die Sach Euch Wort für Wort, wovon der Wahnsinn
Abspringen würde. Mutter, um Eur Heil!
Legt nicht die Schmeichelsalb auf Eure Seele,
Daß nur mein Wahnsinn spricht, nicht Eur Vergehn;
Sie wird den bösen Fleck nur leicht verharschen,
Indes Verderbnis, heimlich untergrabend,
Von innen angreift. Beichtet vor dem Himmel,
Bereuet, was geschehn, und meidet Künft'ges,
Düngt nicht das Unkraut, daß es mehr noch wuchre.
Vergebt mir diese meine Tugend; denn
In dieser feisten, engebrüst'gen Zeit
Muß Tugend selbst Verzeihn erflehn vom Laster,
Ja kriechen, daß sie nur ihm wohltun dürfe.
KÖNIGIN: O Hamlet, du zerspaltest mir das Herz.
HAMLET: O werft den schlechtern Teil davon hinweg
Und lebt so reiner mit der andern Hälfte.
Gute Nacht! Doch meidet meines Oheims Bett,
Nehmt eine Tugend an, die Ihr nicht habt.
Der Teufel Angewöhnung, der des Bösen
Gefühl verschlingt, ist hierin Engel doch:
Er gibt der Übung schöner, guter Taten
Nicht minder eine Kleidung oder Tracht,
Die gut sich anlegt. Seid zur Nacht enthaltsam,
Und das wird eine Art von Leichtigkeit
Der folgenden Enthaltung leihn; die nächste

Wird dann noch leichter: denn die Übung kann
Fast das Gepräge der Natur verändern;
Sie zähmt den Teufel oder stößt ihn aus
Mit wunderbarer Macht. Nochmals, schlaft wohl!
Um Euren Segen bitt ich, wenn Ihr selbst
Nach Segen erst verlangt. – Für diesen Herrn
Tut es mir leid: der Himmel hat gewollt,
Um mich durch dies und dies durch mich zu strafen,
Daß ich ihm Diener muß und Geißel sein.
Ich will ihn schon besorgen und den Tod,
Den ich ihm gab, vertreten. Schlaft denn wohl!
Zur Grausamkeit zwingt bloße Liebe mich;
Schlimm fängt es an, und Schlimmres nahet sich.
Ein Wort noch, gute Mutter!
KÖNIGIN: Was soll ich tun?
HAMLET: Durchaus nicht das, was ich Euch heiße tun.
Laßt den gedunsnen König Euch ins Bett
Von neuem locken, in die Wangen Euch
Mutwillig kneifen, Euch sein Mäuschen nennen,
Und für ein paar verbuhlte Küß, ein Spielen
In Eurem Nacken mit verdammten Fingern
Bringt diesen ganzen Handel an den Tag,
Daß ich in keiner wahren Tollheit bin,
Nur toll aus List. Gut wär's, Ihr ließt's ihn wissen.
Denn welche Königin, schön, keusch und klug,
Verhehlte einem Kanker, einem Molch
So teure Dinge wohl? wer täte das?
Nein, trotz Erkenntnis und Verschwiegenheit
Löst auf dem Dach des Korbes Deckel, laßt
Die Vögel fliegen, und wie jener Affe
Kriecht in den Korb, um Proben anzustellen,
Und brecht Euch selbst den Hals.
KÖNIGIN: Sei du gewiß, wenn Worte Atem sind
Und Atem Leben ist, hab ich kein Leben,
Das auszuatmen, was du mir gesagt.
HAMLET: Ich muß nach England; wißt Ihr's?
KÖNIGIN: Ach, ich vergaß; es ist so ausgemacht.
HAMLET: Man siegelt Briefe; meine Schulgesellen,
Die beiden, denen ich wie Nattern traue,
Sie bringen die Bestellung hin; sie müssen
Den Weg mir bahnen und zur Schurkerei

Herolden gleich mich führen. Sei es drum!
Der Spaß ist, wenn mit seinem eignen Pulver
Der Feuerwerker auffliegt; und mich trügt
Die Rechnung, wenn ich nicht ein Klafter tiefer
Als ihre Minen grab und sprenge sie
Bis an den Mond. O es ist gar zu schön,
Wenn so zwei Listen sich entgegengehn! –
Der Mann packt mir 'ne Last auf.
Ich will den Wanst ins nächste Zimmer schleppen.
Nun, Mutter, gute Nacht! – Der Ratsherr da
Ist jetzt sehr still, geheim und ernst fürwahr,
Der sonst ein schelm'scher alter Schwätzer war.
Kommt, Herr, ich muß mit Euch ein Ende machen. –
Gute Nacht, Mutter!

Sie gehen nach verschiedenen Seiten ab. Hamlet schleift den Polonius hinaus.

VIERTER AUFZUG

ERSTE SZENE

Ein Zimmer im Schlosse.

Der KÖNIG, *die* KÖNIGIN, ROSENKRANZ *und* GÜLDENSTERN.

KÖNIG: In diesen tiefen Seufzern ist ein Sinn;
Legt sie uns aus, wir müssen sie verstehn.
Wo ist Eur Sohn?
KÖNIGIN *zu Rosenkranz und Güldenstern*:
Räumt diesen Platz uns auf ein Weilchen ein.
Beide ab.
Ah, mein Gemahl! was sah ich diese Nacht!
KÖNIG: Wie, Gertrud? was macht Hamlet?
KÖNIGIN: Er rast wie See und Wind, wenn beide kämpfen,
Wer mächt'ger ist: in seiner wilden Wut,
Da er was hinterm Teppich rauschen hört,
Reißt er die Kling heraus, schreit: eine Ratte!
Und tötet so in seines Wahnes Hitze
Den ungesehnen guten alten Mann.
KÖNIG: O schwere Tat! so wär es uns geschehn,
Wenn wir daselbst gestanden. Seine Freiheit

Droht aller Welt, Euch selbst, uns, jedem andern.
Ach! wer steht ein für diese blut'ge Tat?
Uns wird zur Last sie fallen, deren Vorsicht
Den tollen jungen Mann eng eingesperrt
Und fern von Menschen hätte halten sollen.
Doch unsre Liebe war so groß, daß wir
Nicht einsehn wollten, was das Beste war.
Und wie der Eigner eines bösen Schadens,
Den er geheimhält, ließen wir ihn zehren
Recht an des Lebens Mark. Wo ist er hin?

KÖNIGIN: Er schafft den Leichnam des Erschlagnen weg,
Wobei sein Wahnsinn, wie ein Körnchen Gold
In einem Erz von schlechteren Metallen,
Sich rein beweist: er weint um das Geschehne.

KÖNIG: O Gertrud, laßt uns gehn!
Sobald die Sonne an die Berge tritt,
Schifft man ihn ein; und diese schnöde Tat
Muß unsre ganze Majestät und Kunst
Vertreten und entschuldigen. – He, Güldenstern!

ROSENKRANZ *und* GÜLDENSTERN *kommen.*

Geht, beide Freunde, nehmt euch wen zu Hilfe.
Hamlet hat den Polonius umgebracht
In seinem tollen Mut und ihn darauf
Aus seiner Mutter Zimmer weggeschleppt.
Geht, sucht ihn, sprecht ihm zu, und bringt den Leichnam
In die Kapell. Ich bitt euch, eilt hierbei.

Rosenkranz und Güldenstern ab.

Kommt, Gertrud, rufen wir von unsern Freunden
Die klügsten auf und machen ihnen kund,
Was wir zu tun gedenken und was leider
Geschehn: so kann der schlangenart'ge Leumund,
Des Zischeln von dem einen Pol zum andern
So sicher wie zum Ziele die Kanone
Den gift'gen Schuß trägt, unsern Namen noch
Verfehlen und die Luft unschädlich treffen.
O komm hinweg mit mir! Entsetzen ist
In meiner Seel und innerlicher Zwist.

Beide ab.

ZWEITE SZENE

Ein andres Zimmer im Schlosse.

HAMLET *kommt.*

HAMLET: Sicher beigepackt.

ROSENKRANZ *und* GÜLDENSTERN *hinter der Szene*:
Hamlet! Prinz Hamlet!

HAMLET: Aber still – was für ein Lärm? Wer ruft den Hamlet?
Oh, da kommen sie.

ROSENKRANZ *und* GÜLDENSTERN *kommen.*

ROSENKRANZ: Was habt Ihr mit dem Leichnam, Prinz, gemacht?

HAMLET: Ihn mit dem Staub gepaart, dem er verwandt.

ROSENKRANZ: Sagt uns den Ort, daß wir ihn weg von da
In die Kapelle tragen.

HAMLET: Glaubt es nicht.

ROSENKRANZ: Was nicht glauben?

HAMLET: Daß ich Euer Geheimnis bewahren kann und meines nicht. Überdies, sich von einem Schwamme fragen zu lassen! Was für eine Antwort soll der Sohn eines Königs darauf geben?

ROSENKRANZ: Nehmt Ihr mich für einen Schwamm, gnädiger Herr?

HAMLET: Ja, Herr, der des Königs Miene, seine Gunstbezeigungen und Befehle einsaugt. Aber solche Beamte tun dem Könige den besten Dienst am Ende. Er hält sie, wie ein Affe den Apfel, im Winkel seines Kinnbackens; zuerst in den Mund gesteckt, um zuletzt verschlungen zu werden. Wenn er braucht, was Ihr aufgesammelt habt, so darf er Euch nur drücken, so seid Ihr, Schwamm, wieder trocken.

ROSENKRANZ: Ich verstehe Euch nicht, gnädiger Herr.

HAMLET: Es ist mir lieb: eine lose Rede schläft in dummen Ohren.

ROSENKRANZ: Gnädiger Herr, Ihr müßt uns sagen, wo die Leiche ist, und mit uns zum Könige gehn.

HAMLET: Die Leiche ist beim König, aber der König ist nicht bei der Leiche. Der König ist ein Ding –

GÜLDENSTERN: Ein Ding, gnädiger Herr?

HAMLET: Das nichts ist: Bringt mich zu ihm. Versteck dich, Fuchs, und alle hinterdrein!

Alle ab.

DRITTE SZENE

Ein andres Zimmer im Schlosse.

Der KÖNIG *tritt auf mit* GEFOLGE.

KÖNIG: Ich laß ihn holen und den Leichnam suchen.
Oh, wie gefährlich ist's, daß dieser Mensch
So frei umhergeht! Dennoch dürfen wir
Nicht nach dem strengen Recht mit ihm verfahren.
Er ist beliebt bei der verworrnen Menge,
Die mit dem Aug, nicht mit dem Urteil wählt,
Und wo das ist, wägt man des Schuld'gen Plage,
Doch nie die Schuld. Um alles auszugleichen,
Muß diese schnelle Wegsendung ein Schritt
Der Überlegung scheinen: wenn die Krankheit
Verzweifelt ist, kann ein verzweifelt Mittel
Nur helfen oder keins.

ROSENKRANZ *kommt.*

Was ist geschehn?

ROSENKRANZ: Wo er die Leiche hingeschafft, mein Fürst,
Vermögen wir von ihm nicht zu erfahren.

KÖNIG: Wo ist er selber?

ROSENKRANZ: Draußen, gnäd'ger Herr;
Bewacht, um Eur Belieben abzuwarten.

KÖNIG: So bringt ihn vor uns.

ROSENKRANZ: He, Güldenstern! bringt den gnädigen Herrn [herein.

HAMLET *und* GÜLDENSTERN *kommen.*

KÖNIG: Nun, Hamlet, wo ist Polonius?

HAMLET: Beim Nachtmahl.

KÖNIG: Beim Nachtmahl?

HAMLET: Nicht, wo er speist, sondern wo er gespeist wird. Eine gewisse Reichsversammlung von politischen Würmern hat sich eben an ihn gemacht. So 'n Wurm ist Euch der einzige Kaiser, was die Tafel betrifft. Wir mästen alle anderen Kreaturen, um uns zu mästen; und uns selbst mästen wir für Maden. Der fette König und der magre Bettler sind nur verschiedne Gerichte; zwei Schüsseln, aber für eine Tafel: das ist das Ende vom Liede.

KÖNIG: Ach Gott! ach Gott!

HAMLET: Jemand könnte mit dem Wurm fischen, der von

einem König gegessen hat, und von dem Fisch essen, der den Wurm verzehrte.

KÖNIG: Was meinst du damit?

HAMLET: Nichts, als Euch zu zeigen, wie ein König seinen Weg durch die Gedärme eines Bettlers nehmen kann.

KÖNIG: Wo ist Polonius?

HAMLET: Im Himmel. Schickt hin, um nachzusehn. Wenn Euer Bote ihn da nicht findet, so sucht ihn selbst an dem andern Ort. Aber wahrhaftig, wo Ihr ihn nicht binnen dieses Monats findet, so werdet Ihr ihn wittern, wenn Ihr die Treppe zur Galerie hinaufgeht.

KÖNIG *zu einigen aus dem Gefolge*: Geht, sucht ihn dort.

HAMLET: Er wird warten, bis Ihr kommt.

Einige aus dem Gefolge ab.

KÖNIG: Hamlet, für deine eigne Sicherheit,
Die uns so wert ist, wie uns innig kränkt,
Was du begangen hast, muß diese Tat
In feur'ger Eile dich von hinnen senden.
Drum rüste dich: das Schiff liegt schon bereit,
Der Wind ist günstig, die Gefährten warten,
Und alles treibt nach England auf und fort.

HAMLET: Nach England?

KÖNIG: Ja, Hamlet.

HAMLET: Gut.

KÖNIG: So ist es, wenn du unsre Absicht wüßtest.

HAMLET: Ich sehe einen Cherub, der sie sieht. – Aber kommt! nach England! – Lebt wohl, liebe Mutter.

KÖNIG: Dein liebevoller Vater, Hamlet.

HAMLET: Meine Mutter. Vater und Mutter sind Mann und Weib; Mann und Weib sind ein Fleisch: also meine Mutter. Kommt, nach England! *Ab.*

KÖNIG: Folgt auf dem Fuß ihm, lockt ihn schnell an Bord;
Verzögert nicht: er muß heut nacht von hinnen.
Fort! alles ist versiegelt und geschehn,
Was sonst die Sache heischt. Ich bitt euch, eilt.

Alle außer dem König ab.

Und, England! gilt dir meine Liebe was –
Wie meine Macht sie dich kann schätzen lehren,
Denn noch ist deine Narbe wund und rot
Vom Dänenschwert, und deine Ehrfurcht leistet
Uns willig Lehenspflicht –, so darfst du nicht

Das oberherrliche Geheiß versäumen,
Das durch ein Schreiben solchen Inhalts dringt
Auf Hamlets schnellen Tod. O tu es, England!
Denn wie die Hektik rast er mir im Blut:
Du mußt mich heilen. Mag mir alles glücken,
Bis dies geschehn ist, kann mich nichts erquicken. *Ab.*

Vierte Szene

Eine Ebene in Dänemark.

Fortinbras *und* Truppen, *im Marsch begriffen.*

FORTINBRAS:
Geht, Hauptmann, grüßt von mir den Dänenkönig;
Sagt ihm, daß Fortinbras auf sein Gestatten
Für den versprochnen Zug durch sein Gebiet
Geleit begehrt. Ihr wißt, wo wir uns treffen.
Wenn Seine Majestät uns sprechen will,
So wollen wir pflichtmäßig ihn begrüßen;
Das meldet ihm.
HAUPTMANN: Ich will es tun, mein Prinz.
FORTINBRAS: Rückt langsam vor.
Fortinbras und Truppen ab.
Hamlet, Rosenkranz, Güldenstern *und* andre *kommen.*
HAMLET: Wes sind die Truppen, lieber Herr?
HAUPTMANN: Sie sind von Norweg, Herr.
HAMLET: Wozu bestimmt, ich bitt Euch?
HAUPTMANN: Sie rücken gegen Polen.
HAMLET: Wer führt sie an?
HAUPTMANN: Des alten Norwegs Neffe, Fortinbras.
HAMLET: Und geht es auf das ganze Polen oder
Auf einen Grenzort nur?
HAUPTMANN: Um wahr zu reden und mit keinem Zusatz,
Wir gehn, ein kleines Fleckchen zu gewinnen,
Das keinen Vorteil als den Namen bringt.
Für fünf Dukaten, fünf, möcht ich's nicht pachten.
Auch bringt's dem Norweg oder Polen sicher
Nicht mehr, wenn man auf Erbzins es verkauft.
HAMLET: So wird's der Pole nimmermehr verteid'gen.
HAUPTMANN: Doch; es ist schon besetzt.

HAMLET: Zweitausend Seelen, zwanzigtausend Goldstück'
Entscheiden diesen Lumpenzwist noch nicht.
Dies ist des Wohlstands und der Ruh Geschwür,
Das innen aufbricht, während sich von außen
Kein Grund des Todes zeigt. – Ich dank Euch, Herr.
HAUPTMANN: Geleit Euch Gott! *Ab.*
ROSENKRANZ: Beliebt es Euch zu gehn?
HAMLET: Ich komme gleich euch nach. Geht nur voran.
Rosenkranz und die übrigen ab.
Wie jeder Anlaß mich verklagt und spornt
Die träge Rache an! Was ist der Mensch,
Wenn seiner Zeit Gewinn, sein höchstes Gut
Nur Schlaf und Essen ist? Ein Vieh, nichts weiter.
Gewiß, der uns mit solcher Denkkraft schuf,
Voraus zu schaun und rückwärts, gab uns nicht
Die Fähigkeit und göttliche Vernunft,
Um ungebraucht in uns zu schimmeln. Nun,
Sei's viehisches Vergessen, oder sei's
Ein banger Zweifel, welcher zu genau
Bedenkt den Ausgang – ein Gedanke, der,
Zerlegt man ihn, ein Viertel Weisheit nur
Und stets drei Viertel Feigheit hat –, ich weiß nicht,
Weswegen ich noch lebe, um zu sagen:
„Dies muß geschehn", da ich doch Grund und Willen
Und Kraft und Mittel hab, um es zu tun.
Beispiele, die zu greifen, mahnen mich.
So dieses Heer von solcher Zahl und Stärke,
Von einem zarten Prinzen angeführt,
Des Mut, von hoher Ehrbegier geschwellt,
Die Stirn dem unsichtbaren Ausgang beut
Und gibt sein sterblich und verletzbar Teil
Dem Glück, dem Tode, den Gefahren preis
Für eine Nußschal. Wahrhaft groß sein heißt,
Nicht ohne großen Gegenstand sich regen;
Doch einen Strohhalm selber groß verfechten,
Wenn Ehre auf dem Spiel. Wie steh denn ich,
Den seines Vaters Mord, der Mutter Schande,
Antriebe der Vernunft und des Geblüts,
Den nichts erweckt? Ich seh indes beschämt
Den nahen Tod von zwanzigtausend Mann,
Die für 'ne Grille, ein Phantom des Ruhms,

Zum Grab gehn wie ins Bett: es gilt ein Fleckchen,
Worauf die Zahl den Streit nicht führen kann;
Nicht Gruft genug und Raum, um die Erschlagnen
Nur zu verbergen. Oh, von Stund an trachtet
Nach Blut, Gedanken, oder seid verachtet! *Ab.*

Fünfte Szene

Helsingör. Ein Zimmer im Schlosse.

Die Königin *und* Horatio *treten auf.*

Königin: Ich will nicht mit ihr sprechen.
Horatio: Sie ist sehr dringend; wirklich, außer sich.
Ihr Zustand ist erbarmenswert.
Königin: Was will sie?
Horatio: Sie spricht von ihrem Vater; sagt, sie höre,
Die Welt sei schlimm, und ächzt und schlägt die Brust;
Ein Strohhalm ärgert sie; sie spricht verworren
Mit halbem Sinn nur: ihre Red ist nichts,
Doch leitet ihre ungestalte Art
Die Hörenden auf Schlüsse; man errät,
Man stückt zusammen ihrer Worte Sinn,
Die sie mit Nicken gibt, mit Winken, Mienen,
So daß man wahrlich denken muß, man könnte
Zwar nichts gewiß, jedoch viel Arges denken.
Königin: Man muß doch mit ihr sprechen: sie kann Argwohn
In unheilbrütende Gemüter streun.
Laßt sie nur vor.
Horatio ab.
Der kranken Seele, nach der Art der Sünden,
Scheint jeder Tand ein Unglück zu verkünden.
Von so betörter Furcht ist Schuld erfüllt,
Daß, sich verbergend, sie sich selbst enthüllt.
Horatio *kommt mit* Ophelia.
Ophelia: Wo ist die schöne Majestät von Dänmark?
Königin: Wie geht's, Ophelia?
Ophelia *singt*: Wie erkenn ich dein Treulieb
Vor den andern nun?
An dem Muschelhut und Stab
Und den Sandelschuhn.
Königin: Ach, süßes Fräulein, wozu soll dies Lied?

OPHELIA: Was beliebt? Nein, bitte, hört.
Singt: Er ist lange tot und hin,
Tot und hin, Fräulein!
Ihm zu Häupten ein Rasen grün,
Ihm zu Fuß ein Stein.
Oh!
KÖNIGIN: Aber sagt, Ophelia –
OPHELIA: Bitt Euch, hört.
Singt: Sein Leichenhemd weiß wie Schnee zu sehn –
Der KÖNIG *tritt auf.*
KÖNIGIN: Ach, mein Gemahl, seht hier!
OPHELIA *singt:* Geziert mit Blumensegen,
Das unbeträntzum Grab mußt gehn
Von Liebesregen.
KÖNIG: Wie geht's Euch, holdes Fräulein?
OPHELIA: Gottes Lohn! recht gut. Sie sagen, die Eule war eines Bäckers Tochter. Ach Herr! wir wissen wohl, was wir sind, aber nicht, was wir werden können. Gott segne Euch die Mahlzeit!
KÖNIG: Anspielung auf ihren Vater.
OPHELIA: Bitte, laßt uns darüber nicht sprechen; aber wenn sie Euch fragen, was es bedeutet, so sagt nur:
Singt: Auf morgen ist Sankt-Valentins-Tag,
Wohl an der Zeit noch früh,
Und ich, 'ne Maid, am Fensterschlag
Will sein Eur Valentin.
Er war bereit, tät an sein Kleid,
Tät auf die Kammertür,
Ließ ein die Maid, die als 'ne Maid
Ging nimmermehr herfür.
KÖNIG: Holde Ophelia!
OPHELIA: Fürwahr, ohne Schwur, ich will ein Ende machen.
Singt: Bei unsrer Frau und Sankt Kathrin!
O pfui! was soll das sein?
Ein junger Mann tut's, wenn er kann,
Beim Himmel, 's ist nicht fein.
Sie sprach: „Eh Ihr gescherzt mit mir,
Gelobt Ihr mich zu frein."
Er antwortet:
„Ich bräch's auch nicht, beim Sonnenlicht!
Wärst du nicht kommen herein."

KÖNIG: Wie lang ist sie schon so?

OPHELIA: Ich hoffe, alles wird gut werden. Wir müssen geduldig sein: aber ich kann nicht umhin zu weinen, wenn ich denke, daß sie ihn in den kalten Boden gelegt haben. Mein Bruder soll davon wissen, und so dank ich Euch für Euren guten Rat. Kommt, meine Kutsche! Gute Nacht, Damen! gute Nacht, süße Damen! gute Nacht! gute Nacht! *Ab.*

KÖNIG: Folgt auf dem Fuß ihr doch: bewacht sie recht!

Horatio ab.

O dies ist Gift des tiefen Grams: es quillt
Aus ihres Vaters Tod. Und seht nun an,
O Gertrud! Gertrud! wenn die Leiden kommen,
So kommen sie wie einzle Späher nicht,
Nein, in Geschwadern. Ihr Vater umgebracht;
Fort Euer Sohn, er selbst der wüste Stifter
Gerechten eignen Banns; das Volk verschlämmt,
Schädlich und trüb im Wähnen und Vermuten
Vom Tod des redlichen Polonius;
Und töricht war's von uns, so unterm Husch
Ihn zu bestatten; dann dies arme Kind,
Getrennt von sich und ihrem edlen Urteil,
Ohn welches wir nur Bilder sind, nur Tiere.
Zuletzt, was mehr als alles in sich schließt:
Ihr Bruder ist von Frankreich insgeheim
Zurückgekehrt, nährt sich mit seinem Staunen,
Hält sich in Wolken und ermangelt nicht
Der Ohrenbläser, um ihn anzustecken
Mit gift'gen Reden von des Vaters Tod;
Wobei Verlegenheit, an Vorwand arm,
Sich nicht entblöden wird, uns zu verklagen
Von Ohr zu Ohr. O liebste Gertrud, dies
Gibt wie ein Traubenschuß an vielen Stellen
Mir überflüß'gen Tod.

Lärm hinter der Szene.

KÖNIGIN: O weh! was für ein Lärm?

KÖNIG:
Herbei! Wo sind die Schweizer? Laßt die Tür bewachen.

Ein EDELMANN *kommt.*

Was gibt es draußen?

EDELMANN: Rettet Euch, mein Fürst.
Der Ozean, entwachsend seinem Saum,

Verschlingt die Niedrung ungestümer nicht,
Als an der Spitze eines Meuterhaufens
Laertes Eure Diener übermannt.
Der Pöbel nennt ihn Herrn, und gleich als finge
Die Welt erst an, als wär das Altertum
Vergessen und Gewohnheit nicht bekannt,
Die Stützen und Bekräft'ger jedes Worts,
Schrein sie: „Erwählen wir! Laertes werde König!"
Und Mützen, Hände, Zungen tragen's jubelnd
Bis an die Wolken: „König sei Laertes!
Laertes König!"
KÖNIGIN: Sie schlagen lustig an auf falscher Fährte.
Verkehrt gespürt, ihr falschen Dänenhunde!
Lärm hinter der Szene.
KÖNIG: Die Türen sind gesprengt.
LAERTES *kommt bewaffnet.* DÄNEN *hinter ihm.*
LAERTES: Wo ist denn dieser König? – Herrn, bleibt draußen.
DÄNEN: Nein, laßt uns mit herein.
LAERTES: Ich bitt, erlaubt mir.
DÄNEN: Gut, wie Ihr wollt. *Sie ziehen sich hinter die Tür zurück.*
LAERTES: Dank euch! besetzt die Tür! –
Du schnöder König, gib mir meinen Vater!
KÖNIGIN: Guter Laertes, ruhig!
LAERTES: Der Tropfen Bluts, der ruhig ist, erklärt
Für Bastard mich, schilt Hahnrei meinen Vater,
Brandmarkt als Metze meine treue Mutter
Hier zwischen ihren reinen, keuschen Brau'n.
KÖNIG: Was ist der Grund, Laertes, daß dein Aufstand
So riesenmäßig aussieht? – Laßt ihn, Gertrud,
Befürchtet nichts für unsere Person.
Denn solche Göttlichkeit schirmt einen König:
Verrat, der nur erblickt, was er gewollt,
Steht ab von seinem Willen. – Sag, Laertes,
Was bist du so entrüstet? – Gertrud, laßt ihn! –
Sprich, junger Mann.
LAERTES: Wo ist mein Vater?
KÖNIG: Tot.
KÖNIGIN: Doch nicht durch ihn.
KÖNIG: Laßt ihn nur satt sich fragen.
LAERTES: Wie kam er um? Ich lasse mich nicht äffen.
Zur Hölle, Treu! Zum ärgsten Teufel, Erde!

Gewissen, Frömmigkeit, zum tiefsten Schlund!
Ich trotze der Verdammnis; so weit kam's:
Ich schlage beide Welten in die Schanze,
Mag kommen, was da kommt! Nur Rache will ich
Vollauf für meinen Vater.
KÖNIG: Wer wird Euch hindern?
LAERTES: Mein Wille, nicht der ganzen Welt Gebot;
Und meine Mittel will ich so verwalten,
Daß wenig weit soll reichen.
KÖNIG: Hört, Laertes,
Wenn Ihr von Eures teuren Vaters Tod
Das Sichre wissen wollt: ist's Eurer Rache Schluß,
Als Sieger in dem Spiel, so Freund wie Feind,
Gewinner und Verlierer fortzureißen?
LAERTES: Nur seine Feinde.
KÖNIG: Wollt Ihr sie denn kennen?
LAERTES: Den Freunden will ich weit die Arme öffnen
Und wie der Lebensopfrer Pelikan
Mit meinem Blut sie tränken.
KÖNIG: So! nun sprecht Ihr
Als guter Sohn und echter Edelmann.
Daß ich an Eures Vaters Tod schuldlos
Und am empfindlichsten dadurch gekränkt,
Soll Eurem Urteil offen dar sich legen
Wie Tageslicht dem Aug.
DÄNEN *hinter der Szene*: Laßt sie hinein!
LAERTES: Was gibt's? was für ein Lärm?
OPHELIA *kommt, phantastisch mit Kräutern und Blumen geschmückt.*
O Hitze, trockne
Mein Hirn auf! Tränen, siebenfach gesalzen,
Brennt meiner Augen Kraft und Tugend aus! –
Bei Gott! dein Wahnsinn soll bezahlt uns werden
Nach dem Gewicht, bis unsre Waagschal sinkt.
O Maienrose! süßes Kind! Ophelia!
Geliebte Schwester! – Himmel, kann es sein,
Daß eines jungen Mädchens Geist so sterblich
Wie eines alten Mannes Leben ist?
Natur ist fein im Lieben: wo sie fein ist,
Da sendet sie ein kostbar Pfand von sich
Dem, was sie liebet, nach.
OPHELIA *singt*: Sie trugen ihn auf der Bahre bloß,

Dideldum, dideldei!
Und manche Trän fiel in Grabesschoß –
Fahr wohl, meine Taube!

LAERTES: Hättst du Vernunft und mahntest uns zur Rache,
Es könnte so nicht rühren.

OPHELIA: Ihr müßt singen: „'nunter, hinunter! und ruft ihr ihn 'nunter." Oh, wie das Rad dazu klingt! Es ist der falsche Verwalter, der seines Herrn Tochter stahl.

LAERTES: Dies Nichts ist mehr als Etwas.

OPHELIA: Da ist Vergißmeinnicht, das ist zum Andenken: ich bitte Euch, liebes Herz, gedenkt meiner! und da ist Rosmarin, das ist für die Treue.

LAERTES: Ein Sinnspruch im Wahnsinn: Treue und Andenken gepaart.

OPHELIA: Da ist Fenchel für Euch und Akelei – da ist Raute für Euch, und hier ist welche für mich; [wir können sie Gnadenkraut des Sonntags nennen] – Ihr könnt Eure Raute mit einem Abzeichen tragen. – Da ist Maßlieb – ich wollte Euch ein paar Veilchen geben, aber sie welkten alle, da mein Vater starb. – Sie sagen, er nahm ein gutes Ende. –
Singt: Dem traut lieb Fränzel ist all meine Lust –

LAERTES: Schwermut und Trauer, Leid, die Hölle selbst
Macht sie zur Anmut und zur Artigkeit.

OPHELIA *singt:* Und kommt er nicht mehr zurück?
Und kommt er nicht mehr zurück?
Er ist tot! o weh!
In dein Todesbett geh,
Er kommt ja nimmer zurück.

Sein Bart war so weiß wie Schnee,
Sein Haupt dem Flachse gleich:
Er ist hin, er ist hin,
Und kein Leid bringt Gewinn;
Gott helf ihm ins Himmelreich!
Und allen Christenseelen! Darum bet ich, Gott sei mit euch!
Ab.

LAERTES: Seht Ihr das? o Gott!

KÖNIG: Laertes, ich muß Euren Gram besprechen;
Versagt mir nicht mein Recht. Entfernt Euch nur,
Wählt die Verständigsten von Euren Freunden,
Und laßt sie richten zwischen Euch und mir.

Wenn sie zunächst uns oder mittelbar
Dabei betroffen finden, wollen wir
Reich, Krone, Leben, was nur unser heißt,
Euch zur Vergütung geben; doch wo nicht,
So seid zufrieden, uns Geduld zu leihn;
Wir wollen dann, vereint mit Eurer Seele,
Sie zu befried'gen trachten.

LAERTES: Ja, so sei's.
Die Todesart, die heimliche Bestattung –
Kein Schwert noch Wappen über seiner Gruft,
Kein hoher Brauch noch förmliches Gepräng –,
Sie rufen laut vom Himmel bis zur Erde,
Daß ich's zur Frage ziehn muß.

KÖNIG: Gut, das sollt Ihr,
Und wo die Schuld ist, mag das Strafbeil fallen.
Ich bitt Euch, folget mir.

Alle ab.

SECHSTE SZENE

Ein andres Zimmer im Schlosse.

HORATIO *und ein* DIENER *treten auf.*

HORATIO: Was sind's für Leute, die mich sprechen wollen?

DIENER: Matrosen, Herr; sie haben, wie sie sagen,
Euch Briefe zu bestellen.

HORATIO: Laßt sie vor.

Diener ab.

Ich wüßte nicht, von welchem Teil der Welt
Ein Gruß mir käme als vom Prinzen Hamlet.

MATROSEN *kommen.*

ERSTER MATROSE: Gott segn Euch, Herr!

HORATIO: Dich segn er ebenfalls.

ERSTER MATROSE: Das wird er, Herr, so es ihm gefällt. Hier ist ein Brief für Euch, Herr; er kommt von dem Gesandten, der nach England reisen sollte, wenn Euer Name anders Horatio ist, wie man mich versichert.

HORATIO *liest*: „Horatio, wenn Du dies durchgesehn haben wirst, verschaffe diesen Leuten Zutritt beim Könige, sie haben Briefe für ihn. Wir waren noch nicht zwei Tage auf der See gewesen, als ein stark gerüsteter Korsar Jagd auf uns machte: da wir uns im Segeln zu langsam fanden, legten wir eine notgedrungne Tapferkeit an, und während des Handgemenges enterte ich; in dem Augenblick machten sie sich von unserm Schiffe los, und so ward ich allein ihr Gefangner. Sie haben mich wie barmherzige Diebe behandelt, aber sie wußten wohl, was sie taten; ich muß einen guten Streich für sie tun. Sorge, daß der König die Briefe bekommt, die ich sende, und begib Dich zu mir in solcher Eile, wie Du den Tod fliehen würdest. Ich habe Dir Worte ins Ohr zu sagen, die Dich stumm machen werden, doch sind sie viel zu leicht für das Gewicht der Sache. Diese guten Leute werden Dich hinbringen, wo ich bin. Rosenkranz und Güldenstern setzen ihre Reise nach England fort: über sie hab ich Dir viel zu sagen. Lebe wohl.

Ewig der Deinige

Hamlet.“

Kommt, ich will diese eure Briefe fördern,
Und um so schneller, daß ihr hin mich führt
Zu ihm, der sie euch mitgab.

Alle ab.

Siebente Szene

Ein andres Zimmer im Schlosse.

Der König *und* Laertes *treten auf.*

KÖNIG: Nun muß doch Eur Gewissen meine Unschuld
Versiegeln, und Ihr müßt in Euer Herz
Als Freund mich schließen, weil Ihr habt gehört,
Und zwar mit kund'gem Ohr, daß ebender,
Der Euren edlen Vater umgebracht,
Mir nach dem Leben stand.

LAERTES: 's ist klar. Doch sagt mir,
Warum belangtet Ihr nicht diese Taten,
So strafbar und so todeswürd'ger Art,
Wie Eure Größe, Weisheit, Sicherheit,
Wie alles sonst Euch drang?

KÖNIG: Aus zwei besondern Gründen,
Die Euch vielleicht sehr marklos dünken mögen,

Allein für mich doch stark sind. Seine Mutter,
Die Königin, lebt fast von seinem Blick;
Und was mich selbst betrifft – sei's, was es sei,
Entweder meine Tugend oder Qual –,
Sie ist mir so vereint in Seel und Leben,
Wie sich der Stern in seinem Kreis nur regt,
Könnt ich's nicht ohne sie. Der andre Grund,
Warum ich's nicht zur Sprache bringen durfte,
Ist, daß der große Hauf an ihm so hängt:
Sie tauchen seine Fehl' in ihre Liebe,
Die, wie der Quell, der Holz in Stein verwandelt,
Aus Tadel Lob macht, so daß meine Pfeile,
Zu leicht gezimmert für so scharfen Wind,
Zurückgekehrt zu meinem Bogen wären
Und nicht zum Ziel gelangt.

LAERTES: Und so verlor ich einen edlen Vater,
So ward mir eine Schwester hoffnungslos
Zerrüttet, deren Wert, wofern das Lob
Zurückgehn darf, auf unsrer Zeiten Höhe
Auffordernd stand zu gleicher Trefflichkeit.
Doch kommen soll die Rache.

KÖNIG: Schlaft deshalb ruhig nur. Ihr müßt nicht denken,
Wir wären aus so trägem Stoff gemacht,
Daß wir Gefahr am Bart uns raufen ließen
Und hielten es für Kurzweil. Ihr vernehmt
Mit nächstem mehr: ich liebte Euren Vater,
Auch lieben wir uns selbst; das hoff ich, wird
Euch einsehn lehren –

Ein BOTE *kommt.*

Nun? was gibt es Neues?

BOTE: Herr, Briefe sind's von Hamlet; dieser da
Für Eure Majestät, der für die Königin.

KÖNIG: Von Hamlet? und wer brachte sie?

BOTE: Matrosen, heißt es, Herr; ich sah sie nicht.
Mir gab sie Claudio, der vom Überbringer
Sie selbst empfing.

KÖNIG: Laertes, Ihr sollt hören. –
Laßt uns.

Bote ab.

Liest: „Großmächtigster! wisset, daß ich nackt an Euer Reich ausgesetzt bin. Morgen werde ich um Erlaubnis bitten, vor Euer königliches Auge zu treten, und dann werde ich, wenn ich Euch erst um Vergünstigung dazu ersucht, die Veranlassung meiner plötzlichen und wunderbaren Rückkehr berichten.

Hamlet."

Was heißt dies? Sind sie alle wieder da?
Wie? oder ist's Betrug und nichts daran?

LAERTES: Kennt Ihr die Hand?

KÖNIG: 's sind Hamlets Züge. „Nackt",
Und in der Nachschrift hier sagt er: „Allein" –
Könnt Ihr mir raten?

LAERTES: Ich bin ganz irr, mein Fürst. Allein er komme,
Erfrischt es doch mein Herzensübel recht,
Daß ich's ihm in die Zähne rücken kann:
„Das tatest du."

KÖNIG: Wenn es so ist, Laertes –
Wie kann es nur so sein? wie anders? –, wollt Ihr
Euch von mir stimmen lassen?

LAERTES: Ja, mein Fürst,
Wenn Ihr mich nicht zum Frieden überstimmt.

KÖNIG: Zu deinem Frieden. Ist er heimgekehrt,
Als stutzig vor der Reis, und denkt nicht mehr,
Sie vorzunehmen, so beweg ich ihn
Zu einem Probstück, reif in meinem Sinn,
Wobei sein Fall gewiß ist; und es soll
Um seinen Tod kein Lüftchen Tadel wehn.
Selbst seine Mutter spreche los die List
Und nenne Zufall sie.

LAERTES: Ich will Euch folgen, Herr,
Und um so mehr, wenn Ihr's zu machen wüßtet,
Daß ich das Werkzeug wär.

KÖNIG: So trifft sich's eben.
Man hat seit Eurer Reis Euch viel gerühmt,
Und das vor Hamlets Ohr, um eine Eigenschaft,
Worin Ihr, sagt man, glänzt; all Eure Gaben
Entlockten ihm gesamt nicht so viel Neid
Wie diese eine, die nach meiner Schätzung
Vom letzten Rang ist.

LAERTES: Und welche Gabe wär das, gnäd'ger Herr?

KÖNIG: Ein bloßes Band nur an dem Hut der Jugend,
Doch nötig auch, denn leichte, lose Tracht

Ziemt minder nicht der Jugend, die sie trägt,
Als dem gesetzten Alter Pelz und Mantel
Gesundheit schafft und Ansehn. – Vor zwei Monden
War hier ein Ritter aus der Normandie.
Ich kenne selbst die Franken aus dem Krieg,
Und sie sind gut zu Pferd; doch dieser Brave
Tat Zauberdinge: er wuchs am Sitze fest
Und lenkt' sein Pferd zu solchen Wunderkünsten,
Als wär er einverleibt und halbgeartet
Mit diesem wackern Tier: es überstieg
So weit die Vorstellung, daß mein Erfinden
Von Wendungen und Sprüngen hinter dem
Zurückbleibt, was er tat.
LAERTES: Ein Normann war's?
KÖNIG: Ein Normann.
LAERTES: Lamord, bei meinem Leben.
KÖNIG: Ja, derselbe.
LAERTES: Ich kenn ihn wohl, er ist auch in der Tat
Das Kleinod und Juwel von seinem Volk.
KÖNIG: Er ließ bei uns sich über Euch vernehmen
Und gab Euch solch ein meisterliches Lob
Für Eure Kunst und Übung in den Waffen,
Insonderheit die Führung des Rapiers:
Es gäb ein rechtes Schauspiel, rief er aus,
Wenn wer darin sich mit Euch messen könnte.
Er schwur, die Fechter seines Landes hätten
Nicht sichre Hut noch Auge noch Geschick,
Wenn Ihr sie angrifft: dieser sein Bericht
Vergiftete den Hamlet so mit Neid,
Daß er nichts tat als wünschen, daß Ihr schleunig
Zurückkämt, um mit Euch sich zu versuchen.
Nun, hieraus –
LAERTES: Was denn hieraus, gnäd'ger Herr?
KÖNIG: Laertes, war Euch Euer Vater wert?
Wie, oder seid Ihr gleich dem Gram im Bilde,
Ein Antlitz ohne Herz?
LAERTES: Wozu die Frage?
KÖNIG: Nicht als ob ich dächte,
Ihr hättet Euren Vater nicht geliebt.
Doch weiß ich, durch die Zeit beginnt die Liebe,
Und seh an Proben der Erfahrung auch,

Daß Zeit derselben Glut und Funken mäßigt.
Im Innersten der Liebesflamme lebt
Eine Art von Docht und Schnuppe, die sie dämpft,
Und nichts beharrt in gleicher Güte stets:
Denn Güte, die vollblütig wird, erstirbt
Im eignen Allzuviel. Was man will tun,
Das soll man, wenn man will; denn dies „will" ändert sich
Und hat so mancherlei Verzug und Schwächung,
Wie es nur Zungen, Hände, Fälle gibt;
Dann ist dies „soll" ein prasserischer Seufzer,
Der lindernd schadet. Doch zum Kern der Sache!
Hamlet kommt her: was wollt Ihr unternehmen,
Um Euch zu zeigen Eures Vaters Sohn
In Taten mehr als Worten?

LAERTES: Ihn in der Kirch erwürgen.

KÖNIG: Mord sollte freilich nirgends Freistatt finden
Und Rache keine Grenzen. Doch, Laertes,
Wollt Ihr dies tun, so haltet Euch zu Haus.
[Hamlet soll Eure Heimkehr gleich erfahren.]
Wir lassen Eure Trefflichkeit ihm preisen
Und doppelt überfirnissen den Ruhm,
Den Euch der Franke gab; kurz, bringen Euch zusammen
Und stellen Wetten an auf Eure Köpfe.
Er, achtlos, edel, frei von allem Arg,
Wird die Rapiere nicht genau besehn;
So könnt Ihr leicht mit ein paar kleinen Griffen
Euch eine nicht gestumpfte Klinge wählen
Und ihn mit einem wohlgeführten Stoß
Für Euren Vater lohnen.

LAERTES: Ich will's tun
Und zu dem Endzweck meinen Degen salben.
Ein Scharlatan verkaufte mir ein Mittel,
So tödlich, taucht man nur ein Messer drein,
Wo's Blut zieht, kann kein noch so köstlich Pflaster
Von allen Kräutern unterm Mond, mit Kraft
Gesegnet, das Geschöpf vom Tode retten,
Das nur damit geritzt ist; mit dem Gift
Will ich die Spitze meines Degens netzen,
So daß es, streif ich ihn nur obenhin,
Den Tod ihm bringt.

KÖNIG: Bedenken wir dies ferner,

Was für Begünstigung von Zeit und Mitteln
Zu unserm Ziel kann führen. Schlägt dies fehl
Und blickt durch unsre schlechte Ausführung
Die Absicht, so wär's besser nicht versucht,
Drum muß der Plan noch einen Rückhalt haben,
Der Stich hält, wenn er in der Probe birst.
Still, laßt mich sehn! – Wir gehen feierlich
Auf euer beider Stärke Wetten ein –
Ich hab's:
Wenn ihr vom Fechten heiß und durstig seid
– Ihr müßt deshalb die Gänge heft'ger machen –
Und er zu trinken fordert, soll ein Kelch
Bereitstehn, der, wenn er davon nur nippt,
Entging' er etwa Eurem gift'gen Stich,
Noch unsern Anschlag sichert. Aber still!
Was für ein Lärm?

Die KÖNIGIN *kommt.*

Nun, werte Königin?

KÖNIGIN: Ein Leiden tritt dem andern auf die Fersen,
So schleunig folgen sie.
Laertes, Eure Schwester ist ertrunken.

LAERTES: Ertrunken, sagt Ihr? Wo?

KÖNIGIN:
Es neigt ein Weidenbaum sich übern Bach
Und zeigt im klaren Strom sein graues Laub,
Mit welchem sie phantastisch Kränze wand
Von Hahnfuß, Nesseln, Maßlieb, Kuckucksblumen,
[Die freche Schäfer gröblicher benennen,
Doch keusche Mädchen heißen's Totenfinger;]
Dort, als sie aufklomm, um ihr Laubgewinde
An den gesenkten Ästen aufzuhängen,
Zerbrach ein falscher Zweig, und niederfielen
Die rankenden Trophäen und sie selbst
Ins weinende Gewässer. Ihre Kleider
Verbreiteten sich weit und trugen sie
Sirenengleich ein Weilchen noch empor,
Indes sie Stellen alter Weisen sang,
Als ob sie nicht die eigne Not begriffe,
Wie ein Geschöpf, geboren und begabt
Für dieses Element. Doch lange währt' es nicht,
Bis ihre Kleider, die sich schwer getrunken,

Das arme Kind von ihren Melodien
Hinunterzogen in den schlamm'gen Tod.
LAERTES: Ach, ist sie denn ertrunken?
KÖNIGIN: Ertrunken, ertrunken.
LAERTES: Zu viel des Wassers hast du, arme Schwester!
Drum halt ich meine Tränen auf. Und doch
Ist's unsre Art; Natur hält ihre Sitte,
Was Scham auch sagen mag: sind die erst fort,
So ist das Weib heraus. – Lebt wohl, mein Fürst.
Ich habe Flammenworte, welche gern
Auflodern möchten, wenn nur diese Torheit
Sie nicht ertränkte. *Ab.*
KÖNIG: Laßt uns folgen, Gertrud.
Wie hatt ich Mühe, seine Wut zu stillen!
Nun, fürcht ich, bricht dies wieder ihre Schranken,
Drum laßt uns folgen.
Beide ab.

FÜNFTER AUFZUG

ERSTE SZENE

Ein Kirchhof.

Zwei TOTENGRÄBER *kommen mit Spaten usw.*

ERSTER TOTENGRÄBER: Soll die ein christlich Begräbnis erhalten, die vorsätzlich ihre eigne Seligkeit sucht?

ZWEITER TOTENGRÄBER: Ich sage dir, sie soll's, mach also flugs ihr Grab. Der Totenbeschauer hat über sie gesessen und christlich Begräbnis erkannt.

ERSTER TOTENGRÄBER: Wie kann das sein, wenn sie sich nicht defensionsweise ertränkt hat?

ZWEITER TOTENGRÄBER: Nun, es ist so befunden.

ERSTER TOTENGRÄBER: Es muß aber *se offendendo* geschehen, es kann nicht anders sein. Denn dies ist der Punkt: wenn ich mich wissentlich ertränke, so beweist es eine Handlung, und eine Handlung hat drei Stücke; sie besteht in Handeln, Tun und Verrichten. Ergel hat sie sich wissentlich ertränkt.

ZWEITER TOTENGRÄBER: Ei, hört doch, Gevatter Schaufler.

ERSTER TOTENGRÄBER: Erlaubt mir. Hier steht das Wasser: gut;

hier steht der Mensch: gut. Wenn der Mensch zu diesem Wasser geht und sich selbst ertränkt, so bleibt's dabei, er mag wollen oder nicht, daß er hingeht. Merkt Euch das! Aber wenn das Wasser zu ihm kommt und ihn ertränkt, so ertränkt er sich nicht selbst. Ergel, wer an seinem eignen Tode nicht schuld ist, verkürzt sein eignes Leben nicht.

ZWEITER TOTENGRÄBER: Ist das Rechtens?

ERSTER TOTENGRÄBER: Ei freilich, nach dem Totenbeschauerrecht.

ZWEITER TOTENGRÄBER: Wollt Ihr die Wahrheit wissen? Wenn's kein Fräulein gewesen wäre, so wäre sie auch nicht auf geweihtem Boden begraben.

ERSTER TOTENGRÄBER: Ja, da haben wir's. Und es ist doch ein Jammer, daß die großen Leute in dieser Welt mehr Aufmunterung haben, sich zu hängen und zu ersäufen, als ihre Christenbrüder. Komm, den Spaten her! Es gibt keine so alten Edelleute wie Gärtner, Grabenmacher und Totengräber: sie pflanzen Adams Profession fort.

ZWEITER TOTENGRÄBER: War der ein Edelmann?

ERSTER TOTENGRÄBER: Er war der erste, der je armiert war.

ZWEITER TOTENGRÄBER: Ei, was wollt er!

ERSTER TOTENGRÄBER: Was? bist ein Heide? Wie legst du die Schrift aus? Die Schrift sagt: Adam grub. Konnte er ohne Arme graben? Ich will dir noch eine andere Frage vorlegen: wenn du mir nicht gehörig antwortest, so bekenne –

ZWEITER TOTENGRÄBER: Nur zu!

ERSTER TOTENGRÄBER: Wer baut fester als der Maurer, der Schiffsbaumeister oder der Zimmermann?

ZWEITER TOTENGRÄBER: Der Galgenmacher, denn sein Gebäude überlebt an die tausend Bewohner.

ERSTER TOTENGRÄBER: Dein Witz gefällt mir, meiner Treu. Der Galgen tut gut: aber wie tut er gut? Er tut gut an denen, die übel tun. Nun tust du übel zu sagen, daß der Galgen stärker gebaut ist als die Kirche, also würde der Galgen an dir gut tun. Noch 'mal dran! frisch!

ZWEITER TOTENGRÄBER: Wer stärker baut als ein Maurer, ein Schiffsbaumeister oder ein Zimmermann?

ERSTER TOTENGRÄBER: Ja, sag mir das, und du sollst Feierabend haben.

ZWEITER TOTENGRÄBER: Mein Seel, nun kann ich's sagen.

ERSTER TOTENGRÄBER: Frisch!

ZWEITER TOTENGRÄBER: Sapperment, ich kann's doch nicht sagen.

ERSTER TOTENGRÄBER: Zerbrich dir den Kopf nicht weiter darum, der dumme Esel geht doch nicht schneller, wie du ihn auch prügeln magst; und wenn dir jemand das nächstemal die Frage tut, antworte: der Totengräber. Die Häuser, die er baut, währen bis zum Jüngsten Tage. Geh, mach dich ins Wirtshaus und hole mir einen Schoppen Branntwein.

Zweiter Totengräber ab.

HAMLET *und* HORATIO *treten in einiger Entfernung auf.*

ERSTER TOTENGRÄBER *gräbt und singt*:

In jungen Tagen ich lieben tät,
Das dünkte mir so süß.
Die Zeit zu verbringen, ach früh und spät,
Behagte mir nichts wie dies.

HAMLET: Hat dieser Kerl kein Gefühl von seinem Geschäft? Er gräbt ein Grab und singt dazu.

HORATIO: Die Gewohnheit hat es ihm zu einer leichten Sache gemacht.

HAMLET: So pflegt es zu sein; je weniger eine Hand verrichtet, desto zarter ist ihr Gefühl.

ERSTER TOTENGRÄBER *singt:*

Doch Alter mit dem schleichenden Tritt
Hat mich gepackt mit der Faust
Und hat mich weg aus dem Lande geschifft,
Als hätt ich da nimmer gehaust. *Wirft einen Schädel auf.*

HAMLET: Der Schädel hatte einmal eine Zunge und konnte singen: wie ihn der Schuft auf den Boden schleudert, als wär es der Kinnbacken Kains, der den ersten Mord beging! Dies mochte der Kopf eines Politikers sein, den dieser Esel nun überlistet; eines, der Gott den Herrn hintergehn wollte: nicht wahr?

HORATIO: Es ist möglich.

HAMLET: Oder eines Hofmannes, der sagen konnte: „Guten Morgen, geliebtester Prinz! wie geht's, bester Prinz?“ Dies mochte der gnädige Herr der und der sein, der des gnädigen Herrn des und des Pferd lobte, wenn er es gern zum Geschenk gehabt hätte: nicht wahr?

HORATIO: Ja, mein Prinz.

HAMLET: Ja ja, und nun Junker Wurm; eingefallen und mit einem Totengräberspaten um die Kinnbacken geschlagen.

Das ist mir eine schöne Verwandlung, wenn wir nur die Kunst besäßen, sie zu sehen. Haben diese Knochen nicht mehr zu unterhalten gekostet, als daß man Kegel mit ihnen spielt? Meine tun mir weh, wenn ich dran denke.

ERSTER TOTENGRÄBER *singt:*

Ein Grabscheit und ein Spaten wohl
Samt einem Kittel aus Lein,
Und oh, eine Grube, gar tief und hohl,
Für solchen Gast muß sein.

Wirft einen zweiten Schädel auf.

HAMLET: Da ist wieder einer: warum könnte das nicht der Schädel eines Rechtsgelehrten sein? Wo sind nun seine Klauseln, seine Praktiken, seine Fälle und seine Kniffe? Warum leidet er nun, daß dieser grobe Flegel ihn mit einer schmutzigen Schaufel um den Hirnkasten schlägt, und droht nicht, ihn wegen Tätlichkeiten zu belangen? Hum! Dieser Geselle war vielleicht zu seiner Zeit ein großer Käufer von Ländereien, mit seinen Hypotheken, seinen Grundzinsen, seinen Kaufbriefen, seinen Gewährsmännern, seinen gerichtlichen Auflassungen. [Ist dies jetzt der letzte Kauf seiner Käufe und die Erstattung seiner Erstattungen, daß man ihm den stattlichen Hirnkasten mit herrlichem Kot ausstattet?] Werden ihm seine Gewährsmänner nichts mehr von seinen erkauften Gütern gewähren als die Länge und Breite von ein paar Kontrakten? Sogar die Übertragungsurkunden seiner Ländereien können kaum in diesem Kasten liegen: und soll der Eigentümer selbst nicht mehr Raum haben? He?

HORATIO: Nicht ein Tüttelchen mehr, mein Prinz.

HAMLET: Wird nicht Pergament aus Schafsfellen gemacht?

HORATIO: Ja, mein Prinz, und aus Kalbsfellen auch.

HAMLET: Schafe und Kälber sind es, die darin ihre Sicherheit suchen. Ich will diesen Burschen anreden. – Wessen Grab ist das, heda?

ERSTER TOTENGRÄBER: Meines, Herr.

Singt: Und oh, eine Grube, gar tief und hohl,
Für solchen Gast muß sein.

HAMLET: Ich glaube wahrhaftig, daß es deines ist, denn du liegst darin.

ERSTER TOTENGRÄBER: Ihr liegt draußen, Herr, und also ist's nicht Eures; ich liege nicht darin, und doch ist es meines.

HAMLET: Du lügst darin, weil du darin bist und sagst, daß es deines ist. Es ist aber für die Toten, nicht für die Lebendigen: also lügst du.

ERSTER TOTENGRÄBER: 's ist eine lebendige Lüge, Herr, sie will von mir weg zu Euch zurück.

HAMLET: Für was für einen Mann gräbst du es?

ERSTER TOTENGRÄBER: Für keinen Mann.

HAMLET: Für was für eine Frau denn?

ERSTER TOTENGRÄBER: Auch für keine.

HAMLET: Wer soll denn darin begraben werden?

ERSTER TOTENGRÄBER: Eine gewesene Frau, Herr; aber, Gott hab sie selig! sie ist tot.

HAMLET: Wie genau der Bursch ist! Wir müssen nach der Schnur sprechen, oder er sticht uns mit Silben zu Tode. Wahrhaftig, Horatio, ich habe seit diesen drei Jahren darauf geachtet: das Zeitalter wird so spitzfindig, daß der Bauer dem Hofmann auf die Fersen tritt. – Wie lange bist du schon Totengräber?

ERSTER TOTENGRÄBER: Von allen Tagen im Jahre kam ich just den Tag dazu, da unser voriger König Hamlet den Fortinbras überwand.

HAMLET: Wie lange ist das her?

ERSTER TOTENGRÄBER: Wißt Ihr das nicht? Das weiß jeder Narr. Es war denselben Tag, wo der junge Hamlet geboren ward, der nun toll geworden und nach England geschickt ist.

HAMLET: Ei so! Warum haben sie ihn nach England geschickt?

ERSTER TOTENGRÄBER: Nu, weil er toll war. Er soll seinen Verstand da wiederkriegen; und wenn er ihn nicht wiederkriegt, so tut's da nicht viel.

HAMLET: Warum?

ERSTER TOTENGRÄBER: Man wird's ihm da nicht viel anmerken: die Leute sind da ebenso toll wie er.

HAMLET: Wie wurde er toll?

ERSTER TOTENGRÄBER: Seltsam genug, sagen sie.

HAMLET: Wie, seltsam?

ERSTER TOTENGRÄBER: Mein Seel, just dadurch, daß er den Verstand verlor.

HAMLET: Kennt Ihr den Grund?

ERSTER TOTENGRÄBER: Freilich, dänischer Grund und Boden. Ich bin hier seit dreißig Jahren Totengräber gewesen, in jungen und alten Tagen.

HAMLET: Wie lange liegt wohl einer in der Erde, eh er verfault?

ERSTER TOTENGRÄBER: Mein Treu, wenn er nicht schon vor dem Tode verfault ist – wie wir denn heutzutage viele lustsieche Leichen haben, die kaum bis zum Hineinlegen halten –, so dauert er Euch ein acht bis neun Jahr aus; ein Lohgerber neun Jahre.

HAMLET: Warum der länger als ein andrer?

ERSTER TOTENGRÄBER: Ei, Herr, sein Gewerbe gerbt ihm das Fell so, daß es eine lange Zeit das Wasser abhält, und das Wasser richtet so 'ne Blitzleiche verteufelt zugrunde. Hier ist ein Schädel, der Euch dreiundzwanzig Jahre in der Erde gelegen hat.

HAMLET: Wem gehört er?

ERSTER TOTENGRÄBER: Einem unklugen Blitzkerl. Wer denkt Ihr, daß es war?

HAMLET: Ja, ich weiß nicht.

ERSTER TOTENGRÄBER: Das Wetter über den unklugen Schalk! Er goß mir einmal eine Flasche Rheinwein über den Kopf. Dieser Schädel da war Yoricks Schädel, des Königs Spaßmacher.

HAMLET: Dieser?

ERSTER TOTENGRÄBER: Ja ja, ebender.

HAMLET: Laß sehen. *Nimmt den Schädel.* Ach, armer Yorick! – Ich kannte ihn, Horatio, ein Bursche von unendlichem Humor, voll von den herrlichsten Einfällen. Er hat mich tausendmal auf dem Rücken getragen, und jetzt, wie schaudert meiner Einbildungskraft davor! Mir wird ganz übel. Hier hingen diese Lippen, die ich geküßt habe, ich weiß nicht, wie oft. Wo sind nun deine Schwänke? deine Sprünge? deine Lieder? deine Blitze von Lustigkeit, wobei die ganze Tafel in Lachen ausbrach? Ist jetzt keiner da, der sich über dein eignes Grinsen aufhielte? Alles weggeschrumpft? Nun begib dich in die Kammer der gnädigen Frau und sage ihr, wenn sie auch einen Finger dick auflegt: so 'n Gesicht muß sie endlich bekommen; mach sie damit lachen! – Sei so gut, Horatio, sage mir dies eine.

HORATIO: Und was, mein Prinz?

HAMLET: Glaubst du, daß Alexander in der Erde solchergestalt aussah?

HORATIO: Geradeso.

HAMLET: Und so roch! pah! *Wirft den Schädel hin.*

HORATIO: Geradeso, mein Prinz.

HAMLET: Zu was für schnöden Bestimmungen wir kommen, Horatio! Warum sollte die Einbildungskraft nicht den edlen Staub Alexanders verfolgen können, bis sie ihn findet, wo er ein Spundloch verstopft?

HORATIO: Die Dinge so betrachten hieße sie allzu genau betrachten.

HAMLET: Nein, wahrhaftig, im geringsten nicht. Man könnte ihm bescheiden genug dahin folgen und sich immer von der Wahrscheinlichkeit führen lassen. Zum Beispiel so: Alexander starb, Alexander ward begraben, Alexander verwandelte sich in Staub; der Staub ist Erde; aus Erde machen wir Lehm: und warum sollte man nicht mit dem Lehm, worein er verwandelt ward, ein Bierfaß stopfen können?

Der große Cäsar, tot und Lehm geworden,
Verstopft ein Loch wohl vor dem rauhen Norden.
O daß die Erde, der die Welt gebebt,
Vor Wind und Wetter eine Wand verklebt.

Doch still! doch still! Beiseit! hier kommt der König!

PRIESTER *usw. kommen in Prozession mit der* LEICHE DER OPHELIA; *der* KÖNIG, *die* KÖNIGIN, LAERTES *und* LEIDTRAGENDE *folgen.*

Die Königin, der Hof: wem folgen sie?
Und mit so unvollständ'gen Feirlichkeiten?
Ein Zeichen, daß die Leiche, der sie folgen,
Verzweiflungsvolle Hand an sich gelegt.
Sie war von Stande: lauern wir ein Weilchen
Und geben acht. *Zieht sich mit Horatio zurück.*

LAERTES: Was für Gebräuche sonst?

HAMLET: Das ist Laertes,
Ein edler junger Mann. Gebt acht!

LAERTES: Was für Gebräuche sonst?

ERSTER PRIESTER: Wir dehnten ihr Begräbnis aus, so weit
Die Vollmacht reicht: ihr Tod war zweifelhaft,
Und wenn kein Machtgebot die Ordnung hemmte,
So hätte sie in ungeweihtem Grund
Bis zur Gerichtstrompete wohnen müssen.
Statt christlicher Gebete sollten Scherben
Und Kieselstein' auf sie geworfen werden.
Hier gönnt man ihr doch ihren Mädchenkranz
Und das Bestreun mit jungfräulichen Blumen,
Geläut und Grabstätt.

LAERTES: So darf nichts mehr geschehn?
PRIESTER: Nichts mehr geschehn.
Wir würden ja der Toten Dienst entweihn,
Wenn wir ein Requiem und Ruh ihr sängen
Wie fromm verschiednen Seelen.
LAERTES: Legt sie in den Grund,
Und ihrer schönen, unbefleckten Hülle
Entsprießen Veilchen! – Ich sag dir, harter Priester,
Ein Engel am Thron wird meine Schwester sein,
Derweil du heulend liegst.
HAMLET: Was? die schöne Ophelia?
KÖNIGIN *Blumen streuend*:
Der Süßen Süßes: Lebe wohl! – Ich hoffte,
Du solltest meines Hamlet Gattin sein.
Dein Brautbett dacht ich, süßes Kind, zu schmücken,
Nicht zu bestreun dein Grab.
LAERTES: O dreifach Wehe
Treff zehnmal dreifach das verfluchte Haupt,
Des Untat deiner sinnigen Vernunft
Dich hat beraubt! – Laßt noch die Erde weg,
Bis ich sie nochmals in die Arme fasse. *Springt in das Grab.*
Nun häuft den Staub auf Lebende und Tote,
Bis ihr die Fläche habt zum Berg gemacht,
Hoch über Pelion und das blaue Haupt
Des wolkigen Olympus.
HAMLET *hervortretend*: Wer ist der, des Gram
So voll Emphase tönt? Des Spruch des Wehes
Der Sterne Lauf beschwört und macht sie stillstehn
Wie schreckbefangne Hörer? – Dies bin ich,
Hamlet der Däne. *Springt in das Grab.*
LAERTES: Dem Teufel deine Seele!
Ringt mit ihm.
HAMLET: Du betest schlecht.
Ich bitt dich, laß die Hand von meiner Gurgel:
Denn ob ich schon nicht jäh und heftig bin,
So ist doch was Gefährliches in mir,
Das ich zu scheun dir rate. Weg die Hand!
KÖNIG: Reißt sie doch voneinander!
KÖNIGIN: Hamlet! Hamlet!
ALLE: Ihr Herren –
HORATIO: Bester Herr, seid ruhig!

Einige vom Gefolge bringen sie auseinander, und sie kommen aus dem Grab heraus.

HAMLET: Ja, diese Sache fecht ich aus mit ihm,
So lang, bis meine Augenlider sinken.
KÖNIGIN: O mein Sohn! welche Sache?
HAMLET: Ich liebt Ophelia; vierzigtausend Brüder
Mit ihrem ganzen Maß von Liebe hätten
Nicht meine Summ erreicht. – Was willst du für sie tun?
KÖNIG: Er ist verrückt, Laertes.
KÖNIGIN: Um Gottes willen, laßt ihn!
HAMLET: Beim Element, sag, was du tun willst.
Willst weinen? fechten? fasten? dich zerreißen?
Willst Essig trinken? Krokodile essen?
Ich tu's. – Kommst du zu winseln her?
Springst, um mir Trotz zu bieten, in ihr Grab?
Laß dich mit ihr begraben, ich will's auch;
Und schwatzest du von Bergen, laß auf uns
Millionen Hufen werfen, bis der Boden,
Die Scheitel an der glühnden Zone sengend,
Den Ossa macht zur Warze. – Prahlst du groß,
Ich kann's so gut wie du.
KÖNIGIN: Dies ist bloß Wahnsinn;
So tobt der Anfall eine Weil in ihm,
Doch gleich, geduldig wie das Taubenweibchen,
Wenn sie ihr goldnes Paar hat ausgebrütet,
Senkt seine Ruh die Flügel.
HAMLET: Hört doch, Herr!
Was ist der Grund, daß Ihr mir so begegnet?
Ich liebt Euch immer: doch es macht nichts aus;
Laßt Herkuln selber nach Vermögen tun,
Die Katze maut, der Hund will doch nicht ruhn. *Ab.*
KÖNIG: Ich bitte dich, Horatio, geh ihm nach.
Horatio ab.
Zu Laertes: Stärk unser Nachtgespräch Euch in Geduld;
Wir drängen zur Entscheidung. – Gute Gertrud,
Setzt eine Wache über Euren Sohn.
Dies Grab soll ein lebendig Denkmal haben.
Bald werden wir der Ruhe Stunde sehn,
So lang muß alles mit Geduld geschehn.
Alle ab.

Zweite Szene

Ein Saal im Schlosse.

Hamlet *und* Horatio *treten auf.*

HAMLET: Hiervon genug; nun komm ich auf das andre.
Erinnert Ihr Euch jedes Umstands noch?
HORATIO: Erinnern, gnäd'ger Herr?
HAMLET: In meiner Brust war eine Art von Kampf,
Der mich nicht schlafen ließ; mich dünkt', ich läge
Noch schlimmer als im Stock die Meutrer. Rasch –
Und Dank dem raschen Mute! – Laßt uns einsehn,
Daß Unbesonnenheit uns manchmal dient,
Wenn tiefe Pläne scheitern; und das lehr uns,
Daß eine Gottheit unsre Zwecke formt,
Wie wir sie auch entwerfen.
HORATIO: Sehr gewiß.
HAMLET: Aus meinem Schlafgemach,
Den Schiffermantel umgeworfen, tappt
Im Dunkel ich nach ihnen, fand sie glücklich,
Griff ihr Paket und zog mich schließlich wieder
Zurück in die Kajüte; meine Furcht
Vergaß die Höflichkeit, und dreist erbrach
Ich ihren höchsten Auftrag. Hier, Horatio,
Fand ich ein königliches Bubenstück:
Ein streng Geheiß, gespickt mit vielen Gründen,
Betreffend Dänmarks Heil und Englands auch,
Und, heida! solch ein Spuk, wenn ich entkäme –
Daß gleich auf Sicht ohn alle Zögerung,
Auch nicht so lang, um nur das Beil zu schärfen,
Das Haupt mir abgeschlagen werden sollte.
HORATIO: Ist's möglich?
HAMLET: Hier ist der Auftrag: lies ihn nur bei Muße.
Doch willst du hören, wie ich nun verfuhr?
HORATIO: Ja, ich ersuch Euch drum.
HAMLET: So rings umstrickt mit Bübereien, fing,
Eh ich noch den Prolog dazu gehalten,
Mein Kopf das Spiel schon an. Ich setzte mich,
Sann einen Auftrag aus, schrieb ihn ins reine.
Ich hielt es einst wie unsre großen Herrn
Für niedrig, schön zu schreiben, und bemühte

Mich sehr, es zu verlernen; aber jetzt
Tat es mir Ritterdienste. Willst du wissen,
Was meine Schrift enthielt?

HORATIO: Ja, bester Herr.

HAMLET: Die ernstlichste Beschwörung von dem König,
Wofern ihm England treu die Lehnspflicht hielte,
Wofern ihr Bund blühn sollte wie die Palme,
Wofern der Fried in seinem Ährenkranz
Stets beider Freundschaft bindend sollte stehn,
Und manchem wichtigen Wofern der Art –
Wenn er den Inhalt dieser Schrift ersehn,
Möcht er ohn alles fernere Bedenken
Die Überbringer schnell zum Tod befördern,
Selbst ohne Frist zum Beichten.

HORATIO: Wie wurde dies versiegelt?

HAMLET: Auch darin war des Himmels Vorsicht wach.
Ich hatt im Beutel meines Vaters Petschaft,
Das dieses dän'schen Siegels Muster war.
Ich faltete den Brief dem andern gleich,
Dann unterschrieb ich, drückte drauf das Siegel,
Legt ihn an seinen Ort; der Wechselbalg
Ward nicht erkannt. Am nächsten Tage nun
War unser Seegefecht, und was dem folgte,
Das weißt du schon.

HORATIO: Und Güldenstern und Rosenkranz gehn drauf.

HAMLET: Ei, Freund, sie buhlten ja um dies Geschäft,
Sie rühren mein Gewissen nicht: ihr Fall
Entspringt aus ihrer eignen Einmischung.
'S ist mißlich, wenn die schlechtere Natur
Sich zwischen die entbrannten Degenspitzen
Von mächt'gen Gegnern stellt.

HORATIO: Was für ein König!

HAMLET: Was dünkt dir, liegt's mir jetzo nah genug?
Der meinen König totschlug, meine Mutter
Zur Hure machte; zwischen die Erwählung
Und meine Hoffnungen sich eingedrängt;
Die Angel warf nach meinem eignen Leben
Mit solcher Hinterlist: ist's nicht vollkommen billig,
Mit diesem Arme dem den Lohn zu geben?
Und ist es nicht Verdammnis, diesen Krebs
An unserm Fleisch noch länger nagen lassen?

HORATIO: Ihm muß von England bald gemeldet werden,
Wie dort der Ausgang des Geschäftes ist.
HAMLET: Bald wird's geschehn: die Zwischenzeit ist mein;
Ein Menschenleben ist, als zählt man „eins".
Doch ich bin sehr bekümmert, Freund Horatio,
Daß mit Laertes ich mich selbst vergaß:
Denn in dem Bilde seiner Sache seh ich
Der meinen Gegenstück. Ich bitt ihm ab.
Doch wirklich, seines Schmerzes Prahlerei
Empörte mich zu wilder Leidenschaft.
HORATIO: Still doch! wer kommt?

OSRICK *kommt.*

OSRICK: Willkommen Eurer Hoheit hier in Dänmark.
HAMLET: Ich dank Euch ergebenst, Herr. – *Beiseite zu Horatio:*
Kennst du diese Mücke?
HORATIO *beiseite zu Hamlet*: Nein, bester Herr.
HAMLET *beiseite zu Horatio*: Um so besser ist für dein Heil gesorgt, denn es ist ein Laster, ihn zu kennen. Er besitzt viel und fruchtbares Land: wenn ein Tier Fürst der Tiere ist, so wird seine Krippe neben des Königs Gedeck stehn. Er ist eine Elster, aber, wie ich dir sage, mit weitläufigen Besitzungen von Kot gesegnet.
OSRICK: Geliebtester Prinz, wenn Eure Hoheit Muße hätte, so wünschte ich Euch etwas von Seiner Majestät mitzuteilen.
HAMLET: Ich will es mit aller Aufmerksamkeit empfangen, Herr. Eure Mütze an ihre Stelle: sie ist für den Kopf.
OSRICK: Ich danke Eurer Hoheit, es ist sehr heiß.
HAMLET: Nein, auf mein Wort, es ist sehr kalt; der Wind ist nördlich.
OSRICK: Es ist ziemlich kalt, in der Tat, mein Prinz.
HAMLET: Aber doch dünkt mich, ist es ungemein schwül und heiß für mein Temperament.
OSRICK: Außerordentlich, gnädiger Herr, es ist sehr schwül – auf gewisse Weise – ich kann nicht sagen wie. Gnädiger Herr, Seine Majestät befahl mir, Euch wissen zu lassen, daß er eine große Wette auf Euren Kopf angestellt hat. Die Sache ist folgende, Herr –
HAMLET: Ich bitte Euch, vergeßt nicht!

Hamlet nötigt ihn, den Hut aufzusetzen.

OSRICK: Erlaubt mir, wertester Prinz, zu meiner eignen Bequemlichkeit. Vor kurzem, Herr, ist Laertes hier an den

Hof gekommen: auf meine Ehre, ein vollkommner Kavalier, von den vortrefflichsten Auszeichnungen, von einer sehr gefälligen Unterhaltung und glänzendem Äußern. In der Tat, um mit Sinn von ihm zu sprechen, er ist die Musterkarte der feinen Lebensart, denn Ihr werdet in ihm den Inbegriff aller Gaben finden, die ein Kavalier nur wünschen kann zu sehn.

HAMLET: Seine Schilderung, Herr, leidet keinen Verlust in Eurem Munde, ob ich gleich weiß, daß es die Rechenkunst des Gedächtnisses irremachen würde, ein vollständiges Verzeichnis seiner Eigenschaften aufzustellen; und doch würde es noch schwanken bei dem schnellen Segeln. Aber im heiligsten Ernste der Lobpreisung, ich halte ihn für einen Geist von großem Umfange und seine innere Begabung so köstlich und selten, daß, um uns wahrhaft über ihn auszudrücken, nur sein Spiegel seinesgleichen ist und wer sonst seiner Spur nachgehn will, sein Schatten, nichts weiter.

OSRICK: Eure Hoheit spricht ganz untrüglich von ihm.

HAMLET: Der Betreff, Herr? Warum lassen wir den rauhen Atem unsrer Rede über diesen Kavalier gehen?

OSRICK: Prinz?

[HORATIO: Ist es nicht möglich, sich in einer anderen Sprache zu verständigen? Es wird Euch gewiß nicht schwerfallen, Herr.]

HAMLET: Was bedeutet die Nennung dieses Kavaliers?

OSRICK: Des Laertes?

HORATIO *beiseite zu Hamlet*: Sein Beutel ist schon leer: alle seine goldnen Worte sind ausgegeben.

HAMLET: Ja, des nämlichen.

OSRICK: Ich weiß, Ihr seid nicht ununterrichtet –

HAMLET: Ich wollte, Ihr wüßtet es, Herr, ob es mich gleich, bei meiner Ehre! noch nicht sehr empfehlen würde. – Nun, Herr?

OSRICK: Ihr seid nicht ununterrichtet, welche Vollkommenheit Laertes besitzt –

HAMLET: Ich darf mich dessen nicht rühmen, um mich nicht mit ihm an Vollkommenheit zu vergleichen: einen andern Mann aus dem Grunde kennen hieße sich selbst kennen.

OSRICK: Ich meine, Herr, was die Führung der Waffen betrifft; nach der Beimessung, die man ihm erteilt, ist er darin ohnegleichen.

HAMLET: Was ist seine Waffe?

OSRICK: Degen und Stoßklinge.

HAMLET: Das wären denn zweierlei Waffen; doch weiter.

OSRICK: Der König, Herr, hat mit ihm um sechs Berberhengste gewettet, wogegen er, wie ich höre, sechs französische Degen samt Zubehör, wie Gürtel, Gehenke und so weiter, verpfändet hat. Drei von den Gestellen sind in der Tat dem Auge sehr gefällig, den Gefäßen sehr angemessen, unendlich zierliche Gestelle und von sehr geschmackvoller Erfindung.

HAMLET: Was nennt Ihr die Gestelle?

HORATIO *beiseite zu Hamlet*: Ich wußte, Ihr würdet Euch noch an seinen Randglossen erbauen müssen, ehe das Gespräch zu Ende wäre.

OSRICK: Die Gestelle sind die Gehenke.

HAMLET: Der Ausdruck würde schicklicher für die Sache sein, wenn wir eine Kanone an der Seite führen könnten; bis dahin laßt es immer Gehenke bleiben. Aber weiter: sechs Berberhengste gegen sechs französische Degen, ihr Zubehör, und drei geschmackvoll erfundne Gestelle: Das ist eine französische Wette gegen eine dänische. Weswegen haben sie dies verpfändet, wie Ihr's nennt?

OSRICK: Der König, Herr, hat gewettet, daß Laertes in zwölf Gängen zwischen Euch und ihm nicht über drei vor Euch voraushaben soll; er hat auf zwölf gegen neun gewettet; und es würde sogleich zum Versuch kommen, wenn Eure Hoheit zu der Erwiderung geneigt wäre.

HAMLET: Wenn ich nun erwidre: nein?

OSRICK: Ich meine, gnädiger Herr, die Stellung Eurer Person zu dem Versuche.

HAMLET: Ich will hier im Saale auf und ab gehn; wenn es Seiner Majestät gefällt, es ist jetzt bei mir die Stunde, frische Luft zu schöpfen. Laßt die Rapiere bringen; hat Laertes Lust und bleibt der König bei seinem Vorsatz, so will ich für ihn gewinnen, wenn ich kann; wo nicht, so werde ich nichts als die Schande und die überzähligen Stöße davontragen.

OSRICK: Soll ich Eure Meinung so erklären?

HAMLET: In diesem Sinne, Herr, mit Ausschmückungen nach Eurem Geschmack.

OSRICK: Ich empfehle Eurer Hoheit meine Ergebenheit.

HAMLET: Der Eurige. *Osrick ab.* Er tut wohl daran, sie selbst zu empfehlen: es möchte ihm sonst kein Mund zu Gebote stehn.

HORATIO: Dieser Kiebitz ist mit der halben Eierschale auf dem Kopfe aus dem Nest gelaufen.

HAMLET: Er machte Umstände mit seiner Mutter Brust, eh er daran sog. Auf diese Art haben er und viele andere von demselben Schlage, in die das schale Zeitalter verliebt ist, nur den Ton der Mode und den äußerlichen Schein der Unterhaltung erhascht: eine Art von aufbrausender Mischung, die ihnen durchhilft, selbst bei den tiefgründigsten und erlesensten Köpfen; aber man hauche sie nur zur Probe an, und die Blasen platzen.

Ein EDELMANN *kommt.*

EDELMANN: Gnädiger Herr, Seine Majestät hat sich Euch durch den jungen Osrick empfehlen lassen, der ihm meldet, daß Ihr ihn im Saale erwarten wollt. Er schickt mich, um zu fragen, ob Eure Lust, mit Laertes zu fechten, fortdauert oder ob Ihr längern Aufschub dazu verlangt.

HAMLET: Ich bleibe meinen Vorsätzen treu, sie richten sich nach des Königs Wunsche. Wenn es ihm gelegen ist, bin ich bereit, jetzt oder zu jeder andern Zeit; vorausgesetzt, daß ich so gut imstande bin wie jetzt.

EDELMANN: Der König, die Königin und alle sind auf dem Wege hierher.

HAMLET: Zur guten Stunde.

EDELMANN: Die Königin wünscht, Ihr möchtet Laertes freundschaftlich anreden, ehe Ihr anfangt zu fechten.

HAMLET: Ihr Rat ist gut. *Der Edelmann ab.*

HORATIO: Ihr werdet diese Wette verlieren, mein Prinz.

HAMLET: Ich denke nicht: seit er nach Frankreich ging, bin ich in beständiger Übung geblieben; ich werde bei der ungleichen Wette gewinnen. Aber du kannst dir nicht vorstellen, wie übel es mir hier ums Herz ist. Doch es tut nichts.

HORATIO: Nein, bester Herr –

HAMLET: Es ist nur Torheit; aber es ist eine Art von schlimmer Ahnung, die vielleicht ein Weib ängstigen würde.

HORATIO: Wenn Eurem Gemüt irgend etwas widersteht, so gehorcht ihm: ich will ihrer Hierherkunft zuvorkommen und sagen, daß Ihr nicht aufgelegt seid.

HAMLET: Nicht im geringsten. Ich trotze allen Vorbedeutungen: es waltet eine besondere Vorsehung über den Fall eines Sperlings. Geschieht es jetzt, so geschieht es nicht in Zukunft; geschieht es nicht in Zukunft, so geschieht es jetzt; geschieht es jetzt nicht, so geschieht es doch einmal in Zukunft. In Bereitschaft sein ist alles. Da kein Mensch das wirklich besitzt, was er verläßt, was kommt darauf an, es frühzeitig zu verlassen? Mag's sein.

Es treten auf HOFBEAMTE *mit Kissen*, TROMPETER, TROMMLER, *der* KÖNIG, *die* KÖNIGIN, OSRICK *und der gesamte* HOFSTAAT; *auf einem Tisch werden Rapiere und Dolche bereitgelegt; zuletzt kommt* LAERTES.

KÖNIG: Kommt, Hamlet, kommt! nehmt diese Hand von mir.

Der König legt die Hand des Laertes in die des Hamlet.

HAMLET: Gewährt Verzeihung, Herr; ich tat Euch Unrecht,
Allein verzeiht um Eurer Ehre willen.
Der Kreis hier weiß, Ihr hörtet's auch gewiß,
Wie ich mit schwerem Trübsinn bin geplagt.
Was ich getan,
Das die Natur in Euch, die Ehr und Sitte,
Hart aufgeregt, erklär ich hier für Wahnsinn.
War's Hamlet, der Laertes kränkte? Nein.
Wenn Hamlet von sich selbst geschieden ist
Und, weil er nicht er selbst, Laertes kränkt,
Dann tut es Hamlet nicht, Hamlet verleugnet's.
Wer tut es denn? Sein Wahnsinn. Ist es so,
So ist er ja auf der gekränkten Seite:
Sein Wahnsinn ist des armen Hamlet Feind.
Vor diesen Zeugen, Herr,
Laßt mein Verleugnen aller schlimmen Absicht
So weit vor Eurer Großmut frei mich sprechen,
Wie ich den Pfeil nur sandte übers Haus
Und meinen Bruder traf.

LAERTES: Mir ist genug geschehn für die Natur,
Die mich in diesem Fall am stärksten sollte
Zur Rache treiben. Doch nach Ehrenrechten
Halt ich mich fern und weiß nichts von Versöhnung,
Bis ältre Meister von geprüfter Ehre
Zum Frieden ihren Rat und Spruch verleihn
Für meines Namens Rettung: bis dahin
Empfang ich Eure dargebotne Liebe
Als Lieb und will ihr nicht zu nahe treten.

HAMLET: Gern tret ich bei und will mit Zuversicht
Um diese brüderliche Wette fechten.
Gebt uns Rapiere, kommt!

LAERTES: Kommt, einen mir.
[HAMLET: Ich werde Eure Folie sein, Laertes;
Ein Stern in finstrer Nacht, wird Eure Kunst
Vorleuchten vor der meinen.
LAERTES: Ihr verhöhnt mich.
HAMLET: Bei meinem Leben, nein.]
KÖNIG: Gebt ihnen die Rapiere, junger Osrick.
Ihr wißt doch, Vetter Hamlet, unsre Wette?
HAMLET: Vollkommen: Eure Hoheit hat den Ausschlag
Des Preises auf die schwächre Hand gelegt.
KÖNIG: Ich fürcht es nicht, ich sah euch beide sonst;
Er lernte zu, drum gibt man uns voraus.
LAERTES: Der ist zu schwer, laßt einen andern sehn.
HAMLET: Der steht mir an: sind alle gleicher Länge?

Sie bereiten sich zum Fechten.

OSRICK: Ja, bester Herr.
KÖNIG: Setzt mir die Flaschen Wein auf diesen Tisch.
Wenn Hamlet trifft zum ersten oder zweiten,
Wenn er beim dritten Tausch den Stoß erwidert,
Laßt das Geschütz von allen Zinnen feuern,
Der König trinkt auf Hamlets Wohlsein dann,
Und eine Perle wirft er in den Kelch,
Mehr wert, als die vier Kön'ge nacheinander
In Dänmarks Krone trugen. Gebt die Kelche!
Laßt die Trompete zu der Pauke sprechen,
Die Pauke zu dem Kanoniere draußen,
Zum Himmel das Geschütz, den Himmel zur Erde:
„Jetzt trinkt der König Hamlet zu." – Fangt an,
Und ihr, die Richter, habt ein wachsam Aug.
HAMLET: Kommt, Herr.
LAERTES: Wohlan, mein Prinz.

Sie fechten.

HAMLET: Eins.
LAERTES: Nein.
HAMLET: Richterspruch.
OSRICK: Getroffen, offenbar getroffen!
LAERTES: Gut, noch einmal.
KÖNIG: Halt! Wein her! – Hamlet, diese Perl ist dein,
Hier auf dein Wohl!

Trompetenstoß und Kanonenschüsse hinter der Szene.

Gebt ihm den Kelch.

HAMLET: Ich fecht erst diesen Gang, setzt ihn beiseit. Kommt!

Sie fechten.

Wiederum getroffen; was sagt Ihr?

LAERTES: Berührt! berührt! ich geb es zu.

KÖNIG: Unser Sohn gewinnt.

KÖNIGIN: Er schwitzt, ist außer Atem. –
Hier, Hamlet, nimm mein Tuch, reib dir die Stirn.
Die Königin trinkt auf dein Glück, mein Hamlet.

HAMLET: Gnädige Mutter –

KÖNIG: Gertrud, trink nicht.

KÖNIGIN: Ich will es, mein Gemahl; ich bitt, erlaubt mir.

KÖNIG *beiseite*: Es ist der gift'ge Kelch; es ist zu spät.

HAMLET: Ich darf jetzt noch nicht trinken, gnäd'ge Frau:
Sogleich.

KÖNIGIN: Komm, laß mich dein Gesicht abtrocknen.

LAERTES: Mein Fürst, jetzt treff ich ihn.

KÖNIG: Ich glaub es nicht.

LAERTES *beiseite*: Und doch, beinah ist's gegen mein Gewissen.

HAMLET: Laertes, kommt zum dritten nun: Ihr tändelt.
Ich bitt Euch, stoßt mit Eurer ganzen Kraft;
Ich fürchte, daß Ihr mich zum besten habt.

LAERTES: Meint Ihr? Wohlan!

Sie fechten.

OSRICK: Auf beiden Seiten nichts.

LAERTES: Jetzt seht Euch vor!

Laertes verwundet Hamlet; drauf wechseln sie in der Hitze des Gefechts die Rapiere, und Hamlet verwundet den Laertes.

KÖNIG: Trennt sie, sie sind erhitzt.

HAMLET: Nein, noch einmal!

Die Königin sinkt um.

OSRICK: Seht nach der Königin!

HORATIO: Sie bluten beiderseits. – Wie steht's, mein Prinz?

OSRICK: Wie steht's, Laertes?

LAERTES: Gefangen in der eignen Schlinge, Osrick!
Mich fällt gerechterweise mein Verrat.

HAMLET: Was ist der Königin?

KÖNIG: Sie fällt in Ohnmacht, weil sie bluten sieht.

KÖNIGIN: Nein, nein! der Trank, der Trank! – O lieber Hamlet!
Der Trank, der Trank! – Ich bin vergiftet. *Sie stirbt.*

HAMLET: O Büberei! – Ha! laßt die Türen schließen.
Verrat! sucht, wo er steckt.

Laertes fällt.

LAERTES: Hier, Hamlet. Hamlet, du bist umgebracht.
Kein Mittel in der Welt errettet dich,
In dir ist keine halbe Stunde Leben.
Des Frevels Werkzeug ist in deiner Hand,
Unabgestumpft, vergiftet; meine Arglist
Hat sich auf mich gewendet: sieh! hier lieg ich,
Nie wieder aufzustehn – vergiftet deine Mutter –
Ich kann nicht mehr – des Königs Schuld, des Königs!

HAMLET: Die Spitze auch vergiftet?
So tu denn, Gift, dein Werk! *Er ersticht den König.*

ALLE: Verrat! Verrat!

KÖNIG: Noch helft mir, Freunde! Ich bin nur verwundet.

HAMLET:
Hier, mördrischer, blutschändrischer, verruchter Däne!
Trink diesen Trank aus! – Ist die Perle hier?
Folg meiner Mutter!

Der König stirbt.

LAERTES: Ihm geschieht sein Recht:
Es ist ein Gift, von seiner Hand gemischt.
Laß uns Vergebung wechseln; edler Hamlet!
Mein Tod und meines Vaters komm nicht über dich,
Noch deiner über mich! *Er stirbt.*

HAMLET: Der Himmel mache
Dich frei davon! Ich folge dir. – Horatio,
Ich sterbe. – Arme Königin, fahr wohl!
Ihr, die erblaßt und bebt bei diesem Fall
Und seid nur stumme Hörer dieser Handlung,
Hätt ich nur Zeit – der grause Scherge Tod
Verhaftet schleunig –, o ich könnt euch sagen!
Doch sei es drum. – Horatio, ich bin hin;
Du lebst: erkläre mich und meine Sache
Den Unbefriedigten.

HORATIO: Nein, glaub das nicht,
Ich bin ein alter Römer, nicht ein Däne:
Hier ist noch Trank zurück.

HAMLET: Wo du ein Mann bist,
Gib mir den Kelch! Beim Himmel, laß! ich will ihn!
O Gott! – Welch ein verletzter Name, Freund,
Bleibt alles so verhüllt, wird nach mir leben.
Wenn du mich je in deinem Herzen trugst,

Verbanne noch dich von der Seligkeit
Und atm in dieser herben Welt mit Müh,
Um mein Geschick zu melden. –

Marsch in der Ferne, Schüsse hinter der Szene.

Welch kriegerischer Lärm?

OSRICK: Der junge Fortinbras, der siegreich eben
Zurück von Polen kehrt, gibt den Gesandten
Von England diesen kriegerischen Gruß.

HAMLET: Oh, ich sterbe, Horatio!
Das starke Gift bewältigt meinen Geist;
Ich kann von England nicht die Kunde hören,
Doch prophezei ich: die Erwählung fällt
Auf Fortinbras; er hat mein sterbend Wort;
Das sagt ihm, samt den Fügungen des Zufalls,
Die es dahin gebracht – der Rest ist Schweigen.

Er stirbt.

HORATIO:
Da bricht ein edles Herz. – Gute Nacht, mein Fürst!
Und Engelscharen singen dich zur Ruh! –
Weswegen naht die Trommel?

Marsch hinter der Szene.

FORTINBRAS, *die* ENGLISCHEN GESANDTEN *und* ANDRE *kommen.*

FORTINBRAS: Wo ist dies Schauspiel?

HORATIO: Was ist's, das Ihr zu sehn begehrt? Wenn irgend
Weh oder Wunder, laßt vom Suchen ab.

FORTINBRAS:
Die Niederlage hier schreit Mord. – O stolzer Tod,
Welch Fest geht vor in deiner ew'gen Zelle,
Daß du auf einen Schlag so viele Fürsten
So blutig trafst?

ERSTER GESANDTER: Der Anblick ist entsetzlich,
Und das Geschäft von England kommt zu spät.
Taub sind die Ohren, die Gehör uns sollten
Verleihen, sein Befehl sei ausgeführt
Und Rosenkranz und Güldenstern sei'n tot.
Wo wird uns Dank zuteil?

HORATIO: Aus seinem Munde nicht,
Hätt er dazu die Lebensregung auch.
Er gab zu ihrem Tode nie Befehl.
Doch weil so schnell nach diesem blut'gen Schlag
Ihr von dem Zug nach Polen, Ihr aus England

Hierhergekommen seid, so ordnet an,
Daß diese Leichen hoch auf einer Bühne
Vor aller Augen werden ausgestellt,
Und laßt der Welt, die noch nichts weiß, mich sagen,
Wie alles dies geschah; so sollt ihr hören
Von Taten, fleischlich, blutig, unnatürlich,
Zufälligen Gerichten, blindem Mord;
Von Toden, durch Gewalt und List bewirkt,
Und Plänen, die verfehlt zurückgefallen
Auf der Erfinder Haupt: dies alles kann ich
Mit Wahrheit melden.
FORTINBRAS: Eilen wir zu hören,
Und ruft die Edelsten zu der Versammlung.
Was mich betrifft, mein Glück umfang ich trauernd;
Ich habe alte Recht' an dieses Reich,
Die anzusprechen mich mein Vorteil heißt.
HORATIO: Auch hiervon werd ich Grund zu reden haben,
Und zwar aus dessen Mund, des Stimme mehre
Wird nach sich ziehen; aber laßt uns dies
Sogleich verrichten, weil noch die Gemüter
Der Menschen wild sind, daß kein Unheil mehr
Aus Ränken und Verwirrung mög entstehn.
FORTINBRAS: Laßt vier Hauptleute Hamlet auf die Bühne
Gleich einem Krieger tragen: denn er hätte,
Wär er hinaufgelangt, unfehlbar sich
Höchst königlich bewährt; und bei dem Zug
Laßt Feldmusik und alle Kriegsgebräuche
Laut für ihn sprechen.
Nehmt auf die Leichen! Solch ein Blick wie der
Ziemt wohl dem Feld, doch hier entstellt er sehr.
Geht, heißt die Truppen feuern!

Ein Totenmarsch. Sie gehen ab, indem sie die Leichen wegtragen; hierauf wird eine Artilleriesalve abgefeuert.

KÖNIG LEAR

Personen

Lear, *König von Britannien*
König von Frankreich
Herzog von Burgund
Herzog von Cornwall, *Regans Gemahl*
Herzog von Albanien, *Gonerils Gemahl*
Graf von Kent
Graf von Gloster
Edgar, *Glosters Sohn*
Edmund, *Glosters Bastard*
Curan, *ein Höfling*
Oswald, *Gonerils Haushofmeister*
Ein Arzt
Der Narr
Ein Hauptmann
Ein Edelmann *im Gefolge der Cordelia*
Ein Herold
Ein alter Mann, *Glosters Pächter*
Bediente *von Cornwall*
Goneril, Regan, Cordelia | *Lears Töchter*
Ritter im Gefolge des Königs, Offiziere, Boten, Soldaten und Gefolge

Die Szene ist in Britannien.

ERSTER AUFZUG

ERSTE SZENE

König Lears Palast.

KENT, GLOSTER *und* EDMUND.

KENT: Ich dachte, der König sei dem Herzog von Albanien gewogener als dem von Cornwall.

GLOSTER: So schien es uns immer; doch jetzt bei der Teilung des Reichs zeigt sich's nicht, welchen der beiden Herzoge er höher schätzt. Denn so gleichmäßig sind die Teile abgewogen, daß die genaueste Forschung selbst sich für keine der Hälften entscheiden könnte.

KENT: Ist das nicht Euer Sohn, Mylord?

GLOSTER: Seine Erziehung ist mir zur Last gefallen: ich mußte so oft erröten, ihn anzuerkennen, daß ich nun dagegen gestählt bin.

KENT: Ich verstehe Euch nicht.

GLOSTER: Seine Mutter und ich verstanden uns nur zu gut, worauf ihr Leib sich rundete und sie früher einen Sohn für ihre Wiege hatte als einen Mann für ihr Bett. Merkt Ihr was von einem Fehltritt?

KENT: Ich kann den Fehltritt nicht ungeschehen wünschen, da der Erfolg davon so anmutig ist.

GLOSTER: Doch habe ich auch einen rechtmäßigen Sohn, etwa ein Jahr älter als dieser, den ich aber darum nicht höher schätze. Obgleich dieser Schelm etwas vorwitzig in die Welt kam, eh er gerufen ward, so war doch seine Mutter schön, es ging lustig her bei seinem Entstehen, und der Bankert durfte nicht verleugnet werden. Kennst du diesen edlen Herrn, Edmund?

EDMUND: Nein, Mylord.

GLOSTER: Mylord von Kent: gedenke sein hinfort als meines geehrten Freundes.

EDMUND: Mein Dienst sei Euer Gnaden gewidmet.

KENT: Ich muß Euch lieben und bitte um Eure nähere Bekanntschaft.

EDMUND: Ich werde sie zu verdienen suchen.

GLOSTER: Er war neun Jahre im Auslande und soll wieder fort. Der König kommt!

Man hört Trompeten.

KÖNIG LEAR, CORNWALL, ALBANIEN, GONERIL, REGAN, CORDELIA *und* GEFOLGE *treten auf.*

LEAR: Führt ein die Herrn von Frankreich und Burgund, Gloster!

GLOSTER: Sehr wohl, mein König!

Gloster und Edmund ab.

LEAR: Derweil enthülln wir den verschwiegnen Vorsatz.
Die Karte dort! – Wißt, daß wir unser Reich
Geteilt in drei. 's ist unser fester Schluß,
Von unserm Alter Sorg und Müh zu schütteln,
Sie jüngrer Kraft vertrauend, während wir
Zum Grab entbürdet wanken. Sohn von Cornwall
Und Ihr, gleich sehr geliebter Sohn Albanien,
Wir sind jetzund gewillt, bekanntzumachen
Der Töchter festbeschiedne Mitgift, daß
Wir künft'gem Streite so begegnen. –
Die Fürsten Frankreich und Burgund, erhabne
Mitwerber um der jüngern Tochter Gunst,
Verweilten lange hier in Liebeswerbung
Und harrn auf Antwort. – Sagt mir, meine Töchter
– Da wir uns jetzt entäußern der Regierung,
Des Landbesitzes und der Staatsgeschäfte –,
Welche von euch liebt uns nun wohl am meisten?
Daß wir die reichste Gabe spenden, wo
Verdienst sie und Natur heischt. Goneril,
Du Erstgeborne, sprich zuerst!

GONERIL: Mein Vater,
Mehr lieb ich Euch, als Worte je umfassen,
Weit inniger als Licht und Luft und Freiheit,
Weit mehr, als was für reich und selten gilt,
Wie Schmuck des Lebens, Wohlsein, Schönheit, Ehre,
Wie je ein Kind geliebt, ein Vater Liebe fand.
Der Atem dünkt mich arm, die Sprache stumm,
Weit mehr als alles das lieb ich Euch noch.

CORDELIA *beiseite*: Was soll Cordelia tun? Sie liebt und schweigt.

LEAR: All dies Gebiet, von dem zu jenem Strich,
An schatt'gen Forsten und Gefilden reich,
An vollen Strömen und weit grünen Triften,
Beherrsche du: dir und Albaniens Stamm
Sei dies auf ewig. Was sagt unsre zweite Tochter,
Die teure Regan, Cornwalls Gattin? Sprich!
REGAN: Ich bin vom selben Stoff wie meine Schwester
Und schätze mich ihr gleich. Mein treues Herz
Fühlt, all mein Lieben hat sie Euch genannt;
Nur bleibt sie noch zurück: denn ich erkläre
Mich als die Feindin jeder andern Lust,
Die in der Sinne reichstem Umkreis wohnt,
Und fühl in Eurer teuren Hoheit Liebe
Mein einzig Glück.
CORDELIA *beiseite*: Arme Cordelia dann! –
Und doch nicht arm; denn meine Lieb, ich weiß,
Wiegt schwerer als mein Wort.
LEAR: Dir und den Deinen bleib als Erb auf immer
Dies zweite Dritteil unsers schönen Reichs,
An Umfang, Wert und Anmut minder nicht,
Als was ich Gonril gab. Nun unsre Freude,
Du jüngste, nicht geringste, deren Liebe
Die Weine Frankreichs und die Milch Burgunds
Nachstreben; was sagst du, dir zu gewinnen
Ein reichres Dritteil als die Schwestern? Sprich!
CORDELIA: Nichts, gnäd'ger Herr!
LEAR: Nichts?
CORDELIA: Nichts.
LEAR: Aus nichts kann nichts entstehn: sprich noch einmal.
CORDELIA: Ich Unglücksel'ge, ich kann nicht mein Herz
Auf meine Lippen heben; ich lieb Eur Hoheit,
Wie's meiner Pflicht geziemt, nicht mehr, nicht minder.
LEAR: Wie? Wie? Cordelia! Beßre deine Rede,
Sonst schadst du deinem Glück.
CORDELIA: Mein teurer Herr,
Ihr zeugtet, pflegtet, liebtet mich; und ich
Erwidr Euch diese Wohltat, wie ich muß,
Gehorch Euch, lieb Euch und verehr Euch hoch.
Wozu den Schwestern Männer, wenn sie sagen,
Sie lieben Euch nur? Würd ich je vermählt,
So folgt' dem Mann, der meinen Schwur empfing,

Halb meine Treu, halb meine Lieb und Pflicht.
Gewiß, nie werd ich frein wie meine Schwestern,
Den Vater nur allein zu lieben.

LEAR: Und kommt dir das von Herzen?

CORDELIA: Ja, mein Vater!

LEAR: So jung und so unzärtlich?

CORDELIA: So jung, mein Vater, und so wahr.

LEAR: Sei's drum. Nimm deine Wahrheit dann zur Mitgift:
Denn bei der Sonne heil'gem Strahlenkreis,
Bei Hekates Mysterien und der Nacht,
Bei allen Kräften der Planetenbahn,
Durch die wir leben und dem Tod verfallen,
Sag ich mich los hier aller Vaterpflicht,
Aller Gemeinsamkeit und Blutsverwandtschaft,
Und wie ein Fremdling meiner Brust und mir
Sei du von jetzt auf ewig. Der rohe Skythe,
Ja der die eignen Kinder macht zum Fraß,
Zu sätt'gen seine Gier, soll meinem Herzen
So nah stehn, gleichen Trost und Mitleid finden
Wie du, mein weiland Kind.

KENT: O edler König!

LEAR: Schweig, Kent!
Tritt zwischen den Drachen nicht und seinen Grimm;
Sie war mein Liebling, und ich hofft auf Trost
Von ihrer sanften Pflege. Fort! mir aus den Augen! –
Sei Friede so mein Grab, wie ich von ihr
Mein Vaterherz losreiße. – Ruft mir Frankreich!
Wer rührt sich? Ruft Burgund! – Ihr, Cornwall und Albanien,
Zu meiner Töchter Mitgift schlagt dies Dritteil. –
Stolz, den sie Gradheit nennt, vermähle sie!
Euch beide kleid ich hier in meine Macht,
Vorrang der Würd und allerhöchsten Glanz,
Der Majestät umgibt. Wir, nach der Monde Lauf,
Mit Vorbehalt allein von hundert Rittern,
Die ihr erhaltet, wohnen dann bei euch,
Nach Ordnung wechselnd. Wir bewahren nur
Den Namen und des Königs Ehrenrecht; –
Die Macht,
Verwaltung, Rent und alle Staatsgewalt,
Geliebte Söhn, ist euer. Des zum Zeugnis
Teilt diesen goldnen Reif.

KENT: Erhabner Lear,
Den ich als meinen König stets geehrt,
Geliebt als Vater und als Herrn begleitet,
Als höchsten Hort einschloß in mein Gebet –
LEAR: Der Bogen ist gespannt, entflieh dem Pfeil!
KENT: Er falle nur, ob auch die Spitze
Ins Herz mir bohrt. Sei Kent nur ohne Sitte,
Wenn Lear verrückt. Was tust du, alter Mann?
Meinst du, daß Pflicht zu reden scheut, weil Macht
Zum Schmeicheln sinkt? – Die Ehre fordert Gradheit,
Wenn Kön'ge töricht werden. Bleibe Herrscher,
Und mit der besten Überlegung hemme
Die frevle Eil. Mit meinem Leben bürg ich,
Die jüngre Tochter liebt dich minder nicht
Noch ist der ohne Herz, des schwacher Klang
Nicht Hohlheit widertönt.
LEAR: Schweig, Kent, bei deinem Leben.
KENT: Mein Leben galt mir stets nur als ein Pfand,
Zu wagen gegen deinen Feind; gern opfr ich's
Für deine Wohlfahrt.
LEAR: Aus den Augen mir!
KENT: Sieh besser, Lear, und laß mich immer bleiben
Der Zielpunkt deines Auges.
LEAR: Nun, beim Apoll!
KENT: Nun, beim Apollo, König,
Du rufst vergeblich deine Götter an.
LEAR: O Sklav! – Nichtswürd'ger!
Legt die Hand ans Schwert.
ALBANIEN *und* CORNWALL: Teurer Herr, laß ab!
KENT: Tu's, töte deinen Arzt und gib den Lohn
Der schnöden Krankheit. Nimm zurück die Schenkung,
Sonst, bis der Kehle Kraft versagt zu schrein,
Sag ich dir, du tust unrecht.
LEAR: Höre mich!
Rebell, bei deiner Lehnspflicht, höre mich!
Weil du zum Wortbruch uns verleiten wolltest
– Den wir noch nie gewagt – und stolz verwegen
Dich drängtest zwischen unsern Spruch und Thron
– Was unser Blut und Rang nicht dulden darf –,
Sprech ich als Herrscher jetzt: Nimm deinen Lohn.
Fünf Tage gönnen wir, dich zu versehn

Mit Schirmung vor des Lebens Ungemach:
Am sechsten kehrst du den verhaßten Rücken
Dem Königreich, und weilt am zehnten Tag
In unserm Lande dein verbannter Leib,
So ist's dein Tod. Hinweg! Bei Jupiter,
Dies widerruf ich nicht.

KENT: So leb denn wohl, Fürst. Zeigst du so dich, Lear,
Lebt Freiheit auswärts und Verbannung hier.
Zu Cordelia: Dir, Jungfrau, sei'n die Götter mächt'ger Hort,
Die richtig denkt und sprach das rechte Wort.
Zu Goneril und Regan:
Eur breites Reden sei durch Tat bewährt,
Daß Liebeswort willkommne Frucht gebärt.
Fahrt wohl, ihr Fürsten all: Kent muß von hinnen,
Im neuen Land ein Schicksal zu gewinnen. *Ab.*

GLOSTER *kommt zurück mit* FRANKREICH, BURGUND *und* GEFOLGE.

GLOSTER: Hier sind Burgund und Frankreich, hoher Herr!

LEAR: Fürst von Burgund,
Zu Euch erst sprech ich, der mit diesem König
Um unsre Tochter warb. Was als das Mindste
Erwartet Ihr als Mitgift, oder steht
Von Euerm Antrag ab?

BURGUND: Erhabner König,
Mir gnügt, was Ihr freiwillig habt geboten,
Und wen'ger gebt Ihr nicht.

LEAR: Mein würd'ger Herzog,
Als sie uns wert war, schätzten wir sie so;
Nun ist ihr Preis gesunken. Seht, da steht sie:
Wenn etwas an der kleinen, schmucken Larve
Oder sie ganz mit unserm Zorn dazu,
Und weiter nichts, Eur Hoheit noch gefällt,
So nehmt sie, sie ist Eur.

BURGUND: Mir fehlt die Antwort.

LEAR: Herr!
Wollt Ihr mit allen Mängeln, die ihr eigen,
Freundlos und neuverschwistert unserm Haß,
Zur Mitgift Fluch, durch Schwur von uns entfremdet,
Sie nehmen oder lassen?

BURGUND: Herr, verzeiht,
Mit der Bedingung endigt jede Wahl.

LEAR: So laßt sie; bei der Macht, die mich erschuf,
Ich nannt Euch all ihr Gut. *Zu Frankreich:* Ihr, großer König –
Nicht so weit möcht ich Eurer Lieb entwandern,
Euch zu vermählen, wo ich hasse. Lenkt
Zu besserm Ziel, ich bitt Euch, Eure Wünsche
Als auf dies Wesen, das Natur errötet
Anzuerkennen.

FRANKREICH: Wahrlich, dies ist seltsam!
Daß sie, die eben noch Eur Kleinod war,
Der Inhalt Eures Lobs, Balsam des Alters,
Eur Bestes, Teuerstes, in diesem Nu
So Unerhörtes tat, ganz zu zerreißen
Solch reichgewebte Gunst. Traun, ihr Vergehn
Muß unnatürlich, ungeheuer sein,
Oder die Liebe, deren Ihr Euch rühmtet,
Ist tadelnswert. So schlimm von ihr zu denken
Heischt Glauben, wie Vernunft ihn ohne Wunder
Mir nimmer einimpft.

CORDELIA: Dennoch bitt ich, Herr
– Ermangl ich auch der schlüpfrig glatten Kunst,
Zu reden nur zum Schein: denn was ich ernstlich will,
Vollbring ich, eh ich's sage –, daß Ihr zeugt,
Es sei kein schnöder Makel, Mord noch Schmach,
Kein zuchtlos Tun noch ehrvergeßner Schritt,
Der mir geraubt hat Eure Gnad und Huld.
Nur weil mir fehlt – wodurch ich reicher bin –
Ein stets begehrend Aug und eine Zunge,
Die ich mit Stolz entbehr, obgleich ihr Mangel
Mir Euern Beifall raubte.

LEAR: Besser wär's,
Du lebtest nicht, als mir zur Kränkung leben!

FRANKREICH: Ist es nur das? Ein Zaudern der Natur,
Das oft die Tat unausgesprochen läßt,
Die es zu tun denkt? – Herzog von Burgund,
Was sagt Ihr zu der Braut? Lieb ist nicht Liebe,
Wenn sie vermengt mit Rücksicht, die seitab
Vom wahren Ziel sich wendet. Wollt Ihr sie?
Sie selbst ist ihre Mitgift.

BURGUND: Hoher Lear,
Gebt mir den Anteil, den Ihr selbst bestimmt,

Und hier nehm ich Cordelia bei der Hand
Als Herzogin Burgunds.
LEAR: Nichts! Ich beschwor's, ich bleibe fest.
BURGUND: Dann tut mir's leid, daß Ihr zugleich den Vater
Verliert und den Gemahl.
CORDELIA: Fahr hin, Burgund!
Da Wunsch nur nach Besitz sein Lieben ist,
Werd ich nie seine Gattin.
FRANKREICH: Schönste Cordelia, du bist arm höchst reich;
Verbannt höchst wert; verachtet höchst geliebt!
Dich nehm ich in Besitz und deinen Wert.
Gesetzlich sei, zu nehmen, was man wegwarf.
Wie seltsam, Götter! Meiner Liebe Glühn
Und Ehrfurcht muß aus kaltem Hohn erblühn.
Sie mußte Erb und Glück bei dir verlieren,
Um über uns und Frankreich zu regieren.
Kein Herzog von Burgunds stromreichen Auen
Erkauft von mir die teuerste der Frauen!
Den Harten gib ein mildes Abschiedswort,
Das Hier verlierst du für ein beßres Dort.
LEAR: Du hast sie, Frankreich, sie sei dein; denn nie
Hatt ich solch Kind, und nimmer grüße sie
Mein altes Auge mehr. Folg deinen Wegen
Ohn unsre Lieb und Gunst, ohn unsren Segen.
Kommt, edler Fürst Burgund!
Trompetengetön. Lear, Burgund, Cornwall, Albanien, Gloster und Gefolge gehen ab.
FRANKREICH: Sag deinen Schwestern Lebewohl.
CORDELIA *beiseite*: Des Vaters Edelsteinen! – *Laut:* Nassen Blicks
Verläßt Cordelia euch. *Beiseite:* Ich kenn euch wohl
Und nenn als Schwester eure Fehler nicht
Beim wahren Namen. *Laut:* Liebt denn unsern Vater,
Ich leg ihn euch ans vielberedte Herz.
Beiseite: Doch ach, wär ich ihm lieb noch wie vorzeiten,
Wollt ich ihm einen bessern Platz bereiten.
Laut: So lebt denn beide wohl!
REGAN: Lehr uns nicht unsre Pflichten.
GONERIL: Dem Gemahl
Such zu genügen, der als Glücksalmosen
Dich aufnahm. Du verschmähst der Liebe Band,
Mit Recht entzieht sich dir, was du verkannt.

CORDELIA: Was List verborgen, wird ans Licht gebracht,
Wer Fehler schminkt, wird einst mit Spott verlacht.
Es geh euch wohl!

FRANKREICH: Komm, liebliche Cordelia!

Frankreich und Cordelia gehen ab.

GONERIL: Schwester, ich habe nicht wenig zu sagen, was uns beide sehr nahe angeht. Ich denke, unser Vater will heut abend fort.

REGAN: Ja, gewiß, und zu dir; nächsten Monat zu uns.

GONERIL: Du siehst, wie launisch sein Alter ist; was wir darüber beobachten konnten, war bedeutend. Er hat immer unsere Schwester am meisten geliebt, und mit wie armseligem Urteil er sie jetzt verstieß, ist zu auffallend.

REGAN: 's ist die Schwäche seines Alters: doch hat er sich von jeher nur obenhin gekannt.

GONERIL: Schon in seiner besten und kräftigsten Zeit war er zu hastig: wir müssen also von seinen Jahren nicht nur die Unvollkommenheiten längst eingewurzelter Gewohnheiten erwarten, sondern außerdem noch den störrischen Eigensinn, den gebrechliches und reizbares Alter mit sich bringt.

REGAN: Solch haltungsloses Auffahren wird uns nun auch bevorstehen wie diese Verbannung Kents.

GONERIL: Dergleichen Abschiedskomplimente wird's noch mehr geben wie zwischen Frankreich und ihm: bitt Euch, laßt uns zusammenhalten. Behauptet unser Vater sein Ansehn mit solchen Gesinnungen, so wird jene letzte Übertragung seiner Macht uns nur zur Kränkung.

REGAN: Wir wollen es weiter überlegen.

GONERIL: Es muß etwas geschehen, und in der ersten Hitze.

Sie gehn ab.

Zweite Szene

Schloß des Grafen Gloster.

EDMUND *mit einem Brief.*

EDMUND: Natur, du meine Göttin! Deiner Satzung
Gehorch ich einzig. Weshalb sollt ich dulden
Die Plagen der Gewohnheit und gestatten,
Daß mich der Völker Eigensinn enterbt,
Weil ich ein zwölf, ein vierzehn Mond' erschien

Nach einem Bruder? – Was Bastard? Weshalb unecht?
Wenn meiner Glieder Maß so stark gefügt,
Mein Sinn so kühn, so adlig meine Züge,
Wie einer Ehgemahlin Frucht! Warum
Mit unecht uns brandmarken? Bastard? Unecht?
Uns, die im heißen Diebstahl der Natur
Mehr Stoff empfahn und kräft'gern Feuergeist,
Als in verdumpftem, trägem, schalem Bett
Verwandt wird auf ein ganzes Heer von Tröpfen,
Halb zwischen Schlaf gezeugt und Wachen? Drum,
Echtbürt'ger Edgar! mein wird noch dein Land: –
Des Vaters Liebe hat der Bastard Edmund
Wie der Echtbürt'ge. Schönes Wort: echtbürtig!
Wohl, mein Echtbürt'ger, wenn dies Brieflein wirkt
Und mein Erfinden glückt, stürzt den Echtbürt'gen
Der Bastard Edmund. Ich gedeih, ich wachse!
Nun, Götter, schirmt Bastarde!

GLOSTER *kommt.*

GLOSTER: Kent so verbannt! – Frankreich im Zorn gegangen!
Der König fort zur Nacht! – Der Kron entsagt! –
Beschränkt auf Unterhalt! – Und alles das
Im Nu! – Edmund! Was gibt's? Was hast du Neues?

EDMUND *steckt den Brief ein*: Verzeih Euer Gnaden, nichts.

GLOSTER: Warum steckst du so eilig den Brief ein?

EDMUND: Ich weiß nichts Neues, Mylord.

GLOSTER: Was für ein Blatt lasest du?

EDMUND: Nichts, Mylord.

GLOSTER: Nichts? – Wozu denn die erschreckliche Eil damit in deine Tasche? – Ein eigentliches Nichts bedarf keiner solchen Hast, sich zu verstecken. Laß sehn. Gib! Wenn es nichts ist, brauche ich keine Brille.

EDMUND: Ich bitte, Herr, verzeiht; es ist ein Brief meines Bruders, den ich noch nicht ganz durchgesehen, und soweit ich bis jetzt las, finde ich den Inhalt nicht für Eure Durchsicht geeignet.

GLOSTER: Gib mir den Brief, sag ich.

EDMUND: Ich werde unrecht tun, ich mag ihn geben oder behalten. Der Inhalt, soweit ich ihn verstehe, ist zu tadeln.

GLOSTER: Laß sehn, laß sehn.

EDMUND: Ich hoffe zu meines Bruders Rechtfertigung, er schrieb dies nur als Prüfung und Versuchung meiner Tugend.

GLOSTER *liest*: „Dieses Herkommen, diese Ehrfurcht vor dem Alter verbittert uns die Welt für unsre besten Jahre; entzieht uns unser Vermögen, bis unsre Hinfälligkeit es nicht mehr genießen kann. Ich fange an, eine alberne, törichte Sklaverei in diesem Druck bejahrter Tyrannei zu finden, die da herrscht, nicht weil sie Macht hat, sondern weil man sie duldet. Komm zu mir, daß ich weiter hierüber rede. Wenn unser Vater schlafen wollte, bis ich ihn weckte, solltest du für immer die Hälfte seiner Einkünfte genießen und der Liebling sein deines Bruders Edgar." – Hum! – Verschwörung! – Schlafen wollte, bis ich ihn weckte – die Hälfte seiner Einkünfte genießen – mein Sohn Edgar! Hatte er eine Hand, dies zu schreiben? Ein Herz und ein Gehirn, dies auszubrüten? Wann bekamst du dies? Wer brachte dir's?

EDMUND: Es ward mir nicht gebracht, Mylord, das ist die Feinheit; ich fand's durch das Fenster meines Zimmers geworfen.

GLOSTER: Du erkennst deines Bruders Handschrift?

EDMUND: Wäre der Inhalt gut, Mylord, so wollte ich darauf schwören; aber wenn ich auf diesen sehe, so möchte ich lieber glauben, sie sei es nicht.

GLOSTER: Es ist seine Hand.

EDMUND: Sie ist's, Mylord, aber ich hoffe, sein Herz ist dem Inhalte fern.

GLOSTER: Hat er dich nie zuvor über diesen Punkt ausgeforscht?

EDMUND: Niemals, Mylord; doch habe ich ihn oft behaupten hören, wenn Söhne in reifen Jahren und die Väter auf der Neige ständen, dann sei von Rechts wegen der Vater des Sohnes Mündel und der Sohn Verwalter des Vermögens.

GLOSTER: O Schurke, Schurke! – Völlig der Sinn seines Briefes! – Verruchter Bube! Unnatürlicher, abscheulicher, viehischer Schurke! Schlimmer als viehisch! – Geh gleich, such ihn auf, ich will ihn festnehmen. – Verworfener Bösewicht! – Wo ist er?

EDMUND: Ich weiß es nicht genau, Mylord. Wenn es Euch gefiele, Euren Unwillen gegen meinen Bruder zurückzuhalten, bis Ihr ihm ein beßres Zeugnis seiner Absichten entlocken könnt, so würdet Ihr sichrer gehen; wollt Ihr aber gewaltsam gegen ihn verfahren und hättet Euch in seiner Absicht geirrt, so würde es Eure Ehre tödlich verwunden und das Herz seines Gehorsams zertrümmern. Ich möchte mein Leben für ihn zum Pfande setzen, daß er dies geschrieben hat, um meine Ergebenheit gegen Euch, Mylord, auf die Probe zu stellen, ohne eine gefährliche Absicht.

GLOSTER: Meinst du?

EDMUND: Wenn's Eur Gnaden genehm ist, stell ich Euch an einen Ort, wo Ihr uns darüber reden hören und Euch durch das Zeugnis Eures eignen Ohrs Gewißheit verschaffen sollt; und das ohne Verzug, noch diesen Abend.

GLOSTER: Er kann nicht solch ein Ungeheuer sein.

EDMUND: Und ist's gewiß nicht.

GLOSTER: Gegen seinen Vater, der ihn so ganz, so zärtlich liebt! Himmel und Erde! Edmund, such ihn auf! – Forsche mir ihn aus, ich bitte dich, führe das Geschäft nach deiner eignen Klugheit: ich könnte nicht Vater sein, wenn ich hierzu die nötige Entschlossenheit besäße.

EDMUND: Ich will ihn sogleich aufsuchen, Mylord, die Sache fördern, wie ich's vermag, und Euch von allem Nachricht geben.

GLOSTER: Jene letzten Verfinsterungen an Sonne und Mond weissagen uns nichts Gutes. Mag die Wissenschaft der Natur sie so oder anders auslegen, die Natur empfindet ihre Geißel an den Wirkungen, die ihnen folgen: Liebe erkaltet, Freundschaft fällt ab, Brüder entzweien sich; in Städten Meuterei, auf dem Lande Zwietracht, in Palästen Verrat; das Band zwischen Sohn und Vater zerrissen: dieser mein Bube bestätigt diese Vorzeichen; da ist Sohn gegen Vater. Der König weicht aus dem Gleis der Natur, da ist Vater gegen Kind. Wir haben das Beste unsrer Zeit gesehn: Ränke, Herzlosigkeit, Verrat und alle zerstörenden Umwälzungen folgen uns rastlos bis an unser Grab. Erforsche mir den Buben, Edmund, es soll dein Schade nicht sein; tu's mit allem Eifer. Und der edle, treugeherzte Kent verbannt! Sein Verbrechen Redlichkeit! – Seltsam, seltsam! *Ab.*

EDMUND: Das ist die ausbündige Narrheit dieser Welt, daß, wenn wir an Glück krank sind – oft durch die Übersättigung unsres Wesens –, wir die Schuld unsrer Unfälle auf Sonne, Mond und Sterne schieben, als wenn wir Schurken wären durch Notwendigkeit, Narren durch himmlische Einwirkung, Schelme, Diebe und Verräter durch die Übermacht der Sphären, Trunkenbolde, Lügner und Ehebrecher durch erzwungene Abhängigkeit von planetarischem Einfluß und alles, worin wir schlecht sind, durch göttlichen Anstoß. Eine herrliche Ausflucht für den Liederlichen, seine hitzige Natur den Sternen zur Last zu legen! – Mein Vater ward mit meiner Mutter einig unterm Drachenschwanz, und meine Nativität fiel unter *ursa major;* und so folgt denn, ich müsse rauh und verbuhlt sein. Ei was, ich wäre geworden, was ich bin, wenn auch der jungfräulichste Stern am Firmament auf meine Bastardisierung geblinkt hätte. Edgar –

EDGAR *tritt auf.*

Und husch ist er da wie die Katastrophe in der alten Komödie. Mein Stichwort ist „spitzbübische Melancholie“ und ein Seufzer wie Tom aus Bedlam. – Oh, diese Verfinsterungen deuten diesen Zwiespalt! Fa, sol, la, mi –

EDGAR: Wie geht's, Bruder Edmund? In was für tiefsinnigen Betrachtungen?

EDMUND: Ich sinne, Bruder, über eine Weissagung, die ich dieser Tage las, was auf diese Verfinsterungen folgen werde!

EDGAR: Gibst du dich mit solchen Dingen ab?

EDMUND: Ich versichre dich, die Wirkungen, von denen er schreibt, treffen leider ein! – Unnatürlichkeit zwischen Vater und Kind – Tod, Teuerung, Auflösung alter Freundschaft, Spaltung im Staat, Drohungen und Verwünschungen gegen König und Adel, grundloses Mißtrauen, Verbannung von Freunden, Auflösung des Heers, Trennung der Ehen und was noch alles!

EDGAR: Seit wann gehörst du zur astronomischen Sekte?

EDMUND: Laß das! Wann sahst du meinen Vater zuletzt?

EDGAR: Nun, gestern abend.

EDMUND: Sprachst du mit ihm?

EDGAR: Ja, zwei volle Stunden.

EDMUND: Schiedet ihr in gutem Einvernehmen? Bemerktest du kein Mißfallen an ihm in Worten oder Mienen?

EDGAR: Durchaus nicht.

EDMUND: Besinne dich, womit du ihn beleidigt haben könntest, und ich bitte dich, meide seine Gegenwart, bis eine kurze Zwischenzeit die Hitze seines Zorns abgekühlt hat, der jetzt so in ihm wütet, daß ihn kaum eine Mißhandlung an deiner Person besänftigen würde.

EDGAR: Irgendein Schurke hat mich angeschwärzt!

EDMUND: Das fürcht ich auch. Ich bitte dich, weiche ihm sorgfältig aus, bis die Heftigkeit seines Ingrimms nachläßt, und, wie gesagt, verbirg dich bei mir in meinem Zimmer, wo ich's einrichten will, daß du den Grafen reden hören sollst. Ich bitte dich, geh, hier ist mein Schlüssel. Wagst du dich hervor, so geh bewaffnet.

EDGAR: Bewaffnet, Bruder?

EDMUND: Bruder, ich rate dir dein Bestes: geh bewaffnet: ich will nicht ehrlich sein, wenn man Gutes gegen dich im Schilde führt. Ich habe dir nur schwach angedeutet, was ich sah und hörte; längst noch nicht, wie entsetzlich die Wirklichkeit ist. Bitte dich, fort!

EDGAR: Werd ich bald von dir hören?

EDMUND: Zähle auf mich in dieser Sache.

Edgar geht ab.

Ein gläub'ger Vater und ein edler Bruder,
So fern von allem Unrecht, daß er nie
Argwohn gekannt, des dumme Ehrlichkeit
Mir leichtes Spiel gewährt! Ich seh den Ausgang:
Wenn nicht Geburt, schafft List mir Land und Leute;
Und was mir nützt, das acht ich gute Beute. *Ab.*

DRITTE SZENE

Vor dem Palast des Herzogs von Albanien.

GONERIL *und der* HAUSHOFMEISTER.

GONERIL: Schlug mein Vater meinen Diener, weil er seinen Narren schalt?

HAUSHOFMEISTER: Ja, gnäd'ge Frau!

GONERIL: Bei Tag und Nacht, er kränkt mich! – Jede Stunde
Bricht er hervor mit der und jener Untat,
Die uns verstimmt und stört: ich duld es nicht.
Die Ritter werden frech, er selber schilt
Um jeden Tand. Wenn er vom Jagen kommt,
Will ich ihn jetzt nicht sehn; sag, ich sei krank.
Wenn Ihr in Eurem Dienst saumsel'ger werdet,
So tut Ihr recht, die Schuld nehm ich auf mich.

Trompeten.

HAUSHOFMEISTER:
Jetzt kommt er, gnäd'ge Frau, ich hör ihn schon.

GONERIL: Zeigt ihm so träge Lässigkeit ihr wollt,

Du und die andern; ich wollt, es käm zur Sprache.
Wenn's ihm mißfällt, so zieh er hin zur Schwester,
Die darin, weiß ich, einig ist mit mir
Und sich nicht meistern läßt. Der greise Tor,
Der immer noch die Macht behaupten will,
Die er verschenkt hat! Nun, bei meinem Leben,
Das Alter kehrt zur Kindheit, und es braucht
Der strengen Zucht, wenn Güte ward mißbraucht.
Merk dir, was ich gesagt.

HAUSHOFMEISTER: Wohl, gnäd'ge Frau!

GONERIL: Und seinen Rittern gönnt nur kalte Blicke,
Was draus erwächst, gleichviel; sagt das den andern auch.
Ich nehme wohl Gelegenheit hieraus,
Mich zu erklären. Meiner Schwester schreib ich gleich,
Daß sie verfährt wie ich. Besorg das Mahl.

Sie gehn ab.

VIERTE SZENE

Ebendaselbst.

KENT *tritt auf, verkleidet.*

KENT: Kann ich so gut nur fremde Sprache borgen,
Die meine Red entstellt, so mag vielleicht
Mein guter Will in vollem Maß erstreben
Das Ziel, um das mein Wesen ich verhüllte. –
Nun, du verbannter Kent,
Kannst du dort dienen, wo man dich verdammt
– Und geb es Gott –, soll dein geliebter Herr
Dich unermüdlich finden.

Jagdhörner hinter der Szene; LEAR, RITTER *und* GEFOLGE *treten auf.*

LEAR: Laßt mich keinen Augenblick auf das Essen warten; geht, laßt anrichten.

Einer vom Gefolge geht ab.

Nun, wer bist du?

KENT: Ein Mann, Herr!

LEAR: Was ist dein Beruf? Was willst du von uns?

KENT: Mein Beruf ist, nicht weniger zu sein, als ich scheine; dem treu zu dienen, der's mit mir versuchen will; den zu lieben, der ehrlich ist; mit dem zu verkehren, der Verstand hat und wenig spricht; den guten Leumund zu achten, zu fechten, wenn ich's nicht ändern kann, und keine Fische zu essen.

LEAR: Wer bist du?

KENT: Ein recht treuherziger Kerl und so arm wie der König.

LEAR: Wenn du als Untertan so arm bist wie er als König, dann bist du arm genug. Was willst du?

KENT: Dienst.

LEAR: Wem willst du dienen?

KENT: Euch.

LEAR: Kennst du mich, Alter?

KENT: Nein; aber Ihr habt etwas in Euerm Wesen, das ich gern Herr nennen möchte.

LEAR: Was ist das?

KENT: Hoheit.

LEAR: Was für Dienste kannst du tun?

KENT: Ich kann ein erlaubtes Geheimnis verschweigen, reiten, laufen, eine hübsche Geschichte langweilig erzählen und eine deutliche Botschaft schlicht bestellen: wozu ein gewöhnlicher Mensch brauchbar ist, dafür tauge ich, und das Beste an mir ist Eifer.

LEAR: Wie alt bist du?

KENT: Nicht so jung, Herr, ein Mädchen ihres Gesanges wegen zu lieben, noch so alt, um ohne alle Ursache in sie vergafft zu sein; ich habe achtundvierzig Jahre auf dem Rücken.

LEAR: Folge mir, du sollst mir dienen; wenn du mir nach dem Essen nicht schlechter gefällst, so trennen wir uns nicht so bald. – Das Essen, holla! das Essen! – Wo ist mein Bursch, mein Narr? – Geh einer und ruf mir meinen Narren her!

Der HAUSHOFMEISTER *kommt.*

Ihr da! – He! – Wo ist meine Tochter?

HAUSHOFMEISTER: Verzeiht mir – *Ab.*

LEAR: Was sagt der Schlingel da? Ruft den Tölpel zurück. Wo ist mein Narr, he? – Ich glaube, die Welt liegt im Schlaf. Nun? Wo bleibt der Lümmel?

RITTER: Er sagt, Mylord, Eurer Tochter sei nicht wohl.

LEAR: Warum kam denn der Flegel nicht zurück, als ich ihn rief?

RITTER: Herr, er sagte mir sehr rundheraus, er wolle nicht.

LEAR: Er wolle nicht?

RITTER: Mylord, ich weiß nicht, was vorgeht; aber nach meiner Ansicht begegnet man Eurer Hoheit nicht mehr mit der ehrerbietigen Aufmerksamkeit, wie man pflegte; es zeigt sich ein großes Abnehmen der Höflichkeit sowohl bei der Dienerschaft als auch beim Herzog und Eurer Tochter selbst.

LEAR: Ha! Meinst du?

RITTER: Ich bitte Euch, verzeiht mir, Mylord, wenn ich mich irre, denn mein Diensteifer kann nicht schweigen, wenn ich Eure Hoheit beleidigt glaube.

LEAR: Du erinnerst mich nur an meine eigne Wahrnehmung. Ich bemerkte seit kurzem eine sehr kalte Vernachlässigung, doch schob ich's mehr auf meine argwöhnische Gemütsart als auf einen wirklichen Vorsatz und absichtliche Unfreundlichkeit. – Ich will genauer darauf achtgeben. Aber wo ist mein Narr? Ich hab ihn in zwei Tagen nicht gesehn.

RITTER: Seit der jungen Fürstin Abreise nach Frankreich, gnädiger Herr, hat sich der Narr ganz abgehärmt.

LEAR: Still davon; ich hab es wohl bemerkt. Geht und sagt meiner Tochter, ich wolle sie sprechen. *Ritter ab.* Und Ihr ruft meinen Narren.

Einer aus dem Gefolge ab.

Der HAUSHOFMEISTER *kommt.*

O mein Freund, komm doch näher. Wer bin ich, Kerl?

HAUSHOFMEISTER: Myladys Vater.

LEAR: Myladys Vater? Mylords Schurk! Du verdammter Hund, du Lump, du Schuft!

HAUSHOFMEISTER: Ich bin nichts von alledem, Mylord, ich bitte mir's aus.

LEAR: Wirfst du mir freche Blicke zu, du Hundsfott? *Er schlägt ihn.*

HAUSHOFMEISTER: Ich lasse mich nicht schlagen, Mylord.

KENT *schlägt ihm ein Bein unter*: Auch kein Bein stellen, du niederträchtiger Fußballspieler?

LEAR: Ich danke dir, Bursch, du dienst mir, und ich will dich lieben.

KENT: Kommt, Freund, steht auf, packt Euch! Ich will Euch Unterschiede lehren; fort fort! – Wollt Ihr Eure Flegelslänge noch einmal messen, so bleibt, sonst packt Euch! Fort! Seid Ihr klug? – – so! – *Er stößt den Haushofmeister hinaus.*

LEAR: Nun, mein freundlicher Gesell, ich danke dir, hier ist Handgeld auf deinen Dienst. *Er gibt Kent Geld.*

Der NARR *kommt.*

NARR: Laß mich ihn auch dingen; hier ist meine Kappe. *Reicht Kent seine Kappe.*

LEAR: Nun, mein schmuckes Bürschchen? Was machst du?

NARR: Höre, Freund, du tätst am besten, meine Kappe zu nehmen.

KENT: Warum, Narr?

NARR: Warum? Weil du's mit einem hältst, der in Ungnade gefallen ist. Ja, wenn du nicht lächeln kannst, je nachdem der Wind kommt, so wirst du bald einen Schnupfen weghaben. Da nimm meine Kappe. Sieh, dieser Mensch da hat zwei von seinen Töchtern verbannt und der dritten wider Willen seinen Segen gegeben; wenn du dem folgen willst, mußt du notwendig meine Kappe tragen. Nun, wie steht's, Gevatter? Ich wollt, ich hätte zwei Kappen und zwei Töchter!

LEAR: Warum, mein Söhnchen?

NARR: Wenn ich ihnen all meine Habe geschenkt hätte, die Kappen behielte ich für mich; ich habe meine; bettle du dir eine zweite von deinen Töchtern.

LEAR: Nimm dich in acht, du! – Die Peitsche!

NARR: Wahrheit ist ein Hund, der ins Loch muß und hinausgepeitscht wird, während Madame Schoßhündin am Feuer stehen und stinken darf.

LEAR: Eine bittre Pille für mich!

NARR *zu Kent*: Hör, guter Freund, ich will dich einen Reim lehren.

LEAR: Laß hören.

NARR: Gib acht! Gevatter!

Halt, was du verheißt,
Verschweig, was du weißt,
Hab mehr, als du leihst,
Reit immer zumeist,
Sei wachsam im Geist,
Nicht würfle zu dreist,
Laß Dirnen und Wein
Und Tanz und Schalmein,
So findst du den Stein
Der Weisen allein.

LEAR: Das ist nichts, Narr.

NARR: Dann ist's gleich dem Wort eines unbezahlten Advokaten; du gabst mir nichts dafür. Kannst du von nichts keinen Gebrauch machen, Gevatter?

LEAR: Ei nein, Söhnchen, aus nichts wird nichts.

NARR *zu Kent*: Bitt dich, sag ihm doch, gerade so viel trage ihm die Rente seines Landes; er wird's einem Narren nicht glauben.

LEAR: Ein bittrer Narr!

NARR: Weißt du den Unterschied, mein Junge, zwischen einem bittren Narren und einem süßen Narren?

LEAR: Nein, Bursch, lehr ihn mich.

NARR:
Der dir's geraten, Lear,
Dein Land zu geben hin,
Den stell hierher zu mir,
Oder stehe du für ihn.
Der süß und bittre Narr
Zeigt sich dir nun sofort,
Der ein' im scheck'gen Wams,
Den andern siehst du dort.

LEAR: Nennst du mich Narr, Junge?

NARR: Alle deine andern Titel hast du weggeschenkt, mit diesem bist du geboren.

KENT: Darin ist er nicht so ganz Narr, Mylord.

NARR: Nein, mein Seel, Lords und andere große Herren würden's mir auch nicht ganz lassen; hätt ich ein Monopol darauf, sie müßten ihr Teil daran haben, und die Damen ebenso, die würden mir auch den Narren nicht allein lassen; sie würden was abhaben wollen. Gib mir ein Ei, Gevatter, ich will dir zwei Kronen geben.

LEAR: Was für zwei Kronen werden das sein?

NARR: Nun, nachdem ich das Ei durchgeschnitten und das Inwendige herausgegessen habe, die beiden Kronen des Eis. Als du deine Krone mittendurch spaltetest und beide Hälften weggabst, da trugst du deinen Esel auf dem Rücken durch den Dreck; du hattest wenig Witz in deiner kahlen Krone, als du deine goldne wegschenktest. Wenn ich diesmal in meiner eignen Manier rede, so laß den peitschen, der's zuerst so findet.

Nie machten Narren so wenig Glück,
Denn Weise wurden täppisch;
Ihr bißchen Scharfsinn ging zurück,
Und all ihr Tun ward läppisch.

LEAR: Seit wann bist du so reich an Liedern, he?

NARR: Das ward ich, Gevatter, seit du deine Töchter zu deinen Müttern machtest; denn als du ihnen die Rute gabst und dir selbst deine Hosen herunterzogst,

Da weinten sie aus freud'gem Schreck,
Ich sang aus bitterm Gram,
Daß solch ein König spielt' Versteck
Und zu den Narren kam.

Bitt dich, Gevatter, nimm einen Schulmeister an, der deinen Narren lügen lehre; ich möchte gern lügen lernen.

LEAR: Wenn du lügst, Bursche, so werden wir dich peitschen lassen.

NARR: Mich wundert, wie du mit deinen Töchtern verwandt sein magst; sie wollen mich peitschen lassen, wenn ich die Wahrheit sage; du willst mich peitschen lassen, wenn ich lüge, und zuweilen werde ich gepeitscht, weil ich's Maul halte. Lieber wollt ich alles in der Welt sein als ein Narr: und doch möchte ich nicht du sein, Gevatter. Du hast deinen Witz von beiden Seiten abgestutzt und nichts in der Mitte gelassen. Da kommt so ein Abgestutztes.

GONERIL *tritt auf.*

LEAR: Nun, Tochter? Was bedeutet das Band um deine Stirn? Mich dünkt, du hast sie in der letzten Zeit zuviel gerunzelt.

NARR: Du warst ein hübscher Gesell, als du noch nicht nötig hattest, auf ihre Runzeln zu achten; nun bist du eine Null ohne Ziffern: ich bin jetzt mehr als du: ich bin ein Narr, du bist nichts. – Ja doch, ich will ja schweigen; das befiehlt mir Euer Gesicht, obgleich Ihr nichts sagt.

Mum, mum,
Wer nicht Kruste hat noch Krum,
Muß vergebens betteln drum.

Er zeigt auf Lear.

Das ist so 'ne leere Erbsenschote!

GONERIL: Nicht dieser freche Narr allein, Mylord,
Auch mancher Eurer zügellosen Ritter
Sucht stündlich Zank und Unfug, schwelgt und rauft
In unerträglich läst'ger Wildheit. Herr,
Ich glaubte, wenn ich dies Euch angezeigt,
Ihr würdet's ändern; doch befürcht ich nun
Nach dem, was Ihr seit kurzem spracht und tatet,
Ihr schützt dies Treiben selbst und reizt dazu

Durch Euern Beifall: steht es so, dann fehlt
Die Rüge nicht noch schläft die scharfe Zucht,
Die, zwar nur strebend nach wohltät'gem Frieden,
Vielleicht in ihrem Lauf Euch Kränkung bringt,
Was Schmach uns wäre sonst, doch weise Vorsicht,
Wenn es die Not gebeut.

NARR: Denn du weißt, Gevatter,
Grasmücke so lange den Kuckuck speist,
Bis sein Junges ihr endlich den Kopf abreißt.
Und da ging das Licht aus, und wir saßen im Dunkeln.

LEAR: Bist du meine Tochter?

GONERIL: Hört mich:
Ich wollt, Ihr brauchtet den gesunden Sinn,
Der sonst, ich weiß, Euch ziert, und legtet ab
Die Launen, die seit kurzem Euch verkehrt
Zu einer Sinnsart, die Euch unnatürlich.

NARR: Kann's nicht ein Esel merken, wenn der Karren das Pferd zieht? – Heißa, Hanne, ich liebe dich.

LEAR: Kennt mich hier jemand? – Nein, das ist nicht Lear! –
Geht Lear so? Spricht so? Wo sind seine Augen?
Sein Kopf muß schwach sein oder seine Denkkraft
Im Todesschlaf. Ha, bin ich wach? – Es ist nicht so.
Wer kann mir sagen, wer ich bin?

NARR: Lears Schatten.

LEAR: Ich wüßt es gern; denn nach den Zeichen
Des Königtums, der Einsicht und Vernunft
War's Täuschung, wenn ich glaubt, ich hätte Töchter.

NARR: Die dich zum gehorsamen Vater machen werden.

LEAR: Euer Name, schöne Frau?

GONERIL: O geht, Mylord!
Dieses Erstaunen schmeckt zu sehr nach andern
Von Euern neuen Grillen. Ich ersuch Euch,
Nicht meine wahre Absicht mißzudeuten.
So alt und würdig, seid verständig auch;
Ihr haltet hundert Ritter hier und Knappen,
So wildes Volk, so schwelgerisch und frech,
Daß unser Hof, befleckt durch ihre Sitten,
Gemeiner Schenke gleicht. Schwelgen und Lust
Stempelt ihn mehr zum Weinhaus und Bordell
Als fürstlichen Palast. Scham selber heischt
Abhilfe schleunig: Seid deshalb ersucht

Von der, die sonst sich nimmt, um was sie bat,
Ein wenig zu vermindern Euern Schwarm:
Und wählt den Rest, der Euerm Dienst verbleibt,
Aus Männern, wohlanständig Euerm Alter,
Die sich und Euch erkennen.

LEAR: Höll und Teufel!
Sattelt die Pferde, ruft all mein Gefolg;
Entarteter Bastard, ich will dich nicht
Belästigen; noch bleibt mir eine Tochter.

GONERIL: Ihr schlagt mein Dienstvolk, und Eur frecher Troß
Macht Beßre sich zu Knechten.

ALBANIEN *tritt auf.*

LEAR: Weh, wer zu spät bereut! O Herr, seid Ihr's?
Ist das Eur Wille? Sprecht! – Bringt meine Pferde!
Undankbarkeit, du marmorherz'ger Teufel,
Abscheulicher, wenn du dich zeigst im Kinde
Als Meeresungeheuer!

ALBANIEN: Faßt Euch, Mylord.

LEAR *zu Goneril*: Verruchter Geir, du lügst!
Mein Volk sind ausgewählt' und wackre Männer,
Höchst kundig aller Pflichten ihres Dienstes,
Und die mit strenger Achtsamkeit genau
Auf ihre Ehre halten. O du kleiner Fehl,
Wie schienst du an Cordelien mir so greulich,
Daß du, wie folternd, mein Naturgefühl
Verrenkt, dem Herzen alle Lieb entrissest,
In Galle sie zu wandeln! O Lear, Lear, Lear!

Schlägt sich an die Stirn.

Schlag an dies Tor, das deine Narrheit einließ,
Hinaus die Urteilskraft! Geht, gute Leute!

ALBANIEN: Herr, ich bin schuldlos, ja ich ahne nicht,
Was Euch bewegt.

LEAR: Es kann wohl sein, Mylord. –
Hör mich, Natur, hör, teure Göttin, hör mich!
Hemm deinen Vorsatz, wenn's dein Wille war,
Ein Kind zu schenken dieser Kreatur!
Unfruchtbarkeit sei ihres Leibes Fluch!
Vertrockn ihr die Organe der Vermehrung;
Aus ihrem entarteten Blut erwachse nie
Ein Säugling, sie zu ehren. Muß sie kreißen,
So schaff ihr Kind aus Zorn, auf daß es lebe

Als widrig quälend Mißgeschick für sie!
Es grab ihr Runzeln in die junge Stirn,
Mit unversiegten Tränen ätz es Furchen
In ihre Wangen: alle Muttersorg und Wohltat
Erwidr es ihr mit Spott und Hohngelächter;
Daß sie empfinde, wie es schärfer nage
Als Schlangenzahn, ein undankbares Kind
Zu haben! – Fort, hinweg! *Ab.*

ALBANIEN: Nun, ew'ge Götter, was bedeutet dies?

GONERIL: Nicht kümmert Euch, die Ursach zu erfahren;
Laßt seiner wilden Laune nur das Ziel,
Das Torheit ihr gesteckt.

LEAR *kommt zurück.*

LEAR: Was? Fünfzig meiner Leut' auf einen Schlag?
In vierzehn Tagen?

ALBANIEN: Gnäd'ger Herr, was ist's?

LEAR: Ja, hör mich. *Zu Goneril:* Höll und Tod! ich bin beschämt,
Daß du so meine Mannheit kannst erschüttern:
Daß heiße Tränen, die mir wider Willen
Entstürzen, dir geweint sein müssen. Pest
Und Giftqualm über dich!
Des Vaterfluchs grimmtödliche Verwundung
Durchbohre jeden Nerven deines Wesens!
Ihr alten kind'schen Augen, weint noch einmal
Um dies Beginnen, so reiß ich euch aus
Und werf euch mit den Tränen hin, die ihr vergießt,
Den Staub zu löschen. Ha, so mag's denn sein! –
Ich hab noch eine Tochter,
Die ganz gewiß mir freundlich ist und liebreich.
Wenn sie dies von dir hört, mit ihren Nägeln
Zerfleischt sie dir dein Wolfsgesicht. Dann findst du
Mich in der Bildung wieder, die du denkst,
Ich habe sie auf immer abgeworfen;
Du sollst, das schwör ich dir.

Lear, Kent und Gefolge gehen ab.

GONERIL: Habt Ihr's gehört, Mylord?

ALBANIEN: Bei meiner großen Liebe, Goneril,
Kann ich nicht so parteiisch sein.

GONERIL: Ich bitt Euch, laßt das gut sein. – Oswald, he!
Zum Narren: Ihr da, mehr Schurk als Narr, folgt Eurem Herrn.

NARR: Gevatter Lear, Gevatter Lear, wart und nimm den Narren mit dir.

Ein Fuchs, den man gefangen,
Und solche Rangen,
Die müßten am Baum mir hangen,
Könnt ich 'nen Strick erlangen:
Der Narr kommt nachgegangen. *Ab.*

GONERIL: Der Mann war gut beraten. – Hundert Ritter!
Politisch wär's und sicher, hundert Ritter
Zur Hand ihm lassen: daß bei jedem Traum,
Bei jeder Grill und Laune, Klag und Unlust
Er seine Torheit stützt' auf ihre Macht
Und unser Leben hing' an seinem Wink.
He, Oswald! he!

ALBANIEN: Du fürchtest wohl zu sehr.

GONERIL: Besser, als traut ich ihm zu sehr.
Weg schaff ich, was ich fürchte, um nicht stets
Zu fürchten, daß es mich wegschafft. Ich kenn ihn;
Was er geäußert, schrieb ich meiner Schwester.
Nimmt sie ihn auf mit seinen hundert Rittern,
Da ich den Nachteil ihr gezeigt –

Der HAUSHOFMEISTER *kommt.*

Nun, Oswald,
Hast du an meine Schwester dies geschrieben?

HAUSHOFMEISTER: Ja, gnäd'ge Frau!

GONERIL: Nimm dir Begleitung mit, und schnell zu Pferd;
Belehre sie, was ich besonders fürchte,
Und füge selbst ihr solchen Grund hinzu,
Der dies noch mehr verstärkt. Nun, mach dich auf –
Und kehre bald zurück.

Der Haushofmeister geht ab.

Nein, nein, Mylord,
Dies Eur milchsanftes, allzu güt'ges Wesen,
Ich will's nicht schelten; doch Euch trifft, verzeiht,
Mehr Tadel wegen Mangels an Verstand
Als Lob für tör'chte Sanftmut.

ALBANIEN: Ob du das Rechte triffst, entscheid ich nimmer,
Wer bessern will, macht oft das Gute schlimmer.

GONERIL: Nun also –

ALBANIEN: Gut, gut – der Ausgang.

Sie gehn ab.

Fünfte Szene

Ebendaselbst.

Es treten auf Lear, Kent *und der* Narr.

LEAR: Geh du voraus nach Gloster mit diesem Brief; sag meiner Tochter von dem, was du weißt, nicht mehr, als was sie nach dem Brief von dir erfragen wird. Wenn du nicht sehr eilst, werde ich noch vor dir dort sein.

KENT: Ich will nicht schlafen, Mylord, bis ich Euern Brief bestellt habe. *Ab.*

NARR: Wenn einem das Hirn in den Fersen säße, wär's da nicht in Gefahr, Schwielen zu bekommen?

LEAR: Ja, Bursch.

NARR: Dann bitt ich dich, sei lustig, dein Verstand wird nie auf Schlappschuhen gehen dürfen.

LEAR: Ha, ha, ha!

NARR: Gib acht, deine andre Tochter wird dir artig begegnen; denn obgleich sie dieser so ähnlich sieht wie der Holzapfel dem Apfel, so weiß ich doch, was ich weiß.

LEAR: Nun, was weißt du denn, mein Junge?

NARR: Sie wird ihr an Geschmack so gleich sein wie ein Holzapfel einem Holzapfel. Das weißt du, warum einem die Nase mitten im Gesicht steht?

LEAR: Nein.

NARR: Ei, um die beiden Augen nach beiden Seiten der Nase hin zu gebrauchen, damit man in das, was man nicht herausriechen kann, ein Einsehen habe.

LEAR: Ich tat ihr Unrecht.

NARR: Kannst du mir sagen, wie die Auster ihre Schale macht?

LEAR: Nein.

NARR: Ich auch nicht; aber ich weiß, warum die Schnecke ein Haus hat.

LEAR: Warum?

NARR: Nun, um ihren Kopf hineinzustecken, nicht um's an ihre Töchter zu verschenken und ihre Hörner ohne Futteral zu lassen.

LEAR: Ich will meine Natur vergessen. Solch güt'ger Vater! Sind meine Pferde bereit?

NARR: Deine Esel sind nach ihnen gegangen. Der Grund,

warum die sieben Sterne nicht mehr sind als sieben, ist ein hübscher Grund.

LEAR: Weil's nicht acht sind.

NARR: Ja, wahrhaftig, du würdest einen guten Narren abgeben.

LEAR: Mit Gewalt muß ich's wiedernehmen. Scheusal, Undankbarkeit!

NARR: Wenn du mein Narr wärst, Gevatter, so bekämst du Schläge, weil du vor der Zeit alt geworden bist.

LEAR: Was soll's?

NARR: Du hättst nicht alt werden sollen, eh du klug geworden wärst.

LEAR: O schützt vor Wahnsinn mich, vor Wahnsinn, Götter!
Schenkt Fassung mir, ungern wär ich wahnsinnig.

Ein RITTER *kommt.*

Nun, sind die Pferde bereit?

RITTER: Bereit, Mylord.

LEAR: Komm, Junge.

NARR: Die jetzt noch Jungfer ist und spottet mein und stichelt,
Die bleibt's nicht lange, wird nicht alles weggesichelt.

Sie gehn ab.

ZWEITER AUFZUG

ERSTE SZENE

Vor dem Schlosse des Grafen Gloster.

Es treten auf EDMUND *und* CURAN *von verschiedenen Seiten.*

EDMUND: Gott grüß dich, Curan.

CURAN: Und Euch, Herr. Ich bin bei Euerm Vater gewesen und habe ihm die Nachricht gebracht, daß der Herzog von Cornwall und Regan, seine Herzogin, diesen Abend bei ihm eintreffen werden.

EDMUND: Wie kommt das?

CURAN: Nun, ich weiß nicht. Ihr werdet die Neuigkeiten gehört haben: ich meine, was man sich zuraunt; denn noch ist die Sache nur Ohrengeflüster.

EDMUND: Ich? Nichts! bitt Euch, was sagt man?

CURAN: Habt Ihr nicht gehört, daß es wahrscheinlich bald

zwischen den Herzogen von Cornwall und Albanien zum Krieg kommen wird?

EDMUND: Nicht ein Wort.

CURAN: So werdet Ihr's noch hören. Lebt wohl! Herr. *Ab.*

EDMUND: Der Herzog hier heut nacht! So besser! Trefflich!
Das webt sich mit Gewalt in meinen Plan.
Mein Vater stellte Wachen, meinen Bruder
Zu fangen; und ich hab ein häklig Ding
Noch auszurichten. Helft mir, Glück und Raschheit! –
Bruder, ein Wort! – Komm, Bruder, komm herunter!

EDGAR *tritt auf.*

Mein Vater stellt dir nach – o flieh von hier;
Kundschaft erhielt er, wo du dich versteckt;
Dir wird die Nacht den besten Schutz gewähren.
Sprachst du nicht etwa gegen Herzog Cornwall?
Er kommt hierher, bei Nacht, in größter Eil,
Und Regan mit ihm: hast du nichts gesagt
Von seinem Streite mit Albaniens Herzog?
Besinne dich.

EDGAR: Nein, wahrlich, nicht ein Wort.

EDMUND: Den Vater hör ich kommen – nun verzeih –
Verstellter Weise muß ich mit dir fechten,
Zieh, wehre dich zum Schein! Nun mach dich fort.
Laut: Ergib dich! *Leise:* Komm zuvor ihm! – *Laut:* Licht, he, Licht!
Leise: Flieh, Bruder! *Laut:* Fackeln, Fackeln! *Leise:* So leb wohl!

Edgar geht ab.

Ein wenig Blut an mir zeugt wohl die Meinung
Von ernstrer Gegenwehr. – *Er verwundet sich den Arm.*
Ich sah Betrunkne
Im Scherz mehr tun als dies. – O Vater, Vater!
Halt, haltet ihn! Ist keine Hilfe?

GLOSTER *und* BEDIENTE *mit Fackeln treten auf.*

GLOSTER: Nun,
Edmund, wo ist der Schurke?

EDMUND: Er stand im Dunkeln hier, sein Schwert gezückt,
Den Mond beschwörend mit verruchtem Zauber,
Ihm hilfreich beizustehn.

GLOSTER: Nun, und wo ist er?

EDMUND: Seht, Herr, ich blute.

GLOSTER: Edmund, wo ist der Schurke?
EDMUND: Dorthin entflohn. Als er auf keine Weise –
GLOSTER: Verfolgt ihn! – Fort! – Auf keine Weise – was?
Einige Bediente ab.
EDMUND: – mich überreden konnt, Euch zu ermorden,
Und ich ihm sagte, daß die Rachegötter
Auf Vatermord all ihren Donner schleudern
Und wie durch vielfach starkes Band dem Vater
Das Kind vereinigt sei – genug, Mylord,
Gewahrend, wie mit Abscheu ich verwarf
Sein unnatürlich Tun –, in grimmer Kraft
Mit schon gezognem Schwert fällt er gewaltig
Mich Unbewehrten an, trifft mir den Arm;
Doch als er sah, wie mein Gemüt empört,
Kühn durch des Streites Recht ihm widerstand –
Vielleicht erschreckt auch durch mein Schrein um Hilfe –,
Entfloh er plötzlich.
GLOSTER: Flieh er noch so weit,
In diesem Land entgeht er nicht der Haft
Und, trifft man ihn, der Strafe. Unser Herzog,
Mein werter Fürst und Schutzherr, kommt heut nacht;
Kraft seiner Vollmacht künd ich's aller Welt,
Daß, wer ihn findet, unsern Dank verdient,
Bringt er den feigen Meuchler zum Gericht:
Wer ihn verbirgt, den Tod.
EDMUND: Als ich ihm sein Beginnen widerriet
Und fand ihn so erpicht – da droht ich grimmig,
Ihn anzugeben; er erwiderte:
„Du güterloser Bastard! Kannst du wähnen,
Ständ ich dir gegenüber, daß der Glaube
An irgend Wahrheit, Wert und Treu in dir
Dir Zutraun schaffte? Nein, straft ich dich Lügen –
Und dieses tät ich, ja, und zeigtst du auf
Die eigne Handschrift –, alles stellt ich dar
Als deine Bosheit, Arglist, schnöden Trug.
Du mußt 'nen Dummkopf machen aus der Welt,
Soll sie den Vorteil meines Todes nicht
Als starken, höchst gewicht'gen Trieb erkennen,
Ihn anzustiften."
GLOSTER: O verstockter Bube!
Die Handschrift leugnen? Er ist nicht mein Sohn!

Man hört Trompeten.

Der Herzog! – Was ihn herführt, weiß ich nicht. –
Die Häfen sperr ich all, er soll nicht fliehn.
Mein Fürst muß mir's gewähren; auch sein Bildnis
Versend ich nah und fern; das ganze Reich
Soll Kenntnis von ihm haben; und mein Land,
Du guter, würd'ger Sohn, ich wirk es aus,
Daß du's besitzen darfst.

CORNWALL *und* REGAN *treten auf mit* GEFOLGE.

CORNWALL:
Wie geht's, mein edler Freund? Seit ich hierherkam –
Was kaum geschehn –, vernahm ich arge Dinge.

REGAN: Und sind sie wahr, genügt wohl keine Strafe
So großer Missetat. Wie geht's Euch, Graf?

GLOSTER: Zerrissen ist mein altes Herz, zerrissen!

REGAN: Was? Meines Vaters Pate sucht Eur Leben?
Er, den mein Vater hat benannt? Eur Edgar?

GLOSTER: O Fürstin! Fürstin! Scham verschwieg' es gern.

REGAN: Hatt er nicht Umgang mit den wüsten Rittern
In meines Vaters Dienst?

GLOSTER: Ich weiß nicht, Lady.
Es ist zu schlimm, zu schlimm!

EDMUND: Ja, gnäd'ge Frau, er hielt mit jenem Schwarm.

REGAN: Kein Wunder denn, daß er auf Bosheit sann!
Sie trieben ihn zum Mord des alten Mannes,
Um seine Renten schwelgend zu verprassen.
Erst diesen Abend hat mir meine Schwester
Sie recht geschildert und mit solcher Warnung,
Daß, wenn sie kommen, um bei mir zu wohnen,
Ich nicht daheim sein will.

CORNWALL: Auch ich nicht, Regan.
Edmund, ich hör, Ihr habt dem Vater Euch
Bewährt als treuer Sohn.

EDMUND: Ich tat nach Pflicht.

GLOSTER: Er deckte seine List auf und erhielt
Die Wunde hier, als er ihn greifen wollte.

CORNWALL: Setzt man ihm nach?

GLOSTER: Ja, gnäd'ger Herr.

CORNWALL: Wird er ergriffen, soll sich niemand ferner
Vor seiner Bosheit scheun: all meine Macht
Steht Euch zu Dienst nach eigner Wahl. Ihr, Edmund,

Des Tugend und Gehorsam eben jetzt
Sich so bewährt, Ihr sollt der Unsre sein;
Gemüter solcher Treue tun uns not,
So zähl ich denn auf Euch.

EDMUND: Ich dien Euch treu,
Wie bisher immer.

GLOSTER: Dank für ihn, mein Fürst.

CORNWALL: Ihr wißt nicht, was uns hergeführt zu Euch.

REGAN: So außer Zeit, in Finsternis der Nacht!
Der Anlaß, edler Gloster, hat Gewicht;
Und Eures Rates sind wir sehr bedürftig.
Mein Vater schreibt uns, und die Schwester auch,
Von Zwistigkeiten, die ich besser glaubt
Zu schlichten außerm Hause. Beide Boten
Erwarten hier Bescheid. Ihr, alter Freund,
Beruhigt Eur Gemüt und steht uns bei
Mit höchst erwünschtem Rat in dieser Sache,
Die dringend Eile heischt.

GLOSTER: Ich dien Euch gern;
Eur Gnaden sind von Herzen mir willkommen.

Sie gehn ab.

ZWEITE SZENE

Ebendaselbst.

Es treten auf KENT *und der* HAUSHOFMEISTER *von verschiedenen Seiten.*

HAUSHOFMEISTER: Guten Morgen, mein Freund: bist du hier vom Hause?

KENT: Ja.

HAUSHOFMEISTER: Wo können wir die Pferde unterbringen?

KENT: Im Dreck.

HAUSHOFMEISTER: Ich bitte dich, sag mir's, wenn du mich liebhast.

KENT: Ich habe dich nicht lieb.

HAUSHOFMEISTER: Nun, so frage ich nichts nach dir.

KENT: Hätt ich dich in Lipsburys Pferch, so solltest du schon nach mir fragen.

HAUSHOFMEISTER: Warum behandelst du mich so? ich kenne dich nicht.

KENT: Kerl, ich kenne dich.

HAUSHOFMEISTER: Wer bin ich denn?

KENT: Ein Schurke bist du, ein Halunke, ein Tellerlecker; ein niederträcht'ger, eitler, hohler, bettelhafter, dreiröckiger, hundertpfündiger, schmutziger, grobstrümpfiger Schurke; ein milchlebriger, Ohrfeigen einsteckender Schurke; ein liederlicher, spiegelgaffender, überdienstfertiger, geschniegelter Taugenichts; einer, der aus lauter Diensteifer ein Kuppler sein möchte und nichts ist als ein Gemisch von Schelm, Bettler, Lump, Kuppler und der Sohn und Erbe einer Bastardpetze; einer, den ich in Greinen und Winseln hineinprügeln will, wenn du die kleinste Silbe von diesen deinen Ehrentiteln ableugnest.

HAUSHOFMEISTER: Was für ein Unmensch bist du, Kerl, so auf einen zu schimpfen, den du nicht kennst und der dich nicht kennt?

KENT: Was hast du für eine eiserne Stirn, du Schuft, mir's abzuleugnen, daß du mich kennst? Sind's doch kaum zwei Tage, seit ich dir ein Bein stellte und dich vor dem König prügelte! – Zieh, du Schuft, denn obgleich es Nacht ist, scheint der Mond; ich will eine Mondscheinstunke aus dir machen. Zieh, du niederträcht'ger infamer Kamrad von Barbiergesellen, zieh! *Er zieht den Degen.*

HAUSHOFMEISTER: Fort! ich habe nichts mit dir zu schaffen.

KENT: Zieh, Hundsfott! du kommst mit Briefen gegen den König und nimmst der Drahtpuppe Eitelkeit Partei gegen die Majestät ihres Vaters. Zieh, Schuft! oder ich will dir deine Schenkel so zu Mus zerhacken – zieh, Racker! Stell dich!

HAUSHOFMEISTER: Hilfe! He, Mord, Hilfe!

KENT: Wehr dich, Bestie; steh, Schuft, steh; du geputzter Lumpenkerl, wehr dich! *Er schlägt ihn.*

HAUSHOFMEISTER: Hilfe! ho, Mord, Mord!

EDMUND, CORNWALL, REGAN, GLOSTER *und* GEFOLGE *treten auf.*

EDMUND: Was gibt's hier? Was habt ihr vor? Auseinander!

KENT: Nur her, Milchbart, wenn Ihr Lust habt; kommt, ich will Euch kuranzen; nur her, Junker!

GLOSTER: Waffen? Degen? Was geht hier vor?

CORNWALL: Friede, bei euerm Leben!
Der stirbt, wer sich noch rührt; was habt ihr vor?

REGAN: Die Boten unsrer Schwester und des Königs.
CORNWALL: Was ist eur Streit? sagt an!
HAUSHOFMEISTER: Kaum schöpf ich Atem, Herr!
KENT: Ich glaub's, Ihr habt den Mut so angestrengt.
Du feiger Schurk, Natur verleugnet dich,
Ein Schneider machte dich!
CORNWALL: Seltsamer Kauz!
Ein Schneider einen Menschen machen?
KENT: Ja, ein Schneider, Herr; ein Steinmetz oder ein Maler hätte ihn nicht so schlecht geliefert, und wären sie nur zwei Stunden in der Lehre gewesen.
CORNWALL: Doch sprich! Wie kam der Zwist?
HAUSHOFMEISTER:
Der alte Raufbold, Herr, des Blut ich schonte,
Um seinen grauen Bart –
KENT: Ei du verzwicktes X, unnützer Buchstab! Mylord, wenn Ihr's vergönnt, stampf ich den ungesichteten Schuft zu Mörtel und bestreiche eines Abtritts Wand mit ihm. – Meinen grauen Bart schonen, du Bachstelze?
CORNWALL: Schweig, Kerl!
Du grober Knecht, weißt du von Ehrfurcht nichts?
KENT: Ja, Herr! Doch hat der Ingrimm einen Freibrief.
CORNWALL: Worüber bist du grimmig?
KENT: Daß solch ein Lump wie der ein Schwert soll tragen,
Der keine Ehre trägt. Solch Gleisnervolk
Nagt oft, gleich Ratten, heil'ge Band' entzwei,
Zu fest verknüpft zum Lösen; schmeichelt jeder Laune,
Die auflebt in dem Busen seines Herrn,
Trägt Öl ins Feur, zum Kaltsinn Schnee; verneint,
Bejaht und dreht den Hals wie Wetterhähne
Nach jedem Wind und Luftzug seiner Obern,
Nichts wissend, Hunden gleich, als nachzulaufen.
Zum Haushofmeister: Die Pest auf deine epilept'sche Fratze! –
Belächelst du mein Wort wie eines Narren?
Gans, hätt ich dich auf Sarums ebner Flur,
Ich trieb dich gackernd heim nach Camelot.
CORNWALL: Wie, Alter? Bist du toll?
GLOSTER: Wie kam der Zank? Das sag!
KENT: Die Antipoden sind sich ferner nicht
Als ich und solch ein Schuft.
CORNWALL: Weshalb nennst du ihn Schuft, was tat er dir?

KENT: Sein Gesicht ist mir unerträglich.
CORNWALL: Vielleicht auch meins wohl oder seins und ihrs?
KENT: Herr! Gradheraus und offen ist mein Brauch:
Ich sah mitunter bessere Gesichter,
Als hier auf irgendeiner Schulter jetzt
Vor meinen Augen stehn.
CORNWALL: Das ist ein Bursch,
Der, einst gelobt um Derbheit, sich befleißt
Vorwitz'ger Roheit und sein Wesen zwängt
Zu fremdem Schein: der kann nicht schmeicheln, der!
Ein ehrlich, grad Gemüt – spricht nur die Wahrheit!
Geht's durch, nun gut, wenn nicht – so ist er grade.
Ich kenne Schurken, die in solche Gradheit
Mehr Arglist hüllen, mehr verruchten Plan
Als zwanzig fügsam untertän'ge Schranzen,
Die schmeichelnd ihre Pflicht noch überbieten.
KENT: Gewiß, Herr, und wahrhaftig – ganz im Ernst –
Unter Vergünst'gung Eures hocherhabnen
Aspekts, des Einfluß wie der Strahlenkranz
Um Phöbus' Flammenstirn –
CORNWALL: Was soll das heißen?
KENT: Daß ich aus meiner Redeweise fallen will, die Euch so wenig behagt. Ich weiß, Herr, ich bin kein Schmeichler; wer Euch mit geraden Worten betrog, war geradehin ein Schurke, und das will ich meinesteils nicht sein, sollt ich auch Eur Mißfallen so weit erringen können, daß Ihr mich dazu auffordertet.
CORNWALL: Was tatst du ihm zuleid?
HAUSHOFMEISTER: Herr! Nicht das mindste.
Dem König, seinem Herrn, gefiel's vor kurzem
Aus einem Mißverständnis, mich zu schlagen,
Worauf er gleich zur Hand, dem Zorne schmeichelnd,
Rücklings mich hinwarf, als ich lag, mich schimpfte
Und nahm so große Heldenmiene an,
Daß diese Mannestat der König pries,
Weil er zu Leibe ging dem Unbewehrten: –
Und noch verzückt von seinem Ritterwerk,
Zog er aufs neue hier.
KENT: Memmen und Schurken! – Tun sie nicht, als wär
Ajax ihr Narr.
CORNWALL: Holt mir die Blöcke, he!

Du alter Starrkopf, du weißbärt'ger Prahler,
Dich lehr ich –

KENT: Herr, ich bin zu alt zum Lernen,
Holt nicht den Block für mich. Dem König dien ich;
In seinem Auftrag ward ich abgesandt;
Zu wenig Ehrfurcht zeigt Ihr, zu viel Trotz
Gegen die Gnad und Würde meines Herrn,
Tut Ihr das seinem Boten.

CORNWALL: Holt die Blöcke!
Auf Ehr und Wort, bis Mittag soll er sitzen.

REGAN: Bis Mittag? Bis zur Nacht; die Nacht dazu!

KENT: Nun, Lady, wär ich Eures Vaters Hund,
Ihr solltet so mich nicht behandeln.

REGAN: Da Ihr sein Schurke seid, so will ich's.

Die Fußblöcke werden gebracht.

CORNWALL: Der ist ein Kerl so recht von jener Farbe,
Wie unsre Schwester schreibt. Kommt, bringt die Blöcke.

GLOSTER: Laßt mich Euch bitten, Herr, dies nicht zu tun,
Er ging zu weit; sein Herr, der gute König,
Ahndet's gewiß: doch diese niedre Zücht'gung
Ist solcher Art, wie man verworfnen Troß
Für Mauserei'n und ganz gemeinen Unfug
Bestraft; der König muß es schwer empfinden,
Wird er so schlecht geehrt in seinem Boten,
Daß man ihn also einzwängt.

CORNWALL: Das vertret ich.

REGAN: Viel übler muß es meine Schwester deuten,
Daß einer ihren Dienstmann schmäht und anfällt,
Weil er ihr Wort befolgt. Schließt ihm die Beine!

Kent wird in den Block gelegt.

Kommt, werter Lord!

Alle ab bis auf Gloster und Kent.

GLOSTER: Du tust mir leid, mein Freund; der Herzog will's,
Des heft'ger Sinn bekanntlich keinen Einspruch
Noch Hemmung duldet. Ich will für dich bitten.

KENT: Nein, tut's nicht, Herr: ich wacht und reiste scharf.
Fürs erste schlaf ich was, dann kann ich pfeifen.
Das Glück 'nes braven Kerls kommt wohl einmal
Ins Stocken. Guten Morgen!

GLOSTER: Der Fürst tut unrecht; übel wird man's deuten. *Ab.*

KENT: Du, guter König, machst das Sprichwort wahr:

Du kommst jetzt aus dem Regen in die Traufe.
Komm näher, Leuchte dieser niedern Welt,
Daß ich bei deinem heitern Strahl den Brief
Durchlesen möge. – Wahrlich, nur das Elend
Erfährt noch Wunder! Ich weiß, Cordelia schickt ihn,
Die schon zum Glück von meinem dunkeln Leben
Nachricht erhielt und sich die Zeit ersieht,
Für diesen Greuelzustand Heilung suchend
Den Übeln. Ganz erschöpft und überwacht
Genießt den Vorteil, müde Augen, nicht
Zu schaun dies schnöde Lager. Nun, Fortuna,
Gut Nacht! Noch einmal lächl und dreh dein Rad.
Er schläft ein.

DRITTE SZENE

Heide.

EDGAR *tritt auf.*

EDGAR: Ich hörte mich geächtet,
Und durch die günst'ge Höhlung eines Baums
Entkam ich noch der Jagd. Kein Port ist frei,
Kein Platz, an dem nicht strenge Wacht und Sorgfalt
Mir nachstellt. Retten will ich mich, solang
Ich noch entfliehn kann: und ich bin bedacht,
Den allertiefsten, ärmsten Schein zu borgen,
In dem die Not den Menschen je zum Vieh
Erniedrigt. Mein Gesicht schwärz ich mit Schlamm,
Die Lenden schürz ich, zaus in Knoten all
Mein Haar, und mit entschloßner Nacktheit trotz ich
Dem Sturm und den Verfolgungen der Luft.
Die Gegend beut Vorbild und Muster mir
An Tollhausbettlern, die mit hohler Stimme
In ihre nackten, tauben Arme schlagen
Holzpflöcke, Nägel, Splitter, Rosmarin
Und in so grausem Anblick sich in Mühlen,
Schafhürden, armen Dörfern, Meiereien,
Bald mit mondsücht'gem Fluch, bald mit Gebet
Mitleid erzwingen. Armer Turlygood! Armer Tom!
So bin ich etwas noch – als Edgar nichts! *Ab.*

VIERTE SZENE

Vor Glosters Schloß.

KENT *im Block. Es treten auf* LEAR, *der* NARR *und ein* RITTER.

LEAR: Seltsam, vom Haus so weggehn und den Boten
Mir nicht heimsenden!
RITTER: Wie ich dort erfuhr,
War tags zuvor an diese Reis hierher
Noch kein Gedanke.
KENT: Heil dir, edler Herr!
LEAR: Wie?
Treibst du die Schmach zur Kurzweil?
KENT: Nein, Mylord.
NARR: Ha, ha! Der trägt grobe Kniegürtel! Pferde bindet man an den Köpfen, Hunde und Bären am Halse, Affen an den Lenden und Menschen an den Beinen; wenn ein Mensch zu übermütig mit den Beinen gewesen ist, so muß er hölzerne Strümpfe tragen.
LEAR: Wer war's, der also dich mißkannt, hierher
Dich so zu werfen?
KENT: Beide, er und sie,
Eur Sohn und Tochter.
LEAR: Nein.
KENT: Ja.
LEAR: Nein, sag ich.
KENT: Ich sage ja.
[LEAR: Nein, nein, sie taten's nicht.
KENT: Doch, sie taten's wohl.]
LEAR: Bei Jupiter schwör ich, nein.
KENT: Bei Juno schwör ich, ja.
LEAR: Sie durften's nicht;
Sie konnten's, wagten's nicht; 's ist mehr als Mord,
Die Ehrfurcht so gewaltsam zu verletzen –
Erklär mir's in bescheidner Eil, wie hast du
Verdient, wie haben sie verhängt die Schmach,
Da du von uns kamst?
KENT: Als in ihrem Hause
Ich Eurer Hoheit Briefe übergab,
Da, eh ich aufstand von dem Platz, wo ich
Gekniet in Demut, kam halb atemlos

Ein Bote, dampfend heiß, und keucht' hervor
Die Grüße seiner Herrin Goneril;
Gab – war ich gleich der erste – seinen Brief,
Der flugs gelesen ward. Auf dessen Inhalt
Beriefen sie die Reis'gen, nahmen Pferde,
Hießen mich folgen und gelegentlich
Auf Antwort warten; gaben kalte Blicke;
Und da ich hier den andern Boten traf,
Des Willkomm meinen, wie ich sah, vergiftet
– Derselbe Bube, der so frech sich neulich
Vergangen wider Eure Majestät –,
Mehr Manns als Urteils in mir fühlend, zog ich.
Er weckt' das Haus mit lautem, feigem Schrei;
Eur Sohn und Tochter fanden dies Vergehn
Wert, solche Schmach zu dulden.

NARR: Der Winter ist noch nicht vorbei, wenn die wilden Gänse nach der Seite ziehn.

Gehn die Väter nackt,
So werden die Kinder blind;
Kommen sie geldbepackt,
Wie artig scheint das Kind.
Fortuna, die arge Hur,
Tut auf den Reichen nur.

Aber mit alledem werden dir deine lieben Töchter noch so viel aufzählen, daß du für's ganze Jahr genug haben wirst.

LEAR: O wie der Krampf mir auf zum Herzen schwillt!
Hinab, aufsteigend Weh! Dein Element
Ist unten! Wo ist diese Tochter?

KENT: Beim Grafen, Herr, hier drinnen.

LEAR: Folgt mir nicht;
Bleibt hier. *Ab.*

RITTER: Versahst du mehr nicht, als was du erzählt?

KENT: Nein.
Wie kommt der König mit so kleiner Zahl?

NARR: Wärst du für die Frage in den Block gesetzt, so hättst du's wohl verdient.

KENT: Warum, Narr?

NARR: Wir wollen dich zu einer Ameise in die Schule schicken, um dich zu lehren, daß es im Winter keine Arbeit gibt. Alle, die ihrer Nase folgen, werden durch ihre Augen geführt, bis auf die Blinden; und gewiß ist unter zwanzigen nicht eine

Nase, die den nicht röche, der stinkt. Laß ja die Hand los, wenn ein großes Rad den Hügel hinabrollt, damit dir's nicht den Hals breche, wenn du ihm folgst; wenn aber das große Rad den Hügel hinaufgeht, dann laß dich's nachziehn. Wenn dir ein Weiser einen besseren Rat gibt, so gib mir meinen zurück; ich möchte nicht, daß andere als Schelme ihm folgten, da ein Narr ihn gibt.

Herr, wer Euch dient für Gut und Geld
Und nur gehorcht zum Schein,
Packt ein, sobald ein Regen fällt,
Läßt Euch im Sturm allein.
Doch ich bin treu; der Narr verweilt,
Läßt fliehn der Weisen Schar:
Der Schelm wird Narr, der falsch enteilt,
Der Narr kein Schelm fürwahr.

KENT: Wo hast du das gelernt, Narr?
NARR: Nicht im Block, Narr.

LEAR *kommt zurück mit* GLOSTER.

LEAR: Verweigern, mich zu sprechen? Sind krank, sind müde?
Die ganze Nacht gereist? – Ausflüchte nur!
Bilder von Abfall und Empörung! Geh,
Schaff mir 'ne beßre Antwort.
GLOSTER: Teurer Herr,
Ihr kennt des Herzogs feurige Gemütsart,
Wie unbeweglich und bestimmt er ist
In seinem Sinn.
LEAR: Pest, Rache, Tod, Vernichtung!
Was feurig? Was Gemüt? – Ha, Gloster, Gloster!
Den Herzog Cornwall will ich sprechen und sein Weib.
GLOSTER: Nun wohl, mein teurer Herr, so sagt ich's auch.
LEAR: So sagtest du's? Verstehst du mich auch, Mann?
GLOSTER: Ja, Herr!
LEAR: Der König will mit Cornwall sprechen,
Der Vater, sieh, mit seiner Tochter sprechen,
Befiehlt Gehorsam: sagtst du ihnen das?
Mein Blut und Leben! – Feurig?
Der feur'ge Herzog? sagt dem heißen Herzog, daß –
Doch nein, noch nicht – kann sein, er ist nicht wohl;
Krankheit verabsäumt jeden Dienst, zu dem
Gesundheit ist verpflichtet; wir sind nicht wir,
Wenn die Natur, im Druck, die Seele zwingt,

Zu leiden mit dem Körper. Ich will warten
Und ging zu weit in meinem raschen Mut,
Daß ich krankhafte, schwache Laune nahm
Für den gesunden Mann. O Höll und Tod!
Warum sitzt dieser hier? – Ha, dies bezeugt,
Des Herzogs Weggehn und das ihre sei
Nur Hinterlist! Gebt mir den Diener los!
Geht: sagt dem Herzog und seinem Weib, ich wollte
Sie sprechen, jetzt, alsbald; heiß sie erscheinen,
Sonst schlag ich an der Kammertür die Trommel,
Bis sie den Schlaf zu Tod geschreckt.

GLOSTER: Wär alles gut doch zwischen euch! *Ab.*

LEAR: Weh mir, mein Herz! Mein schwellend Herz! – Hinunter!

NARR: Ruf ihm zu, Gevatter, wie die alberne Köchin den Aalen, als sie sie lebendig in die Pastete tat; sie schlug ihnen mit einem Stecken auf die Köpfe und rief: „Hinunter, ihr Gesindel, hinunter!" Ihr Bruder war's, der aus lauter Güte für sein Pferd ihm das Heu mit Butter bestrich.

CORNWALL, REGAN, GLOSTER *und* GEFOLGE *treten auf.*

LEAR: Guten Morgen euch beiden!

CORNWALL: Heil Euch, gnäd'ger Herr!

Kent wird losgemacht.

REGAN: Ich bin erfreut, Eur Majestät zu sehn.

LEAR: Regan, ich denk, du bist's, und weiß die Ursach,
Warum ich's denke; wärst du nicht erfreut,
Ich schiede mich von deiner Mutter Grab,
Weil's eine Ehebrecherin verschlösse. –
Oh, bist du frei?
Ein andermal davon. – Geliebte Regan,
Deine Schwester taugt nichts! – Oh, sie band mir, Regan,
Scharfzahn'gen Undank, gleich dem Geier hier –

Auf sein Herz zeigend.

Ich kann kaum sprechen – nimmer wirst du's glauben,
Mit wie entartetem Gemüt – o Regan!

REGAN: Ich bitt Euch, habt Geduld, ich hoffe, minder
Wißt Ihr zu schätzen ihren Wert, als sie,
Von ihrer Pflicht zu weichen.

LEAR: Wie war das?

REGAN: Ich kann nicht denken, daß sie nur im kleinsten
Gefehlt in ihrer Pflicht. Hat sie vielleicht
Gehemmt den Unfug Eures Schwarms, Mylord,

So war's aus solchem Grund und gutem Zweck,
Daß sie kein Tadel trifft.

LEAR: Mein Fluch auf sie!

REGAN: O Mylord, Ihr seid alt,
Natur in Euch steht auf der letzten Neige
Ihres Bezirks; Euch sollt ein kluger Sinn,
Der Euern Zustand besser kennt als Ihr,
Zügeln und lenken: darum bitt ich Euch,
Kehrt heim zu unsrer Schwester; sagt ihr, Herr,
Ihr kränktet sie.

LEAR: Ich ihr Verzeihn erbitten?
Fühlst du denn wohl, wie dies dem Hause ziemt?
„Liebe Tochter, ich bekenn es, ich bin alt; *(er kniet)*
Alter ist unnütz; auf den Knien bitt ich:
Gewähre mir Bekleidung, Kost und Bett."

REGAN: Laßt ab, Herr! Das sind törichte Gebärden.
Kehrt heim zu meiner Schwester.

LEAR *aufstehend*: Nimmermehr!
Halb mein Gefolge hat sie mir genommen,
Mich finster angeblickt, mit ihrer Zunge
Recht schlangenartig mir ins Herz gestochen.
Des Himmels aufgehäufte Rache fall
Auf ihr undankbar Haupt; du fahnde Luft,
Schlage mit Lähmung ihre jungen Glieder!

CORNWALL: Pfui, pfui, pfui!

LEAR: Du jäher Blitz, flamm in ihr stolzes Auge
Dein blendend Feur! Verpestet ihre Schönheit,
Sumpfnebel, die der Sonne Macht gebrütet,
Welkt und vernichtet ihren Stolz!

REGAN: O Götter!
Das wünscht Ihr einst auch mir, wenn Zorn Euch packt.

LEAR: Nein, Regan, nie empfängst du meinen Fluch.
Dein zart gestimmtes Herz gibt nimmer dich
Der Rauheit hin; ihr Auge sticht, doch deins
Tut wohl und brennt nicht; nimmer könntst du grollen
Bei meiner Freude, mein Gefolg vermindern,
Mit herbem Zank mein Ausgesetztes schmälern
Und endlich gar mit Kett und Riegel mir
Den Eintritt wehren; nein, du lerntest besser
Die Pflichten der Natur, der Kindschaft Band,
Der Ehrfurcht Zoll, die Schuld der Dankbarkeit;

Du hast des Reiches Hälfte nicht vergessen,
Womit ich dich beschenkt.
REGAN: Nun, Herr, zur Sache!
LEAR: Wer setzte meinen Diener in den Stock?
CORNWALL: Was für Trompeten?
Der HAUSHOFMEISTER *tritt auf.*
REGAN: Ich weiß es, meiner Schwester; denn sie schreibt mir
Ihr schleunig Kommen. Ist deine Herrin da?
LEAR: Das ist ein Sklav, des leicht geborgter Stolz
In seiner Herrschaft flücht'ger Gnade wohnt;
Geh, Schuft, mir aus dem Auge!
CORNWALL: Was meint Eur Gnaden?
LEAR: Wer blockte meinen Diener? Regan, ich hoffe,
Du wußtest nicht darum. – Wer kommt da? O ihr Götter!
GONERIL *kommt.*
Wenn ihr die Alten liebt, eur mildes Zepter
Gehorsam heiligt, wenn ihr selber alt seid,
Macht es zu eurem Streit; sprecht, zeugt für mich! –
Zu Goneril: Schämst du dich nicht, auf diesen Bart zu sehn?
O Regan! Kannst du bei der Hand sie fassen?
GONERIL: Warum nicht bei der Hand? Was fehlt ich denn?
Nicht alles ist ja Fehl, was Torheit meint
Und Aberwitz so nennt.
LEAR: Ihr Sehnen seid zu starr,
Noch reißt ihr nicht? – Wie kam der in den Block?
CORNWALL: Ich ließ ihn schließen, Herr; doch seine Unart
Verdiente mindern Glimpf.
LEAR: Ihr? Tatet Ihr's?
REGAN: Hört, Vater, da Ihr schwach seid, scheint es auch.
Wollt bis zum Ablauf Eures Monats Ihr
Zurückgehn; bei der Schwester wohnen; dann,
Halb Euren Zug entlassend, kommt zu mir.
Ich bin jetzt fern vom Haus und nicht versehn,
Wie es sich ziemt, für Euern Unterhalt.
LEAR: Zurück zu ihr? und fünfzig Mann entlassen?
Nein, ehr verschwör ich alles Dach, und lieber
Setz ich mich aus der Tyrannei der Luft
Und will Kamrad mit Wolf und Eule werden:
O scharfer Zahn der Not! – Zurück zu ihr?
Der hitz'ge Frankreich, der mein jüngstes Kind
Ohn Erbgut nahm – so leicht zwäng ich mich wohl,

An seinem Throne kniend, wie ein Knecht,
Ein ärmlich Brot und Jahrgeld zu erbetteln.
Zurück zu ihr? – Verlange lieber noch,
Daß Sklav ich werd und Saumtier diesem Schuft!
Zeigt auf Oswald.

GONERIL: Wie's Euch beliebt.

LEAR: Ich bitt dich, Tochter, mach mich nicht verrückt!
Ich will dir nicht zur Last sein; Kind, leb wohl!
Wir wolln uns nicht mehr treffen, nicht mehr sehn.
Und doch bist du mein Fleisch, mein Blut, mein Kind;
Nein, eine Krankheit ehr in meinem Fleisch,
Die mein ich nennen muß; bist eine Beule,
Ein Pestauswuchs, ein schwellender Karfunkel
In meinem kranken Blut. Doch will ich dich nicht schelten;
Scham komme, wenn sie will, ich ruf ihr nicht;
Ich heiße nicht den Donnerträger schleudern
Noch schwatz ich aus von dir vor Jovis Thron.
Geh in dich, ganz nach Muße beßre dich.
Ich hab Geduld, ich kann bei Regan bleiben,
Ich und die hundert Ritter.

REGAN: Nicht so ganz!
Ich zählte nicht auf Euch, bin nicht gerüstet,
Euch zu empfangen; hört die Schwester, Herr!
Denn wer Eur Zürnen mit Vernunft betrachtet,
Muß sich doch sagen: Ihr seid alt und so –
Doch sie weiß, was sie tut.

LEAR: Ist dies nun gut gesprochen?

REGAN: Ich darf's behaupten, Herr. Was, fünfzig Ritter?
Ist's nicht genug? wozu bedürft Ihr mehr?
Wozu selbst diese, da Gefahr und Last
So viele widerrät? Kann so viel Volk
In einem Haus, bei zweierlei Befehl,
In Freundschaft stehn? 's ist schwer, beinah unmöglich.

GONERIL: Was braucht Ihr, Herr, noch andre Dienerschaft
Als meiner Schwester Leute oder meine?

REGAN: Jawohl, Mylord; wenn die nachlässig wären,
Bestraften wir sie dann. Kommt Ihr zu mir
– Denn jetzt seh ich Gefahr –, so bitt ich Euch,
Bringt mir nur fünfundzwanzig; denn nicht mehr
Kann ich herbergen oder zugestehn.

LEAR: Ich gab euch alles –

REGAN: Und zur rechten Zeit.
LEAR: Macht euch zu meinen Pflegern und Verwaltern;
Nur diese Anzahl zum Gefolge mir
Behielt ich vor. Was, muß ich zu dir kommen
Mit fünfundzwanzig, Regan? Sagst du so?
REGAN: Und sag es noch einmal, Mylord: nicht mehr.
LEAR: Solch ruchlos Wesen sieht doch hübsch noch aus,
Sind andre noch ruchloser; nicht die Schlimmste
Zu sein ist dann wie Lob. *Zu Goneril:* Ich geh mit dir;
Dein Fünfzig macht doch zweimal fünfundzwanzig,
Und du bist zwiefach ihre Liebe.
GONERIL: Hört mich:
Was braucht Ihr fünfundzwanzig, zehn, ja fünf?
In einem Haus, wo Euch zweimal soviel
Zu Diensten stehn?
REGAN: Was braucht Ihr einen nur?
LEAR: O streite nicht, was nötig sei. Der schlechtste Bettler
Hat bei der größten Not noch Überfluß.
Gib der Natur nur das, was nötig ist,
So gilt des Menschen Leben wie des Tiers.
Du bist 'ne Edelfrau;
Wenn warm gekleidet gehn schon prächtig wäre,
Nun, der Natur tut deine Pracht nicht not,
Die kaum dich warm hält; – doch für wahre Not –
Gebt, Götter, mir Geduld, Geduld tut not! –
Ihr seht mich hier, 'nen armen, alten Mann,
Gebeugt durch Gram und Alter, zwiefach elend!
Seid ihr's, die dieser Töchter Herz empört
Wider den Vater, narrt mich nicht so sehr,
Es zahm zu dulden; weckt mir edeln Zorn!
O laßt nicht Weiberwaffen, Wassertropfen,
Des Mannes Wang entehren! – Nein, ihr Teufel,
Ich will mir nehmen solche Rach an euch,
Daß alle Welt – will solche Dinge tun –
Was, weiß ich selbst noch nicht; doch solln sie werden
Das Graun der Welt. Ihr denkt, ich werde weinen?
Nein, weinen will ich nicht.
Wohl hab ich Grund zu weinen; doch dies Herz
Soll eh in hunderttausend Scherben splittern,
Bevor ich weine. – O Narr, ich werde rasend!
Lear, Gloster, Kent und der Narr gehn ab.

CORNWALL: Gehn wir hinein, es kommt ein Sturm.

Sturm und Gewitter von weitem.

REGAN Das Haus ist klein, es faßt den Alten nicht
Und sein Gefolg.
GONERIL: ’s ist seine Schuld, er nahm sich selbst die Ruh;
Nun büßt er seine Torheit.
REGAN: Was ihn betrifft, ihn nehm ich gerne auf:
Doch keinen seines Zugs.
GONERIL: So denk ich auch. –
Wo ist Mylord von Gloster?

GLOSTER *kommt zurück.*

CORNWALL: Er ging dem Alten nach – dort kommt er wieder.
GLOSTER: Der König ist in Wut.
CORNWALL: Wo geht er hin?
GLOSTER: Er will zu Pferd, doch weiß ich nicht, wohin.
CORNWALL: Man lasse den, der selbst sich führen will.
GONERIL: Mylord, ersucht ihn ja nicht, hier zu bleiben!
GLOSTER: O Gott, die Nacht bricht ein, der scharfe Wind
Weht schneidend; viele Meilen ringsumher
Ist kaum ein Busch.
REGAN: O Herr, dem Eigensinn
Wird Ungemach, das er sich selber schafft,
Der beste Lehrer. Schließt des Hauses Tor;
Er hat verwegne Diener im Gefolg;
Wozu ihn die anhetzen, da so leicht
Sein Ohr betört wird: das muß Vorsicht scheun.
CORNWALL: Schließt Eure Pforte, Herr; die Nacht ist schlimm,
Und Regan rät uns gut. Kommt aus dem Sturm.

Sie gehn ab.

DRITTER AUFZUG

ERSTE SZENE

Eine Heide.

Sturm, Donner und Blitz. KENT *und ein* RITTER *treten von verschiedenen Seiten auf.*

KENT: Wer ist da, außer schlechtem Wetter?
RITTER: Ein Mann, gleich diesem Wetter, höchst bewegt.

KENT: Ich kenn Euch; wo ist der König?
RITTER: Im Kampf mit dem erzürnten Element.
Er heißt den Sturm die Erde wehn ins Meer
Oder die krause Flut das Land ertränken,
Daß alles wandle oder untergeh;
Rauft aus sein weißes Haar, das wüt'ge Windsbraut
Mit blindem Grimm erfaßt und macht zu nichts.
Er will in seiner kleinen Menschenwelt
Des Sturms und Regens Wettkampf übertrotzen.
In dieser Nacht, wo bei den Jungen gern
Die ausgesogne Bärin bleibt, der Löwe
Und hungergrimm'ge Wolf gern trocken halten
Ihr Fell, rennt er mit unbedecktem Haupt
Und heißt, was immer will, hinnehmen alles.
KENT: Doch wer ist mit ihm?
RITTER: Der Narr allein, der wegzuscherzen strebt
Sein herzerschütternd Leid.
KENT: Ich kenn Euch, Herr,
Und wag es auf die Bürgschaft meiner Kunde,
Euch Wicht'ges zu vertraun. Es trennt ein Zwiespalt –
Wiewohl sie noch den Schein davon verhüllen
In gleicher List – Albanien und Cornwall.
Sie haben – so wie jeder, den sein Stern
Erhob und krönte – Diener, treu zum Schein,
Die heimlich Frankreichs Spione sind und Wächter,
Belehrt von unserm Zustand, allen Händeln
Und Zänkerein der Fürsten, von
Dem schweren Joch, das beide auferlegt
Dem alten König, von noch tiefern Dingen,
Wozu vielleicht dies nur ein Vorspiel war;
Doch ist's gewiß, von Frankreich kommt ein Heer
In dies zerrißne Reich, das schon, mit Klugheit
Benutzend unsre Säumnis, heimlich fußt
In unsern besten Häfen und alsbald
Sein Banner frei entfaltet. Nun für Euch:
Wagt Ihr's, so fest zu bauen auf mein Wort,
Daß Ihr nach Dover gleich enteilt, so findet
Ihr jemand, der's Euch dankt, erzählt Ihr treu,
Welch unnatürlich sinnverwirrend Leid
Des Königs Klage weckt.
Ich bin ein Edelmann von altem Blut,

Und weil ich Euch als zuverlässig kenne,
Vertrau ich Euch dies Amt.

RITTER Ich werd Euch weiter sprechen.

KENT: Nein, das nicht –
Und zur Bestät'gung, ich sei Größres als
Mein äußrer Schein, empfangt die Börs und nehmt,
Was sie enthält. Wenn Ihr Cordelia seht –
Und daran zweifelt nicht –, zeigt ihr den Ring,
Und nennen wird sie Euch den Freund, des Namen
Euch jetzt noch unbekannt. Hu, welch ein Sturm!
Ich will den König suchen.

RITTER: Gebt mir die Hand. Habt Ihr nicht mehr zu sagen?

KENT: Nicht viel, doch in der Tat das Wichtigste:
Dies, wenn den König wir gefunden – Ihr
Geht diesen Weg, ich jenen – wer zuerst
Ihn antrifft, ruf's dem andern zu.

Sie gehn nach verschiedenen Seiten ab.

ZWEITE SZENE

Eine andere Gegend auf der Heide.

Fortdauernd Ungewitter. Es treten auf LEAR *und der* NARR.

LEAR: Blast, Wind', und sprengt die Backen! Wütet! Blast!
Ihr Katarakt' und Wolkenbrüche, speit,
Bis ihr die Türm ersäuft, die Hähn ertränkt!
Ihr schwefligen, gedankenschnellen Blitze,
Vortrab dem Donnerkeil, der Eichen spaltet,
Versengt mein weißes Haupt! Du Donner, schmetternd,
Schlag flach das mächt'ge Rund der Welt; zerbrich
Die Formen der Natur, vernicht auf eins
Den Schöpfungskeim des undankbaren Menschen.

NARR: Ach Gevatter, Hofweihwasser in einem trocknen Hause ist besser als dies Regenwasser draußen. Lieber Gevatter, hinein und bitt um deiner Töchter Segen; das ist 'ne Nacht, die sich weder des Weisen noch des Toren erbarmt.

LEAR: Raßle nach Herzenslust! Spei, Feuer! flute, Regen!
Nicht Regen, Wind, Blitz, Donner sind meine Töchter:
Euch schelt ich grausam nicht, ihr Elemente;
Euch gab ich Kronen nicht, nannt euch nicht Kinder,
Euch bindet kein Gehorsam; darum büßt

Die grause Lust: Hier steh ich, euer Sklav,
Ein alter Mann, arm, elend, siech, verachtet:
Und dennoch knecht'sche Helfer nenn ich euch,
Die ihr im Bund mit zwei verruchten Töchtern
Türmt eure hohen Schlachtreihn auf ein Haupt,
So alt und weiß wie dies. Oh, oh, 's ist schändlich!

NARR: Wer ein Haus hat, seinen Kopf hineinzustecken, der hat einen guten Kopflatz.

Wenn Hosenlatz will hausen,
Eh Kopf ein Dach geschafft,
Wird Kopf und Latz verlausen,
Solch Frein ist bettelhaft.
Und willst du deinen Zeh,
Du Tropf, zum Herzen machen,
Schreist übern Leichdorn weh,
Statt schlafen wirst du wachen.

Denn noch nie gab's ein hübsches Kind, das nicht Gesichter vorm Spiegel schnitt.

KENT *tritt auf.*

LEAR: Nein! Ich will sein ein Muster aller Langmut,
Ich will nichts sagen.

KENT: Wer da?

NARR: Nun, hier ist Gnade und ein Hosenlatz; das heißt: ein Weiser und ein Narr.

KENT: Ach, seid Ihr hier, Mylord? Was sonst die Nacht liebt,
Liebt solche Nacht doch nicht: des Himmels Zorn
Scheucht selbst die Wanderer der Finsternis
In ihre Höhlen. Seit ich ward zum Mann,
Erlebt ich nimmer solchen Feuerguß,
Solch Krachen grausen Donners, solch Geheul
Des brüllnden Regensturms: kein menschlich Wesen
Erträgt solch Leid und Graun.

LEAR: Jetzt, große Götter,
Die ihr so wild ob unsern Häuptern wettert,
Sucht eure Feinde auf: Zittre, du Frevler,
Auf dem verborgne Untat ruht, vom Richter
Noch ungestraft! – Versteck dich, blut'ge Hand;
Meineid'ger Schalk, und du, o Tugendheuchler,
Der in Blutschande lebt! Zerscheitre, Sünder,
Der unterm Mantel frommer Ehrbarkeit
Mord stiftete! Ihr tief verschloßnen Greul,

Sprengt den verhüllnden Zwinger, fleht um Gnade
Die grausen Mahner. – Ich bin ein Mann, an dem
Man mehr gesündigt, als er sündigte.

KENT: O Gott, mit bloßem Haupt! –
Mein gnäd'ger Herr, nahbei ist eine Hütte,
Die bietet etwas Schutz doch vor dem Sturm;
Ruht dort, indes ich in dies harte Haus –
Weit härter als der Stein, aus dem's erbaut,
Das eben jetzt, als ich nach Euch gefragt,
Mir schloß die Tür – zurückgeh und ertrotze
Ihr karges Mitleid.

LEAR: Mein Geist beginnt zu schwindeln.
Wie geht's, mein Junge? Komm, mein Junge! Friert dich?
Mich selber friert. Wo ist die Streu, Kamrad?
Die Kunst der Not ist wundersam; sie macht
Selbst Schlechtes köstlich. Nun zu deiner Hütte.
Du armer Schelm und Narr, mir blieb ein Stückchen
Vom Herzen noch, und das bedauert dich.

NARR: Wem der Witz nur schwach und gering bestellt,
Hop heisa bei Regen und Wind,
Der füge sich still in den Lauf der Welt,
Denn der Regen, der regnet jeglichen Tag.

LEAR: Wahr, lieber Junge. – Kommt, zeigt uns die Hütte! *Ab.*

NARR: Das ist 'ne hübsche Nacht, um eine Buhlerin abzukühlen. Ich will eine Prophezeiung sprechen, eh ich gehe:

Wenn Priester Worte, nicht Werke häufen,
Wenn Brauer in Wasser ihr Malz ersäufen,
Wenn der Schneider den Junker Lehrer nennt,
Kein Ketzer mehr, nur der Buhler brennt,
Wenn Richter ohne Falsch und Tadel,
Wenn ohne Schulden Hof und Adel,
Wenn Lästrung nicht auf Zungen wohnt,
Der Gauner des Nächsten Beutel schont,
Wenn die Wuchrer ihr Gold im Felde beschaun
Und Huren und Kuppler Kirchen baun,
Dann kommt das Reich von Albion
In große Verwirrung und Konfusion:
Dann kommt die Zeit, wer's lebt zu sehn,
Daß man mit Füßen pflegt zu gehn.

Diese Prophezeiung wird Merlin machen, denn ich lebe vor seiner Zeit. *Ab.*

Dritte Szene

Glosters Schloß.

Es treten auf Gloster *und* Edmund.

GLOSTER: O Gott! Edmund, diese unnatürliche Begegnung gefällt mir nicht. Als ich sie um Erlaubnis bat, mich seiner erbarmen zu dürfen, da verboten sie mir den Gebrauch meines eignen Hauses, befahlen mir bei Strafe ihrer ewigen Ungnade, weder von ihm zu sprechen, für ihn zu bitten noch ihn auf irgendeine Weise zu unterstützen.

EDMUND: Höchst grausam und unnatürlich!

GLOSTER: Nun, nun, sage nichts. Es ist ein Zwiespalt zwischen den beiden Herzogen, und Schlimmeres als das; ich erhielt diesen Abend einen Brief – es ist gefährlich, davon zu reden; ich verschloß den Brief in meinem Kabinett. Die Kränkungen, die der König jetzt duldet, werden schwer geahndet werden; ein Teil des Heeres ist schon gelandet, und wir müssen es mit dem König halten. Ich will ihn aufsuchen und ihn heimlich unterstützen. Geh du und unterhalte ein Gespräch mit dem Herzog, damit er diese Teilnahme nicht bemerke. Wenn er nach mir fragt, bin ich krank und zu Bett gegangen. Und sollte es mein Tod sein – wie mir denn nichts Geringeres gedroht ist –, dem König, meinem alten Herrn, muß geholfen werden. Es sind seltsame Dinge im Werk; Edmund, ich bitte dich, sei behutsam. *Ab.*

EDMUND: Von diesem dir verbotnen Liebesdienst
Und von dem Brief meld ich sogleich dem Herzog.
Dies scheint ein groß Verdienst und soll mir lohnen
Mit meines Vaters Raub, den Gütern allen:
Die Jungen steigen, wenn die Alten fallen. *Ab.*

Vierte Szene

Heide. Vor einer Hütte.

Es treten auf Lear, Kent *und der* Narr.

KENT: Hier ist's, Mylord; o geht hinein, Mylord!
Die Tyrannei der offnen rauhen Nacht
Hält die Natur nicht aus.
Fortdauernder Sturm.

LEAR: Laß mich zufrieden.
KENT: Ich bitt Euch, kommt.
LEAR: Willst du das Herz mir brechen?
KENT: Mein eignes ehr. O geht hinein, mein König!
LEAR: Dir dünkt es hart, daß dieser wüt'ge Sturm
Uns bis zur Haut durchdringt: so ist es dir;
Doch wo die größre Krankheit Sitz gefaßt,
Fühlt man die mindre kaum. Du fliehst den Bären;
Doch führte dich die Flucht zur brüllnden See,
Liefst du dem Bären in den Schlund. Ist frei der Geist,
Dann fühlt der Körper zart. Der Sturm im Geist
Raubt meinen Sinnen jegliches Gefühl,
Nur das bleibt, was hier wühlt – Undank des Kindes!
Als ob der Mund zerfleischte diese Hand,
Weil sie ihm Nahrung bot! Schwer will ich strafen! –
Nicht will ich weinen mehr. In solcher Nacht
Mich auszusperrn! – Gieß fort; ich will's erdulden. –
In solcher Nacht wie der! O Regan, Gon'ril!
Euren alten, guten Vater, des freies Herz
Euch alles gab – o auf dem Weg liegt Wahnsinn!
Nein, dahin darf ich nicht, nichts mehr davon!
KENT: Mein guter König, geht hinein!
LEAR: Bitt dich, geh du hinein, sorg für dich selbst.
Der Sturm erlaubt nicht, Dingen nachzusinnen,
Die mehr mich schmerzen. Doch ich geh hinein.
Zum Narren: Geh, Bursch, voran! – Du Armut ohne Dach –
Nun, geh doch! Ich will beten und dann schlafen.
Der Narr geht in die Hütte.
Ihr armen Nackten, wo ihr immer seid,
Die ihr des tück'schen Wetters Schläge duldet,
Wie soll eur schirmlos Haupt, hungernder Leib,
Der Lumpen offne Blöß euch Schutz verleihn
Vor Stürmen, so wie dem? O daran dacht ich
Zu wenig sonst! – Nimm Arzenei, o Pomp!
Gib preis dich, fühl einmal, was Armut fühlt,
Daß du hinschüttst für sie dein Überflüß'ges
Und rettest die Gerechtigkeit des Himmels!
EDGAR *drinnen*: Anderthalb Klafter! Anderthalb Klafter!
Armer Tom!
NARR *indem er aus der Hütte läuft*: Geh nicht hinein, Gevatter!
Hier ist ein Geist! Hilfe! Hilfe!

KENT: Gib mir die Hand. – Wer ist da?
NARR: Ein Geist, ein Geist! Er sagt, er heiße armer Tom.
KENT: Wer bist du, der im Stroh hier murmelt?
Komm heraus!

EDGAR *tritt auf, als Wahnsinniger verkleidet.*

EDGAR: Hinweg! Der böse Feind verfolgt mich.
Durch scharfen Hagedorn saust der kalte Wind: Hu! –
Geh in dein kaltes Bett und wärme dich!
LEAR: Wie? Gabst du alles deinen beiden Töchtern?
Und kamst du so herunter?
EDGAR: Wer gibt dem armen Tom was? – den der böse Feind durch Feuer und durch Flammen geführt hat, durch Flut und Strudel, über Moor und Sumpf, der ihm Messer unters Kissen gelegt hat und Schlingen unter seinen Stuhl; der ihm Rattengift in die Suppe tat, der ihm Hoffart eingab, auf einem braunen, trabenden Roß über vier Zoll breite Stege zu reiten und seinem eigenen Schatten wie einem Verräter nachzujagen. Gott schütze deine fünf Sinne! Tom friert. *Vor Frost schaudernd:* O de de de de de! – Gott schütze dich vor Wirbelwinden, vor bösen Sternen und Seuchen! Gebt dem armen Tom ein Almosen, den der böse Feind heimsucht: hier könnt ich ihn jetzt haben, und hier – und da – und hier wieder – und hier.

Immerwährend Ungewitter.

LEAR: Was, brachten ihn die Töchter in solch Elend?
Konntst du nichts retten? Gabst du alles hin?
NARR: Nein, er behielt ein Laken, sonst müßten wir uns alle schämen.
LEAR: Nun, jede Seuche, die die Luft zur Strafe
Der Sünder herbergt, stürz auf deine Töchter!
KENT: Herr! Er hat keine Töchter!
LEAR: Ha, Tod, Rebell! Nichts beugte die Natur
Zu solcher Schmach als undankbare Töchter. –
Ist's Mode jetzt, daß weggejagte Väter
So wüten müssen an dem eignen Fleisch?
Sinnreiche Strafe! Zeugte doch dies Fleisch
Diese Pelikantöchter.
EDGAR: Pillicock saß auf Pillicocks Berg:
Hallo, hallo, hallo!
NARR: Diese kalte Nacht wird uns alle zu Narren und Tollen machen.

EDGAR: Hüte dich vor dem bösen Feind; gehorch deinen Eltern; halte dein Wort; fluche nicht; verführe nicht deines Nächsten angetrautes Weib; stelle deine Sache nicht auf eitle Pracht – Tom friert!

LEAR: Was bist du gewesen?

EDGAR: Ein Verliebter, stolz an Herz und Sinn, der sein Haar kräuselte, Handschuh' an seiner Kappe trug, den Lüsten seiner Gebieterin frönte und das Werk der Finsternis mit ihr trieb. Ich schwur so viel Eide, wie ich Worte redete, und brach sie im holden Angesicht des Himmels; schlief ein in Gedanken der Wollust und erwachte, sie auszuführen; den Wein liebte ich kräftig, die Würfel heftig, und mit den Weibern übertraf ich den Großtürken; falsch von Herz, leicht von Ohr, blutig von Hand; Schwein in Faulheit, Fuchs im Stehlen, Wolf in Gier, Hund in Tollheit, Löwe in Raubsucht. Laß nicht das Knarren der Schuhe noch das Rascheln der Seide dein armes Herz den Weibern verraten. Halte deinen Fuß fern von Bordellen, deine Hand von Schürzen, deine Feder von Schuldbüchern und trotze dem bösen Feind! Immer noch durch den Hagedorn saust der kalte Wind; ruft summ, mum, heinonino. Dauphin, mein Junge, Hurra! Laß ihn vorbei.

Anhaltendes Ungewitter.

LEAR: Nun, dir wäre besser in deinem Grabe, als so mit unbedecktem Leib dieser Wut der Lüfte zu begegnen. Ist der Mensch nicht mehr als das? – Betracht ihn recht! Du bist dem Wurm keine Seide schuldig, dem Tier kein Fell, dem Schaf keine Wolle, der Katze keinen Bisam. Ha, drei von uns sind überkünstelt: du bist das Ding selbst; der natürliche Mensch ist nichts mehr als solch ein armes, nacktes, zweizinkiges Tier wie du. Fort, fort, ihr Zutaten! – Kommt, knöpft mich auf! *Er reißt sich die Kleider ab.*

NARR: Ich bitt dich, Gevatter, laß gut sein; das ist eine garstige Nacht zum Schwimmen. Jetzt wär ein kleines Feuer auf einer wüsten Heide wie eines alten Buhlers Herz; ein kleiner Funke, und der ganze übrige Körper kalt. Seht, hier kommt ein wandelndes Feuer.

EDGAR: Das ist der böse Feind Flibbertigibbet; er kommt mit der Abendglocke und geht um bis zum ersten Hahnenschrei; er bringt den Star und den Schwind, macht das Auge schielend und schickt Hasenscharten, verschrumpft den weißen

Weizen und quält die arme Kreatur auf Erden:
Sankt Withold ins Feld dreimal wollt schreiten:
Kommt die Nachtmähr und ihre neun Füllen von weitem;
Da dräut er gleich:
Entweich! Entweich!
Und trolle dich, Alp, und troll dich!

KENT: Wie geht's, mein König?

GLOSTER *kommt mit einer Fackel.*

LEAR: Wer ist der?

KENT: Wer da? Wen sucht Ihr?

GLOSTER: Wer seid ihr? Eure Namen?

EDGAR: Der arme Tom, der den schwimmenden Frosch ißt, die Kröte, die Unke, den Kellermolch und den Wassermolch; der in der Wut seines Herzens, wenn der böse Feind tobt, Kuhmist für Salat ißt, die alte Ratte verschlingt und den toten Hund; den grünen Mantel des stehenden Pfuhls trinkt; gepeitscht wird von Kirchspiel zu Kirchspiel und in die Eisen gesteckt, gestäupt und eingekerkert; der drei Kleider hatte für seinen Rücken, sechs Hemden für seinen Leib, zum Reiten ein Pferd, zum Tragen ein Schwert:

Doch Mäus und Ratten und solch Getier
Aß Tom sieben Jahr lang für und für.

Hütet euch vor meinem Verfolger! Still, Smolkin, still, du böser Feind!

GLOSTER:
Wie, gnäd'ger Herr! Nicht bessere Gesellschaft?

EDGAR: Der Fürst der Finsternis ist ein Edelmann, Modo heißt er und Mahu.

GLOSTER: Ach unser Fleisch und Blut, Herr, ward so schlecht,
Daß es die haßt, die es erzeugt.

EDGAR: Tom friert!

GLOSTER: Kommt mit mir, meine Treu erträgt es nicht,
Zu folgen Eurer Töchter hartem Willen;
Befahlen sie mir gleich, die Tür zu schließen,
Euch preiszugeben der tyrann'schen Nacht:
Doch hab ich's drauf gewagt, Euch auszuspähn,
Und führ Euch hin, wo Mahl bereit und Feuer.

LEAR: Erst red ich noch mit diesem Philosophen:
Woher entsteht der Donner?

KENT: Mein teurer Herr! Nehmt seinen Vorschlag an,
Geht in das Haus.

LEAR: Ein Wort mit diesem kundigen Thebaner: –
Was ist dein Studium?
EDGAR: Den Teufel fliehn und Ungeziefer töten.
LEAR: Ein Wort mit Euch noch insgeheim.
KENT: Drängt ihn noch einmal, mitzugehn, Mylord!
Das Ungewitter dauert fort.
Sein Geist beginnt zu schwärmen.
GLOSTER: Kannst du's tadeln?
Die Töchter suchen seinen Tod. Das sagtst du
Voraus, du guter Kent! Du armer Flüchtling!
Du fürchtst, der König wird verrückt; glaub mir,
Fast bin ich's selber auch; ich hatt 'nen Sohn,
Verstoßen jetzt, er stand mir nach dem Leben
Erst neulich, eben jetzt: ich liebt ihn, Freund,
Mehr liebt' kein Vater je; ich sage dir,
Der Gram zerstört den Geist mir. Welche Nacht! –
Ich bitt Eur Hoheit –
LEAR: O verzeiht;
Mein edler Philosoph! begleitet uns.
EDGAR: Tom friert.
GLOSTER: Hinein, Bursch, in die Hütte, halt dich warm!
LEAR: Kommt all hinein.
KENT: Hierher, Mylord!
LEAR: Mit ihm;
Ich bleibe noch mit meinem Philosophen.
KENT: Willfahrt ihm, Herr, gebt ihm den Burschen mit!
GLOSTER: So nehmt ihn mit.
KENT: Du folg uns! Komm mit uns!
LEAR: Komm, mein Athener!
GLOSTER: Nicht viel Worte, still!
EDGAR: Herr Roland kam zum finstern Turm,
Sein Wort war stets: seid auf der Hut,
Ich wittr, ich wittre Britenblut.
Sie gehen alle ab.

FÜNFTE SZENE

Glosters Schloß.

Es treten auf CORNWALL *und* EDMUND.

CORNWALL: Ich will Rache an ihm, eh ich sein Haus verlasse.

EDMUND: Mylord, wie man mich tadeln wird, daß ich so die Natur meinem Diensteifer geopfert – daran denk ich mit Schaudern.

CORNWALL: Ich sehe nun ein, daß Euer Bruder nicht so ganz aus Bösartigkeit seinen Tod suchte; es war vielmehr ein edleres Gefühl, durch die Schlechtigkeit des Alten erregt.

EDMUND: Wie heimtückisch ist mein Schicksal, daß ich bejammern muß, gerecht zu sein! – Hier ist der Brief, von dem er sprach, aus dem hervorgeht, daß er ein geheimer Anhänger der französischen Partei ist. O Himmel! daß dieser Verrat nicht wäre oder ich nicht der Entdecker!

CORNWALL: Kommt mit mir zur Herzogin.

EDMUND: Wenn der Inhalt dieses Briefes wahr ist, so habt Ihr wichtige Dinge zu erledigen.

CORNWALL: Wahr oder falsch, er hat dich zum Grafen von Gloster gemacht. Suche deinen Vater auf, daß er gleich zur Rechenschaft gezogen werde.

EDMUND *beiseite*: Finde ich ihn beschäftigt, dem König beizustehn, so wird das den Argwohn noch verstärken. *Laut:* Ich will in meiner Treue fortfahren, wie schmerzlich auch der Kampf zwischen mir und meinem Herzen ist.

CORNWALL: Du sollst mein Vertrauen besitzen und in meiner Liebe einen bessern Vater finden.

Sie gehen ab.

SECHSTE SZENE

Stube in einem Bauernhaus beim Schloß.

KENT *und* GLOSTER *treten ein.*

GLOSTER: Hier ist's besser als in der freien Luft; nehmt es dankbar an; ich werde zu Eurer Bequemlichkeit hier hinzufügen, was ich vermag; gleich bin ich wieder bei Euch.

KENT: Alle Kraft seines Geistes ist seiner Ungeduld gewichen. Die Götter mögen Euch Eure Freundlichkeit lohnen!

Gloster geht ab.

LEAR, EDGAR *und der* NARR *kommen herein.*

EDGAR: Frateretto ruft mir und sagt, Nero fische im Pfuhl der Finsternis. *Zum Narren*: Bete, du Unschuldiger, und hüte dich vor dem bösen Feind.

NARR: Bitt dich, Gevatter, sag mir, ist ein toller Mann ein Edelmann oder ein Bürgersmann?

LEAR: Ein König, ein König!

NARR: Nein, 's ist ein Bürgersmann, der einen Edelmann zum Sohn hat; denn der ist ein wahnsinniger Bürgersmann, der seinen Sohn früher als sich zum Edelmann werden sieht.

LEAR: Daß ihrer tausend mit rotglühnden Spießen
Laut zischend auf sie stürzten!

EDGAR: Der böse Feind beißt mich im Rücken.

NARR: Der ist toll, der auf die Zahmheit eines Wolfs baut, auf die Gesundheit eines Pferdes, eines Knaben Liebe oder einer Hure Schwur.

LEAR: Es soll geschehn, gleich sprech ich euer Urteil.
Zu Edgar: Komm, setz dich her, du hochgelehrter Richter;
Zum Narren: Du weiser Herr, sitz hier. Nun, ihr Wölfinnen.

EDGAR: Sieh, wie er steht und glotzt. Habt Ihr keine Augen vor Gericht, schöne Dame?
Komm übern Bach, mein Liesel, zu mir.

NARR *singt*: Ihr Kahn ist nicht dicht,
Doch sagt sie dir's nicht,
Warum sie rüber nicht darf zu dir.

EDGAR: Der böse Feind verfolgt den armen Tom mit der Stimme der Nachtigall. Hoptanz schreit in Toms Bauch nach zwei Heringen. Krächze nicht, schwarzer Engel! Ich habe kein Futter für dich.

KENT: Nun, bester Herr? O steht nicht so betäubt!
Wollt Ihr Euch legen, auf den Kissen ruhn?

LEAR: Erst das Verhör. Bringt mir die Zeugen her!
Zu Edgar: Du, Ratsherr im Talar, nimm deinen Platz;
Zum Narren: Und du, sein Amtsgenoß der Richterwürde,
Sitz ihm zur Seite. *Zu Kent*: Ihr seid auch Geschworner,
Setzt Euch gleichfalls.

EDGAR: Laßt uns gerecht verfahren.
Schläfst oder wachst du, artiger Schäfer?
Deine Schäfchen im Korne gehen,
Und flötet nur einmal dein niedlicher Mund,

Deinen Schäfchen kein Leid soll geschehen.
Purr! die Katz ist grau.

LEAR: Sprecht über die zuerst: 's ist Goneril. Ich schwöre hier vor dieser ehrenwerten Versammlung, sie hat den armen König, ihren Vater, mit Füßen getreten.

NARR: Kommt, Lady! Ist Eur Name Goneril?

LEAR: Sie kann's nicht leugnen.

NARR: Verzeiht! ich hielt Euch für 'nen Sessel.

LEAR: Und hier noch eine, deren scheeler Blick
Ihr finstres Herz verrät. O haltet fest!
He! Waffen, Waffen, Feuer, Schwert! – Bestechung!
Du falscher Richter, läßt du sie entfliehn?

EDGAR: Gott erhalte dir deine fünf Sinne!

KENT: O Jammer! – Herr, wo ist nun die Geduld,
Die Ihr so oft Euch rühmtet zu bewahren?

EDGAR *beiseite*: Meine Tränen nehmen so Partei für ihn,
Daß sie mein Spiel verderben.

LEAR: Die kleinen Hunde, seht,
Spitz, Mops, Blandine, alle belln mich an.

EDGAR: Tom wird seinen Kopf nach ihnen werfen. Hinaus mit euch, ihr Kläffer!

Sei dein Maul schwarz oder weiß,
Sei's von gift'gem Geifer heiß,
Windspiel, Bullenbeißer, Jagdhund,
Bracke, Pudel, Dogg und Schlachthund,
Lang- und Stumpfschwanz, all ihr Köter,
Hört ihr Tom, so schreit ihr Zeter,
Denn werf ich so den Kopf nach euch,
Rennt ihr und springt in Graben und Teich.

Du di du di, Sessa! – Kommt auf die Kirmes und den Jahrmarkt! – Armer Tom! Dein Horn ist trocken.

LEAR: Nun laßt sie Regan anatomieren und sehn, was um ihr Herz wuchert. Gibt's irgendeine Ursache in der Natur, die diese harten Herzen hervorbringt? *Zu Edgar*: Euch, Herr, halte ich als einen meiner Hundert; nur gefällt mir der Schnitt Eures Habits nicht. Ihr werdet sagen, es sei persische Tracht; aber laßt ihn ändern.

KENT: Nun, teurer Herr, ruht hier und schlaft ein Weilchen.

LEAR: Macht keinen Lärm, macht keinen Lärm; zieht den Vorhang zu. So, so, so; wir wollen zur Abendtafel morgen früh gehn; so, so, so.

NARR: Und ich will am Mittag zu Bett gehn.

GLOSTER *kommt zurück.*

GLOSTER:
Komm her, Freund, sag, wo ist mein Herr, der König?

KENT: Hier, Herr! Doch stört ihn nicht, er ist von Sinnen.

GLOSTER: Du guter Mann, nimm ihn in deine Arme;
Von einem Anschlag, ihn zu töten, hört ich.
Ich hab 'ne Sänfte, leg ihn da hinein,
Und rasch nach Dover, wo du finden wirst
Schutz und Willkommen. Eil und nimm ihn auf; –
Säumst du 'ne halbe Stunde nur, so ist
Sein Leben, deins und aller, die ihn schützen,
Verloren ohne Rettung: fort denn, fort!
Und folge mir; ich schaffe, dich zu schützen,
Ein schnell Geleit.

KENT: Schläfst du, erschöpfte Kraft?
Ein Balsam wär's für dein zerrißnes Leben,
Das, ist dir solche Lindrung nicht vergönnt,
Wohl schwer gesundet. *Zum Narren*: Komm, hilf deinem [Herrn,
Du darfst zurück nicht bleiben.

GLOSTER: Kommt hinweg!

Kent, Gloster und der Narr tragen den König fort.
Edgar bleibt allein.

EDGAR: Sehn wir den Größern tragen unsern Schmerz,
Kaum rührt das eigne Leid noch unser Herz.
Wer einsam duldet, fühlt die tiefste Pein,
Fern jeder Lust, trägt er den Schmerz allein:
Doch kann das Herz viel Leiden überwinden,
Wenn sich zur Qual und Not Genossen finden.
Mein Unglück dünkt mir leicht und minder scharf,
Da, was mich beugt, den König niederwarf;
Er kind-, ich vaterlos. Nun, Tom, wohlan,
Merk auf den Sturm der Zeit; erschein erst dann,
Wenn die Verleumdung, deren Schmach dich peinigt,
Beschämt durch Prüfung deinen Namen reinigt.
Komme, was will, zur Nacht: flieht nur der König! –
Gib acht! Gib acht! *Ab.*

SIEBENTE SZENE

Glosters Schloß.

Es treten auf CORNWALL, REGAN, GONERIL, EDMUND *und* BEDIENTE.

CORNWALL *zu Goneril*: Eilt sogleich zu Mylord, Eurem Gemahl; zeigt ihm diesen Brief: die französische Armee ist gelandet. Geht, sucht den Schurken Gloster.

Einige Bediente gehn ab.

REGAN: Hängt ihn ohne weiteres.

GONERIL: Reißt ihm die Augen aus.

CORNWALL: Überlaßt ihn meinem Unwillen. Edmund, leistet Ihr unsrer Schwester Gesellschaft; die Rache, die wir an Eurem verräterischen Vater zu nehmen gezwungen sind, verträgt Eure Gegenwart nicht wohl. Ermahnt den Herzog, wenn Ihr zu ihm kommt, zur schleunigsten Rüstung; wir werden das gleiche tun. Unsre Boten sollen schnell sein und das Verständnis zwischen uns erhalten. Lebt wohl, liebe Schwester – lebt wohl, Mylord von Gloster!

Der HAUSHOFMEISTER *tritt auf.*

CORNWALL: Nun? wo ist der König?

HAUSHOFMEISTER: Mylord von Gloster hat ihn fortgeführt.
Fünf- oder sechsunddreißig seiner Ritter,
Ihn eifrig suchend, trafen ihn am Tor
Und ziehn nebst andern von des Lords Vasallen
Mit ihm nach Dover, wo sie rüst'ger Freunde
Sich rühmen.

CORNWALL: Schafft die Pferde Eurer Herrin!

GONERIL: Lebt wohl, Mylord und Schwester!

Goneril und Edmund gehn ab.

CORNWALL:
Edmund, leb wohl. – Sucht den Verräter Gloster,
Bindt ihn, gleich wie 'nen Dieb, führt ihn hierher.

Einige Bediente ab.

Obgleich wir ihm nicht wohl ans Leben können
Ohn alle Rechtsform: doch soll unsre Macht
Willfahren unserm Zorn, was man zwar tadeln,
Nicht hindern mag. Wer kommt? Ist's der Verräter?

BEDIENTE *kommen mit* GLOSTER.

REGAN: Der undankbare Fuchs! Er ist's.

CORNWALL: Bindt ihm die welken Arme.
GLOSTER: Was meint Eur Hoheit? Freunde, denkt, ihr seid
Hier meine Gäste; frevelt nicht an mir.
CORNWALL: Bindt ihn!

Gloster wird gebunden.

REGAN: Fest! Fest! O schändlicher Verräter!
GLOSTER: Du unbarmherz'ge Frau, das war ich nie.
CORNWALL: Bindt ihn an diesen Stuhl: Schuft, du sollst sehn –

Regan zupft ihn am Barte.

GLOSTER: Beim güt'gen Himmel, das ist höchst unedel,
Zu raufen meinen Bart!
REGAN: So weiß, und solch ein Schelm!
GLOSTER: Ruchlose Frau,
Dies Haar, das du entreißest meinem Kinn,
Verklagt dich droben einst; ich bin eur Wirt;
Ihr solltet nicht mit Räuberhand mißhandeln
Mein gastlich Angesicht. Was wollt ihr tun?
CORNWALL:
Sprecht, was für Briefe schrieb man Euch aus Frankreich?
REGAN: Antwortet schlicht, wir wissen schon die Wahrheit.
CORNWALL: Und welchen Bund habt Ihr mit den Verrätern,
Die jetzt gelandet sind?
REGAN: In wessen Hand gabt Ihr den tollen König?
Sprecht!
GLOSTER: Einen Brief erhielt ich voll Vermutung,
Von jemand, der zu keiner Seite neigt
Und der nicht feindlich ist.
CORNWALL: Ausflucht!
REGAN: Und falsch.
CORNWALL: Wo sandtest du den König hin?
GLOSTER: Nach Dover.
REGAN: Warum nach Dover? Stand nicht dein Leben drauf –
CORNWALL: Warum nach Dover? Erst erklär er das.
GLOSTER: Am Pfahle fest, muß ich die Hatze dulden.
REGAN: Warum nach Dover?
GLOSTER: Weil ich nicht wollte sehn, wie deine Nägel
Ausrissen seine armen, alten Augen;
Noch, wie die unbarmherz'ge Goneril
In sein gesalbtes Fleisch die Hauer schlage.
Die See, in solchem Sturm, wie er ihn barhaupt
In höllenfinstrer Nacht erduldet, hätte

Sich aufgebäumt, verlöscht die ew'gen Lichter:
Doch armes, altes Herz, er half
Dem Himmel regnen. Wenn ein Wolf geheult
In jener grausen Nacht an deinem Tor,
Du hättst gerufen: Pförtner, tu doch auf!
Wer grausam sonst, ward mild. Doch seh ich noch
Beschwingte Rach ereilen solche Kinder.

CORNWALL: Sehn wirst du's nimmer. Halte fest den Stuhl,
Auf deine Augen setz ich meinen Fuß.

GLOSTER: Wer noch das Alter zu erleben hofft,
Der steh mir bei. – O grausam! O ihr Götter!

REGAN: Eins wird das andre höhnen; jenes auch.

CORNWALL: Siehst du nun Rache –

ERSTER DIENER: Haltet ein, Mylord!
Seit meiner Kindheit hab ich Euch gedient,
Doch bessern Dienst erwies ich Euch noch nie,
Als jetzt Euch: Halt! zurufen.

REGAN: Was, du Hund?

ERSTER DIENER:
Wenn Ihr 'nen Bart am Kinn trügt, ich zaust ihn
Bei solchem Streit; was habt Ihr vor?

CORNWALL: Mein Sklav?

Er zieht den Degen.

ERSTER DIENER:
Nun, dann nehmt hin, was Wut und Zufall bringen.

Sie fechten; Cornwall wird verwundet.

REGAN *zu einem Bedienten*:
Gib mir dein Schwert: Lehnt sich ein Bauer auf?

Sie durchsticht ihn von hinten.

ERSTER DIENER: Oh, ich bin hin! Mylord, Euch blieb ein Auge,
Die Straf an ihm zu sehn. – Oh! *Er stirbt.*

CORNWALL: Dafür ist Rat: heraus, du schnöder Gallert!
Wo ist dein Glanz nun?

GLOSTER: Alles Nacht und trostlos.
Wo ist mein Sohn Edmund? –
Edmund, schür alle Funken der Natur,
Und räche diesen Greul.

REGAN: Ha, falscher Bube,
Du rufst den, der dich haßt; er selber war's,
Der deinen Hochverrat entdeckt; er ist
Zu gut, dich zu bedauern.

GLOSTER: O mein Wahnsinn!
Dann tat ich Edgar Unrecht.
Götter, vergebt mir das, und segnet ihn!
REGAN Fort, werft ihn aus dem Tor, dann mag er riechen
Den Weg nach Dover. Wie ist Euch, Herr? Wie geht's?
Gloster wird weggebracht.
CORNWALL: Er schlug mir eine Wunde. – Folgt mir, Lady!
Hinaus den blinden Schurken! Diesen Hund
Werft auf den Mist. Regan, ich blute stark;
Dies kommt zur Unzeit. Gib mir deinen Arm.
Regan führt Cornwall ab.
ZWEITER DIENER: Ich achte nicht, was ich für Sünde tu,
Wenn's dem noch wohl geht.
DRITTER DIENER: Lebt sie lange noch
Und endigt leichten Tods nach altem Brauch,
So werden alle Weiber Ungeheuer.
ZWEITER DIENER:
Ihm nach, dem alten Grafen; schafft den Tollen,
Daß er ihn führen mag; sein Bettlerwahnsinn
Läßt sich zu allem brauchen.
DRITTER DIENER: Geh nur, ich hol ihm Flachs und Eierweiß,
Es auf sein blutiges Gesicht zu legen;
Der Himmel helf ihm!
Sie gehn ab nach verschiednen Seiten.

VIERTER AUFZUG

ERSTE SZENE

Die Heide.

EDGAR *tritt auf.*

EDGAR: Doch besser so und sich verachtet wissen,
Als stets verachtet und geschmeichelt sein.
Ist man ganz elend,
Das niedrigste, vom Glück geschmähtste Wesen,
Lebt man in Hoffnung noch und nicht in Furcht.
Beweinenswerter Wechsel trifft nur Bestes,
Das Schlimmste kehrt zum Lachen. Drum willkommen,
Du wesenlose Luft, die ich umfasse!

Der Ärmste, den du warfst ins tiefste Elend,
Fragt nichts nach deinen Stürmen. – Doch wer kommt hier?

GLOSTER, *von einem* ALTEN MANNE *geführt.*

Mein Vater, bettlergleich, geführt? Welt, Welt, o Welt!
Lehrt' uns dein seltsam Wechseln dich nicht hassen,
Das Leben beugte nimmer sich dem Alter.

ALTER MANN: O lieber, gnäd'ger Herr, ich war Euer Pächter,
und Eures Vaters Pächter an die achtzig Jahre.

GLOSTER: Geh deines Wegs, verlaß mich, guter Alter;
Dein Beistand kann mir doch nicht nützlich sein,
Dir möcht er schaden.

ALTER MANN: Ach, Herr, Ihr könnt ja Euren Weg nicht sehn.

GLOSTER: Ich habe keinen, brauch drum keine Augen;
Ich strauchelt, als ich sah. Das, was wir haben,
Macht uns zu sicher oft; sein Mangel
Wird zum Segen uns. O mein Sohn! mein Edgar,
Den des betrognen Vaters Zorn vernichtet!
Erlebt ich noch, umarmend dich zu sehn,
Dann spräch ich, wieder hab ich Augen!

ALTER MANN: Wer da?

EDGAR *beiseite*:
Gott, wer darf sagen: schlimmer kann's nicht werden?
's ist schlimmer nun als je.

ALTER MANN: Der tolle Tom!

EDGAR *beiseite*:
Und kann noch schlimmer gehn; 's ist nicht das Schlimmste,
Solang man sagen kann: dies ist das Schlimmste.

ALTER MANN: Wo willst du hin, Gesell?

GLOSTER: Ist er ein Bettler?

ALTER MANN: Ein Toller und ein Bettler.

GLOSTER: Er hat Vernunft noch, sonst könnt er nicht betteln;
Im letzten Nachtsturm sah ich solchen Wicht,
Und für 'nen Wurm mußt ich den Menschen halten;
Da kam mein Sohn mir ins Gemüt, und doch
War mein Gemüt ihm damals kaum befreundet.
Seitdem erfuhr ich mehr; was Fliegen sind
Den müß'gen Knaben, das sind wir den Göttern;
Sie töten uns zum Spaß.

EDGAR *beiseite*: Ist mir's denn möglich?
Ein schlecht Gewerb, beim Gram den Narren spielen;
Man ärgert sich und andre. *Laut:* Grüß euch Gott!

GLOSTER: Ist das der nackte Bursch?
ALTER MANN: Ja, gnäd'ger Herr.
GLOSTER: Dann geh, mein Freund. Willst du uns wieder treffen,
Ein zwei, drei Meilen weiter auf der Straße
Nach Dover zu, so tu's aus alter Liebe
Und bring 'ne Hülle für die nackte Seele:
Er soll mich führen.
ALTER MANN: Ach! er ist ja toll!
GLOSTER: 's ist Fluch der Zeit, daß Tolle Blinde führen! –
Tu, was ich bat, oder auch, was du willst;
Vor allem geh.
ALTER MANN: Den besten Anzug hol ich, den ich habe,
Entstehe draus, was mag. *Ab.*
GLOSTER: Hör, nackter Bursch!
EDGAR: Der arme Tom friert. *Beiseite:* Ich halte mich nicht länger!
GLOSTER: Komm her, Gesell!
EDGAR *beiseite*: Und doch, ich muß.
Laut: Gott schütz die lieben Augen dir, sie bluten.
GLOSTER: Weißt du den Weg nach Dover?
EDGAR: Steg' und Hecken, Fahrweg und Fußpfad. Der arme Tom ist um seine gesunden Sinne gekommen. Gott schütze dich, du gutes Menschenkind, vorm bösen Feind! Fünf Teufel waren zugleich im armen Tom: der Geist der Luft, Obidicut; Hoptanz, der Fürst der Stummheit; Mahu, des Stehlens; Modu, des Mords; und Flibbertigibbet, der Grimassenteufel, der seitdem in die Zofen und Stubenmädchen gefahren ist. Gott helfe dir, Herr!
GLOSTER: Hier nimm die Börse, du, den Zorn des Himmels
Zu jedem Fluch gebeugt: daß ich im Elend,
Macht dich beglückter. – So ist's recht, ihr Götter!
Laßt stets den üpp'gen, wollusttrunknen Mann,
Der eurer Satzung trotzt, der nicht will sehen,
Weil er nicht fühlt, schnell eure Macht empfinden:
Verteilung tilgte dann das Übermaß,
Und jeder hätte gnug. Sag, kennst du Dover?
EDGAR: Ja, Herr!
GLOSTER: Dort ist ein Fels, des hohe steile Klippe
Furchtbar hinabschaut in die jähe Tiefe.
Bring mich nur hin an seinen letzten Rand,
Und lindern will ich deines Elends Bürde

Mit einem Kleinod – von dem Ort bedarf
Ich keines Führers mehr.

EDGAR: Gib mir den Arm,
Tom will dich führen.

Sie gehn ab.

Zweite Szene

Schloß des Herzogs von Albanien.

Es treten auf Goneril *und* Edmund.

GONERIL:
Willkomm, Mylord! mich wundert, daß mein sanfter Mann
Uns nicht entgegenkam.

Der Haushofmeister *tritt auf.*

Wo ist dein Herr?

HAUSHOFMEISTER:
Drin, gnäd'ge Frau; doch ganz und gar verändert.
Ich sagt ihm von dem Heer, das jüngst gelandet,
Da lächelt' er; ich sagt ihm, daß Ihr kämt;
Er rief: „So schlimmer!" Als ich drauf berichtet
Von Glosters Hochverrat und seines Sohnes
Getreuem Dienst, da schalt er mich 'nen Dummkopf
Und sprach, daß ich verkehrt die Sache nähme;
Was ihm mißfallen sollte, scheint ihm lieb,
Was ihm gefallen, leid.

GONERIL *zu Edmund*: Dann geht nicht weiter;
's ist die verzagte Feigheit seines Geists,
Die nichts zu unternehmen wagt: kein Unrecht rührt ihn,
Soll er die Spitze bieten. Unser Wunsch
Von unterwegs kann in Erfüllung gehn;
Eilt denn zurück zu meinem Bruder, Edmund,
Beschleunigt seine Rüstung, führt sein Heer;
Ich muß die Waffen wechseln und die Kunkel
Dem Manne geben. Dieser treue Diener
Soll unser Bote sein; bald hört Ihr wohl,
Wenn Ihr zu Eurem Vorteil wagen wollt,
Was Eure Dame wünscht. Tragt dies; kein Wort; –
Neigt Euer Haupt: der Kuß, dürft er nur reden,
Erhöbe dir den Mut in alle Lüfte; –
Versteh mich und leb wohl.

EDMUND: Dein in den Reihn des Tods. *Ab.*

GONERIL: Mein teurer Gloster!
O welch ein Abstand zwischen Mann und Mann!
Ja, dir gebührt des Weibes Gunst; mein Narr
Besitzt mich wider Recht.

HAUSHOFMEISTER: Der Herzog, gnäd'ge Frau! *Ab.*

ALBANIEN *tritt auf.*

GONERIL: Sonst war ich doch des Pfeifens wert!

ALBANIEN: O Goneril,
Du bist des Staubs nicht wert, den dir der Wind
Ins Antlitz weht. Ich fürchte dein Gemüt:
Ein Wesen, das verachtet seinen Stamm,
Kann nimmer fest begrenzt sein in sich selbst.
Sie, die vom mütterlichen Baum sich löst
Und selber abzweigt, muß durchaus verwelken
Und Todeswerkzeug sein.

GONERIL: Nicht mehr, der Text ist albern.

ALBANIEN:
Weisheit und Tugend scheint dem Schlechten schlecht;
Schmutz riecht sich selbst nur gut. Was tatet ihr?
Tiger, nicht Töchter, was habt ihr verübt!
Ein Vater und ein gnadenreicher Greis,
Den wohl der zott'ge Bär in Ehrfurcht leckte –
O Schmach! O Schandtat! fiel durch euch in Wahnsinn!
Und litt mein edler Bruder solche Tat,
Ein Mann, ein Fürst, der ihm so viel verdankt? –
Schickt nicht der Himmel sichtbar seine Geister
Alsbald herab, zu zügeln diese Greul,
Muß Menschheit an sich selbst zum Raubtier werden
Wie Ungeheur der Tiefe.

GONERIL: Milchherz'ger Mann!
Der Wangen hat für Schläg, ein Haupt für Schimpf,
Dem nicht ein Auge ward, zu unterscheiden,
Was Ehre sei, was Kränkung; der nicht weiß,
Daß Toren nur den Schuft bedauern, der
Bestraft ward, eh er fehlt'. – Was schweigt die Trommel?
Frankreichs Panier weht hier im stillen Land;
Mit stolzem Helmbusch droht dein Mörder schon,
Und du, ein Tugendnarr, bleibst still und stöhnst:
„Ach, warum tut er das?"

ALBANIEN: Schau auf dich, Teufel;

Die eigne Häßlichkeit ist nicht am Satan
So graunvoll wie am Weibe.

GONERIL: Blöder Tor!

ALBANIEN: Schmach dir, entstellt, verwandelt Wesen, mach
Dein Antlitz nicht zum Scheusal! Ziemte mir's,
Daß diese Hand gehorchte meinem Blut,
Sie möchte leicht zerreißen dir und trennen
Fleisch und Gebein! Wie sehr du Teufel bist,
Die Weibsgestalt beschützt dich.

GONERIL: Ei, welche Mannheit nun!

Ein BOTE *tritt auf.*

ALBANIEN: Was bringst du Neues?

BOTE: O gnäd'ger Herr, tot ist der Herzog Cornwall;
Ihn schlug sein Knecht, als er ausreißen wollte
Graf Glosters zweites Auge.

ALBANIEN: Glosters Augen?

BOTE: Ein Knecht, den er erzog, gereizt von Mitleid,
Die Tat zu hindern, zückte seinen Degen
Auf seinen großen Herrn – der, drob ergrimmt,
Ihn rasch mit andrer Hilfe niederstieß –
Doch traf ihn schon der Todesstreich, der jetzt
Ihn nachgeholt.

ALBANIEN: Das zeigt, ihr waltet droben,
Ihr Richter, die so schnell der Erde Freveln
Die Rache senden. Doch, o armer Gloster,
Verlor er beide Augen?

BOTE: Beide, Herr!
Der Brief, Mylady, fordert schnelle Antwort,
Er kommt von Eurer Schwester.

GONERIL *beiseite*: Halb gefällt's mir;
Doch da sie Witwe und bei ihr mein Gloster,
Könnt all der luft'ge Bau zusammenstürzen
Auf mein verhaßtes Leben. Andrerseits
Mundet die Nachricht wenig. Ich will lesen
Und Antwort senden. *Ab.*

ALBANIEN: Wo war sein Sohn, als sie ihn blendeten?

BOTE: Er kam mit Eurer Gattin.

ALBANIEN: Er ist nicht hier.

BOTE: Mein gnäd'ger Herr, ich traf ihn auf dem Rückweg.

ALBANIEN: Weiß er die Greueltat?

BOTE: Ja, gnäd'ger Herr! Er war's, der ihn verriet

Und den Palast vorsätzlich mied, der Strafe
So freiern Lauf zu lassen.

ALBANIEN: Ich lebe, Gloster,
Die Treu, die du dem König zeigst, zu lohnen
Und dein Gesicht zu rächen! – Folg mir, Freund,
Und sag mir, was du sonst noch weißt.

Sie gehn ab.

DRITTE SZENE

Das französische Lager bei Dover.

Es treten auf KENT *und ein* EDELMANN.

KENT: Warum der König von Frankreich so plötzlich zurückgegangen ist: wißt Ihr die Ursache?

EDELMANN: Es war ein Staatsgeschäft noch nicht vollendet,
Das nach der Landung er bedacht; es drohte
Dem Königreich so viel Gefahr und Schrecken,
Daß eigne Gegenwart höchst dringend schien
Und unvermeidlich.

KENT: Wen ließ er hier zurück als seinen Feldherrn?

EDELMANN: Den Marschall Frankreichs, Monseigneur le Fer.

KENT: Reizten Eure Briefe die Königin nicht zu Äußerungen des Schmerzes?

EDELMANN: Jawohl, sie nahm sie, las in meinem Beisein,
Und dann und wann rollt' eine volle Träne
Die zarte Wang herab; es schien, daß sie
Als Kön'gin ihren Schmerz regierte, der
Rebellisch wollt ihr König sein.

KENT: Oh, dann
Ward sie bewegt.

EDELMANN:
Doch nicht zum Zorn. Geduld und Kummer stritten,
Wer ihr den stärksten Ausdruck lieh. Ihr saht
Regen zugleich und Sonnenschein: ihr Lächeln
Und ihre Tränen warn wie Frühlingstau.
Dies sel'ge Lächeln, das die frischen Lippen
Umspielte, schien, als wiß es um die Gäste
Der Augen nicht, die so von diesen schieden,
Wie Perlen von Demanten tropfen. Kurz,

Der Gram würd als ein Schatz gesucht, wenn jeden
Er also schmückte.

KENT: Hat sie nichts gesprochen?

EDELMANN: Ja, mehrmals seufzte sie den Namen Vater
Stöhnend hervor, als preßt' er ihr das Herz:
Rief: „Schwestern! Schwestern! Schmach der Frauen!
Schwestern!
Kent! Vater! Schwestern! Was, in Sturm und Nacht?
Glaubt an kein Mitleid mehr!" Dann strömten ihr
Die heil'gen Tränen aus den Himmelsaugen
Und netzten ihren Laut; sie stürzte fort,
Allein mit ihrem Gram zu sein.

KENT: Die Sterne,
Die Sterne bilden unsre Sinnesart,
Sonst zeugte nicht so ganz verschiedne Kinder
Ein und dasselbe Paar. – Spracht Ihr sie noch?

EDELMANN: Nein.

KENT: War's vor des Königs Reise?

EDELMANN: Nein, hernach.

KENT: Gut, Herr!
Der arme kranke Lear ist in der Stadt;
Manchmal in beßrer Stimmung wird's ihm klar,
Warum wir hier sind, und auf keine Weise
Will er die Tochter sehn.

EDELMANN: Weshalb nicht, Herr?

KENT: Ihn überwältigt so die Scham – sein harter Sinn,
Der seinen Segen ihr entzog, sie preisgab
Dem fremden Zufall und ihr teures Erbrecht
Den hünd'schen Töchtern lieh – das alles sticht
So giftig ihm das Herz, daß glühnde Scham
Ihn von Cordelia fernhält.

EDELMANN: Armer Herr!

KENT: Wißt Ihr von Cornwalls und Albaniens Macht?

EDELMANN: 's ist, wie gesagt, sie stehn im Feld.

KENT: Ich bring Euch jetzt zu unserm König Lear
Und laß ihn Eurer Pflege. Wicht'ge Gründe
Gebieten, mich verborgen noch zu halten;
Geb ich mich kund, so wird's Euch nicht gereuen,
Daß Ihr mich jetzt gekannt. Ich bitt Euch, kommt,
Begleitet mich.

Sie gehn ab.

VIERTE SZENE

Ebendaselbst. Ein Zelt.

Trommeln und Fahnen. CORDELIA, *ein* ARZT *und* SOLDATEN *treten auf.*

CORDELIA: O Gott, er ist's; man traf ihn eben noch
In Wut wie das empörte Meer; laut singend,
Bekränzt mit wildem Erdrauch, Windenranken,
Mit Kletten, Schierling, Nesseln, Kuckucksblumen
Und allem müß'gen Unkraut, welches wächst
Im nährnden Weizen. Hundert schickt und mehr;
Durchforscht jedwedes hochbewachsne Feld
Und bringt ihn zu uns.

Ein Offizier ab.

Was vermag die Kunst,
Ihm herzustellen die beraubten Sinne?
Er, der ihn heilt, nehm alle meine Schätze.

ARZT: Es gibt noch Mittel, Fürstin!
Die beste Wärtrin der Natur ist Ruhe,
Die ihm gebricht; und diese ihm zu schenken,
Vermag manch wirksam Heilkraut, dessen Kraft
Des Wahnsinns Augen schließen wird.

CORDELIA: All ihr gesegneten, geheimen Wunder,
All ihr verborgnen Kräfte der Natur,
Sprießt auf durch meine Tränen! Lindert, heilt
Des guten Greises Weh! Sucht, sucht nach ihm,
Eh seine blinde Wut das Leben löst,
Das sich nicht führen kann.

Ein BOTE *tritt auf.*

BOTE: Vernehmt, Mylady,
Die brit'sche Macht ist auf dem Zug hierher.

CORDELIA: Man wußt es schon; und wir sind vorbereitet,
Sie zu empfangen. O mein teurer Vater,
Für deine Wohlfahrt hab ich mich gerüstet,
Drum hat der große Frankreich
Mein Trauern, meiner Tränen Flehn erhört.
Nicht luft'ger Ehrgeiz treibt uns zum Gefecht,
Nur brünst'ge Lieb und unsers Vaters Recht;
Möcht ich doch bald ihn sehn und ihn vernehmen!

Sie gehn ab.

FÜNFTE SZENE

Ein Zimmer in Glosters Schloß.

Es treten auf REGAN *und der* HAUSHOFMEISTER.

REGAN: Doch steht des Bruders Macht im Feld?
HAUSHOFMEISTER: Ja, Fürstin.
REGAN: Er selbst zugegen?
HAUSHOFMEISTER: Ja, mit vieler Not;
Eure Schwester ist der bessere Soldat.
REGAN: Lord Edmund sprach mit deinem Herzog nicht?
HAUSHOFMEISTER: Nein, gnäd'ge Frau!
REGAN: Was mag der Schwester Brief an ihn enthalten?
HAUSHOFMEISTER: Ich weiß nicht, Fürstin.
REGAN: Gewiß, ihn trieb ein ernst Geschäft von hier.
Sehr töricht war's, dem Gloster nach der Blendung
Das Leben lassen; wohin er kommt, bewegt er
Die Herzen wider uns. Edmund, vermut ich,
Aus Mitleid für sein Elend, ging zu enden
Sein nächtlich Dasein und erforscht zugleich
Des Feindes Stärke.
HAUSHOFMEISTER:
Ich muß durchaus ihm nach mit meinem Brief.
REGAN: Das Heer rückt morgen aus; bleibt hier mit uns;
Gefährlich sind die Weg'.
HAUSHOFMEISTER: Ich darf nicht, Fürstin;
Mylady hat mir's dringend eingeschärft.
REGAN: Was brauchte sie zu schreiben? Könntst du nicht
Mündlich bestellen dein Geschäft? – Vielleicht –
Etwas – ich weiß nicht was – ich will dir gut sein,
Laß mich den Brief entsiegeln.
HAUSHOFMEISTER: Lieber möcht ich –
REGAN: Ich weiß, die Herzogin haßt ihren Gatten:
Das ist gewiß; bei ihrem letzten Hiersein
Liebäugte sie mit sehr beredten Blicken
Dem edlen Edmund; du bist ihr Vertrauter.
HAUSHOFMEISTER: Ich, Fürstin?
REGAN: Ich rede mit Bedacht: ich weiß, du bist's.
Drum rat ich dir, nimm diese Weisung an:
Mein Mann ist tot; Edmund und ich sind einig;
Und besser paßt er sich für meine Hand

Als deiner Herrin: – schließe weiter selbst.
Wenn du ihn findst, so bitt ich, gib ihm dies;
Und wenn's die Herzogin von dir vernimmt,
Ermahne sie, Vernunft zu Rat zu ziehn.
Und somit lebe wohl!
Triffst du vielleicht den blinden Hochverräter,
Ein reicher Lohn wird dem, der ihn erschlägt.

HAUSHOFMEISTER: Ich wollt, ich fänd ihn, Fürstin, daß Ihr säht,
Mit wem ich's halte.

REGAN: So gehab dich wohl!

Sie gehn ab.

Sechste Szene

Gegend bei Dover.

Es treten auf Gloster *und* Edgar *in Bauerntracht.*

GLOSTER: Wann kommen wir zum Gipfel dieses Bergs?

EDGAR: Ihr klimmt hinan, seht nur, wie schwer es geht!

GLOSTER: Mich dünkt, der Grund ist eben.

EDGAR: Furchtbar steil!
Horcht! Hört Ihr nicht die See?

GLOSTER: Nein, wahrlich nicht!

EDGAR: Dann wurden Eure andern Sinne stumpf
Durch Eurer Augen Schmerz.

GLOSTER: Das mag wohl sein.
Mich dünkt, dein Laut ist anders und du sprichst
Mit besserm Sinn und Ausdruck als zuvor.

EDGAR: Ihr täuscht Euch sehr; ich bin in nichts verändert
Als in der Tracht.

GLOSTER: Mich dünkt, du sprächest besser.

EDGAR:
Kommt, Herr, hier ist der Ort: steht still! wie graunvoll
Und schwindelnd ist's, so tief hinabzuschaun! –
Die Krähn und Dohlen, die die Mitt umflattern,
Sehn kaum wie Käfer aus – halbwegs hinab
Hängt einer, Fenchel sammelnd – schrecklich Handwerk!
Mich dünkt, er scheint nicht größer als sein Kopf.
Die Fischer, die am Strande gehn entlang,
Sind Mäusen gleich; das hohe Schiff am Anker

Verjüngt zu seinem Boot; das Boot zum Tönnchen,
Beinah zu klein dem Blick; die dumpfe Brandung,
Die murmelnd auf zahllosen Kieseln tobt,
Schallt nicht bis hier. – Ich will nicht mehr hinabsehn,
Daß nicht mein Hirn sich dreht, mein wirrer Blick
Mich taumelnd stürzt hinab.

GLOSTER: Stell mich, wo du stehst.

EDGAR: Gebt mir die Hand: Ihr seid nur einen Fuß
Vom letzten Rand. Für alles unterm Mond
Tät ich hier keinen Sprung.

GLOSTER: Laß mich nun los.
Hier, Freund, ist noch ein Beutel, drin ein Kleinod,
Kostbar genug dem Armen. Feen und Götter
Gesegnen dir's! Geh nun zurück, mein Freund:
Nimm Abschied; laß mich hören, daß du gehst.

EDGAR: Lebt wohl denn, guter Herr!

GLOSTER: Von ganzem Herzen.

EDGAR: So spiel ich nur mit dem Verzweifelnden,
Um ihn zu heilen.

GLOSTER *kniend*: O ihr mächt'gen Götter!
Der Welt entsag ich, und vor eurem Blick
Schüttl ich geduldig ab mein großes Leid.
Könnt ich es länger tragen ohne Hader
Mit euerm unabwendbar ew'gen Rat,
So möchte wohl mein müder Lebensdocht
Von selbst verglimmen. Wenn mein Edgar lebt –
O segnet ihn! – Nun, Freund, gehab dich wohl!

EDGAR: Bin fort schon; lebt denn wohl!

Gloster springt und fällt zur Erde.

Und weiß ich, ob nicht Phantasie den Schatz
Des Lebens rauben kann, wenn Leben selbst
Dem Raub sich preisgibt? Wär er, wo er dachte,
Jetzt dächt er nicht mehr. – Lebend oder tot? –
He, guter Freund! – Herr, hört Ihr? – Sprecht! –
So könnt er wirklich sterben – Nein, er lebt.
Wer seid Ihr, Herr?

GLOSTER: Hinweg, und laß mich sterben.

EDGAR: Warst du nicht Sommerfaden, Federn, Luft,
So viele Klafter tief kopfüber stürzend,
Du wärst zerschellt, gleich einem Ei. Doch atmest du,
Hast Körperschwere, blutst nicht, sprichst, bist ganz.

Zehn Mastbäum aufeinander sind so hoch nicht,
Wie steilrecht du hinabgefallen bist.
Ein Wunder, daß du lebst! Sprich noch einmal.
GLOSTER: Doch fiel ich oder nicht?
EDGAR: Vom furchtbarn Gipfel dieser kreid'gen Klippe.
Sieh nur hinauf, man kann die schrillnde Lerche
So hoch nicht sehn noch hören; sieh hinauf!
GLOSTER: Ach Gott! Ich habe keine Augen.
Ward auch die Wohltat noch versagt dem Elend,
Durch Tod zu endigen? Trost war's doch immer,
Als Jammer des Tyrannen Wut sich konnte
Entziehn und seine stolze Willkür täuschen.
EDGAR: Gebt mir den Arm! –
Auf! – So! Wie geht's? Fühlt Ihr die Beine? Steht?
GLOSTER: Zu gut! zu gut!
EDGAR: Das nenn ich wunderseltsam!
Dort auf der Klippe Rand, welch Ding war das,
Das von Euch wich?
GLOSTER: Ein armer Bettler war's.
EDGAR: Hier unten schienen seine Augen mir
Zwei Monde; tausend Nasen hatt er, Hörner,
Gekrümmt und wellig wie gefurchtes Meer:
Ein Teufel war's. Drum denk, beglückter Alter,
Daß höchste Götter, die zum Ruhm vollführen,
Was uns unmöglich scheint, dich retteten.
GLOSTER: Ja, das erkenn ich jetzt. Ich will hinfort
Mein Elend tragen, bis es ruft von selbst:
Genug, genug, und stirb! Das Ding, wovon
Ihr sprecht, schien mir ein Mensch; oft rief es aus:
Der böse Feind! – Er führte mich dahin.
EDGAR: Seid ruhig und getrost! Doch wer kommt da?
LEAR *tritt auf, phantastisch mit Blumen und Kränzen aufgeschmückt.*
Gesunder Sinn wird nimmer seinen Herrn
So ausstaffieren.

LEAR: Nein, wegen des Geldprägens können sie mir nichts tun; ich bin der König selbst.

EDGAR: O herzzerreißender Anblick!

LEAR: Natur ist hierin mächtiger als die Kunst. – Da ist Euer Handgeld. Der Bursch führt seinen Bogen wie eine Vogelscheuche. Spannt mir eine volle Tuchmacherelle – sieh, sieh, eine Maus – still, still, dies Stück gerösteter Käse wird gut dazu sein. – Da ist mein Panzerhandschuh; gegen einen Riesen verfecht ich's. Die Hellebarden her! – O schön geflogen, Vogel. Ins Schwarze, ins Schwarze! Hui! – Gebt die Parole!

EDGAR: Süßer Majoran.

LEAR: Passiert.

GLOSTER: Die Stimme kenn ich.

LEAR: Ha, Goneril! – Mit 'nem weißen Bart! Sie schmeichelten mir wie einem Hund und erzählten mir, ich hätte weiße Haare im Bart, ehe die schwarzen kamen. – Ja und nein zu sagen zu allem, was ich sagte! – Ja und nein zugleich, das war keine gute Theologie. Als der Regen einst kam, mich zu durchnässen, und der Wind mich schauern machte und der Donner auf mein Geheiß nicht schweigen wollte, da fand ich sie, da spürte ich sie aus. Nichts da, es ist kein Verlaß auf sie; sie sagten mir, ich sei alles: das ist eine Lüge, ich bin nicht fieberfest.

GLOSTER: Den Ton von dieser Stimme kenn ich wohl:
Ist's nicht der König?

LEAR: Ja, jeder Zoll ein König –
Blick ich so starr, sieh, bebt der Untertan.
Dem schenk ich's Leben: was war sein Vergehn?
Ehbruch! –
Du sollst nicht sterben. Tod um Ehbruch? Nein!
Der Zeisig tut's, die kleine goldne Fliege,
Vor meinen Augen buhlt sie.
Laßt der Vermehrung Lauf! Denn Glosters Bastard
Liebte den Vater mehr als meine Töchter,
Erzeugt im Ehbett.
Dran, Unzucht! Frisch auf, denn ich brauch Soldaten. –
Sieh dort die ziere Dame,
Ihr Antlitz weissagt Schnee in ihrem Schoß;
Sie spreizt sich tugendlich und dreht sich weg,
Hört sie die Lust nur nennen:
Und doch sind Iltis nicht und hitz'ge Stute
So ungestüm in ihrer Brunst.
Vom Gürtel nieder sind's Zentauren,
Wenn auch von oben Weib; nur bis zum Gürtel
Sind sie den Göttern eigen: jenseits alles
Gehört den Teufeln, dort ist Hölle, Nacht,
Dort ist der Schwefelpfuhl, Brennen, Sieden, Pestgeruch,
Verwesung – pfui, pfui, pfui! – Pah! Pah! –

Gib etwas Bisam, guter Apotheker,
Meine Phantasie zu würzen. Da ist Gold für dich.

GLOSTER: O laß die Hand mich küssen!

LEAR: Laß mich sie erst abwischen; sie riecht nach dem Grabe.

GLOSTER: O du zertrümmert Meisterstück der Schöpfung!
So nutzt das große Weltall einst sich ab
Zu nichts. Kennst du mich wohl?

LEAR: Ich erinnere mich deiner Augen recht gut: blinzelst du mir zu? – Nein, tu dein Ärgstes, blinder Cupido; ich will nicht lieben. Lies einmal diese Herausforderung; sieh nur die Schriftzüge!

GLOSTER: Wär jede Letter Sonn', ich säh nicht eine.

EDGAR *beiseite*: Nicht glauben wollt ich's dem Gerücht; es ist so,
Und bricht mein Herz.

LEAR: Lies!

GLOSTER: Was, mit den Höhlen der Augen?

LEAR: Oho, stehn wir so miteinander? Keine Augen im Kopf, kein Geld im Beutel? – Höhlten sie dir die Augen und holten dir den Beutel? Doch siehst du, wie die Welt geht!

GLOSTER: Ich seh es fühlend.

LEAR: Was, bist du toll? – Kann man doch sehn, wie es in der Welt hergeht, ohne Augen. Schau mit dem Ohr; sieh, wie jener Richter auf jenen einfältigen Dieb schmält. Horch – unter uns – den Platz gewechselt und die Hand gedreht: wer ist Richter, wer Dieb? Sahst du wohl eines Pächters Hund einen Bettler anbellen?

GLOSTER: Ja, Herr!

LEAR: Und der Wicht lief vor dem Köter: da konntest du das große Bild der Macht erblicken; dem Hund im Amt gehorcht man.
Du schuft'ger Büttel, weg die blut'ge Hand!
Was geißelst du die Hure? Peitsch dich selbst!
Dich lüstet heiß, mit ihr zu tun, wofür
Dein Arm sie stäupt. Der Wuchrer hängt den Gauner;
Zerlumptes Kleid bringt kleinen Fehl ans Licht,
Talar und Pelz birgt alles. Hüll in Gold die Sünde,
Der starke Speer des Rechts bricht harmlos ab;
In Lumpen – des Pygmäen Halm durchbohrt sie.
Kein Mensch ist sündig; keiner, sag ich, keiner;
Und ich verbürg es, wenn – versteh, mein Freund –
Er nur des Klägers Mund versiegeln kann.

Schaff Augen dir von Glas,
Und wie ein niedriger Betrüger tu,
Als sähst du Dinge, die du doch nicht siehst. –
Nun, nun, nun, nun –
Zieht mir die Stiefel ab! – Stärker, stärker, – so!

EDGAR *beiseite*: O tiefer Sinn und Aberwitz gemischt!
Vernunft in Tollheit!

LEAR: Willst weinen über mich, nimm meine Augen.
Ich kenne dich recht gut, dein Nam ist Gloster –
Gedulde dich, wir kamen weinend an.
Du weißt, wenn wir die erste Luft einatmen,
Schrein wir und winseln. Ich will dir pred'gen: horch!

GLOSTER: O welcher Jammer!

LEAR: Wir Neugebornen weinen, zu betreten
Die große Narrenbühne – ein schöner Hut!
O feine Kriegslist, einen Pferdetrupp
Mit Filz so zu beschuhn: ich will's versuchen,
Und überschleich ich so die Schwiegersöhne,
Dann schlagt sie tot, tot, tot! – Tot, tot!

Ein EDELMANN *mit* BEDIENTEN *tritt auf*.

EDELMANN: O hier, hier ist er. Haltet ihn! Mylord,
Eur liebstes Kind –

LEAR: Wie, kein Entsatz? Gefangen? Bin ich doch
Der wahre Narr des Glücks. Verpflegt mich wohl,
Ich geb euch Lösegeld. Schafft mir 'nen Wundarzt,
Ich bin ins Hirn gehaun.

EDELMANN: Nichts soll Euch fehlen.

LEAR: Kein Beistand – ganz allein?
Da könnte wohl der Mensch in salz'ge Tränen
Vergehn, wie Kannen seine Augen brauchend,
Des Herbstes Staub zu löschen.

EDELMANN: Teurer Herr!

LEAR:
Brav will ich sterben wie ein schmucker Bräut'gam; was?
Will lustig sein; kommt, kommt, ich bin ein König,
Ihr Herren, wißt ihr das?

EDELMANN: Ein hoher König, und wir folgen Euch.

LEAR: So ist noch nichts verloren. Kommt! wenn ihr's haschen wollt, so müßt ihr's durch Laufen haschen. Sa, sa, sa, sa!

Er läuft fort.

EDELMANN: Ein Anblick, jammervoll am ärmsten Bettler,

An einem König namenlos. Du hast ein Kind,
Durch das die Welt vom grausen Fluch erlöst wird,
Den zwei auf sie gebracht.
EDGAR: Heil, edler Herr!
EDELMANN: Seid kurz, mein Freund! Was wollt Ihr?
EDGAR: Vernahmt Ihr, Herr, ob's bald ein Treffen gibt?
EDELMANN: Nun, das ist weltbekannt, ein jeder weiß es,
Der Ohren hat zu hören.
EDGAR: Doch erlaubt,
Wie nahe steht der Feind?
EDELMANN: Nah und in schnellem Anmarsch, stündlich kann
Die Hauptmacht hier sein.
EDGAR: Dank Euch! Das war alles.
EDELMANN: Weilt gleich die Königin aus Gründen hier,
Ist doch das Heer schon vorgerückt.
EDGAR: Ich dank Euch.
Edelmann geht ab.
GLOSTER: Ihr ewig güt'gen Götter, nehmt mein Leben,
Daß nicht mein böser Sinn mich nochmals treibt
Zu sterben, eh es euch gefällt.
EDGAR: So betet
Ihr trefflich, Vater!
GLOSTER: Nun, mein Freund, wer seid Ihr?
EDGAR: Der ärmste Mensch, gezähmt durch Schicksalsschläge,
Der durch die Schule selbstempfundnen Grams
Empfänglich ward für Mitleid. – Gebt die Hand mir,
Ich führ Euch in ein Haus.
GLOSTER: Von Herzen Dank!
Des Himmels Huld und reicher Segen geb
Euch Lohn auf Lohn!
Der HAUSHOFMEISTER *tritt auf.*
HAUSHOFMEISTER: Ein Preis verdient! Willkommen!
Dein augenloser Kopf ward darum Fleisch,
Mein Glück zu gründen. Alter Hochverräter,
Bedenke schnell dein Heil; das Schwert ist bloß,
Das dich vernichten soll.
GLOSTER: So brauch mit Kraft
Die Freundeshand!
Edgar setzt sich zur Wehr.
HAUSHOFMEISTER: Was, frecher Bauer, willst du
Verteid'gen solchen Hochverräter? Fort!

Daß seines Schicksals Pest nicht auch auf dich
Ansteckend falle. Laß den Arm ihm los.

EDGAR: Will nit loslosse, Herr, muß erst anders kumme.

HAUSHOFMEISTER: Laß los, Sklav, oder du stirbst.

EDGAR: Lieber Herr, gehn Eures Wegs und loßt arme Leut in Ruh. Wann ich mich sollt mit eim große Maul ums Lebe bringe losse, da hätt ich's schun vor vierzehn Täg loswerde künne. Kummt mer dem alte Mann nit nah; macht Euch furt, rat ich, oder ich will emohl versuche, was stärker is, Eur Hirnkaste oder mei Knippel. Ich sog's Euch grodraus.

HAUSHOFMEISTER: Ei, du Bauernflegel!

EDGAR: Ich ward Euch die Zähne stochern, Herr: was schiern mich Eure Finte!

Sie fechten, und Edgar schlägt ihn zu Boden.

HAUSHOFMEISTER:
Sklav, du erschlugst mich. Schuft, nimm meinen Beutel;
Soll's dir je wohl gehn, so begrabe mich,
Und gib die Briefe, die du bei mir findst,
An Edmund, Grafen Gloster. Such ihn auf
In Englands Heer – o Tod zur Unzeit – – Tod! *Er stirbt.*

EDGAR: Ich kenne dich; ein dienstbeflißner Bube,
Den Lastern der Gebietrin so geneigt,
Wie Bosheit wünschen mag.

GLOSTER: Was, ist er tot?

EDGAR: Hier setzt Euch, Vater, ruht!
Beiseite: Laß sehn die Taschen; jene Briefe können
Mir guten Dienst tun. *Laut:* Er ist tot; nur schade,
Daß ich sein Henker mußte sein. *Beiseite:* Laßt sehn!
Erlaube, liebes Wachs, und schilt nicht, Sitte:
Man risse ja, des Feindes Sinn zu spähn,
Sein Herz auf; seine Briefe, geht schon eher.

Er liest den Brief.

„Gedenkt unsrer gegenseitigen Schwüre. Ihr habt manche Gelegenheit, ihn aus dem Wege zu räumen; fehlt Euch der Wille nicht, so werden Zeit und Ort Euch vielmal günstig sein. Es ist nichts geschehn, wenn er als Sieger heimkehrt; dann bin ich die Gefangne und sein Bett mein Kerker. Von dessen ekler Wärme befreit mich und nehmt seinen Platz ein für Eure Mühe. Eure (Gattin, so möcht ich sagen) ergebne Dienerin Goneril."

O grenzenloser Raum des Weiberwillens!

Ein Plan auf ihres biedern Mannes Leben,
Und der Ersatz: mein Bruder! – Hier im Sande
Verscharr ich dich, unsel'ger Bote du,
Mordsücht'ger Buhler; und zur rechten Zeit
Bring ich dies frevle Blatt vors Angesicht
Des todumgarnten Herzogs. Wohl ihm dann,
Daß deinen Tod und Plan ich melden kann.

GLOSTER: Der König rast. Wie starr ist meine Seele,
Daß ich noch aufrecht steh und scharf empfinde
Mein schweres Los! Besser, ich wär verrückt;
Dann wär mein Geist getrennt von meinem Gram,
Und Schmerz in eitlen Phantasien verlöre
Bewußtsein seiner selbst.

Trommelwirbel in der Ferne.

EDGAR: Gebt mir die Hand.
Fernher, so scheint mir, hör ich Trommelschlag;
Kommt, Vater! – Zu 'nem Freunde führ ich Euch.

Sie gehn ab.

Siebente Szene

Ein Zelt im französischen Lager.

Es treten auf Cordelia, Kent, *ein* Arzt *und ein* Edelmann.

CORDELIA: O teurer Kent, kann all mein Tun und Leben
Dir je vergüten? Ist mein Leben doch
Zu kurz und jeder Maßstab allzu klein.

KENT: So anerkannt ist überreich bezahlt.
Was ich gesagt, ist alles schlichte Wahrheit,
Nicht mehr noch minder.

CORDELIA: Nimm ein beßres Kleid;
Die Tracht ist Denkmal jener bittern Stunden:
Ich bitt dich, leg sie ab.

KENT: Nein, güt'ge Fürstin;
Jetzt schon erkannt sein, schadet meinem Plan.
Als Gnade bitt ich, kennt mich jetzt noch nicht,
Eh Zeit und ich es heischen.

CORDELIA: Sei's denn so,
Mein werter Lord. *Zum Arzt:* Was macht der König?

ARZT: Er schläft noch, Fürstin!

CORDELIA: Güt'ge Götter, heilt
Den großen Riß des schwer gekränkten Geistes!
Der Sinne rauhen Mißklang, stimmt ihn rein
Dem Kind gewordnen Vater!
ARZT: Gefällt's Eur Hoheit,
Daß wir den König wecken? er schlief lang.
CORDELIA: Folgt Eurer Einsicht und verfahrt durchaus
Nach eignem Willen. Ist er angekleidet?

DIENER *bringen den schlafenden* LEAR *in einem Sessel herein.*

EDELMANN: Ja, gnäd'ge Frau, in seinem tiefen Schlaf
Versahn wir ihn mit frischen Kleidern.
ARZT: Bleibt, gnäd'ge Kön'gin, bis wir ihn erwecken;
Ich zweifle nicht an mildrer Stimmung.
CORDELIA: Wohl!
ARZT: Gefällt's Euch, näher! – Lauter die Musik!
CORDELIA: Mein teurer Vater! O Genesung, gib
Heilkräfte meinen Lippen; dieser Kuß
Lindre den grimmen Schmerz, mit dem die Schwestern
Dein Alter kränkten!
KENT: Güt'ge, liebe Fürstin!
CORDELIA: Wärst du ihr Vater nicht – dies Silberhaar
Verlangte Mitleid. O war dies ein Haupt,
Dem Sturm der Elemente preiszugeben?
Dem lauten, furchtbarn Donner? – Standzuhalten
Dem höchst graunvollen, schnell beschwingten Flug
Gekreuzter Blitze? Meines Feindes Hund,
Und hätt er mich gebissen, durft in jener Nacht
An meinem Feuer stehn – und dir, mein Vater,
Genügte faules, kurzes Stroh bei Schweinen
Und vogelfreiem Volk! Ach Gott! Ach Gott!
Ein Wunder, daß dein Leben nicht zugleich
Mit deinen Sinnen schied. Er wacht: sprecht zu ihm!
ARZT: Tut Ihr's, Mylady; 's ist am besten.
CORDELIA: Was macht mein königlicher Herr? Wie geht's
Eur Majestät?
LEAR: 's ist Unrecht, daß ihr aus dem Grab mich nehmt.
Du bist ein sel'ger Geist, ich bin gebunden
Auf einem Feuerrad, das meine Tränen
Durchglühn wie flüssig Blei.
CORDELIA: Herr! Kennt Ihr mich?
LEAR: Du bist ein Geist, ich weiß es wohl – wann starbst du?

CORDELIA: Noch immer weit, weit weg!
ARZT: Er ist kaum wach, laßt ihn ein Weilchen ruhig.
LEAR: Wo war ich denn? Wo bin ich? – Heller Tag? –
Man täuscht mich arg – ich stürbe wohl vor Mitleid,
Erblickt ich andre so – wie ist mir doch?
Ich will nicht schwören, dies sei meine Hand –
Laß sehn! ich fühle diesen Nadelstich.
Wär ich doch überzeugt von meinem Zustand!
CORDELIA: Oh, seht auf mich, Mylord!
Hebt Eure Hand zum Segen über mich!
Nein, Herr, Ihr dürft nicht knien.
LEAR: Spottet meiner nicht!
Ich bin ein schwacher, kind'scher, alter Mann,
Achtzig und drüber: keine Stunde mehr
Noch weniger, und gradheraus,
Ich fürchte fast, ich bin nicht recht bei Sinnen.
Mich dünkt, ich kenn Euch, kenn auch diesen Mann,
Doch zweifl ich noch, denn ich begreif es nicht,
An welchem Ort ich bin; all mein Verstand
Entsinnt sich dieser Kleider nicht noch weiß ich,
Wo ich die Nacht schlief. Lacht nicht über mich,
Denn so gewiß ich lebe,
Die Dame halt ich für mein Kind Cordelia.
CORDELIA:
Das bin ich auch! Ich bin's!
LEAR: Sind deine Tränen naß? Ja, wirklich! Bitte,
O weine nicht!
Wenn du Gift für mich hast, so will ich's trinken,
Ich weiß, du liebst mich nicht; denn deine Schwestern,
Soviel ich mich erinnre, kränkten mich;
Du hattest Grund, sie nicht.
CORDELIA: Kein Grund! Kein Grund!
LEAR: Bin ich in Frankreich?
CORDELIA: In Eurem eignen Königreich, Mylord!
LEAR: Betrügt mich nicht!
ARZT: Seid ruhig, hohe Frau!
Die große Wut ist, wie Ihr seht, geheilt;
Doch wär's gefährlich, die verlorne Zeit
Ihm zu erklären. Führt ihn jetzt hinein!
Und stört ihn nicht, bis er sich mehr erholt.
CORDELIA: Beliebt es Euch, hineinzugehn, mein König?

LEAR: O habt Geduld mit mir! Bitte, vergeßt,
Vergebt, denn ich bin alt und kindisch.
Lear, Cordelia, Arzt und Bediente gehen ab.
EDELMANN: Bestätigt sich's,
Daß Herzog Cornwall so erschlagen ward?
KENT: Ja, Herr!
EDELMANN: Wer ist der Führer seines Heers?
KENT: Man sagt, der Bastard Glosters.
EDELMANN: Sein verbannter
Sohn Edgar, heißt's, lebt mit dem Grafen Kent
In Deutschland.
KENT: Das Gerücht ist unverbürgt.
's ist Zeit, sich umzuschaun, das Heer des Reichs
Rückt schleunig vor.
EDELMANN: Nun, die Entscheidung wird sehr blutig sein.
Gehabt Euch wohl. *Ab.*
KENT: Und meine Schale senkt sich oder steigt,
Gut oder schlimm, wie jetzt der Sieg sich neigt. *Ab.*

FÜNFTER AUFZUG

ERSTE SZENE

Das britische Feldlager bei Dover.

Es treten auf mit Trommeln und Fahnen EDMUND, REGAN, EDELLEUTE *und* SOLDATEN.

EDMUND: Den Herzog fragt: ob's bleibt beim letzten Wort,
Oder, seitdem ihn was bewog, den Plan
Zu ändern, denn er ist voll Widerspruch
Und schwankend: meld uns seinen festen Willen.
Hauptmann ab.
REGAN: Der Schwester Boten traf gewiß ein Unfall.
EDMUND: Ich fürcht es, gnäd'ge Frau!
REGAN: Nun, liebster Graf,
Ihr wißt, was ich Euch Gutes zugedacht –
Sagt mir – doch redlich, sagt die lautre Wahrheit –,
Liebt Ihr nicht meine Schwester?
EDMUND: Ganz in Ehren.

REGAN: Doch fandet Ihr nie meines Bruders Weg
Zu der verbotnen Stätte?
EDMUND: Falscher Argwohn!
REGAN: Ich fürcht, Ihr seid mit ihr schon längst vereint
Aufs innigste, soviel es möglich ist.
EDMUND: Nein, gnäd'ge Frau, auf Ehre.
REGAN: Sie ist mir unerträglich; teurer Lord,
Seid nicht vertraut mit ihr.
EDMUND: Das fürchtet nicht:
Sie und der Herzog, ihr Gemahl! –

ALBANIEN, GONERIL *und* SOLDATEN *treten auf*.

GONERIL *beiseite*: Eh daß mir diese Schwester ihn entfremdet,
Möcht ich die Schlacht verlieren.
ALBANIEN: Verehrte Schwester, seid uns sehr willkommen. –
Man sagt, der König kam zu seiner Tochter
Mit andern, so die Strenge unsrer Herrschaft
Zur Klage zwang. Ich war noch niemals tapfer,
Wo ich nicht ehrlich konnte sein; wir fechten,
Weil Frankreich unser Land hier überzog,
Nicht, weil's dem König hilft und jenen, welche,
Aus trift'gem Grunde, fürcht ich, mit ihm halten.
EDMUND: Ihr sprecht sehr tugendlich.
REGAN: Wozu dies Klügeln?
GONERIL: Dem Feind entgegen steht vereint zusammen;
Für diesen häuslichen besondern Zwist
Ist jetzt nicht Zeit.
ALBANIEN: So laßt uns denn den Ratschluß
Mit Kriegserfahrnen fassen, was zu tun.
EDMUND: Gleich werd ich bei Euch sein in Eurem Zelt.
REGAN: Ihr geht doch mit uns, Schwester?
GONERIL: Nein.
REGAN: Der Anstand fordert's, bitt Euch, geht mit uns.
GONERIL *beiseite*: Oho, ich weiß das Rätsel. Ich will gehn.

Da sie gehen wollen, kommt EDGAR *verkleidet*.

EDGAR: Sprach Euer Gnaden je so armen Mann,
Gönnt mir ein Wort.
ALBANIEN: Ich will euch folgen; redet!

Edmund, Regan, Goneril und Gefolge gehen ab.

EDGAR: Eh Ihr die Schlacht beginnt, lest diesen Brief.
Wird Euch der Sieg, laßt die Trompete laden
Den, welcher ihn gebracht; so arm ich scheine,

Kann ich 'nen Kämpfer stellen, zu bewähren,
Was hier behauptet wird. Doch wenn Ihr fallt,
Dann hat Eur Tun auf dieser Welt ein Ende,
Und alle Ränke schweigen. Glück mit Euch!

ALBANIEN: Wart noch, bis ich ihn las.

EDGAR: Das darf ich nicht.
Wenn's an der Zeit, laßt nur den Herold rufen,
Und ich erscheine wieder. *Ab.*

ALBANIEN: Nun, fahre wohl, ich will den Brief mir ansehn.

EDMUND *kommt zurück.*

EDMUND: Der Feind ist nah, zieht Eure Macht zusammen,
Hier ist die Schätzung seiner Stärk und Macht
Nach der genausten Kundschaft; doch Eur Eilen
Tut dringend not.

ALBANIEN: Der Augenblick ist da! *Ab.*

EDMUND: Den beiden Schwestern schwur ich meine Liebe,
Und beide hassen sich wie der Gestochne
Die Natter. Welche soll ich nehmen? Beide?
Ein oder keine? – Keiner werd ich froh,
Wenn beide leben. Mir die Witwe nehmen
Bringt Goneril von Sinnen, macht sie rasend,
Und schwerlich komm ich je zu meinem Ziel,
Solang ihr Gatte lebt. Gut, nutzen wir
Sein Ansehn in der Schlacht; ist die vorüber,
Mag sie, die gern ihn los wär, weiter sinnen,
Ihn schnell hinwegzuräumen. Die Begnad'gung,
Die er für Lear im Sinn hat und Cordelia –
Wenn wir gesiegt und sie in unsrer Macht,
Vereitl ich solch Verzeihn. Nicht müß'ger Rat
Ziemt meiner Stellung, nein, entschloßne Tat. *Ab.*

ZWEITE SZENE

Ein Feld zwischen den beiden Lagern.

Feldgeschrei hinter der Bühne. Es kommen mit Trommeln und Fahnen LEAR, CORDELIA *und* SOLDATEN *und ziehen über die Bühne.* EDGAR *und* GLOSTER *treten auf.*

EDGAR: Den kühlen Schatten dieses Baumes nehmt
Als gute Herberg an; fleht hier um Sieg des Rechts.

Wenn ich zu Euch je wiederkehre, Vater,
Bring ich Euch Trost.

GLOSTER: Begleit Euch Segen, Herr!

Edgar geht ab.

Getümmel, Schlachtgeschrei; es wird zum Rückzug geblasen.
EDGAR *kommt zurück.*

EDGAR: Fort, alter Mann, gebt mir die Hand, hinweg!
Lear ist besiegt, gefangen samt der Tochter,
Gebt mir die Hand: nur fort!

GLOSTER:
Nicht weiter, Freund! Man kann auch hier verfaulen.

EDGAR:
Was? Wieder Schwermut? Dulden muß der Mensch
Sein Scheiden aus der Welt wie seine Ankunft:
Reif sein ist alles. Kommt!

GLOSTER: Wohl ist dies wahr.

Sie gehn ab.

DRITTE SZENE

Das britische Lager bei Dover.

EDMUND *tritt als Sieger auf, mit Trommeln und Fahnen.* LEAR *und* CORDELIA *als Gefangene.* OFFIZIERE, SOLDATEN *und* ANDERE.

EDMUND: Hauptleute, führt sie weg! In strenge Haft,
Bis deren höchster Wille wird verkündet,
Die ihre Richter.

CORDELIA: Ich bin nicht die erste,
Die, Gutes wollend, dulden muß das Schwerste.
Dein Unglück, Vater, beugt mir ganz den Mut,
Sonst übertrotzt ich wohl des Schicksals Wut.
Sehn wir nicht diese Töchter? Diese Schwestern?

LEAR:
Nein, nein, nein, nein! Komm fort! Zum Kerker, fort!
Da laß uns singen wie Vögel in dem Käfig.
Bittst du um meinen Segen, will ich knien
Und dein Verzeihn erflehn; so wolln wir leben,
Beten und singen, Märchen uns erzählen
Und über goldne Schmetterlinge lachen.

Wir hören armes Volk vom Hofe plaudern
Und schwatzen mit; wer da gewinnt, verliert;
Wer in, wer aus der Gunst; und tun so tief
Geheimnisvoll, als wären wir Propheten
Der Gottheit: und so überdauern wir
Im Kerker Ränk und Spaltungen der Großen,
Die ebben mit dem Mond und fluten.

EDMUND: Führt sie fort!

LEAR: Auf solche Opfer, o Cordelia, streun
Die Götter selbst den Weihrauch. Hab ich dich?
Wer uns will trennen, muß mit Himmelsbränden
Uns scheuchen wie die Füchse. Weine nicht!
Die Pest soll sie verzehren, Fleisch und Haut,
Eh sie uns weinen machen – nein, eh sollen sie
Verschmachten! Komm!

Lear und Cordelia werden von der Wache abgeführt.

EDMUND: Tritt näher, Hauptmann, horch!
Nimm dieses Blatt, folg ihnen in den Kerker.
Schon eine Stuf erhöht ich dich, und tust du,
Wie dies verlangt, so bahnst du deinen Weg
Zu hohen Ehren. Merke dir's, der Mensch
Ist wie die Zeit; zartfühlend sein geziemt
Dem Schwerte nicht. Dein wichtiges Geschäft
Erlaubt kein Fragen; sag, du willst es tun,
Sonst such dir andres Glück.

HAUPTMANN: Ich bin bereit.

EDMUND: So tu's, und sei beglückt, wenn du's vollbracht.
Doch – hörst du – auf der Stell, und grade so,
Wie ich dir's niederschrieb.

HAUPTMANN:
Ich kann den Karrn nicht ziehn noch Hafer essen,
Ist's menschenmöglich, will ich's tun. *Ab.*

Trompeten. ALBANIEN, GONERIL, REGAN *und* SOLDATEN *treten auf.*

ALBANIEN: Herr, Ihr habt heut viel Tapferkeit bewiesen,
Und hold war Euch das Glück. In Eurer Haft
Sind, die uns feindlich heut entgegenstanden.
Wir fordern sie von Euch und wolln sie halten,
Wie's ihr Verdienst und unsre Sicherheit
Gleichmäßig heischen.

EDMUND: Herr, ich hielt für gut,

Den alten schwachen König in Gewahrsam
Und sichre Hut bewacht hinwegzusenden.
Sein Alter wirkt, sein Rang noch mehr, wie Zauber,
Ihm der Gemeinen Herzen zu gewinnen
Und die geworbnen Lanzen wider uns,
Die Herrn, zu kehren. Mit ihm ward Cordelia
Aus gleichem Grund entfernt; sie sind bereit,
Auf morgen oder später zu erscheinen,
Wo Ihr die Sitzung haltet. Jetzt bedeckt
Uns Schweiß und Blut; der Freund verlor den Freund,
Und in der Hitze flucht dem besten Kampf,
Wer seine Schärfe fühlte. Doch die Frage
Wegen des Königs und Cordelias heischt
Wohl eine beßre Stunde.

ALBANIEN: Herr, erlaubt,
Ich acht Euch nur als Diener dieses Kriegs,
Als Bruder nicht.

REGAN: Das ist, wie's uns beliebt.
Mich dünkt, Ihr solltet unsern Wunsch erst fragen,
Eh Ihr dies spracht. Er führte unser Heer,
Vertrat uns selbst und unsre höchste Würde,
Und kraft so hoher Vollmacht darf er aufstehn
Und Euch als Bruder grüßen.

GONERIL: Nicht so hitzig,
Sein eigner Wert hat höher ihn geadelt
Als deine Übertragung.

REGAN In mein Recht
Durch mich gekleidet, weicht er nicht dem Besten.

ALBANIEN:
Das höchstens nur, wenn er sich Euch vermählte.

REGAN: Aus Spöttern werden oft Propheten.

GONERIL: Holla!
Das Aug, mit dem Ihr das gesehen, schielte.

REGAN: Lady, mir ist nicht wohl, sonst gäb ich dir
Aus vollem Herzen Antwort. General,
Nimm hin mein Heer, Gefangne, Land und Erbteil,
Schalt über sie und mich; du hast nun alles;
Bezeug's die Welt, daß ich dich hier erhebe
Zu meinem Herrn und Ehgemahl.

GONERIL: Wie, hoffst du,
Ihn zu besitzen?

ALBANIEN: Dein guter Wille wird es nicht verhindern.
EDMUND: Noch Eurer, Herr!
ALBANIEN: Halbbürt'ger Bursche, ja!
REGAN *zu Edmund*:
Die Trommeln rührt! – Verficht mein Recht als deins.
ALBANIEN: Halt! Hört ein Wort! Edmund, um Hochverrat
Verhaft ich dich und diese goldne Schlange.
Auf Goneril deutend.
Was Euern Anspruch anlangt, schöne Schwester,
Ich muß ihn hindern namens meiner Frau.
Die Dam ist insgeheim dem Lord verlobt,
Und ich, ihr Mann, vernicht Eur Aufgebot.
Sucht Ihr 'nen Gatten, schenkt Eur Lieben mir,
Mein Weib ist schon versagt.
GONERIL: Ein Zwischenspiel!
ALBANIEN: Du bist in Waffen, Gloster – blast, Trompeten!
Kommt niemand, dich ins Angesicht zu zeihn
Verruchten, offenbaren Hochverrats –
Wirft einen Handschuh hin.
Hier ist mein Pfand, aufs Haupt beweis ich's dir,
Eh Brot mein Mund berührt, du seist das alles,
Wofür ich dich erklärt.
REGAN: Krank! ich bin krank!
GONERIL *beiseite*: Wenn nicht, so trau ich keinem Gift.
EDMUND: Hier ist mein Gegenpfand!
Wirft einen Handschuh hin.
Wer in der Welt
Mich Hochverräter nennt, lügt wie ein Schurke.
Trompeten, blast! Wer zu erscheinen wagt,
An ihm, an Euch, an jedem sonst behaupt ich
Fest meine Ehr und Treu.
ALBANIEN: Ein Herold, ho!
Vertrau allein dem eignen Arm; dein Heer,
Wie ich's auf meinen Namen warb, entließ ich's
In meinem Namen.
REGAN: Diese Krankheit wächst!
ALBANIEN: Ihr ist nicht wohl; geht, führt sie in mein Zelt!
Regan wird weggebracht.
Ein HEROLD *tritt auf.*
Herold, tritt vor! Laß die Trompete blasen!
Und lies dies laut!

Die Trompete wird geblasen.

HEROLD *liest*: „Wenn irgendein Mann von Stand oder Rang im Heer wider Edmund, den angeblichen Grafen von Gloster, behaupten will, er sei ein vielfacher Verräter, der erscheine beim dritten Trompetenstoß; er ist bereit, sich zu verteidigen."

EDMUND: Blase! *Erste Trompete.*

HEROLD: Noch einmal! *Zweite Trompete.* Noch einmal!

Dritte Trompete.

Eine andre Trompete antwortet hinter der Bühne; darauf tritt EDGAR *bewaffnet auf; ein* TROMPETER *geht ihm voran.*

ALBANIEN: Fragt, was er will, warum er hier erscheint
Auf der Trompete Ladung.

HEROLD: Wer seid Ihr?
Eur Nam, Eur Stand? Warum antwortet Ihr
Auf diese Ladung?

EDGAR: Wißt, mein Nam erlosch,
Zernagt vom gift'gen Zahne des Verrats;
Doch bin ich edel wie mein Widerpart,
Dem Kampf ich biete.

ALBANIEN: Welchem Widerpart?

EDGAR: Wer stellt sich hier für Edmund Grafen Gloster?

EDMUND: Er selbst, was willst du ihm?

EDGAR: So zieh dein Schwert,
Daß, wenn mein Wort ein edles Herz verletzt,
Dein Arm dir Recht verschafft: hier ist das meine. –
Denn also ist das Vorrecht meines Standes,
Des Ritterschwures und Berufs: dich zeih ich
Trotz deiner Stärke, Jugend, Würd und Hoheit,
Trotz deinem Siegerschwert und neuem Glück,
Wie Kraft und Mut dich ziert – du seist Verräter;
Falsch deinen Göttern, deinem Bruder, deinem Vater,
Rebellisch diesem hocherlauchten Fürsten
Und von dem höchsten Wirbel deines Haupts
Zu deiner Sohle tiefstem Staub herab
Ein krötengift'ger Bube. Sagst du nein!
Dies Schwert, mein Arm, mein bester Mut sind fertig,
Was ich gezeugt, aufs Haupt dir zu beweisen:
Du lügst!

EDMUND: Nach Vorsicht sollt ich deinen Namen forschen;
Doch weil dein Äußres also schmuck und kriegrisch
Und Ritterschaft aus deiner Rede spricht –

Was ich mit Fug und Vorsicht wohl verweigert,
Nach Recht des Zweikampfs, das will ich verachten.
In deine Zähne schleudr ich den Verrat,
Werf dir ins Herz zurück die Höllenlüge,
Der – denn sie streifte nur und traf mich kaum –
Mein Schwert sogleich die Stätte bahnen wird,
Wo sie auf ewig ruhn soll. Blast, Trompeten!
Getümmel; sie fechten. Edmund fällt.

ALBANIEN: O schone ihn!
GONERIL: Du fielst durch Hinterlist,
Nach Recht des Zweikampfs warst du nicht verpflichtet
Dem unbekannten Gegner; nicht besiegt,
Getäuscht, betrogen bist du.
ALBANIEN: Weib, schweigt still,
Sonst stopft dies Blatt den Mund Euch.
Zu Edmund: Seht hierher!
Zu Goneril: Du Schändlichste! Lies deine Untat hier:
Zerreißt es nicht! Ich seh, Ihr kennt dies Blatt.
Gibt den Brief Edmund.

GONERIL:
Und wenn auch, ist das Reich doch mein, nicht dein;
Wer darf mich richten?
ALBANIEN: Scheusal! Also kennst du's?
GONERIL: Frag mich nicht, was ich kenne. *Ab.*
ALBANIEN: Geh, folg ihr; sie ist außer sich: bewacht sie!
Ein Offizier ab.

EDMUND: Wes du mich angeklagt, ich hab's getan,
Und mehr, weit mehr; die Zeit enthüllt es bald –
Sie ist am Schluß und so auch ich. Doch wer bist du,
Der so mir obgesiegt? Bist du ein Edler,
Vergeb ich dir.
EDGAR: Laß uns Erbarmung tauschen.
Ich bin an Blut geringer nicht als du;
Wenn mehr, so mehr auch hast du mich verletzt.
Edgar heiß ich, bin deines Vaters Sohn.
Die Götter sind gerecht: aus unsern Lüsten
Erschaffen sie das Werkzeug, uns zu geißeln.
Der dunkle, sünd'ge Ort, wo er dich zeugte,
Bracht ihn um seine Augen.
EDMUND: Wahr, o wahr!
Ganz schlug das Rad den Kreis, ich unterliege.

ALBANIEN: Mir schien dein Gang schon königlichen Adel
Zu kündigen; ich muß dich hier umarmen.
Gram spalte mir das Herz, haßt ich jemals
Dich oder deinen Vater.
EDGAR: Würd'ger Fürst,
Das weiß ich.
ALBANIEN: Doch, wo waret Ihr verborgen?
Wie kam Euch Kunde von des Vaters Elend?
EDGAR: Indem ich's pflegte. – Hört ein kurzes Wort;
Und ist's erzählt, o bräche dann mein Herz! –
Der blut'gen Achtserklärung zu entgehn,
Die mir so nah war – o wie süß das Leben!
Daß stündlich wir in Todesqualen sterben
Lieber als Tod mit eins! –, verhüllt ich mich
In eines Tollen Lumpen, nahm ein Ansehn,
Daß Hunde selbst mich scheuten; so entstellt,
Fand ich den Vater mit den blut'gen Ringen,
Beraubt der edlen Steine; ward sein Leiter,
Führt ihn und bettelte für ihn und schützt ihn
Vor Selbstmord; nie, o Gott! gab ich mich kund,
Bis ich vor einer halben Stund in Waffen,
Nicht sicher, doch voll Hoffnung dieses Siegs,
Um seinen Segen fleht und von Beginn
Zum Ende meine Pilgerschaft erzählte;
Doch sein zerspaltnes Herz – ach schon zu schwach,
Den Kampf noch auszuhalten zwischen Schmerz
Und Freud – im Übermaß der Leidenschaft
Brach lächelnd.
EDMUND: Deine Red hat mich gerührt
Und wirkt wohl Gutes; aber sprich nur weiter –
Es scheint, als hättst du mehr zu sagen noch.
ALBANIEN: Ist es noch mehr, mehr leidvoll noch, so schweig,
Denn ich bin nah daran mich aufzulösen,
Dies hörend.
EDGAR: Dies erschien als Höchstes wohl
Dem, der den Gram nicht liebt; jedoch ein andres,
Noch steigernd, was zuviel schon, überragt
Das Alleräußerste.
Als ich laut schrie vor Schmerz, da kam ein Mann,
Der mich gesehn in meinem tiefsten Elend
Und meine schreckliche Gesellschaft floh:

Nun aber, da er hörte, wer es sei,
Der dies ertrug, schlug er die starken Arme
Mir um den Hals und heulte laut
Zum Himmel auf, als wollt er ihn zersprengen;
Warf sich auf meinen Vater hin, erzählte
Von sich und Lear die kläglichste Geschichte,
Die je ein Ohr vernahm; im Sprechen ward
Sein Schmerz so übermenschlich, daß die Stränge
Des Lebens rissen – da zum zweiten Male
Klang die Trompet, ich ließ ihn halb entseelt.

ALBANIEN: Doch wer war dieser?

EDGAR: Kent, der verbannte Kent, der in Verkleidung
Nachfolgte dem ihm feindgesinnten König
Und Dienste tat, die keinem Sklaven ziemten.

Ein EDELMANN *kommt in voller Eile mit einem blutigen Messer.*

EDELMANN: Helft, helft, o helft!

EDGAR: Wem helfen?

ALBANIEN: Sagt uns an!

EDGAR: Was meint der blut'ge Dolch?

EDELMANN: Er raucht, ist heiß;
Er kommt frisch aus dem Herzen – o sie ist tot! –

ALBANIEN: Wer tot? Sprich, Mann!

EDELMANN: Herr, Eure Gattin; ihre Schwester ist
Von ihr vergiftet: sie bekannt es selbst.

EDMUND: Ich war verlobt mit beiden, alle drei
Vermählt jetzt ein Moment.

KENT *tritt auf.*

EDGAR: Hier kommt auch Kent.

ALBANIEN: Bringt sie hierher uns, lebend oder tot.

Ein Edelmann ab.

Dies Strafgericht des Himmels macht uns zittern,
Rührt unser Mitleid nicht.
Oh, ist er das? – Die Zeit verstattet nicht
Empfang, wie ihn die Sitte heischt.

KENT: Ich kam,
Um gute Nacht auf immer meinem König
Und Herrn zu sagen. Ist er nicht hier?

ALBANIEN: So Großes ward vergessen!
Sprich, Edmund, wo ist Lear? Wo ist Cordelia?
Siehst du den Vorgang, Kent?

GONERILS *und* REGANS LEICHEN *werden hereingetragen.*

KENT: Ach, warum so?
EDMUND: Edmund ward doch geliebt!
Die eine gab um mich der andern Gift
Und dann sich selbst den Tod.
ALBANIEN: So ist's. – Verhüll ihr Antlitz!
EDMUND: Nach Leben ring ich. Gutes möcht ich tun,
Trotz meiner eignen Art. Schickt ungesäumt –
O eilt Euch! – auf das Schloß: denn mein Befehl
Geht auf des Königs und Cordelias Leben.
Ich sag Euch, zögert nicht!
ALBANIEN: Lauft, lauft, o lauft!
EDGAR: Zu wem, Mylord? Wer hat den Auftrag? Schickt
Ein Pfand des Widerrufs!
EDMUND: Sehr wohl bedacht: hier nimm [mein Schwert,
Und gib's dem Hauptmann.
ALBANIEN: Eilt Euch, um Euer Leben!

Edgar ab.

EDMUND: Er hat Befehl von deinem Weib und mir,
Cordelia im Gefängnis aufzuhängen
Und der Verzweiflung dann die Schuld zu geben,
Daß sie sich selbst entleibt.
ALBANIEN: Die Götter schützen sie! Tragt ihn hinweg!

Edmund wird weggetragen.

LEAR *kommt, seine Tochter* CORDELIA *tot in den Armen tragend.* EDGAR, HAUPTMANN *und* ANDRE.

LEAR: Heult, heult, heult, heult! Oh, ihr seid all von Stein!
Hätt ich eur Aug und Zunge nur, mein Jammer
Sprengte des Himmels Wölbung! – Hin auf immer!
Ich weiß, wenn einer tot und wenn er lebt:
Tot wie die Erde. Gebt 'nen Spiegel her;
Und wenn ihr Hauch die Fläche trübt und streift,
Dann lebt sie.
KENT: Ist dies das verheißne Ende?
EDGAR: Sind's Bilder jenes Grams?
ALBANIEN: Brich, Welt, vergeh!
LEAR: Die Feder regte sich, sie lebt! O lebt sie,
So ist's ein Glück, das allen Kummer tilgt,
Den ich jemals gefühlt.
KENT *kniend*: O teurer Herr!
LEAR: Fort, sag ich dir!
EDGAR: 's ist Kent, Eur edler Freund.

LEAR: Fluch über euch, Verräter, Mörder all! –
Ich konnt sie retten; nun dahin auf immer!
Cordelia, Cordelia! Wart ein wenig, ha!
Was sprachst du? – Ihre Stimme war stets sanft,
Zärtlich und mild; ein köstlich Ding an Fraun –
Ich schlug den Sklaven tot, der dich gehängt.
KENT: 's ist wahr, Mylords, er tat's.
LEAR: Tat ich's nicht, Bursch?
Einst war die Zeit, wo sie mein gutes Schwert
Wohl hätte springen machen. Nun bin ich alt,
Und all dies Leid bringt mich herab. – Wer bist du?
Mein Aug ist nicht das beste; ich weiß es gleich.
KENT: Rühmt sich Fortuna zweier, die sie liebte
Und haßte – einen sehn wir hier.
LEAR: Das Bild ist trüb – bist du nicht Kent?
KENT: Ich bin dein Diener Kent; doch wo ist Cajus?
LEAR: Das ist ein wackrer, treuer Bursch, das glaubt mir;
Der schlägt und säumt nicht. – Er ist tot und fault.
KENT: Nein, teurer Fürst; ich selber bin der Mann.
LEAR: Das will ich sehn –
KENT: Der gleich seit Eurem Abweg und Verfall
Folgt Eurer finstern Bahn.
LEAR: Willkommen hier!
KENT: Nein, keiner wohl! – trüb alles, tot und trostlos! –
Eure ältern Töchter legten Hand an sich
Und starben in Verzweiflung.
LEAR: Ja, das denk ich.
ALBANIEN: Er weiß nicht, was er sagt; es ist vergeblich,
Daß wir uns ihm verständ'gen.
EDGAR: Ganz umsonst.

Ein HAUPTMANN *kommt.*

HAUPTMANN: Edmund ist tot, Mylord!
ALBANIEN: Das ist hier Nebensache.
Ihr Freund' und edlen Lords, hört unsern Willen:
Was Trost verleihn kann so gewalt'gen Trümmern,
Das sei versucht. Wir selbst entsagen hier
Zugunsten dieser greisen Majestät
Der Herrschermacht.
Zu Edgar und Kent: Ihr tretet in eur Recht
Mit Ehr und Zuwachs, wie es eure Treu
Mehr als verdient hat. Alle Freunde sollen

Den Lohn der Tugend kosten, alle Feinde
Den Kelch der Missetat. O seht, o seht!

LEAR: Und tot mein armes Närrchen? – Nein! Kein Leben!
Ein Hund, ein Pferd, 'ne Maus soll Leben haben,
Und du nicht einen Hauch? – Oh, du kehrst nimmer wieder,
Niemals, niemals, niemals, niemals, niemals!
Ich bitt Euch, knöpft hier auf! – Ich dank Euch, Herr!
Seht Ihr dies? Seht sie an! – Seht ihre Lippen,
Seht hier – seht hier! – *Er stirbt.*

EDGAR: Ihm schwindelt – o mein König!

KENT: Brich, Herz, ich bitt dich, brich!

EDGAR: Blick auf, mein König!

KENT: Quält seinen Geist nicht! Laßt ihn ziehn! Der haßt ihn,
Der auf die Folter dieser zähen Welt
Ihn länger spannen will.

EDGAR: O wirklich tot!

KENT: Das Wunder ist, daß er's ertrug so lang:
Sein Leben war nur angemaßt.

ALBANIEN: Tragt sie hinweg! Was uns zunächst erfüllt,
Ist allgemeine Trauer.
Zu Kent und Edgar: Herrscht ihr beiden,
Geliebte Freunde; heilt des Staates Leiden.

KENT: Ich muß zur Reise bald gerüstet sein;
Mein Meister ruft, ich darf nicht sagen: nein!

ALBANIEN: Laßt uns, der trüben Zeit gehorchend, klagen,
Nicht, was sich ziemt, nur, was wir fühlen, sagen.
Dem Ältsten war das schwerste Los gegeben,
Wir Jüngern werden nie so viel erleben.

Sie gehen mit einem Totenmarsch ab.

OTHELLO, DER MOHR VON VENEDIG

Personen

Herzog von Venedig
Brabantio, *Senator*
Mehrere Senatoren
Gratiano, *Bruder des Brabantio*
Lodovico, *Vetter des Brabantio*
Othello, *ein vornehmer Mohr in venezianischen Diensten*
Cassio, *sein Leutnant*
Jago, *sein Fähnrich*
Rodrigo, *ein junger Venezianer*
Montano, *Statthalter von Zypern*
Ein Diener *des Othello*
Desdemona, *Brabantios Tochter*
Emilia, *Jagos Frau*
Bianca, *Kurtisane, Cassios Geliebte*
Matrose, Bote, Herold, Gerichtsdiener, Offiziere, Edelleute, Musikanten und Gefolge

Szene im ersten Aufzug in Venedig; hernach in Zypern.

ERSTER AUFZUG

Erste Szene

Venedig. Eine Straße.

Es treten auf Rodrigo *und* Jago.

RODRIGO: Sag mir nur nichts, denn damit kränkst du mich,
Daß Jago – du, der meine Börse führte,
Als wär sie dein – die Sache schon gewußt.
JAGO: Zum Henker! Doch Ihr wollt mich ja nicht hören.
Hab ich mir je davon was träumen lassen,
Verabscheut mich!
RODRIGO: Du hast mir stets gesagt, du hassest ihn!
JAGO: Verachte mich, wenn's nicht so ist.
Drei Mächtige aus dieser Stadt, persönlich
Bemüht, zu seinem Leutnant mich zu machen,
Hofierten ihm – und auf Soldatenwort,
Ich kenne meinen Preis – das kommt mir zu.
Doch er, verliebt in seinen Stolz und Dünkel,
Weicht ihnen aus, mit Schwulst, weit hergeholt,
Den er staffiert mit grausen Kriegssentenzen,
Und kurz und gut,
Schlägt's meinen Gönnern ab; denn „Traun", so spricht er,
„Ernannt schon hab ich meinen Offizier."
Und wer ist dieser?
Seht mir! ein gar ausbünd'ger Rechenmeister,
Ein Michael Cassio, ein Florentiner,
Ein Wicht, zum schmucken Weibe fast versündigt,
Der niemals eine Schar ins Feld geführt
Noch von der Heeresordnung mehr versteht
Als Jüngferchen; nur Büchertheorie,
Von der in seiner Toga wohl ein Ratsherr
So weislich spricht wie er – all seine Kriegskunst
Geschwätz, nicht Praxis –, der nun wird erwählt;
Und ich, von dem sein Auge Proben sah
Zu Rhodos, Zypern und auf anderm Boden,

Christlich und heidnisch, komm um Wind und Flut
Durch solchen Rechenknecht, solch Einmaleins;
Der, wohl bekomm's ihm, muß sein Leutnant sein
Und ich – bewahre! – Seiner Mohrschaft Fähnrich.
RODRIGO: Bei Gott! sein Henker würd ich lieber sein!
JAGO: Dagegen hilft nichts; 's ist der Fluch des Dienstes.
Beförderung geht Euch nach Empfehl und Gunst,
Nicht nach dem Altersrang, wo jeder zweite
Den Platz des Vormanns erbt. Urteilt nun selbst,
Ob mich wohl irgend Recht und Dank verpflichtet,
Zu lieben diesen Mohren.
RODRIGO: So dient ich ihm auch nicht.
JAGO: Oh, seid ganz ruhig.
Ich dien ihm, um mir's einzubringen; ei, wir können
Nicht alle Herrn sein, nicht kann jeder Herr
Getreue Diener haben. Seht Ihr doch
So manchen pflicht'gen, kniegebeugten Schuft,
Der, ganz verliebt in seine Sklavenfessel,
Ausharrt, recht wie die Esel seines Herrn
Ums Heu, und wird im Alter fortgejagt. –
Peitscht mir solch redlich Volk! Dann gibt es andre,
Die, ausstaffiert mit Blick und Form der Demut,
Ein Herz bewahren, das nur sich bedenkt;
Die nur Scheindienste liefern ihren Obern,
Durch sie gedeihn und, wenn ihr Pelz gefüttert,
Sich selbst Gebieter sind. Die Burschen haben Witz,
Und dieser Zunft zu folgen ist mein Stolz.
Denn, Freund,
's ist so gewiß, wie Ihr Rodrigo heißt,
Wär ich der Mohr, nicht möcht ich Jago sein.
Wenn ich ihm diene, dien ich nur mir selbst;
Der Himmel weiß es! nicht aus Lieb und Pflicht,
Nein, nur zum Schein für meinen eignen Zweck.
Denn wenn mein äußres Tun je offenbart
Des Herzens angeborne Art und Neigung
In Haltung und Gebärde, dann alsbald
Will ich mein Herz an meinem Ärmel tragen
Als Fraß für Krähn. Ich bin nicht, was ich bin!
RODRIGO: Welch reiches Glück fällt dem Dickmäul'gen zu,
Wenn ihm der Streich gelingt!
JAGO: Ruft auf den Vater,

Hetzt den ihm nach; vergiftet seine Lust,
Schreit's durch die Stadt, macht ihre Vettern wild,
Und ob er unter mildem Himmel wohnt,
Plagt ihn mit Fliegen; ist die Freud ihm Freude,
Versetzt sie dennoch ihm mit so viel Pein,
Daß sie etwas erbleiche.

RODRIGO: Hier ist des Vaters Haus; ich ruf ihn laut.

JAGO: Das tut, mit gleichem Angstruf und Geheul,
Als wenn bei Nacht und Lässigkeit ein Feuer
Erspäht wird in volkreichen Städten.

RODRIGO: Hallo, Brabantio! Signor Brabantio, ho!

JAGO: Erwacht; hallo! Brabantio! Diebe! Diebe! –
Nehmt Euer Haus in acht, Eur Kind, Eur Geld!
He, Diebe! Diebe!

BRABANTIO *oben am Fenster.*

BRABANTIO: Was ist die Ursach dieses wilden Lärms?
Was gibt es hier?

RODRIGO: Ist alles, was Euch angehört, im Hause?

JAGO: Die Türen zu?

BRABANTIO: Nun, warum fragt ihr das?

JAGO: Ihr seid beraubt, zum Teufel! Nehmt den Mantel!
Eur Herz zerbrach, halb Eure Seel ist hin.
Jetzt, eben jetzt, bespringt ein alter schwarzer
Schafbock Eur weißes Lämmchen. – Auf! heraus!
Weckt die schlaftrunknen Bürger mit der Glocke,
Sonst macht der Teufel Euch zum Großpapa.
Auf, sag ich, auf!

BRABANTIO: Was! seid ihr bei Verstand?

RODRIGO:
Ehrwürd'ger Herr, kennt Ihr mich an der Stimme?

BRABANTIO: Ich nicht! Wer bist du?

RODRIGO: Rodrigo heiß ich.

BRABANTIO: Mir um so verhaßter!
Befohlen hab ich dir, mein Haus zu meiden;
Ganz unverhohlen hörtest du mich sagen,
Mein Kind sei nicht für dich – und nun wie rasend,
Vom Mahle voll und törendem Getränk,
In böslich trotz'gem Übermute kommst du,
Mich in der Ruh zu stören?

RODRIGO: Herr, Herr, Herr!

BRABANTIO: Doch wissen sollst du dies:

Durch meine Kraft und Stellung hab ich Macht,
Dir's zu vergällen.

RODRIGO: Ruhig, werter Herr!

BRABANTIO: Was sprichst du mir von Raub? Dies ist Venedig,
Mein Palast keine Scheune.

RODRIGO: Sehr würd'ger Herr,
In arglos reiner Absicht komm ich her.

JAGO: Wetter, Herr, Ihr seid einer von denen, die Gott nicht dienen wollen, wenn's ihnen der Teufel befiehlt. Weil wir kommen, Euch einen Dienst zu tun, denkt Ihr, wir seien Raufbolde? Ihr wollt einen Berberhengst über Eure Tochter kommen lassen; Ihr wollt Enkel, die Euch anwiehern, wollt Rennpferde zu Vettern und Zelter zu Neffen haben?

BRABANTIO: Wer bist du, frecher Lästrer?

JAGO: Ich bin einer, Herr, der Euch zu melden kommt, daß Eure Tochter und der Mohr jetzt dabei sind, das Tier mit zwei Rücken zu machen.

BRABANTIO: Du bist ein Schurke!

JAGO: Ihr seid – ein Senator.

BRABANTIO: Du sollst dies büßen; ich kenne dich, Rodrigo.

RODRIGO: Ich will für alles einstehn, doch ich bitt Euch,
Ist's Euer Wunsch und wohlbedächt'ge Weisheit
– Wie's fast mir scheint –, daß Eure schöne Tochter
In dieser späten Stunde dumpfer Nacht
Wird ausgeliefert – besser nicht noch schlechter
Bewacht als durch 'nen feilen Gondolier –
Den rohen Küssen eines üpp'gen Mohren? –
Wenn Ihr das wißt und einverstanden seid,
So taten wir Euch groben, frechen Schimpf.
Doch wißt Ihr's nicht, dann sagt mir Sitt und Anstand,
Ihr scheltet uns mit Unrecht. Nimmer glaubt,
Daß, allem Sinn für Höflichkeit entfremdet,
Ich so zum Scherz mit Eurer Würde spielte.
Eur Kind, wenn Ihr ihm nicht Erlaubnis gabt –
Ich sag's noch einmal –, hat sich schwer vergangen,
So Schönheit, Geist, Vermögen auszuliefern
Dem heimatlos unsteten Abenteurer
Von hier und überall. Gleich überzeugt Euch, Herr;
Ist sie im Schlafgemach, ja nur zu Hause,
Laßt auf mich los der Republik Gesetze,
Weil ich Euch so betrog.

BRABANTIO: Schlagt Feuer! ho!
Gebt mir 'ne Kerze! – Weckt all meine Leute!
Der Vorfall sieht nicht ungleich einem Traum:
Der Glaube dran droht schon mich zu vernichten.
Licht, sag ich, Licht! *Ab.*

JAGO: Lebt wohl! ich muß Euch lassen,
Es scheint nicht gut noch heilsam meiner Stelle,
Stellt man als Zeugen mich – und bleib ich, so geschieht's –
Dem Mohren vor; denn unser Staat, ich weiß es,
Wenngleich ihn dies etwas verdunkeln wird,
Kann ihn nicht fallenlassen; denn es fordert
So trift'ger Grund ihn für den Zypernkrieg,
Der jetzt bevorsteht, daß um keinen Preis
Ein andrer von der Fähigkeit sich fände
Als Führer dieses Zugs; in welcher Rücksicht,
Obgleich ich ihn wie Höllenqualen hasse,
Weil mich die gegenwärt'ge Lage zwingt,
Ich aufziehn muß der Liebe Flagg und Zeichen,
Freilich als Zeichen nur. Daß Ihr ihn sicher findet,
Führt jene Suchenden zum „Schützen" hin:
Dort werd ich bei ihm sein; und so lebt wohl! *Ab.*

BRABANTIO *tritt auf mit Dienern und Fackeln.*

BRABANTIO: Zu wahr nur ist dies Unglück! Sie ist fort,
Und was mir nachbleibt vom verhaßten Leben,
Ist nichts als Bitterkeit. Nun sag, Rodrigo,
Wo hast du sie gesehn? O töricht Kind!
Der Mohr, sagst du? Wer möchte Vater sein?
Wie weißt du, daß sie's war? Oh, unerhört
Betrügt sie mich! Was sprach sie? Holt noch Fackeln!
Ruft alle meine Vettern! Sind sie wohl
Vermählt, was glaubst du?

RODRIGO: Nun, ich glaube, ja.

BRABANTIO: O Gott! Wie kam sie fort? O Blutsverrat!
Väter, hinfort traut euern Töchtern nie
Nach äußerlichem Tun! Gibt's keinen Zauber,
Der Jugend Unschuld und des Mädchentums
Zu tören? Last Ihr nie von solchen Dingen,
Rodrigo?

RODRIGO: Ja, Signor, ich las es wohl.

BRABANTIO: Ruft meinen Bruder. – Wär sie Euer doch! –
Ihr diesen Weg, ihr jenen! – Habt Ihr Kundschaft,

Wo wir sie finden mögen mit dem Mohren?
RODRIGO: Ich hoff ihn auszuspähn, wenn's Euch gefällt,
Mit tüchtiger Bedeckung mir zu folgen.
BRABANTIO: Wohl, führt den Zug. Vor jedem Hause ruf ich;
Wenn's gilt, kann ich befehlen. Waffen her!
Und holt ein paar Hauptleute von der Wache;
Voran, Rodrigo! Eure Müh vergelt ich.
Sie gehen ab.

Zweite Szene

Straße.

Es treten auf Othello, Jago *und* Gefolge *mit Fackeln.*

JAGO: Im Kriegeshandwerk schlug ich manchen tot;
Doch halt ich's für Gewissenssach und Sünde,
Mit Absicht morden; traun, mir fehlt's an Bosheit,
Und oft zu meinem Schaden. Wohl zehnmal
Dacht ich, ihm mit 'nem Rippenstoß zu dienen!
OTHELLO: 's ist besser so.
JAGO: Doch schwatzt' er solches Zeug
Und sprach so schnöd und gegen Eure Ehre
So lästerlich,
Daß all mein bißchen Frömmigkeit mich kaum
Im Zügel hielt. Doch sagt mir, werter Herr,
Seid Ihr auch recht vermählt? Denn glaubt mir nur,
Gar sehr beliebt ist der Magnifico
Und hat, was durchzusetzen, kräft'ge Stimme,
Vollwichtig wie der Fürst. Er wird euch scheiden,
Zum mindsten häuft er Hemmung und Verdruß,
Wie nur das Recht, durch seine Macht geschärft,
Ihm Spielraum gibt.
OTHELLO: Er mag sein Ärgstes tun;
Der Dienst, den ich geleistet dem Senat,
Schreit seine Klage nieder. Kund soll werden
– Was, wenn mir kund, daß Prahlen Ehre bringt,
Ich offenbaren will –, daß ich entsproß
Aus königlichem Stamm, und mein Gestirn
Darf ohne Scheu so stolzes Glück ansprechen
Wie dies, das ich erreicht. Denn wisse, Jago,

Liebt ich die holde Desdemona nicht,
Nie zwängt ich meinen sorglos freien Stand
In Band' und Schranken ein, nicht um die Schätze
Der tiefen See. Doch sieh! Was dort für Lichter?

CASSIO *kommt mit* GEFOLGE.

JAGO: Der zorn'ge Vater ist es mit den Freunden –
Geht doch hinein!
OTHELLO: Ich nicht! man soll mich finden.
Mein Stand und Rang und meine feste Seele,
Laut solln sie für mich zeugen! Sind es jene?
JAGO: Beim Janus, nein!
OTHELLO: Des Herzogs Diener sind es und mein Leutnant. –
Sei euch die Nacht gedeihlich, meine Freunde!
Was gibt's?
CASSIO: Der Herzog grüßt Euch, General,
Und fordert, daß Ihr schnell, blitzschnell erscheint
Im Augenblick.
OTHELLO: Was, meint Ihr, ist im Werk?
CASSIO: Etwas aus Zypern, wenn ich recht vermute;
's ist ein Geschäft von heißer Eil: die Flotte
Verschickt' ein Dutzend Boten nacheinander
Noch diesen Abend, die gedrängt sich folgten.
Viel Herrn vom Rat, geweckt und schon versammelt,
Sind jetzt beim Herzog; eifrig sucht man Euch,
Und da man Euch verfehlt in Eurer Wohnung,
Hat der Senat drei Haufen ausgesandt,
Euch zu erspähn.
OTHELLO: 's ist gut, daß Ihr mich fandet.
Ein Wort nur laß ich hier zurück im Hause
Und folg Euch nach. *Ab.*
CASSIO: Fähnrich, was schafft' er hier?
JAGO: Nun, eine Landgaleere nahm er heut;
Er macht sein Glück, wenn's gute Prise wird.
CASSIO: Wie meint Ihr das?
JAGO: Er ist vermählt.
CASSIO: Mit wem?

OTHELLO *kommt zurück.*

JAGO: Ei nun, mit – – kommt Ihr, mein General?
OTHELLO: Ich bin bereit.
CASSIO: Hier naht ein andrer Trupp, Euch aufzusuchen.

BRABANTIO, RODRIGO *und* BEWAFFNETE *treten auf.*

JAGO: Es ist Brabantio – faßt Euch, General!
Er sinnt auf Böses!
OTHELLO: Holla! Stellt Euch hierher!
RODRIGO: Signor, es ist der Mohr!
BRABANTIO: Dieb! Schlagt ihn nieder!
Von beiden Seiten werden die Schwerter gezogen.
JAGO: Rodrigo, Ihr? Kommt, Herr! Ich bin für Euch.
OTHELLO: Die blanken Schwerter fort! Sie möchten rosten.
Das Alter hilft Euch besser, guter Herr,
Als Euer Degen.
BRABANTIO:
O schnöder Dieb! Was ward aus meiner Tochter?
Du hast, verdammter Frevler, sie bezaubert;
Denn alles, was Vernunft hegt, will ich fragen,
Wenn nicht ein magisch Band sie hält gefangen,
Ob eine Jungfrau, zart und schön und glücklich,
So abhold der Vermählung, daß sie floh
Den reichen Jünglingsadel unsrer Stadt,
Ob sie, ein allgemein Gespött zu werden,
Häuslichem Glück entfloh an solches Unholds
Pechschwarze Brust, die Graun, nicht Lust erregt?
Die Welt soll richten, ob's nicht sonnenklar,
Daß du mit Höllenkunst auf sie gewirkt;
Mit Gift und Trank verlockt ihr zartes Alter,
Den Sinn zu schwächen: untersuchen soll man's;
Denn glaubhaft ist's, handgreiflich dem Gedanken.
Drum nehm ich dich in Haft und zeihe dich
Als einen Volksbetörer, einen Zaubrer,
Der unerlaubte, böse Künste treibt. –
Legt Hand an ihn, und setzt er sich zur Wehr,
Zwingt ihn, und gält's sein Leben.
OTHELLO: Steht zurück,
Ihr, die für mich Partei nehmt, und ihr andern! –
War Fechten meine Rolle, nun, die wußt ich
Auch ohne Stichwort. – Wohin soll ich folgen
Und Eurer Klage stehn?
BRABANTIO: In Haft; bis Zeit und Form
Im Lauf des graden Rechtsverhörs dich ruft
Zur Antwort.
OTHELLO: Wie denn nun, wenn ich gehorchte?
Wie käme das dem Herzog wohl erwünscht,

Des Boten hier an meiner Seite stehn,
Mich wegen dringenden Geschäfts im Staat
Vor ihn zu führen?

GERICHTSDIENER: So ist's, ehrwürd'ger Herr,
Der Herzog sitzt zu Rat, und Euer Gnaden
Ward sicher auch bestellt.

BRABANTIO: Im Rat der Herzog?
Jetzt um die Mitternacht? – Führt ihn dahin;
Nicht schlecht ist mein Gesuch. Der Herzog selbst,
Und jeglicher von meinen Amtsgenossen,
Muß fühlen meine Kränkung wie sein eigen:
Denn läßt man solche Untat straflos schalten,
Wird Heid und Sklav bei uns als Herrscher walten.

Sie gehen ab.

DRITTE SZENE

Saal im herzoglichen Palast.

Der HERZOG *und die* SENATOREN, *an einer Tafel sitzend.*
OFFIZIERE *im Dienst.*

HERZOG: In diesen Briefen fehlt Zusammenhang,
Der sie beglaubigt.

ERSTER SENATOR: Jawohl, sie weichen voneinander ab;
Mein Schreiben nennt mir hundertsechs Galeeren.

HERZOG: Und meines hundertvierzig.

ZWEITER SENATOR: Meins zweihundert.
Doch, stimmt die Zahl auch nicht genau zusammen –
Wie insgemein, wenn sie Gerüchte melden,
Der Inhalt abweicht –, doch erwähnen alle
Die türk'sche Flotte, die gen Zypern segelt.

HERZOG: Gewiß, erwägen wir's, so scheint es glaublich;
Ich will mich nicht im Irrtum sicher schätzen,
Vielmehr den Hauptartikel halt ich wahr,
Und Furcht ergreift mich.

MATROSE *draußen*: Ho! hallo! hallo!

Ein OFFIZIER *tritt auf, dem ein* MATROSE *folgt.*

OFFIZIER: Botschaft von den Galeeren!

HERZOG: Nun? Was gibt's?

MATROSE: Der Türken Kriegsbewegung geht auf Rhodos;

So ward mir Auftrag, dem Senat zu melden,
Vom Signor Angelo.
HERZOG: Wie dünkt der Wechsel euch?
ERSTER SENATOR: So kann's nicht sein,
Nach keinem Grund und Fug; es ist 'ne Maske,
Den Blick uns fehlzuleiten. Denken wir,
Wie wichtig Zypern für den Türken sei
Und wiederum, gestehn wir selber ein,
Daß, wie's dem Türken mehr verlohnt als Rhodos,
Er auch mit leichterm Aufwand sich's erobert,
Dieweil es nicht so kriegsgerüstet steht
Und aller Wehr und Festigkeit entbehrt,
Mit der sich Rhodos schirmt: wer dies erwägt,
Der wird den Türken nicht so töricht achten,
Das Nächstgelegne bis zuletzt zu sparen
Und, leichten Vorteil und Gewinn versäumend,
Nutzlos Gefahr zum Kampfe sich zu wecken.
HERZOG: Ja, seid gewiß, er denkt an Rhodos nicht.
OFFIZIER: Seht! Neue Botschaft!
Ein BOTE *tritt auf.*
BOTE: Die Ottomanen, weise, gnäd'ge Herrn,
In gradem Lauf zur Insel Rhodos steuernd,
Vereinten dort sich mit der Nebenflotte.
ERSTER SENATOR:
Nun ja, so dacht ich mir's. Wie stark an Zahl?
BOTE: An dreißig Segel; und jetzt wenden sie,
Rücklenkend ihren Lauf, und ohne Hehl
Gilt ihre Absicht Zypern. Herr Montano,
Eur sehr getreuer und beherzter Diener,
Entbeut mit seiner Pflicht Euch diese Nachricht
Und hofft, Ihr schenkt ihm Glauben.
HERZOG: Nach Zypern dann gewiß.
Marcus Lucchese, ist er in Venedig?
ERSTER SENATOR: Er reiste nach Florenz.
HERZOG:
Schreibt ihm von uns; schnell, windschnell komm er; eilt.
ERSTER SENATOR: Hier kommt Brabantio und der tapfre Mohr.
BRABANTIO, OTHELLO, JAGO, RODRIGO *und* GERICHTSDIENER *treten auf.*
HERZOG: Tapfrer Othello, Ihr müßt gleich ins Feld
Wider den allgemeinen Feind, den Türken.

Zu Brabantio: Ich sah Euch nicht; willkommen, edler Herr!
Uns fehlt' Eur Rat und Beistand diese Nacht.
BRABANTIO: Und Eurer mir, mein güt'ger Fürst, verzeiht mir!
Nicht Amtsberuf noch Nachricht von Geschäften
Trieb mich vom Bett; nicht allgemeine Sorge
Erfüllt mich jetzt, denn mein besondrer Gram
Gleich einer Springflut strömt so wild dahin,
Daß er verschluckt und einschlingt jede Sorge,
Nur seiner sich bewußt.
HERZOG: Nun, was geschah?
BRABANTIO: O Tochter! Tochter!
ERSTER SENATOR: Starb sie?
BRABANTIO: Ja, für mich.
Sie ist beschimpft, entführt mir und verderbt
Durch Hexenkünste und Quacksalbertränke;
Denn daß Natur so widersinnig irre,
Da sie nicht stumpf noch blind noch blöden Sinns,
Geschah nicht ohne Zauberkraft –
HERZOG: Wer es auch sei, der auf so schnödem Wege
So Eure Tochter um sich selbst betrog
Und Euch um sie – das blut'ge Buch des Rechts,
Ihr sollt es selbst in herbster Strenge deuten
Nach eignem Sinn, und wär es unser Sohn,
Den Eure Klage trifft.
BRABANTIO: Ich dank in Demut!
Hier dieser ist's, der Mohr, den jetzt, so scheint's,
Eur dringendes Gebot im Dienst des Staats
Hierherberief.
ALLE: Das tut uns herzlich leid.
HERZOG *zu Othello*: Was Eurerseits vermögt Ihr zu erwidern?
BRABANTIO: Nichts, als daß dies die Wahrheit.
OTHELLO: Ehrwürd'ger, mächt'ger und erlauchter Rat,
Sehr edle, wohlerprobte, gute Herrn –
Daß ich dem alten Mann die Tochter nahm,
Ist völlig wahr; wahr, sie ist mir vermählt.
Der Tatbestand und Umfang meiner Schuld
Reicht so weit, weiter nicht. Ich bin von rauhem Wort
Und schlecht begabt mit milder Friedensrede.
Seit siebenjähr'ge Kraft mein Arm gewann,
Bis vor neun Monden etwa, übt er stets
Nur Kriegestat im Felde wie im Lager;

Und wenig lernt ich von dem Lauf der Welt,
Als was zum Streit gehört und Werk der Schlacht;
Drum wenig Schmuck wohl leih ich meiner Sache,
Red ich für mich. Dennoch mit eurer Gunst
Erzähl ich schlicht und ungefärbt den Hergang
Von meiner Liebe; was für Tränk und Künste,
Was für Beschwörung, welches Zaubers Kraft
– Denn solcher Mittel steh ich angeklagt –
Die Jungfrau mir gewann.

BRABANTIO: Ein Mädchen, schüchtern,
Von Geist so still und sanft, daß jede Regung
Errötend schwieg – die sollte trotz Natur
Und Jugend, Vaterland und Stand und allem
Das lieben, was ihr Grauen schuf zu sehn? –
Ein krankes Urteil wär's, ein unvollkommnes,
Das wähnt', es irre so Vollkommenheit,
Ganz der Natur entgegen: schwören muß man,
Daß nur des Teufels Kunst und List dies alles
Zu tun vermocht. Noch einmal denn behaupt ich,
Daß er mit Tränken, ihrem Blut verderblich,
Und Zaubersaft, geweiht zu solchem Bann,
Auf sie gewirkt.

HERZOG: Behauptung, nicht Beweis:
Steht Euch kein klarer Zeugnis zu Gebot,
Als solch unhaltbar Meinen, solch armsel'ger
Scheingrund ihn zu beschuldigen vermag?

ERSTER SENATOR: Doch sagt, Othello:
Habt Ihr durch Nebenweg' und künstlich zwingend
Der Jungfrau Sinn erobert und vergiftet?
Oder durch Antrag und erlaubtes Werben,
Wie Herz an Herz sich wendet?

OTHELLO: Ich ersuch euch,
Zum „Schützen" sendet, ruft die Dame her,
Und vor dem Vater mag sie von mir zeugen.
Und werd ich falsch erfunden durch ihr Wort:
Nicht nur Vertraun und Amt, das ihr mir gabt,
Mögt ihr mir nehmen, ja es treff eur Spruch
Mein Leben selbst.

HERZOG: Holt Desdemona her.

Einige vom Gefolge gehen hinaus.

OTHELLO: Fähnrich, geht mit, Ihr wißt den Ort am besten.

Jago ab.

Und bis sie kommt, so wahr, wie ich dem Himmel
Bekenne meines Blutes sünd'ge Fehle,
So treulich meld ich euerm ernsten Ohr,
Wie ich gewann der schönen Jungfrau Herz
Und sie das meine.

HERZOG: Sprecht, Othello.

OTHELLO: Ihr Vater liebte mich, lud oft mich ein,
Erforschte meines Lebens Lauf von Jahr
Zu Jahr: die Schlachten, Stürme, Schicksalswechsel,
Die ich bestand.
Ich ging es durch vom Knabenalter her
Bis auf den Augenblick, da er gefragt.
So sprach ich denn von manchem harten Fall,
Von schreckender Gefahr zu See und Land;
Wie ich ums Haar dem drohnden Tod entrann;
Wie mich der stolze Feind gefangennahm
Und mich als Sklav verkauft'; wie ich erlöst,
Und meiner Reisen wundervolle Fahrt:
Wobei von weiten Höhlen, wüsten Steppen,
Steinbrüchen, Felsen, himmelhohen Bergen
Zu melden war im Fortgang der Geschichte;
Von Kannibalen, die einander schlachten,
Anthropophagen, Völkern, deren Kopf
Wächst unter ihrer Schulter: das zu hören,
War Desdemona eifrig stets geneigt.
Oft aber rief ein Hausgeschäft sie ab;
Und immer, wenn sie eilig dies vollbracht,
Gleich kam sie wieder, und mit durst'gem Ohr
Verschlang sie meine Rede. Dies bemerkend,
Ersah ich einst die günst'ge Stund und gab
Ihr Anlaß, daß sie mich recht herzlich bat,
Die ganze Pilgerschaft ihr zu erzählen,
Von der sie stückweis einzelnes gehört,
Doch nicht in strenger Folge. Ich begann,
Und oftmals hatt ich Tränen ihr entlockt,
Wenn ich ein leidvoll Abenteuer berichtet
Aus meiner Jugend. Als ich nun geendigt,
Gab sie zum Lohn mir eine Welt von Seufzern:
Sie schwur – in Wahrheit, seltsam! Wunderseltsam!
Und rührend war's! unendlich rührend war's! –

Sie wünschte, daß sie's nicht gehört; doch wünschte sie,
Der Himmel hätte sie als solchen Mann
Geschaffen, und sie dankte mir und bat mich,
Wenn je ein Freund von mir sie lieben sollte,
Ich mög ihn die Geschicht erzählen lehren,
Das würde sie gewinnen. Auf den Wink
Erklärt ich mich.
Sie liebte mich, weil ich Gefahr bestand;
Ich liebte sie um ihres Mitleids willen:
Das ist der ganze Zauber, den ich brauchte;
Hier kommt die Dame, laßt sie dies bezeugen.

DESDEMONA, JAGO *und* GEFOLGE *treten auf.*

HERZOG: Nun, die Geschichte hätt auch meine Tochter
Gewonnen. Würdiger Brabantio,
Nehmt, was versehn ward, von der besten Seite;
Man ficht doch lieber mit zerbrochnem Schwert
Als mit der bloßen Hand.

BRABANTIO: Hört sie, ich bitt euch;
Bekennt sie, daß sie halb ihm kam entgegen,
Fluch auf mein Haupt, wenn meine bittre Klage
Den Mann verunglimpft! – Komm her, junge Dame:
Wen siehst du hier in diesem edlen Kreis,
Dem du zumeist Gehorsam schuldig bist?

DESDEMONA: Mein edler Vater,
Ich sehe hier zwiefach geteilte Pflicht;
Euch muß ich Leben danken und Erziehung,
Und Leben und Erziehung lehren mich
Euch ehren; Ihr seid Herrscher meiner Pflicht
Wie ich Euch Tochter. Doch hier steht mein Gatte,
Und so viel Pflicht, wie meine Mutter Euch
Gezeigt, da sie Euch vorzog ihrem Vater,
So viel muß ich auch meinem Gatten widmen,
Dem Mohren, meinem Herrn.

BRABANTIO: Gott sei mit dir!
Ich bin zu Ende. –
Beliebt's Eur Hoheit, jetzt zu Staatsgeschäften. –
O zeugt ich nie ein Kind und wählt ein fremdes! –
Tritt näher, Mohr!
Hier geb ich dir von ganzem Herzen hin,
Was, hättst du's nicht, ich dir von ganzem Herzen
Verweigerte. – Um deinetwillen, Kleinod,

Erfreut's mich, daß kein zweites Kind mir ward;
Durch deine Flucht wär ich tyrannisch worden
Und legt ihr Ketten an. – Ich bin zu Ende.

HERZOG: Ich red an Eurer Statt und fäll ein Urteil,
Das einer Staffel gleich den Liebenden
Behilflich sei zu Eurer Gunst.
Wem nichts mehr hilft, der muß nicht Gram verschwenden,
Und wer das Schlimmste sah, die Hoffnung enden;
Unheil beklagen, das nicht mehr zu bessern,
Heißt um so mehr das Unheil nur vergrößern.
Was nicht zu retten, laß dem falschen Glück,
Und gib Geduld für Kränkung ihm zurück.
Zum Raube lächeln heißt den Dieb bestehlen,
Doch selbst beraubst du dich durch nutzlos Quälen.

BRABANTIO: So mögt ihr Zypern nur den Türken gönnen;
Wir haben's noch, solang wir lächeln können.
Leicht trägt den Spruch, wen andre Last nicht drückt
Und wen der selbstgefundne Trost erquickt;
Doch fühlt er sein Gewicht bei wahren Sorgen,
Wenn's gilt, von der Geduld die Zahlung borgen.
Bitter und süß sind all derlei Sentenzen,
Die, so gebraucht, an Recht und Unrecht grenzen;
Doch Wort bleibt Wort – noch hab ich nie gelesen,
Daß durch das Ohr ein krankes Herz genesen.
– Ich bitt euch inständig, gehn wir an die Staatsgeschäfte.

HERZOG: Der Türke segelt mit gewaltiger Kriegsrüstung gegen Zypern. Othello, Euch ist die Festigkeit des Orts am besten bekannt, und obgleich wir dort einen Statthalter von unbestrittner Fähigkeit besitzen, so hegt doch die öffentliche Meinung, jene unbeschränkte Gebieterin des Erfolgs, eine größere Zuversicht zu Euch. Ihr müßt Euch deshalb gefallen lassen, den Glanz Eures neuen Glücks durch diese rauhe und stürmische Unternehmung zu verdunkeln.

OTHELLO: Die eiserne Gewohnheit, edle Herrn,
Schuf mir des Krieges Stahl- und Felsenbett
Zum allerweichsten Flaum; ich rühme mich
Natürlicher und rascher Munterkeit
Im schwersten Ungemach und bin bereit
Zum jetz'gen Feldzug mit dem Muselmann.
In Demut drum mich neigend dem Senat,
Verlang ich Sorg und Schutz für mein Gemahl,

Anständ'ge Rücksicht ihrem Rang und Aufwand
Und solche Wohnung, solche Dienerschaft,
Wie ihrem Stand geziemt.

HERZOG: Wenn's Euch genehm,
Bei ihrem Vater.

BRABANTIO: Nimmer geb ich's zu.

OTHELLO: Noch ich.

DESDEMONA: Noch ich; nicht gern verweilt ich dort
Und reizte meines Vaters Ungeduld,
Wär ich ihm stets vor Augen. – Güt'ger Fürst,
Leiht meinem Vortrag ein geneigtes Ohr
Und laßt mir Eure Gunst als Freibrief gelten,
Mein schüchtern Wort zu kräft'gen.

HERZOG: Was wünscht Ihr, Desdemona?

DESDEMONA:
Daß ich den Mohren liebt, um ihm zu leben,
Mag meines Glücks gewaltsam jäher Sturm
Der Welt zurufen: ja, mein Herz ergab sich
Ganz unbedingt dem Wesen meines Herrn.
Mir war Othellos Antlitz sein Gemüt,
Und seinem Ruhm und seinem Heldensinn
Hab ich die Seel und irdisch Glück geweiht.
Drum, würd'ge Herrn, läßt man mich hier zurück
Als Friedensmotte, weil er zieht ins Feld,
So raubt man meiner Liebe teures Recht
Und läßt mir eine schwere Zwischenzeit,
Dem Liebsten fern: drum laßt mich mit ihm ziehn.

OTHELLO: Stimmt bei, ihr Herrn: ich bitt euch drum; gewährt
Ihr freie Willkür.
Der Himmel zeuge mir's, dies bitt ich nicht,
Den Gaum zu reizen meiner Sinnenlust
Noch heißem Blut zuliebe – jungen Trieben
Selbstsücht'ger Lüste, die jetzt schweigen müssen –,
Nur ihrem Wunsch willfährig hold zu sein;
Und Gott verhüt, Eur Edeln möchten wähnen,
Ich werd eur ernst und groß Geschäft versäumen,
Weil sie mir folgt – nein, wenn der leere Tand
Des flücht'gen Amor mir mit üpp'ger Trägheit
Des Geistes und der Tatkraft Schärfe stumpft
Und mich Genuß entnervt und schwächt mein Wirken,
Mach eine Hausfrau meinen Helm zum Kessel,

Und jedes niedre und unwürd'ge Zeugnis
Erstehe wider mich und meinen Ruhm!

HERZOG: Es sei, wie ihr's mitsammen festgesetzt:
Sie folg Euch oder bleibe; das Geschäft
Heischt dringend Eil – heut nacht noch müßt Ihr fort.

DESDEMONA: Heut nacht, mein Fürst?

HERZOG: Heut nacht.

OTHELLO: Von ganzem Herzen.

HERZOG: Um neun Uhr früh versammeln wir uns wieder.
Othello, laßt 'nen Offizier zurück,
Der Eure Vollmacht Euch kann überbringen,
Und was noch sonst Eur Amt und Dienstverhältnis
Betrifft.

OTHELLO: Gefällt's Eur Hoheit, hier mein Fähnrich;
Er ist ein Mann von Ehr und Redlichkeit.
Und seiner Führung laß ich meine Frau
Und was Eur Hoheit sonst für nötig achtet,
Mir nachzusenden.

HERZOG: So mag es sein. – Gut Nacht jetzt insgesamt!
Zu Brabantio: Und, würd'ger Herr,
Wenn man die Tugend muß als schön erkennen,
Dürft Ihr nicht häßlich Euern Eidam nennen.

ERSTER SENATOR: Lebt wohl, Mohr! liebt und ehret Desdemona.

BRABANTIO: Sei wachsam, Mohr! Hast Augen du zu sehn,
Den Vater trog sie, so mag dir's geschehn.

Herzog und Senatoren ab.

OTHELLO: Mein Kopf für ihre Treu. Hör, wackrer Jago,
Ich muß dir meine Desdemona lassen;
Ich bitt dich, gib dein Weib ihr zur Gesellschaft
Und bringe sie mir nach, sobald du kannst. –
Komm, Desdemona, nur ein Stündchen bleibt,
Der Lieb und unserm häuslichen Geschäft
Zu widmen uns: laß uns der Zeit gehorchen.

Othello und Desdemona ab.

RODRIGO: Jago –

JAGO: Was sagst du, edles Herz?

RODRIGO: Was werd ich jetzt tun, meinst du?

JAGO: Nun, zu Bette gehn und schlafen.

RODRIGO: Auf der Stelle ersäufen werd ich mich.

JAGO: Nun, wenn du das tust, so ist's mit meiner Freundschaft auf ewig aus. Ei, du alberner junger Herr.

RODRIGO: Es ist Albernheit zu leben, wenn das Leben eine Qual wird, und wir haben die Vorschrift zu sterben, wenn Tod unser Arzt ist.

JAGO: O über die Erbärmlichkeit! Ich habe der Welt an die viermal sieben Jahre zugesehn, und seit ich einen Unterschied zu finden wußte zwischen Wohltat und Beleidigung, bin ich noch keinem begegnet, der's verstanden hätte, sich selbst zu lieben. Eh ich sagte, ich wollte mich einem Puthühnchen zuliebe ersäufen, eh tauscht ich mein Menschtum mit einem Pavian.

RODRIGO: Was soll ich tun? Ich gestehe, es macht mir Schande, so sehr verliebt zu sein; aber meine Tugend reicht nicht hin, dem abzuhelfen.

JAGO: Tugend! Abgeschmackt! – In uns selber liegt's, ob wir so sind oder anders. Unser Körper ist ein Garten und unser Wille der Gärtner, so daß, ob wir Nesseln drin pflanzen wollen oder Salat bauen, Ysop aufziehn oder Thymian ausjäten, ihn dürftig mit einerlei Kraut besetzen oder mit mancherlei Gewächs aussaugen, ihn müßig verwildern lassen oder fleißig in Zucht halten – ei, das Vermögen dazu und die bessernde Macht liegt durchaus in unserm freien Willen. Hätte der Waagbalken unsres Lebens nicht eine Schale von Vernunft, um eine andre von Sinnlichkeit aufzuwiegen, so würde unser Blut und die Bösartigkeit unsrer Triebe uns zu den ausschweifendsten Verkehrtheiten führen; aber wir haben die Vernunft, um die tobenden Leidenschaften, die fleischlichen Triebe, die zügellosen Lüste zu kühlen, und daraus schließe ich: was du Liebe nennst, sei ein Pfropfreis, ein Ableger.

RODRIGO: Das kann nicht sein.

JAGO: Es ist nur ein Gelüst des Bluts, eine Nachgiebigkeit des Willens. Auf! sei ein Mann! Dich ersäufen? Ersäufe Katzen und junge Hunde! Ich nenne mich deinen Freund und erkläre mich an dein Verdienst geknüpft mit dem Ankertau der ausdauerndsten Festigkeit; nie konnte ich dir besser beistehn als jetzt. Tu Geld in deinen Beutel, zieh mit in diesen Krieg, verstelle dein Gesicht durch einen falschen Bart; ich sage dir: tu Geld in deinen Beutel. Es ist undenkbar, daß Desdemona den Mohren auf die Dauer lieben sollte – tu Geld in deinen Beutel! – noch der Mohr sie: es war ein gewaltsames Beginnen, und du wirst sehn, die Katastrophe wird eine ähnliche sein. Tu nur Geld in deinen Beutel: – so ein Mohr ist veränderlich in seinen Neigungen; fülle deinen Beutel mit Geld; – die Speise, die ihm jetzt so würzig schmeckt wie Süßholz, wird ihn bald bittrer dünken als Koloquinten. Sie muß sich einen Jüngeren suchen, und hat sie ihn erst satt, so wird sie den Irrtum ihrer Wahl einsehn. Sie muß Abwechslung haben, das muß sie; darum tu Geld in deinen Beutel. Wenn du durchaus zum Teufel fahren willst, so tu es auf angenehmerem Weg als durch Ersäufen. Schaff dir Geld, so viel du kannst! Wenn des Priesters Segen und ein hohles Gelübde zwischen einem abenteuernden Afrikaner und einer überlistigen Venezianerin für meinen Witz und die ganze Sippschaft der Hölle nicht zu hart sind, so sollst du sie besitzen; darum schaff dir Geld. Zum Henker mit dem Ersäufen! Das liegt weitab von deinem Wege. Denke du lieber dran zu hängen, indem du deine Lust büßt, als dich zu ersäufen und sie fahrenzulassen.

RODRIGO: Soll ich meine Hoffnung auf dich bauen, wenn ich's drauf wage?

JAGO: Auf mich kannst du zählen; geh, schaffe dir Geld. Ich habe dir's oft gesagt und wiederhole es aber und abermals, ich hasse den Mohren; mein Grund kommt von Herzen, der deinige liegt ebenso tief: laß uns fest in unsrer Rache zusammenhalten. Kannst du ihm Hörner aufsetzen, so machst du dir eine Lust und mir einen Spaß. Es ruht noch manches im Schoß der Zeit, das zur Geburt will. Grade durch! – Fort! Treib dir Geld auf. Wir wollen es morgen weiter verhandeln. Leb wohl!

RODRIGO: Wo treffen wir uns morgen früh?

JAGO: In meiner Wohnung.

RODRIGO: Ich werde zeitig dort sein.

JAGO: Gut, leb wohl! – Höre doch, Rodrigo!

RODRIGO: Was sagst du?

JAGO: Nichts von Ersäufen! Hörst du?

RODRIGO: Ich denke jetzt anders. Ich will alle meine Güter verkaufen.

JAGO: Nur zu; leb wohl! tu nur Geld genug in deinen Beutel.

Rodrigo ab.

So muß mein Narr mir stets zum Säckel werden:
Mein reifes Urteil würd ich ja entweihn,
Vertändelt ich den Tag mit solchem Gimpel
Mir ohne Nutz und Spaß. – Den Mohren haß ich;

Die Rede geht, er hab in meinem Bett
Mein Amt verwaltet – möglich, daß es falsch:
Doch ich, auf bloßen Argwohn in dem Fall,
Will tun, als wär's gewiß. Er hat mich gern,
Um so viel besser wird mein Plan gedeihn.
Der Cassio ist ein hübscher Mann – laßt sehn!
Sein Amt erhaschen, mein Gelüste büßen –
Ein doppelt Schelmstück! Wie nur? Laßt mich sehn –
Nach ein'ger Zeit Othellos Ohr betören,
Er sei mit seinem Weibe zu vertraut –
Der Bursch ist wohlgebaut, von schmeid'ger Art,
Recht für den Argwohn, recht den Fraun gefährlich.
Der Mohr nun hat ein grad und frei Gemüt,
Das ehrlich jeden hält, scheint er nur so,
Und läßt sich sänftlich an der Nase führen,
Wie Esel tun.
Ich hab's, es ist erzeugt; aus Höll und Nacht
Sei diese Untat an das Licht gebracht. *Ab.*

ZWEITER AUFZUG

Erste Szene

Hauptstadt in Zypern. Platz am Hafen.

Montano *und zwei* Edelleute *treten auf.*

MONTANO: Was unterscheidet man vom Damm zur See?
ERSTER EDELMANN:
Nichts, weit und breit – 's ist hochgeschwellte Flut;
Und nirgends zwischen Erd und Himmel kann ich
Ein Schiff entdecken.
MONTANO: Mir scheint, der Wind blies überlaut ans Ufer;
Nie traf so voller Sturm die Außenwerke.
Wenn's ebenso rumort hat auf der See,
Welch eichner Kiel, wenn Berge niederfluten,
Bleibt festgefügt? Was werden wir noch hören?
ZWEITER EDELMANN:
Zerstreuung wohl des türkischen Geschwaders.
Denn, stellt Euch nur an den beschäumten Strand,
Die zorn'ge Woge sprüht bis an die Wolken;

Die sturmgepeitschte Flut will mächt'gen Schwalls
Den Schaum hinwerfen auf den glühnden Bären,
Des ewig festen Poles Wacht zu löschen.
Nie sah ich so verderblichen Tumult
Des zorn'gen Meers.

MONTANO: Wenn nicht die Türkenflotte
Sich barg in Bucht und Hafen, so versank sie;
Es ist unmöglich, daß sie's überstand.

Ein dritter EDELMANN *tritt auf.*

DRITTER EDELMANN: Botschaft, ihr Herrn! Der Krieg ist aus,
Der wüt'ge Sturm nahm so die Türken mit,
Daß ihre Landung hinkt – ein Kriegsschiff von Venedig
War Zeuge grauser Not und Havarie
Des Hauptteils ihrer Flotte.

MONTANO: Wie? Ist das wahr?

DRITTER EDELMANN: Das Schiff hat angelegt,
Ein Veroneser. Michael Cassio,
Leutnant des kriegerischen Mohrn Othello,
Stieg hier ans Land; der Mohr ist auf der See,
Mit höchster Vollmacht unterwegs nach Zypern.

MONTANO: Mich freut's; er ist ein würd'ger Gouverneur.

DRITTER EDELMANN:
Doch dieser Cassio – spricht er gleich so tröstlich
Vom türkischen Verlust – scheint sehr besorgt
Und betet für den Mohren, denn es trennte
Ein grauser, schwerer Sturm sie.

MONTANO: Schütz ihn Gott!
Ich diente unter ihm; der Mann ist ganz
Soldat und Feldherr. Kommt zum Strande, ho!
Sowohl das eingelaufne Schiff zu sehn
Als nach dem tapfern Mohren auszuschaun,
Bis wo die Meerflut und des Äthers Blau
In eins verschmilzt.

DRITTER EDELMANN: Das laßt uns tun;
Denn jeder Augenblick ist jetzt Erwartung
Von neuer Ankunft.

CASSIO *tritt auf.*

CASSIO: Dank allen Tapfern dieses mut'gen Eilands,
Die so den Mohren lieben; möcht ihn doch
Der Himmel schützen vor dem Element,
Denn ich verlor ihn auf der schlimmsten See!

MONTANO: Hat er ein gutes Fahrzeug?
CASSIO: Sein Schiff ist stark gebaut und sein Pilot
Von wohlgeprüfter, kund'ger Meisterschaft;
Drum harrt mein Hoffen, noch nicht tödlich krank,
Kühn auf Genesung.
Mehrere STIMMEN *draußen*:
Ein Schiff! Ein Schiff! Ein Schiff!
CASSIO: Was rufen sie?
ERSTER EDELMANN: Die Stadt ist leer; am Meeresufer steht
Gedrängt das Volk, man ruft: ein Schiff! ein Schiff!
CASSIO: Mein Hoffen wähnt, es sei der Gouverneur.
Man hört Schüsse.
ZWEITER EDELMANN: Mit Freudenschüssen salutieren sie;
Zum mindsten Freunde sind's.
CASSIO: Ich bitt Euch, Herr,
Geht, bringt uns sichre Nachricht, wer gelandet.
ZWEITER EDELMANN: Sogleich. *Ab.*
MONTANO: Sagt, Leutnant, ist der General vermählt?
CASSIO: Ja, äußerst glücklich. Er gewann ein Fräulein,
Das jeden schwärmerischen Preis erreicht,
Kunstreicher Federn Lobspruch überbeut
Und in der Schöpfung reichbegabter Fülle
Die Dichtung selbst ermattet. – Nun, wer war's?
Der EDELMANN *kommt zurück.*
ZWEITER EDELMANN:
Des Feldherrn Fähnrich, ein gewisser Jago.
CASSIO: Der hat höchst schnelle, günst'ge Fahrt gehabt.
Die Stürme selbst, die Strömung, wilde Wetter,
Gezackte Klippen, aufgehäufter Sand –
Unschuld'gen Kiel zu fährden leicht verhüllt –,
Als hätten sie für Schönheit Sinn, vergaßen
Ihr tödlich Amt und ließen ungekränkt
Die holde Desdemona durch.
MONTANO: Wer ist sie?
CASSIO: Die ich genannt, die Herrin unsres Herrn,
Der Führung anvertraut des kühnen Jago,
Des Landung unserm Hoffen vorgeeilt
Um eine Woche. – O Herr, beschütz Othello!
Sein Segel schwelle dein allmächt'ger Hauch,
Daß bald sein wackres Schiff den Hafen segne;
Dann eil er liebend an der Gattin Brust,

Entflamme glühend unsern lauen Mut
Und bringe Zypern Tröstung! – Seht, o seht!
DESDEMONA, JAGO, RODRIGO *und* EMILIA *treten auf.*
Des Schiffes Reichtum ist ans Land gekommen! –
Ihr, Zyperns Edle, neigt euch huldigend:
Heil dir, o Herrin! und des Himmels Gnade
Begleite dich auf allen Seiten stets,
Dich rings umschließend.
DESDEMONA: Dank Euch, wackrer Cassio!
Was wißt Ihr mir von meinem Herrn zu sagen?
CASSIO: Noch kam er nicht; noch weiß ich irgend mehr,
Als daß er wohl und bald hier landen muß.
DESDEMONA:
Ich fürchte nur – wie habt Ihr ihn verloren?
CASSIO: Der große Kampf des Himmels und des Meers
Trennt' unsern Lauf – doch horch! es naht ein Schiff!
STIMMEN *draußen:* Ein Schiff! Ein Schiff!
Man hört schießen.
ZWEITER EDELMANN: Der Zitadelle bringt es seinen Gruß;
Auch dies sind Freunde.
CASSIO: Geht und schafft uns Nachricht.
Der zweite Edelmann ab.
Willkommen, Fähnrich; werte Frau, willkommen!
Nicht reiz es Euern Unmut, guter Jago,
Daß ich die Freiheit nahm; denn meine Heimat
Erlaubt so kühnen Brauch der Höflichkeit. *Er küßt Emilia.*
JAGO: Herr, gäben ihre Lippen Euch so viel,
Wie sie mir oft beschert mit ihrer Zunge,
Ihr hättet gnug.
DESDEMONA: Die Arme spricht ja kaum!
JAGO: Ei, viel zuviel!
Das merk ich immer, wenn ich schlafen möchte;
Vor Euer Gnaden freilich, glaub ich's wohl,
Legt sie die Zung ein wenig in ihr Herz
Und keift nur in Gedanken.
EMILIA: Wie du schwatzest!
JAGO: Geht, geht! Ihr seid Gemälde außerm Haus,
Schellen im Zimmer, Drachen in der Küche;
Verletzt ihr: Heil'ge; Teufel, kränkt man euch;
Spielt mit dem Haushalt, haltet haus im Bett.
DESDEMONA: O schäme dich, Verleumder!

JAGO: Nein, das ist wahr! nicht irr ich um ein Haarbreit:
Ihr steht zum Spiel auf, geht ins Bett zur Arbeit.
EMILIA: Ihr sollt mein Lob nicht schreiben.
JAGO: Will's auch nicht.
DESDEMONA:
Was schriebst du wohl von mir, solltst du mich loben?
JAGO: O gnäd'ge Frau, nicht fordert so mich auf;
Denn ich bin nichts, wenn ich nicht lästern darf.
DESDEMONA:
So fang nur an. – Ging einer hin zum Hafen?
JAGO: Ja, edle Frau.
DESDEMONA: Ich bin nicht fröhlich, doch verhüll ich gern
Den innern Zustand durch erborgten Schein. –
Nun sag, wie lobst du mich?
JAGO: Ich sinne schon; doch leider, mein Erfinden
Geht mir vom Kopf wie Vogelleim vom Fries,
Reißt Hirn und alles mit. Doch kreißt die Muse
Und wird also entbunden:
Gelt ich für schön und klug, weiß von Gesicht und witzig,
Die Schönheit nützt den andern, durch Witz die Schönheit [nütz ich.
DESDEMONA:
Gut gelobt! Wenn sie nun aber braun und witzig ist?
JAGO: Nun: bin ich braun und sonst nur leidlich witzig,
Find ich den weißen Freund, und was mir fehlt, besitz ich.
DESDEMONA: Schlimm und schlimmer!
EMILIA: Wenn aber eine hübsch weiß und rot und dumm ist?
JAGO: Hat sie ein weiß Gesicht, so ist sie dumm mitnichten;
Denn auf ein Kind weiß sich die Dümmste selbst zu richten.
DESDEMONA: Das sind abgeschmackte, alte Reime, um die Narren im Bierhause zum Lachen zu bringen. Was für ein erbärmliches Lob hast du denn für eine, die häßlich und dumm ist?
JAGO: Kein Mädchen ist so dumm und häßlich auch zugleich,
Trotz Hübschen und Gescheiten macht sie 'nen dummen Streich.
DESDEMONA: O grober Unverstand! Du preist die Schlechtste am besten. Aber welches Lob bleibt dir für eine wirklich verdienstvolle Frau; für eine, die in dem Adel ihres Werts mit Recht den Ausspruch der Bosheit selbst herausfordern darf?
JAGO: Die immer schön, doch nicht dem Stolz vertraut,
Von Zunge flink, doch niemals sprach zu laut;

Nicht arm an Gold, nie bunten Schmuck sich gönnte,
Den Wunsch erstickt und dennoch weiß: „Ich könnte!"
Die selbst im Zorn, wenn Rache nah zur Hand,
Die Kränkung trägt und ihren Groll verbannt;
Die nie von Überwitz sich läßt berauschen,
Für derben Salm den Gründling einzutauschen;
Sie, die viel denkt, die Neigung doch verschweigt
Und keinen Blick dem Schwarm der Werber zeigt:
Die nennt ich gut – wär sie nur aufzutreiben . . .

DESDEMONA: Nun sag, wozu?

JAGO: Narrn aufzuziehn und Dünnbier anzuschreiben.

DESDEMONA: O über solchen lahmen, hinkenden Schluß! – Lerne nichts von ihm, Emilie, wenn er auch dein Mann ist. – Was meint Ihr, Cassio? Ist er nicht ein recht heilloser, ausgelaßner Schwätzer?

CASSIO: Er redet derb, gnäd'ge Frau: der Soldat wird Euch besser an ihm gefallen als der Gelehrte.

JAGO *beiseite*: Er faßt sie bei der Hand: so recht! flüstert nur! Mit solchem kleinen Gewebe will ich eine so große Fliege umgarnen wie Cassio. – Ja, lächle du sie an! Nur zu! Deine eignen Scharrfüße sollen dir Beinschellen werden. – Ganz recht! In der Tat, so ist's – wenn solche Manieren dich um deine Leutnantschaft bringen, so wär's besser gewesen, du hättest deine drei Finger nicht so oft geküßt, mit denen du jetzt wieder so stattlich den Kavalier spielst. – Sehr gut! Wohl geküßt! Eine herrliche Verbeugung! Ja, ja, so ist's! – Schon wieder die Finger an den Mund? So wollt ich doch, es wären Klistierspritzen um deinetwillen!

Trompetenstoß.

Der Mohr! Ich kenne sein Signal.

CASSIO: Er ist's.

DESDEMONA: Wir wollen ihm entgegen, ihn empfangen.

CASSIO: Da kommt er schon.

OTHELLO *kommt mit* GEFOLGE.

OTHELLO: O meine holde Kriegrin!

DESDEMONA: Mein Othello!

OTHELLO: Ein Wunder dünkt mich's, groß wie meine Freude,
Dich hier zu sehn vor mir. O mein Entzücken!
Wenn jedem Sturm so heitre Stille folgt,
Dann blast, Orkane, bis den Tod ihr weckt!
Dann klimme, Schiff, die Wogenberg' hinan

Hoch wie Olymp und tauch hinunter tief
Zum Grund der Hölle! Gält es, jetzt zu sterben,
Jetzt wär mir's höchste Wonne; denn ich fürchte,
So volles Maß der Freude füllt mein Herz,
Daß nie ein andres Glück mir, diesem gleich,
Im Schoß der Zukunft harrt.

DESDEMONA: Verhüte Gott,
Daß unsre Lieb und Glück nicht sollten wachsen
Wie unsrer Tage Zahl!

OTHELLO: Amen, ihr holden Mächte!
Nicht auszusprechen weiß ich diese Wonne,
Hier stockt es; o es ist zu viel der Freude: *Er küßt sie.*
Und dies und dies, der größte Mißklang sei's,
Den unser Herz je tönt.

JAGO *beiseite*: Noch seid ihr wohlgestimmt,
Doch dieses Einklangs Wirbel spann ich ab,
So wahr ich ehrlich bin.

OTHELLO Gehn wir aufs Schloß.
Wißt ihr's? Der Krieg ist aus, der Türk ertrank.
Wie geht's den alten Freunden hier auf Zypern?
Liebchen, dich wird man hoch in Ehren halten,
Ich fand hier große Gunst. O süßes Herz,
Ich schwatze alles durcheinander, schwärme
Im neuen Glück. – Ich bitt dich, guter Jago,
Geh zu der Bucht und schaff ans Land die Kisten;
Bring auch den Schiffsherrn mir zur Zitadelle;
Es ist ein wackrer Seemann, des Verdienst
Ich hoch belohnen muß. Komm, Desdemona,
Nochmals begrüßt in Zypern!

Othello, Desdemona und Gefolge ab.

JAGO *zu einem Diener*: Geh du sogleich zum Hafen und erwarte mich dort. *Zu Rodrigo*: Komm näher. Wenn du ein Mann bist – denn man sagt, daß auch Feige, wenn sie verliebt sind, sich zu höherer Gesinnung erheben, als ihnen angeboren war –, so höre mich an. Der Leutnant hat diese Nacht die Wache auf dem Schloßhof – vorerst aber muß ich dir sagen: Desdemona ist richtig in ihn verliebt.

RODRIGO: In ihn? unmöglich.

JAGO: Leg deinen Finger – so; und laß dich belehren, Freund: besinne dich nur, wie heftig sie zuerst den Mohren liebte, nur weil er prahlte und ihr unerhörte Lügen auftischte. Wird sie ihn immer für sein Schwatzen lieben? Das kann deine verständige Seele nicht glauben wollen. Ihr Auge verlangt Nahrung, und welches Wohlgefallen kann ihr's gewähren, den Teufel anzusehn? Wenn das Blut durch den Genuß abgekühlt ist, dann bedarf es – um sich aufs neue zu entflammen und der Sättigung neue Begier zu wecken – Anmut der Gestalt, Übereinstimmung in Jahren, Gesittung und Schönheit; und an dem allen fehlt's dem Mohren. Nun, beim Mangel aller dieser ersehnten Annehmlichkeiten wird ihr feiner Sinn sich getäuscht fühlen; sie wird des Mohren erst satt, dann überdrüssig werden und endlich ihn verabscheuen; die Natur selbst wird sie anleiten und sie zu einer neuen Wahl treiben. Nun, Freund, dieses eingeräumt – wie es denn eine ganz erwiesene und ungezwungne Voraussetzung ist –, wer steht wohl so gewiß auf der Stufe dieses Glücks wie Cassio? Der Bube ist sehr gewandt, gewissenhaft nur so weit, als er die äußere Form eines sittsamen und gebildeten Betragens annimmt, um seine lockern, geheimen, wilden Neigungen um so leichter zu befriedigen. – Nein, keiner, keiner! ein glatter geschmeidiger Bube; ein Gelegenheitshascher, dessen Blick Vorteile prägt und falschmünzt, wenn selbst kein wirklicher Vorteil sich ihm darbietet: ein Teufelsbube! überdem ist der Bube hübsch, jung, und hat alle die Erfordernisse, wonach Torheit und grüner Verstand hinschielen: ein verdammter, ausgemachter Bube! und sie hat ihn schon ausgefunden.

RODRIGO: Das kann ich von ihr nicht glauben, sie ist von höchst sittsamer Gesinnung.

JAGO: Schöne Sittsamkeit! der Wein, den sie trinkt, ist aus Trauben gepreßt; wäre sie so sittsam, dann hätte sie nie den Mohren lieben können: sittsam hin und her! Sahst du nicht, wie sie mit seiner flachen Hand tätschelte? Hast du das nicht bemerkt?

RODRIGO: O ja; aber das war nur Höflichkeit.

JAGO: Verbuhltheit, bei dieser Hand! – Eine Einleitung und dunkler Prologus zum Schauspiel der Lust und der schnöden Gedanken. Sie kamen sich so nah mit ihren Lippen, daß ihr Hauch sich liebkoste. Bübische Gedanken, Rodrigo! Wenn diese Vertraulichkeiten so den Weg bahnen, so kommt gleich hinterdrein der Zweck und die Ausübung, der fleischliche Beschluß. He? – Aber, Freund, laß dir raten – ich habe dich von Venedig hergeführt. Steh heut nacht mit Wache; ich nehme es auf mich, dir deinen Posten anzuweisen: Cassio kennt dich nicht; ich werde nicht weit sein; finde nur eine Gelegenheit, Cassio zum Zorn zu reizen, sei's durch lautes Reden oder durch Spott über seine Mannszucht, oder welchen andern Anlaß du sonst wahrnimmst, den die günstige Zeit dir eben darbietet.

RODRIGO: Gut.

JAGO: Er ist heftig und sehr jähzornig und schlägt vielleicht mit seinem Stabe nach dir; reize ihn nur, daß er's tue, denn das genügt mir schon, um die Zyprioten zum Aufruhr zu bringen, der nicht wieder beschwichtigt werden kann als durch Cassios Absetzung. So findest du einen kürzern Weg zu deinem Ziel durch die Mittel, die ich dann habe, dir Vorschub zu tun, und wir schaffen das Hindernis aus dem Wege, ohne dessen Besiegung kein Erfolg erwartet werden darf.

RODRIGO: Das will ich tun, wenn du mir Gelegenheit gibst.

JAGO: Dafür steh ich dir. Komm nur sogleich auf die Zitadelle, ich muß jetzt sein Gepäck ans Land schaffen. Leb wohl!

RODRIGO: Gott befohlen! *Ab.*

JAGO: Daß Cassio sie liebt, das glaub ich wohl;
Daß sie ihn liebt, ist denkbar und natürlich.
Der Mohr – obschon ich ihm von Herzen gram –
Ist liebevoller, treuer, edler Art
Und wird für Desdemona, denk ich, sicher
Ein wackrer Ehmann. Jetzt lieb ich sie auch;
Nicht zwar aus Lüsternheit – wiewohl vielleicht
Nicht kleinre Sünde mir zuschulden kommt –,
Nein, mehr um meine Rach an ihm zu weiden,
Weil ich vermute, daß der üpp'ge Mohr
Mir ins Gehege kam, und der Gedanke
Nagt wie ein fressend Gift an meinem Innern;
Nichts kann und soll mein Herz beruhigen,
Bis ich ihm wett geworden, Weib um Weib;
Oder, schlägt dies mir fehl, bring ich den Mohren
In Eifersucht so wilder Art, daß nie
Vernunft sie heilen kann. Dies zu vollbringen –
Hält nur mein Köter von Venedig stand,
Den ich mir ködre zu der schnellen Jagd –,
Pack ich den Michael Cassio bei der Hüfte,
Verschwärz ihn dann dem Mohren als gefährlich;

Denn Cassio fürcht ich auch für mein Gespons.
So dankt Othello mir's, liebt mich, belohnt mich,
Daß ich so stattlich ihn zum Esel machte
Und seine Ruh und Freud ihm untergrub
Zum Wahnsinn. – Ja, hier liegt's, noch nicht entfaltet;
Die Bosheit wird durch Tat erst ganz gestaltet. *Ab.*

Zweite Szene

Straße.

Ein Herold *tritt auf.*

HEROLD: Es ist Othellos, unsres edlen und tapfern Generals, Wunsch, daß auf die zuverlässige, jetzt eingegangene Nachricht von der gänzlichen Vernichtung der türkischen Flotte jedermann seine Freude kundtue; sei es durch Tanz oder Lustfeuer, oder wie ihn sonst seine Neigung zu Spiel und Kurzweil treibt; denn außer jenem erfreulichen Ereignis feiert er heut seine Hochzeit: solches wird auf seinen Befehl ausgerufen. Alle Säle des Palastes sind geöffnet, und es herrscht volle Freiheit zu Schmaus und Fest von jetzt fünf Uhr an, bis die elfte Stunde geschlagen. Der Himmel segne die Insel Zypern und unsern edlen General Othello. *Ab.*

Dritte Szene

Schloß.

Othello, Desdemona, Cassio *und* Gefolge *treten auf.*

OTHELLO: Mein lieber Michael,
Halt ja genaue Wache diese Nacht.
Wir müssen selbst auf ehrbar Maß bedacht sein,
Daß nicht die Lust unbändig werde.
CASSIO: Jago ward schon befehligt, was zu tun;
Doch außerdem noch soll mein eignes Auge
Auf alles sehn.
OTHELLO: Jago ist treu bewährt.
Gut Nacht! auf morgen mit dem frühesten
Hab ich mit dir zu reden. – Komm, Geliebte:

Den Preis erringt sich, wer den Handel schloß;
Wir teilen ihn, mein holder Mitgenoß.
Gut Nacht!

Othello und Desdemona ab.

JAGO *tritt auf.*

CASSIO: Willkommen, Jago! wir müssen auf die Wache.

JAGO: Jetzt noch nicht, Leutnant, es ist noch nicht zehn Uhr. Unser General schickt uns so früh fort aus Liebe zu seiner Desdemona, und wir dürfen ihn drum nicht tadeln; es ist seine erste glückliche Nacht, und sie ist Jupiters würdig.

CASSIO: Sie ist eine unvergleichliche Frau.

JAGO: Und, dafür steh ich, sie hat Feuer.

CASSIO: Gewiß, sie ist ein blühendes, süßes Geschöpf.

JAGO: Welch ein Auge! Mir scheint es wie ein Aufruf zur Verführung.

CASSIO: Ein einladendes Auge; und doch, wie mir scheint, ein höchst sittsames.

JAGO: Und wenn sie spricht, ist's nicht eine Herausforderung zur Liebe?

CASSIO: Sie ist in der Tat die Vollkommenheit selbst.

JAGO: Nun, Heil ihrem Bette! Komm, Leutnant, ich habe ein Stübchen Wein, und hier draußen sind ein paar muntre Jungen aus Zypern, die gern eine Flasche auf die Gesundheit des schwarzen Othello ausstechen möchten.

CASSIO: Nicht heut abend, lieber Jago; ich habe einen sehr schwachen, unglücklichen Kopf zum Trinken. Mir wär's lieb, wenn die Höflichkeit eine andre Sitte der Unterhaltung erfände.

JAGO: Oh, es sind gute Freunde; nur einen Becher; ich will für dich trinken.

CASSIO: Ich habe heut abend nur einen Becher getrunken, der noch dazu vorsichtigerweise mit Wasser gemischt war, und sieh nur, wie es mich verändert hat. Ich habe leider diese Schwachheit und darf meinen Kräften nicht mehr zumuten.

JAGO: Ei, Lieber, es ist ja Fastnacht heut. Die jungen Leute wünschen es.

CASSIO: Wo sind sie?

JAGO: Hier vor der Tür; ich bitte dich, rufe sie herein.

CASSIO: Ich will's tun, aber es geschieht ungern. *Ab.*

JAGO: Wenn ich ihm nur e i n Glas aufdrängen kann,
Zu dem, was er an diesem Abend trank,

Wird er so voller Zank und Ärger sein
Wie einer Dame Schoßhund. – Rodrigo nun, mein Gimpel,
Den Liebe wie 'nen Handschuh umgewendet,
Hat Desdemona manchen tiefen Humpen
Heut jubelnd schon geleert und muß zur Wache.
Drei jungen Zyprern, hochgesinnt und rasch,
Im Punkt der Ehre keck und leicht gereizt,
Dem wahren Ausbund hier der mut'gen Jugend,
Hab ich mit vollen Flaschen zugesetzt;
Die wachen auch. – Nun, in der trunknen Schar
Reiz ich Herrn Cassio wohl zu solcher Tat,
Die alles hier empört. – Doch still, sie kommen.
Hat nur Erfolg, was jetzt mein Kopf ersinnt,
Dann fährt mein Schiff mit vollem Strom und Wind.

Es kommen CASSIO, MONTANO *und mehrere* EDELLEUTE.

CASSIO: Auf Ehre, ich habe schon einen Humpen weg.

MONTANO: Ei, der wäre klein! Kaum eine Pinte, so wahr ich ein Soldat bin!

JAGO: Wein her!

Singt: Stoßt an mit dem Gläselein, klingt! klingt!
Stoßt an mit dem Gläselein, klingt!
Der Soldat ist ein Mann,
Das Leben ein' Spann,
Drum lustig, Soldaten, und trinkt.

Wein her, Burschen!

CASSIO: Auf Ehre, ein allerliebstes Lied.

JAGO: Ich hab's in England gelernt, wo sie, das muß man sagen, sich gewaltig auf das Bechern verstehn. Euer Däne, Euer Deutscher, Euer dickbäuchiger Holländer – zu trinken, he! – sind alle nichts gegen den Engländer.

CASSIO: Ist denn der Engländer so sehr ausbündig im Trinken?

JAGO: Ei wohl! den Dänen trinkt er Euch mit Gemächlichkeit untern Tisch; es wird ihn wenig angreifen, den Deutschen kaputt zu machen; und den Holländer zwingt er zur Übergabe, eh der nächste Humpen gefüllt werden kann.

CASSIO: Auf unsers Gouverneurs Gesundheit!

MONTANO: Die trink ich mit, Leutnant, und ich will Euch Bescheid tun.

JAGO: O das liebe England!

Singt: König Stephan war ein wackrer Held,
Eine Krone kostet ihm sein Rock:

Das fand er um sechs Grot geprellt
  Und schalt den Schneider einen Bock.
Und war ein Fürst von großer Macht,
  Und du bist solch geringer Mann:
Stolz hat manch Haus zu Fall gebracht,
  Drum zieh den alten Kittel an.

Wein her, sag ich!

CASSIO: Ei, das Lied ist noch viel herrlicher als das erste.

JAGO: Wollt Ihr's nochmals hören?

CASSIO: Nein, denn ich glaube, der ist seiner Stelle unwürdig, der so was tut. – Wie gesagt – der Himmel ist über uns allen; – und es sind Seelen, die müssen selig werden – und andre, die müssen nicht selig werden.

JAGO: Sehr wahr, lieber Leutnant.

CASSIO: Ich meinesteils – ohne dem General oder sonst einer hohen Person vorzugreifen –, ich hoffe, selig zu werden.

JAGO: Und ich auch, Leutnant.

CASSIO: Aber, mit Eurer Erlaubnis, nicht vor mir – der Leutnant muß vor dem Fähnrich selig werden. Nun genug hiervon; wir wollen auf unsre Posten. – Vergib uns unsre Sünden! – Meine Herrn, wir wollen nach unserm Dienst sehn. – Ihr müßt nicht glauben, meine Herrn, daß ich betrunken sei – dies ist mein Fähnrich – dies ist meine rechte Hand – dies meine linke Hand – ich bin also nicht betrunken; ich stehe noch ziemlich gut und spreche noch ziemlich gut.

ALLE: Außerordentlich gut.

CASSIO: Nun, recht gut also; ihr müßt also nicht meinen, daß ich betrunken sei. *Ab.*

MONTANO: Jetzt zur Terrasse; laßt die Wachen stellen.

JAGO: Da seht den jungen Mann, der eben ging!
Ein Krieger, wert, beim Cäsar selbst zu stehn
Und zu befehlen; doch Ihr seht sein Laster:
Es ist das Äquinoktium seiner Tugend,
Eins ganz dem andern gleich. 's ist schad um ihn!
Das Zutraun, fürcht ich, das der Mohr ihm schenkt,
Bringt Zypern Unglück, trifft die Schwachheit ihn
Zu ungelegner Stunde.

MONTANO: Ist er oft so?

JAGO: So ist er immer vor dem Schlafengehn:
Er wacht des Zeigers Umkreis zweimal durch,
Wiegt ihn der Trunk nicht ein.

MONTANO: Dann wär es gut,
Man meldete den Fall dem General,
Vielleicht, daß er's nicht sieht; vielleicht gewahrt
Sein gutes Herz die Tugend nur an Cassio,
Und ihm entgehn die Fehler; ist's nicht so?

RODRIGO *tritt auf.*

JAGO: Was soll's, Rodrigo?
Ich bitt Euch, folgt dem Leutnant nach – so geht!

Rodrigo ab.

MONTANO: Und wahrlich schade, daß der edle Mohr
So wicht'gen Platz als seinem zweiten Selbst
Dem Mann vertraut, in dem die Schwachheit wuchert.
Der tät ein gutes Werk, der dies dem Mohren
Entdeckte.

JAGO: Ich nimmermehr, nicht für ganz Zypern.
Ich liebe Cassio sehr und gäbe viel,
Könnt ich ihn heilen. Horch! Was für ein Lärm?

Man ruft hinter der Szene: Hilfe! Hilfe!

CASSIO *kommt zurück und verfolgt den* RODRIGO.

CASSIO: Du Lump! Du Tölpel!

MONTANO: Nun, was ist Euch, Leutnant?

CASSIO: Der Schurke! Pflicht mich lehren? Wart, in eine Korbflasche prügle ich ihn hinein, den Wicht!

RODRIGO: Mich prügeln?

CASSIO: Muckst du, Kerl?

MONTANO: Still, lieber Leutnant! *Er hält den Cassio zurück.*
Ich bitt Euch, haltet ein!

CASSIO: Herr, laßt mich gehn,
Sonst zeichn ich Eure Fratze –

MONTANO: Geht, Ihr seid trunken!

CASSIO: Trunken?

Sie fechten.

JAGO: Fort, sag ich! *Leise zu Rodrigo:* Eil und rufe Meuterei!

Rodrigo ab.

Still doch, Herr Leutnant! Still doch, liebe Herrn!
He, Hilfe! Leutnant – Herr – Montano – Herr! –
Helft, Nachbarn! – Nun, das ist 'ne saubre Wache!
Wer zieht die Glocke denn? O Diavolo!
Die Stadt wird wach. – Pfui, pfui doch, Leutnant! halt!
Ihr macht Euch ew'ge Schande.

OTHELLO *kommt mit* GEFOLGE.

OTHELLO: Was gibt es hier?
MONTANO:
Ich blute! Er traf mich tödlich! Sterben soll er!
OTHELLO: Bei Euerm Leben, halt!
JAGO: Halt, Leutnant! Herr! Montano – liebe Herrn –
Vergaßt ihr allen Sinn für Rang und Pflicht?
Halt! hört den General! O schämt euch! halt!
OTHELLO: Was gibt es hier? Woher entspann sich dies?
Sind wir denn Türken? Tun uns selber das,
Was dem Ungläubigen der Himmel wehrt?
Schämt euch als Christen! Laßt eur heidnisch Raufen;
Wer sich noch rührt und zäumt nicht seine Wut,
Der wagt sein Leben dran; ein Schritt ist Tod.
Still mit dem Sturmgeläut! Es schreckt die Insel
Aus ihrer Fassung. Was geschah, ihr Herrn?
Ehrlicher Jago, du bist bleich vor Gram,
Sprich, wer hub an? Bei deiner Lieb, ich will's.
JAGO: Ich weiß nicht. Freunde jetzt noch, jetzt im Nu,
Liebreich und gut wie Bräutigam und Braut,
Wenn sie zu Bette gehn: und drauf im Nu,
Als ob sie plötzlich ein Planet verwirrt,
Das Schwert heraus und aufeinander stechend
Im blut'gen Widerstreit. Ich kann nicht sagen,
Wie dieser wunderliche Kampf begann,
Und hätt in guter Schlacht die Beine lieber
Verloren, die dazu hierher mich trugen.
OTHELLO: Wie, Cassio, kam's, daß du dich so vergaßest?
CASSIO: Ich bitt Euch, Herr, verzeiht, ich kann nicht reden.
OTHELLO: Würd'ger Montan, Ihr schient mir sonst gesittet;
Die Ruh und edle Haltung Eurer Jugend
Pries alle Welt, und Euer Name prangte
Im Lob der Weisen: sagt mir denn, wie kam's,
Daß Ihr so abgestreift den guten Ruf
Und Eures Leumunds Reichtum für den Namen
Des mächt'gen Raufers hinwerft? gebt mir Antwort!
MONTANO: Würd'ger Othello, ich bin schwer verwundet;
Eur Fähnrich Jago kann Euch Meldung tun –
Mir fällt das Reden schwer, ich spart es gern –
Von allem, was ich weiß – doch wüßt ich nicht,
Worin ich mich in Wort noch Tat versündigt;
Wenn Selbsterhaltung nicht ein Frevel ist

Und unser Leben schützen ein Vergehn,
Wenn uns Gewalt bedrohte.

OTHELLO: Nun, beim Himmel,
Mein Blut beginnt zu meistern die Vernunft;
Und Leidenschaft, mein helles Urteil trübend,
Maßt sich die Führung an; reg ich mich erst,
Erheb ich nur den Arm, dann soll der Beste
Vor meinem Streiche fallen. Tut mir kund,
Wie kam der schnöde Zank? Wer bracht ihn auf?
Wer immer hier verschuldet dies Vergehn –
Wär er mir blutsverwandt, mein Zwillingsbruder –,
Verliert mich. – Was! In der Festung selbst –
Das Volk, noch ungewiß, von Angst betäubt –
Privatgezänk und Händel anzustiften
Bei Nacht und auf des Schlosses höchster Wache.
's ist ungeheuer. – Jago, wer begann?

MONTANO: Wer hier parteiisch oder dienstbefreundet
Mehr oder minder als die Wahrheit spricht,
Ist kein Soldat.

JAGO: Ha, leg mir's nicht so nah!
Ich büßte ja die Zunge lieber ein,
Als daß sie gegen Michael Cassio zeugte;
Doch glaub ich fest, die Wahrheit reden bringt
Ihm keinen Nachteil. – So geschah's, mein Feldherr:
Ich und Montano waren im Gespräch,
Da kommt ein Mensch, der laut um Hilfe schreit;
Und Cassio folgt ihm mit gezücktem Schwert,
Ihn zu verwunden; drauf trat dieser Herr
Cassio entgegen, bat ihn, still zu sein;
Und ich derweil verfolgte jenen Schreier,
Damit sein Ruf nicht – wie es doch geschah –
Die Stadt erschrecke; jener, leicht zu Fuß,
Entlief mir; und ich kehrte um so schneller,
Weil ich Geklirr und Waffenlärm vernahm
Und Cassios lautes Fluchen, was bis heut
Ich nie von ihm gehört; als ich zurückkam –
Und dies war gleich –, fand ich sie hart zusammen,
Auf Hieb und Stoß: ganz wie das zweite Mal,
Als Ihr sie selber trenntet.
Mehr von dem Vorfall ist mir nicht bekannt.
Doch Mensch ist Mensch, der Beste fehlt einmal;

Und ob ihm Cassio gleich zu nahe trat,
Wie man in Wut den besten Freund ja schlägt –
Doch denk ich, ward von dem, der floh, an Cassio
So große Kränkung wohl verübt, wie kaum
Geduld ertragen mag.

OTHELLO: Ich weiß, Jago,
Aus Lieb und Redlichkeit schmückst du die Sache
Und milderst sie für Cassio. – Cassio, ich liebe dich;
Allein mein Leutnant bist du länger nicht.

DESDEMONA *kommt mit* GEFOLGE.

Seht, ward mein liebes Weib nicht auch geweckt! –
Du sollst ein Beispiel sein.

DESDEMONA: Was ging hier vor, mein Teurer?

OTHELLO: 's ist alles gut schon, Liebchen – komm zu Bett.
Ich selbst will Arzt sein, Herr, für Eure Wunden.
Führt ihn nach Haus.

Montano wird weggeführt.

Du, Jago, sieh mit Sorgfalt auf die Stadt,
Und schwicht'ge, wen der schnöde Lärm geängstigt.
Komm, Desdemona; oft im Kriegerleben
Wird süßer Schlaf der Störung preisgegeben.

Alle ab; es bleiben Jago und Cassio.

JAGO: Seid Ihr verwundet, Leutnant?

CASSIO: O ja! so, daß kein Arzt mir hilft!

JAGO: Ei, das verhüte der Himmel!

CASSIO: Guter Name! Guter Name! Guter Name! Oh, ich habe meinen guten Namen verloren! Ich habe das unsterbliche Teil von mir selbst verloren, und was übrigbleibt, ist tierisch. – Mein guter Name, Jago, mein guter Name!

JAGO: So wahr ich ein ehrlicher Mann bin, ich dachte, du hättest eine körperliche Wunde empfangen, und das bedeutet mehr als mit dem guten Namen. Der gute Name ist eine nichtige und höchst trügliche Einbildung, oft ohne Verdienst erlangt und ohne Schuld verloren. Du hast überhaupt gar keinen guten Namen verloren, wenn du nicht an diesen Verlust glaubst. Mut, Freund! es gibt ja Mittel, den General wiederzugewinnen: du bist jetzt nur in seiner Heftigkeit kassiert; er straft mehr aus Klugheit als aus böser Absicht, just als wenn einer seinen harmlosen Hund schlüge, um einen dräuenden Löwen zu schrecken; gib ihm wieder ein gutes Wort, und er ist dein.

CASSIO: Lieber will ich ein gutes Wort einlegen, daß er mich ganz verstoße, als einen so guten Feldherrn noch länger zu hintergehn mit einem so leichtsinnigen, trunkenen und unbesonnenen Offizier. Trunken sein? und wie ein Papagei plappern? und renommieren und toben, fluchen und Bombast schwatzen mit unserm eignen Schatten? O du unsichtbarer Geist des Weins, wenn du noch keinen Namen hast, an dem man dich kennt, so heiße Teufel!

JAGO: Wer war's, den du mit dem Degen verfolgtest? Was hatte er dir getan?

CASSIO: Ich weiß nicht.

JAGO: Ist's möglich?

CASSIO: Ich besinne mich auf einen Haufen Dinge, aber auf nichts deutlich; auf einen Zank, aber nicht weswegen. – O daß wir einen bösen Feind in den Mund nehmen, damit er unser Gehirn stehle! – Daß wir durch Frohlocken, Schwärmen, Vergnügen und Aufregung uns in Vieh verwandeln!

JAGO: Nun, aber du scheinst mir jetzt recht wohl; wie hast du dich so schnell erholt?

CASSIO: Es hat dem Teufel Trunkenheit gefallen, dem Teufel Zorn Platz zu machen. Eine Schwachheit erzeugt mir die andre, damit ich mich recht von Herzen verachten möge.

JAGO: Geh, du bist ein zu strenger Moralist. Wie Zeit, Art und die Umstände des Lebens beschaffen sind, wünschte ich von Herzen, dies wäre nicht geschehn; da es aber nun einmal so ist, so richte es wieder ein zu deinem Besten.

CASSIO: Ich will wieder um meine Stelle bei ihm nachsuchen; er wird mir antworten, ich sei ein Trunkenbold! hätte ich so viel Mäuler wie die Hydra, solch eine Antwort würde sie alle stopfen. Jetzt ein vernünftiges Wesen sein, bald darauf ein Narr und plötzlich ein Vieh – o furchtbar! – Jedes Glas zu viel ist verflucht, und sein Inhalt ist ein Teufel!

JAGO: Geh, geh; guter Wein ist ein gutes, geselliges Ding, wenn man mit ihm umzugehn weiß. Scheltet mir nicht mehr auf ihn – und, lieber Leutnant, ich denke, du denkst, ich liebe dich.

CASSIO: Ich habe Beweise davon, Freund. – Ich betrunken!

JAGO: Du oder jeder andre Erdensohn kann sich wohl einmal betrinken, Freund. Ich will dir sagen, was du zu tun hast. Unsers Generals Frau ist jetzt General – das darf ich insofern sagen, als er sich ganz dem Anschauen, der Bewundrung und Auffassung ihrer Reize und Vollkommenheiten hingegeben und geweiht hat. Nun, beichte ihr alles freiheraus; bestürme sie, sie wird dir schon wieder zu deinem Amt verhelfen. Sie ist von so offener, gütiger, fügsamer und holder Gesinnung, daß sie's für einen Flecken in ihrer Güte halten würde, nicht noch mehr zu tun, als um was sie gebeten wird. Dies zerbrochne Glied zwischen dir und ihrem Manne bitte sie zu schienen; und, mein Vermögen gegen irgend etwas, das Namen hat, dieser Freundschaftsbruch wird die Liebe fester machen als zuvor.

CASSIO: Du rätst mir gut.

JAGO: Ich beteure es mit aufrichtiger Liebe und redlichem Wohlwollen.

CASSIO: Das glaube ich zuversichtlich, und gleich morgen früh will ich die tugendhafte Desdemona ersuchen, sich für mich zu verwenden. Ich verzweifle an meinem Glück, wenn's mich hier zurückstößt.

JAGO: Ganz recht. Gute Nacht, Leutnant! ich muß auf die Wache.

CASSIO: Gute Nacht, ehrlicher Jago! *Ab.*

JAGO: Und wer ist nun, der sagt, ich sei ein Schurke?
Da dieser Rat aufrichtig ist und redlich,
Geprüft erscheint und in der Tat der Weg,
Den Mohren umzustimmen? Denn sehr leicht
Wird Desdemonas mildes Herz bewegt
Für eine gute Sache; sie ist spendend
Wie Segen selbst; und ihr wie leicht alsdann,
Den Mohren zu gewinnen – gält's der Taufe
Und der Erlösung Siegel zu entsagen. –
Sein Herz ist so verstrickt von ihrer Liebe,
Daß sie ihn formt, umformt, tut, was sie will,
Wie's ihr gelüsten mag, den Gott zu spielen
Mit seiner Schwachheit. Bin ich denn ein Schurke?
Rat ich dem Cassio solchen Richtweg an
Zu seinem Glück? – Theologie der Hölle!
Wenn Teufel ärgste Sünde fördern wollen,
So locken sie zuerst durch frommen Schein,
Wie ich anjetzt. Derweil der gute Tropf
In Desdemona dringt, ihm beizustehn,
Und sie mit Nachdruck sein Gesuch begünstigt,
Träufl ich den Gifttrank in Othellos Ohr:

Daß sie zu eigner Lust zurück ihn ruft;
Und um so mehr sie strebt, ihm wohlzutun,
Vernichtet sie beim Mohren das Vertraun.
So wandl ich ihre Tugend selbst zum Laster
Und strick ein Netz aus ihrer eignen Güte,
Das alle soll umgarnen. – Nun, Rodrigo?

RODRIGO *kommt.*

RODRIGO: Ich folge hier der Meute, nicht wie ein Hund, der jagt, sondern wie einer, der nur anschlägt. Mein Geld ist fast vertan; ich bin heut nacht tüchtig durchgeprügelt worden, und ich denke, das Ende wird sein, daß ich für meine Mühe doch etwas Erfahrung gewinne und so ganz ohne Geld und mit etwas mehr Verstand nach Venedig heimkehre.

JAGO: Wie arm sind die, die nicht Geduld besitzen!
Wie heilten Wunden als nur nach und nach?
Du weißt, man wirkt durch Witz und nicht durch Zauber;
Und Witz beruht auf Stund und günst'ger Zeit.
Geht's denn nicht gut? Cassio hat dich geschlagen,
Und du, mit wenig Schmerz, kassierst den Cassio:
Gedeiht auch manches Kraut im Sonnenschein,
Von Früchten reift zuerst, die erst geblüht –
Beruhige dich. – Beim Kreuz! Der Morgen graut,
Vergnügen und Geschäft verkürzt die Zeit.
Entferne dich; geh jetzt in dein Quartier:
Fort, sag ich, du erfährst in kurzem mehr.
Nein, geh doch nur!

Rodrigo ab.

Zwei Dinge sind zu tun:
Mein Weib muß ihre Frau für Cassio bitten,
Ich stimme sie dazu;
Indes nehm ich den Mohren auf die Seite
Und führ ihn just hinein, wenn Cassio dringend
Sein Weib ersucht. Nun helfe mir der Trug!
So muß es gehn: fort, Lauheit und Verzug! *Ab.*

DRITTER AUFZUG

Erste Szene

Vor dem Schlosse.

Cassio *tritt auf mit* Musikanten.

CASSIO: Ihr Herrn, spielt auf, ich zahl euch eure Müh:
Ein kurzes Stück als Morgengruß dem Feldherrn.

Musik. Der Narr *tritt auf.*

NARR: Nun, ihr Herren? Sind eure Pfeifen in Neapel gewesen, daß sie so durch die Nase schnarren?

[ERSTER MUSIKANT: Wie meint Ihr das, Herr?

NARR: Ich bitte, sind dies, was man Blasinstrumente nennt?

ERSTER MUSIKANT: Ja, Herr, das sind sie.

NARR: Oh, daran hängt etwas.

ERSTER MUSIKANT: Woran hängt etwas?

NARR: Nun, an manchem Blasinstrumente, das ich kenne.] Aber hier ist Geld für euch, ihr Herren, und dem General gefällt eure Musik so ausnehmend, daß er euch um alles in der Welt bitten läßt, keinen Lärm mehr damit zu machen.

MUSIKANTEN: 's ist gut, Herr, das wollen wir auch nicht.

NARR: Wenn ihr eine Musik habt, die gar nicht zu hören ist, in Gottes Namen; aber was man sagt, Musik „hören": danach fragt der General nicht viel.

MUSIKANTEN: Solche haben wir nicht, Herr.

NARR: Dann steckt eure Pfeifen wieder in den Sack, denn ich will fort. Geht! – verschwindet in die Lüfte! husch!

Die Musikanten gehn ab.

CASSIO: Hörst du, mein ehrliches Gemüt?

NARR: Nein, Eur ehrliches Gemüt hör ich nicht; ich höre Euch.

CASSIO: Ich bitt dich, laß deine Witze. Hier hast du ein kleines Goldstückchen; wenn die Gesellschaftsdame deiner Gebieterin schon munter ist, sag ihr, hier sei ein gewisser Cassio, der sie um die Vergünstigung eines kurzen Gesprächs bitte. Willst du das tun?

NARR: Munter ist sie, Herr; wenn sie sich hierher ermuntern will, so werd ich's ihr insinuieren. *Ab.*

Jago *tritt auf.*

CASSIO: Dank, lieber Freund! Ei, Jago, grade recht!

JAGO: So gingt Ihr nicht zu Bett?

CASSIO: Ich? Nein, der Morgen graute,
Eh wir uns trennten. Eben jetzt, mein Jago,
Schickt ich zu deiner Frau und ließ sie bitten,
Sie wolle bei der edlen Desdemona
Mir Zutritt schaffen.
JAGO: Ich will gleich sie rufen;
Und auf ein Mittel sinn ich, wie der Mohr
Entfernt wird, daß ihr um so freier euch
Besprechen mögt. *Ab.*
CASSIO: Von Herzen dank ich dir's. – Ich kannte nie
'nen Florentiner, der so brav und freundlich.

EMILIA *tritt auf.*

EMILIA: Guten Morgen, werter Leutnant. Euer Unfall
Betrübt mich sehr, doch wird noch alles gut.
Der General und seine Frau besprechen's,
Und warm vertritt sie Euch; er wendet ein,
Der junge Mann sei hochgeschätzt in Zypern,
Von großem Anhang; und nach bestem Rat
Könn er Euch nicht verteid'gen. Doch er liebt Euch,
Und keiner Fürsprach braucht's als seiner Freundschaft,
[Den ersten günst'gen Anlaß zu benutzen,]
Euch wieder einzusetzen.
CASSIO: Dennoch bitt ich –
Wenn Ihr's für ratsam haltet oder tunlich –,
Schafft mir die Wohltat einer Unterredung
Allein mit Desdemona.
EMILIA: Kommt mit mir.
Ich richt es ein, daß Ihr in günst'ger Muße
Euch frei erklären mögt.
CASSIO: Wie dank ich Euch.

Sie gehn ab.

ZWEITE SZENE

Ein Zimmer im Schloß.

OTHELLO, JAGO *und* EDELLEUTE *treten auf.*

OTHELLO: Die Briefe, Jago, gib dem Schiffspatron,
Und meinen Gruß entbiet er dem Senat;
Ich will hernach die Außenwerke sehn,
Dort triffst du mich.

JAGO: Sehr wohl, mein General.
OTHELLO: Beliebt's, ihr Herrn, zur Festung mir zu folgen?
EDELLEUTE: Wir sind bereit, mein gnäd'ger Herr.
Sie gehn ab.

Dritte Szene

Der Schloßgarten.

Desdemona, Cassio *und* Emilia *treten auf.*

DESDEMONA: Nein, zweifle nicht, mein guter Cassio, alles,
Was mir nur möglich, biet ich für dich auf.
EMILIA: Tut's, edle Frau; ich weiß, mein Mann betrübt sich,
Als wär es seine Sache.
DESDEMONA: Er ist ein ehrlich Herz. Sei ruhig, Cassio,
Ich mache meinen Herrn und dich aufs neue
Zu Freunden, wie ihr wart.
CASSIO: O güt'ge Frau,
Was auch aus Michael Cassio werden mag,
Auf immer bleibt er Eurem Dienst ergeben.
DESDEMONA: Ich weiß; ich dank Euch. Ihr liebt meinen Herrn,
Ihr kennt ihn lange schon; drum seid gewiß,
Er wendet sich nicht weiter von Euch ab,
Als ihn die Klugheit zwingt.
CASSIO: Doch, gnäd'ge Frau,
Die Klugheit währt vielleicht so lange Zeit,
Lebt von so magrer, wassergleicher Kost,
Erneut vielleicht sich aus dem Zufall so,
Daß, wenn ich fern bin und mein Amt besetzt,
Der Feldherr meiner Lieb und Treu vergißt.
DESDEMONA: Das fürchte nimmer; vor Emilia hier
Verbürg ich dir dein Amt; und sei gewiß,
Versprach ich jemand einen Dienst, den leist ich
Bis auf den letzten Punkt: ich laß ihm keine Ruh;
Ich wach ihn zahm, schwätz ihn aus der Geduld;
Sein Tisch und Bett soll Beicht und Schule sein,
In alles, was er vornimmt, meng ich ihm
Cassios Gesuch: deshalb sei fröhlich, Cassio!
Denn deine Mittlerin wird lieber sterben
Als dich versäumen.

OTHELLO *und* JAGO *treten in einiger Entfernung auf.*

EMILIA: Gnäd'ge Frau, hier kommt
Der General.
CASSIO: Ich nehme meinen Abschied.
DESDEMONA: Ei, bleibt und hört mich reden!
CASSIO: Gnäd'ge Frau,
Jetzt nicht, ich bin nicht unbefangen, wenig
Geschickt für meine Absicht.
DESDEMONA: Meinethalb,
Tut nach Belieben. *Cassio geht.*
OTHELLO: Was sagst du da?
JAGO:
Nichts, gnäd'ger Herr; doch wenn – ich weiß nicht, was.
OTHELLO: War das nicht Cassio, der mein Weib verließ?
JAGO: Cassio, Gen'ral? Gewiß, ich dächt es nicht,
Daß er wie schuldbewußt wegschleichen würde,
Da er Euch kommen sieht.
OTHELLO: Ich glaub, er war's.
DESDEMONA: Ei sieh, mein lieber Herr!
Soeben sprach ein Bittender mit mir,
Ein Mann, durch dein Mißfallen ganz entmutigt.
OTHELLO: Wer ist es, den du meinst?
DESDEMONA: Nun, deinen Leutnant Cassio. Teurer Freund,
Hat meine Liebe Kraft, dich zu bewegen,
Dann augenblicks versöhne dich mit ihm –
Ist er nicht einer, der dich wahrhaft liebt,
Aus Übereilung fehlt' und nicht aus Vorsatz,
Versteh ich schlecht mich auf ein ehrlich Auge;
Bitt dich, ruf ihn zurück.
OTHELLO: Ging er jetzt fort?
DESDEMONA: Ja, wahrlich, so gebeugt,
Daß er ein Teil von seinem Gram mir ließ,
Mit ihm zu leiden. Liebster, ruf ihn wieder.
OTHELLO: Jetzt nicht, geliebtes Herz, ein andermal.
DESDEMONA: Doch bald?
OTHELLO: So bald als möglich, deinethalb.
DESDEMONA: Zum Abendessen denn.
OTHELLO: Nein, heute nicht.
DESDEMONA: Dann morgen mittag?
OTHELLO: Ich speise nicht zu Haus;
Die Offiziere luden mich zur Festung.

DESDEMONA: Nun, morgen abend? oder Dienstag morgen,
Zu Mittag oder Abend – Mittwoch früh?
O nenne mir die Zeit, doch laß es höchstens
Drei Tage sein. Gewiß, es reut ihn sehr;
Und sein Vergehn, nach unsrer schlichten Einsicht –
Wiewohl der Krieg ein Beispiel fordert, sagt man,
Am Besten selbst –, ist kaum ein Fehl, geeignet
Für heimlichen Verweis. – Wann darf er kommen?
Sprich doch, Othello; ich begreife nicht,
Was ich dir weigerte, das du verlangtest,
Oder so zaudernd schwieg. Ei, Michael Cassio,
Der für dich warb und manches liebe Mal,
Wenn ich von dir nicht immer günstig sprach,
Dich treu verfocht –, den kostet's so viel Müh
Dir zu versöhnen? Traun, ich täte viel –
OTHELLO: Ich bitt dich, laß – er komme, wann er will;
Ich will dir nichts versagen.
DESDEMONA: Es ist ja nicht für mich:
Es ist, als bät ich dich, Handschuh zu tragen,
Dich warm zu halten, kräft'ge Kost zu nehmen,
Oder als riet ich dir besondre Sorgfalt
Für deine Pflege – nein, hab ich zu bitten,
Was deine Liebe recht in Anspruch nimmt,
Dann muß es schwierig sein und voll Gewicht
Und mißlich die Gewährung.
OTHELLO: Ich will dir nichts versagen;
Dagegen bitt ich dich, gewähr mir dies –
Laß mich ein wenig nur mit mir allein.
DESDEMONA: Soll ich's versagen? Nein, leb wohl, mein Gatte!
OTHELLO: Leb wohl, mein Herz! ich folge gleich dir nach.
DESDEMONA: Emilia, komm.
Zu Othello: Tu, wie dich Laune treibt;
Was es auch sei, gehorsam bin ich dir.
Geht ab mit Emilia.
OTHELLO: Holdselig Ding! Verdammnis meiner Seele,
Lieb ich dich nicht! und wenn ich dich nicht liebe,
Dann kehrt das Chaos wieder.
JAGO: Mein edler General –
OTHELLO: Was sagst du, Jago?
JAGO: Hat Cassio, als Ihr warbt um Eure Gattin,
Gewußt um Eure Liebe?

OTHELLO: Vom Anfang bis zum Ende: warum fragst du?
JAGO: Um nichts, als meine Neugier zu befried'gen;
Nichts Arges sonst.
OTHELLO: Warum die Neugier, Jago?
JAGO: Ich glaubte nicht, er habe sie gekannt.
OTHELLO: O ja, er ging von einem oft zum andern.
JAGO: Wirklich?
OTHELLO: Wirklich! ja, wirklich! – Findst du was darin?
Ist er nicht ehrlich?
JAGO: Ehrlich, gnäd'ger Herr?
OTHELLO: Ehrlich, ja ehrlich!
JAGO: Soviel ich weiß, Gen'ral!
OTHELLO: Was denkst du, Jago?
JAGO: Denken, gnäd'ger Herr?
OTHELLO: Hm, denken, gnäd'ger Herr! Bei Gott, mein Echo!
Als läg ein Ungeheur in seinem Sinn,
Zu gräßlich, es zu zeigen. – Etwas meinst du;
Jetzt eben riefst du: „Das gefällt mir nicht!"
Als Cassio fortging. Was gefällt dir nicht?
Und als ich sagt, ihm hab ich mich vertraut
Im Fortgang meiner Werbung, riefst du: „Wirklich?"
Und zogst und faltetest die Stirn zusammen,
Als hieltst du einen greulichen Gedanken
Verschlossen im Gehirn – wenn du mich liebst,
Sprich, was du denkst.
JAGO: Ihr wißt, ich lieb Euch, Herr!
OTHELLO: Das, denk ich, tust du;
Und weil ich weiß, du bist mein Freund und redlich
Und wägst das Wort, eh du ihm Atem leihst,
So ängstigt mich dies Stocken um so mehr,
Denn derlei ist bei falsch treulosen Buben
Alltäglich Spiel, doch bei dem Biedermann
Heimlicher Wink, der aus dem Herzen dringt
Im Zorn des Edelmuts.
JAGO: Nun, Michael Cassio –
Ich darf wohl schwören, ehrlich halt ich ihn.
OTHELLO: Ich auch.
JAGO: Man sollte sein das, was man scheint;
Und die es nicht sind, sollten's auch nicht scheinen.
OTHELLO: Ganz recht, man sollte sein das, was man scheint.
JAGO: Nun wohl, so halt ich Cassio denn für ehrlich.

OTHELLO: Nein, damit meinst du mehr:
Ich bitt dich, sprich mir ganz so, wie du denkst,
Ganz, wie du sinnst; und gib dem schlimmsten Denken
Das schlimmste Wort.
JAGO: Mein General, verzeiht;
Obgleich zu jeder Dienstpflicht Euch verbunden,
Nicht bin ich's da, wo Sklaven frei sich fühlen.
Aussprechen die Gedanken?
Gesetzt, sie wären niedrig und verkehrt –
Wo ist der Palast, wo nicht auch einmal
Schändliches eindringt? Wessen Herz so rein,
Daß der und jener schmutz'ge Zweifel nicht
Einmal zu Rat sitzt und Gerichtstag hält
Mit rechtsgemäßer Forschung?
OTHELLO: Du übst Verrat an deinem Freunde, Jago!
Glaubst du, man kränk ihn, und verhüllst ihm doch,
Was du nur irgend denken magst.
JAGO: Ich bitt Euch,
Wenn auch vielleicht falsch ist, was ich vermute
– Wie's, ich bekenn es, stets mein Leben quält,
Fehltritten nachgehn; auch mein Argwohn oft
Aus nichts die Sünde schafft –, daß Eure Weisheit
Auf einen, der so unvollkommen wahrnimmt,
Nicht hören mag, noch Unruh Euch erbaun
Aus seinem ungewiß zerstreuten Eindruck;
Nicht kann's bestehn mit Eurer Ruh und Wohlfahrt
Noch meiner Mannheit, Redlichkeit und Vorsicht,
Sag ich Euch, was ich denke.
OTHELLO: Sprich, was meinst du?
JAGO: Der gute Name ist bei Mann und Frau,
Mein bester Herr,
Das eigentliche Kleinod ihrer Seelen.
Wer meinen Beutel stiehlt, nimmt Tand; 's ist etwas
Und nichts; mein war es, ward das Seine nun
Und ist der Sklav von Tausenden gewesen.
Doch wer den guten Namen mir entwendet,
Der raubt mir das, was ihn nicht reicher macht,
Mich aber bettelarm.
OTHELLO: Beim Himmel! ich will wissen, was du denkst.
JAGO: Ihr könnt's nicht, läg in Eurer Hand mein Herz,
Noch sollt Ihr's, weil es meine Brust verschließt.

OTHELLO: Ha!

JAGO: Oh, bewahrt Euch, Herr, vor Eifersucht,
Dem grüngeaugten Scheusal, das besudelt
Die Speise, die es nährt. Heil dem Betrognen,
Der, seiner Schmach bewußt, die Falsche haßt!
Doch welche Qualminuten zählt der Mann,
Der liebt und zweifelt, argwöhnt und vergöttert!

OTHELLO: O Jammer!

JAGO: Arm und vergnügt ist reich und überreich;
Doch Krösus' Reichtum ist so arm wie Winter
Für den, der immer fürchtet, er verarme –
O Himmel, schütz all meiner Freunde Herz
Vor Eifersucht!

OTHELLO: Wie? Was ist das? Denkst du,
Mein Leben soll aus Eifersucht bestehn?
Und wechseln wie der Mond, in ew'gem Schwanken,
Mit neuer Furcht? Nein, einmal Zweifeln macht
Mit eins entschlossen. Vertausch mich mit 'ner Geiß,
Wenn ich das Wirken meiner Seele richte
Auf solch verblasnes, nichtiges Phantom,
Wahnspielend, so wie du. Nicht weckt mir's Eifersucht,
Sagt man, mein Weib ist schön, gedeiht, spricht scherzend,
Sie liebt Gesellschaft, singt, spielt, tanzt mit Reiz –
Wo Tugend ist, macht das noch tugendhafter –
Noch schöpf ich je aus meinen eignen Mängeln
Die kleinste Furcht noch Zweifel ihres Abfalls;
Sie war nicht blind und wählte mich. Nein, Jago,
Eh ich zweifle, will ich sehn; zweifl ich, Beweis:
Und hab ich den, so bleibt nichts anders übrig,
Als fort auf eins mit Lieb und Eifersucht.

JAGO: Das freut mich, denn nun darf ich ohne Scheu
Euch offenbaren meine Lieb und Pflicht
Mit freierm Herzen. Drum als Freundeswort
Hört soviel nur: noch schweig ich von Beweisen.
Beachtet Eure Frau; prüft sie mit Cassio.
Das Auge klar, nicht blind, nicht eifersüchtig;
Wie traurig, würd Eur freies, edles Herz
Gekränkt durch innre Güte: drum gebt acht!
Venedigs Art und Sitte kenn ich wohl:
Dort lassen sie den Himmel Dinge sehn,

Die sie dem Mann verbergen – gut Gewissen
Heißt dort nicht: unterlaß! nein: halt geheim!
OTHELLO: Meinst du?
JAGO: Den Vater trog sie, da sie Euch geehlicht –
Als sie vor Euerm Blick zu beben schien,
War sie in Euch verliebt.
OTHELLO: Jawohl!
JAGO: Nun folglich:
Sie, die so jung sich so verstellen konnte,
Daß sie des Vaters Blick mit Nacht umhüllte,
Daß er's für Zauber hielt – doch scheltet mich –
In Demut bitt ich Euch, Ihr wollt verzeihn,
Wenn ich zu sehr Euch liebe.
OTHELLO: Ich bin dir ewig dankbar.
JAGO: Ich seh, dies bracht Euch etwas aus der Fassung.
OTHELLO: O gar nicht! gar nicht!
JAGO: Traun, ich fürcht es doch.
Ich hoff, Ihr wollt bedenken, was ich sprach,
Geschah aus Liebe: – doch Ihr seid bewegt; –
Ich bitt Euch, Herr! dehnt meine Worte nicht
Zu größerm Raum und weitrer Richtung aus
Als auf Vermutung.
OTHELLO: Nein.
JAGO: Denn tätet Ihr's,
So hätten meine Reden schlimmre Folgen,
Als ich jemals gedacht. Sehr lieb ich Cassio –
Ich seh, Ihr seid bewegt. –
OTHELLO: O nein! nicht sehr!
Ich glaube, Desdemona ist mir treu.
JAGO: Lang bleibe sie's! Und lange mögt Ihr's glauben!
OTHELLO:
Und dennoch – ob Natur, wenn sie verirrt –
JAGO: Ja, darin liegt's: als – um es dreist zu sagen –
So manchem Heiratsantrag widerstehn,
Von gleicher Heimat, Wohlgestalt und Rang,
Wonach, wir sehn's, Natur doch immer strebt:
Hm, darin spürt man Willen, allzu lüstern,
Maßlosen Sinn, Gedanken unnatürlich.
Jedoch verzeiht: ich hab in diesem Fall
Nicht sie bestimmt gemeint, obschon ich fürchte,
Ihr Trieb mag leicht, abhold dem bessern Urteil,

Mit ihres Landes Söhnen Euch vergleichen,
Und dann vielleicht bereut sie.

OTHELLO: Leb wohl! Leb wohl!
Wenn du mehr wahrnimmst, laß mich mehr erfahren;
Dein Weib geb auf sie acht! – Verlaß mich, Jago.

JAGO: Lebt wohl, mein gnäd'ger Herr! *Abgehend.*

OTHELLO: Warum vermählt ich mich? – Der brave Mensch
Sieht und weiß mehr, weit mehr, als er enthüllt!

JAGO *zurückkehrend*:
Mein General, ich möcht Euch herzlich bitten,
Nicht weiter grübelt; überlaßt's der Zeit:
Und ist's gleich recht, Cassio im Dienst zu lassen,
– Denn allerdings steht er ihm trefflich vor –,
Doch, wenn's Euch gut dünkt, haltet ihn noch hin;
Dadurch verrät er sich und seine Wege.
Habt acht, ob Eure Gattin seine Rückkehr
Mit dringend heft'gem Ungestüm begehrt;
Daraus ergibt sich manches. Unterdes
Denkt nur, ich war zu emsig in der Furcht
– Und wirklich muß ich fürchten, daß ich's war –,
Und haltet sie für treu, mein edler Feldherr!

OTHELLO: Sorg nicht um meine Fassung.

JAGO: Noch einmal nehm ich Abschied. *Ab.*

OTHELLO: Das ist ein Mensch von höchster Redlichkeit
Und kennt mit wohlerfahrnem Sinn das Treiben
Des Weltlaufs. Find ich dich verwildert, Falk,
Und sei dein Fußriem mir ums Herz geschlungen,
Los geb ich dich, fleuch hin in alle Lüfte
Auf gutes Glück! – Vielleicht wohl, weil ich schwarz bin
Und mir des leichten Umgangs Gabe fehlt,
Der Stutzer ziert; auch weil sich meine Jahre
Schon abwärts senken; – doch das heißt nicht viel:
Sie ist dahin! – Ich bin getäuscht! – Mein Trost
Sei bittrer Haß. Oh! Fluch des Ehestands,
Daß unser diese zarten Wesen sind
Und nicht ihr Lüsten! Lieber Kröte sein
Und von den Dünsten eines Kerkers leben,
Als daß ein Winkel im geliebten Wesen
Für andre sei. – Das ist der Großen Qual,
Sie haben minder Vorrecht als der Niedre;
's ist ihr Geschick, unwendbar wie der Tod;

Schon im Entstehn schwebt der gehörnte Fluch
Auf unsrem Scheitel. Siehe da, sie kommt!

DESDEMONA *und* EMILIA *treten auf.*

Ist diese falsch, so spottet sein der Himmel!
Ich will's nicht glauben!

DESDEMONA: Nun, mein teurer Herr?
Dein Gastmahl und die edlen Zyprioten,
Die du geladen, warten schon auf dich.

OTHELLO: Ich bin zu tadeln.

DESDEMONA: Was redest du so matt? Ist dir nicht wohl?

OTHELLO: Ich fühle Schmerz an meiner Stirne hier.

DESDEMONA: Ei ja, das kommt vom Wachen, es vergeht:
Ich will sie fest dir binden, in 'ner Stunde
Ist's wieder gut.

OTHELLO: Dein Schnupftuch ist zu klein.

Sie läßt ihr Schnupftuch fallen.

Laß nur: komm mit, ich geh hinein mit dir.

DESDEMONA: Es quält mich sehr, daß du dich unwohl fühlst.

Desdemona und Othello ab.

EMILIA: Mich freut, daß ich das Tuch hier finde;
Dies war des Mohren erstes Liebespfand.
Mein wunderlicher Mann hieß mich schon zehnmal
Das Tuch entwenden: doch sie liebt's so sehr
– Denn er beschwor sie, 's sorglich stets zu hüten –,
Daß sie's beständig bei sich trägt, es küßt
Und spricht damit. Das Stickwerk zeichn ich nach
Und geb es Jago:
Wozu er's will, der Himmel weiß: gleichviel,
Ich füge mich in seiner Launen Spiel.

JAGO *tritt auf.*

JAGO: Was gibt's? Was machst du hier allein?

EMILIA: Nun zank nur nicht, ich habe was für dich.

JAGO: Hast was für mich? Das ist nun wohl nichts Neues –

EMILIA: Ei! seht mir doch!

JAGO: Ein närrisch Weib zu haben.

EMILIA: So! weiter nichts! – Nun, sprich! was gibst du mir
Für dieses Taschentuch?

JAGO: Welch Taschentuch?

EMILIA: Welch Taschentuch?
Ei nun, des Mohren erstes Brautgeschenk,
Das du so oft mich zu entwenden hießest.

JAGO: Hast du's gestohlen?
EMILIA: Das nicht, sie ließ es fallen aus Versehn;
Und ich zum Glück stand nah und hob es auf.
Sieh da, hier ist's.
JAGO: Ein braves Weib! Gib her!
EMILIA: Was soll dir's nur, daß du so eifrig drängst,
Ihr's wegzumausen?
JAGO *reißt es ihr weg*: Ei! Was geht's dich an?
EMILIA: Hat's keinen wicht'gen Zweck, so gib mir's wieder:
Die arme Frau! – Sie wird von Sinnen kommen,
Wenn sie's vermißt.
JAGO: Tu du, als weißt du nichts: ich brauch's zu was;
Laß dir nichts merken: gnug, daß ich's bedarf.
Geh, laß mich. *Emilia ab.*
Ich will bei Cassio dieses Tuch verlieren,
Da soll er's finden; Dinge, leicht wie Luft,
Sind für die Eifersucht Beweis, so stark
Wie Bibelsprüche. Dies kann Wirkung tun.
Der Mohr ist schon im Kampf mit meinem Gift:
Gefährliche Gedanken sind gleich Giften,
Die man zuerst kaum wahrnimmt am Geschmack,
Doch die nach kurzer Wirkung auf das Blut
Gleich Schwefelminen glühn. Ich sagt es wohl!
OTHELLO *tritt auf.*
Da kommt er. Mohnsaft nicht noch Mandragora
Noch alle Schlummersäfte der Natur
Verhelfen je dir zu dem süßen Schlaf,
Den du noch gestern hattest.
OTHELLO: Ha! Ha! mir treulos? Mir?
JAGO: Nun, faßt Euch, General! Nichts mehr davon.
OTHELLO:
Fort! Heb dich weg! Du warfst mich auf die Folter: –
Ich schwör, 's ist besser, sehr betrogen sein,
Als nur ein wenig wissen.
JAGO: Wie, Gen'ral?
OTHELLO: Was ahnet ich von ihren stillen Lüsten?
Ich sah's nicht, dacht es nicht, war ohne Harm;
Schlief wohl die nächste Nacht, aß gut, war frei und froh;
Ich fand nicht Cassios Küß auf ihren Lippen:
Wenn der Bestohlne nicht vermißt den Raub,
Sagt Ihr's ihm nicht, so ist er nicht bestohlen.

JAGO: Es schmerzt mich, dies zu hören.
OTHELLO: Noch wär ich glücklich, wenn das ganze Lager,
Troßbub und alles, ihren süßen Leib genoß
Und ich erführ es nicht. O nun, auf immer
Fahr wohl, des Herzens Ruh! Fahr wohl, mein Friede!
Fahr wohl, du wallnder Helmbusch, stolzer Krieg,
Der Ehrgeiz macht zur Tugend! Oh, fahr wohl!
Fahr wohl, mein wiehernd Roß und schmetternd Erz,
Mutschwellnde Trommel, muntrer Pfeifenklang,
Du königlich Panier und aller Glanz,
Pracht, Pomp und Rüstung des glorreichen Kriegs!
Und o du Mordgeschoß, des rauher Schlund
Des ew'gen Jovis Donner widerhallt,
Fahr wohl! Othellos Tagwerk ist getan!
JAGO: Ist's möglich? – Gnäd'ger Herr –
OTHELLO: Beweise, Schurk, mir, daß mein Weib verbuhlt,
Tu's ja, schaff mir den sichtlichen Beweis;
Sonst, bei dem Leben meiner ew'gen Seele,
Besser wär dir's, ein Hund geboren sein,
Als meinem Grimm dich stellen.
JAGO: Dahin kam's?
OTHELLO: Sehn will ich oder mindestens Beweis,
An dem kein Häkchen sei, den kleinsten Zweifel
Zu hängen dran, sonst wehe deiner Seele!
JAGO: Mein edler Herr!
OTHELLO:
Wenn du sie frech verleumdst und folterst mich,
Dann bet nie mehr; verzicht auf alle Schonung;
Auf höchsten Greuel häufe neuen Greuel;
Mach, daß der Himmel weint, die Erde bebt,
Denn nichts zum ew'gen Fluche kannst du fügen,
Das größer sei.
JAGO: O Gnad! o Himmel! schützt mich!
Seid Ihr ein Mann? habt Ihr Vernunft und Sinn?
Fahrt wohl denn! Nehmt mein Amt. – Ich blöder Tor,
Des Lieb und Redlichkeit als Laster gilt! –
O schnöde Welt! merk auf, merk auf, o Welt!
Aufrichtig sein und redlich bringt Gefahr.
Dank für die Warnung; keinen Freund von jetzt
Lieb ich hinfort, da Liebe so verletzt.
OTHELLO: Nein, bleib, du solltest doch wohl ehrlich sein.

JAGO: Klug sollt ich sein, denn Gradheit ist 'ne Törin,
Die das verfehlt, wonach sie strebt.
OTHELLO: Bei Gott!
Ich denk, mein Weib ist treu, und ist es nicht;
Ich denke, du bist brav, und bist es nicht;
Ich will Beweis. Ihr Name, einst so hell
Wie Dianas Antlitz, ist nun wüst und schwarz
Wie mein Gesicht. – Wenn's Messer gibt und Stricke,
Gift, Feuer oder Ströme zum Ersäufen,
Ich duld es nicht. – O wär ich überzeugt!
JAGO: Ich sehe, wie Euch Leidenschaft verzehrt;
Mich reut, daß ich Euch Anlaß gab: so möchtet
Ihr überzeugt sein?
OTHELLO: Möchte? Nein, ich will's.
JAGO: Und könnt. Doch wie? Wie überzeugt, o Herr?
Wollt Ihr mit offnem Blick die Frechheit schaun?
Sie sehn gepaart?
OTHELLO: Ha, Tod und Teufel! oh!
JAGO: Ein schwierig Unternehmen, denk ich mir,
Sie so zur Schau zu bringen: 's wär zu toll,
Wenn mehr noch als vier Augen Zutritt fänden
Bei solchem Lustspiel! Was denn also? Wie?
Was soll ich tun? Wo Überzeugung finden?
Unmöglich ist es, dies mit anzusehn,
Und wären sie wie Geiß' und Affen wild,
Hitzig wie brünst'ge Wölfe, plump und sinnlos
Wie trunkne Dummheit. Dennoch sag ich Euch,
Wenn Schuldverdacht und Gründe trift'ger Art,
Die gradhin führen zu der Wahrheit Tor,
Euch Überzeugung schafften, solche hätt ich.
OTHELLO: Gib sprechende Beweise, daß sie falsch.
JAGO: Ich hasse dies Geschäft:
Doch weil ich hierin schon so weit gegangen,
Verlockt durch Lieb und dumme Redlichkeit,
So fahr ich fort. – Ich schlief mit Cassio jüngst,
Und da ein arger Schmerz im Zahn mich quälte,
Konnt ich nicht ruhn.
Nun gibt es Menschen von so schlaffem Geist,
Daß sie im Traum ausschwatzen, was sie tun,
Und Cassio ist der Art.
Im Schlafe seufzt' er: „Süße Desdemona!

Sei achtsam, unsre Liebe halt geheim!" –
Und dann ergriff und drückt' er meine Hand,
Rief: „Süßes Kind!" – und küßte mich mit Inbrunst,
Als wollt er Küsse mit der Wurzel reißen
Aus meinen Lippen, legte dann das Bein
Auf meines, seufzt' und küßte mich und rief:
„Verwünschtes Los, das dich dem Mohren gab!"

OTHELLO: O greulich! greulich!

JAGO: Nun, dies war nur Traum.

OTHELLO: Doch er bewies vorhergegangne Tat.

JAGO: Ein schlimm Bedenken ist's, sei's auch nur Traum;
Und dient vielleicht zur Stütze andrer Proben,
Die schwach beweisen.

OTHELLO: In Stücke reiß ich sie!

JAGO: Nein, mäßigt Euch; noch sehn wir nichts getan;
Noch kann sie schuldlos sein. Doch sagt dies eine,
Saht Ihr nie sonst in Eures Weibes Hand
Ein feines Tuch, mit Erdbeern bunt gestickt?

OTHELLO: So eines gab ich ihr, mein erst Geschenk.

JAGO: Das wußt ich nicht. Allein mit solchem Tuch
– Gewiß war es das ihre – sah ich heut
Cassio den Bart sich wischen.

OTHELLO: Wär es das –

JAGO: Das oder sonst eins, kam's von ihr, so zeugt
Es gegen sie nebst jenen andern Zeichen.

OTHELLO: Oh! daß der Sklav zehntausend Leben hätte!
Eins ist zu arm, zu schwach für meine Rache!
Nun seh ich, es ist wahr. Blick her, o Jago,
So blas ich meine Lieb in alle Winde:
Hin ist sie.
Auf, schwarze Rach, aus deiner tiefen Hölle!
Gib, Liebe, deine Kron und Herzensmacht
Tyrann'schem Haß! Dich sprenge deine Last,
O Busen, angefüllt mit Natterzungen!

JAGO: Ich bitt Euch, ruhig.

OTHELLO: Blut, o Jago, Blut!

JAGO: Geduld, vielleicht noch ändert Ihr den Sinn.

OTHELLO: Nie, Jago, nie! So wie des Pontus Meer,
Des eis'ger Strom und fortgewälzte Flut
Nie rückwärts ebben mag, nein, unaufhaltsam
In den Propontis rollt und Hellespont:

So soll mein blut'ger Sinn in wüt'gem Gang
Nie umschaun noch zur sanften Liebe ebben,
Bis eine vollgenügend weite Rache
Ihn ganz verschlang. *Er kniet nieder.*
Nun, beim kristallnen Äther,
Mit schuld'ger Ehrfurcht vor dem heil'gen Eid
Verpfänd ich hier mein Wort.

JAGO *kniet auch*: Steht noch nicht auf.
Bezeugt's, ihr ewig glühnden Lichter dort!
Ihr Elemente, die ihr uns umschließt!
Bezeugt, daß Jago hier sich weiht mit allem,
Was sein Verstand, was Herz und Hand vermag,
Othellos Schmach zu ahnden! Er gebiete,
Und zu gehorchen sei mir Liebespflicht,
Wie blutig auch die Tat.

OTHELLO: Ich grüße deine Liebe
Mit eitlem Dank nicht, nein, mit freud'gem Ja,
Und augenblicklich führ ich dich ans Werk:
Laß in drei Tagen mich von dir vernehmen,
Daß Cassio nicht mehr lebt.

JAGO: Mein Freund ist tot; Ihr wollt's, es ist geschehn –
Sie aber schont.

OTHELLO: Verdammt, verdammt sei sie, die geile Dirne!
Komm, folge heimlich mir, ich will im stillen
Ein schnelles Todesmittel mir verschaffen
Für diesen schönen Teufel. – Nun bist du mein Leutnant.

JAGO: Ich bin auf ewig Euer. *Sie gehen ab.*

VIERTE SZENE

Ebendaselbst.

DESDEMONA, EMILIA, *der* NARR.

DESDEMONA:
He! Weißt du, in welcher Gegend Leutnant Cassio liegt?

NARR: Ich möchte nicht sagen, daß er irgendwo lüge.

DESDEMONA: Warum?

NARR: Er ist ein Soldat, und wollt ich sagen, daß ein Soldat lüge, das ginge an Hals und Kragen.

DESDEMONA: Nicht doch, wo wohnt er?

NARR: Euch sagen, wo er wohnt, hieße Euch sagen, wo ich lüge.

DESDEMONA: Ist daraus wohl klug zu werden?

NARR: Ich weiß nicht, wo er wohnt, und sollt ich eine Wohnung aus der Luft greifen und sagen, er liegt hier oder liegt da – das hieße in meinen Hals hineinlügen.

DESDEMONA: Kannst du ihn wohl ausfragen und dich nach dem Bescheid mit Vernunft gebärden?

NARR: Ich will die Welt hindurch katechisieren, das heißt, Fragen stellen und sie antworten lassen.

DESDEMONA: Suche ihn auf und schicke ihn her: sage ihm, ich habe meinen Gemahl für ihn gestimmt, ich hoffe, alles werde noch gut.

NARR: Dies auszurichten reicht nicht über das Vermögen des menschlichen Geistes, und darum will ich das Abenteuer bestehen. *Ab.*

DESDEMONA: Wo hab ich nur das Tuch verlegt, Emilia?

EMILIA: Ich weiß nicht, gnäd'ge Frau.

DESDEMONA: Glaub mir, viel lieber mißt ich meine Börse,
Voll von Crusados. Wär mein edler Mohr
Nicht großgesinnt und frei vom niedern Stoff
Der Eifersucht, dies könnt auf schlimme Meinung
Ihn führen.

EMILIA: Weiß er nichts von Eifersucht?

DESDEMONA: Wer? Er? – Die Sonn in seinem Lande, glaub ich,
Sog alle solche Dünst ihm aus.

EMILIA: Da kommt er.

DESDEMONA: Ich will ihn jetzt nicht lassen, bis er Cassio
Zurückberief. Wie geht dir's, mein Othello?

OTHELLO *tritt auf.*

OTHELLO:
Wohl, teure Frau! *Beiseite:* O Qual, sich zu verstellen!
Laut: Wie geht dir's, Desdemona?

DESDEMONA: Gut, mein Teurer.

OTHELLO: Gib deine Hand mir. – Diese Hand ist feucht.

DESDEMONA: Sie hat auch Alter nicht noch Gram gefühlt.

OTHELLO: Dies deutet Üppigkeit, freigeb'gen Sinn:
Heiß, heiß und feucht! Solch einer Hand geziemt
Abtötung von der Welt, Gebet und Fasten,
Viel Selbstkasteiung, Andacht, fromm geübt;
Denn jung und brennend wohnt ein Teufel hier,
Der leicht sich auflehnt. 's ist 'ne milde Hand,
Die gern verschenkt.

DESDEMONA: Du kannst sie wohl so nennen,
Denn diese Hand war's, die mein Herz dir gab.
OTHELLO: Eine offne Hand: sonst gab das Herz die Hand;
Die neue Wappenkunst ist Hand, nicht Herz.
DESDEMONA:
Davon versteh ich nichts. Nun dein Versprechen.
OTHELLO: Welch ein Versprechen, Kind?
DESDEMONA: Ich ließ den Cassio rufen, dich zu sprechen.
OTHELLO: Mich plagt ein widerwärt'ger, böser Schnupfen,
Leih mir dein Taschentuch.
DESDEMONA: Hier, mein Gemahl.
OTHELLO: Das, welches ich dir gab.
DESDEMONA: Ich hab's nicht bei mir.
OTHELLO: Nicht?
DESDEMONA: Wirklich nicht, mein Teurer.
OTHELLO: Das muß ich tadeln: dieses Tuch
Gab meiner Mutter ein Zigeunerweib;
'ne Zaubrin war's, die in den Herzen las.
Solange sie's bewahre, sprach das Weib,
Werd es ihr Reiz verleihn und meinen Vater
An ihre Liebe fesseln; doch verlöre
Oder verschenkte sie's, satt würde dann
Sein Blick sie scheun, sein lüstern Auge spähn
Nach neuem Reiz: sie, sterbend, gab es mir
Und hieß mich's, wenn mein Schicksal mich vermählte,
Der Gattin geben. Dies geschah: nun hüt es
Mit zarter Liebe gleich dem Augenstern.
Verlörst du's oder gäbst es fort, es wäre
Ein Unheil ohne Maß.
DESDEMONA: Wie, ist es möglich?
OTHELLO: Jawohl; in dem Gewebe steckt Magie;
Eine Sibylle, die den Sonnenlauf
Zweihundertmal die Bahn vollenden sah,
Hat im prophet'schen Wahnsinn es gewebt.
Geweihte Würmer spannen ihre Seide,
Sie färbt's in Mumiensaft, den sie mit Kunst
Aus Jungfraunherzen zog.
DESDEMONA: Wirklich? ist's wahr?
OTHELLO: Höchst zuverlässig; drum bewahr es wohl.
DESDEMONA: Dann wollte Gott, ich hätt es nie gesehn.
OTHELLO: Ha! und weshalb?

DESDEMONA: Was sprichst du so auffahrend und so schnell?
OTHELLO: Ist's fort? verloren? Sprich! Ist's nicht vorhanden?
DESDEMONA: Gott helf mir!
OTHELLO: Nun?
DESDEMONA: 's ist nicht verloren; wenn's nun aber wäre?
OTHELLO: Ha!
DESDEMONA: Ich sag, es ist noch da.
OTHELLO: Dann hol es, zeig mir's.
DESDEMONA: Das könnt ich, Herr, allein ich will es nicht.
Mit solchem Kunstgriff weichst du mir nicht aus –
Ich bitt dich, nimm den Cassio wieder an.
OTHELLO: So hole mir das Tuch, mir ahnet Schlimmes.
DESDEMONA: Sei gut;
Du findst nicht wieder solchen tücht'gen Mann.
OTHELLO: Das Tuch –
DESDEMONA: Er ist ein Mann, der all sein Glück
Von je auf deine Freundschaft hat gebaut,
[Gefahren treu mit dir geteilt.]
OTHELLO: Das Tuch –
DESDEMONA: Fürwahr, du tust nicht recht!
OTHELLO: Hinweg! *Ab.*
EMILIA: Ist der nicht eifersüchtig?
DESDEMONA: So sah ich ihn noch nie!
Gewiß, ein Zauber steckt in jenem Tuch:
Ein wahres Unglück, daß ich es verlor.
EMILIA: Man lernt den Mann nicht aus in einem Jahr;
Sie alle sind nur Magen, wir nur Kost;
Sie schlingen uns hinab, und sind sie satt,
Spein sie uns aus. Seht! Cassio und mein Mann.

JAGO *und* CASSIO *treten auf.*

JAGO: Da ist kein andrer Weg, sie muß es tun;
Und sieh, wie glücklich! geh, bestürme sie.
DESDEMONA: Nun, lieber Cassio! sagt, wie geht es Euch?
CASSIO: Mein alt Gesuch. Ich bitt Euch, gnäd'ge Frau,
Laßt mich durch Eure kräft'ge Fürsprach wieder
Erstehn und teil an seiner Freundschaft finden,
Die ich mit ganzer Liebe meines Herzens
Treulich verehre – nicht verzögre sich's:
Ist mein Vergehn so tödlich schwerer Art,
Daß weder vor'ger Dienst noch jetz'ge Reu
Noch Vorsatz, künftig edlen Dienst zu tun,

Mir seine Neigung wieder kann gewinnen,
So wird mir's Wohltat sein, es nur zu wissen;
Dann borg ich mir erzwungne Freudigkeit
Und such auf einer neuen Lebensbahn
Des Glücks Almosen.

DESDEMONA: Ach, mein edler Cassio,
Diesmal ist meine Anwaltschaft umsonst;
Mein Herr ist nicht mein Herr, ich kennt ihn nicht,
Wär er im Antlitz wie im Geist verwandelt. –
So mag mir jeder fromme Engel helfen,
Wie ich für Euch nach besten Kräften sprach;
Und selbst auf seinen Zorn hab ich's gewagt
Durch dreistes Wort! Ihr müßt Euch noch gedulden:
Was ich vermag, das tu ich; tu noch mehr,
Als ich für mich je wagte, dies genüg Euch.

JAGO: Ist er erzürnt?

EMILIA: Er ging nur eben fort,
Und wirklich ungewöhnlich aufgeregt.

JAGO: Kann er in Zorn sein? Die Kanone sah ich
Ihm seine Schlachtreihn sprengen in die Luft
Und wie ein Teufel ihm den eignen Bruder
Von seiner Seite raffen; – er im Zorn?
Dann muß es Großes sein; ich geh und such ihn:
Gewiß, das hat was auf sich, wenn er zürnt. *Ab.*

DESDEMONA:
Ich bitt dich, tu's. – Vielleicht ein Staatsgeschäft –
Sei's von Venedig, sei's geheime Bosheit,
Der er in Zypern auf die Spur geraten –
Trübt seinen heitern Geist; in solchem Fall
Zanken die Männer leicht um kleine Dinge,
Sind größre auch der Grund. So ist es immer;
Denn schmerzt uns nur der Finger, haben auch
Die übrigen gesunden Glieder etwas
Von Wehgefühl. Nein, Männer sind nicht Götter:
Wir müssen nicht des Bräut'gams zarte Rücksicht
Von ihnen fordern. Schilt mich nur, Emilie;
Ich dachte seiner Rauheit schon den Stab
Zu brechen, sieh, so kindisch war mein Kriegsrecht;
Den Zeugen, find ich nun, bestach ich selbst,
Und er ist falsch verklagt.

EMILIA: Gott geb, es sei'n Staatssachen, wie Ihr glaubt,

Und nicht ein Wahn noch eifersücht'ge Grille,
Die Euch betrifft.

DESDEMONA: O liebe Zeit! ich gab ihm niemals Anlaß.

EMILIA: Das ist den Eifersücht'gen einerlei,
Sie sind nicht stets aus Anlaß eifersüchtig,
Sie eifern, weil sie eifern; 's ist ein Scheusal,
Erzeugt von selbst, geboren aus sich selbst.

DESDEMONA: Gott schütz Othello vor dem Scheusal!

EMILIA: Amen.

DESDEMONA: Ich will ihn suchen; Cassio, bleibt hier nah;
Ist er gestimmt, betreib ich Eure Bitte
Und will es bis zum Äußersten versuchen.

CASSIO: Ich dank in Demut, gnäd'ge Frau!

Desdemona und Emilia ab.

BIANCA *tritt auf.*

BIANCA: Gott grüß dich, Cassio!

CASSIO: Wie kommst du hierher?
Was treibst du, meine allerschönste Bianca?
Just wollt ich zu dir kommen, liebes Herz.

BIANCA: Und ich war eben unterwegs zu dir.
Was? Eine Woche konntst du fern mir bleiben?
Sieben Tag und Nächte? – Achtmal zwanzig Stunden,
Und acht noch? Und einsame Liebesstunden,
Langweil'ger als der Zeiger hundertmal?
O läst'ge Rechnung!

CASSIO: Zürne nicht, mein Kind;
Mich drückte schwere Sorg in all den Tagen;
Doch werd ich dir zu ungestörter Zeit
Die lange Rechnung tilgen. – Liebste Bianca,

Er gibt ihr Desdemonas Tuch.

Zeichne dies Muster ab.

BIANCA: Ei, woher kam dies?
Das ist ein Pfand von einer neuen Freundin.
Dein Wegsein schmerzte, doch der Grund noch mehr:
Kam es so weit? Nun gut, schon gut!

CASSIO: Geh, Mädchen,
Wirf den Verdacht dem Teufel ins Gesicht,
Von dem er kam. Nun, bist du eifersüchtig,
Dies sei von einer Liebsten mir geschenkt?
Nein, glaub mir's, Bianca!

BIANCA: Nun, woher kam's?

CASSIO: Ich weiß nicht, Kind, ich fand's auf meinem Zimmer,
Die Stickerei gefällt mir: eh man's fordert
– Was bald geschehn kann –, wünscht ich's nachgezeichnet:
Da nimm's und tu's, und laß mich jetzt allein.
BIANCA: Allein dich lassen? und warum?
CASSIO: Ich muß hier warten auf den General;
Und nicht empfehlend wär mir's noch erwünscht,
Fänd er mich so begleitet.
BIANCA: Und warum nicht?
CASSIO: Nicht, daß ich dich nicht liebte.
BIANCA: Nur, daß du mich nicht liebst.
Ich bitt dich, bring mich etwas auf den Weg
Und sag mir, kommst du wohl heut abend zeitig?
CASSIO: Ich kann ein kurzes Stück nur mit dir gehn,
Weil ich hier warte: doch ich seh dich bald.
BIANCA: Schon gut; man muß sich fügen in die Zeit.
Sie gehn ab.

VIERTER AUFZUG

ERSTE SZENE

Zimmer auf dem Schlosse.

OTHELLO *und* JAGO *treten auf.*

JAGO: Wie dünkt Euch das?
OTHELLO: Was soll mich dünken?
JAGO: Was,
Sich heimlich küssen?
OTHELLO: Ein verbotner Kuß!
JAGO: Oder nackt im Bett mit ihrem Freunde sein
Wohl stundenlang und mehr, in aller Unschuld?
OTHELLO: Im Bette, Jago, und in aller Unschuld?
Das hieße Heuchelei ja mit dem Teufel!
Wer keusch sein will und solches tut, des Tugend
Versucht der Teufel und er selbst den Himmel.
JAGO: Wenn sie nichts taten, war der Fehl nicht groß;
Doch wenn ich meiner Frau ein Tuch verehrt –
OTHELLO: Nun dann?
JAGO: Nun, dann gehört's ihr, gnäd'ger Herr, und folglich
Darf sie's verschenken, mein ich, wem sie will.

OTHELLO: Sie ist Gebieterin auch ihrer Ehre;
Darf sie die auch verschenken?
JAGO: Die Ehr ist nur ein unsichtbares Wesen,
Und oft besitzt sie der, der sie nicht hat:
Allein das Tuch –
OTHELLO: Bei Gott! mit Freuden hätt ich das vergessen:
Du sagtest – oh, es schwebt um mein Gedächtnis,
So wie der Rab um ein verpestet Haus,
Verderben dräund –, er habe jenes Tuch.
JAGO: Nun, was denn?
OTHELLO: Das ist doch nicht gut, gewiß!
JAGO: Sagt ich noch gar, ich sah ihn Euch beschimpfen
Oder hört ihn sagen – wie's denn Schurken gibt,
Die, wenn sie durch ihr ungestümes Werben
Oder durch frei Vergaffen eines Weibes
Sie zwangen oder kirrten, nimmer ruhn,
Bis sie geschwatzt –
OTHELLO: Hat er so was gesagt?
JAGO: Das hat er, gnäd'ger Herr! Doch seid versichert,
Nicht mehr, als er abschwören wird.
OTHELLO: Was sagt' er?
JAGO: Daß er bei ihr – ich weiß nicht, wie er sagte –
OTHELLO: Was? Was?
JAGO: Gelegen –
OTHELLO: Bei ihr?
JAGO: Bei ihr, auf ihr, wie Ihr wollt.
OTHELLO: Bei ihr gelegen! auf ihr! Das Tuch – diese Geständnisse – das Tuch! – Eingestehn und dann für die Mühe gehängt werden; zuerst gehängt, dann eingestehn. – Ich zittre davor! – Natur würde sich nicht in so verfinsternde Qualen verhüllen, wäre es nicht Vorbedeutung. Nicht Wahnbilder, die mich so erschüttern! – Hu! Nasen, Ohren und Lippen: ist es möglich? Eingestehn – Tuch – o Teufel! –
Fällt in Ohnmacht.
JAGO: Sei wirksam, Gift,
Sei wirksam! also fängt man gläub'ge Narren;
Manch wackre, keusche Frau kommt gradeso
Ganz schuldlos ins Geschrei. – Auf, gnäd'ger Herr!
Othello! Gnäd'ger Herr! – Was wollt Ihr, Cassio?
CASSIO *tritt auf.*
CASSIO: Was gibt's?

JAGO: Der Feldherr stürzte jetzt in Krämpfen hin;
Dies ist seit gestern schon sein zweiter Anfall.
CASSIO: So reib ihn um die Schläfe!
JAGO: Nein, laß ab:
Laß ihn in seiner Starrsucht ungestört;
Sonst schäumt er vor dem Mund und rast alsbald
In wilder Tobsucht. Sieh, er rührt sich wieder;
Entferne dich auf einen Augenblick,
Er wird sich schnell erholen; wenn er fort ist,
Hätt ich mit dir ein wichtig Wort zu reden.
Cassio ab.
Wie ist Euch? Habt Ihr nicht den Kopf verletzt?
OTHELLO: Sprichst du mir Hohn?
JAGO: Euch höhnen? Nein, bei Gott!
Ich wollt, Ihr trügt Eur Schicksal wie ein Mann.
OTHELLO: Gehörnter Mann ist nur ein Vieh, ein Untier.
JAGO: So gibt es manches Vieh in großen Städten
Und manch vornehmes Untier.
OTHELLO: Gestand er's ein?
JAGO: Mein Feldherr! seid ein Mann;
Denkt, jeder bärt'ge Mensch, ins Joch gespannt,
Zieht neben Euch. Millionen leben rings,
Die nächtlich ruhn auf preisgegebnem Lager,
Das sie ihr eigen wähnen: Ihr steht besser.
O das ist Satansfest, Erzspaß der Hölle,
Ein üppig Weib im sichern Ehbett küssen
Und keusch sie glauben! Nein, Gewißheit will ich:
Und hab ich die, weiß ich, sie ist verloren.
OTHELLO: Du sprichst verständig! Ja, gewiß!
JAGO: Geht auf die Seite, Herr;
Begebt Euch in die Schranken der Geduld.
Indes Ihr ganz von Eurem Gram vernichtet
– Ein Ausbruch, wenig ziemend solchem Mann –,
Kam Cassio her; ich wußt ihn wegzuschaffen
Und Euren Anfall triftig zu entschuld'gen;
Dann lud ich ihn zurück auf ein Gespräch,
Was er verhieß. Nun bergt Euch irgendwo
Und merkt den Hohn, den Spott, die Schadenfreude
In jeder Miene seines Angesichts;
Denn beichten soll er mir aufs neu den Hergang,
Wo, wann, wie oft, wie lange schon und wie

Er Euer Weib geherzt und herzen wird;
Merkt, sag ich, sein Gebärdenspiel. O still doch!
Sonst denk ich, Ihr seid ganz und gar nur Wut
Und nichts von einem Manne.

OTHELLO: Hörst du's, Jago?
Ich will höchst schlau jetzt den Geduld'gen spielen,
Doch, hörst du's? dann den Blut'gen.

JAGO: So ist's recht –
Jedes zu seiner Zeit. – Nun tretet seitwärts.

Othello tritt beiseite.

Jetzt will ich Cassio nach Bianca fragen,
Ein gutes Ding, das, ihre Gunst verkaufend,
Sich Brot und Kleider anschafft: dies Geschöpf
Läuft Cassio nach; und 's ist der Dirnen Fluch,
Nachdem sie zehn getäuscht, täuscht einer sie:
Er, wenn er von ihr hört, erwehrt sich kaum,
Laut aufzulachen. Sieh, da kommt er her.

CASSIO *tritt auf.*

Und wie er lächelt, soll Othello wüten;
Und seine ungelehr'ge Eifersucht
Wird Cassios Lächeln, Scherz und leichtes Wesen
Ganz mißverstehn. – Nun, Leutenant, wie geht's?

CASSIO: So schlimmer, weil du mir den Titel gibst,
Dessen Verlust mich tötet.

JAGO: Halt Desdemona fest, so kann's nicht fehlen.
Beiseite: Ja, läge dies Gesuch in Biancas Macht,
Wie schnell wärst du am Ziel!

CASSIO: Das arme Ding!

OTHELLO *beiseite*: Seht nur, wie er schon lacht!

JAGO: Nie hab ich so verliebt ein Weib gesehn.

CASSIO: Das gute Närrchen! Ja, sie liebt mich wirklich.

OTHELLO *beiseite*:
Jetzt leugnet er's nur schwach und lacht's hinweg!

JAGO: Hör einmal, Cassio –

OTHELLO *beiseite*: Jetzt bestürmt er ihn,
Es zu gestehn; nur zu – recht gut, recht gut!

JAGO: Sie rühmt sich schon, du nimmst sie bald zur Frau;
Ist das dein Ernst?

CASSIO: Ha, ha, ha, ha!

OTHELLO *beiseite*: Triumphierst du, Römer? triumphierst du?

CASSIO: Ich sie zur Frau nehmen? – Was! Eine Buhlschwester?

Ich bitt dich, habe doch etwas Mitleid mit meinem Verstand; halt ihn doch nicht für so ganz ungesund. Ha, ha, ha!

OTHELLO *beiseite*: So, so, so; wer gewinnt, der lacht.

JAGO: Wahrhaftig, die Rede geht, du würdst sie heiraten.

CASSIO: Nein, sag mir die Wahrheit.

JAGO: Ich will ein Schelm sein!

OTHELLO *beiseite*: Ich trage also dein Brandmal? – Gut!

CASSIO: Das hat der Affe selbst unter die Leute gebracht. Aus Eitelkeit hat sie sich's in den Kopf gesetzt, ich würde sie heiraten; nicht, weil ich's versprochen habe.

OTHELLO *beiseite*:

Jago winkt mir, nun fängt er die Geschichte an.

CASSIO: Eben war sie hier; sie verfolgt mich überall. Neulich stand ich am Strande und sprach mit einigen Venezianern, da kommt wahrhaftig der Grasaffe hin und, so wahr ich lebe, fällt mir so um den Hals –

OTHELLO *beiseite*: Und ruft: „O lieber Cassio!" oder etwas Ähnliches; denn das bedeutet seine Gebärde.

CASSIO: Und hängt und küßt und weint an mir und zerrt und zupft mich. Ha, ha, ha!

OTHELLO *beiseite*: Jetzt erzählt er, wie sie ihn in meine Kammer zog: Oh, ich sehe deine Nase, aber noch nicht den Hund, dem ich sie vorwerfen will.

CASSIO: In der Tat, ich muß sie aufgeben.

JAGO: Mein Seel! – Sieh, da kommt sie.

BIANCA *tritt auf*.

CASSIO: Das ist eine rechte Bisamkatze! [Man riecht es schon von weitem.] – Was willst du nur, daß du mir so nachläufst?

BIANCA: Mag der Teufel und seine Großmutter dir nachlaufen! – Was hast du mit dem Taschentuch vor, das du mir jetzt eben gabst? Ich war eine rechte Närrin, daß ich's nahm. Ich soll die ganze Arbeit abzeichnen? Recht wahrscheinlich, daß du's in deinem Zimmer sollst gefunden haben und nicht wissen, wer's da ließ. 's ist das Geschenk irgendeines Schätzchens, und ich soll die Arbeit abzeichnen? Da, gib's deinem Steckenpferde: woher du's auch hast, ich werde die Stickerei nicht abzeichnen.

CASSIO: Still doch, meine süße Bianca! still doch, still!

OTHELLO *beiseite*: Beim Himmel, ist das nicht mein Taschentuch?

BIANCA: Willst du heut abend zum Essen kommen, so tu's;

willst du nicht, so komm ein andermal, wenn du Lust hast. *Ab.*

JAGO: Geh ihr nach, geh ihr nach!

CASSIO: Das muß ich wohl, sonst zankt sie noch auf der Straße.

JAGO: Willst du zu Abend bei ihr essen?

CASSIO: Ich denke, ja!

JAGO: Vielleicht treff ich dich dort, denn ich hätte in der Tat notwendig mit dir zu reden.

CASSIO: Bitt dich, komm! Willst du?

JAGO: Gut, nichts mehr. *Cassio ab.*

OTHELLO: Wie mord ich ihn? Jago!

JAGO: Bemerktet Ihr's, wie er zu seiner Schandtat lachte?

OTHELLO: Oh, Jago!

JAGO: Und saht Ihr das Tuch?

OTHELLO: War's meines?

JAGO: Eures, bei dieser Hand! Und seht nur, wie er das törichte Weib, Eure Gattin, achtet! Sie schenkte es ihm, und er schenkt es seiner Dirne.

OTHELLO: Oh! daß ich neun Jahre an ihm morden könnte. – Ein hübsches Weib, ein schönes Weib, ein süßes Weib!

JAGO: Das müßt Ihr jetzt vergessen.

OTHELLO: Mag sie verfaulen und verderben und zur Hölle fahren heut nacht; denn sie soll nicht leben. Nein, mein Herz ist zu Stein geworden; ich schlage daran, und die Hand schmerzt mich. Oh, die Welt besitzt kein süßeres Geschöpf; sie hätte an eines Kaisers Seite ruhen und ihm Sklavendienste gebieten können.

JAGO: Nein, daran müßt Ihr nicht denken.

OTHELLO: Sei sie verdammt! Ich sage nur, was sie ist: So geschickt mit ihrer Nadel! – Eine wunderwürdige Tonkünstlerin! – Oh! sie würde die Wildheit eines Bären zahm singen! – Von so feinem, herrlichem Witz, so geistreich!

JAGO: Und deshalb um so schlimmer.

OTHELLO: O tausend, tausendmal! – Und dann von so holder Gefälligkeit!

JAGO: Freilich zu gefällig!

OTHELLO: Ja, ganz gewiß: aber, wie schade dennoch, Jago! – O Jago! wie schade, Jago!

JAGO: Wenn Ihr verliebt in ihre Sünden seid, so gebt ihr einen Freibrief zu freveln; denn wenn's Euch nicht rührt, geht es keinen etwas an.

OTHELLO: Ich will sie in Stücke hacken. Mir Hörner aufsetzen!
JAGO: Oh, es ist schändlich von ihr.
OTHELLO: Mit meinem Leutnant!
JAGO: Das ist noch schändlicher.
OTHELLO: Schaff mir Gift, Jago, diese Nacht! Ich will sie nicht zur Rede stellen, damit ihre Gestalt und Schönheit meinen Zorn nicht wieder entwaffnen. – Diese Nacht, Jago.
JAGO: Tut es nicht mit Gift; erdrosselt sie in ihrem Bett, demselben Bett, das sie entehrt hat.
OTHELLO: Gut! die Gerechtigkeit darin gefällt mir; sehr gut.
JAGO: Und Cassio – diesen übernehm ich selbst,
Um Mitternacht erfahrt Ihr mehr.

Man hört eine Trompete.

JAGO: Nachricht wohl von Venedig; 's ist Lodovico,
Gesandt vom Herzog, mit ihm kommt Eur Weib.

LODOVICO, DESDEMONA *und* GEFOLGE *treten auf.*

LODOVICO: Heil, würd'ger General!
OTHELLO: Willkommen, Herr!
LODOVICO:
Euch grüßt Venedigs Herzog und Senat. *Er übergibt ihm einen Brief.*
OTHELLO: Ich küsse seines Willens Dokument.
DESDEMONA: Was bringt Ihr Neues, Vetter Lodovico?
JAGO: Es freut mich höchlich, Euch zu sehn, Signor!
Willkommen hier in Zypern.
LODOVICO: Ich dank Euch. Was macht Leutnant Cassio, Herr?
JAGO: Er lebt, Signor.
DESDEMONA: Mein Vetter, er ist schlimm mit meinem Gatten
Zerfallen; doch Ihr werdet sie versöhnen.
OTHELLO: Seid Ihr des so gewiß?
DESDEMONA: Wie, Herr?
OTHELLO *liest*:
„Dies zu vollbringen säumt nicht, wenn Ihr wollt –"
LODOVICO: Er rief dich nicht; der Brief beschäftigt ihn.
Ist eine Feindschaft zwischen deinem Herrn und Cassio?
DESDEMONA: Ja! recht betrübte. Ich gäbe viel darum,
Sie auszusöhnen, denn ich liebe Cassio.
OTHELLO: Feuer und Schwefel!
DESDEMONA: Herr!
OTHELLO: Bist du bei Sinnen?
DESDEMONA: Wie? zürnst du?

LODOVICO: 's ist der Brief, der ihn bewegt;
Denn wie ich glaube, ruft man ihn zurück,
Und Cassio wird statt seiner Gouverneur.
DESDEMONA: Fürwahr! Das freut mich.
OTHELLO: In der Tat?
DESDEMONA: Wie, Herr?
OTHELLO: Mich freut's, dich toll zu sehn.
DESDEMONA: O mein Othello!
OTHELLO: Teufel! *Schlägt sie.*
DESDEMONA: Das hab ich nicht verdient.
LODOVICO: Herr General,
Das würde keiner in Venedig glauben,
Und schwört ich auch, ich sah's. Das geht zu weit.
Bittet ihr's ab, sie weint.
OTHELLO: O, Teufel! könnte
Die Erde sich von Weibertränen schwängern,
Aus jedem Tropfen wüchs ein Krokodil. –
Mir aus den Augen!
DESDEMONA: Ich geh, Euch nicht zu ärgern.
Will abgehn.
LODOVICO: In Wahrheit, ein gehorsam Weib! –
Ich bitt Euch, gnäd'ger Herr, ruft sie zurück.
OTHELLO: Frau –
DESDEMONA: Mein Gemahl?
OTHELLO: Was wollt Ihr mit ihr, Herr?
LODOVICO: Wer? ich, Herr?
OTHELLO: Ihr wünschtet ja, daß sie umkehren möchte:
Umkehren kann sie und doch vorwärts gehn
Und wieder drehn; und weinen kann sie, weinen –
Und ist gehorsam, wie Ihr sagt – gehorsam,
Ja, sehr gehorsam. Immerfort geweint! –
Was dies betrifft – o recht geschickt im Heucheln!
Ich bin zurückberufen. – Geh du fort:
Ich schicke gleich nach dir. – Herr, dem Befehl gehorch ich
Und kehre nach Venedig. – Fort! hinaus!
Desdemona geht ab.
Cassio bekommt mein Amt. Und, Herr, heut abend
Ersuch ich Euch mit mir zur Nacht zu speisen.
Willkommen hier in Zypern. – Ziegen und Affen! *Ab.*
LODOVICO: Ist dies der edle Mohr, den der Senat
Sein Ein und Alles nennt? Der edle Geist,

Den Leidenschaft nicht regt? des feste Tugend
Kein Pfeil des Zufalls, kein Geschoß des Glücks
Streift und durchbohrt?

JAGO: Er hat sich sehr geändert.

LODOVICO: Ist er nicht wohl? Hat sein Verstand gelitten?

JAGO: Er ist so, wie er ist; ich darf nicht schelten.
Gott geb, er wäre, was er könnte sein;
Jetzt ist er's nicht.

LODOVICO: Was? seine Frau zu schlagen!

JAGO: Gewiß, das war nicht fein; doch wünscht ich, wär
Der Schlag sein ärgstes Tun.

LODOVICO: Ist er oft so?
Sagt, oder hat der Brief sein Blut erhitzt,
Daß er sich heut nur so verging?

JAGO: Ach leider!
Nicht wär's gewissenhaft von mir, erzählt ich,
Was ich erfuhr und sah. Habt acht auf ihn;
Sein eigner Wandel wird ihn so bezeichnen,
Daß Ihr mein Wort entbehren könnt. Bemerkt ihn
Nur mehr, wenn Ihr mit ihm zusammen seid.

LODOVICO: Es schmerzt mich, daß ich mich in ihm getäuscht.

Sie gehn ab.

Zweite Szene

Ein andres Zimmer auf dem Schlosse.

Othello *und* Emilia *treten auf.*

OTHELLO: So habt Ihr nichts gesehn?

EMILIA: Auch nie gehört noch Argwohn je geschöpft.

OTHELLO: Ja, du sahst Cassio und sie beisammen.

EMILIA: Doch sah ich dann kein Unrecht, und dann hört ich
Jedwede Silbe, die gewechselt ward.

OTHELLO: Was? flüsterten sie nie?

EMILIA: Nein, gnäd'ger Herr!

OTHELLO: Und schickten nie dich fort?

EMILIA: Niemals.

OTHELLO: Um Fächer, Maske, Handschuh ihr zu holen?

EMILIA: Nein, gnäd'ger Herr!

OTHELLO: 's ist seltsam.

EMILIA: Ich wollt auf ihre Tugend meine Seele
Zum Pfande setzen: wenn Ihr anders denkt,
Gebt nicht dem Argwohn Raum, der Euch betört.
Wenn dies ein Schelm Euch in den Kopf gesetzt,
Dem lohn's der Himmel mit dem Fluch der Schlange!
Denn ist nicht diese redlich, keusch und treu,
Ist kein Mann glücklich, ist die reinste Frau
Schwarz wie Verleumdung.

OTHELLO: Laß sie kommen; geh!

Emilia geht.

Sie sagt genug; doch jede Kupplerin
Erzählt dasselbe. Schlau ist diese Metze,
Ein heimlich Schloß und Riegel schnöder Sünden:
Doch kniet und betet sie; ich sah es selbst!

EMILIA *und* DESDEMONA *treten auf.*

DESDEMONA: Was wollt Ihr, mein Gemahl?

OTHELLO: Komm, Täubchen, komm!

DESDEMONA: Was ist Eur Wunsch?

OTHELLO: Laß dir ins Auge sehn;
Schau ins Gesicht mir!

DESDEMONA: Welch fürchterlicher Einfall!

OTHELLO *zu Emilia*: Nun deine Künste, Weibsbild;
Laß Buhlschaft nun allein und schließ die Tür;
Hust oder rufe hem! wenn jemand kommt:
Dein Handwerk, an dein Handwerk! Mach dich fort!

Emilia geht ab.

DESDEMONA: Ich flehe kniend, sag mir, was du meinst!
Dein Wort versteh ich nicht, doch aus dem Wort
Tönt wilde Furie.

OTHELLO: Ha, was bist du?

DESDEMONA: Dein Weib, mein Gatte,
Dein pflichtgetreues Weib.

OTHELLO:
Komm, schwör's, verdamm dich selbst, daß nicht die Teufel,
Geschreckt von deiner Engelbildung, zittern,
Dich zu ergreifen: drum verdamm dich doppelt,
Schwör, du seist treu.

DESDEMONA: Der Himmel weiß, ich bin's.

OTHELLO: Der Himmel weiß, falsch bist du wie die Hölle.

DESDEMONA:
Wem, mein Gemahl? mit wem? wie bin ich falsch?

OTHELLO: O Desdemona! Hinweg, hinweg, hinweg!
DESDEMONA:
O Tag des Jammers! – Wehe! warum weinst du?
Bin ich, mein Gatte, Ursach dieser Tränen?
Hast du vielleicht den Vater in Verdacht,
Er sei das Werkzeug deiner Heimberufung,
Gib mir die Schuld nicht. Hast du ihn verloren,
Nun, ich verlor ihn auch.
OTHELLO: Gefiel' es Gott,
Durch Trübsal mich zu prüfen, göß er Schmach
Und jede Kränkung auf mein nacktes Haupt,
Versenkt' in Armut mich bis an die Lippen,
Schlüg samt der letzten Hoffnung mich in Fesseln,
Doch fänd ich wohl in einem Herzenswinkel
Ein Tröpfchen von Geduld. Doch mich zu machen
Zum festen Bilde für die Zeit des Hohns,
Mit langsam drehndem Finger drauf zu weisen –
Oh! oh!
Und dies auch könnt ich tragen, sehr, sehr wohl:
Doch da, wo ich mein Herz als Schatz verwahrt –
Wo ich muß leben oder gar nicht leben,
Der Quell, aus dem mein Leben strömen muß,
Sonst ganz versiegen –, da vertrieben sein
Oder ihn schaun als Sumpf für ekler Kröten
Begehn und Brüten: da verfinstre dich,
Geduld, du junger, rosenwangiger Cherub!
Ja, schau so grimmig wie die Hölle!
DESDEMONA: Ich hoffe, mein Gemahl hält mich für treu.
OTHELLO: O ja, wie Sommerfliegen auf der Fleischbank,
Die im Entstehn schon buhlen. O du Unkraut,
So reizend lieblich und von Duft so süß,
Daß du den Sinn betäubst – o wärst du nie geboren!
DESDEMONA: Welch unbewußten Fehl konnt ich begehen?
OTHELLO: Dies reine Blatt, dies schöne Buch nur dazu,
Um Metze drauf zu schreiben? Was begehn!
Begehn? O du ganz freche Buhlerin!
Schmelzöfen müßt ich machen aus den Wangen
Und meine Sittsamkeit zu Asche brennen,
Nennt ich nur deine Taten. Was begehn?
Dem Himmel ekelt's, und der Mond verbirgt sich:
Der Buhler Wind, der küßt, was ihm begegnet,

Versteckt sich in den Höhlungen der Erde
Und will nichts davon hören: was begehn?
Schamlose Metze!

DESDEMONA: Bei Gott, Ihr tut mir Unrecht!

OTHELLO: Du keine Metze?

DESDEMONA: Nein, so wahr ich Christin:
Wenn meinem Herrn bewahren dies Gefäß
Vor jeder schnöden, sträflichen Berührung
Heißt keine Metze sein, so bin ich keine.

OTHELLO: Du keine Hure?

DESDEMONA: Nein, so helfe Gott mir!

OTHELLO: Ist's möglich?

DESDEMONA: O Himmel, sei mir gnädig!

OTHELLO: Dann verzeiht mir!
Ich nahm Euch für die Dirne von Venedig,
Die den Othello freite.

EMILIA *kommt zurück.*

Und du, Weib,
Die, von Sankt Peter just das Gegenteil,
Der Hölle Pforten sperrt: du, du, ja du! –
Wir sind zu Ende: nimm! Da ist dein Geld!
Nun schließ die Tür, und halte reinen Mund! *Ab.*

EMILIA: O Gott! was hat doch unser Herr im Sinn?
Wie geht's Euch, teure Frau? Wie geht's Euch, Gnäd'ge?

DESDEMONA: Mir ist, als träumt ich.

EMILIA: Sagt, werte Frau! Was fehlt dem gnäd'gen Herrn?

DESDEMONA: Wem?

EMILIA: Meinem gnäd'gen Herrn.

DESDEMONA: Wer ist dein Herr?

EMILIA: Der auch der Eure, liebste, gnäd'ge Frau.

DESDEMONA: Ich habe keinen. Sag mir nichts, Emilia!
Ich kann nicht weinen, hab auch keine Antwort,
Die nicht zu Wasser würde. Bitt dich, diese Nacht
Leg auf mein Bett mein Brauttuch – denke dran
Und ruf mir deinen Mann.

EMILIA: Wie hat sich's hier geändert! *Ab.*

DESDEMONA:
's ist billig, daß mir so begegnet wird! sehr billig!
Wie war ich nur, daß auch sein kleinster Argwohn
Mein mindestes Versehn mißdeuten konnte?

JAGO *und* EMILIA *treten auf.*

JAGO: Was wünscht Ihr, gnäd'ge Frau, wie geht es Euch?
DESDEMONA: Ich weiß es nicht. Wer Kinder unterrichtet,
Gibt ihnen freundlich leichte Arbeit auf;
So konnt er mich ja schmälen, denn fürwahr,
Ich bin ein Kind fürs Schmälen.
JAGO: Was ist denn, gnäd'ge Frau?
EMILIA: Ach, Jago! Metze schimpfte sie der Herr.
Wie schändlich und verachtend er sie nannte,
Das trägt kein treues Herz.
DESDEMONA: Jago, bin ich das Wort?
JAGO: Welch Wort, Verehrte?
DESDEMONA: Das, wie sie sagt, mein Herr mir hat gegeben?
EMILIA: Er schalt sie Metze; nein, kein Bettler könnte
Im Rausch solch Wort von seiner Dirne brauchen.
JAGO: Warum denn das?
DESDEMONA: Ich weiß es nicht; gewiß, ich bin es nicht.
JAGO: O weint nicht, weint nur nicht; du liebe Zeit!
EMILIA: Wies sie so manchen edlen Antrag ab,
Verließ den Vater, Freunde, Vaterland,
Daß man sie Metze schimpfe? Ist's nicht zum Weinen?
DESDEMONA: Das ist mein traurig Schicksal.
JAGO: Nun, Gott beßr ihn!
Wie kommt ihm solcher Einfall?
DESDEMONA: Weiß der Himmel!
EMILIA: Nein, hängt mich, wenn ein Erzverleumder nicht,
Irgendein schmeichelnder, geschäft'ger Schuft,
Ein glatter Schurk, um sich ein Amt zu fischen,
Die Lügen ausgedacht; ja, darauf sterb ich.
JAGO: Pfui, solchen Menschen gibt's nicht; 's ist unmöglich.
DESDEMONA: Und gibt es einen, so vergeb ihm Gott!
EMILIA: Ein Strick vergeb ihm! Nag an ihm die Hölle!
Sie Metze schimpfen! – Wer besucht' sie je?
Wo? Wann? Und wie? – Wo ist auch nur ein Schein?
Ein recht ausbünd'ger Schurk belog den Mohren,
Ein niederträcht'ger Schurk, ein schäb'ger Bube.
O Himmel! Möchtst du solch Gezücht entlarven
Und jeder wackren Hand 'ne Geißel geben,
Den Schurken nackt durch alle Welt zu peitschen
Vom Ost zum fernen West!
JAGO: Schrei doch nicht so!
EMILIA: Pfui über ihn! – Solch ein Geselle war's,

Der ehmals dir auch den Verstand verwirrte,
Mich mit dem Mohren in Verdacht zu haben!
JAGO: Du bist nicht klug, sei still!
DESDEMONA: O guter Jago!
Was soll ich tun, ihn wiederzugewinnen? –
Geh zu ihm, Freund, denn, bei der Sonne Licht,
Ich weiß nicht, wie ich ihn verlor. – Hier knie ich:
Wenn je mein Herz sich seiner Lieb empört
In Worten, in Gedanken oder Tat;
Wenn je mein Aug, mein Ohr und sonst ein Sinn
An andrer Wohlgestalt Gefallen fand;
Wenn ich nicht jetzt ihn lieb, ihn stets geliebt,
Ihn immerdar, auch wenn er mich verstieße
Als Bettlerin, von Herzen lieben werde –
Dann, Trost, verlaß mich! – Kaltsinn bringt es weit;
Und rauben kann sein Kaltsinn mir das Leben,
Doch nie die Liebe mindern. Ich kann nicht sagen: Metze,
Mir schaudert schon, da ich das Wort gesprochen;
Doch tun, was die Beschimpfung nach sich zieht –
Nicht um die ganze Eitelkeit der Welt!
JAGO: Ich bitte, faßt Euch, 's ist nur seine Laune.
Die Staatsgeschäfte machten ihm Verdruß;
Da zankt er nun mit Euch.
DESDEMONA: Wär es nur das –
JAGO: Glaubt mir, es ist nichts andres.
Man hört Trompeten.
Horcht, die Trompete ruft zur Abendtafel!
Und die Gesandtschaft von Venedig wartet;
Geht hin und weint nicht, alles wird noch gut.
Desdemona und Emilia ab.
RODRIGO *tritt auf.*
Was gibt's, Rodrigo?
RODRIGO: Ich finde nicht, daß du es redlich mit mir meinst.
JAGO: Und warum das Gegenteil?
RODRIGO: Jeden Tag fertigst du mich mit einer Ausrede ab, Jago, und hältst mich vielmehr, wie mir's vorkommt, von aller guten Gelegenheit fern, als daß du meiner Hoffnung den geringsten Vorteil verschaffst. Ich ertrage das wahrhaftig nicht länger, und du sollst mich nicht dazu bringen, ruhig einzustecken, was ich bisher wie ein Tor mir habe gefallen lassen.

JAGO: Wollt Ihr mich anhören, Rodrigo?

RODRIGO: Auf Ehre, ich habe schon zu viel gehört, denn Euer Versprechen und Tun halten nicht gleichen Schritt miteinander.

JAGO: Ihr beschuldigt mich höchst ungerecht!

RODRIGO: 's ist lautre Wahrheit. Ich habe mein ganzes Vermögen zugesetzt. Die Juwelen, die Ihr von mir empfingt, um sie Desdemona einzuhändigen – die Hälfte hätte eine Nonne verführt. Ihr sagtet mir, sie habe sie angenommen, und gabt mir Hoffnung und Aussicht auf baldige Gunst und Erwiderung, aber dabei bleibt's.

JAGO: Gut, nur weiter, recht gut!

RODRIGO: Recht gut, weiter! Ich kann nicht weiter, Freund, und hier ist nichts recht gut. Bei dieser Hand, ich sage, es ist spitzbübisch; und ich fange an zu merken, daß man mich foppt.

JAGO: Recht gut!

RODRIGO: Ich sage dir, es ist nicht recht gut. Ich will mich Desdemona selbst entdecken; gibt sie mir meine Juwelen wieder zurück, so laß ich ab von meiner Bewerbung und bereue mein unerlaubtes Zumuten; wo nicht, seid gewiß, daß ich Genugtuung von Euch fordern werde.

JAGO: Habt Ihr jetzt gesprochen?

RODRIGO: Ja, und habe nichts gesprochen, als was ich ernstlich zu tun gesonnen bin.

JAGO: Schön! Nun sehe ich doch, daß du Haare auf den Zähnen hast, und seit diesem Moment fasse ich eine beßre Meinung von dir als je zuvor. Gib mir deine Hand, Rodrigo, du hast sehr begründete Einwendungen gegen mich vorgebracht, und dennoch, schwöre ich dir, bin ich in deiner Sache sehr gerade zu Werke gegangen.

RODRIGO: Das hat sich wenig gezeigt.

JAGO: Ich gebe zu, daß sich's nicht gezeigt hat, und dein Argwohn ist nicht ohne Verstand und Scharfsinn. Aber, Rodrigo, wenn das wirklich in dir steckt, was ich dir jetzt mehr zutraue als je – ich meine Willenskraft, Mut und Herz –, so zeig es diese Nacht. Wenn du in der nächsten Nacht nicht zu Desdemonas Besitz gelangst, so schaff mich hinterlistig aus der Welt und stelle meinem Leben Fallstricke.

RODRIGO: Gut, was ist's? Liegt's im Gebiet der Vernunft und der Möglichkeit?

JAGO: Freund, es ist ein ausdrücklicher Befehl von Venedig da, daß Cassio an Othellos Stelle treten soll.

RODRIGO: Ist das wahr? Nun, so gehen Othello und Desdemona nach Venedig zurück.

JAGO: O nein, er geht ins Mohrenland und nimmt die schöne Desdemona mit sich, wenn nicht sein Aufenthalt hier durch einen Zufall verlängert wird, und darin kann nichts so entscheidend sein, als wenn Cassio beiseite geschafft wird.

RODRIGO: Wie meinst du das – ihn beiseite schaffen?

JAGO: Nun, ihn für Othellos Amt untauglich machen, ihm das Gehirn ausschlagen.

RODRIGO: Und das, meinst du, soll ich tun?

JAGO: Ja, wenn du das Herz hast, dir Vorteil und Recht zu verschaffen. Er ist heute zum Abendessen bei einer Dirne, und dort will ich ihn treffen; noch weiß er nichts von seiner ehrenvollen Beförderung. Wenn du nun auf sein Weggehn lauern willst – und ich werde es einrichten, daß dies zwischen zwölf und eins geschehe –, so kannst du nach deiner Bequemlichkeit über ihn herfallen; ich will in der Nähe sein, um deinen Angriff zu unterstützen, und er soll zwischen uns beiden fallen. Komm, steh nicht so verwundert, sondern folge mir; ich will dich so von der Notwendigkeit seines Todes überzeugen, daß du's für Pflicht halten sollst, ihn aus der Welt zu schaffen. Es ist hohe Zeit zum Abendessen, und die Nacht geht hin. Frisch dran.

RODRIGO: Ich muß noch mehr Gründe hören.

JAGO: Das sollst du zur Genüge.

Sie gehn ab.

DRITTE SZENE

Vorsaal im Schlosse.

OTHELLO, LODOVICO, DESDEMONA, EMILIA *und* GEFOLGE *treten auf.*

LODOVICO: Ich bitt Euch, Herr, bemüht Euch nun nicht weiter.
OTHELLO: O nein, erlaubt, das Ausgehn tut mir wohl.
LODOVICO: Schlaft, Gnäd'ge, wohl! ich sag Euch meinen Dank.
DESDEMONA: Ihr wart uns sehr willkommen, Herr!
OTHELLO: Wollen wir gehn, Signor? – O Desdemona!

DESDEMONA: Mein Gemahl?

OTHELLO: Geh sogleich zu Bett, ich werde augenblicklich wieder dasein. Entlaß deine Gesellschafterin, tu, wie ich dir sage. *Ab.*

DESDEMONA: Das werd ich, mein Gemahl.

EMILIA: Wie geht's nun? Er scheint milder als zuvor.

DESDEMONA: Er sagt, er werde hier sein ungesäumt;
Er gab mir den Befehl, zu Bett zu gehen,
Und hieß mich, dich entlassen.

EMILIA: Mich entlassen?

DESDEMONA: Er will es also; darum, gutes Kind,
Gib mir mein Nachtgewand und lebe wohl!
Wir dürfen jetzt ihn nicht erzürnen.

EMILIA: Hättet Ihr ihn doch nie gesehn!

DESDEMONA: Das wollt ich nicht, mein Herz hängt so an ihm,
Daß selbst sein Zorn, sein Trotz, sein Eigensinn –
Komm, steck mich los – mir lieb und reizend dünkt.

EMILIA: Die Tücher legt ich auf, wie Ihr's befahlt.

DESDEMONA:
's ist alles eins. – Ach! was wir töricht sind! –
Sterb ich vor dir, so bitt dich, hülle mich
In eins von diesen Tüchern.

EMILIA: Kommt, Ihr schwatzt!

DESDEMONA:
Meine Mutter hatt ein Mädchen – Bärbel hieß sie –,
Die war verliebt, und treulos ward ihr Schatz
Und lief davon. Sie hatt ein Lied von „Weide",
Ein altes Ding, doch paßt' es für ihr Leid;
Sie starb, indem sie's sang. Das Lied heut nacht
Kommt mir nicht aus dem Sinn; ich hab zu schaffen,
Daß ich nicht auch den Kopf so häng und singe
Wie's arme Bärbel. Bitt dich, mach geschwind.

EMILIA: Soll ich Eur Nachtkleid holen?

DESDEMONA: Nein, steck mich hier nur los. –
Der Lodovico ist ein feiner Mann.

EMILIA: Ein recht hübscher Mann.

DESDEMONA: Er spricht gut.

EMILIA: Ich weiß eine Dame in Venedig, die wäre barfuß nach Palästina gegangen um einen Druck von seiner Unterlippe.

DESDEMONA *singt*:
Das Mägdlein saß singend am Feigenbaum früh,

Singt Weide, grüne Weide!
Die Hand auf dem Busen, das Haupt auf dem Knie,
Singt Weide, Weide, Weide!
Das Bächlein, es murmelt und stimmet mit ein;
Singt Weide, grüne Weide!
Heiß rollt ihr die Trän und erweicht das Gestein;
Leg dies beiseite –
Singt Weide, Weide, Weide!
Bitt dich, mach schnell, er kommt sogleich –
Von Weiden all flecht ich mir nun den Kranz –
O scheltet ihn nicht, sein Zorn ist mir recht –
Nein, das kommt später – horch! wer klopft da?

EMILIA: Es ist der Wind.

DESDEMONA:
Ich nannt ihn du Falscher! was sagt' er dazu?
Singt Weide, grüne Weide!
Seh ich nach den Mädeln, nach den Buben siehst du.
So geh nun fort; gute Nacht! Mein Auge juckt,
Bedeutet das wohl Tränen?

EMILIA: Ei, mitnichten!

DESDEMONA: Ich hört es so. – Die Männer, o die Männer!
Glaubst du, auf dein Gewissen sprich, Emilia,
Daß wirklich Weiber sind, die ihre Männer
So gröblich täuschen?

EMILIA: Solche gibt's, kein Zweifel.

DESDEMONA: Tätst du dergleichen um die ganze Welt?

EMILIA: Nun, tätet Ihr's nicht?

DESDEMONA: Nein, beim Licht des Himmels!

EMILIA: Ich tät es auch nicht bei des Himmels Licht,
Ich könnt es ja im Dunkeln.

DESDEMONA: Tätst du dergleichen um die ganze Welt?

EMILIA: Die Welt ist mächtig weit; der Lohn wär groß,
Klein der Verstoß.

DESDEMONA: Gewiß, du tätst es nicht!

EMILIA: Gewiß, ich täte es und machte es wieder ungetan, wenn ich's getan hätte. Nun freilich täte ich so etwas nicht für einen Fingerring noch für einige Ellen Batist noch für Mäntel, Röcke und Hauben oder solchen armsel'gen Kram; aber für die ganze Welt – ei, wer hätte da nicht Lust, dem Manne Hörner aufzusetzen und ihn zum Weltkaiser zu machen? Dafür wagte ich das Fegefeuer!

DESDEMONA: Ich will des Todes sein, tät ich solch Unrecht
Auch um die ganze Welt.

EMILIA: Ei nun, das Unrecht ist doch nur ein Unrecht in der Welt, und wenn Euch die Welt für Eure Mühe zuteil wird, so ist's ein Unrecht in Eurer eignen Welt. Ihr könnt es geschwind zu Recht machen.

DESDEMONA: Ich glaube doch, es gibt kein solches Weib.

EMILIA: Ei, zehn für eins, und noch soviel in Kauf,
Die Welt, um die sie spielten, gleich zu füllen.
Allein mich dünkt, es ist der Männer Schuld,
Daß Weiber fallen. Wenn sie pflichtvergessen
In fremdem Schoß vergeuden unsern Schatz;
Wenn sie, verkehrt in laun'scher Eifersucht,
Ans Haus uns fesseln; wenn sie gar uns schlagen,
Wenn sie in Leichtsinn unser Gut vertun,
Dann schwillt auch uns die Galle; wir sind fromm,
Doch nicht von Rachsucht frei. Sie sollen's wissen,
Wir haben Sinne auch, wir sehn und riechen
Und haben einen Gaum für süß und herbe
Wie unsre Männer. Was bezwecken sie,
Wenn sie uns andre vorziehn? Ist es Lust?
Ich denke, ja; treibt sie die Leidenschaft?
Ich denke, ja; ist's Schwachheit, die sie tört?
Gewiß; und haben wir nicht Leidenschaft?
Nicht Hang zur Lust? Und Schwachheit gleich den Männern?
Drum, wenn der Mann sich treulos von uns kehrte,
War's seine Bosheit, die uns Böses lehrte.

DESDEMONA:
Gut Nacht! – Und laß mich, Herr, in fremden Sünden
Nicht eigne Sünde, laß mich Beßrung finden!

Sie gehn ab.

FÜNFTER AUFZUG

ERSTE SZENE

Straße.

JAGO *und* RODRIGO *treten auf.*

JAGO: Hier steh am Pfeiler, gleich wird Cassio kommen,
Halt deine Klinge blank und führ sie gut.

Frisch, sei getrost; ich steh dir nah zur Hand;
Dies hebt uns oder stürzt uns, daran denke,
Und bleibe fest und standhaft beim Entschluß.
RODRIGO: So steh hier nah, es könnte mir mißlingen.
JAGO: Hier neben dir; sei kühn und stell dich hin!
RODRIGO: Ich bin nicht sehr im Eifer für die Tat,
Und doch sind's trift'ge Gründe, die er gab.
Ein Mann – was liegt dran? – Komm, mein Schwert!
Er sterbe! *Tritt beiseite.*
JAGO: Ich rieb die junge Beule, bis sie brennt,
Nun macht er Ernst. Jetzt, ob er Cassio mordet,
Ob Cassio ihn – ob sie sich beide morden,
Mir ist das gleich gelegen. Lebt Rodrigo,
So dringt er auf den völligen Ersatz
Des Gelds und Schmucks, um die ich ihn geprellt
Für Desdemona;
Das darf nicht sein. Wenn Cassio übrigbleibt,
So zeigt sein Leben täglich eine Schönheit,
Die mich verhäßlicht; und der Mohr auch möchte
Mich ihm verraten; das wär sehr bedenklich.
Nein, nein, er sterbe! – Still, ich hör ihn kommen.

CASSIO *tritt auf.*

RODRIGO: Es ist sein Gang, er kommt. – So stirb, du Schurk!

Er läuft auf Cassio zu und verwundet ihn.

CASSIO: Der Degenstoß war feindlich mir gemeint,
Doch ist mein Rock stichfester, als du glaubst;
Nun prüf ich deinen.
RODRIGO: Weh! ich bin des Todes.

Sie fechten; Cassio verwundet den Rodrigo, Jago sticht den Cassio von hinten ins Bein und geht ab.

CASSIO: Gelähmt auf immer! Hilfe! Mörder! Mörder!

OTHELLO *zeigt sich oben.*

OTHELLO: 's ist Cassios Stimme; Jago hält sein Wort!
RODRIGO: O ich Verruchter!
OTHELLO: Horch! – Jawohl, so ist's.
CASSIO: O Hilfe! Licht! ein Wundarzt!
OTHELLO: Er ist's! O wackrer Jago, brav und treu!
Der du so edel fühlst des Freundes Schmach!
Du lehrst mich: Püppchen, dein Geliebter fiel,
Und deine Stunde naht. Ich komme, Dirne!
Dein Blick, dein Reiz soll mir im Herzen sterben,

Dein sündig Bett das Blut der Sünde färben! *Ab.*

LODOVICO *und* GRATIANO *treten in einiger Entfernung auf.*

CASSIO: Kein Wächter da? Kommt niemand? Hilfe! Mord!

GRATIANO: Ein Unglück ganz gewiß, der Schrei war furchtbar.

CASSIO: O Hilfe!

LODOVICO: Horch!

RODRIGO: O niederträcht'ger Bube!

LODOVICO: Zwei-, dreimal hört ich ächzen. Grause Nacht!
Das kann Verstellung sein; ich halt's nicht sicher,
Dem Schrei zu folgen, eh uns Beistand wird.

RODRIGO: Kommt niemand, so muß ich zu Tode bluten.

JAGO *kommt mit einem Lichte.*

LODOVICO: Horch!

GRATIANO: Ein Mann hier ohne Wams mit Licht und Degen.

JAGO: Wer da? Was für ein Lärm? Wer rief hier Mord?

LODOVICO: Wir wissen's nicht.

JAGO: Habt ihr nicht schrein gehört?

CASSIO: Hier, hier; um Gottes willen, helft!

JAGO: Was gibt's?

GRATIANO: Das ist Othellos Fähnrich, wie ich glaube.

LODOVICO: Ganz recht, er ist's; ein sehr beherzter Mann.

JAGO: Wer seid Ihr da, der so erbärmlich ruft?

CASSIO: Jago, von Schurken tödlich hier gelähmt –
Ach, schaff mir Hilfe!

JAGO: Um Gott! Sagt, Leutnant, welche Buben taten's?

CASSIO: Der eine, denk ich, liegt hier in der Nähe
Und kann nicht fort.

JAGO: O die arglist'gen Schurken!

Zu Lodovico und Gratiano:

Wer seid ihr da? Kommt doch heran und helft!

RODRIGO: Oh, helft mir hier!

CASSIO: Der war dabei.

JAGO: O Schurk! O Meuchelmörder!

Jago ersticht den Rodrigo.

RODRIGO: Verdammter Jago! Bluthund! Oh! oh! oh!

JAGO: Im Dunkeln morden? Wo sind die blut'gen Diebe?
Wie still sind diese Straßen! Mord! Mord! Mord!
Wer seid denn ihr? Schlimm' oder Gute?

LODOVICO: Rühmt uns, wie Ihr uns findet.

JAGO: Signor Lodovico?

LODOVICO: Ja, Herr!

JAGO: Verzeihung; hier liegt Cassio, schwer verwundet
Von Schurken.
GRATIANO: Cassio?
JAGO: Sag, wie geht dir's, Bruder?
CASSIO: Ich bin durchs Bein gestochen.
JAGO: Gott verhüt es!
Bringt Licht, Herrn! Mit dem Hemd will ich's verbinden.

BIANCA *tritt auf.*

BIANCA: Was ist geschehn? Wer war es, der so schrie?
JAGO: Wer war's, der schrie?
BIANCA: O liebster Cassio! O mein süßer Cassio!
O Cassio! Cassio! Cassio!
JAGO: O du ausbünd'ge Metze! Cassio, wißt Ihr,
Wer jene waren, die Euch so gelähmt?
CASSIO: Nein.
GRATIANO:
Mich schmerzt's, Euch so zu sehn, ich sucht Euch eben.
JAGO: Leiht mir ein Strumpfband. So. – Oh, eine Sänfte,
Ihn leise hinzutragen.
BIANCA: Er fällt in Ohnmacht. Cassio! Cassio! Cassio!
JAGO: Ihr Herrn, mir ahnet's, die Verworfne hier
Sei mit verstrickt in diese Greueltat. –
Geduld ein wenig, lieber Cassio! Kommt,
Ein Licht her – kenn ich den da oder nicht?
Ach Gott! ist das mein Freund und werter Landsmann,
Rodrigo? – Nein; und doch: o Gott! Rodrigo!
GRATIANO: Rodrigo von Venedig?
JAGO: Derselbe; kennt Ihr ihn?
GRATIANO: Ja, allerdings!
JAGO: Signor Gratiano? O Herr, ich bin beschämt;
Der blut'ge Fall entschuld'ge meine Rauheit,
Die Euch mißkannt.
GRATIANO: Es freut mich, Euch zu sehn.
JAGO: Cassio, wie geht's? Die Sänfte! He, die Sänfte!
GRATIANO: Rodrigo!
JAGO: Ja, ja, er ist's. – O schön, da kommt die Sänfte.
Tragt ihn mit Sorgfalt heim, ihr guten Leute;
Ich hol Othellos Wundarzt. *Zu Bianca*: Ihr da, Jungfer,
Spart Eure Müh. – Cassio, der hier gelähmt ward,
Ist sehr mein Freund; was hattet ihr für Streit?
CASSIO: Nichts in der Welt, ich kenn ihn nicht einmal.

JAGO *zu Bianca*: Wie, seid Ihr blaß? – O tragt ihn aus der Luft.

Cassio und Rodrigo werden weggetragen.

Bleibt, werte Herrn! Ihr, Jungfer, seid so blaß? –
Bemerkt ihr, wie verstört ihr Auge starrt?
Nun, starrt Ihr so, erfahren wir wohl mehr:
Betrachtet sie, ich bitt euch, seht sie an;
Nicht wahr, ihr Herrn? ihr schlecht Gewissen spricht,
Wenn auch die Zungen gar nicht reden könnten.

EMILIA *tritt auf.*

EMILIA: Was ist geschehn? Ach, Mann, was ist geschehn?
JAGO: Cassio ward hier im Dunkeln angefallen,
Rodrigo war's und andre, die entflohn;
Er ist halb tot, und Roderigo starb.
EMILIA: Ach Gott, der arme Herr! Ach, guter Cassio!
JAGO: Das ist der Unzucht Strafe. – Hör, Emilia,
Frag doch den Cassio, wo er nachts gespeist.
Zu Bianca: Was? Zittert Ihr davor?
BIANCA: Er aß bei mir. Doch davor zittr ich nicht.
JAGO: Ha, tat er das? Kommt, sag ich, folgt mir nach!
EMILIA: Pfui, schlechtes Weib!
BIANCA: Ich bin kein schlechtes Weib; ich bin so ehrlich
Wie Ihr, die so mich schimpft.
EMILIA: Wie ich? O pfui!
JAGO: Kommt, Herrn, zu sehn, wie Cassio wird verbunden;
Ihr, Jungfer, geht, Euch zeigt man's bald noch anders. –
Emilie, lauf zur Zitadell und melde
Dem Herrn und seiner Frau, was hier geschah.
Ich bitte, geht voran. *Für sich*: Dies ist die Nacht,
Die mich vernichtet oder glücklich macht.

Sie gehn ab.

ZWEITE SZENE

Schlafzimmer.

DESDEMONA *schlafend im Bett. Ein Licht brennt neben ihr.*
OTHELLO *tritt herein.*

OTHELLO: Die Sache will's, die Sache will's, mein Herz!
Laßt sie mich euch nicht nennen, keusche Sterne! –
Die Sache will's. – Doch nicht ihr Blut vergieß ich;
Noch ritz ich diese Haut, so weiß wie Schnee

Und sanft wie eines Denkmals Alabaster. *Legt seinen Degen ab.*
Doch sterben muß sie, sonst betrügt sie andre.
Tu aus das Licht, und dann – Tu aus das Licht; –
Ja, lösch ich dich, du flammenheller Diener –
Kann ich dein vorig Licht dir wiedergeben,
Sollt ich's bereun; doch dein Licht ausgetan,
Du reizend Muster herrlichster Natur,
Nie find ich den Prometheusfunken wieder,
Dein Licht zu zünden. Pflückt ich deine Rose,
Nie kann ich ihr den Lebenswuchs erneun,
Sie muß, muß welken; dufte mir vom Stamm! *Küßt sie.*
O würz'ger Hauch, der selbst Gerechtigkeit
Ihr Schwert zu brechen zwingt! – Noch einen! einen!
Sei, wenn du tot bist, so, dann töt ich dich
Und liebe dich nachher – noch einen und den letzten!
So süß war nie so tödlich. Ich muß weinen.
Doch sind's grausame Tränen; dieser Schmerz
Ist wie des Himmels, strafend, wo er liebt. –
Sie wacht.

DESDEMONA: Wer da? Othello?
OTHELLO: Ja, Desdemona.
DESDEMONA: Wollt Ihr zu Bett gehn, mein Gemahl?
OTHELLO: Hast du zur Nacht gebetet, Desdemona?
DESDEMONA: Ja, mein Gemahl!
OTHELLO: Kannst du dich einer Sünde noch erinnern,
Nicht ausgesöhnt dem Himmel und der Gnade,
So flehe jetzt alsbald.
DESDEMONA: Ach, mein Gemahl! Was willst du damit sagen?
OTHELLO: Wohl, tu es und sei kurz; ich geh beiseite;
Nicht möcht ich deinen Geist in Sünden töten,
Nein, Gott verhüt's! nicht deine Seele töten.
DESDEMONA: Sprichst du vom Töten?
OTHELLO: Ja!
DESDEMONA: Dann, güt'ger Himmel,
Erbarm dich mein!
OTHELLO: Amen von ganzem Herzen!
DESDEMONA:
Wenn du so sprichst, dann wirst du mich nicht töten!
OTHELLO: Hm!
DESDEMONA:
Und dennoch fürcht ich dich, denn du bist schrecklich,

Wenn so dein Auge rollt.
Warum ich fürchten sollte, weiß ich nicht,
Da ich von Schuld nichts weiß; doch fühl ich, daß ich fürchte.
OTHELLO: Denk deiner Sünde.
DESDEMONA: Das ist zu dir die Herzensliebe.
OTHELLO: Und dafür stirbst du.
DESDEMONA: Grausamer Tod, der nur um Liebe tötet! –
Ach, warum nagst du so die Unterlippe?
Dein ganzer Bau erbebt in blut'ger Wut.
Das sind Vorzeichen; doch ich hoff, ich hoffe,
Sie deuten nicht auf mich.
OTHELLO: Schweig und sei still!
DESDEMONA: Ich schweige; was begehrst du?
OTHELLO: Das Tuch, das ich so werthielt und dir schenkte,
Du gabst es Cassio.
DESDEMONA: Nein, bei Seel und Leben!
Ruf ihn herbei und frag ihn.
OTHELLO: Behüte, Kind, behüte dich vor Meineid,
Du liegst auf deinem Sterbebette.
DESDEMONA: Ja, doch nicht jetzt zu sterben.
OTHELLO: Ja, alsbald.
Darum bekenn aufrichtig deine Sünde;
Denn jeden Punkt mit einem Eid verleugnen,
Nicht wälzt es ab noch beugt's der Überzeugung Last,
Die mich zu Boden drückt. Du bist am Sterben!
DESDEMONA: Dann, Gott, erbarm dich mein!
OTHELLO: Ich sage amen!
DESDEMONA:
Auch du erbarm dich mein! Nie hab ich dich
Jemals beleidigt, Cassio nie geliebt
Als mit der Liebe, die der Himmel selbst
Gestattet; niemals gab ich ihm ein Pfand.
OTHELLO: Bei Gott, ich sah mein Tuch in seinen Händen,
Meineidig Weib! Ha! du versteinst mein Herz
Und machst zum Mord, was ich beginnen will,
Was ich als Opfer meinte.
Ich sah das Tuch.
DESDEMONA: So hat er's denn gefunden;
Nie hab ich's ihm gegeben; ruf ihn her,
Daß er bekennt, wie's ist.
OTHELLO: Er hat bekannt.

DESDEMONA: Was, teurer Herr?
OTHELLO: Daß er dein Freund gewesen.
DESDEMONA: Wie? unerlaubt?
OTHELLO: Ja!
DESDEMONA: Das kann er nicht sagen.
OTHELLO: O nein, sein Mund ist stumm;
Der treue Jago hat dafür gesorgt.
DESDEMONA: Oh! meine Furcht erklärt mir's. Wie? Er tot?
OTHELLO: Ob jedes Haar ein Leben war, mein Grimm
Verschlang sie alle.
DESDEMONA: O Gott! Er ist verraten, ich verloren!
OTHELLO: Ha, Metze! Weinst um ihn vor meinen Augen?
DESDEMONA: Verstoße mich! Oh, töte mich nur nicht.
OTHELLO: Nieder mit dir, Metze!
DESDEMONA: Töte mich morgen, laß mich heut noch leben!
OTHELLO: Kein Sträuben!
DESDEMONA: Nur ein Stündchen.
OTHELLO: Ist's getan,
Braucht's keines Zögerns.
DESDEMONA: Nur, bis ich noch gebetet!
OTHELLO: 's ist zu spät. *Er erstickt sie.*
EMILIA *draußen*:
Mein gnäd'ger Herr! He! Holla! Gnäd'ger Herr!
OTHELLO:
Was für ein Lärm? Nicht tot? Noch nicht ganz tot? –
Ich bin zwar grausam, aber doch barmherzig;
Nicht möcht ich dir verlängern deine Qual.
Ersticht sie mit dem Dolch.
So, so.
EMILIA: He, holla! Gnäd'ger Herr!
OTHELLO: Wer da?
EMILIA: O bester Herr, nur auf ein Wort mit Euch.
OTHELLO: Ja! 's ist Emilia. Gleich! – Jetzt ist sie tot. –
Gewiß, sie kommt und meldet Cassios Tod;
Der Lärm war groß. – Ha! Regst du dich nicht mehr?
Still, wie das Grab. – Darf sie herein? – Wär's gut? –
Mir deucht, sie rührt sich. – Nein. – Was ist das Beste?
Kommt sie, wird sie nach meinem Weibe fragen –
Mein Weib! Mein Weib! – Welch Weib! Ich hab kein Weib.
O unerträglich! O furchtbare Stunde!
Nun, dächt ich, müßt ein groß Verfinstern sein

An Sonn und Mond und die erschreckte Erde
Sich auftun vor Entsetzen.

EMILIA: Ich bitt Euch dringend, gönnt mir nur ein Wort,
O bester Herr!

OTHELLO: Oh! ich vergaß dich. – Komm herein, Emilia!
Sacht – gleich! Sogleich! – Ich zieh den Vorhang zu.
Wo kommst du her? Was hast du mir zu sagen?

Er schließt die Tür auf, EMILIA *tritt herein.*

EMILIA: O lieber Herr! Ein sünd'ger Mord geschah.

OTHELLO: Wie, jetzt?

EMILIA: Jetzt eben, Herr!

OTHELLO: Das hat wahrhaftig nur der Mond verschuldet;
Er kommt der Erde näher, als er pflegt,
Und macht die Menschen rasend.

EMILIA: Cassio, Herr,
Bracht einen jungen Venezianer um,
Genannt Rodrigo.

OTHELLO: Was! Rodrigo tot?
Und Cassio tot?

EMILIA: Nein, Cassio ist nicht tot.

OTHELLO: Cassio nicht tot? Dann klingt der Mord verstimmt
Und rauh die süße Rache.

DESDEMONA: O ungerechter Mord!

EMILIA: Gott! Welch ein Schrei war das?

OTHELLO: Das? Was?

EMILIA: O heil'ger Gott! Die Stimme meiner Frau!
Helft, helft, o helft! O Teure, sprecht noch einmal!
O Desdemona! süße Herrin, sprecht!

DESDEMONA: Ich sterbe schuldlos.

EMILIA: Oh! Wer hat die Tat vollbracht?

DESDEMONA: Niemand – ich selbst – leb wohl!
Empfiehl mich meinem güt'gen Herrn – leb wohl!

OTHELLO: Wie wär sie denn ermordet?

EMILIA: Gott! wer weiß es?

OTHELLO: Du hörtst es von ihr selbst, ich tat es nicht.

EMILIA: So sagte sie, so muß ich's treu berichten.

OTHELLO: Sie fuhr als Lügnerin zur Flammenhölle;
Ich war ihr Mörder.

EMILIA: So mehr Engel sie,
Und du so schwärzrer Teufel!

OTHELLO: Sie fiel der Sünd anheim und ward zur Hure.

EMILIA: Nein, du verleumdest sie, du bist ein Teufel.
OTHELLO: Sie war wie Wasser falsch.
EMILIA: Und du bist wild wie Feuer, wenn du sie
Der Falschheit zeihst; oh, sie war himmlisch treu!
OTHELLO: Cassio verführte sie: frag deinen Mann;
Verdammt wär ich zum tiefsten Höllenabgrund,
Wenn ich nicht vorschritt auf gerechtem Grund
Zu diesem Äußersten. – Dein Mann weiß alles.
EMILIA: Mein Mann?
OTHELLO: Dein Mann.
EMILIA: Daß sie die Ehe brach?
OTHELLO: Ja doch, mit Cassio. Wär sie treu gewesen –
Und schüf mir eine zweite Welt der Himmel
Aus einem fehllos reinen Chrysolith,
Ich gäb sie nicht dafür.
EMILIA: Mein Mann!
OTHELLO: Jawohl, er war's, der mich zuerst gewarnt,
Er ist ein Ehrenmann und haßt den Schlamm
Schandbarer Greueltat.
EMILIA: Mein Mann?
OTHELLO: Wozu die Wiederholung, Weib?
Ich sage dir, dein Mann.
EMILIA: O teure Frau, Bosheit treibt Spott mit Liebe!
Mein Mann sagt, daß sie falsch ist?
OTHELLO: Weib! er sagt's,
Dein Mann, dein Mann, verstehst du?
Mein Freund, dein Mann, der wackre, wackre Jago.
EMILIA: Sagt er's, mag ihm die gift'ge Seele täglich
Verfaulen um 'nen Gran! Er lügt als Schelm;
Sie liebte nur zu sehr ihr kläglich Bündnis.
OTHELLO: Ha!
EMILIA: Tu dein Ärgstes;
So wert ist diese deine Tat des Himmels,
Wie ihrer du.
OTHELLO: Am besten wohl, du schwiegst.
EMILIA: Du hast nicht halb die Kraft, mir weh zu tun,
Wie ich's zu tragen. Dummkopf! blöder Tor!
Hirnlos, wie Kot: die Tat, die du getan –
Was kümmert mich dein Schwert? Ich mach es kund,
Und gält es zwanzig Leben. Helft, helft, helft!
Der Mohr hat meine Frau erwürgt: Mord! Mord!

MONTANO, GRATIANO *und* JAGO *treten auf.*

MONTANO: Was geht hier vor? Was gibt es, General?
EMILIA: Oh, kommst du, Jago? – Ei, du machst es schön,
Daß andre ihre Mordtat auf dich schieben.
GRATIANO: Was geht hier vor?
EMILIA: Straf diesen Böswicht Lügen, wenn du Mann bist.
Er spricht: Du sagtest ihm, sein Weib sei falsch,
Ich weiß, das tatst du nicht, du bist kein Schelm;
Sprich, denn mein Herz ist voll.
JAGO: Ich sagt ihm, was ich dachte; sagt auch nichts,
Als was er selbst glaubwürdig fand und wahr.
EMILIA: So hast du je gesagt, sie sei nicht treu?
JAGO: Ich tat's.
EMILIA: Das war 'ne Lüge; schnöde, höll'sche Lüge:
Bei Gott, 'ne Lüge, recht verdammte Lüge!
Sie falsch mit Cassio? Sagtest du, mit Cassio?
JAGO: Mit Cassio, Weib: still! Bänd'ge deine Zunge.
EMILIA: Die Zunge bänd'gen? Reden will ich laut;
In ihrem Bett liegt meine Frau ermordet.
ALLE: O Gott verhüt es!
EMILIA: Und dein Verhetzen stiftete den Mord.
OTHELLO: Nein, starrt nicht so, ihr Herrn, 's ist wirklich wahr.
GRATIANO: Unsel'ge Wahrheit!
MONTANO: Ungeheure Tat!
EMILIA: O Büberei, verruchte Büberei! –
Ich denke dran – ich denk – ich merk's – o Büberei!
Ich dacht es gleich – vor Gram möcht ich mich töten!
O Büberei!
JAGO: Was, bist du toll? Geh gleich nach Haus, befehl ich.
EMILIA: Ihr edlen Herrn! Vergönnt mir, daß ich rede.
Ihm zu gehorchen ziemt mir, doch nicht jetzt.
Vielleicht geh ich nie mehr nach Hause, Jago.
OTHELLO: Oh, oh, oh, oh! *Wirft sich auf das Bett.*
EMILIA: Ja, wirf dich hin und brülle,
Weil du gemordet hast die holdste Unschuld,
Die je den Blick erhob.
OTHELLO: Oh, sie war schlecht –
Ich sah Euch jetzt erst, Ohm: ja, diese Hand
Hat wirklich Eure Nichte jetzt ermordet.
Ich weiß, die Tat sieht greulich aus und schwarz.
GRATIANO: Du armes Kind! – Gut, daß dein Vater starb;

Dein Bündnis ward ihm tödlich. Gram allein
Zerschnitt den alten Faden; lebt' er jetzt,
Der Anblick würd ihn in Verzweiflung stürzen,
Daß er den guten Engel von sich fluchte,
Sein Seelenheil gefährdend.

OTHELLO: Ja, es ist jammervoll! Doch Jago weiß,
Daß sie die schnöde Tat mit diesem Cassio
Wohl hundertmal beging: Cassio gestand's,
Und sie vergalt ihm seine Liebesglut
Mit dem Gedächtnispfand und Brautgeschenk,
Das ich ihr gab; ich sah's in seiner Hand;
Es war ein Tuch, ein altes Angedenken,
Das einst mein Vater meiner Mutter gab.

EMILIA: O all ihr Himmelsmächte!

JAGO: Willst du schweigen?

EMILIA: Es muß heraus, heraus! Jetzt schweigen? Nein,
Nein, ich will reden, ungehemmt wie Nordwind.
Laß Himmel, Menschen, Teufel, alle, alle
Schmach rufen über mich, ich rede doch!

JAGO: Sei klug, und geh nach Haus.

EMILIA: Ich will nicht.

Jago macht Miene, sie zu erstechen.

GRATIANO: Pfui!
Den Degen auf ein Weib?

EMILIA: O dummer Mohr! Das Tuch, von dem du sagst,
Fand ich durch Zufall und gab's meinem Manne;
Denn oft mit feierlichem Ernst und Nachdruck,
Mehr, als für solche Kleinigkeit sich ziemte,
Hieß er's mich stehlen.

JAGO: Du verdammte Metze!

EMILIA: Sie gab es Cassio? – Nein, ach nein! Ich fand's
Und gab es meinem Mann.

JAGO: Ausbund! du lügst.

EMILIA: Bei Gott, ich log nicht, nein, ihr edlen Herrn!
Blutdürst'ger Narr! Was sollt auch dieser Tropf
Mit solcher guten Frau?

Jago ersticht seine Frau und läuft fort.

OTHELLO: Gibt's keinen Keil im Himmel
Als nur zum Donner? – Auserlesner Schurke!

GRATIANO: Sie sinkt, wahrhaftig, er erstach sein Weib!

EMILIA: Ja, ja, o legt mich neben meine Herrin!

GRATIANO: Er lief davon, doch seine Frau ist hin.
MONTANO: 's ist ein Erzbösewicht. – Bewahrt dies Schwert,
Das ich jetzt hier dem Mohren weggenommen.
Besetzt die äußre Tür, laßt ihn nicht durch;
Erstecht ihn eh – Ich will dem Buben nach,
Denn der ist ein verdammter Hund.
Montano und Gratiano ab.
OTHELLO: Ich bin auch nicht mehr tapfer:
Nein, jeder winz'ge Knab entführt mein Schwert.
Was soll auch Ehre Tugend überleben? –
Fahr alles hin.
EMILIA: Was deutete dein Lied?
Hörst du mich noch? Ich will dem Schwane gleich
In Wohllaut sterben. Weide, Weide, Weide! –
Mohr, sie war keusch; sie liebte dich, Barbar!
So werde Heil mir, wie ich Wahrheit zeuge;
Und redend, wie ich denke, sterb ich – sterb ich. *Stirbt.*
OTHELLO: Ich hab noch einen Degen hier im Zimmer,
Es ist ein spanisch Schwert, in Eis gehärtet.
Aha, hier ist's! – Oheim, ich muß hinaus.
GRATIANO *draußen*:
Wenn du's versuchst, wirst du es teuer büßen,
Du bist wehrlos und mußt dich unterwerfen.
OTHELLO: So komm denn hier herein und sprich mit mir,
Sonst mit der nackten Faust fall ich dich an.
GRATIANO *tritt wieder auf.*
GRATIANO: Was willst du mir?
OTHELLO: Sieh her, ich hab ein Schwert!
Ein beßres hat noch nie geschmückt die Hüfte
Eines Soldaten. Wohl war einst der Tag,
Wo mir der kleine Arm, dies gute Schwert
Den Ausgang schaffte durch mehr Hindernis
Als zwanzigmal dein Zwang. Doch eitles Prahlen!
Wer lenkt sein Schicksal? Das ist jetzt vorbei. –
Seid nicht erschreckt, ob Ihr bewehrt mich seht;
Hier ist mein Reiseziel, mein Ankerplatz,
Die fernste Seemark für mein stürmisch Schiff.
Trittst du zurück in Furcht? Du bangst umsonst;
Zück nur ein Schilfrohr auf Othellos Brust,
Er weicht ihm. Wohin sollt Othello gehn? –
Ach, wie siehst du nun aus, o Kind des Jammers,

Bleich, wie dein Tuch! Wenn wir am Thron erscheinen,
Wird dies dein Bild mich fort vom Himmel schleudern,
Wo Furien mich ergreifen. Kalt, mein Mädchen?
Wie deine Keuschheit!
O du verfluchter Sklav! Peitscht mich, ihr Teufel,
Weg von dem Anblick dieser Himmelsschönheit!
Stürmt mich in Wirbeln! Röstet mich in Schwefel,
Wascht mich in tiefen Schlünden flüß'ger Glut!
O Desdemona, Desdemona, tot? –
Oh! oh! oh!

LODOVICO, CASSIO, *der geführt wird*, MONTANO, JAGO *als Gefangener und* OFFIZIERE.

LODOVICO: Wo ist der rasche, höchst unsel'ge Mann?
OTHELLO: Hier steht, der einst Othello war: hier bin ich.
LODOVICO: Wo ist die Natter? Führt den Buben vor!
OTHELLO: Ich seh ihm auf den Fuß; doch das ist Fabel –
Bist du ein Teufel, kann ich dich nicht töten.

Othello verwundet den Jago.

LODOVICO: Nehmt ihm sein Schwert!
JAGO: Ich blute, doch ich lebe.
OTHELLO: Sonst tät es mir auch leid. Du sollst noch leben;
Denn wie ich fühl, ist Tod Glückseligkeit.
LODOVICO: O du, Othello! sonst so groß und gut,
Umgarnt von Schlingen eines Bösewichts!
Was soll man von dir sagen?
OTHELLO: Was man will:
Daß ich ein ehrenvoller Mörder sei;
Denn nichts tat ich aus Haß, für Ehre alles.
LODOVICO: Halb hat der Sklav sein Bubenstück bekannt.
Habt Ihr mit ihm in Cassios Tod gewilligt?
OTHELLO: Ja.
CASSIO: Teurer Herr, ich gab Euch niemals Grund.
OTHELLO: Ich glaub es, und ich bitt um dein Verzeihn.
Wollt ihr von diesem Teufel wohl erfragen,
Warum er Seel und Leib mir so verstrickt?
JAGO: Fragt mich um nichts mehr, was ihr wißt, das wißt ihr.
Von dieser Stund an rede ich kein Wort.
LODOVICO: Was? Nicht zum Beten?
GRATIANO: Folter wird dich's lehren.
OTHELLO: Gut, du tust so am besten.
LODOVICO: Ihr sollt erfahren, Herr, was sich begab,

Noch, glaub ich, wißt Ihr's nicht: hier ist ein Brief,
Der sich in Roderigos Tasche fand,
Und hier ein zweiter. Jener dort enthält,
Wie Roderigo aufgefordert ward
Zu Cassios Tod.

OTHELLO: Nichtswürdiger!

CASSIO: Höchst heidnisch, höchst verrucht!

LODOVICO: Ein andrer Brief, verstimmt und voller Zweifel,
Gefunden auch bei ihm; und diesen, scheint's,
Wollt Roderigo an den Schurken senden,
Doch kam indes wohl Jago selbst zu ihm,
Ihn zu beruhigen.

OTHELLO: Meuchlerischer Hund!
Wie kamst du, Cassio, denn zu jenem Tuch
Von meiner Frau?

CASSIO: Ich fand's auf meinem Zimmer;
Und er gestand in diesem Augenblick,
Daß er's dort fallen ließ aus eigner Absicht,
Zu schlechtem Zweck.

OTHELLO: O Tor! O blöder Tor!

CASSIO: Dann ferner steht in Roderigos Brief
Der Vorwurf, wie ihn Jago aufgehetzt,
Mir auf der Wacht zu trotzen, was bewirkte,
Daß ich entsetzt ward, und noch sagt' er eben,
Erwacht vom Scheintod, daß ihn Jago reizte,
Mich anzufallen, und ihn dann erstach.

LODOVICO: Ihr müßt jetzt mit uns dieses Haus verlassen,
Gewalt und Vollmacht sind Euch abgenommen;
Cassio befiehlt in Zypern. Dieser Bube –
Gibt's irgendeine recht geschärfte Marter,
Die lang ihn hinhält und erfindrisch quält,
Die sei für ihn. Ihr bleibt in strenger Haft,
Bis über Eure Tat berichtet ward
Dem Staat Venedigs. Geht und führt ihn weg.

OTHELLO: Gemach! – Nur noch zwei Worte, eh Ihr geht.
Ich tat Venedig manchen Dienst, man weiß es:
Nichts mehr davon. – In Euren Briefen, bitt ich,
Wenn Ihr von diesem Unheil Kunde gebt,
Sprecht von mir, wie ich bin – verkleinert nichts
Noch setzt in Bosheit zu. Dann müßt Ihr melden
Von einem, der nicht klug, doch zu sehr liebte;

Nicht leicht argwöhnte, doch, einmal erregt,
Unendlich raste; von einem, dessen Hand,
Dem niedern Inder gleich, die Perle wegwarf,
Mehr wert als all sein Volk; des überwundnes Auge,
Sonst nicht gewöhnt zu schmelzen, sich ergießt
In Tränen, wie Arabiens Bäume taun
Von heilungskräft'gem Balsam – schreibt das alles;
Und fügt hinzu: daß in Aleppo, wo
Ein gift'ger Türk in hohem Turban einst
'nen Venezianer schlug und schalt den Staat –
Ich den beschnittnen Hund am Hals ergriff
Und traf ihn – so! *Er ersticht sich.*

LODOVICO: O blut'ges Ende!

GRATIANO: Umsonst nun jedes Wort.

OTHELLO: Ich küßte dich,
Eh ich dir Tod gab – nun sei dies der Schluß:
Mich selber tötend, sterb ich so im Kuß.

CASSIO: Dies fürchtet ich, doch glaubt ihn ohne Waffen;
Denn er war hochgesinnt.

LODOVICO: Spartan'scher Hund,
Verderblicher als Hunger, Pest und Meer!
Schau dort die trag'sche Bürde dieses Betts:
Das ist dein Werk. Das Aug erliegt dem Anblick;
Verhüllt ihn. Ihr, Gratiano, bleibt im Schloß
Und nehmt des Mohren Güter in Beschlag,
Denn Ihr beerbt ihn. *Zu Cassio*: Euch, Herr Gouverneur,
Liegt ob das Urteil dieses höll'schen Buben;
Die Zeit, der Ort, die Marter – o verschärft sie! –
Ich will sogleich an Bord und dem Senat
Mit schwerem Herzen künden schwere Tat.

Alle gehn ab.

ANTONIUS UND KLEOPATRA

Personen

Marcus Antonius Octavius Cäsar M. Ämilius Lepidus	*Triumvirn*
Sextus Pompejus Domitius Enobarbus Ventidius Eros Scarus Dercetas Demetrius Philo	*Freunde des Antonius*
Mäcenas Agrippa Dolabella Proculejus Thyräus Gallus	*Freunde des Cäsar*
Menas Menekrates Varrius	*Freunde des Pompejus*

Taurus, *Oberbefehlshaber unter Cäsar*
Canidius, *Oberbefehlshaber unter Antonius*
Solius, *ein Offizier in der Armee des Ventidius*
Euphronius, *ein Gesandter des Antonius an Cäsar*

Alexas Mardian Seleucus Diomedes	*im Dienste der Kleopatra*

Ein Wahrsager
Ein Bauer
Kleopatra, *Königin von Ägypten*
Octavia, *Cäsars Schwester, Gemahlin des Antonius*

Charmion Iras	*im Dienste der Kleopatra*

Hauptleute, Soldaten, Boten und Gefolge

Szene: in verschiedenen Teilen des römischen Reiches.

ERSTER AUFZUG

ERSTE SZENE

Alexandria. Ein Zimmer in Kleopatras Palast.

DEMETRIUS *und* PHILO *treten auf.*

PHILO: Nein, dieser Liebeswahnsinn unsres Feldherrn
Steigt übers Maß. Die tapfern, edlen Augen,
Die über Kriegsreihn und Legionen glühten,
So wie der erzne Mars, sie heften sich
Und wenden ihrer Blicke Dienst und Andacht
Auf eine braune Stirn: sein Heldenherz,
Das im Gewühl der Schlachten sonst gesprengt
Die Spangen seiner Brust, fällt ab zur Schmach
Und ist zum Fächer worden und zum Blasbalg,
Die lüsterne Zigeunrin abzukühlen.
Seht da, sie kommen!

Trompetenstoß. ANTONIUS *und* KLEOPATRA *mit ihrem* GEFOLGE *und* VERSCHNITTNEN, *die ihr Luft zufächeln, treten auf.*

Bemerkt ihn recht; so seht Ihr dann in ihm
Des Weltalls dritte Säule umgewandelt
Zum Narren einer Buhlerin; schaut hin und seht!

KLEOPATRA: Ist's wirklich Liebe, sag mir denn, wieviel?

ANTONIUS: Armsel'ge Liebe, die sich zählen ließe!

KLEOPATRA: Ich will den Grenzstein setzen deiner Liebe!

ANTONIUS: So mußt du neue Erd und Himmel schaffen.

Ein BOTE *tritt auf.*

BOTE: Nachricht aus Rom, Herr!

ANTONIUS: O Verdruß! Mach's kurz.

KLEOPATRA: Nein, höre sie, Antonius,
Fulvia vielleicht ist zornig? Oder hat –
– Wer weiß es? – der dünnbärt'ge Cäsar
Sein Machtgebot gesandt: „Tu dies und das!
Dies Reich erobre! Jenes mache frei!
Tu's gleich, sonst zürnen wir!"

ANTONIUS: Wie nun! Geliebte!

KLEOPATRA: Vielleicht – nein doch, gewiß
Darfst du nicht länger bleiben: Cäsar weigert
Dir fernern Urlaub! drum, Antonius, hör ihn.
Wo ist Fulvias Aufruf? Cäsars meint ich – beider?
Die Boten ruft. – So wahr ich Königin,
Antonius, du errötst: dies Blut erkennt
Cäsar als Herrn, wo nicht, zahlt Scham die Wange,
Wenn Fulvias Kreischen zankt. – Die Abgesandten!
ANTONIUS: Schmilz in den Tiber, Rom! Der weite Bogen
Des festen Reichs, zerbrich! Hier ist die Welt,
Throne sind Staub, die kot'ge Erde nährt
Wie Mensch, so Tier; der Adel nur des Lebens
Ist, so zu tun, wenn solch ein liebend Paar *(umarmt sie)*
Und solch Zwillingsgestirn es darf: worin
– Bei schwerer Ahndung wisse das die Welt –
Wir unerreichbar sind.
KLEOPATRA: Erhabne Lüge!
Wie ward Fulvia sein Weib, liebt' er sie nicht?
So will ich Törin scheinen und nicht sein;
Anton bleibt stets er selbst.
ANTONIUS: Nur nicht, reizt ihn Kleopatra. Wohlan,
Zuliebe unsrer Lieb und süßen Stunden,
Nicht sei durch herb Gespräch die Zeit verschwendet.
Kein Punkt in unserm Leben, den nicht dehne
Noch neue Lust. Welch Zeitvertreib heut nacht?
KLEOPATRA: Hör die Gesandten.
ANTONIUS: Pfui, zanksücht'ge Königin!
Der alles zierlich steht, Schelten und Lachen
Und Weinen; jede Unart kämpft in dir,
Daß sie zur Schönheit und Bewundrung wird. –
Kein Bote als die deinen; ganz allein!
Heut nacht durchwandern wir die Stadt und merken
Des Volkes Launen. Komm, o Königin,
Noch gestern wünschtest du's. – Sprecht nicht zu uns.
Antonius mit Kleopatra und Gefolge ab.
DEMETRIUS: Wie! schätzt Antonius Cäsar so gering?
PHILO: Zuzeiten, wenn er nicht Antonius ist,
Entzieht sich ihm die große, würd'ge Haltung,
Die stets ihn sollte schmücken.
DEMETRIUS: Mich bekümmert's,
Daß er bekräftigt den gemeinen Lügner,

Der so von ihm in Rom erzählt. Doch hoff ich
Morgen auf ein verständ'ger Tun. – Lebt wohl!
Beide ab.

Zweite Szene

Daselbst. Ein andres Zimmer.

Es treten auf Charmion, Iras, Alexas *und ein* Wahrsager.

CHARMION: Herzensalexas, süßer Alexas, ausbündigster Alexas, du allersublimiertester Alexas, wo ist der Wahrsager, den du der Königin so gerühmt? O kennte ich doch diesen Ehemann, der, wie du sagst, seine Hörner für Kränze ansieht!
ALEXAS: Wahrsager!
WAHRSAGER: Was wollt Ihr?
CHARMION: Ist dies der Mann? Seid Ihr's, der alles weiß?
WAHRSAGER: In der Natur unendlichem Geheimnis
Les ich ein wenig.
ALEXAS: Zeig ihm deine Hand.
Enobarbus *tritt auf.*
ENOBARBUS: Bringt das Bankett sogleich und Wein genug,
Aufs Wohl Kleopatras zu trinken.
CHARMION: Freund, schenk mir gutes Glück.
WAHRSAGER: Ich mach es nicht, ich seh es nur voraus.
CHARMION: Ersieh mir eins.
WAHRSAGER: Ihr werdet noch an Schönheit zunehmen.
CHARMION: Er meint an Umfang.
IRAS:
Nein, wenn du alt geworden bist, wirst du dich schminken.
CHARMION: Nur keine Runzeln!
ALEXAS: Stört den Propheten nicht! gebt Achtung!
CHARMION: Mum!
WAHRSAGER: Ihr werdet mehr verliebt sein als geliebt.
CHARMION: Nein, lieber mag mir Wein die Leber wärmen.
ALEXAS: So hört ihn doch!
CHARMION: Nun ein recht schönes Glück: laß mich an einem Vormittag drei Könige heiraten und sie alle begraben; laß mich im fünfzigsten Jahr ein Kind bekommen, dem Herodes, der Judenkönig, huldigt; sieh zu, daß du mich mit dem

Octavius Cäsar verheiratest und meiner Gebieterin gleichstellst.

WAHRSAGER: Ihr überlebt die Fürstin, der Ihr dient.

CHARMION: O trefflich! Langes Leben ist mir lieber als Feigen.

WAHRSAGER: Ihr habt bisher ein beßres Glück erfahren,
Als Euch bevorsteht.

CHARMION: So werden meine Kinder wohl ohne Namen bleiben: – sage doch, wieviel Buben und Mädchen bekomme ich noch?

WAHRSAGER: Wenn jeder deiner Wünsche wär ein Schoß
Und fruchtbar jeder Wunsch – 'ne Million.

CHARMION: Geh, Narr, ich vergebe dir, weil du ein Hexenmeister bist.

ALEXAS: Ihr meint, nur Eure Bettücher wüßten um Eure Wünsche?

CHARMION: Nun sag auch Iras Zukunft!

ALEXAS: Wir wollen alle unser Schicksal wissen.

ENOBARBUS: Mein und der meisten Schicksal für heut abend wird sein – betrunken zu Bett.

IRAS: Hier ist eine flache Hand, die weissagt Keuschheit, wenn nichts anders.

CHARMION: Grade wie die Überschwemmung des Nils Hunger weissagt.

IRAS: Geh, du wilde Gesellin, du verstehst nichts vom Wahrsagen.

CHARMION: Nein, wenn eine feuchte Hand nicht ein Wahrzeichen von Bereitwilligkeit ist, so kann ich mir nicht das Ohr kratzen. – Bitte dich, sag ihr nur ein Alltagsschicksal.

WAHRSAGER: Euer Schicksal ist sich gleich.

IRAS: Doch wie? Doch wie? sag mir's ausführlicher.

WAHRSAGER: Ich bin zu Ende.

IRAS: Soll ich nicht um einen Zollbreit beßres Schicksal haben als sie?

CHARMION: Nun, wenn dir das Schicksal just einen Zoll mehr gönnt als mir, wo sollt er hinkommen?

IRAS: Nicht an meines Mannes Nase.

CHARMION: O Himmel, beßre unsre bösen Gedanken! Alexas, komm; dein Schicksal, dein Schicksal. O laß ihn ein Weib heiraten, das nicht gehn kann, liebste Isis, ich flehe dich an! Und laß sie ihm sterben und gib ihm eine schlimmere und auf die schlimmere eine noch schlimmre, bis die schlimmste von allen ihm lachend zu Grabe folgt, dem fünfzigfältigen Hahnrei! Gute Isis, erhöre dies Gebet, wenn du mir auch etwas Wichtigeres abschlägst; gute Isis, ich bitte dich!

IRAS: Amen. Liebe Göttin, höre dieses Gebet deines Volkes! Denn wie es herzbrechend ist, einen hübschen Mann mit einer lockern Frau zu sehn, so ist's eine tödliche Betrübnis, wenn ein häßlicher Schelm unbehornt einhergeht: darum, liebe Isis, sieh auf den Anstand und send ihm sein verdientes Schicksal!

CHARMION: Amen!

ALEXAS: Nun seht mir! Wenn's in ihrer Hand stände, mich zum Hahnrei zu machen, sie würden zu Huren, um es zu tun.

ENOBARBUS: Still da, Antonius kommt.

CHARMION: Nicht er, die Fürstin.

KLEOPATRA *kommt.*

KLEOPATRA: Saht Ihr Anton?

ENOBARBUS: Nein, Herrin.

KLEOPATRA: War er nicht hier?

CHARMION: Nein, gnäd'ge Frau.

KLEOPATRA:

Er war gestimmt zum Frohsinn, da auf einmal
Ergriff ihn ein Gedank an Rom . . . Enobarbus!

ENOBARBUS: Fürstin?

KLEOPATRA: Such ihn und bring ihn her. Wo ist Alexas?

ALEXAS: Hier, Fürstin, Euch zum Dienst. – Der Feldherr naht.

KLEOPATRA: Wir wollen ihn nicht ansehn. Geht mit uns.

Alle ab.

ANTONIUS *kommt mit einem* BOTEN *und* GEFOLGE.

BOTE: Fulvia, dein Weib, erschien zuerst im Feld.

ANTONIUS: Wider meinen Bruder Lucius?

BOTE: Ja,
Doch bald zu Ende war der Krieg. Der Zeitlauf
Einte die zwei zum Bündnis wider Cäsar,
Des beßres Glück im Felde von Italien
Sie nach der ersten Schlacht vertrieb.

ANTONIUS: Nun gut; –
Was Schlimmres?

BOTE: Der bösen Nachricht Gift macht krank den Boten.

ANTONIUS: Wenn er sie Narrn und Feigen meldet; weiter!
Mir ist Geschehnes abgetan. Vernimm,
Wer mir die Wahrheit sagt, und spräch er Tod,
Ich hört ihn an, als schmeichelt' er.

BOTE: Labienus
– O harte Post! – hat mit dem Partherheer
Vom Euphrat aus sich Asien erobert:
Sein triumphierend Banner weht von Syrien
Bis Lydien und Jonien; indes –
ANTONIUS: Antonius, willst du sagen –
BOTE: O mein Feldherr!
ANTONIUS: Sprich dreist, verfeinre nicht des Volkes Zunge,
Nenne Kleopatra, wie Rom sie nennt,
Tadle mit Fulvias Schmähn, schilt meine Fehler
Mit allem Freimut, wie nur Haß und Wahrheit
Sie zeichnen mag. Nur Unkraut tragen wir,
Wenn uns kein Wind durchschüttelt; und uns schelten
Heißt nur rein jäten. Lebe wohl für jetzt.
BOTE: Nach Eurem hohen Willen. *Ab.*
ANTONIUS: Was meldet man von Sikyon? Sag an.
ERSTER DIENER: Der Bot aus Sikyon! War nicht einer da?
ZWEITER DIENER: Er harrt auf Euren Ruf.
ANTONIUS: Laßt ihn erscheinen.

Diener gehn.

Die starke ägypt'sche Fessel muß ich brechen,
Sonst geh in Lieb ich unter. Wer bist du?

ZWEITER BOTE *tritt auf.*

ZWEITER BOTE: Fulvia, dein Weib, ist tot.
ANTONIUS: Wo starb sie?
ZWEITER BOTE: Herr,
In Sikyon:
Der Krankheit Dauer, und was sonst von Nachdruck
Dir frommt zu wissen, sagt dies Blatt. *Überreicht einen Brief.*
ANTONIUS: Entfernt Euch.

Bote ab.

Da schied ein hoher Geist! Das war mein Wunsch:
Was wir verachtend oft hinweggeschleudert,
Das wünschen wir zurück; erfüllte Freude,
Durch Zeitumschwung ermattet, wandelt sich
Ins Gegenteil: gut ist sie nun, weil tot:
Nun reicht ich gern die Hand, die ihr gedroht.
Fliehn muß ich diese Zauberkönigin:
Zehntausend Wehn, und schlimmre, als ich weiß,
Brütet mein Müßiggang. He! – Enobarbus!

ENOBARBUS *kommt.*

ENOBARBUS: Was wünscht Ihr, Herr?

ANTONIUS: Ich muß in Eil von hier.

ENOBARBUS: Nun, dann bringen wir alle unsre Weiber um. Wir sehn ja, wie tödlich ihnen eine Unfreundlichkeit wird; wenn sie unsre Abreise überstehn müssen, so ist Tod die Losung.

ANTONIUS: Ich muß hinweg!

ENOBARBUS: Ist eine Notwendigkeit da, so laßt die Weiber sterben. Schade wär's, sie um nichts wegzuwerfen; aber ist von ihnen und einer wichtigen Sache die Rede, so muß man sie für nichts rechnen. Kleopatra, wenn sie nur das Mindeste hiervon wittert, stirbt augenblicklich: ich habe sie zwanzigmal um weit armseligern Grund sterben sehn. Ich denke, es steckt eine Kraft im Tode, die wie eine Liebesumarmung auf sie wirkt, so rasch ist sie mit dem Sterben bei der Hand.

ANTONIUS: Sie ist listiger, als man's denken kann!

ENOBARBUS: Ach nein, Herr, nein; ihre Leidenschaften bestehen aus nichts als aus den feinsten Teilen der reinen Liebe. Diese Stürme und Fluten können wir nicht Seufzer und Tränen nennen: das sind größere Orkane und Ungewitter, als wovon Kalender Meldung tun. List kann das nicht sein: wenn es ist, so macht sie ein Regenwetter so gut wie Jupiter.

ANTONIUS: Hätt ich sie nie gesehen!

ENOBARBUS: O Herr, dann hättet Ihr ein wundervolles Meisterwerk ungesehen gelassen: Euch diese Freude versagen würde Eure Reise um allen Kredit gebracht haben.

ANTONIUS: Fulvia ist tot.

ENOBARBUS: Herr?

ANTONIUS: Fulvia ist tot.

ENOBARBUS: Fulvia?

ANTONIUS: Tot!

ENOBARBUS: Nun, Herr, so bringt den Göttern ein Dankopfer. Wenn es ihrer himmlischen Regierung gefällt, einem Mann seine Frau zu nehmen, so gedenke er an die Schneider hier auf Erden und beruhige sich damit, daß diese, wenn alte Kleider aufgetragen wurden, dazu gesetzt sind, neue zu machen. Gäbe es nicht mehr Weiber als Fulvia, so wäre es allerdings ein Elend und die Geschichte stände schlimm. Dieser Gram ist mit Trost gekrönt: aus Euerm alten Weiberhemd läßt sich ein neuer Unterrock machen; und in der Tat, die Tränen müssen in einer Zwiebel leben, die um diesen Kummer flössen.

ANTONIUS: Die Unruhn, die sie mir im Staat erregt,
Erlauben mir nicht mehr, entfernt zu sein.

ENOBARBUS: Und die Unruhe, die Ihr hier erregt habt, erlaubt nicht, daß Ihr geht: besonders die der Kleopatra, die allein von Eurem Hiersein lebt.

ANTONIUS: Kein leicht Gerede mehr! Unsern Beschluß
Tu kund den Führern. Ich eröffne dann
Der Königin den Anlaß dieser Eil,
Urlaub von ihrer Liebe fordernd. Nicht allein
Der Fulvia Tod und andre ernste Mahnung
Ruft uns nachdrücklich; andre Briefe auch
Von vielen wohlbemühten röm'schen Freunden
Verlangen uns daheim. Sextus Pompejus
Hat Cäsar Trotz geboten und beherrscht
Das weite Meer: das wankelmüt'ge Volk –
Des Gunst nie fest dem Wohlverdienten bleibt,
Bis sein Verdienst vorüber – wirft nun schon,
Was je Pompejus nur, der Große, tat,
Auf seinen Sohn, der hoch in Macht und Namen
Und höher noch durch Mut und Kraft ersteht
Als Held des Heeres. Sein Ansehn, wächst es weiter,
Bedroht den Bau der Welt. – Viel brütet jetzt,
Das gleich dem Roßhaar nur erst Leben hat,
Noch nicht der Schlange Gift. – Geh, und verkünde
Des Heers Hauptleuten, unser Wille fordre
Schleunigen Aufbruch aller.

ENOBARBUS: Ich besorg es.

Beide ab.

Dritte Szene

Daselbst. Ein andres Zimmer.

Es treten auf Kleopatra, Charmion, Iras *und* Alexas.

KLEOPATRA: Wo ist er?

CHARMION: Ich sah ihn nicht seitdem.

KLEOPATRA: Sieh, wo er ist, wer mit ihm, was er tut
(Ich schickte dich nicht ab): findst du ihn traurig,
Sag ihm, ich tanze; ist er munter, meld ihm,
Ich wurde plötzlich krank. Schnell bring mir Antwort.

Alexas ab.

CHARMION: Fürstin, mir scheint, wenn Ihr ihn wirklich liebt,
Ihr wählt die rechte Art nicht, ihn zur Liebe
Zu zwingen.

KLEOPATRA: Und was sollt ich tun und laß es?

CHARMION: Gebt immer nach, laßt Euch von ihm nur führen.

KLEOPATRA: Törichter Rat! Der Weg, ihn zu verlieren!

CHARMION: Versucht ihn nicht zu sehr; ich bitt, erwägt,
Wir hassen bald, was oft uns Furcht erregt.

ANTONIUS *kommt.*

Doch seht, er kommt.

KLEOPATRA: Ich bin verstimmt und krank.

ANTONIUS: Es quält mich, meinen Vorsatz ihr zu sagen.

KLEOPATRA: Hilf, liebe Charmion, hilf, ich sinke hin:
So kann's nicht dauern, meines Körpers Bau
Wird unterliegen.

ANTONIUS: Teure Königin –

KLEOPATRA: Ich bitt dich, steh mir nicht so nah!

ANTONIUS: Was gibt's?

KLEOPATRA: Ich seh in diesem Blick die gute Botschaft!
Was sagt die Ehgemahlin? Geh nur, geh!
Hätte sie dir's doch nie erlaubt zu kommen!
Sie soll nicht sagen, daß ich hier dich halte;
Was kann ich über dich? Der Ihre bist du!

ANTONIUS: Die Götter wissen –

KLEOPATRA: Nie ward eine Fürstin
So schrecklich je getäuscht. Und doch, von Anfang
Sah ich die Falschheit keimen.

ANTONIUS: Kleopatra –

KLEOPATRA: Wie soll ich glauben, du seist mein und treu,
Erschüttert auch dein Schwur der Götter Thron,
Wenn du Fulvia verrietst? Schwelgender Wahnsinn,
An solchen mundgeformten Eid sich fesseln,
Der schon im Schwur zerbricht!

ANTONIUS: Geliebte Fürstin –

KLEOPATRA: Nein, such keinen Vorwand deiner Flucht.
Geh, sag Lebwohl: als du zu bleiben flehtest,
Da konntst du sprechen; damals nichts von Gehn!
In unserm Mund und Blick war Ewigkeit,
Wonn auf den Brau'n, kein Tropfen Blut so arm,
Der Göttern nicht entquoll: und so ist's noch,

Oder der größte Feldherr du der Welt
Wurdest zum größten Lügner.
ANTONIUS: Mir das! Wie!
KLEOPATRA: Hätt ich dein Maß nur, daß du sähst,
Auch in Ägypten gäb's ein Herz.
ANTONIUS: Vernimm:
Der Zeiten strenger Zwang heischt unsern Dienst
Für eine Weile: meines Herzens Summe
Bleibt dein hier zum Gebrauch. Unser Italien
Blitzt rings vom Bürgerstahl; Sextus Pompejus
Bedroht mit seinem Heer die Häfen Roms:
Die Gleichheit zweier heim'schen Mächte zeugt
Gefährliche Parteiung. Stark geworden,
Liebt man die sonst Verhaßten; der verbannte
Pompejus, reich durch seines Vaters Ruhm,
Schleicht in die Herzen aller, die im Staat
Jetzt nicht gedeihn und deren Menge schreckt;
Und Ruhe, krank durch Frieden, sucht verzweifelnd
Heilung durch Wechsel. Doch ein nährer Grund,
Und der zumeist mein Gehn Euch sollt entschuld'gen,
Ist Fulvias Tod.
KLEOPATRA:
Wenn mich das Alter auch nicht schützt vor Torheit,
Doch wohl vor Kindischsein. Kann Fulvia sterben?
ANTONIUS: Geliebte, sie ist tot.
Sieh hier, in übermüß'ger Stunde lies
Die Händel, die sie schuf; zuletzt ihr Bestes,
Sieh, wann und wo sie starb.
KLEOPATRA: O falsches Lieben!
Wo sind Phiolen, die du füllen solltest
Mit Tau des Grams? Nicht Fulvias Tod beweinen
Zeigt mir, wie leicht du einst erträgst den meinen.
ANTONIUS: Zanke nicht mehr! nein, sei gefaßt zu hören,
Was ich für Plän entwarf: sie stehn und fallen,
Wie du mir raten wirst. Ja, bei dem Feuer,
Das Nilus' Schlamm belebt, ich geh von hier,
Dein Held, dein Diener: Krieg erklär ich, Frieden,
Wie dir's gefällt.
KLEOPATRA: Komm, Charmion, schnür mich auf.
Nein, laß nur, mir wird wechselnd schlimm und wohl,
Ganz wie Antonius liebt.

ANTONIUS: Still, teures Kleinod!
Gib beßres Zeugnis seiner Treu; die strengste
Prüfung wird sie bestehn.

KLEOPATRA: Das lehrt mich Fulvia!
O bitte, wende dich und wein um sie,
Dann sag mir Lebewohl und sprich: Die Tränen
Sind für Ägypten; spiel uns eine Szene
Ausbünd'ger Heuchelei, und mag sie gelten
Für echte Ehre!

ANTONIUS: Du erzürnst mich! Laß!

KLEOPATRA: Das geht schon leidlich; doch du kannst es besser.

ANTONIUS: Bei meinem Schwert –

KLEOPATRA: Und Schild. – Er spielt schon besser,
Doch ist's noch nicht sein Bestes. Sieh nur, Charmion,
Wie tragisch dieser röm'sche Herkules
Auffährt in seinem Grimm!

ANTONIUS: So leb denn wohl!

KLEOPATRA: Höflicher Herr, ein Wort:
Wir beide müssen scheiden, doch das ist's nicht;
Wir beide liebten einst, doch das ist's auch nicht;
Das wißt Ihr wohl – was war's doch, das ich meinte?
O mein Gedächtnis ist recht ein Antonius,
Und ich bin ganz vergessen!

ANTONIUS: Wär nicht Torheit
Die Dienrin deines Throns, so hielt ich dich
Für Torheit selbst.

KLEOPATRA: O schwere Müh des Lebens,
Dem Herzen nahe solche Torheit tragen
Wie diese ich! Doch, teurer Freund, vergib mir,
Denn Tod bringt mir mein Treiben, wenn es dir
Nicht gut ins Auge fällt. Dich ruft die Ehre,
Hör denn auf meinen eiteln Wahnsinn nicht!
Und alle Götter mit dir! Siegeslorbeer
Kränze dein Schwert, und mühelos Gelingen
Bahne den Weg vor deinen Füßen!

ANTONIUS: Komm;
Es flieht zugleich und weilet unsre Trennung:
Denn du, hier thronend, gehst doch fort mit mir,
Und ich, fortschiffend, bleibe doch mit dir. –
Hinweg!

Alle ab.

VIERTE SZENE

Rom. Ein Zimmer in Cäsars Hause.

Es treten auf OCTAVIUS CÄSAR, *einen Brief lesend*, LEPIDUS *und* GEFOLGE.

CÄSAR: Ihr seht nun, Lepidus, und wißt hinfort,
Es ist nicht Cäsars neid'sche Art, zu hassen
Den großen Mitbewerber. Aus Ägypten
Schreibt man uns dies: Er fischt und trinkt, verschwendet
Der Nächte Kerzen schwelgend, nicht mehr Mann
Als diese Kön'gin, noch Kleopatra
Mehr Weib als er. Kaum sprach er die Gesandten
Noch dacht er seiner Mitregenten. – In ihm seht
Den Mann, der alle Fehler in sich faßt,
Die jedermann verlocken.

LEPIDUS: Doch denk ich, hegt er
Nicht so viel Sünde, all sein Gut zu schwärzen;
Denn seine Fehler, wie die Sterne, glänzen
Heller in schwarzer Nacht; sind angestammt
Mehr als erworben; unwillkürlich mehr
Als freie Wahl.

CÄSAR: Ihr seid zu duldsam. Sei es auch verzeihlich,
Sich auf des Ptolemäus Lager wälzen,
Mit Kronen zahlen einen Scherz, umtrinken
Zur Wette nach der Kunst mit jedem Sklaven,
Am hellen Tag die Stadt durchtaumeln, balgen
Mit Schuften, schweißbetrieft: das steh ihm an
– Und dessen Anstand, traun, muß selten sein,
Den solches nicht entehrt –: doch für Antonius
Gibt's kein Entschuld'gen seiner Schmach, wenn wir
So schwer an seinem Leichtsinn tragen. Füllt' er
Die leeren Stunden sich mit Wollust aus,
Vertrocknet Mark und Ekel zögen ihn
Zur Rechenschaft; doch solche Zeit verwüsten,
Die ihn vom Schmerz wegtrommelt – ruft so laut,
Wie Weltherrschaft nur mahnt: das muß man schelten,
Wie man den Knaben schmält, der, wohlerfahren,
Einsicht der Lust des Augenblicks hinopfert,
Empört dem eignen Urteil.

Ein Bote *tritt auf.*

LEPIDUS: Neue Botschaft!

BOTE: Erfüllt ist dein Gebot; zu jeder Stunde,
Erhabner Cäsar, sollst du Nachricht hören,
Wie's auswärts steht. Pompejus herrscht zur See,
Und wie es scheint, gewann er sich die Herzen,
Die Cäsar nur gefürchtet. Zu den Häfen
Strömen die Mißvergnügten; höchst gekränkt
Nennt ihn die Menge.

CÄSAR: Konnt ich mir's doch denken!
Vom ersten Anbeginn lehrt die Geschichte,
Daß, wer hoch steht, ersehnt ward, bis er stand!
Wer strandet – nie zuvor der Liebe wert –,
Teuer erscheint, wenn man ihn mißt: der Haufe,
Gleich losen Wasserpflanzen auf dem Strom,
Treibt hin und her, der Wechselflut gehorsam,
Und fault so in Bewegung.

BOTE: Höre ferner:
Menekrates und Menas, mächtige Piraten,
Herrschen im Meer und pflügen und verwunden's
Mit Kielen aller Art; manch frecher Einbruch
Verheert Italien; alles Volk der Küste
Erblaßt vor Schreck; die kühne Jugend zürnt,
Kein Segel taucht nur auf, es wird gekapert,
Wie man's erblickt; Pompejus' Name schadet
Mehr als sein Heer im offnen Krieg.

CÄSAR: Antonius,
Laß deine üpp'gen Becher! Als geschlagen
Du zogst von Mutina, wo du die Konsuln
Hirtius und Pansa erst besiegt, da folgte
Der Hunger deinen Fersen: den bestandst du,
Obgleich so zart gewöhnt, mit mehr Geduld,
Als Wilde selbst vermöchten; ja du trankst
Den Harn der Rosse und den fahlen Schlamm,
Der Vieh zum Ekel zwänge; dein Gaum verschmähte
Die herbste Beere nicht auf rauhster Hecke;
Ja wie der Hirsch, wenn Schnee die Weide deckt,
Nagtst du der Bäume Rinden; auf den Alpen
– Erzählt man – aßest du so ekles Fleisch,
Daß mancher starb, es nur zu sehn; und alles
– O Schande deinem Ruhm, daß ich's erzähle –

Trugst du so heldenmütig, daß die Wange
Dir nicht einmal erbleichte.

LEPIDUS: Schad um ihn!

CÄSAR: Die Schande treib ihn bald
Nach Rom zurück; Zeit wär's dem Zwillingspaar,
Daß wir im Feld uns zeigten; demgemäß
Ruf mir den Rat zusammen, denn Pompejus
Gedeiht durch unser Säumen.

LEPIDUS: Morgen, Cäsar,
Werd ich imstande sein, dir zu berichten,
Was ich zu Meer und Land versammeln kann,
Die Stirn der Zeit zu bieten.

CÄSAR: Bis dahin
Sei dies auch meine Sorge. Lebe wohl.

LEPIDUS: Lebt wohl denn, Cäsar. Meldet man Euch mehr,
Was sich im Ausland regt, ersuch ich Euch,
Mir's mitzuteilen.

CÄSAR: Zweifelt nicht daran,
Ich kenn's als meine Pflicht.

Alle ab.

Fünfte Szene

Alexandria. Ein Zimmer im Palast.

Es treten auf Kleopatra, Charmion, Iras *und* Mardian.

KLEOPATRA: Charmion!

CHARMION: Eur Hoheit?

KLEOPATRA: Ach!
Gib mir Mandragora zu trinken.

CHARMION: Wie?

KLEOPATRA: Daß ich die große Kluft der Zeit durchschlafe,
Wo mein Antonius fort ist!

CHARMION: Allzuviel
Denkt Ihr an ihn.

KLEOPATRA: Du sprichst Verrat.

CHARMION: O nein!

KLEOPATRA: Du, Hämling Mardian!

MARDIAN: Was gefällt Eur Hoheit?

KLEOPATRA: Nicht jetzt dich singen hören: Nichts gefällt mir

An einem Hämling. Es ist gut für dich,
Daß ohne Saft und Mark dein freier Sinn
Nicht fliehn mag aus Ägypten. – Kannst du lieben?
MARDIAN: Ja, gnäd'ge Fürstin.
KLEOPATRA: In der Tat?
MARDIAN: Nicht in der Tat: Ihr wißt, ich kann nichts tun,
Was in der Tat nicht ehrsam wird getan.
Doch fühl ich heft'ge Trieb' und denke mir,
Was Venus tat mit Mars.
KLEOPATRA: O liebe Charmion,
Wo denkst du dir ihn jetzt? sag, steht er? sitzt er?
Wie, geht er wohl? Sitzt er auf seinem Pferd?
O glücklich Pferd, Antonius' Last zu tragen!
Sei stolz, mein Pferd! Weißt du wohl, wen du trägst?
Den halben Atlas dieser Erde, Schild
Und Schutz der Welt! – Jetzt spricht er oder murmelt:
„Wo weilst du, meine Schlang am alten Nil?"
Denn also nennt er mich. Jetzt weid ich mich
Am allzu süßen Gift! Gedenke mein,
Ob auch von Phöbus' Liebesstichen braun
Und durch die Zeit gerunzelt! Als du hier
Ans Ufer tratst, breitstirn'ger Cäsar, war ich
Wert eines Königs; Held Pompejus stand
Und ließ sein Aug auf meinen Brauen wurzeln,
Sein Blick war Anker dort; er wär gestorben
Im Anschaun seines Lebens.

ALEXAS *kommt.*

ALEXAS: Herrin Ägyptens, Heil!
KLEOPATRA: Wie ganz unähnlich bist du Mark Anton!
Doch sahst du ihn: die köstliche Tinktur
Vergoldet dich mit ihrem Glanz.
Wie geht es meinem edlen Mark Anton?
ALEXAS: Sein letztes, Fürstin, war:
Er küßte – vieler Doppelküsse letzter –
Die Perle hier: sein Wort lebt mir im Herzen.
KLEOPATRA: Von dort muß es mein Ohr sich pflücken.
ALEXAS: „Freund",
So sagt' er mir, „sprich du:
Der treue Römer schickt der großen Königin
Dies Kleinod einer Muschel; ihr zu Füßen,
Dies Nichts zu bessern, streu ich Königreiche

Vor ihren üpp'gen Thron: der ganze Ost,
Sprich, soll sie Kön'gin nennen", nickt mir zu
Und steigt gelassen auf sein hohes Streitroß,
Des helles Wiehern, was ich gern erwidert,
Zum Schweigen brachte roh.

KLEOPATRA: War er munter oder ernst?

ALEXAS: Der Jahrszeit gleich, die auf der Mitte schwebt
Von heiß und kalt: er war nicht ernst noch munter.

KLEOPATRA:
O wohlgeteilte Stimmung! o bemerk ihn, Charmion!
Bemerk ihn, Charmion, welch ein Mann! O merk ihn!
Er war nicht ernst, denn die wollt er beglänzen,
Die heiter sind durch ihn; er war nicht munter:
Dies schien zu sagen, sein Erinnern weile
Mit seiner Lust hier; sondern zwischen beiden.
O himmlische Vermischung! Ernst und munter,
Das Äußerste von beiden steht dir so
Wie keinem Manne sonst. – Trafst du die Boten?

ALEXAS: Ja, Fürstin, zwanzig auf demselben Wege;
Warum so dicht?

KLEOPATRA: Wer an dem Tag geboren,
Wo ich vergaß, an Mark Anton zu schreiben,
Der sterb als Bettler. – Papier und Tinte, Charmion!
Willkommen, mein Alexas. – Sag mir, Charmion,
Liebt ich je Cäsar so?

CHARMION: Du edler Cäsar!

KLEOPATRA: Erstick, wenn du den Ausruf wiederholst!
Sprich: edler Mark Anton!

CHARMION: Der tapfre Cäsar!

KLEOPATRA: Bei Isis, deine Zähne werden bluten,
Wenn du mit Cäsar irgend noch vergleichst
Den ersten aller Männer!

CHARMION: Mit Vergunst,
Ich sing in Euerm Tone.

KLEOPATRA: Meine Milchzeit,
Als mein Verstand noch grün und kalt mein Herz,
Daß ich wie damals sprech! Doch eile nun;
[Bring mir Papier und Tinte:]
Ein stündlich wiederholtes Liebeswort
Grüß ihn von mir, entvölkr ich auch Ägypten.

Alle ab.

ZWEITER AUFZUG

ERSTE SZENE

Messina. Ein Zimmer in Pompejus' Hause.

Es treten auf POMPEJUS, MENEKRATES *und* MENAS *in kriegerischem Aufzug.*

POMPEJUS: Sind sie gerecht, die Götter, schützen sie
Die Taten der Gerechten.
MENEKRATES: Denkt, Pompejus:
Was sie verzögern, nicht verweigern sie's.
POMPEJUS: Indes wir flehn vor ihrem Throne, welkt
Die Gab, um die wir flehn.
MENEKRATES: Wir Blinden bitten
Oft unser eignes Leid, das weise Mächte
Zu unserm Wohl versagt: so sind wir reicher
Durch des Gebets Verlust.
POMPEJUS: Ich muß gedeihn!
Mich liebt das Volk, mein ist das ganze Meer,
Mein Glück ist Neumond, mein prophetisch Hoffen
Sieht schon die volle Scheibe. Mark Anton
Hält Tafel in Ägypten, wird nicht draußen
Zu Felde ziehn; Cäsar macht Geld, wo Herzen
Er einbüßt; beiden schmeichelt Lepidus,
Läßt sich von beiden schmeicheln und liebt keinen,
Und keiner hält ihn wert.
MENEKRATES: Cäsar und Lepidus
Stehn schon im Feld, mit großer Macht gerüstet.
POMPEJUS: Wer sagt Euch das? 's ist falsch.
MENEKRATES: Das sagte Silvius.
POMPEJUS: Er träumt: ich weiß, sie sind in Rom zusammen
Und harren auf Anton; doch Liebreiz würze
Der üpp'gen Kleopatra dünne Lippen,
Zauber erhöh die Schönheit, Wollust beide;
Den Schwelger bind ein Heer von Festgelagen,
Sein Hirn umnebelnd; epikur'sche Köche
Schärfen mit kräftig neuen Brühn die Eßlust,
Daß Schlaf und Schwelgen seinen Ruhm vertagen,
Bis zur Betäubung Lethes. Was bringt Varrius?

VARRIUS *tritt auf.*

VARRIUS: Was ich zu melden hab, ist zuverlässig:
Antonius kann zu jeder Stund in Rom
Eintreffen; seit Ägypten er verließ,
War Raum für weitre Reise.
POMPEJUS: Mir wäre kleinre Nachricht weit willkommner.
Menas, ich glaubte nicht,
Daß um so dürft'gen Krieg der Liebesschwärmer
Den Helm sich aufgesetzt: sein Feldherrngeist
Ist zwiefach der der beiden; doch erheb uns
So höher das den Mut, daß unser Zug
Den nimmer lustgesättigten Anton
Dem Schoß der Witw' Ägyptens konnt entreißen.
MENAS: Ich glaube nie,
Daß Cäsar und Anton sich freundlich grüßen.
Sein Weib, nun tot, hat Cäsar schwer gereizt,
Sein Bruder kriegte gegen ihn, obwohl
Nicht auf Antons Geheiß.
POMPEJUS: Ich weiß nicht, Menas,
Wie bald der größern Feindschaft kleinre weicht:
Ständen wir jetzt nicht gegen alle auf,
Gerieten sie ohn Zweifel aneinander;
Denn Anlaß haben alle längst genug,
Das Schwert zu ziehn; doch wie die Furcht vor uns
Ein Leim wird ihrer Trennung und verknüpft
Die kleine Spaltung, wissen wir noch nicht. –
Sei's, wie's die Götter fügen! Unser Leben
Steht auf dem Spiel, wenn wir nicht mutig streben.
Komm, Menas.
Alle ab.

ZWEITE SZENE

Rom. Im Hause des Lepidus.

Es treten auf ENOBARBUS *und* LEPIDUS.

LEPIDUS: Mein Enobarbus, es ist wohlgetan
Und bringt dir Ruhm, bewegst du deinen Feldherrn
Zu mildem, sanftem Wort.
ENOBARBUS: Ich werd ihn bitten,
Zu reden wie er selbst. Reizt Cäsar ihn,

So schau Anton auf Cäsars Haupt herab
Und donnre laut wie Mars! Beim Jupiter,
Hätt ich Antonius' Bart an meinem Kinn,
Heut schör ich ihn nicht ab.

LEPIDUS: 's ist nicht die Zeit
Für Zwist der einzelnen.

ENOBARBUS: Jegliche Zeit
Paßt wohl für das, was sie zutage bringt.

LEPIDUS: Doch muß das Kleine sich dem Größern fügen!

ENOBARBUS: Nicht, kommt das Kleine erst.

LEPIDUS: Ihr sprecht im Zorn;
Doch stört nicht auf die Asche. Seht, hier kommt
Der edle Mark Anton.

ANTONIUS *und* VENTIDIUS *treten auf.*

ENOBARBUS: Und dort kommt Cäsar.

CÄSAR, MÄCENAS *und* AGRIPPA *treten auf.*

ANTONIUS: Im Fall wir einig werden, dann nach Parthien;
Hörst du, Ventidius?

CÄSAR: Frage den Agrippa,
Mäcen; ich weiß es nicht.

LEPIDUS: Erhabne Freunde,
Was uns vereinte, war so groß; nun laßt nicht
Geringen Zwist uns trennen. Was zu tadeln,
Hört es mit Nachsicht an: verhandeln wir
Den nicht'gen Streit so laut, dann wird ein Mord,
Was Wunden sollte heilen. Drum, edle Freunde
– Und um so mehr, je ernstlicher ich bitte –,
Berührt mit mildstem Wort die herbsten Punkte,
Daß Laune nicht das Übel mehre.

ANTONIUS: Wohlgesprochen;
Und ständ ich vor dem Heer zum Kampf bereit,
Ich dächte so.

CÄSAR: Willkomm in Rom!

ANTONIUS: Habt Dank.

CÄSAR: Setzt Euch.

ANTONIUS: Setzt Euch, Herr

CÄSAR: Nun! so –

ANTONIUS: Ich seh, Ihr findet Anstoß, wo nichts ist,
Und wär's, Euch nicht betrifft.

CÄSAR: Von mir, zum Lachen,
Wenn um ein Nichts, ein Weniges, ich mich hielt'

Von Euch beleidigt und vor allen Menschen
Von Euch zumeist; – noch lächerlicher, daß ich
Nur einmal Euch mit Abschätzung genannt,
Wenn Euern Namen auch nur auszusprechen
Mir fernlag.

ANTONIUS: Mein Verweilen in Ägypten,
Was war es Euch?

CÄSAR: Nicht mehr, als Euch mein Walten hier in Rom
Mocht in Ägypten sein; doch wenn Ihr dort
Was gegen mich geschmiedet, war mir wichtig
Euer Verweilen in Ägypten.

ANTONIUS: Wie nun? was nennt Ihr schmieden?

CÄSAR: Beliebt's Euch, faßt Ihr wohl, was ich bezeichne,
Aus dem, was hier mich traf. Eur Weib und Bruder
Bekriegten mich; für ihren Anlauf wart
Der Vorwand Ihr: Ihr wart das Feldgeschrei!

ANTONIUS: Ihr irrt in Eurer Ansicht. Nie berief sich
Mein Bruder je auf mich. Ich forschte nach
Und hab aus sichrer Kunde die Gewißheit
Von Euern Freunden selbst. Bekämpft' er nicht
Mein eignes Ansehn wie das Eurige?
Führt' er den Krieg nicht meinem Sinn entgegen,
Der Euch verbündet war? All meine Briefe
Beweisen's klar: drum, wollt Ihr Händel flicken
– Denn nicht aus ganzem Tuch könnt Ihr sie schneiden –,
So dürft es dies nicht sein.

CÄSAR: Ihr preist Euch selbst,
Indem Ihr schwach mein Urteil nennt; doch Ihr
Flickt nur Entschuld'gung so.

ANTONIUS: O nein, o nein,
Es kann Euch nicht entgehn, ich weiß gewiß
Die sichre Folgrung; daß, mit Euch vereint
In jener Sach, um die er Krieg geführt,
Ich nie mit Lust den Zwist betrachten konnte,
Der meine Ruh bedroht. – Was Fulvia tat
– Ich wünscht Euch, solch ein Geist regiert' Eur Weib –:
Ihr lenkt der Erde Dritteil; mit 'nem Halfter
Zügelt Ihr's leicht, doch nimmer solch ein Weib.

ENOBARBUS: Hätten wir doch alle solche Weiber, daß die Männer mit ihren Weibern in den Krieg gehn könnten!

ANTONIUS: Ganz widerspenstig, hatt ihre Kampflust,

Erregt von ihrem Jähzorn, dem nicht fehlte
Der Klugheit bittre Schärfe – mit Euch beklag ich's –,
Euch Unruh viel erregt. Doch gebt mir zu,
Dies ändern konnt ich nicht.

CÄSAR: Ich schrieb an Euch:
Ihr aber, schwelgend in Ägypten, stecktet
Beiseit mein Schreiben, und mit Hohn und Lachen
Ward ungehört mein Bote fortgewiesen.

ANTONIUS: Er fiel mich an, noch kaum gemeldet: eben
Hatt ich drei Könige bewirtet, und mir fehlte,
Was ich am Morgen war: doch nächsten Tags
Sagt ich dies selbst ihm, was nicht minder war
Als um Verzeihung bitten. – Nicht der Bursch
Sei nur genannt im Zwist, und wenn wir streiten,
Sei er ganz ausgestrichen.

CÄSAR: Eures Eids
Hauptpunkt habt Ihr gebrochen: des kann nimmer
Mich Eure Zunge zeihn.

LEPIDUS: Halt, Cäsar!

ANTONIUS: Nein,
Lepidus, laßt ihn reden. –
Die Ehr ist rein und heilig, die er angreift
Im Wahn, ich sei ihr treulos. Weiter, Cäsar,
Der Hauptpunkt meines Eids –

CÄSAR: Mir Hilf und Macht zu leihn, wenn ich's verlangte,
Und beides schlugt Ihr ab.

ANTONIUS: Versäumt es nur;
Und zwar, als ein vergiftet Dasein mir
Mein Selbstbewußtsein raubte. Soviel möglich,
Zeig ich den Reuigen; doch mein Gradsinn soll
Nicht meine Größe schmälern, meine Macht
Nicht ohne diesen wirken. Wahr ist's, Fulvia
Bekriegt' Euch, aus Ägypten mich zu scheuchen:
Wofür ich jetzt, unwissentlich die Ursach,
So weit Verzeihung bitt, wie ich mit Würde
Nachgeben kann.

LEPIDUS: Ihr spracht ein edles Wort.

MÄCENAS: Gefiel's euch doch, nicht ferner zu gedenken
Des Streites; um ihn gänzlich zu vergessen,
Erinnert euch, wie gegenwärt'ge Not
Euch an Versöhnung mahnt.

LEPIDUS: Ein würd'ges Wort!

ENOBARBUS: Oder wenn ihr euch einer des andern Freundschaft für den Augenblick borgt, könnt ihr sie, wenn vom Pompejus nicht mehr die Rede ist, wieder zurückgeben: ihr mögt Zeit zu zanken finden, wenn ihr sonst nichts anders zu tun habt.

ANTONIUS: Du bist nur ganz Soldat, drum sprich nicht mehr.

ENOBARBUS: Ich hätte bald vergessen, daß Wahrheit schweigen muß.

ANTONIUS:
Du kränkst den würd'gen Kreis, drum sprich nicht mehr.

ENOBARBUS: Schon recht: so bin ich stumm wie Stein.

CÄSAR: Ich tadle nicht den Inhalt seiner Rede,
Nur ihre Weise: denn unmöglich scheint's,
Daß Freundschaft bleibe, wenn die Sinnesart
Im Tun so abweicht. Doch wüßt ich den Reif,
Der uns verfestigte, von Pol zu Pol
Sucht ich ihn auf.

AGRIPPA: Wollt Ihr vergönnen, Cäsar –

CÄSAR: Agrippa, sprich.

AGRIPPA: Du hast 'ne Schwester von der Mutter Seite,
Die herrliche Octavia. Der große Mark Anton
Ward Witwer.

CÄSAR: Sprich kein solches Wort, Agrippa:
Hätt es Kleopatra gehört, mit Recht
Nennte sie jetzt dich übereilt.

ANTONIUS: Ich bin vermählt nicht, Cäsar; laß mich wissen
Agrippas fernre Meinung.

AGRIPPA: Euch in beständ'ger Freundschaft zu erhalten,
Euch brüderlich zu einen, eure Herzen
Unlösbar fest zu knüpfen, nehm Anton
Octavia zur Gemahlin, deren Schönheit
Wohl fordern kann den besten Mann der Welt
Und deren Güt und Anmut sie erhebt,
Mehr als es Worte könnten. Durch dies Bündnis
Wird kleine Eifersucht, die groß nun scheint,
Und große Furcht, die jetzt Gefahren droht,
In Nichts verschwinden. Wahrheit wird dann Märchen,
Wie halbe Mär jetzt Wahrheit: beide liebend,
Verstärkt sie eure Wechsellieb und zieht
Der Völker Liebe nach. – Verzeiht die Rede,

Denn sie ward längst geprüft, nicht schnell ersonnen,
Pflichtmäßig reif bedacht.
ANTONIUS: Will Cäsar reden?
CÄSAR: Nicht bis er hört, was Mark Anton erwidert
Dem schon Gesagten.
ANTONIUS: Was vermag Agrippa,
Wenn ich nun spräch: „Agrippa, also sei's" –
Dies gutzumachen?
CÄSAR: Cäsars ganze Macht,
Und was sein Wort der Schwester gilt.
ANTONIUS: Nie mög ich
Dem edlen Antrag, der so herrlich glänzt,
Verhindrung träumen. Reich mir deine Hand,
Fördre den frommen Bund; und nun, von Stund an,
Regier in unsrer Liebe Brudereintracht,
Das hohe Ziel erstrebend.
CÄSAR: Nimm die Hand.
Dir schenk ich eine Schwester, wie kein Bruder
So zärtlich eine je geliebt: sie lebe,
Zu binden unsre Reich' und Herzen. Flieh
Nie wieder unsre Liebe!
LEPIDUS: Glück und Amen!
ANTONIUS: Ich dachte nicht, Pompejus zu bekämpfen,
Denn großen Freundschaftsdienst erwies er mir
Vor kurzem erst: Dank darf er von mir fordern,
Daß mich der Ruf nicht unerkenntlich nenne;
Das abgetan, entbiet ich ihn zum Kampf.
LEPIDUS: Es drängt die Zeit;
Pompejus müssen wir alsbald nun suchen,
Sonst sucht er uns.
ANTONIUS: Wo ankert seine Flotte?
CÄSAR: Am Vorgebirg Misenum.
ANTONIUS: Seine Landmacht,
Wie stark?
CÄSAR: Groß und im Wachsen; doch zur See
Gebeut er unumschränkt.
ANTONIUS: So sagt der Ruf.
Wär's doch zum Kampf gekommen! Hin in Eil!
Doch eh wir uns bewaffnen, bringt zu Ende,
Was eben ward gelobt.
CÄSAR: Mit höchster Freude:

So lad ich Euch zum Anblick meiner Schwester
Und führ Euch gleich zu ihr.

ANTONIUS: Gönnt, Lepidus,
Uns Eure Gegenwart.

LEPIDUS: Edler Antonius,
Selbst Krankheit hielt' mich nicht zurück.

Trompetenstoß. Cäsar, Antonius und Lepidus ab.

MÄCENAS: Willkommen von Ägypten, Herr!

ENOBARBUS: Die Hälfte von Cäsars Herzen, würdiger Mäcenas! Mein ehrenwerter Freund Agrippa!

AGRIPPA: Wackrer Enobarbus!

MÄCENAS: Wir haben Ursache, froh zu sein, daß alles sich so entwirrt hat. Ihr habt's euch indessen in Ägypten wohl sein lassen?

ENOBARBUS: Ja Herr, wir schliefen, daß sich der helle Tag schämte, und machten die Nacht mit Trinken hell.

MÄCENAS: Acht wilde Schweine ganz gebraten zum Frühstück, und nur für zwölf Personen, ist das wahr?

ENOBARBUS: Das war nur wie eine Fliege auf einen Adler; wir hatten viel andre ungeheure Dinge bei unsern Festen, die wohl wert waren, daß man darauf achtete.

MÄCENAS: Sie ist eine ganz unwiderstehliche Frau, wenn sie ihrem Ruf entspricht.

ENOBARBUS: Als sie den Mark Anton das erste Mal sah, stahl sie ihm sein Herz; es war auf dem Flusse Cydnus.

AGRIPPA: Dort zeigte sie sich ihm in der Tat, oder mein Berichterstatter hat viel für sie erfunden.

ENOBARBUS: Ich will's berichten.
Die Bark, in der sie saß, ein Feuerthron,
Brannt auf dem Strom: getriebnes Gold der Spiegel,
Die Purpursegel duftend, daß der Wind
Entzückt nachzog; die Ruder waren Silber,
Die nach der Flöten Ton Takt hielten, daß
Das Wasser, wie sie's trafen, schneller strömte,
Verliebt in ihren Schlag; doch sie nun selbst –
Zum Bettler wird Bezeichnung: sie lag da
In ihrem Zelt, das ganz aus Gold gewirkt,
Noch farbenstrahlender als jene Venus,
Wo die Natur der Malerei erliegt.
Zu beiden Seiten ihr holdsel'ge Knaben,
Mit Wangengrübchen, wie Cupido lächelnd,

Mit bunten Fächern, deren Wehn durchglühte
– So schien's – die zarten Wangen, die sie kühlten;
Anzündend, statt zu löschen.

AGRIPPA: Ihm, welch Schauspiel!

ENOBARBUS: Die Dienerinnen, wie die Nereiden,
Spannten, Sirenen gleich, nach ihr die Blicke,
Und Schmuck ward jede Beugung; eine Meerfrau
Lenkte das Steuer; seidnes Tauwerk schwoll
Dem Druck so blumenreicher Händ entgegen,
Die frisch den Dienst versahn. Der Bark entströmend,
Betäubt' ein würz'ger Wohlgeruch die Sinne
Der nahen Uferdämme; sie zu sehn,
Ergießt die Stadt ihr Volk; und Mark Anton,
Hochthronend auf dem Marktplatz, saß allein
Und pfiff der Luft, die, wär ein Leeres möglich,
Sich auch verlor, Kleopatra zu schaun,
Und einen Riß in der Natur zurückließ.

AGRIPPA: O wundervolles Weib!

ENOBARBUS: Als sie gelandet, bat Antonius sie
Zur Abendmahlzeit; sie erwiderte,
Ihr sei willkommner, ihn als Gast zu sehn,
Und lud ihn. Unser höflicher Anton,
Der keiner Frau noch jemals nein gesagt,
Zehnmal recht schmuck barbiert, geht zu dem Fest,
Und dort muß nun sein Herz die Zeche zahlen,
Wo nur sein Auge zehrte.

AGRIPPA: Zauberin!
Sie ließ des großen Cäsars Schwert zu Bett gehn,
Er pflügte sie, sie erntete.

ENOBARBUS: Ich sah sie
Einst wen'ge Schritte durch die Straße hüpfen,
Und als sie atemlos, sprach sie in Pausen,
So daß zum Reiz sie selbst den Fehl erhob
Und ohne Atem Zauber atmete.

MÄCENAS: Nun muß Antonius sie durchaus verlassen!

ENOBARBUS:
Niemals! Das wird er nicht! Nicht kann sie Alter
Hinwelken, täglich Sehn an ihr nicht stumpfen
Die immer neue Reizung; andre Weiber
Sätt'gen, die Lust gewährend: sie macht hungrig,
Je reichlicher sie schenkt; denn das Gemeinste

Wird so geadelt, daß die heil'gen Priester
Sie segnen, wenn sie buhlt.
MÄCENAS: Wenn Schönheit, Sitt und Weisheit fesseln können
Das Herz Antons, dann ist Octavia ihm
Ein segensreiches Los.
AGRIPPA: Kommt, laßt uns gehn.
Ihr, werter Enobarbus, seid mein Gast,
Solang Ihr hier verweilt.
ENOBARBUS: Ich dank Euch bestens.
Alle ab.

DRITTE SZENE

Daselbst. In Cäsars Hause.

Es treten auf CÄSAR, ANTONIUS, OCTAVIA *zwischen ihnen*, GEFOLGE.

ANTONIUS: Die Welt, mein großes Amt, wird jezuweilen
Von deiner Brust mich trennen.
OCTAVIA: All die Zeit
Beugt vor den Göttern betend sich mein Knie
Zu deinem Heil.
ANTONIUS: Gut Nacht, Herr. O Octavia,
Lies meinen Tadel nicht im Ruf der Welt;
Ich hielt nicht stets das Maß, doch für die Zukunft
Fügt alles sich der Form. Gut Nacht, Geliebte!
OCTAVIA: Gut Nacht, Herr.
CÄSAR: Gute Nacht.
Cäsar und Octavia ab.
Ein WAHRSAGER *tritt auf.*

ANTONIUS:
Nun, Freund? Du sehnst dich heim wohl nach Ägypten?
WAHRSAGER: Ging' ich doch nie von dort noch jemals Ihr
Dahin!
ANTONIUS: Den Grund, wenn's einen gibt?
WAHRSAGER: Ich seh ihn
Im Geist; doch nicht mit Worten faß ich's. Dennoch
Eilt nach Ägypten nur.
ANTONIUS: Weissage mir,
Wes Glück steigt höher? Cäsars oder meins?
WAHRSAGER: Cäsars;

Drum, o Antonius, weile nicht bei ihm.
Dein Geist, der dich beschützt, dein Dämon, ist
Hochherzig, mutig, edel, unerreichbar,
Dem Cäsar fern; doch nah ihm, wird dein Engel
Zur Furcht, wie eingeschüchtert. Darum bleibe
Raum zwischen dir und ihm.

ANTONIUS: Sag das nicht mehr.

WAHRSAGER: Niemand als dir: dir nicht zum zweitenmal.
Versuche du mit ihm, welch Spiel du willst,
Gewiß verlierst du; sein natürlich Glück
Schlägt dich, wie schlecht er steht; dein Glanz wird trübe,
Strahlt er daneben: noch einmal, dein Geist,
Kommt er ihm nah, verliert den Mut zu herrschen,
Doch ihm entfernt, erhebt er sich.

ANTONIUS: Hinweg!
Sag dem Ventidius, sprechen woll ich ihn:

Wahrsager ab.

Er soll nach Parthien. – Ob Geschick, ob Zufall,
Er sagte wahr. Der Würfel selbst gehorcht ihm!
In unsern Spielen weicht vor seinem Glück
Mein beßrer Plan. Ziehn wir ein Los, gewinnt er;
Sein Hahn siegt' über meinen stets im Kampf,
Wenn alles gegen nichts stand; seine Wachtel
Schlug meine, ob auch schwächer. Nach Ägypten!
Und schloß ich diese Heirat mir zum Frieden,

VENTIDIUS *kommt.*

Im Ost wohnt meine Lust.
O komm, Ventidius,
Du mußt nach Parthien; fertig ist dein Auftrag,
Komm mit und hol ihn.

Gehn ab.

VIERTE SZENE

Daselbst. Eine Straße.

Es treten auf LEPIDUS, MÄCENAS *und* AGRIPPA.

LEPIDUS: Bemüht euch ferner nicht; ich bitt euch, eilt,
Folgt eurem Feldherrn nach.

AGRIPPA: Herr, Mark Anton
Umarmt nur noch Octavia; gleich dann gehn wir.

LEPIDUS: Bis ich euch wiederseh in Kriegertracht,
Die beide zieren wird, lebt wohl.
MÄCENAS: Wir sind,
Kenn ich die Gegend recht, am Vorgebirg
Noch ehr als Ihr.
LEPIDUS: Weil eure Straße kürzer –
Mein Vorsatz führt mich einen weiten Umweg,
Ihr kommt zwei Tage früher.
MÄCENAS: Viel Erfolg!
LEPIDUS: Lebt wohl!
Alle ab.

FÜNFTE SZENE

Alexandria. Zimmer im Palast.

KLEOPATRA, CHARMION, IRAS *und* ALEXAS *treten auf.*

KLEOPATRA: Gebt mir Musik; Musik, schwermüt'ge Nahrung
Für uns verliebtes Volk!
DIENER: He! Die Musik!
MARDIAN *kommt.*
KLEOPATRA: Laßt es nur sein. Wir wolln zum Kugelspiel:
Komm, Charmion.
CHARMION:
Mich schmerzt der Arm; spielt doch mit Mardian.
KLEOPATRA: Ein Weib spielt mit dem Hämling wohl so gut
Wie mit 'nem Weibe. Wollt Ihr mit mir spielen?
MARDIAN: Fürstin, so gut ich kann.
KLEOPATRA: Wo guter Will ist, käm er auch zu kurz,
Muß man dem Spieler nachsehn. Doch was anders:
Gebt mir die Angel, kommt zum Flusse; dort,
Während Musik von fern erklingt, berück ich
Den goldbefloßten Fisch, mit krummen Haken
Die schleim'gen Kiefer fassend, und bei jedem,
Den ich hochzog, denk ich, es sei Anton,
Und sag: „Aha! dich fing ich"!
CHARMION: Lustig war
Mit ihm das Wetteangeln, als Eur Taucher
Den Salzfisch hängt' an seine Schnur, den er
So eifrig hochzog.

KLEOPATRA: Jene Zeit! O Zeiten!
Ich lacht ihn aus der Ruh; dieselbe Nacht
Lacht ich ihn in die Ruh; den nächsten Morgen
Noch vor neun Uhr trank ich ihn auf sein Lager,
Tat meinen Mantel ihm und Schleier um,
Und ich derweil trug sein philippisch Schwert. –
Oh, von Italien!

Ein BOTE *kommt.*

Stopf mir fruchtbare Nachricht in mein Ohr,
Das lange brachgelegen.

BOTE: Fürstin! Fürstin!

KLEOPATRA: Antonius tot?
Sagst du das, Sklav, so mordst du deine Herrin!
Doch meldst du ihn
Gesund und frei, nimm Gold, und hier zum Kuß
Die blausten Adern: eine Hand, die zitternd
Der Kön'ge Lippen küßten.

BOTE: Er ist wohl.

KLEOPATRA:
Hier noch mehr Gold. – Doch, Mensch, wir sagen oft,
Wohl sei den Toten: wenn du's so gemeint,
Schmelz ich das Gold, das ich dir gab, und gieß es
In deinen gottverhaßten Schlund.

BOTE: O hört mich!

KLEOPATRA: Nun wohl, ich will's –
Doch sagt dein Blick nichts Gutes. Wenn Anton
Frei und gesund – wozu die finstre Miene
Zu solcher frohen Post? Ist ihm nicht wohl,
Sollst du als Furie kommen, schlangumkränzt,
Und nicht in Mannsgestalt.

BOTE: Wollt Ihr mich hören?

KLEOPATRA: Ich möchte gleich dich schlagen, eh du sprichst:
Doch wenn du meldst, Anton sei wohl, er lebe,
Sei Cäsars Freund und nicht von ihm gefangen,
Dann ström ein goldner Regen dir, ein Hagel
Von reichen Perlen.

BOTE: Er ist wohl.

KLEOPATRA: Recht gut.

BOTE: Und Cäsars Freund.

KLEOPATRA: Du bist ein wackrer Mann!

BOTE: Cäsar und er sind größre Freund als je.

KLEOPATRA: Begehr ein Glück von mir!
BOTE: Fürstin, und doch –
KLEOPATRA: Ich hasse dies „und doch“: es macht zu nichts
Den guten Vordersatz. Pfui dem „und doch“!
„Und doch“ ist wie ein Scherg und führt heran
Fluchwürd’ge Missetäter. Bitt dich, Freund,
Gieß mir die ganze Botschaft in mein Ohr,
Das Schlimm und Gute. – Er ist Freund mit Cäsar,
Gesund und frisch, sagst du, und sagst, in Freiheit?
BOTE: In Freiheit, Fürstin? Nein, so sagt ich nicht:
Octavia bindet ihn.
KLEOPATRA: In welchem Sinn?
BOTE: Als Ehgemahl.
KLEOPATRA: Ich zittre, Charmion.
BOTE: Fürstin, er ist Octavia vermählt.
KLEOPATRA: Die giftigste von allen Seuchen dir! *Schlägt ihn.*
BOTE: Geduld, o Königin!
KLEOPATRA: Was sagst du? Fort,
Elender Wicht! *Schlägt ihn nochmals.*
Sonst stoß ich deine Augen
Wie Bälle vor mir her; raufe dein Haar,
Sie zerrt ihn hin und her.
Lasse mit Draht dich geißeln, brühn mit Salz,
In Lauge scharf gesättigt.
BOTE: Gnäd’ge Fürstin,
Ich meldete die Heirat, schloß sie nicht!
KLEOPATRA: Sag, ’s ist nicht so: ich schenke dir ein Land,
Daß du im Glücke schwelgest; jener Schlag
Sei Buße, daß du mich in Wut gebracht,
Und ich gewähre jede Gunst dir noch,
Die Demut wünschen mag.
BOTE: Er ist vermählt.
KLEOPATRA: Schurke, du hast zu lang gelebt. *Zieht einen Dolch.*
BOTE: Dann lauf ich –
Was wollt Ihr, Fürstin, ’s ist nicht mein Vergehn! *Ab.*
CHARMION: O Fürstin, faßt Euch! seid nicht außer Euch! –
Der Mann ist schuldlos!
KLEOPATRA: Wie manch Unschuld’gen trifft der Donnerkeil!
Der Nil ersäuf Ägypten! Werdet Schlangen,
Ihr sanftesten Geschöpfe! – Ruf den Sklaven;
Bin ich auch toll, ich beiß ihn nicht. – Ruft ihn.

CHARMION: Er fürchtet sich vor dir.
KLEOPATRA: Ich tu ihm nichts.

Charmion ab.

Ihr Hände seid entadelt, weil ihr schlugt
Den Mindern als ich selbst: denn nur ich selbst
War Ursach meines Zorns. – Hierher denn, komm.

CHARMION *kommt mit dem* BOTEN *zurück.*

Obwohl es redlich ist, war's nimmer gut,
Die schlimme Nachricht bringen: Freudenbotschaft
Verkünd ein Heer von Zungen, doch die schlimme
Mag selbst sich melden, wenn man sie empfindet.
BOTE: Ich tat nach meiner Pflicht.
KLEOPATRA: Ist er vermählt?
Ich kann nicht mehr dich hassen, als ich tat,
Sagst du noch einmal ja.
BOTE: Er ist vermählt.
KLEOPATRA: Fluch über dich! So bleibst du stets dabei?
BOTE: Sollt ich denn lügen?
KLEOPATRA: O daß du es tätst!
Und wär mein halb Ägypten überschwemmt,
Ein Pfuhl für schupp'ge Nattern! Geh, entflieh,
Hättst du ein Antlitz wie Narziß, für mich
Schienst du ein Ungeheuer! – Er vermählt?
BOTE: Ich bitt Euch um Vergebung.
KLEOPATRA: Er vermählt?
BOTE: Zürnt nicht, daß ich Euch nicht erzürnen will;
Mich dafür strafen, was Ihr selbst verlangt,
Scheint höchst unrecht. – Er ist Octavias Gatte.
KLEOPATRA: O daß dein Frevel dich zum Schurken macht,
Der du nicht bist, was du zu sein denkst. Fort!
Die Ware, die du mir von Rom gebracht,
Ist mir zu teuer; bleibe sie dir liegen
Und möge dich verderben.

Bote ab.

CHARMION: Faßt Euch, Hoheit.
KLEOPATRA: Antonius zu erheben, schalt ich Cäsar –
CHARMION: Oft, gnäd'ge Fürstin.
KLEOPATRA: Dafür lohnt er nun! –
Führt mich von hier!
Mir schwindelt. Iras, Charmion! – Es geht vorüber!
Geh zu dem Boten, mein Alexas, heiß ihn

Octavias Züge schildern, ihre Jahre,
Ihr ganz Gemüt; er soll dir nicht vergessen
Die Farbe ihres Haars; gib schnell mir Nachricht.
Alexas ab.
Er geh auf immer! – Nein doch! liebe Charmion,
Wenn er auch Gorgo ähnlich sieht von hier,
Von dort gleicht er dem Mars.
Zu Mardian: Sag dem Alexas,
Er melde mir, wie groß sie ist. Hab Mitleid,
Doch sag nichts, Charmion. – Führt mich in mein Zimmer.
Alle ab.

SECHSTE SZENE

In der Nähe von Misenum.

Trompetenstoß. Es treten auf von der einen Seite POMPEJUS *und* MENAS, *mit Trommeln und Trompeten; von der andern* CÄSAR, ANTONIUS, LEPIDUS, ENOBARBUS *und* MÄCENAS *mit* TRUPPEN.

POMPEJUS: Ihr habt nun meine Geiseln, ich die Euern,
So laßt uns reden vor der Schlacht.
CÄSAR: Sehr löblich,
Daß erst verhandelt werde; darum sandt ich
Voraus, was wir dir schriftlich zugestanden.
Hast du dies wohl erwogen, zeig uns an,
Ob's in der Scheide hält dein zürnend Schwert
Und führt zurück Siziliens mut'ge Jugend,
Die sonst hier fallen muß.
POMPEJUS: Hört mich, ihr drei
Allein'ge Rechtsverweser dieser Welt,
Höchste Statthalter Jupiters. Ich weiß nicht,
Weshalb mein Vater Rache sollt entbehren,
Dem Sohn und Freunde blieben, da doch Cäsar,
Der sich dem edlen Brutus offenbart,
Euch bei Philippi für ihn kämpfen sah.
Was trieb den bleichen Cassius zur Verschwörung?
Was tränkte der altröm'sche biedre Brutus,
Und wer noch sonst für holde Freiheit focht,
Mit Blut das Kapitol? Nur daß ein Mann

Nicht mehr sei als ein andrer Mann! Und deshalb
Rüstet auch ich die Seemacht, deren Last
Das Meer zornschäumend trägt, mit ihr zu geißeln
Den Undank, den dies schnöde Rom erwies
Meinem erhabnen Vater.

CÄSAR: Nimm wahr die Zeit.

ANTONIUS: Du schreckst mit deiner Flott uns nicht, Pompejus:
Wir sprechen uns zur See; zu Lande weißt du,
Wieviel wir reicher sind.

POMPEJUS: O ja, zu Lande
Bist reicher du durch meines Vaters Haus;
Doch weil der Kuckuck für sich selbst nicht baut,
Bleib drin, solang du kannst.

LEPIDUS: Gefällt's Euch, sagt
– Denn dies führt uns vom Ziel –, wie Euch bedünkt
Der Vorschlag, den wir taten.

CÄSAR: Dies der Punkt.

ANTONIUS: Nicht sei dazu gebeten, sondern wäge,
Was du dadurch gewinnst.

CÄSAR: Und was geschehn kann,
Noch größres Glück zu finden.

POMPEJUS: Ihr botet mir
Sizilien und Sardinien, und ich soll
Das Meer befrein von Räubern; soll nach Rom
Vorrat von Weizen senden; tu ich das,
Ziehn wir mit unzerhacktem Schwert nach Haus
Und glattem Schild.

CÄSAR, ANTONIUS, LEPIDUS: Das boten wir.

POMPEJUS: So wißt,
Ich kam vor euch hierher mit dem Entschluß,
Dies anzunehmen; nur daß Mark Anton
Ein wenig mich verstimmt. – Büß ich schon ein
An Ruhm, erzähl ich's selber. Dennoch, wißt!
Als Cäsar Krieg mit Euren Brüdern führte,
Fand Eure Mutter in Sizilien damals
Den gastlichsten Empfang.

ANTONIUS: Ich weiß, Pompejus;
Und sann seither auf edle Dankbarkeit,
Die ich Euch schuldig.

POMPEJUS: Gebt mir Eure Hand.
Ich hätte nicht gedacht, Euch hier zu treffen.

ANTONIUS: Es ruht sich sanft im Osten, und ich dank Euch,
Daß Ihr mich herrieft, eh's mein Vorsatz war;
Denn ich gewann dabei.
CÄSAR: Seit ich Euch sah,
Habt Ihr Euch sehr verändert.
POMPEJUS: Nun, ich weiß nicht,
Wie herbes Schicksal mein Gesicht gefurcht; –
Doch nimmer soll mir's dringen in die Brust,
Mein Herz zu überwält'gen.
LEPIDUS: Seid willkommen!
POMPEJUS: Das hoff ich, Lepidus. So sind wir eins. –
Ich wünschte nun geschrieben den Vertrag
Und unterzeichnet.
CÄSAR: Das geschehe gleich.
POMPEJUS: Wir wollen uns bewirten, eh wir scheiden,
Und losen, wer beginnt.
ANTONIUS: Laßt mich beginnen!
POMPEJUS: Nein, losen wir, Antonius: ob der erste,
Ob letzte; Eurer Kochkunst aus Ägypten
Gebührt der Preis. Ich hörte, Julius Cäsar
Ward dort vom Schmausen fett.
ANTONIUS: Ihr hörtet vieles!
POMPEJUS: Ich mein es gut.
ANTONIUS: Und setzt die Worte gut.
POMPEJUS: Nun wohl, ich hört es;
Und hört auch das: Apollodorus trug –
ENOBARBUS: O still davon! Er trug –
POMPEJUS: Was?
ENOBARBUS: Eine gewisse
Monarchin hin zu Cäsar in 'ner Decke.
POMPEJUS: Nun kenn ich dich: wie geht dir's, Kriegsmann?
ENOBARBUS: Gut;
Und wie mir's scheint, auch ferner gut: ich sehe,
Vier Schmäuse sind im Werk.
POMPEJUS: Reich mir die Hand;
Ich hab dich nie gehaßt; ich sah dich fechten
Und neidete dir deinen Mut.
ENOBARBUS: Mein Feldherr,
Ich liebt Euch nie sehr stark, doch lobt ich Euch,
Da Ihr wohl zehnmal soviel Lob verdient,
Wie ich Euch zugestand.

POMPEJUS: Dein offnes Wesen
Erhalte dir, es steht dir wohl. –
Ich lad euch all an Bord meiner Galeere;
Wollt ihr vorangehn?

ALLE: Führt uns, Feldherr!

POMPEJUS: Kommt.

Pompejus, Cäsar, Antonius, Lepidus, Soldaten und Gefolge ab.

MENAS *beiseite*: Dein Vater, Pompejus, wäre nimmer diesen Vergleich eingegangen. – Ihr und ich haben uns schon gesehn, Herr.

ENOBARBUS: Zur See, denk ich.

MENAS: Ganz recht, Herr.

ENOBARBUS: Ihr habt Euch gut zur See gehalten.

MENAS: Und Ihr zu Lande.

ENOBARBUS: Ich werde jeden loben, der mich lobt, obgleich nicht zu leugnen ist, was ich zu Lande getan.

MENAS: Noch was ich zu Wasser getan.

ENOBARBUS: Nun, etwas könnt Ihr schon für Eure Sicherheit leugnen; Ihr seid ein großer Dieb zur See gewesen.

MENAS: Und Ihr zu Lande.

ENOBARBUS: Solchen Landdienst leugne ich ab. Aber gebt mir die Hand, Menas; hätten unsre Augen jetzt Vollmacht, so würden sie hier zwei sich küssende Diebe ertappen.

MENAS: Aller Menschen Gesichter sind ohne Falsch, wie auch ihre Hände beschaffen sind.

ENOBARBUS: Aber noch kein hübsches Weib hatte je ein Gesicht ohne Falsch.

MENAS: Das ist kein Tadel, sie stehlen Herzen.

ENOBARBUS: Wir kamen, mit Euch zu fechten.

MENAS: Mir für mein Teil tut's leid, daß daraus ein Trinkgelag wurde. Pompejus lacht heut sein Glück weg!

ENOBARBUS: Wenn das ist, so kann er's gewiß nicht wieder zurückweinen.

MENAS: Sehr gewiß, Herr; wir dachten nicht, Markus Antonius hier zu treffen. Sagt doch, ist er mit Kleopatra vermählt?

ENOBARBUS: Cäsars Schwester heißt Octavia.

MENAS: Jawohl, sie war des Cajus Marcellus Weib.

ENOBARBUS: Und ist nun des Marcus Antonius Weib.

MENAS: Was Ihr sagt!

ENOBARBUS: 's ist wahr!

MENAS: Dann sind Cäsar und er für immer aneinandergeknüpft!

ENOBARBUS: Wenn es meines Amtes wäre, von dieser Vereinigung zu weissagen, ich prophezeite nicht so.

MENAS: Ich denke, in dieser Angelegenheit tat die Politik mehr für die Heirat als die Liebe der Vermählten.

ENOBARBUS: Das denk ich auch. Aber Ihr sollt sehn, das Band, das ihre Freundschaft zu verknüpfen scheint, erwürgt ihre Verbrüdrung. Octavia ist von frommem, kühlem, stillem Temperament.

MENAS: Wer wünscht sein Weib nicht so?

ENOBARBUS: Der nicht, der selbst nicht so ist: und das ist Mark Anton. Sein ägyptisches Mahl wird ihn zurückziehen; dann werden Octavias Seufzer Cäsars Feuer anfachen, und wie ich vorhin sagte: was die Befestigung ihres Bundes scheint, wird die unmittelbare Veranlassung ihrer Entzweiung werden. Antonius wird seine Liebe zeigen, wo sie ist; hier hat er nur seinen Vorteil geheiratet.

MENAS: So wird's wohl kommen. Sagt, Herr, wollt Ihr an Bord? Ich habe eine Gesundheit für Euch.

ENOBARBUS: Die nehm ich an, Herr; wir haben unsre Gurgeln in Ägypten eingeübt.

MENAS: Wir wollen gehn.

Beide ab.

Siebente Szene

An Bord von Pompejus' Galeere.

Musik. Es treten auf zwei oder drei DIENER, *die ein Bankett anrichten.*

ERSTER DIENER: Gleich werden sie hiersein, Kamerad; ein paar von diesen edlen Bäumen sind nicht mehr im Boden festgewurzelt, der kleinste Wind kann sie umwerfen.

ZWEITER DIENER: Lepidus ist schon hochrot.

ERSTER DIENER: Der hat trinken müssen, wie keiner mehr mochte.

ZWEITER DIENER: Wie nur einer dem andern den wunden Fleck berührt, ruft er: „Haltet ein!" und macht, daß jeder sich seinen Friedensworten und er sich dem Becher ergibt.

ERSTER DIENER: Desto größerer Krieg erhebt sich zwischen ihm und seinen fünf Sinnen.

ZWEITER DIENER: Das kommt dabei heraus, in großer Herren

Gesellschaft Kamerad zu sein; ebensogern hätte ich ein Schilfrohr, das mir nichts mehr nutzen kann als eine Hellebarde, die ich nicht regieren könnte.

ERSTER DIENER: In eine große Sphäre berufen sein und sich nicht einmal darin bewegen können ist wie Löcher, wo Augen sein sollten, was das Gesicht jämmerlich entstellt.

Eine Zinke wird geblasen. Es treten auf CÄSAR, ANTONIUS, POMPEJUS, LEPIDUS, AGRIPPA, MÄCENAS, ENOBARBUS, MENAS *und andre* HAUPTLEUTE.

ANTONIUS *zu Cäsar*:
So ist der Brauch: sie messen dort den Strom
Nach Pyramidenstufen; daran sehn sie,
Nach Höhe, Tief und Mittelstand, ob Teurung,
Ob Fülle folgt. Je höher schwoll der Nil,
Je mehr verspricht er; fällt er dann, so streut
Der Sämann auf den Schlamm und Moor sein Korn
Und erntet bald nachher.

LEPIDUS: Ihr habt seltsame Schlangen dort!

ANTONIUS: Ja, Lepidus.

LEPIDUS: Eure ägyptische Schlange wird also durch die Kraft eurer Sonne aus eurem Schlamm ausgebrütet; so auch euer Krokodil?

ANTONIUS: So ist's.

POMPEJUS: Setzt Euch. – Mehr Wein! Auf Lepidus' Gesundheit!

LEPIDUS: Mir ist nicht so wohl, als ich sein sollte, aber ich bin dabei.

ENOBARBUS: So lange, bis Ihr einschlaft; bis dahin bleibt Ihr gewiß nebenbei.

LEPIDUS: Ja, das muß wahr sein, diese ptolomäischen Pyramichien, sagt man, sind allerliebste Dinger; in allem Ernst, das sagt man.

MENAS *beiseite zu Pompejus*: Ein Wort, Pompejus.

POMPEJUS *beiseite zu Menas*: Sag ins Ohr, was ist's?

MENAS *beiseite zu Pompejus*:
Steh auf von deinem Sitz, ich bitt dich, Feldherr,
Und hör mich auf ein Wort.

POMPEJUS *beiseite zu Menas*: Wart noch ein Weilchen.
Den Wein für Lepidus.

LEPIDUS: Was für 'ne Sorte von Geschöpf ist Euer Krokodil?

ANTONIUS: Es hat eine Gestalt, Herr, wie es selbst, und ist so breit, wie seine Breite beträgt; just so hoch, wie es hoch ist, und bewegt sich mit seinen eignen Gliedern; es lebt von seiner Nahrung, und haben seine Elemente sich aufgelöst, so wird ein neues Wesen aus ihm.

LEPIDUS: Was hat es für eine Farbe?

ANTONIUS: Auch seine eigentümliche Farbe.

LEPIDUS: Ein kurioser Wurm!

ANTONIUS: Allerdings. Und seine Tränen sind naß.

CÄSAR: Wird ihm diese Beschreibung genügen?

ANTONIUS: Nach allen Gesundheiten, die Pompejus ihm bringt; sonst ist er ein wahrer Nimmersatt.

POMPEJUS *beiseite zu Menas*:
Geh mir und laß dich hängen! mit mir reden?
Geh, tu, wie ich dich hieß. Wo bleibt mein Becher?

MENAS *beiseite zu Pompejus*:
Hab ich dir Treu bewiesen, hör mich an
Und komm beiseit.

POMPEJUS *beiseite zu Menas*:
Du bist nicht klug. Was willst du? *Steht auf und tritt zur Seite.*

MENAS: Ich zog die Mütze stets vor deinem Glück.

POMPEJUS: Du hast mir immer brav gedient: was weiter? –
Munter, ihr edlen Herrn!

ANTONIUS: Nehmt Euch in acht
Vor dieser Sandbank, Lepidus; Ihr sinkt!

MENAS: Willst du Herr sein der ganzen Welt?

POMPEJUS: Was sagst du?

MENAS: Willst Herr der ganzen Welt sein? Zweimal sagt ich's.

POMPEJUS: Wie sollte das geschehn?

MENAS: Sei willig nur;
Und schein ich noch so arm, ich bin der Mann,
Der dir die ganze Welt gibt.

POMPEJUS: Bist du trunken?

MENAS: Nein, Feldherr, vor dem Becher wahrt ich mich;
Du bist, wenn du's nur wagst, der Erde Zeus,
Und was das Meer umgrenzt, umwölbt der Himmel,
Ist dein, wenn du's nur willst.

POMPEJUS: So sag mir, wie?

MENAS: Diese drei Weltenteiler, die Triumvirn,
Faßt unser Schiff; ich kappe jetzt das Tau,
Wir stoßen ab, ich greif an ihre Kehle,
Und dein ist alles.

POMPEJUS: Ah! hättst du's getan

Und nichts gesagt! In mir ist's Büberei,
Von dir getreuer Dienst. Vergiß es nie,
Mein Vorteil nicht geht meiner Ehre vor,
Die Ehre ihm. Bereu es, daß dein Mund
So deine Tat verriet. Tatst du's geheim,
Dann hätt ich's, wenn's geschehn, als gut erkannt,
Doch nun muß ich's verdammen. – Vergiß und trink!

MENAS *beiseite*: Hinfort
Folg ich nie wieder deinem morschen Glück!
Wer sucht und greift nicht, was ihm einmal zuläuft,
Findet's nie wieder.

POMPEJUS: Lepidus soll leben!

ANTONIUS: Tragt ihn ans Land; ich tu für ihn Bescheid.

ENOBARBUS: Menas, dein Wohl!

MENAS: Willkommen, Enobarbus!

POMPEJUS: Füllt bis zum Rand den Becher!

ENOBARBUS: Der Kerl hat Kräfte, Menas! *Zeigt auf den Diener, der Lepidus hinausträgt.*

MENAS: Wie?

ENOBARBUS: Da trägt er
Den dritten Teil der Welt: Mann, siehst du's nicht?

MENAS: Dies Drittel also trunken! Wär's die ganze,
So käm es bald zu Rande.

ENOBARBUS: Trink, mach uns keine Schande!

MENAS: So komm!

POMPEJUS: Dies ist noch kein ägyptisch Fest!

ANTONIUS: Es kommt ihm doch schon nah. Stoßt an die Becher!
Der hier für Cäsar!

CÄSAR: Ich verbät es lieber;
's ist schwere Arbeit, mein Gehirn zu waschen;
Und es wird schmutz'ger.

ANTONIUS: Sei ein Kind der Zeit.

CÄSAR: Trink aus, ich tu Bescheid: doch lieber fast ich
Vier Tage lang, als einen so viel trinken.

ENOBARBUS *zu Antonius*: O wackrer Imperator!
Solln wir ägypt'schen Bacchustanz beginnen
Und feiern diesen Trunk?

POMPEJUS: Recht so, mein Krieger!

ANTONIUS: Kommt, schließen wir den Reihn,
Bis der sieghafte Wein den Sinn uns taucht
In süßen, weichen Lethe.

ENOBARBUS: Nun umfaßt euch;
Bestürmt das Ohr mit lärmender Musik,
Bis ich euch stelle: dann singt der Knab ein Lied,
Und jeder fällt mit ein im Chor so laut,
Wie seine starke Brust nur schmettern kann.

Musik. Enobarbus stellt sie, und sie schließen den Reihen.

Lied

Komm, du König, weinbekränzt,
Bacchus, dessen Auge glänzt:
Du verjagst die Leidgedanken!
In den Locken Efeuranken,
Trinkt, bis alle Welten schwanken,
Trinkt, bis alle Welten schwanken!

CÄSAR: Was wollt ihr mehr? Gut Nacht, Pompejus. Bruder,
Gehn wir, ich bitt Euch; unser ernst Geschäft
Zürnt diesem Leichtsinn. Werte Herrn, brecht auf,
Ihr seht, die Wangen glühn. Selbst Enobarbus
Ist schwächer als der Wein; auch meine Zunge
Spaltet die Worte; wilder Taumel hat uns
Zu Gecken fast vermummt. Was red ich hier?
Gut Nacht!
Die Hand, Antonius!

POMPEJUS: Ich prüf Euch noch an Land.

ANTONIUS: Gut, gebt die Hand, Herr.

POMPEJUS: O Anton, Ihr habt
Des Vaters Haus: was tut's, wir sind ja Freunde! –
Kommt jetzt ins Boot.

ENOBARBUS: Nehmt Euch in acht, und fallt nicht.

Pompejus, Cäsar, Antonius und Gefolge ab.

Menas, ich will nicht mit.

MENAS: Komm zur Kajüte.
He, unsre Trommeln, Flöten, Zimbeln, he!
Hör es, Neptun, welch lauten Abschied wir
Diesen Gewalt'gen bringen; blast, so blast doch!

Trompeten und Trommeln.

ENOBARBUS: Hallo! die Mützen schwenkt!

MENAS: Brav, wackrer Kriegsmann!
Kommt!

Gehn ab.

DRITTER AUFZUG

ERSTE SZENE

Eine Ebene in Syrien.

VENTIDIUS *tritt auf, wie nach einem Siege; mit ihm* SILIUS *und andre römische* HAUPTLEUTE *und* SOLDATEN; *vor ihnen wird der* LEICHNAM DES PACORUS *getragen.*

VENTIDIUS: So, kühnes Parthien, schlug ich dich, und so
Erwählte mich das Glück, des Crassus Tod
Zu rächen. Tragt den toten Königssohn
Dem Heer voran. Orodes, dein Pacorus
Zahlt dies für Crassus.

SILIUS: Würdiger Ventidius!
Weil noch vom Partherblute raucht dein Schwert,
Folge den flücht'gen Parthern schnell durch Medien,
Mesopotamien und in alle Schluchten,
Wohin die Flucht sie trieb. Dann hebt dein Feldherr
Antonius auf den Siegeswagen dich
Und kränzt dein Haupt mit Lorbeern.

VENTIDIUS: Silius, Silius!
Ich tat genug. Ein Untergebner, merk es,
Glänzt leicht zu hell; denn wisse dies, o Silius:
Besser nichts tun als zu viel Ruhm erwerben
Durch tapfre Tat, wenn unsre Obern fern.
Cäsar und Mark Anton gewannen stets
Durch Diener mehr als durch sich selber. Sossius,
Sein Hauptmann, der vor mir in Syrien stand,
Verlor, weil ihn zu schnell der Ruf erhob,
Den er erlangt im Umsehn, seine Gunst.
Wer mehr im Krieg tut, als sein Feldherr kann,
Wird seines Feldherrn Feldherr; und der Ehrgeiz,
Des Kriegers Tugend, wählt Verlust wohl lieber
Als Sieg, der ihn verdunkelt.
Ich könnte mehr tun zu Antonius' Vorteil,
Doch würd's ihn kränken; und in seiner Kränkung
Verschwände mein Bemühn.

SILIUS: Du hast, Ventidius,
Was, fehlt es ihm, den Krieger und sein Schwert
Kaum unterscheiden läßt. – Schreibst du dem Mark Anton?

VENTIDIUS: Ich meld in Demut, was in seinem Namen,
Dem mag'schen Feldgeschrei, uns dort gelang:
Wie sein Panier, sein wohlbezahltes Heer,
Die nie besiegte parth'sche Reiterei
Mit Schmach vom Feld gejagt.
SILIUS: Wo ist er jetzt?
VENTIDIUS: Er wollte nach Athen: und dort mit so viel Eil,
Wie unsers Zugs Beschwer vergönnen will,
Erscheinen wir vor ihm. Nun vorwärts, Leute! weiter!
Alle ab.

ZWEITE SZENE

Rom. Ein Vorzimmer in Cäsars Hause.

AGRIPPA *und* ENOBARBUS *begegnen einander.*

AGRIPPA: Wie? trennten sich die Schwäger?
ENOBARBUS: Sie sind eins mit Pompejus; er ist fort,
Die andern unterzeichnen. Octavia weint,
Von Rom zu gehn; Cäsar ist traurig; Lepidus,
Wie Menas sagt, hat seit Pompejus' Schmaus
Die Bleichsucht.
AGRIPPA: Ei du wackrer Lepidus!
ENOBARBUS: Ausbündigstes Gemüt! Wie liebt er Cäsar!
AGRIPPA: Und wie entzückt ihn vollends Mark Anton!
ENOBARBUS: Cäsar? Das ist der Jupiter der Menschheit!
AGRIPPA: Und Mark Anton? Der Gott des Jupiter!
ENOBARBUS: Spracht Ihr von Cäsar? O der nie Erreichte!
AGRIPPA: Und Mark Anton? Der Phönix aus Arabien!
ENOBARBUS: Cäsar zu loben, sprecht: „Cäsar!" Nichts mehr!
AGRIPPA: Ja, beiden spendet er erhabnes Lob.
ENOBARBUS: Doch Cäsar mehr. Zwar liebt er auch Anton,
Nicht Herz, Wort, Ziffer, Schreiber, Bard und Dichter
Denkt, spricht, zählt, schreibt, singt, reimt, was er empfindet
Für Mark Anton: doch nennt Ihr Cäsar, kniet,
Kniet nieder, kniet und staunt.
AGRIPPA: Er liebt sie beide.
ENOBARBUS: Sie sind ihm Flügeldecken, er ihr Käfer.
Trompetenstoß.
So:
Das heißt zu Pferd. Leb wohl, edler Agrippa!

AGRIPPA: Viel Glück, mein wackrer Krieger, und lebt wohl!

Es treten auf CÄSAR, ANTONIUS, LEPIDUS *und* OCTAVIA.

ANTONIUS: Nicht weiter, Herr!

CÄSAR: Ihr nehmt von mir ein Großteil von mir selbst;
Ehrt mich in ihm. Schwester, sei solch ein Weib,
Wie dich mein Herz gedacht, mein höchstes Pfand
Dir Bürgschaft leisten möchte. Mein Anton,
Laß nie dies Tugendbildnis, zwischen uns
Als unsrer Liebe Mörtel eingesetzt,
Sie fest zu gründen, Mauerbrecher werden,
Sie zu zerschmettern. Besser dann für uns,
Wir liebten ohne sie, wenn beide nicht
Dies Mittel heilig achten.

ANTONIUS: Kränkt mich nicht
Durch Mißtraun.

CÄSAR: Nun genug.

ANTONIUS: Nie geb ich Euch,
So fein Ihr prüfen mögt, den kleinsten Anlaß
Zu solcher Furcht. So schützen dich die Götter
Und lenken deinem Wunsch die Herzen Roms!
Wir scheiden hier!

CÄSAR: Leb wohl, geliebte Schwester, lebe wohl!
Die Elemente sei'n dir hold, sie stärken
Mit frohem Mut dein Herz! Gehab dich wohl!

OCTAVIA: Mein edler Bruder!

ANTONIUS: April ist dir im Aug, der Liebe Lenz,
Und Tränen sind der Regen, die ihn künden!
Blick heiter!

OCTAVIA: Oh, sorge doch für meines Gatten Haus,
Und ...

CÄSAR: Wie, Octavia?

OCTAVIA: ... heimlich sag ich's dir.

ANTONIUS: Ihr Mund gehorcht dem Herzen nicht noch kann
Das Herz die Zunge meistern: wie des Schwans
Flaumfeder steht auf hochgeschwellter Flut
Und sinkt auf keine Seite.

ENOBARBUS *beiseite zu Agrippa*: Wird Cäsar weinen?

AGRIPPA *beiseite zu Enobarbus*: Seht nur seine Blässe!

ENOBARBUS *beiseite zu Agrippa*:
Das wäre schlimm genug, wär er ein Pferd;
So mehr für einen Mann.

AGRIPPA *beiseite zu Enobarbus*: Wie, Enobarbus?
Antonius, als er Cäsar sah erschlagen,
Da schluchzt' er bis zum Schrei und weinte auch
Über des Brutus Leiche bei Philippi.
ENOBARBUS *beiseite zu Agrippa*:
Nun, in dem Jahre hatt er wohl den Schnupfen!
Was er mit Lust zerstört, netzt' er mit Tränen?
Das glaubt, wenn ich auch weine.
CÄSAR: Nein, teure Schwester!
Stets sollst du von mir hören; keine Zeit
Soll dein Gedächtnis tilgen.
ANTONIUS: Kommt nun, kommt!
Laßt mich mit Euch in Kraft der Liebe ringen,
Seht, so noch halt ich Euch: so laß ich los
Und gebe Euch den Göttern.
CÄSAR: Geht! Seid glücklich!
LEPIDUS: Die ganze Schar der Stern' umleuchte dir
Den heitern Pfad!
CÄSAR: Leb wohl! leb wohl!
Umarmt Octavia.
ANTONIUS: Leb wohl!
Trompetenstoß. Alle ab.

DRITTE SZENE

Alexandria. Ein Zimmer im Palast.

Es treten auf KLEOPATRA, CHARMION, IRAS *und* ALEXAS.

KLEOPATRA: Wo ist der Mensch?
ALEXAS: Er fürchtet sich zu kommen.
KLEOPATRA: Nur zu, nur zu: tritt näher, Freund.
BOTE *tritt auf.*
ALEXAS: Monarchin,
Herodes von Judäa scheut dein Auge,
Wenn du nicht lächelst.
KLEOPATRA: Des Herodes Haupt
Verlang ich: aber wie? wer kann mir's schaffen,
Seit Mark Anton nicht hier ist! – Komm, nur näher!
BOTE: Huldreiche Majestät –

KLEOPATRA: Hast du Octavia
Selber gesehn?
BOTE: Ja, Herrin.
KLEOPATRA: Wo?
BOTE: In Rom.
Ich sah ihr ins Gesicht; sah sie geführt
Von ihrem Bruder und von Mark Anton.
KLEOPATRA: Ist sie so groß wie ich?
BOTE: Nein, gnäd'ge Fürstin.
KLEOPATRA: Und ihre Sprache? Ist tief sie oder hell?
BOTE: Ich hörte, wie sie sprach mit tiefer Stimme.
KLEOPATRA:
Dann klingt's nicht gut, dann liebt er sie nicht lang.
CHARMION: Sie lieben? Nun, bei Isis, ganz unmöglich!
KLEOPATRA:
Das hoff ich, Charmion! dumpf von Stimm und zwerghaft!
Ist Majestät in ihrem Gang? Besinn dich,
Wenn du je Majestät gesehn!
BOTE: Sie kriecht;
Ihr Stillstehn und Bewegen sind fast eins;
Sie zeigt sich mehr ein Körper als ein Leben,
Mehr Bildnis als beseelt.
KLEOPATRA: Ist das gewiß?
BOTE: Sonst fehlt mir Scharfblick.
CHARMION: Drei in ganz Ägypten
Bemerken besser nicht.
KLEOPATRA: Er zeigt Verstand,
Das seh ich wohl. Von der ist nichts zu fürchten:
Der Mensch hat gutes Urteil.
CHARMION: Ausgezeichnet!
KLEOPATRA: Wie alt wohl mag sie sein?
BOTE: Sie war
Schon Witwe, Fürstin.
KLEOPATRA: Witwe? Charmion, hörst du?
BOTE: Auf dreißig schätz ich sie.
KLEOPATRA: Schwebt dir ihr Antlitz vor? lang oder rund?
BOTE: Ganz übertrieben rund.
KLEOPATRA: Solche Gesichter
Verraten meist auch Einfalt. Was für Haar?
BOTE: Braun, Fürstin, und so niedrig ihre Stirn,
Wie man's nur sehn mag.

KLEOPATRA: Nimm, da hast du Gold.
Du mußt mein Eifern von vorhin vergessen.
Ich geb dir Briefe mit zurück; du scheinst mir
Sehr brauchbar in Geschäften. Mach dich fertig;
Die Briefe sind bereit.

Bote ab.

CHARMION: Ein hübscher Mann!
KLEOPATRA: Das ist er auch; und ich bereue sehr,
Daß ich ihn so gerauft. Nun, so nach ihm
Kann das Geschöpf nicht viel bedeuten.
CHARMION: Gar nichts.
KLEOPATRA: Er sah doch Majestät und muß sie kennen.
CHARMION: Ob er sie sah! Nun, Isis mög ihm helfen,
Der so lang in Euerm Dienst!
KLEOPATRA: Ich muß ihn eins noch fragen, gute Charmion;
Doch tut es nichts. Geh, bring ihn auf mein Zimmer,
Da will ich schreiben. Noch vielleicht gelingt's!
CHARMION: Fürstin, verlaßt Euch drauf.

Gehn ab.

Vierte Szene

Athen. Zimmer in Antonius' Hause.

Antonius *und* Octavia *treten auf.*

ANTONIUS: Nein, nein, Octavia; 's ist nicht das allein;
Das wär verzeihlich: das und tausend andres
Von gleicher Art. Doch neuen Krieg begann er
Wider Pompejus; las sein Testament
Dem Volke vor;
Sprach leicht von mir, und mußt er mein durchaus
Ruhmvoll erwähnen, tat er's doch nur kalt
Und matt und brauchte höchst verkleinernd Maß.
Den nächsten Anlaß nahm er nicht, und mußt er,
Geschah's nur nebenher.
OCTAVIA: O teurer Gatte,
Glaub doch nicht allem, oder mußt du glauben,
Nimm's nicht als Kränkung. Unglücksel'ger stand
– Trennt ihr euch jetzt – kein Weib je zwischen zweien,
Für beide betend;

Die guten Götter werden meiner spotten,
Fleh ich zu ihnen: „Schützet meinen Bruder“,
Und widerruf es mit gleich lautem Flehn:
„Schützt den Gemahl!“ Mag Gatte, Bruder siegen,
Zerstört Gebet das Beten; kein Vermitteln
Liegt zwischen diesem Äußersten.

ANTONIUS: O Teure,
Schenk deine beste Liebe dem, der ihr
Den besten Schutz verheißt. Die Ehre missen
Heißt alles missen. Besser nicht der Deine
Als dein so schmuckberaubt. Doch wie du's batest,
Sei Botin zwischen uns; derweil, Octavia,
Will ich die Rüstung ordnen diesem Krieg,
Der deinem Bruder Schmach bringt. Eiligst fort;
So wird dir, was du wünschest.

OCTAVIA: Dank, mein Gatte!
Der Weltregierer mache mich, die Schwächste,
Euch zur Versöhnerin! – Krieg zwischen euch,
Das wär, als spaltet' sich die Welt und Leichen
Füllten die weite Kluft!

ANTONIUS: Wenn du es einsiehst, wer den Zwist begann,
Lenk dorthin deinen Tadel. Unsre Schuld
Kann nicht so gleich sein, daß sich deine Liebe
Gleichmäßig teilte. Nun betreib die Reise,
Wähl dein Gefolge selbst und wieviel Aufwand
Dir irgend nur beliebt.

Gehn ab.

Fünfte Szene

Ein anderes Zimmer daselbst.

Enobarbus *und* Eros, *einander begegnend.*

ENOBARBUS: Was gibt es, Freund Eros?
EROS: Herr, man hört seltsame Neuigkeiten.
ENOBARBUS: Was denn?
EROS: Cäsar und Lepidus haben dem Pompejus Krieg erklärt.
ENOBARBUS: Das ist etwas Altes. Wie war der Ausgang?
EROS: Cäsar, nachdem er ihn im Krieg wider Pompejus gebraucht, verweigert ihm jetzt alle Mitgenossenschaft; läßt

ihm keinen Teil an dem Ruhm des Feldzugs; und damit nicht zufrieden, beschuldigt er ihn, vormals dem Pompejus Briefe geschrieben zu haben; auf seine eigne Anklage setzt er ihn fest, und so ist's nun mit dem armen dritten Mann vorbei, bis Tod sein Gefängnis öffnet.

ENOBARBUS: So hast du nur, o Welt, zwei Kiefer noch!
Wirf alles Futter, das du hast, dazwischen,
Sie werden sich zermalmen. Wo ist Mark Anton?
EROS: Er geht im Garten so: Stößt mit dem Fuß
Die Binsen vor sich her; ruft: „Lepidus! du Tor!"
Und droht der Gurgel des Soldaten, der
Pompejus schlug.
ENOBARBUS: Die Flott ist segelfertig.
EROS: Wider Italien und den Cäsar. – Eins noch:
Anton verlangt Euch jetzt; die Neuigkeit
Konnt ich Euch später sagen.
ENOBARBUS: 's wird nichts sein;
Doch wolln wir sehn. Führ mich zu ihm.
EROS: So komm.

Gehn ab.

Sechste Szene

Rom. Zimmer in Cäsars Hause.

Es treten auf Cäsar, Agrippa *und* Mäcenas.

CÄSAR: Rom zur Verhöhnung tat er dies und mehr.
In Alexandria, hier schreibt man mir's,
Thronten auf offnem Markt vor allem Volk
Kleopatra und er auf goldnen Stühlen
Und silbernem Gerüst: zu ihren Füßen
Cäsarion, meines Vaters Sohn genannt,
Und all die Bastardbrut, die ihre Lust
Seitdem erzeugt. Zur Herrschaft von Ägypten
Gab er ihr Zypern, Nieder-Syrien, Lydien
Als einer unumschränkten Königin.
MÄCENAS: Dies vor den Augen alles Volks?
CÄSAR: Auf öffentlicher Bühne, wo sie spielen,
Setzt er zu Kön'gen über Kön'ge seine Söhne:
Groß-Medien, Parthien und Armenien

Gab er dem Alexander; Ptolemäus:
Syrien, Zilizien und Phönizien. Sie
Trug an dem Tag der Göttin Isis Kleid,
In dem sie oft zuvor, wie man erzählt,
Gehör erteilt.

MÄCENAS: Die Nachricht laßt in Rom
Verbreiten.

AGRIPPA: Längst durch seinen Übermut
Verstimmt, wird es ihm seine Gunst entziehn.

CÄSAR: Das Volk erfuhr's und hat von ihm nun gleichfalls
Die Klag erhalten.

AGRIPPA: Wen beschuldigt er?

CÄSAR: Cäsar: Zuerst, daß, als Sizilien wir
Pompejus nahmen, wir nicht abgeteilt
Für ihn die Hälfte; daß er Schiffe mir
Geliehn und nicht zurückerhielt; dann zürnt er,
Daß Lepidus aus dem Triumvirat
Entsetzt ward und wir auf sein ganz Vermögen
Beschlag gelegt.

AGRIPPA: Darauf müßt Ihr erwidern.

CÄSAR: Das ist geschehn, ich sandte schon den Boten.
Lepidus, schrieb ich, sei zu grausam worden;
Gemißbraucht hab er seine hohe Macht
Und diesen Fall verdient. Was ich erobert,
Das woll ich teilen; doch verlang ich auch
Ein Gleiches für Armenien und die andern
Besiegten Reiche.

MÄCENAS: Nimmer räumt er's ein.

CÄSAR: So wird das andre ihm nicht eingeräumt.

OCTAVIA *tritt auf mit* GEFOLGE.

OCTAVIA: Heil Cäsar, meinem Herrn! Heil, teurer Cäsar!

CÄSAR: Daß ich dich je Verstoßne mußte nennen!

OCTAVIA: Du nanntest nicht mich so noch hast du Grund.

CÄSAR:
Stahlst du dich heimlich nicht hierher? Du kommst nicht
Wie Cäsars Schwester! Des Antonius Weib
Mußt uns ein Heer anmelden und das Wiehern
Der Rosse ihre Ankunft uns verkünden,
Lang eh sie selbst erschien, die Bäum am Wege
Besetzt mit Menschen sein, Erwartung schmachten
In sehnlichem Verlangen, ja der Staub

Mußte zum Dach des Himmels sich erheben,
Erregt vom Volksgewühl! allein du kommst
Gleich einer Bäurin her nach Rom, die Huld'gung
Vereitelnd unsrer Gunst, die, nicht gezeigt,
Oft ungeliebt bleibt. Dich begrüßen sollten
Gestad und Meer, auf jeder Ruhestätte
Mit neuem Prunk dich feiernd.

OCTAVIA: Teurer Bruder,
Nicht kam ich so, weil man mich zwang; ich tat's
Aus freier Wahl. Antonius, mein Gebieter,
Von deiner Rüstung hörend, gab mir Nachricht
Der bösen Kunde; und sogleich begehrt ich
Urlaub zur Heimkehr.

CÄSAR: Den er gern gewährt,
Weil zwischen ihm und seiner Lust du standst!

OCTAVIA: Denke nicht so.

CÄSAR: Ich faßt ihn wohl ins Auge,
Mir bringt der Wind von seinem Tun die Kunde.
Wo ist er jetzt?

OCTAVIA: Noch in Athen, mein Bruder!

CÄSAR: Nein, schwer gekränkte Schwester. Kleopatra
Hat ihn zu sich gewinkt. Er gab sein Reich
An eine Metze, und nun werben sie
Der Erde Kön'ge für den Krieg. Ihm folgen
Bochus, König von Libyen; Archelaus
Von Kappadokien; Philadelphus, König
Von Paphlagonien; Thrakiens Fürst Adallas;
Fürst Malchus von Arabien; der von Pontus;
Herodes von Judäa; Mithridat
Von Komagene; Polemon und Amintas,
Der Lykaonier und der Meder Fürsten,
Und noch viel andre Zepter.

OCTAVIA: Ach, ich Ärmste,
In deren Herz sich zwei Geliebte teilen,
Die bittre Feindschaft trennt!

CÄSAR: Sei hier willkommen.
Nur deine Briefe hemmten noch den Ausbruch,
Bis wir zugleich erkannt, wie man dich täuschte
Und Säumnis uns gefährde. Sei getrost,
Dich kümmre nicht der Zeitlauf, dessen strenge
Notwendigkeit dein friedlich Glück bedroht.

Nein, schau den vorbestimmten Schicksalsgang
Jetzt ohne Tränen; sei gegrüßt in Rom,
Teurer als je. Weit über alles Maß
Wardst du gekränkt; und die erhabne Gottheit
Macht, dich zu rächen, uns zu ihren Dienern
Und alle, die dich lieben. Tröste dich,
Du bist willkommen stets.

AGRIPPA: Gegrüßt, Verehrte.

MÄCENAS: Gegrüßt, erhabne Frau;
Ganz Rom ist Euch ergeben und beklagt Euch;
Nur Mark Anton, im frechen Ehebruch
Und allem Greul vermessen, stößt Euch aus
Und gibt sein Zepter einer Buhlerin
Als Waffe wider uns.

OCTAVIA: Ist dies die Wahrheit?

CÄSAR: Nur zu gewiß. Willkommen, Schwester; bitt dich,
Bleib standhaft und geduldig. – Liebste Schwester!

Alle ab.

SIEBENTE SZENE

Antonius' Lager bei dem Vorgebirge Aktium.

KLEOPATRA *und* ENOBARBUS *treten auf.*

KLEOPATRA: Ich werde dir's gedenken, zweifle nicht!

ENOBARBUS: Warum? warum denn?

KLEOPATRA: Du widersprachst, daß ich zum Kriege folgte,
Und sagtst, es zieme nicht?

ENOBARBUS: Nun, ziemt es denn?

KLEOPATRA: Uns ward der Krieg erklärt; wie dürften wir
Nicht selbst dabeisein?

ENOBARBUS *beiseite*: Nun, ich könnt erwidern,
Wenn wir mit Stut und Hengst zusammen ausziehn,
Dann sei der Hengst zuviel; die Stute trüge
Den Reiter und sein Roß.

KLEOPATRA: Was sagst du da?

ENOBARBUS: Eur Beisein muß durchaus Anton verwirren
Und ihm an Herz und Hirn und Zeit entwenden,
Was dann höchst unentbehrlich. Zeiht man doch

Ihn schon des Leichtsinns und erzählt in Rom,
Photinus der Eunuch und Eure Weiber
Regierten diesen Krieg.

KLEOPATRA: Fluch Rom! Verdorren
Die Zungen dieser Lästrer! Unser ist
Der Krieg, und als der Vorstand meines Reichs
Streit ich in ihm als Mann. Sprich nicht dagegen,
Ich bleibe nicht zurück.

ENOBARBUS: Ich sage nichts;
Hier kommt der Imperator.

ANTONIUS *und* CANIDIUS *treten auf.*

ANTONIUS: Wie seltsam ist's, Canidius,
Wie konnt er von Tarent doch und Brundusium
So schnell durchschneiden das Jon'sche Meer
Und Toryn nehmen? hörtest du's, Geliebte?

KLEOPATRA: Geschwindigkeit wird nie so sehr bewundert
Wie von Saumseligen.

ANTONIUS: Ein guter Vorwurf,
Wie er dem besten Manne wohl geziemt,
Nachlässigkeit zu rügen. – Wir, Canidius,
Bekämpfen ihn zur See.

KLEOPATRA: Zur See! Wie sonst?

CANIDIUS: Warum denn das, mein Feldherr?

ANTONIUS: Weil er uns dorthin fordert.

ENOBARBUS:
Mein Fürst hat auch zum Zweikampf ihn gefordert.

CANIDIUS: Und bei Pharsalia diese Schlacht zu liefern,
Wo Cäsar mit Pompejus focht; doch beides,
Weil's ihm nicht vorteilhaft, weist er zurück;
So solltet Ihr.

ENOBARBUS: Die Flott ist schlecht bemannt:
Eur Schiffsvolk Maultiertreiber, Bauern, Leute,
In flücht'ger Eil geworben; Cäsars Mannschaft
Dieselbe, die Pompejus oft bekämpft,
Leicht seine Segler, Eure schwer. Kein Unheil
Erwächst für Euch, wenn Ihr zur See ihn meidet;
Zu Lande seid Ihr stark.

ANTONIUS: Zur See! Zur See!

ENOBARBUS: O großer Mann! dadurch vernichtest du
Dein' unerreichte Feldherrnkunst zu Land;
Verwirrst dein Heer, von dem die größte Zahl

Erprobtes Fußvolk ist; unangewandt
Bleibt deine Kriegeskenntnis; du verfehlst
Den Weg, der dir Erfolg verheißt, und gibst
Dich selbst dem eitlen Glück und Zufall hin
Statt fester Sicherheit!

ANTONIUS: Zur See!

KLEOPATRA: Ich bring
Euch sechzig Segel, Cäsar hat nicht beßre.

ANTONIUS: Der Schiffsmacht Überzahl verbrennen wir,
Und mit dem wohlbemannten Rest, am Vorland
Von Aktium, schlag ich Cäsar. Schlägt's uns fehl,
Dann sei's zu Lande noch versucht.

Ein BOTE *tritt auf.*

Was bringst du?

BOTE: Es ist bestätigt, Herr, man sah ihn selbst,
Cäsar nahm Toryn ein.

ANTONIUS: Kann er persönlich dortsein? 's ist unmöglich.
Schon viel, wenn nur sein Heer es ist. Canidius,
Du bleibst am Land mit neunzehn Legionen
Und den zwölftausend Pferden; wir gehn an Bord.

Ein SOLDAT *tritt auf.*

Komm, meine Thetis. – Nun, mein würd'ger Kriegsmann?

SOLDAT: O Imperator! Fechtet nicht zur See,
Baut nicht auf morsche Planken! Traut Ihr nicht
Dem Schwert und diesen Wunden, laßt die Syrer
Und die Ägypter wie die Enten tauchen:
Wir lernten siegen auf dem festen Grund,
Und fechtend Fuß an Fuß.

ANTONIUS: Schon gut! hinweg!

Kleopatra, Antonius und Enobarbus ab.

SOLDAT: Beim Herkules! Mir scheint, ich habe recht.

CANIDIUS: Das hast du, Freund. Doch all sein Tun keimt nicht
Aus eigner Macht: so führt man unsern Führer,
Und wir sind Weiberknechte.

SOLDAT: Ihr behaltet
Zu Land das Fußvolk und die Reiter alle?

CANIDIUS: Marcus Octavius und Marcus Justejus,
Publicola und Cälius sind zur See;
Wir alle stehn am Lande. Diese Eil
Des Cäsar ist unglaublich.

SOLDAT: Seine Macht

Zog so vereinzelt sich aus Rom, daß er
Die Späher täuschte.

CANIDIUS: Wißt Ihr, wer sie führt?

SOLDAT: Man nannte Taurus.

CANIDIUS: Der ist mir bekannt.

Ein BOTE *kommt.*

BOTE: Der Imperator läßt Canidius rufen.

CANIDIUS: Die Zeit ist Neuigkeiten-schwanger; stündlich
Gebiert sie eine.

Alle ab.

ACHTE SZENE

Eine Ebene bei Aktium.

CÄSAR, TAURUS, HAUPTLEUTE *und* GEFOLGE *treten auf.*

CÄSAR: Taurus!

TAURUS: Herr?

CÄSAR: Kämpf nicht zu Lande; bleib geschlossen,
Wag nicht die Schlacht, bis sich's zur See entschied;
Durchaus nicht übertrete dies Gebot.
Auf diesem Wurf steht unser Glück.

Gehn ab.

ANTONIUS *und* ENOBARBUS *treten auf.*

ANTONIUS: Stellt unsre Scharen hinterm Hügel auf
Im Angesicht von Cäsars Heer. Von dort
Läßt sich die Zahl der Segel übersehn
Und demgemäß verfahren.

Gehn ab.

Von der einen Seite CANIDIUS, *mit seinen* LANDTRUPPEN *über die Bühne ziehend; von der andern* TAURUS, *Cäsars Unterfeldherr. Nachdem sie vorbeimarschiert sind, hört man das Getöse einer Seeschlacht.*

Feldgeschrei. ENOBARBUS *kommt zurück.*

ENOBARBUS:
Schmach, Schmach! O Schmach! Ich kann's nicht länger sehn!
Die „Antoniad", Ägyptens Admiralschiff,
Mit allen sechz'gen flieht und kehrt das Ruder:
Dies sehn verzehrt die Augen mir!

SCARUS *tritt auf.*

SCARUS: O Götter und Göttinnen!
O Ratsversammlung aller Himmelsscharen!
ENOBARBUS: Warum so außer dir?
SCARUS: Das größre Eckstück dieser Welt, verloren
Durch baren Unverstand; wir küßten weg
Provinzen und Königreiche!
ENOBARBUS: Wie schaut das Treffen?
SCARUS: Auf unsrer Seite wie die Beulenpest,
Wo Tod gewiß. Die Schandmähr aus Ägypten
– Der Aussatz treffe sie! – in Kampfes Mitte,
Als Vorteil wie ein Zwillingspaar erschien,
Sie beide gleich, ja älter fast der unsre –
Die Brems auf ihr, wie eine Kuh im Juni,
Hißt alle Segel auf und flieht.
ENOBARBUS: Ich sah's;
Mein Aug erkrankte, wie's geschah; nicht konnt es
Ertragen, mehr zu schaun.
SCARUS: Sie kaum gewandt,
Als ihres Zaubers edles Wrack, Antonius,
Die Schwingen spreitend wie ein brünst'ger Entrich,
Die Schlacht verläßt auf ihrer Höh und fliegt
Ihr nach.
Noch nimmer sah ich eine Tat so schändlich;
Erfahrung, Mannheit, Ehre hat noch nie
Sich selber so vernichtet!
ENOBARBUS: Weh uns! weh!

CANIDIUS *tritt auf.*

CANIDIUS: Zur See ist unser Glück ganz außer Atem
Und sinkt höchst jammervoll. War unser Feldherr heut
Nur, wie er selbst sich kannte, ging es gut!
Oh, er hat Beispiel unsrer Flucht gegeben
Höchst schmählich durch die eigne!
ENOBARBUS *beiseite*: Ho! steht die Sache so? Dann freilich ist
Es aus.
CANIDIUS: Zum Peloponnes sind sie entflohn.
SCARUS: Der läßt sich bald erreichen; dort erwart ich,
Was weiter folgt.
CANIDIUS: Ich überliefre Cäsar
Die Reiter und Legionen; schon sechs Kön'ge
Zeigten, wie man die Waffen streckt.
ENOBARBUS: Noch will ich

Dem wunden Glück Antonius' folgen, hält
Vernunft schon mit dem Gegenwind die Richtung.
Gehn ab.

NEUNTE SZENE

Alexandria. Ein Zimmer im Palast.

ANTONIUS *tritt auf, von einigen* DIENERN *begleitet.*

ANTONIUS: Horch! Mir verbeut der Boden, ihn zu treten,
Er schämt sich, mich zu tragen! Freunde, kommt:
Bin ich doch so verspätet in der Welt,
Daß ich den Weg verlor auf ewig. Nehmt
Mein Schiff, mit Gold beladen; teilt es, flieht
Und macht mit Cäsar Frieden.
ALLE: Fliehn? nicht wir!
ANTONIUS: Ich selber floh und lehrte Memmen fliehn
Und ihren Rücken zeigen. Freunde, geht;
Zu neuer Laufbahn hab ich mich entschlossen,
Die euer nicht bedarf: drum geht,
Mein Schatz liegt dort im Hafen, nehmt ihn. – Oh,
Dem folgt ich, was mich rot macht, es zu schaun;
Ja selbst mein Haar empört sich; denn das weiße
Tadelt des braunen Raschheit, dies an jenem
Feigheit und Wahnwitz! – Freunde, geht! ich will
Euch Brief' an solche geben, die den Weg
Euch ebnen sollen. Bitt euch, seid nicht traurig,
Erwidert nicht mit Trübsinn, nehmt die Weisung,
Die mir Verzweiflung rät: verlassen sei,
Was selber sich verläßt! Geht stracks zur See,
Ich schenk euch jenes Schiff und alles Gold. –
Laßt mich, ich bitt, ein wenig: ich bitt euch jetzt,
O tut's! denn mein Befehl ist nun zu Ende,
Drum bitt ich euch. – Ich folg euch augenblicks.
Er setzt sich nieder.

KLEOPATRA, *geführt von* CHARMION *und* IRAS, *und* EROS *treten auf.*

EROS: O güt'ge Frau, zu ihm! O tröstet ihn!
IRAS: Tut es, geliebte Fürstin!
CHARMION: Ja, tut es: was auch sonst?
KLEOPATRA: Laß mich niedersitzen. O Juno!

ANTONIUS: Nein, nein, nein, nein!
EROS: Seht Ihr hier, o Herr?
ANTONIUS: O nein, nicht doch!
CHARMION: Gnädige Frau!
IRAS: O Fürstin, güt'ge Kaiserin!
EROS: Herr, Herr!
ANTONIUS: Ja, Herr, o ja! – Er, zu Philippi, führte
Sein Schwert recht wie ein Tänzer, während ich
Den hagern, finstern Cassius schlug! Ich fällte
Den tollen Brutus; er ließ andre handeln
An seiner Statt und hatte nicht Erfahrung
Im wackern Kampf des Felds. Doch jetzt – es tut nichts!
KLEOPATRA: Oh, steht mir bei!
EROS: Die Königin, Herr, die Königin!
IRAS: Geht zu ihm, Fürstin, sprecht zu ihm!
Er ist sich selbst entfremdet vor Beschämung!
KLEOPATRA: Nun wohl denn – führt mich – oh!
EROS: Erhabner Herr, steht auf: die Königin naht,
Ihr Haupt gesenkt; der Tod ergreift sie – nur
Durch Euren Trost kann sie genesen.
ANTONIUS: Verletzt hab ich die Ehre:
So schändlich zu entfliehn!
EROS: Die Fürstin, Herr!
ANTONIUS: Oh, wohin brachtst du mich, Ägypten? Sieh,
Wie ich die Schmach entziehe deinem Auge
Und seh zurück auf das, was ich verließ,
Zerstört in Schande!
KLEOPATRA: O mein teurer Herr,
Vergib den scheuen Segeln. Nimmer glaubt ich,
Du würdest folgen.
ANTONIUS: Wußtst du nicht, Ägypten,
Mein Herz sei an dein Steuer fest gebunden
Und daß du nach mich rissest? Ha, du kanntest
Die Oberherrschaft über meinen Geist,
Und daß dein Wink vom göttlichen Gebot
Zurück mich herrschte!
KLEOPATRA: O verzeih!
ANTONIUS: Nun muß ich
Dem jungen Mann demüt'gen Vorschlag senden,
Mich windend krümmen niedrigem Vertrag,
Ich, dessen Laune mit des Weltballs Wucht gespielt,

Schicksale schaffend und vernichtend. Ja du wußtest,
Wie du so ganz mein Sieger warst und daß
Mein Schwert, entherzt durch meine Lieb, ihr blind
Gehorchen würde.

KLEOPATRA: O vergib, vergib!

ANTONIUS: Laß keine Träne fallen. Eine zahlt
Gewinn so wie Verlust; gib einen Kuß,
Schon dies vergilt mir alles. – Unsern Lehrer sandt ich;
Kam er zurück? Ich fühl mich schwer wie Blei;
Bringt etwas Wein und Speise. – Glück, du weißt,
Triffst du uns hart, so trotzen wir zumeist.

Alle ab.

Zehnte Szene

Cäsars Lager in Ägypten.

Es treten auf Cäsar, Dolabella, Thyreus *und* andre.

CÄSAR: Der trete vor, der vom Antonius kommt. –
Kennst du ihn?

DOLABELLA: 's ist der Lehrer seiner Kinder:
Das zeigt, wie kahl er ist, entsandt er uns
Aus seinem Flügel solche dürft'ge Feder,
Er, der vor wenig Monden Könige konnt
Als Boten schicken.

Euphronius *tritt auf.*

CÄSAR: Komm heran und sprich.

EUPHRONIUS: So, wie ich bin, komm ich von Mark Anton:
Ich war noch jüngst so klein für seine Zwecke
Wie auf dem Myrtenblatt der Morgentau,
Dem Meer verglichen.

CÄSAR: Sei's! Sag deinen Auftrag.

EUPHRONIUS:
Er grüßt dich, seines Schicksals Herrn, und wünscht
Zu leben in Ägypten. Schlägst du's ab,
So mäßigt er die Fordrung und ersucht dich:
Gönn ihm, zu atmen zwischen Erd und Himmel
Als Bürger in Athen. Soviel von ihm.
Dann: Kleopatra huldigt deiner Macht,
Beugt sich vor deiner Größ und fleht von dir

Der Ptolemäer Reif für ihre Söhne,
Als Willkür deiner Gnade.

CÄSAR: Für Anton
Bin ich der Fordrung taub. Der Königin
Wird nicht Gehör noch Zugeständnis fehlen,
Treibt sie hinweg den schmachentstellten Buhlen
Oder erschlägt ihn hier: vollbringt sie dies,
Sei ihr Gesuch gewährt. So viel für beide.

EUPHRONIUS: Das Glück geleite dich!

CÄSAR: Führt ihn durchs Heer!

Euphronius ab.

Zu Thyreus: Nun zeige deine Rednerkunst: enteile,
Gewinn Kleopatra ihm ab; versprich
In unserm Namen, was sie heischt, und biet
Nach eignem Sinn weit mehr. Stark sind die Weiber
Im höchsten Glück nicht: Mangel lockt zum Meineid
Selbst der Vestalin Tugend; deine List versuche;
Den Preis der Müh bestimme selber dir,
Uns sei Gesetz dein Wort.

THYREUS: Cäsar, ich gehe.

CÄSAR: Betrachte, wie Anton den Riß erträgt
Und was sein ganz Benehmen dir verkündet
In jeder äußern Regung.

THYREUS: Zähl auf mich.

Alle ab.

Elfte Szene

Alexandria. Ein Zimmer im Palast.

Es treten auf Kleopatra, Enobarbus, Charmion *und* Iras.

KLEOPATRA: Was bleibt uns jetzt noch übrig?

ENOBARBUS: Denken – sterben.

KLEOPATRA: Hat dies Antonius – haben wir's verschuldet?

ENOBARBUS: Anton allein, der sein Gelüst gemacht
Zum Herrscher der Vernunft. Nun, floht Ihr auch
Des Kriegs furchtbares Antlitz, des Geschwader
Einander schreckten: weshalb folgt' er Euch?
Da durfte seiner Neigung Kitzel nicht
Sein Feldherrntum wegspotten, im Moment,

Da halb die Welt der andern Hälfte trotzte
Und alles ging um ihn! Das war ein Schimpf,
So groß wie sein Verlust, als er Euch nachzog
Und ließ die Flotte gaffend.

KLEOPATRA: Bitt dich, schweig!

ANTONIUS *tritt auf mit* EUPHRONIUS.

ANTONIUS: Dies seine Antwort?

EUPHRONIUS: Ja, mein Herr.

ANTONIUS: Die Königin
Soll also Gunst erfahren, wenn sie uns
Verraten will?

EUPHRONIUS: So ist es.

ANTONIUS: Nun, so sag ihr's.
Schick dies ergraunde Haupt dem Knaben Cäsar,
Dann füllt er dein Begehren bis zum Rand
Mit Fürstentümern.

KLEOPATRA: Dieses Haupt, mein Feldherr?

ANTONIUS: Geh wieder hin. Sag ihm, der Jugend Rose
Schmück ihn und Großes fordre drum die Welt
Von ihm. – All seine Schätze, Flotten, Heere
Könnt auch ein Feigling führen, dessen Diener
Auf eines Knaben Wort so leicht wohl siegten
Wie unter Cäsar: drum entbiet ich ihn,
Sein glänzend Außenwerk beiseit zu tun,
Mit mir Gebeugtem Schwert um Schwert zu fechten,
Er ganz allein. Ich will es schreiben: Komm.

Antonius und Euphronius ab.

ENOBARBUS: O ja! Recht glaublich! Cäsar, schlachtenstolz,
Sollte sein Glück vernichten, mit dem Fechter
Den Bühnenkampf versuchen? Ich seh, Verstand
Der Menschen ist ein Teil von ihrem Glück,
Und äußre Dinge ziehn das innre Wesen
Sich nach, daß eines wie das andre krankt. –
Daß er sich's träumen läßt
– Der das Verhältnis kennt –, die Fülle Cäsars
Soll seiner Leerheit Rede stehn!
Auch den Verstand hat Cäsar ihm besiegt.

Ein DIENER *kommt.*

DIENER: Botschaft von Cäsar!

KLEOPATRA: Wie? Nicht mehr Gepränge?
Seht, meine Fraun,

Die zeigen Ekel der verblühten Rose,
Die vor der Knospe knieten. Laßt ihn ein.
ENOBARBUS *beiseite*: Die Redlichkeit und ich beginnen Händel:
Die Pflicht, die fest an Toren hält, macht Treue
Zur Torheit selbst; doch wer ausdauern kann,
Standhaft zu folgen dem gefallnen Fürsten,
Besieget den, der seinen Herrn besiegt,
Und erntet einen Platz in der Historie.
THYREUS *tritt auf*.
KLEOPATRA: Was sendet Cäsar?
THYREUS: Hört mich allein.
KLEOPATRA: Hier stehn nur Freunde: Redet!
THYREUS: Dann sind's vermutlich Freunde Mark Antons?
ENOBARBUS: Anton bedarf so viel, wie Cäsar hat,
Oder bedarf nicht unser. Fordert's Cäsar,
So stürzt mein Herr ihm zu, sein Freund zu sein:
Und wir sind des, dem er gehört, des Cäsar.
THYREUS: Wohlan:
Vernimm dann, Hochgerühmte, Cäsar wünscht,
Nicht dein Geschick mögst du so sehr bedenken,
Als daß er Cäsar sei.
KLEOPATRA: Fahr fort: recht fürstlich!
THYREUS: Er weiß, du hast dich dem Anton verbündet
Aus Neigung minder als gezwungen.
KLEOPATRA *beiseite*: Oh!
THYREUS: Die Kränkung deiner Ehre drum beklagt er
Als unfreiwill'ge Schmach, die du erduldet
Und nicht verdient.
KLEOPATRA: Er ist ein Gott und sieht
Die Wahrheit. Meine Ehr ergab sich nicht,
Nein, ward geraubt.
ENOBARBUS *beiseite*: Das recht genau zu wissen,
Frag ich Anton. Du Armer wardst so leck,
Wir müssen dich versinken lassen, denn
Dein Liebstes wird dir treulos! *Ab*.
THYREUS: Meld ich Cäsar,
Was du von ihm begehrst? Er bittet halb,
Du mögest fordern, daß er geb; es freut ihn,
Willst du sein Glück als einen Stab gebrauchen,
Dich drauf zu stützen; doch sein Herz wird glühn,
Erfährt er, daß du Mark Anton verließest

Und willst dich bergen unter seinem Schirm,
Des großen Weltgebieters.
KLEOPATRA: Wie dein Name?
THYREUS: Mein Nam ist Thyreus.
KLEOPATRA: Lieber Abgesandter,
Dem großen Cäsar sag: Die Hand des Siegers
In diesem Kampfe küß ich; meine Krone
Leg ich zu Füßen ihm und wolle kniend
Von seinem mächt'gen Hauch Ägyptens Schicksal
Vernehmen.
THYREUS: Diesen edlen Weg verfolge;
Wenn Klugheit mit dem Glück den Kampf beginnt
Und jene wagt nur alles, was sie kann,
Ist ihr der Sieg gewiß. Laß huldreich mich
Auf deiner Hand der Ehrfurcht Pflicht besiegeln!
KLEOPATRA: Der Vater Eures Cäsar
Hat oft, wenn er auf Sturz der Kön'ge sann,
Auf den unwürd'gen Fleck den Mund gedrückt
Mit tausend Küssen.

ANTONIUS *und* ENOBARBUS *kommen zurück.*

ANTONIUS: Ha! Gunstbezeugung! bei dem Zeus, der donnert,
Wer bist du, Mensch?
THYREUS: Ein Diener dem Gebot
Des allergrößten Manns, des würdigsten,
Sein Wort erfüllt zu sehn.
ENOBARBUS *beiseite*: Man wird dich peitschen.
ANTONIUS: Komm her, du Geier! Nun, Götter und Teufel,
Mein Ansehn schmilzt! Noch jüngst rief ich nur: „Ho!"
Und Könige rannten, wie zum Raufen Buben,
Und riefen: „Was befehlt Ihr?" Hört Ihr's? Noch
Bin ich Anton. – Nehmt mir den Schalk und peitscht ihn!

DIENER *treten auf.*

ENOBARBUS: Ihr spielt noch sichrer mit des Löwen Jungen
Als mit dem alten sterbenden.
ANTONIUS: Mond und Sterne!
Peitscht ihn! und wären's zwanzig Bundesfürsten,
Die Cäsar anerkennen; fänd ich sie
Mit ihrer Hand so frech – wie heißt sie doch,
Seit sie nicht mehr Kleopatra? Geht, peitscht ihn,
Bis er sein Angesicht verzieht wie Knaben
Und wimmert laut um Gnade. Führt ihn fort.

THYREUS: Antonius –
ANTONIUS: Schleppt ihn weg; ist er gepeitscht,
Bringt ihn zurück. Der Narr des Cäsar soll
Uns ein Gewerb an ihn bestellen.

Diener mit Thyreus ab.

Ihr wart halb welk, eh ich Euch kannte: Ha!
Ließ ich mein Kissen ungedrückt in Rom,
Entsagt ich der Erzeugung echten Stamms
Vom Kleinod aller Fraun, daß diese hier
Mit Sklaven mich beschimpfe?
KLEOPATRA: Teurer Herr!
ANTONIUS: Ihr wart von jeher ungetreu und falsch.
Doch wenn wir in der Sünde uns verhärtet,
O Jammer! dann verblenden unsre Augen
Mit eignem Schmutz die Götter; trüben uns
Das klare Urteil, daß wir unsern Irrtum
Anbeten; lachen über uns, wenn wir
Zum Tode hin stolzieren!
KLEOPATRA: Kam's so weit?
ANTONIUS: Ich fand Euch, einen kaltgewordnen Bissen
Auf Cäsars Teller, ja ein Überbleibsel
Cnejus Pompejus'; andrer heißrer Stunden
Gedenk ich nicht, die Eure Lust sich auflas
Und nicht der Leumund nennt; denn ganz gewiß,
Wenn Ihr auch ahnen mögt, was Keuschheit sei,
Ihr habt sie nie gekannt!
KLEOPATRA: Was soll mir das?
ANTONIUS: Daß solch ein Sklav, der wohl ein Trinkgeld nimmt
Und spricht: „Gott lohn Euch!" keck sich wagt an meine
Gespielin, Eure Hand, dies Königssiegel
Und großer Herzen Pfand! O daß ich stände
Auf Basans Hügel, die gehörnte Herde
Zu überbrüllen! Ward ich doch zum Stier.
Dies sanft verkünden wär wie ein armer Sünder,
Der mit umstricktem Hals dem Henker dankt,
Daß er's so rasch gemacht. – Ward er gepeitscht?

DIENER *kommen mit* THYREUS *zurück.*

ERSTER DIENER:
Recht derb, mein Feldherr.
ANTONIUS: Schrie er? fleht' um Gnade?
ERSTER DIENER: Er bat um Schonung.

ANTONIUS: Hast du 'nen Vater noch, der soll's bereun,
Daß du kein Weib geworden. Dir sei angst,
Cäsar in seinem Glück zu folgen, seit
Du für dein Folgen wardst gepeitscht. Fortan
Schreck dich im Fieber jede Damenhand
Und schüttle dich der Anblick. Geh zu Cäsar,
Erzähl ihm deinen Willkomm; sag ihm ja,
Daß er mich zornig macht; er scheint durchaus
Stolz und Verschmähn, nur schauend, was ich bin,
Vergessend, was ich war. Er macht mich zornig;
Und dazu kommt es leicht in dieser Zeit,
Seit gute Sterne, die mich sonst geführt,
Verließen ihre Bahn und ihren Glanz
Zum Pfuhl der Hölle sandten. Steht mein Wort
Und was geschehn, Cäsar nicht an, sag ihm,
Hipparchus, meinen Freigelaßnen, hab er,
Den soll nach Lust er peitschen, hängen, foltern,
Dann ist er wett mit mir: so zeig ihm an. –
Nun fort mit deinen Striemen! – Geh!

Thyreus ab.

KLEOPATRA: Seid Ihr zu Ende?
ANTONIUS: Ach! unser ird'scher Mond
Ist nun verfinstert, und das deutet nur
Den Fall des Mark Anton!
KLEOPATRA: Ich muß schon warten.
ANTONIUS: Cäsar zu schmeicheln, konntest du liebäugeln
Dem Sklaven, der den Gurt ihm schnallt?
KLEOPATRA: Das glaubst du?
ANTONIUS: Kalt gegen mich?
KLEOPATRA: Ah, Teurer, ward ich das,
Verhärte Zeus mein kaltes Herz zu Hagel;
Vergift ihn im Entstehn und send auf mich
Die erste Schloße: wie sie trifft mein Haupt,
Schmelze mein Leben hin; Cäsarion töte
Die nächst', und das Gedächtnis meines Schoßes
Und nach und nach mein ganz Ägyptervolk
Lieg ohne Grab, wenn der kristallne Regen
Zergeht, bis Nilus' Mücken sie und Fliegen
Als Raub bestatteten!
ANTONIUS: Ich bin befriedigt. –
Cäsar macht halt in Alexandria;

Da will ich ihn erwarten. Unser Landheer
Hielt rühmlich stand; auch die zerstreuten Schiffe
Sind nun vereint und drohn im Meer als Flotte. –
Wo warst du, kühnes Herz? Hörst du, Geliebte:
Wenn ich vom Schlachtfeld nochmals wiederkehre,
Den Mund zu küssen, komm ich ganz in Blut,
Ich und mein Schwert sind Schnitter für die Chronik;
's ist noch nicht aus!

KLEOPATRA: Das ist mein wackrer Held!

ANTONIUS: Ich will verdoppeln Herz und Mut und Sehnen
Und wütig fechten. Sonst, als meine Zeit
Noch leicht und hell, erkauft' ein Mann sein Leben
Durch einen Scherz; nun setz ich ein die Zähne,
Zur Höll entsendend, was mich aufhält. Kommt,
Noch einmal eine wilde Nacht; ruft mir
All meine ernsten Krieger; füllt die Schalen,
Die Mitternacht noch einmal wegzuspotten!

KLEOPATRA: Morgen ist mein Geburtstag,
Ich wollt ihn still begehn, doch da mein Herr
Antonius wieder ward, bin ich Kleopatra.

ANTONIUS: Noch wird wohl alles gut.

KLEOPATRA: Ruft alle tapfern Krieger meines Herrn!

ANTONIUS: Tut das, ich sprech sie an. Heut nacht soll Wein
Aus ihren Narben glühn. Kommt, Königin,
Noch frischer Mut! Und kämpf ich morgen, soll
Der Tod in mich verliebt sein; denn wetteifern
Will ich mit seiner völkermähnden Sichel.

Antonius mit Kleopatra und Gefolge ab.

ENOBARBUS: Den Blitz nun übertrotzt er. Tollkühn sein
Heißt aus der Furcht geschreckt sein: so gelaunt,
Hackt auf den Weih die Taube; und wohl seh ich,
Wie unserm Feldherrn der Verstand entweicht,
Wächst ihm das Herz. Zehrt Mut das Urteil auf,
Frißt er das Schwert, mit dem er kämpft. Ich sinne,
Auf welche Art ich ihn verlassen mag. *Ab.*

VIERTER AUFZUG

Erste Szene

Cäsars Lager bei Alexandria.

Cäsar, *einen Brief lesend*, Agrippa, Mäcenas *und* andre *treten auf.*

cäsar: Er nennt mich Knabe; schilt, als hätt er Macht,
Mich von hier wegzuschlagen; meine Boten
Peitscht' er mit Ruten; bot mir Zweikampf an:
Anton dem Cäsar! Wiß es, alter Raufer,
Es gibt zum Tod noch andre Weg'; indes
Verlach ich seinen Aufruf.
mäcenas: Denkt, o Cäsar,
Wenn ein so Großer rast, ward er gejagt
Bis zur Erschöpfung. Komm er nicht zu Atem,
Nutzt seinen Wahnsinn: nimmer hat die Wut
Sich gut verteidigt.
cäsar: Tut den Führern kund,
Daß morgen wir die letzte vieler Schlachten
Zu fechten denken. In den Reihn der Unsern
Sind, die noch kürzlich dienten Mark Anton,
Genug, ihn einzufangen. Dies besorgt
Und gebt dem Heer ein Mahl. Wir haben Vorrat,
Und sie verdienten's wohl. Armer Antonius!
Gehn ab.

Zweite Szene

Alexandria. Ein Zimmer im Palast.

Es treten auf Antonius, Kleopatra, Enobarbus, Charmion, Iras, Alexas *und* andre.

antonius: Er schlug den Zweikampf aus, Domitius?
enobarbus: Ja.
antonius: Und warum tat er's?
enobarbus: Er meinte, weil er zehnmal glücklicher,
Sei zehn er gegen einen.
antonius: Morgen schlag ich

Zu Meer und Land; dann leb ich oder bade
Die sterbende Ehre im Blute mir,
Das wieder Leben schafft. Wirst du brav einhaun?

ENOBARBUS:
Fechten und schrein: „Jetzt gilt's!"

ANTONIUS: Brav! Geh, mein Freund,
Ruf meine Hausbedienten. Diese Nacht
Seid fröhlich beim Gelag!

Einige DIENER *treten auf.*

Gib mir die Hand,
Du warst ehrlich und treu; und so auch du
Und du und du und du: ihr dientet brav,
Und Kön'ge waren eure Kameraden.

KLEOPATRA *beiseite zu Enobarbus*: Was soll das?

ENOBARBUS *beiseite zu Kleopatra*:
Solch seltsam Ding, wie Kummer sprossend, treibt
Aus dem Gemüt.

ANTONIUS: Und ehrlich bist auch du. –
Würd ich in euch, die vielen, doch verwandelt
Und ihr zusammen ausgeprägt zu einem
Antonius, daß ich euch könnte dienen
So bündig wie ihr mir.

DIENER: Verhüt es Gott!

ANTONIUS: Gut denn, Kamraden, heut bedient mich noch,
Füllt fleißig meine Becher; ehrt mich so,
Als wäre noch mein Weltreich eur Kamrad
Und folgsam meinem Ruf.

KLEOPATRA: Was sinnt er nur?

ENOBARBUS: Zum Weinen sie zu bringen.

ANTONIUS: Pflegt mich heut;
Kann sein, es ist das eure letzte Pflicht!
Wer weiß, ob ihr mich wiederseht, und tut ihr's,
Ob nicht als blut'gen Schatten; ob nicht morgen
Ihr einem andern folgt. Ich seh euch an,
Als nähm ich Abschied. Ehrliche, liebe Freunde,
Ich stoß euch nicht von mir, nein, bleib eur Herr,
Vermählt bis in den Tod so treuem Dienst. –
Gönnt mir zwei Stunden noch, mehr bitt ich nicht,
Und lohnen's euch die Götter!

ENOBARBUS: Herr, was macht Ihr,
Daß Ihr sie so entmutigt? Seht, sie weinen,

Ich Esel rieche Zwiebeln auch: ei schämt Euch
Und macht uns nicht zu Weibern!

ANTONIUS: Ha, ha, ha!
So will ich doch verhext sein, meint ich das!
Heil sprieße diesem Tränentau! Herzfreunde,
Ihr nehmt mich in zu schmerzensvollem Sinn,
Denn ich sprach euch zum Trost: ich wünschte ja,
Daß wir die Nacht durchschwärmten; wißt ihr, Kinder,
Ich hoff auf morgen Glück und will euch führen,
Wo ich ein siegreich Leben ehr erwarte
Als Tod und Ehre. Kommt zum Mahle, kommt,
Und alle Sorg ertränkt.

Alle ab.

DRITTE SZENE

Daselbst vor dem Palast.

Zwei SOLDATEN *auf ihrem Posten treten auf.*

ERSTER SOLDAT: Bruder, schlaf wohl! auf morgen ist der Tag.

ZWEITER SOLDAT:
Dann wird's entschieden, so oder so: leb wohl!
Vernahmst du nichts Seltsames auf der Straße?

ERSTER SOLDAT: Nichts. Was geschah?

ZWEITER SOLDAT: Vielleicht ist's nur ein Märchen;
Nochmals gut Nacht!

ERSTER SOLDAT: Gut Nacht, Kamrad!

Zwei andre SOLDATEN *kommen.*

ZWEITER SOLDAT: Soldaten,
Seid ja recht wach!

DRITTER SOLDAT: Ihr auch: gut Nacht, gut Nacht!

Die beiden ersten Soldaten stellen sich auf ihren Posten.

VIERTER SOLDAT: Hier stehn wir: wenn's nur morgen
Der Flotte glückt, so hoff ich sehr gewiß,
Die Landmacht hält sich brav.

DRITTER SOLDAT: Ein wackres Heer,
Voll Zuversicht.

Oboen unter der Bühne.

VIERTER SOLDAT: Still! welch ein Klingen?

ERSTER SOLDAT: Horch!

ZWEITER SOLDAT: Hört!
ERSTER SOLDAT: In der Luft Musik?
DRITTER SOLDAT: Im Schoß der Erde!
VIERTER SOLDAT: Das ist ein gutes Zeichen, meint Ihr nicht?
DRITTER SOLDAT: Nein!
VIERTER SOLDAT: Stille, sag ich. Was bedeutet das?
ZWEITER SOLDAT: Gott Herkules, den Mark Anton geliebt
Und der ihn jetzt verläßt.
ERSTER SOLDAT: Kommt, laßt uns sehn,
Ob's auch die andern hörten.

Sie gehn zu den andern Posten.

ZWEITER SOLDAT: Heda! Leute!
ALLE SOLDATEN: Was ist das? Hört ihr's wohl?
ERSTER SOLDAT: Ja, ist's nicht seltsam?
DRITTER SOLDAT: Hört ihr's, Kamraden? Hört ihr's jetzt?
ERSTER SOLDAT: Folgt diesem Klang bis zu des Postens Grenze,
Seht, wie das abläuft.
ALLE SOLDATEN: Ja, 's ist wunderbar!

Gehn ab.

VIERTE SZENE

Daselbst. Ein Zimmer im Palast.

ANTONIUS *und* KLEOPATRA, CHARMION *und anderes* GEFOLGE *treten auf.*

ANTONIUS: Eros! Die Rüstung, Eros!
KLEOPATRA: Schlaf ein wenig!
ANTONIUS:
Nein, Täubchen! Eros, komm; die Rüstung, Eros!

EROS *kommt mit der Rüstung.*

Komm, lieber Freund, leg mir mein Eisen an.
Wenn uns Fortuna heut verläßt, so ist's,
Weil wir ihr trotzen.
KLEOPATRA: Sieh, ich helfe auch.
Wozu ist dies?
ANTONIUS: Ah, laß doch! laß! du bist
Der Wappner meines Herzens. Falsch; so, so.
KLEOPATRA: Geh, still; ich helfe doch – so muß es sein.

ANTONIUS: Gut, gut;
Nun sieg ich sicher. Siehst du, mein Kamrad?
Nun geh und rüst dich auch.
EROS: Sogleich, mein Feldherr.
KLEOPATRA: Ist dies nicht gut geschnallt?
ANTONIUS: O herrlich! herrlich!
Wer dies aufschnallt, bis es uns selbst gefällt,
Es abzutun zur Ruh, wird Sturm erfahren. –
Du fuschelst, Eros: kräft'gern Knappendienst
Tut meine Kön'gin hier als du. Mach fort!
O Liebe,
Sähst du doch heut mein Kämpfen und verständest
Dies Königshandwerk, dann erblicktest du
Als Meister mich.

Ein HAUPTMANN *tritt auf, gerüstet.*

Guten Morgen dir! Willkommen!
Du siehst dem gleich, der Kriegesamt versteht:
Zur Arbeit, die uns lieb, stehn früh wir auf
Und gehn mit Freuden dran.
ERSTER HAUPTMANN: Schon tausend, Herr,
So früh es ist, stehn in dem Kleid von Eisen
Und warten dein am Strand.

Feldgeschrei, Kriegsmusik, Trompeten.
Andre HAUPTLEUTE *und* SOLDATEN *treten auf.*

ZWEITER HAUPTMANN:
Der Tag ist schön. Guten Morgen, General!
ALLE: Guten Morgen, General!
ANTONIUS: Ein edler Gruß!
Früh fängt der Morgen an so wie der Geist
Des Jünglings, der sich zeigen will der Welt. –
So, so; kommt, gebt mir das; hierher – so recht. –
Fahr wohl denn, Frau; wie es mir auch ergeht,
Nimm eines Kriegers Kuß. *Küßt sie.* Man müßte schelten,
Und schämen müßt ich mich, hielt' ich mich auf
Mit spießerhaftem Abschied. So scheide ich,
Ein Mann von Stahl! Ihr, die ihr kämpfen wollt,
Folgt mir ganz dicht; ich führ euch hin. Lebt wohl!

Antonius, Eros, Hauptleute und Soldaten ab.

CHARMION: Wollt Ihr in Eur Gemach gehn?
KLEOPATRA: Führe mich. –
Er zieht hin wie ein Held. Oh, daß sich beiden

Der große Streit durch Zweikampf könnt entscheiden!
Dann, Mark Anton ... doch jetzt – Gut – fort!

Beide ab.

FÜNFTE SZENE

Antonius' Lager bei Alexandria.

Trompeten. ANTONIUS *und* EROS *treten auf; ein* SOLDAT *begegnet ihnen.*

SOLDAT: Gebt heut, ihr Götter, dem Antonius Glück!
ANTONIUS: Hättst du und deine Narben mich bestimmt,
Damals zu Land zu schlagen! ...
SOLDAT: Tatst du so,
Die abgefallnen Kön'ge und der Krieger,
Der diesen Morgen dich verließ, sie folgten
Noch deinen Fersen.
ANTONIUS: Wer ging heut morgen?
SOLDAT: Wer?
Dir stets der Nächste. Ruf den Enobarbus,
Er hört nicht oder spricht aus Cäsars Lager:
„Nicht dir gehör ich an."
ANTONIUS: Was sagst du?
SOLDAT: Herr,
Er ist bei Cäsar.
EROS: Seine Schätz und Kisten
Nahm er nicht mit sich.
ANTONIUS: Ist er fort?
SOLDAT: Gewiß.
ANTONIUS: Geh, Eros; send ihm nach den Schatz. Besorg es,
Behalte nichts zurück, befehl ich; meld ihm
– Ich unterschreib es – Freundes Gruß und Abschied,
Und sag, ich wünsch, er finde nie mehr Grund,
Den Herrn zu wechseln. Oh, mein Schicksal hat
Auch Ehrliche verführt! Geh! – Enobarbus!

Gehn ab.

SECHSTE SZENE

Cäsars Lager bei Alexandria.

Trompetenstoß. Es treten auf CÄSAR, AGRIPPA, ENOBARBUS *und* ANDRE.

CÄSAR: Rück aus, Agrippa, und beginn die Schlacht.
Anton soll lebend mir gefangen sein:
So tu es kund.
AGRIPPA: Cäsar, wie du befiehlst. *Ab.*
CÄSAR: Die Zeit des allgemeinen Friedens naht,
Und sieg ich heut, dann sproßt von selbst der Ölzweig
Der dreigeteilten Welt.
Ein BOTE *tritt auf.*
BOTE: Antonius' Heer
Rückt an zur Schlacht.
CÄSAR: Geh hin und heiß Agrippa
Die Überläufer vorn ins Treffen stellen,
Daß auf sich selbst Antonius seine Wut
Zu richten scheine.
Cäsar und Gefolge ab.
ENOBARBUS: Alexas wurde treulos: in Judäa,
Wohin Antonius ihn geschickt, verführt' er
Herodes, sich zu Cäsar hinzuneigen,
Abtrünnig seinem Herrn. Für diese Müh
Hat Cäsar ihn gehängt. Canidius und die andern,
Die übergingen, haben Rang und Stellen,
Nicht ehrendes Vertraun. Schlecht handelt ich,
Und das verklagt mich mit so bitterm Schmerz,
Daß nichts mich freut.
Einer von Cäsars SOLDATEN *tritt auf.*
SOLDAT: Enobarbus, Mark Anton
Hat deinen ganzen Schatz dir nachgesandt
Mit seiner Liebe. – Zu meinem Posten kam
Der Bote; der ist jetzt vor deinem Zelt
Und lädt die Maultier' ab.
ENOBARBUS: Ich schenk es dir!
SOLDAT: Spotte nicht, Enobarbus;
Ich rede wahr. Schaff nur in Sicherheit
Den Boten fort; ich muß auf meinen Posten,

Sonst hätt ich's selbst getan. Dein Imperator
Bleibt doch ein Zeus! *Ab.*

ENOBARBUS: Ich bin der einz'ge Bösewicht auf Erden
Und fühl es selbst am tiefsten. O Anton,
Goldgrube du von Huld, wie zahltest du
Den treuen Dienst, wenn du die Schändlichkeit
So krönst mit Gold! Dies schwellt mein Herz empor;
Bricht's nicht ein schneller Gram, soll schnellres Mittel
Dem Gram voreilen; doch Gram, ich fühl's, genügt.
Ich föchte gegen dich? Nein, suchen will ich
'nen Graben, wo ich sterben mag. – Der schmählichste
Ziemt meiner letzten Tat am besten. *Ab.*

SIEBENTE SZENE

Schlachtfeld zwischen den Lagern.

Schlachtgeschrei. Trommeln und Trompeten. AGRIPPA *und* ANDRE *treten auf.*

AGRIPPA: Zurück! Wir haben uns zu weit gewagt,
Selbst Cäsar hat zu tun; der Widerstand
Ist stärker, als wir dachten.

Gehn ab.

Schlachtgeschrei. Es treten auf ANTONIUS *und* SCARUS, *verwundet.*

SCARUS: O tapfrer Imperator! das hieß fechten!
Schlugen wir so zuerst, wir jagten sie
Mit blut'gen Köpfen heim.

ANTONIUS: Du blutest sehr.

SCARUS: Hier dieser Hieb glich anfangs einem T,
Nun ward daraus ein H.

Signal zum Rückzug in der Ferne.

ANTONIUS: Sie ziehn zurück!

SCARUS: Wir jagen sie bis in die Kellerlöcher:
Ich habe Platz noch für sechs Schmarren mehr.

EROS *tritt auf.*

EROS: Sie sind geschlagen, Herr, und unser Vorteil
Ist gleich dem schönsten Sieg.

SCARUS: Kerbt ihre Rücken
Und greift sie an den Fersen auf wie Hasen;
Die Memmen klopfen ist ein Spaß.

ANTONIUS: Dir lohn ich
Erst für dein kräft'ges Trostwort, zehnfach dann
Für deinen Mut. Nun komm.
SCARUS: Ich hinke nach.
Alle ab.

Achte Szene

Unter den Mauern von Alexandria.

Schlachtgeschrei. Antonius *im Anmarsch; mit ihm* Scarus *und* Fussvolk.

ANTONIUS: Wir schlugen ihn ins Lager. Einer laufe,
Der Kön'gin meld er unsre Taten. Morgen,
Eh Sonn uns sieht, vergießen wir das Blut,
Das heut uns noch entkam. Ich dank euch allen;
Denn tücht'ge Hände habt ihr, fochtet nicht,
Als dientet ihr der Sache, nein, als wär sie
Wie meine jedes eigne: alle wart ihr Hektors.
Zieht in die Stadt, herzt eure Freund' und Weiber,
Rühmt eure Tat, laßt sie mit Freudentränen
Eur Blut abwaschen, eure Ehrenwunden
Gesund euch küssen. *Zu Scarus*: Gib mir deine Hand!
Kleopatra *tritt auf mit* Gefolge.
Der großen Fee laß mich dein Lob verkünden,
Ihr Dank soll dich besel'gen. Tag der Welt,
Umschließ den erznen Hals, spring, Schmuck und alles,
Durch festen Harnisch an mein Herz, und dort
Siegprang auf seinem Klopfen!
KLEOPATRA: Herr der Herrn!
O unbegrenzter Mut! Kommst du so lächelnd
Und frei vom großen Netz der Welt?
ANTONIUS: O Nachtigall,
Wir schlugen sie zu Bett! Ha, Kind! Ob Grau
Sich etwas mengt ins junge Braun, doch blieb uns
Ein Hirn, das unsre Nerven nährt, den Preis
Und Kampf der Jugend abgewinnt. Schau diesen,
Reich seinen Lippen deine Götterhand;
Küß sie, mein Krieger: der hat heut gefochten,

Als ob ein Gott, dem Menschenvolk verderblich,
In der Gestalt es würgte.
KLEOPATRA: Du bekommst
'ne Rüstung ganz von Gold: ein König trug sie!
ANTONIUS: Er hat's verdient: wär sie auch voll Karfunkeln
Wie Phöbus' heil'ger Wagen. – Deine Hand!
Durch Alexandrien in freud'gem Marsch
Tragt den zerhackten Schild, wie's Helden ziemt.
Hätt unser großer Burghof Raum genug
Für dieses Heer, wir zechten dort zur Nacht
Und tränken auf des nächsten Tages Glück
Und königliche Todsgefahr. Trompeten,
Betäubt mit erznem Schall das Ohr der Stadt,
Mischt euch mit unsrer Trommeln Wirbelschlag,
Daß Erd und Himmelsschall zusammen dröhnen
Und unsre Ankunft grüßen.
Gehn ab.

NEUNTE SZENE

Cäsars Lager.

SCHILDWACHEN *auf ihren Posten.*

ERSTER SOLDAT: Sind wir nicht abgelöst in einer Stunde,
So müssen wir zurück zur Wacht. Der Mond
Scheint hell, und wie es heißt, beginnt die Schlacht
Früh um die zweite Stunde.
ZWEITER SOLDAT: Gestern war
Ein schlimmer Tag für uns!
ENOBARBUS *tritt auf.*
ENOBARBUS: Nacht, sei mein Zeuge!
DRITTER SOLDAT: Wer ist der Mann?
ZWEITER SOLDAT: Sei still und horch auf ihn.
ENOBARBUS: Bezeuge mir's, o segenreicher Mond,
Wenn einst die Nachwelt treuvergeßner Männer
Mit Haß gedenkt – der arme Enobarbus
Bereut vor deinem Antlitz.
ERSTER SOLDAT: Enobarbus!
DRITTER SOLDAT: Still da! horcht weiter!
ENOBARBUS: Du höchste Herrscherin wahrhafter Schwermut,

Den gift'gen Tau der Nacht gieß über mich,
Daß Leben, meinem Willen längst empört,
Nicht länger auf mir laste! Wirf mein Herz
Wider den harten Marmor meiner Schuld!
Gedörrt von Gram zerfall es dann in Staub,
Mit ihm der böse Sinn! O Mark Antonius,
Erhabner, als mein Abfall schändlich ist,
Vergib du mir in deinem eignen Selbst,
Doch laß die Welt mich zeichnen in die Reihn
Der flücht'gen Diener und der Überläufer! –
O Mark Anton! O Mark Anton! *Er stirbt.*

ZWEITER SOLDAT: Kommt, redet
Ihn an.

ERSTER SOLDAT: Nein, horcht, denn was er sagt,
Kann Cäsar angehn.

ZWEITER SOLDAT: Du hast recht. Doch er schläft.

ERSTER SOLDAT:
Liegt wohl in Ohnmacht; denn so schlimmes Beten
Ging keinem Schlaf voran.

ZWEITER SOLDAT: Gehn wir zu ihm.

DRITTER SOLDAT: Erwacht, erwacht, Herr. Redet!

Trommeln in der Ferne.

ZWEITER SOLDAT: Hört Ihr, Herr?

ERSTER SOLDAT: Die Hand des Tods ergriff ihn.

Trommeln in der Ferne.

Hört! die Trommel
Weckt feierlich die Schläfer; kommt und tragt ihn
Zur Wach: er ist von Ansehn. Unsre Stunde
Ist abgelaufen.

DRITTER SOLDAT: Nun, so kommt; vielleicht
Erholt er sich.

Gehn ab und tragen die Leiche fort.

ZEHNTE SZENE

Zwischen den Lagern.

Es treten auf ANTONIUS *und* SCARUS *mit* TRUPPEN.

ANTONIUS: Heut rüsten sie sich auf den Kampf zur See,
Zu Land gefalln wir ihnen nicht.

SCARUS: Herr, nirgends!
ANTONIUS: Und kämpften sie in Feuer oder Luft,
Wir föchten auch dort. Doch so sei's: das Fußvolk
Dort auf den Hügeln, so die Stadt begrenzen,
Zieht her zu mir; zur See befahl ich ihnen,
Den Hafen zu verlassen. Nun hinan,
Wo ihre Stellung wird erspäht am besten
Und jegliche Bewegung.
Gehn weiter.
CÄSAR *kommt mit seinen* TRUPPEN.
CÄSAR: Greift er nicht an – und kaum vermut ich es –,
So bleibt zu Lande ruhig: seine Hauptmacht
Entsandt er auf die Schiffe. Nun zur Niedrung,
Und haltet euch aufs beste.
Gehn ab.
ANTONIUS *und* SCARUS *kommen zurück.*
ANTONIUS:
Noch nicht zum Kampf geschart! Dort bei der Fichte
Kann ich's ganz übersehn: gleich meld ich dir,
Wie es sich anläßt. *Ab.*
SCARUS: Schwalben nisteten
In den ägypt'schen Segeln. Unsre Augurn
Verstummen, wolln nichts wissen, sind verstört
Und scheun zu reden, was sie sahn. Antonius
Ist mutig und verzagt, und fieberhaft
Gibt sein zerstörtes Glück ihm Furcht und Hoffnung
Des, was er hat und nicht hat.
Schlachtgetöse in der Ferne, wie von einem Seetreffen. ANTONIUS *kommt zurück.*
ANTONIUS: Alles hin!
Die schändliche Ägypterin verriet mich;
Dem Feind ergab sich meine Flotte: dort
Schwenken sie ihre Mützen, zechen sie,
Wie Freunde, lang getrennt. Dreifache Hure!
Du hast dem Knaben mich verkauft! Mein Herz
Führt Krieg mit dir allein. – Heiß alle fliehn!
Denn wenn ich mich gerächt an meinem Zauber,
Bin ich zu Ende: Geh! heiß alle fliehn!
Scarus ab.
O Sonne! Nimmer seh ich deinen Aufgang!
Ich und Fortuna scheiden hier – hier grade schütteln

Die Hand wir uns! Kam es dahin? Die Herzen,
Die hündisch mir gefolgt, die jeden Wunsch
Von mir erlangten,
Die schmelzen hin und tauen ihre Huld
Auf den erblühnden Cäsar;
Und abgeschält nun steht die Fichte da,
Die alles überragt! Ich bin verkauft!
O falsch ägyptisch Herz! o tiefer Zauber!
Du winktst mein Heer zum Krieg, du zogst es heim,
Dein Busen war mein Diadem, mein Ziel,
Und du, ein echt Zigeunerweib, betrogst mich
Beim falschen Spiel um meinen ganzen Einsatz!
He, Eros! Eros!

KLEOPATRA *kommt.*

Ah, du Blendwerk! Fort!

KLEOPATRA: Was tobt mein Freund so gegen die Geliebte?

ANTONIUS: Entflieh, sonst zahl ich dir verdienten Lohn,
Und schände Cäsars Siegszug. Nehm er dich;
Hoch aufgestellt den jauchzenden Plebejern,
Folg seinem Wagen als der größte Fleck
Des Fraungeschlechts! – Laß dich als Monstrum zeigen
Den schäbigsten Geselln und Tölpeln; laß
Die sanfte Octavia dein Gesicht zerfurchen
Mit scharfen Nägeln.

Kleopatra ab.

Gut, daß du gegangen,
Wenn's gut ist, daß du lebst; doch besser wär's,
Du fielest meiner Wut: der einen Tod
Erhielt' am Leben viele. – Eros, ha!
Des Nessus Hemd umschließt mich! Lehre mich,
Alcides, großer Ahnherr, deine Wut;
Laß mich ans Horn des Monds den Lichas schleudern
Und diese Hand, die Riesenkeulen schwang,
Mein edles Selbst zerstören. Tod der Zaubrin!
Dem Buben Roms gab sie mich preis; ich falle
Durch diesen Trug: drum Tod ihr! – Eros, ho! *Ab.*

Elfte Szene

Alexandria. Zimmer im Palast.

Kleopatra, Charmion, Iras *und* Mardian *treten auf.*

KLEOPATRA: Helft mir! o er rast mehr, als Telamon
Um seinen Schild; der Eber von Thessalien
Hat niemals so geschäumt.
CHARMION: Zum Monument!
Da schließt Euch ein, meldet ihm Euern Tod.
Mehr schmerzt das Scheiden nicht von Seel und Leib
Als Größe, die uns abfällt.
KLEOPATRA: Hin zum Grabmal!
Mardian, geh, sag ihm, ich erstach mich selbst;
Sag ihm, mein letztes Wort war „Mark Anton";
Und recht wehmütig sprich's: ich bitt dich. Geh,
Mardian, und melde mir, wie er es nimmt.
Zum Monument!

Alle ab.

Zwölfte Szene

Daselbst. Ein anderes Zimmer.

Antonius *und* Eros *treten auf.*

ANTONIUS: Eros, siehst du mich noch?
EROS: Ja, hoher Feldherr.
ANTONIUS: Oft sehn wie eine Wolke, drachenhaft,
Oft Dunstgestalten gleich dem Leu, dem Bär,
Der hochgetürmten Burg, dem Felsenhang,
Gezackter Klipp und blauem Vorgebirg,
Mit Bäumen drauf, die nicken auf die Welt,
Mit Luft die Augen täuschend: solche Zeichen sahst du,
Des dunkeln Abends Prachtgebilde.
EROS: Ja,
Mein edler Herr.
ANTONIUS: Was jetzt ein Pferd noch war, im nächsten Nu
Verschwemmt's der Wolkenzug, unkenntlich wird's,
Wie Wasser ist im Wasser.
EROS: Ja, so ist's.

ANTONIUS: Mein guter Freund, solch einem Bilde gleicht
Dein Feldherr jetzt. Noch bin ich Mark Anton;
Doch bleibt mir nicht, mein Freund, dies Lebensbild.
Der Krieg war für Ägypten, und die Königin –
Ihr Herz, wähnt ich, war mein, denn meins war ihr,
Und als es mein, da zog's Millionen andre
Mir nach, die jetzt dahin –, sie hat, mit Cäsar
Die Karten mischend, falsch ihm meinen Ruhm,
Zum Triumph des Feindes zugespielt.
Nein, lieber Eros! Weine nicht! Es blieb noch
Ich selbst, mit mir zu enden. O die Arge!

MARDIAN *kommt.*

Sie hat mein Schwert gestohlen!

MARDIAN: Nein, Antonius,
Meine Herrin liebte dich und knüpft' ihr Schicksal
An deines fest.

ANTONIUS: Fort, schnöder Hämling, schweig;
Verraten hat sie mich, und sie soll sterben.

MARDIAN: Den Tod kann jeder Mensch nur einmal zahlen;
Sie hat die Schuld getilgt. Was du gewollt,
Ist schon vollbracht. Ihr letztes Wort im Leben
War „Mark Antonius, edler Mark Anton!"
Dann brach ein stöhnend Ächzen mitten durch
Das Wort Antonius; es blieb geteilt
So zwischen Herz und Lippen: sie verschied
Und ward des Namens Grab.

ANTONIUS: Tot also?

MARDIAN: Tot.

ANTONIUS: Eros, entwaffne mich,
Des langen Tages Arbeit ist getan,
Ich geh zur Ruh.
Zu Mardian: Daß du in Frieden ziehn magst,
Zahlt reichlich deinen Gang. Fort!

Mardian geht.

Ab! Reiß ab!
Nicht Ajax' siebenfält'ger Schild bewahrte
Vor diesem Sturm mein Herz. O brecht, ihr Seiten!
Herz, diesmal stärker sei als deine Hülle,
Spreng dein zerbrechlich Haus! Schnell, Eros, schnell!
Kein Krieger mehr! Lebt wohl, zerschlagne Waffen,
Ihr dientet mir mit Ehren. – Geh ein Weilchen!

Eros ab.

Ich hole bald dich ein, Kleopatra,
Und weine um Verzeihung: also sei's.
Aufschub ist Folter; weil dein Licht erlosch,
Ruh aus, schweife nicht länger. Jetzt verdirbt
Alles Bemühn das Werk: Kraft selber wird verstrickt
Durch Kraft... Drum zugesiegelt, dann ist's gut! –
Eros! – ich komme, Kön'gin! Eros! – Weile noch;
Wo Seelen ruhn auf Blumen, wandeln wir,
Daß Geister staunen unserm freud'gen Gang,
Dido und ihr Äneas stehn verlassen,
Und alles schwärmt uns nach. Komm, Eros! Eros!

EROS *kommt zurück.*

EROS: Was ruft mein Herr?

ANTONIUS: Seit sie vorangegangen,
Lebt ich in solcher Schmach, daß meine Feigheit
Den Göttern ward zum Abscheu. Ich, des Schwert
Die Welt geteilt, der auf des Meeres Wogen
Schiffe zu Städten schuf, bin nun verdammt,
Dem Weib an Mut zu weichen, minder kühn
Als sie, die sterbend unserm Cäsar sagt:
„Ich überwand mich selbst." Du schwurst mir, Eros,
Käm es zum Äußersten – und wahrlich, jetzt
Kam es so weit – und säh ich hinter mir
Die unvermeidliche Verfolgung
Von Schmach und Schande: dann, auf mein Geheiß,
Wolltst du mich töten. Tu's! die Zeit ist da!
Nicht triffst du mich, den Cäsar schlägst du nieder.
Ruf Farb auf deine Wangen.

EROS: Götter! Nein!
Sollt ich das tun, was alle Partherspeere,
Ob feindlich, nicht vermocht, ihr Ziel verfehlend?

ANTONIUS: Mein Eros,
Möchtst du am Fenster stehn im großen Rom
Und deinen Feldherrn schaun, verschränkt den Arm,
Geneigt den unterjochten Hals, sein Antlitz
Durchglüht von Scham, indes der Siegerwagen
Des freud'gen Cäsar auf des Folgers Feigheit
Ein Brandmal drückte?

EROS: Nimmer möcht ich's schaun.

ANTONIUS: So komm, mit einer Wunde heilst du mich.

Zieh dies dein wackres Schwert, das du geführt
So nützlich für dein Land.

EROS: O Herr, verzeiht mir!

ANTONIUS: Als ich dich freiließ, schwurst du's damals nicht,
Zu tun, wenn ich's verlangte? Tu's mit eins,
Sonst wird dein frührer treuer Dienst durchaus
Gedankenloser Zufall. Zieh, und schnell!

EROS: So wende denn von mir das edle Antlitz,
Aus dem die Majestät des Weltalls blickt!

ANTONIUS: Wohlan! *Wendet sich ab.*

EROS: Ich zog das Schwert.

ANTONIUS: Vollende dann mit eins,
Weshalb du's zücktest.

EROS: Mein geliebter Herr,
Mein Held, mein Imperator! Nun sag ich
Vor diesem blut'gen Streich dir Lebewohl!

ANTONIUS: Du sprachst es, Lieber: leb denn wohl!

EROS: Leb wohl, mein Feldherr. Stoß ich jetzt?

ANTONIUS: Ja, Eros.

EROS: Nun, so dann: so entrinn ich denn der Qual,
Antonius' Tod zu sehn. *Fällt in sein Schwert.*

ANTONIUS: O dreimal edler du als ich!
Du lehrtest mich, mein tapfrer Eros, was
Ich sollt und du nicht konntest. Meine Königin
Und du, ihr mahntet durch eur großes Beispiel
Mich an den alten Mut. Nun will ich sein
Ein Bräutigam dem Tod und zu ihm eilen
Wie zu der Liebsten Bett. Wohlan! Und, Eros,
Dein Meister stirbt dein Schüler: das zu tun,
Fällt in sein Schwert.
Lernt ich von dir ... Was? – Nicht tot? Nicht tot? Wache!
O endet nun mit mir!

DERCETAS *kommt mit* WACHEN.

ERSTE WACHE: Was für ein Lärm?

ANTONIUS:
Ich machte schlecht mein Werk; vollendet, Freunde,
Was ich begonnen.

ZWEITE WACHE: Unser Stern ging unter!

ERSTE WACHE: Und unsre Zeit ist aus!

ALLE: Weh allen! Weh!

ANTONIUS: Oh, wer mich liebhat, töte mich!

ERSTE WACHE: Nicht ich.
ZWEITE WACHE: Ich auch nicht.
DRITTE WACHE: Keiner hier!

Wachen gehn ab.

DERCETAS: Dein Tod und Schicksal scheucht die Freunde weg.
Cäsar dies Schwert mit dieser Post nur zeigen
Verschafft mir Würden.

DIOMEDES *tritt auf.*

DIOMEDES: Wo ist Anton?
DERCETAS: Hier, Diomed.
DIOMEDES: Lebt er?
Willst du nicht Antwort geben?

Dercetas geht.

ANTONIUS:
Diomed, bist du's? o zieh dein Schwert und gib mir
Den Todesstreich!
DIOMEDES: Erhabenster Gebieter,
Kleopatra, meine Fürstin, sandte mich.
ANTONIUS: Wann schickte sie?
DIOMEDES: Jetzt eben, Herr.
ANTONIUS: Wo ist sie?
DIOMEDES: In ihrem Grabmal. Ein prophetisch Ahnen
Weissagt' ihr, was geschehn. Denn als sie sah
– Was nimmer sich bewähren wird – Euch mißtraun,
Sie halt es mit dem Cäsar und Eur Grimm
Sei nicht zu sänft'gen, gab sie sich für tot;
Dann, fürchtend, wie Ihr's tragen möchtet, hieß sie
Mich Euch die Wahrheit künden: doch ich kam
Zu spät, befürcht ich.
ANTONIUS: Zu spät, mein Diomed. Ruf mir die Wache!
DIOMEDES: He, he! Des Feldherrn Wache! Wache, he!
Kommt, Eur Gebieter ruft.

Einige von der WACHE *kommen zurück.*

ANTONIUS: Tragt mich zur Kön'gin, meine guten Freunde,
Dies ist der letzte Dienst, den ich verlange.
ERSTE WACHE: Weh über uns! Daß Ihr nicht überlebt
All Eure treuen Diener!
ALLE: Tag des Jammers!
ANTONIUS:
Nein, Kinder, schmeichelt nicht dem argen Schicksal,
Gönnt ihm nicht euren Kummer; heißt willkommen,

Was uns als Strafe naht, so strafet ihr's,
Indem ihr's leicht ertragt. Nun hebt mich auf!
Ich führt euch oft, nun tragt mich, liebe Freunde,
Und nehmt für alles Dank!

Sie tragen Antonius weg.

Dreizehnte Szene

Daselbst. Ein Monument.

Kleopatra, Charmion *und* Iras *erscheinen oben auf dem Monument.*

KLEOPATRA: O Charmion, ich will nie von hier mehr gehn.
CHARMION: O tröstet Euch, Verehrte!
KLEOPATRA: Nein, ich will nicht;
Entsetzen sei und Schrecknis mir willkommen,
Doch Trost verschmähn wir: unsres Schmerzes Größe,
Der Ursach gleich gemessen, sei so furchtbar
Wie das, was ihn erregt.

Diomedes *tritt unten auf.*

Sprich, ist er tot?
DIOMEDES: Sein Tod schwebt über ihm, doch lebt er noch.
Schaut nur nach jener Seite Eures Grabmals,
Dort bringt ihn schon die Wache.

Antonius *wird unten von der* Wache *hereingetragen.*

KLEOPATRA: O du Sonne,
Verbrenne deine Sphäre! Nacht, steh fest
Auf wechselnden Weltfluren! O Antonius,
Anton, Anton! O Charmion, hilf, hilf, Iras,
Helft, Freunde, unten! Zieht herauf ihn!
ANTONIUS: Still!
Nicht Cäsars Kraft besiegte Mark Anton,
Nein, Mark Anton erlag sich selber nur!
KLEOPATRA: So mußt es sein; Antonius konnt allein
Anton bewältigen: doch weh dem Tag!
ANTONIUS: Ich sterb, Ägypten, sterbe; nur ein Weilchen
Laß ich den Tod noch warten, bis ich dir
Von so viel tausend Küssen den armen letzten
Auf deine Lippen drückte.

KLEOPATRA: Ich wag es nicht –
O teurer Herr, vergib! – Ich wag es nicht,
Sie fahn mich sonst. Nein! nicht das Siegsgepränge
Des hochbeglückten, übermüt'gen Cäsar
Zier ich jemals. Bleibt Messern, Giften, Schlangen
Nur Schärfe, Kraft und Stachel, bin ich sicher.
Eur Weib Octavia mit dem kalten Blick
Und stillen Gleichmut soll nicht Ehr empfangen,
Indem sie streng mich ansieht. Komm, Antonius,
Helft, meine Fraun, wir ziehn dich hier herauf;
Faßt alle an.
ANTONIUS: O schnell, sonst bin ich hin.
KLEOPATRA: O seltsam Spiel, wie schwer du wiegst, Geliebter!
All unsre Stärke ging in Schwermut unter,
Das mehrt die Last. Hätt ich der Juno Macht,
Merkur, der Kraftbeschwingte, höbe dich
Und setzte dich an Jovis Seite. Komm nur!
Wünschen war nimmer Torheit; komm, komm, komm:
Sie ziehen Antonius hinauf zu Kleopatra.
Willkommen, willkommen! Stirb nun, wo du lebtest,
Leb auf im Kuß! Vermöchten das die Lippen,
Wegküssen solltst du sie!
ALLE: O jammervoll!
ANTONIUS: Ich sterb, Ägypten, sterbe! –
Reicht mir ein wenig Wein, daß ich noch rede!
KLEOPATRA: Nein, laß mich reden, laß so laut mich schelten,
Bis sie, gekränkt, das falsche Weib Fortuna,
Ihr spinnend Rad zerbricht.
ANTONIUS: Ein Wort, Geliebte:
Bei Cäsar such dir Schutz und Ehre ... Oh!
KLEOPATRA: Die gehn nicht miteinander.
ANTONIUS: Hör mich, Liebe:
Von Cäsars Volk trau nur dem Proculejus.
KLEOPATRA: Ich trau auf meinen Mut und meine Hand,
Keinem von Cäsars Volk.
ANTONIUS: Den jammervollen Wechsel und mein Sterben
Beweint, beklagt sie nicht; stärkt eur Gedächtnis
An der Erinnrung meines frühern Glücks,
Das mich erhob zum ersten Weltgebieter,
Zum edelsten; und jetzt, nicht feige sterb ich
Noch ehrlos, neige meinen Helm dem Landsmann,

Ein Römer, männlich nur besiegt vom Römer.
Jetzt nun entflieht mein Geist, das Wort erstirbt. *Er stirbt.*

KLEOPATRA: O edelster der Männer! willst du scheiden?
So sorgst du nicht um mich? Aushalten soll ich
In dieser schalen Welt, die ohne dich
Nicht mehr ist als ein Viehstall? Seht, ihr Fraun,
Die Krone schmilzt der Erde! O mein Herr!
O hingewelkt ist aller Siegeslorbeer,
Gestürzt des Kriegers Banner, Dirn und Knabe
Stehn jetzt den Männern gleich: kein Abstand mehr,
Nichts Achtungswertes bietet mehr sich dar
Unter dem spähnden Mond. *Sie fällt in Ohnmacht.*

CHARMION: O Fassung, Fürstin!

IRAS: Sie stirbt auch, unsre Königin!

[CHARMION: Herrin!

IRAS: Fürstin!]

CHARMION: O Fürstin, Fürstin, Fürstin!

IRAS: Ägyptens Krone, unsre Herrscherin!

CHARMION: Still, Iras, still!

KLEOPATRA: Nichts mehr als jeglich Weib und untertan
So armem Schmerz wie jede Magd, die melkt
Und niedern Hausdienst tut. Nun könnt ich gleich
Mein Zepter auf die neid'schen Götter schleudern
Und rufen, diese Welt glich ihrer ganz,
Bis sie gestohlen unsern Diamant!
Nichtsnutzig alles jetzt!
Geduld ist läppisch, Ungeduld ziemt nur
Den tollgewordnen Hunden! Ist's denn Sünde,
Zu stürmen ins geheime Haus des Todes,
Eh Tod zu uns sich wagt? Was macht ihr, Mädchen?
Was, was? getrost! Wie geht dir's, Charmion?
Ihr edlen Dirnen! Ach! – Seht, Weiber, seht,
Unsre Leucht erlosch, ist aus! Seid herzhaft, Kinder,
Begraben wolln wir ihn: was groß, was edel,
Vollziehn wir dann nach hoher Römer Art.
Stolz sei der Tod, uns zu empfangen! Kommt,
Dies Haus des Riesengeistes ist nun kalt!
Ach Mädchen, Mädchen, kommt! In dieser Not
Blieb uns kein Freund als Mut und schneller Tod.

Alle ab. Antonius' Leiche wird oben weggetragen.

FÜNFTER AUFZUG

ERSTE SZENE

Cäsars Lager vor Alexandria.

Es treten auf CÄSAR, AGRIPPA, DOLABELLA, MÄCENAS, GALLUS, PROCULEJUS *und* ANDRE.

CÄSAR: Geh, Dolabella, heiß ihn sich ergeben:
Da es so ganz umsonst; sag ihm, er spotte
Der Zögrung, die er macht.
DOLABELLA: Ich gehe, Cäsar. *Ab.*
DERCETAS *kommt mit dem Schwert des Antonius.*
CÄSAR: Was soll uns das? Und wer bist du, der wagt,
Uns so zu nahn?
DERCETAS: Dercetas heiß ich, Herr,
Ich diente Mark Anton, dem Besten, wert
Des besten Diensts; solang er stand und sprach,
War er mein Herr: mein Leben trug ich nur,
An seine Hasser es zu wagen. Willst du
Mich zu dir nehmen? Was ich ihm gewesen,
Will ich dem Cäsar sein. Gefällt dir's nicht,
So nimm mein Leben hin.
CÄSAR: Was sagst du mir?
DERCETAS: Ich sag, o Cäsar, Mark Anton ist tot.
CÄSAR: Daß nicht den Einsturz solcher Macht verkündet
Ein stärkres Krachen! Soll der Welt Erschüttrung
Nicht Löwen in der Städte Gassen treiben
Und Bürger in die Wüste? Antonius' Tod
Ist nicht ein einzeln Sterben: denn so hieß
Die halbe Welt.
DERCETAS: Er ist gestorben, Cäsar.
Kein Henker des Gerichts auf offnem Markt,
Kein mordgedungner Stahl, nein, jene Hand,
Die seinen Ruhm in Taten niederschrieb,
Hat mit dem Mut, den ihr das Herz geliehn,
Sein Herz durchbohrt. Dies ist sein Schwert,
Ich raubt es seiner Wund; es ist gefärbt
Mit seinem reinsten Blut.
CÄSAR: Ihr trauert, Freunde?

So strafe Zeus mich! Dies ist eine Botschaft,
Ein Königsaug zu feuchten.

AGRIPPA: Seltsam ist's,
Daß uns Natur das zu beweinen zwingt,
Was wir erstrebt mit Eifer!

MÄCENAS: Ruhm und Unwert
Wog gleich in ihm.

AGRIPPA: Nie lenkt' ein höhrer Geist
Ein menschlich Wesen; doch ihr Götter leiht
Uns Fehler, daß wir Menschen sei'n. Weint Cäsar?

MÄCENAS: Wird ihm solch mächt'ger Spiegel vorgehalten,
Muß er sich selber schaun.

CÄSAR: O Mark Anton!
Bis dahin bracht ich dich! doch schneiden wir
Geschwür' aus unserm Leib: gezwungen mußt ich
Dir solchen trüben Tag des Falls bereiten,
Wenn du nicht mir: Raum war nicht für uns beide
In ganzer weiter Welt. Und doch beklag ich's nun
Mit Tränen, kostbar wie des Herzens Blut,
Daß du, mein Bruder, du, mein Mitbewerber
Zum Gipfel jedes Ruhms, mein Reichsgenoß,
Freund und Gefährt im wilden Sturm der Schlacht,
Arm meines Leibes, Herz, an dem das meine
Sich Glut entzündete – daß unsre Sterne,
Nie zu versöhnen, so zerreißen mußten
Die vor'ge Einheit. Hört mich, werte Freunde –
Doch sag ich's lieber euch zu beßrer Zeit!

Ein BOTE *kommt.*

Des Mannes Botschaft kündet schon sein Blick,
Laßt uns ihn hören. Woher bist du?

BOTE: Nur
Ein armer Ägypter. Meine Königin,
In ihrem Grabmal – ihrer Habe Rest –
Verschlossen, wünscht zu wissen deine Absicht;
Daß sie sich fassen mög und vorbereiten
Auf ihre Zukunft.

CÄSAR: Sprich ihr Mut und Trost;
Bald meldet einer ihr der Meinigen,
Welch ehrenvoll und mildes Los wir schon
Für sie bestimmt: denn Cäsar kann nicht leben
Und hart gesinnt sein.

BOTE: Schütze dich der Himmel! *Ab.*
CÄSAR: Komm hierher, Proculejus; geh, verkünd ihr,
Ich sei nicht willens, sie zu kränken. Gib ihr
Trost, wie's der Umfang ihres Wehs erheischt,
Daß sie großherzig nicht durch eignen Tod
Uns überwinde. Sie, nach Rom geführt,
Würd unsern Siegstriumph verew'gen. Geh,
Und auf das schnellste bring mir, was sie sagt
Und wie du sie gefunden.
PROCULEJUS: Ich eile, Cäsar. *Ab.*
CÄSAR: Gallus, begleit ihn. Wo ist Dolabella,
Zu helfen Proculejus?
Gallus geht ab.
AGRIPPA *und* MÄCENAS: Dolabella!
CÄSAR: Laßt ihn; denn eben jetzt besinn ich mich,
Wozu ich ihn gebraucht. Er muß bald hiersein; –
Kommt mit mir in mein Zelt, da sollt ihr hören,
Wie schwer ich mich für diesen Krieg entschied,
Wie mild und ruhig ich mich stets geäußert
In allen Briefen. Folgt mir und erfahrt,
Was mich euch mitzuteilen drängt.
Alle ab.

Zweite Szene

Alexandria. Ein Zimmer im Monument.

Kleopatra, Charmion *und* Iras *treten auf.*

KLEOPATRA: Schon gibt Verzweiflung mir ein beßres Leben;
Armselig ist es, Cäsar sein: da er
Fortuna nicht, ist er nun Knecht Fortunas,
Handlanger ihres Willens. – Größe ist's,
Das tun, was alle andern Taten endigt,
Zufall in Ketten schlägt, verrammt den Wechsel,
Fest schläft und nicht nach jenem Kot mehr hungert,
Des Bettlers Amm und Cäsars.
Proculejus, Gallus *und* Soldaten *erscheinen unten an der Tür des Monuments.*
PROCULEJUS: Cäsar begrüßt Ägyptens Königin

Und heißt dich sinnen, welchen bill'gen Wunsch
Er dir gewähren soll.

KLEOPATRA: Wie ist dein Name?

PROCULEJUS: Mein Nam ist Proculejus.

KLEOPATRA: Mark Anton
Sprach mir von Euch, hieß mich auf Euch vertraun;
Doch wenig soll mich's kümmern, ob Ihr täuscht,
Da Gradheit mir nicht nutzt. Will Euer Herr
Zu seiner Bettlerin ein fürstlich Haupt,
Sagt: Majestät, schon anstandshalber, dürfe
Nicht wen'ger betteln als ein Reich. Gefällt's ihm,
Für meinen Sohn Ägypten mir zu schenken,
So gibt er mir so viel des Meinen, daß ich
Ihm kniend danken will.

PROCULEJUS: Habt guten Mut!
Ihr fielt in Fürstenhand, seid unbesorgt,
Vertraut Euch ohne Rückhalt meinem Herrn,
Der so voll Gnad ist, daß sie überströmt
Auf alle Hilfsbedürft'gen. Ich bericht ihm
Eur sanftes Unterwerfen, und als Sieger
Erscheint er Euch, der das von Euch erbittet,
Um was Ihr kniend fleht.

KLEOPATRA: O meldet ihm,
Ich, seines Glücks Vasallin, bring ihm dar
Die Hoheit, die er sich gewann: gehorchen
Lern ich jetzt stündlich, und mit Freuden säh ich
Sein Angesicht.

PROCULEJUS: Dies sag ich, werte Fürstin;
Seid ruhig, denn ich weiß, Eur Unglück weckt
Des Mitleid, der's veranlaßt.

GALLUS: Ihr seht, wie leicht wir jetzt sie überfallen!

Proculejus und einige von der Wache ersteigen das Grabmal auf einer Leiter und umringen Kleopatra. Zugleich wird das Tor entriegelt und aufgesprengt.

Bewacht sie gut, bis Cäsar kommt. *Ab.*

IRAS: O Fürstin!

CHARMION: Kleopatra! Du bist gefangen – Fürstin!

KLEOPATRA: Schnell, liebe Hand! *Zieht einen Dolch hervor.*

PROCULEJUS: Halt, edle Frau; laßt ab! *Ergreift und entwaffnet sie.*
Tut Euch nicht selbst ein Leids; dies soll Euch retten,
Nicht Euch verraten!

KLEOPATRA: Auch den Tod mißgönnt Ihr,
Der selbst den Hund von seiner Angst erlöst?
PROCULEJUS:
Entzieht Euch nicht des Feldherrn Gnade, Fürstin,
Durch Euern Untergang! – Die Welt erfahre
Das Wirken seiner Großmut, das Eur Tod
Nicht läßt zum Ziel gelangen.
KLEOPATRA: Tod, wo bist du?
Komm her! Komm, komm! Nimm eine Königin,
Mehr wert als viele Säuglinge und Bettler!
PROCULEJUS: O mäßigt Euch!
KLEOPATRA:
Freund, keine Speise nehm ich, Freund, nicht trink ich,
Und wenn auch müßig Schwatzen nötig ist,
Schlaf ich auch nicht: dies ird'sche Haus zerstör ich;
Tu Cäsar, was er kann. Wißt, Herr, nicht frön ich
In Ketten je an Eures Feldherrn Hof
Noch soll mich je das kalte Auge zücht'gen
Der nüchternen Octavia. Hochgehoben
Sollt ich des schmähnden Roms jubelndem Pöbel
Zur Schau stehn? Lieber sei ein Sumpf Ägyptens
Mein freundlich Grab! Lieber in Nilus' Schlamm
Legt mich ganz nackt, laßt mich die Wasserfliege
Zum Scheusal stechen; lieber macht Ägyptens
Erhabne Pyramiden mir zum Galgen
Und hängt mich auf in Ketten!
PROCULEJUS: Ihr dehnt weiter
Die Bilder solches Schauders, als Euch Cäsar
Veranlassung wird geben.

DOLABELLA *tritt auf.*

DOLABELLA: Proculejus,
Was du getan, weiß Cäsar, dein Gebieter.
Er hat gesandt nach dir; die Königin
Nehm ich in meine Hut.
PROCULEJUS: Wohl, Dolabella,
Mir um so lieber. Seid nicht streng mit ihr. –
Cäsar bestell ich, was du irgend wünschest,
Wenn du mir's aufträgst.
KLEOPATRA: Sprich, ich wolle sterben.

Proculejus mit den Soldaten ab.

DOLABELLA: Erhabne Kaisrin, hörtet Ihr von mir?

KLEOPATRA: Ich weiß nicht.
DOLABELLA: Ganz gewiß, Ihr kennt mich schon.
KLEOPATRA: Gleichviel ja: wen ich kenne, was ich hörte; –
Ihr lacht, wenn Fraun und Kinder Träum erzählen;
Nicht wahr? Ihr lacht?
DOLABELLA: Was wollt Ihr damit sagen?
KLEOPATRA: Mir träumt', es lebt' ein Feldherr Mark Anton –
Ach, noch ein solcher Schlaf, damit ich nur
Noch einmal sähe solchen Mann!
DOLABELLA: Gefällt's Euch –
KLEOPATRA: Sein Antlitz war der Himmel: darin standen
Sonne und Mond, kreisten und gaben Licht
Dem kleinen O, der Erde.
DOLABELLA: Hohes Wesen –
KLEOPATRA: Den Ozean überschritt sein Bein; sein Arm,
Erhoben, ward Helmschmuck der Welt; sein Wort
War Harmonie, wie aller Sphären Klang,
Doch Freunden nur;
Denn galt's, den Weltkreis stürmisch zu erschüttern,
Ward es ein donnernd Schelten. Seine Güte –
Kein Winter jemals; immer blieb sie Herbst,
Die mehr noch wuchs im Ernten; seine Freuden –
Delphinen gleich; stets ragte hoch sein Nacken
Aus ihrer Flut; es trugen seine Farben
Krone wie Fürstenhut; gleich Münzen fielen
Ihm aus der Tasche Königreich' und Inseln –
DOLABELLA: Kleopatra –
KLEOPATRA: Gab es wohl jemals, gibt's je solchen Mann,
Wie ich ihn sah im Traum?
DOLABELLA: Nein, edle Fürstin!
KLEOPATRA: Du lügst, hinauf bis zu dem Ohr der Götter!
Doch gab es je, gibt's jemals einen solchen,
So überragt er alle Phantasie: –
Stoff mangelt der Natur,
Die Wunderform des Traums zu überbieten;
Doch daß sie einen Mark Anton ersann,
Dies Kunststück schlug die Traumwelt völlig nieder,
All ihre Schatten tilgend.
DOLABELLA: Fürstin, hört:
Groß wie Ihr selbst ist Eur Verlust, und Ihr
Tragt ihn der Last entsprechend. Mög ich nie

Ersehntes Ziel erreichen, fühl ich nicht
Durch Rückschlag Eures Grams den tiefsten Schmerz
Bis in des Herzens Grund.

KLEOPATRA: Ich dank Euch, Freund. –
Wißt Ihr, was Cäsar über mich beschloß?

DOLABELLA: Ich wollt, Ihr wüßtet, was ich ungern sage.

KLEOPATRA: Ich bitt Euch, Herr ...

DOLABELLA: Wie groß sein Edelmut –

KLEOPATRA: Er will mich im Triumph aufführen?

DOLABELLA: Fürstin,
So ist's, ich weiß es.

Trompetenstoß und Stimmen hinter der Szene:
Platz! macht Platz dem Cäsar!

CÄSAR, GALLUS, PROCULEJUS, MÄCENAS, SELEUCUS *und* GEFOLGE *treten auf.*

CÄSAR: Welch ist die Kön'gin von Ägypten?

DOLABELLA: 's ist
Der Imperator, edle Frau.

Kleopatra kniet.

CÄSAR: Steht auf;
Ihr sollt nicht knien, ich bitt Euch drum; steht auf;
Steht auf, Ägypten!

KLEOPATRA: Also wollten es
Die Götter; meinem Sieger und Gebieter
Muß ich gehorchen.

CÄSAR: Trübes Sinnen, ferne!
Erinnrung aller Unbill, uns erwiesen,
Sei nur, obschon in unser Blut geschrieben,
Wie Kränkung bloß durch Ungefähr.

KLEOPATRA: Allein'ger Herr der Welt,
Ich kann nicht meinem Tun das Wort so führen,
Daß es ganz klar erscheine: ich bekenn es,
Mich drücken solche Schwächen, wie schon sonst
Oft mein Geschlecht beschämt.

CÄSAR: Kleopatra,
Wir wollen mildern lieber als verstärken:
Wenn Ihr Euch unsrer Absicht fügsam zeigt,
Die gegen Euch sehr sanft ist, findet Ihr
Gewinn in diesem Tausch. Doch wenn Ihr sucht
Auf mich den Schein der Grausamkeit zu werfen,
Antonius' Bahn betretend, raubt Ihr Euch,

Was ich Euch zugedacht: stürzt Eure Kinder
In den Ruin, vor dem ich gern sie schützte,
Wenn Ihr auf mich vertraut. – So geh ich nun.

KLEOPATRA: Das könnt Ihr, durch die Welt hin! Sie ist Euer,
Und uns, Schildzeichen und Trophäen gleich,
Hängt auf, wo's Euch gefällt. Hier, edler Herr –

CÄSAR: Ihr selbst sollt für Kleopatra mir raten.

KLEOPATRA:
Hier steht an Geld, Gerät und Schmuck verzeichnet,
Was mein Besitz: es ist genau verfaßt,
Nur Kleinigkeiten fehlen; wo ist Seleucus?

SELEUCUS: Hier, Fürstin.

KLEOPATRA: Dies ist mein Schatzverwalter; fragt ihn, Herr;
Daß ich Euch nichts entzog, laßt ihn versichern
Bei seiner Pflicht. – Seleucus, sprich die Wahrheit!

SELEUCUS: Eh schließt den Mund mir, als daß ich auf Pflicht
Versichre, was nicht wahr.

KLEOPATRA: Was denn verhehlt ich?

SELEUCUS: Genug, damit zu kaufen, was Ihr hergabt.

CÄSAR: Errötet nicht, Kleopatra! Ich lob Euch
Für Eure Klugheit.

KLEOPATRA: Seht, o Cäsar, lernt
Des Siegers Macht! Die Meinen werden Euer
Und, tauschen wir das Glück, die Euern mein.
Dieses Seleucus schnöder Undank macht
Ganz wütend mich. O Sklav! Nicht treuer du
Als feile Liebe! schleichst du fort? Du sollst
Fortschleichen, glaub mir's! Doch dein Aug erhasch ich,
Und hätt es Flügel. Hund! Sklav! Fühllos Tier! –
O Schandfleck, einzig!

CÄSAR: Fürstin, mäßigt Euch!

KLEOPATRA: O Cäsar, wie verwundet diese Schmach!
Daß, wenn du würdigst selbst mich hier zu sehn,
Die Ehre gönnend deiner Fürstlichkeit
Der tief Gebeugten – daß mein eigner Knecht
Vermehrt die große Summe meines Unglücks
Durch Zutat seiner Bosheit. – Gesetzt auch, Cäsar,
Daß ich behielt' ein wenig Frauentand,
Unwichtig Spielwerk, Dinge solchen Wertes,
Wie man sie leichten Freunden schenkt – gesetzt,
Ein edles Kleinod hätt ich aufgespart

Für Livia und Octavia, ihr Vermitteln
Mir zu gewinnen – mußte mich verraten
Ein Mensch, den ich genährt? O Gott, das stürzt mich
Noch tiefer als mein Fall. Du weilst noch? – Fort! –
Sonst sollen Funken meines Geistes sprühn
Aus meines Unglücks Asche. Wärst du menschlich,
Du hättst Mitleid für mich.

CÄSAR: Geh fort, Seleucus.

Seleucus geht.

KLEOPATRA: Ihr wißt, uns Größte trifft so oft Verdacht
Um das, was andre taten; fallen wir,
So kommt auf unser Haupt die fremde Schuld,
Statt Mitleids, das uns ziemte.

CÄSAR: Königin,
Nicht was Ihr angezeigt, noch was verhehlt,
Wolln wir als Beute ansehn; Euch verbleib es.
Schaltet damit nach Willkür. Denkt auch nicht,
Cäsar sei Handelsmann, mit Euch zu dingen
Um Kaufmannswaren: deshalb seid getrost,
Macht Euren Wahn zum Kerker nicht. Nein, Teure,
Wir wollen so mit Euch verfügen, wie
Ihr selbst uns raten werdet: eßt und schlaft;
So sehr gehört Euch unsre Sorg und Tröstung,
Daß Ihr als Freund uns finden sollt. Lebt wohl.

KLEOPATRA: Mein Herr! mein Sieger!

CÄSAR: Nicht also; lebt wohl!

Trompetenstoß.

Cäsar und sein Gefolge ab.

KLEOPATRA: Ha, Worte, Kinder! Worte! Daß ich nur
Nicht edel an mir handle! – Horch du, Charmion.

Spricht leise mit Charmion.

IRAS: Zu Ende denn! der klare Tag ist hin,
Im Dunkel bleiben wir!

KLEOPATRA: Komm schnell zurück;
Ich hab es schon bestellt, es ist besorgt.
Geh, daß man's eilig bringe.

CHARMION: Ja, so sei's.

DOLABELLA *kommt.*

DOLABELLA: Wo ist die Fürstin?

CHARMION: Hier. *Ab.*

KLEOPATRA: Nun, Dolabella…

DOLABELLA: Auf Eures königlichen Worts Geheiß,
Dem meine Lieb als heilig treu gehorcht,
Meld ich Euch dies: durch Syrien denkt nun Cäsar
Den Marsch zu lenken; innerhalb drei Tagen
Schickt er mit Euern Kindern Euch voraus.
Nutzt diese Frist, so gut Ihr könnt; ich tat
Nach Euerm Wunsch und meinem Wort.
KLEOPATRA: Ich bleib Euch
Verpflichtet, Dolabella.
DOLABELLA: Ich Eur Knecht.
Lebt, Fürstin, wohl, ich muß dem Cäsar folgen.
KLEOPATRA: Lebt wohl! ich dank Euch.
Dolabella geht ab.
Nun, was denkst du, Iras?
Du als ein fein ägyptisch Püppchen stehst
In Rom zur Schau wie ich: Handwerkervolk,
Mit schmutz'gem Schurzfell, Maß und Hammer, hebt
Uns auf, uns zu besehn; ihr trüber Hauch,
Widrig von ekler Speis, umwölkt uns dampfend
Und zwingt, zu atmen ihren Dunst.
IRAS: Verhüten's
Die Götter!
KLEOPATRA: O ganz unfehlbar, Iras! Freche Liktorn
Packen uns an wie Huren; schreiend singt uns
Der Bänkelsänger; aus dem Stegreif spielen
Uns selbst und Alexandriens Gelage
Die lust'gen Histrionen: Mark Anton
Tritt auf im Weinrausch; und ein quäkender Junge
Wird als Kleopatra meine Majestät
In einer Metze Stellung höhnen!
IRAS: Götter!
KLEOPATRA: Ja, ganz gewiß!
IRAS: Das seh ich nimmer. Meine Nägel, weiß ich,
Sind stärker als mein Auge.
KLEOPATRA: Freilich; so nur
Höhnen wir ihren Anschlag und vernichten
Den aberwitz'gen Plan.
CHARMION *kommt zurück.*
Nun, Charmion? Nun?
Schmückt mich als Königin, ihr Fraun; geht, holt
Mein schönstes Kleid; ich will zum Cydnus wieder

Und Mark Anton begegnen. Hurtig, Iras! –
Nun, edle Charmion, wirklich enden wir,
Und tatst du heut dein Amt, dann magst du spielen
Bis an den Jüngsten Tag. Bringt Kron und alles. –
Was für ein Lärm?

Iras geht. Lärm hinter der Szene.
Ein SOLDAT *tritt auf.*

SOLDAT: Es steht ein Bauer draußen,
Der will durchaus mit Eurer Hoheit reden:
Er bringt Euch Feigen.

KLEOPATRA: Laßt ihn herein.

Soldat ab.

Welch armes Werkzeug oft
Das Edelste vollführt! Er bringt mir Freiheit!
Mein Entschluß wanket nicht; nichts fühl ich mehr
Von Weib in mir: vom Kopf zu Fuß ganz bin ich
Nun marmorfest; der unbeständ'ge Mond
Ist mein Planet nicht mehr.

Der SOLDAT *kommt zurück mit einem* BAUERN, *der einen Korb trägt.*

SOLDAT: Dies ist der Mann.

KLEOPATRA: Geh fort und laß ihn hier.

Soldat ab.

Hast du den art'gen Nilwurm mitgebracht,
Der tötet ohne Schmerz?

BAUER: Ja freilich; aber ich möchte nicht der Mann sein, der's Euch riete, Euch mit ihm abzugeben, denn sein Beißen ist ganz unsterblich: die, welche daran verscheiden, kommen selten oder nie wieder auf.

KLEOPATRA: Weißt du von einem, der daran gestorben?

BAUER: Sehr viele; Mannsleute und Frauensleute dazu: ich hörte ganz kürzlich, noch gestern, von einer, ein recht braves Weib, nur etwas dem Lügen ergeben – und das sollte eine Frau nie sein außer in redlicher Art und Weise –, die erzählte, wie sie an seinem Biß gestorben war, was sie für Schmerzen gefühlt. Mein Seel, sie sagt viel Gutes von dem Wurm; aber wer den Leuten alles glauben will, was sie sagen, dem hilft nicht die Hälfte von dem, was sie tun. Das ist aber auf jeden Fall eine inkomplette Wahrheit: der Wurm ist ein kurioser Wurm.

KLEOPATRA: Geh, mach dich fort, leb wohl!

BAUER: Ich wünsche Euch viel Zeitvertreib von dem Wurm.
Stellt seinen Korb ab.

KLEOPATRA: Leb wohl!

BAUER: Das müßt Ihr bedenken, seht Ihr, daß der Wurm nicht von Art läßt.

KLEOPATRA: Ja, ja, leb wohl!

BAUER: Seht Ihr, dem Wurm ist nicht zu trauen außer in gescheiter Leute Händen; denn mein Seel, es steckt nichts Gutes in dem Wurm.

KLEOPATRA: Sei unbesorgt, wir wolln ihn hüten!

BAUER: Recht schön, gebt ihm nichts, ich bitt Euch, er ist sein Futter nicht wert.

KLEOPATRA: Wird er mich essen?

BAUER: Denkt doch nicht, ich wäre so dumm, daß ich nicht wissen sollte, der Teufel selbst werde kein Weibsbild essen. Ich weiß, ein Weibsbild ist ein Gericht für die Götter, wenn's der Teufel nicht zugerichtet hat; aber mein Seel, diese Hurensöhne von Teufeln machen den Göttern viel Verdruß mit den Weibern: denn von jedem Dutzend, das sie erschaffen, verderben ihnen die Teufel sechse.

KLEOPATRA: Nun geh nur, geh! leb wohl.

BAUER: Ja wahrhaftig, ich wünsche Euch viel Zeitvertreib von dem Wurm. *Ab.*

IRAS *kommt zurück mit Krone und Kleid.*

KLEOPATRA: Den Mantel gib, setz mir die Krone auf,
Ich fühl ein Sehnen nach Unsterblichkeit!
Nun netzt kein Traubensaft die Lippe mehr. –
Rasch, gute Iras! Schnell! mich dünkt, ich höre
Antonius' Ruf: ich seh ihn sich erheben,
Mein edles Tun zu preisen; er verspottet
Des Cäsar Glück, das Zeus nur als Entschuld'gung
Zukünft'gen Zorns verleiht. Gemahl, ich komme –
Jetzt schafft mein Mut ein Recht mir zu dem Titel!
Ganz Feur und Luft, geb ich dem niedern Leben
Die andern Elemente. – Seid ihr fertig,
So kommt, nehmt meiner Lippen letzte Wärme!
Leb wohl, du gute Charmion! liebste Iras!
Ein langes Lebewohl! *Küßt sie. Iras fällt hin und stirbt.*
Hab ich die Natter auf der Lippe? Fällst du?
Kann sich Natur so freundlich von dir trennen?
So trifft uns Tod wie Händedruck des Liebsten,

Schmerzlich und doch ersehnt. Liegst du so still?
Wenn du so hinscheidst, meldest du der Welt,
Sie sei nicht wert des Abschieds.

CHARMION: Zerschmilz in Regen, trübe Luft, dann glaub ich,
Daß selbst die Götter weinen.

KLEOPATRA: Dies beschämt mich!
Sieht sie zuerst Antonius' lockig Haupt,
Wird er sie fragen und den Kuß verschwenden,
Der mir ein Himmel ist. – Komm, tödlich Spielzeug,

Setzt die Schlange an ihre Brust.

Dein scharfer Zahn löse mit eins des Lebens
Verwirrten Knoten. Armer, gift'ger Narr!
Sei zornig, mach ein End! O könntst du reden,
So hört ich dich den großen Cäsar schelten
Kurzsicht'gen Tropf.

CHARMION: O Stern des Ostens!

KLEOPATRA: Still,
Siehst du den Säugling nicht an meiner Brust
In Schlaf die Amme saugen?

CHARMION: Brich, mein Herz!

KLEOPATRA: So süß wie Tau! so mild wie Luft! so lieblich –
O mein Antonius! – Ja, dich nehm ich auch,

Setzt eine zweite Schlange an ihren Arm.

Was wart ich noch . . . *Fällt zurück und stirbt.*

CHARMION: . . . in dieser öden Welt? so fahre wohl!
Nun triumphiere, Tod! du führtest heim
Das schönste Fraunbild. Schließt euch, weiche Fenster!
Den goldnen Phöbus schaun hinfort nicht mehr
So königliche Augen. Deine Krone
Sitzt schief; ich richte sie: dann will ich spielen.

WACHE *stürzt herein.*

ERSTE WACHE: Wo ist die Königin?

CHARMION: Still, weckt sie nicht!

ERSTE WACHE: Cäsar schickt –

CHARMION: Viel zu langsam seinen Boten!

Setzt sich die Schlange an.

O komm! Nun schnell! Mach fort! Dich fühl ich kaum!

ERSTE WACHE:
Kommt her; hier steht es schlimm, sie täuschten Cäsar.

ZWEITE WACHE: Ruft Dolabella, Cäsar sandt ihn her!

ERSTE WACHE: Was gibt's hier? Charmion, ist das wohlgetan?

CHARMION: Ja, wohlgetan; und wohl ziemt's einer Fürstin,
Die so viel hohen Königen entstammt. –
Ah, Krieger! *Stirbt.*

DOLABELLA *tritt auf.*

DOLABELLA: Wie steht's hier?
ZWEITE WACHE: Alle tot.
DOLABELLA: Cäsar, dein Sorgen
Verfehlte nicht sein Ziel. Du selber kommst,
Erfüllt zu sehn die grause Tat, die du
Gern hindern wolltest.
Hinter der Szene: Platz für Cäsar! Platz!

CÄSAR *tritt auf mit* GEFOLGE.

DOLABELLA: O Herr! Ihr wart ein allzu sichrer Augur,
Was Ihr besorgt, geschah.
CÄSAR: Ihr End erhaben! –
Sie riet, was wir gewollt, und königlich
Ging sie den eignen Weg. Wie starben sie?
Ich seh kein Blut.
DOLABELLA: Wer war zuletzt mit ihnen?
ERSTE WACHE:
Ein schlichter Landmann, der ihr Feigen brachte;
Dies war sein Korb.
CÄSAR: Gift also!
ERSTE WACHE: Eben noch,
O Cäsar, lebte Charmion, stand und sprach
Und ordnet' an dem Königsdiadem
Der toten Herrin; zitternd stand sie da,
Und plötzlich sank sie nieder.
CÄSAR: Edle Schwachheit!
Hätten sie Gift geschluckt, so fände sich
Geschwulst von außen; doch sie gleicht dem Schlaf,
Als wollte sie Anton von neuem fangen
Im starken Netz der Schönheit.
DOLABELLA: Ihre Brust
Ist blutgefärbt und etwas aufgeschwollen
Und ebenso ihr Arm.
ERSTE WACHE:
Dann war's 'ne Schlange; auf den Feigenblättern
Ist Schleim zu sehn, so wie die Schlang ihn läßt
In Höhlungen des Nils.
CÄSAR: Sehr zu vermuten,

Daß so sie starb: denn mir erzählt' ihr Arzt,
Wie oft und wiederholt sie nachgeforscht
Schmerzlosen Todesarten. Nehmt ihr Bett
Und tragt die Dienerinnen fort von hier;
Mit ihrem Mark Anton laßt sie bestatten! –
Kein Grab der Erde schließt je wieder ein
Solch hohes Paar. Der ernste Ausgang rührt
Selbst den, der ihn veranlaßt, und ihr Schicksal
Wirbt so viel Leid für sie wie Ruhm für den,
Der sie gestürzt. Laßt unsre Kriegerscharen
In Feierpracht begleiten diese Bahren,
Und dann nach Rom. – Komm, Dolabella, dir
Vertraun wir der Bestattung große Zier.

Alle gehn ab.

CYMBELINE

Personen

Cymbeline, *König von Britannien*
Cloten, *Sohn der Königin, von ihrem ersten Gemahl*
Posthumus Leonatus, *ein Edelmann, Imogens Gemahl*
Bellarius, *ein verbannter Lord, unter dem Namen Morgan*
Guiderius | *Cymbelines Söhne, unter den Namen Polydor*
Arviragus | *und Cadwall; für Bellarius' Söhne gehalten*
Philario, *Posthumus' Freund*
Jachimo, *Philarios Freund*
Ein französischer Edelmann, *Philarios Freund*
Cajus Lucius, *römischer Feldherr*
Ein römischer Hauptmann
Zwei britische Hauptleute
Pisanio, *Posthumus' Diener*
Cornelius, *ein Arzt*
Zwei Edelleute, *an Cymbelines Hof*
Zwei Kerkermeister
Die Königin, *Cymbelines Gemahlin*
Imogen, *Cymbelines Tochter von der vorigen Königin*
Helene, *Imogens Kammerfrau*
Lords, Hofdamen, römische Senatoren, Tribunen, ein Wahrsager, ein Holländer, ein Spanier, Musiker, Anführer, Soldaten, Boten, Gefolge
Geistererscheinungen

Szene: abwechselnd in Britannien und Rom.

ERSTER AUFZUG

Erste Szene

Britannien. Garten in Cymbelines Palast.

Zwei Edelleute *treten auf.*

ERSTER EDELMANN: Ja, hier schaut jeder finster: unser Blut
Folgt minder nicht dem Himmel, als der Höfling
Stets wie der König scheinen will.

ZWEITER EDELMANN: Der Grund?

ERSTER EDELMANN: Die Erbin dieses Reiches, seine Tochter,
Bestimmt' er seiner Gattin einz'gem Sohn,
Die er als Witwe kürzlich sich vermählt.
Die Tochter wählte nun den Gatten selbst,
Der arm, doch edel ist: sie sind vermählt;
Der Mann verbannt, verhaftet sie: und alles
Ist äußrer Schmerz; obwohl der König, mein ich,
Wahrhaft bekümmert ist.

ZWEITER EDELMANN: Der König nur?

ERSTER EDELMANN:
Auch er, der sie verlor; die Kön'gin gleichfalls,
Die jenes Bündnis wünschte. Doch kein Höfling
– Wenn alle auch ihr Antlitz stimmen nach
Des Königs Blick –, des Herz sich nicht erfreut
Ob dem, weshalb sie grollen.

ZWEITER EDELMANN: Und warum?

ERSTER EDELMANN: Der die Prinzeß verlor, ist ein Geschöpf,
Zu schlecht, ihn schlecht zu nennen; der sie hat
– Das heißt, dem sie vermählt, der Ärmste, ach!
Deshalb verbannt –, ist solch vollendet Wesen,
Daß, wenn man auch den Erdkreis rings durchsuchte
Nach einem so wie er, stets blieb ein Mangel
Dem, der sich ihm vergleicht: denn ich vermeine,
Mit so viel innerm Wert und äußrer Schönheit
Sei niemand sonst begabt.

ZWEITER EDELMANN: Ihr übertreibt.

ERSTER EDELMANN: Ich meß ihn nur weit unter seiner Größe,

Drück ihn zusammen, statt ihn zu entfalten
In voller Macht.

ZWEITER EDELMANN:
Wie ist sein Nam und Ursprung?

ERSTER EDELMANN:
Ich kenne seinen Stammbaum nicht. Sicilius,
So hieß sein Vater, kämpft' einst ruhmbekränzt
Gegen die Römer mit Cassibelan;
Doch dem Tenantius dankt er seine Würden,
Dem er mit Glanz und seltnem Glück gedient:
So ward er Leonatus zubenannt.
Er hatte außer jenem edlen Sohn
Zwei andre noch, die in dem Krieg der Zeit,
Das Schwert in Händen, fielen, was des Greises
Zu heft'ge Vaterliebe so erschüttert,
Daß er sich tot gehärmt; sein edles Weib,
Schwanger mit dem, von dem wir sprechen, starb
Bei der Geburt. Da nimmt das Kind der König
In seinen Schutz und nennt ihn Posthumus Leonatus;
Läßt ihn erziehn, macht ihn zu seinem Pagen,
Zu jeder Wissenschaft ihm Zugang bahnend,
Für die sein Alter reif. Das sog er ein
Wie wir die Luft, es augenblicks begreifend;
Sein Frühling ward schon Ernt; er lebt' am Hofe
– Ein seltner Fall – in Lieb und Lob der Erste;
Dem Jüngsten Musterbild, dem Reiferen
Ein Spiegel für des Schmucks Vollendung und
Den Ernsteren ein Kind, das Greise führt,
Der Frau, für die er jetzt verbannt – ihr Wert
Zeigt, wie sie ihn und seine Tugend schätzte;
In ihrer Wahl könnt Ihr am besten lesen,
Was für ein Mann er ist.

ZWEITER EDELMANN: Ich ehr ihn schon
In Eurer Schildrung. Doch, ich bitt Euch, sagt mir,
Ist sie des Königs einz'ges Kind?

ERSTER EDELMANN: Sein einz'ges.
Zwei Söhne hatt er – dünkt's Euch merkenswert,
So hört mir zu: der älteste drei Jahr,
Der zweit in Windeln, wurden sie gestohlen
Aus ihrer Ammenstub, und niemand ahnet
Bis diese Stunde, was aus ihnen ward.

ZWEITER EDELMANN: Wann fiel das vor?
ERSTER EDELMANN: Vor etwa zwanzig Jahren.
ZWEITER EDELMANN: Daß Königskinder so entwendet wurden!
So schlecht bewacht! so schläfrig aufgesucht,
Daß keine Spur sich fand!
ERSTER EDELMANN: Mag's seltsam sein
Und fast zum Lachen solche Lässigkeit,
So ist es dennoch wahr.
ZWEITER EDELMANN: Ich glaub es Euch.
ERSTER EDELMANN:
Wir müssen uns zurückziehn, denn hier kommen
Der edle Herr, die Kön'gin und Prinzessin.
Sie gehn ab.

Zweite Szene

Ebendaselbst.

Es treten auf die Königin, Imogen *und* Posthumus.

KÖNIGIN: Nein, Tochter, sei gewiß, nie findst du mich
Nach der Stiefmütter allgemeinem Ruf
Scheeläugig gegen dich: zwar als Gefangne
Bewahr ich dich; doch gibt dein Wächter selbst
Den Kerkerschlüssel dir. Und, Posthumus,
Sobald ich kann den grimmen König sänft'gen,
Sollt Ihr in mir den Anwalt sehn; doch jetzt
Entflammt ihn noch der Zorn, drum ist es besser,
Ihr neigt euch seinem Spruch, und so geduldig,
Wie euch die eigne Weisheit lehrt.
POSTHUMUS: Ja, Hoheit,
Ich reise heut.
KÖNIGIN: Wohl kennt Ihr die Gefahr –
Nur durch den Garten geh ich, denn mich jammert
Die Qual gehemmter Lieb; obwohl der König
Befahl, ihr sollt nicht miteinander sprechen. *Ab.*
IMOGEN: O heuchlerische Güte! Schmeichelnd kitzelt
Die Schlange, wo sie sticht! – Geliebter Mann,
Wohl fürcht ich etwas meines Vaters Zorn,
Doch nicht – mein heilig Bündnis ausgenommen –,
Was seine Wut mir tun kann. Du mußt fort;

Ich bleibe hier zurück, ein stündlich Ziel
Erzürnten Blicks; nichts tröstet mich im Leben,
Als daß die Welt mein Kleinod noch bewahrt,
Damit ich's wiederseh.

POSTHUMUS: O meine Kön'gin!
Herrin, Geliebte, weint nicht mehr; daß mich
Verdacht nicht treffe weichrer Zärtlichkeit,
Als sie dem Manne ziemt! Ich bleib auf ewig
Der treuste Gatte, der je Treu gelobte.
In Rom nun wohn ich, bei Philario dort,
Der meines Vaters Freund war, doch mit mir
Durch Briefe nur verbunden: dorthin schreibe,
Und mit den Augen trink ich deine Worte,
Ist Galle gleich die Tinte.

Die KÖNIGIN *kommt zurück.*

KÖNIGIN: Eilt, ich bitte!
Denn wenn der König kommt, so fällt auf mich,
Wer weiß, wieviel von seinem Zorn. *Beiseite*: Doch führ ich
Ihn dieses Weges; kränk ich ihn auch stets,
Mein Unrecht kauft er ab, versöhnt zu sein,
Zahlt mein Versünd'gen schwer. *Ab.*

POSTHUMUS: Nähmen wir Abschied
So lange Zeit, wie wir noch leben sollen,
Der Schmerz der Trennung wüchse stets. Leb wohl!

IMOGEN: Oh, nicht so rasch;
Rittst du nur aus, um frische Luft zu schöpfen,
Zu kurz wär solch ein Abschied. Sieh, Geliebter,
Der Demant ist von meiner Mutter: nimm ihn;
Bewahr ihn, bis ein andres Weib du freist,
Ist Imogen gestorben.

POSTHUMUS: Wie! ein andres? –
Ihr Götter, laßt mir die nur, die ich habe,
Und wehrt mir die Umarmung einer andern
Mit Todesbanden! – Bleib, o bleibe hier,
Solang hier Leben wohnt! *Er steckt den Ring an.*
Und, Süße, Holde,
Wie ich mein armes Selbst für dich vertauschte
Zu deinem schlimmsten Nachteil: so gewinn ich
Sogar bei diesem Tand; dies trag von mir,
's ist eine Liebesfessel, die ich um
Die holdeste Gefangne lege. *Er legt ihr ein Armband an.*

IMOGEN: Götter!
Ach! wann sehn wir uns wieder!

CYMBELINE *tritt auf mit* GEFOLGE.

POSTHUMUS: Weh! der König!
CYMBELINE: Hinweg! Elender du, mir aus den Augen!
Belästigst du den Hof nach diesem Wort
Mit deinem Unwert noch, so stirbst du; fort! –
Gift bist du meinem Blut.
POSTHUMUS: Die Götter schützen Euch!
Und segnen alle Guten, die hier bleiben!
Ich gehe. *Ab.*
IMOGEN: Keine Marter hat der Tod,
So scharf wie diese.
CYMBELINE: Pflichtvergeßnes Ding,
Du solltst die Jugend mir erneun und häufst
Mir nur der Jahre Last.
IMOGEN: Ich bitt Eur Hoheit,
Kränkt Euch nicht selbst mit Eurem Groll; ich bin
Gefühllos Eurem Zorn, ein tiefres Leid
Tilgt Furcht und Angst.
CYMBELINE: So ohne Gnad und Sitte?
IMOGEN: Ja, ohne Hoffnung: so weit ohne Gnade.
CYMBELINE: Den einz'gen Sohn der Kön'gin auszuschlagen!
IMOGEN: Oh! wohl mir, daß ich's tat! Den Adler wählt ich
Und jagt den Raben fort.
CYMBELINE: Den Bettler nahmst du, hättest meinen Thron
Zum Sitz der Niedrigkeit gemacht.
IMOGEN: O nein;
Ich gab ihm neuen Glanz.
CYMBELINE: Verworfne!
IMOGEN: Vater,
Nur Ihr seid schuld, lieb ich den Posthumus:
Ihr zogt ihn auf als meinen Spielgefährten;
Er ist ein Mann, wert jeder Frau, und hat
Fast um den ganzen Preis mich überzahlt.
CYMBELINE: Was! – bist du toll?
IMOGEN: Beinah, der Himmel steh mir bei! – Oh, wär ich
Doch eines Schäfers Tochter, mein Leonatus
Des Nachbarhirten Sohn!

Die KÖNIGIN *tritt auf.*

CYMBELINE: Du töricht Mädchen! –

Beisammen waren wieder sie; Ihr tatet
Nicht, wie wir Euch befahlen. Fort mit ihr,
Und schließt sie ein.

KÖNIGIN: Ich bitt Euch, ruhig – still,
Prinzessin Tochter, still! – Geliebter Herr,
Laßt uns allein und sucht Euch zu erheitern,
Wie Ihr's am besten könnt.

CYMBELINE: Mag sie verschmachten
Täglich um einen Tropfen Bluts und alt
An dieser Torheit sterben!

Cymbeline und Gefolge ab.

PISANIO *tritt auf.*

KÖNIGIN: Pfui! – gebt nach!
Hier ist Eur Diener. – Nun, was bringst du Neues?

PISANIO: Der Prinz, Eur Sohn, zog gegen meinen Herrn.

KÖNIGIN: Kein Leid ist doch geschehn?

PISANIO: Es konnte treffen,
Nur spielte mehr mein Herr, anstatt zu fechten,
Und war durch Zorn nicht angereizt; es trennten
Sie ein'ge Herren in der Näh.

KÖNIGIN: Das freut mich.

IMOGEN: Ja, meines Vaters Freund ist Euer Sohn;
Er nimmt sich seiner an.
Auf den Verbannten ziehn! O tapfrer Held!
Ich wünschte sie in Afrika beisammen
Und mich mit Nadeln dort, um den zu stechen,
Der rückwärts geht. – Was ließest du den Herrn?

PISANIO: Weil er's befahl; zum Hafen ihn zu bringen,
Erlaubt' er nicht; er gab mir dies Verzeichnis
Von Diensten, die ich Euch zu leisten hätte,
Gefiel's Euch, mich zu brauchen.

KÖNIGIN: Dieser war
Dein treuer Diener stets; mein Wort verpfänd ich,
Daß er's auch bleiben wird.

PISANIO: Ich dank Eur Hoheit.

Komm! zum Spazierengehn.

IMOGEN: Frag bei mir an
In einer halben Stunde – meinen Herrn
Mußt du an Bord noch sehn – für jetzt verlaß mich.

Alle ab.

DRITTE SZENE

Freier Platz.

CLOTEN *tritt auf mit zwei* EDELLEUTEN.

ERSTER EDELMANN: Prinz, ich möchte Euch doch raten, das Hemd zu wechseln; die Heftigkeit der Bewegung macht, daß Ihr wie ein Opfer raucht: wo Luft ausströmt, zieht auch Luft ein, und keine äußere Luft ist so gesund wie die, die ausströmt.

CLOTEN: Wenn mein Hemd blutig wäre, dann sollt's gewechselt werden. – Hab ich ihn verwundet?

ZWEITER EDELMANN *für sich*: Nein, wahrhaftig; nicht einmal seine Geduld.

ERSTER EDELMANN: Ihn verwundet? sein Körper ist ein durchdringliches Beingerippe, wenn er nicht verwundet ist – er ist eine Durchfahrt für Stahl, wenn er nicht verwundet ist.

ZWEITER EDELMANN *für sich*: Sein Degen hatte Schulden und versteckte sich hinterwärts.

CLOTEN: Der Schurke wollte mir nicht stehn.

ZWEITER EDELMANN *für sich*: Nein, er floh immer vorwärts, auf dein Gesicht zu.

ERSTER EDELMANN: Euch stehn! Ihr habt selbst schon Land genug, aber er vergrößerte Euern Besitz: er gab Euch noch etwas Boden zu.

ZWEITER EDELMANN *für sich*: Ja, so viel Zoll, wie du Weltmeere hast; ihr Laffen!

CLOTEN: Ich wollte, sie wären nicht zwischen uns gekommen.

ZWEITER EDELMANN *für sich*: Das wollte ich auch, bis du gemessen hättest, wie lang ein Narr ist, wenn er auf der Erde liegt.

CLOTEN: Und daß sie diesen Kerl lieben muß, und mich abweisen!

ZWEITER EDELMANN *für sich*: Wenn es Sünde ist, eine richtige Wahl zu treffen, so ist sie verdammt.

ERSTER EDELMANN: Prinz, ich sagte es Euch immer, ihre Schönheit und ihr Verstand halten nicht gleichen Schritt; sie ist ein treffliches Gemälde, aber ich habe wenige Reflexe ihres Geistes gesehen.

ZWEITER EDELMANN *für sich*: Sie scheint nicht auf Narren, der Reflex möchte ihr schaden.

CLOTEN: Kommt auf mein Zimmer; ich wollte, es wäre irgendein Unglück geschehen.

ZWEITER EDELMANN *für sich*: Das wollte ich nicht; es wäre denn der Fall eines Esels, was kein großes Unglück ist.

CLOTEN: Wollt Ihr mit uns gehn?

ERSTER EDELMANN: Ich folge Euch, gnädiger Herr.

CLOTEN: Nein, kommt, gehn wir zusammen.

ZWEITER EDELMANN: Wohl, mein Prinz.

Alle ab.

VIERTE SZENE

Zimmer im Palast.

IMOGEN *und* PISANIO *treten auf.*

IMOGEN: Ich wollt, am Hafen ständst du eingewurzelt
Und fragtest jedes Schiff. Wenn er mir schriebe,
Und ich bekäm es nicht – des Briefs Verlust
Wäre verlornes Heil. Was war das letzte,
Was er sprach?

PISANIO: Es war: „O meine Königin!"

IMOGEN: Dann winkt' er mit dem Tuch?

PISANIO: Und küßt' es, Fürstin.

IMOGEN: Fühllose Leinwand, glücklicher als ich!
Und das war alles?

PISANIO: Nein, Prinzessin; denn
Solang er's machen konnte, daß ihn Auge
Und Ohr von andern unterschied, blieb er
Auf dem Verdeck, mit Handschuh, Tuch und Hut
Stets winkend, wie der Sturm und Drang der Seele
Ausdrücken konnt am besten, wie so langsam
Sein Herz von hinnen zieh, wie schnell sein Schiff.

IMOGEN: Er mußte klein wie eine Kräh dir werden
Und kleiner, eh du aufgabst, nachzuschaun.

PISANIO: Das tat ich, gnäd'ge Frau.

IMOGEN: Zerrissen hätt ich mir die Augennerven,
Nur um nach ihm zu sehn, bis die Verkleinrung
Des Raums ihn zugespitzt wie meine Nadel.
Ihm schaut ich nach, bis er verschmolzen wäre
Von Kleinheit einer Mück in Luft; und dann

Hätt ich mich abgewendet und geweint. –
Pisanio, sprich, wann hören wir von ihm?

PISANIO: Gewiß mit nächster Schiffsgelegenheit.

IMOGEN: Wir nahmen Abschied nicht, und noch viel Liebes
Wollt ich ihm sagen – zu erzählen wünscht ich,
Wie ich sein dächt in der und jener Stunde;
Gedenken dies und das, und schwören sollt er,
Italiens Liebchen möchten nicht verlocken
Mein Recht und seine Ehr; ich wollt ihn nöt'gen,
Um sechs Uhr morgens, Mitternacht und Mittag
Mir betend zu begegnen, weil ich dann
Für ihn im Himmel bin; ich wollt ihm geben
Den Abschiedskuß, den in zwei Zauberworte
Ich eingefaßt: da tritt mein Vater ein,
Und wie der grimme Hauch des Nordens schüttelt
Er unsre Knospen ab, eh sie erblüht.

Eine HOFDAME *tritt auf.*

HOFDAME: Die Kön'gin wünscht Eur Hoheit Gegenwart.

IMOGEN: Was ich dir aufgetragen, das besorge. –
Der Kön'gin wart ich auf.

PISANIO: Wie Ihr befehlt.

Alle ab.

FÜNFTE SZENE

Rom. In Philarios Hause.

Es treten auf PHILARIO, JACHIMO, *ein* FRANZOSE, *ein* HOLLÄNDER *und ein* SPANIER.

JACHIMO: Glaubt mir, Herr, ich kannte ihn in Britannien: sein Ansehen war damals im Wachsen, und man erwartete die Vortrefflichkeit von ihm, die ihm später auch zugestanden wurde; aber ich hätte ihn damals ohne die Nachhilfe der Bewunderung ansehn können, wenn auch das Verzeichnis aller seiner Gaben neben ihm aufgestellt gewesen wäre und ich ihn so artikelweise durchgelesen hätte.

PHILARIO: Ihr sprecht von einer Zeit, da er noch weniger ausgestattet war, als er jetzt ist, mit allen den Gaben, die ihn geistig und leiblich so auszeichnen.

FRANZOSE: Ich sah ihn in Frankreich, und dort hatten wir viele, die mit ebenso festem Auge wie er in die Sonne blicken konnten.

JACHIMO: Der Umstand, daß er seines Königs Tochter geheiratet hat – wobei er mehr nach ihrem als nach seinem eigenen Wert gewogen werden muß –, ist gewiß ein Hauptgrund, daß man ihn weit über die Wahrheit hinaus preist.

FRANZOSE: Und dann seine Verbannung!

JACHIMO: Ja, und die Billigung derer, die diese klägliche Scheidung beweinen und der Fürstin zugetan sind; alle diese erheben ihn wunderbar über sein Maß; geschähe es auch nur, um der Prinzessin Urteil mehr zu befestigen, das ohnehin ein schwaches Geschütz niederschmettern würde, wenn sie einen Bettler genommen hätte, den nicht die höchsten Gaben schmückten. Aber wie kommt es, daß er bei Euch wohnen wird? Woher schreibt sich diese Bekanntschaft?

PHILARIO: Sein Vater und ich waren Kriegskameraden, und ich hatte diesem oft nichts Geringeres als mein Leben zu danken.

POSTHUMUS *tritt auf.*

Hier kommt der Brite; laßt seine Aufnahme unter euch so sein, wie sie Männern von eurem Verstand gegen einen Fremden von seinen Verdiensten ziemt. – Ich bitte euch alle, macht euch näher mit diesem Herrn bekannt, den ich euch als meinen edlen Freund empfehle; seine Vortrefflichkeit möge sich in Zukunft lieber selbst kundgeben als von mir vor seinem Ohr gepriesen werden.

FRANZOSE: Herr, wir kannten uns in Orleans.

POSTHUMUS: Seitdem war ich Euer Schuldner für Artigkeiten, an denen ich stets abzuzahlen haben und doch in Eurer Schuld bleiben werde.

FRANZOSE: Herr, Ihr überschätzt meine geringen Freundschaftsdienste; es war mir lieb, daß ich Euch und meinen Landsmann versöhnen konnte; es wäre schade gewesen, wäret Ihr mit so tödlichen Vorsätzen zusammengekommen, wie ihr sie damals beide hattet, und wegen einer Sache von so leichter, unbedeutender Art.

POSTHUMUS: Verzeiht mir, ich war damals ein junger Reisender; etwas störrisch, dem, was ich hörte, beizustimmen, und wenig geneigt, mich in jeglicher Handlung durch die Erfahrung anderer leiten zu lassen; aber auch nach meinem reiferen Urteil, wenn ich nicht prahle, es reifer zu nennen, war mein Zwist von damals doch nicht so ganz unbedeutend.

FRANZOSE: Wahrhaftig doch zu unbedeutend, um der Entscheidung der Waffen unterworfen zu werden; und von zwei solchen Männern, die höchstwahrscheinlich einer vom andern vernichtet oder beide gefallen wären.

JACHIMO: Darf man, ohne Unbescheidenheit, fragen, was der Streit war?

FRANZOSE: Warum nicht? es wurde öffentlich verhandelt und mag drum ohne Anstoß wieder erzählt werden. Es betraf einen Punkt, dem ähnlich, über den wir gestern abend stritten, da jeder von uns sich im Lob der Damen seines Landes ergoß; dieser Herr beteuerte damals, und zwar auf die Gewähr, es mit seinem Blute zu beweisen, die seinige sei schöner, tugendhafter, weiser, keuscher, standhafter und unverführbarer als irgendeine unsrer auserlesensten Damen in Frankreich.

JACHIMO: Diese Dame lebt nicht mehr; oder der Glaube dieses Herrn ist, was den Punkt betrifft, schwächer geworden.

POSTHUMUS: Sie behauptet noch ihre Tugend und ich meine Meinung.

JACHIMO: Ihr dürft sie nicht so sehr über unsere Italienerinnen erheben.

POSTHUMUS: Wenn ich so gereizt würde wie damals in Frankreich, so würde ich sie ebensowenig beeinträchtigen lassen; obwohl ich mich ihren Anbeter nenne, nicht ihren Geliebten.

JACHIMO: Ebenso schön wie gut – fast eine zu verschwisterte Vergleichung –, wäre etwas zu schön und zu gut für irgendeine Dame in Britannien gewesen. Wenn sie andre, die ich gekannt habe, so sehr übertrifft, wie dieser Euer Diamant manchen, den ich sah, überstrahlt, so muß ich wohl glauben, daß sie unter vielen die vorzüglichste ist; doch unter allen Kleinodien, die es gibt, sah ich wohl nicht das köstlichste noch Ihr die edelste unter den Weibern.

POSTHUMUS: Ich pries sie, wie ich sie schätze: und so auch meinen Stein.

JACHIMO: Wie hoch haltet Ihr ihn?

POSTHUMUS: Höher als alles, dessen die Welt sich rühmt.

JACHIMO: Entweder ist Eure unvergleichliche Geliebte tot, oder sie wird von einer Kleinigkeit überboten.

POSTHUMUS: Ihr seid im Irrtum; das eine mag verkauft oder verschenkt werden, wenn Reichtum genug für die Zahlung oder Verdienst genug für die Gabe da wäre; das andere ist nicht feil und nur einzig Gabe der Götter.

JACHIMO: Welche die Götter Euch verliehen haben?

POSTHUMUS: Welche, durch ihre Gnade, mein bleiben wird.

JACHIMO: Ihr mögt sie, dem Namen nach, als die Eurige haben; aber Ihr wißt, fremde Vögel lassen sich auf den Teich des Nachbarn nieder. Euer Ring kann Euch ebenfalls gestohlen werden: so ist von Euren beiden unschätzbaren Gütern das eine nur schwach und das andere zufällig; ein listiger Dieb oder ein in dem Punkt vollendeter Hofmann würden es unternehmen, Euch das eine oder das andere abzugewinnen.

POSTHUMUS: Euer Italien besitzt keinen so vollendeten Höfling, daß er die Ehre meiner Geliebten in Gefahr bringen könnte, wenn Ihr sie im Bewahren oder Verlust derselben schwach nennen wollt. Ich zweifle nicht im mindesten, daß ihr einen Überfluß an Dieben habt, demungeachtet fürchte ich nichts für meinen Ring.

PHILARIO: Laßt uns hier abbrechen, meine Freunde.

POSTHUMUS: Von Herzen gern. Dieser würdige Signore, ich danke ihm dafür, behandelt mich nicht als Fremden; wir sind gleich bei erster Bekanntschaft Vertraute.

JACHIMO: Mit fünfmal soviel Gespräch würde ich mir bei Eurer schönen Gebieterin Bahn machen, sie rückwärts treiben, ja zum Wanken bringen, hätte ich Zutritt und Gelegenheit zu Freunden.

POSTHUMUS: Nein, nein.

JACHIMO: Ich wage es, darauf die Hälfte meines Vermögens gegen Euren Ring zu verpfänden, die, nach meiner Schätzung, noch etwas mehr wert ist; aber ich unternehme meine Wette viel mehr gegen Eure Zuversicht als ihre Ehre; und um hierin auch jede Beleidigung Eurer auszuschließen, ich wage den Versuch gegen jede Dame in der Welt.

POSTHUMUS: Ihr seid außerordentlich getäuscht in dieser zu dreisten Überzeugung, und ich zweifle nicht, Euch wird das, was Ihr durch solcherlei Versuch verdient.

JACHIMO: Und das wäre?

POSTHUMUS: Eine Abweisung; obwohl Euer Versuch, wie Ihr es nennt, mehr verdient: Züchtigung auch.

PHILARIO: Ihr Herrn, genug davon: das kam zu plötzlich; laßt es sterben, wie es geboren ward, und – ich bitte – lernt euch besser kennen.

JACHIMO: Ich wollte, ich hätte mein und meines Nachbarn Vermögen auf die Beweisführung dessen gesetzt, was ich behauptete.

POSTHUMUS: Welche Dame wähltet Ihr zu Eurem Angriff?

JACHIMO: Die Eure, deren Festigkeit Ihr für so unerschütterlich haltet. Ich setze zehntausend Dukaten gegen Euren Ring mit dem Beding, Ihr empfehlt mich an den Hof, wo Eure Dame lebt, ohne mehr Begünstigung als die Gelegenheit eines zweiten Gesprächs, und ich bringe von dort diese ihre Ehre mit, die Ihr so sicher bewahrt glaubt.

POSTHUMUS: Ich will Gold wetten gegen Euer Gold: meinen Ring achte ich so teuer wie meinen Finger; er ist ein Teil von ihm.

JACHIMO: Ihr seid vorsichtig und deshalb um so weiser. Wenn Ihr Frauenfleisch auch das Quentchen für eine Million kauft, so könnt Ihr es doch nicht vor Ansteckung bewahren. Aber ich sehe, es ist etwas Religion in Euch, daß Ihr furchtsam seid.

POSTHUMUS: Dies ist nur eine Gewohnheit Eurer Zunge; Euer Vorsatz ist, hoffe ich, ehrbarer.

JACHIMO: Ich bin Herr und Meister meiner Reden und würde unternehmen, was ich sprach, das beschwör ich.

POSTHUMUS: Würdet Ihr? – Ich werde Euch meinen Diamant bis zu Eurer Rückkehr nur leihen – mag ein Vertrag zwischen uns aufgesetzt werden. Meine Geliebte übertrifft an Tugend die Unermeßlichkeit Eurer unwürdigen Denkart. Ich fordre Euch zu dieser Wette auf: hier ist mein Ring.

PHILARIO: Es soll keine Wette sein.

JACHIMO: Bei den Göttern, sie ist es; – wenn ich Euch nicht hinlängliche Beweise bringe, daß ich das teuerste Kleinod Eurer Geliebten genoß, so sind meine zehntausend Dukaten Euer und Euer Diamant dazu. Wenn ich abgewiesen werde und sie die Ehre bewahrt, auf die Ihr so fest vertraut, so ist sie, Euer Juwel, dies Euer Juwel und mein Gold Euer – doch, wie bedungen, ich habe Eure Empfehlung, um ungehinderten Zutritt zu bekommen.

POSTHUMUS: Ich nehme diese Bedingungen an; laßt die Artikel unter uns aufsetzen. Und nur insofern sollt Ihr verantwortlich sein: Wenn Ihr Eure Unternehmung gegen sie richtet und mir deutlich zu erkennen gebt, daß Ihr gesiegt habt, so bin ich nicht ferner Euer Feind, sie war unsers Streites nicht wert; wenn sie aber unverführt bleibt und Ihr das Gegenteil nicht beweisen könnt, so sollt Ihr wegen Eurer schlechten Gesinnung und für den Angriff auf ihre Keuschheit mir mit dem Schwerte Rede stehen.

JACHIMO: Eure Hand, es gilt! Wir wollen diesen Vertrag gerichtlich festsetzen, dann fort nach Britannien, daß diese Unternehmung sich nicht erkälte und absterbe. Ich will mein Gold holen und unsre gegenseitige Wette niederschreiben lassen.

POSTHUMUS: Einverstanden.

Posthumus und Jachimo gehen ab.

FRANZOSE: Glaubt Ihr, daß dies durchgehn wird?

PHILARIO: Signor Jachimo wird nicht davon abstehen. Kommt, laßt uns ihnen folgen.

Alle ab.

Sechste Szene

Britannien. In Cymbelines Palast.

Es treten auf die Königin, Hofdamen *und* Cornelius.

KÖNIGIN: Solang der Tau am Boden, pflückt die Blumen;
Rasch: wer hat das Verzeichnis?
ERSTE HOFDAME: Ich.
KÖNIGIN: So geht.

Die Hofdamen gehn ab.

Nun, Doktor, brachtst du mir die Spezereien?
CORNELIUS *ihr ein Fläschchen reichend*:
Wie Eure Hoheit mir befahl, hier sind sie.
Doch ich ersuch Eur Gnaden – zürnt mir nicht,
Denn mein Gewissen dringt auf diese Frage –:
Weshalb verlangtet Ihr die gift'gen Mittel,
Die, angewandt, langsamen Tod bewirken,
Nicht schnell, doch sicher sind.
KÖNIGIN: Mich wundert, Doktor,
Daß du mich also fragst; war ich nicht lange
Schon deine Schülerin? Lehrtst du mich nicht
Einmachen, destillieren, Weihrauch mischen?

Daß unser großer König selbst mich oft
Um meine Tränklein bat? So fortgeschritten
– Hältst du mich nicht für teuflisch –, ist's ein Wunder,
Wenn ich mein Wissen zu erweitern trachte
Durch andre Proben? So will ich die Kräfte
Der Kunst an solchen Kreaturen prüfen,
Die nicht des Hängens wert – an Menschen nicht;
Um ihre Wirkung zu erproben, wend ich
Dann Gegenmittel an, und so erforsch ich
Den mannigfachen Einfluß.

CORNELIUS: Solche Übung
Muß, hohe Fürstin, Euer Herz verhärten;
Auch ist der Anblick dieser Wirkung schädlich
Sowohl als ekelhaft.

KÖNIGIN: Oh, sei ganz ruhig.

PISANIO *tritt auf.*

KÖNIGIN *für sich*:
Hier kommt ein schmeichlerischer Schuft; an ihm
Prüf ich's zuerst: er ist für seinen Herrn
Und meinem Sohn entgegen. – Ei, Pisanio! –
Doktor, für jetzt bedarf ich dein nicht mehr:
Du magst nun gehn.

CORNELIUS *für sich*: Ich trau Euch nicht; doch, Kön'gin,
Ihr sollt kein Unheil stiften.

KÖNIGIN *zu Pisanio*: Hör, ein Wort!

CORNELIUS *für sich*: Verdächtig ist sie mir. Sie glaubt, sie habe
Ein zehrend Gift: doch kenn ich ihren Sinn
Und würde keinem, der ihr gleicht an Tücke,
So höll'schen Trank vertraun; das, was sie hat,
Betäubt und stumpft den Sinn auf kurze Zeit.
Vielleicht versucht sie's erst an Hunden, Katzen,
Dann immer höher auf; doch in dem Schein
Des Todes, den dies gibt, ist nicht Gefahr,
Es fesselt nur auf kurze Zeit den Geist,
Der um so frischer dann erwacht. Genarrt
Wird sie durch falschen Schein; ich, falsch an ihr,
Bin um so treuer.

KÖNIGIN: Doktor, du magst gehn,
Bis wir dich rufen lassen.

CORNELIUS: Ich gehorche. *Ab.*

KÖNIGIN: Du sagst, sie weint noch immer? Glaubst du nicht,

Daß mit der Zeit sie ruhiger wird und Rat
Einläßt, wo Torheit herrscht? Tu, was du kannst.
Sagst du mir einst, sie liebe meinen Sohn,
Dann, glaube mir, stehst du im Augenblick
Hoch wie dein Herr und höher; denn sein Glück
Liegt sprachlos da, sein Name selbst schöpft bald
Den letzten Hauch. Heimkehren kann er nicht
Noch bleiben, wo er ist; den Ort verändern
Heißt nur ein Elend mit dem andern tauschen,
Und jeder neue Tag zerstört ihm nur
Des vor'gen Tages Werk. Was kannst du hoffen,
Lehnst du dich an ein Ding, das im Verfall
Und neu gebaut nicht werden kann? er hat
Nicht Freund', um ihn zu stützen.

Die Königin läßt das Fläschchen fallen, Pisanio hebt es auf.

Du nimmst auf
Und weißt nicht, was, doch nimm's für deine Müh.
Ich macht es selbst, und fünfmal hat's den König
Vom Tod gerettet; keine beßre Stärkung
Ist mir bekannt. – Behalt's, ich bitte dich;
Es sei das Handgeld eines größern Lohns,
Den ich dir zugedacht. Sag deiner Herrin,
Wie ihre Sache steht, tu's wie von selbst.
Bedenk, wie sich dein Glückstand ändert; denk nur,
Die Fürstin bleibt dir, meinen Sohn gewinnst du,
Der dich auszeichnen wird; den König stimm ich
Zu jeder Art Befördrung, wie du nur
Sie wünschen magst; zumeist bin ich verpflichtet,
[Die dir den Weg zu dem Verdienst gezeigt,]
Die Mühe glänzend zu belohnen. Sende
Mir meine Fraun und denke meiner Worte.

Pisanio geht ab.

Ein standhaft tück'scher Schelm: nicht zu erschüttern;
Der Anwalt seines Herrn und ihr ein Mahner,
Um ihre Hand dem Gatten zu bewahren.
Ich gab ihm etwas, wenn er es genießt,
So hat sie keinen mehr, der Botschaft läuft
Für ihren Schatz; und beugt sie nicht den Sinn,
Soll sie es wahrlich auch bald kosten müssen.

PISANIO *kommt mit den* HOFDAMEN *zurück.*

So, so; recht gut, recht gut:

Die Veilchen, Schlüsselblumen und die Primeln
Bringt in mein Schlafgemach. Leb wohl, Pisanio!
Gedenke meines Worts.

Die Königin und die Hofdamen gehen ab.

PISANIO: Das werd ich tun:
Doch sollt ich meine Treu dem Herren brechen,
Würg ich mich selbst; mehr will ich nicht versprechen. *Ab.*

SIEBENTE SZENE

Ein anderes Zimmer im Palast.

IMOGEN *tritt auf.*

IMOGEN: Der Vater grausam – die Stiefmutter falsch –
Ein tör'chter Freier der vermählten Frau,
Und deren Mann verbannt! – Oh, dieser Mann!
Die Krone meines Grams! und alle Drangsal
Um seinetwillen! – Wär ich auch geraubt
Wie meine Brüder, wohl mir! Doch höchst elend
Ist Sehnsucht auf dem Thron: gesegnet, wem,
Wie niedrig auch, ehrbarer Wunsch erfüllt wird,
Durch Freud erheitert. – Wer denn quält mich wieder?

PISANIO *und* JACHIMO *treten auf.*

PISANIO: Fürstin, dies ist ein edler Herr aus Rom
Mit Briefen meines Herrn.

JACHIMO: Erschreckt Ihr, Fürstin?
Der würd'ge Leonatus ist ganz wohl
Und grüßt Eur Hoheit herzlich. *Gibt ihr einen Brief.*

IMOGEN: Herr, ich dank Euch!
Ihr seid willkommen sehr.

JACHIMO *für sich*: Alles an ihr, was äußerlich: wie reich!
Ist ihr Gemüt so herrlich ausgestattet,
Ist einzig sie Arabiens Phönix und
Verloren hab ich. Kühnheit, sei mein Freund!
Frechheit, bewaffne mich von Kopf zu Fuß!
Sonst muß ich wie der Parther fliehend fechten;
Ja, gradezu entfliehn.

IMOGEN *liest*: „Er ist ein Mann von der edelsten Auszeichnung, dessen Freundschaft mich ihm unendlich verpflichtet hat. Beachte ihn in dem Maße, wie dir deine Pflicht teuer ist. – Leonatus.“

Nur so weit les ich laut:
Doch meines Herzens Innres wird durchglüht
Vom Übrigen und nimmt es dankbar an. –
Den Willkomm habt Ihr, edler Herr, den ich
Mit allen Worten geben kann, und sollt ihn finden
In allem, was mein Tun vermag.

JACHIMO: Dank, schönste Frau.
Ha! Wie? sind Menschen toll? Gab die Natur
Das Aug, um anzuschaun des Himmels Bogen
Und diesen reichen Schatz von See und Land,
Das trennend unterscheidet Stern von Stern
Und Stein von Stein am kieselreichen Ufer?
Und kann solch köstliches Organ nicht scheiden
Häßlich von schön?

IMOGEN: Was macht Euch so erstaunen?

JACHIMO: Im Auge kann's nicht sein, denn Aff und Pavian
Wird bei zwei solchen Weibchen mit der plappern
Und der Gesichter ziehn; auch nicht im Urteil:
Der Tropf selbst wird als weiser Richter Schönheit
Wohl unterscheiden; noch in Lüsternheit:
Schmutz, solchem reinen Glanz entgegen, zwänge
Selbst die Begier, die Leerheit auszubrechen,
Nicht lockt' er sie zur Speise.

IMOGEN: Herr, was ist Euch?

JACHIMO: Der überfüllte Wille, die Begier,
Satt und doch ungesättigt; dieses Faß,
Voll und doch leck, frißt erst das Lamm und lüstert
Dann noch nach dem Gedärm.

IMOGEN: Was, teurer Herr,
Reißt Euch so hin? seid Ihr nicht wohl?

JACHIMO: Dank, Fürstin, mir ist wohl.
Zu Pisanio: Ich bitt Euch, Freund,
Sucht meinen Diener auf, wo ich ihn ließ;
Er ist hier fremd und schüchtern.

PISANIO: Soeben wollt ich gehn, ihn zu begrüßen. *Ab.*

IMOGEN: Wie geht es meinem Gatten, ist er wohl?

JACHIMO: Prinzessin, er ist wohl.

IMOGEN: Und ist er frohen Muts? Ich hoff, er ist es.

JACHIMO: Ausnehmend aufgeweckt; kein Fremder dort
Ist so voll Scherz und Heiterkeit; man nennt ihn
Den ausgelaßnen Briten.

IMOGEN: Als er noch hier war,
Neigte er oft zur Schwermut, wußt er gleich
Selbst nicht, warum.
JACHIMO: Ich sah ihn niemals ernst.
Dort ist sein Kamrad, ein Franzos, ein sehr
Ausbünd'ger Herr, der, scheint es, ist verliebt
In ein französisch Kind zu Haus; der dampft
Die schwersten Seufzer aus; der lust'ge Brite,
Eur Gatte, lacht aus voller Brust und ruft:
„Oh! meine Seiten springen, denk ich, daß
Ein Mann, der durch Geschichte weiß und eigne Prüfung,
Was Frauen sind, ja was sie müssen sein,
In seinen freien Stunden schmachten kann
Nach sichrer Knechtschaft."
IMOGEN: So spricht mein Gemahl?
JACHIMO: Ja, und die Augen tränen ihm vor Lachen.
Es ist ein wahres Fest, ihn anzuhören,
Wie er den Franzmann höhnt. Doch, weiß der Himmel,
Mancher ist sehr zu tadeln.
IMOGEN: Er nicht, hoff ich.
JACHIMO: Er nicht; doch hätte wohl des Himmels Huld
Mehr Dank verdient. – In ihm schon unbegreiflich,
In Euch, die sein ward über sein Verdienst –
Wie ich erstaunen muß, so muß ich auch
Tief Mitleid fühlen.
IMOGEN: Und mit wem, mein Herr?
JACHIMO: Mit zweien Wesen.
IMOGEN: Und bin ich das eine?
Ihr blickt mich an: was ist an mir zerstört,
Das Euer Mitleid heischt?
JACHIMO: Oh, welch ein Jammer!
Dem Glanz der Sonn entfliehn und Tröstung suchen
Im Kerker, bei der Schnuppe Qualm?
IMOGEN: Ich bitt Euch,
Laßt Eure Antwort offen das erklären,
Was ich gefragt. Weshalb beklagt Ihr mich?
JACHIMO: Daß von andern,
Fast wollt ich sagen, Euch geraubt wird – doch
Es ist der Götter Amt, dies zu bestrafen,
Nicht meins, davon zu sprechen.
IMOGEN: Scheint Ihr doch

Zu wissen, was mich nah betrifft. Ich bitte
– Da Ahnung eines Übels oft mehr quält
Als Überzeugung: denn gewisses Unglück
Ist ohne Rettung oder, früh erkannt,
Dadurch geheilt –, entdeckt mir, was zugleich
Euch spornt und zügelt.

JACHIMO: Hätt ich diese Wange,
Die Lippe drauf zu baden; diese Hand,
Die, nur berührt, des Fühlers Seele zwingt
Zum Eid der Treu; dies Angesicht, das fesselt
Das wilde Schweifen meines Auges, einzig
Es hierher heftend: würd ich geifern dann
Mit Lippen (Schmach!) gemein, so wie die Stufen
Zum Kapitol; und Hände drücken, hart
Durch stete Falschheit (Falschheit ihre Arbeit),
Dann in ein Auge blinzeln, niederträchtig
Und glanzlos wie das qualm'ge Licht, das sich
Vom ranz'gen Talge nährt? Gerecht wär's nur,
Wenn aller Höllenfluch auf solchen Abfall
Zugleich sich stürzte.

IMOGEN: Mein Gemahl, ich fürchte,
Vergaß Britannien.

JACHIMO: Und sich selbst. Nicht gern
Gab ich aus freier Neigung diese Kunde
Von seinem Bettlertausch; nur Euer Reiz
Beschwor aus stummstem Gram auf meine Zunge
Das herbe Wort.

IMOGEN: Laßt mich kein zweites hören.

JACHIMO: O göttlich Wesen! Eure Schmach erschüttert
Krankhaft mein Herz. Ein Frauenbild, so schön
Und Erbin eines Kaisertums, erhöhte
Zu Doppelwert den größten König! Dirnen
Nun zugesellt, bezahlt von Ausstattung,
Die Ihr ihm schenkt! mit angesteckten Läufern,
Die um Gewinn mit jeder Krankheit kosen,
Durch die Natur verweset! Stoff, so ätzend,
Daß er das Gift vergiften könnte! Rächt Euch!
Sonst war, die Euch gebar, nicht Königin,
Und Ihr entartet Eurem großen Stamm.

IMOGEN: Mich rächen?
Wie könnt ich wohl mich rächen? Ist dies wahr

– Doch hab ich solch ein Herz, das meine Ohren
So schnell nicht täuschen sollen –, ist es wahr,
Wie könnt ich wohl mich rächen?

JACHIMO: Er ließe mich
Im kalten Bett wie Dianas Priestrin leben?
Indes er frevelt in den frechsten Lüsten,
Zur Kränkung Euch, von Eurem Golde? Rächt es!
Ich weihe selbst mich Euren süßen Freuden,
Weit edler als der Flüchtling Eures Lagers;
Und werde fest an Eurer Liebe halten,
So sicher wie geheim.

IMOGEN: Heda, Pisanio!

JACHIMO: Laßt Euren Lippen meinen Dienst verpfänden.

IMOGEN: Hinweg! – Fluch meinen Ohren, die so lange
Dich angehört. – Wärst du ein Mann von Ehre,
Du hättst um Tugend dies erzählt und nicht
Für einen Zweck, so niedrig wie befremdend.
Du schmähst ’nen edlen Mann, der so entfernt
Von deiner Schildrung ist wie du von Ehre,
Und buhlst um eine Frau, die dich verabscheut,
Dich und den Teufel gleich. – Pisanio, he! –
Dem König, meinem Vater, wird gemeldet
Dein Angriff, und wenn er es schicklich findet,
Daß hier am Hof ein frecher Fremdling marktet
Wie in dem röm’schen Bad und viehisch darlegt
Den schnöden Sinn: so hat er einen Hof,
Für den er wenig sorgt, und eine Tochter,
Die er für gar nichts achtet. – He, Pisanio!

JACHIMO: O sel’ger Leonatus! so nun sprech ich;
Der feste Glaube deiner edlen Gattin
Verdient wohl deine Treu und deiner Tugend
Vollendung ihren Glauben! – Lange lebt beglückt!
O Weib des Edelsten, den je ein Land
Den Seinen nannte! und Ihr, seine Herrin,
Die nur der Edelste verdient! Verzeiht,
Ich sprach dies prüfend nur, ob Euer Zutraun
Tief Wurzel schlug; so wird nun Euer Gatte
Das, was er ist, erneut: und er ist einer
Von reinsten Sitten; solch ein heil’ger Zaubrer,
Daß er in Scharen alles zu sich bannt:
Der Herzen Hälft ist sein.

IMOGEN: Ihr söhnt mich aus.
JACHIMO: Verehrt, ein Gott, sitzt er im Kreis der Menschen;
Die Huld'gung, die ihm wird, hebt ihn empor
Vor allen Sterblichen. Seid nicht erzürnt,
Erhabne Fürstin, daß ich es gewagt,
Durch Lüge Euch zu prüfen; Eure Weisheit
Hat durch den festen Sinn sich neu bewährt,
Wie in der Wahl des einzig edeln Mannes
Sie niemals irrt; zu ihm die Herzensliebe
Gab mir die Sichtung ein; doch, allen ungleich,
Schuf Euch der Himmel spreulos. Drum vergebt!
IMOGEN: Jetzt ist es gut, mein Herr:
Was ich am Hof vermag, steht Euch zu Dienst.
JACHIMO: Ich dank in Demut. Fast hätt ich vergessen,
Um Eure Huld zu flehn in kleiner Sache,
Und wichtig doch, denn Euren Herrn betrifft es;
Ich selbst und ein'ge Freunde nehmen teil
An dem Geschäft.
IMOGEN: So sagt mir, was es ist.
JACHIMO: Ein Dutzend von uns Römern und Eur Gatte,
Die schönste Feder unsrer Schwinge, kauften
Gemeinsam für den Kaiser ein Geschenk;
Ich, der Agent der andern, tat's in Frankreich;
's ist Silberzeug von seltner Arbeit, Steine
Mit reicher, edler Fassung, großen Werts;
Und etwas ängstlich bin ich hier, als Fremder
Sie sicher zu verwahren: nähmet Ihr
Sie wohl in güt'ge Obhut?
IMOGEN: Herzlich gern;
Für ihre Sicherheit bürgt Euch mein Wort:
Und da mein Gatte teil dran hat, bewahrt sie
Mein Schlafgemach.
JACHIMO: Sie sind in einer Kiste
Bei meinen Leuten, und ich bin so dreist,
Sie Euch zu senden, nur für diese Nacht;
Ich muß an Bord schon morgen.
IMOGEN: O nein, nein.
JACHIMO: Verzeiht, ich muß; sonst kommt mein Wort zu kurz,
Verlängr ich meine Fahrt. Von Gallien her
Kreuzt ich die See, mein Wunsch war's und Versprechen,
Zu sehn Eur Hoheit.

IMOGEN: Dank für Eure Müh!
Doch morgen reist Ihr nicht.
JACHIMO: Ich muß, Prinzessin;
Drum bitt ich sehr, wenn Ihr noch Euren Herrn
Durch Briefe grüßen wollt, so tut's heut abend:
Ich blieb zu lange schon, und wichtig ist
Die Überreichung des Geschenks.
IMOGEN: Ich schreibe.
Schickt Eure Kiste, sie wird gut verwahrt
Und sicher Euch zurückgestellt. Lebt wohl!
Sie gehn ab.

ZWEITER AUFZUG

ERSTE SZENE

Britannien. Ein Hof vor dem Palast.

CLOTEN *tritt auf mit zwei* EDELLEUTEN.

CLOTEN: Hatte je ein Mensch solch Unglück! wenn meine Kugel schon die andre berührte, weggestoßen zu werden! Ich hatte hundert Pfund darauf gesetzt – und dann muß solch ein verwünschter Maulaffe mir noch mein Fluchen vorwerfen; als wenn ich meine Flüche von ihm borgte und sie nicht nach Gefallen ausgeben könnte.

ERSTER EDELMANN: Was hat es ihm geholfen? Ihr habt ihm mit Eurer Kugel den Kopf zerschlagen.

ZWEITER EDELMANN *für sich*: Wenn sein Verstand dem Verwundenden gleich wäre, so wäre er ganz ausgelaufen.

CLOTEN: Wenn ein vornehmer Herr Lust hat zu fluchen, so schickt sich's nicht für irgend jemand, der dabei ist, ihm seine Flüche verschneiden zu wollen.

ZWEITER EDELMANN: Nein, mein Prinz; *für sich*: oder ihnen die Ohren zu stutzen.

CLOTEN: Verwünschter Hund! – Ich ihm Genugtuung geben? Ich wollte, er wäre von meinem Range!

ZWEITER EDELMANN *für sich*: Um auch solche Range zu sein wie du?

CLOTEN: Nichts auf der Welt kann mich so ärgern – der Henker hol's! Ich möchte lieber nicht so vornehm sein, wie ich bin;

sie getrauen sich nicht, mit mir zu fechten, wegen der Königin, meiner Mutter; jeder Hansnarr schlägt sich die Haut voll, und ich muß auf und ab gehen wie ein Hahn, an den sich keiner traut.

ZWEITER EDELMANN *für sich*: Und doch ist Euch die Dummheit angetraut.

CLOTEN: Was sagst du?

ERSTER EDELMANN: Es schickt sich nicht für Euer Gnaden, sich mit jedem Gesellen herumzuschlagen, den Ihr beleidigt.

CLOTEN: Ja, das weiß ich wohl; aber es schickt sich für mich, die zu beleidigen, die weniger sind als ich.

ZWEITER EDELMANN: Ja, das schickt sich nur für Euer Gnaden allein.

CLOTEN: Nun, das mein ich.

ERSTER EDELMANN: Habt Ihr von jenem Ausländer gehört, der heut abend an den Hof gekommen ist?

CLOTEN: Ein Ausländer! und ich weiß nichts davon?

ZWEITER EDELMANN *für sich*: Er ist selbst ein ausländisch Tier und weiß es nicht.

ERSTER EDELMANN: Ein Italiener ist angekommen; und wie man sagt, ein Freund des Leonatus.

CLOTEN: Leonatus? der verbannte Schuft; und dieser ist auch einer, er mag sein, wer er will. Wer sagte Euch von diesem Ausländer?

ERSTER EDELMANN: Einer von Euer Gnaden Pagen.

CLOTEN: Schickt es sich, daß ich gehe und ihn ansehe? Ist das keine Erniedrigung für mich?

ERSTER EDELMANN: Ihr könnt Euch gar nicht erniedrigen, Prinz.

CLOTEN: Nicht so leicht, das glaube ich auch.

ZWEITER EDELMANN *für sich*: Ihr seid ein ausgemachter Narr und dadurch so erniedrigt, daß nichts, was Ihr tut, Euch noch mehr erniedrigen kann.

CLOTEN: Kommt, ich will diesen Italiener ansehn; was ich im Kugelspiel verloren habe, will ich heut abend von ihm wiedergewinnen. Kommt, gehn wir.

ZWEITER EDELMANN: Zu Euer Gnaden Befehl.

Cloten und der erste Edelmann gehn ab.

Daß ein so list'ger Teufel wie die Mutter
Der Welt den Esel gab! ein Weib, das alles
Mit ihrem Geist erdrückt; und er, ihr Sohn,

Kann für sein Leben nicht von zwanzig zwei
Abziehn, daß achtzehn bleiben. Arme Fürstin,
O edle Imogen, was mußt du dulden!
Der Vater hier, den die Stiefmutter lenkt;
Die Mutter dort, die stündlich Ränke spinnt;
Ein Freier, hassenswürd'ger als der Bann
Des teuren Gatten und der sünd'ge Vorsatz
Der Scheidung! Unerschüttert halte Gott
Die Mauer deiner Ehr und unentweiht
Den Tempel, dein Gemüt; die Treu belohne
Rückkehr des Gatten und die Herrscherkrone! *Ab.*

ZWEITE SZENE

Schlafzimmer; in einer Ecke steht eine Kiste.

IMOGEN *im Bett, lesend, eine* KAMMERFRAU.

IMOGEN: Ist jemand da? wie, Helena?
KAMMERFRAU: Hier bin ich.
IMOGEN: Was ist die Uhr?
KAMMERFRAU: Fast Mitternacht, Prinzessin.
IMOGEN: Drei Stunden las ich denn; mein Aug ist matt –
Schlag hier das Blatt ein, wo ich blieb; zu Bett!
Nimm nicht die Kerze weg – nein, laß sie brennen;
Und könntest du um vier Uhr munter werden,
So, bitte, weck mich. Schlaf umfängt mich ganz.
Die Kammerfrau geht ab.
Ihr Götter, eurem Schutz befehl ich mich!
Vor Elfen und den nächtlichen Versuchern
Schirmt mich, ich flehe!
Sie schläft ein. JACHIMO *steigt aus der Kiste.*
JACHIMO:
Die Heimchen schrilln, der Mensch, von Arbeit matt,
Gewinnt sich Kraft im Ruhn; so leis auf Binsen
Schlich einst Tarquin, eh er die Keuschheit weckte,
Die er verwundete. – O Cytherea,
Wie hold schmückst du dein Bett! du frische Lilie!
Und weißer als das Linnen! Dürft ich rühren!
Nur küssen; einen Kuß! – Rubinen, himmlisch,
Wie zart sie schließen! – Ihre Atemzüge

Durchwürzen so den Raum. Das Licht der Kerze
Beugt sich ihr zu und möchte lauschen unter
Das Augenlid, zu sehn verhüllte Sterne,
Jetzt von den Fenstergattern zugedeckt:
Weiß und Azur, umsäumt mit Himmelsbläue.
Allein mein Vorsatz?
Das Zimmer merken – alles schreib ich nieder;
Gemälde, die und die – das Fenster dort –
Des Bettes Umhang so; Teppich, Figuren
Sind so; dies der Geschichte Stoff; doch oh!
Nur ein natürlich Merkmal ihres Leibes,
Mehr als zehntausend niedre Dinge würd es
Bezeugen, mein Verzeichnis zu bekräft'gen.
Schlaf, Todesaffe, liege schwer auf ihr!
Und ihr Gefühl sei wie ein steinern Bild,
Das in der Kirche ruht! – Komm, komm herab,

Er nimmt ihr das Armband ab.

So schlüpfrig, wie der gord'sche Knoten fest!
Mein ist's und ist nunmehr ein äußrer Zeuge,
So kräftig wie Bewußtsein innerlich,
Zur Raserei den Mann zu treiben. Auf
Der linken Brust ein Mal, fünfsprenklig wie
Die roten Tropfen in dem Schoß der Primel.
Beweis, hier gült'ger als Gerichtsausspruch:
Dies Zeichen zwingt ihn, daß er glaubt, ich löste
Das Schloß und raubte ihrer Ehre Schatz.
Genug. – Was soll's?
Wozu noch schreiben, was geschmiedet mir,
Geschrieben ins Gedächtnis? Sie las eben
Vom Tereus noch; das Blatt ist eingelegt,
Wo Philomele sich ergab; – genug!
Zurück zum Schrein, die Feder springe zu.
Schnell, Drachenzug der Nacht! – Daß Dämmrung öffne
Des Raben Auge. Furcht umschließt die Stelle;
Ruht hier ein Engel gleich, ist dies doch Hölle.

Die Uhr schlägt.

Eins, zwei, drei. – Nun ist es Zeit!

Er geht wieder in die Kiste.

DRITTE SZENE

Vor Imogens Gemach.

CLOTEN *und die* EDELLEUTE *treten auf.*

ERSTER EDELMANN: Euer Gnaden sind der geduldigste Mann beim Verlust, der kaltblütigste, der je ein As aufschlug.

CLOTEN: Es muß jeden Menschen kalt machen, wenn er verliert.

ERSTER EDELMANN: Aber nicht jeden so geduldig, wie Eure edle Gemütsart ist, mein Prinz: Ihr seid nur hitzig und wütig, wenn Ihr gewinnt.

CLOTEN: Gewinn macht den Menschen mutig. Könnte ich nur diese alberne Imogen erlangen, so hätte ich Gold genug. Nicht wahr, es ist fast Morgen?

ERSTER EDELMANN: Schon Tag, gnädiger Herr.

CLOTEN: So wollte ich, daß die Musik käme; sie haben mir geraten, ihr des Morgens Musik zu bringen; sie sagen, das würde durchdringen.

Die MUSIKER *kommen.*

Na, kommt; stimmt! Wenn ihr mit eurer Fingerei bei ihr durchdringen könnt, gut; dann wollen wir es auch mit der Zunge versuchen; wenn nichts hilft, so mag sie laufen, doch aufgeben will ich es nicht. Erst ein vortreffliches, gut gespieltes Ding; nachher ein wunderbar süßer Gesang, mit erstaunlichen, übermäßigen Worten dazu. – Dann mag sie sich's überlegen.

Lied

Horch! Lerch am Himmelstor singt hell,
Und Phöbus steigt herauf,
Sein Roßgespann trinkt süßen Quell
Von Blumenkelchen auf;
Die Ringelblum erwacht aus Traum,
Tut güldne Äuglein auf;
Lacht jede Blüt im grünen Raum,
Drum, holdes Kind, steh auf:
Steh auf, steh auf!

CLOTEN: So, nun fort; wenn dies durchdringt, werde ich eure Musik um so besser beachten: wo nicht, so ist es ein Fehler an ihren Ohren, den Roßhaare, Darmsaiten und die Stimmen von Kastraten noch dazu nicht bessern können.

Die Musiker gehen ab.

CYMBELINE *und die* KÖNIGIN *treten auf.*

ZWEITER EDELMANN: Hier kommt der König.

CLOTEN: Es ist mir lieb, daß ich so spät noch auf war, denn das ist Ursach, daß ich so früh schon wieder auf bin. Er muß diese Liebesbewerbung väterlich aufnehmen. Ich wünsche Eurer Majestät und meiner gnädigen Mutter einen guten Morgen.

CYMBELINE: Harrt Ihr vor unsrer strengen Tochter Tür?
Und kommt sie nicht?

CLOTEN: Ich habe sie mit Musik bestürmt, aber sie geruht nicht, darauf zu achten.

CYMBELINE: Zu neu ist die Verbannung ihres Lieblings:
Noch denkt sie sein; und eine längre Zeit
Muß erst sein Bild in ihrer Seele löschen,
Dann ist sie dein.

KÖNIGIN: Viel Huld zeigt dir der König;
Er nutzt jedweden Anlaß, der dich fördert
Bei seiner Tochter; tu nun selbst das Beste
Durch angebracht Bewerben; sei befreundet
Mit Zeit und Stunde; durch Verweigerung
Vermehre sich dein Eifer, daß es scheine,
Begeistrung treibe dich zu allen Diensten,
Die du ihr weihst; daß du ihr stets gehorchst,
Nur wenn sie dir befiehlt, dich zu entfernen,
Dann sei wie sinnlos.

CLOTEN: Sinnlos? das fehlte noch!

Ein BOTE *tritt auf.*

BOTE: Gesandte sind von Rom da, hoher Herr;
Der ein' ist Cajus Lucius.

CYMBELINE: Ein wackrer Mann,
Kommt er auch jetzt aus bösem Anlaß; doch
Nicht schuld ist er. Wir müssen ihn empfangen
Gemäß der Ehre dessen, der ihn sendet;
Und daß er einst uns Freundesdienste tat,
Sei frisch in der Erinnrung. – Teurer Sohn,
Sobald Ihr Eure Herrin habt begrüßt,
Folgt uns und Eurer Mutter; Ihr seid nötig
In Gegenwart des Römers. – Kommt, Gemahlin.

Cymbeline, Königin, Bote und Edelleute gehen ab.

CLOTEN: Ist sie schon auf, so will ich mit ihr sprechen;

Wo nicht, so schlaf und träume sie. – Heda! *Er klopft an.*
Stets hat sie ihre Fraun um sich. Wie wär's,
Salbt ich die Hand der einen? Gold ist's ja,
Das Zutritt kauft, sehr oft; ja es besticht
Dianas Förster, daß sie selbst das Wild
Dem Dieb entgegentreiben; Gold ist's ja,
Was Brave mordet und den Räuber schützt,
Ja manchmal Dieb und Redlich bringt zum Galgen.
Was kann's nicht schaffen und vernichten? mir
Soll's eine ihrer Fraun zum Anwalt machen;
Ich selbst versteh das Ding noch nicht so recht.
Ist niemand da? *Er klopft.*

Eine KAMMERFRAU *tritt auf.*

KAMMERFRAU: Wer klopft?
CLOTEN: Ein Edelmann.
KAMMERFRAU: Nichts mehr?
CLOTEN: Ja, einer Edeldame Sohn.
KAMMERFRAU: Und das ist mehr, als mancher rühmen kann,
Des Schneider ihm so hoch kommt wie der Eure:
Was ist denn meinem gnäd'gen Herrn gefällig?
CLOTEN: Eur gnäd'ges Fräulein da; ist sie bereit?
KAMMERFRAU: O ja, aus ihrem Zimmer nicht zu gehn.
CLOTEN: Da habt Ihr Gold, verkauft mir Eure Liebe.
KAMMERFRAU: Wie! Euch zu lieben? oder andern nur
Mit Liebe von Euch sprechen? – Die Prinzessin! *Ab.*

IMOGEN *tritt auf.*

CLOTEN: Guten Morgen, schönste Schwester – Eure Hand.
IMOGEN: Guten Morgen, Prinz; Ihr kauft mit zu viel Mühe
Euch Unruh nur: der Dank, den ich Euch gebe,
Ist das Geständnis, daß ich, arm an Dank,
Ihn nicht verschenken kann.
CLOTEN: Stets, schwör ich, lieb ich Euch.
IMOGEN: Sagt Ihr es bloß, so gilt's mir minder nicht;
Doch schwört Ihr stets, bleibt Euer Lohn doch stets,
Daß ich's nicht achte.
CLOTEN: Das ist keine Antwort.
IMOGEN: Nur daß mein Schweigen nicht Nachgeben scheine,
Sonst spräch ich nichts. Ich bitte, laßt mir Ruhe:
Glaubt, Eure beste Zärtlichkeit erweckt
Mißhöflichkeit wie jetzt; ein Mann, so weise,
Lernt doch wohl, einen Vorsatz aufzugeben.

CLOTEN: Euch in der Tollheit lassen? Sünde wär's.
Ich tu es nimmer.
IMOGEN: Narren sind nicht toll.
CLOTEN: Nennt Ihr mich Narr?
IMOGEN: Ich tu es, da ich toll bin.
Seid Ihr vernünftig, bin ich nicht mehr toll;
Das heilt uns beide. Es tut mir leid, mein Prinz,
Ihr zwingt mich, daß ich fremd der Frauensitte
So gradezu bin. Ein für allemal,
Ich, die mein Herz geprüft, beteure hier
Bei dessen Treu, ich frage nichts nach Euch;
Und bin fast so der Nächstenlieb entfremdet
– Ich klage selbst mich an –, daß ich Euch hasse.
Fühltet Ihr's lieber, braucht ich mich nicht dessen
Zu rühmen.
CLOTEN: Am Gehorsam sündigt Ihr,
Den Euer Vater fordern darf. Denn Ehe,
Die Ihr vorschützt mit diesem niedern Wicht
– Den Almos, kalte Schüsseln aufgefüttert,
Abfall des Hofes –, ist nicht Ehe, nein!
Und wenn man niedern Ständen auch vergönnt
– Doch wer ist niedriger? – ihr Herz zu binden
– Bei ihnen wird nichts mehr erzielt als Bälge
Und Bettelpack – in selbstgeschürzten Knoten,
Hält Euch vor solchem Unfug doch gezügelt
Das Anrecht auf den Thron; des Kostbarkeit
Dürft Ihr nicht schmähn mit einem niedern Sklaven,
Einem Mietling für Bedient', einem Tischaufwärter,
Brotschneider, noch zu schlecht für solche Würden.
IMOGEN: Verworfner Mensch!
Wärst du der Sohn des Zeus und sonst so, wie
Du jetzt bist, wärst du doch zu niederträchtig,
Sein Knecht zu sein; hoch wärest du geehrt
– Selbst um den Neid zu wecken, schätzte man
Euch beide nach Verdienst –, würdst du ernannt
In seinem Reich zum Unterbüttel und
Gehaßt für unverdiente Gunst.
CLOTEN: Treff ihn die Pest!
IMOGEN: Kein größer Unheil kann ihn treffen, als
Von dir genannt zu sein. Das schlechtste Kleid,
Das je nur seinen Leib umschloß, ist teurer

Für mich als alle Haar' auf deinem Kopf,
Wär jedes solch ein Mann. – Heda, Pisanio!

PISANIO *tritt auf.*

CLOTEN: Sein Kleid! Der Teufel hol's –
IMOGEN: Geh schnell zu Dorothee, der Kammerfrau –
CLOTEN: Sein Kleid!
IMOGEN: Ein Narr verfolgt mich wie ein Spuk;
Macht Schreck und noch mehr Ärger – heiß das Mädchen
Nach einem Kleinod suchen, unversehens
Glitt mir's vom Arm: es war von meinem Gatten;
Wahrlich, nicht für den Schatz des größten Königs
In ganz Europa möcht ich's missen. Heut
Am Morgen, dünkt mich, sah ich's noch, doch sicher
War's gestern abend noch an meinem Arm;
Da küßt ich's: es entfloh, doch nicht, dem Herrn
Zu sagen, daß ich außer ihm was küßte.
PISANIO: Wohl findet sich's.
IMOGEN: Das hoff ich: geh und such.

Pisanio geht ab.

CLOTEN: Ihr habt mich schwer gekränkt – sein schlechtstes Kleid!
IMOGEN: Jawohl, das war mein Wort;
Wenn Ihr mich drum verklagen wollt, ruft Zeugen.
CLOTEN: Eur Vater hört es.
IMOGEN: Eure Mutter auch.
Sie ist mir hold gesinnt und wird das Schlimmste
Gern von mir denken. So empfehl ich Euch
Dem schlimmsten Unmut. *Ab.*
CLOTEN: Rache muß ich haben –
Sein schlechtstes Kleid! – Schon gut. *Ab.*

VIERTE SZENE

Rom. In Philarios Hause.

POSTHUMUS *und* PHILARIO *treten auf.*

POSTHUMUS: Freund, fürchtet nichts. Wär ich so sicher nur,
Den König zu gewinnen, wie ich weiß,
Daß ihre Ehre sicher ist.
PHILARIO: Welch Mittel
Gebraucht Ihr, ihn zu sühnen?
POSTHUMUS: Keins; ich warte

Der Zeiten Wechsel ab und zittre jetzt
Beim Winterfrost in Hoffnung wärmrer Tage;
So kränkelnd kann ich nichts als Dank Euch bieten:
Schlägt Hoffen fehl, so sterb ich Euer Schuldner.

PHILARIO: Schon Eure Freundschaft, Euer edler Umgang
Zahlt übervoll, was ich getan. Eur König
Hat jetzt Augustus' Botschaft. Cajus Lucius
Wird streng, mit Nachdruck sprechen; jener, denk ich,
Bewilligt den Tribut und zahlt den Rückstand,
Sonst schaut er unser Heer, des Angedenken
Noch frisch in eurer Kränkung lebt.

POSTHUMUS: Ich glaube
– Bin ich kein Staatsmann gleich und werd es nie –,
Dies bringt uns Krieg; und ihr vernehmt wohl eher,
Daß eure gallischen Legionen landen
In unserm unerschrocknen Vaterland,
Als daß man einen Deut zahlt. Kriegsgeübter
Ist unser Volk als einst, da Julius Cäsar,
Ihr Ungeschick belächelnd, ihren Mut
Doch finstrer Blicke wert fand; ihre Kriegszucht,
Nunmehr von Mut beschwingt, wird es beweisen
Dem, der sie prüft, sie seien wohl ein Volk,
Das fortschritt mit der Zeit.

JACHIMO *tritt auf.*

PHILARIO: Seht! Jachimo!

POSTHUMUS: Die schnellsten Hirsche zogen Euch zu Lande,
Und alle Winde küßten Eure Segel,
Um Euer Schiff zu treiben.

PHILARIO: Seid willkommen!

POSTHUMUS: Die rasche Antwort, die Euch wurde, hoff ich,
Führt Euch so bald zurück.

JACHIMO: Eure Gemahlin,
Sie ist die schönste, die ich je gesehn.

POSTHUMUS: Dazu die beste; sonst mag ihre Schönheit
Durchs Fenster schaun und falsche Herzen locken
Und falsch mit ihnen sein.

JACHIMO: Da habt Ihr Briefe.

POSTHUMUS: Ihr Inhalt ist doch gut?

JACHIMO: Das glaub ich wohl.

POSTHUMUS: War Cajus Lucius an dem brit'schen Hof
Bei Eurer Ankunft dort?

JACHIMO: Er wurd erwartet,
Doch war noch nicht gelandet.
POSTHUMUS: Alles gut. –
Glänzt dieser Stein wie früher? oder ist er
Zu schlecht für Eure Hand?
JACHIMO: Verlor ich ihn,
So hätt ich seinen Wert an Gold verloren.
Gern macht ich einen Weg, noch mal so weit,
Für eine zweite Nacht, so süß und kurz,
Wie mir Britannien gab; mein ist der Ring.
POSTHUMUS: Zu schwer ist es, dem Steine beizukommen.
JACHIMO: Nicht, da sich Eure Frau so leicht erfand.
POSTHUMUS:
Macht nicht zum Spaß so den Verlust: ich hoffe,
Ihr wißt, daß wir nicht Freunde bleiben dürfen.
JACHIMO: Doch, guter Herr, wenn den Vertrag Ihr haltet.
Hätt ich nicht die Ergebung Eurer Frau
Mit mir gebracht, dann gäb es freilich Kampf;
Nun nenn ich mich Gewinner ihrer Ehre
Und Eures Rings dazu; und nicht Beleid'ger
Von ihr noch Euch, da ich nach beider Willen
Getan.
POSTHUMUS: Könnt Ihr beweisen, daß Ihr sie
Im Bett umarmt, ist Euer Hand und Ring:
Wo nicht, so muß dafür, daß Ihr so schändlich
Von ihr gedacht, mein oder Euer Schwert
Verloren sein; vielleicht daß herrenlos
Sie beide liegen für den nächsten Finder.
JACHIMO: Was ich aussagen kann, ist fast Beweis
Durch jeden Umstand, daß Ihr glauben werdet;
Doch will ich alles noch durch Eid erhärten,
Was Ihr mir, zweifl ich nicht, erlassen werdet,
Wenn es Euch selber überflüssig scheint.
POSTHUMUS: Fahrt fort.
JACHIMO: So hört denn: Erst ihr Schlafgemach
– Wo ich nicht schlief, gesteh ich, doch bekenne,
Erhielt, was Wachens wert – ist rund umhangen
Mit Teppichen von Seid und Silber, schildernd
Kleopatra, die ihren Römer trifft,
Der Cydnus, über seine Ufer schwellend,
Aus Drang der Fahrzeug' oder Stolz: ein Werk,

So reich, so schön gewebt, daß Kunst und Pracht
Ihr Äußerstes getan; mich macht' es staunen,
Wie es so fein und sorgsam ausgeführt,
Ganz wie das Leben selbst –

POSTHUMUS: Nun freilich, ja,
Doch hörtet Ihr's vielleicht von mir, wo nicht,
Von andern.

JACHIMO: Manch besondrer Umstand noch
Muß den Beweis verstärken.

POSTHUMUS: Ja, das muß er,
Sonst kränkt Ihr Eure Ehre.

JACHIMO: Der Kamin
Ist südlich im Gemach und das Kaminstück
Die keusche Dian' im Bad – nie sah ich Bilder
So durch sich selbst erklärt –, der Künstler schuf
Stumm wie Natur und übertraf sie; ließ
Nur Atem und Bewegung aus.

POSTHUMUS: Dies alles
Habt Ihr wohl durch Erzählung Euch gesammelt;
Da man viel drüber spricht.

JACHIMO: Des Zimmers Decke
Ist ausgelegt mit goldnen Cherubim;
Die Feuerböcke – ich vergaß – von Silber,
Zwei schlummernde Cupidos, jeder zierlich
Auf einem Fuß, gestützt auf seine Fackel.

POSTHUMUS: Und dies ist ihre Ehre! –
Mag sein, Ihr saht dies alles – und ich lobe
Eur gut Gedächtnis –, die Beschreibung dessen,
Was ihr Gemach enthält, gewinnt noch lange
Die Wette nicht.

JACHIMO: Dann, wenn Ihr könnt, erbleicht.
Er zieht das Armband hervor.
Erlaubt, das Kleinod nur zu lüften: seht! –
Nun ist es wieder fort; mit Eurem Ring
Vermählt sich dies: und mein sind beide.

POSTHUMUS: Zeus!
Laßt mich's noch einmal sehn: ist es dasselbe,
Was ich ihr gab?

JACHIMO: Ja, Dank sei ihr, dasselbe;
Sie streift's von ihrem Arm; ich seh sie noch;
Ihr lieblich Tun war mehr noch als die Gabe

Und machte doch sie reich; sie gab mir's, sagend:
Sie schätzt' es einst.

POSTHUMUS: Kann sein, sie nahm es ab,
Um mir's zu senden.

JACHIMO: Schreibt sie so? Seht nach.

POSTHUMUS:
O nein, nein, nein; 's ist wahr. Hier, nehmt das auch.
Er gibt ihm den Ring.
Er ist jetzt meinem Aug ein Basilisk
Und tötet mich im Anschaun – keine Ehre,
Wo Schönheit; keine Treu, wo Schein; noch Liebe,
Wo je ein andrer Mann: der Frauen Schwur
Hält fester nicht an dem, dem er geweiht,
Als Fraun an ihrer Tugend; das ist – gar nicht –
O ungeheure Falschheit!

PHILARIO: Faßt Euch, Freund,
Nehmt Euren Ring zurück; noch ist er Euer:
Kann sein, daß sie's verlor; wer weiß, ob nicht
Ein' ihrer Frauen, die bestochen ward,
Es ihr entwendet hat.

POSTHUMUS: Gewiß;
Und so, denk ich, erlangt' er's: – her den Ring!
Nennt mir an ihr ein körperliches Zeichen
Von mehr Gewicht als dies; dies ward gestohlen.

JACHIMO: Beim Jupiter! von ihrem Arm bekam ich's.

POSTHUMUS: O hört, er schwört; er schwört beim Jupiter.
Wahr ist's – hier, nehmt den Ring –, wahr ist's: o sicher,
Sie konnt es nicht verlieren: ihre Diener
Sind treu, beeidigt all – verführt zum Stehlen?
Und durch 'nen Fremden? – Nein; sie war die Seine.
Dies ist das Wappen ihrer frechen Lust:
So teuer kaufte sie den Namen Hure. –
Nimm deine Zahlung, da; und Höll und Teufel
Mag unter euch sich teilen!

PHILARIO: Freund, seid ruhig:
Denn dies genügt zur Überzeugung nicht,
Da Ihr des Glaubens –

POSTHUMUS: Ha! verliert kein Wort mehr:
Denn seine Buhle war sie.

JACHIMO: Wenn Ihr fordert
Noch stärkre Proben; unter ihrer Brust

– So wert des Druckes – ist ein Mal, recht stolz
Auf diesen süßen Platz. Bei meinem Leben,
Ich küßt es, und es gab mir neuen Hunger
Zu frischem Mahl nach dem Genuß. Erinnert
Ihr Euch des Mals?

POSTHUMUS: Und Zeuge ist's des Brandmals,
So ungeheuer wie der Raum der Hölle,
Umschloß er nichts als diesen Greul.

JACHIMO: Hört noch mehr.

POSTHUMUS: Spart Eure Rechnung; zählt nicht auf die Sünden;
Ein Mal, und 'ne Million!

JACHIMO: Ich schwöre –

POSTHUMUS: Schwört nicht.
Schwört Ihr, daß Ihr's nicht habt getan, so lügt Ihr;
Und ich ermorde dich, wenn du es leugnest,
Daß du mich hast beschimpft.

JACHIMO: Ich leugne nichts.

POSTHUMUS: Hätt ich sie hier, sie stückweis zu zerreißen!
Ja, ich geh hin und tu's am Hofe vor
Des Vaters Augen – Etwas will ich tun – *Ab.*

PHILARIO: Der Fassung ganz beraubt! – Ihr habt gewonnen.
Laßt uns ihm nach, die rasche Wut zu wenden,
Die auf sich selbst er kehrt.

JACHIMO: Von ganzem Herzen.

Sie gehn ab.

Fünfte Szene

Ebendaselbst.

Posthumus *tritt auf.*

POSTHUMUS:
Kann denn kein Mensch entstehn, wenn nicht das Weib
Zur Hälfte wirkt? Bastarde sind wir alle;
Und jener höchst ehrwürd'ge Mann, den ich stets Vater
Genannt, war, weiß der Himmel wo, als ich
Geformt ward; eines Münzers Werkzeug prägte
Als falsches Goldstück mich. Doch meine Mutter
Galt für die Diana ihrer Zeit: so steht
Mein Weib in dieser gleichlos. – Rache, Rache!

Rechtmäß'ges Glück verweigerte sie mir
Und bat mich oft um Mäß'gung: tat es mit
So ros'ger Sittsamkeit; dies süße Bild
Hätt auch Saturn erwärmt; mir schien sie rein
Wie ungesonnter Schnee – o all ihr Teufel! –
Der gelbe Jachimo, in einer Stunde –
Nicht wahr? – Nein, schneller – gleich: er sprach wohl kaum!
Wie ein gemäst'ter deutscher Eber schrie er
Nur „Oh!" und tat's: fand solch Entgegnen nur,
Daß, was ihn hemmen sollte, sie ihm schnell
Als Sieger gab. Oh, fänd ich doch nur aus
Des Weibes Teil in mir! Denn keine Regung,
Die sich zum Laster neigt im Mann, ich schwör es,
Die nicht des Weibes Teil: sei's Lügen, merkt,
Es ist des Weibes; Schmeicheln, ihrs; Trug, ihrs;
Wollüst'ger Sinn, ihrs, ihrs; die Rachsucht, ihrs;
Geiz, Ehrsucht, Hohn, Hoffart im steten Wechsel,
Verleumdung, seltsam Lüsten, Wankelmut,
Was Laster heißt, was nur die Hölle kennt,
Ist ihrs, zum Teil, wenn ganz nicht; ja doch, ganz:
Denn selbst im Laster
Sind sie nicht fest, nein, tauschen immer Laster,
Das nur Minuten alt, mit einem andern,
Nur halb so alt. Ich schreibe gegen sie,
Verfluche sie – Nein, Rache mehr zu stillen,
Bet ich aus Haß, es geh nach ihrem Willen:
Mehr quälen kann sie nicht der schlimmste Teufel. *Ab.*

DRITTER AUFZUG

ERSTE SZENE

Britannien. Im Palast.

Es treten auf von einer Seite CYMBELINE, *die* KÖNIGIN, CLOTEN *und* GEFOLGE; *von der andern Seite* CAJUS LUCIUS *und seine* BEGLEITER.

CYMBELINE: Nun sprich, was uns Augustus Cäsar will.
LUCIUS: Als Julius Cäsar – des Gedächtnis noch
Lebt in der Menschen Blick, für Ohr und Zunge
Ein ew'ger Gegenstand – im Reich hier war

Und es besiegt', versprach Cassibelan,
Dein Ohm, berühmt durch Cäsars Lob, nicht minder,
Als es sein Tun verdient, für sich und sein
Geschlecht Tribut an Rom, dreitausend Pfund
Jedwedes Jahr; seit kurzem hast du diesen
Nicht eingeliefert.

KÖNIGIN: Und nie wird's geschehn,
Das Staunen gleich zu töten.

CLOTEN: 's gibt viel Cäsars,
Eh solch ein Julius kommt. Britannien ist
'ne Welt für sich; und wir bezahlen nichts
Für unsre eignen Nasen.

KÖNIGIN: Zeit und Glück,
Die ihnen günstig waren, uns zu drücken,
Stehn jetzt uns bei zu weigern. – Denkt, mein Herrscher,
Der Kön'ge, Eurer Ahnen, und zugleich,
Wie die Natur umbollwerkt unsre Insel;
Sie steht, ein Park Neptuns, umpfählt, verzäunt
Mit unersteigbarn Felsen, brüllnden Fluten,
Sandbänken, die kein feindlich Fahrzeug tragen,
Nein, es verschlucken bis zum Wimpel.
Wohl ward hier Cäsarn eine Art Erobrung;
Doch ward ihm hier sein Prahlen nicht erfüllt,
Von „kam und sah und siegte": nein, mit Schmach –
Der ersten, die ihn je berührte – floh
Zweimal geschlagen er von unserm Strand:
Sein Schiffgezeug, arm, unbehilflich Spielwerk
Auf unsrer Schreckenssee, wie Eierschalen
Hob es die Brandung und zerschellt' es leicht
An unsern Klippen. Freudig des Erfolgs,
Cassibelan, ruhmreich, einst Meister fast
– O ungetreues Glück! – von Cäsars Schwert,
Erleuchtete Luds Stadt mit Freudenfeuern,
Und jeder Brit erhob sich siegesstolz.

CLOTEN: Was da! es wird kein Tribut mehr gezahlt; unser Reich ist jetzt stärker als damals, und, wie gesagt, es gibt nicht solche Cäsars mehr; manche mögen noch krumme Nasen haben, aber so stämmige Arme hat keiner.

CYMBELINE: Sohn, laß die Mutter reden.

CLOTEN: Wir haben noch manchen unter uns, der ebenso tüchtig zugreifen kann wie Cassibelan; ich will nicht sagen, daß ich einer bin, aber eine Faust hab ich auch. – Warum Tribut? Warum sollen wir Tribut bezahlen? Wenn Cäsar uns die Sonne mit einem Laken zudecken kann oder den Mond in die Tasche stecken, so wollen wir ihm für das Licht Tribut zahlen, sonst, Herr, kein Tribut mehr: kurz und gut!

CYMBELINE: Erinnert Euch,
Bis Rom anmaßend den Tribut uns abzwang,
War frei dies Volk. Der Ehrgeiz dieses Cäsar,
So angeschwollen, daß er fast zersprengte
Den Bau der Welt, warf ohne Schein und Vorwand
Dies Joch auf uns; es wieder abzuschütteln
Ziemt einem tapfern Volk, wie wir zu sein
Uns rühmen. Also sprechen wir zu Cäsar:
Mulmutius, unser Ahnherr, war's, der unser
Gesetz uns schuf, des Kraft der Degen Cäsars
Zu sehr verstümmelt hat; es herzustellen
Und zu befrein durch uns verliehne Macht
Sei unsre Tugend, wenn auch Rom drum zürnt;
Mulmutius schuf unser Gesetz, der erste
Der Briten, der mit einer goldnen Krone
Die Stirne sich umgab, sich König nannte.

LUCIUS: So muß ich denn mit Kummer, Cymbeline,
Verkünden öffentlich Augustus Cäsar
– Cäsar, dem Kön'ge mehr als Diener folgen
Denn Hausbediente dir – als deinen Feind.
So hör es denn von mir: Krieg und Zerstörung
Ruf ich in Cäsars Namen aus; dich trifft
Sein Zorn vernichtend – so herausgefordert,
Nimm Dank, was mich betrifft.

CYMBELINE: Du bist willkommen, Cajus.
Dein Cäsar schlug zum Ritter mich, und unter ihm
Tat ich als Jüngling viel; er schuf mir Ehre,
Jetzt will er sie mir rauben; und ich muß
Auf Tod nun kämpfen; auch weiß ich gewiß,
Daß die Pannonier und Dalmatier wacker
Für ihre Freiheit rüsten; uns ein Vorgang,
Der, nicht erkannt, den Briten furchtsam zeigte:
So wird ihn Cäsar nimmer finden.

LUCIUS: Die Tat entscheide.

CLOTEN: Seine Majestät heißt Euch willkommen. Tut Euch hier gütlich mit uns einen Tag oder zwei oder länger; wenn

Ihr uns nachher auf andre Art sucht, so werdet Ihr uns in unserm Gürtel von Salzwasser finden: wenn Ihr uns herausschlagen könnt, so ist er Euer; wenn Ihr in der Unternehmung umkommt, so finden die Krähen an Euch um so bessere Mahlzeit; und damit gut.

LUCIUS: Ja, Prinz.

CYMBELINE: Ich weiß den Willen Eures Herrn, er meinen;
Für alles übrige seid mir willkommen.

Alle ab.

ZWEITE SZENE

Ein anderes Zimmer im Palast.

PISANIO *tritt auf mit einem Brief.*

PISANIO: Wie? Ehebruch? Weshalb denn schreibst du nicht,
Welch Scheusal sie beschuldigt? – Leonatus!
O Herr! was für ein fremder Pesthauch goß
Sich in dein Ohr? Welch falscher Italiener
– Mit Zung und Hand vergiften sie – besiegte
Den allzu leichten Sinn dir? – Treulos? Nein!
Für ihre Treu wird sie gestraft und duldet,
Mehr einer Göttin gleich als einer Frau,
Andrang, dem wohl der meisten Kraft erläge. –
O mein Herr!
So tief steht dein Gemüt jetzt unter ihr,
Wie sonst dein Glück stand! – Wie! ich sie ermorden?
Bei Lieb und Treu und Pflicht, die deinem Dienst
Ich angelobt? – Ich, sie? – ihr Blut vergießen?
Nennst du dies guten Dienst, nie heiße man
Mich guten Diener. Wie denn seh ich aus,
Daß ich so bar von Menschlichkeit erscheine,
So sehr, wie diese Tat es fordert? *Er liest*: „Tu es,
Gelegenheit wird ihr Befehl dir geben
Auf meinen Brief an sie." Verdammtes Blatt!
Schwarz wie die Tint auf dir! Fühlloser Fetzen,
Bist Mitverschworner dieser Tat und scheinst
So jungfräulich von außen? Ach! sie kommt.

IMOGEN *tritt auf.*

Ich tu, als wüßt ich nichts von dem Befehl.

IMOGEN: Was gibt's, Pisanio?
PISANIO: Hier ist ein Brief von meinem Herrn, Prinzessin.
IMOGEN: Wer? dein Herr? das ist mein Herr: Leonatus.
Oh, weise wär der Astronom, der so
Die Sterne kennte wie ich diese Schrift;
Ihm wär die Zukunft klar. – Ihr güt'gen Götter,
Laßt, was dies Blatt enthält, von Liebe sprechen,
Vom Wohlsein, der Zufriedenheit des Gatten –
Doch nicht mit unsrer Trennung, nein, die schmerz ihn;
Denn mancher Schmerz ist heilsam, so ist dieser,
Er stärkt die Liebe; drum Zufriedenheit,
Nur damit nicht! – Erlaube, liebes Wachs –
Gesegnet seid, ihr Bienen, die ihr knetet
Der Heimlichkeiten Schloß! Der Liebende
Und Schuldbedrängte betet sehr verschieden;
Den Ausgeklagten werft ihr ins Gefängnis,
Hold riegelt ihr das Wort Cupidos ein! –
Gebt gute Nachricht, Götter!
Sie liest: „Die Gerechtigkeit und der Zorn Deines Vaters, wenn er mich auf seinem Gebiet ergriffe, könnten nicht so grausam gegen mich sein, daß Dein Blick, Geliebteste, mich nicht in das Leben zurückriefe. Wisse, daß ich in Cambria, in Milford-Hafen bin. Was Deine Liebe Dir auf diese Nachricht raten wird, dem folge. Hiermit wünscht Dir alles Glück, der seinem Eide getreu und der Deinige bleibt in stets wachsender Liebe,

Leonatus Posthumus."

Oh, ein geflügelt Roß! – Hörst du, Pisanio?
Er ist in Milford-Hafen: lies und sprich,
Wie weit von hier? Quält mancher sich um Nicht'ges
In einer Woche hin, könnt ich denn nicht
In einem Tag hingleiten? – Drum, du Treuer,
Der, so wie ich, sich sehnt, den Herrn zu schaun
– Sich sehnt – doch minder – nicht, nicht so, wie ich –
Dennoch sich sehnt – doch schwächer – nicht wie ich,
Denn meins ist endlos, endlos –, sprich, und schnell
– Amors Vertrauter müßte des Gehörs
Eingänge rasch bis zum Ersticken füllen –,
Wie weit es ist, dies hochbeglückte Milford,
Und nebenher, wie Wales so glücklich wurde,
Solch einen Hafen zu besitzen. Doch vor allem,

Wie stehlen wir uns weg? und wie den Riß
Der Zeit von unserm Fortgehn bis zur Rückkehr
Entschuldigen? – Doch erst, wie komm ich fort?
Warum vor dem Erzeugen schon gebären
Entschuldigung? Das sprechen wir nachher.
O bitte, sprich,
Wievielmal zwanzig Meilen reiten wir
In einer Stunde?

PISANIO: Zwanzig an einem Tag
Ist Euch genug, Prinzeß, und viel zuviel.

IMOGEN: Ei, der zum Richtplatz ritte, Freund, er könnte
So säumen nicht; von Pferdewetten hört ich,
Wo Rosse schneller liefen als der Sand
Im Stundenglas. – Doch dies ist Kinderei:
Geh, meine Kammerfrau soll krank sich stellen
Und heim zu ihrem Vater wollen. Du
Schaff mir ein Reitkleid; besser nicht als ziemlich
Der Pächtersfrau.

PISANIO: Fürstin, bedenkt doch lieber –

IMOGEN: Nur vorwärts blick ich, weder rechts noch links
Noch rückwärts; dort ist Nebel überall,
Der mir die Augen schließt. Ich bitte, fort;
Tu, was ich sage – laß so Furcht wie Hoffen,
Nach Milford-Hafen einzig ist der Weg mir offen.

Sie gehn ab.

DRITTE SZENE

Wales. Eine waldige Berggegend mit einer Höhle.

Es treten auf BELLARIUS, GUIDERIUS *und* ARVIRAGUS.

BELLARIUS: Ein heitrer Tag, nicht drin zu sitzen, wenn man
So niedres Dach wie wir hat! Bückt euch, Knaben!
Dies Tor lehrt euch, wie man zum Himmel betet;
Es beugt euch zu des Morgens heil'gem Dienst.
Der Kön'ge Tore sind so hoch gewölbt,
Daß Riesen durchstolzieren können, ohne
Zu lüften ihren freveln Turban, um
Den Morgen zu begrüßen. – Heil, du schöner Himmel!
Wir Felsbewohner sind dir wen'ger hart
Als Stolzbegüterte.

GUIDERIUS: Heil, Himmel!
ARVIRAGUS: Himmel, Heil!
BELLARIUS: Nun an die Bergjagd: ihr zum Hügel auf,
Jung ist eur Fuß; ich bleib im Tal. Betrachtet,
Wenn ihr von dort mich klein als Krähe seht,
Daß nur der Platz verkleinert und vergrößert:
Und so durchdenkt, was ich euch viel erzählte
Von Höfen, Fürsten und des Krieges Tücken;
Der Dienst ist Dienst nicht, weil man ihn getan,
Nur wenn er so erkannt. Solch Überlegen
Zieht Vorteil uns aus allem, was wir sehn:
Und oft, zu unserm Troste, finden wir
In beßrer Hut den hartbeschalten Käfer
Als hochbeschwingten Adler. Oh, dies Leben
Ist edler als aufwarten und geschmäht sein;
Reicher als nichts tun und Geschenke nehmen;
Stolzer als rauschen in geborgter Seide:
Solchen begrüßt zwar der, der ihn so putzte,
Doch wird dadurch die Rechnung nicht bezahlt.
Kein Leben gleich dem unsern.
GUIDERIUS: Aus Erfahrung
Sprecht Ihr; wir armen Flügellosen schwangen
Uns nie noch weit vom Nest und wissen nicht,
Was draußen weht für Luft. Dies Leben mag
Das beste sein, ist Ruh das beste Leben;
Süßer für Euch, weil Ihr ein schärfres kanntet;
Für Euer steifes Alter passend; doch
Für uns ein Käfig der Unwissenheit,
Reisen im Bett, ein Kerker, wo der Schuldner
Nicht über seine Grenze darf.
ARVIRAGUS: Wovon
Doch sprechen wir, sind wir in Eurem Alter?
Wenn draußen Wind und Regen schlägt des dunkeln
Dezembers, wie, geklemmt in unsre Höhle,
Verschwatzen wir alsdann die frost'gen Stunden?
Wir sahen nichts, wir sind nur wie das Vieh,
Schlau wie der Fuchs um Beute; wie der Wolf
Kriegrisch um unsre Atzung: unsre Kühnheit
Ist jagen das, was fliehet; unser Käfig
Wird uns zum Chor wie dem gefangnen Vogel,
Mit Freimut unsre Knechtschaft zu besingen.

BELLARIUS: Wie ihr nun sprecht!
Kenntet ihr nur die Wucherei der Städte
Und hättet sie gefühlt; die Kunst des Hofes,
Der, schwer errungen, schmerzlich wird verlassen,
Wo bis zum Gipfel klimmen sichrer Fall ist,
Der Gipfel selbst so schlüpfrig, daß die Furcht
So schlimm ist wie der Fall; des Kriegs Beschwer
Ein Mühn, das nur Gefahr zu suchen scheint
Um Glanz und Ruhm, der dann im Suchen stirbt;
Und daß ein schmachvoll Epitaph so oft
Statt edler Tat Gedächtnis lohnt, ja, selbst
Durch wackres Tun verhaßt wird und, noch schlimmer,
Sich beugen muß der Bosheit. – O ihr Kinder!
Dergleichen mag die Welt an mir erkennen:
Gezeichnet ist mein Leib von Römerschwertern;
Mein Ruf stand einst den Besten obenan.
Mich liebte Cymbeline; kam auf Soldaten
Die Rede, war mein Nam in jedes Mund;
Damals glich ich dem Baum, der seine Äste
Fruchtschwer herabsenkt: doch in einer Nacht
Ward – wie ihr's nennen wollt – durch Sturm, durch Raub
Mein reifes Obst, ja Land selbst abgeschüttelt,
Und kahl blieb ich dem Frost.
GUIDERIUS: Unsichre Gunst!
BELLARIUS: Mein Fehl war nichts – wie ich euch oft erzählte –,
Als daß zwei Buben, deren Meineid mehr
Als meine Ehre galt, dem König schwuren,
Ich sei verbunden mit den Römern: so
Ward ich verbannt; und diese zwanzig Jahr
War dieser Fels, die Waldung meine Welt.
In edler Freiheit lebt ich hier und zahlte
Mehr fromme Schuld dem Himmel als vorher
Die ganze Lebenszeit. – Doch auf zum Bergwald,
Dies ist nicht Jägersprache. – Wer zuerst
Ein Wild erlegt, der sei der Herr des Festes,
Die beiden andern sollen ihn bedienen,
Und wir besorgen nichts von Gift, das lauert
In glanzvoll prächt'gen Räumen. Hier im Tal
Treff ich euch wieder.
Guiderius und Arviragus gehn ab.
Wie schwer die Funken der Natur zu bergen!

Die Kinder träumt nicht, daß sie Königssöhne;
Und Cymbeline denkt nicht, daß sie noch leben.
Sie glauben, daß sie mein; und wenngleich niedrig
Erwachsen in der engen Höhle, reicht
Ihr Sinn doch an die Dächer der Paläste,
Und die Natur lehrt sie bei schlechten Dingen
Ein fürstlich Tun, weit mehr als andr' erkünsteln.
Der Polydor – Britanniens Erb und Cymbelines,
Guiderius genannt von seinem Vater – Zeus!
Wenn auf dreibein'gem Stuhl ich sitz, erzählend
Von Kriegertat, durch mich vollbracht, fliegt seine
Begeistrung in mein Reden, sprech ich:
So fiel mein Feind, so setzt ich meinen Fuß
Auf seinen Nacken! alsbald steigt dann
Sein Fürstenblut ihm in die Wang, er schwitzt
Und spannt die jungen Muskeln in der Stellung,
Die meine Schildrung malt. Der jüngre, Cadwal
– Arviragus sonst –, gleich heftig in Gebärden,
Leiht Leben meinem Wort, mehr selbst erregt
Als hörend. Horch! das Wild ist aufgescheucht! –
O Cymbeline! Gott weiß und mein Gewissen,
Wie ungerecht du mich verbanntest: damals
Stahl ich, zwei und drei Jahr alt, diese Kinder;
Nachkommen wollt ich dir entziehn, wie du
Die Güter mir geraubt. Du säugtest sie,
Euryphile, du galtst als Mutter ihnen,
Und täglich ehren sie dein Grab; mich selbst,
Bellarius – Morgan jetzt geheißen –, halten
Für ihren Vater sie. Die Jagd beginnt. *Ab.*

VIERTE SZENE

In der Nähe von Milford-Hafen.

IMOGEN *und* PISANIO *treten auf.*

IMOGEN: Als wir vom Pferde stiegen, sagtest du,
Wir wären gleich zur Stelle. – Niemals sehnte
Sich meine Mutter so nach mir wie ich jetzt –
Pisanio! Mann! wo ist nun Posthumus?
Was ist dir im Gemüt, daß du so starrst?

Warum aus deiner innern Brust dies Ächzen?
Ein Mensch, so nur gemalt, ihn kennte jeder
Als Bildnis des Entsetzens, spräch er nichts:
Zeig dich in minder schrecklicher Gestalt,
Eh Wahnwitz meinen festern Sinn bewältigt.
Was gibt es? Warum reichst du mir dies Blatt
Mit diesem wilden Blick? Ist's Frühlingskunde,
So lächle erst: ist's winterlich, so paßt
Die Miene gut dazu. – Des Gatten Hand!
Italiens Gifthauch hat ihn angesteckt,
Er ist in schwerer Drangsal. – Sprich! dein Mund
Mildert vielleicht den Greuel, der, gelesen,
Mir tödlich werden kann.

PISANIO: Ich bitte, lest;
Dann seht Ihr, daß mich armen Mann das Schicksal
Ins tiefste Elend stürzte.

IMOGEN *liest*: „Deine Gebieterin, Pisanio, hat als Metze mein Bett entehrt: die Beweise davon liegen blutend in mir. Ich spreche nicht aus schwacher Voraussetzung, sondern aus einem Zeugnis, so stark wie mein Gram und so gewiß, wie ich Rache erwarte. Diese Rolle, Pisanio, mußt Du an meiner Statt spielen, wenn Deine Treue nicht durch den Bruch der ihrigen befleckt ist. Mit eigner Hand nimm ihr das Leben: ich verschaffe Dir Gelegenheit dazu bei Milford-Hafen. Sie bekommt deshalb einen Brief von mir; wenn Du Dich fürchtest, sie zu töten, und mir nicht gewisse Nachricht davon gibst, so bist Du der Kuppler ihrer Schmach und im Verrat gegen mich verbunden."

PISANIO:
Was brauch ich noch mein Schwert zu ziehn? Der Brief
Durchstach ihr schon das Herz. – Nein, 's ist Verleumdung,
Sie schneidet schärfer als das Schwert; ihr Mund
Vergiftet mehr als alles Nilgewürm:
Ihr Wort fährt auf dem Sturmwind und belügt
Jedweden Erdstrich: Kaiser, Königinnen,
Fürsten, Matronen, Jungfraun, ja in Grabes
Geheimnis wühlt das Rattengift Verleumdung. –
Wie ist Euch, Fürstin?

IMOGEN:
Falsch seinem Bett? Was heißt das, falsch ihm sein?
Wachend drin liegen und an ihn nur denken?

Weinend von Stund zu Stund? Erliegt Natur
Dem Schlaf, auffahren mit furchtbarem Traum
Von ihm; erwachen gleich in Schreckenstränen?
Heißt das nun falsch sein seinem Bette? heißt es?
PISANIO: Ach, gute Fürstin!
IMOGEN: Ich falsch! Ha, eigne Schuld nur – Jachimo,
Als du der Unenthaltsamkeit ihn zeihtest,
Da glichst du einem Schuft; doch scheint mir jetzt
Dein Aussehn leidlich gut. – 'ne röm'sche Elster,
Die Tochter ihrer Schmink, hat ihn verführt:
Ich Ärmste bin unschmuck, ein Kleid, nicht modisch;
Und weil zu reich ich bin, im Schrank zu hängen,
Muß ich zerschnitten sein: in Stücke mit mir! – Oh!
Der Männer Schwüre sind der Fraun Verräter!
Durch deinen Abfall, o Gemahl, gilt selbst
Der beste Schein für Bosheit; heimisch nicht
Da, wo er glänzt, nur angelegt als Köder
Für Fraun.
PISANIO: O hört mich, teuerste Prinzessin.
IMOGEN: Des bravsten Manns Erzählung galt für falsch
In jener Zeit, weil falsch Äneas war;
Die frommsten Tränen schmähte Sinons Weinen,
Das wahrste Elend fand Erbarmen nicht:
So wirst du, Posthumus,
Vergiften alle Männer schöner Bildung!
Edel und ritterlich scheint falsch, meineidig
Seit deinem großen Fall. – Komm, sei du redlich,
Tu deines Herrn Geheiß: wenn du ihn siehst,
Meinen Gehorsam rühm ein wenig. Sieh!
Ich ziehe selbst das Schwert; nimm es und triff
Der Liebe schuldlos Wohnhaus, dieses Herz;
Nicht zage, alles wich dort, Gram nur blieb:
Dein Herr wohnt nicht mehr dort; sonst war er freilich
Sein einz'ger Schatz; tu sein Gebot: stoß zu! –
Du bist vielleicht bei besserm Anlaß tapfer,
Jetzt bist du feige nur.
PISANIO: Fort, schändlich Werkzeug!
Nicht werde meine Hand durch dich verflucht.
IMOGEN: Nun, sterben muß ich. Tut's nicht deine Hand,
So bist du nicht ein Diener deines Herrn;
Selbstmord verbeut so göttlich hehre Satzung,

Daß meine schwache Hand erbebt. Hier ist
Mein Herz: was hemmt mich? – Halt! nein, keine Schutz-
Gehorsam wie die Scheide. – Was ist hier? [wehr,
Die Schriften des rechtgläub'gen Leonatus,
All Ketzerei geworden? Fort mit euch,
Verfälscher meines Glaubens! nicht mehr sollt ihr
Mein Herz umgürten! So traut falschen Lehrern
Manch armes Kind. Fühlen Betrogne auch
Den Stachel des Verrats, lebt der Verräter
Doch für noch schlimmres Weh.
Und Posthumus, der du zum Ungehorsam
Mich gegen meinen Vater hast verleitet,
Daß manch Gesuch von fürstlichen Bewerbern
Ich höhnisch abwies – dies erkennst du einst
Als eine Tat nicht von gemeiner Art,
Nein, hoher Seltenheit; und es betrübt mich
Zu denken, wenn du ihrer satt nun bist,
Die deine Gier jetzt nährt, wie dein Gedächtnis
Durch mich dann wird gequält sein. – Bitt dich, schnell!
Das Lamm ermutiget den Schlächter. Wo
Hast du dein Messer? Allzu träge bist du
Des Herrn Geheiß, zumal, wenn ich's begehre.
PISANIO: O gnäd'ge Frau, seit ich Befehl empfing,
Die Tat zu tun, schloß ich kein Auge mehr.
IMOGEN: So tu's, und dann zu Bett!
PISANIO: Eh soll vor Wachen
Die Sehkraft mir erblinden.
IMOGEN: Warum denn
Gingst du es ein? und maßest so viel Meilen
Unnütz, mit diesem Vorwand? kamst hierher?
Wozu dies Tun von dir und mir? Ermüdung
Der Rosse? Zeit, dir günstig? Angst am Hofe
Um meine Flucht, wohin ich nie zurück
Zu kehren denke. Was gingst du so weit
Und zielst jetzt nicht, da du den Stand genommen,
Auf das von dir erlesne Wild?
PISANIO: Zeit wollt ich
Gewinnen und dies böse Amt verlieren:
Indes ersann ich einen Plan; Prinzessin,
Hört mich geduldig.
IMOGEN: Rede! sprich dich müde:

Ich hört, ich sei 'ne Metze; nach dem Schlag,
Dem lügenhaften, gibt's nicht größre Wunde;
Sie traf so tief, daß ich sie nicht ergründe.
Sprich!

PISANIO: Nun, ich dacht, Ihr ginget nicht zurück.

IMOGEN: Natürlich, denn du brachtest mich hierher,
Um mich zu töten.

PISANIO: Nein, gewiß, auch das nicht:
Wär ich so klug wie ehrlich, führte wohl
Zum Glück mein Vorschlag; 's kann nicht anders sein,
Mein Herr ist schändlich hintergangen worden:
Ein Schelm, ja, und ein Meister seiner Kunst,
Tat an euch beiden dies verdammte Werk.

IMOGEN: 'ne röm'sche Buhlin.

PISANIO: Nein! bei meinem Leben.
Ich geb ihm Nachricht, Ihr wärt tot, und send ihm
Davon ein blutig Zeichen; denn befohlen
Ward mir auch dies; am Hof vermißt man Euch,
Und dadurch scheint's gewiß.

IMOGEN: Doch was, du Treuer,
Tu ich indes? Wo berg ich mich? Wie leb ich?
Und was für Trost im Leben, bin ich tot
Für meinen Mann?

PISANIO: Wollt Ihr zurück zum Hof –

IMOGEN: Kein Hof, kein Vater und nicht längre Qual
Mit jenem rohen, tör'gen, stolzen Nichts,
Dem Cloten, dessen Liebeswerben furchtbar
Mir wie Belagrung war.

PISANIO: Wenn nicht am Hof,
So bleibt auch in Britannien nicht.

IMOGEN: Wo denn?
Hat nur Britannien Sonne? Tag und Nacht,
Sind sie nur hier? Im großen All der Welt
Scheint abseits nur Britannien Nebenwerk;
Im großen Teich ein Schwanennest; auch außer
Britannien leben Menschen.

PISANIO: Mich erfreut's,
Daß Ihr an andre Orte denkt. Der Römer
Lucius, der Abgesandte, kommt nach Milford
Schon morgen: könnt Ihr Euren Sinn verdunkeln,
Wie Euer Glück ist; wollt Ihr das verbergen,

Was, wenn's erschiene, immer nur Gefahr
Euch bringen würde – steht ein Pfad Euch offen,
Recht wegsam und voll Aussicht: ja vielleicht
Führt er zu Posthumus – so nah ihm mindstens,
Daß, wenn Ihr auch sein Tun nicht sehen könnt, doch
Der Ruf es stündlich Euerm Ohr erzählt,
Der Wahrheit treu.

IMOGEN: O nenne mir dies Mittel!
Verletzt es Sittsamkeit nur nicht zum Tode,
So wag ich's gern.

PISANIO: Gut denn, dies ist die Sache:
Ihr müßt die Frau vergessen und Befehl
In Dienst verwandeln; Scheu und Zierlichkeit
– Der Fraun Begleiterinnen, ja vielmehr
Der Frauen zartes Selbst – in kecken Mut –;
Gewandt im Spotten, trotzig, schnell von Zunge
Und zänkisch, wie das Wiesel: ja, Ihr müßt
Vergessen diese Kleinod' Eurer Wangen
Und sie – o hartes Herz! doch muß es sein –
Der gierigen Berührung Titans bieten,
Der alles küßt; vergessen Eure schmucken,
Mühsam geflochtnen Locken, die den Neid
Der großen Juno wecken.

IMOGEN: Nun, sei kurz:
Ich merke deinen Zweck und bin fast schon
Zum Mann geworden.

PISANIO: Schafft Euch erst den Schein.
Dies vorbedenkend, hab ich schon bereit
In meinem Mantelsack Wams, Hose, Hut
Und allen Zubehör: so ausgestattet
Und im erborgten Anstand eines Jünglings
So zarten Alters, stellt dem edlen Lucius
Euch vor, daß er in Dienst Euch nehme; sagt ihm,
Worin Ihr seid geschickt, das merkt er bald,
Wenn für Musik er Sinn hat; ohne Zweifel
Nimmt er Euch gern. Er ist ein Mann von Ehre
Und, was noch mehr ist, fromm. Auswärts zu leben,
Gebraucht, was mein ist, und es fehlt Euch nicht
Für jetzt und künftig.

IMOGEN: Du bist aller Trost,
Den mir die Götter gönnen. Bitte, fort.

Noch mehr ist zu bedenken; schlichten wir's,
Wie's uns die Zeit erlaubt: dem Unternehmen
Werb ich mich an und will es auch bestehn
Mit Fürstenmut: Ich bitte dich, hinweg.
PISANIO: Prinzessin, laßt uns kurzen Abschied nehmen,
Damit, werd ich vermißt, man Eure Flucht
Vom Hof mir nicht zur Last legt. Edle Fürstin,
Dies Fläschchen nehmt, mir gab's die Königin;
Was drin, ist kostbar; seid Ihr krank zur See,
Wohl auch zu Lande schwach, ein wenig hiervon
Vertreibt die Übelkeit. – Geht dort ins Dickicht,
Und schafft Euch um zum Mann. Die Götter leiten
Zum Besten alles!
IMOGEN: Amen! Habe Dank.
Sie gehn ab.

FÜNFTE SZENE

In Cymbelines Palast.

Es treten auf CYMBELINE, *die* KÖNIGIN, CLOTEN, LUCIUS *und* GEFOLGE.

CYMBELINE: So weit; und nun lebt wohl!
LUCIUS: Dank, großer König!
Mein Kaiser schrieb, und ich muß eilig fort
Und bin betrübt, daß ich Euch melden muß
Als meines Herren Feind.
CYMBELINE: Es will mein Volk
Sein Joch nicht länger tragen, und ich selbst
Erschiene, zeigt ich wen'ger Herrscherstolz,
Unköniglich.
LUCIUS: Herr, so vergönnt mir denn
Geleit nach Milford-Hafen durch das Land. –
Kön'gin, Euch wünsch ich alles Heil, und Euch!
CYMBELINE: Mylords, ihr seid zu diesem Dienst erlesen;
Versäumt der Ehre Pflicht in keinem Punkt. –
Lebt, edler Lucius, wohl!
LUCIUS: Prinz, Eure Hand.
CLOTEN: Empfangt sie freundschaftlich; doch von jetzt an
Gebrauch ich sie als Feind.

LUCIUS: Der Ausgang, Prinz,
Nennt erst des Siegers Namen. Lebt denn wohl!
CYMBELINE: Laßt nicht den würd'gen Lucius, edle Herrn,
Bis er jenseits der Severn. – Glück mit Euch!
Lucius geht ab mit Gefolge.
KÖNIGIN: Im Zorne geht er fort; doch ehrt es uns,
Daß wir ihm Ursach gaben.
CLOTEN: Um so besser;
Der tapfern Briten Wunsch wird nun erfüllt.
CYMBELINE: Lucius hat seinem Kaiser schon geschrieben,
Wie es hier steht. Drum ist's die höchste Zeit,
Daß unsre Ross' und Wagen wir bereiten;
Die Truppen, die er schon in Gallien hat,
Sind schnell versammelt; von dort kommt sein Kriegsheer
Nach unserm Land.
KÖNIGIN: Nicht frommt Saumseligkeit;
Mit Kraft und Schnelle müssen wir uns rüsten.
CYMBELINE: Erwartung, daß dies kommen werde, trieb uns
Zur Vorbereitung. Doch wo, teure Kön'gin,
Mag unsre Tochter sein? Nicht vor dem Römer
Erschien sie und versagt auch uns die Pflicht
Des Morgengrußes: ein Geschöpf, mich dünkt,
Aus Bosheit mehr geschaffen als Gehorsam –
Wir merkten's wohl. – Ruft sie herbei; wir waren
Zu lässig im Erdulden.
Ein Diener geht ab.
KÖNIGIN: Großer König,
Seit Posthumus' Verbannung führte sie
Ein einsam Leben; solcher Wunden Arzt
Ist nur die Zeit. Geruh Eur Majestät,
Nicht hart mit ihr zu reden: tief empfindet
Verweise sie, so daß ihr Worte Streiche
Und Streiche Tod sind.
Der DIENER *kommt zurück.*
CYMBELINE: Nun, wo bleibt sie? Was
Entschuldigt ihren Starrsinn?
DIENER: Herr, vergebt,
Ihr Zimmer ist verschlossen, und es folgt
Auf unser lautstes Klopfen keine Antwort.
KÖNIGIN: Sie bat mich, da ich sie zuletzt besuchte,
Bei Euch ihr einsam Leben zu entschuld'gen;

Ihr Kränkeln, sprach sie, nöt'ge sie dazu,
Daß sie so unerfüllt die Pflichten lasse,
Die sie Euch täglich schuldig; und sie bat mich,
Euch dies zu sagen; doch des Hofes Unruh
Macht mein Gedächtnis tadelnswert.
CYMBELINE: Verschlossen
Die Tür? sie unsichtbar? Der Himmel gebe,
Daß meine Ahnung falsch. *Ab.*
KÖNIGIN: Sohn, folg dem König.
CLOTEN: Den alten Knecht, Pisanio, ihren Diener,
Sah ich zwei Tage nicht.
KÖNIGIN: Geh, forsche nach.
Cloten geht ab.
Pisanio, du, des Posthumus Vertrauter! –
Er hat Arznei von mir: käm sein Verschwinden
Daher, daß er sie trank! er glaubt, es sei
Ein kostbar Mittel. Doch wo ist sie nur?
Vielleicht, daß sie Verzweiflung hat ergriffen;
Vielleicht, beschwingt von Liebesandacht, floh sie
Zu ihrem teuren Posthumus. Fort ist sie,
In Tod, in Schmach gestürzt; und meinem Zweck
Kann beides dienen: sie nicht mehr am Leben,
Hab ich die Britenkrone zu vergeben.
CLOTEN *kommt zurück.*
Wie nun, mein Sohn?
CLOTEN: 's ist richtig, sie entfloh.
Geht, sprecht dem König zu, er wütet; keiner
Wagt, ihm zu nahn.
KÖNIGIN *beiseite*: So besser: daß der Schlag
Ihn schon entseelte vor dem nächsten Tag! *Ab.*
CLOTEN: Ich lieb und hasse sie: sie ist schön und Fürstin;
Ausbünd'ger hat sie alle Zier des Hofes
Als eine Dam, als alle Damen, alle Fraun;
Von jeder hat sie 's Beste, so zusammen
Gesetzt aus allen, sticht sie alle aus:
Drum lieb ich sie; doch mich verhöhnen, weg
An jenen Knecht sich werfen, das befleckt
Ihr Urteil so, daß alles, noch so herrlich,
Daran verdirbt; und dies in ihr beschließ ich
Zu hassen, ja, und mich an ihr zu rächen.
Denn wenn Dummköpfe so –

Pisanio *tritt auf.*

Wer ist da? Was!
Kabalen machst du, Kerl? Hierher gekommen!
Kostbarer Kuppler du! Spitzbube, wo
Ist deine Fürstin? Schnell, sonst schick ich dich
Zu allen Teufeln hin.

PISANIO: O bester Prinz –

CLOTEN: Wo ist die Fürstin? sonst, beim Jupiter!
Ich frage nicht noch mal. Verschwiegner Schelm,
Raus dein Geheimnis aus dem Herzen, sonst
Spalt ich's und such's. Ist sie bei Posthumus?
Aus dessen Zentner Niederträchtigkeit
Auch nicht ein Gran von Adel ist zu schmelzen?

PISANIO: Ach, gnäd'ger Herr, wie kann sie bei ihm sein?
Wann wurde sie vermißt? Er ist in Rom.

CLOTEN: Wo ist sie? Raus damit, kein Stottern mehr;
Gib gründlichen Bescheid: was ward aus ihr?

PISANIO: Ach, mein sehr würd'ger Prinz!

CLOTEN: Sehr würd'ger Schuft!
Sprich, wo ist deine Herrin? gleich sprich's aus,
Mit einem Wort – nichts mehr von würd'gem Prinzen;
Sprich's aus, sonst ist dein Schweigen augenblicklich
Dein Todesurteil und dein Tod.

PISANIO: So nehmt
Dies Blatt, darauf steht alles, was ich weiß
Von ihrer Flucht. *Gibt ihm einen Brief.*

CLOTEN: Laß sehn! ich lauf ihr nach
Bis vor Augustus' Thron.

PISANIO *für sich*: Ich muß, sonst sterb ich.
Sie ist schon fern genug; was er da liest,
Bringt Mühe ihm, doch ihr Gefahr nicht.

CLOTEN: Ha!

PISANIO *für sich*: Dem Herrn meld ich sie tot. O Imogen,
Glück dir, du magst nach Rom, zur Heimat gehn!

CLOTEN: Du, ist der Brief auch echt?

PISANIO: Soviel ich weiß.

CLOTEN: Es ist Posthumus' Hand, ich kenne sie. – Kerl, wenn du kein Spitzbube sein wolltest und mir treu dienen, die Geschäfte besorgen, zu denen ich Gelegenheit hätte dich zu brauchen, mit einem wahren Eifer – das heißt, jede Schurkerei, die ich dir zu tun befehle, ausführen, geradezu und gewissenhaft –, so würde ich dich für einen ehrlichen Mann halten: da solltest du auf meine ganze Hilfe zu deinem Besten rechnen können und auf meine Stimme zu deiner Beförderung.

PISANIO: Gut, mein edler Prinz.

CLOTEN: Willst du mir dienen? Denn da du so geduldig und standhaft bei dem kahlen Glück des bettelhaften Posthumus ausgehalten hast, so mußt du nach den Regeln der Dankbarkeit auch getreuer Anhänger des meinigen sein. Willst du mir dienen?

PISANIO: Ja, ich will.

CLOTEN: Gib mir deine Hand, hier hast du meinen Beutel. Hast du von deinem vorigen Herrn Kleider in deiner Verwahrung?

PISANIO: Ich habe eins in meiner Wohnung, Prinz, dasselbe Kleid, das er trug, als er von meiner Herrin und Gebieterin Abschied nahm.

CLOTEN: Der erste Dienst, den du mir tun sollst, ist, daß du mir das Kleid holst. Das soll dein erster Dienst sein. Geh!

PISANIO: Sogleich, Prinz. *Ab.*

CLOTEN: Dich in Milford-Hafen treffen – ein Ding vergaß ich noch zu fragen, ich will gleich daran denken – gerade da, du Schurke Posthumus, will ich dich umbringen. Ich wollte, die Kleider wären erst da. Sie sagte mal – die Bitterkeit davon stößt mir noch immer im Herzen auf –, daß sie das bloße Kleid des Posthumus höher achte als meine eigne edel geborene Person, mitsamt dem Schmuck meiner Eigenschaften. In demselben Kleide will ich ihr Gewalt antun – erst ihn umbringen, und vor ihren Augen; da soll sie meine Tapferkeit sehn, und das wird eine Marter für ihren Hochmut sein. Er auf dem Boden, meine Rede voll Hohn auf seinem toten Leichnam beendigt; und wenn ich meine Lust gebüßt habe – was ich, wie ich sagte, sie zu quälen, alles in den Kleidern tun will, die sie lobte –, will ich sie nach Hofe zurückschlagen, sie mit den Füßen wieder nach Hause stoßen. Es machte ihr eine rechte Freude, mich zu verhöhnen, nun will ich auch in meiner Rache ausgelassen sein.

PISANIO *kommt mit den Kleidern.*

Sind das die Kleider?

PISANIO: Ja, mein edler Herr.

CLOTEN: Wie lange ist's, daß sie nach Milford-Hafen ging?

PISANIO: Sie kann kaum dort sein.

CLOTEN: Trage diesen Anzug auf mein Zimmer: das ist das zweite Ding, das ich dir befohlen habe; das dritte ist, daß du von Herzen gern von meiner Absicht schweigst. Sei nur dienstbeflissen, und hohe Beförderung wird dir selbst entgegenkommen. – Meine Rache wohnt jetzt zu Milford: ich wollte, ich hätte Flügel, um sie zu verfolgen! Komm, und sei treu. *Ab.*

PISANIO: Du rätst mir schlecht: dir treu, das sei mir fern,
Das wäre Falschheit an dem treusten Herrn.
Nach Milford geh, doch wirst du nimmer schauen,
Die du dort suchst. O möge niedertauen
Auf sie des Himmels Segen! Diesen Toren
Halt Säumnis auf, sein Mühen sei verloren. *Ab.*

SECHSTE SZENE

Wales. Vor Bellarius' Höhle.

IMOGEN *tritt auf in Männerkleidern.*

IMOGEN: Ich seh, als Mann zu leben ist beschwerlich:
Ich bin ermattet. Schon zwei Nächte war
Mein Bett die Erde, und ich würd erkranken,
Hielt' mein Entschluß mich aufrecht nicht. – Milford,
Als dich Pisanio mir vom Berge zeigte,
Schienst du nicht fern. O Jupiter! ich glaube,
Gebäude fliehn den Unglücksel'gen, solche,
Wo er Erquickung sucht. Zwei Bettler sagten,
Ich könne fehl nicht gehn – lügt armes Volk,
Das Leiden trägt und selber weiß, wie schwer
Als Züchtigung sie oder Prüfung lasten?
Kein Wunder, da kaum wahr der Reiche spricht.
Im Überfluß zu sündigen ist schlimmer
Als Lüg aus Not; und Falschheit zeigt sich böser
Im Kön'ge als im Bettler. – Teurer Gatte!
Du bist der Falschen einer: dein gedenkend,
Vergeht der Hunger; eben wollt ich noch
Verschmachtend niedersinken. – Was ist das?
Es führt ein Pfad hinein: welch Haus der Wildnis?
Am besten wohl nicht rufen; nein, ich wag's nicht;
Doch macht Verhungern tapfer die Natur,

Eh es sie aufreibt ganz. Der Überfluß
Und Friede zeugen Memmen, Drangsal ist
Der Keckheit Mutter. – Heda! wer ist hier?
Bist ein gesittet Wesen, sprich; bist wild,
Nimm oder gib! – Ganz still? So tret ich ein.
Doch zieh ich erst mein Schwert, und wenn mein Feind
Das Schwert nur fürchtet so wie ich, dann wagt er's
Kaum anzusehn. Oh, solchen Feind, ihr Götter!

Sie geht in die Höhle.

BELLARIUS, GUIDERIUS *und* ARVIRAGUS *treten auf.*

BELLARIUS: Du warst der beste Weidmann, Polydor,
Und bist des Festes König; ich und Cadwal
Sind Koch und Diener: so ist unsre Ordnung;
Verderben würd und sterben Fleiß und Kunst,
Errängen sie nicht Vorzug. Kommt, der Hunger
Würzt die geringe Mahlzeit. Müdigkeit
Schnarcht auf dem Stein, und Trägheit findet hart
Das Daunenbett. – Heil dir, du armes Haus,
Das selbst sich hütet.

GUIDERIUS: Ich bin tüchtig müde.

ARVIRAGUS: Ich schwach an Kräften, doch im Hunger stark.

GUIDERIUS: Im Fels ist kalte Kost, wir nagen dran,
Bis unser Wildbret gar.

BELLARIUS *in die Höhle schauend:* Halt, nicht hinein!
Äß es von unsern Speisen nicht, so dächt ich,
Eine Elfe wär's.

GUIDERIUS: Was gibt es, teurer Vater?

BELLARIUS: Bei Jupiter, ein Engel! wenn nicht das,
Ein irdisch Wunderbild! Seht, Gottheit selbst
In eines Knaben Alter.

IMOGEN *kommt aus der Höhle.*

IMOGEN: Ihr guten Herrn, o tut mir nichts zuleide.
Eh ich hineinging, rief ich, und ich dachte
Zu betteln oder kaufen, was ich nahm.
Weiß Gott, ich habe nichts gestohlen; tat's nicht,
Fand ich den Boden auch mit Gold bestreut.
Dies Geld hier für mein Essen, legen wollt ich's
Da auf den Tisch, sowie ich nur gesättigt,
Im Scheiden betend für den Wirt.

GUIDERIUS: Geld, Kind?

ARVIRAGUS: Eh werde alles Gold und Silber Kot,

Wie's denn auch ist und dem nur kostbar scheint,
Der Kot als Gott verehrt.
IMOGEN: Ich seh, ihr zürnt.
Wißt, wenn ihr mich um mein Vergehen tötet,
Ich wär gestorben, wenn ich's nicht beging.
BELLARIUS: Wo willst du hin?
IMOGEN: Nach Milford.
BELLARIUS: Wie dein Name?
IMOGEN: Fidelio. Einen Anverwandten hab ich,
Der sich in Milford einschifft nach Italien;
Ich reise zu ihm; fast vor Hunger tot,
Fiel ich in diese Sünde.
BELLARIUS: Schöner Jüngling,
Halt uns für Wilde nicht; miß unsern Sinn
Nicht nach dem rauhen Wohnort. Sei willkommen!
Fast ist es Nacht; du sollst ein beßres Mahl
Erhalten, eh du gehst; und Dank, wenn du
Verweilst und speisest. Grüßt ihn herzlich, Jungen!
GUIDERIUS: Wärst du ein Mädchen, würb ich stark um dich,
Doch ehrlich, dir zu dienen. – So viel biet ich,
Als wollt ich dich erkaufen.
ARVIRAGUS: Mir sei's Freude,
Daß er Mann ist; so lieb ich ihn als Bruder:
Und wie nach langer Trennung man den Bruder
Begrüßt, so grüß ich dich – herzlich willkommen!
Sei froh, du kamst zu Freunden.
IMOGEN: Ja, zu Freunden!
Für sich: Warum nicht Brüder? – Wär's doch so, dann hießen
Sie meines Vaters Söhn, ich sänk im Preis
Und wöge gleich mit dir, mein Posthumus.
BELLARIUS: Ihn drückt ein Kummer.
GUIDERIUS: Könnt ich ihm doch helfen.
ARVIRAGUS: Und ich; was es auch sei und was es koste,
Gefahr und Müh, ihr Götter!
BELLARIUS: Hört, ihr Kinder!
Sie sprechen heimlich.
IMOGEN: Die höchsten Herrn,
Von einem Hof umgeben, größer nicht
Als diese Höhle, die sich selbst bedienten,
Von solcher Tugend, die versiegelt würde
Durch eigenes Gewissen, ganz verachtend

Die nicht'ge Gunst der urteilsleeren Menge –
Sie überstrahlten nicht die zwei. Ihr Götter!
Vertauschen möcht ich mein Geschlecht als ihr
Genoß, da Leonatus falsch.

BELLARIUS: So sei's!
Laßt uns das Wild bereiten. – Komm, mein Knabe,
Es spricht sich hungrig schwer; wenn wir gespeist,
Befragen wir dich höflich um dein Leben,
So viel du sagen magst.

GUIDERIUS: O komm herein.

ARVIRAGUS: Die Nacht ist nicht der Eul und nicht der Morgen
Der Lerche so willkommen.

IMOGEN: Dank!

ARVIRAGUS: Tritt ein.

Alle ab.

Siebente Szene

Rom. Ein öffentlicher Platz.

Es treten zwei SENATOREN *und* TRIBUNEN *auf.*

ERSTER SENATOR:
Dies ist der Inhalt von des Kaisers Schreiben:
Weil die Gemeinen jetzt im Felde stehn,
Pannonien und Dalmatien zu bekämpfen,
Und die Legionen, die in Gallien liegen,
Zu schwach sind, um den Krieg zu führen gegen
Die abgefallnen Briten, wird der Adel
Für diesen Feldzug aufgerufen. Lucius
Ernennt er zum Prokonsul; euch, Tribunen,
Erteilt er unumschränkte Vollmacht, schleunig
Die Truppen auszuheben. Heil dem Cäsar!

TRIBUN: Ist Lucius Führer dieses Zuges?

ERSTER SENATOR: Ja.

TRIBUN: Ist er in Gallien noch?

ERSTER SENATOR: Mit den Legionen,
Die ich genannt, die eure Aushebung
Ergänzen muß; die Vollmacht nennt euch noch
Die Zahl, die euch bestimmt, sowie die Zeit
Des Aufbruchs.

TRIBUN: Schnell sei unsre Pflicht erfüllt.

Alle ab.

VIERTER AUFZUG

Erste Szene

Wales. Bei Bellarius' Höhle.

Cloten *tritt auf.*

CLOTEN: Der Platz, wo sie sich treffen sollten, muß hier in der Nähe sein, wenn's Pisanio richtig bezeichnet hat. Wie gut mir seine Kleider passen! Warum sollte seine Geliebte, die von dem gemacht wurde, der den Schneider machte, mir nicht auch passen? um so mehr, weil man zu sagen pflegt, ein Weib kommt einem zupasse, wenn man ihr aufzupassen weiß, und das ist jetzt meine Sache. Ich mag es mir selbst wohl gestehen – denn es ist keine Eitelkeit für einen Mann, mit seinem Spiegel zu Rate zu gehn, in seinem eignen Zimmer –, ich meine, die Fugen meines Körpers sind so richtig wie die seinigen; ebenso jung bin ich, stärker, stehe nicht unter ihm an Glücksgütern und über ihm im Urteil der Zeit; bin höher von Geburt, ebenso bewandert im Kriegsdienst und preiswürdiger im Zweikampf: und doch liebt ihn dies eigensinnige Ding mir zum Trotz. Was ist doch der sterbliche Mensch! Dein Kopf, Posthumus, der jetzt noch auf deinen Schultern steht, muß noch diese Stunde herunter; deiner Geliebten wird Gewalt angetan; deine Kleider werden vor deinen Augen in Stücke gerissen, und wenn das vorbei ist, treibe ich sie mit Fußstößen zu ihrem Vater zurück, der vielleicht etwas böse über mein zu hartes Verfahren sein wird; aber meine Mutter, die seine wunderlichen Launen ganz beherrscht, wird alles zu meinem Besten kehren. Mein Pferd hab ich angebunden. Heraus, Schwert, zu deinem tödlichen Werk! Fortuna, gib sie in meine Hand! Dies muß gerade der Platz sein, wo sie sich treffen wollten; und der Kerl wagt wohl nicht, mich zu hintergehen. *Ab.*

ZWEITE SZENE

Vor der Höhle.

BELLARIUS, GUIDERIUS, ARVIRAGUS *und* IMOGEN *kommen aus der Höhle.*

BELLARIUS *zu Imogen*:
Du bist nicht wohl: drum bleib hier in der Höhle;
Wir kommen zu dir nach der Jagd.
ARVIRAGUS *zu Imogen*: Bleib, Bruder!
Sind wir nicht Brüder?
IMOGEN: Das sollte Mensch dem Menschen immer sein;
Doch gibt sich Staub vor Staub der Hoheit Schein,
Ist beider Staub auch gleich. Ich bin recht krank.
GUIDERIUS: Geht ihr zum Jagen, ich will bei ihm bleiben.
IMOGEN: Nein, so krank bin ich nicht! – und doch nicht wohl;
Doch solch verwöhnter Städter nicht, der glaubt
Zu sterben, eh er krankt: drum geht und laßt mich;
Folgt eurem Tagsgeschäft; Gewohnheit stören
Heißt alles stören. Ich bin krank; doch hilft mir
Eur Bleiben nicht: Gesellschaft ist kein Trost
Dem Ungesell'gen; ich bin nicht sehr krank,
Ich kann noch drüber reden. Laßt das Haus
Mich hüten! nur mich selbst werd ich berauben,
Und wenn ich sterb, ist's nur ein kleiner Diebstahl.
GUIDERIUS: Ich liebe dich, ich hab's gesagt, so innig
Wie selbst den Vater nur.
BELLARIUS: Wie! Was ist das?
ARVIRAGUS: Ist's Sünde, das zu sagen, trag ich auch
Des Bruders Schuld: ich weiß es nicht, warum
Ich diesen Jüngling lieb; Ihr sagtet einst,
Der Liebe Grund sei grundlos; wenn die Bahre
Hier ständ und einer müßte sterben, spräch ich:
Mein Vater, nicht der Jüngling.
BELLARIUS *für sich*: Ein edler Zug!
O Adel der Natur und großer Ursprung!
Schlecht stammt von Schlecht, Niedrig von Niedrig nur,
Mehl hat und Kleie, Huld und Schmach Natur:
Ich bin ihr Vater nicht, doch wundervoll,
Daß mehr als mich man diesen lieben soll! –
Es ist des Morgens neunte Stunde.

ARVIRAGUS: Bruder,
Leb wohl!

IMOGEN: Euch Glück

ARVIRAGUS: Dir Beßrung. – Wolln wir gehn!

IMOGEN *für sich:*
Wie freundliche Geschöpfe! Gott, wie lügt man!
Der Hofmann sagt, was nicht am Hof, sei wild:
Erfahrung, ach, du zeigst ein andres Bild!
Das tiefe Meer zeugt Ungeheur, indessen
Der Bach manch süßen Fisch uns gibt zum Essen.
Ich bin wohl krank, recht herzensmatt – Pisanio,
Dein Mittel kost ich jetzt.

GUIDERIUS: Nichts bracht ich raus:
Er sprach, er sei von Adel, doch im Elend;
Unredlich zwar gekränkt, doch redlich selbst.

ARVIRAGUS: Die Antwort gab er mir, doch sagte dann,
Einst würd ich mehr erfahren.

BELLARIUS: Fort, zum Wald! –
Wir lassen Euch indes; ruht in der Höhle.

ARVIRAGUS: Wir bleiben lang nicht aus.

BELLARIUS: Und sei nicht krank,
Du bist ja unsre Hausfrau.

IMOGEN: Wohl und übel,
Euch stets verbunden.

BELLARIUS: Und das sollst du bleiben.

Imogen geht ab.

Wie kummervoll der Knab auch ist, so scheint er
Doch edlen Bluts.

ARVIRAGUS: Wie engelgleich er singt!
Und seine Kochkunst! – Wurzeln schnitzt er zierlich
Und würzt die Brühn, als wäre Juno krank
Und er ihr Pfleger.

ARVIRAGUS: Und wie lieblich paart er
Seufzer mit Lächeln, gleich als wenn der Seufzer
Beseufzte, daß er nicht solch Lächeln sei.
Als spottete das Lächeln jenes Seufzers,
Der aus so holdem Tempel flieht, um sich
Mit Sturm zu mischen, den der Seemann schilt.

GUIDERIUS: Ich seh Geduld und Kummer, so verwachsen,
Daß sie die Wurzeln ineinanderschlingen.

ARVIRAGUS: O wachse du, Geduld!

Und möchte vom Holunder Gram, dem bösen,
Des süßen Weinstocks Wurzeln ab sich lösen.

BELLARIUS:
's ist hoch am Tage. Fort. – Doch wer kommt da?

Cloten tritt auf.

CLOTEN: Ich finde die Landstreicher nicht, gehöhnt
Hat mich der Schuft – nun bin ich matt.

BELLARIUS: Landstreicher?
Meint er nicht uns? Kenn ich ihn nicht? – Es ist
Cloten, der Kön'gin Sohn. Verrat befürcht ich.
Ich sah ihn manches Jahr nicht und weiß doch,
Er ist's – Da vogelfrei wir sind: hinweg!

GUIDERIUS: Es ist nur einer; sucht Ihr mit dem Bruder,
Was für Gesellen in der Nähe; geht
Mit ihm, laßt mich nur machen.

Bellarius und Arviragus ab.

CLOTEN: Halt! wer seid ihr,
Die vor mir fliehn? wohl tückische Waldräuber?
Man spricht von solchen. – Welch ein Sklav bist du?

GUIDERIUS: Nicht so sehr Sklave, daß ich solchen Gruß
Erwidert ohne Schlag.

CLOTEN: Du bist ein Räuber,
Ein Spitzbub und ein Schuft: ergib dich, Dieb!

GUIDERIUS: Wem? dir? Wer bist du? Ist mein Arm so stark
Wie deiner nicht? mein Herz nicht ganz so stark?
In Worten bist du freilich stärker, denn
Ich trage nicht den Dolch im Mund. Wer bist du?
Weshalb mich dir ergeben?

CLOTEN: Niedrer Schuft,
Kennst mich an meinen Kleidern nicht?

GUIDERIUS: Nein, Schurke!
Noch deinen Schneider, deinen Großpapa:
Er machte dir das Kleid, das, wie es scheint,
Dich macht.

CLOTEN: Du auserlesner Schelm, mein Schneider
Hat's nicht gemacht.

GUIDERIUS: Fort denn, und danke dem,
Der dir's geschenkt. Du bist ein rechter Narr.
Mich ekelt's, dich zu schlagen.

CLOTEN: Bösewicht,
Hör meinen Namen nur, und zittre.

GUIDERIUS: Nun?
Wie ist dein Name denn?
CLOTEN: Cloten, du Schurke.
GUIDERIUS: Du Doppelschurke! sei Cloten dein Name,
Ich zittre nicht davor; wär's Kröte, Spinne,
Das rührte ehr mich.
CLOTEN: Mehr dich noch zu schrecken,
Ja völlig zu vernichten, sollst du wissen,
Ich bin der Kön'gin Sohn.
GUIDERIUS: Das tut mir leid,
Du scheinst nicht edel wie dein Stamm.
CLOTEN: Und noch
Fürchtst du dich nicht?
GUIDERIUS: Die ich verehre, fürcht ich:
Die Klugen; über Narren lach ich nur,
Dich fürcht ich nicht.
CLOTEN: So stirb des Todes denn.
Wenn ich mit eignen Händen dich erschlagen,
So folg ich jenen nach, die erst geflohn,
Und auf Luds Tore pflanz ich eure Köpfe.
Ergib dich, wilder Räuber des Gebirges.

Sie gehn fechtend ab.

BELLARIUS *und* ARVIRAGUS *treten auf.*

BELLARIUS: Kein Mensch ist weiter dort.
ARVIRAGUS: Nichts in der Welt: Ihr irrtet Euch in ihm.
BELLARIUS: Ich weiß nicht, lang ist's her, seit ich ihn sah,
Doch keinen Zug des Angesichts von damals
Hat Zeit verwischt; dies Stottern seiner Stimme,
Dies Sprudeln, wenn er spricht, ist seins: ich bin
Gewiß, es ist Cloten.
ARVIRAGUS: Hier blieben sie:
Wird nur mein Bruder nicht von ihm beschädigt;
Ihr sagt, er ist so schlimm.
BELLARIUS: Nur dürftig ausgebildet
Zum Menschen, mein ich, nahm er auch nicht wahr,
Was Graus und Schrecken sei: so macht der Mangel
An Urteil furchtbar oft. Doch sieh! dein Bruder.

GUIDERIUS *kommt mit Clotens Kopf.*

GUIDERIUS: Der Cloten war ein Narr, ein leerer Beutel,
Kein Geld darin. Nicht Herkules konnt ihm
Das Hirn ausschlagen, denn er hatte keines;

Hätt ich dies nicht getan, so trug der Narr
Jetzt meinen Kopf wie seinen ich.
BELLARIUS: Was tatst du?
GUIDERIUS: Ich weiß wohl, was: ich schlug ab Clotens Kopf,
Der Kön'gin Sohn, wie er mir selbst gesagt,
Der mich Verräter, Räuber nannt und schwur,
Daß er allein uns all hier fangen wolle,
Abnehmen unsre Köpfe, wo gottlob
Sie stehn, und über Luds Stadt henken.
BELLARIUS: Weh!
Wir alle sind verloren.
GUIDERIUS: Würd'ger Vater,
Was können wir verlieren, als was er
Zu nehmen schwur, das Leben? Das Gesetz
Beschützt uns nicht: drum, weshalb schwächlich zagen,
Wenn ein hochmüt'ger Fleischklotz uns bedroht,
Der Richter spielt und Henker, alles selbst,
Weil das Gesetz wir fürchten? Von Genossen
Wie viele saht ihr?
BELLARIUS: Keine Seele weiter
Kann man ersehn, doch muß vernünft'gerweise
Gefolge bei ihm sein. War er auch launisch
Zumeist in stetem Wechsel, ja und das
Vom Schlechten nur zum Schlimmern, konnte doch
Verrücktheit, Aberwitz so rasen nicht,
Allein hierherzukommen. Möglich wohl,
Wie man am Hof gehört, daß unsersgleichen,
Felswohner jagen hier als vogelfrei
Und mit der Zeit zur Bande werden könnten:
Er hört' es wohl, brach auf – es sieht ihm gleich –
Und schwur, uns einzufangen – doch nicht glaublich,
Daß er allein kam, weder wagt' er das
Noch litten sie's; drum fürchten wir mit Grund,
Wenn wir den Schweif von diesem Leib für schlimmer
Noch halten als das Haupt.
ARVIRAGUS: Das Unheil komme,
Wie Gott es sendet; aber dennoch tat
Mein Bruder recht.
BELLARIUS: Ich hatte keine Lust
Zu jagen heut; Fidelios Krankheit machte
Den Weg mir lang.

GUIDERIUS: Mit seinem eignen Schwert,
Das gegen meinen Hals er zückte, schlug ich
Den Kopf ihm ab; ich werf ihn in die Bucht
An unserm Fels, er schwimm ins Meer und sage
Den Fischen, er sei Cloten, Sohn der Königin,
Was kümmert's mich! *Ab.*

BELLARIUS: Ich fürcht, es wird gerächt.
O Polydor, hättst du's doch nicht getan!
Wie sehr dein Mut dich ziert.

ARVIRAGUS: Tat ich es lieber,
Wenn mich allein die Rache träfe! – Polydor,
Dich lieb ich brüderlich, doch neid ich dir
Die Tat, die du mir nahmst: Vergeltung mag,
Kann Menschenkraft ihr widerstehn, uns nur
Hier suchen, zur Verantwortung uns ziehn.

BELLARIUS: Nun wohl, es ist geschehn!
Heut keine Jagd, laßt uns Gefahr nicht suchen,
Wo uns kein Vorteil winkt. Geh in den Fels,
Du und Fidelio sind die Köch; ich warte
Hier auf den raschen Polydor und bring ihn
Zur Mahlzeit gleich.

ARVIRAGUS: Du armer, kranker Knabe!
Gern geh ich hin. Die Wangen ihm zu röten,
Ließ' ich ein ganzes Dorf voll Clotens bluten
Und rühmte mich der Menschlichkeit. *Ab.*

BELLARIUS: O göttliche
Natur, wie herrlich du dich selbst verkündigst
In diesen Fürstenkindern! Sie sind sanft
Wie Zephyr, dessen Hauch das Veilchen küßt,
Sein süßes Haupt nicht schaukelnd; doch so rauh,
Wird heiß ihr Königsblut, wie grauser Sturm,
Der an dem Wipfel faßt die Bergestanne
Und sie zum Tal beugt. Es ist wundervoll,
Wie unsichtbar Instinkt in ihnen bildet
Königsgesinnung ohne Unterricht;
Ehr, ungelehrt; Anstand, gesehn von keinem;
Mut, welcher wild in ihnen wächst und Ernte
Gewährt, als wär er ausgesät! Doch seltsam,
Was Clotens Kommen uns bedeuten mag
Und was sein Tod uns bringt.

GUIDERIUS *kommt zurück.*

GUIDERIUS: Wo ist mein Bruder?
Den Strom hinab mag Clotens Klotzkopf treiben
Als Bot an seine Mutter; Geisel bleibt
Sein Leichnam bis zur Wiederkehr.
Feierliche Musik in der Höhle.
BELLARIUS: Mein kunstreich Instrument! Horch, Polydor,
Es tönt! Doch weshalb spielt es Cadwal jetzt?
Horch!
GUIDERIUS: Ist er drin?
BELLARIUS: Er ging erst jetzt hinein.
GUIDERIUS: Was meint er? seit der teuren Mutter Tode
Erklang es nicht. Nur feierlichem Anlaß
Entspricht ein feierliches Tun. Was deutet's?
Triumph um nichts und Klag um Kleinigkeit
Sind Affenlust und eitler Knaben Leid.
Ist Cadwal toll?
ARVIRAGUS *tritt auf und trägt* IMOGEN *wie tot in seinen Armen.*
BELLARIUS: O sieh! da kommt er her
Und trägt der Klage bittern Grund im Arm,
Um die wir ihn geschmäht.
ARVIRAGUS: Tot ist das Vöglein,
Das wir so zärtlich pflegten. Lieber wollt ich
Von sechzehn Jahr zu sechzig überspringen
Und kräft'gen Schritt mit matter Krücke tauschen
Als dies erblicken.
GUIDERIUS: O du süße Lilie,
Nicht halb so schön ruhst du in Bruders Arm,
Als da du selbst dich trugst.
BELLARIUS: Melancholie,
Wer maß je deine Tiefe? fand den Boden,
Zu raten, welche Küst am leichtesten
Dem schwerbeladnen Kahn als Hafen dient? –
O du gesegnet Kind! die Götter wissen,
Welch edler Mann du wurdest einst; doch ach!
Schwermut dem Tode früh die Pflanze brach! –
Wie fandst du ihn?
ARVIRAGUS: Starr tot wie jetzt; so lächelnd,
Als hätt ihn eine Flieg in Schlaf gekitzelt,
Nicht wie des Todes Pfeil, den er verlachte,
Die rechte Wang auf einem Kissen ruhend.
GUIDERIUS: Wo?

ARVIRAGUS: Auf dem Grund, die Arme so verschränkt.
Ich dacht, er schlief', und zog die Nägelschuh
Mir ab, die, schwer, zu laut die Tritte stampften.
GUIDERIUS: Er schläft auch nur: ist er verschieden, macht er
Sein Grab zum Bett; weibliche Elfen tanzen
Um seine Gruft, und Würmer nahn dir nicht.
ARVIRAGUS: Die schönsten Blumen,
Solange Sommer währt und ich hier lebe,
Streu ich auf deine Gruft; dir soll nicht fehlen
Die Blume, deinem Antlitz gleich, die blasse Primel,
Die Hyazinthe, blau wie deine Adern;
Noch Rosenblätter, die, um sie zu preisen,
Süß wie dein Atem sind. Rotkehlchen werden
Mit frommem Schnabel alles dies dir bringen
– O Schande jenem reich gewordnen Erben,
Der ohne Denkmal läßt des Vaters Grab! –,
Auch weiches Moos, wenn Blumen nicht mehr sind,
Für deines Leichnams Winterschmuck.
GUIDERIUS: Hör auf
Und spiele nicht in mädchenhaften Worten
Mit dem, was ernst ist. Laß uns ihn bestatten
Und nicht verzögern mit Bewundrung so
Die Pflicht. – Zum Grab!
ARVIRAGUS: Wo legen wir ihn hin?
GUIDERIUS: Zur guten Mutter Euryphile.
ARVIRAGUS: Wohlan!
Und laß uns, Polydor, sind unsre Stimmen
Gleich männlich rauh schon, ihm das Grablied singen
Wie einst der Mutter; gleiche Wort' und Weise,
Nur statt Euryphile Fidelio.
GUIDERIUS: Cadwal!
Ich kann nicht singen, weinend sprech ich's mit;
Denn Töne, die durch Schmerz verstimmt, sind schlimmer
Als Priesterlug im Tempel.
ARVIRAGUS: Nun, so sprich es.
BELLARIUS: Ein großer Schmerz heilt kleinern: ihr vergeßt
Cloten. Er war doch einer Kön'gin Sohn;
Und kam er auch als unser Feind, bedenkt,
Er hat's gebüßt; verwest gleich Hoch und Niedrig
Vereint, im selben Staub, so trennt doch Ehrfurcht,
Der Engel dieser Welt, den Platz des Mächt'gen

Vom Niedern. Unser Feind war Prinz, und nahmt
Ihr ihm das Leben gleich als unserm Feind,
Bestattet ihn als Fürsten.

GUIDERIUS: Holt ihn her;
Thersites' Leichnam ist so gut wie Ajax',
Sind beide tot.

ARVIRAGUS: Geht Ihr und bringt ihn her,
So sprechen wir das Lied indes. – Fang an.

Bellarius geht ab.

GUIDERIUS: Nach Osten, Cadwal, muß sein Antlitz liegen;
Der Vater hat 'nen Grund dafür.

ARVIRAGUS: 's ist wahr.

GUIDERIUS: Komm, hilf, hier leg ihn hin.

ARVIRAGUS: So, nun fang an.

Lied

GUIDERIUS:
Fürchte nicht mehr Sonnenglut
Noch des Winters grimmen Hohn!
Jetzt dein irdisch Treiben ruht,
Heim gehst, nahmst den Tageslohn:
Jüngling und Jungfrau goldgehaart,
Zu Essenkehrers Staub geschart.

ARVIRAGUS:
Fürstenzorn macht dir nicht Not,
Fürchte nicht Tyrannenstreich;
Sorge nicht um Kleid und Brot,
Eich und Bins ist dir nun gleich:
König, Arzt und Hochgelahrt,
All in einem Staub gepaart.

GUIDERIUS: Fürchte nicht mehr Flammenblitze,

ARVIRAGUS: Zittre nicht vorm Donnerschlage;

GUIDERIUS: Stumpf ist der Verleumdung Spitze;

ARVIRAGUS: Dir verstummt jetzt Lust und Klage:

BEIDE:
Jung Liebchen, Liebster, goldgehaart,
Wird, so wie du, dem Staub gepaart.

GUIDERIUS: Kein Zauberspruch verstör dich!

ARVIRAGUS: Nicht Hexenkunst beschwör dich!

GUIDERIUS: Kein irr Gespenst umschwärm dich!

ARVIRAGUS: Und nie was Böses härm dich!

BEIDE:
Ruhiges Verwesen hier;
Ehre, nach dem Tod, sei dir!

BELLARIUS *kommt mit Clotens Leiche.*

GUIDERIUS: Die Feier ist vollbracht: legt den hier nieder.

BELLARIUS: Hier sind auch Blumen – mehr um Mitternacht;
Die Kräuter, die der kalte Nachttau feuchtet,
Sind bester Schmuck für Gräber. – Auf ihr Antlitz!
Ihr wart wie Blumen, jetzt verwelkt; wie diese
Welkt dieses Kraut auch, jetzt entpflückt der Wiese. –
Kommt nun, und fern dort werft euch auf die Knie.
Die Erde, die sie gab, nahm sie zurück:
Hier ist ihr Leid geendet wie ihr Glück.

Bellarius, Guiderius und Arviragus gehn ab.

IMOGEN *indem sie erwacht:*
Ja, Herr, nach Milford-Hafen: dies der Weg? –
Ich dank Euch. – Bei dem Busch? – Wie weit ist's noch? –
Ojemine! – Kann's noch sechs Meilen sein? –
Ich ging die ganze Nacht: nun, ich will schlafen.
Doch still! kein Schlafkamrad! Oh, all ihr Götter!

Sie sieht den Leichnam.

Die Blumen sind wohl wie die Lust der Welt,
Der blut'ge Mann die Leiden drunter. – Immer
Noch Traum – das hoff ich.
So war mir auch, ich sei ein Höhlenwächter
Und Koch für wackre Leute: doch 's ist nichts,
Es ist ein Pfeil, von nichts auf nichts geschossen,
Den unser Hirn aus Dünsten formt. Selbst Augen
Sind manchmal, wie das Urteil, blind. Fürwahr,
Ich zittre noch aus Furcht; doch blieb im Himmel
Ein kleiner Tropfen Mitleid, winzig wie
Ein Hänflingsaug, ihr furchtbarn Götter, davon
Ein Teilchen mir! Der Traum bleibt immer noch:
Selbst wachend, ist er außer mir wie in mir;
Nicht vorgestellt, gefühlt. Hauptlos ein Mann! –
Das Kleid des Posthumus! oh, ich erkenne
Des Beins Gestalt: und dies ist seine Hand;
Der Fuß Merkurs; des Kriegesgottes Schenkel;
Herkules' Arm – doch ach, sein Jovis-Antlitz –
Im Himmel Mord? – Wie? – Dieses fehlt. – Pisanio,
Die Flüche all, die rasend Hekuba
Den Griechen schrie, zermalmen dich mit meinen!
Du, mit Cloten vereint, dem wilden Teufel,
Erschlugst hier meinen Mann! – Sei Schreiben, Lesen
Verrat hinfort! – Du höllischer Pisanio!
Mit falschen Briefen – höllischer Pisanio!

Schlugst du vom schönsten Fahrzeug in der Welt
Den Hauptmast ab! – O Posthumus! weh mir!
Wo ist dein Haupt? wo ist es? ach! wo ist es?
Pisanio konnte ja dein Herz durchbohren,
Ließ er dir nur das Haupt! – Wie war es möglich?
Er und Cloten, Bosheit und Habsucht legten
Dies Weh hierher. Oh, zu, nur zu gewiß!
Der Trank, den er mir gab und köstlich nannte
Und herzerquickend, ward er mir nicht mörderisch,
Betäubend? Das bestätigt's noch:
Dies ist Pisanios Tat und Clotens. Ach!
Mit deinem Blut schmink mir die bleichen Wangen,
Daß wir so schrecklicher uns denen zeigen,
Die uns hier finden. O Gemahl! Gemahl!

Sie sinkt auf den Leichnam.

Es treten auf LUCIUS, *ein* HAUPTMANN, *mehrere* ANFÜHRER *und ein* WAHRSAGER.

HAUPTMANN: Die gallischen Legionen kreuzten schon
Das Meer, wie Ihr befahlt, und harren Euer
In Milford-Hafen, wo die Schiffe liegen:
Sie sind bereit.
LUCIUS: Was hören wir von Rom?
HAUPTMANN: Die Edelleute und die Grenzbewohner
Hat der Senat entboten – rasche Geister,
Die edlen Dienst verheißen: und sie kommen,
Der kühne Jachimo befehligt sie,
Siennas Bruder.
LUCIUS: Doch wann landen sie?
HAUPTMANN: Mit nächstem günst'gem Wind.
LUCIUS: Dies Eilen schafft
Uns schöne Hoffnung. Laßt die Truppen mustern,
Die hier sind; jeder Führer achte drauf. –
Nun, Freund, was träumtest du von diesem Krieg?
WAHRSAGER: Die Götter sandten mir die Nacht ein Zeichen,
Ich fastete und betet um Erleuchtung:
Roms Aar, der Vogel Jupiters, entschwebte
Vom feuchten Süd zu diesem Teil des West,
Wo er im Sonnenlicht verschwand: dies deutet,
Ist nicht durch Sündlichkeit mein Schaun getrübt,
Den röm'schen Waffen Glück.
LUCIUS: Träum immer so

Und nimmer falsch. – Still, welcher Stamm ist dies,
Beraubt des Wipfels? Diese Trümmer sprechen,
Dies war ein edler Bau einst. – Seht, ein Page!
Tot oder schlafend auf ihm? Doch wohl tot:
Denn der Natur es graut vor solchem Bette,
Bei Abgeschiednen, auf des Todes Stätte.
Laßt mich des Knaben Antlitz sehn.

HAUPTMANN: Er lebt.

LUCIUS: Dann gibt er Kunde von dem Leichnam. – Jüngling,
Erzähl dein Schicksal uns; denn wie mich dünkt,
Ist es des Forschens wert: wer ist's, den du
Zu deinem blut'gen Kissen machst? Wer war's,
Der, was Natur mit edler Hand gebildet,
Zerstören durfte? Wieviel ging dir unter
In diesem Schiffbruch? wie geschah's? wer ist dies?
Wer du?

IMOGEN: Ein Nichts bin ich, und besser wär mir,
Ein Nichts zu sein. Mein Herr war dieser Mann,
Er war ein tapfrer Brit und liebevoll
Und ist durch Bergbewohner hier erschlagen –
Ach! solchen Herrn gibt's nicht mehr; wandert ich
Von Ost nach West und riefe laut um Dienst,
Fänd manchen, alle gut und diente treu,
Nie träf ich solchen Herrn.

LUCIUS: Ach, guter Jüngling!
Du rührst mich minder nicht durch deine Klagen
Als durch sein Blut dein Herr: wie war sein Name?

IMOGEN:
Richard du Champ. *Für sich:* Lüg ich und schade keinem,
Wenn's auch die Götter hören, hoff ich doch,
Verzeihn sie's. – Wie?

LUCIUS: Dein Name?

IMOGEN: Herr, Fidelio.

LUCIUS: Als solchen hast du wahrlich dich bewährt,
So treu gesinnt, bist du des Namens wert.
Willst du's mit mir versuchen? Findst du gleich
So guten Herrn nicht mehr, doch sicher einen,
Der dich nicht minder liebt. Ein Brief des Kaisers,
Mir vom Senat gesandt, empfähle dich
Nicht besser als dein eigner Wert. Komm mit mir.

IMOGEN: Ich folg Euch, Herr. Doch erst, gefällt's den Göttern,

Berg ich vor Fliegen meinen Herrn, so tief,
Wie diese armen Schaufeln graben können.
Hab ich mit Blum' und Laub die Gruft bestreut
Und hergesagt ein Hundert von Gebeten,
Zweimal, wie ich sie weiß, mit Seufzern, Tränen,
Verlaß ich seinen Dienst, um Euch zu folgen,
Wenn Ihr mich nehmen wollt.

LUCIUS: Ja, guter Knabe,
Und mehr dein Vater als Gebieter sein. –
Dies Kind, ihr Freunde, lehrt uns Männerpflicht.
Laßt uns den schönsten Rasenfleck erkiesen
Und ihm mit Lanz und Speer die Gruft bereiten.
Um deinethalb ist er mir lieb, o Knabe –
Kommt, hebt ihn auf, bestattet ihn zum Grabe
Auf Kriegerart. – Erheitre deinen Blick:
Ein tiefer Fall führt oft zu höherm Glück.

Alle ab.

DRITTE SZENE

In Cymbelines Palast.

Es treten auf CYMBELINE, LORDS, PISANIO *und* GEFOLGE.

CYMBELINE: Fort! bringt mir Nachricht, wie es mit ihr steht.

Ein Bedienter ab.

Ein Fieber um des Sohns Abwesenheit,
Ein Wahnsinn, der dem Leben droht – O Himmel,
Wie hart schlägst du mich plötzlich! Imogen,
Mein größter Trost, dahin; die Königin
Liegt auf dem Todesbett; zu einer Zeit,
Da Krieg mir schrecklich droht, ihr Sohn verschwunden,
So unentbehrlich jetzt: es trifft mich schwer
Und hoffnungslos. – Doch du, Gesell, der sicher
Um ihre Flucht gewußt und jetzt dich stellst
Wie einer, der nichts weiß, dir wird's erpreßt
Durch Folterqual.

PISANIO: Mein Leben, Herr, ist Euer,
Demütig leg ich's Euch zu Füßen – doch
Wo meine Herrin ist, ich weiß es nicht,
Weshalb sie floh, noch, wann sie wiederkehrt;
Ich bitt Eur Hoheit, haltet mich für treu.

ERSTER LORD: Mein König,
Den Tag, als sie vermißt ward, war er hier,
Ich steh für seine Treu und weiß, er tut,
Was Untertanen ziemt. Nach Cloten wird
Mit Fleiß und Eifer emsiglich gesucht,
Man findet ihn gewiß.
CYMBELINE: Die Zeit ist stürmisch.
Zu Pisanio: Für diesmal schlüpfe durch, doch schwebt Ver-
Noch über deinem Haupt. [dacht
ZWEITER LORD: Eur Majestät,
Die röm'schen Legionen sind gelandet
Von Gallien aus und werden noch ergänzt
Durch röm'schen Adel, vom Senat gesandt.
CYMBELINE: Oh, jetzt den Rat der Kön'gin und des Sohnes!
Zu viel bricht auf mich ein.
ERSTER LORD: Mein edler Fürst,
Eur Heer ist minder stark nicht als der Feind:
Und kommt auch mehr, seid Ihr für mehr gerüstet.
Man braucht nur die Armee ins Feld zu stellen,
Die eifrig dies begehrt.
CYMBELINE: Ich dank Euch! kommt.
Begegnen wir der Zeit, wie sie uns sucht.
Wir fürchten nicht, was von Italien dräut:
Uns quält der nächste Kummer nur. Hinweg!
Cymbeline, Lords und Gefolge ab.
PISANIO: Kein Wort von meinem Herrn, seit ich ihm schrieb,
Daß Imogen erschlagen: das ist seltsam!
Auch hör ich nichts von ihr, die doch mir Nachricht
Versprach zu geben; kann auch nicht erfahren,
Was aus Cloten geworden: alles dies
Macht mich verwirrt. Die Götter mögen helfen,
Durch Falschheit bin ich ehrlich, treu durch Untreu.
Im Krieg zeig ich, wie ich Britannien liebe,
Der König rühme selbst mich, fall ich nicht.
Die Zeit mag, was noch dunkel ist, erhellen;
Heim bringen steuerlos manch Boot die Wellen. *Ab.*

VIERTE SZENE

Wales. Vor Bellarius' Höhle.

BELLARIUS, GUIDERIUS *und* ARVIRAGUS *treten auf.*

GUIDERIUS: Der Lärm ist ringsum.
BELLARIUS: Ziehn wir uns zurück.
ARVIRAGUS: Wo ist des Lebens Lust, verschließen wir's
Vor Tat und vor Gefahr?
GUIDERIUS: Ja, welche Hoffnung
Bringt uns die Flucht? die Römer morden doch
Als Briten uns; wo nicht, so nehmen sie
Uns auf als unnatürliche Rebellen,
Gebrauchen uns und morden uns nachher.
BELLARIUS: Kommt höher aufs Gebirg, da sind wir sicher.
Wir dürfen nicht zum Königsheer; die Neuheit
Von Clotens Tod – wir unbekannt, gemustert
Nicht mit dem Volk – bringt uns in Untersuchung,
Wo wir gelebt: so zwingt man uns denn ab,
Was wir getan, und Eingestehn wird Tod,
Verlängt durch Qual.
GUIDERIUS: Dies, Vater, ist Befürchtung,
Die Euch in solchen Zeiten nicht geziemt
Noch uns genügt.
ARVIRAGUS: Es ist wohl nicht zu glauben,
Daß, hören sie die röm'schen Rosse wiehern,
Sehn ihre Lagerfeuer, Aug und Ohr
Geblendet und betäubt durchs Wichtigste,
Daß ihnen Zeit noch bleibt, uns zu bemerken,
Zu fragen, wer wir sind.
BELLARIUS: Ich bin gekannt
Im Heer von manchem dort; so manches Jahr,
War Cloten jung auch damals, löscht ihn nicht
Aus dem Gedächtnis mir. Auch ist der König
Nicht meines Diensts und eurer Liebe wert;
Mein Bann war schuld, daß euch Erziehung fehlte,
Daß ihr als Wilde lebtet; alles Glück,
Das eure Wiege euch verhieß, verschwand,
Daß euch der heiße Sommer bräunt, als Sklaven
Ihr schaudern müßt dem Winter.
GUIDERIUS: Bessser sterben,

Als so zu leben. Bitte, kommt zum Heer;
Mich und den Bruder kennt kein Mensch, Ihr selbst
Seid längst vergessen, durch Eur Haar unkenntlich,
Und niemand fragt nach Euch.

ARVIRAGUS: Beim Licht der Sonne,
Ich muß dahin! Was ist's, daß ich noch nie
Sah sterben einen Mann? Kein Blut erblickte
Als feiger Hasen, hitz'ger Gemsen, Hirsche?
Daß ich kein Roß bestieg als eins, das Reiter
Nur trug, wie ich bin, solche, deren Ferse
Nie Sporn und Eisen ziert'? Ich schäme mich,
Die heil'ge Sonne anzuschaun, die Wohltat
Des sel'gen Strahls zu haben und zu bleiben
Ein armes Nichts.

GUIDERIUS: Beim Himmel, ich will gehn!
Wollt Ihr mich segnen, freundlich mich entlassen,
So geh ich froher; wollt Ihr aber nicht,
So falle die Gefahr nur dreist auf mich
Durch Römerschwerter!

ARVIRAGUS: So sag ich, und amen!

BELLARIUS: Da ihr so wenig euer Leben achtet,
Was soll mit größrer Sorg ich mein verfallnes
Noch schonen? Söhne, auf! ich geh mit euch,
Und opfert ihr fürs Vaterland das Leben,
So sei auch mir solch Todesbett gegeben. –
Für sich: Die Zeit scheint lang. Zorn jagt ihr Blut in Flammen,
Bis es entströmt und zeugt, woher sie stammen.
Alle ab.

FÜNFTER AUFZUG

ERSTE SZENE

Britannien. Feld zwischen dem römischen und britischen Lager.

POSTHUMUS *kommt mit einem blutigen Tuch.*

POSTHUMUS: Ja, blutig Tuch, dich heb ich auf: denn so
Verlangt ich dich gefärbt. Ihr Ehemänner,
Verführt ihr alle so, wie würde mancher
Ein Weib erschlagen, besser als er selbst,

Weil sie ein wenig fehlte! – O Pisanio!
Ein guter Diener tut nicht jeden Dienst;
Nur was gerecht, ist Pflicht. – Ihr Götter! straftet
Ihr meine Sünden so, dann lebt ich nicht,
Dies anzuregen: zu bereuen, ward
Geschont die edle Imogen, und mich
Verworfnen traf gerechte Rache. Doch
Um kleine Schuld entrafft ihr den, aus Liebe,
Daß er nicht tiefer falle; andre dürfen
Auf Sünde Sünde häufen, schlimmer stets,
Und furchterregend selbst gesichert bleiben.
Doch euch gesellt ist Imogen; tut, wie ihr wollt,
Und laßt mein Heil mich im Gehorchen finden.
Ich kam mit röm'schen Rittern, zu bekämpfen
Der Gattin Reich; doch ist's genug, Britannien,
Daß deine Fürstin ich erschlug; sei ruhig!
Dir geb ich keine Wunde. Drum, ihr Götter,
Hört meinen Vorsatz gnädig an: hier leg ich
Italiens Kleider ab und hülle mich
In brit'sche Bauerntracht; so fecht ich gegen
Das Volk, mit dem ich kam; so will ich sterben.
Für dich, o Imogen, ist doch mein Leben,
Ja jeder Atemzug ein Tod; so, unbekannt,
Gehaßt nicht noch beklagt, weih ich mich selbst
Dem Untergang. Erkenne kühnern Geist
Jedweder Feind, als mein Gewand verheißt.
Schenkt, Götter, mir der Leonate Kraft!
Die Welt beschämend, will ich jetzt beginnen
Den neuen Brauch: schlecht außen, kostbar innen. *Ab.*

ZWEITE SZENE

Ebendaselbst.

Von einer Seite kommen LUCIUS, JACHIMO *und das* RÖMISCHE HEER; *von der andern Seite das* BRITISCHE HEER, POSTHUMUS LEONATUS *darunter, als gemeiner Krieger. Sie marschieren vorüber und gehen ab. Kriegsgetümmel. Im Gefecht kommen* JACHIMO *und* POSTHUMUS *zurück; dieser besiegt und entwaffnet den Jachimo und geht dann ab.*

JACHIMO: Der Sünden Last in der gequälten Brust
Lähmt meine Mannheit; eine Frau belog ich,

Die Fürstin dieses Reichs, zur Strafe raubt
Die Luft mir alle Kraft: wie konnte sonst
Der Kerl, der Ackerknecht, mich so bezwingen
Im Ritterkampf? Geerbte Ehr und Würde
Trag ich nur als der Schmach und Schande Bürde.
Britannien, steht dein Adel diesem Lump
Voran, wie er uns Große macht zum Spott,
Sind wir kaum Männer, jeder hier ein Gott. *Ab.*

Die Schlacht dauert fort; die Briten fliehen; CYMBELINE *wird gefangen;* BELLARIUS, GUIDERIUS *und* ARVIRAGUS *kommen ihm zu Hilfe.*

BELLARIUS: Steht, steht! Des Bodens Vorteil haben wir;
Der Paß ist wohlbesetzt: nichts macht uns wanken
Als unsrer Feigheit Schmach.
GUIDERIUS *und* ARVIRAGUS: Steht, steht und kämpft!

POSTHUMUS *kommt und hilft den Briten; sie befreien* CYMBELINE *und gehen ab; dann kommen* LUCIUS, JACHIMO *und* IMOGEN.

LUCIUS: Fort, aus dem Haufen, Knab, und rette dich;
Denn Freund schlägt Freund, Verwirrung wächst, als wäre
Krieg blind und taub.
JACHIMO: Das macht die frische Hilfe.
LUCIUS: Das Glück hat seltsam sich gewandt; beizeiten
Laßt uns Verstärkung suchen oder fliehn.
Alle ab.

DRITTE SZENE

Ein anderer Teil des Schlachtfeldes.

POSTHUMUS *und ein britischer* LORD *treten auf.*

LORD: Kommst du von dort, wo stand sie hielten?
POSTHUMUS: Ja.
Doch Ihr, so scheint's, kommt von den Flücht'gen.
LORD: Ja.
POSTHUMUS: Kein Tadel drum, denn alles war verloren:
Nur Hoffnung auf den Himmel. Der König selbst
Fern von den Flügeln, ganz sein Heer durchbrochen
Und nur der Briten Rücken sichtbar, alle
In Flucht durch engen Paß; der Feind, voll Siegslust,
Nach Blut die Zunge lechzend, mehr zur Schlachtung

In Vorrat, als er Messer hatte, fällte,
Die tödlich wund, die leicht berührt, die stürzend
Aus bloßem Schreck; so ward der Paß gedämmt
Mit Toten, wund im Rücken, Feigen, lebend,
Um mit verlängter Schmach zu sterben.

LORD: Wo
War dieser enge Paß?

POSTHUMUS: Beim Schlachtfeld dicht, im aufgeworfnen Rasen,
Was sich zunutz ein alter Krieger machte –
Ein Ehrenmann, das schwör ich; wohl verdient
Er langes Leben und sein Silberhaar
Durch diese Tat fürs Vaterland. Im Paß,
Er mit zwei Knaben – Kindern, mehr geeignet
Zu munterm Tanze als zu solchem Morden,
Mit Angesichtern wie für Larven, schöner,
Als die verhüllt Scham oder Reiz bewahren –,
Schützt' nun den Weg und rief den Flücht'gen zu:
„Der brit'sche Hirsch stirbt auf der Flucht, kein Krieger;
Zur Hölle rennt, ihr rückwärts Fliehnden! Steht,
Sonst macht ihr uns zu Römern, und wir schlachten
Wie Vieh euch, die ihr viehisch lauft; euch rettet
Ein zornig Rückwärtsschauen; steht, o steht!" –
Die drei, dreitausend durch Vertraun, und wahrlich,
Nicht minder waren sie's durch Kraft und Tat
– Drei Helden sind das Heer, wenn alle andern
Ein Nichts sind –, mit dem Worte: „Steht, o steht!"
Begünstigt durch den Platz, doch mehr noch zaubernd
Durch eignen Adel, der wohl wandeln konnte
Zum Speer die Kunkel, entflammten matte Blicke,
Halb Scham, halb muterneut; und manche, feige
Durchs Beispiel nur – oh, eine Sünd im Kriege,
Verdammt im ersten Sünder! –, wandten um
Auf ihrem Weg und schäumten, Löwen gleich,
Dem Jägerspieß entgegen. Da entstand
Ein Anhalt der Verfolgung, Rückzug; schnell
Verwirrung, Niederlage – die als Adler
Dahergestürmt, entfliehn als Tauben; Sklaven,
Wo sie als Sieger prangten; unsre Memmen
– Wie Brocken auf bedrängter Seefahrt – wurden
Nun Lebensrettung in der Not; die Hintertür
Der unbewachten Herzen offen findend,

O Himmel, wie nun hieben sie! auf schon
Erschlagne, Sterbende, auf Freunde, die
Die vor'ge Woge überwälzte: zehn,
Die einer jagte; jeder ist nun jetzt
Von zwanzigen der Schlächter; die ehr sterben
Als kämpfen wollten, sind des Felds Entsetzen.

LORD: Wie sonderbar:
Ein enger Paß! zwei Knaben und ein Greis!

POSTHUMUS: Nicht wundert Euch. Ihr staunt wohl lieber, hört Ihr
Von Taten, als Ihr selber welche tut.
Wollt Ihr's im Reim, als Spottgedicht? So klingt's:
„Zwei Knaben und ein Greis, zweimal so alt wie beide,
Ein Paß ward uns zum Hort, dem Feind zum Leide."

LORD: Nun, seid nicht böse.

POSTHUMUS: So war's nicht gemeint.
Wer vor dem Feind nicht steht, dem bin ich Freund:
Denn tut er seiner Art nach, sicherlich
Läßt er auch meine Freundschaft bald im Stich.
Ich komm ins Reimen schon.

LORD: Geht, Ihr seid böse. *Ab.*

POSTHUMUS: Doch gehn? Das heißt ein Lord! O Adelsheld!
Fragt in der Schlacht, wie's um die Schlacht bestellt!
Wie mancher heut gab seine Ehre preis,
Den Leichnam nur zu retten! lief davon
Und starb doch! Ich, durch Schmerzen fest gemacht,
Fand nicht den Tod, wo ich ihn ächzen hörte;
Fühlt ihn nicht, wo er schlug; ein Untier, scheußlich,
Seltsam! verbirgt er sich im lust'gen Becher,
Im sanften Bett und süßen Wort; hat mehr
Bedient' als wir, die seine Klingen zücken.
Sei's, dennoch find ich ihn;
Denn wie ich jetzt den Briten beigestanden,
Bin ich nicht Brite mehr und schlag mich wieder
Zu der Partei von einst. Nicht fecht ich mehr,
Ich gebe mich dem schlechtsten Bauer, der
Mich nur berührt. Groß ist der Mord, den hier
Der Römer angestellt; schwer muß sich rächen
Der Brite. Ich – mein Lösegeld sei Sterben,
Um Tod wollt ich auf beiden Seiten werben;
Denn länger soll er mir nicht widerstehn,
Und so vollend ich's denn für Imogen.

Es kommen zwei BRITISCHE HAUPTLEUTE *und* SOLDATEN.

ERSTER HAUPTMANN: Dank allen Göttern! Lucius ist gefangen:
Man hält die Knaben und den Greis für Engel.

ZWEITER HAUPTMANN:
Ein vierter Mann war noch, im schlechten Rock,
Der auch den Feind zurücktrieb.

ERSTER HAUPTMANN: So erzählt man;
Doch alle sind verschwunden. – Halt! wer bist du?

POSTHUMUS: Ein Römer,
Der nicht hier um sich triebe, hätten andre
Wie er getan.

ZWEITER HAUPTMANN: Legt Hand an ihn; ein Hund!
Es soll kein Bein zurück nach Rom und sagen,
Wie hier die Krähn sie hackten. Er stolziert,
Als wär er Großes; bringt ihn hin zum König!

CYMBELINE *tritt auf mit* GEFOLGE; BELLARIUS, GUIDERIUS, ARVIRAGUS *und römische* GEFANGENE. *Die* HAUPTLEUTE *führen* POSTHUMUS *vor Cymbeline, welcher ihn einem* KERKERMEISTER *übergibt; darauf gehn alle ab.*

VIERTE SZENE

Ein britisches Gefängnis.

POSTHUMUS *tritt auf mit zwei* KERKERMEISTERN.

ERSTER KERKERMEISTER:
Jetzt stiehlt Euch keiner, Ihr seid angeschlossen;
Grast, wenn Ihr Weide habt.

ZWEITER KERKERMEISTER: Ja, oder Hunger.

Sie gehn beide ab.

POSTHUMUS: O seid willkommen, Ketten! denn ihr führt,
Hoff ich, zur Freiheit: ich bin weit beglückter
Als einer, den die Gicht plagt; weil der lieber
Möcht ewig seufzen als geheilt sich sehn
Durch Tod, den sichern Arzt; er ist der Schlüssel,
Der diese Eisen löst. O mein Gewissen!
Du bist gefesselt mehr als Fuß und Hand.
Schenkt, güt'ge Götter, mir der Büßung Mittel,
Den Riegel aufzutun, dann ew'ge Freiheit!

Genügt's, daß es mir leid tut?
So sänft'gen Kinder wohl die ird'schen Väter;
Gnäd'ger sind Götter. Soll ich denn bereun?
Nicht besser kann's geschehen als in Ketten,
Erwünscht, nicht aufgezwängt: genugzutun,
Ist das der Freiheit Hauptbeding? So schreibt
Nicht härtre Pfändung vor, nehmt mir mein Alles.
Ihr habt mehr Mild als gier'ge Menschen, weiß ich,
Die 'n Drittel vom bankrotten Schuldner nehmen,
Ein Sechstel, Zehntel, daß am Abzug wieder
Er sich erhole; das begehr ich nicht:
Fürs teure Leben Imogens nehmt meins,
Und gilt's auch nicht soviel, ist's doch ein Leben.
Ihr prägtet es; man wägt nicht jede Münze,
Man nimmt auch leichtes Stück des Bildes wegen;
Ihr um so eher mich als euren Stempel:
So, ihr urew'gen Mächte,
Nehmt ihr den Rechnungsschluß, so nehmt mein Leben
Und reißt entzwei den Schuldbrief. Imogen!
Ich spreche jetzt zu dir im Schweigen. *Schläft ein.*

Feierliche Musik. Als Geistererscheinung treten auf SICILIUS LEONATUS, *der Vater des Posthumus, ein Greis in kriegerischem Schmuck; er führt eine Matrone an der Hand, seine Gattin, die* MUTTER *des Posthumus. Ihnen folgen die jungen* LEONATE, *des Posthumus Brüder, mit offnen Wunden, wie sie in der Schlacht fielen. Sie stellen sich rings um den schlafenden Posthumus.*

SICILIUS: Du Donnerschleudrer, kühle nicht
Am schwachen Wurm den Mut:
Den Mars bedräu und Juno schilt,
Die eifersücht'ge Wut
Zur Rache treibt.
War nicht mein Sohn stets fromm und rein,
Des Blick mir nie gelacht?
Denn als ich starb, hatt ihn Natur
Noch nicht ans Licht gebracht.
Als Vater – sagt man doch, du sollst
Der Waisen Vater sein –,
Warum nicht schirmst und rettst du ihn
Von dieser ird'schen Pein?

MUTTER: Lucina half mir nicht, ich starb
Schmerzvoll, noch im Gebären,

Mir Posthumus entschnitten ward;
Zu Feinden kam mit Zähren
Das arme Kind.

SICILIUS: Ihn schuf Natur, den Ahnen gleich,
So männlich, stark und groß,
Und er erwarb den Preis der Welt
Als des Sicilius Sproß.

ERSTER BRUDER:
Und als er nun zum Mann gereift
Im mächt'gen Britenland,
War keiner ihm an Tugend gleich,
Weshalb er Gnade fand
Vor Imogen, die seinen Wert,
Sein edles Herz erkannt.

MUTTER: Was ward durch Ehglück er gehöhnt,
Verbannt zu sein mit Schmerz,
Geraubt ihm Leonatus' Gut
Und der Geliebten Herz,
Der süßen Imogen?

SICILIUS: Was littst du, daß ihn Jachimo,
Italiens eitler Tor,
In eifersücht'gen Wahn verstrickt,
Daß er den Sinn verlor;
Daß fremdes Bubenstück ihm Hohn
Und Törung aufbeschwor?

ZWEITER BRUDER:
Drum kommen Vater, Mutter aus
Der Sel'gen Heiligtum,
Und wir, die für das Vaterland
Gefallen sind mit Ruhm,
Verfechtend des Tenantius Recht
Im echten Rittertum.

ERSTER BRUDER:
Mit gleichem Mut zog Posthumus
Für Cymbeline das Schwert:
Was hast du, Götterfürst, ihm nicht
Verdienten Lohn gewährt?
Und, was er würdiglich erwarb,
In Leid und Schmerz verkehrt?

SICILIUS: Tu dein kristallnes Fenster auf;
Schau her; hör unser Flehn:

Laß nicht so alten, edeln Stamm
Durch deinen Grimm vergehn!

MUTTER: O Jupiter, mein Sohn ist fromm,
Drum lös ihm diese Wehn.

SICILIUS: Schau aus dem Marmorhaus und hilf –
Wir armen Geister schrein
Sonst gegen dich zum Götterrat,
Daß sie uns Hilfe leihn.

ZWEITER BRUDER:
Hilf, wir verklagen sonst dich selbst,
Willst du gerecht nicht sein.

JUPITER *steigt mit Donner und Blitz herab, auf einem Adler sitzend; er schleudert einen Blitzstrahl. Die Geister fallen auf die Knie.*

JUPITER: Schweigt, schwache Schatten ihr vom niedern Sitz,
Betäubt mein Ohr nicht, still! – Wie wagt ihr, Geister,
Den Donnrer zu verklagen, dessen Blitz,
Rebelln zerschmetternd, kenntlich macht den Meister?
Elysiums leichte Schatten, fort, und ruht
Auf eurer nie verwelkten Blumenflur!
Kein irdisches Geschick trüb euren Mut;
Ihr wißt, nicht eure Sorg ist's, meine nur.
Den hemm ich, den ich lieb; es wird sein Lohn,
Verspätet, süßer nur. Traut meiner Macht;
Mein Arm hebt auf den tief gefallnen Sohn,
Sein Glück erblüht, die Prüfung ist vollbracht.
Mein Tempel sah den Ehbund. – Auf und schwindet! –
Mein Sternlicht schien, als er zur Welt geboren,
Ihm ist nicht Fürstin Imogen verloren,
Und durch dies Leid wird mehr sein Glück begründet.
Dies Täflein legt auf seine Brust; aus Huld
Spricht hier sein Schicksal unser Wohlgefallen;
Und so hinweg, daß meine Ungeduld
Nicht aufwacht, hör ich solche Klagen schallen. –
Auf, Aar, zu meinen kristallin'nen Hallen.

Er steigt wieder hinauf.

SICILIUS: Er kam im Donner; und sein Götterhauch
War Schwefeldampf; der heilige Adler stieg
Mit Dräun hernieder; doch sein Aufschwung ist
Süß wie Elysiums Flur: der Königsvogel
Spreizt seine ew'gen Schwingen, wetzt den Schnabel,
Als wär sein Gott vergnügt.

ALLE: Dank, Jupiter!

SICILIUS: Die Marmorwölbung schließt sich, er erreicht
Sein strahlend Götterhaus – Fort! uns zum Heil
Vollbringt sein großes Machtgebot in Eil!

Die Geister verschwinden.

Posthumus erwacht.

POSTHUMUS: O Schlaf, du warst mein Ahnherr und erzeugtest
Den Vater mir – auch meine Mutter schufst du,
Mein Brüderpaar: doch höhnend nur, verloren!
Schon abgeschieden, als sie kaum geboren,
So nun erwacht. – Armsel'ge, die sich stützen
Auf Gunst der Großen, träumen, wie ich träumte;
Erwachen, finden nichts. – Doch, leerer Dunst!
Mancher hat nicht Verdienst noch Traumesgunst
Und wird bedeckt mit Lohn; so wird mir hie,
Ich finde goldnes Glück und weiß nicht wie.
Was hausen hier für Feen? Ein Buch? O Kleinod!
Sei nicht wie unsre Stutzerwelt, ein Kleid,
Edler, als der es trägt: laß deinen Inhalt
Auch golden sein, ganz ungleich jetz'gem Hofmann,
Halte, was du versprichst.

Liest: „Wenn eines Löwen Junges, sich selbst unbekannt, ohne Suchen findet und umarmt wird von einem Stück zarter Luft; und wenn von einer stattlichen Zeder Äste abgehauen sind, die, nachdem sie manches Jahr tot gelegen haben, sich wieder neu beleben, mit dem alten Stamm vereinen und frisch emporwachsen: dann wird Posthumus' Leiden geendigt, Britannien beglückt und in Frieden und Fülle blühend."

Noch immer Traum, wo nicht, solch Zeug, wie Tolle
Verstandlos plaudern: beides oder nichts:
Entweder sinnlos Reden oder solch Gerede,
Das Sinn nicht kann enträtseln. Sei's, was immer,
Dem Irrsal meines Lebens ist es gleich,
Der Sympathie halb will ich es bewahren.

Die KERKERMEISTER *kommen zurück.*

ERSTER KERKERMEISTER:
Kommt, Herr, seid Ihr für den Tod gar gemacht?

POSTHUMUS: Beinah schon zu hart gebraten: gar schon lange.

ERSTER KERKERMEISTER:
Hängen ist die Losung; wenn Ihr dafür gar seid, so seid Ihr gut gekocht.

POSTHUMUS: Wenn mich also die Zuschauer wohlschmeckend finden, so zahlt das Gericht die Zeche.

ERSTER KERKERMEISTER: Eine schwere Rechnung für Euch, Herr; aber der Trost ist, Ihr werdet nun nicht mehr zu Zahlungen gefordert werden, keine Wirtshausrechnung mehr zu fürchten haben, die oft das Scheiden betrüblich macht, wie sie erst die Lust erweckte. Ihr kommt schwach an, weil Ihr der Speise bedürft, und geht taumelnd fort, weil Ihr ein Glas zuviel getrunken habt; traurig, weil Ihr zuviel ausgegeben; traurig, weil Ihr zu viel eingenommen habt; Kopf und Beutel leer; der Kopf um so schwerer, weil er zu leicht ist, der Beutel um so leichter, weil ihm seine Schwere abgezapft ist. Oh! alle diese Widersprüche werdet Ihr nun los. – O über die Menschenliebe eines Pfennigstricks! Tausende macht er in einem Augenblick richtig: es gibt kein besseres Debet und Kredit als ihn; er quittiert alles Vergangene, Jetzige und Zukünftige – Euer Hals ist Feder, Buch und Rechenpfennig; und so folgt der völlige Abschluß.

POSTHUMUS: Ich bin freudiger, zu sterben, als du, zu leben.

ERSTER KERKERMEISTER: Wahrhaftig, Herr, wer schläft, fühlt kein Zahnweh; aber einer, der Euren Schlaf schlafen sollte, wobei der Henker ihm ins Bett steigen hilft, ich denke, der tauschte gern seinen Platz mit seinem Aufwärter: denn seht, Ihr wißt noch nicht, welchen Weg Ihr gehen werdet.

POSTHUMUS: O ja, Freund, ich weiß es wohl.

ERSTER KERKERMEISTER: Nun, dann hat Euer Tod Augen im Kopf; so habe ich ihn noch nicht gemalt gesehen: Ihr müßt Euch entweder von denen führen lassen, die behaupten, den Weg zu kennen, oder Ihr müßt Euer eigner Führer sein, da ich doch weiß, Ihr kennt den Weg nicht, oder Euch auf eigne Gefahr über alle diese Untersuchungen hinwegsetzen; und wie es Euch am Schluß gerät – nun, ich denke, Ihr kehrt niemals zurück, um irgendeinem das zu erzählen.

POSTHUMUS: Ich sage dir, keinem fehlen die Augen, ihn auf dem Wege zu leiten, den ich jetzt gehen werde, als solchen, die die Augen zudrücken und sie nicht gebrauchen wollen.

ERSTER KERKERMEISTER: Welch ein Tausend Spaß wär das, daß ein Mensch den besten Gebrauch seiner Augen hätte, um den Weg der Blindheit zu sehen! Ich bin gewiß, Hängen ist der Weg, die Augen zuzudrücken.

Ein BOTE *tritt auf.*

BOTE: Nehmt ihm die Fesseln ab, und führt Euren Gefangenen zum König.

POSTHUMUS: Du bringst gute Botschaft – ich werde zur Freiheit gerufen.

ERSTER KERKERMEISTER: Dann will ich mich hängen lassen.

POSTHUMUS: Dann wirst du freier sein als ein Schließer; für den Toten gibt es keine Riegel.

Posthumus geht mit dem Boten ab.

ERSTER KERKERMEISTER: Wenn einer einen Galgen heiraten wollte, um junge Kniegalgen zu erzeugen, könnte er nicht versessener drauf sein als der. Doch auf mein Gewissen, es gibt noch größere Schurken, die zu leben wünschen, mag dieser auch ein Römer sein – und unter ihnen gibt es auch welche, die gegen ihren Willen sterben; wie ich tun würde, wenn ich einer wäre. Ich wollte, wir wären alle einer Gesinnung, und die eine Gesinnung wäre gut; oh! dann würden alle Kerkermeister und Galgen aussterben! Ich spreche gegen meinen jetzigen Vorteil; aber mein Wunsch schließt eine Beförderung ein. *Ab.*

FÜNFTE SZENE

Cymbelines Zelt.

Es treten auf CYMBELINE, BELLARIUS, GUIDERIUS, ARVIRAGUS, PISANIO, LORDS, KRIEGER *und* GEFOLGE.

CYMBELINE: Steht mir zur Seit, ihr, die die Götter sandten
Als Stützen meines Throns. Es quält mein Herz,
Daß jener Arme, der so herrlich focht,
Des Kittel goldne Rüstungen beschämte,
Des nackte Brust sich vordrang erznen Panzern,
Nicht kann gefunden werden: der sei glücklich,
Der ihn entdeckt – kann unsre Huld beglücken.

BELLARIUS: Nie sah ich solchen Heldenzorn in so
Armsel'gem Bild; solch fürstlich Tun in einem,
Der nur geboren schien für Bettlerangst.

CYMBELINE: Und weiß man nichts von ihm?

PISANIO: Man sucht' ihn unter Lebenden und Toten,
Doch fand man keine Spur.

CYMBELINE: Zu meinem Kummer

Bin ich der Erbe seines Lohns; *(zu Bellarius, Guiderius und Arviragus:)* und füge
Ihn euch noch zu, Herz, Leber, Hirn Britanniens,
Durch euch ja lebt es nur. Jetzt ist es Zeit
Zu fragen, wo ihr herstammt – sprecht.

BELLARIUS: Mein König,
Aus Cambria gebürtig sind wir, adlig:
Unschicklich wär und unwahr, mehr zu rühmen;
Nur daß wir ehrlich, sag ich noch.

CYMBELINE: Kniet nieder.
Steht auf als meine Ritter von der Schlacht:
Ihr seid hiermit die Nächsten im Gefolge,
Und Würden geb ich, eurem Stand geziemend.

CORNELIUS *kommt mit den* HOFDAMEN.

Sorg spricht aus aller Blick: Warum so traurig
Begrüßt ihr unsern Sieg? Ihr blickt gleich Römern,
Nicht wie vom brit'schen Hof.

CORNELIUS: Heil, großer König!
Dein Glück zu trüben, muß ich dir den Tod
Der Kön'gin melden.

CYMBELINE: Wem steht solche Botschaft
Wohl schlechter als dem Arzt? Doch wissen wir,
Arznei verlängt das Leben wohl, doch rafft
Der Tod zuletzt den Arzt auch hin. – Wie starb sie?

CORNELIUS: Im Wahnsinn, schauderhaft, wie sie gelebt;
Grausam der Welt im Leben, starb sie auch
Grausamen Todes. Was sie hat bekannt,
Meld ich, wenn Ihr befehlt; und diese Frauen,
Sie mögen, irr ich, mich der Lüge zeihen;
Sie sahen, feuchten Blicks, ihr Ende.

CYMBELINE: Sprich.

CORNELIUS: Zuerst bekannte sie, sie liebt' Euch nie;
Durch Euch erhöht sein war ihr Ziel, nicht Ihr;
Nur Eurem Thron war sie vermählt als Gattin,
Euch selber hassend.

CYMBELINE: Sie nur konnt es wissen:
Und sprach sie's sterbend nicht, so glaubt ich's nimmer
Selbst ihren eignen Lippen. Fahre fort!

CORNELIUS: Und Eure Tochter, der sie trügerisch
So große Liebe zeigte, sie bekannt es,
War ein Skorpion im Aug ihr; und sie wollte –

Nur daß die Flucht sie hinderte – mit Gift
Ihr Leben tilgen.

CYMBELINE: O du list'ger Teufel!
Wer kann ein Weib durchschaun? – Weißt du noch mehr?

CORNELIUS: Und Schlimmres. Sie gestand, daß sie für Euch
Ein tödlich Mittel habe, das, genommen,
Minutenweis am Leben zehrt und langsam
Euch zollweis töten sollt, indessen sie,
Durch Wachen, Weinen, Pfleg und Zärtlichkeit,
Durch falschen Schein Euch täuschte – ja die Zeit,
Indem ihr Mittel auf Euch wirkte, nützte,
Um ihrem Sohn die Krone zu versichern.
Da nun ihr Plan durch sein Verschwinden fehlschlug,
Erfaßte sie schamlos Verzweifeln; Menschen
Und Gott zum Trotz, gestand sie ihre Absicht;
Bereute, daß das Unheil nicht gereift,
Und starb in Wut.

CYMBELINE: Ihr Fraun vernahmt dies auch?

HOFDAME: So ist es, hoher König.

CYMBELINE: Meine Augen
Sind ohne Schuld, denn sie war schön; mein Ohr,
Das sie mit Schmeichelei erfüllt; mein Herz,
Das ihrem falschen Schein getraut; nur Laster
Konnt Argwohn fassen – aber, o mein Kind!
Daß ich ein Tor gewesen, darfst du sagen,
Dein Unglück hat's bestätigt. Hilf uns, Himmel!

Es treten auf LUCIUS, JACHIMO, *der* WAHRSAGER *und mehrere* RÖMISCHE GEFANGENE *mit* WACHEN; POSTHUMUS *und* IMOGEN *zuletzt.*

Jetzt kommst du nicht, Tribut zu fordern, Cajus;
Den hat Britannien ausgetilgt, wenn auch
Durch manches Tapfern Tod; und deren Freunde
Verlangen Sühnung ihrer Geister durch
Die Tötung der Gefangnen, was ich ihnen
Bewilligt: So erwäge dein Geschick.

LUCIUS: Bedenk des Krieges Wechsel! nur durch Zufall
War dein der Sieg; und wär er uns geworden,
Bedrohten wir mit kaltem Blute nicht
Die Kriegsgefangenen. Doch da die Götter
Es also wollten, daß nur unser Leben
Als Zahlung gilt, so mag es sein – man weiß,

Ein Römer kann mit Römerherzen dulden –
Augustus lebt und rächt es einst – soviel,
Was mich betrifft. Dies eine nur will ich
Von Euch erbitten: Nehmt Lösung an
Für meinen Knaben, dieses Landes Sohn;
Kein Herr hatt einen Pagen je, so sanft,
So pflichtergeben, aufmerksam und fleißig,
So allerwege treu, so weiblich pflegsam:
Mag sein Verdienst mit meiner Bitte sprechen,
Ihr könnt sie, edler König, nicht versagen;
Er kränkte keinen Briten, war er Diener
Auch eines Römers – ihn verschont und spart
Kein Blut sonst.

CYMBELINE: Sicher hab ich ihn gesehn;
Sein Antlitz ist mir wohlbekannt. – Mein Knabe,
Es hat dein Blick sich mir ins Herz gesenkt,
Und du bist mein. – Mich treibt's, ich weiß nicht, wie,
Zu sagen, lebe – dank nicht deinem Herrn –
Und fordre, was du willst, von Cymbeline,
Ziemt's meiner Güt und deinem Stand, gewähr ich's;
Ja, wenn du auch von den Gefangnen forderst
Den edelsten.

IMOGEN: In Demut dank ich Euch.

LUCIUS: Nicht bitt ich, daß du sollst mein Leben fordern;
Doch weiß ich, liebes Kind, du wirst.

IMOGEN: Ach nein:
Um ganz was anders handelt sich's; da seh ich
Mir Schlimmres noch als Tod; dein Leben, guter Herr,
Muß selbst sich umtun.

LUCIUS: Mich verschmäht der Knabe,
Verläßt, verspottet mich – wie schnell verschwindet
Ein Glück, das sich auf Knab und Mädchen gründet. –
Was steht er so betäubt?

CYMBELINE: Was willst du, Knabe?
Mehr lieb ich dich und mehr; denk mehr und mehr,
Was du gern hättest. Kennst du, den du anschaust?
Willst du sein Leben? Ist's dein Freund? Verwandter?

IMOGEN: Er ist ein Römer, mir nicht mehr verwandt
Als ich Eur Hoheit; doch ich steh Euch näher
Als Untertan.

CYMBELINE: Was schaust du ihn so an?

IMOGEN: Ich sag's Euch im Geheim, wenn Ihr geruht,
Mich anzuhören.
CYMBELINE: Ja, von ganzem Herzen,
Und bin für dich ganz Ohr. Wie ist dein Name?
IMOGEN: Fidelio, Herr.
CYMBELINE: Du bist ein wackrer Knabe;
Mein Page, ich dein Herr: komm und sprich frei.
Cymbeline und Imogen sprechen heimlich.
BELLARIUS: Ist er vom Tod erstanden, dieser Knabe?
ARVIRAGUS:
Ein Sandkorn sieht dem andern nicht so gleich:
Das ros'ge Kind, Fidelio, welches starb –
Was meint ihr?
GUIDERIUS: Ganz dasselbe Wesen lebend.
BELLARIUS: Still! Er sieht uns nicht an; seid ruhig, wartet!
Wohl gleichen Menschen sich, und wenn er's wäre,
So spräch er auch mit uns.
GUIDERIUS: Wir sahn ihn tot.
BELLARIUS: Schweigt, warten wir es ab.
PISANIO *für sich:* 's ist meine Herrin!
Nun, da sie lebt, mag kommen, was da will,
Gut oder schlimm.
Cymbeline und Imogen kommen nach vorn.
CYMBELINE: Komm, stell dich neben mich,
Tu deine Fragen laut. *Zu Jachimo:* Du da, tritt vor,
Gib Antwort diesem Knaben und sprich frei;
Sonst, bei der Majestät und ihrer Gnade,
Der wir uns rühmen, sollen schwere Foltern
Wahrheit und Lüge scheiden. – Sprich zu ihm.
IMOGEN: Ich bitte, daß der Edelmann uns sage,
Wer ihm den Ring gab.
POSTHUMUS *für sich:* Was kann ihn das kümmern?
CYMBELINE: Der Diamant an deinem Finger, sprich,
Wie ward er dein?
JACHIMO: Du wirst mich foltern, daß ich das nicht sage,
Was ausgesprochen selbst dich foltert.
CYMBELINE: Mich?
JACHIMO: Erwünscht ist mir der Zwang, das auszusprechen,
Was mich im Schweigen quält. Durch Schurkerei
Ward mir der Ring, einst Leonatus' Kleinod,
Den du verbanntest; und – dies pein'ge dich

Mehr als mich selbst – nie lebt' ein beßrer Mann
Auf weiter Erde. Willst du mehr noch hören?
CYMBELINE: Das Nötige.
JACHIMO: Der Engel, deine Tochter,
Um die mein Herz Blut weint und, an sie denkend,
Mir Pein die Kraft raubt – Weh! ich sinke nieder.
CYMBELINE: Mein Kind! was ist mit ihr? Ermanne dich:
Eh sei dir Leben, bis Natur es endet,
Als daß du schweigend stirbst: frisch auf, und rede!
JACHIMO: Zu einer Zeit – unselig war die Glocke,
Die jene Stunde schlug! – in Rom – verflucht
Das Haus! – bei einem Fest – oh, waren Gift
Die Speisen! mindestens, die ich genoß! –
Der gute Posthumus – gut, sag ich? freilich,
Zu gut, mit bösen Menschen zu verkehren,
War er doch selbst bei Auserwählten, Höchsten,
Der Beste aller! –, ernsthaft saß er, hörte,
Wie die Geliebten unsers Lands wir priesen,
Um Schönheit, die den höchsten Schwung erlahmte
Des, der am besten sprach; und um Vollendung,
Daß Venus und Minerva ward verdunkelt,
Bildwerke die Natur beschämen; und
Um Geistesadel; alle Wundergaben,
Um die man Weiber liebt – der Reiz beseitigt
Des Herzens Angel, der die Augen trifft –
CYMBELINE: Es brennt der Boden mir. Laß mich's erfahren.
JACHIMO: Zu bald, wenn du nicht bald dir Kummer wünschest.
Er, Posthumus, in Liebe hochgesinnt,
Fürstlich geliebt, sprach nun in solcher Würde,
Und nicht mißpreisend, die wir priesen – darin
Wie Tugend mild –, begann er seiner Herrin
Gemälde, das, wie seine Zung es schuf
Und ihm dann Seele gab, uns prahlen hieß
Von Küchenmägden, oder seine Schildrung
Zeigt' uns als Blödsinn, dem die Rede fehlt.
CYMBELINE: Zur Sache; schnell!
JACHIMO: Die Keuschheit Eurer Tochter – hier beginnt's –
Er sprach, als hätte Diana üpp'ge Träume
Und sie allein sei kalt: worauf ich, Bube,
Sein Lob verhöhnt und mit ihm Wette spielte,
Goldsummen gegen das, was damals trug

Sein ehrenvoller Finger, durch Verführung
Und seine Schmach den Ring hier zu gewinnen
Durch Ehebruch mit ihr; er, echter Ritter,
Der ihrer Ehre minder nicht vertraute,
Als ich sie wahrhaft fand, setzt' diesen Ring
Und hätt's getan, wär's ein Karfunkel auch
An Phöbus' Rad; und konnt es sicher, galt's
Den Wert ganz des Gespanns. Fort nach Britannien
Eil ich deshalb – Ihr mögt Euch wohl erinnern
Mein am Hofe, wo Eure keusche Tochter
Den großen Unterschied von Lieb und Unzucht
Mich lehrte. So im Hoffen, nicht im Wünschen
Erstickt, fing an mein welsches Hirn zu wirken
In eurer schweren Luft höchst niederträchtig,
Doch herrlich meinem Nutzen. Und in Kürze:
Durchaus gelang mein Kunststück, daß ich kehrte
Mit Scheinbeweisen, gnug, um toll zu machen
Den edlen Leonatus, schwer verwundend
Sein fest Vertraun in ihrer Tugend Ruhm
Durch die und jene Zeichen: ich beschrieb
Gemälde, Tepp'che, zeigt ihr Armband ihm
– O List, die mir's gewann! – und nannt ein heimlich
Merkmal an ihrem Leib. Er mußte glauben,
Vernichtet sei'n die Pflichten ihrer Keuschheit
Und ich Besitzergreifer. Nun, hierauf –
Mich dünkt, ich seh ihn jetzt –

POSTHUMUS *hervortretend:* Ja, also ist's,
Du welscher Teufel! – Weh! weh mir leichtgläub'gem Toren!
Ausbünd'gem Mörder, Dieb, ja alles, was
Nur Bösewichter schimpft der Vorzeit, Gegenwart
Und Zukunft! – Gebe Strick mir, Messer, Gift
Ein biedrer Richter! König, sende fort
Nach ausgesuchten Foltern: ich bin der,
Der alles, was die Welt verabscheut, adelt,
Da weit verworfner ich! Ich bin der Posthumus,
Der dir dein Kind erschlug! – O nein, ich lüge schurkisch:
Der einem kleinern Schurken als ich selbst,
'nem kirchenräuberischen Dieb, den Mord befahl; –
Der Tugend Tempel war sie, nein, die Tugend selbst.
Wirf Stein' und Kot auf mich und spei mich an;
Laß hetzend auf mich los der Straßen Hunde,

Geschimpft sei jeder Bube Posthumus,
Und jede andre Büberei sei Ruhm! –
O Imogen!
Mein Weib, mein Leben, meine Königin!
O Imogen! Imogen!
IMOGEN: Still, Herr, hört –
POSTHUMUS: Ist hier ein Schauspiel? Du vorwitz'ger Page,
Da liege deine Rolle. *Er schlägt sie, sie fällt hin.*
PISANIO: Helft, ihr Herrn!
Helft mein' und eurer Fürstin! – Posthumus!
Erst jetzt erschlugst du Imogen. – Helft, helft!
O teure Fürstin!
CYMBELINE: Dreht die Welt sich um?
POSTHUMUS: Wie kommt der Schwindel mir?
PISANIO: Erwacht, Prinzessin!
CYMBELINE: Ist dies, so wollen mich die Götter töten
Mit Todesfreuden!
PISANIO: Wie geht es, Fürstin?
IMOGEN: Geh mir aus den Augen,
Du gabst mir Gift. Fort, du heimtück'scher Mensch!
Und atme nicht, wo Fürsten sind.
CYMBELINE: Es ist
Die Stimme Imogens.
PISANIO: Gebieterin,
Zerschmettern mich der Götter Donnerkeil',
Wenn ich das Fläschchen nicht, das ich Euch gab,
Für heilsam hielt; mir gab's die Königin.
CYMBELINE: Noch etwas Neues?
IMOGEN: Mir war's Gift.
CORNELIUS: O Himmel!
Eins, was die Kön'gin noch gestand, vergaß ich,
Das rettet deine Ehre. „Gab Pisanio",
Sprach sie, „das Fläschchen seiner Herrin, das
Ich als Arznei ihm schenkt, ist sie bedient,
Wie Ratten man bedient."
CYMBELINE: Wie das, Cornelius?
CORNELIUS: Die Königin, mein Fürst, drang oft in mich,
Ihr Gift zu mischen; Trieb nach Wissenschaft
Gab sie stets vor und sprach, sie wolle töten
Nur niedrige Geschöpf' wie Katzen, Hunde,
Die man nicht schont; ich, fürchtend, daß ihr Anschlag

Auf Größres ziele, mischt ihr einen Trank,
Der, eingenommen, augenblicklich hemmt
Die Lebensgeister; doch nach kurzer Zeit
Erwachen alle Kräfte der Natur
Zum vor'gen Dienst. – Habt Ihr davon genommen?

IMOGEN: Gewiß; denn ich war tot.

BELLARIUS: Seht, meine Söhne,
Daher der Irrtum.

GUIDERIUS: Ja, es ist Fidelio.

IMOGEN: Wirfst du so weg dein angetrautes Weib?
Denk, daß du auf 'nem Felsen stehst, und wirf
Mich wieder fort. *Sie umarmt Posthumus.*

POSTHUMUS: Häng hier als Frucht, mein Leben,
Bis der Baum stirbt.

CYMBELINE: Wie nun, mein Fleisch, mein Kind,
Machst du zum Gaffer mich in diesem Spiel?
Hast du kein Wort für mich?

IMOGEN *vor ihm kniend:* Herr, Euren Segen!

BELLARIUS *zu Guiderius und Arviragus:*
Daß ihr den Jüngling liebtet, tadl ich nicht;
Ihr hattet Grund.

CYMBELINE: Sei dieser Tränenguß
Geweihtes Wasser dir! O Imogen,
Tot ist die Mutter.

IMOGEN: Es tut mir weh, mein Vater.

CYMBELINE:
Oh, sie war bös, und ihre Schuld allein
Ist's, daß wir so uns wiedersehn. Ihr Sohn
Ist fort, wir wissen nicht, wohin.

PISANIO: Mein König,
Jetzt, frei von Furcht, verhehl ich nichts. Prinz Cloten
Kam, als die Fürstin man vermißt, zu mir
Mit bloßem Schwert und schäumt' vor Wut und schwur,
Entdeckt ich ihm nicht gleich, wohin sie floh,
So wär's im Augenblick mein Tod. Durch Zufall
Hatt ich 'nen falschen Brief von meinem Herrn
In meiner Tasche: dieser gab ihm an,
Bei Milford in den Bergen sie zu suchen;
Dahin, voll Wut, in meines Herren Kleidern,
Die er von mir erzwang, ging er in Eil
Mit bösem Vorsatz; meiner Herrin Ehre

Schwur er zu rauben. Was aus ihm geworden,
Erfuhr ich nicht.

GUIDERIUS: So schließ ich die Erzählung:
Ich hab ihn dort erschlagen.

CYMBELINE: Gott verhüt es,
Daß deinen edlen Taten meine Zunge
Ein hartes Urteil sprechen soll; ich bitte,
Verleugn es, tapfrer Jüngling.

GUIDERIUS: Ich sagt es, und ich tat's.

CYMBELINE: Er war ein Prinz.

GUIDERIUS:
Ein sehr unhöflicher: wie er mich schmähte,
Das war nicht prinzlich, denn er reizte mich
Mit Worten; brüllte so das Meer mich an,
Ich böt ihm Trotz; den Kopf schlug ich ihm ab
Und freue mich, daß er nicht hier kann stehn,
Von meinem dies erzählen.

CYMBELINE: Ich klag um dich:
Dein eignes Wort verdammt dich, das Gesetz
Heißt Tod: du stirbst.

IMOGEN: Den Leichnam ohne Haupt
Hielt ich für meinen Gatten.

CYMBELINE: Bindet ihn,
Führt den Verbrecher fort.

BELLARIUS: Halt ein, Herr König:
Weit besser ist der Mann als der Erschlagne,
Er ist soviel wie du und hat um dich
Wohl mehr verdient, als eine Bande Clotens
Sich jemals Narben holte. *Zur Wache:* Laßt die Arm' ihm frei,
Sie sind für Bande nicht.

CYMBELINE: Ha! alter Krieger,
Willst du noch ungelohnt Verdienst dir rauben
Und unsern Zorn erregen? Soviel wär er
Wie selber wir?

ARVIRAGUS: Darin ging er zu weit.

CYMBELINE: Er stirbt dafür.

BELLARIUS: Wir sterben alle drei,
Zeig ich nicht, zwei von uns sind ganz so vornehm,
Wie ich gesagt. – Geliebte Söhn, ich muß
Ein Wort enträtseln, das gefährlich mir,
Doch glücklich ist für euch.

ARVIRAGUS: Was Euch gefährlich,
Ist's uns.
GUIDERIUS: Und unsers Euer Glück.
BELLARIUS: Wohlan! –
Du hattst, o König, einen Untertan,
Er hieß Bellarius.
CYMBELINE: Was von ihm? verbannt
Ward der Verräter.
BELLARIUS: Er ist's, der dies Alter
Erreicht hat; freilich ein verbannter Mann:
Weshalb Verräter, weiß ich nicht.
CYMBELINE: Fort mit ihm,
Die ganze Welt soll ihn nicht retten.
BELLARIUS: Nicht zu hitzig:
Erst zahle mir die Kost für deine Söhne;
Und alles sei verfallen gleich, wie ich's
Empfangen habe.
CYMBELINE: Kost für meine Söhne?
BELLARIUS: Ich bin zu kühn und dreist. Hier knie ich nieder
Und steh nicht auf, eh ich die Söhn erhoben;
Dann schone nicht den Alten. Großer König,
Die beiden edeln Knaben, die mich Vater
Genannt, sich meine Söhne, sind nicht mein;
Sie sind die Sprossen deines Stamms, mein Lehnsherr,
Und Blut von deinem Blut.
CYMBELINE: Wie, mir entsprossen?
BELLARIUS: Wie deinem Vater du. Ich, alter Morgan,
Bin der Bellarius, den du einst verbannt:
Dein Will allein war meine Sünd und Strafe;
Dies mein Verrat; daß ich so dulden mußte,
War mein Verbrechen. Diese edeln Prinzen,
Sie sind es wahrlich, hab ich auferzogen
Seit zwanzig Jahren: und ihr Wissen ist,
Wie ich es lehren konnte; meine Bildung
Kennt Ihr. Euryphile, die Wärterin,
Die für den Raub ich freite, stahl die Kinder
Nach meinem Bann; ich reizte sie dazu,
Da ich vorher die Straf empfing für das,
Was ich nachher verübt; für Treu geschlagen,
Ward ich dadurch Verräter; ihr Verlust,
Je mehr von Euch gefühlt, entsprach so mehr

Der Absicht meines Raubs. Huldreicher Herr,
Nimm deine Söhne hier, verlier ich auch
Die holdesten Gefährten von der Welt: –
Des Himmels vollster Segen tau herab
Auf ihre Häupter! denn sie sind es wert,
Den Himmel auszuschmücken mit Gestirnen.

CYMBELINE: Du weinst und redest. Was ihr drei im Kriege
Vollbracht, ist Wunder mehr als dein Erzählen;
Geraubt sind meine Kinder, sind es diese,
Kann ich mir nicht zwei beßre Söhne wünschen.

BELLARIUS: Geduld ein Weilchen. –
Der Jüngling, den ich Polydor genannt,
Ist Prinz Guiderius, Euer edler Sohn;
Mein Cadwal, dieser Jüngling, Arviragus,
Eur jüngster Prinz; er war in einen Mantel
Gehüllt, künstlich gewebt von eigner Hand
Der Kön'gin, seiner Mutter, den als Merkmal
Ich leicht dir zeigen kann.

CYMBELINE: Guiderius hatte
Ein Mal am Hals, so wie ein blut'ger Stern:
Es war ein seltsam Zeichen.

BELLARIUS: Dieser trägt
Noch jenen Stempel der Natur an sich;
Sie gab ihm dies aus weiser Vorsicht mit,
Sein Zeugnis jetzt zu sein.

CYMBELINE: Bin so ich Mutter
Von dreien Kindern? Nie war eine Mutter
So froh nach der Geburt – O seid gesegnet,
Daß, wie ihr seltsam eurem Kreis entwicht,
Ihr jetzt drin herrschen mögt! – O Imogen!
Dadurch hast du ein Königreich verloren.

IMOGEN:
Mein Vater, nein; zwei Welten so gewonnen. –
O liebste Brüder, trafen wir uns so?
Sagt künftig nie, daß ich nicht wahrer spreche:
Ihr hießt mich Bruder, und ich war nur Schwester;
Ich nannt euch Brüder, die ihr wirklich wart.

CYMBELINE: Habt ihr euch schon gesehn?

ARVIRAGUS: Ja, teurer König.

GUIDERIUS: Und liebten uns beim ersten Blick, beharrten
Im Lieben, bis wir ihn gestorben wähnten.

CORNELIUS: Vom Trank der Königin.
CYMBELINE: O Wunder des Instinkts!
Wann faß ich's ganz? Die rohe Abkürzung
Ist so seltsam verzweigt, daß jedes einzeln
Sich glänzend hebt. – Wie, wo habt ihr gelebt?
Und wie kamst in den Dienst des Römers du?
Wie fandst du, wie verließest du die Brüder?
Weshalb entflohst vom Hof du und wohin?
Auch was euch alle drei zur Schlacht getrieben,
Und wieviel andres noch muß ich erfragen;
Die Nebensachen all, wie sich's begeben
Von Schritt zu Schritt; doch weder Zeit noch Ort
Paßt für so lange Fragartikel. Seht,
Es ankert Posthumus auf Imogen;
Und sie, wie Wetterleuchten, wirft ihr Auge
Auf ihn, die Brüder, mich, den Römer, schießend
Auf jeglichen den Freudenblitz; in jedem spricht
Entzücken anders. Gehn wir denn von hier,
Und fülle Weihrauchduft die Tempelhallen. –
Zu Bellarius: Du bist mein Bruder; der sollst du mir bleiben.
IMOGEN: Ihr seid mein Vater auch, erquicktet mich,
Um dieses Heil zu sehn.
CYMBELINE: Es jauchzt nun alles,
Nur die in Ketten nicht; sie mögen auch
Sich freuen unsrer Milde.
IMOGEN: Euch, Gebieter,
Will ich doch helfen noch.
LUCIUS: Seid denn beglückt.
CYMBELINE: Der irrnde Krieger, der so tapfer focht,
Er hätte diesen Kreis geziert, dann wäre
Die Dankbarkeit des Königs nicht verkürzt.
POSTHUMUS: Mein Fürst,
Der Krieger, der mit diesen dreien kämpfte
In armer Tracht, wie sie der Absicht ziemte,
Die damals ich verfolgte – der bin ich.
Sprich, Jachimo, du lagst vor mir am Boden,
Erschlagen konnt ich dich.
JACHIMO *vor ihm kniend*: Hier lieg ich wieder,
Doch des Gewissens Druck beugt jetzt mein Knie
Wie damals deine Kraft. Nimm hin mein Leben,
Das ich so oft verwirkt: doch erst den Ring

Und hier das Armband der getreusten Fürstin,
Die jemals Liebe schwur.

POSTHUMUS: Knie nicht vor mir:
Die Macht, die ich besitz, ist, dich verschonen;
Und meine Rache, dir verzeihen. Lebe,
Sei besser gegen andre.

CYMBELINE: Edler Spruch.
Es soll uns Großmut unser Eidam lehren:
Verzeihung allen!

ARVIRAGUS: Herr, Ihr halfet uns,
Als wenn Ihr wirklich unser Bruder wärt;
Wir freun uns, daß Ihr's seid.

POSTHUMUS: Eur Knecht, ihr Prinzen. – Edler Herr von Rom,
Ruft Euren Zeichendeuter. Als ich schlief,
Schien mir's, daß Jupiter auf seinem Adler
Sich mir genaht mit andern Geistgestalten
Von meinem Haus; als ich erwachte, fand ich
Dies Täfelchen auf meiner Brust; die Schrift
Ist dunkeln Sinnes, so daß ich sie nicht
Mir deuten kann; laßt seine Kunst ihn zeigen.

LUCIUS: Philarmonus –

WAHRSAGER: Hier, Herr.

LUCIUS: Lies und erkläre.

WAHRSAGER *liest:* „Wenn eines Löwen Junges, sich selbst unbekannt, ohne Suchen findet und umarmt wird von einem Stück zarter Luft; und wenn von einer stattlichen Zeder Äste abgehauen sind, die, nachdem sie manches Jahr tot gelegen haben, sich wieder neu beleben, mit dem alten Stamm vereinen und frisch emporwachsen: dann wird Posthumus' Leiden geendigt, Britannien beglückt und in Frieden und Fülle blühend."
Du, Leonatus, bist des Löwen Junges;
So wird dein Name treu und recht erklärt,
Da *Leo-natus* ganz dasselbe deutet;
Das Stück der zarten Luft, dein edles Kind,
Wir nennen's *mollis aer; mollis aer*
Bedeutet *mulier: mulier* nun, erklär ich,
Ist dies standhafte Weib, die eben jetzt,
Buchstäblich nach den Worten des Orakels,
Euch unerkannt und ungesucht umschloß
Als zarte Luft.

CYMBELINE: Ein Schein, doch von Bedeutung.
WAHRSAGER: Die Zeder, königlicher Cymbeline,
Bist du, und deine abgehaunen Zweige
Sind deine Söhne, die Bellarius stahl:
Seit langem tot geglaubt und neu belebt,
Vereint der mächt'gen Zeder, deren Zweige
Britannien Fried und Überfluß verheißen.
CYMBELINE: Wohl!
Beginnen wir mit Frieden. – Cajus Lucius,
Zwar Sieger, unterwerfen wir uns Cäsar
So wie dem röm'schen Reiche und versprechen,
Tribut zu zahlen wie bisher, wovon
Die böse Königin uns abgeraten;
Die Rache der gerechten Götter fiel
Mit schwerer Hand auf sie und ihren Sohn.
WAHRSAGER: Der Himmelsmächte Finger stimmt die Saiten
Zur Harmonie des Friedens. Das Gesicht,
Das ich dem Lucius offenbart, eh noch
Die kaum erkühlte Schlacht begann, erfüllt
Sich diesen Augenblick. Der röm'sche Adler,
Der hohen Flugs von Süd nach Westen schwebte,
Ward kleiner stets, bis er im Sonnenstrahl
Verschwand: dies zeigt, daß unser Fürstenadler,
Der große Cäsar, sich in Liebe wieder
Mit Cymbeline, dem strahlenden, vereint,
Der hier im Westen glänzt.
CYMBELINE: Preis sei den Göttern!
Es wirble Rauch empor zu ihrem Sitz
Aus heil'gen Tempeln! Ruft den Frieden aus
All unsern Untertanen. Ziehn wir heim,
Ein römisch und ein britisch Banner wehe
Freundlich vereint: so gehn wir durch Luds Stadt;
Und in dem Tempel Jupiters beschwören
Den Frieden wir, besiegeln ihn mit Festen.
Brecht auf! – Nie hatt ein Krieg, eh noch die Hände
Vom Blut sich wuschen, solch ein schönes Ende.

Alle ab.

PERIKLES, FÜRST VON TYRUS

Personen

Antiochus, *König von Antiochien*
Perikles, *Fürst von Tyrus*
Helicanus | *zwei tyrische Große*
Escanes |
Simonides, *König von Pentapolis*
Kleon, *Regent von Tarsus*
Lysimachus, *Regent von Mytilene*
Cerimon, *ein vornehmer Herr in Ephesus*
Thaliard, *ein Hofherr in Antiochien*
Philemon, *Diener des Cerimon*
Leonin, *Diener der Dionyza*
Ein Hofmarschall
Ein Kuppler
Bolz, *dessen Diener*
Die Tochter des Antiochus
Dionyza, *Gattin des Kleon*
Thaisa, *Tochter des Simonides*
Marina, *Tochter des Perikles und der Thaisa*
Lychorida, *Amme der Thaisa*
Eine Kupplerin
Diana
Gower *als Chorus*
Herren, Ritter, Edelleute, Matrosen, Seeräuber, Fischer und Boten.

Schauplatz: In verschiedenen Ländern.

ERSTER AUFZUG

Vor dem Palast in Antiochia.

GOWER *tritt auf.*

GOWER: Es kommt, zu künden einst'ge Mär,
Vom Grab der alte Gower her,
Nimmt Menschenschwächen an aufs neu,
Daß er euch Aug und Ohr erfreu.
Man sang die Mär beim Festgelag,
Am Kirmes- und Quatembertag;
Auch lasen zur Erholung gern
Zu ihrer Zeit sie Fraun und Herrn:
Ein rühmlich Tun entspringt aus dem Genuß;
Et bonum quo antiquius, eo melius.
Wenn ihr, gescheiter, weil ihr spät
Erst lebet, nicht mein Lied verschmäht
Und wenn, was euch ein alter Mann
Vorsingt, euch Lust gewähren kann,
Gönnt Leben mir, daß ich's zur Freude
Für euch wie Kerzenlicht vergeude. –
Dies Antiochien, dies ist die Stadt,
Die sich Antiochus erbauet hat,
Die schönste in ganz Syria:
So steht's in meinen Quellen da.
Der König nahm ein Weib zu sich,
Die hinterließ, als sie erblich,
Ein Töchterlein, so hold von Mienen
Wie von des Himmels Gunst beschienen.
Der Vater, den ihr Reiz gerührt,
Hat dann zur Unzucht sie verführt.
Welch Kind! und welch ein Vater, der beging
Mit ihr solch unerhörtes Ding!
Doch die Gewohnheit macht', daß bald
Ihr Tun nicht mehr als Sünde galt.
Die Schönheit dieser Sünderin

Lenkt' manchen Fürsten auf sie hin,
Als Bettgenossin sie zu freien
Zu ehelichen Tändeleien.
Doch ein Gesetz erließ dagegen
Der König, um sie stets zu hegen,
Daß jeder, welcher um sie warb
Und nicht sein Rätsel löste, starb.
So starb um sie schon mancher Mann,
Wie jenes Graunbild zeugen kann.
Was nun erfolgt, soll euer Aug erschaun,
Das mag entscheiden, ob ihr mir dürft traun. *Ab.*

Erste Szene

Antiochia. Ein Zimmer im Palast.

Es treten auf Antiochus, Perikles *und* Gefolge.

antiochus: Ihr, junger Fürst von Tyrus, wisset nun
All die Gefahr, in die Ihr Euch begebt.
perikles: Ich weiß, Antiochus; und mein Gemüt,
Das ihres Preises Ruhm ermutigt hat,
Scheut nicht den Tod in diesem Wagestück.
antiochus: Führt unsre Tochter her, wie eine Braut
Für die Umarmung selbst des Zeus gekleidet.
Bei ihrer Zeugung, bis Lucina waltet,
Gab diese Mitgift ihr zum Schmuck Natur,
Und alle Sterne pflogen Rat zusammen,
Ihr Herrlichstes gesamt ihr zu verleihn.
Musik. Es tritt auf die Tochter des Antiochus.
perikles: Da kommt sie, wie der Frühling angetan,
Die Grazien dienen ihr, ihr Geist ist König
Jedweden Vorzugs, der uns Ruhm gewährt!
Ihr Antlitz ist ein Wunderbuch, darin
Nur seltner Reiz zu lesen ist, als ob
Das Leid daraus gelöscht sei und der Haß
Nie ihrer Huld Gefährte könne sein. –
Götter, die ihr mir Lieb und Mannheit lieht
Und in der Brust die Sehnsucht mir entflammtet,
Die Frucht zu kosten jenes Himmelsbaums
Oder zu sterben bei dem Wagnis, helft

Mir als dem Sohn und Diener euers Willens
Erfassen solch ein grenzenloses Glück!
ANTIOCHUS: Fürst Perikles –
PERIKLES: Der Sohn gern wär Antiochus' des Großen.
ANTIOCHUS: Vor dir steht diese schöne Hesperide,
Mit goldner Frucht, doch mißlich anzurühren,
Denn Drachen wie der Tod bedräun dich hier.
Ihr Antlitz lockt dich himmelgleich zur Schau
Des Schatzes, den nur das Verdienst gewinnt;
Wenn ohne solch Verdienst dein Blick sich hob
Zu ihm empor, so stirbt dein Leib darob.
Sieh dort, berühmte Fürsten wie du selbst,
Vom Ruf gelockt, wagmutig vor Begier,
Mit stummer Zung und blasser Miene tun
Dir kund, daß, bloß vom Sternfeld überdacht,
Sie stehn als Märtyrer aus Amors Schlacht;
Und ihr todblasses Antlitz warnt dich jetzt,
Daß du nicht tretest auf des Todes Netz.
PERIKLES: Antiochus, dir dank ich, daß du mich
Lehrst kennen meine schwache Sterblichkeit
Und durch die graus'gen Bilder diesen Leib
Hinweisest, ihnen gleich, auf sein Geschick;
Denn Todesmahnung läßt im Spiegel schaun,
Daß Leben nur ein Hauch, dem Toren traun.
Mein Testament denn, wie's der Kranke macht,
Der, in der Pein, des Himmels nur hat acht,
Nicht mehr nach Erdenfreuden hascht wie sonst:
Daß Heil und Frieden denn ich Euch vermache
Und allen Guten, wie's der Fürsten Sache;
Der Erde meine Schätz, aus der sie stammen,
Euch aber meine reine Liebesglut.
Zur Tochter des Antiochus: So nun, zum Lebens- oder Todes-
Bereit, harr ich des schärfsten Streiches. [weg
ANTIOCHUS: Da du den Rat verschmähst, lies hier das Rätsel;
Liest du's und rätst es nicht, so ist beschlossen,
Es wird dein Blut wie jener Blut vergossen.
TOCHTER DES ANTIOCHUS: Vor allen Freiern mögst du glücklich
Vor allen Freiern wünsch ich dir Gedeihn! [sein!
PERIKLES: Ein kühner Kämpe, tret ich in die Schranken
Und suche Rat bei keinem andern Sinn
Als bei getreuem Mut.

Er liest das Rätsel.

„Ich nähre mich, nicht Natter zwar,
Vom Mutterfleisch, das mich gebar,
Den Gatten sucht ich, und ich fand
In einem Vater dieses Band:
Er ist mir Vater, Sohn, Gemahl:
Ich Mutter, Weib und Kind zumal.
Wie das zu zwein sich mag begeben,
Errat es, wenn dir lieb dein Leben."

Beiseite: Ein bittrer Trank, das letzte! O ihr Mächte,
Die ihr dem Himmel gebt unzähl'ge Augen,
Der Menschen Tun zu schaun, schließt ihr sie nicht,
Wenn das wahr ist, was ich erblassend lese?

Er ergreift die Hand der Prinzessin.

Du Bild des Lichts, noch könnt ich hold dir sein,
Wär nicht voll Übels dieser prächt'ge Schrein:
Doch sei's gesagt – jetzt fall ich ab von dir,
Denn nie ist der ein Mann von edlen Sinnen,
Der anklopft, wenn er weiß, die Sünd ist drinnen,
Du bist ein lieblich Saiteninstrument,
Das, zu rechtzeitiger Musik gerührt,
Den Himmel und die Götter niederzöge;
Nun aber, da's gespielt vorzeitig schon,
Tanzt nur die Hölle bei so barschem Ton.
Fürwahr, mir liegt an Euch nichts.

ANTIOCHUS: Fürst Perikles, rühr sie nicht an, denn das ist –
Bei deinem Haupt – ein Stück in unsrer Satzung,
Gefährlich wie der Rest. Die Zeit ist um;
Erklärt Euch, oder nehmt Eur Urteil hin.

PERIKLES: Mein König,
Man hört nicht gern die gern geübte Sünde;
Zu nah trät ich Euch selbst, wollt ich sie nennen.
Hat wer ein Buch von allem Tun der Fürsten,
So schließt er's sichrer zu, als daß er's zeigt.
Denn Laster, kundgetan, ist wie der Wind,
Der andern Staub ins Aug bläst, wie er weht.
Und doch zu teuer zahlt man's; ist vorbei
Der Wind, so sehn die wunden Augen frei,
Wer sie verletzt. Der blinde Maulwurf wirft
Sein Häuflein und verrät, wie Menschendruck
Die Erd erfüllt; da stirbt das arme Tier.

Die Könige sind Erdengötter; Laster
Ist ihr Gesetz: wer hat zu sagen Mut,
Wenn Zeus nun fehlgeht, daß Zeus unrecht tut?
Genug ist's, daß Ihr's wißt; und wie sich's schickt,
Daß man, was Wissen schlimmer macht, erstickt.
Man liebt den Schoß, in dem zuerst man lag,
Wie meine Zung auch mein Haupt lieben mag.

ANTIOCHUS *beiseite*:
Hätt ich dein Haupt nur! Er erriet den Sinn;
Doch schöntun will ich ihm. *Laut*: Mein Fürst von Tyrus,
Wenn auch nach des Gesetzes strengem Laut,
Da Eure Deutung nicht das Rechte traf,
Uns Eure Lebensfrist verfallen ist,
Kehrt doch die Hoffnung, die so schönem Baum
Wie Ihr entsprießt, uns anderm Sinne zu:
Wir schenken vierzig weitre Tage dir:
Wenn du das Rätsel lösest in der Zeit,
Sind wir als Sohn dich zu umfahn bereit.
Und bis dahin sollst du bewirtet sein,
Wie's unsrer Ehr und deinem Wert geziemt.

Antiochus, seine Tochter und Gefolge ab.

PERIKLES: Wie hüllt sich Sünde gern in Höflichkeit,
Wenn einem Heuchler gleich ist, was man tut,
Der da in nichts als nur im Anschein gut!
Wenn's wahr ist, daß ich falsch gedeutet habe,
Dann wär's gewiß, Ihr wäret nicht so schlecht,
Mit Blutschand Eure Seele zu besudeln;
Dagegen seid Ihr Vater jetzt und Sohn
Durch schmählichen Verkehr mit Euerm Kind,
Was einem Gatten, keinem Vater ziemt,
Und sie, sie zehrt von ihrer Mutter Fleisch,
Indem sie ihres Vaters Bett befleckt.
Und beide sind wie Schlangen, die von Blüten
Sich nähren, um doch Gift nur auszubrüten.
Leb wohl, du Stadt! denn Weisheit sieht es: wem
Vor Taten, schwärzer als die Nacht, nicht graut,
Der scheut kein Mittel, daß man nie sie schaut.
Ich weiß, die Sünden hängen so zusammen,
Mord ist der Wollust nah wie Rauch den Flammen;
Der Sünde Hände sind Gift und Verrat
Und ihre Schild' zur Abwehr auch der Schmach.

Drum, daß nicht rein euch halten soll mein Tod,
Flieh ich vor der Gefahr, die mich bedroht. *Ab.*

ANTIOCHUS *tritt wieder auf.*

ANTIOCHUS: Er fand des Rätsels Sinn, und dafür will ich
Sein Haupt besitzen.
Er darf nicht leben, meine Schmach zu künden,
Der Welt erzählend, daß Antiochus
In solcher argen Weise sündigt.
Und fließen muß deshalb alsbald sein Blut,
Weil meine Ehr auf seinem Sturz beruht.
Wer ist da?

THALIARD *tritt auf.*

THALIARD: Rief Eure Hoheit?
ANTIOCHUS: Thaliard, Ihr seid
Von unsrer Kammer; unser Geist vertraut
Eurer Verschwiegenheit sein Innres an.
Für Eure Treu sollt Ihr befördert sein.
Sieh, Thaliard, hier ist Gift, und hier ist Gold;
Verhaßt ist Tyrus' Fürst uns; töt ihn denn.
Es ziemt dir nicht, noch nach dem Grund zu fragen,
Da wir's befahlen. Sprich, ist es getan?
THALIARD: Mein Fürst, es ist getan.
ANTIOCHUS: Genug!

Ein BOTE *tritt auf.*

Abkühle dich mit deiner Meldung Atem.
BOTE: Mein Fürst, Prinz Perikles entfloh. *Ab.*
ANTIOCHUS: Wenn du
Dein Leben liebst, ihm nach! Und wie ein Pfeil,
Versandt vom kund'gen Schützen, trifft das Ziel,
Das sich sein Aug erwählt, so kehr du nimmer,
Wenn du nicht sagst: Fürst Perikles ist tot.
THALIARD: Mein Fürst,
Hab ich ihn nur aufs Korn genommen erst,
Ist er geliefert. Hoheit, lebet wohl. *Ab.*
ANTIOCHUS: Thaliard, ade. – Bis Perikles erblich,
So lang läßt meinen Kopf mein Herz im Stich. *Ab.*

Zweite Szene

Tyrus. Ein Zimmer im Palast.

Perikles *tritt auf.*

PERIKLES: *zu den Draußenstehenden:*
Laßt mich nicht stören! – Warum ist doch diese
Gedankenwandelnde, trübäugige Schwermut
Mein so gewohnter Gast, daß keine Stunde
Des hellen Tages wie der stillen Nacht,
Die sonst den Gram begräbt, mir Ruh verschafft?
Hier sucht die Lust mich, und ich fliehe sie;
Und die Gefahr, die mir in Antiochien
Gedroht, reicht nicht so weit, mich hier zu treffen:
Doch kann die Lust nicht meinen Sinn erfreun
Noch jener andern Fernsein mich ermut'gen.
So ist es denn: des Geists Verstimmungen,
Zuerst durch Furcht vor Mißgeschick erzeugt,
Gedeihn und nähren sich nachher von Sorgen;
Was erst nur Furcht war, was geschehen könnte,
Wird, älter, Sorge, ob's nicht doch geschehe.
So steht's mit mir: Antiochus der Große,
Mit dem zu ringen ich zu klein, da er
So groß ist, daß er tun kann, was er will,
Glaubt stets, ich spräche, schwör ich auch zu schweigen;
Vergebens sagt ich auch, ich ehre ihn,
Wenn er argwöhnt, ich könnt ihn doch entehren.
Was ihn erröten ließe, wär's bekannt,
Das wird er hindern je bekannt zu werden.
Mit Feindesmacht wird er mein Land beziehn
Und kriegsgerüstet so gewaltig scheinen,
Daß die Bestürzung allen Mut verjagt;
Mein Heer wird vor dem Widerstand besiegt,
Mein Volk gestraft, das nie an Unbill dachte.
Die Sorg um die, nicht Mitleid mit mir selbst –
Der ich nicht mehr bin als des Baumes Wipfel,
Der seine Wurzel schirmt, durch die er wächst –
Zehrt mir am Leib und macht die Seel erschlaffen
Und straft vorher den, den er möchte strafen.
Es treten auf Helicanus *und andre* Edelleute.

ERSTER EDELMANN:
Sei Freud und Trost in Eurer Brust, mein Fürst!
ZWEITER EDELMANN: Sei Euer Geist, bis daß Ihr wiederkehrt,
Friedlich und trostreich!
HELICANUS: Seid still, laßt die Erfahrung reden.
Die tun dem König Unrecht, die ihm schmeicheln;
Denn Schmeichelei als Blasbalg bläst die Sünd an;
Das Wesen, dem man schmeichelt, ist der Funke,
Den jener Luftzug heiß und glühnder macht:
Während ein Tadel, demutsvoll geziemend,
Für Könige paßt, die menschlich irren können. –
Wenn Monsieur Glatt den Frieden hier erklärt,
So schmeichelt er Euch und bekriegt Eur Leben.
Verzeiht mir oder schlagt mich, Fürst; denn wie
Kann ich mich tiefer beugen als mein Knie?
PERIKLES: Verlaßt uns alle; doch erforscht genau,
Was jetzt für Schiff' und Ladungen im Hafen,
Und bringt uns Nachricht.
Die Edelleute ab.
Helicanus, du
Hast uns gereizt: was zeigt dir unsere Miene?
HELICANUS: Gestrenger Herr, ein zorn'ges Aussehn.
PERIKLES: Wenn solch ein Wurfspeer liegt im Dräun der Fürsten,
Wie darf dein Mund Zorn auf mein Antlitz bringen?
HELICANUS: Wie darf der Strauch zum Himmel schaun, von dem
Er seine Nahrung hat?
PERIKLES: Du weißt, ich kann
Dein Leben nehmen.
HELICANUS *niederkniend:*
Selbst wetzt ich das Beil:
Vollführt Ihr nur den Streich!
PERIKLES: Steh auf, steh auf! Setz dich; du bist kein Schmeichler,
Ich dank es dir. Die Könige sollten nicht
Taub sein, wenn man von ihren Fehlern spricht!
Du braver Rat und Diener eines Fürsten,
Den du durch Weisheit dir zum Diener machst,
Was, meinst du, sollt ich tun?
HELICANUS: Geduldig tragen
Das Leid, das du dir selber auferlegst.
PERIKLES: Du, Helicanus, redest wie ein Arzt
Und reichst mir einen solchen Heiltrank dar,

Den du erzittern würdest selbst zu nehmen.
Hör mich denn an. Ich ging nach Antiochien,
Wo ich, du weißt's, dem Tod ins Angesicht,
Nach dem Besitz rang einer prächt'gen Schönheit,
Von der ich mir Nachkommen möcht erzielen,
Des Fürsten Wehr, der Untertanen Freude.
Mehr als ein Wunder schien ihr Antlitz mir;
Das andre – leise hör's – blutschändrisch schwarz.
Als ich das ausfand, tat der sünd'ge Vater
Nicht grimmig, sondern freundlich; doch du weißt,
Zeit ist's zur Furcht, wenn hold ein Wütrich gleißt.
Die Furcht wuchs so in mir, daß ich entfloh
Unter der Obhut einer dunklen Nacht,
Die mein Beschützer war; hier angelangt,
Bedacht ich, was geschah und was noch käme.
Tyrannisch ist er, und Tyrannenfurcht
Wird mit den Jahren tiefer eingefurcht;
Argwöhnt' er nur, wie er es sicher tut,
Daß ich der Luft, der Lauscherin, verriete,
Wie vieler edler Fürsten Blut schon floß,
Sein Sündenlager unenthüllt zu halten:
Des Argwohns halb wird er dies Land mit Waffen
Beziehn, vermeinter Unbill mich bezicht'gen;
Wo alle denn für mein – nenn ich's – Verschulden
Des harten Krieges Schläge müssen dulden.
So hat mein Herz für alle, auch für dich,
Der du mich deshalb tadeltest –

HELICANUS: Ach, Herr!

PERIKLES: Schlaf meinem Aug, Blut meiner Wang entzogen,
Mit tausend Sorgen mein Gemüt erfüllt,
Wie ich dem Sturm begegne, eh er komme;
Und da für sie kein Trost mir wollt erscheinen,
Hielt ich's für fürstlich mild, sie zu beweinen.

HELICANUS: Wohl, Fürst, da Ihr zu reden mir gestattet,
Red ich denn dreist. Ihr scheut Antiochus
Und scheut mit Recht, so mein ich, den Tyrannen,
Der, sei's im offnen Krieg, sei's im geheimen,
Anschlag auf Euer Leben sinnt.
Deshalb, mein Fürst, geht eine Weil auf Reisen,
Bis daß sein wüt'ger Zorn verraucht ist oder
Das Schicksal seinen Lebensfaden kürzt.

Laßt irgendwem die Herrschaft; wählt Ihr mich,
Ist nicht der Tag im Dienst so treu wie ich.

PERIKLES: Ich zweifle nicht an deiner Treue;
Doch wenn mein Reich er schädigt, wenn ich fort bin?

HELICANUS: So soll gemischt all unser Blut empfangen
Der Boden, der uns trug, dem wir entsprangen.

PERIKLES: So scheid ich, Tyrus, denn von dir und lenke
Nach Tarsus meinen Lauf. – Dort hör ich wohl
Von dir und richte mich nach deinen Briefen.
Die Sorg um meines Volkes Wohlfahrt leg ich
Dir auf, des Weisheit stark ist, sie zu tragen.
Dein Wort genügt mir schon statt deines Eides:
Wer nur das eine bricht, der bricht auch beides;
So sicher leben wir in unsern Kreisen,
Es fechte nie die Zeit die Wahrheit an:
Ich war als Fürst, was du als Untertan!

Beide ab.

DRITTE SZENE

Tyrus. Ein Vorzimmer im Palast.

THALIARD *tritt auf.*

THALIARD: Das ist also Tyrus, und das ist der Hof. Hier muß ich den König Perikles umbringen; und tu ich's nicht, so bin ich sicher, daheim gehängt zu werden. Das ist bedenklich. Nun, ich merk's, der war ein gescheiter Kerl und hatte ein gesundes Urteil, der, als man ihn aufforderte, sich irgendeine Gunst vom König zu erbitten, wünschte, mit des Königs Geheimnissen verschont zu bleiben. Jetzt sehe ich, er hatte einigen Grund dazu; denn wenn ein König jemandem befiehlt, ein Schurke zu sein, so ist er kontraktlich und eidlich verpflichtet, einer zu werden. – Still, da kommen die Herren von Tyrus.

Es treten auf HELICANUS, ESCANES *und andere* EDELLEUTE.

HELICANUS: Ihr dürft nicht, meine tyrischen Reichsgenossen,
Mich weiter nach des Königs Weggang fragen;
Die mir zurückgelaßne Vollmacht sagt
Deutlich genug, daß er auf Reisen ging.

THALIARD *beiseite:* Wie! Fort der König!

HELICANUS: Wollt ihr noch weiter unterrichtet sein,
Warum, ohn euch Getreue zu bescheiden,
Er schied, so will ich ein'ges Licht euch geben.
In Antiochien –

THALIARD *beiseite:* Was von Antiochien?

HELICANUS: Zog er – ich weiß nicht wie – Antiochus'
Ungunst sich zu: so schien's ihm wenigstens;
Und fürchtend, daß er irgend sich vergangen,
Um Reue darzutun, straft' er sich selbst.
So hat er sich des Seemanns Mühn erwählt,
Den jeder Augenblick mit Tod bedroht.

THALIARD *beiseite:* Nun, ich merke, man wird mich nicht hängen, wenn ich auch wollte. Doch da er fort ist, muß sich der König schon zufriedengeben. Er entkam dem Lande, um auf der See umzukommen. Ich will mich zeigen. *Laut:* Friede sei mit den Herren von Tyrus!

HELICANUS: Willkommen, Thaliard, von Antiochus!

THALIARD: Von ihm komm ich
Mit Botschaft an den Fürsten Perikles;
Doch da bei meiner Landung ich erfuhr,
Eur Fürst sei – wohin, weiß man nicht – gereist,
Muß meine Botschaft gehn, woher sie kam.

HELICANUS: Wir haben keinen Grund, sie zu begehren,
Da sie für unsern Herrn war, nicht für uns;
Doch eh Ihr scheidet, das begehren wir
Als Antiochiens Freunde, pflegt Euch hier!

Alle ab.

VIERTE SZENE

Tarsus. Ein Zimmer im Hause des Statthalters.

Es treten auf KLEON, DIONYZA *und* GEFOLGE.

KLEON: Laß uns hier ausruhn, meine Dionyza,
Und sehn, ob die Besprechung fremden Leids
Uns unser eignes Leid vergessen lehrt.

DIONYZA: Das hieß', ein Feur anfachen, um's zu löschen.
Wer Hügel abgräbt, weil sie aufwärts streben,
Wird höhre statt der niedern Berg erheben.

Mein armer Gatte, so ist unser Leid:
Wir sehn's und fühlen's nur so, wie es ist,
Doch höher steigt's, wenn man's mit anderm mißt.
KLEON: O Dionyza,
Wer darbt und wird's verschweigen, daß er darbt?
Wer trägt den Hunger still, bis er verhungert?
Tief stöhnet unsre Leiden unsre Zunge
Hervor; das Auge weint, bis daß die Lunge,
Sie lauter zu verkünden, Atem schöpft:
Daß, wenn der Himmel schläft in unsrer Not,
Wir ihn zur Hilf aufwecken und zum Trost,
Laß das vieljährige Leid mich denn erwähnen,
Und wenn ich nicht mehr kann, hilf mir mit Tränen.
DIONYZA: Soviel ich kann.
KLEON: Dies Tarsus, dessen Herrscheramt ich übe,
Die Stadt, darob der Überfluß gewaltet –
Denn in die Straßen selbst goß sich der Reichtum;
Die hohen Türme küßten das Gewölk,
Und Fremde sahn sie nie an ohn Erstaunen.
Die Fraun und Männer prunkten so im Putz,
Als spiegelte der eine sich im andern:
Die Tische reich bestellt, als ob fürs Auge,
Nicht für den Gaumen bloß ihr Vorrat tauge;
Der Stolz so groß, die Armut so verhöhnt,
Daß selbst der Name Hilfe war verpönt.
DIONYZA: Ach, nur zu wahr ist's!
KLEON: Doch sieh des Himmels Macht! Durch unsern Wechsel
Ist jeder Mund, dem jüngst noch Erd und Meer
Und Luft genug nicht taten noch gefielen,
Wenn sie auch reichlichst ihre Gaben boten,
Verschmachtet, weil es ihm an Übung fehlt,
Wie wohl ein unbewohntes Haus zerfällt:
Die Gaumen, die – zwei Sommer sind es kaum –
Für den Geschmack Reizmittel stets verlangt,
Sind jetzt schon froh, wenn sie nur Brot erbetteln;
Die Mütter, denen nichts zu kostbar war
Als Kleid für ihren Säugling, möchten jetzt
Aufessen die so sehr geliebten Kleinen;
Der Hunger nagt so scharf, daß Mann und Weib
Drum lost, wer opfern soll zuerst den Leib:
Hier steht ein Herr, dort eine Dam und weint;

Hier stürzen viele, doch die's sehn, die haben
Noch Kraft kaum, die Gefallnen zu begraben.
DIONYZA: Des Zeug ist unsre Wang und hohles Auge.
KLEON: Die Städte, die den Kelch des Überflusses
Und seine Wonn erschöpfen, mögen die
Dies Elend schaun in ihren Schwelgerein,
Denn Tarsus' Not darf auch die ihre sein.
Ein EDELMANN *tritt auf.*
EDELMANN: Wo ist der Herr Statthalter?
KLEON: Hier.
Verkünde rasch die Nöte, die du bringst,
Denn Trost ist uns zu fern, um den zu hoffen.
EDELMANN: An unserm nahen Strand erspähten wir
Ein stattlich Schiffsgeschwader hierher ziehn.
KLEON: Das dacht ich mir,
Nie kommt ein Weh allein; stets bringt es mit
Ein andres Weh, das ihm als Erbe folgt;
So auch in unserm Fall. Ein Nachbarvolk
Hat, unser Elend nutzend, seine hohlen
Fahrzeug' erfüllt mit seiner Waffenmacht,
Um uns Dahingestreckte hinzustrecken
Und über mich Unsel'gen einen Sieg
Davonzutragen, der nicht ruhmvoll ist.
EDELMANN: Das fürchtet nicht; denn nach dem Anschein ihrer
Weißwehnden Flaggen bringen sie uns Frieden
Und nahen uns als Gönner, nicht als Feinde.
KLEON: Du sprichst wie unerfahren im Bericht;
Die schlimmste Tück erscheint im schönsten Licht.
Doch komme, was da will und was da kann.
Wovor denn noch gebangt,
Ist man wie wir halbwegs zum Grund gelangt?
Sag ihrem Führer denn, daß wir ihn hier
Erwarten, zu erfahren, wo er herkommt
Und was er sucht bei uns.
EDELMANN: Ich gehe, Herr. *Ab.*
KLEON: Der Fried ist gut, ist Friede sein Begehr;
Ist's Krieg, sind wir zu schwach zur Gegenwehr.
PERIKLES *tritt auf mit* GEFOLGE.
PERIKLES: Statthalter, denn das seid Ihr, wie wir hören,
Laßt unsre Schiff' und unsre Scharen keine
Leuchtfeuer sein, die Euer Aug entsetzen.

Von Euerm Jammer hörten wir in Tyrus
Und sahn in Euern Straßen die Verwüstung.
Nicht wollen wir vermehren Euer Leid,
Nein, es entled'gen seiner schweren Last;
Und unsre Schiffe hier, die Ihr vielleicht
Anseht wie das trojan'sche Roß, das voll
Gestopft mit blutiger Zerstörung war,
Sind voll von Korn, damit sie denen Brot
Und Leben leihn, die halb von Hunger tot.

ALLE: Die griech'schen Götter mögen Euch beschützen
Auf unsre Bitten!

PERIKLES: Stehet auf, steht auf;
Nicht Ehrfurcht suchen wir, nur Lieb und Einkehr
Für uns und unsre Schiff' und unsre Leute.

KLEON: Wenn einer, der Euch nicht gewährt und Euch
Auch in Gedanken nur mit Undank lohnt,
Ob's unsre Weiber, Kinder, ob's wir selbst,
Mag Gottes und der Menschen Fluch sie treffen!
Bis dahin – was, ich hoff es, nie geschieht –
Seid Ihr willkommen unsrer Stadt und uns.

PERIKLES: Wir nehmen's an und wolln uns hier erquicken,
Bis unsre drohnden Sterne freundlich blicken.

Alle ab.

ZWEITER AUFZUG

GOWER *tritt auf.*

GOWER: Ihr saht hier, wie ein Fürst voll Macht
Zur Unzucht hat sein Kind gebracht;
Ein beßrer Fürst von edelm Geist,
Der fromm in Wort und Taten sich erweist.
Seid ruhig denn, wie's Menschen frommt,
Bis der Bedrängnis er entkommt.
Seht dann, wie, wer in Not regiert,
Gar viel gewinnt und kaum verliert.
Der Edle lebt noch im Verkehr –
Dem meinen Segen ich bescher –
Zu Tarsus; was er äußert dort,
Gilt jedermann für Gotteswort;

Zu seines Tuns Gedächtnis stellt
Sein Bild man auf, das seinen Ruhm erhellt.
Doch Dinge, dem entgegen, zeigen
Sich euch; so will ich lieber schweigen.

Pantomime

Es tritt auf von der einen Seite PERIKLES *im Gespräch mit* KLEON*;* *das ganze* GEFOLGE *mit ihnen. Von der andern Seite tritt ein* EDELMANN *auf mit einem Brief für Perikles. Perikles zeigt den Brief Kleon, gibt dem Boten eine Belohnung und schlägt ihn zum Ritter. Perikles ab nach der einen Seite und Kleon nach der andern.*

Herr Helicanus zehrt daheim
Nicht drohnengleich vom Honigseim
Von andrer Müh; nein, stets bestrebt,
Daß Böses stirbt und Gutes lebt.
Von ihm an Perikles ergeht
Die Kunde, wie's in Tyrus steht:
Wie Thaliard mit schlimmem Rat
Und argem Mordplan war genaht;
Und wie für ihn in Tarsus nun
Nicht ratsam, länger auszuruhn.
Er demgemäß befährt das Meer:
Da geht es selten ruhig her;
Denn nun beginnt der Wind zu toben;
Drunten die Flut, der Donner droben
Stürmt so, daß das für ihn zum Dach
Bestimmte Schiff barst und zerbrach
Und Perikles, dem nichts verblieben,
Die Wellen hier- und dorthin trieben.
Zugrund ging alles, Mensch und Habe,
Nur er entkam dem Flutengrabe;
Bis das Geschick, der Unbill satt,
Ans Land ihn warf als Ruhestatt.
Hier kommt er selbst. Was nun sich zeigt –
Vergönnt dem Gower, daß er schweigt. *Ab.*

ERSTE SZENE

Pentapolis. Am Meeresufer.

Es tritt auf PERIKLES, *durchnäßt.*

PERIKLES: Hemmt eure Wut, ihr zorn'gen Himmelssterne!
Bedenkt, Wind, Regen, Donner, daß der Mensch
Nur ein Geschöpf ist, das euch untertan;
Und ich gehorch euch, wie's mein Wesen heischt.
Ach, auf das Riff warf mich das Meer, von Strand
Zu Strand gespült, das Leben mir zu schenken,
Nur um des nahnden Todes zu gedenken.
Genüg es denn der Größe eurer Macht,
Daß all sein Glück ihr einem Fürsten nahmt;
Da euer Wassergrab ihn ausgespien,
So laßt in Frieden hier denn sterben ihn.

Drei FISCHER *treten auf.*

ERSTER FISCHER: Heda, Lederjack!

ZWEITER FISCHER: He, komm und bringe die Netze mit.

ERSTER FISCHER: He, Flickhose, sag ich!

DRITTER FISCHER: Was sagt Ihr, Meister?

ERSTER FISCHER: Sieh zu, daß du dich tummelst! Komm her, oder ich hole dich mit der schweren Not.

DRITTER FISCHER: Traun, Meister, ich denke gerade an die armen Leute, die eben vor unsern Augen weggeschwemmt wurden.

ERSTER FISCHER: Ach, die armen Seelen! Es tat mir im Herzen weh, ihr klägliches Geschrei zu hören, daß wir ihnen doch helfen möchten, als wir, du liebe Zeit, kaum uns selber helfen konnten.

DRITTER FISCHER: Ei, Meister, sagte ich das nicht auch, als ich den Delphin sah, wie er hüpfte und sprang? Es heißt, die sind halb Fisch, halb Fleisch: die Pest hole sie! wenn sie kommen, bin ich immer drauf gefaßt, gründlich naß zu werden. Meister, ich wundere mich, wie die Fische in der See leben können.

ERSTER FISCHER: Nun, wie die Menschen auf dem Lande: die großen fressen die kleinen. Unsere reichen Geizhälse kann ich am besten mit einem Walfisch vergleichen: er spielt und hüpft und jagt all das kleine Zeug vor sich her, und endlich verschlingt er sie alle mit einem Schluck; von solchen Walfischen habe ich auch auf dem Lande gehört, die so lange den Schlund auftun, bis sie das ganze Kirchspiel, Kirche, Turm, Glocken und alles, verschluckt haben.

PERIKLES *beiseite:* Ein artiges Gleichnis!

DRITTER FISCHER: Aber, Meister, wenn ich Küster gewesen wäre, so hätte ich an dem Tage im Glockenstuhl sein mögen.

ZWEITER FISCHER: Weshalb, Mann?

DRITTER FISCHER: Weil er mich dann mitverschluckt hätte. Wär ich dann in seinem Bauche gewesen, so hätte ich ein solches Glockengeläute vollführt, daß er keine Ruh gehabt, bis er Glocken, Turm, Kirche und Kirchspiel wieder von sich gegeben. Aber wäre der gute König Simonides meines Sinnes –

PERIKLES *beiseite:* Simonides!

DRITTER FISCHER: So säuberten wir das Land von diesen Drohnen, die der Biene ihren Honig rauben.

PERIKLES *beiseite:* Wie diese Fischer nach dem schupp'gen Volk
Der See die menschlichen Gebrechen deuten;
Wie sie an alles mahnt ihr Wasserstaat,
Was man zu loben und zu tadeln hat! –
Redliche Fischer, Frieden eurer Arbeit!

ZWEITER FISCHER: Redlich! guter Gesell, was ist das? Ist's ein Tag, der Euch paßt, so kratzt ihn aus dem Kalender, und niemand vermißt ihn.

PERIKLES: Ihr seht, die See spie mich an euern Strand aus –

ZWEITER FISCHER: Was für ein betrunkner Schelm war die See, dich uns in den Weg auszuspeien!

PERIKLES: Ein Mann, den Wind und Wasser sich zum Ball
Gemacht, in jenem ungeheuern Ballhof
Damit zu spielen, fleht um Mitleid euch:
Der bittet euch, der nie zu betteln pflog.

ERSTER FISCHER: Was, Freund, könnt Ihr nicht betteln? Hier in unserm griechischen Land gibt es Leute, die mehr mit Betteln verdienen als wir mit Arbeiten.

ZWEITER FISCHER: Kannst du keine Fische fangen?

PERIKLES: Ich hab es nie versucht.

ZWEITER FISCHER: Ja, dann wirst du gewiß verhungern; denn heutzutage ist hier nichts zu gewinnen, wenn du nicht danach die Angel auswerfen kannst.

PERIKLES: Was ich gewesen bin, vergaß ich schon;
Doch was ich bin, lehrt mich die Not bedenken:
Ein Mann, vom Frost erstarrt, die Adern kalt,

Mit nicht mehr Leben in mir, als die Zunge
Aushaucht, um euch um Beistand anzugehn;
Schlagt ihr mir den ab, bitt ich, wenn ich tot,
Da ich ein Mensch bin, sorgt für mein Begräbnis.

ERSTER FISCHER: Tot, sagt er? Da sei'n die Götter davor! Ich habe einen Rock hier; bitte, zieh ihn an und halte dich warm. Nun, fürwahr, ein stattlicher Gesell! Komm, geh mit mir nach Haus; da soll's Fleisch geben für die Feiertage, Fische für die Fasttage, und außerdem Würste und Pfannkuchen, und du sollst es dir schmecken lassen.

PERIKLES: Ich dank Euch, Herr.

ZWEITER FISCHER: Hört, Freund, Ihr sagtet, Ihr könntet nicht betteln.

PERIKLES: Ich bat ja nur.

ZWEITER FISCHER: Bat ja nur! Dann will ich mich auch aufs Bitten legen und so den Peitschenhieben entgehen.

PERIKLES: Wie, werden alle Bettler denn bei euch gepeitscht?

ZWEITER FISCHER: O nein, Freund, nicht alle; denn würden alle Bettler gepeitscht, so wünschte ich mir kein besseres Amt, als Büttel zu sein. – Doch, Meister, ich will das Netz aufziehn.

Ab mit dem dritten Fischer.

PERIKLES *beiseite:* Wie gut paßt biedrer Scherz zu ihrer Arbeit!

ERSTER FISCHER: Hört einmal, Herr, wißt Ihr, wo Ihr seid?

PERIKLES: Nicht ganz.

ERSTER FISCHER: So will ich's Euch sagen. Das hier heißt Pentapolis und unser König der gute Simonides.

PERIKLES: Den „guten" König Simonides nennt Ihr ihn?

ERSTER FISCHER: Ja, Herr, und er verdient so zu heißen wegen seiner friedliebenden Regierung und guten Herrschaft.

PERIKLES: Er ist ein glücklicher König, wenn er von seinen Untertanen den Beinamen „der Gute" für seine Regierung bekommt. Wie weit liegt seine Residenz von diesem Strand?

ERSTER FISCHER: Ei, Herr, eine halbe Tagesreise; und laßt Euch sagen, er hat eine schöne Tochter, und morgen ist ihr Geburtstag; und aus allen Teilen der Welt sind Fürsten und Ritter gekommen, um ihretwillen zu turnieren.

PERIKLES: Entsprächen meine Glücksgüter meinen Wünschen, so machte ich gern einen dort mit.

ERSTER FISCHER: Oh, Herr, man muß die Dinge nehmen, wie sie sind.

Der ZWEITE *und* DRITTE FISCHER *treten wieder auf, ein Netz aufziehend.*

ZWEITER FISCHER: Hilf, Meister, hilf! da steckt ein Fisch im Netz, wie eines Armen Recht vor Gericht; er will nicht herauskommen. He, der Henker hol es; am Ende, da er zum Vorschein kommt, ist es eine verrostete Rüstung!

PERIKLES: Freund', eine Rüstung? Bitte, laßt sie sehn. –
Fortuna, Dank, daß du auf all die Unbill
Mir etwas gibst, mich wiederaufzurichten!
Mein eigen war's, ein Stück von meiner Erbschaft,
Von meinem toten Vater mir vermacht
Mit dem Gebot, als er vom Leben schied:
„Hüt es, mein Perikles; es war ein Schild
Zwischen dem Tod und mir" – dies Armstück meint' er –,
„Hüt es, weil's mich geschirmt; in gleicher Not,
Davor dich Götter wahren, schirm es dich!" –
Es blieb, wo ich blieb, so sehr liebt ich es,
Bis daß das wilde Meer, das keinen schont,
In Wut es nahm, in Ruh zurück mir gibt.
Hab Dank; mein Schiffbruch ist nunmehr kein Wehe,
Da ich des Vaters Erbstück wiedersehe.

ERSTER FISCHER: Was wollt Ihr, Herr?

PERIKLES: Die Rüstung hier von euch, ihr Freund', erbitten;
Denn sie war einstmals eines Königs Wehr:
An diesem Zeichen kenn ich's. Seinethalb,
Der so mich liebte, wünsch ich den Besitz,
Und daß ihr an des Königs Hof mich führt,
Wo ich mit ihr als Edelmann erscheine.
Gewinn ich je aufs neu Fortunas Huld,
Lohn ich's und bin so lang in eurer Schuld.

ERSTER FISCHER: Ei, willst du für die Prinzessin turnieren?

PERIKLES: Erweisen will ich meine Waffenkunst.

ERSTER FISCHER: Nun, so nimm die Rüstung hin, und die Götter mögen dir ihren Segen dazu geben!

ZWEITER FISCHER: Ja, aber hört einmal, Freund: wir haben dies Kleid durch die rauhen Nähte des Wassers hergestellt; es gibt gewisse Kondolumente, gewisse Profite. Ich hoffe, Herr, wenn es Euch gut geht, so erinnert Ihr Euch, woher Ihr es hattet.

PERIKLES: Glaubt mir, ich werd es.
Durch eure Fördrung bin ich stahlgekleidet;

Und wie das Meer mich auch umtobt hat, wahrt
Doch dies Juwel den Platz auf meinem Arm:
Soviel es wert ist, mach ich mich beritten
Mit einem Renner, dessen prächt'ger Gang
Den, der ihn schreiten sieht, entzücken soll.
Nur, Freunde, fehlt mir noch ein Unterkleid
Zur Rüstung.

ZWEITER FISCHER: Dafür wollen wir schon sorgen. Du sollst mein bestes Gewand haben, dir eins zu machen; und ich will selber dich zu Hofe bringen.

PERIKLES: Mag nur die Ehr entsprechen dem Begehr,
So steig ich heut; wo nicht, sink ich noch mehr.

Alle ab.

ZWEITE SZENE

Ebendaselbst. Ein Weg, der zu dem Turnierplatz führt. Ein Zelt an der Seite, zum Empfange des Königs, der Prinzessin, Damen, Edelleute usw.

Es treten auf SIMONIDES, THAISA, EDELLEUTE *und* GEFOLGE.

SIMONIDES: Die Ritter sind bereit zum Waffenspiel?

ERSTER EDELMANN: Sie sind es, Fürst;
Gewärtig Eurer Ankunft, zu erscheinen.

SIMONIDES: Sagt denn, daß wir bereit sind; unsre Tochter,
Deren Geburtstag diese Feste schmücken,
Sitzt hier, ein Kind der Schönheit, wie geschaffen,
Daß sich die Menschen staunend drin vergaffen.

Ein Edelmann ab.

THAISA: Mein königlicher Vater, Ihr beschert
Mir größres Lob, je kleiner doch mein Wert.

SIMONIDES: So muß es sein; denn Fürsten sind ein Abbild,
Das seinem Bilde gleich der Himmel macht.
Juwelen fehlt, wenn nicht geschätzt, ihr Wert:
Ihr Ruhm den Fürsten, wenn man sie nicht ehrt.
Dein Ehrenamt ist's, Tochter, im Embleme
Jedwedes Ritters seinen Preis zu würd'gen.

THAISA: So will ich diesem Ehrenamt genügen.

Ein RITTER *geht über die Bühne, und sein* KNAPPE *hält der Prinzessin seinen Schild hin.*

SIMONIDES: Wer ist der erste da, der sich uns zeigt?

THAISA: Ein Ritter Spartas ist's, erlauchter Vater;
Und das Emblem, das auf dem Schild er trägt,
Ein Neger, welcher nach der Sonne langt;
Das Motto: *Lux tua vita mihi.*
SIMONIDES: „Der liebt dich, der von dir sein Leben hat."
Der ZWEITE RITTER *geht vorüber.*
Wer ist der zweite, der sich vorstellt da?
THAISA: Ein makedon'scher Fürst, mein Herr und Vater;
Und das Emblem, das auf dem Schild er trägt,
Ein Held in Wehr, besiegt von einer Dame;
Das Motto spanisch, so: *Piu por dulzura que por fuerza.*
Der DRITTE RITTER *geht vorüber.*
SIMONIDES: Und wer der dritte?
THAISA: Der aus Antiochien;
Und sein Emblem ein Kranz der Ritterschaft;
Das Motto: *Me pompae provexit apex.*
Der VIERTE RITTER *geht vorüber.*
SIMONIDES: Wer ist der vierte?
THAISA: Eine entflammte Fackel, umgekehrt;
Das Motto: *Quod me alit, me extinguit.*
SIMONIDES: Das zeigt: es hat die Schönheit Lust und Macht,
Die töten kann so gut, wie sie entfacht.
Der FÜNFTE RITTER *geht vorüber.*
THAISA: Der fünfte: eine Hand, verhüllt von Wolken,
Die Gold hinhält, daß es der Probstein prüfe;
Das Motto ist: *Sic spectanda fides.*
Der SECHSTE RITTER, PERIKLES, *geht vorüber.*
SIMONIDES: Was ist das sechst und letzte, das der Ritter
Darbot mit solch anmut'ger Höflichkeit?
THAISA: Ein Fremdling scheint's zu sein; doch sein Emblem ist
Ein welker Zweig, nur an der Spitze grün:
Das Motto: *In hac spe vivo.*
SIMONIDES: Fein angespielt:
Aus der Erniedrigung, in der er lebt,
Hofft er durch dich sein Glück noch blühn zu sehn.
ERSTER HERR: Wohl muß er's besser meinen, als sein Äußres
Zu seinem Vorteil irgend sprechen kann;
Nach seinem rost'gen Aussehn hat er, scheint's,
Die Peitsche mehr gehandhabt als den Speer.
ZWEITER HERR: Ein Fremder mag er sein, denn er erscheint
Fremd angetan beim festlichen Turnier.

DRITTER HERR: Die Rüstung ließ er rosten mit Bedacht,
Daß heut im Sand sie werde rein gemacht.
SIMONIDES: Ein Tor nur ist die öffentliche Meinung,
Die auf das Innre schließt aus der Erscheinung. –
Doch halt, die Ritter kommen; ziehn wir uns
In das Gezelt zurück.
Alle ab.
Lautes Jubelgeschrei hinter der Szene. Alle rufen: Der unscheinbare Ritter!

DRITTE SZENE

Ebendaselbst. Eine Festhalle. Ein Bankett ist hergerichtet.

Es treten auf SIMONIDES, THAISA, HOFDAMEN, EDELLEUTE, RITTER *und* GEFOLGE.

SIMONIDES: Ihr Ritter,
Unnötig wär's, willkommen euch zu heißen.
Auf eurer Taten Buch im Titelblatt
Anbringen euern Wert in Waffen wäre
Mehr, als ihr wollt, und mehr auch, als sich ziemt,
Da jeder Wert sich im Erscheinen lobt.
Seid heiter denn, zum Mahl ziemt Heiterkeit,
Ihr meine Gäst und Fürsten.
THAISA: Doch, Ihr mein Gast und Ritter,
Euch reich ich diesen Siegeskranz und kröne
Zum König Euch des Glückes dieses Tags.
PERIKLES: Mein Glück ist's, Fürstin, mehr als mein Verdienst.
SIMONIDES: Nennt's, wie Ihr wollt, der Sieg ist doch der Eure;
Und hier ist keiner, hoff ich, der's Euch neidet.
Die Kunst, indem sie Künstler formte, ließ
Die einen gut sein, andre mehr als dies:
Ihr seid ihr Liebling. – Komm, Festkönigin –
Du bist es, Tochter –, deinen Platz nimm hier. –
Marschall, setzt nach Verdienst die andern Ihr.
DIE RITTER: Simonides der Gute ehrt uns hoch.
SIMONIDES: Eur Beisein freut uns, da wir Ehre loben;
Wer Ehre haßt, haßt auch die Götter droben.
MARSCHALL: Herr, dort ist Euer Platz.
PERIKLES: Besser ein andrer.

ERSTER RITTER: Herr, widerstrebt nicht; wir sind Edelleute,
Die nicht im Herzen noch im äußern Scheine
Große beneiden noch verachten Kleine.
PERIKLES: Höfliche Ritter seid ihr.
SIMONIDES: Setzt Euch, setzt Euch.
Beiseite: Beim Zeus, der die Gedanken lenkt, mich wundert's,
Es schmeckt mir nicht, wenn ich an ihn nicht denke.
THAISA *beiseite*: Bei Juno, die der Ehe Kön'gin ist,
Unschmackhaft scheint mir jede Speise, ihn nur
Wünsch ich als Kost – fürwahr, ein echter Ritter!
SIMONIDES: Ein Ritter ist's vom Lande nur;
Er tat nicht mehr als andre Ritter auch,
Brach eine Lanz im Spiele: was ist das?
THAISA *beiseite*: Ein Diamant scheint er mir neben Glas.
PERIKLES *beiseite*: Der König dort gleicht meines Vaters Bild,
Das mir von dessen einst'gem Glanze spricht:
Um seinen Thron, wie Sterne, saßen Fürsten,
Er war die Sonne, der sie huldigten;
Und die ihn ansahn, neigten ihre Kronen
Als kleinre Lichter seinem höhern Rang.
Sein Sohn jetzt ist ein Glühwurm, der im Dunkeln
Und nicht beim Tagslicht Feuer hat zu funkeln:
Da seh ich, wie der Zeitgott Herr der Menschen;
Er ist ihr Vater, und ihr Grab ist er,
Gibt ihnen, was er will, nicht ihr Begehr.
SIMONIDES: Nun, Ritter, seid ihr heiter?
DIE RITTER: Wer wär es nicht in Euer Hoheit Beisein?
SIMONIDES: Hier mit dem Becher, bis zum Rand gefüllt –
Liebt ihr, füllt bis zur Lippe eurer Dame –,
Trink ich auf euer Wohl.
DIE RITTER: Dank Eurer Huld!
SIMONIDES: Doch haltet noch!
Der Ritter dort sitzt so schwermütig da,
Als ob die Festlichkeit an unserm Hof
Kein Bild darböte, seinem Wert entsprechend. –
Thaisa, merkst du's nicht?
THAISA: Was kümmert's mich,
Mein Vater?
SIMONIDES: Oh, hab acht, mein Kind:
Die Fürsten sollten drin wie Götter sein,
Die gerne jedem spenden, der da naht,

Sie zu verehren;
Und Fürsten, die's nicht tun, sind wie die Mücken,
Voll Lärm, doch wenn sie tot, begreift man's nicht.
Drum, den Empfang ihm freundlicher zu machen,
Sag ihm, den Becher Wein trink ich ihm zu.
THAISA: Mein Vater, ach, es ziemt mir nicht, so dreist
Mit einem fremden Rittersmann zu tun;
Zuspruch von mir nimmt er vielleicht als Kränkung,
Da Männern gilt für frech der Weiber Schenkung.
SIMONIDES: Ei, ei!
Tu, was ich sage, sonst erzürnst du mich.
THAISA *beiseite*: Nun, bei den Göttern, lieber wär mir nichts.
SIMONIDES: Und sag ihm ferner: wir erführen gern,
Woher er ist, wes Namens und Geschlechts.
THAISA: Mein hoher Vater trank Euch zu, o Herr.
PERIKLES: Ich dank ihm.
THAISA: Und wünscht, der Wein werd Euch zum Lebensblut.
PERIKLES: Dank ihm und Euch! Gern tu ich ihm Bescheid.
THAISA: Und ferner möcht er gern von Euch erfahren,
Woher Ihr seid, wes Namens und Geschlechts.
PERIKLES: Aus Tyrus komm ich, heiße Perikles,
In Künsten und im Waffendienst erzogen.
Nach Abenteuern suchend in der Welt,
Raubte das rauhe Meer mir Schiff' und Leute
Und warf schiffbrüchig mich an diesen Strand.
THAISA: Er dankt Eur Gnaden, nennt sich Perikles
Und stammt aus Tyrus.
Er ward durch Mißgeschick auf See beraubt
Der Schiff' und Leut' und hier ans Land geworfen.
SIMONIDES: Nun, bei den Göttern, sein Geschick beklag ich
Und will aus seiner Schwermut ihn erwecken. –
Kommt, Herrn, zu lang bei Possen sitzen wir,
Vertun die Zeit, die andre Lust verlangt.
Gerüstet, wie ihr seid, in voller Wehr,
Paßt ihr sehr gut zu einem Kriegertanz.
Ich dulde keine Ausred, als ob diese
Laute Musik zu rauh für Damen töne;
In Waffen wie im Bett liebt uns die Schöne.

Die Ritter tanzen.

So, wie ich's recht begehrt, ward's recht getan. –
Kommt, Herr:

Hier ist ein Fräulein, das Bewegung heischt;
Und ich vernahm, ihr Herrn aus Tyrus seid
Gewandt, die Damen leicht herumzuschwenken,
Und seid in ernsten Tänzen auch geschickt.
PERIKLES: Die, die sie üben, sind geschickt darin.
SIMONIDES: Das heißt soviel, als ob Ihr Eure feine
Manier verleugnen wollt.

Die Ritter und Damen tanzen.

Laßt los, laßt los.
Euch allen Dank, Herrn; alle machten's gut,
Zu Perikles: Doch Ihr am besten. – Diener her und Lichter,
Die Herrn in ihr Quartier zu bringen. – Eures,
Herr, hießen wir das nächste sein dem unsern.
PERIKLES: Ich steh zu Euer Gnaden Dienst.
SIMONIDES: Fürsten, es ist zu spät zu Liebesreden;
Und darauf, weiß ich, habt ihr's abgesehn.
Begebe jeder jetzt sich denn zur Ruh,
Daß morgen er darin sein Bestes tu.

Alle ab.

VIERTE SZENE

Tyrus. Ein Zimmer im Hause des Statthalters.

Es treten auf HELICANUS *und* ESCANES.

HELICANUS: Nein, Escanes, erfahr von mir,
Es lebt' Antiochus blutschänderisch;
Die höchsten Götter wollten drum nicht länger
Verziehn die Rache, die bereit sie hielten
Als seiner grausen Todessünde Lohn.
In seiner vollen Pracht und Herrlichkeit
Auf einem Wagen von unschätzbarm Wert
Mit seiner Tochter thronend, fuhr auf sie
Ein Feur vom Himmel nieder und entstellte
Zum Abscheu beider Leib; so stanken sie,
Daß alle Augen, die sonst Huld'gung zollten,
Jetzt zur Bestattung nicht die Hand leihn wollten.
ESCANES: Auffällig war's.
HELICANUS: Und doch gerecht nur, denn
Thront' auch der König hoch, hielt doch sein Thron
Des Himmels Pfeil nicht ab, der Sünde Lohn.

ESCANES: Sehr wahr.

Zwei oder drei EDELLEUTE *treten auf.*

ERSTER EDELMANN: Seht nur, kein Mann im traulichen Verkehr
Und Rat ist bei ihm angesehn als der.

ZWEITER EDELMANN: Nicht länger soll's uns ungerügt verdrießen.

DRITTER EDELMANN:
Verflucht sei der, der nicht der Rüge beistimmt!

ERSTER EDELMANN:
So folgt mir denn. – Ein Wort, Herr Helicanus.

HELICANUS: Mit mir? willkommen! – Guten Tag, ihr Herrn.

ERSTER EDELMANN: Unsre Beschwerden stiegen bis zum Rand
Und überschwemmen endlich ihre Ufer.

HELICANUS: Beschwerden? Kränkt nicht Euern teuren Fürsten.

ERSTER EDELMANN:
Kränkt Euch nicht selbst denn, edler Helicanus.
Lebt unser Fürst, so laßt uns ihn begrüßen,
Laßt wissen uns, welch Land sein Hauch beglückt.
Wenn in der Welt er lebt, wir suchen ihn;
Wenn er im Grab ruht, finden wir ihn dort:
So sind wir sicher, daß er lebt und herrscht
Oder daß tot er unsre Trauer fordert
Und uns zu freier Neuwahl schreiten läßt.

ZWEITER EDELMANN:
Sein Tod ist sicherer in unsrer Meinung,
Und wissend, daß dies Reich nun ohn ein Haupt –
Wie prächt'ge Bauten, ohne Dach gelassen,
Gar bald zerfallen –, unterwerfen wir
Uns Euch als unserm Herrn, da besser Ihr
Als andere versteht zu herrschen hier.

ALLE: Es lebe hoch der edle Helicanus!

HELICANUS: Um eurer Ehre halb verschiebt die Wahl,
Verschiebt sie, wenn Fürst Perikles euch teuer.
Willfahr ich euch, so spring ich in ein Meer
Von flücht'ger Ruh und dauernder Beschwer.
Ein weitres Jahr noch, laßt es mich erbitten,
Tragt in Geduld das Fernsein eures Königs;
Kehrt er nach dieser Frist Verlauf nicht heim,
Nehm ich ergebner Greis eur Joch auf mich.
Doch kann ich zu der Gunst euch nicht bereden,
So sucht wie Edle euern edeln König,
Bewährt im Suchen euern Wagemut.

Findet ihr ihn, bewegt ihr ihn zur Heimkehr,
So schmückt ihr wie Demanten seine Krone.
ERSTER EDELMANN: Der ist ein Tor, der nicht der Weisheit folgt;
Und da uns Helicanus so gebeut,
Wolln wir mit unsern Fahrten uns bemühn.
HELICANUS: Vereint in Liebe, fügt denn Hand in Hand;
Fest steht ein Reich, umschlingt uns solch ein Band.
Alle ab.

FÜNFTE SZENE

Pentapolis. Ein Zimmer im Palast.

Es treten auf SIMONIDES, *einen Brief lesend, von der einen Seite, die* RITTER *von der andern.*

ERSTER RITTER: Simonides dem Guten guten Morgen!
SIMONIDES: Ihr Ritter, meine Tochter läßt durch mich
Euch kundtun, daß sie binnen Jahresfrist
Nicht denkt zu frein.
Ihr Grund ist ihr allein bekannt, und ich
Bring ihn in keiner Weis aus ihr heraus.
ZWEITER RITTER: Ist uns der Zutritt nicht vergönnt, mein Fürst?
SIMONIDES: Durchaus nicht; ihr Gemach hält sie so streng
Verschlossen, daß es ganz unmöglich ist.
Zwölf Monde lang trägt sie Dianas Kleid,
Das hat bei Cynthias Auge sie gelobt
Und bricht es nicht, bei ihrer Jungfraunehre.
DRITTER RITTER: Wir sagen ungern Lebewohl und scheiden.
Die Ritter ab.
SIMONIDES: Wohl,
Die sind beseitigt. Nun den Brief der Tochter:
Den fremden Ritter, schreibt sie, will sie frein;
Wo nicht, nie wiedersehn des Tages Schein.
Gut, Fräulein, Eure Wahl stimmt mit der meinen,
Sie sagt mir zu. Ei, wie bestimmt sie's will
Und fragt nicht, ob ich's gutheiß oder nicht!
Nun, ihre Wahl gefällt mir.
Nicht länger will ich's aufgeschoben sehn.
Da kommt er; sacht! verhehlen muß ich's noch.
PERIKLES *tritt auf.*

PERIKLES: Simonides dem Guten alles Heil!
SIMONIDES: Ein Gleiches Euch! Verpflichtet bin ich Euch
Für Eure liebliche Musik heut nacht;
Fürwahr, nie ward mein Ohr noch so geletzt
Mit solcher reizend holden Harmonie.
PERIKLES: Dies Lob ist Eur Belieben; mein Verdienst
Ist's nicht.
SIMONIDES: Ihr seid ein Meister der Musik.
PERIKLES: Der schlechtste ihrer Schüler, lieber Herr.
SIMONIDES: Vergönnt mir eine Frage.
Was haltet Ihr von meiner Tochter, Herr?
PERIKLES: Die tugendreichste Fürstin!
SIMONIDES: Und sie ist schön auch; ist sie's nicht?
PERIKLES: So wie ein schöner Lenztag, wunderschön!
SIMONIDES: Herr, meine Tochter hält gar viel von Euch,
So viel, daß Ihr ihr Lehrer werden müßt,
Sie Eure Schülerin: macht Euch gefaßt.
PERIKLES: Ich bin nicht wert, daß ich ihr Lehrer werde.
SIMONIDES: Sie meint das nicht; lest diesen Brief nur durch.
PERIKLES *beiseite*: Was ist das?
Ein Brief, daß sie den Ritter liebt von Tyrus!
Ein Anschlag ist's des Königs auf mein Leben.
Laut: Sucht mich nicht zu verstricken, gnäd'ger Fürst,
Mich, einen Fremden, einen Edelmann,
Der nie Eur Kind zu lieben sich vermaß,
Nur sie zu ehren aufbot jeden Dienst.
SIMONIDES: Verhext hast du mein Kind und bist ein Schurke.
PERIKLES: Nein, bei den Göttern!
Nie hat nur mein Gedanke sie gekränkt,
Und nie hab ich mein Tun darauf gelenkt,
Um ihre Lieb und Euern Zorn zu ernten.
SIMONIDES: Du lügst, Verräter!
PERIKLES: Ich Verräter?
SIMONIDES: Ja.
PERIKLES: In dessen Schlund, der mich Verräter nennt –
Wär's nicht ein König –, werf ich zurück die Lüge.
SIMONIDES *beiseite*: Nun, bei den Göttern, seinen Mut belob ich.
PERIKLES: Mein Tun ist ganz so edel wie mein Sinn,
Ohn irgendwelche Spur von niedrer Abkunft.
Ich kam an Euern Hof der Ehre wegen,
Und nicht, um abzusagen ihrem Dienst;

Es soll an dem, der andres von mir meint,
Dies Schwert dartun, daß er der Ehre Feind.
SIMONIDES: Du kein Verräter?
Da, meine Tochter wird's bezeugen können.
THAISA *tritt auf.*
PERIKLES: Ihr, da so tugendhaft wie schön Ihr seid,
Sagt Euerm zorn'gen Vater, ob mein Mund
Euch angefleht je oder meine Hand
Ein Wörtchen, das von Lieb Euch sprach, geschrieben.
THAISA: Gesetzt, es wär geschehn:
Wen kränkt denn, was ich gerne würde sehn?
SIMONIDES: Ei, Fräulein, seid Ihr so bestimmt?
Beiseite: Ich bin von Herzen dessen froh.
Laut: Ich zähm Euch schon und mach Euch unterwürfig:
Wollt Ihr, ganz ohne meine Zustimmung,
An einen Fremden Eure Lieb und Neigung
Verschenken? *Beiseite:* der, soviel ich weiß, am Ende –
Auch kann ich kaum das Gegenteil mir denken –
So hoch ist von Geblüt wie ich.
Laut: So hört denn, Fräulein: passet Euern Willen
Dem meinen an; – und Ihr, Herr, hört: laßt Euch
Von mir regieren; – oder ich mach euch –
Zu Mann und Weib.
Kommt, Händ und Lippen müssen es besiegeln;
Seid ihr geeint, so stürz ich das Gebäude
All eurer Hoffnung so – Gott geb euch Freude!
Seid ihr zufrieden?
THAISA: Ja, wenn Ihr mich liebt.
PERIKLES: Wie ich mein Leben lieb und Lebensblut.
SIMONIDES: Seid beid ihr einig?
PERIKLES *und* THAISA: Ja, wenn es lieb ist Eurer Majestät.
SIMONIDES: So lieb mir, daß ich euch vermählt will sehn;
Und dann in Eil mögt ihr zu Bette gehn.
Alle ab.

DRITTER AUFZUG

GOWER *tritt auf.*

GOWER: Nun ruht im Schlaf der Jubel aus,
Nur schnarchen hört man rings im Haus,
Und um so lauter, da die Gäste
Geschwelgt beim prächt'gen Hochzeitsfeste.
Jetzt ist die feueräugige Katze
Vorm Mauseloch auf ihrem Platze;
Am Ofen singt der Heimchen Schwarm,
Und um so muntrer, weil's so warm.
Hymen hat nun zu Bett geschafft
Die Braut, wo durch der Jungfernschaft
Verlust ein Kind sich formt. – Paßt auf!
Die Zeit, so flüchtig im Verlauf,
Füllt aus mit eurer Phantasie:
Die Pantomim erklär ich hie.

Pantomime

PERIKLES *und* SIMONIDES *mit* GEFOLGE *treten auf von der einen Seite; ein* BOTE *tritt ihnen entgegen, kniet nieder und überreicht dem Perikles einen Brief. Perikles zeigt ihn dem Simonides; die Herren knien nieder vor dem erstern. Dann tritt* THAISA *auf, schwanger, mit* LYCHORIDA, *der Amme. Der König zeigt ihr den Brief; sie frohlockt; sie und Perikles verabschieden sich von ihrem Vater und gehen ab mit Lychorida und ihrem Gefolge. Dann gehen Simonides und die übrigen ab.*

Auf manchem Wege, lang und schwer,
Forscht nach dem Perikles umher
Mancher Späher durch die vier
Enden in dem Weltrevier.
So sorgsam wird das Ding bestellt,
Wie's Roß und Schiff und vieles Geld
Nur fördern kann. Am Ende kamen,
Da von der Forschung sie vernahmen,
Von Tyrus Briefe in das Land
Simonides', und darin stand:
Antiochus starb und sein Kind;
Und daß die Tyrer willens sind,
Zu krönen nun den Helican,

Doch will er nicht die Kron empfahn;
Den Aufstand schwichtigt er indes
Und sagt, wenn König Perikles
Heim nicht kehrt im Jahr, so sei's
Ihm genehm, auf ihr Geheiß
Ihr Fürst zu werden. Diese Kunde
Entzückte alles in der Runde,
Als sie Pentapolis durchlief,
Und jeder jubelte und rief:
„Ein König unser Erbprinz! Ei,
Wem fiel doch je solch Wunder bei?"
Kurz, fort nach Tyrus muß er gehn.
Sein schwangres Weib will drauf bestehn,
Ihn zu begleiten. Überschlagen
Wir alle ihre Abschiedsklagen;
Amme Lychorida geht mit.
Und nun in See. Ihr Kiel durchschnitt
Das halbe Meer schon, wie dahin
Ihr Schiff tanzt; doch Fortunas Sinn
Schlägt wieder um; des Nordens Schoß
Läßt solchen grimmen Sturmwind los,
Daß, wie die Ent in Not es braucht,
Ihr Fahrzeug auf- und niedertaucht.
Laut schreit die Fürstin, und, o Pein!
Bald stellen sich die Wehen ein.
Was dann erfolgt im Sturmgebraus,
Das stelle selbst sich nun heraus,
Nicht mein Bericht, die Handlung mag
Füglich das übrige zutag
Fördern, was nicht anging zuvor.
Stellt euch denn in Gedanken vor
Die Bühn als Schiff, auf dessen Deck
Tritt Perikles im Sturmesschreck. *Ab.*

Erste Szene

Perikles *tritt auf, an Bord des Schiffes.*

PERIKLES: Du, dieser Wüste Gott, bänd'ge die Brandung,
Die Höll und Himmel wäscht; und du, der du
Gebietst den Winden, binde sie in Erz,

Da du empor sie riefst! Oh, stille deinen
Betäubend grausen Donner, mild lösch aus
Deinen behenden Schwefelblitz! – Lychorida,
Was macht mein Weib? – Du Sturm, willst du voll Gift
Dich ganz und gar ausspein? Des Seemanns Pfeife
Ist wie Geflüster in des Todes Ohr,
Unhörbar. – He, Lychorida! – Lucina,
Göttlichste Schützerin, Hebamme, hilfreich
Den nächtlich Rufenden, bring deine Gottheit
Auf unser tanzend Schiff; laß rasch vergehn
Die Wehen meines Weibs! – Lychorida!

LYCHORIDA *tritt auf, mit einem* SÄUGLING.

LYCHORIDA: Seht dies Geschöpf, zu jung für solchen Ort,
Das, wenn's begriffe, stürbe, wie auch ich
Wohl sterbe; nehmt in Euern Arm dies Teil
Von Euerm toten Weib.

PERIKLES: Was, was, Lychorida?

LYCHORIDA: Faßt Euch, o Herr; steht nicht dem Sturme bei.
Seht, hier ist alles, was am Leben blieb
Von Eurer Frau: ein Töchterlein; seid mannhaft
Um dessentwillen und schöpft Mut.

PERIKLES: Ihr Götter!
Ihr laßt uns lieben eure kostbarn Gaben
Und rafft sie stracks hinweg! Wir Menschen fordern
Unsre Geschenke nicht zurück und sind
Redlicher drin als ihr.

LYCHORIDA: Faßt Euch, o Herr,
Um dieses Pfleglings halb.

PERIKLES: Sanft sei dein Leben!
Denn nie sah wildere Geburt ein Säugling.
Mild sei und freundlich deine Art! denn dich
Empfing mit rauherm Willkomm diese Welt
Als je ein Fürstenkind. Heil dem, was folgt!
So schlimm stellt dir sich die Nativität,
Wie Feur, Luft, Wasser, Erd und Himmel dir
Vom Mutterleib kann schaffen; dein Verlust
Ist größer im Beginn schon, als du selbst
Aufwiegen kannst mit allem, was noch dein wird. –
Ruh gnädiglichst auf dir der Götter Blick!

Zwei MATROSEN *treten auf.*

ERSTER MATROSE: Habt Ihr Mut, Herr? Gott segne Euch!

PERIKLES: An Mut genug; ich fürchte nicht den Sturm:
Er tat das Ärgste mir. Doch um dies arme
Kindlein, um diesen Seefahrtsneuling, möcht ich,
Es legte sich das Wetter.

ERSTER MATROSE: Macht die Seitentaue los! – Willst du nicht aufhören, Sturm? So blase und platze!

ZWEITER MATROSE: Wenn wir nur offne See haben, so ist es mir einerlei, ob das Salzwasser und die wolkige Woge den Mond küßt.

ERSTER MATROSE: Herr, die Königin muß über Bord; die See arbeitet stark, der Wind tobt und wird sich nicht legen, bis das Schiff die Tote losgeworden ist.

PERIKLES: Das ist eur Aberglaube.

ERSTER MATROSE: Verzeiht, Herr; bei uns auf See ist das stets so gehalten, und wir bestehn auf dem Herkommen. Deshalb gebt sie kurzweg heraus, denn sie muß sogleich über Bord.

PERIKLES: Wie's euch gut dünkt. – Die arme Königin!

LYCHORIDA: Hier liegt sie, Herr.

PERIKLES: Ein grauses Kindbett hattest du, mein Lieb:
Kein Licht, kein Feur; abhold vergaßen dich
Die Elemente ganz; auch fehlt die Zeit mir,
Geweiht dich in dein Grab zu tun, ich muß
Kaum eingesargt dich in den Meerschlamm werfen,
Wo statt des Denkmals über dem Gebein,
Statt ew'ger Lampen, rings der spei'nde Walfisch
Und murmelnd Wasser deinen Leib bedeckt,
Der unter Muscheln ruht. – Lychorida,
Heiß Nestor Würzen, Tint und Feder bringen
Und mein Juwelenkästchen; heiß Nicander
Die seidne Truhe bringen; leg das Kind
Dort auf den Pfühl; beeil dich, während ich
Ein fromm Lebwohl ihr sage; eile, Weib.

Lychorida ab.

ZWEITER MATROSE: Herr, wir haben eine Kiste im Schiffsraum, die schon kalfatert und verpicht bereitsteht.

PERIKLES: Hab Dank. Sprich, Bootsmann, welche Küst ist dies?

ZWEITER MATROSE: Wir sind bei Tarsus.

PERIKLES: Dorthin, Schiffsmann, richte
Den Lauf, von Tyrus ab. Wann kannst du dort sein?

ZWEITER MATROSE: Bei Tagesanbruch, wenn der Wind nachläßt.

PERIKLES: O fahrt nach Tarsus!

Dort find ich Kleon; denn es hält's das Kind
Nicht aus bis Tyrus; dort dann laß ich's in
Sorgsamer Pflege. – Geh nur zu, du Bootsmann;
Gleich komm ich mit der Leiche.
Alle ab.

Zweite Szene

Ephesus. Ein Zimmer in Cerimons Hause.

Es treten auf CERIMON, *ein* DIENER *und einige* SCHIFFBRÜCHIGE.

CERIMON: Heda, Philemon!
PHILEMON *tritt auf.*
PHILEMON: Ruft mein Herr?
CERIMON: Schaff Speis und Feur für diese armen Leute:
Es war 'ne stürmische und wüste Nacht.
DIENER: Schon viele sah ich, aber solche Nacht
Erlebt ich nie bis jetzt.
CERIMON: Eur Herr wird tot sein, eh ihr wiederkehrt:
Es läßt sich nichts darbieten der Natur,
Was ihn durchbrächte. *Zu Philemon:* Dies dem Apotheker;
Und meldet mir, wie's wirkt.
Alle ab, außer Cerimon.
Zwei EDELLEUTE *treten auf.*
ERSTER EDELMANN: Schön guten Morgen.
ZWEITER EDELMANN: Schön guten Morgen Euch, o Herr.
CERIMON: Warum
Seid ihr so früh schon munter, meine Herrn?
ERSTER EDELMANN: Herr, unser Haus, der See nackt zugekehrt,
Erbebt', als ob die Erde bebte;
Selbst das Gebälk ging auseinander, schien's,
Und stürzte hin: so ließ mich Furcht und Schrecken
Das Haus verlassen.
ZWEITER EDELMANN:
Das ist der Grund, daß wir so früh Euch stören,
Nicht unsre Rührigkeit.
CERIMON: Oh, ihr habt recht.
ERSTER EDELMANN: Doch wundert's mich, daß Ihr, o Herr, der Ihr
So reichen Hausrat habt, so früh am Tage
Abschüttelt schon der Ruhe goldnen Schlummer:

Auffällig ist's,
Daß die Natur so mit der Not verkehrt,
Wenn nichts dazu sie zwingt.
CERIMON: Stets schien es mir,
Tugend und Kenntnis seien größre Gaben
Als Adel und Besitz: leichtsinn'ge Erben
Vertun und trüben leicht die beiden letztern,
Doch folgt den erstern die Unsterblichkeit
Und macht den Mann zum Gott. Man weiß, daß ich
Heilkunde stets studiert und mich durch diese
Geheime Kunst, indem ich Bücher nachschlug
Und praktisch tätig war, vertraut gemacht
Zu meinem Beistand mit den Segenskräften,
Die in Metallen, Steinen, Pflanzen ruhn;
Die Störungen auch kenn ich, die Natur
Bewirkt und die sie heilt; und das verleiht
Mir mehr Genüg im wirklichen Genuß,
Als wenn ich nach hinfäll'ger Ehre strebte
Oder in seidnen Beuteln Schätze bärge,
Dem Narrn und Tod zur Lust.
ZWEITER EDELMANN: Herr, rings durch Ephesus ergießt Ihr Eure
Wohltaten, und es nennen Hunderte
Eure Geschöpfe sich, die Ihr gerettet;
Und nicht Eur Wissen nur und Mühn, auch Eure
Stets offne Börse hat für Cerimon
Erbaut so festen Ruhm, der nie verfällt.

Es treten zwei DIENER *auf, mit einer Kiste.*

ERSTER DIENER: Hebt auf da!
CERIMON: Was ist das?
ERSTER DIENER: Soeben, Herr,
Warf diese Kist auf unsern Strand das Meer,
Von einem Schiffbruch.
CERIMON: Setzt sie hin, laßt sehn.
ZWEITER EDELMANN: Wie 'n Sarg erscheint sie, Herr.
CERIMON: Was es auch sei,
Merkwürdig schwer ist sie. Erbrecht sie nur:
Wenn 's Meer mit Gold den Magen überlud,
Spei er ihn glücklich wieder aus auf uns.
ZWEITER EDELMANN: So ist es, Herr.
CERIMON: Wie dicht kalfatert und verpicht es ist!
Wie, warf das Meer es aus?

ERSTER DIENER: Die größte Welle, die ich je gesehn,
Warf's an den Strand, Herr.
CERIMON: Kommt denn, brecht es auf.
Sacht! lieblich duftet es, wie mich bedünkt.
ZWEITER EDELMANN: Ein feiner Wohlgeruch –
CERIMON: Wie je ihn meine Nase roch. Nun, öffnet's –
Ihr mächt'gen Götter! was ist das? ein Leichnam!
ERSTER EDELMANN: Höchst seltsam!
CERIMON: In Prachtgewand gehüllt, einbalsamiert
Mit Schätzen und Gewürz! Ein Paß dabei:
Apollo, lehre mich die Schrift verstehn!
Er liest von einem Zettel:
„Hiermit mach ich es bekannt,
Wenn dieser Sarg je treibt ans Land:
Ich, Fürst Perikles, büßt ein
Dies Weib, wert allen ird'schen Schein;
Der Finder gebe ihr ein Grab.
Sie stammt von einem König ab:
Zu diesem Schatz ihm als Gebühr
Nehm er der Götter Lohn dafür!"
Lebst du, o Perikles, so muß dein Herz
Zerrissen sein von Wehe. – 's war heut nacht.
ZWEITER EDELMANN: Wahrscheinlich, Herr.
CERIMON: Ja, ganz gewiß, heut nacht;
Denn seht, wie frisch sie aussieht; allzu jäh
Warf man sie in das Meer. – Macht Feuer drinnen;
Bringt alle Büchsen meines Schranks hierher!
Der Tod kann stundenlang Natur bezwingen
Und doch die Lebenswärme neu entfachen
Die unterdrückten Geister. Hört ich doch,
Wie ein Ägypter, der neun Stunden tot lag,
Durch gute Mittel wieder zu sich kam.
Ein DIENER *tritt auf mit Büchsen, Tüchern und Feuer.*
So recht, so recht! Das Feuer und die Tücher. –
Und unsre einfach rührende Musik
Laßt nun ertönen, bitt ich euch.
Das Fläschchen noch einmal! – Du regst dich, Block! –
Dort die Musik! – Ich bitt euch, macht ihr Luft.
Ihr Herrn, die Königin
Wird leben, die Natur erwacht, und Wärme
Atmet aus ihr; fünf Stunden lag sie kaum

Im Starrkrampf da; seht, sie entfaltet sich
Zur Lebensblüte wieder!

ERSTER EDELMANN: Unser Staunen
Steigert durch Euch der Himmel und begründet
Auf ewig Euern Ruhm.

CERIMON: Sie lebt! Schaut an,
Die Augenlider, Decken jener Himmels-
Juwelen, welche Perikles verlor,
Tun auf allmählich ihren goldnen Vorhang;
Demanten reinsten Wassers zeigen sich,
Um zweifach reich die Welt zu machen. – Lebe,
Laß uns dein Schicksal weinend hören, Holde,
Das selten sein mag wie du selbst.

Sie bewegt sich.

THAISA: Diana!
Wo bin ich? Wo mein Gatte? Welche Welt?

ZWEITER EDELMANN: Ist das nicht seltsam?

ERSTER EDELMANN: Ja.

CERIMON: Still, liebe Nachbarn!
Leiht mir die Hand; ins nächste Zimmer tragt sie.
Schafft Leinwand her: jetzt gilt es alle Sorgfalt,
Denn tödlich wär ihr Rückfall. Kommt denn, kommt;
Und Äskulap sei unser Führer!

Alle ab, Thaisa forttragend.

Dritte Szene

Tarsus. Ein Zimmer im Hause des Statthalters.

Es treten auf Perikles, Kleon, Dionyza, Lychorida *mit* Marina *auf dem Arm.*

PERIKLES: Geehrter Kleon, scheiden muß ich nun:
Ablief die Jahresfrist, und Tyrus steht
In streit'gem Frieden. Ihr und Eure Gattin,
Nehmt meines Herzens Dank; und was dran fehlt,
Ergänzen euch die Götter!

KLEON: Der Schicksalspfeil, der tödlich Euch verletzt,
Streift uns im Flug.

DIONYZA: O Euer hold Gemahl!
Hätt Euch das Los gegönnt, sie mitzubringen
Zu meiner Augen Freude!

PERIKLES: Wir gehorchen nur
Den obern Mächten. Tobt und brüllt ich auch
Wie's Meer, in dem sie liegt, muß doch das Ende
Sein, wie es ist. Mein liebes Kind Marina –
So nannt ich sie, weil sie auf See geboren –
Vertrau ich eurer Lieb und lasse sie
Als eurer Sorge Kind zurück, euch bittend,
Sie fürstlich zu erziehn, daß ihre Sitten
Ihrer Geburt gemäß sind.
KLEON: Seid nicht bang;
Denkt, Eure Huld, die Korn gab meinem Land –
Wofür des Volks Gebet noch stets Euch segnet –
Muß Euerm Kind gedankt sein. Wenn Versäumnis
Mich drin erwies' als schlecht, würd alles Volk,
Dem Ihr einst halft, zu meiner Pflicht mich zwingen;
Doch wenn mein Wesen drin des Sporns bedarf,
Strafen die Götter dann mich und die Meinen
Bis an das Ende des Geschlechts!
PERIKLES: Ich glaub Euch.
Ohn Euern Eid macht Eure Ehr und Güte
Mich des gewiß. – Bis sie vermählt ist, Frau,
Bei der Diana, die wir ehren, schwör ich's,
Soll dies mein Haupthaar ungeschoren bleiben,
So schlecht es mir auch stehn mag. Damit scheid ich.
Beglückt mich, werte Frau, in Eurer Sorge
Um meines Kindes Zucht.
DIONYZA: Ich habe selbst
Eins, das nicht teurer sein soll meiner Hut
Als Euers, Fürst.
PERIKLES: Fürbitt und Dank Euch, Frau!
KLEON: Wir bringen Euch zum Strand, Euch dem verhüllten
Neptun und allen sanften Himmelswinden
Anheimzustellen dann.
PERIKLES: Gern nehm ich an
Eur Anerbieten. Kommt denn, werte Frau. –
O weinet nicht, Lychorida, weint nicht:
Für Eure kleine Herrin sorgt, auf deren
Gunst Ihr in Zukunft baun könnt. – Kommt, o Herr.
Alle ab.

Vierte Szene

Ephesus. Ein Zimmer in Cerimons Haus.

Es treten auf Cerimon *und* Thaisa.

CERIMON: Frau, dieser Brief und mancherlei Juwelen,
Die bei Euch in der Kiste lagen, stehn
Euch zur Verfügung. Kennt Ihr diese Handschrift?
THAISA: Die meines Gatten ist's.
Daß man mich eingeschifft, erinnr ich wohl,
Als nah die Niederkunft; doch ob ich dort
Entbunden wurde, bei den heil'gen Göttern,
Das weiß ich nicht. Doch da ich meinen Gatten,
Fürst Perikles, nie werde wiedersehn,
Will ich mir anziehn ein Vestalinkleid
Und niemals froh mehr sein.
CERIMON: Fürstin, wenn Ihr das vorhabt, wie Ihr sprecht,
So ist Dianas Tempel nicht so fern,
Wo Ihr bis an Eur Ende weilen mögt;
Auch soll, wenn's Euch genehm ist, meine Nichte
Euch dort aufwarten.
THAISA: Habt Dank: der einz'ge Lohn ist's, den ich habe;
Doch ist mein Wille gut, ob klein die Gabe.
Beide ab.

VIERTER AUFZUG

Gower *tritt auf.*

GOWER: Denkt euch den Perikles in Tyrus jetzt,
Nach seinem Wunsch begrüßt und eingesetzt;
Sein trauernd Weib in Ephesus zur Zeit,
Dem Dienste der Diana fromm geweiht.
Nun auf Marina lenkt den Sinn,
Der raschen Szene folgend, hin
Nach Tarsus, die, in Kleons Hut,
In Wissen und Musik so gut
Gedieh und solchen Preis gewann:
Es staunte alle Welt sie an
Als Musterzögling. Aber, ach,

Verdientem Lob stellt oftmals nach
Das Untier Neid; sein Dolch bedroht
Marina tückisch mit dem Tod.
So hat denn unser Kleon auch
Ein Kind, ein Mädchen, für den Brauch
Der Ehe reif schon; Philoten
Hieß dieses Mädchen, und wir sehn
In unsrer Mär, daß immerdar
Vereint sie mit Marina war:
Sei's, daß die wob ein seidnes Band
Mit zierlicher, milchweißer Hand;
Sei's, daß sie scharf mit Nadelstich
Das Leinen wundstach, welches sich
Der Wunde freut; sei's, daß sie sang
Zur Laute, wo dann schwieg der Klang
Der Nachtigall; sei's, daß sie lieb
Und treu fromme Gebete schrieb
An die Diana, Philoten
Hat mit Marina zu bestehn
Den Wettkampf, wie mit Paphos' Tauben
Ihn sich die Krähe möcht erlauben
In dem Gefieder. Alle Huld
Zollt der Marina man als Schuld,
Nicht als Geschenk. Verdunkelt ganz
Wird Philoten so in dem Glanz,
Daß Kleons Weib, von Neid bezwungen,
Stracks einen Mörder hat gedungen,
Daß nach Marinas Todesstreiche
Ihr Kind dastehe ohne Gleiche.
Ihr zu dem Schandplan Vorschub bot
Lychoridas, der Amme, Tod.
Die arge Dionyza hat
Das Werkzeug ihres Zorns zur Tat
Bereit. Was Zukunft sonst enthält,
Sei eurer Gunst anheimgestellt.
Ich bringe nur die Zeit, die schnelle,
Auf lahmem Versfuß von der Stelle
Und käme nie mit ihr entlang,
Folgt' euer Sinn nicht meinem Gang. –
Mit Leonin, dem Mörder, seht,
Wie Dionyza vor euch steht. *Ab.*

ERSTE SZENE

Tarsus. Ein offener Platz am Meeresufer.

DIONYZA *und* LEONIN *treten auf.*

DIONYZA: Denk deines Eids; du schworst mir, es zu tun:
Ein Schlag nur ist's, von dem man nie erfährt.
Nichts in der Welt kannst du so leicht vollführen,
Was so dir nützte. Möge das Gewissen,
Das kalte, dir im Busen nicht die Liebe
Zu toll entflammen noch das Mitleid, das
Selbst Weiber abgetan, dich schmelzen, sondern
Sei wie ein Kriegsmann deines Plans.

LEONIN: Ich will es tun; aber sie ist doch ein herrliches Geschöpf.

DIONYZA: Um so besser dann, daß die Götter sie zu sich nehmen. – Da kommt sie, in Tränen um ihrer alten Amme Tod. Bist du entschlossen?

LEONIN: Ich bin's.

MARINA *tritt auf mit einem Korb Blumen.*

MARINA: Der Tellus raub ich ihr Gewand, um Blumen
Zu streun auf deinen Rasen: gelbe, blaue,
Purpurne Veilchen, Ringelblumen sollen
Auf deinem Grabe wie ein Teppich liegen,
Solang der Sommer währt. Ich arme Maid!
Im Sturm geboren, als die Mutter starb,
Ist mir die Welt ein dauernder Orkan,
Der mich den Meinen wegreißt!

DIONYZA: Wie nun, Marina? warum so allein?
Weshalb ist meine Tochter nicht bei dir?
Laß nicht den Gram dein Blut verzehren; hast du
Doch eine Amm an mir. Wie hat dein Antlitz
Dies unfruchtbare Weh entstellt! Komm, komm,
Gib mir die Blumen, eh das Meer sie welk macht.
Wandle mit Leonin: dort ist die Luft
Gesund und schärft die Eßlust. – Leonin,
Nimm sie am Arm und wandle hin mit ihr.

MARINA: Ich bitt Euch, nein;
Ich will Euch Euers Dieners nicht berauben.

DIONYZA: Komm, komm.
Der Fürst, dein Vater, und du selbst seid mehr
Als Fremde wert mir. Wir erwarten ihn

Tagtäglich hier; wenn er nun kommt und sein
Gepriesnes Wunderkind verkümmert findet,
Wird er die Länge seiner Fahrt bereun,
Mich und den Gatten tadeln, daß wir nicht
Dein bestes Wohl besorgt. Ich bitte, geh;
Geh und sei wieder heiter; wahre dir
Die herrlich frische Farbe, die die Augen
Von jung und alt entwandt. Sorg nicht um mich:
Ich geh allein nach Haus.

MARINA: So will ich gehn;
Und doch verlangt's mich nicht danach.

DIONYZA: Komm, komm; ich weiß, es tut dir gut. –
Geh ein halb Stündchen mindstens, Leonin;
Gedenke meines Worts.

LEONIN: Seid unbesorgt.

DIONYZA: Ich laß Euch, liebes Fräulein, auf ein Weilchen.
Geht sacht, ich bitt Euch; macht Eur Blut nicht heiß:
Ei, ich muß für Euch sorgen.

MARINA: Dank Euch, Liebe. –

Dionyza ab.

Ist das ein Westwind, der da weht?

LEONIN: Südwest.

MARINA: Als ich zur Welt kam, blies ein Nordwind.

LEONIN: Wirklich?

MARINA: Dem Vater bangte nie: die Amm erzählt' es;
„Brav!" rief er den Matrosen zu und machte
Beim Schiffstauziehn wund seine Königshände:
Am Maste fest hielt er 'ne Sturzsee aus,
Die fast das Deck zertrümmert.

LEONIN: Wann geschah das?

MARINA: Als ich geboren ward:
Nie waren Wind und Wellen stürmischer;
Und von dem Takelwerk wird weggespült
Ein Segelklettrer. „He, willst fort?" sagt einer;
Und mit behendem Sprunge hüpfen sie
Vom Vor- aufs Hinterdeck. Der Bootsmann pfeift,
Der Schiffer ruft: so wird der Lärm verdreifacht.

LEONIN: Kommt nun, sprecht Eur Gebet.

MARINA: Was habt Ihr vor?

LEONIN: Wollt Ihr zum Leben eine kurze Frist,
Gewähr ich's. Betet, aber macht's nicht lang:

Die Götter hören scharf ja, und ich schwor,
Mein Werk in Eil zu tun.

MARINA: Warum wollt Ihr
Mich töten?

LEONIN: Meiner Herrin zu Gefallen.

MARINA: Warum will sie mich tot sehn?
Soweit ich denken kann, bei meiner Treu,
Verletzt ich nie in meinem Leben sie,
Sprach nie ein böses Wort und kränkte nie
Ein lebendes Geschöpf; ja, glaube mir,
Nie macht ich eine Maus noch Fliege tot;
Wenn wider Willen einen Wurm ich trat,
Weint ich deswegen. Was verbrach ich denn,
Worin mein Tod ihr irgend Vorteil brächte
Oder mein Leben ihr Gefahr?

LEONIN: Mein Auftrag
Ist nicht die Tat bereden, nein, sie tun.

MARINA: Um alle Welt wirst du's nicht tun, ich hoff's.
Du hast ein gut Gesicht; es zeigt dein Blick,
Du hast ein freundlich Herz. Ich sah dich jüngst
Verwundet, da zwei Streitende du trenntest;
Fürwahr, es stand dir gut. So mach es jetzt:
Da deine Herrin meinen Tod will, tritt
Du für mich Arme, Schwächre ein.

LEONIN: Ich schwor's
Und will's vollbringen. *Ergreift sie.*

SEERÄUBER *treten auf.*

ERSTER SEERÄUBER: Halt, Schurke!

Leonin läuft weg.

ZWEITER SEERÄUBER: Eine Beute, eine Beute!

DRITTER SEERÄUBER:
Halbpart, Gesellen, halbpart! Kommt, gleich an Bord mit ihr.

Die Seeräuber ab mit Marina. LEONIN *kommt zurück.*

LEONIN: Dem Häuptling Valdes dient dies Räuberpack,
Das weggeschleppt Marina. Mag sie gehn;
Sie kommt nie wieder. Sie ist tot, beschwör ich,
Und liegt im Meer. – Doch will ich weitersehn;
Sie büßen ihre Lust vielleicht an ihr nur
Und nehmen sie nicht mit. Sollt hier sie bleiben,
Muß ich, die jene schändeten, entleiben. *Ab.*

Zweite Szene

Mytilene. Ein Zimmer in einem Bordell.

Es treten auf Kuppler, Kupplerin *und* Bolz.

KUPPLER: Bolz!

BOLZ: Herr?

KUPPLER: Sieh dich genau auf dem Markt um; Mytilene ist voll von Kavalieren. Wir verloren zu viel Geld in dieser Messezeit, weil wir zu wenig Mädchen hatten.

KUPPLERIN: Wir waren nie so verlegen um Dirnen. Wir haben nur kümmerliche drei, und die können nicht mehr tun, als sie tun können, und von der beständigen Arbeit sind sie so gut wie verfault.

KUPPLER: Darum müssen wir frische haben, einerlei, was wir dafür bezahlen. Wenn es kein Gewissen gibt, das bei jedem Gewerbe gelten muß, so kommen wir nie auf einen grünen Zweig.

KUPPLERIN: Da hast du recht. Es handelt sich nicht bloß darum, daß wir arme Bankerte aufziehen – ich habe deren elf, glaube ich, aufgezogen –

BOLZ: Ja, bis zu elf Jahren, und dann wieder niedergezogen. Also soll ich mich auf dem Markt umsehn?

KUPPLERIN: Was sonst, Mensch? Das Zeug, das wir haben, bläst ein starker Wind entzwei, so kläglich sind sie verbrannt.

KUPPLER: Da hast du recht; sie sind zu ungesund, auf mein Gewissen. Der arme Siebenbürgener ist gestorben, der bei der kleinen Hure schlief.

BOLZ: Ja, sie hatte ihn bald fertig; sie machte einen Braten für die Würmer aus ihm. Also, ich gehe und sehe mich auf dem Markt um. *Ab.*

KUPPLER: Drei- bis viertausend Zechinen wären ein hübsches Erbteil für ein stilles Leben und um dann das Geschäft drangeben.

KUPPLERIN: Warum drangeben? ich bitte dich. Ist es denn eine Schande, zu verdienen, wenn wir alt sind?

KUPPLER: Oh, unser Ruf floriert nicht so wie der Geschäftsbetrieb; und der Geschäftsbetrieb wiegt nicht den Verdruß auf, den wir uns zuziehn: deshalb, wenn wir in jüngern Jahren ein hübsches Vermögen attrappieren könnten, so würde es nicht schaden, wenn wir unsre Tür zugesperrt hielten.

Außerdem sollte der gespannte Fuß, auf dem wir mit den Göttern stehn, uns zur Aufgabe des Geschäfts veranlassen.

KUPPLERIN: Ei, andre Stände geben so gut Ärgernis wie wir.

KUPPLER: So gut wie wir! ja, und noch besser; wir geben schlimmeres Ärgernis. Auch ist unser Geschäft kein Gewerbe, es ist kein Beruf. Aber da kommt Bolz.

BOLZ *tritt auf mit den* SEERÄUBERN *und* MARINA.

BOLZ *zu Marina*: Kommt nur mit. – Nun, ihr Meister, ihr sagt, daß sie noch Jungfer ist?

ERSTER SEERÄUBER: Oh, Herr, wir zweifeln nicht daran.

BOLZ: Meister, ich habe das höchste Angebot getan für dies Geschöpf, das Ihr da seht. Gefällt sie Euch, gut; wo nicht, so bin ich mein Handgeld los.

KUPPLERIN: Bolz, hat sie irgend Talente?

BOLZ: Sie hat ein gutes Gesicht, spricht gut und hat sehr gute Kleider an: was bedarf es da noch weiterer Talente, daß man sie deshalb zurückwiese?

KUPPLERIN: Wieviel kostet sie, Bolz?

BOLZ: Es läßt sich kein Deut von tausend Goldstücken abdingen.

KUPPLER: Nun, so kommt mit, Meister; ihr sollt gleich euer Geld haben. – Frau, nimm sie vor; unterweise sie, was sie zu tun hat, damit sie nicht ungeschickt im Verkehr mit den Herren ist.

Der Kuppler mit den Seeräubern ab.

KUPPLERIN: Bolz, merke dir ihre Kennzeichen; die Farbe von Haar und Gesicht, ihren Wuchs, ihr Alter, mit der Garantie ihrer Jungfräulichkeit; und rufe sie aus: „Wer am meisten gibt, soll sie zuerst haben.“ – Solche Jungfernschaft wäre nichts Wohlfeiles, wenn die Männer noch wären, wie sie waren. – Tu, wie ich dir befehle.

BOLZ: Es soll geschehen. *Ab.*

MARINA: Weh mir, daß Leonin so säumig war,
Nicht schlug, statt daß er sprach! daß diese Räuber,
Nicht grausam gnug, nicht über Bord mich warfen,
Daß ich die Mutter suchte!

KUPPLERIN: Warum wehklagt Ihr, hübsches Kind?

MARINA: Darum, daß ich hübsch bin.

KUPPLERIN: Kommt, die Götter haben das Ihrige an Euch getan.

MARINA: Ich gebe ihnen keine Schuld.

KUPPLERIN: Ihr seid in meine Hände gefallen, da sollt Ihr nun ein Leben führen!

MARINA: So schlimmer mein Geschick, daß ich
Der Hand entkam, durch die ich sterben sollte!

KUPPLERIN: Ja, und Ihr sollt herrlich und in Freuden leben.

MARINA: Nein.

KUPPLERIN: Ja fürwahr, das sollt Ihr, und feine Herrn von allen Arten kennenlernen. Es soll Euch vortrefflich gehen. Ihr sollt alle Temperamente der Reihe nach durchprobieren. Was! haltet Ihr Euch die Ohren zu?

MARINA: Seid Ihr ein Weib?

KUPPLERIN: Was sollte ich denn sein, wenn ich kein Weib wäre?

MARINA: Ein ehrbares Weib, oder kein Weib.

KUPPLERIN: Ei, der Henker hole dich, du Gänschen! Ich glaube, ich werde noch meine Not mit dir haben. Kommt, Ihr seid ein junges albernes Pflänzchen und müßt Euch so dressieren lassen, wie ich Euch haben möchte.

MARINA: Die Götter mögen mich beschützen!

KUPPLERIN: Wenn es den Göttern beliebt, Euch durch Männer zu beschützen, so müssen die Männer Euch aufmuntern, Euch nähren, Euch anregen. Da kommt Bolz wieder.

BOLZ *tritt wieder auf.*

Nun, Bursch, hast du sie auf dem Markt ausgerufen?

BOLZ: Ich habe sie fast bis auf die Zahl ihrer Haare ausgerufen. Ich habe ihr Bild mit meiner Stimme hingemalt.

KUPPLERIN: Und bitte, sprich, wie findest du die Leute aufgelegt, namentlich die jüngern?

BOLZ: Traun, sie hörten mir zu, wie sie auf das Testament ihres Vaters gelauscht hätten. Einem Spanier wurde der Mund so wässerig gemacht, daß er schon mit der bloßen Beschreibung zu Bett ging.

KUPPLERIN: Den werden wir morgen hier haben mit seiner besten Halskrause.

BOLZ: Heut abend, heut abend. Aber, Meisterin, Ihr kennt doch den knickbeinigen französischen Ritter?

KUPPLERIN: Wen? den Monsieur Veroles?

BOLZ: Ja; der schickte sich an, einen Bocksprung zu machen bei dem Ausruf; aber er stöhnte bei dem Versuch und schwor, daß er sie morgen besuchen will.

KUPPLERIN: Nun gut; der brachte seine Krankheit schon mit hierher und bessert sie hier nur aus. Ich weiß, er kommt in unsern Schatten, um nachher seine Krone in der Sonne leuchten zu lassen.

BOLZ: Hätten wir von jeder Nation einen Reisenden, so würden wir sie mit solchem Aushängeschild schon logieren.

KUPPLERIN *zu Marina*: Bitte, kommt mal her. Ihr seht die Glücksgüter über Euch kommen. Hört, Ihr müßt Euch anstellen, als tätet Ihr das zaghaft, was Ihr von Herzen gern tut; als läge Euch nichts am Profit, wo Ihr doch den meisten Gewinn habt. Wenn Ihr über das Leben, das Ihr führt, weint, so macht das Eure Liebhaber mitleidig; in der Regel bringt das Mitleid Euch ein gutes Vorurteil zuwege und dieses Vorurteil dann einen klaren Profit.

MARINA: Ich verstehe Euch nicht.

BOLZ: Oh, nehmt sie ordentlich vor, Meisterin; nehmt sie vor. Dies Rotwerden muß ihr gleich auf praktische Manier vertrieben werden.

KUPPLERIN: Du hast recht, fürwahr, das muß es auch. Geht doch auch eine junge Frau schamhaft an das, woran sie mit Fug und Recht gehen kann.

BOLZ: Ja, die einen machen's so, die andern nicht so. Aber, Meisterin, da ich den Handel um die Fleischkeule gemacht habe –

KUPPLERIN: So darfst du dir ein Stück vom Braten abschneiden.

BOLZ: Darf ich das?

KUPPLERIN: Wer wollte dir das wehren? – Kommt, mein junges Kind, mir gefällt der Schnitt Eurer Kleider ganz gut.

BOLZ: Ja, bei meiner Treu, die Kleider soll sie noch weiter tragen.

KUPPLERIN: Hier, Bolz, spendiere das in der Stadt: erzähle, was für einen Gast wir im Hause haben; du sollst bei der Kundschaft nicht verlieren. Als die Natur dieses Bild schuf, hatte sie es gut mit dir vor; erzähle deshalb, welch ein Wunder sie ist, und du ziehst deine Ernte aus deinem eigenen Bericht.

BOLZ: Dafür sage ich Euch gut, Meisterin, der Donner soll die Aale nicht in ihren Schlammbetten so munter machen wie meine Verkündigung ihrer Schönheit die Fleischlichgesinnten. Ich werde Euch heute abend einige zuführen.

KUPPLERIN: Kommt mit; folgt mir.

MARINA: Wenn heiß das Feur, der Dolch scharf, tief die Flut,
Ist meine Unschuld auch in sichrer Hut.
Hilf mir, Diana!

KUPPLERIN: Was geht uns Diana an? Bitte, wollt Ihr mitkommen?

Alle ab.

Dritte Szene

Tarsus. Ein Zimmer in Kleons Hause.

Kleon *und* Dionyza *treten auf.*

DIONYZA: Bist du ein Tor? Ist's ungeschehn zu machen?
KLEON: O Dionyza, eine solche Mordtat
Hat Sonn und Mond nie angeschaut.
DIONYZA: Mich dünkt,
Du wirst zum Kinde wieder.
KLEON: Wär ich der Herr der weiten Welt, ich gäbe
Sie hin, daß ungetan die Tat. Ein Fräulein,
Edler von Tugend noch als Blut, doch eine
Prinzessin, jeder Erdenkrone wert
Nach richt'gem Maß! – O Schurke Leonin,
Den du mit Gift getötet:
Hättst du's ihm zugetrunken, wär's ein Dienst,
Geziemend deiner Tat. Was kannst du sagen,
Wenn Perikles nach seinem Kinde fragt?
DIONYZA: Tot, sag ich. Ammen sind nicht die Geschicke,
Daß sie ein Kind stets hegen und erhalten.
Sie starb bei Nacht, sag ich. Wer kann's bestreiten?
Wofern du nicht den frommen Toren spielst
Und um den Ruhm der Biederkeit laut rufst:
„Sie ward ermordet!"
KLEON: Oh, nur zu! Fürwahr,
Von allem Bösen unterm Himmel hassen
Die Götter das zumeist.
DIONYZA: Glaubst du, es werden
Tarsus' Zaunkönige von hinnen fliegen
Und Perikles das kundtun? Scham befällt mich,
Denk ich, von welchem edeln Stamm du bist
Und von wie feigem Sinn.
KLEON: Wer solchem Tun
Nur jemals später beigestimmt, obgleich
Er nicht dabei mitwirkte, stammte nicht
Von ehrenvollem Ursprung.
DIONYZA: Sei's denn so.
Noch niemand außer dir weiß, wie sie starb,
Und niemand kann's, da Leonin beseitigt.
Verdunkelt ward mein Kind von ihr und um

Sein Glück gebracht, von keinem angeschaut:
Marinas Antlitz nur staunt' alles an;
Verschmäht ward unser Kind, als Magd behandelt,
Den „Guten Tag" nicht wert. Das wurmte mich;
Und nennst du unnatürlich meine Tat,
Da du nicht recht dein Kind liebst, find ich doch,
Daß sie mich wie ein Liebesdienst gemahnt
Für deine einz'ge Tochter.

KLEON: Gott verzeih es!

DIONYZA: Und Perikles, was sollt er
Denn tun? Wir weinten, da wir sie bestattet,
Und trauern jetzt noch; fertig ist beinah
Ihr Grabmal, und es kündet ihre Grabschrift
In glitzernd goldnen Zügen ihr Verdienst
Und unsre Sorgfalt, da's auf unsre Kosten
Errichtet wurde.

KLEON: Der Harpyie gleichst du:
Mit deinem Engelsantlitz zu verraten,
Packst du mit deinen Adlerklaun.

DIONYZA: Du bist wie der, der fromm den Göttern klagt,
Die Fliege sterbe, wenn der Winter naht;
Doch wirst du, weiß ich, folgen meinem Rat.

Beide ab.

Vierte Szene

Vor dem Grabmal der Marina in Tarsus.

Gower *tritt auf.*

GOWER: So flieht die Zeit, kurz werden längste Meilen,
Wie wir, nach Wunsch, in Muscheln Seen durcheilen
Und, fesselnd eure Phantasie, von Land
Zu Land fortziehen und von Strand zu Strand.
Verzeiht ihr's, so begehn wir kein Verbrechen,
Dieselbe Sprach in jedem Ort zu sprechen,
Wo unser Schauplatz ist. Lernt denn von mir,
Der Handlung Lücken zu ergänzen hier,
Den Fortgang der Geschichte. – Wieder her
Kommt Perikles nun durch das stürm'sche Meer,
In manches Ritters, manches Herrn Geleit,

Zur Tochter, seines Lebens Seligkeit.
Und Escanes, den Helican nicht lange
Zuvor befördert hat zu hohem Range,
Bleibt als Regent zurück. Schärft es euch ein,
Daß Helicanus mitfährt, hinterdrein.
Ein gutes Schiff mit günst'gem Winde lenkt
Nach Tarsus Perikles – als Bootsmann denkt
Euch den Gedanken und fahrt mit an Bord –,
Sein Kind zu holen; doch das ist schon fort.
Wie Schatten seht sie erst ein Weilchen an,
Wo ich eur Aug und Ohr vermitteln kann.

Pantomime

Es tritt auf Perikles *mit seinem* Gefolge *von der einen Seite;* Kleon *und* Dionyza *von der andern. Kleon zeigt dem Perikles das Grab der Marina: Perikles erhebt eine Wehklage, hüllt sich in Sackleinwand und scheidet in großer Verzweiflung. Dann Kleon, Dionyza und die übrigen ab.*

Seht, wie der Glaube litt durch schlechten Schein!
Für echtes Leid tritt falsche Trauer ein.
Und Perikles, vom Seufzerpfeil verletzt,
Vom Schmerz zerfleischt, vom Tränenstrom benetzt,
Schifft sich von neuem ein. Er schwört mit Eiden,
Nie sich zu waschen noch sein Haar zu schneiden;
Sackleinwand legt er an, und fort! Er trägt
Den Sturm, der fast sein Lebensschiff zerschlägt,
Und er besteht ihn. Laßt euch nun belieben,
Die Grabschrift für Marina, die geschrieben
Die arge Dionyza:

Er liest die Inschrift auf Marinas Grabmal.

„Hier ruht die Holdeste und Beste,
Die je verwelkt' im Lenzesfeste:
Des Tyrerkönigs Kind, die hart
Vom Tode hier gemordet ward.
Marina hieß sie; und bei ihrem Werden
Riß Thetis wild ein Stück ab von der Erden:
Die Erde, bange vor des Meeres Macht,
Hat Thetis' Kind dem Himmel drum vermacht;
Thetis stürmt drum und schwört, daß stets sie's tut,
Gegen die fels'gen Ufer an in Wut."
Wohl keine Maske steht der Schurkerei

So gut wie glatte, sanfte Schmeichelei.
Es halte Perikles sein Kind für tot
Und lenke seinen Weg nach dem Gebot
Der Frau Fortuna, während wir nun spielen
Die schweren Leiden, die sein Kind befielen
In ihrem sünd'gen Dienste. Unsre Szene
Führt euch denn mit Verlaub nach Mytilene. *Ab.*

Fünfte Szene

Mytilene. Eine Straße vor dem Bordell.

Zwei Edelleute *treten auf, aus dem Bordell kommend.*

ERSTER EDELMANN: Habt Ihr je etwas Ähnliches gehört?

ZWEITER EDELMANN: Nein, und ich werde es auch nie an solch einem Platz wie dem, wenn sie einmal fort ist.

ERSTER EDELMANN: Daß da einem die Gottesfurcht gepredigt wird! Ließt Ihr Euch je so etwas träumen?

ZWEITER EDELMANN: Nein, nein. Ich habe die schlechten Häuser satt. Sollen wir hingehen und die Vestalinnen singen hören?

ERSTER EDELMANN: Ich bin jetzt zu allem Tugendhaften bereit. Mit dem Fleischeskitzel ist es bei mir für immer vorbei.

Beide ab.

Sechste Szene

Ebendaselbst. Ein Zimmer im Bordell.

Es treten auf der Kuppler, *die* Kupplerin *und* Bolz.

KUPPLER: Ja, ich gäbe lieber doppelt, was sie kostet, wenn sie nie hierhergekommen wäre.

KUPPLERIN: Pfui, pfui über sie! sie ist imstande, den Gott Priapus frieren und eine ganze Generation ausfallen zu lassen. Wir müssen sie entweder schänden lassen oder sie loswerden. Wenn sie für die Kunden das Ihrige und was zu ihrem Gewerbe gehört, tun soll, dann kommt sie mir mit ihren Einreden, ihren Gründen, ihren Hauptgründen, ihren Gebeten, ihrem Niederknien, daß sie den Teufel zum Betbruder umwandeln würde, wenn er mit ihr um einen Kuß feilschen wollte.

BOLZ: Traun, ich muß sie notzüchtigen, oder sie wird uns alle unsere Kavaliere verscheuchen und alle unsere Flucher zu Pfaffen bekehren.

KUPPLER: Nun, die Pest auf ihre jüngferliche Sprödigkeit, meinetwegen!

KUPPLERIN: Traun, die loszuwerden, ist kein andrer Weg als der Weg zur venerischen Pest. Da kommt der Herr Lysimachus, vermummt.

BOLZ: Wir würden Herrn und Knecht hier haben, wenn das alberne Stück sich nur mit den Kunden einlassen wollte.

LYSIMACHUS *tritt auf.*

LYSIMACHUS: Nun, was kostet ein Dutzend Jungfernschaften?

KUPPLERIN: Die Götter mögen Euer Gnaden segnen!

BOLZ: Ich freue mich, Euer Gnaden gesund und wohl zu sehen.

LYSIMACHUS: Das mögt Ihr wohl; um so besser für Euch, wenn Eure Besucher auf gesunden Füßen stehn. – Wie nun, Ihr heilsames Laster, habt Ihr was, womit ein Mann sich befassen kann, ohne dem Wundarzt in die Hände zu fallen?

KUPPLERIN: Wir haben eine hier, Herr; wenn die nur wollte – ihresgleichen kam nie in Mytilene vor.

LYSIMACHUS: Wenn die nur die Tat der Finsternis tun wollte, meinst du.

KUPPLERIN: Euer Gnaden weiß sehr wohl, was ich meine.

LYSIMACHUS: Wohl; ruf sie her, ruf sie her!

BOLZ: Was Fleisch und Blut angeht, Herr, weiß und rot. Ihr werdet eine Rose sehen; und sie wäre wirklich eine Rose, wenn sie sich nur –

LYSIMACHUS: Wenn sie sich nur – was?

BOLZ: O Herr, ich kann ehrbar tun.

LYSIMACHUS: Das macht den Namen eines Kupplers respektabel, wie es vielen Leuten einen guten Ruf gibt, als ob sie keusch wären.

Bolz ab.

KUPPLERIN: Da kommt etwas, was am Stengel wächst; noch ungepflückt, wie ich Euch versichern kann.

BOLZ *tritt auf mit* MARINA.

Ist sie nicht ein schönes Geschöpf?

LYSIMACHUS: Traun, die würde schon aushelfen nach einer langen Seereise. Nun, nehmt hier; und laßt uns allein.

KUPPLERIN: Ich bitte Euer Gnaden, gestattet mir ein Wort mit ihr, und ich bin sogleich fertig.

LYSIMACHUS: Nur zu.

KUPPLERIN *zu Marina*: Zunächst möchte ich Euch darauf aufmerksam machen, daß dies ein Ehrenmann ist.

MARINA: Ich wünsche ihn als solchen zu finden, damit ich ihn aufmerksam behandeln kann.

KUPPLERIN: Ferner ist er der Regent des Landes und ein Mann, dem ich verpflichtet bin.

MARINA: Wenn er das Land regiert, so seid Ihr ihm in der Tat verpflichtet; aber wieweit er darin ein Ehrenmann ist, das weiß ich nicht.

KUPPLERIN: Sagt einmal, ohne weitere jungfräuliche Zimperlichkeit, wollt Ihr ihn behandeln, wie es sich ziemt? Er wird Euch die Schürze mit Gold füllen.

MARINA: Was er aus Gnaden tun will, das werde ich dankbar hinnehmen.

LYSIMACHUS: Seid Ihr fertig?

KUPPLERIN: Hoher Herr, sie ist noch nicht recht geschult; Ihr müßt's Euch einige Mühe kosten lassen, sie zu dressieren. – Kommt, wir wollen Seine Gnaden mit ihr allein lassen. Macht zu.

Kupplerin, Kuppler und Bolz ab.

LYSIMACHUS: Nun, schönes Kind, wie lange treibst du dies Gewerbe schon?

MARINA: Welches Gewerbe, Herr?

LYSIMACHUS: Nun, ich kann's nicht nennen, ohne zu beleidigen.

MARINA: Durch mein Gewerbe kann ich nicht beleidigt werden. Belieb es Euch, es zu nennen.

LYSIMACHUS: Wie lange warst du bei dieser Profession?

MARINA: Seit ich denken kann.

LYSIMACHUS: Fingst du schon so früh an? Spieltest du schon mit fünf oder mit sieben Jahren mit?

MARINA: Schon früher, Herr, wenn ich jetzt mitspiele.

LYSIMACHUS: Ei, das Haus, in welchem du wohnst, sagt doch, daß du ein feiles Geschöpf bist.

MARINA: Wißt Ihr, daß in diesem Hause solcher Verkehr ist, und kommt doch herein? Ich höre, daß Ihr ein Ehrenmann und der Regent der Stadt seid.

LYSIMACHUS: Ei, hat deine Prinzipalin dir verraten, wer ich bin?

MARINA: Wer ist meine Prinzipalin?

LYSIMACHUS: Ei, Eure Gärtnerin, die Schande und Laster in Samen und Wurzeln hegt und pflegt. Oh, du hast etwas von meiner Macht gehört und hältst dich zurück, damit ich ernstlicher werbe. Aber ich beteure dir, schönes Kind, meine Autorität soll dich nicht sehen oder doch nur freundlich dich anblicken. Komm, bringe mich zu einem stillen Plätzchen; komm, komm.

MARINA: Gab die Geburt Euch Ehre, zeigt es jetzt;
Ward sie verliehn Euch, so entsprecht dem Urteil,
Das ihrer wert Euch hielt.

LYSIMACHUS: Wie nun? wie nun? Noch einige Weisheit mehr!

MARINA: Jungfräulich bin ich, wenn auch Mißgeschick
In diesen Pfuhl mich warf, wo, seit ich kam,
Krankheiten teurer als Arznein verkauft sind.
Oh, daß die Götter
Von diesem Platz der Sünde frei mich machten,
Würd ich zum schlechtsten Vogel auch verwandelt,
Der fliegt in reinrer Luft!

LYSIMACHUS: Ich dachte nicht,
Du könntest so gut reden, träumt es nicht.
Hätt ich verderbten Sinn hierhergebracht,
Geheilt hätt ihn dein Wort. Nimm hier dies Gold:
Beharre denn auf deinem reinen Weg,
Und stärken dich die Götter!

MARINA: Die Götter sei'n Eur Schutz!

LYSIMACHUS: Nimm an von mir,
Ich kam in böser Absicht nicht; denn mir
Sind Tür und Fenster hier schon widerlich.
Leb wohl! Du bist ein Tugendbild, und ich
Bin sicher, du wardst edel auferzogen.
Nimm hier noch mehr Gold.
Verflucht sei der, und sterb er wie ein Dieb,
Der deines Wertes dich beraubt. Hörst du
Von mir, so soll's zu deinem Besten sein.

BOLZ *tritt auf.*

BOLZ: Ich bitt Euer Gnaden, auch mir ein Goldstück!

LYSIMACHUS: Pack dich, verdammter Kuppler! Euer Haus,
Wenn diese Jungfrau es nicht stützte, fiele
Ein und begrüb euch. Fort! *Ab.*

BOLZ: Was ist das? Wir müssen anders mit Euch verfahren. Wenn Eure alberne Keuschheit, die kein Frühstück wert ist in dem wohlfeilsten Lande unter der Sonne, ein ganzes Hauswesen zugrunde richten soll, so will ich mich wie ein Wachtelhündchen verschneiden lassen. Kommt mit.

MARINA: Wohin wollt Ihr mit mir?

BOLZ: Ich muß Eure Jungfernschaft beseitigt sehen, oder der gemeine Henkersknecht soll sie hinrichten. Kommt mit. Wir wollen die Herren nicht mehr aus dem Hause jagen lassen. Kommt mit, sag ich.

Die KUPPLERIN *tritt wieder auf.*

KUPPLERIN: Wie nun? Was gibt's?

BOLZ: Es wird immer ärger, Frau: sie hat dem Herrn Lysimachus eine Predigt gehalten.

KUPPLERIN: Oh, abscheulich!

BOLZ: Sie bringt unsre Profession gleichsam in üblen Geruch vor dem Antlitz der Götter.

KUPPLERIN: Laßt sie hängen auf ewig!

BOLZ: Der edle Herr wollte mit ihr verkehren, wie es einem edlen Herrn ansteht, und sie schickte ihn fort, so kalt wie einen Schneeball; ja, er betete sogar.

KUPPLERIN: Bolz, nimm sie mit; gebrauche sie nach deinem Belieben: brich das Glas ihrer Jungfräulichkeit und mache den Rest geschmeidig.

BOLZ: Und wäre sie ein dornigeres Stück Land, als sie ist, so soll sie gepflügt werden.

MARINA: Hört, hört, ihr Götter!

KUPPLERIN: Sie fängt ihre Beschwörungen an. Fort mit ihr! Ich wollte, sie wäre mir nie über die Schwelle gekommen. – Laßt Euch hängen! – Sie ward zu unserm Ruin geboren. – Wollt Ihr nicht den Weg des Weibes gehen? Seht mir einmal: diese Schüssel Keuschheit, mit Rosmarin und Lorbeer garniert! *Ab.*

BOLZ: Kommt, Fräulein, kommt mit mir.

MARINA: Wohin willst du mit mir?

BOLZ: Ich will Euch das Juwel nehmen, das Ihr so hochhaltet.

MARINA: Bitte, sage mir zuvor noch eins.

BOLZ: Nun denn, was ist Euer „eins"?

MARINA: Was kannst du deinem ärgsten Feinde wünschen?

BOLZ: Ich, nun, ich könnte ihm wünschen, daß er mein Brotherr wäre oder lieber noch meine Brotherrin.

MARINA: Keinem der beiden geht's so schlecht wie dir,
Da über dir sie als Gebieter stehn.

Du hast ein Amt, das der geplagteste
Teufel der Hölle nicht eintauschen möchte:
Türhüter bist du jedes Lumpen, der
Hierherkommt und nach seinem Weibstück fragt;
Dem zorn'gen Faustschlag jedes Strolches ist
Dein Ohr verfallen; deine Kost ist eine,
Die angefaulte Lungen angespien.

BOLZ: Was wolltet Ihr denn, daß ich tun sollte? Meint Ihr, in den Krieg gehn, wo ein Mensch sieben Jahre dienen kann, um ein Bein zu verlieren, und am Ende nicht Geld genug hat, sich ein hölzernes zu kaufen?

MARINA: Tu alles, nur nicht, was du jetzt tust: mache
Kloaken, alte Schmutzbehälter rein;
Verdinge dich zum Dienst als Henkersknecht.
Jedes Geschäft ist besser doch als dieses.
Dem Affen, könnt er sprechen, wär sein Name
Für dein Gewerb zu teuer. Daß die Götter
Mich sicher doch von diesem Platz erlösten!
Hier, hier ist Gold für dich.
Strebt nach Gewinn durch mich dein Herr, so mache
Bekannt: ich singe, webe, näh und tanze,
Samt andern Gaben, die ich hier verschweige;
Und in dem allen will ich unterrichten.
Ich zweifle nicht, die große Stadt wird mir
Viel Schülerinnen bringen.

BOLZ: Könnt Ihr in dem allem unterrichten, wovon Ihr sprecht?

MARINA: Wenn ich's nicht kann, so bringe mich hierher
Zurück und gib mich preis dem schlechtsten Knecht,
Der euer Haus besucht.

BOLZ: Nun, ich will sehen, was ich für dich tun kann; wenn ich dich unterbringen kann, so soll's geschehen.

MARINA: Doch bei ehrbaren Frauen!

BOLZ: Traun, unter denen habe ich wenig Bekanntschaft. Aber da mein Meister und meine Meisterin Euch gekauft haben, könnt Ihr nur mit deren Zustimmung gehen. Ich will sie deshalb mit Euerm Plan bekannt machen, und ich bin gewiß, sie werden schon mit sich reden lassen. Komm, ich will für dich tun, was ich kann; komm mit.

Beide ab.

FÜNFTER AUFZUG

GOWER *tritt auf.*

GOWER: Aus dem Bordell kommt in ein ehrbar Haus
Marina nun, wie uns die Mär beschied.
Als Göttin nimmt sie im Gesang sich aus,
Und wenn sie tanzt zu ihrem Wunderlied.
Weise beschämt sie: ihre Nadel stickt
Naturgebilde: Blüte, Beer und Zweig;
Mit Zwirn und Seide formt sie kunstgeschickt
Rosen und Kirschen, den gewachsnen gleich.
Nie fehlt's an edlen Schülerinnen ihr,
Die reich sie lohnen; und der Kupplerin
Gibt sie das Geld dann. Lassen wir sie hier;
Und kehr zu ihrem Vater unser Sinn
Aufs Meer zurück. Vom Winde fortgetrieben,
Ist er gelandet nun an dem Gestade
Der Stadt, wo seine Tochter war verblieben,
Da wirft er Anker, wo die Bürger grade
Neptunus' Jahrfest feiern. Dort erspäht
Lysimachus das Schiff des tyr'schen Herrn
Mit schwarzen Wimpeln, reichem Schiffsgerät;
Und hin zu ihm eilt er im Boote gern.
Nochmals in eurer Phantasie erblickt
Den Perikles im Schiffe gramverstört;
Was ferner nun geschieht, soweit sich's schickt,
Soll euch sich zeigen; sitzt denn still und hört. *Ab.*

ERSTE SZENE

An Bord von Perikles' Schiff bei Mytilene.
Ein Zelt auf dem Verdeck, mit einem Vorhang davor. Perikles darinnen auf einem Ruhebett. Ein Boot liegt neben dem tyrischen Schiffe.

Es treten auf zwei MATROSEN, *einer von dem tyrischen Schiff, der andre von dem Boot; zu ihnen* HELICANUS.

TYRISCHER MATROSE *zu dem andern Matrosen*:
Wo ist Herr Helicanus? Der kann Euch
Bescheiden. Oh, da ist er. –

O Herr, es kam ein Boot von Mytilene,
Drin der Regent Lysimachus, der heischt
An Bord zu kommen. Was ist Eur Begehr?

HELICANUS: Er habe sein Begehr. Ruft ein'ge Herrn.

TYRISCHER MATROSE: Heda, ihr Herrn; es ruft der gnäd'ge Herr.

Zwei bis drei EDELLEUTE *treten auf.*

ERSTER EDELMANN: Ruft Euer Gnaden?

HELICANUS: Ihr Herren, ein vornehmer Mann möchte an Bord kommen; ich bitte euch, begrüßt ihn angemessen.

Die Edelleute und die Matrosen steigen ins Boot.

Es treten auf von da LYSIMACHUS *mit* GEFOLGE, *die* TYRISCHEN EDELLEUTE *und die beiden* MATROSEN.

TYRISCHER MATROSE: Herr,
Das ist der Mann, der Euch in allem wohl
Bescheiden kann.

LYSIMACHUS: Ehrwürd'ger Herr, die Götter schützen Euch!

HELICANUS: Und Euch, daß Ihr mein Alter überlebt
Und sterbt, wie ich gern stürbe!

LYSIMACHUS: Ein guter Wunsch!
Da ich am Strande war beim Fest Neptuns
Und dieses schöne Schiff hier liegen sah,
Kam ich, zu wissen, Herr, woher Ihr seid.

HELICANUS: Zunächst, wer seid denn Ihr?

LYSIMACHUS: Ich bin Regent
Des Platzes hier, vor dem Ihr ankert.

HELICANUS: Herr,
Von Tyrus ist das Schiff; darin der König,
Ein Mann, der seit drei Monden jetzt nicht sprach
Zu irgendwem und nicht mehr Nahrung nahm,
Als seinen Gram zu fristen.

LYSIMACHUS: Worauf denn gründet die Zerrüttung sich?

HELICANUS: Weitläufig wär es, alles herzuzählen;
Jedoch sein Hauptgram stammt aus dem Verlust
Eines geliebten Weibs und einer Tochter.

LYSIMACHUS: Kann ich ihn sehn?

HELICANUS: Ihr könnt;
Doch nutzlos ist Eur Sehn, er spricht mit niemand.

LYSIMACHUS: Gewährt mir dennoch meinen Wunsch.

HELICANUS: Seht denn.

Er zieht den Vorhang zurück. PERIKLES *wird sichtbar.*

Er war ein stattliches Geschöpf,

Bis ihn das Unheil einer Schreckensnacht
Dahin gebracht.

LYSIMACHUS: Herr König, Heil! Die Götter schützen Euch!
Heil, königlicher Herr!

HELICANUS: Es ist umsonst, er wird nicht Red Euch stehn.

ERSTER EDELMANN: Herr,
Ein Mädchen ist in Mytilen, das, wett ich,
Ihm schon ein Wort entlockte.

LYSIMACHUS: Wohl erinnert!
Sie ganz gewiß mit ihrem süßen Wohllaut
Und anderm seltnen Reize würd ihn locken
Und Bahn sich brechen durch sein taubes Ohr,
Das jetzt verschlossen ist.
Die Schönste und Begabteste von allen
Ist jetzt mit den Gespielen in dem laub'gen
Obdache, das an dieses Eilands Seite
Sich anschließt.

Er flüstert einem Edelmann etwas zu. Der Edelmann ab in das Boot des Lysimachus.

HELICANUS:
Alles umsonst! Doch laßt uns nichts versäumen,
Was sich Genesung nennt. Da Eure Güte
Wir nun so weit beansprucht, seid gebeten,
Daß wir uns Proviant hier kaufen dürfen,
Der uns nicht fehlt, uns aber nicht mehr schmeckt,
Weil er zu alt ward.

LYSIMACHUS: Herr, verneinten wir
Die Wohltat, würden die gerechten Götter
Für jedes Pfropfreis eine Raupe schicken
Zum Schaden unsers Reichs. Laßt abermals
Mich bitten, daß ich ganz den Grund erfahre
Von Euers Königs Leid.

HELICANUS: So hört denn, Herr –
Doch seht, man unterbricht mich.

Ein EDELMANN, MARINA *und ein junges* FRÄULEIN *kommen aus dem Boot.*

LYSIMACHUS: Oh, hier ist
Die Maid, die ich berief. – Willkommen, Schöne! –
Ist's nicht ein herrlich Bild?

HELICANUS: Ein stattlich Wesen!

LYSIMACHUS: Solch eine ist sie, daß, wär ich gewiß,

Sie stamm aus edelm Blut, ich keine beßre
Wahl wünscht und so vermählt mich glücklich priese. –
Du Schöne, jede reiche Gab und Güte
Winkt dir bei diesem königlichen Kranken;
Wenn dein beglücktes künstlerisches Tun
Ihn dazu bringt, dir irgend zu erwidern,
Wird deiner frommen Heilkunst jeder Lohn,
Den dein Verlangen wünscht.

MARINA: Herr, gern versuch ich
All meine Kunst, ihn wiederherzustellen;
Nur darf ihm niemand sich als ich und meine
Gefährtin nahn.

LYSIMACHUS: So lassen wir sie denn:
Leihn ihr Erfolg die Götter!

Marina singt.

Horcht' er dem Sang?

MARINA: Nein, sah uns auch nicht an.

LYSIMACHUS: Seht, jetzt spricht sie ihn an.

MARINA: Heil Euch, mein König! Hört mich.

PERIKLES: Hm, ha! *Stößt sie zurück.*

MARINA: Ich bin ein Mädchen,
Mein Fürst, die nie zuvor die Augen lockte,
Doch angegafft ward als Komet; die spricht,
Mein König, die vielleicht ein Leid ertrug,
Das Euerm gleichkäm in gerechter Schätzung.
Hat zwar ein launisch Schicksal meinen Rang
Verkümmert, stamm ich doch von Ahnen ab,
Die gleichgestellt mit mächt'gen Kön'gen waren.
Doch hat die Zeit entwurzelt meinen Stamm
Und mich der Welt und ungefügem Zufall
Dienstbar gemacht. – *Beiseite*: Aufhören will ich nun;
Doch etwas glüht auf meinem Angesicht,
Ins Ohr mir flüsternd: Geh nicht, bis er spricht.

PERIKLES: Mein Schicksal – Stamm – von gutem Stamm, der meinem
Gleichkäme! – Klang's nicht so? Was sagt Ihr da?

MARINA: Ich sagte, Fürst, wenn mein Geschlecht Ihr kenntet,
Ihr tätet mir kein Leid an.

PERIKLES: Ich glaub es. Bitte, kehrt Eur Aug auf mich:
Ihr gleichet einer, die – wes Landes seid Ihr?
Von dieser Küste?

MARINA: Nein, von keiner Küste.

Sterblich geboren wurd ich doch und bin
Nichts andres, als ich scheine.

PERIKLES: Schwanger mit Leid, komm ich mit Tränen nieder.
Mein teures Weib glich dieser Maid, und so
Könnt auch mein Kind aussehn: Thaisas Stirn;
Ganz ihre Größe; ganz so schlank gewachsen;
So silberstimmig; Augen, so juwelgleich,
So reich gefaßt; im Gang die zweite Juno;
Sie macht die Ohren, die sie letzt, je mehr
Sie redet, hungriger. – Wo lebt Ihr denn?

MARINA: Wo ich ein Fremdling bin; von dem Verdeck
Könnt Ihr den Platz erschaun.

PERIKLES: Wo wuchst Ihr auf?
Und wo erwarbt Ihr diese Gaben, welche
Ihr reicher macht durch den Besitz?

MARINA: Tät ich mein Leben kund, erschien's wie Lüge,
Die im Bericht verhöhnt wird.

PERIKLES: Bitte, sprich!
Kein Falsch kann von dir ausgehn: denn du blickst
Klar wie das Recht; du bist wie ein Palast,
Drin die gekrönte Wahrheit wohnt. Dir trau ich,
Deinem Bericht solln meine Sinne glauben
In dem selbst, was unmöglich scheint; denn du
Gleichst einer, die ich liebte. Woher stammst du?
Sagtest du nicht, als ich zurück dich stieß –
Das war, als ich dich erst gewahrt –, du seist
Von guter Abkunft?

MARINA: In der Tat, das sagt ich.

PERIKLES: Berichte dein Geschick. Du sagtest, mein ich,
Du seist von Leid zu Unbill fortgeschleudert
Und dächtest, dein Weh käme meinem gleich,
Wenn beides offenläg.

MARINA: Etwas derart
Sagt ich und sagte nur, was mein Gedanke
Als denkbar mir verbürgt.

PERIKLES: Erzähl dein Leben.
Wenn dein Leid, wohlgeprüft, ein Tausendstel
Des meinen ist, bist du ein Mann, und ich
Litt wie ein Mädchen nur; doch siehst du aus
Wie die Geduld, auf Königsgräber blickend,
Weglächelnd Sturm und Drang. Wer waren deine

Verwandten? Wie verlorst du sie? Dein Name,
Du holde Maid? Sitz hier, erzähl, ich bitte.
MARINA: Marina heiß ich.
PERIKLES: Oh, man spottet mein,
Und ein erzürnter Gott schickt dich hierher,
Daß mich die Welt verlache.
MARINA: Seid gefaßt, Herr,
Sonst werd ich schweigen.
PERIKLES: Ja, ich will gefaßt sein.
Du ahnst es nicht, wie sehr du mich erschütterst,
Indem du dich Marina nennst.
MARINA: Den Namen
Gab einer mir, der ein'ge Macht besaß,
Mein Vater und ein König.
PERIKLES: Königstochter?
Und heißt Marina?
MARINA: Spracht Ihr doch, Ihr wolltet
Mir glauben; um nicht Eure Ruh zu stören,
Schweig ich hier still.
PERIKLES: Doch bist du Fleisch und Blut?
Hast du lebend'gen Puls? Bist du kein Geist?
Er faßt sie bei der Hand.
Dein Puls schlägt. Weiter! Wo kamst du zur Welt?
Warum heißt du Marina?
MARINA: Marina heiß ich,
Weil ich auf See zur Welt kam.
PERIKLES: Auf See! Und wer die Mutter?
MARINA: Die Mutter war die Tochter eines Königs
Und starb gerad, als ich geboren war,
Wie oft Lychorida, die Amme, mir
Weinend erzählt hat.
PERIKLES: Oh, halt ein ein Weilchen!
Beiseite: Der wunderbarste Traum, den je der Schlaf
Vorgaukelt' einem Narrn. – Es kann nicht sein:
Tot ist mein Kind ja. – *Laut*: Nun, wo wuchst Ihr auf?
Ich will Euch weiter, bis zu Ende hören
Und nicht mehr unterbrechen.
MARINA: Ihr glaubt mir nicht; am besten wär's, ich schwiege.
PERIKLES: Buchstäblich will ich glauben, was Ihr mir
Erzählen werdet. Doch verstattet mir:
Wie kamet Ihr hierher? Wo wuchst Ihr auf?

MARINA: In Tarsus ließ mein Vater mich zurück,
Bis grausam Kleon und sein böses Weib
Mich töten wollten. Einen Schurken warben
Sie zu der Tat; als der das Messer zog,
Kam ein Piratenschwarm und riß mich los,
Nach Mytilene fort – Doch, lieber Herr,
Wohin gerat ich? Warum weinet Ihr?
Ihr glaubt vielleicht, ich täuscht Euch. Nein, fürwahr:
Ich bin das Kind des Königs Perikles,
Wenn König Perikles noch lebt.
PERIKLES: He, Helicanus!
HELICANUS: Ruft mein Fürst?
PERIKLES: Du bist ein edler, würdiger Berater,
Höchst weis in allem; sag mir, wenn du kannst,
Wer diese Maid ist oder könnte sein,
Die so mich weinen ließ.
HELICANUS: Ich weiß nicht, aber
Hier der Regent von Mytilene, Herr,
Spricht hoch von ihr.
LYSIMACHUS: Sie wollte nie von ihrer
Verwandtschaft reden; fragte man danach,
So saß sie still und weinte.
PERIKLES: O Helicanus, schlag mich, würd'ger Mann,
Verwunde mich, stracks pein'ge mich, daß nicht
Dies große Freudenmeer, das auf mich stürzt,
Die Ufer meiner Sterblichkeit bedecke
Und mich in Wonn ertränke. – Oh, komm her,
Du, die du den erzeugst, der dich erzeugte,
Auf See geboren, beigesetzt in Tarsus
Und nun auf See gefunden! – Helicanus,
Fall auf die Knie, danke den guten Göttern
Laut, wie der Donner droht: dies ist Marina. –
Wie hieß die Mutter? Sage mir nur das,
Denn Wahrheit läßt sich nie genug bestät'gen,
Wenn auch der Zweifel immer schliefe.
MARINA: Erst, bitt ich, Herr, nennt Euern Namen.
PERIKLES: Ich
Bin Perikles von Tyrus; nennst du nun
Mir meines Weibes Namen – wie du alles
Gottgleich gewußt sonst –, bist du Ländererbin
Und Perikles', des Vaters, zweites Leben.

MARINA: Bedarf's nicht mehr, Eur Kind zu sein, als daß
Ich sage, meine Mutter hieß Thaisa?
Thaisa, meine Mutter, endete
Gerad, als ich begann.
PERIKLES: Nun, Segen dir! Steh auf, du bist mein Kind. –
Gebt frische Kleider mir! – Mein! Helicanus,
Sie starb in Tarsus nicht, wie sie gesollt,
Durch Kleons Wut. Sie soll dir alles künden;
Da wirst du niederknien und zeugen, daß
Sie deine Fürstin ist. – Wer ist denn das?
HELICANUS: Herr, der Regent von Mytilene ist's,
Der, als von Eurer Schwermut er vernahm,
Euch zu besuchen kam.
PERIKLES: Herr, ich umarm Euch. –
Gebt nur mein Staatskleid her; wüst seh ich aus. –
Segnet mein Kind, ihr Himmel! – Horch, Musik! –
Meine Marina, sag dem Helicanus
Denn Punkt für Punkt – noch scheint er's zu bezweifeln –,
Wie sicher du mein Kind bist. – Horch, Musik!
HELICANUS: Mein Fürst, ich höre keine.
PERIKLES: Keine?
's ist die Musik der Sphären! Horch, Marina!
LYSIMACHUS: Ihm frommt kein Widerspruch; laßt ihn gewähren.
PERIKLES: Erlesne Klänge! Hört Ihr's nicht?
Musik.
LYSIMACHUS: Ich hör's,
Mein Fürst.
PERIKLES: Ganz himmlische Musik!
Sie lädt mich ein zu lauschen. Schwerer Schlummer
Senkt sich auf meine Augen; laßt mich ruhn. *Entschlummert.*
LYSIMACHUS: Ein Kissen für sein Haupt.
Verlassen wir ihn all. – Wohl, meine Freunde,
Entspricht dies meinem guten Glauben nur,
Werd ich euch gut bedenken.
Alle ab außer Perikles.
DIANA *erscheint Perikles in einer Vision.*
DIANA: Zu meinem Tempel eile du von hinnen
Nach Ephesus und opfre am Altar.
Dort, wenn versammelt meine Priesterinnen,
Vor allem Volk gestehe,
Wie dir auf See dein Weib entrissen war;

Es wecke dein und deiner Tochter Wehe
Rings Trauer, da du's schilderst lebenswahr.
Tu mein Geheiß du, oder leb in Qual;
Tu's, sei beglückt: bei meinem Silberstrahl!
Wach auf und künde deinen Traum. *Verschwindet.*

PERIKLES: Silberne Göttin, himmlische Diana,
Ich folge dir! – He, Helicanus!

Es treten auf HELICANUS, LYSIMACHUS *und* MARINA.

HELICANUS: Herr?

PERIKLES: Nach Tarsus wollt ich, den ungastlichen
Kleon zu strafen, doch ich bin zuvor
Zu anderm Dienst bestimmt: nach Ephesus
Wend unsre Segel; bald hörst du, warum. –
Zu Lysimachus: Solln wir uns, Herr, in Euerm Land erquicken
Und Gold für soviel Proviant Euch zahlen,
Wie unser Zweck erheischt?

LYSIMACHUS: Von Herzen gern; und wenn ans Land Ihr kommt,
Hab ich noch ein Gesuch.

PERIKLES: Es sei gewährt,
Beträf's auch meine Tochter; denn Ihr wart,
Scheint's, edel gegen sie.

LYSIMACHUS: Herr, Euern Arm!

PERIKLES: Meine Marina, komm.

Alle ab.

ZWEITE SZENE

Vor dem Tempel der Diana in Ephesus.

GOWER *tritt auf.*

GOWER: Ablief unsre Sanduhr fast;
Noch ein Stück, und dann zur Rast!
Dies mein letzt Gesuch gewährt,
Denn die Hilf ist viel mir wert,
Daß ihr willig euch stellt vor,
Welch Schaugepräng und Festeschor
Nun der Regent in aller Pracht
Zu dem Empfang des Königs macht
In Mytilen. Es glückt' ihm so,
Daß des Verlöbnisses er froh

Ward mit Marina; doch nicht ehr,
Bis Perikles nach dem Begehr
Dianas opfert; bis dahin
Heb auf die Zwischenzeit eur Sinn.
Die Segel fliehn in Flügelseile,
Den Wünschen wird Gewähr zuteile:
Im Tempel Ephesus' erscheinen
Nun mit dem König all die Seinen.
Daß er so schnell dorthin gelangt,
Wird eurer Phantasie verdankt. *Ab.*

DRITTE SZENE

Der Tempel der Diana in Ephesus.

THAISA, *am Altar stehend als Oberpriesterin;* JUNGFRAUEN *zu beiden Seiten;* CERIMON *und andere* EINWOHNER *von Ephesus anwesend. Es treten auf* PERIKLES *mit seinem* GEFOLGE, LYSIMACHUS, HELICANUS, MARINA *und ein* FRÄULEIN.

PERIKLES: Diana, Heil! Auf dein gerecht Geheiß
Bekenn ich mich als Tyrus' König hier,
Der ich, aus meinem Land gescheucht, die schöne
Thaisa in Pentapolis gefreit.
Auf See im Kindbett starb sie, doch gebar
Ein Kind – Marina heißt's. Noch jetzt, o Göttin,
Trägt sie dein Silberkleid. Sie ward in Tarsus
Gepflegt von Kleon, der sie, vierzehnjährig,
Zu töten suchte; doch es bracht ihr beßrer
Stern sie nach Mytilen; als dort am Ufer
Ich fuhr, bracht ihr Geschick sie mir an Bord,
Wo sie nach eigner deutlicher Erinnrung
Sich mir als Tochter kundtat.
THAISA: Stimm und Antlitz! –
Du bist, du bist – o König Perikles! *Wird ohnmächtig.*
PERIKLES: Was meint die Frau? Sie stirbt! O helft, ihr Herren!
CERIMON: Verehrter Herr,
Wenn wahr Ihr spracht vor dem Altar Dianas,
Ist dies Eur Weib.
PERIKLES: Nein, würdige Erscheinung:
Mit diesen Armen warf ich sie ins Meer.

CERIMON: An dieser Küste doch.
PERIKLES: Das ist gewiß.
CERIMON: Seht nach der Frau. Die Freude übermannt' sie. –
Am stürm'schen Morgen früh trieb diese Frau hier
Ans Land; ich öffnete den Sarg und fand
Manch Kleinod; neu belebt ich sie und brachte
Sie in Dianas Tempel.
PERIKLES: Darf ich diese
Kleinode sehn?
CERIMON: In meinem Haus, o Fürst,
Wohin ich Euch einlade. Seht, Thaisa
Kommt wieder zu sich.
THAISA: Oh, so laßt mich sehn.
Wenn er nicht mein ist, wird mein heil'ges Amt
Kein dreistes Ohr leihn meiner Sinnesregung,
Sie bänd'gen trotz des Sehns. – Ihr sprecht wie er
Und seht ihm gleich. Wie, spracht Ihr nicht von Sturm,
Geburt und Tod?
PERIKLES: Die Stimme ganz der toten
Thaisa!
THAISA: Ich bin die Thaisa, die
Für tot galt und ertränkt.
PERIKLES: Hehre Diana!
THAISA: Jetzt kenn ich dich besser. –
Als weinend wir Pentapolis verließen,
Gab Euch der Fürst, mein Vater, solchen Ring. *Zeigt einen Ring.*
PERIKLES: Der, der! Genug, ihr Götter! Eure jetz'ge
Huld macht mein frühres Leid zum Spiel. Gut tut ihr,
Wenn ihr, indem ich ihre Lippen küsse,
Mich schmelzen laßt und schwinden. – Komm, laß wieder
Begraben dich in diesem Arm.
MARINA: Mein Herz
Hüpft auf und will an meiner Mutter Busen. *Kniet vor Thaisa.*
PERIKLES: Sieh, wer hier kniet! Fleisch ist's von deinem Fleisch,
Thaisa: deine Bürd auf See, Marina
Genannt, weil dort geboren.
THAISA: Sei gesegnet,
Mein eigen!
HELICANUS: Meine Fürstin, Heil!
THAISA: Wer seid Ihr?
PERIKLES: Ich sagt Euch, daß ich, auf der Flucht von Tyrus,

Dort einen alten Stellvertreter ließ;
Gedenkt Ihr noch, wie ich den Mann bezeichnet?
Ich nannt ihn oft.

THAISA: So hieß er Helicanus.

PERIKLES: Ein weitres Zeugnis.
Umarmt ihn, o Thaisa; das ist er.
Nun laßt mich hören, wie man Euch gefunden
Und wie bewahrt und wem ich danken muß
Außer den Göttern für dies große Wunder.

THAISA: Cerimon hier, mein Fürst, der Mann, durch den
Die Götter ihre Macht kundtaten, kann
Euch künden den Verlauf.

PERIKLES: Ehrwürd'ger Herr,
Die Götter haben keinen ird'schen Diener,
Der einem Gott mehr gliche. Wollt Ihr künden,
Wie diese tote Kön'gin wieder lebt?

CERIMON: Ich will's, mein Fürst. Kommt mit mir in mein Haus
Und seht dort alles, was man bei ihr fand;
Hört dann, wie sie in diesen Tempel kam;
Nichts Wicht'ges sei verschwiegen.

PERIKLES: Dank dir, Diana, daß du mir erschienst!
Nachtopfer bring ich dir dafür. – Thaisa,
Der Fürst hier, der Verlobte Eurer Tochter,
Soll in Pentapolis sie frein. – Und nun
Will ich den Haarschmuck,
Der mich so wüst entstellt, geziemend schneiden
Und deinem Hochzeitstag zum Schmuck das putzen,
Woran kein Messer vierzehn Jahr lang kam.

THAISA: Glaubwürd'ge Brief' hat Cerimon, daß, Herr,
Mein Vater starb.

PERIKLES: Macht ihn zum Stern, ihr Himmel! Dennoch wollen
Ihr Hochzeitsfest wir dort begehn und selbst
In jenem Reich den Lebensrest verbringen.
In Tyrus sollen unsere Kinder herrschen. –
O Cerimon, es sehnt sich unser Sinn,
Das übrige zu hören. Führt uns hin!

Alle ab.

GOWER *tritt auf.*

GOWER: Antiochus nebst Tochter zeigt' euch schon,
Wie schnöde Wollust fand gerechten Lohn.
Mit Weib und Kind ließ Perikles euch sehen,

Obwohl bedroht von grimmen Schicksalswehen,
Die Tugend, treu bewahrt vor dem Verderben,
Vom Himmel sich die Freudenkron erwerben.
In Helicanus ist euch aufgestellt
Ein Bild der Treu und Redlichkeit gesellt:
Deutlich im würd'gen Cerimon erscheint
Der Wert, den Mild und Wissen hat vereint.
Als Kleons und des Weibes Tat bekannt
Ward durchs Gerücht und Perikles genannt
Mit Ruhm: da hat das Volk, von Wut erfaßt,
Verbrannt ihn und die Seinen im Palast.
Für einen Mord, gewollt nur, nicht geschehn,
Ließen die Götter solche Straf ergehn. –
Daß eure Huld sich nimmer von uns wende,
Seid glücklich denn! Hier nimmt das Stück ein Ende. *Ab.*

KOMMENTARE

Troilus und Cressida *(Troilus and Cressida)*

Troilus und Cressida wird 1603 im Register der Londoner Buchdrucker- und Buchhändlergilde zum erstenmal aufgeführt. Es ist aller Wahrscheinlichkeit nach in den Jahren 1601/02 entstanden, also etwa zwischen *Hamlet* und *Ende gut, alles gut*. Allerdings erschien das Stück erst 1609 im Druck. Auf dem Titelblatt dieser ersten Ausgabe wird eine Aufführung im Globe-Theatre erwähnt; da jedoch dieses Titelblatt noch im gleichen Jahre ausgewechselt wurde und das neue Titelblatt keinen Hinweis auf eine Aufführung mehr enthält, hat man bezweifelt, daß das Stück überhaupt öffentlich gespielt wurde, und angenommen, es sei möglicherweise privat in einer der Londoner Juristenschulen vor einem exklusiven Publikum junger Rechtsstudenten aufgeführt worden. Der stark intellektuelle und in mancher Hinsicht besonders anspruchsvolle Stil mag für eine solche Vermutung sprechen; doch fehlt ihr jeder historische Beweis.

Troilus und Cressida wurde als letztes Drama der Folio von 1623 gedruckt und dort zwischen die Historien und die Tragödien eingefügt, während es ursprünglich hinter *Romeo und Julia* stehen sollte. Diese Verzögerung ging wohl auf Auseinandersetzungen um die Abdrucksrechte zurück und hat jedenfalls nicht zu bedeuten, daß sich die Herausgeber über die Einordnung des Stückes im Zweifel waren. Für sie gehörte es zu den Tragödien, in erster Linie wohl wegen seines Ausgangs (jeder Zuschauer wußte, daß Troilus wenig später von Achilles getötet und Troja niedergebrannt wurde), aber sicher auch deshalb, weil es (wie auch *Cymbeline*) einen historisch-legendären Stoff behandelte, der traditionellerweise in den Bereich der Tragödie, nicht den der Komödie gehörte. Auf dem Titelblatt zur ersten Ausgabe wird das Stück freilich als „Historie" bezeichnet, während in einem kurzen Vorwort besonders auf die komischen Szenen hingewiesen wird. Der seltsame Mischcharakter des Dramas mit seiner geistreich-persiflierenden Behandlung eines durchaus tragischen Stoffes war offensichtlich den ersten Herausgebern bewußt. Der heute akzeptierte Text stellt eine Verbindung aus den ersten beiden Drucken dar; denn der Foliotext von 1623 enthält verschiedene zweifellos echte Erweiterungen (z. B. den Prolog), andererseits aber auch viele Lesarten, die augenscheinlich schlechter sind als die Quarto von 1609.

Die Quelle dieses Dramas ist weniger ein bestimmtes literarisches Werk als ganz allgemein der in zahlreichen Versionen verbreitete Trojastoff, der freilich seit Homers *Ilias* recht einschneidende Veränderungen erfahren hatte. So ist die Liebesgeschichte von Troilus und Cressida erst eine mittelalterliche Zutat aus dem 12. Jahrhundert. Aus ihr machten Boccaccio und nach ihm der englische Dichter Geoffrey Chaucer (ca. 1340–1400) höfische Romane, in denen Troilus als der edle und gutgläubige Liebhaber erscheint, der von seiner Dame betrogen wird. Zur Zeit Shakespeares war Cressida bereits zu sprichwörtlicher Berühmtheit als Verkörperung weiblicher Treulosigkeit gelangt, und der Name Pandarus war zu einem Synonym für „Kuppler“ geworden. Aber auch die homerischen Helden, vor allem Achilles, waren schon vor Shakespeare verschiedentlich stark abwertend dargestellt worden. Zudem wurde in England die Geschichte Trojas häufig vom Standpunkt der Trojaner aus beschrieben, und das Wort *Greek* (Grieche) hatte im elisabethanischen Englisch einen durchaus negativen Klang. Dies hängt wohl auch damit zusammen, daß die Engländer sich seit dem Mittelalter gerne als die Nachkommen der Trojaner betrachteten und den Untergang Trojas als ein Werk heimtückischen Verrates ansahen.

Wichtiger als die Bestimmung einzelner Quellen ist also die Tatsache, daß Shakespeare hier einen allgemein bekannten Stoff behandelte. Die Wirkung des Stückes mußte daher vor allem davon abhängen, wie die Erwartungen des Publikums durch die besondere Form der Darstellung angesprochen oder enttäuscht wurden.

Auf den ersten Blick fällt auf – für den modernen Leser sollte dies kaum befremdlicher sein als für Shakespeares Zeitgenossen –, daß der klassische Stoff hier ohne alles respektvolle Pathos wiedergegeben und zu einem Instrument bissiger Satire umgeformt wird. Keine Figur und keine der beiden kämpfenden Parteien wird davon ausgenommen. Die Griechen verzehren sich in kleinlichem Streit und finden darüber zu keiner gemeinsamen Aktion. Die Trojaner kämpfen um einen irrealen Ehrbegriff und verteidigen damit nur das verächtliche Liebesglück des Paris. Der ganze Krieg wird, wie das Stück immer wieder unterstreicht, um einen wertlosen Kampfpreis ausgefochten, und die großen Worte, die auf beiden Seiten tönen (vgl. etwa die beiden hochtrabenden Beratungsszenen I, III und II, II), stehen in einem ironischen Gegensatz zu der wenig heldenhaften Kriegführung, ein Gegensatz, der durch die zynischen Lästerreden des Thersites ständig unterstrichen wird. So ist es bezeichnend, daß außer der ungeordneten Schlächterei am Schluß im Drama so gut wie nie gekämpft, aber dauernd über den Kampf geredet wird.

In einem ähnlichen Licht erscheint die Liebesgeschichte. Wie Helena, so ist auch Cressida ein höchst unwürdiges Objekt der hohen Gefühle, die ihretwegen in Wallung geraten. Das ständige Nebeneinander von Kriegs- und Liebeshandlung betont die inneren Entsprechungen zwischen den beiden Vorgängen. Bei beiden steht der Aufwand an Worten und Empfindungen in einem vom Dramatiker scharf pointierten Mißverhältnis zum äußeren Erfolg und zu dem wirklichen Wert des Gegenstandes. Ebensowenig wie die griechischen und trojanischen Helden hier als Idealgestalten erscheinen, ist Troilus ein romantisch-idealisierter Liebhaber (wie etwa Romeo). Er braucht, um seine Liebe mitzuteilen, den geschwätzigen Kuppler Pandarus, der fast nie von seiner Seite weicht und dessen unverblümte Reden einen ironischen Kommentar zu den rhetorisch übersteigerten Ausbrüchen des Liebhabers mit ihrer preziösen und oft merkwürdig unromantischen Bildersprache abgeben. Dieser schwelgerisch verkünstelten Sprache scheint jeder Bezug zu der umgebenden Wirklichkeit zu fehlen, und vom ersten Auftritt Cressidas an wissen wir, welcher grotesken Täuschung Troilus hier verfallen ist. Der Widerspruch zwischen Reden und Tun ist für ihn kaum weniger charakteristisch als für Hektor, Achilles oder (auf einer tieferen Stufe) für Ajax. Es ist ein Widerspruch, der sich etwa auch in der bei aller wortreichen Geschäftigkeit kaum fortschreitenden Handlung und in der oft überraschenden Aufeinanderfolge höchst gegensätzlicher Szenen spiegelt. Wenn Thersites die Liebe als verbrämte Lüsternheit und den Krieg als kindische Schlägerei bezeichnet (V, II), so beschreibt er damit zweifellos einen wichtigen Zug des ganzen Stückes.

Aber Thersites ist nicht (wie in manchen neueren Aufführungen) die Hauptgestalt oder gar so etwas wie ein Sprachrohr des Dichters. Das Drama bleibt nicht bei einer satirischen Entlarvung und Abwertung aller hohen Begriffe stehen, und es wäre völlig falsch, in ihm den Ausdruck einer zynischen Lebensauffassung zu sehen. Wenn auch alle Personen der Handlung, ihre Worte, Entscheidungen und Beweggründe in Frage gestellt oder durch die indirekte Art der Darstellung lächerlich gemacht werden, spricht aus dem Stück doch ein tiefes Bewußtsein von den menschlichen Werten, die hier auf dem Spiele stehen, und von der Möglichkeit einer höheren Ordnung. Daß keine der auftretenden Personen diese Ordnung in idealer Weise verkörpert, zeigt den Ernst der Fragestellung und bedeutet keineswegs, daß jede Norm geleugnet wird.

Hinter der satirischen Enthüllung von Cressidas Untreue, Troilus' Blindheit und Hektors Schwäche steht die bohrende Frage nach dem Wesen menschlicher Beständigkeit überhaupt. Daher spielt etwa die Funktion der Zeit in diesem Drama eine so wichtige Rolle, nicht nur der Zeit, die innerhalb des Stückes verstreicht, sondern vor allem auch der Zeit, die den Zuschauer von den dargestellten Ereignissen trennt; denn er hat bei allem, was hier vorgeführt wird, das Bild vor Augen, das die Jahrhunderte von diesen Vorgängen geprägt haben. Die Zeit wird hier als Richterin gezeichnet, deren Urteil oft ganz anders ausfällt, als die Geschehnisse selbst es erwarten lassen. Am deutlichsten kommt dies in der Debatte der Trojaner (II, II) zum Ausdruck, in dem ironisch-prophetischen Treueschwur der Liebenden mit Pandarus (III, I) und vor allem in der berühmten Rede des Ulysses über die Rolle der Zeit (III, III).

Eng verwandt mit diesem Thema der wertenden und urteilenden Zeit ist auch die Frage nach dem, was eigentlich den Wert eines Gegenstandes oder eines Menschen ausmacht. Troilus' Meinung, dieser Wert werde allein durch die subjektive Einschätzung bestimmt (II, II), wird durch die Handlung des Stückes, vor allem auch durch sein eigenes Schicksal, in vielem bestätigt. Cressida und Helena sind nur das wert, was andere für sie einzusetzen bereit sind (vgl. IV, I und IV, V). Der hohlköpfige Kraftprotz Ajax wird von Ulysses künstlich hochgespielt und zum Helden gemacht (II, III und III, III), nur um Achilles dadurch aus seiner Passivität herauszulocken. Gleichzeitig wird aber deutlich, daß ja auch ein nur in der Einbildung existierender Wert zu großen und edlen Taten führen kann. Hektors tragische Blindheit, die ihn ins Verderben treibt (vgl. vor allem V, III), entbehrt nicht einer echten Größe, und die Erschütterung des Troilus, der den Zusammenbruch all seiner Wertvorstellungen und Illusionen erlebt (V, II), ist von einer tragischen Unmittelbarkeit, die spüren läßt, daß hier mehr als ein törichter Traum zerstört worden ist. Selbst im sinnlosesten Kampf und in der völlig irregeleiteten Liebe können Ordnung, Vernunft, Ehre und Treue als Ideale gültig bleiben, auch wenn sie nur in dem untätigen Willen der handelnden Personen leben und nur hie und da einen flüchtigen Augenblick lang verwirklicht werden. Mit der Geschichte Trojas haben sie die Jahrhunderte überdauert. So wird auch etwa in der berühmten Rede des Ulysses über die „Abstufung" (das englische Wort *degree* meint hier, dem Weltbild der Renaissance entsprechend, die natürliche, auf Gott bezogene Stufenordnung des ganzen Kosmos, in der alles seinen rechten Platz in einem harmonischen Gefüge hat) die Vision eines geregelten, im Einklang mit sich selbst befindlichen Gemeinwesens sichtbar.

Der lockere Aufbau des Stückes, die bewußt verstärkten Kontraste zwischen den einzelnen Szenen und die experimentierende Sprache, die vom rhetorischen Pathos bis zur hemmungslosen Lästerung die verschiedensten Töne einschließt – alles spricht dafür, daß hier mehr gefragt als verkündet, mehr diskutiert als behauptet oder gewertet wird; aber die Intensität des Fragens, die künstlerische Überlegenheit und die bei aller Vielfalt keineswegs zufällige Form stellen trotz allem ein positives Element dar und entschädigen den reichlich, der sich der nicht ganz leichten Mühe des sorgsamen Lesens unterzieht.

Troilus und Cressida brauchte sehr lange, um sich auf dem Theater durchzusetzen. Das Stück wurde in England zwischen 1679 und 1733 verschiedentlich in einer sentimentalen Bearbeitung Drydens gespielt, dann erst wieder in diesem Jahrhundert. Eine der ersten Aufführungen in Deutschland war eine Privatvorstellung für König Ludwig II. von Bayern mit Josef Kainz als Troilus. Seither ist das Drama in beiden Ländern immer wieder gespielt worden. Besonders häufig hat es zu Experimenten in der Textbearbeitung oder der Ausstattung (z. B. moderne Kostüme) gereizt. Die in jüngster Zeit immer wieder zu beobachtende Tendenz, *Troilus und Cressida* als satirisches Antikriegsstück zu inszenieren, um ihm damit eine gewisse Aktualität zu geben, zeugt von einem recht einseitigen Verständnis dieses vielschichtigen Dramas.

Dieter Mehl

Coriolanus *(Coriolanus)*

Die genaue Entstehungszeit dieses Dramas ist nicht bekannt. Stilistische und metrische Gründe sprechen dafür, daß *Coriolanus* bald nach *Antonius und Kleopatra* (1607) entstanden sein muß. Da zudem der zeitgenössische Dramatiker Ben Jonson in seinem 1609 verfaßten Stück *Epicoene* auf die Tragödie anzuspielen scheint, die deshalb beim Zuschauer noch in frischer Erinnerung gewesen sein muß, erhält man als ungefähres Entstehungsdatum die Zeit zwischen 1607 und 1609.

Coriolanus ist nur in der Folioausgabe überliefert. Man vermutet, daß dabei Shakespeares eigenes Manuskript als Druckvorlage verwendet wurde. Als Quelle für die in der Renaissance recht bekannte, aber vor Shakespeare vermutlich noch nicht dramatisierte antike Coriolan-Legende dienten ihm Plutarchs *Parallelbiographien* in der Übersetzung von Thomas North (1579), die er auch schon für die früheren Römerdramen *Julius Cäsar* und *Antonius und Kleopatra* verwendet hatte (vgl. die Angaben über die Quelle im Kommentar zu *Julius Cäsar*). Plutarchs zum Teil recht weitschweifiger Stil zwang Shakespeare auch in *Coriolanus* zu einer Straffung der Handlung. So wird nicht nur der komplizierte politische Hintergrund vereinfacht, sondern auch das Geschehen selbst läuft zielstrebig auf den Höhepunkt der Konsulwahl zu, die unmittelbar auf Coriolans Siegeszug über die Volsker folgt, wie auch seine Verbannung im Gegensatz zur Quelle in direkten Zusammenhang mit seiner mißlungenen Bewerbung um das Konsulat gebracht wird. Schon Plutarch erblickte in Coriolan einen Gegensätze in sich vereinigenden Charakter, der sich sowohl tapfer und großherzig wie hochmütig und unduldsam zeigte. An diesen Widerstreit in Coriolans Natur knüpfte Shakespeare bei seiner vertieften dramatischen Gestaltung an. Aufidius und Volumnia, die in der Quelle erst spät in die Handlung eingreifen, werden im Drama von Anfang an zu großen Mit- und Gegenspielern des Helden gemacht. Die Tribunen, Virgilia und Menenius hat Shakespeare aus bloßen Andeutungen in der Quelle zu dramatischen, mit Coriolan wirkungsvoll kontrastierenden Personen ausgestaltet.

Coriolanus ist ebensowenig wie *Julius Cäsar* ein rein politisches Drama. Die oft auftauchende Frage, ob Shakespeare auf der Seite des Volkes, das sich um Mitregierung bemüht, stehe oder ob er mit der reaktionären Adelspartei sympathisiere, ist falsch gestellt. Denn im Gegensatz zur Vorlage verteilt er als objektiver Dramatiker die Sympathie gleichmäßig auf die beiden Gegner. Das zentrale Thema dieser Tragödie ist die Problematik des Verhältnisses eines großen Einzelnen zur Gesellschaft und die dramatische Gestaltung der Kräfte, die in dieser Gesellschaft wirksam werden und ihre Ordnung gefährden. Der Staat erweist sich dabei als eine dem geschichtlichen Wandel unterworfene Gesellschaftsform, und auch die Gültigkeit der Werte ist historisch bedingt. So machen sich die Figuren in *Coriolanus* häufig zum Maßstab ihres eigenen Handelns, und politische Entscheidungen haben meist ihren Grund in privaten Motiven. Daß die Taten der dramatischen Personen oft in Ansätzen steckenbleiben, weil sie von den Ereignissen durchkreuzt werden, ist ein Grund für die in *Coriolanus* überaus häufige dramatische Ironie.

In dieser Welt sucht Coriolan seine Selbstverwirklichung. Seine Größe liegt in seiner Tapferkeit und militärischen Unbesiegbarkeit, wofür schon der Name „Martius" („der Kriegerische") symbolischer Ausdruck ist. Da die Tapferkeit für ihn einen unbedingten Wert darstellt, weist er jedes Lob, aber auch jede Art von Schmeichelei schroff von sich. Mit diesem Versuch, sich selbst und seine Vorzüge zu verabsolutieren, verkehren sich gerade diese Vorzüge in Schwächen, worin der eigentliche Unterschied zu Plutarchs Coriolan liegt. Coriolans Haltung ist durch die einseitige Erziehung seiner Mutter nicht unwesentlich mitverursacht worden (der Zuschauer erlebt die Art dieser Erziehung in I, III am Beispiel des jungen Martius mit); denn Volumnia war nur auf seinen künftigen Ruhm bedacht und sucht ihn auch noch als Erwachsenen zu beherrschen, womit sie ihn an seiner freien Entfaltung hindert. So wird Coriolan, der in seiner heroischen Tapferkeit einerseits fast bis an die Götter heranreicht, andererseits aber auch recht jungenhafte Züge nicht verbergen kann, zu einem Charakter mit einer sehr großen Spannweite. Sein gestörtes Verhältnis zur Mitwelt äußert sich in der bezeichnenden Episode, als er sich nach dem Sieg über die Feinde großmütig für die Schonung seines ehemaligen Gastfreundes einsetzt, sich aber an dessen Namen nicht mehr erinnern kann (I, IX). In äußerster Zuspitzung wirkt sich diese Haltung in seinem Haß auf das Volk aus, dem er seine Wankelmütigkeit vorwirft und von dem er die bedingungslose Unterwerfung unter die Adelspartei verlangt. Im Gegensatz zu der Kontrastfigur Aufidius strebt er keine politische Macht an, sondern bewirbt sich auf Wunsch seiner Mutter um das Konsulat, weil er dieses Amt als die ihm zukommende Ehrung für seine Siege betrachtet. Freilich wird er sich damit selbst untreu, indem er verkennt, daß er seine Taten um ihrer selbst willen vollbringen wollte, die deshalb nicht als „Verdienste" gelten können, für die das Volk zu Dank verpflichtet wäre. Bei einem aufmerksamen Studium des Dramas wird man ohnehin erkennen, daß die treibende Kraft für Coriolan im Feldzug gegen die Volsker die Rivalität mit Aufidius, seinem langjährigen Gegner, ist. Auch wird leicht übersehen, daß die Bürger von Rom keineswegs immer Coriolans Bild von der wankelmütigen Masse entsprechen, sondern daß einige unter ihnen durchaus die problematische Diskrepanz zwischen Coriolans Anspruch auf das Konsulat und seinem völligen Mangel an einer dienenden Haltung erkennen.

Zu Beginn des 4. Aufzugs, mit dem ein zweiter Handlungsbogen einsetzt, geht Coriolan in das feindliche Antium, weil er trotz seines Konflikts mit der menschlichen Gemeinschaft nicht ohne diese zu leben vermag. Zugleich tritt von nun ab immer deutlicher zum Vorschein, daß auch er selbst nicht frei von jener Wankelmütigkeit und Unzuverlässigkeit ist, die er am Volk so besonders haßt. Daß er zu einem Verräter an Rom wird und die Tribunen in III, III mit Recht diesen Vorwurf gegen ihn erhoben haben, beleuchtet Shakespeare indirekt durch eine Spiegelung seines Übertritts zu den Volskern in der Szene mit der Begegnung der beiden Spione (IV, III). Überhaupt erschließt sich von diesem zweiten Teil des Dramas her besonders die formale Kunst dieses Stückes. Der Leser achte darauf, wie sich nunmehr eine Reihe von Parallelsituationen zum Geschehen in Rom dadurch ergeben, daß Coriolan erneut an der Spitze eines Staates steht und diesem seine Dienste anbietet, während es ihm nunmehr um die Befriedigung seiner persönlichen Rache an Rom zu tun ist, bis ihn in der Schlußszene zum zweitenmal der Vorwurf des Verrats trifft, der diesmal seinen Tod zur Folge hat. Mit seiner Entscheidung in der großen Szene V, III, den Bitten seiner Mutter nachzugeben und Rom zu schonen, obwohl er damit die Voraussetzungen für seinen Untergang schafft, erhebt er sich für einen Augenblick zu tragischer Größe. Der Wiederherstellung der Ordnung in der Schlußszene fehlt allerdings die letzte Überzeugungskraft, weil ausgerechnet Aufidius als ihr Garant erscheint, der die sich bietende Gelegenheit nur benützt, um seinen alten persönlichen Gegner endgültig zu besiegen.

Man hat immer wieder die Frage gestellt, ob *Coriolanus* eine Tragödie sei, da sich der Konflikt nicht mit der Handlung fortschreitend entwickelt und der Zuschauer den Helden gleichsam immer nur von außen betrachten kann, denn diesem liegt das reflektierende Monologisieren fern, was auch mit ein Grund für die Tatsache ist, daß er kaum je die Sympathie des Zuschauers zu wecken vermag. Jedoch läßt sich Coriolan in der Art, wie er sich in der ihn umgebenden Welt isoliert, mit anderen großen tragischen Helden Shakespeares vergleichen.

Im Gegensatz zu Shakespeares großen Tragödien ist der Stil eigentümlich abstrakt und nüchtern. Der häufig stark aufgelockerte Blankvers mit den vielen elliptisch verkürzten Sätzen nähert sich dem Ton der Umgangssprache an. Während sich Coriolans Isolierung auch in seiner Sprache äußert, vor allem in der Art, wie er immer denselben Gedanken nachhängt und sich nur widerwillig am Dialog beteiligt, vermag sich Menenius seinen jeweiligen Partnern vollkommen anzupassen. Er kommentiert die Handlung in einer sehr geistreich-witzigen Sprache, die ein wichtiges Gegengewicht zu der sonstigen Sprödigkeit des Dramas schafft. Auch die Bildersprache wird im abstrakten Kontext dieses Stückes besonders wichtig. Seit der in der ersten Szene mit großer Kunst und rhetorischem Geschick erzählten Fabel vom Magen und den rebellischen Gliedern wird die *city* häufig als ein von Krankheit befallener Organismus gesehen, wobei Coriolan selbst als krankes Glied erscheint, das amputiert werden muß. Immer wieder suchen ihn die Mithandelnden mit den widersprechendsten Bildern zu charakterisieren, wodurch die Komplexität seines Charakters verdeutlicht wird. Obwohl *Coriolanus* durch die Häufigkeit der gedanklichen Auseinandersetzung ein überaus „wortreiches" Drama ist, wird die Sprache in entscheidenden Augenblicken durch ein vielsagendes dramatisches „Bild" oder eine sprechende Gebärde ersetzt, wenn sich etwa Coriolans Nachgeben gegenüber den Bitten der Mutter dadurch ankündigt, daß er schweigend ihre Hände ergreift (V, III).

Die Aufführungsgeschichte dieses selten gespielten Stückes zeigt, daß man *Coriolanus* in England wie in Deutschland fast durchweg als politisches Drama aufgefaßt und es deshalb durch Bearbeitungen den jeweiligen Zeitumständen anzupassen versucht hat. So war auch Beethovens *Coriolan-Ouvertüre* für eine zeitgenössische Wiener Bearbeitung bestimmt. Von der Inszenierung des Stückes durch Erich Engel im Jahre 1925 sagte Bertolt Brecht, sie sei für seine Konzeption des epischen Theaters „entscheidend wichtig" gewesen. Brecht selbst verfaßte eine Bearbeitung, die Coriolan in den Hintergrund drängt und ihn durch das politische Getriebe zu Fall kommen läßt.

Wolfgang Riehle

Titus Andronicus (*Titus Andronicus*)

Titus Andronicus ist spätestens 1593/94 entstanden, weil das sogenannte Tagebuch des Theatereigentümers Philip Henslowe, ein für die Datierung mancher Shakespearedramen wichtiges Geschäftsbuch, die Aufführung von „Titus & Ondronicus" für den 23. Januar 1594 bezeugt. Andere Gründe lassen allerdings vermuten, daß das Drama schon zu Beginn der neunziger Jahre abgefaßt worden sein dürfte. Jedenfalls ist seine Entstehung sicher vor *Romeo und Julia* und in unmittelbarer Nachbarschaft zu *Heinrich VI.*, *Richard III.* und den frühen Komödien anzusetzen.

Den besten Text des Dramas bietet die erste Quartoausgabe von 1594, die vermutlich nach Shakespeares eigenem Manuskript gedruckt wurde. Die in der Folioausgabe enthaltene Fassung ist im großen ganzen deswegen nicht zuverlässig, weil sie auf der dritten Quarto von 1611 basiert, die sich ihrerseits auf die zum Teil recht fehlerhafte zweite Quarto von 1600 stützt. Jedoch enthält die Folio die zusätzliche Szene III, II, die sicher von Shakespeare selbst stammt.

Titus Andronicus ist wegen seiner abstoßenden Grausamkeiten wohl das am schwersten zugängliche Drama Shakespeares. Aus einer Anspielung in der Komödie *Bartholomew Fair* des zeitgenössischen Dramatikers Ben Jonson wissen wir jedoch, daß es bei den Elisabethanern längere Zeit besonders beliebt war, kam es doch einer literarischen Mode, der blutdürstigen und rhetorisch-schwülstigen Rachetragödie, entgegen. Da man in unserer Zeit *Titus Andronicus* häufig für eine geschmackliche Entgleisung hielt, hat es nicht an Versuchen gefehlt, das Drama wenigstens teilweise einem anderen elisabethanischen Dramatiker unterzuschieben und Shakespeare so von diesem „Makel" zu befreien. An seiner alleinigen Verfasserschaft kann heute jedoch nicht mehr gezweifelt werden, weil sich bei einem aufmerksamen Studium des Dramas zahlreiche unverwechselbare Grundzüge seiner dramatischen Kunst beobachten lassen.

Schon die Art, wie Shakespeare den vorgegebenen Stoff für seine Zwekke verwendet, verdient besondere Beachtung. Zwar ist uns die unmittelbare Vorlage für *Titus Andronicus* nicht erhalten; doch wenn das erst 1936 aufgefundene Volksbuch *The History of Titus Andronicus* aus dem 18. Jahrhundert noch ziemlich genau die Quelle wiedergibt, die Shakespeare benützte, was leicht möglich ist, so lassen sich die Abweichungen zwischen diesem Volksbuch und dem Drama größtenteils dadurch erklären, daß Shakespeare bereits bei diesem frühen Versuch beabsichtigte, dem Stoff eine vertiefte dramatische Gestaltung zu geben. Dies zeigt vor allem ein Vergleich der Personen mit ihren Vorbildern in der „Quelle". Die Figuren besitzen bei Shakespeare noch nicht die Komplexität seiner späteren Charaktere, sie wirken mehr flächenhaft und ganz und gar „unmodern", doch vereinigen sie in sich im Gegensatz zur „Vorlage" bereits recht widerspruchsvolle Züge. So ist Lavinia nicht nur die tugendhafte, auf ihre Ehre bedachte Jungfrau, sondern sie überrascht auch durch den ganz entgegengesetzten Wesenszug der Selbstherrlichkeit und kalten Härte, die sie Tamora gegenüber hervorkehrt (II, III). Während in der Quelle der namenlose Mohr vornehmlich auf Geheiß Tamoras handelt, macht Shakespeare seinen Aaron zu einem machiavellistischen und ränkeschmiedenden Bühnenschurken, einer Figur, die im englischen Moralitätendrama zu einer Konvention geworden war und noch in Jago und Edmund nachwirkt. Am Ende des Dramas zeigt Aaron jedoch eine so große Liebe zu seinem Kind, wie man sie bei ihm nicht erwarten würde, wohingegen umgekehrt Titus, der eigentliche Held des Dramas, mit der fortschreitenden Handlung immer mehr die grausamen Züge seines Wesens erkennen läßt, worin sich eine für *Titus Andronicus* charakteristische Umkehrung der Werte spiegelt.

Die große Eröffnungsszene stellt Titus als einen ebenso milden wie schonungslos harten Menschen vor. Als Sieger aus einem zehnjährigen Krieg gegen die Goten zurückgekehrt, gibt er den Befehl, Tamoras Sohn Alarbus zu töten und den Manen seiner eigenen gefallenen Söhne zu opfern. Mit dieser Entscheidung, wofür in der „Quelle" bezeichnenderweise jeder Hinweis fehlt, erliegt Titus einer schweren Täuschung, die für sein weiteres Schicksal verhängnisvolle Folgen haben wird. Denn er verkennt, daß er in der Absicht, seinen Söhnen Pietät zu erweisen, vom Standpunkt Tamoras aus betrachtet gerade die menschlichsten Empfindungen mit Füßen tritt. Wie er das Flehen Tamoras um Gnade hartnäckig überhört, wird er darum auch später selbst vergeblich auf Gnade hoffen. Während in der „Quelle" Titus die nun folgenden Schicksalsschläge als ein schuldlos Leidender hinnehmen muß, bereitet er sich im Drama sein eigenes Schicksal und ist darin schon den späteren tragischen Helden vergleichbar. Bei dem gleich zu Beginn des Stückes ausbrechenden Streit über die Frage, wer als rechtmäßiger Thronfolger zu betrachten sei, unterstützt Titus die Kandidatur des Saturninus, der das Erstgeburtsrecht besitzt, und verzichtet nicht zuletzt wegen seines Alters auf seinen eigenen, durch den Sieg über die Feinde erworbenen Herrschaftsanspruch. Dadurch schafft er aber – wiederum in tragischer Verblendung – gerade die Voraussetzungen für seinen Untergang, denn Tamora erhält durch ihre Heirat mit Saturninus freie Hand für den Vollzug ihrer schonungslosen Rache.

Die in *Titus Andronicus* erfolgreich angewandte Technik, schon bei der Eröffnung des Dramas das widerspruchsvolle Handeln des Helden zur Ausgangssituation für eine daraus entstehende Tragödie zu machen, hat Shakespeare in seiner reifsten Schaffensperiode in *König Lear* noch einmal aufgegriffen. Dadurch ergeben sich eine große Zahl von Parallelen und Entsprechungen zwischen den beiden sonst so verschiedenartigen Dramen. Man vergleiche etwa, wie beide Helden aus Altersgründen auf die Macht verzichten, sich ihrer eigenen Tochter gegenüber ins Unrecht setzen und wie greisenhafte Torheit und leicht erregbarer Zorn ihren tragischen Untergang beschleunigt herbeiführen. Darüber hinaus ist *Titus Andronicus* auch durch eine Fülle thematischer und motivlicher Parallelen mit dem Gesamtwerk Shakespeares verbunden. So klingt beispielsweise die zentrale Problematik des Mißverhältnisses zwischen Schein und Sein bereits unüberhörbar an, wenn Marcus über den von großer seelischer Pein geplagten Titus sagt, er halte „trügliche Schatten für ein wahres Ding" (III, II). Titus selbst legt bei seinem Rachevorhaben eine Wahnsinnsmaske an, ein Kunstgriff, der bereits deutlich auf *Hamlet* vorausweist.

Wie Shakespeare mit *Hamlet* aus der Konvention der elisabethanischen Rachetragödie etwas völlig Neues und Eigenes gestaltet, kommt er auch in seinem frühen *Titus Andronicus* nicht einfach einem Zeitgeschmack entgegen, sondern macht durch die erbarmungslose, Greueltat auf Greueltat häufende Handlung die Absurdität der Rache sichtbar. Hinzu kommt, daß dem Rachethema ein zweites, mindestens ebenso wichtiges Thema zugesellt ist. Denn *Titus Andronicus* ist auch eine dramatische Gestaltung der engen Wechselbeziehung zwischen dem großen Einzelnen und der durch den römischen Staat repräsentierten Gesellschaft, ein Thema, das Shakespeare vor allem in seinen großen Römerdramen erneut aufgreifen wird. Wie Titus in seiner Freude über den Sieg Roms über die Barbaren mit dem Befehl, Alarbus zu töten, selbst zu einem Barbaren wird, so wird sich auch Rom zunehmends in eine „Wüstenei von Tigern" (III, I) verwandeln. In einer charakteristischen Erweiterung gegenüber der „Quelle" stellt der aus der Verbannung zurückgekehrte Lucius am Ende des Dramas als rechtmäßiger und gerechter Herrscher die gestörte Ordnung wieder her, was den Abschluß der späteren Tragödien vorwegnimmt.

Die Struktur des Dramas hat man mit Recht bewundert. Die Handlung ist dem 5-Akte-Schema genau entsprechend und gut überschaubar aufgebaut. Vor allem aber hat Shakespeare das von ihm stets verwendete Kompositionsprinzip der Kontrastierung in *Titus Andronicus* schon sehr konsequent benützt. So lassen sich nicht nur eine Reihe von kontrastierenden Personen bei den zum Teil symmetrisch aufeinander bezogenen Gruppen der Römer und der Goten feststellen, sondern auch innerhalb der beiden Gruppen sind gegensätzliche Figuren einander zugeordnet. Selbst in der szenischen Technik wird dieses Kunstprinzip wirksam, was sich besonders an den kontrastierenden Naturschilderungen in der großen Szene II, III beobachten läßt.

Die Sprache ist sehr stilisiert und wird lediglich in Ansätzen den dramatischen Situationen und Charakteren angepaßt; den stark rhetorischen Dialogen fehlt es häufig an einer wirklichen Partnerbeziehung. Der eigentliche Grund für die stilistische Andersartigkeit von *Titus Andronicus* im Vergleich zu Shakespeares übrigen Dramen liegt darin, daß er hier ein ausgesprochen poetisches Drama zu schaffen versuchte und die Möglichkeit einer Übertragbarkeit des elisabethanischen Dichtungsideals auf das Drama erprobte. Als literarisches Vorbild dienten ihm Ovids *Metamorphosen*, die ja auch in die Handlung selbst einbezogen werden, wenn Lavinia versucht, mit Hilfe der von Ovid erzählten Philomela-Sage auf ihre Schändung aufmerksam zu machen. Shakespeare gestaltet in diesem Drama die Personen und Situationen nicht so sehr um ihrer selbst willen, sondern vielmehr als lebende Bilder, die in einer emblematischen Funktion abstrakte Begriffe und geistige Vorgänge, besonders aber die metamorphosenhaften Wandlungen der Werte und der Charaktere versinnbildlichen sollen. Dies zeigt sich besonders deutlich an Lavinia, deren Verstümmelung nicht in erster Linie Entsetzen oder Mitleid hervorrufen soll, sondern als Bild für die völlige Auflösung der natürlichen Ordnung in Rom betrachtet werden muß. Da jedoch eine dramatische Figur als lebendige Gestalt gleichsam von selbst eine unmittelbare Beziehung zwischen sich und dem Publikum herstellt, läßt sich die von Shakespeare hier verlangte Distanzierung des Zuschauers kaum erreichen, worin die eigentliche Schwäche dieses Dramas liegt.

Titus Andronicus ist wohl das am seltensten aufgeführte Drama Shakespeares. Durch Bearbeitungen versuchte man, es bühnengerechter zu machen. In Deutschland wurde zuerst das Stück *Eine sehr klägliche Tragoedia von Tito Andronico und der hoffertigen Kayserin* aus dem Jahre 1620 bekannt. Hierbei handelt es sich um ein Schauspiel der Englischen Komödianten, das indirekt mit Shakespeares Drama zusammenhängt. Die deutsche Erstaufführung von *Titus Andronicus* fand im Jahre 1925 statt.

Wolfgang Riehle

Romeo und Julia (*Romeo and Juliet*)

Romeo und Julia, die erste bedeutende Tragödie Shakespeares, muß zwischen 1596 und 1597 aufgeführt worden sein. Das läßt sich dem Titelblatt der ersten Quartoausgabe von 1597 entnehmen. Diese freilich trägt die Anzeichen eines entstellten Raubdruckes. Einen zuverlässigen Text bot erst die zweite Quarto von 1599, für die neben einem (korrigierten?) Exemplar der ersten Quarto in irgendeiner Form auch Shakespeares Handschrift zu

Rate gezogen worden sein muß und der alle nachfolgenden Ausgaben des Dramas, auch die Folio-Gesamtausgabe von 1623, folgten. (Der dort fehlende Prolog stammt wohl nicht von Shakespeare selbst.) Entstanden ist das Werk wohl um 1595, um die gleiche Zeit wie die Komödie *Ein Sommernachtstraum*, mit der *Romeo und Julia* den lyrischen Reichtum der Sprache gemeinsam hat (das Jahr 1595 war überhaupt ein Höhepunkt im lyrischen Schaffen des elisabethanischen England) und die in vielem wie eine komische Variante des *Romeo*-Themas anmutet, am deutlichsten in der Handwerkerfarce von Pyramus und Thisbe.

Die Geschichte von dem Veroneser Liebespaar ist vor Shakespeare mehr als einmal erzählt worden, in italienischen Novellen zumal, deren eine, sie stammt von Bandello (1554), von dem Franzosen Pierre Boaistuau moralisierend übertragen und von dort durch William Painter ins Englische übersetzt und der Sammlung *The Palace of Pleasure* (1566) einverleibt wurde, die Shakespeare gekannt hat. Shakespeares Hauptquelle jedoch war die umfängliche Verserzählung *The Tragical History of Romeus and Juliet* von Arthur Brooke (1562). Ihr folgte Shakespeare recht genau. Doch er drängte das Geschehen, das bei Brooke vier Monate dauerte, in den Zeitraum von etwas mehr als vier Tagen und erzeugte so eine Dramatik der Schlag auf Schlag sich jagenden Ereignisse. Er entwickelte aus Andeutungen auch ganz Eigenes, schuf z. B. die Gestalt des Mercutio und wies dem Fürsten eine zentrale Stellung in der dramatischen Struktur zu.

Vor allem durch die Auffassung von der Liebe und ihrer Tragik ist bei Shakespeare der Stoff ganz neu geprägt. Für Brookes Darstellung war zweierlei kennzeichnend: die Sicht des Geschehens als Auswirkung der Launen einer unbeständigen Fortuna, und zum anderen der moralische Zeigefinger, mit dem das traurige Ende der Liebenden als Strafe für ihre ungezügelten Leidenschaften emporgehalten wird. Einen Rest von beidem wird man noch bei Shakespeare bemerken. Von Zufällen ist auch sein „unsternbedrohtes" Liebespaar reichlich heimgesucht; doch nicht sie allein bestimmen den Lauf der Ereignisse, und Romeos Ausruf: „Weh mir, ich Narr des Glücks" („O, I am fortune's fool"; III, 1) ist gerade nicht sein letztes Wort; er muß unter den Ermahnungen des Mönchs zu sich selbst finden, ohne darum freilich sein übereiltes Handeln zügeln zu können („Ich biet euch Trotz, ihr Sterne!"; V, 1). Auch schuldlos bleiben die Liebenden nicht; aber nicht aus der Liebe selbst entspringen hier Schuld und tragische Konflikte (wie in Shakespeares späteren Liebestragödien *Othello* und *Antonius und Kleopatra*). Die Liebe von Romeo und Julia ist in Shakespeares poetischer Tragödie vielmehr eine reine, lautere, eine „heilige" Liebe. Sie hebt sich von den mancherlei Liebesauffassungen ab, denen andere Personen des Dramas huldigen. Sie wird geweiht durch die Echtheit der Poesie, durch die sie sich offenbart. Nicht von ungefähr versetzt der erste Dialog (I, v) das Paar in die Rolle von Pilger und Heiligenbild, und dies in der lyrischen Form eines Sonetts. Von lyrischer Schönheit sind alle die unsterblich gewordenen Szenen zwischen den Liebenden: die

Balkonszene (II, II), Julias Anrufung an die Nacht (III, II), die tagliedgleiche Abschiedsszene (III, v).

Gewiß: durch ihre Absolutheit wird diese Liebe zur verzehrenden, ja unheilvollen Flamme, die erst im Liebestod letzte Erfüllung findet. Doch vor allem rührt ihre Tragik aus ihrem Umgebensein von der haßgetriebenen und heißblütigen Welt von Verona, die sich gleich in der Eröffnungsszene in all ihren sozialen Schichten manifestiert. Nicht als ob diese schlechthin das Böse wäre. Vielmehr scheint in ihr alles in der Ordnung zu sein, in einer konventionellen, hingenommenen Ordnung. Die Zwietracht der Häuser Capulet und Montague, deren Grund und Anfang niemand mehr kennt, ist nur eine, wiewohl die verhängnisvollste ihrer sinnleeren Konventionen. Andere sind der gesellschaftliche Ehrgeiz des Capulet angesichts der Möglichkeit, einen prinzlichen Schwiegersohn zu erwerben, und das selbstbewußte Freien des Paris beim Brautvater; die emsigen Festvorbereitungen und selbst das Ritual der Klage. In dieser Welt finden wir auch Romeo selbst am Anfang des Dramas, als konventionell nach der unerreichbaren Dame, der nie auftretenden Rosalinde, schmachtenden Liebhaber, bevor ihn die echte Liebe aus den Konventionen herausruft.

Sinnentleerte Konventionen wirken lächerlich und tragisch zugleich. (Dies hat uns heute das „absurde Theater" etwa eines Ionesco auf viel krassere Weise sehen gelehrt.) Ihre Lächerlichkeit bringt Shakespeare auf mancherlei Weise zur Geltung; so etwa in der parodistischen Verwendung verbrauchter Dichtungsklischees: Er legt dem Romeo der Rosalinde-Phase abgenutzte Modeformeln der petrarkistischen Liebeslyrik seiner Zeit in den Mund; er läßt das Haus Capulet in karikierend überdrehten rhetorischen Klageformeln die scheintote Julia bejammern. In der ab- und ausschweifenden Geschwätzigkeit der Amme hat diese Welt ihre drastischsten Töne. In Mercutio aber hat sie ihren satirischen Spötter, der Romeos Petrarkismus ebenso hämisch zu Leibe rückt (II, I) wie auch – im Gewande seiner Rede von der traumspendenden Feenkönigin (I, IV), deren beißende Töne man nicht über Gebühr romantisieren sollte – dem Lauf der Welt insgemein.

Diese Welt, die komisch erscheint, wirkt sich tragisch aus. Ihre Paradoxie, die sich schon am Anfang auftut – Benvolios Versuch, die zeternden Knechte zu beruhigen, bewirkt nur die Fortpflanzung des Streits auf der Ebene der Herren –, ist einer der tieferen Gründe der in *Romeo und Julia* so auffälligen Mischung von Tragik und Komik. Zu Unrecht haben manche – darunter auch Goethe – die komischen Stellen ausmerzen zu müssen geglaubt. Das verhängnisvolle Hineinwirken jener Welt der Konventionen in die echte Liebe beginnt schon, als beim Maskenfest Romeo die Julia zum erstenmal erblickt: Da hört man Tybalt nach dem Dolche rufen (I, v). Am Höhepunkt entzündet Romeos vom Liebeserlebnis bestimmtes Einlenken gegen den rachedürstenden Tybalt zwei tödliche Duelle, deren eines den Mercutio auslöscht, den überlegenen Spötter der Konventionen, und deren anderes den Romeo mit Blutschuld belädt und seiner Liebe das schwerste

Hindernis errichtet (III, 1). Beständig läßt Shakespeare Echtes und Konventionelles, Schöpferisches und Zerstörerisches ineinandergreifen. Die Handlung gelangt immer wieder zu Momenten, die doch noch einen guten Ausgang zu ermöglichen scheinen, bis sie abermals vom Unheil zugedeckt werden. In der Sprache greifen verschiedene Stilarten ineinander. Ihre Bilder machen die Gleichzeitigkeit des Gegensätzlichen bewußt, am auffälligsten im symbolhaften Licht-Dunkel-Gegensatz, der das ganze Drama durchzieht – Julias Augensterne und der Glanz ihrer Wangen erhellen das Dunkel der Nacht im Garten (II, II); das heraufdämmernde Licht beim Abschied birgt das Dunkel des Leids (III, V) –, doch auch in der bildhaften Umklammerung von Heil und Verderben, von Fruchtbarkeit und Tod (die Knospe, die ein Wurm zernagt, I, I; Bruder Lorenzos Kräuter, die Medizin und Gift beherbergen, II, III; der Tod als Liebhaber, IV, I; V, III).

Trotzdem entläßt uns *Romeo und Julia* mit Hoffnung. Über dem Geschehen stehen der Herzog und der ehrenhafte Bruder Lorenzo, Repräsentant der weltlichen Ordnung der eine, Repräsentant der inneren, wiewohl äußerlich weltfremden Beschaulichkeit der andere, beide von den streitenden Parteien gleichermaßen respektiert, beide freilich dem Unheil gegenüber machtlos, doch am Ende bestätigt durch den Tod der Liebenden, der nicht ein Liebestod allein, der auch ein Opfertod ist und die blind Streitenden – vielleicht – zur Einsicht bringen kann.

Romeo und Julia gehört zu den allenthalben bekanntesten, meistgespielten und einflußstärksten Dramen Shakespeares. Zahlreich sind auch die Bearbeitungen, die schon bald nach Shakespeares Stück einsetzen. Ein *Romio und Julietta* (1626?) gehörte zum Repertoire der englischen Komödianten in Deutschland. In Spanien reizte der Stoff u. a. Lope de Vega. Bis heute hat sich seiner die Literatur immer wieder bemächtigt und jene haßbedrohte Liebe in aktueller Umgebung gezeigt – sei es in der Dorfwelt wie in Gottfried Kellers Novelle *Romeo und Julia auf dem Dorfe*, sei es im Milieu amerikanischer Slums wie im modernen Musical *West Side Story* oder in der politischen Spannung des Ost-West-Konfliktes wie in mehr als einem Film – *Romeo und Julia* ist das am häufigsten verfilmte aller Dramen Shakespeares – und auch in mehr als einer Inszenierung des Originalwerkes in unseren Tagen.

Werner Habicht

Timon von Athen *(Timon of Athens)*

Für eine genaue Datierung von *Timon von Athen* gibt es keine hinreichend verläßlichen Anhaltspunkte. Da das Drama aus stilistischen Gründen nicht vor 1604 entstanden sein kann und sich zudem manche Ähnlichkeiten mit *König Lear* feststellen lassen (Lear und Timon werden durch die Undankbarkeit der Welt zu Ausgestoßenen, Kent bzw. Flavius halten ihnen die

Treue), hält man für die ungefähre Entstehungszeit den Zeitraum zwischen 1604 und 1607/8.

Die Folioausgabe enthält den einzigen überlieferten Text des Dramas, das von den Druckern als Lückenbüßer für die freigelassenen Seiten zwischen *Romeo und Julia* und *Julius Cäsar* verwendet wurde, da sie vermutlich nicht rechtzeitig die Abdrucksrechte für das ursprünglich für diesen Platz vorgesehene Drama *Troilus und Cressida* erhielten. Als Druckvorlage dürfte Shakespeares eigenes Manuskript gedient haben. Die vielen metrischen Unregelmäßigkeiten und mehrere Ungereimtheiten im Handlungsablauf zwingen allerdings zu der Annahme, daß Shakespeare sein Manuskript noch zu überarbeiten gedachte, es aber aus unbekannten Gründen unvollendet ließ. Jedoch sind andererseits die Unstimmigkeiten in der Forschung zu sehr aufgebauscht worden.

Aus der elisabethanischen Zeit ist uns auch ein anonymes Drama, die sogenannte „alte" *Timon*-Komödie, erhalten, die einige merkwürdige Parallelen zu Shakespeares Stück aufweist. Gemeinsam ist beiden vor allem die Figur des treuen Haushofmeisters und das Bankett, in dem die gierigen „Freunde" mit Steinen und Wasser verhöhnt werden. Die beiden Dramen, die voneinander unabhängig entstanden sein dürften, gehen jedoch vielleicht auf eine gemeinsame verlorene Quelle zurück. Sicher ist jedenfalls, daß Shakespeare die Einzelheiten über das Schicksal der in der Renaissance recht berühmten Timon-Figur den *Parallelbiographien* Plutarchs entnahm, der von ihr in dem Leben des Marcus Antonius berichtet. Timon wird dort als ein von seinen vermeintlichen Freunden enttäuschter, in selbstgewählter Einsamkeit lebender Athener geschildert, der außer Apemantus, einem ihm sehr ähnlichen Menschen, nur Alcibiades bei sich duldete, da er sich von diesem die Rache an Athen erhoffte. Man nimmt an, daß Shakespeare für weitere Einzelheiten auch Lukians Dialog *Timon oder der Misanthrop* benützte; denn hier hilft er beispielsweise einem Freund aus dem Gefängnis und verarmt durch seine verschwenderische Großmut. Als die Schmeichler, die ihn in der Not im Stich gelassen hatten, erfahren, daß er Gold gefunden hat, suchen sie ihn erneut auf, doch Timon treibt sie von sich und entschließt sich, weiter in der Einsamkeit wie ein Tier zu leben.

Da dieser Stoff, dem ein dramatisches Geschehen und handelnde Charaktere fast völlig fehlen, für ein Drama im herkömmlichen Sinne nicht ausreichte, experimentiert Shakespeare in *Timon von Athen* mit der dramatischen Form. An der Tatsache, daß es sich bei den meisten auftretenden Personen um Typen und nicht um ausgeprägte Charaktere handelt, zeigt sich bereits, daß Shakespeare hier unter anderem auch ein Thema von allgemeiner Gültigkeit, die Macht des Geldes, dramatisch zu gestalten versucht. Um die Abhängigkeit der Person von ihrer Geldgier jeweils auf eine für den Zuschauer unmißverständliche Weise zu beleuchten, macht er von der Technik der Kontrastierung Gebrauch, die Shakespeare zwar auch sonst gern verwendet, die aber in *Timon von Athen* zu einem das ganze Drama beherrschenden Strukturprinzip erhoben wird. Wie kunstvoll Shakespeare so die fehlende dramatische Spannung durch die Variation eines gleichen Themas ersetzt, läßt sich besonders an den Szenen III, I-III beobachten, in denen nacheinander Timons „Freunde“ entlarvt werden, von denen jeder andere Ausflüchte ersinnt. Da Shakespeare im Unterschied zur Quelle an Timon selbst die Darstellung der Gründe und Voraussetzungen interessierte, die zu seinem Fall führen, gibt er dem Drama eine zweiteilige und gleichgewichtige Grundstruktur. Auch zwischen diesen Teilen entstehen nun mannigfache Kontraste, die der Leser selbst an der Art verfolgen mag, wie im zweiten Teil die bereits bekannten Personen in Situationen geführt werden, die denjenigen des ersten Teils gleichen oder auch entgegengesetzt sind.

Noch bevor Timon selbst auftritt, entsteht durch das Gespräch des Dichters mit dem Maler ein eigentümliches Bild der athenischen Gesellschaft. Wenn sie nämlich an ihren Kunstwerken gerade die Künstlichkeit lobend hervorheben, so geben sie durch ihre eigene Sprache zu erkennen, daß sie auch im gesellschaftlichen Umgang auf eine Künstlichkeit Wert legen, weil es ihnen wie allen Schmeichlern, die sich um Timons Gunst bewerben, dadurch gelingt, ihre Falschheit zu verbergen.

Auch Timon ist zunächst durch die Art, wie er im ersten Teil des Dramas als Mittelpunkt Athens erscheint, ein Exponent dieser Gesellschaft. Zugleich ragt er aus ihr dadurch hervor, daß ihn wie andere tragische Helden Shakespeares eine Haltung der Unbedingtheit auszeichnet, die sich bei ihm in einer grenzenlosen Freigebigkeit und Großzügigkeit, in einem Wunsch, der Welt zu dienen, äußert. Freilich liegt in diesen Vorzügen auch zugleich die eigentliche Schwäche seines Charakters. So geht er von einem recht fragwürdigen Begriff der Freundschaft aus, wenn er die Annahme von Gegengeschenken als Entwürdigung seines eigenen Schenkens empfindet (I, II). Denn diese Auffassung widerspricht nicht nur seinem Verhalten – er nimmt ja häufig Geschenke an! –, sondern läßt auch keine wahre Freundschaft aufkommen und fördert geradezu die Heuchelei der Schmeichler. Er besitzt zwar ein Wissen darum, daß die Menschen ihr wahres Wesen hinter einer falschen Außenseite verbergen (I, I), doch schützt ihn diese Erkenntnis nicht davor, seinen „Freunden“ zum Opfer zu fallen. Zugleich hindert ihn seine Großmut daran, seine eigene Begrenztheit zu erkennen, die sich darin zeigt, daß seine Besitzungen zu einem Nichts zusammenzuschmelzen drohen. Mit derselben Geste wie Cäsar (*Julius Cäsar* III,I) weist er die Warnung vor der ihm drohenden Gefahr zurück (I, II). In dem Augenblick, wo ihm die Erkenntnis zu dämmern beginnt, daß er sich mit seiner Freigebigkeit selbst preisgegeben hat, charakterisiert er auch sein bisheriges Tun recht zutreffend: „Unweis und nicht unedel gab ich weg“ (II, II).

Der zweite Teil des Dramas, der äußerlich durch die Verlagerung des Schauplatzes in die Wälder gekennzeichnet ist, hatte sich bereits in der allerersten Szene dadurch angekündigt, daß der Dichter bei der ausführlichen Beschreibung der Fortuna-Allegorie auch auf Timons Abhängigkeit von der wechselhaften Gunst dieser Göttin hinwies und seinen Fall voraussagte. Diesen Schicksalsbegriff läßt Shakespeare jedoch nur für den äußeren Geschehnisablauf gelten und zeigt darüber hinaus, daß Timon sein plötzliches Elend durch sein Verhalten in Athen selbst verursachte. Wenn er sich nunmehr als Opfer eines ungerechten Schicksals empfindet und glaubt, darum die ganze Weltordnung verfluchen zu dürfen, so äußert sich darin erneut seine Unbedingtheit, mit der er sich absolut setzt. Eine merkwürdige Paradoxie liegt in der Tatsache, daß Timons Größe erst im zweiten Teil in seinem grenzenlosen Haß, mit dem er sich selbst zugrunde richtet, dramatisch wirksam wird, wie auch erst jetzt der Stil des Dramas durch Timons große antithesen- und bilderreiche Monologe dichterischen Charakter annimmt. Mit seinem Haß auf die Menschheit, die für ihn unter die Tierwelt gesunken und mit einer Unzahl von Krankheiten behaftet ist, ahmt er Apemantus nach und geht in seiner Konsequenz sogar noch über diesen hinaus. Als Anhänger der Zyniker-Philosophenschule besitzt Apemantus für seine kaustischen Kommentare eine Narrenfreiheit und erfüllt die wichtige Funktion, für den Zuschauer schon im ersten Teil die Fragwürdigkeit von Timons Verhalten zu beleuchten. Apemantus bleibt auch die beste Charakterisierung Timons durch eine mithandelnde Figur vorbehalten: „Den Mittelweg der Menschheit kanntest du nie, sondern nur die beiden äußersten Enden" (IV, III).

Mit *Timon von Athen* hat Shakespeare nicht, wie man oft liest, ein düster-pessimistisches Drama geschaffen; auch ist Apemantus ebensowenig wie Thersites in *Troilus und Cressida* ein Sprachrohr Shakespeares. Wichtig ist statt dessen, zu erkennen, daß Timons anklagender Haß sowohl durch die unbedingte Treue seines Haushofmeisters wie auch durch Alcibiades widerlegt wird, der seinen berechtigten Zorn auf die Athener überwindet und mit der Bedingtheit der menschlichen Existenz zu rechnen bereit ist. So wechselt zwar die Sympathie des Zuschauers im zweiten Teil auf diese beiden Figuren über, doch bezieht Alcibiades Timon nach dessen Tode in gewisser Weise durch sein Mitleid für ihn wieder in die menschliche Gesellschaft ein, wenn er am Ende die Ordnung in Athen wiederherstellt.

Timon von Athen scheint sich heute immer mehr auf den Bühnen zu behaupten, während bis ins 19. Jahrhundert hinein fast nur freie Bearbeitungen gespielt wurden. Schon die erste Aufführung, von der wir wissen, war eine Adaption, zu der Henry Purcell die Musik für eine Maskenspieleinlage komponierte. Es ist bemerkenswert, daß Schiller *Timon von Athen* die größte Wahrhaftigkeit und „Lebensweisheit" nachrühmte und sich sehr für eine Aufführung des Dramas in Mannheim verwendete. Auch A. W. Schlegel äußerte sich lobend über das Stück. Schließlich zog Karl Marx in seinen ökonomisch-philosophischen Manuskripten von 1844 das Drama als Beispiel für seine Theorie heran, daß das Geld als „das entäußerte *Vermögen* der *Menschheit*" zu betrachten sei.

Wolfgang Riehle

Julius Cäsar *(Julius Caesar)*

Ein Schweizer Reisender berichtet, daß er im September 1599 in London „die Tragedy vom ersten Kayser Julio Caesare mit ohngefahr 15 personen" gesehen habe. Da andererseits das Stück 1598 noch nicht bekannt gewesen zu sein scheint, erhält man 1598/9 als mutmaßliches Entstehungsdatum. Mit der dramatischen Gestaltung eines historischen Stoffes schließt sich Shakespeares erstes großes Römerdrama an den 1599 mit *Heinrich V.* vollendeten Zyklus der Königsdramen an, während sich zugleich die mit *Hamlet* um die Jahrhundertwende beginnende Reihe der großen Tragödien durch einen verfeinerten Stil und eine vertiefte Thematik bereits ankündigt.

Der Text des Dramas ist nur in der Folioausgabe erhalten und weist kaum größere Fehler auf. Als Druckvorlage wurde vielleicht ein Souffleurbuch benützt.

Die Quelle für alle Römerdramen sind Plutarchs *Parallelbiographien*, in denen jeweils zwei vergleichbare Griechen und Römer einander gegenübergestellt werden. Shakespeare kannte das Werk in der zum Teil recht freien zeitgenössischen Übertragung von Thomas North (1579) und wählte seinen Stoff aus den drei Biographien des Julius Cäsar, Marcus Brutus und Marcus Antonius aus. In seinen Römerdramen lehnt sich Shakespeare gelegentlich eng an den Wortlaut der Übersetzung Norths an, die zu den Meisterwerken elisabethanischer Prosa zählt; doch formt er derartige Übernahmen durch oft geringfügige und bezeichnende Änderungen sowie durch rhythmische Verdichtung zu etwas Neuem um. Wenn Goethe Eckermann gegenüber feststellte, Shakespeare mache aus seinen Römern Engländer, so kommt dieser Eindruck nicht zuletzt durch die Tatsache zustande, daß er in noch stärkerem Maße als North den antiken Stoff mit einer um Anachronismen unbekümmerten Verwendung von elisabethanischen Kostümen und Gebrauchsgegenständen zu aktualisieren sucht. Bei der dramatischen Gestaltung seiner Römerfiguren knüpft Shakespeare zwar an die Charakterbeschreibungen Plutarchs an, doch gibt er ihnen eine weit über die Vorlage hinausgehende Komplexität und Tiefe. Wenn Cäsar in der Quelle im wesentlichen als Tyrann dargestellt ist, so rückt Shakespeare ihn im ganzen gesehen in ein günstigeres Licht und betont gleichermaßen seine körperliche Schwäche wie auch seine überragende Größe. So ist etwa Cäsars Zurückweisung des warnenden Artemidorus in III, 1 Shakespeares Zutat. Brutus, der in der Quelle als Freiheitsheld erscheint, erhält einen weiteren gewinnenden Zug durch die Fürsorge für seine Bediensteten; andererseits machen sich an ihm im Drama mangelndes Urteilsvermögen und Selbstherrlichkeit bemerkbar, und die unmenschliche Seite des Mordes an Cäsar tritt stärker hervor. Cassius läßt frühzeitig einen egoistischen Wesenszug erkennen, besitzt aber einen wesentlich größeren Wirklichkeitssinn als Brutus. Antonius schließlich zeigt bei all seiner taktischen Geschicklichkeit und überlegenen Ironie ein aufrichtiges Gefühl für Cäsar, den er rächen muß, so daß der Zuschauer auch ihm ein gewisses Maß an Sympathie entgegenbringt.

Die sich bei Plutarch über einen langen Zeitraum hinziehenden Ereignisse faßt Shakespeare zu einem unerbittlichen dramatischen Ablauf zusammen. Die Handlung ist symmetrisch um den die Mitte des Dramas bildenden Cäsarmord aufgebaut. Die entscheidenden Höhepunkte werden durch die Bildersprache noch besonders betont, wenn sich etwa durch den Sturm in II, II, die vielen Vorzeichen und die häufigen Bildvorstellungen des Blutvergießens eine Atmosphäre des unausweichlich drohenden Unheils ausbreitet. Die Sprache, die in *Julius Cäsar* auf einen einheitlichen Grundton abgestimmt ist, dient in Ansätzen bereits der individuellen Personencharakterisierung. So ist beispielsweise die Prosarede des Brutus vor dem Volk (III, II) nicht als eine rhetorische Unterlegenheit gegenüber Antonius, sondern vielmehr als Widerspiegelung seines Wesens zu verstehen. Überhaupt nimmt die Rhetorik in diesem Drama einen breiten Raum ein, doch kommt sie als solche dem Zuschauer selten zum Bewußtsein, da sie jeweils organisch aus der dramatischen Situation erwächst. Auf diese Weise entsteht ein dem antiken Stoff entsprechender Stil von klassischer Zurückhaltung und Würde, und die große Einheitlichkeit ist wohl das auffallendste Merkmal an *Julius Cäsar*.

Doch wollte Shakespeare kein historisch getreues Geschichtsdrama und noch weniger ein politisches Ideendrama schaffen. Zwar hat seine Tragödie das neuzeitliche Cäsarverständnis nicht unwesentlich mitbestimmt, seine eigentliche dramatische Intention enthüllt sich aber in voller Deutlichkeit durch die von ihm gesetzten besonderen Akzente. Der Zuschauer hat in *Julius Cäsar* öfters bei dem an ihm vorüberziehenden Geschehen das Gefühl, ähnliche Vorgänge schon einmal beobachtet zu haben. So ist in einer für ein politisches Drama auffallenden Häufigkeit von Liebe und Freundschaft die Rede. Brutus verbindet nicht nur wie auch Antonius eine Freundschaft mit Cäsar, sondern er wird auch häufig in seinem persönlichen Verhältnis zu Cassius, Lucius und vor allem seiner Frau Portia gezeigt. Daß sich zwischen den beiden häuslichen Szenen II, I und II, II, in denen Brutus und Cäsar gegen die Bitten ihrer Frauen an ihren politischen Entscheidungen festhalten, eine auffallende Parallelität ergibt, ist kein Zufall. Denn einmal klingt darin die zentrale Problematik des Stückes, die enge Wechselbeziehung zwischen der persönlich-privaten und der gesellschaftlich-politischen Sphäre an, und zudem wird hier im Handeln der beiden Charaktere eine unter ihren Gegensätzen verborgene Ähnlichkeit sichtbar. Beide geben zwar den Belangen des Staates den Vorrang vor den privaten Interessen, als willensstarke Persönlichkeiten machen sie sich aber häufig zum Gesetz ihres eigenen Handelns und stellen sich damit in einen Gegensatz zu ihrer Umwelt. Obwohl Cäsar nur wenige Auftritte hat, ist er dennoch gleichsam allgegenwärtig, da er sich in den mithandelnden Figuren spiegelt, die sich zwangsläufig mit ihm auseinandersetzen müssen. So setzt sich für den Zuschauer Cäsars Bild aus vielen Urteilen über ihn zusammen, die freilich oft durch die Persönlichkeit der urteilenden Figuren gefärbt sind. In dieser allgegenwärtigen Größe Cäsars liegt die Gefahr der Überschätzung seiner eigenen Kreatürlichkeit begründet, und sein Freund Brutus tötet ihn gerade wegen dieser Übermenschlichkeit, in der er eine Gefahr für den Staat erblickt. Dabei erliegt Brutus freilich einer mehrfachen Selbsttäuschung. Er verkennt, daß er in dem Versuch, dem Staat und der Ehre seines Hauses unbedingte Treue zu wahren, das Ideal der Freundschaft vernichtet. Wenn er über die Notwendigkeit reflektiert, seinen Freund aus politischen Gründen zu ermorden, so liegt darin weniger ein tragischer Konflikt als vielmehr ein verhängnisvoller Irrtum. Denn Brutus sucht das Unmögliche zu erreichen in dem blinden Glauben, daß sich das Gute ohne Berücksichtigung der Komplexität der realen Welt verwirklichen lasse. Auch darin schätzt er die Realität falsch ein, daß er Cäsar für einen Tyrannen hält, unter dem das Volk leide, und seine Mordtat wird in einem Augenblick größter dramatischer Ironie widerlegt, wenn die Masse ihn selbst zu einem neuen Cäsar machen will (III, II). Von den Verschwörern getäuscht, unterstützt Brutus durch seine Mittäterschaft die Umkehrung aller gültigen Werte, und aus Cäsars Tod erfolgen anstatt der erwarteten Konsolidierung der staatlichen Verhältnisse Bürgerkrieg und Proskription, bis mit dem eigenen Untergang der Verschwörer die Ordnung endgültig wiederhergestellt wird. So ist auch Brutus' Versuch, Cäsars Ermordung als eine rituelle Opferhandlung zu rechtfertigen und ihr die Würde eines erhabenen Schauspieles zu verleihen, zum Scheitern verurteilt, und das Attentat erscheint statt dessen als ein grausames Hinschlachten. Mit Cäsars Tod zu Beginn des 3. Aufzugs zerfällt das Drama jedoch nicht in zwei Teile, sondern sein Geist spielt in den beiden letzten Akten eine fast noch größere Rolle, so daß die Tragödie auch zu Recht seinen Namen trägt. Brutus muß schließlich erkennen, daß gerade die Person Cäsars, die er schonen wollte, sterblich ist, während sein Geist, den er zu besiegen hoffte, nicht überwunden werden kann. In dem Maße, wie Cäsars Geist an Größe und Bedeutung zunimmt, schwindet die Größe des Brutus, der immer neue Beweise seiner Fehleinschätzung der Wirklichkeit liefert, bis er am Ende wie alle Verschwörer alles verloren hat und sich im Tode bewußt ist, der Rache Cäsars erlegen zu sein.

Obwohl Cäsar die Hauptfigur der Tragödie ist, gilt Shakespeares besonderes Interesse dem Charakter des Brutus. Es wäre zu einfach, wollte man ihn nur als einen edlen, wirklichkeitsfremden Idealisten auffassen. Wichtiger ist es, die grundlegende Diskrepanz zwischen seinem Tun und dem, was er zu tun glaubt, zu erkennen. Dadurch, daß seine Taten mit den von ihm genannten Motiven nicht mehr ganz rational zu erklären sind, ist Brutus bereits ein Vorläufer von Shakespeares großen tragischen Gestalten.

Fast zu allen Zeiten war *Julius Cäsar* ein beliebtes Drama, wenn es auch nicht zu Shakespeares meistgespielten Werken gehört. Im Laufe seiner Aufführungsgeschichte hat sich das Interesse nicht immer auf die Hauptcharaktere konzentriert, die für Schauspieler begehrte Rollen bieten. Im 19. Jahrhundert stand zeitweise (in Deutschland bei den Meiningern) die historisch getreue Ausstattung im Vordergrund, während in unserer Zeit in England und Amerika Versuche unternommen wurden, durch Verwendung moderner Kostüme eine Parallele zum Faschismus herzustellen. Der mit sehr einfachen Mitteln arbeitende Film von Joseph Mankiewicz hat für die Verbreitung des Stückes in weiteste Kreise viel geleistet. Giselher Klebes 1959 entstandener Oper *Die Ermordung Cäsars* liegt der dritte Akt des Shakespeareschen Dramas zugrunde.

Wolfgang Riehle

Macbeth *(Macbeth)*

Die erste *Macbeth*-Aufführung, von der wir wissen, fand 1611 statt. Als relativ sicheres Datum ergibt sich jedoch für die Uraufführung aufgrund von Anspielungen in zeitgenössischen Dramen das Jahr 1606. Nach allgemeiner Ansicht sprechen thematische und stilistische Gründe dafür, daß *Macbeth* nicht lange vor diesem Datum als letzte der vier großen Tragödien entstanden ist.

Der Text der Tragödie ist nur in der Folioausgabe von 1623 überliefert. Als Druckvorlage wurde vermutlich ein Soufflierbuch oder eine nach ihm angefertigte Abschrift verwendet; denn darauf, daß wir es mit einer Bühnenversion zu tun haben, deutet vor allem die ungewöhnliche Kürze des Textes, der mit seinen ungefähr 2100 Zeilen nur etwa die Hälfte von *Hamlet* ausmacht.

Den Stoff entnahm Shakespeare der 1587 erschienenen zweiten Auflage der *Chronicles of England, Scotlande and Irelande*, wie der hier gekürzte Titel des Geschichtswerkes von Raphael Holinshed lautet, das schon als Quelle für die Königsdramen gedient hatte. Die vielfältigen Ereignisse in der von 1040 bis 1057 reichenden Regierungszeit Macbeths variiert und komprimiert Shakespeare zu einer etwa zehn Wochen umfassenden, straff geführten und eng verzahnten Handlung, die in ungewöhnlich raschem Tempo fortschreitet und weder von einer Nebenhandlung noch von verweilenden Szenen aufgehalten wird. Um das Interesse des Zuschauers ganz auf Macbeth und Lady Macbeth zu konzentrieren, werden die übrigen Personen lediglich zu ihren jeweiligen dramatischen Funktionen aus der Quelle übernommen und im Gegensatz zu Shakespeares sonstiger Gepflogenheit nicht zu abgerundeten Charakteren weiterentwickelt. Unter ihnen ist Banquo am profiliertesten, der wie Macbeth ein tragischer Charakter ist, jedoch stets als eine Art Komplementärfigur zu Macbeth verstanden werden muß. Während er in der Vorlage an Macbeths politischem Attentat auf Duncan beteiligt war, streicht Shakespeare seine Mittäterschaft, damit der Königsmord auf Macbeth allein lastet. In der Quelle konnte Macbeth zudem seine Ermordung Duncans damit rechtfertigen, daß dieser sich als schwacher und zum Regieren unfähiger König erwiesen und überdies Macbeths berechtigte Ansprüche auf den Thron enttäuscht hatte, als er unter Umgehung des gültigen Rechts seinen eigenen Sohn zum Prinzen von Cumberland machte. Da Macbeth in der Tragödie diese Rechtfertigungsmöglichkeiten fehlen, wird er zu einem Usurpator. Ergaben sich die Abweichungen von der Quelle schon aus der Gesamtkonzeption des Dramas, so liegt ein weiterer Grund für die Entlastung Banquos und die Hervorhebung der verbrecherischen Seite an Macbeths Taten darin, daß Banquo als Ahnherr des Stuart-Hauses galt, das im Jahre 1603 mit Jakob I. an die Macht gelangt war. Was schließlich die Lady Macbeth betrifft, so fand Shakespeare bei Holinshed lediglich den lakonischen Hinweis vor, sie habe ihren Mann zum Mord angespornt, da sie von maßlosem Ehrgeiz besessen gewesen sei.

Mit Macbeth hat Shakespeare einen dramatischen Charakter geschaffen, der sich im Gegensatz zu seinem frühen Versuch mit der historischen Figur Richards III. nicht nur zu einem Verbrecher, sondern zugleich zu einem tragischen Helden entwickelt und auch die Sympathie des Zuschauers zu wecken vermag. Shakespeare erreicht dies zunächst dadurch, daß er die Tat selbst nicht auf der Bühne geschehen läßt und das Interesse des Zuschauers ganz auf die innere Verfassung des Helden vor und nach dem Verbrechen richtet. Vor allem Macbeths Monologe bringen ihn uns menschlich nahe, da wir in ihnen nicht nur die Entstehung seiner Mordabsicht, sondern auch seine Skrupel und Ängste miterleben. Auch besitzt Macbeth eine überaus verfeinerte Sensibilität und eine rege Phantasie, die sich in einer ausgesprochen dichterischen Sprache niederschlagen. Diese ist freilich oft so dicht und komprimiert, daß sie nach der gestischen und mimischen Ausdeutung durch den Schauspieler verlangt.

Überhaupt vermittelt eine nähere Betrachtung der Sprache einen Zugang zum Verständnis der *Macbeth*-Tragödie. Durch eine Fülle von immer wiederkehrenden atmosphäreschaffenden Bildern, die zum Teil reich an Assoziationen sind, entsteht eine nächtliche, groteske und blutdurchtränkte Welt. Durch solche Bildvorstellungen werden insbesondere Macbeths widernatürliche Taten in eine Wechselbeziehung zu der beginnenden Auflösung der kosmischen Ordnung gebracht. Da sich die äußere Erscheinung oft genug als scheinhafter Trug enthüllt und im Widerspruch zum wahren Wesen steht, ist der charakteristische Grundton der Sprache vom ersten Auftreten der Hexen an eine Doppeldeutigkeit und Widersprüchlichkeit der Aussage mit einem ungewöhnlichen Reichtum an Antinomien, Paradoxien und Ironien.

Zu Shakespeares Zeit war eine Diskussion darüber im Gange, ob der Hexenzauber nur durch die Kunststücke alter Weiber oder aber von der Macht eines durch die Hexe wirkenden Dämons verursacht werde. Auch bei Shakespeare bleibt ihr eigentliches Wesen in einem für die ganze Tragödie bezeichnenden Zwielicht. Jedenfalls dürfen sie nicht einfach als Symbole verstanden werden, sie sind vielmehr Repräsentanten einer übernatürlichen bösen Macht, welcher die Engel, die in *Macbeth* oft genannt werden, nicht Einhalt gebieten. Die übernatürliche Seite der Hexen wird durch das vierhebige trochäische Metrum noch unterstrichen, das auch Droll und Ariel verwenden. Ihre Fähigkeit, Künftiges vorauszusagen, benützen die Hexen dazu, Macbeth mit ihren Wahrheit und Trug unauflöslich verquickenden Prophezeiungen zu versuchen. Daß sie keine Gewalt über den Menschen besitzen, wird am Verhalten Banquos deutlich, der auch in ihrem Bannkreis steht, jedoch in ihnen den versuchenden Teufel erblickt und sich unter den Schutz Gottes stellt. Macbeths Begegnung mit den Hexen ist jedoch nur oberflächlich betrachtet ein Zufall. Denn durch sie werden seine eigenen Neigungen und Wünsche auf eine für seinen Charakter verhängnisvolle Weise bestätigt und bestärkt, weshalb in dieser unheimlich-rätselhaften Welt die Frage nach der Schuld nicht eindeutig geklärt werden kann. Wenn er die Prophezeiungen der Hexen in seinem unmittelbar darauffolgenden Monolog in „Anmahnungen von jenseits der Natur" umdeutet (I, III), versucht und täuscht er damit sich selbst, und die Werte beginnen sich bereits in ihr Gegenteil zu verkehren, denn das Mögliche und Zukünftige übt anstelle des Wirklichen eine unwiderstehliche Faszination auf ihn aus („nichts ist als was nicht ist"). Schon in seinem ersten Monolog zeigt sich aber auch, daß Macbeth ein klares Wissen um die Widernatürlichkeit seiner Pläne hat und vor sich selbst erschrickt, weshalb er sich dem Zufall überlassen möchte. Doch als er mit der günstigen Gelegenheit zu einem Mord an Duncan erneut versucht wird, gewinnt in Macbeth im Gegensatz zu Hamlet die Tat die Oberhand über die Reflexion, und von seinem ersten Mord an ist er dem Zwang, immer neue Untaten zu vollbringen, machtlos ausgeliefert. Wenn er Duncan, den gesalbten und betagten König und zugleich seinen eigenen Gast, ermordet, begeht er ein Sakrileg, das die bestehende Weltordnung aus den Angeln hebt. Zugleich verkennt er, daß er den erschlichenen Königsthron mit seiner Person nicht wird ausfüllen können, was durch das häufige Bild eines schlecht sitzenden Kleides veranschaulicht wird. Zu spät kommt ihm die Erkenntnis, daß seine unnatürlichen Verbrechen auch auf ihn selbst zurückwirken, wenn er mit der Ermordung des schlafenden Duncan auch seinen eigenen Schlaf vernichtet. So beginnen sich seine Taten an ihm durch sein zunehmendes seelisches Leiden zu rächen, was vor allem mit dem Erscheinen von Banquos Geist in einer der größten Szenen Shakespeares veranschaulicht wird. Am Ende des Dramas bleibt ihm als einem Betrogenen die Einsicht, daß er nicht nur verlieren mußte, was er einst besessen hatte, sondern daß das Leben für ihn nur noch ein „Märchen" ist, „erzählt /Von einem Tollen, voller Klang und Wut,/ Das nichts bedeutet" (V, v).

In der Lady Macbeth hat Shakespeare seinem Helden einen ergänzenden und in vielem verwandten Charakter zur Seite gestellt, wodurch eine für den Gesamtplan der Tragödie besonders wichtige Wechselbeziehung entsteht. Der Leser mag selbst die verschiedenen Entsprechungen zwischen Macbeth und Lady Macbeth verfolgen, die mehrfach sogar die Form von Wortechos annehmen. Allerdings isolieren sie sich in ihrem gemeinsamen ehrgeizigen Streben nach Größe nicht nur zusehends von der Umwelt, sondern entfremden sich auch mehr und mehr voneinander: Nach anfänglichem Zögern vollbringt Macbeth seine Taten allein, und beide erscheinen zum letztenmal in der Bankettszene zusammen. Im Gegensatz zu ihrem Gatten gibt sie von Anfang an bewußt den Dämonen Raum und sucht ihre Natur völlig zu unterdrücken, die sich jedoch immer wieder, vor allem in der Schlafwandelszene, die zu Shakespeares größten Erfindungen gehört, Geltung verschafft. Wenn in dieser Szene die Lady in ihrer Angst die begangene Mordtat ständig in unverbundenen, zur Sprache drängenden Gedanken umkreist, so gleicht sie damit Macbeths früherem Verhalten, der seinerseits am Ende des Dramas keine Empfindungen mehr zu verspüren und ohne Furcht zu sein scheint, womit sich nun die Rollen vertauscht haben.

Nach dem tragischen Untergang von Macbeth und Lady Macbeth ist die Zeit wieder „frei“ (V, VII), und die gestörte Ordnung der Welt wird durch Macduff wiederhergestellt. Doch bleibt in stärkerem Maße als am Ende der übrigen Tragödien im Zuschauer ein Gefühl fragender Ungewißheit angesichts der Rätselhaftigkeit der gezeigten Welt und der unbegreiflichen Irrationalität menschlichen Handelns zurück.

Macbeth war wegen seiner beiden großen Hauptrollen zu allen Zeiten ein gern gespieltes Stück. Für die Weimarer Bühne schrieb Schiller eine Bearbeitung, die das Drama klassizistischen Maßstäben anzugleichen und Macbeths von den Hexen letztlich unabhängige Handlungsfreiheit zu betonen suchte. Seit dem Ende des Zweiten Weltkrieges bemüht man sich vor allem auf deutschen Bühnen aus Gründen der Aktualisierung häufig, den Mißbrauch der Macht als Kernproblem hervorzuheben, was jedoch gerade den wichtigen irrationalen Aspekt dieses Dramas außer acht läßt. Verdis gleichnamige Oper, die hierzulande noch vor 30 Jahren ziemlich unbekannt war, nimmt an Beliebtheit stetig zu.

Wolfgang Riehle

Hamlet, Prinz von Dänemark
(Hamlet, Prince of Denmark)

Hamlet wird 1602 im Register der Londoner Buchdrucker- und Buchhändlergilde erwähnt, ist jedoch vermutlich schon 1600/1 entstanden und eröffnet die Reihe der großen Tragödien. Struktur und Grundhaltung des Stückes unterscheiden sich recht deutlich von Shakespeares früheren Dramen, wie überhaupt um die Jahrhundertwende in der Geschichte des englischen Dramas ein Stilwandel zu beobachten ist, der in formaler wie gehaltlicher Hinsicht die bis dahin übliche geradlinige Einheitlichkeit durch eine Vielfalt der Stilmittel und eine Vieldeutigkeit des Ausdruckes ersetzt.

Der Text ist sowohl in der Folioausgabe wie auch in zwei Quartoausgaben, der ersten von 1603 und der zweiten von 1604, überliefert. Während es sich bei der ersten Quarto um einen grob entstellenden Raubdruck handelt, ist der Text der zweiten Quarto nicht nur noch besser als derjenige der Folio, sondern bietet mit seinen 4000 Zeilen Shakespeares längstes Drama überhaupt. Allerdings haben sich beim Druck der Folio und der zweiten Quarto viele Fehler eingeschlichen, so daß ein Herausgeber dieses Dramas immer aufs neue zu einer sorgfältigen Vergleichung der beiden Textvorlagen gezwungen ist.

Shakespeares unmittelbare Quelle war ein heute verlorenes *Hamlet*-Drama, das eine elisabethanische Rachetragödie nach dem Vorbild Senecas gewesen sein dürfte und wohl von Thomas Kyd, dem Autor der berühmten *Spanischen Tragödie*, stammte. Dieser sogenannte *Ur-Hamlet*, auf den vielleicht auch das aus dem frühen 18. Jahrhundert erhaltene deutsche Drama *Der bestrafte Brudermord* zurückgeht, dramatisierte die alte, in skandinavischer Frühzeit entstandene Hamlet-Sage und bereicherte sie um das Motiv des Hamlet zur Rache auffordernden Geistes. Denn in der schriftlichen Fixierung der Sage durch Saxo Grammaticus in dessen *Historia Danica* stehen die Mordschuld Fengs (= Claudius) und die Racheabsicht Amleths (= Hamlet) von vorneherein fest. Sonst jedoch sind bereits bei Saxo alle für die Handlung wesentlichen Elemente enthalten: etwa der Brudermord, das Inzestmotiv – noch zu Shakespeares Zeit galt die Vermählung einer Witwe mit dem Bruder ihres verstorbenen Gatten als Inzest–, Hamlets gespielter Wahnsinn, der unter einer scheinbaren Narrheit einen tiefen Sinn durchblicken läßt, seine Untätigkeit (*inertia*), die Auseinandersetzung mit der Mutter in ihrem Gemach; aber auch für Ophelia, Horatio, Polonius, Rosenkranz und Güldenstern finden sich schon Hinweise bei Saxo. In elisabethanischer Zeit wurde die Sage besonders durch die Nacherzählung Belleforests bekannt, der seinerseits noch das auch bei Shakespeare auftauchende Motiv des Ehebruchs vor dem Mord hinzufügt. Shakespeare dürfte Saxo wie Belleforest mittelbar oder unmittelbar gekannt haben.

Aus diesem Rohmaterial schuf Shakespeare die *Hamlet*-Tragödie, die zum berühmtesten Drama der Weltliteratur geworden ist. Der Grund dafür liegt in der überaus faszinierenden Gestalt Hamlets, die im Mittelpunkt jeder Beschäftigung mit dem Drama stand und steht. Eine solche Betrachtungsweise liegt nahe, weil Shakespeare uns Hamlet durch seine Monologe gleichsam von innen zeigt. Gerade hier liegt jedoch auch die besondere Gefahr für das Verständnis des Stückes, denn es wurde und wird dabei fast immer übersehen, daß die Figuren eines poetischen Dramas nicht wie reale Menschen oder auch wie die Charaktere eines Romans betrachtet werden können und daß sich alle großen tragischen Helden Shakespeares letztlich einem erklärenden Zugriff entziehen. Da zudem bei Shakespeare das Drama als ein Ganzes immer wichtiger ist als die einzelnen Charaktere und da der Sinngehalt eines Dramas das Werk selbst ist, muß auch bei Hamlet mehr darauf geachtet werden, wie er als eine dramatische Figur in die Welt der Tragödie integriert ist.

Hamlets offenkundige und in der Quelle schon vorgegebene Tatenlosigkeit war der Punkt, an dem viele Interpretationen ansetzten. Um zu erkennen, daß dies keineswegs der entscheidende Zug seines Charakters ist, braucht man nicht erst die Tatsache heranzuziehen, daß Hamlet für das elisabethanische Publikum nicht an Schwermut litt, sondern lediglich von den vier Charaktertypen den Melancholiker verkörperte und deshalb trotzdem ein tatkräftiger Renaissance-Prinz sein konnte; denn auch im Drama selbst erscheint Hamlet keineswegs nur untätig. Allerdings ist für ihn durch die von außen auf ihn zukommende Aufforderung des Geistes zur Rache eine ihn völlig in Beschlag nehmende Situation entstanden. Denn da nach elisabethanischem Glauben ein Geist entweder von einem Verstorbenen stammen oder aber auch ein bloßes teuflisches, den Menschen versuchendes Trugbild sein konnte, mußte Hamlet vor der Ausführung seiner Rache Gewißheit über die Mordschuld des Claudius erhalten, die erst nach der Aufführung der „Mausefalle" für ihn feststeht. Hinzu kommt, daß für ihn durch die Ermordung seines Vaters und die überstürzte Wiederverheiratung seiner Mutter die bestehende Weltordnung aus den Fugen geraten ist, die er wiedereinzurichten sich berufen fühlt. Dadurch, daß sich nun für Hamlet die Frage nach der Realität des Geistes zu einer Frage nach der Realität von Diesseits und Jenseits und darüber hinaus nach dem Sinn des Lebens ausweitet, läßt Shakespeare die zur Konvention gewordene elisabethanische Rachetragödie weit hinter sich zurück.

Weil Hamlets Verhältnis zur Welt durch ein Wissen um die Diskrepanz zwischen Erscheinung und Wesen geprägt ist, wird ihm der Sinn menschlichen Handelns problematisch, das er mit dem Spielen einer Rolle auf der Bühne vergleicht. Die Wörter *act* und *action*, die im Englischen sowohl „handeln" wie „eine Rolle spielen" bedeuten, sind die entscheidenden Schlüsselwörter des ganzen Dramas. Unter diesem Aspekt betrachtet, erweisen sich darum auch die langen Erörterungen über die Schauspielkunst als dem zentralen Thema verwandt, wie überhaupt in *Hamlet* alle digressiven Unterbrechungen der Handlung eng mit der Problematik des Stückes zusammenhängen. Es ist auch bezeichnend, daß Hamlets erste entscheidende Tat die Aufführung des Stückes *Der Mord Gonzagos* ist. Dieses „Spiel im Spiel" ist auf mannigfache Weise mit dem dramatischen Kontext verbunden und zugleich durch einen andersartigen, archaisierenden Stil von ihm abgehoben. Mit seiner Absicht, das Gewissen des Claudius wachzurütteln, benützt Hamlet das Theater als „moralische Anstalt", was für die elisabethanische Zeit eine selbstverständliche Vorstellung war. Als sich Claudius durch den in allen Einzelheiten vorgeführten Mord von Hamlet durchschaut weiß, verläßt er getroffen die Hofgesellschaft.

Auch die ganze Tragödie hindurch versäumt Hamlet keine Gelegenheit, überall die Scheinhaftigkeit als solche zu entlarven und die handelnden Personen zu demaskieren; freilich legt er sich dabei selbst eine Wahnsinnsmaske wie eine Rolle an (I, v), obwohl er zu Beginn des Dramas von sich behauptet hatte: „Mir gilt kein ‚scheint'" (I, II). Daraus ergibt sich als Folge, daß Claudius seinerseits, der in der Forschung recht unterschiedlich beurteilt worden ist, Hamlets wahre Gemütsverfassung mit Hilfe von Polonius und Ophelia ausfindig machen muß. So leben die Personen des Dramas insgesamt in einer Scheinwelt, und die Art, wie sie sich gegenseitig mißverstehen und falsch beurteilen, ist für das Drama besonders charakteristisch. Darüber hinaus wird die Welt dieser Tragödie, wie zahlreiche Bildvorstellungen verdeutlichen, zugleich von Krankheit, Fäulnis, Zerfall und Tod bestimmt.

Den ersten Tod in der Tragödie verursacht Hamlet selbst in einer besonders wichtigen Szene (III, IV). Mit seiner versehentlichen Tötung des Polonius bestätigt sich zwar sein Zweifel am Sinn menschlichen Tuns, zugleich zeigt sich aber auch, daß Hamlet mit dieser seiner Tat erfolglos bleiben und schuldig werden muß, weil er seine Rache in einem Augenblick unbedachter Erregung auszuführen sucht und er zudem seiner Mutter gegenüber eine ihm nicht zukommende Rolle annimmt. Erst gegen Ende des Dramas ist er bereit, sein Handeln in Einklang mit der Vorsehung zu bringen (V, II). Durch Polonius' Tod wird Laertes, der nun ebenfalls (wie übrigens auch der junge Fortinbras) einen Vater zu rächen hat, zu einer wichtigen Kontrastfigur Hamlets und unterscheidet sich von diesem in seiner impulsiv-zupackenden Art. Überhaupt achte man darauf, wie die in *Hamlet* vollendet beherrschte Technik der Kontrastierung und Spiegelung von Personen und Situationen besonders in den Szenen im Hause des Polonius zur Wirkung kommt. Da der Racheauftrag Hamlets erst in der Schlußszene erfüllt ist, läßt sich die Struktur des ganzen Dramas als ein einziger Handlungsaufschub begreifen, wobei jedoch diese „langsamste" Tragödie Shakespeares dennoch voller Spannung ist.

Hamlets Anweisung an die Schauspieler: „Paßt die Gebärde dem Wort, das Wort der Gebärde an" (III, II), entspricht Shakespeare selbst, wenn er die Sprache in *Hamlet* in einer bis dahin ungeahnten Vielfalt verwendet und sie auf vollkommene Weise auf die verschiedenen Charaktere und die wechselnden dramatischen Situationen abstimmt. Hamlet, der besonders deutlich durch die Sprache individuell charakterisiert ist, verfügt zugleich über eine sehr breite Skala der Ausdrucksmittel, mit denen er sich auch sprachlich auf die immer neuen Situationen einzustellen vermag. Völlig neu ist in diesem Drama auch die Tatsache, daß Shakespeare in einer überaus vielseitigen Verwendung der Prosa den realistischen Elementen Eingang in das poetische Versdrama verschafft und zugleich dessen dichterischen Charakter noch verstärkt. Schließlich liegt auch in der Art, wie Shakespeare die Komik, vor allem in dem Dialog der Totengräber, in die Tragödie mit einbezieht, eine bedeutende Erweiterung der Ausdrucksmöglichkeiten dieser Gattung.

Schon zu Shakespeares Lebzeiten ist uns eine *Hamlet*-Aufführung überliefert, in der Shakespeare selbst den Geist und sein Schauspielerfreund Richard Burbage die Titelrolle spielten. Der Höhepunkt in der Bühnengeschichte des Dramas war der Hamlet des großen Schauspielers Garrick im 18. Jahrhundert, und Lichtenberg berichtet von dem tiefen Eindruck, den diese Aufführung auf ihn gemacht habe. Seither hat sich kaum ein bedeutender Schauspieler diese Rolle entgehen lassen. In dem 1947 entstandenen Film von Sir Laurence Olivier wird der Zuschauer im Vorspann eigens darauf hingewiesen, daß der Verfilmung die Deutung Hamlets als eines entschlußunfähigen Charakters zugrunde liege.

Die Wirkungsgeschichte dieses Dramas in Deutschland ist zugleich ein gutes Stück deutscher Literatur- und Geistesgeschichte. Auf das „Wertherfieber“ in der Sturm-und-Drang-Zeit folgte die „Hamletkrankheit“, die hauptsächlich durch Hamlets melancholische Monologe ausgelöst wurde. Schiller bekannte, seine Don-Carlos-Figur habe von Hamlet die Seele. In Goethes *Wilhelm Meister* kommt der *Hamlet*-Tragödie zentrale Bedeutung zu, ja sie bestimmt sogar Wilhelms Schicksal in entscheidendem Maße. Wilhelm glaubt in seiner den Charakter Hamlets isolierenden und psychologisierenden Interpretation, der Grund für dessen Schwermut liege darin, daß das Schicksal etwas von ihm verlange, was über seine Kräfte gehe. Für Goethe selbst bedeutete diese unheroische Auffassung Hamlets als eines untätigen Träumers zugleich die Abkehr vom Geniekult. Auch sein *Faust* zeigt manche Anklänge an *Hamlet* (man vergleiche vor allem Hamlets und Fausts Monologe, Ophelia und Gretchen). Die Romantiker knüpften an die Goethesche Deutung an und machten Hamlet zum Inbegriff romantischen Menschentums. Dagegen wandte sich mit Protest die literarische Richtung des Jungen Deutschland, die Hamlet als abschreckendes Beispiel politischer Untätigkeit benutzte, was in Gutzkows Drama *Hamlet in Wittenberg* seinen Niederschlag gefunden hat, und Freiligrath ging in einem Gedicht so weit zu behaupten: „Deutschland ist Hamlet.“ Von Gerhart Hauptmanns langer Beschäftigung mit *Hamlet* zeugt sein Theaterroman *Im Wirbel der Berufung*. Darüber hinaus wollte er in seinem „Urhamlet“ den Helden von dem Vorwurf der Tatenlosigkeit befreien, und schließlich versuchte er in seinem an Gutzkow anknüpfenden Drama *Hamlet in Wittenberg* ein faustisches Menschheitsdrama zu schaffen. Doch nach diesen Versuchen neigt man in unserer Zeit mehr zu einer nüchternen, die neuen Ergebnisse der Forschung mit berücksichtigenden Betrachtungsweise des *Hamlet*-Dramas.

Wolfgang Riehle

König Lear *(King Lear)*

Es ist verbürgt, daß *König Lear* am 26. Dezember 1606 am englischen Königshof gespielt wurde. Öffentliche Aufführungen im Globe Theatre sind wohl vorausgegangen. Entstanden ist das Drama um 1605, in Shakespeares Periode der großen Tragödien, zwischen *Othello* und *Macbeth*. Der erste Quarto-Druck erschien 1608. Der Text der Folioausgabe von 1623 weicht davon im Wortlaut gelegentlich ab, läßt etwa 300 Zeilen fort (darunter die gesamte Szene IV, III) und fügt etwa 100 andere hinzu. Die Kürzungen lassen sich vielleicht als Regiestriche, die sonstigen Änderungen als Rückgriffe auf Shakespeares Handschriften erklären. Moderne Ausgaben pflegen den Folio-Text zugrunde zu legen, die hier fehlenden und zweifelhaften Stellen jedoch aus der Quarto zu ergänzen und mithin eine Kombination der beiden Originalausgaben zu bieten.

Die Handlung von König Lear (Leir) und seinen drei Töchtern entstammt der legendären Geschichte Britanniens. Sie war schon in der *Historia Regum Britanniae* des Geoffrey von Monmouth (12. Jh.) erzählt und in vielen Chroniken und Dichtungen wiedererzählt worden. Shakespeare kannte mehrere Fassungen, darunter die in der Chronik des Holinshed, aus welcher er auch den Stoff seiner Historien bezog. Zudem existierte seit 1594 eine Dramatisierung unbekannter Verfasserschaft, *The True Chronicle History of King Leir*, die 1605 im Druck erschien. Daß Shakespeare dieses etwas larmoyante Stück mit glücklichem Ende kannte, bezeugen zahlreiche wörtliche Anklänge. Doch alles, was zur aufrührenden Wirkung des Shakespeareschen *König Lear* beiträgt – die gigantische Statur des Königs, sein Wahnsinn, die Verstoßung Kents, die Rolle des Narren, der tragische Schluß –, ist Shakespeares Eigentum. Seine eigene Idee war auch die Verbindung mit der Handlung um Gloster, deren Stoff er einer Episode in Sir Philip Sidneys elisabethanischem Roman *Arcadia* (1580) entnahm. Das ist keine der „Nebenhandlungen", wie sie sonst bei Shakespeare und seinen Zeitgenossen üblich waren. Die Gestaltung zweier in Verlauf und Thematik gänzlich paralleler Handlungen vielmehr ist in *König Lear* einmalig. In beiden verstößt ein Vater das Kind, das ihn wirklich liebt, um Grausamkeit und Leid von den Kindern, denen er blindlings vertraut hatte, zu erfahren und Führung und Heil von den Verstoßenen. Gloster erkennt die Wahrheit erst, als er die Augen verliert, und Lear lernt erst in der geistigen Umnachtung sehen. Einander ergänzende und kontrastierende Wortechos und Bilder vertiefen die Entsprechung, so daß sich die beiden Handlungen, die zusehends stärker ineinandergreifen, gegenseitig erklären und verdeutlichen und das Drama zur allgemeinen Analyse menschlichen Leidens weiten. Dennoch sind die beiden Schicksale in unterschiedlichen Charakteren begründet: in der jähzornigen Natur Lears einerseits, in der selbstgefällig-leichtgläubigen Glosters andererseits.

König Lear ist häufig als die erschütterndste der Tragödien Shakespeares, ja aller Tragödien, empfunden worden. Sie reißt gleichsam dem Menschen und seiner Welt die Maske des scheinbar Vernünftigen ab, um in der Tollheit ihr wahres Sein zu offenbaren. Schwerlich läßt sich darum die Thematik dieses Dramas auf eine rationale Formel reduzieren (kaum ein Werk Shakespeares, das mehr widersprüchlichen Deutungen standgehalten hat); und seine Kunst kann nicht an Maßstäben des realistischen Dramas gemessen werden. Unwirklich, als märchenhaftes Ritual erscheint schon die eröffnende prunkvolle Abdankungsszene Lears mit der Töchterbefragung und dem Bekenntnis des königlichen Freiers zur entrechteten Tochter. Aber gerade die Realitätsferne der umfänglichen Eröffnungsszene macht die von

Konventionen und Schmeichelei übertünchte Welt und die Tragweite des Handelns des in ihr befangenen Lear bewußt. Denn Lear verkennt ja nicht allein die wahre, schweigende Liebe Cordelias; er verkennt auch das Wesen des Königtums, das nach den Auffassungen der Zeit Stellvertretung Gottes auf Erden war, und die Unmöglichkeit, von ihm nur „den Namen und des Königs Ehrenrecht" sich zu bewahren. Er verkennt die politischen Gefahren einer Aufteilung des Reiches. Das jähe und sündhafte Handeln, bei dem die eigentlichen Probleme verdeckt und verstellt sind, greift, bei Lear wie dann bei Gloster, über das Persönliche hinaus, stellt die Bande von Familie und Gefolgschaft, die Ordnung des Staates in Frage. Darauf antwortet im 3. Aufzug der Aufruhr der Elemente, das Walten der unerkannten „Götter". Die „kleine Welt" des Menschen hat in der großen Welt des Kosmischen ihre Entsprechung.

Das Leiden, in das Lear und Gloster gestoßen werden, kann indes nicht allein als Strafe für ihre Verblendung und Sünde aufgefaßt werden. Es ist zugleich im positiven Sinne ein Sich-Hindurchleiden zur Erkenntnis – auch zur Erkenntnis des eigenen Ich („Wer kann mir sagen, wer ich bin?"). Das gestaltet Shakespeare in ausdrucksstarken Konfrontationen des Verblendeten (Lears wie Glosters) mit der sich demaskierenden Wirklichkeit außerhalb und innerhalb seiner selbst. Die Erfahrung der Gefühlskälte seitens Gonerils und Regans, der Anblick des in den Pranger geschlagenen Dieners, die Verweigerung des Gefolges enthüllen dem widerstrebenden Lear das wahre Gesicht der bösen Töchter. Die Töchter und ihr Undank sind ihm während der Sturmszenen auf der Heide (Akt III) beständig imaginär gegenwärtig, hineinprojiziert in den Aufruhr der Natur, gegen die Lear sich auflehnt und als deren Sklave er sich erkennen muß. Daran sind unaufhörlich Tiervergleiche geknüpft, die auf das Animalische ihres Wesens weisen. Lears Schwanken zwischen Auflehnung und Resignation, zwischen Einsehenmüssen und Nichteinsehenwollen, zwischen Zorn und Geduld zeugt einen inneren Dualismus, der folgerichtig im Wahnsinn gipfelt.

Die Wirkung von Lears Wahnsinn wird verstärkt durch das Rollenspiel seiner Begleiter: durch Kent, den Aufrichtigen in der Verkleidung; durch den Narren, dessen lächerliche Sprüche die Wahrheit der Welt spiegeln, die Lear verkennt; durch Edgar, der im gespielten Wahnsinn den König mit dem Abbild seines eigenen Wahnsinns konfrontiert, bis sich mit seiner Nacktheit Lear durch das Herunterreißen der eigenen Kleider identifiziert. (Das Motiv von Kleidern und Nacktheit zieht sich durch das Drama wie das von Blindheit und Sehen, dessen Entsprechung es ist; wahres Sehen heißt sich nicht durch Verkleidungen täuschen lassen.) Das Wahnsinnsgericht, das Lear mit den Begleitern inszeniert (III, vi), legt als groteske Parodie der Staatsszene vom Anfang die Ohnmacht seines Richtertums bloß. Auch Glosters Leidensweg führt bis zum Äußersten, bis zum Todeswunsch der Verzweiflung. Edgar, nun sein Führer, bewirkt, daß diese Verzweiflung ebenso grotesk sei wie der Sprung von der imaginären Steilküste von

Dover. Gloster, der so sein Schicksal akzeptieren lernt, begegnet Lear, für den Autorität und Königtum zur Fratze geworden sind (IV, VI).

Die Möglichkeit einer Rettung scheint bis zum Ende des 4. Aufzugs offenzubleiben. Durch Cordelia, die gleich einer Erlöserfigur nach Dover gekommen ist (anders als in den Quellen, wo Lear sie in Frankreich reuig aufsuchte), erfährt Lear Heilung und Läuterung. Dennoch läßt diese Tragödie (wiederum anders als die traditionelle Leir-Sage) einem erlösenden Ende keinen Raum. Versuche, Lears Sterberede und Tod als ekstatische Vision des Eingangs in die Erlösung zu deuten, überzeugen kaum. Hat doch das Drama die Möglichkeit der Erlösung in steter Verklammerung mit dem zerfleischenden Wirken des Bösen gezeigt. Diesen Zustand führt der Schluß zur letzten Konsequenz. Zu Lears Erkenntnis gehört das Erkennen des Bösen in der Welt; er ist der Vogel im Käfig; sein Paradies mit Cordelia ist im Gefängnis (V, III, Anfang); selbst in dieses dringt das Unheil ein. Und Gloster stirbt, „zu schwach, /Den Kampf noch auszuhalten zwischen Schmerz / Und Freud" (V, III).

Das Wirken des Bösen hat Shakespeare kaum je so tiefgreifend gestaltet wie in *König Lear*. Doch das Böse ist hier ebensowenig ein Absolutes wie das Gute. Es wirkt in vielerlei Gestalt: als animalische Triebhaftigkeit und Machtgierde bei Regan und Goneril, als intellektueller Atheismus bei Edmund. Weltanschauungen treffen aufeinander – verschiedene Auffassungen und Haltungen dem Königtum, den Göttern, der Gerechtigkeit, der Urteilskraft gegenüber. Das Wort „Natur" etwa, ein Schlüsselwort, tritt mit immer wieder anderem Sinn entgegen. Für Gloster und Lear ist „Natur" die menschliche und gesellschaftliche Ordnung; für Edmund ist die „Natur", seine Göttin, ein renaissancehaftes Titanentum. In den Heideszenen manifestiert die Natur selbst im Aufruhr der Elemente ihre Macht. In seinen begrifflichen Spannungen (vgl. auch den Begriff „Torheit" und die Rolle des Narren) wirkt dieses Drama ebenso wie durch die nuancierte sprachliche und szenische Verbildlichung des Begrifflichen.

Im späteren 17. Jahrhundert erfuhr *König Lear* eine seltsame Wiederauferstehung in der Neufassung des Nahum Tate (1681) mit Edgar und Cordelia als Liebenden, ohne die Narrenrolle und mit Happy-End, in der allein das Drama fortan 150 Jahre lang gespielt wurde. Erst die Romantik kehrte zum echten *Lear* zurück. Das Urteil Lambs freilich, daß diese Tragödie zu gigantisch für die Bühne und darum unspielbar sei, ist oft wiederholt worden und war wohl mit dem Blick auf die Illusionsbühne des 19. Jahrhunderts berechtigt. Bedeutende neuere Inszenierungen (Gielgud; P. Brook) haben durch den radikalen Verzicht auf realistische Szenerie vieles von der Gewalt des *König Lear* zurückerobert. – Auch auf der deutschen Bühne hielt *König Lear* zuerst in einer Bearbeitung (durch F. L. Schröder, 1778) Einzug, mit radikalen Eingriffen sowohl in die große Eröffnungsszene als auch in den Schluß (Cordelia bleibt am Leben), die auch unter Goethes Direktion in Weimar gezeigt wurde. Zu den bedeutendsten neueren deutschen Interpreten des echten *Lear* gehören u. a. Bassermann (unter der Regie Max Reinhardts) und Werner Krauß, sowie A. Moissi in der Rolle des Narren.

Werner Habicht

Othello, der Mohr von Venedig
(Othello, the Moor of Venice)

Othello wurde wahrscheinlich 1604 zum erstenmal aufgeführt und dürfte in den Jahren 1603/4 entstanden sein. In der Reihe der großen Tragödien steht es zwischen *Hamlet* (1600–1602) und *König Lear* (1604/5). Das Stück wurde 1622 in einer Quartoausgabe gedruckt und erschien ein Jahr später in der Folioausgabe der Dramen Shakespeares. Die beiden Texte unterscheiden sich in zahlreichen Einzelheiten; der Text von 1622 enthält einige ausführlichere Bühnenanweisungen, ist jedoch um etwa 160 Zeilen kürzer. So fehlt dort Othellos Vergleich seiner Leidenschaft mit dem Meer des Pontus (III, III) und Desdemonas Weidenlied (IV, III). Die Mehrzahl der Forscher nimmt an, daß der Foliotext von 1623 im ganzen zuverlässiger ist und daß seine Herausgeber außer der Quarto noch ein weiteres Manuskript des Stückes vorliegen hatten.

Shakespeare fand den Stoff für sein Drama in der Novellensammlung *Hecatommithi* des Italieners Giraldi Cinthio (1565). Da keine zeitgenössische Übersetzung ins Englische bekannt ist, müßte er den Urtext oder eine französische Version gelesen haben. Die Geschichte von der künstlich geschürten Eifersucht des Mohren und dem grausamen Mord an seiner Gattin wird bei Cinthio als Beispiel für die verhängnisvollen Folgen einer allzu ungleichen Heirat erzählt. Der Fähnrich (Jagos „Vorbild") handelt nicht aus Haß gegen den Mohren, sondern aus der Erbitterung unerwiderter Liebe zu dessen Gattin, die er dann mit dem Mohren zusammen auf brutale Weise ermordet. Die ganze Handlung erstreckt sich in der Novelle über einen längeren Zeitraum, was auch für die Bestrafung der Mörder gilt (der Mohr wird erst später in der Verbannung von Verwandten seiner Gattin getötet). Shakespeare folgt dem Handlungsgang der Erzählung recht genau, komprimiert aber die Ereignisse auf wenige Tage, wodurch das dramatische Tempo wesentlich gesteigert wird, und verändert die Motive der handelnden Personen. Zu den kleineren, aber wichtigen Änderungen gehört etwa auch die Einführung Rodrigos und die Betonung der magischen Kraft des Taschentuchs (III, IV). Trotz der engen Anlehnung im einzelnen ist jedoch Shakespeares *Othello* ein völlig anderes Werk als die etwas reißerische und sehr handlungsbezogene Novelle. Dies liegt vor allem an der vertieften Charakterdarstellung und der unvergleichlichen Sprachkunst des Dichters.

Unter den großen Tragödien Shakespeares fällt *Othello* durch seinen ungewöhnlich straffen Aufbau und seine konzentrierte Geschlossenheit auf. Die Ereignisse scheinen sich zu überstürzen. Der Schauplatz wechselt kaum, und keine Nebenhandlung unterbricht den Ablauf des Geschehens. Die Zahl der handelnden Personen ist geringer als in den übrigen Tragödien, und jede dieser Personen ist irgendwie auf die drei Hauptgestalten bezogen: Rodrigo und auch Brabantio sind die ersten leichtgläubigen und schnell erregbaren Opfer Jagos; Bianca ist wirklich die Hure, zu der Othellos entzündete Phantasie Desdemona gemacht hat, und ist zugleich (wie auch Rodrigo) ein Beispiel primitiver Eifersucht. Cassios Offenheit steht im Gegensatz zu Jagos Verschlagenheit; wie Desdemona wird er falsch verdächtigt, und wie Othello wird er durch Jagos Verführungskunst zu unkontrolliertem, für ihn selbst verderblichem Handeln gereizt. Der Mord an Rodrigo ist ein blutiges Vorspiel zu der Tötung Desdemonas. Emilia schließlich ist als gehorsame und grundlos verdächtigte Ehefrau ein Gegenbild zu Desdemona. Ihre nüchtern-unverblümte Beurteilung der Vorgänge gibt gerade dem Schluß der Tragödie eine besondere Schärfe (vgl. IV, III und V, II).

Durch solche Entsprechungen und Kontraste, die sich über das ganze Drama verteilen und die einzelnen Szenen miteinander verknüpfen, wird vor allem das zentrale Geschehen, Othellos Abstieg und Untergang, herausgehoben und von verschiedenen Seiten beleuchtet. Trotz der faszinierenden Figur Jagos, dessen allgegenwärtige Aktivität und Verstellungskunst die ganze Handlung in Gang setzt, ist das Stück ja in erster Linie eine Tragödie Othellos. Seine im höchsten Sinne ungewöhnliche Liebe, deren Ausnahmecharakter gerade durch seine Hautfarbe unterstrichen wird, und ihr Zusammenbruch stehen im Mittelpunkt des Dramas. Shakespeare schildert diesen Vorgang nicht von einem moralischen Standpunkt aus, und es wäre falsch, hier ohne weiteres die Schuldfrage zu stellen. Othello ist weder das edle, vertrauensselige und im Grunde unschuldige Opfer teuflischer Machenschaften noch (wie ihn die neuere Kritik vielfach darstellt) der verblendete, sich selbst dramatisierende Tor, dessen Liebe schon von Anfang an den Keim der Katastrophe in sich trägt. Die Tragik besteht vielmehr gerade in der völligen Pervertierung Othellos, in dem unaufhaltsamen und erschreckend raschen Abstieg von dem imponierenden Feldherrn und grenzenlos Liebenden des Anfangs bis zu der würdelosen Kreatur Jagos, dessen Mentalität und Sprache er sich fast völlig zu eigen gemacht hat (vgl. vor allem IV, I und II). Es ist ein Wandel, wie ihn kaum ein anderer Charakter Shakespeares durchläuft, ein Wandel, der zwar durch Jago veranlaßt und beschleunigt wird, der aber nicht möglich wäre, wenn Othello nicht an einem entscheidenden Punkt verwundbar wäre. Dies gibt dem Stück bei aller dramatischen Übersteigerung und Distanz seine menschliche Unmittelbarkeit. Othello wird (fast wie Angelo in *Maß für Maß*) von einer in ihm wohnenden zerstörerischen Kraft überwältigt; doch anders als bei Angelo führt dies nicht sogleich zu eigener Schuld, sondern zu der tragischen Erfahrung, daß das, was er am meisten geliebt hat, sich als wertlos herausstellt. Diese subjektive Erfahrung (ganz ähnlich der von Hamlet und Troilus) gründet sich zwar auf einen ungeheuren Irrtum, aber sie ist deshalb nicht weniger real und erschütternd. Othellos unheilvolle Verblendung äußert sich in der Leichtgläubigkeit gegenüber dem oberflächlichsten Beweis, in seinem selbstzerstörerischen und völlig unbegründeten Abscheu vor Desdemona und zuletzt, fast am eindrücklichsten, in dem heiligen, jenseits aller Rachsucht stehenden Ernst, mit dem er den Mord vollbringt. Die letzte Begegnung mit Desdemona verdeutlicht, wie vollständig jede Möglichkeit einer Verständigung zerbrochen ist. Othellos überschwengliche Liebe hat sich in Ekel und Haß verkehrt; gerade seine vertrauensvolle Offenheit hat ihn in einen Zustand absoluter Vertrauenslosigkeit gestürzt. Zwar gewinnt er am Ende durch die Erkenntnis seiner Schuld seine Würde und seine frühere Vorstellung von Desdemona zurück, doch die Tragödie endet nicht, wie *Hamlet*, *König Lear* oder *Macbeth*, mit dem Ausblick in eine bessere Zukunft.

Es geht dem Dramatiker nicht darum, Othello zu „entschuldigen". Seine Leichtgläubigkeit und seine Erniedrigung werden von Shakespeare gegenüber der Quelle stark unterstrichen, und Emilias völlig unpoetische Beschimpfungen (V, II) tragen, wenn sie auch nicht ganz die Gefühle des Zuschauers wiedergeben, doch dazu bei, die Tiefe seines Sturzes anschaulich zu machen. Andererseits wirkt freilich Jagos Virtuosität als Verführer einer einseitigen Verdammung Othellos entgegen. Jago, den alle Personen im Drama für ehrlich halten und dessen Fähigkeit, sein Gegenüber zu täuschen, uns von der ersten Szene an als sein hervorstechendster Zug entgegentritt, hat manches mit der raffiniert-wendigen Teufelsfigur aus dem mittelalterlichen Drama gemeinsam, dessen Einfluß auf Shakespeare sich in vielem nachweisen läßt. Sein Haß gegen Othello erscheint größer als irgendeine mögliche Veranlassung. Die im Drama angeführten Gründe (z. B. II, I) stehen jedenfalls in keinem Verhältnis zu seinem Aufwand an zerstörerischer Phantasie. Die große Versuchungsszene (III, II) ist eines der eindrucksvollsten Beispiele für Shakespeares Kunst, im Dialog die tiefgreifende Beeinflussung eines Charakters durch einen anderen darzustellen. Jagos Technik der gespielten Freimütigkeit, der halben Andeutung und der scheinbar widerwilligen Verdächtigung reizt Othello, bis er Jago geradezu drängt, die Verführung fortzusetzen, und sich einen handgreiflichen Beweis für Desdemonas Schuld ersehnt. Er wird nicht überredet, sondern nur gerade so weit in Unruhe versetzt, daß seine eigene Phantasie sich zu immer wilderen Vorstellungen versteigt und er dem Verleumder immer weiter entgegenkommt. Jagos Eigenart, alles von seiner sinnlichen und abstoßenden Seite zu betrachten, muß jedem Leser auffallen, ebenso die ansteckende Wirkung dieses zersetzenden Geistes auf Othello, die sich besonders deutlich an der Sprache ablesen läßt. Zwischen ihnen steht Desdemona als die einzig selbstlos Liebende. Daß sie gerade durch ihre arglosen Vermittlungsversuche Othellos Verdacht immer mehr entflammen muß, darin liegt ihre besondere Tragik.

Der Weg Othellos von der Ordnung zum Chaos wird durch die Sprache, die Nebenpersonen und die dramatischen Schauplätze akzentuiert. Der

Beginn zeigt das auf Rechtssicherheit und Ordnung gegründete Gemeinwesen Venedigs. Zum Kampf gegen die ordnungsfeindliche Barbarei wird Othello ausgesandt. Die Insel Zypern, auf der die eigentliche Handlung sich abspielt, ist so etwas wie ein Außenposten der zivilisierten Welt. Gerade dort gewinnt in Othello die Barbarei die Oberhand. Als er sich zuletzt tötet, deutet er selbst eine Beziehung zwischen diesem Akt der Gerechtigkeit und seinem Kampf gegen die Feinde Venedigs an (V, II). Diese Korrespondenz zwischen der großen Welt und den Leidenschaften des einzelnen, zwischen den Mächten der Natur und den Abgründen des individuellen Bewußtseins, wird vor allem auch durch die Bildersprache des Stückes ständig unterstrichen; sie ist hier besonders eng mit dem dramatischen Vorgang verwoben.

Othello ist in England seit dem 17. Jahrhundert eines der am häufigsten gespielten Dramen Shakespeares. Fast alle großen Schauspieler haben sich an der Rolle Othellos oder Jagos, viele abwechselnd an beiden, versucht. In jüngster Zeit hat die Aufführung des National Theatre mit dem exotisch primitiven Othello Laurence Oliviers besonderes Aufsehen erregt. Auch in Deutschland wird das Stück seit dem 18. Jahrhundert viel gespielt. Große Othellos waren Albert Bassermann, Paul Wegener, Heinrich George und Fritz Kortner. Allerdings wird in Deutschland Shakespeares Othello etwas von der romantischen Operngestalt Verdis überdeckt.

Dieter Mehl

Antonius und Kleopatra (*Antony and Cleopatra*)

Antonius und Kleopatra ist mit großer Wahrscheinlichkeit in den Jahren 1606/7, also nach *König Lear* und *Macbeth* und vor *Coriolanus* entstanden. Der einzige erhaltene Text findet sich in der Folioausgabe; von einer Reihe von Druckfehlern abgesehen, ist er ungewöhnlich gut und dürfte Shakespeares eigenes Manuskript recht genau wiedergeben.

Shakespeares Quelle für *Antonius und Kleopatra*, einen in der Renaissance sehr beliebten dramatischen Vorwurf, war das Leben des Marcus Antonius in Plutarchs *Parallelbiographien*, die ihm in der Übersetzung von Thomas North (1579) zugänglich waren (Vgl. die Angaben zur Quelle im Kommentar zu *Julius Cäsar*). Auch in diesem Drama mußte die Handlung der Vorlage zugunsten einer dramatischen Wirksamkeit vereinfacht und gestrafft werden. So greift Shakespeare beispielsweise aus der Schlacht bei Aktium den entscheidenden Moment, Kleopatras Flucht, heraus und hebt in den darauffolgenden Szenen durch Kürzungen gegenüber der Quelle die Endgültigkeit der Niederlage des Antonius und seine völlige Isolierung hervor. Enobarbus verläßt Antonius im Drama unmittelbar nach der verlorenen Schlacht – im Gegensatz zu Plutarch, wo er ihm schon früher untreu wird. Dieser Enobarbus, der in der Quelle nur beiläufig erwähnt ist, erleidet bei Shakespeare eine „Tragödie im kleinen" und wird als Kontrastfigur zu Antonius von Anfang an am Geschehen beteiligt. Zudem übernimmt er häufig die Funktion, die Handlung nüchtern zu kommentieren. Antonius ist im Drama nicht nur wie bei Plutarch ein großer Soldat und Politiker, dem der dritte Teil der Welt gehört, der jedoch zugleich einem ausschweifenden Leben verfallen ist, sondern Shakespeare steigert ihn zu herkulischer Größe. Kleopatra ist bei Plutarch eine mit unwiderstehlichen Reizen begabte und alle Verführungskünste beherrschende Frau. Shakespeare macht aus ihr jedoch eine letztlich unergründliche Figur, die sowohl Züge einer Kokotte aufweist wie auch an eine Göttin (insbesondere Isis) erinnert. Die berühmte Charakterisierung ihrer Erscheinung in ihrer Barkasse auf dem Cydnus-Fluß (II, II) ist nicht zuletzt deshalb so wirkungsvoll, weil sie Shakespeare dem nüchternen Enobarbus in den Mund legt, der auch recht zutreffend von ihrer „immer neuen Reizung" (II, II) spricht. In einer bezeichnenden Steigerung gegenüber Plutarch ist selbst die Natur in sie verliebt (II, II). Ein weiterer wichtiger Unterschied zur Quelle ergibt sich daraus, daß die Handlung ständig zwischen der Welt Roms und Ägyptens hin- und herwechselt, wodurch der Zuschauer zu einer immer neuen Stellungnahme gezwungen wird.

Diese episodenhafte Struktur des Dramas liegt nicht zuletzt in der Wechselhaftigkeit und Unbeständigkeit der Welt, in der sich die Personen bewegen, begründet. Vom Beginn des Dramas an steht die ganze Welt buchstäblich auf dem Spiel, in deren Besitz sich die Triumvirn Antonius, Cäsar und Lepidus geteilt haben. Diesen Besitz sehen die Repräsentanten der Welt jedoch ständig in Gefahr, und sie fühlen sich einem zufälligen und unberechenbaren Schicksal unterworfen. Dem durch den historischen Stoff vorgegebenen Gegensatz zwischen Rom und Ägypten gibt Shakespeare eine über den politischen Bereich hinausgehende geistige Vertiefung. Doch greift jeder Versuch, diesen Gegensatz, wie es häufig geschieht, auf eine begriffliche Formel zu bringen, zu kurz, weil sich trotz aller Unterschiede bei näherem Zusehen doch auch Gemeinsamkeiten zwischen den beiden Welten ergeben und weil vor allem erst aus ihrer gegenseitigen Durchdringung die eigentliche dramatische Wirkung entsteht. Das besondere Merkmal der durch Cäsar verkörperten Welt Roms ist das politische Kalkül, wobei sich selbst die Werte als manipulierbar erweisen, was in dem kleinen Zwischenspiel von Menas und Pompejus auf dessen Galeere recht deutlich zum Ausdruck kommt (II, VII). Macht sich unter der Oberfläche der römischen Welt eine das Ordnungsgefüge auflösende Korruption bemerkbar, so ist andererseits die Sinnenhaftigkeit und Fruchtbarkeit der durch Kleopatra repräsentierten Welt Ägyptens schon vom Verfall bedroht. Der Nil, der nicht nur Fruchtbarkeit spendet, sondern auch tödliche Schlangen in sich birgt (man verfolge, wie häufig das Schlangenmotiv auftaucht!), ist dafür ein wichtiges Symbol.

In dieser wechselhaften und von der Zerstörung bereits bedrohten Welt ereignet sich die Liebe zwischen Antonius und Kleopatra. Im Gegensatz zu dem romantischen Liebespaar Romeo und Julia gestaltet Shakespeare hier die Liebe zweier sich schon dem Alter nähernder Menschen, eine Liebe, die sich im Verlauf des Dramas als recht wechselhaft erweist, so daß Antonius wie auch Kleopatra befürchten, sich gegenseitig zu verlieren. Es fällt auch auf, daß sie fast nie harmonisch vereint sind, sondern häufig miteinander im Streit liegen. Ihre Liebe erscheint denn auch nicht in einer klaren Eindeutigkeit, sondern unter mehreren Aspekten, die sich zu widersprechen scheinen. Wenn Philo Antonius in der kunstvollen Eröffnungsszene als den „Narren einer Buhlerin" bezeichnet, so trifft er damit nur eine oberflächliche Seite ihrer Beziehung; denn ihre Liebe ist auch mächtig genug, die ganze Welt aufzuwiegen. Hinzu kommt, daß durch diese private Beziehung zweier Weltherrscher der Gang der Weltgeschichte in entscheidendem Maße beeinflußt wird. Seit Antonius Kleopatra kennt, ist für ihn die römische Welt, wie sie etwa Cäsar und Octavia verkörpern, im Grunde belanglos geworden. Denn was beide zueinander zieht, ist eine durch den Charakter bedingte Ähnlichkeit, die sich in vielen Einzelheiten, ja sogar in manchen Wortechos äußert. Wenn etwa Antonius aus politischem Kalkül sich mit Octavia vermählt, so versucht Kleopatra mit einer vergleichbaren taktischen Geschicklichkeit ihn an sich zu fesseln, indem sie sich für tot ausgeben läßt (IV, XI). Beide sehen im Tod ein sinnliches Erlebnis, und beide neigen zu spontanen und impulsiven Reaktionen. Man vergleiche, wie Kleopatra mit dem Boten verfährt, der ihr die Nachricht von Antonius' Heirat überbringt (II, V), mit der Art, wie Antonius den Boten Thyreus behandelt (III, XI). Wenn Antonius der Anziehungskraft Kleopatras nicht zu widerstehen vermag, so droht er nicht der Sinnlichkeit zu erliegen, sondern sein Urteilsvermögen und seine militärische Tapferkeit, also gerade seine männlichen Eigenschaften, zu verlieren. Enobarbus freilich, der ihn eben wegen dieser schwindenden Verstandeskräfte verließ, muß, als es für ihn zu spät ist, erkennen, daß Antonius dennoch ein edler Mensch geblieben ist (IV, VI). Daß Antonius und Kleopatra nicht moralisch zu beurteilen, daß die Begriffe „gut" und „böse" auf sie nicht anwendbar sind, wird an ihrem Tode besonders deutlich. Zwar sterben sie getrennt und wählen den Freitod nicht in erster Linie, um mit dem geliebten Menschen vereint zu sein – Antonius tötet sich aus Bitterkeit über die Täuschung der Kleopatra und diese aus Furcht vor der Gefangennahme durch Cäsar –, aber im Tode gelingt es ihnen dennoch, sich in Freiheit über die irdische Bedingtheit und Begrenztheit zu erheben und sich gegenseitig durch die Kraft ihrer Phantasie in einen Gott bzw. eine Göttin, in den Gatten und die Gattin umzuwandeln, so daß im Zuschauer am Ende der Tragödie auch kein Gefühl der Trauer zurückbleibt. Das frühe Wort des Antonius, daß er und Kleopatra „unerreichbar sind" (I, I), erhält erst durch ihren Tod seine volle Berechtigung. Weil die Wirklichkeit jedoch bis zuletzt ihre harte Realität behält, ist der Untergang der Liebenden nicht als ein romantischer Liebestod im Sinne von Wagners *Tristan und Isolde* zu verstehen.

Wie Kleopatra im Tode sich in die kosmischen Elemente Feuer und Luft aufzulösen scheint, so weitet sich überhaupt das ganze Drama häufig ins Kosmische aus. Dies zeigt sich einmal an der großen Zahl der Nebenfiguren, die, nachdem sie einen „Weltausschnitt" repräsentiert haben, wieder von der Bühne verschwinden. Vor allem aber kommt dieser Eindruck durch die hyperbolisch gesteigerte Sprache zustande. Im Gegensatz zu der klassischen Zurückhaltung in *Julius Cäsar* und der auffallenden Herbheit und Sprödigkeit in *Coriolanus* läßt sich hier in diesem dritten großen Römerdrama eine Vielfalt der Stilebenen, die sich den dramatischen Erfordernissen entsprechend abwechseln, beobachten, wobei sich als Gesamteindruck eine das ganze Drama durchziehende Sinnenhaftigkeit der Sprache ergibt, die durch einen sehr geschmeidigen Vers wie auch durch eine große Zahl von sinnlich-erotischen Bildern hervorgerufen wird.

Antonius und Kleopatra gehört zu Shakespeares weniger oft gespielten Werken, nicht zuletzt deshalb, weil der überaus häufige Schauplatzwechsel für die Guckkastenbühne große Probleme in sich birgt. Da man heute bei Shakespeare-Aufführungen im allgemeinen jedoch bemüht ist, die einfachen elisabethanischen Bühnenverhältnisse zu berücksichtigen und durch den Verzicht auf eine üppige Ausstattung eine pausenlose Szenenabfolge zu gewährleisten, sollte nunmehr diese Tragödie leichter spielbar sein. John Dryden, der Begründer des englischen Restaurationsdramas, schrieb in einem vorklassizistischen Stil das Stück *All for Love, or The World Well Lost*, das in bewußter Anlehnung an Shakespeare denselben Stoff behandelte und *Antonius und Kleopatra* ein Jahrhundert lang von der Bühne verdrängte, bis um die Mitte des 18. Jahrhunderts der große Schauspieler Garrick Shakespeares Drama wiederbelebte. Trotzdem wurden noch bis zu Beginn unseres Jahrhunderts Bearbeitungen gespielt.

Wolfgang Riehle

Cymbeline (*Cymbeline*)

Cymbeline ist um 1608/9, also in Shakespeares letzter Schaffensperiode, entstanden. Vor 1611 haben nachweislich Aufführungen stattgefunden. Möglicherweise wurde das Stück mit dem Blick auf die reicheren Bühnenmöglichkeiten des – im Gegensatz zu den öffentlichen elisabethanischen Theatern überdachten – Blackfriars' Theatre geschrieben, welches 1608 von der Schauspielertruppe, der Shakespeare angehörte, erworben wurde. Das könnte die Inszenierungsanforderungen erklären, die das Stück etwa an die Kofferszene (II, II) oder an den Jupiter-Auftritt (V, IV) stellt.

Der früheste Text erscheint in der ersten Folioausgabe von 1623. Er steht dort (wie auch in der vorliegenden Ausgabe, die in der Anordnung der Dramen der Folio folgt) unter den Tragödien. Seiner Entstehungszeit und seinem ganzen Charakter nach gehört *Cymbeline* jedoch (nach *Perikles* und vor *Das Wintermärchen* und *Der Sturm*) zu den tragikomischen Märchenstücken („Romanzen") mit ihren an phantastischen Ereignissen reichen, dabei symbolhaften Handlungen, mit denen Shakespeare nach den großen Tragödien einer neuen Geschmacksrichtung des Publikums der Zeit um 1610 entgegengekommen zu sein scheint, die fürderhin insbesondere durch die Dramen von Beaumont und Fletcher genährt wurde, von denen *Philaster* mit *Cymbeline* besonders frappante Ähnlichkeiten aufweist.

Die Quellen des Dramas sind ebenso disparat wie seine Handlungsstränge. Die Kunde vom Britenkönig Cymbeline (gest. ca. 43) hatte Shakespeare aus der Chronik des Holinshed; doch die politischen Szenen, gering wie ihr Gewicht im Drama ohnehin ist, sind eher pseudo-historische Phantasie. Ebenfalls bei Holinshed, doch in ganz anderem Zusammenhang der Chronik, findet sich ein Vorbild für die Geschichte von Belarius und seinem kämpferischen Alleingang mit den beiden „Söhnen". Die Fabel von Imogen, Posthumus und der Wette stammt letztlich aus Boccaccios *Decamerone* (II, 9) und ist wohl indirekt über die englische Übersetzung einer holländischen Adaptation (*Frederyke of Jennen;* 1520, 1560) auf Shakespeare gekommen. Für die Verbindung all dieser Motive zu einem dramatischen Ganzen sowie auch für das versöhnende Eingreifen des Gottes Jupiter mochte sich Shakespeare an einem alten, freilich überaus grobschlächtigen anonymen Liebesdrama, *The Rare Triumphs of Love and Fortune* (ca. 1582), orientiert haben, an das sich auch im *Wintermärchen* und im *Sturm* Anklänge finden.

In der Tat folgt Shakespeare bei der Fügung der Handlungsstränge mit ihrem wechselhaften Geschehen in eine dramatische Struktur einem hergebrachten Schema romanesker Dramatik. Die Rolle des Posthumus Leonatus, der der treuliebenden Gattin, von der er getrennt worden ist, mißtraut und sie mit Haß belädt, hat in deren, Imogens, gefahrvoller Dulderrolle ihr Gegenbild. Diese Handlungsstücke wiederum sind von einem anderen Gegensatz umschlossen, auf dessen einer Seite der verblendet der falschen zweiten Gattin hörige, zornige König Cymbeline steht, der die fatale Trennung des liebenden Paares bewirkt und der zugleich höfische Korruption und politisches Übel symbolisiert; sein Gegenbild aber ist Belarius, der Verbannte in der arkadischen Welt der walisischen Berge, die an den Ardennerwald in *Wie es euch gefällt* erinnert und wie dort bewußt als Kontrast zur höfischen Welt konzipiert ist; den in ihr naturnah erzogenen Prinzensöhnen steht der „zivilisierte" prinzliche Tölpel Cloten gegenüber.

Im Vergleich mit der Kunst der Handlungsverknüpfung, wie sie Shakespeare schon fünfzehn Jahre zuvor im *Sommernachtstraum* entfaltet hatte, mögen freilich in *Cymbeline* gewisse Schwächen auffallen. Posthumus etwa, zentral wie seine Rolle doch ist, erscheint ganze zwei Akte lang (III/IV) gar nicht auf der Bühne. Die oft sehr direkten Einweihungen des Publikums in die Geheimnisse des Geschehens scheinen Spannung zu rauben. Doch nicht in der vordergründigen Handlung sollte man hier das

Wesentliche sehen, sondern in ihrem symbolischen Wert, durch den sie menschliche Verblendungen gegenüber dem Bösen und als Gegenpol die läuternde Kraft der Vergebung demonstriert. Es ist schon bezeichnend, daß die unheilstiftenden Hauptfiguren des Bösen in *Cymbeline* nicht aus den Quellen stammen, daß vielmehr Shakespeare selbst sie geschaffen hat: die Königin als hexengleiche Märchenstiefmutter und Cloten, ihr ungeschlachtes Geschöpf. Auffällig auch ist ihre Anonymität: Die erstere trägt als einzige Figur keinen Personennamen; der letztere wird immer wieder als „Ding" bezeichnet. (Im *Sturm* hat Shakespeare ein ähnliches Paar – Sycorax und Caliban – in die Groteske gesteigert.) Doch das Böse quillt dann auch aus dem Helden Posthumus selbst empor – wiewohl auch dazu letztlich die scheinheilige Königin den Anstoß gegeben hat, indem sie für seine Verbannung sorgte. Unmittelbar indes bewirkt den jähen Umschlag seiner Liebe in grundlosen, zerstörerischen Haß (II, IV, V) – wie im vergleichbaren Falle Claudios in *Viel Lärmen um Nichts* – die Leichtgläubigkeit gegenüber dem frivolen Anschwärzer, die nun aber zugleich eine Verblendung ist, was der vergebliche Einspruch des Philario unterstreicht. Umgekehrt aber ist auch das reuige Erkennen seiner Schuld, ist die Vergebungsbereitschaft des Posthumus bei seinem Wiederauftreten tiefer, und zwar schon bevor er tatsächlich um die Unschuld Imogens weiß (V, I).

Der vielbewunderte und vielkritisierte 5. Aufzug des Dramas bringt dementsprechend nicht allein eine Lösung der verschlungenen Handlungswirren. Er vollzieht sich – wie der Schluß des *Wintermärchens* – auf mehreren Ebenen. In der Traumvision erteilt Jupiter die Antwort auf die Frage von Eltern und Brüdern nach dem Sinn des Leidens. Sein spektakulärer Auftritt als *deus ex machina* ist ein gleichwertiges Gegengewicht zu der anderen, handlungsmäßigen Ebene des Schlusses mit den überaus vielfältigen Enthüllungen und Überraschungen in der letzten Szene, deren Effekte dadurch gesteigert werden, daß das Wissen jedes einzelnen der Beteiligten ein Teilwissen ist, das sich vom Teilwissen aller anderen unterscheidet. Doch auch diese Handlungsentwirrung ist vom Geist der Vergebung durchdrungen. Und endlich noch eine dritte, prophetische Ebene des Schlusses: die Erfüllung eines Orakels, die zugleich Hoffnung für den in Unordnung geratenen Staat bedeutet.

Allein, nicht erst der Schluß wendet Tragik in Komik. Beides greift vielmehr beständig ineinander. Daraus erwächst eine überraschende Fülle wirkungsvoller Ironien, die zum Teil durch das umfassende Wissen ermöglicht werden, das dem Zuschauer den handelnden Personen vorausgegeben ist. Die bittere Haßtirade etwa, in die Posthumus nach seiner Täuschung durch Jachimo ausbricht (II, V) – eine konventionelle Weiberschmährede gewiß –, wird dadurch, daß das Publikum um ihre Grundlosigkeit weiß, zur Parodie ihrer selbst, ja zum Preis der durch sie fälschlich beschuldigten Imogen. – Die Zauberkräuter der Königin, von ihr als Gift bestellt und als Kräftigungsmittel ausgegeben, von Cornelius (wie allein das Publikum erfährt) als Scheintodmittel zubereitet, sollen den braven Pisanio töten, werden von diesem der Imogen als Heilmittel gereicht, entzünden in dieser nach dem Genuß falschen Verdacht wider den Getreuen und bewirken ihren scheinbaren Tod, den die Brüder als wirkliches Hinscheiden lyrisch betrauern. Das in Shakespeares Spätdramen häufige Motiv des mißverstandenen Todes selbst wirkt sich in ähnlich vielfältig ironischem Sinne aus, ebenso wie auch das teilweise damit verknüpfte Verkleidungsmotiv. Für Imogen ist Cloten, der grobe Werber, geringer als das „schlechteste Kleid" ihres Gatten (II, III); doch dann wird sie den geköpften Cloten in Posthumus' Kleidern für ihren Gatten halten und betrauern, und dies mit der zusätzlichen Ironie, daß hier Cloten tatsächlich im grotesken Abbild das ist, wozu Posthumus wurde: einer, dessen Liebe sich in mordbereiten Haß verwandelt hat.

Nicht nur in der Struktur, auch im dramatischen Stil überhaupt begegnen uns in *Cymbeline* zum Teil andere Ausdrucksformen als in Shakespeares vorhergegangenen Dramen. Die Charaktere erscheinen marionettenartiger; die Monologe sind nicht mehr so von innerer Spannung elektrisiert wie in den Tragödien; die Verse sind schmuckloser und gelegentlich (insbesondere in V, II) bewußt archaisierend; die Bildersprache scheint ihre einstige poetische Dichte und ihren Assoziationsreichtum eingebüßt zu haben. Freilich haben dafür nun die szenischen Bilder, hat die Handlung symbolischen Wert. Diese und andere der genannten Eigentümlichkeiten sind für Shakespeares Spätstil insgesamt kennzeichnend. Möglich, daß der Dichter in *Cymbeline* noch experimentierend nach diesem neuen Stil tastete, den er dann im *Wintermärchen* und im *Sturm* zur reifen Vollendung brachte. Doch sollte man die technische Brillanz einzelner Szenen – etwa der berühmten, oft illustrierten Szene mit Jachimos Eindringen in Imogens Schlafgemach (II, II) und besonders der erwähnten Schlußszene (V, V) – sowie den lyrischen Ton anderer (z. B. die Totenklage über Imogen, IV, II) nicht übersehen.

Eine Adaptation des *Cymbeline*, Thomas d'Urfeys *The Injured Princess, Or The Fatal Wager*, erschien 1682 und ersetzte auf den englischen Bühnen für Jahrzehnte das Shakespearesche Stück. Seit der Mitte des 18. Jahrhunderts wurde jedoch der echte *Cymbeline* immer wieder gespielt. Zu seinen nicht wenigen Bewunderern zählte der englische Dichter Tennyson, der dieses sein Lieblingsstück auf dem Totenbette las und mit einem Exemplar davon begraben worden sein soll. Eines der Lieder aus *Cymbeline* („Horch! Lerch am Himmelstor singt hell") wurde von Franz Schubert vertont. Im 20. Jahrhundert schrieb George Bernard Shaw, der sich, wie mancher andere Kritiker, am Eingreifen des Gottes Jupiter in die Handlung stieß, einen neuen 5. Aufzug, ohne daß man freilich seine Fassung (*Cymbeline Refinished*), die nur einmal gespielt wurde, allzu ernst nehmen könnte.

Werner Habicht

Perikles, Fürst von Tyrus *(Pericles, Prince of Tyre)*

Perikles entstand um 1607/8, also in der letzten Schaffensperiode Shakespeares. Der erste Druck erschien 1609 als Quarto-Einzelausgabe, deren Titelblatt Shakespeare als Verfasser nennt. Dieser einzige authentische Text ist freilich ein nach Aufzeichnungen von „Reportern" im Theater hergestellter Raubdruck und enthält verderbte, ja sinnstörende Stellen, falsche Versanordnungen usw. Auffälligerweise steht das Stück nicht in der ersten Folio-Gesamtausgabe von 1623; erst in einer späteren Auflage der Folio (1664) wurde es an die Tragödien angehängt, zu denen es als tragikomische „Romanze" freilich ebensowenig gehört wie der voranstehende *Cymbeline*. Jener Umstand, zusammen mit dem Stil, der namentlich in den beiden ersten Akten wenig an Shakespeares Sprachgewalt erinnert, hat Zweifel an Shakespeares alleiniger Verfasserschaft des *Perikles* geweckt. Genaueres hierzu läßt sich nur vermuten. Die Ungleichheiten könnten gewiß auch durch das Verfahren der Textherstellung verursacht sein. Das Drama wurde, so scheint es, von zwei unterschiedlich befähigten Gewährsleuten im Theater erlauscht und aufgeschrieben, was verschiedengradige Entstellungen bewirkte, hinter denen letztlich doch ein einheitliches Shakespearesches Original gestanden haben könnte. Häufiger freilich wird angenommen, Shakespeare habe mit einem anderen Autor zusammengearbeitet, eine Praxis, die damals durchaus üblich war. Als etwaige Mitverfasser kämen mehrere in Frage, unter anderen Thomas Heywood, William Rowley, George Wilkins oder John Day. Möglich endlich (und dies ist wohl die plausibelste Theorie), daß Shakespeare ein früheres Drama eines dieser oder eines anderen Verfassers bearbeitet, indes nur teilweise umgeschrieben hat. Wie dem sei: an Shakespeares Urheberschaft gerade der markantesten Szenen in ihrer jetzigen Form – so insbesondere der Seesturmszene (III, 1), der Szene des Wiedererkennens (V, 1), vielleicht auch der Fischerszene (II, 1) – ist ebensowenig zu zweifeln wie an einer einheitlichen Gesamtkonzeption. Entsprechungen mit Shakespeares gesicherten Dramen der Spätperiode (z. B. *Der Sturm*) reichen bis zu wörtlichen Parallelen. – Das Drama muß zu seiner Zeit auf der Bühne beliebt gewesen sein. Vom Text erschienen in rascher Folge Neuauflagen. Schon 1608 (also noch vor der Quartoausgabe) kam überdies eine Nacherzählung heraus, *The Painful Adventures of Pericles Prince of Tyre* von George Wilkins, die sich wie der „Roman zum Stück" ausnimmt und die heutigen Herausgebern die Rekonstruktion des Textes erleichtert.

Die Beliebtheit lag schon am Stoff – der Geschichte von Apollonius von Tyrus, deren verschollene Ursprünge wohl im Bereich des griechischen Romans zu suchen sind und die in Mittelalter und Renaissance oft bedichtet worden war. Zwei Fassungen davon sind die unmittelbaren Quellen des Dramas: die eine – in Versen – steht in der *Confessio Amantis*, einem Werk des englischen Dichters John Gower (14. Jh.); die andere – in Prosa – ist der seit 1576 bezeugte Roman von Lawrence Twine, *The Patterne of*

Painfull Adventures, der 1607 neu aufgelegt wurde. Zur Änderung des Namens des Titelhelden – er hatte nie anders als Apollonius geheißen – hat vielleicht die Figur Pyrocles in Sidneys *Arcadia* (woraus auch die Gloster-Handlung in *König Lear* stammt) die Anregung gegeben, vielleicht auch der große athenische Staatsmann, dessen Leben Renaissanceschriften als Musterbeispiel staatsmännischer Geduld emporhielten (Geduld ist ein wichtiges Thema dieses Dramas).

Die vorgegebene Handlung mit ihren vielen meergetrennten Schauplätzen scheint sich nicht eben der dramatischen Form anzubieten. Auch ist kein Versuch gemacht, ihre Weitläufigkeit dramatisch zu raffen. Gerade die Handlungsbuntheit ist vielmehr gewahrt. Episodische Szenen markieren als Einzelbilder den Verlauf des großen Geschehens, dessen zeitliche Ausdehnung bei Shakespeare nur noch im *Wintermärchen* übertroffen wird. Der 4. Aufzug verlagert zudem, wie der 4. Aufzug des *Wintermärchens*, das dramatische Interesse vom männlichen Helden auf das Schicksal der verloren geglaubten, nun herangewachsenen Tochter, deren Mutter, abermals wie im *Wintermärchen*, bis zum Ende für tot gehalten wird und auf wundersame Weise wieder „aufersteht". Der Entsprechungen nicht nur zum *Wintermärchen*, sondern auch zu Shakespeares anderen späten „Romanzen" (*Cymbeline*, *Der Sturm*) ließen sich weitere nennen. Shakespeare scheint hier nach der Periode der großen Tragödien zum erstenmal einem Stoff begegnet zu sein, der ihn zu einer ganz neuartigen dramatischen Form reizte: zur Gestaltung einer ereignisreichen, märchenhaft-phantastischen Handlung, durch die symbolhaft eine Welt sichtbar gemacht werden konnte, in der das Gute, das Heilende ebenso gegenwärtig und wirksam ist wie das Böse und das Zerstörerische.

Die formale Bewältigung dieser neuen Art von Drama hat im *Perikles* noch etwas Experimentelles. Das auffälligste Kunstmittel ist die Verwendung einer Chorusfigur: Im mittelalterlichen Gewand und in archaisierender Sprache präsentiert und erklärt der Dichter John Gower die dramatisierten Episoden und zusätzlichen Pantomimen. Nur sporadisch begegnet zuvor und nachher bei Shakespeare diese Konvention – beim Prologsprecher in *Heinrich V*. etwa oder bei der allegorischen Figur Zeit, die im *Wintermärchen* einen Zeitsprung überbrückt. Nie aber war diese Art einer (im gänzlich modernen Sinne) verfremdenden, „epischen" Darstellungsweise von Shakespeare in so durchgehender Konsequenz durchgeführt worden wie hier.

Am Ende resümiert Gower den moralischen Sinn des Geschehens. Danach gelten die Figuren und Ereignisse als beispielhaft für allgemeinmenschliches Schicksal. Von Schicksalsschlägen wird Perikles heimgesucht: er entschlüsselt das Rätsel des Antiochus und wird alsbald vom erkannten Frevler verfolgt (Akt I); er bringt Hilfe ins darbende Tharsis (Akt II), die ihm dann übel gelohnt wird; er erleidet Schiffbruch, verliert die Gattin und die Tochter und vergräbt sich selbst im übergroßen Schmerz. Man hat ihn mit dem Hiob des Alten Testamentes verglichen. Doch sein

Geschick unterscheidet sich von dem der biblischen Figur durch den beständigen abenteuerlichen Wechsel vom Leid zur Freude und wieder ins Leid, und Perikles fällt es, einem Lear im Heidesturm nicht unähnlich, keineswegs leicht, zu der idealen Haltung der „Geduld“, die ihm abverlangt wird, zu finden.

Dafür hat er in seiner verloren geglaubten Tochter Marina – mit Imogen, Perdita und Miranda eine der wundersam lyrischen Mädchengestalten von Shakespeares Spätdramen – ein versöhnendes Gegenbild. Durch sie geschieht im 4. Aufzug der Sieg des Guten über eine korrupte Welt – über den stiefmütterlichen Neid der Dionyza, über den gedungenen Mörder, über die Piraten und vor allem über die – in den farbigen Bordellszenen gestaltete – Korruption der Welt von Mytilene. Durch sie, Marina, allein kann endlich der Schmerz des Perikles aufgehoben und geläutert werden.

Daß der *Perikles* von Inkonsequenzen nicht frei ist, wird gewiß auffallen. Dunkel bleibt etwa, wie die Rolle der Diana in dem Drama verankert sein soll. Ist Diana nur eine *dea ex machina*, die dem Perikles zum Schluß eine Traumvision spendet, um durch den Einbezug Thaisas das Happy-End zu vervollständigen? Oder steht sie, die immer wieder angerufen wird, als göttliches Symbol über dem ganzen Geschehen? Thaisa legte einst (II, v) bei der Diana ein Jungfräulichkeitsgelöbnis ab, um es alsbald durch die Heirat mit Perikles zu brechen. Muß Thaisa dafür durch ihren „Tod“ im Seesturm sühnen, um sich nachher, gerettet, dem klösterlichen Dienst der Diana zu weihen, ebenso wie – in einem weltlichen Sinne – ihre sturmgeborene Tochter Marina? Der Text läßt dies unklar – doch vielleicht nur, weil er als Text korrupt ist? Ein ähnliches gilt für das ganz unglaubwürdige Verhalten des Gouverneurs Lysimachus von Mytilene, der (IV, VI) das Bordell offensichtlich als alter Kunde betritt und nachher im Brustton der Überzeugung vorgibt, er habe die reine Marina nur auf die Probe stellen wollen.

Die Einheit des Dramas ist indes vor allem auf einer symbolischen Ebene zu suchen. Symbolhaft durchwalten ganz besonders die Motive Sturm und Meer das Drama und, ihnen entgegenstehend, die Musik. Doch der Seesturm selbst hat etwas Vernichtendes und Läuterndes zugleich, als natürliches Ereignis ebensowohl wie als Bild für den inneren Sturm in Perikles' Brust. Das stürmische Meer bewirkt Perikles' Schiffbruch, den die Fischer weltklug kommentieren (II, I); aber das Meer gibt auch die Rüstung wieder her, die ihm den Zugang zum Hofe des Simonides in Pentapolis (II, II) und zur künftigen Gemahlin verschafft. Das stürmische Meer fordert den Sarg der Thaisa, aber zugleich wird im Sturm die Tochter geboren (III, I), und den Sarg und seine Schätze speit das Meer wieder aus. Aufs Meer wird Marina, die Mordbedrohte, von den Piraten entführt, von einem Ungemach in ein anderes, das zugleich ihre Rettung ist. Auf dem Meere irrt Perikles im übersteigerten Schmerz und in zerschlissener Gewandung; auf dem Meere rührt ihn der Gesang der Marina und die Sphärenmusik der Diana, bevor er die neuen Kleider anlegt.

Die Beliebtheit des *Perikles* reichte bis ins späte 17. Jahrhundert. Danach wurden bedeutende Aufführungen des Dramas überaus selten, wohl vor allem wegen der Zweifel an Shakespeares Verfasserschaft, die auch Lillo dazu bewogen, unter Zugrundelegung nur des 4. und 5. Aufzugs eine Neufassung (*Marina*, 1738) zu schreiben. Erst in den letzten Jahrzehnten ist der *Perikles* in England gleichsam wiederentdeckt und mitunter mit beträchtlichem Erfolg inszeniert worden, während deutsche Aufführungen recht spärlich geblieben sind.

Werner Habicht

INHALT